茅盾文学奖
获奖作品全集
典藏版
The Mao Dun Literature Prize

无字

第一部

张洁 著

人民文学出版社

图书在版编目(CIP)数据

无字:全三部/张洁著. —北京:人民文学出版社,2023(2024.11重印)
(茅盾文学奖获奖作品全集:典藏版)
ISBN 978-7-02-017696-0

Ⅰ.①无… Ⅱ.①张… Ⅲ.①长篇小说—中国—当代 Ⅳ.①I247.5

中国版本图书馆 CIP 数据核字(2022)第 246707 号

选题策划　　杨　柳
责任编辑　　薛子俊
责任印制　　张　娜

出版发行　人民文学出版社
社　　址　北京市朝内大街 166 号
邮政编码　100705

印　　刷　河北环京美印刷有限公司
经　　销　全国新华书店等

字　　数　821 千字
开　　本　890 毫米×1290 毫米　1/32
印　　张　36.125
版　　数　9001—12000
版　　次　2011 年 9 月北京第 1 版
印　　次　2024 年11月第 3 次印刷

书　　号　978-7-02-017696-0
定　　价　148.00 元(全三册)

出版说明

　　一九八一年三月十四日，病中的中国作家协会主席茅盾致信作协书记处："亲爱的同志们，为了繁荣长篇小说的创作，我将我的稿费二十五万元捐献给作协，作为设立一个长篇小说文艺奖金的基金，以奖励每年最优秀的长篇小说。我自知病将不起，我衷心地祝愿我国社会主义文学事业繁荣昌盛！"

　　茅盾文学奖遂成为中国当代文学的最高奖项。自一九八二年起，基本为四年一届。获奖作品反映了一九七七年以后长篇小说创作发展的轨迹和取得的成就，是卷帙浩繁的当代长篇小说文库中的翘楚之作，在读者中产生了广泛的、持续的影响。

　　人民文学出版社曾于一九九八年起出版"茅盾文学奖获奖书系"，先后收入本社出版的获奖作品。二〇〇四年，在读者、作者、作者亲属和有关出版社的建议、推动与大力支持下，我们编辑出版了"茅盾文学奖获奖作品全集"。此后，伴随着茅盾文学奖评选的进程，我们陆续增补新获奖作品，力求完整呈现中国当代文学最高奖项的成果，使其持续成为读者心目中"茅奖"获奖作品的权威版本。现在，我们又推出"茅盾文学奖获奖作品全集（典藏版）"，以满足广大读者和图书爱好者阅读、收藏的需求。

　　在"茅盾文学奖获奖作品全集（典藏版）"的编辑过程中，我社对所有作品进行了版式统一以及文字校勘；一些以部分卷册获奖的多卷本作品，则将整部作品收入。

感谢获奖作者、作者亲属和有关出版社，让我们共同努力，为当代长篇小说创作和出版做出自己的贡献，为广大读者提供更多的优秀作品。

人民文学出版社编辑部

献给我的母亲张珊枝

大音希声，大象无形。

——老子

第 一 章

一

尽管现在这部小说可以有一百种,甚至更多的办法开篇,但我还是用半个世纪前,也就是一九四八年那个秋天的早上,吴为经过那棵粗约六人抱的老槐树时,决定要为叶莲子写的那部书的开篇——

"在一个阴霾的早晨,那女人坐在窗前,向路上望着……"

只这一句,后面再没有了。

这个句子一搁半个多世纪……

二

她为这部小说差不多准备了一辈子,可是就在她要动手写的时候,她疯了。

也许这没有什么值得遗憾的地方,个案,不过于造就那个案有关联的事物才有意义,对他人,比如说读者,又有什么意义呢?

而且这件事也不值得大惊小怪,每时每刻有那么多人发疯。事实上你并不能分辨与你摩肩接踵,甚至与你休戚相关的人,哪个精神正常,哪个精神不正常。

但吴为的疯却让人们议论了很久。

当然,这不仅和她是一个名人有关,还因为她从小到老,一言一行,总不符合社会规范,在她那个时代、那一代人中间,甚至说是很不道德。哪怕与她仅有一面之交的人,也能列举出她的种种败行劣迹——虽然现代人会对此不屑一顾。

所以她的疯,在疲软的、需要靠不断制造轰动效应来激活的人际社会,实在是个再好不过的谈资,至少有那么一会儿显得不那么萧条。

在她发疯之前却没有显出蛛丝马迹。

相反,据她的一些朋友说,她甚至活得意趣盎然——

就在不久前,由她出面,为一位年届八秩,门前车马稀落的前辈,安排了一个生日聚会;

她刚从西藏旅游回来,给每个朋友都带了礼物,那些礼物品位不俗,总能引起朋友们的意外喜悦;

还给自己买了一套意大利时装,据说价格不菲;

又请了几次客,并亲自下厨,偶尔露峥嵘地做了一两个菜,在她并不稳定的厨艺纪录上,那几道菜肴的口味真是无可挑剔;

还有人说,在一场盛大的、庆祝什么周年的文艺活动中看到她,装扮得文雅入时;

…………

一个要发疯的人,怎么可能对已经沦落到不三不四的日子,还有这样的兴致?

在别人看来,她的发疯实在没有道理——不幸如叶莲子者并没有疯,吴为又疯的什么意思?

虽然她发疯的那天早晨,有位记者打过一个电话,开门见山地问:"听说你有个私生子?"

她语焉不详地放下了电话。

想不到三十多年后,还有人,特别是一个男人,用这个折磨了她一辈子的事情羞辱她。

但她已不像三十多年前,如美国小说《红字》的女主人公那样,胸脯上烙一个大红 A 字,赤身裸体地成为众矢之的,任人笑骂羞辱而入地无门了。

要是这样的羞辱能解救她反倒好了。惨就惨在她的伤痛是这样的羞辱既不能动摇,也不能摧毁的。

有多少年,她甚至期待着这样的羞辱,以为如此可以赎去她的罪过,按照以毒攻毒的赎罪理论,总有"刑满释放"的一天。

这种电话算得了什么! 比这更惨绝的羞辱她忍受了几十年,可她的灵魂从未感到轻松,没有,一点儿也没有。不但没有,反倒越来越往深处潜去。

有那么一天,她豁然开朗,便不再空怀奢望,撑起心肠,归置好她的万千苦楚,明明白白地留下一处规矩方圆的地方,端端正正地安置好这只能与她同归于尽的耻辱。

每当想起这些,她的眼前就漫起一片冥暗、混沌。在那冥暗混沌之后,一道咫尺天涯、巨无尽头、厚不可透的石墙就会显现,渐渐地,又会有一束微光射向那石墙的墙面。

那束微光的光色,与叶莲子去世数天后她看到的那缕暗光的光色分毫不差。在那个凛冽的冬日,她趁黑夜尚未交割清楚的时刻去到天坛公园,并在那几百年来不知存储了多少奇人脚步的小径上流连。一板一眼,按照一位据说能开天眼的高人指点,应在受到无论什么由头的惊吓时猛然回头——突然,她被凌空飞来的一嗓剧嗽吓得一惊,回头一看,果然有一缕暗光在她身后一闪即逝,据说那就是母亲对她最后的关爱、眷顾。

回家的路上,天色仍旧晦暗,她走在行人还很稀少的路上,仰面朝向沉暗的天幕。那时,只有众生顶上的苍穹才能包裹她的创痛,且得是不见光明的、晦暗的。除了这晦暗的苍穹,一事一物似乎都在不过几步之遥却无望消抹的距离之外冷眼相望,毫无恶意却着实戳痛着陷于孤绝的她。

走着走着,她猛然看见天幕上出现了一个大大的"恕"字。

这个"恕"字,是她很少想到、也很少用到的一个字,遍查她所有的作品,的确很难找到。

"恕"字和"谅"字不同,它只能解释为对他人所犯之大罪,相对于以牙还牙这一极端的另一种极端,如宽恕、饶恕、恕罪等等。那恰恰是叶莲子的典型语言,是她从幼年时代就沦落于苦难之中学会的第一课:如何掂量这个世道的轻重?

这不也是对吴为不孝的回答?

在重要的关节上,吴为总能于冥冥中看到什么文字或是形象。

好比每每面对那石墙,便会在溟濛中看到有铭文在墙上时隐时现,铭刻着与她休戚相关而又不可解读的文字。起先那铭文像是刚刚镌刻上去的,而后又像遭风霜雨雪的经年琢磨,反倒越来越深地蚀入石墙,或者那石墙如血肉之躯不断生长,渐渐将那些文字无痛无觉地嵌入自己的身坯。

那是一种莫测的、说有形又不可见、说无形又很具体的力量,日夜镌刻不息的结果。

之后,她安安静静地吃完了一顿早餐,包括一片奶酪,一片抹了黄油和果酱的烤面包片,一杯咖啡和一杯牛奶,一只很大的梨,然后去厨房洗刷她用过的餐具。

她刷得很仔细,连叉齿中间的缝隙,也用洗洁布拉锯般地擦了很久。

到了二十世纪末,除了英国的皇家御厨,或是已然寥若晨星却仍固守旧日品位的高档饭店,或是某个冥顽不化的贵族之家,还有多少人在擦洗餐具的时候,擦洗叉齿中间的缝隙呢?

可能因为她是作家,对细节有着非常的兴趣。

当初,从方方面面来看,胡秉宸和吴为还分别处于两个极端到绝无碰撞可能的地界时,吴为正是惊鸿一瞥地从胡秉宸一个站姿断定,总有一天,他们之间必有一场大戏上演。

而胡秉宸的触点却截然不同。他在对吴为一无所知的情况下,首先认识的是她的舌头。

事实上,隔着那么远的距离,即便不在茫茫的大雪中,他也不可能看见吴为的舌头,但他一直固执地认为,他看到了她的舌头。

在几十年前那场茫茫大雪中,胡秉宸走在"五七干校"四野空寂的田间小路上,正享受着一刻"独处"的自在,却迎头撞见一个女人站在旷野里。

像大多数有了阅历的人那样,他已经非常习惯于在大庭广众之下扮演一个角色。

但他自己也不甚明白,如他这种背景的人,大方向尽可无穷变幻,而诸多最具本质意义和再生能力的细节却难以泯灭。即便有所改变,也不过是一时一事的权宜之计,也可以说,是一种自觉或是不自觉的韬晦,一旦环境有变,仍会还原旧我。由于他的执着或软弱,清醒或迷茫,不论旧我或角色,都已深入骨髓,有时连他自己也难以区分哪一个是真正的自己。

好比对"独处"的这份心领神会。

那时,他刚刚从"文化大革命"强加于他的种种罪名中解脱出来。

凛冽的风雪裹挟着、抽打着他,有如置身一场冬浴,五脏六腑、从里到外,感到了一番略带刺痛的洗刷。他一面享受着这沐浴后的洁净,一面眯着眼睛回想历次政治运动,因了他的睿智、严谨,更因了他的幸运(纯粹是幸运吗?)而从未伤及皮毛,唯独"文化大革命"未能幸免……

在这之前,也不是没有过独处独省的时刻,但他的思绪总是零乱驳杂,而这一天却流畅顺达。也许那一日四野飞絮,渺无人迹,天地间有一种混沌初开的气势,面对混沌初开的浩渺,难免让人生出沉潜其心、细说从头的心思。

要是人们以为他在怜惜抚爱自己,可就小瞧他了。像他这种从小就在"场面"中浸润的人,这一次落难真算不了什么。

出于对历史的爱好,他禁不住把纵横上下几十年的经历,当作一个宏阔的题目来温习。

他不曾意识到,这温习早已成为一部乐曲中的主旋律,曾在,也将在他生命的每一个乐章中反复出现。而每一次出现,都像《命运交响曲》中那几声敲打命运之门的重击,反复叩问着一个世纪的疑惑。

或许他本来就是那疑惑中的一个部分,这温习也就始于疑惑,止于疑惑,终究不得其解,长期处在"剪不断,理还乱"的状态。

一阵劲风平地旋起,在风雪强劲的旋涡中,他平添了身不由己、飘浮悬坠的感觉。

从幼年时代起，抱负远大、方方面面堪称卓异的胡秉宸，不得不在这风雪交迫的裹挟中，发出"嗨——"的一声长叹。

也许因为他的漫想。

也许因为那雪。他突然想起祖宅里那几棵腊梅，还有腊梅散发出的淡极并沁着泥绿色的幽香。

那祖宅早已隐去，就像从未存在过地消失在他以后的空间里。可彼时彼刻，他却毫无道理地想，他没有在那宅子里白白生长。他的作为，他的遭际，似乎都与那老宅子不无关系。

否则当时他也不会有一份心情。正是这一份心情，才使他对迎头撞见的那个女人发生了兴趣。

纷纷扬扬的大雪模糊了她的身影和她身后的老树、丘陵，还有丘陵后的山峦、灌木、田野。他只注意到她奋力向上伸展着躯体，长伸着舌头，专心致志地去承接那根本不可能接住的雪花，却没有注意到，当所有"五七战士"都在这大雪纷飞的日子偷得一日闲地拥在炉边取暖的时候，这女人却优哉游哉，独自潜入雪寰那份"野渡舟横"的情致。

他马上拐入另一条小路，爬上一道小丘，在确信无人发现的情况下，对这个景致注视了一会儿。

从田埂上跑来一只摇头晃脑的狗。只见她弯下身子，在雪地上拢起一捧雪攥成雪球，向那只狗打去。她没有打中，狗儿却兴高采烈地欢叫起来。

她似乎也没有想要打中的意思，只是因为这雪、这狗、这了无人迹，才想攥一个雪球。

他突然涌起一阵冲动，想要攥个雪球向她甩去，相信一定甩中。随即又摇了摇头,觉得自己实在荒唐。

然后嘴角上带着一抹连他自己也不曾察觉、不曾了解其含意的笑意离开了,随即也就忘掉了这个大雪纷飞的日子和雪中这个独一无二、不意之中闯入他视野里的女人。

不过他小看了那一个雪日的经历。

只有在后来和吴为的邂逅中,这个雪日的情景才重新浮现出来,并常常用来佐证他对她的爱始自彼刻、年深日久、源远流长,而并非因为吴为后来地位的变化。

这种情况时有发生。如果人们把一件子虚乌有的事情翻来覆去想了又想,最终就会为那事情找到一个他自己也深信不疑的源头。

而这的确是个很好的铺垫。

至少说明他对她的"印象"自彼而始。

三

同样,吴为这个擦洗叉齿的细节就有点耐人玩味。

四

正在她擦洗叉齿间的那些算不得污垢的污垢时,电话又响了。她想,可能又是那个记者,便有了准备地去接那个电话。

　　但不是那记者，而是一个久已不见的胡秉宸的熟人。他又说天气又说股票又说儿女们的出息……突然猝不及防又并非十分意外地向她一袭："有件事我不知道该不该说，不过我是不相信的……大家都说你把胡秉宸一脚端了，又嫁了一个比他有钱有势的人。"

　　开始她还真以为是误会，"人们是不是听错了，把胡秉宸再婚当成了我？"随即想起，她已不是第一次听到这样有谋有划的流言了。

　　更有一种说法是她长期滞留国外，又嫁了个"老外"，她是彻底地把胡秉宸抛弃了，所以根本不给胡秉宸写信，他连她在国外的行止都无从得知。

　　难道他多次要求离婚，乃至到了叩首相求，言称全家老少将会为此感谢她大恩大德的信，没有寄到她的手中而是寄到外星去了？幸好她把那些信都交给了律师。可她有必要让律师将那些信公之于世，或是影印给所有认识他们的人吗？

　　而她不正是为了逃避胡秉宸蓄意制造离婚口实——哪怕一个茶杯放得不是地方也成为闹事的借口——才不得不效仿当年的托尔斯泰，逃离在外，有家不能归的吗？

　　在一个家庭里，如果配偶中一方已经打定主意离婚，那么，类似一个茶杯放得不是地方的细节实在太多，不胜枚举。对这样的不胜枚举，吴为这种只有小聪明却无雄谋大略的人，是太缺乏胜任能力了。除了逃遁，"三十六计，走为上计"，还有什么盾牌可以抵挡？

　　胡秉宸要求离婚，自然有他要求离婚的道理，但这无论如何只是他们两个人之间的事！

　　她到底是嫁了一个比胡秉宸更有钱有势的人，还是嫁了一个

"老外"？

可惜她太老了，否则他们说她当街卖淫也未可知。

在胡秉宸和她离婚之后，不知道谁在运作这样的舆论，沸沸扬扬，很有成效。

这就是她在和胡秉宸近三十年的关系中，甚至他们离婚以后，事无巨细都得面对的局面——永远处在四面埋伏之中。

第 二 章

一

难道是白帆？

在白帆又反过来成为他们之间的第三者，而吴为也明明白白知道，胡秉宸和她离婚不过是为了和白帆复婚之后，吴为却没有像白帆当年整治她那样对白帆以牙还牙，制造社会丑闻，发动一次又一次全方位的围剿。

三十年河东，三十年河西。她现在有了这个条件。

她也没有拖住胡秉宸不放。在时间上，比之白帆和胡秉宸，她也占有绝对优势。

不，她没有，而是白白地拱手把胡秉宸还给了白帆。

何止如此！

吴为至今还保留着胡秉宸在和白帆离婚过程中写给中央某位领导同志的那份细数白帆种种历史、道德污迹的报告，蝇头小楷，洋洋三大页。在这个报告中，白帆的形象不但不比吴为贞节清白，可能还不如吴为。

在党内兢兢业业做了一生的胡秉宸掂量得很清楚，那可不是和女人调情的情书。他可能对女人们撒些无伤大雅的小谎，但绝不会对一个中央领导人撒谎，对法律撒谎。所以那蝇头小楷虽小，每笔每画却如袖中小刀。

如果说胡秉宸真对白帆有过什么伤害的话,比之这个报告,那些伤害真是九牛一毛。在他们同居后的漫长岁月中,凡是白帆那样一个人(在吴为至今还保留着的、胡秉宸写给她的那些情书中,他不止一次地说到"白帆是一个无赖,他们全家都是无赖")对胡秉宸所做的一切,终于让这一纸报告彻底扳平。

随着时间的流逝和观念的改变,这份报告中所列举的桩桩件件早已不再有其影响,但认死理的白帆,还会感到非常的痛切和非常的在意。虽然她现在已经没有什么前程可言,并早已从岗位上退了下来,但她至今仍然认为,中央某个人的某个看法,对她的命运还有举足轻重的作用;至少对她即将盖棺论定的一生,大有功亏一篑的负面影响。她无法像吴为那样,对盖棺论定的神圣,采取那种没脸没皮、玩世不恭的态度。

而且,对于直到现在还不忘拿着私生子问题以及"破鞋""婊子"这一类字眼,时不时向吴为刺出一剑,以证明自己贞节的白帆,胡秉宸的这个报告,不但会使她丧失这些最具杀伤力的武器,还会活活剥去她一直戴在脸上的、可以在众人面前特别是在吴为面前扮演节妇烈女的面具。

…………

即便如此,吴为也没有像当年白帆广为散发她的"材料"那样,把胡秉宸留在她这里的、写给中央某领导,细数白帆历史、道德种种污迹的材料,出示给任何一个人,更不要说广为散发。

她从自己爱了胡秉宸二十多年的经历就能知道,她对胡秉宸的爱有多么艰难,白帆对胡秉宸的爱就有多么艰难。

如果不是这样,她也可以照着白帆对付她的办法,对白帆做点什么,以牙还牙。

她不能不做这样的猜测:白帆对胡秉宸多年的折磨,诸如扇耳光,用燃着的香烟头戳烫他的身体,将滚烫的茶水泼上他的脸……可能事出有因。

要是吴为再把胡秉宸动员她同意离婚的那些具有密谋性质的体己话告诉白帆,白帆可能又得在胡秉宸脸上重新掴起响亮的耳光。

如今的吴为,对胡秉宸那些具有密谋性质的甜言蜜语,只能伤心而宽宏地一笑,再也不会当真了。

她对胡秉宸的了解,说是"剔透",恐怕不算过分。

不能说胡秉宸是个爱说谎的人,但他很会动之以情,特别是对女人。他的情话让吴为现在回想起来,还能耳热心跳。

按照佛家的说法,六根不净是人类致命的弱点,他是深谙其味的。可那不也是女人们的自投罗网? ——无论白帆还是吴为。

怪得了谁!

况且在对他人动之以情的时候,难免有"常在河边走,哪能不湿鞋"那样无法两全的遗憾。胡秉宸在鞋子湿了的时候,也可能会失去十分的把握,说些计划外的话,做些计划外的事。不能说胡秉宸的所言所行全是出于设计。

在胡秉宸青少年时代的生活轨迹里,的确看不出这一点。那时的他,是耻于用这种类似空手道的办法来换取、骗取一些什么的。

也许后来多年从事地下工作,环境险恶,他不得不改变许多,随机应变,真真假假。那种情况下,感情用事常会留下许多漏洞,从而贻误大事。

在革命尚未积累起足够的老本,前途也胜负难卜的情况下,或不便以签字画押败坏、佐证你情我爱的甜蜜时刻,或一穷二白无从当场兑现的条件下……动之以情不失为一种获取成功、简单易行、无本万利的办法。不但不会留下把柄,纵使有一天需要面对承诺,也可以在细节上大有伸缩。

那么,对那些"俱往矣"而又不肯罢手的女人呢?这一套经验也不是没有可以借鉴的地方。

至于胡秉宸所说的因吴为大度,放他一马,他们全家老少将会感谢她的大恩大德的话,吴为也从未企盼过言而有信,没有。

白帆难道不该对她说声谢谢?

奇怪的是,在一个人不长的一生里,胡秉宸怎么总是游刃于这两个照他的话来说,是偷人、养私生子的女人中间,并先后、分别和她们结为夫妻?

吴为无法计较胡秉宸的反复无常,她得理解一个男人在各种力量左右下的艰难取舍。

那不也说明,胡秉宸对她的真爱?

那不也说明,胡秉宸到底是个肯对女人负责的男人?如果不是这样,他只需睡了吴为便是,何苦翻腾出白帆几十年前偷人养私生子的旧案,来佐证几十年后与白帆的离异、与吴为的婚姻言之有理,或在与吴为的婚姻之外,继续保持白帆的外室地位?他又何苦倒腾出吴为几十年前偷人养私生子的旧案,一而再地使用同一个理由,制造与吴为离异的口实?难道他不知道,这样做的结果很可能会败坏自己?

不过精明如胡秉宸者,怎么会把这份写给中央某领导的报告,还有那些写给各有关部门的材料,留了一个备份在吴为手中?

如同二十多年前胡秉宸为表明自己的清白,与白帆联手写给吴为的那封痛斥她丧失社会主义道德、介入他们家庭的信,也留了一个备份在白帆手中一模一样。

回首胡秉宸这个前后相隔二十多年、毫无二致的重复,吴为既为她爱了二十多年的这个男人心痛如绞,也为自己心痛如绞。

但如此春秋笔法,的确又不像是白帆的运作。

白帆对吴为的仇恨和报复,是一览无余、大刀阔斧、赤膊上阵、肆无忌惮的。好比虽然有了更为人道的、用注射剧毒化学物质代替枪决的办法对判处死刑的犯人行刑,但对白帆来说,还是一刀一刀,把肉从吴为的身上剐下来为好。

已然过去多年——

白帆的拳头和指甲上那可以切肤断骨的力气,让吴为至今回忆起来惊悸犹存;

"破鞋""婊子"的叫骂,也都言犹在耳;

赤橙黄绿青蓝紫似乎仍在点染、斑斓着她的身坯;

如狮般的狂吼还在振聋发聩;

压在她身上的那个臀部,也还如磐石般地不可推移……

那一年白帆的六个耳光,让身患冠心病的胡秉宸大面积心肌梗塞。

关于这六个耳光的缘由,白帆这样说道:

"……粗暴的行为只是因为发现你欺骗了我,你和吴为的关系竟然发展到那样亲密,我悲伤、震怒,感到被侮辱、被损害。你为了证明自己的清白,跪在我的脚下赌咒发誓声言没有此事,在征得你同意下,我打了你六个耳光。实在说来,何曾打重? 而你居然说耳朵几乎被打聋,并导致你的心肌梗塞,何其言过其实得太!"

她又说:"……当我在夫妻生活上未能满足你时,你生气地说:'你不稀罕我,别人要还要不到哩。'以后你说要去找个寡妇代替我解决问题,我认为是开玩笑,也以玩笑的态度同意了。哪里想到弄假成真,让吴为钻了空子。而现在你则被吴为掌握在手心里了,这个作家可真是个有妲己般狐媚的极端利己主义者。你和吴为早在你病前就计划好了和我离婚的两套方案,却一直把我瞒得死死的,尽管吴为两个月前早就打电话通知了我,难道我没有权利要你'说清楚'吗?对不起,我将向法院控告吴为破坏我的婚姻家庭,有的是事实也有的是证人,而人们是站在我这一边的。你也会在一片诉讼声中身败名裂,你的病情将更加恶化,彻底崩溃,发病而死。"

如此,白帆给胡秉宸的六个耳光,难道不值得同情和理解吗?

白帆果然不食言,迅速征集起证人队伍,甚至和那些或因政见不同或因各种矛盾而与胡秉宸纠缠不清的对立面联合起来。

而吴为从胡秉宸那里得到的却是完全不同的版本,以致吴为在听了这样的版本之后,即便刀山火海也在所不辞地给白帆打了一个电话:"要是胡秉宸有个三长两短,我一定要把迫害他致死的原因公之于众!"

作为第三者的吴为,居然敢冒天下之大不韪,不知羞耻、理直气壮地给白帆打那样的电话,不是欺人太甚又是什么!她难道不该惹起公愤,遭受白帆的反击以及世人的唾骂吗?

胡秉宸确因这六个耳光几乎送命,在生死难卜的情况下写信给吴为,要求她无论如何到医院一见。

他以为他仍旧像当年地下工作时策划得那样周密稳妥,岂不知白帆也有同样的身手,更还有发动群众的经验,她得到了保姆的密切协作。

保姆反身下楼电告白帆，白帆立刻赶到医院，演出了一场"棒打鸳鸯"的折子戏。

几年后，这个保姆又到了胡秉宸和吴为的新家。

保姆早年在家乡参加过土地改革，实在懂得如何运用贫下中农苦大仇深的武器，她对白帆的控诉得到了吴为的同情。

不过也不要把吴为的动机想得那么单纯，她留用这个保姆，不过是为了显示她对"医院告密"的宽宏大度、既往不咎，并自以为得计地认定，那保姆将因此深受良心的谴责，从而对比出白帆和她的不同。特别要显示不是老革命的她，比之白帆那样的老革命，对劳苦大众更具阶级感情。

在吴为和胡秉宸的新家中，在吴为对劳苦大众比白帆更有阶级感情的环境中，这保姆除了打发他们的两餐饭，还利用他们的一间屋子，开起一个很赚钱的裁缝小铺。后来吴为提出让她增加一个打扫卫生的项目，她便立刻辞职不干。那时，她已经有了一个相好的男人，何况那男人还有一间小屋，可供裁缝之用。

这是后话。

更不凑巧的是，白帆前一天刚刚用十个指甲抠过胡秉宸的眼睛。

只要白帆一进病房，胡秉宸就闭上眼睛不屑一顾。据医生说，他的心电图还因她的到来而急剧波动，他的心脏经受不了这样的负担。医生竟然建议她顾全大局，尽量不要来医院探望。

这真是落井下石。难道她不是胡秉宸副部长合法的妻子胡夫人！

无论她说什么，胡秉宸更是一个不理不睬。

就像他心肌梗塞之前，为了改善和他的关系，她也曾到他的床上去过。可是她一上到他的床上，胡秉宸立刻卷起铺盖睡到书房去。

每当那时，她便抑制不住地对着他的背影喊道："我知道你不和我……是为了对吴为……"

她越是这样地不可抑制，就越是遭到胡秉宸的冷蔑。失去胡秉宸的尊重，何谈关爱？

在不与女人调笑的时刻，胡秉宸是不苟言笑的，因此他的不理不睬，比之他人更具威慑力。即便在与女人调笑的时刻，女人们也从不敢因他的宠爱而失去对他的敬畏。有一种男人，是永远君临于女人之上的男人，胡秉宸就有幸成为这为数不多的男人中的一个。

白帆并非对胡秉宸不敬，她只是被胡秉宸逼得失去了理智。

那天她一进病房，胡秉宸原来还睁得大大的眼睛，马上就闭了起来，可她还是看到了那双瞪着天花板不知在想什么的眼睛。对一个危在旦夕的病人来说，那眼睛是过于明亮了。

如果说胡秉宸的眼睛仅仅闭了起来，对已经迈起脚来准备进入的她，是迎面关上的一道门，但毕竟还有打开的可能，而独自亮着而且诡谲地闪烁，就意味着她永远无法进入的决断。

一股阴火在她的身体里游窜，所到之处无不怄起青烟，却又不能轰的一声燃烧起来。

对着胡秉宸那张冷脸，她莫可奈何了好一阵，忽然心生一计，幽幽地说："吴为来了。"

胡秉宸猛地睁开眼睛，急促地向门口张望了一下。

白帆在那猛然睁大的眼睛里，一瞬间就读到了她在几十年中也没有读到过的文章。

门口不过是一个空落落的画框。

胡秉宸又立刻闭上眼睛,一时间什么也没说,只一味长长短短地运气。

他不只是被冷不防地捉弄,他的尊严受到了侵犯。

胡秉宸是收敛的,并且非常过分,几近病态,以致失于矫饰。

但在青少年时代绝非如此。

三十年代,国难当头。国家兴亡,匹夫有责,中学里也有了军训课。

胡秉宸上军训课的时候,总是在出右腿的时候出右手,出左腿的时候出左手(无独有偶,二十多年后吴为上体育课学正步走的时候,也是如此),于是他讨厌了军训课。

军训教官是个军阀时代的老头子,上课的时候,经常拿出一个带盖的大表来看时间。胡秉宸有一次在队列中大声提问道:"老师,你的表是周朝的吧?"

结果是他的军训课不及格。

不过,那个带盖的大表和他出右腿的时候出右手、出左腿的时候出左手有什么关系?惹着他还是碍着他了?

到了大学预科,教英文的是个流里流气的英国人,一到暑假,就和女儿到北戴河开咖啡馆,这首先让世家出身的胡秉宸看不起了。

每次上英文课,他都在课桌底下看其他书籍。教师可能早就注意到了,有一天把他叫了起来问道:"你为什么不听课?"

他说:"你讲的我都知道了,再说,你还经常讲错文法。"

英文课是大课,上课学生约有一百多,本就众目睽睽,那些目光再一束束从阶梯教室的高处掷下,平添了多少压迫?教师极难收场,但也无奈他何,只好很响亮地打了自己两个耳光。

胡秉宸想你爱打就打,然后泰然坐下。

最后校方以换一个美国人教英文收场。

从这些事情可以看出,胡秉宸不只是不收敛,几乎还是张扬而刻薄的了。

这样的锋刃,到了延安以后才渐渐收入剑鞘。

初到延安,他被分配到陕北公学学习,成仿吾校长见到他的第一句话就是:"你是广东人。"

非常肯定。

对校长这个小小的失误,本可一笑了之,他却马上分辩说:"我不是广东人。"

成校长笑了笑,告诉他教室在坡上的窑洞里,让他上课去。

很快,类似的事情就越来越少发生了。

桀骜不驯的胡秉宸自己也没想到,突然之间,他身不由己地变做了一个肯于接受教训的人。

当他的革命资历,一页一页积累成一部百科全书的时候,回想起这个身不由己的改变,他甚至得出受益匪浅的结论。

他受到的教训不多,大约只有那么两三次,可是很有成效。

第一个教训缘于他去看望了一位仰慕的朋友。

朋友留学德国,很有学识,在上海地下党工作时曾被"中统"逮捕,如《四郎探母》那场戏里的杨延辉一样,用了一个假名,假降,方才出狱。

当然他也可以像后来的小说或电影里写的、演的那样:等待党的营救;再不就通过狱中内线,将消息传送出去,静候党的指示等等。可是党并不知道他被逮捕,他也不知道谁是狱中的内线……

《四郎探母》是经久不衰的剧目,除五十年代后期至"文化大革命"期间被废黜一段时间外,从咸丰年间演到现在。

朋友到了延安自然受到批判。又因性格过于耿直得罪了不少人,始终不甚得意。所以说,戏剧是戏剧,和生活不是一回事。

而且这并不是最后的结果。

如果你的朋友不甚得意,总应该去看望一下,这也是古已有之的规矩。他那时还不懂得一旦什么人不再得意,即便亲爹也要脱钩,最好是落井下石。这一次看望,让胡秉宸做了好长一段时间检讨。古已有之的规矩从那时起,就已成为作不了数的老皇历。

引子却是他用老曲子开了个玩笑:"黄河之滨,冻死了一群中华民族倒霉的子孙……马马虎虎、吊儿郎当是我们的作风……"被人汇了报。

胡秉宸填写的歌词,和原版的歌词"黄河之滨,集合着一群中华民族优秀的子孙……团结、紧张、严肃、活泼,我们的作风……"不但相距遥远,简直就是背道而驰。

背道而驰是什么?是反动。

胡秉宸不服地遍查延安的文字,觉得很多都是有章可查的旧瓶新酒,怎么到了他这里连玩笑都不行?

他惊讶,区区小事也能做出这样大的文章。然后他开了窍,"汇报"实在是这里需要学习的重要科目。但他并不懊悔不曾早日得到高人的指点,这种事只能靠自学成才,不能指望他人传授。

如同顾秋水和包天剑将军到了延安,最先遭遇、最不能忍受的就是"汇报"一事。"连咳嗽一声都有人汇报!"顾秋水如是说。后来他们又从延安返回花花世界,不能说与此毫无干系。

后来胡秉宸又总结出,挨"整",一般都是从这种不起眼儿的小事开始。你以为不过如此的时候,枪子儿可能已经为你准备好了。

　　一九四三年,这朋友自然不能逃脱"抢救运动"的"抢救"。

　　几年后,胡秉宸听到消息说,一九四七年胡宗南大举进攻延安,中央决定战略撤退。途经永坪镇时,这位朋友与几个在"抢救运动"中被"抢救",历时四年也不能结案的犯人,甚至还有几个不知到延安来干什么的西方人,被子弹送上黄泉之路,又被效仿慈禧太后,把他们的尸体投入井中。如果不是追击至永坪的胡宗南部从井中挖出他们的尸体并就此大造舆论,他们则会像泡沫一样消失得了无痕迹。然而他们却没有珍妃的运气,日后成为电影或电视剧取之不尽的素材——那无论如何也算是一种平反。

　　如果不是胡宗南大举进攻延安,如果中央不从延安战略撤退,如果假以时日对他们继续审查……也许不至于落得如此下场。

　　当时延安干部不过三万多人,外来干部不到两万,这些外来干部在"抢救运动"中很少幸免。保安处关押犯人的窑洞人满为患,约十平方米的窑洞,即便挤进八个犯人也不敷使用。比之那时的盛况,死于永坪的一干人,无论如何,也算是执行了毛泽东同志"一个不杀,大部不抓"的指示。

　　所以问题还是出在胡宗南的身上。

　　当胡秉宸辗转收到一张不知何人所写、何人所托,大不过巴掌,周边参差缺损的粗麻纸字条时,对那没头没脑的文字已不再书生意气——

　　…………

　　"你是怎么到延安来的? 说具体的,具体的。"

　　"先是坐火车,后来又换汽车。"

　　"啊! 我们革命这么多年连火车什么样儿都没见过,你倒是又坐火车,又坐汽车。你说说,什么人才能坐火车和汽车?"

"什么人都可以坐嘛,有票就行。"

"你还诡辩! 国民党能给你坐火车、汽车的待遇,你还不是特务?"

…………

不但不再书生意气,而且随即对一个跟随他多年的地下工作人员说:"虽然我很了解你,但如果组织上说你是特务,我也会马上枪毙你,绝不手软。"

他庆幸自己"抢救运动"时已经离开延安,如果还留在延安,肯定不能幸免。不谈火车、汽车,只凭知识分子这一条就够了。

没想到"万般皆下品,唯有读书高"是如此坑害了一代读书之人。他沉吟着敲击着桌子,思忖道:知识分子今后恐怕很难做人了。

以后每逢"运动",胡秉宸都会不由自主地想:朋友的在天之灵,说不定会感谢在永坪镇遭遇的那颗子弹。

其二是在地下工作时期,有过一场比较严重的、对女人的沉迷,几乎导致胡秉宸和白帆的分道扬镳。

一九四九年以前,胡秉宸和白帆有过四次几乎导致分手的冲突,但以这一场最为剧烈。

除政权易手之外,一九四九年还将是很多事情的分界线。

除了分道扬镳,恐怕找不到更合适的字眼来说明他们当时的状况,因为他们从来没有履行过结婚手续,因而也就无法使用离婚这个具有法律意义的字眼。

那时的革命者还相当古典,谁和谁同居,或有一段长久关系,或在长久关系之外偶尔有一短暂的插曲,甚至点染着世界大同的色彩,简直算得上是革命的潇洒。手续等等,更是形式主义。

　　白帆却很传统,她把和胡秉宸的同居看得相当正式,所以很长一段时间内,她为和柳彤的偷情,非常自谴。

　　一起工作的同志,不止一次在办公处的地板上、桌子上、床铺上捡到白帆写给胡秉宸的信,信中充满哀怨和乞怜,内容大致相同:"你就不能原谅我偶然的错误吗?"

　　胡秉宸和白帆非常的不同,他从未对他人说过白帆一再发生的"偶然的错误"究竟是什么错误,也从没对他人说过他为什么不能原谅那"偶然的错误",只是要求分手。

　　不过,他为什么把白帆写给他的私人信件这样乱丢、乱放?而在白帆这些信里,又有多少只能说给他一个人听的、需要他通融的尴尬和隐秘?这让人不得不猜想,他的大度是真是假。

　　如果不是组织出于工作考虑进行干预,如果不是地下工作的秘密性质所限,如果他们不是忠诚于无产阶级革命事业的共产党员,他们早就分道扬镳了。

　　那场沉迷的破绽,则始于一个很小的细节。

　　白帆像研究、破译国民党电台的密码那样——她在这方面有着非凡的才能——对胡秉宸那突发的、对交际舞的迷醉进行了破译,果然从中找出破绽,打了一个翻身仗,她的自谴才稍稍得到缓解。

　　所以就难怪近二十年后,即便在四野无人的雪窦中,胡秉宸也会马上拐入另一条小路,爬上一道小丘,在确信无人发现的情况下,去欣赏一个在风雪中优哉游哉的女人的那份"野渡舟横"的情致。

　　虽然胡秉宸一再对吴为强调他不会跳舞,并且在说到"跳舞"这两个字的时候带着明显的厌恶,吴为还是在与胡秉宸的一次共舞中发现,他的跳法,与三十年代电影里的跳法如出一辙。那种耳鬓厮磨、相拥入怀、醉翁之意不在酒的跳法,自一九四九年后,至"大款"这种人物登上历史舞台之前,在大陆中国几近绝迹。

她在胡秉宸的舞步里,听到一个遥远的回声,在他往事之湖的深潭里,肯定沉入过对一个女人的记忆,那女人也肯定不是白帆。

那个跳舞的胡秉宸可能很有故事。

吴为只是对他的佯装懵懂不以为然。

其三,一九四五年下半年,抗战刚刚结束,国共双方还处在第二次合作的虚情假爱之中。

一方面,蒋介石想缩编部队。抗战八年,损失惨重,通货膨胀,民不聊生,继续给养四百万军队,财政上负担不起;并可以此为由,要求共产党同时裁军,以稳定国家财政,同时达到削弱共产党的目的。另一方面,蒋介石不想与共产党和谈。他认为日本投降后,所有用于抗战的军队、装备,都可以转向围剿共产党,所以极力破坏国共合作,制造口实,以图消灭共产党。

共产党军队却不足一百万,在如此悬殊的条件下,亟需时间积蓄力量,不能打、不想打,提出开始"和平民主新阶段"、成立联合政府,从而渗入国民党内部,出的是"和平演变"这张牌。决定打是后来的事情。

在毛泽东与蒋介石谈判裁军问题之前,中央希望在这个问题上全党能够统一认识。

林伯渠老在周公馆召集大家讨论并分别征求意见,胡秉宸自然在列。

抱负的落实需要机遇,没有机遇,任何伟大的抱负只能是"等闲白了少年头,空悲切"。

机遇对胡秉宸似乎格外关照。

　　当时周公馆周围至少有四十多个特务,连汽车都进不去的江边,还有胡同口小饭馆里的跑堂儿都是特务,专门用来监视周公馆的活动。

　　可是他们从未抓到过胡秉宸。当然也不好抓,总算国共两党合作时期,只能继续跟踪,以图掌握更多线索,一旦需要,立即收网。

　　胡秉宸的本事就是什么尾巴都能甩掉。他在周公馆对面租了个小院,院子后面就是山,每每从周公馆出来,直进对面的院子,穿院子,出后门,进山。这种办法算不得稀奇,甚至可以说水准不高,而特务们却始终不知道他是一个比较重要、经验非常丰富的情报交通。

　　因为住在周公馆外,进去述职也很不容易,谈晚了就留下吃饭、过夜也是常有的事,不但多次有机会和董必武老、林彪一起吃饭,甚至还和周恩来吃过一次饭。有一次董老还邀他一起喝酒,一瓶茅台全喝光了,直喝得二人似醉非醉,进入微醺的最佳状态。关于这次对酌,他认为董老也有寂寞的时候。从"寂寞"的不能消亡,说明彻底丢弃某种教化是非常不容易的。

　　重庆谈判初始,毛泽东与赫尔利同住歌乐山蒋公馆,二人各据半壁江山;如到城里公办,则下榻张自忠的桂园。周公馆的人很不放心,认为蒋介石随时可能做手脚,比如说来个软禁或是在食物中下毒,连周公馆给毛泽东送点什么东西,还要通过蒋介石的警卫检验。大家建议毛泽东搬到周公馆。周恩来说:"大家的建议很好,我负责向毛泽东反映。"毛泽东听取群众意见搬进了周公馆,住在二楼右手最后一间。

　　毛泽东入住周公馆后,党内首脑人物云集,五行相生,阴阳相协。可人畜两旺、相安无事的周公馆，突然着了两次火。

可见哪位也压不过真龙，毛泽东合该是那真龙天子的命。

一次是办事处招待所的几间草房烧了起来，办事处所有的人都跑去救火了，只有毛泽东手里捏着一支香烟在二楼走廊上"胜似闲庭信步"，边走边说："旧的不去新的不来，茅草房烧了正好可以盖洋楼。"

二次是某天上午九十点钟，三楼机要员烧毁密电码时，没等火炉完全熄灭就离开，纸灰余烬又燃烧起来。正好胡秉宸到周公馆接受任务，一头钻进熊熊烈火，第一个冲上三楼机要处，抢救心肝宝贝机要文件箱……他的头发、眉毛都烧焦了，所幸脸上没有留下伤疤。事后，胡秉宸对着镜子一面抚摩自己的脸庞一面想，不如留下一些无伤大雅的伤疤。

当他奋起抢救机要文件箱时，并不知道毛泽东在一旁冷眼相看。胡秉宸自诩天降大任于斯人，在可能献身的事业上一往直前，从未怀揣"作秀"的动机。多年后，人们还记得胡秉宸在烟火中横冲直撞的样子，一旁冷眼相看的毛泽东却没有留下什么印象。

唐宗宋祖"略输文采"，成吉思汗"只识弯弓射大雕"，仅仅一个奋不顾身的胡秉宸，怎能让毛泽东略作顾盼？——即便几年之后，这个年轻人为寻找他的儿子几乎丧命。

但其他领导却对此留下深刻印象。可想而知，林伯渠老征求胡秉宸的意见，该是水到渠成。

那一阵子胡秉宸是欢欣的，觉着终于可以了却工业救国的夙愿，又暗自揣度，他的所长也可趁此崭露头角，更有中央的政策为依据……一切似乎万无一失。

他慷慨激昂，侃侃而谈，甚至夸夸其谈："我赞成建立南北朝，我们可以据北大力发展工业,势力强大之后,自然能通过和平演变的方式把国民党吃掉;南方不打自灭,也可避免解放中国一战的重大牺牲。

"……还可以利用国民党的技术力量,他们虽然集中力量扩张军队,但也注意了工业建设,成立了资源委员会,其中大部分成员是留美学生,很有水平,并且倾向我们。抗日期间还成立了经济部,日本投降后也由资源委员会接管。还有一个兵工署,都是德国留学生……如果让资源委员会搞建设,可能比我们搞得好。因为他们懂行,在技术方面和世界各国有着千丝万缕的联系,信息也比我们快捷,和西方的技术交流就不会断档,和联合国以及西方国家的关系也不会中断。政治上有个互相的监督……只要我们好好干,肯定干得过国民党。"

虽然他为那一次谈话认真考虑了许久,做了很多准备,然而事后推敲起来,还是相当幼稚,尤其"政治上有个互相的监督"之说。

就在他侃侃而谈的时候,情况突变。面对国民党发动的全面内战,共产党不得不打,不得不放弃开始"和平民主新阶段"以及成立联合政府的计划。

胡秉宸也不可避免地从依靠对象成为批判对象。和后来的"反右"斗争相比,倒也算不得"引蛇出洞",但他此后不再"知无不言,言无不尽"。

不再"知无不言,言无不尽",并不等于真认为自己有错。胡秉宸一生从未认过错,不管国事、大事、家事,还是情事……即便暂时失利抽身隐退,一遇风吹草动也会秋后算账;即便不能明算,也会私下算个没完。

所以他一直记得那栋土木结构的小楼,那不也是某种意义上的荣耀?

这三两个教训不算是多,但基本上涵盖了为人处世的方方面面,对胡秉宸日后改弦更张如何做人,起了决定性的作用。

回顾这些经历,他总是心领神会地一笑——"做人""做人",人可不就是"做"出来的!

说难也不难,说易也不易。倒也有了明锐后的轻薄。

这一笑之后的胡秉宸,与从前日渐不同。

虽然胡秉宸常常收敛着自己,并且非常过分,几近病态,甚至失于矫饰,骨子里却恃才傲物。

既有恃才的潇洒,也有傲物的虚浮,难免有失从容和内敛——与一字之差的"收敛"可就失之千里——像一张绷得太紧的弓,很容易绷断,伤害着自己也伤害着周边的人。

谁若侵犯了他的尊严,他能六亲不认,至死不悔。

"文化大革命"初期,一个凶多吉少的晚上,领导"大革命"的一位"首长",把胡秉宸召到了钓鱼台。

根据他在"大革命"里的表现,他知道这个"召见"意味着什么,心中不免忐忑。

虽然开谈之前,"首长"还和他拉了两句"家常":"你过去是做什么工作的?"

他回答说:"很长一段时间在社会部。"

"首长"似乎沉思片刻,再开口就有些熟络:"也算是我的老部下了。"

谁说他们不需要人才!

他又怎能不知道胡秉宸的历史?"大革命"的开场小锣一响,

他对胡秉宸就做了一番调查,档案资料说明,由于他的精明强干,完成过很多艰难的使命,难怪得到周恩来的器重。所以呼风唤雨之始,便指派胡秉宸担任一项重要工作,没想到他是如此的不听招呼,连阳奉阴违都不是,简直是和他背道而驰。自延安得势以来,什么时候容下过这样的不从!

胡秉宸听出话里的微妙。在党里做了几十年,他明白微妙之间就是一个人的沉浮乃至生死存亡。以他那时对"做"人的领悟,趁势说些无伤大雅却不失原则的话,诸如"我水平不高,请老领导多多批评帮助"之类,情况可能就会是另一种样子。

而且这么说也能沾上一点边,当年,这位"首长"的确是"克格勃"的老头头。

尽管心中忐忑,可他偏偏不说,绷着脸,梗着脖子站在那里,脸上一点表情也没有,甚至连头都没有点一下。

原因是远在延安时期,胡秉宸就对这位"首长"有了怀疑,虽然不甚明确。

首先起始于"首长"的讲话。

胡秉宸是挑剔的。从他少年时自己走不好正步,从而讨厌了军训课、捉弄军训教师,就能看出他的挑剔近乎偏执。

他觉得这位"首长"说起话来中不中、西不西,还以假洋鬼子的洋腔洋调自得。一个革命家,有什么必要卖弄这些?而一个喜欢卖弄的人,难免不让人怀疑另有所图。

一做报告就是托洛茨基,说来说去就是托派主张由日本人来占领中国,很没意思。中国的托派不过尔尔,有什么值得这样虚张声势、大书特书?

一个人要是老把什么挂在嘴上,那要么就是他的心病,要么就是除了那个其他什么都不知道。

　　这个本在王明极盛时期追随王明、长驻苏联的人,曾几何时,是个何等忠心、膝下承欢的佞臣,在共产国际的会议上甚至高呼"王明万岁!"

　　胡秉宸亲眼看到过他和王明在延安城外,惬意地骑着马儿闲遛。马儿踩着细碎的小步,两人在马上有说有笑。他们的欢声笑语,让马儿的小步颠簸得起起伏伏,跳跃着逸豫的韵致。那是一个星期天,他从驻地盐店子到延安去买点日用品。野外没有他人,骑在马上的这两个,在贫瘠的黄土地上,在清心寡欲的革命环境中,在对革命事业磕头点地的赤诚中,是那样招摇,那样带有背叛革命群氓的意味,让他不满地频频回头。

　　三十年风水轮转,这位与王明策马同游的人,一九四二年整风伊始,便审时度势,很快靠了过来,转眼成了批王明的得力干将。

　　那时胡秉宸已远去重庆,没能眼见那份赤裸的精彩。

　　"整风"于一九四三年转入"抢救运动",近两万名千里迢迢、到延安投奔革命的干部,几乎全部收审关押,成了特务。他用这些人的政治生命乃至他们的机体,维持了他那个中央社会调查部部长的位置。

　　有人反映此人阴险奸诈、心狠手辣、陷害忠良,据说都被这样的说法推挡回来:我们就是要用他来杀人,用他来揭王明的老底。

　　胡秉宸的目光从半掩的眼皮下,急速地在"首长"脸上扫过,试图一瞥那对隐约在眼镜后面、久已不见庐山真面目的眼睛。可他一无所获,只瞥见一团稍纵即逝、不分皂白的浊光。

　　就在那时,他接上了中断多年的怀疑。

　　人类怎么会有历史?钟情历史?矢志于历史的真实?他突然觉得十分好笑:这岂不是糟蹋自己,和自己过不去?

难怪有人一旦登上帝王的宝座,就要消灭历史。

时隔二十余年,其间风云变幻,"运动"迭起,此人却更加飞黄腾达,不可一世,兼而每在"运动"中呼风唤雨,胡秉宸就越发觉得"大革命"的怪诞。

不能不说,对人、对事,胡秉宸具备一对火眼金睛。

经过多年的磨合,胡秉宸"做"得已渐自如,但他知道并非事事都可蒙混,现在终于到了一个不能"做"的关头,何去何从,必得有个抉择。

三思而后,他拒绝了眼前的机会。在手中握有"尚方宝剑"的几个男女蒸蒸日上之时,很有些大风起兮、慷慨就义的意思。

那个拒绝,何止是对他心智、胆魄、忠诚的考验? 也是对他根基的考验,对来自他那个家族,那个源远流长的根基——不苛求目的(天上掉馅饼则另当别论)的放达,荣辱不惊的沉毅的考验。

但也不能排除"首长"和他谈话时的那副坐相,那种狐假虎威的腔调,让他觉得深受其辱。这种因素于胡秉宸的作用,并不亚于政治上的权衡。

"情况是这样,戚本禹同志反映对你的来历不甚了解,需要清查一下……"

不提戚本禹还好,一提,就想起戚本禹对他拍桌子的事。胡秉宸更是铁了脸,完全不顾"首长"的话里欲藏不藏地藏着"一箭数雕",但也可能容他有一隙回旋之地的凶险。

戚本禹是什么玩意儿? 竟然向他拍桌子!

胡家那浪漫而躁动的血,在他的血管里不可遏制地奔突起来。"首长"一下就明白了"孺子不可教也"的忤逆。

"那么你承认不承认执行了资产阶级反动路线,还散布过许多反对'文化大革命'的言论?"

他回答说："我不知道什么是资产阶级反动路线。我所有的讲话都有录音,领导可以调审……如果非要说我说了,我也没办法。"

胡秉宸听见"首长"用手指弹了弹手里的一张纸,还有"嗖"的一声从指间刮过来的那一窄条阴风。

随即他被告知开除了党籍,其因是违抗"中央"的指示,定性为反党、反社会主义、反中央的敌我矛盾。

"对于中央的这个决定,你个人还有什么意见?"

他直直地站在"首长"面前,说："对组织的这一决定,我保留意见。我不承认我是反动分子,也不同意开除我的党籍。"

说完,他心里反倒不忐忑了,而是横下心来考虑,如何度过根本看不到头的"反革命"生涯,或准备身首两地。

可想而知,在那个回合里也不曾腿软的胡秉宸,白帆的捉弄是怎样激怒了他。他更加冷蔑地说道："你这股浑劲儿、固执、暴戾、无知,完全源自你的父亲,属于一种遗传基因的作用,是无法改变的了。你母亲一生就这样地活在你父亲的阴影下,你以为我也会这样生活在你的阴影下?"

白帆当即把带去的小菜、羹汤摔了一地,铝制饭盒在光滑的地板上不识时务地旋转着,如没有铆足劲的手摇老唱机,又逢一个老式胶唱片,奏出了一曲沙哑变调的哀歌。

正是在这种情况下,她伸出十指抠着胡秉宸的眼睛喊道："我非让你睁开眼睛看着我不可,我非让你睁开眼睛看着我不可——"

这喊叫在病房了无生气的走廊里游走回荡,沉闷的内科病房陡然变作生动的精神病房。医生护士更觉此人暴戾,还说难怪她一进病房,胡秉宸的心电图就不规则地波动。

…………

34

任凭风吹浪打,胡秉宸也没有睁开眼睛。

白帆眼瞅那双合着的眼睑倏忽之间不但不再抽搐反倒淡定地展平,也就是说,她眼瞅着胡秉宸在她面前,瞬间筑起了一道比铜墙铁壁更难以攻克的屏障。而她只能一筹莫展、眼睁睁地看着那工程的实施,无论怎样也不能阻挡大势已去的局面了。

锥心的绝望让她又狂号出一句极不理智的话:"我就是要气死你!——"

在白帆如此败坠深渊的时刻,吴为却明目张胆、厚颜无耻地到医院来和胡秉宸幽会,不是乘人之危又是什么?

为胡秉宸的遭遇哭哭啼啼、柔肠寸断的吴为,与癫狂失态的她形成了强烈的反差,有如一个精心设计的对比,居心是何等险恶!

如果和胡秉宸一对一地较量,还只是胡秉宸对她的伤害,而吴为和胡秉宸的幽会,则对她不仅是一个联手的伤害,还是胡秉宸当着她的仇敌对她毫不吝惜的出卖。这出卖把她置于极其狼狈的境地,没有给她留下丝毫进退的余地……这种伤害,仅仅是加倍就可以计算出来的吗?

她的拳脚、诅咒、辱骂、怒吼……难道不是她的正当防卫,不是吴为罪有应得?

谁敢说她残暴!换了另一个女人也许比她做得还过分。

而吴为不肯大打出手,那左推右挡的招架,更让她想到以退为进的佯装,让她又失一招地恨意倍增。

即便她把吴为置于死地又怎样?她仍然被不言不语的吴为杀了个落花流水,片甲不留。胡秉宸早替吴为缴了她的械。

吴为只能左推右挡。

她明知自己夺人所爱,而一个夺人所爱的人,不论遭遇什么,还有什么可说?

可又不能不夺。那时她以为是虎口夺人,很久以后才知道,事情不那么简单。

更何况胡秉宸沉疴在身,任何刺激都可能导致他转眼之间一命归天。

她有什么道理像白帆那样翻江倒海、大有作为?

但白帆的打法着实让她大开眼界,原来女人也可以如此大打出手。在那一瞬间,她居然还能想到叶家女人的无能。要是叶莲子有这十分之一的魄力,也不至于落到任人宰割的境地。

至于她自己,面对白帆那十八般武艺的全面出击,也只会结结巴巴地说:"你,你,你怎么可以这样打人?"

白帆近近地逼着她的脸说:"打的就是你这个婊子! 怎么样,你敢到派出所去验伤吗?"

仓皇中,她扭头看了看胡秉宸。胡秉宸绷着脸,一副无视无闻的样子。她被这两个无论从哪方面来说,都比她经验丰富、技艺精湛、胸怀大略的人挤在了中间,挤得她无所适从,哑口无言。

胡秉宸一声不响地看着吴为在那摧枯拉朽之力的研磨下,挣扎也无可挣扎,逃遁也无可逃遁,一点点地化为齑粉。

吴为不得不原谅他的一声不响,因为他生命垂危,无能为力。

但他至少可以说明一句,她是应他的要求到医院来的。

虽然事后胡秉宸解释说:"……当时你默默走开是最好的办法,否则弄到医院院部,成为全体病人的笑料传出去,或到了派出所……派出所一定会找三方机关,那才真会造成以后的被动局面。"吴为也未能全然释怀。考虑如此全面的胡秉宸,对要求她到医院一见惹来的祸事,为什么不置一词?

即便胡秉宸澄清责任，难道白帆就会手软？

白帆不能不为保卫自己的利益而战。而经过长期、多种战斗洗礼的白帆，在解决这类危及切身利益的原则问题上，一派大江东去的浩荡。

吴为从来不是白帆的对手，永远不可能是。

以后发生的事，将会证明这一点。

尽管如此，吴为对胡秉宸还是言听计从——

"你是个小仙女而我是个凡人，是个多年在行政部门工作中混的老手。相信我处理问题的能力，把处理此事的责任交给我，那实在不是文学家的事。"

胡秉宸的考虑是正确的，就像他常对吴为说的那样，不论多么困难的事，只要坚持，也包括坚忍，就是胜利。

如果吴为当时不采取忍让的态度，白帆绝对会像他预料的那样，以此为由制造非常事件，不仅他和吴为的前途更加渺茫，吴为也会更加迅速地坠入深渊。

不论重病在身还是病愈之后，胡秉宸都是吴为誓死捍卫的对象。"我有病，活不了多久，请给我最后的自由"，更是胡秉宸的软刀子，与白帆离婚用的这个理由，与吴为离婚时用的也是这个理由，日常也是唯我为是地要挟——谁让女人个个看不得她的所爱受苦受难？

吴为不得不替重病在身的胡秉宸承担来自白帆的反击，更要承担来自白帆与胡秉宸的对手们的联手重击。

她的处境是那样险恶。

不论情况多么艰险，这个无谋无略、胡秉宸心目中"永远的二年级女大学生"，却坚守决不出卖他的原则。

　　只要交出他的一封信,不但可以从如此凶险的沼泽中拔出她的腿,甚至因反戈一击有功,得到如他周围那些人梦寐以求的机会。

　　不是吗? 胡秉宸刚刚提拔为副部长的时候,至今仍然像隐蔽极深,不到关键时刻不会出面的情报人员那样,从来不事张扬的胥德章、常梅夫妇,立刻带着一瓶好酒前来祝贺。看得出那瓶酒存放了好些年头,更见得开启它的机缘多么隆重。记得他举起那杯酒,并向他们夫妇道谢的时候,心中固然得意,可也不无尖酸地想:他们来得是不是太快,唯恐落于人后?

　　…………

　　吴为却说:"这有什么难? 又不是让我去和人家斗法。这个,只要咬紧牙关,什么也不说就是。"

　　吴为的坚守和白帆的倒戈相比,令胡秉宸感慨万千。如果说白帆的反击尚可理解,那么她的倒戈,可就是不能原谅的、品格上的不贞了。

　　为此他曾对吴为说:"我已经打算好,如果你因此被迫到农村劳改,我就到劳改场附近租个小屋长住下来。好在现在自由市场可以买到粮食蔬菜,只要我的离休工资照发,这些都可以办到,再订些杂志买些书,住上几年也无所谓。"

　　不知如此慷慨多情的胡秉宸考虑过没有,要是闹到连离休工资也没有的时候怎么办? 在劳改场附近租个小屋住上几年自也无妨,但对吴为来说,代人受过、劳改几年是什么滋味?

　　一旦这种局面果然出现,除了退求其次,在劳改场附近租个小屋住下,陪吴为度过几年劳改生涯,不知胡秉宸为什么没有考虑挺身而出,坦陈真相,解脱吴为?

至于胡秉宸对要求吴为到医院一见惹来的祸事未置一词，不过是因为在这场不亚于你死我活的斗争中，这样的事实在太具体、太琐碎了。有谁见过在寸土必争、炮火连天的战场上，一个指挥官会为一栋在炮弹下消失的房子而感伤，或宁可失去消灭敌人的战机，而让他的炮火绕过那栋房子？哪怕那栋房子修建于三个世纪之前。

那的确只是文学家的事。

其实吴为的要求并不高，哪怕胡秉宸说一句"对不起，让你受苦了"也行，可是他没有。也许这样的要求，于一个指挥官是太苛刻了。既然胡秉宸已经打算陪她去劳改，又何必纠缠于这样一句华而不实的话呢？

再说，爱是不必说对不起的，即便到了该说对不起的份儿上，又都成了周瑜打黄盖——一个愿打一个愿挨，活该不活该只有女人自己心里明白。

吴为也没有理解胡秉宸"挥泪斩马谡"的谋略。她像大多数女人那样，在那种情况下，没有识大局的素养。她感到委屈，做不到胡秉宸要求的"你将要做宰相门中的媳妇和二品侍郎夫人，要有这个门第的豁达和气势"。

这不仅仅是调侃，那个在几百年风雨的涤荡中已经剥蚀、褪色的门第，影响着胡秉宸的一生，如同吴为两岁时遭遇的那个楼梯。

在权力的争夺中，不该成为、却成为了牺牲品的"二品侍郎"，功名已如黄鹤杳然而去，不管胡秉宸意识到或是没有意识到，"此地空余黄鹤楼"的怅惘或遗恨以及被人暗算的不甘，已经深烙心底。

不知胡秉宸对吴为的恋情，时感格律平仄的对称和谐之外，是否也杂糅着觅到一个为他肝脑涂地的红粉知己的意外喜悦？

她的不理解,不期然地成为一个转折。多年来,吴为不甚在意的那些迹象,那些以为是偶发的、桩桩件件难以理解的事,渐渐聚拢,虽然它的映象暂时还很模糊。

只是当胡秉宸再次要求吴为到医院探望时,她无论如何不肯再做那样的冒险。

正是从这个事件开始,她不再像从前那样,每求必应。

白帆一定没有想到,倒是这些战争的副产品,对吴为和胡秉宸爱情的杀伤力,比她的正面攻击有力也有效得多。

二

这些舆论当然也不是胡秉宸当年那些"对手"营造的。吴为作为胡秉宸现在的"前妻",那些做大事的人物,早已失去了对她的兴趣。当初他们之所以对她兴趣有加,不过是为了从她这里打开缺口而已。如今,不但胡秉宸,连他那些"对手",俯仰之间已成陈迹。

时间岂止是无情,简直可以说是残酷。

三

她也不愿相信这是胡秉宸的作为,虽然他们分开了,她和他的恩恩怨怨却不是一纸离婚书可以了断的。

不过要是胡秉宸这样运作,吴为也能理解。在大众舆论面前,他也难免尴尬和胆怯——虽然他一再对吴为说,他从不在乎什么舆论。

按照约定俗成的社会心理，当然是吴为抛弃胡秉宸。因为吴为比他年轻，而他已经年老体衰……

到了这把年纪，还能如此准确地把握大众的社会心理并运用得从容自如，不能不让吴为叹为观止。

如果真是这样，吴为还会伤心——胡秉宸怎么一点东西也不给她留下？至少让她觉得她对他二十多年的爱，到底没有轻抛一片心。

可吴为更多想到的，是那个常常在头上无声无息地掠过、半人半兽、一双眼睛深藏大恨却又美丽异常的神秘影子……每次掠过，都会从她这里带走一些什么，直到一点不剩。有时她觉得认出了它，感觉非常清晰，可又一闪而过，清晰的感觉重又朦胧起来。

它的出现是如此的猝不及防，哪怕是她和胡秉宸做爱的时候，也无边无际地遮拦着她和胡秉宸的生活。

就像少年时在黄土高原丹阳观的大殿下，等待那可依可靠的黄昏如约来到，并期待着独享随黄昏而至的那份孤独时，总会与她一起等在大殿檐下，擦着她的脑门儿飞来掠去的巨大蝙蝠。它们的影子也是这样覆盖着属于她和黄昏的孤守，使她的傍晚变得暧昧起来。

如今，它终于胜利了，报仇雪恨了！

四

客观地说，扩散这种舆论倒也不是事出无因。像吴为这样一个走到哪里也没法儿不闹出点"丑闻"，厚道一点说是没法儿不闹出点"笑话"的人，这样的"因为所以"不应在她的头上又应在谁的头上？

好比一个早已洗手不干的贼，一旦有人失窃，在没有水落石出之前，不要说人们首先想到的就是他，就连那真正的贼，也要率先羞辱耻笑他一回，以洗清自己。他明知大家的猜疑，可又无法辩白。若是辩白，岂不中了"做贼心虚""此地无银三百两"的套路？

有朋友说，沦落到这步境地是因为她太呆。但吴为不认为自己呆，她只是觉得不会和人接触而已。

根据她的阅历以及她在遭遇各种大难时的所作所为，绝对应该把她归为胆小怕事那一类——不是一般的胆小怕事，而是非常的胆小怕事。

但她看起来又似乎天不怕，地不怕。

一般人很难体会，一个人胆小或是害臊到了无计可施的地步，就会用天不怕地不怕，或是破罐破摔——说是厚颜无耻也无不可——来掩盖这种无计可施的局面。

而在心的暗处，她始终认为世上最大的学问是和人打交道的学问，世上最可怕的东西就是人。你不知道他什么时候、从什么地方、以什么方式下手，不像面对枪炮或是虎豹豺狼，总能知道危险在哪儿、从哪个方向来的，就是一命呜呼，也知道自己是怎么死的。

据说虎豹豺狼肚子不饿的时候并不进攻，人呢，可就不一定要有什么理由，或许仅仅是因为你的存在（存在就难免会有某种成功的可能）对他就是一种妨碍，或许践踏别人也不失为对许多不便张扬的目的一种曲径通幽的表达和叙述，更或许什么都不为，只是你的女婿比他的女婿高了五个厘米……

她老是怀着敬仰的心情说，"世事洞明皆学问，人情练达即文章"可谓百年警句，却始终难以融会贯通，只好宽慰自己：一个人，能做什么、不能做什么,那是与生俱来的。

反过来说,一个人之所以成为众矢之的,道理通常是有的。关于虎豹豺狼的理论,不过是吴为的偏激之谈,读者不难在她的作品中看到这样无处不在的漏洞,这也是她始终不能成为最出色作家的根由之一。

能这样打电话的人,果真想的是青红皂白吗?

吴为本来想对胡秉宸的那个老熟人说"谢谢你的电话",临了却面目全非:"是,是这么回事,我是又嫁了一个比老胡更有钱有势的人。"

出乎意料的是对方不无艳羡之情——虽然是打着哈哈地说:"哦……哦,你们的存款一定很多喽?"

她也打着哈哈地回答:"噢——不算太多,几百万大概是有的。"

是她提出的离婚怎么样?不是她提出的离婚又怎么样?

到了她这步田地,所谓的"舆论",在她心里还值几何?又能将她如何?

她不正是为了争取返回那可以得到一席公正待遇的地位,忍让了一生不公正的待遇,尤其是把她的母亲和孩子亏待了一生?到了,她们还不是被人毫不手软地大卸八块?

她对这个世道曾经寄予的希望是太大了。

如果说人生一世都有一个过不去的情结,那么这可能就是她的那个情结:冤有头、债有主,为什么还要把那惨绝的羞辱对准她无辜的母亲和孩子?

是她提出的离婚怎么样?不是她提出的离婚又怎么样?

反正是她失去了胡秉宸,而不是胡秉宸失去了她。

放下电话之后，吴为到超市去买了一盒牛奶。

回到家里，她闲散地拿起了电话号码本。

难道在大清早就接到那样两个电话之后，她也想打个电话向谁一诉心结？似乎是，又似乎不是。她从头到尾，没有明确目标地浏览着那些名字和名字后面的电话号码，最终一个电话也没打。又盘算着——

要不要换一套入时的衣衫，到一个环境可人的地方去吃一顿饭，再次验证一下她那"天马行空""独往独来"的精髓是否坚不可摧？

或是去买束自己搭配、色彩过渡得有情有致的鲜花？

再不就捡拾一下地板上摊得满脚满地的报纸杂志，打扫一下四处絮飞尘飘的房间，擦一擦家具上甚至可以用来书写的灰尘……

像往常那样，勉力地让他人、更让自己相信，她的日子过得有滋有味？

最后还是放弃了她很擅长的、演出这一类小品的打算。

有那么一瞬，她甚至想，电话铃何不再响起来？哪怕里面藏着比刚才那两个电话更多的心机。

她跟自己聊了一会儿天：

"你觉得该不该去看那场芭蕾舞？"

"当然该去。"

"票好买吗？"

…………

"我得去一趟医院，拿点儿安眠药。"

"现在有种新药好像很有效。"

"什么药呢?"
…………

后来又朗读了一会儿英文;

自得其乐地打开音响,放大了音量;

房子里热闹起来……

她歹毒地笑了笑,走进洗澡间,对着镜子,将自己那如孤狼一般歹毒的脸细细打量,在无有穷期的险恶中,她已经彻底地荒废。没人可以救她,也无可救药,她只能是孤军一人了。

回眸之间,镜子里突然映出许多大而黄的牙齿。那些牙齿胜利在握、不慌不忙地从她身后逼压过来,她的全身于是就被咬在了这些大而黄的牙齿之间。她感到了直穿内底之痛。

猛然回身,想从那些牙齿中间挣扎出去,却一头撞在身后的墙上。

血从她的额角蜿蜒流下,在她久已无味的脸上,增添了一些婉约,甚至是略显风尘的动人之处。

在疼痛中她慢慢清醒,原来那不是牙,而是墙上的一块块瓷砖。但那些瓷砖怎么看怎么像一排排的牙齿——可真不是她的矫情——并且是在侵华战争时期那些日本人才有的、大而黄的门牙。

经过半个多世纪的人种进化以及牙科医学的进步,现在的日本人肯定不会再有这样大而黄的、并像蟋蟀那样向外龇着的大门牙了。但在侵华战争期间的日本人,却不得不尴尬地长着这样的大门牙。

而她洗澡间里的这些牙,不但黄而大,不但像蟋蟀的门牙那样向外龇着,每个牙缝之间还嵌着根深蒂固的黄色牙垢。

她不由得拿起凿子,信心十足地想要剔除那些牙垢。剔着剔着她忽然明白,这么多牙和这么多牙缝,她是无论如何也剔不干净了,于是就拿起凿子和榔头,连撬带敲,一块块敲碎了那些牙。

她干得很安静,很从容,一点也不疯狂。

过后只是觉得有点累,便点了一支烟,对着那支烟低叫了一声"宝贝儿!"又对着空中高喊了一声"妈!——"

吸烟的感觉真好,现在,最让她放松的时刻,最让她感到亲切的事,就是吸上这样一支既不对她怀有怜悯,也不对她怀有恶意的烟了。

她坐在厕所门前的地板上,一面瞧着那些被她敲碎的大黄牙,一面冥想着世事的无定。可不,转眼之间,这些大黄牙就碎了,就像一个本来形影不离的人,突然之间躺进了棺材。

这时她一回头,一个头戴纱帽、身穿朝服的男人走了进来。那男人的脸上,眉毛、眼睛、鼻子、嘴巴全无,只光板一张。光板上纵横地刻满隶书,每笔每画阔深如一炷线香,光板的边缘还翻卷着。

这张刻满隶书的脸板,无声无息地跟踪着她,与她一起在房间里走来走去。她就转身俯向那张脸,问道:"让我看看,这上面写的什么字?"

可她怎么看也看不懂。

从此她逢人便问:"你能告诉我,那脸上写的什么字吗?"

…………

第 三 章

一

几年前,有个本应清朗却再也清朗不了的城市早晨,他们正好坐在阳台上吃早餐。

吴为垂头看报,当太阳混浊的光影,在她那不曾打理过的头发上游移的时候,胡秉宸一面缓缓地呷着咖啡一面对她说:"你的精神有病,应该把你送到医院去,每天给你打几针就好了。"

在任何情况下,连小到早餐喝咖啡、日常喝绿茶这种秩序都不会错位的胡秉宸,这个建议当然不是无的放矢,却又绝对不是因为吴为不曾打理过的头发或颜面,让他心生嫌弃——虽然吴为婚后的邋遢、不事修饰,也是让胡秉宸觉得受骗上当的一个部分。

吴为抬起头,对着他的脸若有所思地想了一会儿。有那么一瞬,她真想对胡秉宸说:"亲爱的,你就是我的心理医生。"可她犹豫了一会儿,又把这句话咽了下去,低头继续看报。

于是,本不那么胸有成竹的吴为就有点让人感到胸有成竹,对用心细如发丝的胡秉宸,更有了那么一点叛逆和挑衅。

不过胡秉宸还是带吴为去看了两次心理医生。

医生对她的叙述不但很不耐烦,甚至没有一点好奇之心。如果你的对手对你连好奇之心也没有了的时候,任何人也会打不起精神。当然,阔大的病室里用做隔扇的白布帘更让吴为感到压抑和封闭。她听见一条白布帘后流行歌曲的声音;而另一条白布帘后,某个病人热烈高亢、敞开胸怀的叙说,不但让她分心,恐怕也让她的医生分心。

以后胡秉宸再带她去看心理医生,她就再也不肯就范。

不久吴为就准备学习绘画。

见到她开始学画画,料事如神的(至今这仍然是她为之迷恋的一个部分)胡秉宸笑嘻嘻地说:"现在你至少是个半疯,不是全疯也不是不疯,而是半疯。"

他忘记了吴为也许是很久以前(比如说他们结婚之始,抑或是他们热恋的时候)就对他说过她想学画,也忘记了他几乎就让木匠给她做个画架,以示支持。

她淡淡地说:"我最喜欢的就是半疯,这比任何一种状态都让我喜欢。"

那时她已经开始和胡秉宸犟嘴,忘记了当初对胡秉宸立下的誓言,比如他就是她的生命、她的太阳之类的海誓山盟。

一个人怎么可以对他的生命、他的太阳犟嘴?这不是吴为的负心负义又是什么?

不要说对一个作家来说,"生命""太阳"之类的海誓山盟毫无新意,就是比起胡秉宸写给她的情书也逊色很多,陈腐得、"鸳鸯蝴蝶"得别说是让局外人,就是让他们现在的自己回想起来,也深感肉麻。

可也不能说胡秉宸绝情。

虽然"海枯石烂"自古以来就被作为证明爱情不朽的誓言,然而尴尬的是,比之海枯石烂,爱情的的确确是一种短期行为。

梁山伯和祝英台的恋爱程序,只经历一个回合的磨难就殉情化了蝶,如果他们不那么过早地殉情化蝶,而是像胡秉宸和吴为那样,在历经那许多波澜壮阔、迂回曲折的爱情程序之后,梁山伯也难免不会对祝英台、也或许是祝英台难免不会对梁山伯说:"你有精神病,应该把你送到医院去,每天给你打几针就好了。"

谁知道呢!

要是那一年,他们按照胡秉宸的建议一起喝了敌敌畏,可能至今还保持着那场轰动全国上下的爱情的原汁原味。所以说,殉情化蝶可能是保持爱情神话的最佳方案。

不过算起来,吴为学画的打算肯定是在他们结婚以后。在他们结婚之前,由于情况的险恶复杂,胡秉宸是不可能让木匠给她做一个画架子的。

她终于画得有了点模样。那些极端冲突的颜色,突兀、狰狞地纠缠在一起,不负责任、毫无章法地恣意挥洒,纵横在铺得满地的纸上,且不留一点想象的空间,让人悚然。

纸张也越用越大,老觉得纸张的边缘紧箍着她,让她无法突出重围。直到有一天,她顺手拿起一管颜色,连笔也不用地在画面上乱挤、乱压,随后发现那原来是一管她最不喜欢的红色——虽然她是个极端的人,但从不喜欢红色,这事看起来可不有点蹊跷?

胡秉宸没有错,这种人生中途突然出现的对绘画的爱好,确是说明一个人离精神失常不远了。

也有一个会看手相的朋友,惊诧地对她说:"你手掌上什么时候出现了这条自杀横纹,我怎么不知道?这很不好。"

这么说,一个手上本没有自杀凶纹的人,以后是可以有的。是什么力量可以在一只本来没有自杀凶纹的手上,刻上一条自杀的凶纹？这难道不是一个很有意思的现象吗？

换而言之，那本来就有的自杀凶纹，也可能自行消失？

命运可以改变还是不可以改变？也许改变也是命中注定。

而吴为言不及义地回答说："可惜自杀还是一件很不完善的事。比如煤气自杀，如果自杀者把煤气放得时间过长，又没人发现的话，会不会殃及公寓的左邻右舍，甚至引起火灾？触电或上吊也许不会给他人造成什么危害，但肉体上遭受的痛苦太大。据吃过大量安眠药却自杀未遂的人说，后果也很痛苦……应该发明一种把自杀变得像睡眠那样舒适的事情就好了。"

事后她翻出叶莲子的照片，仔细研究对照，在叶莲子不同时期的照片上，果然发现了命运（不谈岁月）之痕。可惜她没有叶莲子更早期的照片，最早一张也不过始于她和顾秋水新婚时在蒲圻镇"相真"照相馆拍的那张结婚照。

叶莲子的照片不多，除非必须，她从不光顾照相馆。不是她不喜欢拍照，哪个漂亮的女人不喜欢拍照？照片是对"曾经"的一种挽留，一种立此存照，在时光的打磨中，如铁一般难以磨灭，以便留待日后品味再三，一唱三叹"最是人间留不住，朱颜辞镜花辞树"的凄美无穷，或暗藏着"秋后算账"人的尖诮逼仄的阴沉。

可是因为贫困，叶莲子不得不摈弃许多类似的与吃饱穿暖毫无关联的消费。于是她不多的照片，便有了明显的阶段性，于她过往的日子，就像一个朝代和另一个朝代那样，截然分明。

特别叶莲子的那张嘴，让吴为沉思默想了很久。她想，叶莲子在世的时候，她怎么从没注意过她的嘴，却要在她去世、无从探问考证之后才注意起她的嘴？

所以她觉得她注意上叶莲子的嘴，不是没有缘由。她从叶莲子的嘴看出，叶莲子的哀伤是上辈子就攒下来的。

一切看似没有意义的物件,却能一眼引起他人的注意,差不多都是负有一点使命的。

吴为慢慢回忆着她遇到过的人。奇怪的是,她只在女人脸上搜索到这样的嘴,在男人脸上却没有。她又发现,凡是长着这种嘴的人,无一不是男人脚下的蝼蚁。不但是男人脚下的蝼蚁,还注定要受他人的欺凌和愚弄。

虽然几十年后叶莲子一剪子从中剪开了这张结婚照,而且剪得很苦,很无反悔的余地,连顾秋水的身影都没有留下,只沿着她的发际和脸庞,剪下自己的一个脑袋,却无法剪下她的嘴,也就是她的命运。

此后,吴为又注意到自胡秉宸决定和她离婚起,他的面相乃至头骨也都有了明显的变化。颧骨剽悍而威风凛凛地突出;脖子令人惋惜地向两个肩胛中缩进;后头骨正中,蛮横却又曲线圆润地凸起……依旧的风流倜傥里,有了一种让吴为感到陌生的东西,与他从前的照片比较,简直判若两人,过去的胡秉宸已然了无痕迹。如同叶莲子晚年的照片,越来越回归到她的本原。

吴为相信,每个人转了一圈之后,又回归到出发点的时候,都会把不是出生伊始就附着在身上的东西抖搂干净,有点佛家所说"生不带来,死不带去"的意思,与岁月催人并无干系。

胡秉宸这些细部的变化,明白无误、越来越向白帆的面相靠拢,似乎他本人也从造就他的、无论是东方文化或是西方文化的滋养和框架中渐渐析出,还原为本原的他。于是吴为明白,胡秉宸和白帆本该是此生此世的夫妻,那才是真正的"天作之合",是不是"天赐良缘"就很难说了。而胡秉宸和她的婚姻,的确带有误入歧途的性质。

这种回归的启示,可能也是她轻放胡秉宸一马的诸原因之一。

　　而胡秉宸和白帆怎么也不会想到,他们曾得益于吴为一头钻进了这种玄而又玄的牛角尖。

二

　　吴为的发疯又似乎很有计划,很有步骤,冥冥中好像有人指挥安排了一切。

　　比如,她花了很多时间整理了日记;处理了所有的杂务,包括信件、债务往来;与出版社了断了出版事宜;寻访了很多故人旧地……

　　她是独自前往的,没有惊动任何人,也没有请人陪伴。她在那些被现代生活废弃的地方待了很久,没人知道那里有什么吸引她以及她都在那里干了些什么……只能从她笔记本上杂乱、前后不搭的文字里猜测,可能和她要写的那部书有关——只是可能而已,真正的目的已经无法确证。

　　这些杂乱的文字,读来却很有趣——

　　1.……终于回到塬上。

　　……我的塬破败了,它的破败用悲凉是无以详尽的,任何欲说其详的尝试,比之这样的物换神移都过于飘浮。但它对我仍然意蕴十足,像老朋友一样明白无误地把当初给予我的暗示,对我再一次肯定。

　　少年时代在五丈塬下卧佛寺里抽的那一签,回首一望,可不预言了我的一生? 这一生该算是有求必应,既应好也应坏,不过,应好应坏都是我的咎由自取。

卧佛寺已荡然无存。在武侯祠外与当地农妇核实记忆中的卧佛寺:"卧佛寺山门朝东,卧佛殿门朝北,卧佛头朝东脚朝西卧躺……那时卧佛寺的香火很旺,可是?"

农妇们答道:"是的,是的。"她们的颧骨上,依旧网罩着塬上的日光往复穿梭而染就的缕缕糙红,如我少年时看惯的那样。

向晚时分,在武侯祠前邂逅一江湖相士,虽他自言"我的推算用的是外祖传下的唐朝相书《相理衡真》,他老人家曾是一代名相……"却难以寻觅通灵之气。

可我还是抽了一签。展签一看,眼前跳出四句,比之四十多年前在卧佛寺抽的那一签,简直是狗屁不通的诗文。想不到的是最后一句,让我惊跳起来:

> 刘阮探药上南山,幸运仙姬也快哉。
>
> 此地生长多有份,故乡何事又重来?

老天果然知道我为什么重返这个说故乡不是故乡,不是故乡又让我总是难忘的地方,只是他不点破而已。

我们没有故乡,没有根。我们是一个漂泊的家族,从母亲,到我,到禅月。如今的我,更是一无所有。

我转而寻求一个灵魂的故地。可,人有灵魂的故地吗?我灵魂的故地又在哪里?

寻找是一个怪圈,最终可能一无所得。所谓"故地",也许是个手也摸不着、脚也走不到,根本不知道在哪儿的地方。说不定就怀着"回归"的假设,死在"回归"的路上——这个结局倒也不错。但"寻找"的过程,是一个让漂泊之人感到有所归属的过程。这样说来,人是害怕魂无所依的,所以总在寻找一个"故地",连我也不能除外?

那相士在解卦前,自是一派讨口赚钱的行话,到了后来却有了意思：

"……心眼儿宽，人心不凡……对老人很孝顺，感情受挫，年轻时多情。你母有一暗眼（到此二惊），主生贵子"，"九〇年、九一年不顺，六亲中家有疾病，亡故（到此三惊）……"

早年那副卦和我，不过是个偶然的碰撞；而今这副卦和我，也不过是个偶然的碰撞。可两对偶然的碰撞都应在我一个人身上，就有了反复论证的命定意味。

太阳落下去了，我和相士相伴着踏着暮色步下塬去，空气里混杂着新麦的清香和历史醇厚的霉味。

这江湖相士能让我三惊，倒不是他或他外祖的通灵，而是这块地的地气还没有耗尽——虽然诸葛亮祭天灯的高台早已被后人铲平，种了庄稼，几近全毁。

放眼四望，被黄土高原四面埋伏的旷野平川，真是一派大好战场。旌麾不招摇，战鼓不催征，干戈不血刃，真真可惜了这一脉地势。

遥想蜀汉建兴十二年（公元二三四年），诸葛亮为克复中原，重兴汉室，六出祁山伐魏，就驻兵在我现时踩着的五丈塬。

我任脚下的步履随意游移，眼睛却定定地望着渭河北岸。

北岸的景色，在我游移的脚步中，在渐深的暮色中，线条粗犷晦涩起来，苍茫地模糊了时空的界限……

那正是魏国驻兵四十万、司马懿据以下寨北塬，又拨兵五万，在渭河上架起九座浮桥的地方。

两军交战，地动山摇，电闪雷鸣……

多少英雄豪杰的鲜血染透了这荒原平川，而蜀国丞相诸葛亮也于该年八月二十三日亡故五丈塬。

可我又觉得，诸葛亮的一双眼睛，直到如今，还在不甘地凝视着这一马平川、渭河之滨的关中平原。为什么五丈塬上这武侯祠里供奉的诸葛塑像，却有着一双多情的眼睛？

…………

少年的我，多少次独自踩着河里的石头，蹚过渭河，爬上五丈塬，四仰八叉地躺在当年诸葛亮祭天灯的高台上，苦苦地追思着彼时的情景。

朦胧中，似见诸葛亮在秋夜的寒索中仰观天文，突见相辅列曜的三台星座客星倍明，主星幽暗……他惊悚地低首回身，料知自己不久人世。又见上知天文、下知地理，呼风风来、挥雨雨去的诸葛亮，如何运筹帷幄，于中秋之夜先布七盏大灯，又外布四十九盏小灯，最后内布本命灯一盏。他祈禳北斗：若七天之内主灯不灭，可增一纪之寿。他徘徊蹀步，五天五夜不能成眠，至第六夜见主灯仍然明亮，以为大功即将告成，眉间泛起一丝喜色的时候，想不到却被魏延一脚踢灭！我甚至看到惊恐和悔恨如何让魏延大失颜色……于是一颗赤色大星忽地裹起一柱狂飙，自东北向西南流泻，我甚至听见它撕裂寒空的轰鸣，三起三落后衰绝地坠于蜀营之内。是夜，诸葛亮亡故五丈塬。

我对三国故事并无兴趣，使我惊诧的是伟圣如诸葛亮者，最终不也被这"想不到"所左右？这让少不更事的我就心生模糊的凄凉，就感知人对"命"的无奈，它可不就是永不能破的遗憾？

我也始终不能明白，能通神鬼的诸葛亮竟然还能暗喜？怎么就算不出再过一会儿，主灯就会被魏延一脚踢灭？

而司马懿的帅帐又安在哪儿？也许就安在与五丈塬笔直相向、我和母亲生活了十年的丹阳观也未可知。过渭河踩着的那些大石礅子，是否就是司马懿那九座浮桥的遗骸？

…………

顺着盘塬的山路继续下行，相士的絮语我已不能倾听。

再度置身层叠、莫测、往天际延伸而去的塬上，顿时感悟少年时代的朦胧猜想并非没有根由。古时关中八百里秦川该是渭河的河道，而两侧的塬正是它的河界。

彼时的渭河又是何等浩荡，那一条条横贯在筋骨裸露的塬上的皱褶，可不就是渭河年复一年的拍击镌刻出来的？

而那时的炎黄子孙，该是一个何等健壮的婴儿，摊手摊脚地躺在岐山上，迎着彼时距人类还很近的太阳，不断发出嘹亮的啼声。

沉暮中，看来已经毫无脾气的平实枯燥的塬，渐渐呈现出凝重、悲怆的底色，越来越还原出它原始的威严、傲气、霸气、王气，如帝王般稳坐在大地的宝座上，俯视着芸芸众生以及他们所有的"猫儿腻"和软弱，明达中有一种大慈大悲的收容和包裹。

似乎重又回到与塬日日相向的少年，那来自灵境的大气，重又拂荡、贯通于天地之间……我那独特的感悟生命的禀赋可不得益于此？

自十八岁那年离开关中，我们再也没有回来过，我以为这个山坳永远从我的生活中退去了。

"故乡何事又重来？"

我以为不过是重温一下我们在这里的生活，在母亲走过的路上重蹈一次她那无奈而又绵韧的脚印，重新体味一下她当时独自走在塬上那份孤苦无告的凄楚，也或许是在寻找我自己的一部分人生……

后来明白，我是在寻找母亲，虽然知道再也找不到她了，但我还会不停地找下去。或者不如说，我是在寻找自己上一辈子没有了结的故事。

在这寻找(回归?)的过程中,很多当初不甚明了的事情现在竟有些明了。

这才发现,我们住了十年的这个村子叫作零霖村!

真如醍醐灌顶,前生今世,可不早就让这三个字说得一清二楚。

我不知道母亲当年是不是知道这个村子的名字。

……所以我觉着应该在这里找一块地,将来把我和母亲的骨灰都埋在这里,对漂泊而又无处可以安放骨灰的我们,这可能是唯一的落脚之地。

到过世界上那么多国家,游历过那么多世界闻名的美景,可是我最怀念的是这个"晴天黄土没脚面,雨季泥泞没脚踝"的塬;最留恋的反倒是和母亲——后来当然有了禅月——一起度过的那些困苦而不是所谓时来运转的日子。也曾在爱情的甜蜜、事业的辉煌里,风光过,快乐过,疯狂过,志得意满过……都如过眼云烟,反倒不像困苦的日子那样安帖。

如果没有它们,又如何衬托日后的时来运转?

冒雨寻访丹阳观。再也找不到当年的情景,沿途净是残破丑陋的房子,如雨后毒蘑般汹涌,你吃我、我吃你地拥挤着。

上哪儿再去找那个满眼黄土、清贫自律,如罗过的细面捏制而成,干净、疏朗有致的零霖村?

潦倒的灌木、芦苇、衰草,四面包抄着渭河,昔日浩浩荡荡的渭河,瘫了,萎缩了,沦落、断裂,如一块块肮脏的碎玻璃片。

何处可寻丹阳观?我们住过的那个厢房,地基已经塌陷。看着那块塌陷的地基,我知道自己的气数已尽——实际上我的气数早和母亲一起去了。

何处可寻丹阳观后一片森绿、守护着泉水的老柏树?

出丹阳观山门,下三十三级台阶拐向右上方,那该是我的麦地,一个独行侠般小女孩的麦地。初夏,拨开齐腰的、扔在塬上任它自生自熟的麦子,准能看见我在猫着腰寻找黑麦、野菜和甲虫,或是脱下母亲一针针、一线线缝制的布鞋,用长时间没有剪过的指甲,专心致志地抠鞋底。鞋底上的每一处针脚里,都黏黏地粘着泥土与脚汗合成的臭烘烘的泥垢。作为一个女孩子,实在不该随身带着这样的泥垢,可我没有袜子承接它们。母亲买不起袜子,我一直赤脚,好像隆冬也没有穿过袜子,关于袜子的事,我记不清了……

躲在麦地里的感觉真好,有如回到母亲的子宫。以后再没找到过这样一块让我感到安全的地方。

冬季是乏味的,但可以在麦地上放风筝……

可是我的麦地,如今已变作一座丑陋的化肥厂。

绕至丹阳观后,那阔如围墙、野生野长的蔷薇屏篱已然了无踪迹……猛的一个磕绊,目光跌在了那棵老歪槐上。它依旧歪着,在雨日的泥泞里,苍凉地垂下头,一言难尽地俯视着我。雨滴顺着它的叶脉如泪水流下,点点滴滴扑打在我的脸上、身上。

它比从前更老,更寒碜,更不堪于眼睛的消遣。可它原本不就是为着陪伴我们的寒夜? 尤其在凄风苦雨之中。

只有泥泞依旧……

只有泉水的潺声依旧……

我哑着老嗓子,唱起辛老师教过的歌:"看泉水出山口,急急忙忙向前流,朝朝夜夜流不休。岸上垂杨柳,倒斜柔丝想挽留,无奈泉水总是不回头。小鸟声唧唧，似不胜忧愁，因为他将失去好朋友。横想留，竖想留，竭力啭歌喉，无奈泉水总是不回头……"

当年泉边柳枝倒斜、水草繁茂、水道宽阔，水中游弋着小鱼和蝌蚪，它们无数次地听我唱过这支歌。

贪婪的我，掬起一捧又一捧蝌蚪，和着泉水一起喝进肚里，乡里人说，从此不会上火。

我大概是喝多了，成为我们家最怯懦的一个。

那时觉得我就是那向山口流去的泉水，后来又觉得我就是那只小鸟，再后来就觉得自己什么也不是。

而折向坡下的一处弯道，已经变做水泥与鹅卵石砌成的石湾……

一面循坡而上，一面哭叫着母亲，除了几只被雨水淋湿了羽毛、满脚泥泞却给我慰藉的鸡，四野什么也没有。

沿着已然细若一带的泉水上溯而去，终于看到一个田姓男人在侍弄他的试验田，田里培植着冬青苗。他就住在附近，年纪和我不相上下。蒙他好心，带我到了一个多边形的凹处，说，这就是珍珠泉了。

据他说，六十年代初，有人异想天开，要在塬上修渠引水，就把塬掘了。开天辟地以来就积攒着的黄土，从凤鸣岐山的老塬上倾泻而下，埋葬了这不知突涌了多少世代的泉眼。

一根丑陋萎细的铁管从黄土下伸出，想来铁管的另一端，就是久违的泉眼。

我向那颤颤地悬在铁管上的一线泉水扑去，一脚踏在不稳的石块上，险些滑倒。田姓男人搀住了我，说："不远千里而来，却是荒草一片了。"

他告诉我，零霖村的人大部分姓李，可这个沟叫作秦家沟。

本想在那里寻找一块埋葬我和母亲骨灰之地的白云小寺,也一同淹没在那黄土的巨流之下。天下虽大,我们却连一块落脚之地也不可得了。

只寻得一块残碑,横跨在两块耕地间的沟渠上。我撩起田里积水,抹去残碑上的泥污,断碑上有只字片语显现:"零霭村北坡有白云寺,形如卷阿而小,内……嘉庆二十一年次岁丙乙吉日……"

又下塬来到大槐树的旧址……

那个十岁的、独一无二的早晨……

如果人们细心,就会在"那个十岁的、独一无二的早晨……"下面,看到一条画得很粗的提醒线。

粗约六人抱的老槐树,亦于忽然心血来潮、想要赶上英国的公元一九六〇年,在大炼钢铁的土炉里灰飞烟灭。那炉子既然胆敢吃掉这样一棵树,就难怪现世的败落。

在向晚适宜阴魂隐现的空蒙雨色中,我悟到那是一个"数"的开始。

从老槐树往北上塬,当年旧貌依稀可见。但我走不动了。

又从零霭村下塬去火车站,那少年时曾觉繁华似锦的地方。站口有小铺,叫卖卤肉、茶叶蛋、绿豆面黄豆芽素丸子和烧饼,还有一个小店卖小酥鱼。一九四九年解放后,我们的生活有了着落,母亲做过小酥鱼,让我带到就读的西安中学。第二天一早,同学从蚊帐前的一地小鱼头发现我的劣迹,有人报告了老师。

出站口往前,该是布店、杂货店,形状、位置一点没变,只是改为砖木结构,反倒比当年的土木结构更为败落。在店里见到一匹花布,保留着几十年前的风格。我呆住了,并在那图案上找回一段我和母亲的岁月,想起母亲穿过的、那些蓝色底版上印有白色石竹小花的旗袍，不过现在这匹是紫色底版。我敢断定它是西北一家纺织印染厂的产品，我们过去的衣着，与这个纺织印染厂息息相关。买了一段，准备给禅月做条裙子，暗中希望禅月能从这段布料上感知我们过去的日子。

沿铁工厂围墙往东南而去，该是麦地。拐进镇里，路口有染房，一年四季散发着靛蓝的矾汞味。染房前的小街该是卖饸饹、凉粉、酿皮的摊子……自然全已消失。

现在一看，所谓繁华似锦的老火车站，不过弹丸之地。

沟窄了，道窄了，地貌像人一样的老了，一副不胜折磨的样子。它们在千万年岁月中的衰老速度，也抵不上这几十年……

2. 秦老师说："这个烟斗是你妈妈送给我的，现在还给你吧。"

我摩挲着，端详着那个周身布满烟垢的英国烟斗，说："不，还是您自己留着吧，我能看看它就很好了。"

秦老师怔了怔又说："给你们也没有什么意思，用了几十年……现在连烟丝也买不到了。"

"等我回北京以后，给您寄一些。"

他颇为踌躇地停顿了一阵，说："也许我会把它传下去？"

我忙说："您谁也别给，这是我母亲送给您的，如果……"我不知道说下去还是不说下去，可是看到曾经那样伟岸的秦老师，如今几乎驼为侏儒的样子，料想缘会难期，只好硬着心肠说下去，"您百年之后，顶好把这烟斗带上。"

"当初我对你母亲还是有感情的，可是我没有勇气表白，再说当中隔着廖瑞鸿，她对廖瑞鸿有报恩之情……一九四九年以后看苏联电影《区委书记》，里面有这样一个细节：那书记手里整天拿个烟斗，是离婚的爱人给他的。有一次出门忘带了，又返回家找。

烟斗被他后来的爱人藏起来了，没有找着，两个人还生了一场气……看到那里，我就想起你妈妈送我的这个烟斗……"那行将就木的声音里，散发着布满霉点的遗憾还是追悔？

他怎么会变成这样一个侏儒？烟斗又是哪里来的？像零霖村这样的地方，不要说当时，就是现在，也不可能找到一个英国烟斗。

在"怎么会变成这样一个侏儒"和"烟斗又是哪里来的？像零霖村这样的地方，不要说当时，就是现在，也不可能找到一个英国烟斗"下面，都有一条很粗的提醒线。

3.……在武昌一个小旅馆里等着换乘第二天去蒲圻的汽车。

晚上，蜷缩在小旅馆冷硬的铁床上，辨听着细霰如何弹奏那凋零的灌木和树枝，一如昔日弹奏我们糊着麻纸的窗。现在还有麻纸糊的窗吗？

在细霰的弹奏中，重又感到清贫简约的抚摩，如母亲本该纤柔却不能纤柔的手在抚摩着我。

头顶那盏飘摇不定、忽明忽暗、瓦数很弱的灯，演绎着飘零者的艰辛。母亲当年带着我千里寻夫的艰难，一一在眼前重现：一个从未闯荡过江湖、两眼一抹黑的女人，带着个不懂事的孩子，识字不多，又没有丁点出门在外的经验，最要命的是口袋里没有多少钱，还要通过敌伪军的不同占领区……我心疼得不敢再想下去。

连衣服也没脱，就这样睡去。可却两次梦见母亲，头一次是她让我不要到某个地方去。什么地方？我反复记诵了多次，醒来却忘了。难道是不让我去蒲圻？

…………

三环陆水、背靠阜群山的蒲圻镇，像条老船似的在江雾中起起伏伏。

既然可以地老天荒，蒲圻镇城墙上的石头，也如料想中那样不可幸免地老了。

沿当年东北军一一二师的路线，从车站经南城门进县城。一九二七年阴历三月，唐生智同样沿这条路开进蒲圻镇。当时只有一条小路，无法行车。一九三○年才修了一条通向火车站可行吉普车的土路。

我暗暗对母亲的骨灰说："妈，我带您来重游幸福时日的旧地了。"

当我带着她的骨灰赶到马永和客栈的时候，那栋小楼已让风雨岁月压弯了脊梁，铺排在椽子上的瓦片，如一把断了扇子骨、已然无法展开、收拢的折扇，在压弯的脊梁上一波三折地塌趴着。

可它毕竟还立着。

想必母亲也设想过有朝一日旧地重游？

可她是否知道，旧地重游何止物是人非？更多的时候是人物皆非。长存的不过是对故地一种情迷的固执，特别是我这种人的固执。

她可知道，旧地重游，是眼睁睁地看着在繁芜、如烟的往事里，淘了又淘、筛了又筛，只留下最为值得、最可珍惜、保存了多年的回忆，骤然在眼前撕裂、坏损，乃至灰飞烟灭……只剩下一缕绵长不绝的惨痛，缓缓从心底抽出又缓缓流散的过程。

现在的户主，李姓老人说："马永和客栈是三十年代初至沦陷前蒲圻镇的唯一客栈，兼营餐饮，偷贩烟土。也是当地士绅、社会贤达议事聚会的地方。"

小楼还保持着当年的格局，楼上有三间客房：一个单间，一个套房。

我一眼就看出，那个单间，就是母亲婚前那个晚上和她继母住过的房间。

对于这一点，我确信无疑。

因为我一站到那个地界，脑袋立刻就像紧上了一道箍子，似有电流从那道箍子籁籁地蹿向整个头皮和脸面，紧跟着就"嗡"的一下发麻，发热，发紧。

有很多事情，我不可能与母亲一同感知，亲历。但，凡是与母亲有过密切关系的地点、景物，我一旦置身其中，脑袋立刻就像紧上一道箍子，似有电流从那道箍子籁籁地蹿向整个头皮和脸面……

那个单间，笔直地对着一个没有扶手、摇摇欲坠的楼梯。并且还像半个多世纪前那样，摆着一张棕绷大床，可能连方位都没有变。母亲和她继母当夜正是睡在这样一张床上，她们还不具备除了夫妇不能与家人同睡一张床的文明习惯，也就不可能花无谓的钱去租用隔壁的套间。

屋顶上，裸露着一条条羸弱的房椽和席毡，除了临街那扇木板墙外，其他三面墙上裸露着砌墙的石头，连粉饰也省略了。

临街的木板墙上有一方小窗。母亲该是站在那里，张望过这条小街，想象过第二天早晨，怎样从这条石板铺就的城隍街小路走向蒲圻镇南门外那紧挨京汉铁路，经营麻、茶、南竹、杉木、丝（那时蒲圻家家都养蚕）等土特产的马耀华转运公司。她和我未来的父亲老顾，将要在那里举办婚礼。

六十多年前，一九三五年一个早春的晚上，就是这样一个房间、这样一张床，承载过我彻夜不能成眠的母亲和她对未来旖旎的憧憬。

也就在那个时候，在中国工农红军红一方面军中初掌帅印的毛泽东，刚刚指挥完四渡赤水的战役，挥兵向陕北红军靠拢。

关于这个挽救红军于东奔西突、弹尽粮绝之地的重大决策，有一个传播甚广的说法。

所以每当有人唱起"抬头望见北斗星"那首著名歌曲时，我却老是想到一张报纸，裹在贵阳某个人去楼空的县政府或国民党党部办公室的一堆旧报里，破损，百分之九十九会被人忽略，载有陕北"共匪"作乱的消息；还有一只伸向它的手，顾长秀美，夹着一支劣等纸烟，神经质地轻颤不已。

于是那支初始目的并不明确、从江西老根据地仓皇流向湖南的队伍，从此才折兵向西。

历史上从此有了工农红军从长江南北根据地向陕北根据地战略转移的说法。

如果没有这张只有百分之一概率被人注意的、宿命的报纸呢？

而东北军一一二师的将士，彼时在鄂、豫、皖剿匪副总司令张学良将军的指挥下，沿平汉铁路布防，意在消灭羊娄洞一带共产党徐海东部。无论如何不会相信，两年多后，他们会带着钱饷、兵马、军械、粮草辗转奔赴延安，投奔他们正在围剿的敌人。又在不长的时间里，带着剩余的四十多名卫队离开延安，到达陪都重庆时，只剩下师长包天剑和笃信忠臣不事二主的顾秋水。

一一二师的司令部就设在马耀华转运公司，师部军官，特别是少壮派军官，常在马耀华转运公司盘桓，顾秋水更是这里的常客。

一位七秩又八，当年在马耀华转运公司当过侍女的老人还能记起，当年有个顾上尉，一有什么难事，军官们常常挂在嘴上的是

"找顾上尉!"至于这个顾上尉的模样,她倒忘记了。

与偶然乍富的情况大同小异,马家在武汉跑马场中了头彩,发财后就经营起转运公司。

也许因为马耀华转运公司具备文明世界的一些物质条件,便吸引了东北军的老少军官。比如说,地上铺着打蜡的木地板,四壁装着木墙裙。备有中、西两式客厅,中式客厅里有一套可以拼接的清代家具,价值一百个"袁大头",购自武汉某位官宦人家。还有一块镶在雕有飞龙的檀香木中的玉石,也来自败落的官宦之家。西式客厅里摆了张大桌,供宴会、打牌或打扑克之用。当时洋派人物打扑克,旧派人物打麻将。老顾打的那手好扑克,可能就是这里练出来的,使他日后穷途末路之时得以此技为生。楼上有个不要说在蒲圻,就是在当时的武汉也不多见的抽水马桶……所以马耀华转运公司名声了得。

马老爷只有一个儿子。也许因为总被父母装置在棱角生硬的全套西式服装里(即便在蒲圻镇),那孩子更显得弱不胜衣。马老爷为这唯一的财富继承人——不爱吃喝、十分内闭的马少爷,费尽了心思,为此不惜将那块镶在雕有飞龙的檀香木中的玉石,送给了某位名医。可是没人能够治好马少爷的病,他就那么恹恹地活到一九四九年。巨富的马老爷和马太太,早在一九四九年之后的土地改革运动中结束了他们的人生之旅。弱不胜衣、不爱吃喝、十分内闭的马少爷,却突然开放、壮硕起来。人们常会看到那个游荡于蒲圻镇各条小街的流氓无产者马少爷的巨大身影。早知共产党能治好马少爷的病,马老爷当初何必操那么多心? 不但如此,马少爷还成了一个没脸没皮、偷吃成性、屡教不改的坏分子,并饿死在一九六○年的冬季。即便有很多人在那个时期饿死,即便马少爷成了偷吃成性的坏分子,人们还是不太容易接受少时对吃喝那样深恶痛绝的马少爷饿死的事实。他们觉得谁都可能饿死,但无论如何也轮不到马少爷饿死。

而今的蒲圻面目全非。我却迈过一轮又一轮岁月,走进了当年的蒲圻。

出南门乘船过河,走在河岸边。萧索的荒野里,对四周瑟瑟的芦苇说,六十年前,他们正是经这里到侯王庙去赶庙会的……

于仙人观山麓之西,找到正在修复的侯王庙。

"侯王鲁肃生于东汉末年,少时与周瑜知交,后得信孙权,辅佐王业建都金陵,号东吴……初兴新邑于西泉湖畔,改沙郡为蒲圻,次建粮秣城于鲍口,修太平城于蒲首,筑七星台于南屏,联西蜀诸葛亮祭东风、借烈火,破北魏曹军,赢赤壁之战……"我似乎听见老顾对母亲这样说。

这事可真有点蹊跷,我怎么老生活在与三国故迹沾边的地方?算起来,老顾的精子该不是在蒲圻着的陆。可我怎么老觉得我本该是个铁骨铮铮的男儿汉,不知落地时如何阴错阳差变做了阴柔缠绵的女儿身。

从我行为断事多少有点男儿风范可知,我的猜想不算毫无缘由。直到和胡秉宸结婚前,我对男人一直抱着"铁骨铮铮"这种非常老套的概念。

记得零霖村小学操场西北两墙交界处有棵老桑树,我常趁着星光在那里操练"飞檐走壁"。土垒的校墙上,满布着我一脚脚、一级级蹬出来的凹槽。

差不多十天就会穿坏一双鞋。那些鞋全是母亲那双小而弱的手一针针一线线做出来的。她总是拿着鞋无奈何地问我:"你是穿鞋还是吃鞋呢?"

　　不论她动之以情，还是晓之以理，都没有改变鞋的状况。

　　我虽未学得"飞檐走壁"的本领，但不知这种无稽并始自少年的修炼，对我是否起过意想不到的影响？

　　走着、走着，城隍街也好，南街也好，马耀华转运公司也好，突然在我眼前凝固起来，像从冷却的火山岩浆下挖出的庞贝古城，杳无人迹。

　　只见穿着新嫁衣的母亲，站在马耀华转运公司的门前，迎送着前来参加婚礼的人们；或抿着嘴，抿着饱涨起来的幸福，偷眼瞟着老顾怎样应对劝酒的客人……却听不见任何声响，也看不到其他人的身影。

　　距他们居所不远的西城门也不可避免地拆毁了，旧址上是一栋染成绿色的医院。我投宿的招待所地基下，是当年西门外的叠秀山麓，叫作金鸡山的地方，那该是他们采花、捕蝶、挖笋之处。

　　难怪有位能开天眼的先生，在母亲去世后的头七对我说："你母亲已经做完了所有的事，她该走了。她对世界已经没有多少留恋，但还没有完全离开这个世界，她还要到生前去过的地方再走一遍。现在她正走在一条河边……非常平静、非常自由自在地走着，已经没有牵挂，可能还有一点对女儿和外孙女的思念，可是也不多了……"

　　当时我想了很久，我们生活过的地方哪儿有值得母亲留恋的一条河？家乡村外的那条小河？柳江？漓江？渭河？都不对，那些河里，无一不掺和着她的眼泪。

　　可第一眼看到陆水，当即就明白，母亲是回陆水来了。在母亲的一生中，这儿，可不就是她最不能忘情的地方？别管那个叫作顾秋水的人后来怎样送她下了地狱。

　　对母亲来说，那时的陆水，就像一行不了的泪——一行不是因为忧伤而是因为感动、惊喜(它们将应许她多少幸福和欢乐)而涌起的,没有长大也没有长结实,因而也就不够饱满的、柔软的泪。

她之所以把本该是铁骨铮铮男儿汉的我,中途变做阴柔缠绵的女儿身,很难说与此无干。

但为什么在我看来,那却是一行不断的、肮脏的冷泪?

陆水是平和的。即便有一座水泥桥和一座木桥的畸零桥墩和桥桩,点散、残留在一带陆水之上,却像五线谱上残缺的音符,只写下了一些零散的乐句,无法成章。

对于过去,不完整可能比完整包含着更多的内容,但不论完整或不完整,都不能搅扰陆水的什么了,也或许它们从来就未能搅扰过它的什么。如今这些不连贯、不系统的符号,只能对我这样的人,断断续续、支离破碎地暗示些什么。

桥墩和桥桩的历史,不算久远。一九四九年五月二十一日,南逃的国民党为阻止中国人民解放军的追歼南进,炸毁了蒲圻铁路大桥,中断了粤汉铁路线的交通。但是国民党没能阻止中国人民解放军的南下追击,追击者紧挨着水泥桥又架起了一座木桥……

那胜利者的木桥,如今也只剩下参差不齐的桥桩,它们与失败者的水泥桥墩,组成了这些无法成章的音符。

只有冷峭的、不断穿过桥墩和桥桩的江风和江水,仍然淡定地吟唱着一首从不可追溯的久远以来就不曾断绝的、没有起伏的、单调的老歌。

我坐在陆水之岸,在江南冬日阴骨的冷风里,与那对相依相伴的桥墩和桥桩,一起倾听着陆水的低哦长吟。

　　而母亲和老顾举行婚礼的马耀华转运公司已荡然无存。一条新铁路,不甚必要、剖肠解肚地从转运公司正中穿过,离老铁路不过几十米。

　　不知人们用了多少生命和血汗,来证明这一场场交替。

　　只有转运公司对面老桥旁的木材厂还在。那正是一九三六年张学良将军声泪俱下,发表抗日救国演讲的地方,据说听众无不为之动容。

　　离去时,回首遥望陆水和像陆水一样老去的蒲圻城,我的目光突然剥去依城而建或摞在城墙之上那些只能遮风挡雨的掩体——有人把那东西叫作房子也无不可——把它还原为三国时代陆逊的粮城模样。真不愧为江南独一无二的石城! 一条条青石垒筑的城墙上,偶有青铜般凝重的流影在阳光下冷然闪过,它的坚实不仅抵御着外侵,也让自己不堪重荷。

　　我又一次失去了母亲,那个隐秘的、在蒲圻找到母亲的幻想,破灭了。

　　回到北京,当夜高烧,我大概在蒲圻镇碰见了“什么”,那不是三国时代兵家的必争之地吗?

　　4.前廊和玄关上的顶灯,竟还是当年的。每一处弯头、每一根线条、每一小块玻璃上的花饰,无不体现着老欧洲的精致和风情。

　　来到地下室那供佣人居住的地方,抚摩着房门上式样老旧的铜把手,知道它还是几十年前的旧物。我和母亲在这间房子里一住两年多,她年轻的手和我的小手,不知多少次从这个把手上滑过……转身去地下室的厕所,抽水马桶依旧,只是上面结满垢石。

……回转头去，再次凝望那昏暗的走廊……清清楚楚看到病重的母亲，在那个深夜，摇摇晃晃扶着走廊的墙面，喃喃地对自己说："我不能病，明天一早还得给二太太洗换床单呢。"

上到二、三层楼。楼道里纷呈着杂居之所式样各异的炉灶，墙面上铺排着由那些炉灶坚持不懈烟熏火燎制造的油垢，又在烟熏火燎的腐蚀熏陶浸润中龟裂起翘。如一张红颜褪尽、不得不靠浓厚粉黛支撑的脸，落魄、风尘。让我不由得想起二太太，她后来的命运如何？

在龟裂起翘的油垢下寻觅，隐约可见老墙皮的原色。

橡木上同样沾满油泥，如一支饱蘸墨汁的毛笔，随时准备落定惊叹号下那一滴墨豆。

啊，那就是我没齿难忘的楼梯！

除了油漆耐不住往来脚步的消磨，上好的橡木楼梯依然棱角分明，嵌在台阶边缘上的铜条竟还锃锃发亮，极不得体地坚持着昔日的一份奢华。当年这些楼梯和地板上的蜡，都是瘦小的母亲跪在地上一寸一寸打出来的。

还有我！

还有我！

还有我——

直到现在，地板蜡的气味似乎还盘桓在鼻腔里不肯消散。

我恨这些楼梯，不，我恨那个把我推向这楼梯的人！

在楼梯上上下下，在地板上来来去去，为这一寸寸何止见证过母亲汗水的旧时相识，为何曾有人怜惜过那瘦小、匍匐在地的身影，而无限伤情。

这栋由德国工程师设计施工的小楼，这些楼梯，肯定禁得起再一个六十年的生生死死、风风雨雨。当初活在里面的人,多半都离开了人世,相信连我也活不过它们。

在"那就是我没齿难忘的楼梯"和"我恨那个把我推向这楼梯的人"的下面,不是画着一条,而是两条触目惊心的提醒线。

5. 我拿到了那张所谓"借据"的拷贝件——

收到

长江部转来福特卧车壹辆(缺电瓶)

西北军大　金仲华(印章)　六月八日

这辆为中国共产党、为抗日战争的胜利,立过汗马功劳的老"福特",就是张学良将军滞留西北期间的专车。它该是怎样疾驶在那个著名的、一九三六年西安的冬日里!

而这张写着二十九个字、长不足半尺、宽不足两寸的纸条,却也不经意地泄露了它在辗转易手中,将要面临的结局。

对街虽有张将军的纪念馆,但,如此"福特"何处寻?

张学良将军的卫队营,已改为一所中学,院子东南角我们住过的营房地基上,建起了一栋楼房。而院子东北角张冠英老夫人的小院地基上,也起了一栋新楼。所幸院子西北角还剩有三间旧房,铺在天花板上的苇席还算完整,后墙上的一方小窗,边角也还整齐……我们当年住过的营房,大体如此。

6. 想不到,我独自一人来到胡家的老宅子。这是我们多年前的愿望,结婚以后同来这个地方,还要到富春江住些日子……

我站在破败的门楣下,向那曾经是钟鸣鼎食之家的庭院张望。

——树影迷离,有飞鸟从深处惊起,我听见鸟翅扇动的回声;

游蛇遁入草丛,掠草飞走声如急雨。

已是黄昏时分,晚风在每一处残缺里萧萧穿过,起起伏伏,不绝如缕,连缀着古今不堪、不经的故事——却不对我说出一个字。

——谁人会登临意?

7. 燕已不在人世,五十三岁死于心肌梗塞。我的玩伴,那个梳着"童花头"、穿着英格兰花呢裙的小姑娘,就这样地没了。

豹已偏瘫,只能对着我呀呀咿咿不知所云。

虎在西北空军某部工作。

陆先生已近九秩,除了那件挂在书架上的千缀百补的晨袍,再也找不到一丝在老英格兰长期生活过的影子。

满地腌菜缸,满桌子塑料花、假陶制品,一堆堆里窝外撅的铝制器皿……哪里还能感受陆先生当年始创"工合"①的爆发力?

写字台下还有一双露脚趾的棉拖鞋。

见到陆夫人写于一九四九年的一封信,被陆先生珍爱地收在相册的透明纸下。那封信寄往瑞士的陆先生,彼时他正在联合国难民局任远东事务顾问,而夫人先行回到一九四九年后的中国,一片赤诚地动员陆先生回来。

"……只是招待所里虱子太多,床单每天并不洗换……"虱子和不洗换的床单只是顺带一笔,并没在意诸多的不惯、不适、不便,尔后将如何尖锐地呈现在他们英国积习的面前。

…………

总之,吴为的札记里有太多的线索,太多的沧桑,而且处处都

---

① 工合,即中国工业合作协会促进委员会简称。成立于 1938 年春,由美国记者埃德加·斯诺与新西兰国际友人路易·艾黎等人共同发起组织,旨在建立和发展工业合作社,支持中国的抗日战争。

是伤心的,却没有一处记载着她曾经的欢乐。

一个人怎么可能一点欢乐的记忆也没有?

三

在不长不短的日子、诸般事体都有个了结之后,吴为的眼神就黯淡滞怠起来,像是到了一部长篇小说的结尾,再也不会有情节的跌宕起伏了……

四

吴为的病情日益加重后,有一日白帆从胡秉宸又是刮脸又是洗浴又是翻箱倒柜地试装猜出,他肯定是去探望吴为。

白帆勉力做出玩笑的样子,"又是去看她吧?"

胡秉宸避开了"又",一本正经地说:"人家病成那个样子,又无亲无故,难道我不应该去看一看吗?"

"你不是说她从不照顾你的生活,才让老战友们找我说和,协议复婚的吗? 现在你也没有照顾她的义务。"

这话听上去就有点得了便宜又卖乖了,胡秉宸有些变了脸色。在他和吴为婚后的生活里,白帆精心策划的那些"策反"工作,就算吴为不明白,他还能不明白? 现在却说他找老战友们"说和"!

可是他也不便显出羞恼,任何一句她觉得不顺耳的话,都可能成为扣押他的理由,便苦笑着问道:"你不是个最有同情心的人吗?"

白帆的确向往做个最具同情心的人。然而同情心这种东西，像所有高尚的东西那样，禁不住实利的碰撞和摔打。

她想起胡秉宸一生对她桩桩件件的背叛和负情负义，特别在他这样浪荡一圈之后，她不但收留了他，还处处迁就，以图重修旧好，而他却不知感恩图报，现在又故态复萌干起这样的勾当，更是良心丧尽。

这样思前想后的时候，她把自己在这场旧梦重温中的形象渐渐幻化，忘记了她之所以收留胡秉宸，与青春年少时对他的迷恋已然不同，更多的是为了向吴为报仇雪恨。

更想到，如果胡秉宸和吴为的关系死灰复燃，不但仇未报、恨未雪，人们对她和吴为的说法，将面临平反后的再次平反。

鉴于以往的经验，白帆知道不能重蹈覆辙，再次将胡秉宸逼上梁山，像上次那样，反倒把胡秉宸推向吴为。

"那么我和你一起去。"白帆情急地说。

她又不是第一次面对这种局面，本该熟悉这个规则：一个三心二意的男人，根本无法把握。就像那句老话说的，你就是把他拴在裤腰带上也白搭。

吴为后来倒是懂得了这一点，对胡秉宸只好听之任之，而听之任之的结果，是招致不关爱胡秉宸的谴责。

总之，你得为一个三心二意的男人，面对两只攥着让你猜猜看的空拳头。

胡秉宸就不只有些变了脸色，而是乌云密布、风雨欲来的样子了，"你觉得这样做合适吗？"他尖声问道。

胡秉宸绝对不能容忍别人对他智商的忽略，尤其白帆这个谋划，是如此的低能和纠缠。

在这种气势下，白帆只好不甘地缴械。正在不知如何筹措之际,忽有神来之笔,算是急中生智——

她拿出二十块钱交给胡秉宸,说:"好吧,那就替我买二十块钱橘子给吴为,可是别忘了对她说,这是我送给她的。"

见白帆做出和解的姿态,胡秉宸也趁势缓和下来,毕竟他还得到吴为那里去。在与吴为离婚之后,时而到吴为那里旧情重温,这不是第一次也不是最后一次,闹得太僵,只能为以后的行动增加困难。

他接过那钱,刹那间也曾猜想,这是不是来自白帆的大度或是感激,毕竟吴为什么条件也没讲地把他还给了她。但他马上否定了这个想法。

听听她说的那句话!

如果只说到"给吴为买二十块钱的橘子",不管真假,可能得个满分;而到了"别忘了对她说,这是我送给她的",就变成了白卷——无论出于什么动机和角度,都是一张白卷。

如果不是吴为病重,胡秉宸对这句话可能忽略不计,可是现在,他从白帆的这句话里,读出了"歹毒"这两个字。

这二十块钱的橘子,不过是用来证明她对吴为的最后胜利。无论从他们的复婚,还是从吴为现在的疾病以及方方面面的窘迫来说,吴为都是他们的手下败将。

对重病中的吴为,这个已然不能称其为对手的对手,这些橘子难说不是一服虎狼之剂。

白帆的确有了长足的进步。

要是再听到吴为收下这些橘子,她肯定会觉得这二十块钱"花得其所",物超所值。

胡秉宸觉得白帆算账的方法也不实际。一生背诵了那许多马列主义的词条,行为处事却有资本的色彩——只进不出。

"又要马儿好,又要马儿不吃草"的便宜是没有的,你要想得到一个出色的男人,你就得有失手的思想准备。

世上红粉高手多多少,你就得为这个出色的男人担惊受怕多多少。

这也是胡秉宸多次开导吴为的话:"记住,你看得上的男人,也是其他女人看得上的男人;你能爱上的男人,也必定是其他女人能爱上的男人。"

对于女人来说,爱情是面对炼狱也能从容就义的行为。再说,道德能够拦住的爱情,算得了爱情吗?

吴为后来完全接受了胡秉宸的开导,所以不能不说,这也是吴为同意离婚的原因之一。

不论从哪方面来说,她已承受不了一个出色的男人。

她已经山穷水尽,为享有一个出色的男人亏空不起了。

吴为的样子是更加潦倒。

胡秉宸想起初识吴为的时光,老让他觉得像个大学二年级的女学生。不是一年级的,一年级的女学生太嫩,像只羽毛未丰的鸡雏;三四年级的女学生就有点老三老四地老气横秋,开始想到钓个金龟快婿,或是考虑一个好的出路。

再也找不回来那个健康、富有朝气、大学二年级的女学生了。

胡秉宸不能不追溯吴为的病因始自何时。也许始自和他生活的年月,也许始自和他的第一场恋爱,也未可知。

不论有意无意,在他和白帆手里,吴为有点像他们股掌之中的骰子,或者说是他股掌之中的骰子。

可这并不妨碍胡秉宸用白帆那二十块钱买了橘子,并且对吴为一字不差地转述了白帆的叮嘱。

吴为接过那些橘子的时候先是意外地一怔,也或许根本就不是意外的一怔,她那时的行为已渐虚无,隔了一阵才想起补上一句:"请你替我谢谢她的好意。"然后往沙发背上一靠,满目索然地望着他。

那一阵,胡秉宸真想对吴为说:"你不要以为她是好意。"

可他看出,不论白帆的歹意还是其他,都不能奈何她了。

更觉得她浑身上下冒着一种死亡的气息,不是肉体的死亡,而是精神的死亡。即便早年在他们恋爱处于最艰难的时期,她也不曾失去的活活生气,如今已荡然无存。

其实吴为的情况,还没有胡秉宸想象的那么严重,她不说什么,只是因为她觉得胡秉宸也好,白帆也好,她自己也好,都怪可怜见的。

这的确就是吴为考虑问题的路数,是那样地不求甚解,那样地舍本求末。

她的潦倒让胡秉宸满怀感伤,他不由得说:"你要快乐一点儿,即便我们离了婚也无法分开……而且那些日常的琐事也不再纠缠你了,你可以专心地工作,养病……"

吴为笑了一下。

胡秉宸像被火燎了一下,整个人往回一缩,即刻想起他们共同生活中那许多让吴为觉得痛苦不堪而又算不得什么矛盾的矛盾……和一个敏感的女人恋爱,可能像雀巢牌速溶咖啡的广告"味道好极了",但到底是"速溶"咖啡,一旦生活在一起,那些想得太多又死钻牛角尖的女人就成了男人的灾难。作为女人,白帆自然也死钻牛角尖,但她钻的那些牛角尖大部分是大路货,大路货的好处是有章可循,而且白帆的表述方式也比较直截了当,胡秉宸可以一目了然。吴为就显得来无影去无踪,还很抽象,像胡秉宸这样的大哉男人,又如何承担得了抽象?

还是离婚的好。

吴为那一笑也许是回应,也许是无意义,也许是心不在焉,也许是善解人意,甚至是酬对……

当然也不排除她想起了办完离婚手续那天,刚到家就接到胡秉宸的电话:"你看,你要是说个不同意离婚不就得了嘛!"

"我难道没有说过吗?与其现在这样说,你当初不提离婚好不好?就在办理手续之前,我还委托律师多次问你我们的婚姻有没有挽回的可能,你都表示坚决要离。"

胡秉宸嘻嘻地笑了,"闲话少说,言归正传,你还是跟我到我们老干部局去一趟吧。"

她问:"干吗?"

胡秉宸说:"我是为你好。我们老干部局的人都说你把我抛弃了,觉得我挺可怜。其实和你离婚的事,我从来没有和芙蓉或是战友们商议过,他们一直蒙在鼓里,是我们老干部局的工作人员告诉芙蓉和老战友的,'老胡现在很可怜,吴为把他抛弃了,希望你们以后多多关心他。'所以我要带你到老干部局去肃清一下影响,你可以对他们说,'我和老胡离婚了,请你们以后多多帮助老胡,照顾老胡。'"

让吴为意外而又不意外的是,胡秉宸两处提到芙蓉和老战友。

要是一个人老解释什么,里面恰恰有耐人寻味的东西。

胡秉宸是慎之又慎的人,他可能不会与他人商讨离婚计划,但哪怕只有一个人可以磋商,芙蓉绝对就是那唯一的一个,如同当年与她磋商和白帆离婚的诸多细节。

结婚以后,吴为终于明白,对胡秉宸最具影响力的,既不是他几十年的战友和同志白帆,也不是他曾经爱之弥深,并为之孤注一掷的自己。

办理离婚手续时,并没有人要求胡秉宸说明离婚原因,他却有点奇怪地一再声明:"离婚以后我准备和我女儿一起生活,安度我的晚年……"与他一向的慎言大相径庭。

看起来,像是对他的离婚目的一个心虚不实、声东击西的小策略。但世界上却没有一种算计可以包罗万象,"智者千虑,必有一失",说的正是过于精明的败笔。

她又犯了那种君臣关系间的大忌,也正是他们婚后生活中的大忌,像一个笨蛋总怕别人把他当笨蛋,并且以为这样一来他就不再是笨蛋那样不无得意地说:"轻描淡写之间,就把你们老干部局的工作人员垫进去了。这还不是你造的舆论……算了,不说了。我不去,我是再也不会给你当道具了。"

胡秉宸最见不得吴为卖弄她肤浅的小聪明,干脆硬邦邦地直说:"那就当这最后一次。"

"从今天上午十一点起,我已经不是你的太太,你再也没有权利支使我了。不过我觉得奇怪,你为什么到处造谣说是我提出的离婚?"

"这不是把面子留给你嘛,省得别人说你被我抛弃,多不好听!"

"秉宸,我不在意好听不好听,我在意的是'实事求是'。"

胡秉宸摔下了电话。

如此心思繁重,一天到晚猜来猜去、斗来斗去的两个人,确实离婚为好。

当初,"一山不能容两虎"的考虑也是吴为对这个婚姻犹豫的原因之一,可是胡秉宸振振有词地说:"如果是一只公老虎和一只母老虎,就不成问题。"

要是他们之间仅仅是公母之分,问题可能还不那么复杂。

胡秉宸也把"性"的能量估计过高了,以为它不但可以化解两性之间的矛盾,还可以化解两强之间不能相容的对立。

谁让胡秉宸对自古以来的家庭功能突然心生不满,居然想要把它变成一个文化沙龙,把男女之间本来非常简单、非常有限、方圆不过一张床的关系改造成为清谈馆,异想天开重返时光隧道,拾起老掉牙的共同理想、语言、气质、事业、奋斗等等条件,作为择偶、配偶的要素……难道没有料到,一个具备许多"共同"的女人,可就像自己面对自己那样不好打发,不好驾驭?

而且他果真进化到能从容接受他的绝对权威、他的意志为意志的历史终结,并永不反悔?

结婚之后,他们不断因"共同"而生分歧,而且愈演愈烈。胡秉宸就说:"你愿意嫁一个什么大事都以你的意见为准的男人吗?仔细想想,那种没性格的男人你是不会喜欢的,你喜欢的是真正的男子汉,像我这样的。"

说得也对。

吴为的总体状态,毕竟让胡秉宸生出世事苍凉的感伤,所以在吴为那里的逗留,远远超过了白帆交代的只能"看一看"的时间。

他不得不对白帆佯称,回家晚是因为路上塞车。这样说着的时候,还看了司机一眼,好像在吁请司机的佐证。

可是白帆尖酸地笑着说:"你的艳福可是不浅,有个大老婆,还有个小老婆。"

胡秉宸一愣,白帆"两个老婆"的说法,与吴为从前的说法何其相似乃尔。就像她们之间有过串联,只是吴为把小老婆叫作小妾。

当吴为还是他妻子的时候,每当她接到白帆找胡秉宸的电话,总是说:"你大老婆来电话了。"

他虎着脸问:"那么你是谁?"

吴为嬉皮笑脸地说:"我是你的小妾。"

他可不又进入了另一轮循环?

不久胡秉宸就发现,他书桌抽屉上的锁被人打开过,一个里面装着吴为来信的大信封也被人拆开了。

他抽出里面的信,那一封封按照日期仔细排列的信,顺序也被打乱,还有几封更是没了踪影。

肯定是白帆干的。

打乱的顺序和失窃的信,说明了这一行为的寻衅性质。

以白帆那样漫长的地下工作历史、那样丰富的地下工作经验来说,即便偷看了这些信,也完全可以使之恢复原貌,或是不留痕迹地拷贝复制几份,何至偷窃?

可是她不,她偏不!

他质问白帆:"你偷开了我的抽屉,偷看,还偷走了吴为给我的信是不是?"

白帆不但没有一丝不安,甚至还有些得意,解恨地说:"是。"

这情绪可能来自她对那些信的读后感。

那是仇恨? 得意? 嫉妒? ……她也说不清楚,但肯定不是理解。

那些信烫着她的手,烧着她的心,让她望尘莫及地回忆起胡秉宸和她离婚时她的所作所为。

要不是担心她和胡秉宸的新生活可能又闹出乱子,她几乎就把剩下的那些信扔进炉子里烧掉。

这情绪又可能来自历史的轮回。

胡秉宸有什么道理对她发火！

如果他没有忘记的话,当初他们闹离婚的时候,趁她不在家,胡秉宸又把原本交她归存、吴为早年写给他的信偷走了。

如果不是这样,她在那场官司里,肯定会把吴为置于无法腾身的境地。幸亏她还分散在别处两封,分量虽然差了许多,但也让吴为焦头烂额了好一阵子。

现在她重又获得了吴为的信,难道不是"天助我也"？

她接受了已往的教训,把其中可能有用的几封不但反复拷贝,还把原件收藏起来。说不定什么时候,这些信就能发挥意想不到的作用。吴为虽然病得很重,可还没有死。

这些备份分藏在不同的地方,即便胡秉宸故技重演搜出一份,还有其他几份以备使用。

胡秉宸不在家的时候,她常常翻出那些信,再三阅读、分析和研究它们的可用价值,以至烂熟于心。

当然也是在阅读、检阅自己的胜利。这种把吴为掌握在手,想什么时候出击就什么时候出击的主动,给了她极大的自信和满足。

亲爱的秉宸：

你好,九月二十六号的信收到,让我伤感,当然也感谢你说出了心里话,这是我期待已久的事。

对任何人来说,第二次婚姻本就相当复杂,加上不是一方亡故,而是感情变异而产生的第二次婚姻,这是我们始料所不及的。

人的感情相当微妙、灵敏,承载它的天平也不是一成不变,它随人们感情上的微妙变幻而不断来回倾斜。

记得当初我对你说过,我们不结婚而是同居也许更好一些。就在那时,我已从你离婚前后的许多做法中,隐约地预感到我们这个婚姻的前景相当艰难。可你那时不同意我的意见。

后来越来越明白,我们的婚姻,真不止是你我两个人的事情,当中有太多的力量在把我们扯向相反的方向,而且都是我们无法抗拒的力量,甚至可以说我们对它还有一定的亲和力。

我很对不起你,尽管我努力想要尽好妻子的责任,可我做得很不够。忙写作和出国是一个方面,上面说到的才是最根本的原因。

你的老同事曾打电话给我:有人说老胡是"妻妾成群",白帆现在还是他的第一夫人,但也是名副其实的第三者。

"妻妾成群"谈不到,但我始终觉得自己是个需要讨好你周围任何人的小妾,而结果是费力不讨好。

刚结婚的时候,我真不能忍受你和白帆、和我的多边关系。那时我很爱你,这种多边关系几乎使我发狂。

后来渐渐反省到,你原来的家才是你的生命之本,它是根深蒂固的、历史的、人性的,只有它才能给你我永远无法给你的一切。这也就是我后来反倒尽量让你与白帆相聚,并常常想到多照顾她的原因。

我们婚后的日子缺陷很多,这使我常常想到,我虽然逃脱了白帆的惩罚,但没有逃脱上帝的惩罚。所以说,生活还是很公正的。

但我感谢此生有这样一次豁了命的爱恋,我从没这样爱过,从没有一个人像你这样让我动情,以至把我一生的两性相悦之情都在这次燃烧光了。至今想起我们那时的恋情,仍然心动不已。

当然我也从没有为另一个人受过这样多、这样深的伤害和折磨,也不曾为另一个人像保护你这样,在多年漫长的时间里,独自承受了来自社会上层,可以说是最具实力的打击,做出过那样大的牺牲……这样的人生经验再也不会有了。和你这样一个痛苦多于幸福的关系，占有了我从三十三岁到五十七岁三分之一的人生。

如今我真的希望你能和白帆复婚，和孩子、孙子们在一起，再享受几年如你所说的、一个老年人最需要的天伦之乐，过一个安稳的晚年。不要说你，就是我，还有多少时日？你已经轰轰烈烈地爱过，在生命的黄昏，应该复归宁静。潮起又潮落，原是很自然的规律。

来日苦短，在这生命所剩无多的日子里，更不必在乎他人说长道短，不过要是需要我来承担什么舆论上的责任，以减轻人们或你那些朋友对你的不解，我也甘愿帮忙。

如果需要我写一个什么文件给街道办事处，我也会为你做。这样的话就不必通过法院，手续简单得多。

你还有什么要求也尽管讲，我不是一个胡搅蛮缠的人。就是你回到白帆那里，我们的爱也会永远留在我的记忆里。作为一个故事，它仍然是美丽的。

心里尽管忧伤，但人生也像戏剧一样，总是一场接着一场，每个角色也要轮换。

你说得对，谁和我在一起都没法过日子。因此我注定不能有"家"。

亲爱的，纪念我们原来的爱。

吴　为
寄自美国

亲爱的秉宸：

请原谅我拒绝了你想到机场送我的建议，原因是我很想为你和白帆重建的家园尽一份微薄之力。这也是我为什么不愿你我离婚后，你老是给我打电话的原因。

既然你已经决定回到原来的婚姻里去，就好好地和白帆过日子，再没有多少时间可以让你白白地折腾自己，还有我，还有白帆的感情了。你要珍惜她给你的这个最后的机会。

同样，我也为你珍惜这个最后的机会，自你提出离婚后，你可从我的一切做法上看出我这番诚意。我明知你和我离婚是为了和白帆复婚，但我并没有"以其人之道还治其人之身"，像她当年那样——诸如拖下去就是不同意离婚，（我有这个年龄上的优势，对不对？）或是闹个丑闻，到法院、新闻舆论界、党组织，控告她是第三者，或是提出什么刁难的要求等等，这也算是我对芙蓉当年帮助我们的一种报答，对白帆当年痛苦的一种补偿吧。你该记得，过去你常对我说："你是个厚道的人。"

当然从感情上来说，我多么希望和你再见一面，我不知道什么时候才能回到中国，更不知道我们是否还能再见，想到这里我很伤感。直到现在，我还深爱和我恋爱时的你。

在国外接到你要求离婚的信后，多少日夜想象着如何与你重建我们的感情，可是从我们恋爱起到现在，二十七年中千难万险、感情上受过的种种伤害，使我身心俱废，如果没有你的诚意和协助，我是再没有勇气和力量来做这个尝试了。

回国后去街道办事处正式办理手续之前，不但我自己，也请律师多次问你：我们的婚姻有无挽救的可能？你都否定了。

看来我们今生的情缘已了。只好这样了。

但想到你有一个安定的晚年，毕竟还是为你高兴的。

…………

我又到穆尔河来了，小河从我的脚下温存地流过。你还记得

吗,八七年春天我们到这里来过,在小河边拍照留念?……我把
照片也带来了。 　　　祝
生活美满!

吴　为

寄自欧洲

亲爱的秉宸:

你的信使我热泪长流。

我非常懊悔同意离婚,那是在一种赌气和自尊心作用下的同
意。你当时如果态度和善些并给我些时间,听我把这些年的委屈
以及造成我精神疾患的原因说一说,不会有今天!你我闹到这个
地步,实在是我们性格的悲剧。

多年以前我就对你说过,我是个非常敏感而又感情细腻的
人,你又总是那样多情——对旧日的,还有随时都可碰到的——
而不为为你投入了全部生命的我一人所有。让我多么伤心!

说什么也晚了……

吴　为

寄自欧洲

………………

胡秉宸气得用手指点着白帆,"白帆,白帆,这些信我原想等我
死后,请你还给吴为。可是你像个乡下老娘们儿,像个没文化的家
庭妇女那样,偷看、偷拆我封好的信件。没想到你是这样没有风
度,没有水平,你怎么干得出来这种事?看来我是所托非人了……
你根本不配我的尊重、我的信托!"

白帆反唇相讥道:"你就配我的尊重、我的信任?你和吴为直

到现在还偷偷摸摸见面,我要不防范一点儿还了得!"

胡秉宸大吼一声:"你带着小保姆给我回你原来的住处去!"

这一下白帆才噤声不语了。

不过,胡秉宸为什么想要在他死后让白帆把这些信还给吴为?这门心思里又埋伏着什么玄机?

五

胡秉宸一走,吴为随手就把那些橘子给了开电梯的工人。

她把这看作是一种洁身自好。

她不可能像当年白帆那样,在医院里一面嚼着她给胡秉宸送去的营养品,一面解恨地说着:"吃! 不吃白不吃,反正吴为这婊子、破鞋有的是钱!"

吴为又不肯当着胡秉宸的面这样做。在胡秉宸面前,她给白帆留足了面子,毕竟白帆是他的现任太太。

此外也不能排除吴为那点小计谋,她料定胡秉宸回家之后,面对白帆的审问,不得不点滴不漏地汇报此行的细枝末节。

她的淡然处之,正是这样地把白帆远远留在了永远不能企及、不能超越的地方。

之后不久,吴为的情况就越来越糟。

算起来,从两岁开始就落在她肩上的种种责任全了结了,真到了她该发疯的时候了。

这本该应在叶莲子头上,但叶莲子没有疯,因为她肩上负有责任。一个有责任感的女人是不会疯的,就像吴为在责任未了之前也不能疯一样。

可是叶莲子把使她致疯的缘由攒了下来，这种积攒就像财富的积攒那样，是可以继承的。

这些缘由历经差不多一个世纪的化解，却一点也没损耗地传到了吴为头上，加上吴为自己的存货，她就足够地、放心地疯了。

开始，零零村上的那片蓝天，常常幻化在吴为的眼前。

她对着那蓝天久久地微笑。那是一种无从延伸或演绎的微笑。

她也常常看到她的灵魂飞飏起来，在早已不存在的零零村和早已不存在的丹阳观外一望无垠的塬上，追逐着老也追逐不到的叶莲子。

渐渐地，她很平稳地过渡到了能吃、能喝、能活，就是不会说话的状态，不论见了谁，不论回答谁的话，都是一句"妈妈"。

自从她能感知这个世界以来，她说过、写过多少句子？现在她全不知道了，只记住了一个"妈妈"。

她的嘴唇老是不出声地嚅动着，诵经似的。

那是她的魂魄正行走在莽莽大荒之上，边走边将自己一生的罪过，对天，对地，一一陈诉。

可是周遭连个让她可以抵消罪孽的——比如说报应，或讥诮，或辱骂——也没有。莽莽大荒沉默着，不肯舍给她丝毫赎罪的可能，她是不能得到谅解的了，尽管她的一生也是千疮百孔。

一个人，不论犯了多大的罪，只要还能用某种形式赎回他的罪，就还有那种叫作希望、赖以支撑的东西。吴为是连这样的希望也没有了，即便她不疯，还能有什么别的出路？

所以她并没有完成她一出生就睁着一双黑黝黝的小眼睛，义无反顾地对叶莲子许下的那个愿：妈，我是为您到这个世界上来走一遭的。

　　人们不得不把吴为送进精神病院。

　　在精神病院里,折腾了一辈子的吴为再也不折腾了,她的生活也终于安静、平安下来。那是世人只有到了疯狂的地步,才能得到的安静和平安。

　　疯子是什么? 疯子是不再能构成意义。

　　叶莲子会不会感到吴为有负于她呢? 虽然她已不在人世。

第 四 章

一

进了精神病医院的吴为，难免不被医生们研究过来研究过去，他们的确希望治好她的病。

遗憾的是，心理医学实在是近代医学中一个不伦不类的分支。以它就事论事的浅显而言，难免有苟且之嫌；对人何以失去神志的解释，也难免牵强附会。但自本世纪以来，却被人们当作治疗精神疾患的灵丹妙药。

凡人怎么可能解释天人之间的关系？如果没有镇静药物的帮助，可以说心理医生从未治愈过精神疾患。

只有弗洛伊德还想到了对梦的猜测和解析，总算靠近边缘。

二

医生们绝对不会想到，吴为的疯，首先和叶莲子对"生"的固执有关。

三

什么都不是无缘无故。

比如说,叶莲子和吴为住了差不多十年之久的丹阳观后面的那棵老歪槐,在吴为旧地重游之后立刻遭了雷殛。只剩下一具从正中劈裂的躯干,如一张对着天空呐喊的嘴,在声嘶力竭中,突然地、永远地凝固。

老槐树一直在等待,不是等待叶莲子,而是等待吴为的归来。

它的等待明明白白没有长相厮守的奢望,只是忠心耿耿地坚守。它坚守了几十年,不过为了再见她一面,对她有个交代。于是它的等待又有了苟延残喘的悲怆。

老歪槐在和吴为重逢的时刻说了些什么,那是无人可以知晓的。只能从吴为的札记里得知,那是一个雨天,当吴为搂着它的躯干时,它苍凉地垂下了头,一言难尽地俯视着她。雨滴顺着它的叶脉,如泪水般流下,点点滴滴扑打在吴为的脸上、身上……

老歪槐活了多少年?几百年都不止。人们只知道松柏长生,却不知槐树们也会像松柏一样的长命。

可它遭了雷殛。

它为什么遭雷殛?难道是因为它的等待?

比之让人砍伐,遭雷殛可能是一棵树最壮烈的结局?谁能知道。

无论对叶莲子或是对吴为来说,这难道不也是一个暗示?

如果说,那棵老歪槐在和吴为见过一面之后便遭雷殛是个偶然,而蒲圻镇城隍街上马永和客栈的倒塌,就应该说是必然了。

那栋二层小楼,更是从叶莲子在那里等候第二天的婚礼开始,就等待着吴为的到来。它耐心地等了半个多世纪,在和吴为见过一面、有个交代之后,才安心地去了。

和老歪槐不同,它去得十分安详。

小楼从屋脊处缓缓断裂,裂痕如春水的涟漪荡漾开去,人们甚至可以看见屋脊在断裂以及倒下的瞬间,那舒缓的笑靥。

正像吴为在她札记里写的那样,两个偶然应在一个人的身上,就有了反复论证的命定意味。

四

叶莲子没有离开老家的时候不叫叶莲子,叫秀春。

秀春是个非常通俗的名字,从这名字可以猜出,她出生在一个春天的日子。如果她不那么多愁善感,不走出老家、离开土地,也许还会有个像这名字一样庸常的日子。

也许应该说叶莲子的起点就错了,她本不该到这世界上来。

她的母亲,也就是吴为的外祖母墨荷,在秀春之前,有过三个不能成活的孩子;在她之后,又有过三个不能成活的孩子。

可是叶莲子没有参透前几个兄姊以及后几个弟妹只匆匆地瞥了这个花花世界一眼,就心甘情愿放弃这个已经一脚踏入的世界连忙转身离去的现实,非要活下来不可。

就当时来说,生育的确是桩凶险的事。但也不至于像墨荷那样,闹了个"九死一生"。

不管他人如何看待这回事,这实在与墨荷有关,似乎她和她的孩子之间有种默契。

不能不说墨荷是个非常明智、聪明绝顶的母亲,世上很少有女人如她这般挚爱自己的子女。可她由不得自己,还是得一个接着一个生育。可以想见,做这种违心的事于她是如何的痛悔。

秀春却拒绝了这个默契。她后来不是没有机会对这个错误的抉择做一个挽回,但她却一再地不肯回头。她后来的遭际,怨得了谁?

墨荷似乎也没有做好当母亲的准备,根本没有给她的婴儿提供维持生命的奶水。按她原来的想法,秀春也不会活下来。

秀春硬是喝着高粱米醭子——那发了酵的高粱米粥上的稀汤,换句话说,也就是喝着泔水活下来的;连刚煮出来的新鲜高粱米粥上的那点稀汤,也没有得到过一口。

就算秀春是个男儿,"母以子贵"的规律到了她这里,也得变成"子以母贱"。谁让墨荷那样的不入俗,按照秀春奶奶的话来说,就是"没有眼力见儿"?

她的后代也没有接受她的教训。除了自己把自己断绝、抛弃于社会的繁华之外,清高能给她们带来什么世俗的好处?

所谓社会的公正,本就相对着竞争,包括正当或不正当的竞争。更多的时候,那不正当的反倒旗开得胜。她们却对不论正当或不正当的竞争,无一例外地给予蔑视、抵制,那就只得接受社会的不公正。夫复何言!

凡如此还能活下来的婴儿,就不能不让人猜测他们的来由。

有人就说秀春的命硬,把前几个哥哥姐姐都"妨"死了,还说她的眼睛"毒"。

连她那个有着秀才功名的爷爷,更不要说奶奶,也觉得她的确有些不妥,以后母亲再生产的时候,就把她支到看不见的地方去。可是她的姐妹兄弟仍然固执己见,置叶家传接烟火的期待于不顾,毅然决然地拒绝了这个世界的诱惑。

很难说他们离去的时候,有没有掩嘴胡卢而笑。他们可能窃笑不已,因为他们把该由他们承受却又逃脱了的灾难,一股脑儿地推给秀春担待去了。

五

秀春的眼睛到底"毒"不"毒"?谁也无法考证。

本世纪初期,更不要说久远的过去,那些掩藏在深山老林、尚未被现代生活浸淫的农村、部落里,有很多这种似是而非的传说。

不过有些事情的确非常蹊跷。

至少秀春母亲离世那天,秀春事先就"看"见了的。

那天早上,看上去就是一个要死人的早晨。倒不是因为那一天老叶家的院子里一下子死了两个人。

不要以为那一日天地之间必有凶光、凶相,相反,那一日风和日丽,万物呈祥,怎么看怎么让人心情舒畅。如此情况下的死亡,是没有什么可以说三道四的死亡。

先是秀春家西厢房住着的老王头死了,没病没灾,就是一觉没醒过来。

老王头鳏寡孤独,只好由乡里乡亲为他张罗出殡。

秀春的妈妈却帮不上忙,因为她又要生产了。

一个要生孩子的女人,不能参与出殡这样的事,否则会影响死者的来世。

农村里的人更知道来世的至关重要,先不要说是轮回为猪、马、牛、羊……就算轮还为人,也不要再面朝黄土背朝天。都说"热土难离",暗中还是向往土地以外的世界。虽然外部的世界并不精彩,一旦有机会离开土地、远走他乡,还会舍得一身剐地一厢情愿闯世界。

于是她就知趣地躲在后院菜园子的草棚里,等待临产的时刻。

焦虑和烦躁,单调而持久地折磨着这个在生育上屡屡失败的女人。

她倚着草棚子里的支柱,叉开两腿坐在铺着秋秸秆的地上,不时对着太阳举起手指,审视内中的景观。手指里像注满了水,肿胀,苍白,透明得可以看见一条条毛发样的血管、一片片丝絮状的肌肉。

翻开衣襟,抚摩着鼓胀的腹部……全身也肿胀得如一枚吐丝做茧的桑蚕。她想她前生一定是条桑蚕,所以才会像桑蚕那样生下很多的孩子。每次生育,她都要经历这样一个具有献身性质的、脱胎换骨的过程。这样的生育,严重地败坏了她的健康。

又将手轻按在腹部,感到了那不在期望之中来到的婴儿的骚动,想起了叶志清刚才跟她开的玩笑:"看你这个样子,别把老王头儿抬完了就抬你。"

她不很在意这个玩笑,对于生命,她既不是非常热爱,也不是非常厌恶,而是一种听之任之的态度。

也许曾经热爱过……在什么时候?一朵花的盛开和败落,实在太仓促了。

再说,她总算是个有经验的产妇,生育了那么多孩子,自己却平安无事——她笑了一下。秀春长大之后,也喜欢这样地笑——会意却无能为力,还有一点苦的回味和洒脱。

叶志清又正好探亲在家,不像往常,总是她独闯三关,万一情况紧急,能指望婆婆和小姑姐吗?

不过叶志清很快就会知道,他的这个玩笑不是无缘无故。

虽然墨荷是个乡下女人,对继承叶家烟火的重任却没有深刻的认识。可是在长春学买卖的叶志清回家探亲一次,就有一次准确的投篮。一个女人,尤其是那个时代的女人,一旦作为人家的篮筐,有什么权利拒绝人家的投篮?

至于投篮是否准确,是个技术性的问题,与恩爱无关。

何况叶志清疏旷久矣。一个年富力强的男人,一年只能有几次和女人肌肤相亲的机会,那是太残忍了。虽然有时到下等窑子去解决一下燃眉之急,毕竟一个学徒,负担不起那样的高消费,只能偶一为之。

所以就应了养精蓄锐的说法。如果仔细琢磨"养精蓄锐"这个词,就会觉得它有点暧昧,和通常的解释应用并不搭界。

墨荷出生在一溜大瓦房、热热闹闹、鸡鸭鹅狗你方叫罢我来叫的院子里。家里不但有大马车,还有长年的雇工。按照一九四九年以后的说法,必是地主无疑,而叶家大概就是贫农了。

那时候,大门不出、二门不迈的小姐,除了家里的长工,没有多少接触男人的机会。可吴为的外祖母墨荷,并没有顺理成章地和哪个长工私奔,倒是正儿八经地听由父母之命、媒妁之言,嫁到了叶家。可也不能说她墨守成规,从她行为处事的方式,看不出墨守成规的迹象。她能按着规矩嫁到叶家,也许是家里没有雇着风流的长工。

　　吴为的思维方式可能早有缺陷，把一生中的很多时间、力气，都花在了没有意义的设想上，或是叫作白日梦。很像《白夜》①那本小说里的男主人公。

　　好比她常常设想，如果她的外祖母和哪个长工私奔，根据毛泽东的阶级分析理论，叶莲子或许从小就参加了革命，或许还能成为抗日联军的英雄……

　　她始终不能平衡——生活里有如此多的可能，又都说天无绝人之路，而她的母亲秀春，也就是叶莲子，却为何没有一条出路？

　　吴为更为自己的生不逢时自谴自责。由于她的出生，不但葬送了叶莲子曙光初现的幸福生活，也耽误了叶莲子与顾秋水同赴延安的机遇。否则，一九三八年到达延安的叶莲子，完全可能成为一名革命老资格，与胡秉宸不相上下，可能比他混得还好。自己说不定也会在延安出生，成为延安保育院里的红孩子，坐在马背上的摇篮里，进了北平。

　　青少年时代的吴为，向往革命生涯，崇拜各种英雄，惋惜自己不曾有过献身革命的机遇，只好企盼一个机会——有朝一日伟大领袖毛泽东得了重症，她会毫不吝惜地把一腔热血贡献出来，以挽救他的生命。这也是她无数白日梦的一个。

　　她后来对胡秉宸的迷恋，和胡秉宸的革命经历有很大关系。有一首歌叫作《我是你终生的新娘》，对吴为来说，胡秉宸则是她终生的英雄。

　　吴为总是把男人的职业和他们本人混为一谈：把会唱两句歌叫作歌唱家的那种人，当作音乐；把写了那么几笔、出版了几本书叫作作家的那种人，当作文学；把干过革命、到过革命根据地的那

————————

① 《白夜》，俄国文学名著，陀思妥耶夫斯基1848年著。

种人,当作革命……

这种一厢情愿和联想力过于丰富的毛病,可能来自她外祖母的那个家族。就像她的曾外祖父,把叶家聘礼上的两笔字,与家学渊源等量齐观一样。岂不知大部分情况下,会唱歌和音乐根本不是一回事;同样,会写两笔,甚至出版了很多书的人,和文学也根本不是一回事。

吴为则既热爱革命,又热爱音乐,又热爱文学。综观她这一生所选择的男人,差不多都和这种爱屋及乌的情结有关。《尚书大传·大战篇》有"爱人者,兼其屋上之乌",于她则是"爱乌者,兼其屋下之人",或双相通用。

她的热爱要是再多,怎么是好?那么她这一生更是非常、非常地热闹而麻烦了。

所幸她热爱绘画的时候,已近日暮途穷。

如果对秀春妈妈那个时代的婚姻作个普查,皆可归结为父母之命、媒妁之言的产物。这种配偶方式,使很多婚姻沦入不幸。一九四九年以后,作为解除不幸婚姻的头号理由,沿用了不短的一段时间,使一部分男人得以心安理得地以旧换新,而不像后来那样费尽周折。

以后再有人打算以旧换新,或即便不是以旧换新,而是货真价实的婚姻破裂,就"过了那个村没了那个店",一律成为《铡美案》那出戏中因中状元被皇帝招了驸马,休了糟糠之妻,又被青天大老爷包龙图铡了脑袋的陈世美。

姑且不论历史真伪,仅就戏论戏而言,距北宋包丞相处铡陈世美,已经八百几十年过去,直至如今,这一罪名仍然顺乎国情,行之有效。

不少男人都有过被打成陈世美的经验，就像后来很多人被打成这个"分子"、那个"分子"一样。

"陈世美"是什么罪行？法律条款上无处可考。就像各种"分子"是什么罪行，他们的刑期靠什么来定……法律条款上也无处可考一样。一九八〇年以前，中华人民共和国只有宪法和选举法，没有民法、刑法、诉讼法，人们上哪儿查去？就连明镜高悬的法院办案，也只好参照国民党的《六法全书》。

司法界人士不是没有尝试过制定法律，健全法制。

早在一九六二年，董必武老就负责编制法律，而编制好的法律草案呈审后，却一直未见下文。

国家主席刘少奇一九五六年又说：目前我们国家工作中的迫切任务之一，就是着手系统地制定比较完备的法律，健全我们国家的法制。

一九五七年马上遭到不可抗拒的申斥——我们不靠民法、刑法来维持秩序；人民代表大会、国务院会议有他们那一套，我们还是靠我们这一套。

而且这个堂堂的国家主席，还没等到一部哪怕不太完备的法律，一个哪怕不太健全的法制，便在"文化大革命"中被置于死地。置一个国家主席于死地的法律，根据何在？

比起"我们还是靠我们这一套"，刘少奇所倡导的法律、法制什么的，是不是很天真烂漫？

更不要说一九五七年反右斗争后，批判"司法独立"是资产阶级观点，取消了法制局和司法部。一九六〇年开始，又命令公安部、最高人民法院、最高人民检察院合署办公，没有了公、检、法三者之间的相对独立，从而也就没有了各司法机构间的相互制衡。

幸好男婚女嫁方面，还有个托派分子王明起草的《婚姻法》可以借鉴。不过,谁又能指望一个托派分子,对《婚姻法》有什么科学性的贡献?

面临不论什么理由导致的家庭破裂而又无计可施的女人,至少还有《铡美案》这一出戏为依据,成为对付不管什么理由婚变的攻无不克、战无不胜的法宝。

当故事叙述到这里的时候,"陈世美"已经在一个角落里,摩拳擦掌地等待着还没有出生的胡秉宸。

即便在父母之命、媒妁之言的一统天下,也不是没有补救的办法,可是那时候的人很呆、很死性,不懂得使用"外调"这种既可翻天又可覆地,一瞬间上天、一瞬间入地的手段。

石灰窑子离叶家不过二十多里地,居然就没派人到那里外调一下:能不能把姑娘许配给叶家?

秀春的外祖父在应允这桩婚事前,不是没有犹豫过。

他不那么看重聘礼,这和财大气粗无关,只因他是个有气派的东北汉子,对鸡毛蒜皮、装腔作势极为不屑。因此他反感叶家的聘礼过于玄虚——哪怕一块土坷垃,也用红纸煞有介事、一包包地包着,一盒子一盒子地抬着,一抬好几架。

但他对此没有说出什么,只是背着手摇头又晃脑,想着怎么推诿,才能让那来说媒的、拐了八道弯的亲戚下得台面。

他这样背着手踱来踱去、摇头晃脑、思前想后的时候,不像一个地主兼猎人,倒像一个豪放派的、正在吟诗作赋的文人。更不像一九四九年以后的戏剧、小说、电影里的地主那样,獐头鼠目、心黑手辣、广收暴敛,除了租子六亲不认。

想来想去,还是一个"不好意思,不好意思"。

如他这样思维、办理事情的人,如何维持、治理、发展那样一个地主之家？实在逆反地主之常。

这时有人来招呼他，大门拍得山响，嗓门也很敞亮，和坐落在林海雪原里的石灰窑子很是相称："人已经联络好了，明天一早上山打狍子。"一听打猎，秀春的外祖父就开始心猿意马。他最爱打狍子，家里净吃狍子肉。到了冬天，一家子人吃火锅用的狍子肉、野鸡肉、野兔子肉，全是他猎来的。

转脸看到聘礼上的那笔字，他停住脚步，寻思起来，立刻想到家学渊源。

这个窝在二十世纪初石灰窑子里的业余猎人兼地主，很奇怪地迷恋上知识，这种迷恋居然使他把两个儿子送到省城，上了洋学堂。他的正屋里甚至还有一张大书案，书案上摆着文房四宝，虽然称不得上品，价格却也不菲，因为难得使用，更像一道点缀。就像后世人们有了点钱，又不懂得何为绘画艺术，就花钱雇个三等画匠，给自己画张两米高的肖像，挂在客厅或是回旋楼梯侧面的墙上，以示风雅，兼及资产的说明。

否则他也不会给女儿起了那样一个文气的名字——墨荷，与文房四宝连带的"墨盒"，不无谐音之趣。既有荷，就有莲，叶莲子的名字，可能便是由此而来。

他的文明程度还表现在各辈夫妻有各辈夫妻的单独房间，而不是按照当地习俗，一大家子人按辈分顺序排列，成双捉对地睡在一张大炕上。这并不是因为他有房产钱财，当地就是有房产钱财的人家，也不一定像他这样做。

他又扭头看了看来说媒的——那个绕了八道弯的亲戚，便胳膊一甩，同意了这门亲事。

从思量着如何推诿，到一甩胳膊同意，前后不过二十来分钟，可见他是如何地胸无定见，尽管还费了一番思量。其实他的推诿根据不大，同意的根据也不大。

吴为考虑问题那种舍本求末的方式，不会说"不"的毛病，一旦面对需要当机立断的大事就临阵脱逃的懦弱，可能有根有源。

叶志清能写一点，会算一点，这大概和他父亲不但是村里唯一的私塾先生，还是个秀才有关，因此叶家又算得是村里的书香门第。

说到这个乡下的私塾先生，难免不想到孔乙己。

虽然舞台不在酒店，而在他梳小辫的当儿。

他的小辫不是每天梳，隔几天才让秀春的奶奶给他梳一次，更谈不到洗。每逢奶奶给他梳小辫的时候，总是一边梳，一边狠狠揪他的头发，嘴里还念念有词，历数他的无能、知识的狗屁以及由此殃及全家的穷困……与孔乙己在咸亨酒店的遭际，同属斯文扫地，且更加直露。

这个脑袋后头扎着根小辫，一身短打，连孔乙己也不如的乡下私塾先生，每天不过就是教学生们念念《上孟子》《下孟子》，或是《论语》。

不论怎样，孔乙己还有一件破长衫，可以去吃茴香豆，时而还可以喝上一口绍兴花雕，闲情逸致地和人讨论"茴"字的几种写法。

他呢？连讨论"茴"字几种写法如此的精神享受也不可得。他身处的环境，与人杰地灵的绍兴如何相比？真是荒漠一片，就连懂得从何处下手奚落孔乙己的人也难以寻觅，可以想知他是何等的寂寞。

全家人主要靠他的束脩勉强维持生活。所谓束脩，不过是一小袋高粱米或一小袋苞米楂子，和弟子们送给孔子的一条条干肉，风马牛不相及。

墨荷延续了娘家对知识的嗜好,在她没有去世之前,一直坚持让秀春跟着爷爷到私塾去唱《弟子规》《百家姓》《三字经》《论语》什么的,"有朋自远方来,不亦乐乎""学而时习之""温故而知新"等等,虽不明白意思,却是倒背如流。这个四五岁的孙女,算是这个私塾先生的得意门生。

爷爷也很趋时,时而找些文白夹杂的新书来念,什么"天朗气清,恰日良辰,吾辈去旅行,柳暗花明,春满山城……"之类。

秀春还跟爷爷正经临过帖。这一手童子功,使她的字迹直到去世前,在手腕哆嗦、运笔难以控制的情况下,仍让吴为望尘莫及地风骨犹存。

因此秀春的爷爷,对这个不能继承叶家烟火的女孩,倒是钟爱有加。

墨荷嫁到叶家以后的生活,与昔日大不相同。叶家的屋子,下雨漏雨,刮风漏风,不下雨不刮风的时候,就从房梁上往下掉老鼠或是掉长虫。

她喂猪、喂鸡,做一大家子的饭、刷一大家子的碗,还得缝一大家子的衣服、袜子、鞋……却样样都不称大家的心。

她做得太多,就有太多的不是可以数落。她和家里的长工没了两样,分明也是一个长工。

墨荷轻蔑地想,叶家的人实在比自己娘家还会摆谱,也不知道自己没嫁过来以前,叶家人是怎么活的!

女人对女人是苛刻而锐利的。墨荷对叶家的轻蔑有多少,婆婆和小姑姐就能体味多少,一分也疏漏不了。她们就更加变着法儿折磨这个新进门的、轻蔑她们的女人。

阶级之间的斗争也好,国家之间的战争也好,政客之间的勾心斗角也好，个人之间的血债也好……总会有个尽头。杀了，刷了，抢到手了，胜利了……也就了结了。

女人之间呢？

自一八七九年的娜拉出走到现在，女权主义者致力于男女平等、妇女解放的斗争已经一百多年，可谓前仆后继。岂不知有朝一日，真到男女平等、妇女解放的时候，她们才会发现，女人的天敌可能不是男人，而是女人自己，且无了结的一天，直到永远。

严格地说，叶家算不得虐待儿媳妇，不打不骂，给饭吃，给衣穿。

小姑姐只管盘坐在炕上发号施令，闹得墨荷放下簸箕拿起筐，说喘气的工夫也没有可能太夸张，说方便的时间都没有，绝对恰如其分。

一个穷家，居然也能想出那许多折腾人的事情来！那能想出这些活计的脑袋，不是天才又是什么？

小姑姐果然聪明过人，倒也不仅仅表现在如何支使墨荷这一桩事情上。她是样样累，样样拔冲。就连她的头发是不是比他人黑，也是她的一桩心事。更不要说在墨荷没过门以前，她是村子里顶尖的美人……也就难怪她最后累得生痨病而死。

至于秀春的奶奶，只不过添了晚上抽烟袋的习惯。

喂了一天的猪，喂了一天的鸡，做了一天一大家子的饭，刷了一天一大家子的碗，缝补了一天一大家子的衣服、鞋、袜以后，墨荷别指望躺到炕上歇歇腿，去睡那世上再苦再穷的人也得睡的那一觉。她得服侍婆婆抽烟。

秀春的奶奶抽一袋，就让墨荷装一袋、点一袋，一直抽到三星上来。有时秀春的奶奶都睡了一觉，醒过来，接着抽。

一穷二白的叶家，自叶志清的媳妇娶进门后，即刻有了地主的修养和脾性。可见地主的修养和脾性以及对他人的欺压剥削，未必只和劳资关系、生产资料什么的有关。

　　奶奶的一统天下，直到叔叔娶进媳妇，也就是秀春的婶子进门之后，才有了较为彻底的改观。

　　如果说到秀春的婶婶，就必得先交代秀春的叔叔是什么样的角色，方见得婶婶的不同凡响。就好比武林中人看那对手惯于使用的家伙，便大约可知对手的路数。秀春的叔叔在村里开小杂货铺，卖个油盐酱醋。从前倒也见过世面，在大铺子里当过伙计，只因手脚不老实，让东家炒了鱿鱼。

　　叶家的确乏善可陈。"君子之泽，五世而斩"，不要说五世，叶家连一世之泽也谈不上。那样一个老实巴交的乡下秀才，怎么会养出不是手脚不老实，就是挪用公款、被人通缉的儿子？这里指的是，不久以后买卖学成的叶志清，刚被一家银行录用，就因逛窑子挪用公款，不得不逃之夭夭那一档子事。

　　叔叔娶进的女人和他很匹配，"不是一家人，不进一家门"的说法，绝非信口胡言。

　　婶婶刚嫁过来的时候，秀春的奶奶也曾打算给她一个下马威，像制伏秀春的妈妈那样，一举制伏她。

　　那天奶奶也没让秀春的婶婶干什么重活，不过是吩咐她去磨豆子。

　　磨豆子的活计有什么累？哪家农村妇女没有磨过豆子？

　　可是她一上来就喝了卤水。想来早在娘家的时候，她就谋划好了。

　　也不是一上来就喝，而是披头散发、呼天抢地、村前村后地先跑了几圈。她一面跑，一面尖厉地号啕着："老天爷呀，我是不能活了,不能活啦!这老叶家就是不让媳妇活呀!——"好像叶家人就跟在后面追杀。

她跑了多少个圈,村里人就跟在她后面跑了多少个圈。

乡下的日子太单调、太没有色彩、太寂寞了,尤其对于胸无大志,也就是说企图不大,却不排除心怀一点乱头的女人。

除了鸡鸭猪狗,除了干活,除了一身破衫,还有什么?

特别是冬天,冰雪封了万物,天上地下一片死白,人人都躲在屋子里猫冬,只有屋顶上那点炊烟,才袅袅地生出一点活气。

春夏之季好一点?可那景物,一辈子地看下来,也腻烦了。山从没有崩一方,地从没有陷一块,永远地依旧。人不光靠景物来陶冶,还得靠事件来激活。突然出现这样一个生动而又富有感召力的女人,谁能不跟着跑,谁能不跟着激动呢?

村前村后跑回来之后,就舀了一碗卤水,真舀还是假舀,聪明过人的小姑姐也忘了扒着她的碗查看查看。

婶婶也没有真喝,只不过把卤水碗"哐——"的一声砸在了门口,接着就是口吐白沫,眼睛翻白。一家人又是灌凉水,又是掐人中。

农村里很多女人都会这一手,不知墨荷是不会还是不屑。

想来是不屑,一个嗜好知识的人,常常不屑于去干于生计非常实惠的事,反倒会吃知识的很多亏。面对这个缤纷多彩的世界,他们最拿手的办法就是自闭,叫他们"窝囊废"也无不可。

因此,秀春的妈妈没有在这方面给她做下结实的铺垫,秀春一生凡事忍气吞声,墨荷是应该负有责任的。

穷凶极恶、从来不信因果报应的叔叔,纵身一跃掠住了婶婶的头发,稳、准、狠地像是套住一匹烈马,扬起拳头就要让她灿烂出一些颜色的时候,婶婶就像练过武功,回身就是一脚,直捣叔叔的鸡巴。叔叔立时脸色煞白,捂着肚子蹲在地上起不来了。

两口子哪有不打架的? 在农村,打架就是打架,是很务实、很具体的力的较量。不像城里人,把只务虚不务实的吵架也叫作打架。

此后他们又比试了几次。在村子里战无不胜的叔叔,从此不能再拔头筹,也从此开始了败北的记录。

婶婶也没什么绝活,就是专踢叔叔的鸡巴。一个敢踢男人命根子的女人,是何等了得的女人!

男人又是如何爱惜自己的命根子! 又如何为了他们的命根子,下定决心,不怕牺牲,排除万难去争取胜利!

以后叔叔见了婶婶,就像兔子见了鹰。

不谈满腹经纶,肚子里也算有些文章的爷爷,在这样的女人面前,除了仰面顿足说些"家门不幸,家门不幸——"的空话,还能指望这酸腐的穷秀才有什么作为?

奶奶也再不敢招惹婶婶,不但不敢招惹她,反倒让她制伏了。

小姑姐也再不敢吩咐她什么,只要她皱着眉头,发出一声"啊?——"小姑姐马上就含糊其词,不再重复她的指令。

可这并不等于奶奶就会对另一个媳妇手软。奶奶甚至用更加升级的办法折磨墨荷,以笼络、讨好婶婶。

墨荷本应痛恨叶家,可她最不能忍受、最让她难堪的却是叶志清的吹牛。

到了叶家她才知道,聘礼上的字是教私塾的公公写的。叶志清不过是能写一点,会算一点,和她上过洋学堂的兄弟不可同日而语。

叶志清可以嫖窑子,可以让她每年生育一个不能成活的孩子,可以让她奴仆般地服侍……虽则她心怀不满,却也说不出什么,那可不是男人分内的事?而吹牛却是绝对不可原谅。

这种痛恨,不但殃及她的后代,也殃及与吹牛有所关联或从吹牛派生出来的,比如说伪善、撒谎这一类比之杀人越货、贪赃枉法等等不足挂齿的毛病。

从墨荷开始往下,她们家的女人,对人的要求实在是太苛刻了。就连那些伟哉大哉的人物也难免不撒谎、不伪善,又何况芸芸众生?

禅月读大学的时候,正是吴为事业的峰巅,爱好文学的人,可以说是无人不识卿。有个外系的男生问她:"听说作家吴为的女儿就在你们系读书?"

禅月脸上哪怕最敏感的那几条肌肉也不曾牵动丝毫,"不知道。"她回答道。

直到大学毕业,也没几个同学知道她是吴为的女儿。

更何况吴为也不是没有伪善、撒谎的时候,比之他人的伪善、撒谎,情节可能更为严重。虽然没有混迹于贞节女人队伍的妄想,却在几十年的时间里避而不谈、遮遮掩掩有个私生子的隐情。如此,她有什么资格对他人的伪善、撒谎不肯通融?

对于叶家,墨荷最有力的反抗就是回娘家。她的娘家,因为颇具实力而非同一般人的娘家。

娘家是每个无能的、嫁作他人妇的女人唯一退身之地。虽不能从根本上解决她们的难题,总能给她们一个缓冲的机会,让她们和困难暂时拉开距离,稍事喘息。即便学至博士的现代女子,这一隅之地恐怕也是不可或缺的。

多年后秀春惨痛地想,她却连这样一块退身之地也没有。

吴为算是三生有幸,如果她没有这块退身之地,可能早已粉身碎骨。而叶莲子留给她的这块退身之地,更让人叹为观止。他人哪里晓得,吴为不过徒有一副皮囊而已,每逢由于她的任性、轻率、兴之所至……冒犯天下,又没有勇气承受世人讨伐之时,正是叶莲子撑起她的那副皮囊,替她活下来的。

她又算是不幸。偏偏在不是她的过错,不过为情所困却被逼得几近崩溃之时,叶莲子撒手而去,绝了她最后的退路。在痛失"极地"的绝望时刻,她丧失理智地犯下了足以毁灭她余生的大过。所以叶莲子一去,她也就去了,人们看到的,不过是她那副还没有败去的皮囊。

秀春外祖父家,是个山清水秀的地方,满族四大发祥地之一,谈不上人杰地灵,却称得起物华天宝。

难怪中国对外开放以后,一位来访的美籍华人作家问吴为:"你是不是出身于一个满族的贵族之家?"

"为什么?"

"看你的额头和鼻子。因为我们家是,我熟悉这种额头和鼻子。"

"不是。"她决然地回答说。

反正叶家绝对不是,叶家是从山东逃荒过来的贫农。这从她小脚拇趾外侧另有一粒大如小米粒的趾甲,就能准确无误地确定,她是那山东贫农的种。

叶莲子也从来不曾对她谈过曾外祖父的家族史。即便曾外祖父是满族的一个贵族,她也只能是贵族和贫农的杂种。人们也不难从吴为品位的驳杂,得到杂种的印证。

每次回娘家,墨荷只让叶志清送到村子口,从来不让他跟进娘家门,他也就不进。

也许是那物华天宝的地界让叶志清自惭形秽,也许是秀春外祖父家那高墙大院里鸡鸣狗叫、人声鼎沸的气势对他有种威慑力,一个只会吹吹小牛,还没有修炼到气壮山河那个地界的人,一旦面对真刀真枪,底子里先就发了虚。

也许他们两个人都觉得,关于叶家和叶志清,墨荷的娘家人还是知道得越少越好。在叶家的生活、处境,墨荷对娘家人也是只字不提,她丢不起受虐待的面子。

不让丈夫进自己娘家的门,恐怕在二十世纪末的都市也会遭人非议。而一个乡下女人在二十世纪初,就有这样的惊世骇俗之举,可见她是如何地任性好强,也可见她对叶家的报复之心——一种殃及池鱼、不算大气的报复。

当然,这和她不但不爱叶志清,也极度看不起叶志清有关。

如果那时可以离婚,像她这样的女人,非和叶志清离婚不可。

奇怪的是她也很少让秀春跟着回娘家,这很不合乎乡下女人的规矩和思路。如果说是看不起叶志清,为什么也不带秀春回娘家?是嫌弃秀春冥顽不化,不知厉害深浅非要到世上受一遭?也许没想到自己会死得那么早,觉着和秀春的缘分还长着呢。

因为墨荷老是回娘家,秀春对母亲的慈爱没有留下多少记忆。

留下印象的大约只有一两次。

一次秀春在街上玩,迎面撞上一头猪。那头猪大得像牛犊,不但把她撞倒,还把她撞得当场昏厥。墨荷以为她死了,哭得死去活来。等她缓醒过来,看到妈妈吓成那个样子,不但没有像多数孩子那样就势发挥地哭闹,大赚一把以物质形式支付的呵护或抚慰,反倒咧着没有血色的嘴,默默地笑了。

再一次就是在外祖父的丧宴上。她等不及上菜,空心吃了一瓣蒜。蒜味直捣她的小心窝,辣得她捂着心口嗷嗷叫,墨荷不知她得了什么病,急得踢倒了凳子,撞翻了席面……事后秀春觉得辣这一场也算值得。

这种为了一个无须证实的答案不惜工本的思路本就反常,而于一个仅仅四五岁的孩子,是更加地反常了。

墨荷是个美丽的女人。一个女人,又美丽,该是很不幸的。但她没有走出农村,相对来说还不算过于复杂。

美丽的女人大多任性而多情。倒不一定对他人,对自己何尝不可多情!所谓"艳若桃李、冷若冰霜"的人,可能更加自作多情,不然就像糟践了这份美丽的造化。

这个方圆几十里都数得上的美人,在乡下的枯寂日子里,何以消耗她饱满的感情?

既不能参加 party,与哪个风流倜傥的男人共舞;也不能在影视上出尽风头,掠获若干崇拜者;更不可能在美术展、音乐会上与哪位趣味相投的男士一见钟情……只能自己给自己制造点欢爱,享受一下爱情的幻觉。

不要以为一个没有读过《白雪公主》的乡下女人就没有对白马王子的希冀。女人们自出生起,就在等待一个白马王子,那是女人与生俱来的本能,直到她们碰得头破血流,才会明白什么叫作痴心妄想。

要想给自己制造点欢爱,在那穷乡僻壤,谈何容易?

能够称得上华彩的片段,可能就是到了七月,过了处暑。那时候,青麻桃似的榛子壳儿,沉郁的残绿里就驳杂、斑斓、沉湎着酒红。如果没有一种自在、自信、沉醉和成熟,谁敢出此心裁、创意,把这样两种大反大逆的颜色放在一起!

那榛子仁儿也就粒粒饱满了。

墨荷就可以放下没完没了的劳作,和女人们一同上山采榛子。那是生活在山脚下的庄户女人唯一名正言顺具有休闲性质的活动。

一到山脚,墨荷就远离了伙伴,一头钻进榛子棵儿,并不急着运动两只手赶紧把榛子收归己有,而是窝在榛子棵儿里,欣赏那榛子壳儿的颜色,心里叹着,好漂亮的颜色,好漂亮的颜色啊!

再不就采一颗,愣一愣,想一想 。这是采给他的,而那个他又似乎不是叶志清。

回到家里,一颗颗挑、一颗颗选,选出那最饱满的,用牙轻轻一"垫",壳儿就裂了,榛子仁儿也就剥出来了。再一颗颗收起那些榛子仁儿,心想,这是留给他的,而那个他也似乎不是叶志清。

即便叶志清回到家里,吃光那些圆圆溜溜去了壳儿的榛子仁儿,她也不觉得是叶志清吃的。

榛子吃多了上火,有一年直吃得叶志清两眼眵目糊,鼻子直流血,可那不是她的事。

她就这样双眼蒙眬、两颊羞红地想象着一个意中的男人。而那男人是如何的中意,她又是说不清楚的。

不过她的想象却混杂着颜色。一般来说,想象是没有颜色的,就像梦是没有颜色的一样。可是她的想象,常常带着处暑之后榛子壳儿的残绿和酒红,就像极少极少数的人,偶尔会在梦中梦见的颜色。

吴为后来能在十分孤绝的情况下,为自己制作、演出一些生活小品,勉力地让他人、更让自己相信,她的日子过得有滋有味,很可能是传袭了外祖母墨荷这方面的基因。

她拨弄着那些榛子，自己一颗也舍不得吃。可是还有秀春呢，她看看秀春，再精益求精，仔细剔出稍有缺损的榛子，分给她唯一存活的孩子。

秀春只能等着，从留给那个并不存在的男人的存货里筛出来的那几颗榛子。

——和吴为后来对待叶莲子以及对待禅月的态度很不相同。

这就是为什么有一天胡秉宸突然对吴为说："我从没有得到过你的心。"

吴为回说："你这样说有没有良心？从和你相爱到现在，哪个男人入过我的眼？"

胡秉宸认真地想了想，说："不，不是有关男女的问题……我说不准确。"

其实症结在于，比之她的外祖母墨荷，也许还有叶莲子，还有禅月，吴为很可能对不起爱她的那些男人，严重一点说，她也许坑骗了那些爱她的男人。除了恋爱时期的短期行为，她从不能把对哪个男人的情爱放在叶莲子或是禅月的血缘之上——虽说这是两种不同的爱，并不矛盾，任何人都可以兼容并蓄，但在吴为却是例外。

她对胡秉宸的爱，只能是一种可以交出生命，却无法交出完整的心的爱，永远熬煎在非此即彼、不能平分秋色的歉疚中。并非吴为不愿或不忠实于胡秉宸，等到我们读完吴为的一生，便可知道这例外的由来。

除此之外，很多方面，吴为可能更接近这个无缘一见的外祖母。

六

西厢房的老王头和叶家一样,都是穷苦之人。方方面面的无望在日常生活中铺陈的人家,只能在他们重大的人生节目上,对无望隆重地做一次无望的补偿。

这最后的铺陈,却以喜庆的方式进行叙述,特别是唢呐的尖峭高昂,更是撕天裂地、大热大闹、大惨大烈。吹鼓手们好像不是给老王头送殡,而是有机会豁出劲来发泄一场悲喜交加。

在唢呐恣意放纵的冲击下,敏感、生来就对"过分"不适的秀春,陡然生出莫名的不安。

她才想起很长时间没有看到妈妈了。路上没有,院子里没有,屋子里没有,炕上也没有……她来到后院的菜园子。

菜园子差不多是每家每户堆放垃圾的地方。一个穷家能舍弃的东西,除了让人想到物尽其极的穷困,还能有什么?

妈妈活着的时候,种菜是妈妈的事情。这些活计,还要晚一点才轮到秀春的头上。所以秀春那时只看得见菜园子里的颜色,还看不见园子里的寒碜、败破,朽木断石、碎碗烂锅……

菜园子后面就是山。山的暗影随着太阳时而东移,时而西落,菜园子里的一切也就有了时明时暗的对比。妈妈去世以后,这里更是秀春一个常来常往的劳作之地,直到她离开这块土地。那经久的、明暗之间的起落转换,于她是好还是不好呢?

园子里种着庄稼人平平常常的菜蔬,倭瓜、黄瓜、茄子、土豆、白菜什么的。正是春夏之交,各种菜花你方开罢我登场,园子里该是有点活气的。

每到菜园子,秀春就会想,为什么除了茄子花,别种菜花大都是黄色的?豆角花倒是该红的红、该绿的绿,她却喜欢上了颜色不一般的茄子紫,也把对茄子紫的喜爱,遗传给了吴为和禅月。

后来有了喜欢做文章的人,连颜色也不放过,从对各种颜色的喜爱,去推断人们的性格,喜欢茄子紫的人,据说浪漫而神秘。这种推断,和秀春的选择其实关系不大。

秀春在菜园子里找来找去,终于看到草棚子里有张像脸又不像脸的东西,虚虚实实隐现在草棚子的暗影里。

她被那张像脸又不像脸的东西吓了一跳。

菜园子里突然有了荒凉之意,虽则菜秧子上的花还千朵万朵地开着,可就一朵朵地沉下脸,显出凋敝。

即便太阳西落时也显得轻如云黛、遥不可及的山的暗影,此时却重重地压了下来,无声地向菜园子逼近,一霎间就将菜园子和秀春罩了个严严实实。

这时秀春听见有人叫她,"秀春,是我,我在这儿。"

妈妈!是妈妈?

她走进草棚子,脸对脸地瞧着妈妈,怎么看,怎么也不是妈妈的模样。她伸出小手,迟迟疑疑地摸索着妈妈的脸,妈妈就捉住她的小手,握在了自己的手里。

何止是妈妈的手,整个妈妈似乎都化作了一缕不可在握的烟尘……

可手掌上的暖意、粗粝,却还是活生生的,依然是秀春熟悉的……她不能说那不是妈妈。

她心迷意乱……又在倏忽间感知,一个母女二人灵魂同时出窍,明明白白只能束手待毙、肝肠寸断的时刻到了。

秀春最后断定,不,那女人已经不是妈妈了。

后来她知道,这就是"走形"。所谓"走形"就是人的灵魂已经远去,留下的,不过是一副暂时没有败去的皮囊。

谁的眼睛这么"毒",能够看出"走形"不"走形"?秀春却有这样的异禀。类似的情况,曾在,也将在她的身上反复出现。

好比为了阻断吴为与胡秉宸的情爱,几乎闹到她们母女感情破裂也在所不惜,好像吴为不是谈情说爱,而是去上断头台。

吴为多少继承了她的这副眼力。叶莲子去世后,她最担心的就是在比她年长许多的胡秉宸身上,眼见"走形"的一天,这也是她后来总是逃避和胡秉宸长相厮守的一个不大可也不小的原因。

对此,吴为又不肯、不能说出一个字,她总觉得天机不可泄露。

由此可见,吴为的胆小,不是一般的胆小,正像前面说过的那样,而是非常的小,竟然成为"活"的一大障碍。她怎会胆小到如此违反常情的地步,的确让人难以理解,以至于不可原谅。不知这是天生,还是后天什么原因造成。

像胡秉宸这种"天降大任于斯"的人,如何会想到男女之间的关系是如此之脆弱?影响它的因素,又是如此之复杂、之繁多、之无处不在、之不胜细腻……连吴为被叶莲子的"走形",被失去亲人的打击吓破了胆,也会影响他们的共同生活。

做吴为的丈夫岂不是太难?哪个男人胜任得了?

刚抬走老王头,墨荷就要生产了,叶志清找来接生婆,生下一个小妹妹。这个小妹妹又是一脚刚刚踏进世界,连忙又逃回去了。

可是这一次墨荷却血流不止。接生婆用了很多香灰、灶灰、炕灰去堵,用完了自己家的,也用完了西厢房老王头屋里的,血还是流个不住。她很快就昏迷了。

人们把秀春拉到墨荷跟前，让秀春可着嗓子喊妈妈，都说亲生孩子这样喊，妈妈就不会死了。

秀春奋力地喊哪，喊哪。那不是喊，而是把自己化作一条条喊叫，一声接一声从体腔里抽出。从此以后她再没有这样喊叫过，不要说这样的喊叫，连一般的喊叫也没有。不论遇到什么灾难，她倒更加紧闭嘴巴。

不但她不喊叫，吴为和禅月也不喊叫。如果说以叶莲子顶门立户的叶家有什么特别之处，就是她们不爱喊叫。

秀春不知喊了多久，墨荷才慢慢睁开眼睛。她看着秀春，费力地把嘴张了又张，那生命的残响才从喉咙里幽幽传出，那缥缈的声音，除了秀春谁也没有听到："我都走了那么远了，你又把我叫回来了。秀春，别哭，妈不会死的，妈舍不得你呀……"

自从墨荷落入垂死的挣扎，再没有看过叶志清一眼。到了这个地步，她不但和叶志清的关系已经了结，就是和她想象中的某个男人也都了结。在那弥留的时刻，她只是眼巴巴地看着秀春，千言万语无从说起。

其实人在那种时刻，牵挂的不是血缘就是虚无。

当年白帆的六个耳光，导致胡秉宸猝发心肌梗塞，吴为总以为在他生命垂危之时，一定会像他写给她的小曲那样："……那时节到了奈河桥上也，我也要回头强挣扎，为的是把那魂儿、灵儿、心儿、肝儿，一齐往你那边挂，那疼你的心情儿也，更是千倍万倍地大。"其实，那不过属于爱情的童话。

很可能吴为忘记或记错了《战争与和平》那部小说里的一些情节——安德烈公爵在和死神搏斗的时候，爱情既没有禁受住什么考验，也战胜不了什么——以为有了她的爱，胡秉宸就一定能够战胜死亡。

爱情不过是一种奢侈,如果有幸得到那种机会,享受就是,怎么能让"奢侈"风马牛不相及地承担如此沉重而严肃的任务?

胡秉宸能够闯过鬼门关,是他命不该绝,和爱情无关,也和医学无关。

秀春身上那件补了又补的衣衫,被浑身的黏汗透湿。

汗有那么黏滞?! 秀春是把全身饮水食谷之精华所化生的津液,刹那间一总付与了抢救妈妈的生命。

她把脸儿贴在妈妈的胸口,惊魂未定地用小手抚摩着妈妈的身子,又担心搅着妈妈,又担心妈妈再次远走,不敢歇气地轻声叫着:"妈妈,妈妈——"

……难为小小年纪的她,方方面面都考虑到了。

墨荷这时才明白,围在她身旁的男男女女、老老少少,只有这个身高不过炕沿,只能捡食缺损的榛子仁儿,又不常带她回娘家的六岁小女儿,才是真真确确、一心想要解救却又解救不了她的人。

她像小河里捞出的、晾在岸上的小鱼,拼着力气对秀春嚅动着嘴唇,可这一回,却无论如何发不出声音了。

从墨荷不停地想要对秀春说点什么的样子,就不是个好兆头。

一个还有时间的人,总是把事情留待以后;一个没有时间的人,才会急着把话说完。

事情也从来不会遂人所愿,因为舍不得一个人,那注定要死的人就不会死。

她们母女二人,早在后菜园的草棚子里就交割清楚,现在要告别的,不过是那一副皮囊。

墨荷终于没有说出壅塞在嘴里的话。她流下最后一滴眼泪,不甘地半张着嘴,闭上了眼睛。

这一滴泪,和七十多年后的秀春,也就是叶莲子那最后一滴泪如出一辙。简直就是同一滴眼泪的翻版。

屋子里所有的动静,似乎在秀春扑向妈妈怀里那一瞬停顿,以便为她留下一个空隙,接纳从她腔子里喷射出来的呜咽。

她的小手无力地摇着妈妈的头,想要把妈妈摇醒。不明白那是徒劳,以为不过是自己力气太小。她张开泪眼向周围的人求救,可是人们转身准备后事去了。

该是到了一个必得挺起小脊梁骨的时刻?她只好自力更生,动用一个不过在世上混了六年的脑子,设法营救一个已然无法营救的生命。

她伸出胳膊,想要把妈妈抱进自己的怀里,也许她的怀抱可以护着妈妈,躲过这一时之灾。可是她的胳膊太短,炕头太高。她把脚后跟踮了又踮,也只能搂住妈妈的肩膀。

她爬上炕,把小胳膊插到妈妈身子下面,用尽力气向后翻仰……还是无法把妈妈抱进怀里。

她万般无奈地放弃这个打算,也许——也许可以用自己的身体,把妈妈遮挡起来?便大张着手臂扑向妈妈。可她遮挡了妈妈的头,又遮挡不住妈妈的身体;遮挡了妈妈的胸口,又遮挡不住妈妈的双腿……她的两只小手在妈妈身上上上下下毫无结果地忙碌着。

这一回,妈妈是一去不回头了。

墨荷没有向秀春兑现她不会死的承诺。

这是叶莲子遭遇的第一个不能兑现的记录。从此,她就开始了虽有开户账号,却从来不能兑现的败局。

　　这第一个不能兑现的记录,也就成了她第一个致命的创伤。

　　如果说吴为在包家遭遇的那段楼梯,影响了她的一生,那么墨荷的去世就影响了秀春的一生。

　　在那粗针大线、穷乡僻壤的地方,怎么会生出叶莲子这种多愁善感的人?

　　所以才会有她的后来:忙不迭地走出老家,忙不迭地嫁给顾秋水……

　　穷乡僻壤固然粗粝,外面的世界更让人难以生存。一个多愁善感的人,就只好遍体鳞伤了。

　　可她不走出老家,又有哪条活路可走?

　　连奶奶都这样劝说:"你还是跟着父亲走吧,好歹他是你的父亲。我和你爷爷也不能老活着,我们一死你怎么办?你叔叔婶婶……唉,你得走,你得走哇!"

　　这个吴为虽然无缘一见,却在吴为身上暗暗留下不少痕迹的女人,卒年三十有四。

　　吴为有数不清的遗憾。叶莲子生前,她从没有向叶莲子追询过有关外祖母的一切,让她以后连来自母亲家族的一份骨血也无处寻觅,最终不得不远上岐山,求一处安放叶莲子和自己的骨灰之地,却又不得而归。

　　她只知道,外祖母是石灰窑子的人。想必那是一个盛产石灰的地方,有很多烧石灰的灰窑。

　　不论叶家或是顾家,还有很多那两个姓氏的男人,有头有脸地过着很好的日子,奇怪的是吴为从未寻认过叶家或是顾家男人的血脉,好像她和来自这两家男性的血脉无牵无碍。甚至叶莲子过世,除了顾秋水谁也没有通知。不论叶家或是顾家的人,与叶莲子,与她们母女的死别之痛,有何相干? 送叶莲子登程,只能是她们两个人之间的事。

即便通知顾秋水,也只是为了对他说那句话:"你们之间的恩恩怨怨,这回是彻底完结了。"阴狠地把顾秋水永久地钉在赖账不还的负数上。

甚至幸灾乐祸地想,在叶莲子离世以后,即便顾秋水有朝一日想对叶莲子说一句"对不起"的时候,也无从说起了。

奶奶对爷爷和父亲说:"秀春她妈是坐月子死的,不吉利,一定得烧了,要不然她就得回家闹事。"

爷爷说:"应该等她娘家来人商量一下。"

至于父亲,要说他一点不伤心也不客观,可是人一死,立刻也就成了过去。在所有的力量中,"过去"可能是最不可小看的一种力量。

"不能商量,一商量就烧不成了。还得赶快烧,她娘家人一到也烧不成了。"奶奶是那样地决绝,不管不顾,当然更不会问一问一旁的秀春同意不同意。

奶奶找出妈妈的衣服,翻了一件又一件,差不多都是补过的。嫁到叶家近十年,什么时候做过新衣? 而陪嫁过来的衣服,几年来干活是它、平日是它、出客是它,不破还能怎样? 只有一件稍微囫囵的衣服,可能是墨荷留着走娘家穿的。

"就是这件吧,快给她换上!"奶奶说。

叶志清找来几块薄板,给墨荷钉了一副"平板",而不是棺材。

爷爷研了墨,拣了一块好木板,给墨荷写了一个墓牌。

接着奶奶吩咐人,把院墙下那堆松木疙瘩和柴火全部搜罗干净,再让人把妈妈往"平板"上一放,抬着就往西河沿去。

秀春挑着幡儿，怀抱着一个瓦罐，懵懵懂懂走在前面。那幡儿原是根竹竿，竿头上因陋就简地挂了条白纸片，竹竿上连点白纸絮都没缠。

她一边哭一边想，怎么想也想不明白，奶奶、小姑姑和妈妈有什么仇，老把妈妈欺负得没处躲、没处藏。现在妈妈死了也不能饶，还要把她烧了，连个完整的尸首也不给她留下。可她没有办法为妈妈做点什么，也没有办法对奶奶说点什么。

到了西河沿，奶奶又利利索索地指挥着人们码柴火垛。柴火垛码得又空又高，然后让人们把架着妈妈的"平板"放上柴火垛。

本来就高挑儿的妈妈，放上柴垛之后，比平时又似乎高出许多。躺在柴垛上的妈妈好像年节的供品，虽然不知祭祀的是哪路神仙，感觉上却很神圣。

"往柴火垛四下里浇洋油吧，浇吧，浇完油就点火。"奶奶头头是道地吩咐着，从头到尾，一派大将风度。

奶奶的话刚一落音，火就从柴垛下面点着了。

起先柴火垛还炕着，泛着松柏味的青烟，然后就蹿起渐高的火苗，妈妈舒舒服服、无拘无束地躺在越燃越烈的火焰里，一点也不在意那许多人围观。

秀春眼睁睁地看着火苗得意而迅猛地往上蹿，好像它们活着的目的没有别的，就是为了将人化成灰烬，现在终于显出它们的英雄本色。

对于奶奶倒行逆施的做法，村里的叔叔、伯伯、婶子、大娘生气是生气，愤怒是愤怒，可一旦妈妈被烧起来的时候，谁的眼珠子也舍不得错一错。

人这一辈子，能有几次机会眼瞅着把一个人生生烧没了！

妈妈的衣服、头发，一瞬间就让火苗舔光了，全身一片通红又一片墨黑，接着腾的一下在火堆里坐了起来。

人群里滚动起一浪浪"嗷！嗷——"的号叫。

想不到这种号叫，比一具挺尸在火焰中突然坐起更令人毛骨悚然。人性在直面警世的死亡、死亡的审判时，这种一泻千里的崩溃，真是千载难逢。

就在那一瞬，秀春看见妈妈睁开了眼。妈妈的目光穿过围观的人群，目标异常准确，单对着她死死地望了一眼。在妈妈最后那一眼里，秀春读到很多实在不能明白的警戒。

直到多年后，当她带着吴为在一场弥天大火里逃生时，才对墨荷最后这一眼的含意有所醒悟。

而此时，她只以为妈妈疼得受不了了，伸手抓住身旁的人，指着火焰中的妈妈尖声大叫："妈！妈——"可是没有人理会她的尖叫，连父亲也没有理会，虽然他也在眼珠子一错不错地盯着火焰中那曾经的妻子。

她转而心里央告着："叔叔婶子大伯们，你们走吧、走吧，别这么看着我娘了，她疼得受不了啦，你们干吗非要看着她受疼呢?!"可是没有一个人感应到她心里的这份央告。

他们一直看到墨荷和那堆柴火一起化为灰烬，然后实心实意地叹息着这女人的不幸。

那一刻，六岁的秀春懂得了，悲痛是一种非常个人化的情绪，没有人会在这种时候帮她一把；也在那时起了一个不甚明了的念头：这辈子再苦、再难，大概是不能靠谁，也靠不上谁了。

这不甚明了的念头，在后来一档又一档苦难里，逐渐冶炼成为她的志气。

那坐在火焰中，和火焰一起燃烧，从一个人形一点点化为焦炭，再从焦炭化为乌有的妈妈，让秀春一生一世，历历在目。

她从此害怕了火。

吴为根本无从知道她那卓尔不群的外祖母,死后被这样野蛮地烧掉,也不可能知道叶莲子对火的这种恐惧,可她一直想要写那样一个故事:一只怕火的狗,偏偏出生在一个复活节的晚上,那是一个到处点燃礼庆火焰的夜晚。女主人一直小心照料着它,它也一直很辛苦地活着。每到复活节,主人更是把它锁入地窖,免得它害怕或是被礼庆的篝火所伤。可就在某个复活节的晚上,人们照例在山野中点起一堆堆篝火的时候,它一反常态地蹿出地窖。也许它吓得失去了理智,也许它觉得如此辛苦地活着不如就此去了,总之,一头冲进随便遇到的一堆篝火,终于死在它恐惧的火焰中。

一个人怎么会平白无故地想出这样一个故事?

散场以后,更是连个收骨灰的人也找不到,虽说烧的是死人,可人们总觉得是烧了一个"人"。乡下人就觉得这件事非常凶残,很不吉利。

到了这种时候,父亲、爷爷也尽失男人的凛凛威风,还是奶奶,勇气十足地把墨荷的骨灰敛巴敛巴,装进一个二尺多长的木头匣子,埋在了西河沿的山根下。

只有她那个在刚愎的后脑勺上颤颤悠悠的小疙瘩鬏儿,才稍许泄露出心里的虚弱。

夕阳西下,河水泪泪,山风飒飒,倒显出四周的寂寥。不知是草木灰还是骨灰,在山风中忽飞忽落地回旋,有时还扑了奶奶或是秀春一身一脸,似有无尽冤屈未曾了结地不肯离去。最瘆人的是,突然有一声声呜咽,不清不楚地随风而至。

然而那个令秀春伤痛不已的傍晚,却具有人间闹剧的性质,与乡里乡亲以喜剧的叙述方式,对西厢房老王头进行的最后铺陈,有异曲同工之妙。

刚埋下妈妈的骨灰,老姨和三舅就到了,他们没能看到墨荷的遗体,更加怀疑她的死因。

三舅和老姨一到,爷爷和父亲就不知道哪儿去了,只剩下奶奶和秀春迎战三舅和老姨。

三舅甚至挽起袖子,露出知识分子的小细胳膊,说:"我姐姐肯定是被你们害死的。"

三舅的小细胳膊,让秀春很不好意思。他哪里像是高大健硕、声如洪钟的外祖父的儿子?又好像自外祖父去世后,家道中落,他再没有吃过饱饭。

奶奶说:"天地良心,谁要是虐待她,天打五雷轰。"

三舅说:"我跟你说不着,你们家主事的男人呢?"

"这事我做的主,有话找我说。"胸无点墨的奶奶,根本没把三舅放在眼里,她对知识分子是太了解了。"百无一用是书生"——眼前就放着那么一个样板,每日里她如何整治她的丈夫,就能如法整治墨荷的兄弟。

三舅的小细脖子上暴起了青筋,质问道:"你为什么自作主张把我姐姐烧了?这事不能善罢甘休,非打官司不可。"说着,他拿起炕桌上的茶碗,本想扬手摔到地上,可是看了看那只破碗,实在不值得摔,只好不屑地在桌子上蹾了蹾,那只茶碗也就顺势一分几瓣。对着那只破碗,他想起"不为已甚"的古训,底下的事情如何进行?这只破碗使他失去了自信。

老姨把三舅推到一边,说:"别以为没有章法、没有准稿子。谁人不知,谁人不晓,你们村老傅家虐待儿媳妇,公公、婆婆、两个大姑姐,还有她丈夫,没有一个不整治人家,逼得人家喝卤水死了。

结果怎么样？只得给人家摆宴席，还让人家一脚踹了。再摆，再踹。最后只好两个大姑姐哭灵，婆婆打幡儿……"老姨的发言才具有实质性的意义，不像三舅，善罢甘休能怎么样，不善罢甘休又能怎么样？

一听老姨的话，奶奶才害了怕。她不怕秀春的三舅，别看他在省里念过洋学堂，她倒是觉得这个没念过洋学堂的老姨，旗鼓相当，不好对付。

她不是刚进村吗？怎么连老傅家虐待儿媳妇的事都知道得一清二楚？

奶奶更怕老姨照着老傅家的模式，在这里一把一把地闹下去，她哪里赔得起一次又一次摆宴席，又哪里丢得起给媳妇打幡儿这个面子，更禁不起打官司的折腾。

这才忙打发秀春："快去，快让你爸去找老赵家，就说有要紧事求他，让他赶快来一趟吧。"

老赵家是当地唯一的乡绅，就住在秀春家的后面。

在二三百户草房的村子里，突兀着老赵家的一片瓦房。

老赵家特地换上白纺短褂，外罩华丝葛夹长衫。白纺短褂袖口外翻，在长衫外折出一圈晃眼的白。

老赵家不只有瓦房、白纺短褂、华丝葛的长衫，还有话匣子……高兴的时候就放百代公司的唱片，唱片上有个狗头标志。一旦老赵家放起唱片，村里的孩子就全聚到他家门口听。老赵家也不撵，还把大门敞开。遇到谁家缺几升粮，他也肯借，还不还的倒也不甚挂记。

至于这个话匣子，日后在秀春生死存亡那个关头中的作用，却实在无法评定。

一身学生装的三舅，一见到那件长衫和长衫袖口外的一圈白纺,就知道遇见了同类,气焰马上低落下来,他觉得当着同类的面继续跳脚很是不雅。再加上叶志清悲痛欲绝的神态以及对逝者的感念之情,说到动人之处,连他也陪着伤感起来,忘记他和老姨是干什么来了。

三舅虽然是个小知识分子,却也沾染了二十世纪初知识分子那半途而废的毛病。二十世纪初的知识分子和二十世纪末的知识分子很不相同,不少人的确是"语言的巨人,行动的矮子",什么事情不会闹得很僵,不会把人闹到走投无路的地步。一旦闹僵,自己便先尴尬起来。这样的人,如何对付得了叶家的狡诈——也就是农民的狡诈?

后有智者,将希望寄托在农民身上,而不是寄托在知识分子身上,真乃千真万确的明智举措。

云过风清之后,叶家非但没有感激之心,反倒觉得这个中学教员实在无比的好笑,否则叶家如何躲过这一关?

叶家按正常程序摆了丧宴。

三舅和老姨也没有一脚踢了叶家的丧宴。而从丧宴的规模上也看不出丝毫歉疚的意味,也就是说,很不丰盛。

到那时为止,秀春只经历过两次亲人的死亡——妈妈和外祖父。

这两次经验使她明白了两件事:第一,一旦有人死亡,就是吃;第二,吃的过程,就是对逝者了结的过程。吃完丧宴,那逝去的人也就随之而去,再无瓜葛。

墨荷的丧宴,惊动了远村近邻的亲戚。

这样贤惠、整日不言不语的女人死了,总让人惋惜。

足见人们的"印象"是极不可靠的,墨荷的不屑竟被理解为不言不语的贤惠!

人终究是善良的,对一个死了的人,尤其消失得那样惊天动地,则更加宽厚。丧宴上,人们记起了墨荷这样那样的好处……就连小姑姑也说:"嫂子的脾气真好,就是一天到晚不吱声。"这显然不是误会,而是鬼祟。

丧宴上,乖张的小姑姑和平时十分不同,看上去竟有些委琐。一个乖张的人突然不乖张了,就让人觉得有些可怜。而一个老是委委琐琐的人,就容易造成视觉疲劳,反倒让人熟视无睹了。

在破衣烂衫的人群里,在缺胳膊少腿的桌椅板凳、豁口掉把的碗盏茶壶间,在刮风漏风、下雨漏雨的茅草屋里,在一床棉被盖一炕的生活里……小姑姑重新成为唯一的亮色。

但她从此一蹶不振,一直到死。人们都说她得的是痨病,并不知道于她更重的是心病。自墨荷去世后,她就担心嫂子的鬼魂回来找她。她把那个冷傲、不肯讨饶的嫂子折磨到了什么地步,只有她自己知道。

可是墨荷没有回来找她,一次也没有。一个冷傲的人,即便做了鬼,也是不肯退让的。旧账重算,不也是另一种意义上的退让?!等于把自己降为同一张账单上存入支出、相提并论的双方。

不过她还是担心,一直担心了很多年,直到临死的时候,还觉得她是恶有恶报。也许她是自己把自己吓死了。

妈妈的丧宴,和外祖父的丧宴没法儿相比。在外祖父的丧宴上,连秀春都有一席之地,更不要说席面上的内容。

秀春躲在墙角后面,远远看着这个属于妈妈,却又和妈妈无关的丧宴。

她不但关注着奶奶的一举一动,也在研究三舅和老姨。虽然妈妈已经化为灰烬,她对曾经大闹叶宅的三舅和老姨,总还抱着一些模糊的幻想。什么幻想？她也说不清楚。

席面上的菜肴渐渐凉了，人们还是板板正正地坐着，按照当地的规矩，他们得等席面上年龄最长的人来分菜。可奶奶就是慎着，她这一朝的谱儿也算难得，怎舍得让这个场面一带而过？

奶奶慎够了才抄起筷子，起身分菜。她给每人夹了一块豆腐，两个比枞树球大不了多少的豆面丸子，一撮土豆粉制的宽粉条，又盛了一小碗熬白菜、萝卜、土豆、茄子。

然后奶奶坐下，先把那碗熬菜吃了，过程庄重而漫长。

吃完熬菜，奶奶对着土豆面的宽粉条想了一会儿，好像一时决定不了怎样处置，最后还是举起了筷子。

叔叔家的孩子就在桌子跟前来回游走，眼睛溜着桌上的每一个动静，每一张咀嚼的嘴，每一双挥舞的筷子，每一碗一扫而光的菜肴……

谁说躲在墙角后面的秀春不馋？她只是知道克制。

一年到头，只有正月十五以后，才能分到一个从供桌上撤下来的白面馒头。那从初一供到十五的馒头，如果用来砸人脑袋，肯定一砸一个包。

秀春不像堂兄弟们，三口两口就吞了下去，她舍不得吃，而是用白菜叶子包起来，实在馋得受不了，才打开白菜叶子啃一口。白菜叶子并不能使干硬的馒头有所改观，馒头仍然干得啃一嘴就掉白渣，并一日日毫不留情地越缩越小，直至一粒白渣也不会剩下。而她正是如此庄严地为那馒头完成了一年一度的仪式。

成年以后，吴为不但到了城里还到过西方很多国家，见到了中国以外的花花世界，难免会想，生在一贫如洗的乡下，不可能受到更多礼仪熏陶的母亲，怎么言谈举止、穿着打扮的品位却有大家风范？想着想着，思路就奔向那个未曾谋面的外祖母。

秀春以为,在那样一场大闹之后,三舅和老姨什么也不会吃。谁知他们和大家一样,吃也吃了,喝也喝了,虽然一直皱着眉头。

秀春就想,这个弯子如何转的?一定把他们难为坏了。

吃完土豆粉条,奶奶从大襟里掏出一张早就准备好的白菜叶子,大大方方把白菜叶子摊在桌上,小心地把那条一寸宽、二寸长、半寸厚的豆腐,还有那两个比枞树球大不了多少的豆面丸子放在白菜叶子里,又轻手轻脚地把它们包成一个方方正正的小包,随后站起身来,这丧宴就算是吃完了。

奶奶东张张、西望望,看见了躲在墙角后的秀春,就朝秀春走了过来。她拉起秀春皴黑的小手,把那白菜叶子包着的小包,放进她的手心,又转眼看了看两个紧凑过来,馋得眼睛里几乎长出一对钩子的孙子。

可是她得把这个白菜叶子包着的小包给秀春,这是秀春她妈给她挣的,谁也不该拿了去。

以后,这样的事就不会再有了。

秀春抬起小脸,呆呆地望着奶奶。现在,她只剩下这个无穷无尽地折磨妈妈,无论谁劝也不行,一意孤行非要把妈妈烧了的奶奶了。

她那呆呆的、没有泪的小脸,看上去比泪流满面还让人伤情。

可是奶奶并没有为此生出些许的歉疚或是懊悔。她不懊悔也不歉疚,无论是对墨荷的折磨,还是一把火把墨荷烧了个灰飞烟灭。

她只是想,从现在起,她又得多照顾一个孩子。在几个差不多大小的孙子中,她并不最疼秀春,只是秀春没了娘。

白菜叶里的豆腐和豆面丸子,还有点温手呢。秀春吸了吸鼻子,嗅见了它们的香味,这就是妈妈和她最后的牵连了,也是妈妈最后留给她的、他人不可夺的一份特权。

她把那小包攥在手心里,又把目光转向三舅和老姨。

她等着,也许三舅和老姨会走过来跟她说几句话,可是没有。

三舅和老姨吃完了席,抹了抹嘴,不再说什么,也没想着看她一眼,沉着脸子走了。

从前她不懂,也没有过这样的等待,现在她很想有人对她说些话,不论说什么都行。她不知道,这是不是叫作需要安慰?

二姑父和二姑也要走了,在穷亲戚们一片艳羡的目光中,二姑父开始套他高头大马的马车。

二姑一面搓着她冰凉的小手,一面悄声悄语地说:“我走了,过两天我来接你。”

这是妈妈死后,秀春听到的最疼她的话。

马车套好了,二姑上了车。二姑父把车前头的棉布帘子掖了又掖——二姑坐月子还没满月呢,可别着了风。

奶奶、婶子、小姑都说:“瞧她的命多好,嫁了个男人不打不骂,有饱饭吃,还这么疼她。”

秀春傻傻地看着二姑父赶着马车走远了,也傻傻地等着二姑来接她。

二姑坐在马车上,一面往回走一面对二姑父说:“你说怪不怪,秀春她妈走的那个时辰,我正似梦似醒地靠在棉被垛上,忽然就看见秀春她妈从后窗进来了。这和她平时的斯文很不一样,我觉着挺奇怪,问她:‘嫂子,你怎么不走前门呢?’秀春她妈哀哀地叹了一口气,说:‘你们家大门口有狗啊……我来不为别的,我要走了,拜托你好好照顾我的秀春吧。’家里的人,倒是我们姐儿俩的关系最好。我觉着是个梦,可是没过一会儿就有人来报丧,秀春她妈果真去了……"

二姑父说:"既是这样,咱们就尽力照顾那孩子吧。"

他们没有辜负墨荷的嘱托,隔些天,就把秀春接去住些日子。二姑父还到地里抓些青蛙糊上泥,埋在火里烧给秀春吃,或是下到河里抓些鱼,给秀春烧着吃。

二姑父不大像庄稼人,庄稼男人是不顾孩子的,何况秀春还不是他的孩子。

有一次秀春没等二姑父来接,自己就跑去了。

她一面跑一面哭,哭她家的那只大黑狗让叔叔给勒死了。她是太伤心、太伤心了,自从妈妈死了以后,她还没有这样哭过呢。

叔叔把大黑狗放在锅里,下上葱、下上姜、下上酱油,卤了出来放在房顶上冻着,吃一块切一块,片成薄片下酒喝了。

一家子人都跟着吃啊!

叔叔家的人怎么就这么狠,这么狠呢?

大黑狗跟了他们多少年?

小铺里丢了东西,怎么找回来的? 叔叔醉倒在回村的野地里,谁回家报的信儿? 是谁咬死了老到鸡窝里叼鸡的黄鼠狼? ……他们怎么就下得了嘴吃它!

从今以后,谁还能在妈妈的小坟头前陪着她? 天色晚了,谁还能到西河沿去接她? 她挨了婶婶叔叔、堂兄弟们的打骂,谁还能到后菜园子的草棚里找她,拿爪子挠挠她?

春天风多,把门刮得咣当咣当响,叔叔就说门是她摔的,扬起拳头就揍她。

一家子人,数她进出门的次数多,一会儿她得喂猪,一会儿她得喂鸡,一会儿她得去捡庄稼,再不就得去捡柴火……干活回来,又累、又渴、又饿，没有吃的，喝口凉水也好。可是一刮风她就吓得不敢进家，不管风多大，只能蹲在背风的墙脚下挨着……那时，还有谁能卧在她的腿跟前来暖和暖和她？

她饿，她饿极了。

自从妈妈死后，除了叔叔婶婶、堂兄弟们吃剩下的稀汤，从没给过她一顿干饭哪。就是老赵家，农忙的时候还给长工吃顿干的哪。

叔叔婶婶说："你知不知道报恩？小小年纪就会苦着脸儿给我们看，我们够对得起你了。瞧瞧你爹，偷了人家银行的钱，警察局到咱家来抓人，让东邻西舍说三道四现不现眼！他倒好，一跑了事。跑了和尚跑不了庙！你爷爷，还有我们，都得替他顶债。要不是你爷爷东借西挪地给他还债，警察局指不定把我们都得抓了去！说是爷爷借的债，我们还不是都得跟着受穷……"

秀春就觉得，银行的钱是她偷的，他们的话，一句一句，巴掌样地打在她的脸上。

对于父亲，她似乎都说不清楚他的鼻梁是高还是低，眼睛是大还是小。她总共见过他多少面？想不起来了。

是啊，她还不该喝稀汤！

堂兄弟们还把高粱米粥上凝的那层皮卷了咸菜，一面对她吧唧嘴，一面说："好吃，好吃，真好吃！"

知道，她知道。那东西真是好吃，妈妈活着的时候她吃过。一旦成为回忆，就更加好吃了。

可现在，她就是饿得前胸贴后背，也不会瞧它一眼，更别想让她开口向他们讨。

即便妈妈活着的时候也没教过她，对孩子的教养，墨荷还没有那样的高瞻远瞩。

　　秀春是个天生要脸面的孩子，就像凑巧长在房檐下的小草，不过是凑巧长在了房檐下，便躲过了那一点风、一点雨、一点雪的粗暴……

　　再说父亲……她哪儿还有脸对人说她饿？

　　就是稀汤，也不能顺顺当当喝下去。她刚端起碗，婶婶就催了："快吃，快吃，吃完赶快刷碗去！"

　　她一面喝汤，叔叔和婶婶一面拿眼睛白她，小小的她，宁肯饿着肚子把稀汤放下去刷碗。刷碗有什么不好？至少可以躲过他们的白眼。

　　她踮着脚跟，够着灶台，身子探进大铁锅，只剩下两条小腿搭在锅台外面，好像要一猛子扎进锅里游泳去。

　　还没刷完碗，婶婶又说："快，喂猪去！"

　　喂完了猪，婶婶说走了嘴："做饭去！"

　　叔叔说："这她怕是干不了的。"

　　婶婶一拍脑门儿，说："哦……她妈那些活儿，早晚她得接过手去。"心里就算计着，墨荷留下的活计，秀春什么时候才能都干上。

　　干活有什么难？秀春都能受，即便隆冬腊月的清早或夜晚，三番两次到外头放鸡或是赶鸡上架，冻得浑身僵直，回到屋里两条腿好半天打不过弯、爬不上炕，她也不甚在意。

　　她最难过的是，堂兄弟们拿着棍棒追打她的时候，奶奶因为害怕婶婶，不敢干涉。不敢干涉也就算了，反倒拦着左右奔突、跟跄逃遁的她，说："让他们打几下，就让他们打几下吧！"

　　这是为什么？！

　　她不能说，也不能问。

　　从六岁开始，秀春就知道有理也不能争辩。渐渐地，不要说是争辩，就是有理也说不出、说不清了。

后来的后来,顾秋水每每看到她那张口结舌的样子,不是更加同情,反倒更加肆无忌惮地酷虐她,"瞧她那个窝囊样儿,看了就惹气,就让人想给她俩嘴巴……"顾秋水如是说。

只有夜里,当她偎在奶奶身边,听着奶奶一声声万难也挡不住的呼噜时才会想:为什么没娘的孩子这么苦? 也就是想一想,第二天起来,继续张口结舌地挨叔叔婶婶的打骂、白眼,往大铁锅里扎猛子,两条腿冻得打不过弯、爬不上炕,被堂兄弟们追打……

但是到了晚上,能够躺在炕上这么想一想,自己也就安慰自己了。

这个扎条小辫,穿得破破烂烂的小女孩,老是拖着一个比她还高的耙子,或是老挎个破篮子,不是割猪草、挖野菜,就是捡柴火,喂猪、喂鸡……

即便到了冬季,男人女人、大人小孩都躲在家里猫冬了,还常常看见她独自个儿,空心穿身破棉裤、破棉袄,或拖个耙子或挎个破篮子,走在村里村外的小道上。棉袄的袖子、棉裤的裤腿,又窄又短,露着手腕子和脚腕子。那手腕和脚腕冻得青紫,看上去像是两条无论如何与手腕子、脚腕子也搭不上关系的朽木棒子。

村里的大娘、婶子,一看见这个因为老是饿肚子,长得又干又瘪的女孩就叹息:"可怜的孩子,妈妈死了,爸爸又在外边,无依无靠没人疼。"

奇怪的是她的小辫却很粗,那一头丰满、青皂却又泛着褐金色的头发,在从不悭吝的阳光下,泛着耀眼的光泽,尤其在破衣烂衫的衬托下,非常醒目。

可这一头亮丽的头发,很快就会一根不剩了。

叔叔扒拉着剔下来的筋筋脑脑的狗肉说:"给你肉你还不吃,

不吃就饿着。"

她就饿着。除了爷爷偷偷塞给她的那块土豆,连稀汤也喝不着了,可她再饿也不能吃大黑狗啊!

这一回,她只好不等二姑父来接,就到二姑父家去讨口。

她跑啊,跑啊,穿山过河的。

她饿得眼花腿软,冻得上牙磕下牙,磕得嗒嗒响……觉着自己跑不到二姑父家,就得一头栽倒在野地里。

山风从她的裤腿底下钻进去,穿过她空心穿着的小棉袄和小棉裤,拍打着她的前胸、后背,然后再从领子那儿蹿出去。

她的棉袄和棉裤硬得像是做鞋底的铺衬,风一掀也好,手一动也好,它们就咔叽咔叽地响。

那也叫棉袄棉裤? 里面絮的棉花,何曾连成过片? 一疙瘩一疙瘩的,只有指甲盖那么大。每逢家里人吃饭,她躲在一边候等剩饭残汤的时候,棉袄里的那些棉花疙瘩就陪伴着她。她一面呆呆地倚在犄角旮旯里,一面用手掌摩挲着那些贴心的棉花疙瘩。那些棉花疙瘩于她来说,就像那些有福气的人,一旦感到孤独跟前就会有的那个贴心人。她熟悉那些棉花疙瘩,知道每个疙瘩中间的窟窿有多大。她能指望这些像她一样没依没靠的棉花疙瘩,在二十世纪二十年代、哈口气就成冰的大东北,给她挡风又驱寒吗?

二姑父家虽然富裕,也是多兄弟的一个大家,秀春住长了,兄弟妯娌们难免没有意见,拐弯抹角地编派二姑……为秀春,二姑听了不少闲言碎语。

待秀春长大一些,懂得了不能让二姑为难,就不再往二姑父家跑了。

她特别爱上了到山里搂柴火的活计。

　　树林子里有的是野菜、蘑菇、软枣、野山梨、山里红，还有黑紫色的野葡萄……

　　鸡心蘑菇最好吃，真和鸡心差不多，又红又白的，但是太少见了。"黄米团子"蘑菇最多，又黏又不好吃，那她也一个一个接着往嘴里塞。榛子蘑长在榛子秧下，又瘦又弱，黄惨惨的，像她一样地不顶劲儿……还有榛子，她跟妈妈不一样，榛子对她只能是充饥的食物。

　　吃完了蘑菇吃野菜，吃完了野菜就吃野这个、野那个……她吃得很匆忙，不等这一口嚼完，下一嘴就进去了，她……她还得向家里交代她干的活计呢。

　　因此，山里的景色，让她一辈子回想起来，都是最美的、最美的，而家乡的小山冈，是她最爱的、最爱的。特别是秋天，树叶子染尽了颜色……可是过了秋天，山里还有什么可吃？冬天饿得就更狠了。

　　二姑见她瘦得可怜，厚着脸皮，忍着家里人的闲言碎语，又把她接过来。只有在二姑父家，秀春还能吃口饱饭。

　　多年以后，二姑父被划为地主，他没有禁受住贫下中农的斗争，在马厩里上了吊。

　　上吊之前，明知那些牲口马上就要易主，还是把它们饮好了，喂饱了。那天晚上，他把草料切得格外细，豆料放得格外多，还特别拍着那匹老给他驾辕的红鬃大马的脖子说："伙计，对不住啦！"

　　他没有对家人暗示什么，也没有在马厩里悲悲戚戚地哭上一场，他死得平平常常，无惊无乍，就像每天早上扛了把锄头到地里去种庄稼。

　　只是他在把绳子套进脖子前，扭头看了看那些牲口，又想了想，二姑姑死在他的前头，是三生修来的福气，也省了他的心，除了那些牲口，没有什么需要交代。

他连自己的子嗣都没有想，更不会想起，曾经有一个让他格外怜爱的，叫作秀春的小姑娘。

二姑父死后三年，已经当了人民教师的叶莲子，特地回到家乡看望二姑和二姑父。

比之她还是秀春的时候，今非昔比地翻翻出很多亲戚、子侄。要是那时他们当中能有两三个认她，不求全部，二姑和二姑父也就不会为她担待那么多闲言碎语了。

叶莲子是省吃俭用的，不过一个小学教师即便省吃俭用，又能攒下多少钱？这些翻翻出来的亲戚，这个三块、那个五块，却无一疏漏。

物是人非，江山依旧。她最想报答一二的二姑和二姑父呢？却不在了。

那一年，她还不懂得绷紧阶级斗争那根弦，还没有受到"千好万好不如社会主义好，爹亲娘亲不如毛主席亲"的教育。要是再过几年，她很可能不会冒这样的风险，千里迢迢回去看望连爹娘也不是、已经划归阶级敌人的二姑和二姑父了。世上多少恩德旧情，就是这样地风吹云散，一笔勾销。

六岁的秀春，就这样打着游击混饭吃，到二姑家住几天，在奶奶家住几天，却偏偏没到自己姥姥家去。

奶奶对秀春说："你姥姥可坏了。"

奶奶和姥姥这一辈子见过几面呢？也就是一两面吧。

秀春就相信了奶奶给姥姥做的这个结论。

真是的，要是不坏，她这样悲惨地饿着肚子，姥姥为什么不来接她？

秀春的姥姥想没想过女儿留下的这一根独苗？有时也想过。可秀春姓叶，是叶家的人。她管得了吗？自己嫁出去的女儿还是泼出去的水呢，她能怎么样？不也是在叶家死受？何况隔着一代的又是一个女儿家。

反过来说，秀春饿急了眼能往二姑父家跑，怎么就想不到往外祖父家跑？

二十世纪初就成为中学教员的三舅，该是何等有学有识？连老姨的儿子，也就是秀春的表哥，日后还要到北平读大学，秀春也将会在北平与读大学的表哥相会，表哥还实心实意地想要帮助她改变生活。

秀春是错过了外祖父那样一个有产、有业、有知识的家族了。

但事情也很难说，如果她真去投奔外祖父家，那么再过三十多年，她肯定会因为外祖父家的高墙大院、鸡飞狗叫、雇着长工的日子吃尽另一种苦头，闹不好还得眼看着外祖父家的什么人，像二姑父那样上吊。

苦海无边。人反正得受罪，不受这种罪，就得受那种罪。

秀春没有哭得很久。

有多少乡下人能平平安安活上一段较长的日子？生就生了，死就死了，谁会为此思量很久？

她也不懂得什么是痛苦，只是寡言少语，像是丢了什么东西。老找、老找，找得恓恓惶惶，可又不知自己找的是什么。

一个人一旦成为孤儿，同时也就成了一个多余的人，或是说成了一件寄存在他人手里的包裹。因为转手又转手，谁也不记得那包裹的主人了，想到有一天也许有人来认领，只好很无奈地收存着。

孩子们不再找她玩耍,好像她一下子跌了身价。

她也不再找他们玩耍,更不愿到别人家里去,免得看见人家有个妈妈。

她总是独自一人,来来往往。

她感到孤零零的。

孤独于一个没有长大成人的人,真是不好对付。

秀春还得等上很久,一直要等到老年,历经残酷的磨砺和适应,才能坦然承受它。

人到了能够承受孤独的时候,差不多也就修成正果了,可也到了应该回到来处的时刻。

趁着出来干活的时候,秀春顺脚就会拐到西河沿。

她不去西河沿又去哪儿?

那少有人迹、埋着妈妈骨灰的西河沿,才是她的家。

除了秀春,再也没有人来照看过墨荷的小坟头,连叶志清也没有,这也算不上对她特别的冷落。

时不时拔拔坟头上的野草,时不时用小手捧起一捧捧黑土,一下下拍在妈妈的坟头上。坟头上倒是黑土常新,可就那么薄薄的一层,小风一刮,又刮走了。

风霜雨雪很快就把墨荷的小坟头消化了。那样小的坟头是不禁消化的,何况西河沿的风霜雨雪比村里的更加凶猛。

坟头上的墓牌也歪斜了,秀春只能把它扶扶正,再捡块石头把它顶住。

墓牌上的字迹也渐渐模糊了,秀春也不懂得让爷爷把牌上的字重新描一描。

再不,就翻出妈妈给她做的那些鞋,看了又看,试了又试,悄声叹息着说:"给我做了那么多鞋。"然后再一双双仔细包好,收起。

妈妈是不是早知道自己要走？要不，为什么给她做了那么多鞋，一双比一双大一点，让她在妈妈死后还穿了很多年。

特别在旧历年节，秀春总要换上一双妈妈给她做的新鞋。那些新鞋，点缀着她方方面面寒碜得无法与人言说的日子。

她那张小脸上，写满了无头无绪的忧伤。可那毕竟还是一张孩子的脸，在无头无绪的忧伤中，又有一种矛盾的错综。好比爷爷给大家分发那半块豆腐乳的时候，她就会对着爷爷一笑，脸上飞闪过一个难得的灿烂。那一笑，特别为着爷爷待她和待别人一样。

等到叔叔婶婶把饺子一碗碗让堂兄弟们吃个够，然后才轮到她那一小碗的时候，她总是端起饭碗转身躲到炉灶后头，刚夹起一个饺子，眼泪就刷刷地往下掉，好像攒在心里的苦楚，全让那个饺子招呼出来了。

可她随即又想，过年可真好，连人都一起变好了，连婶婶都给了她一碗饺子呢。看看筷子里夹着的那个饺子，秀春一转眼又笑了，一脸苦涩的皱纹也立刻回到原处——不是忘却也不是消失，而是收拾收拾打好包，放回了原处。

倒腾妈妈给她做的那些鞋，到西河沿收拾妈妈的小坟头……秀春就从这里开始，寻找对付孤独之道。

七

墨荷还是回来了，但她没有闹事，她只是放心不下秀春。

给妈妈办完丧事，秀春就睡在了奶奶和爷爷的中间，她想念妈妈也害怕妈妈，人一死就不再是原来那个人而是鬼了。

从爷爷奶奶往下排，应该是父亲、母亲——如果母亲还活着，父亲不去长春学买卖的话。再往下是叔叔婶婶，要是她有个哥哥，结婚以后就排在叔叔婶婶的后面，所有的炕，就这么一辈一辈，一个对子一个对子地往下排。要是哪个人睡死了觉，一个糊里糊涂的翻身，很可能翻到另外一侧，组成另一个对子，多少故事，就是从这个队列里阴差阳错地排列出来的。

每天晚上似睡非睡的时候，秀春总是看见母亲从后窗进来，她在梦中直着嗓子大叫："妈妈，妈妈！"全家老少一齐被她惊醒。

她还看见妈妈拿起她地上的鞋，说："唉，还能穿多久？"

妈妈坐在炕沿上，一下下摩挲着她的头顶。

她说："妈，我饿，我冷。"

妈妈就吧嗒吧嗒地掉眼泪。

除了她，全家人谁也看不见墨荷。

奶奶害了怕，心里暗想，这是墨荷恨我把她烧了呢。

还有一个人最为害怕，那就是秀春的小姑。

叔叔和婶婶说："找个跳大神的来镇一镇，施施法就好了。"

请来一个跳大神的，整天接神送神，一蹦三尺高，摔在地上也摔不坏。大门上也贴了镇符，可是秀春照旧看见妈妈回来，相安无事地看看秀春，并未加害于谁。

叔叔婶婶也就不再请跳大神的。

不论墨荷回家，还是到二姑姐那里去托孤，总是从后窗进屋，可见死了的人和活着的人到底不一样了。

八

何止这些？连外祖父去世，也是秀春先"知道"的。

墨荷很少带秀春回娘家,所以秀春的印象格外深刻,更不要说四岁那年的初冬。

妈妈、舅妈或是小姨们都跟着外祖母在上房学绣花,她一个人躺在东厢房的炕上和狗狗玩耍。只见狗狗一个腾跃下了炕,然后地当间儿那个铜盆猛的一声响,吓得她大声喊道:"妈妈,妈妈!"

妈妈和小姨们赶了过来,一看,铜盆里有个枪子儿,拿起来攥攥,还热着呢。

她们拿着枪子儿来到上房,外祖母一惊,说:"哟,还是热的呢!"就问秀春,"哪儿来的?"

秀春也说不清楚。

女人们面面相觑,觉得那枪子儿来得个怪。

不一会儿,猎人们就把外祖父抬回来了。四个汉子费力地捯腾着脚步,频繁地调换着肩膀上的杠子。

外祖父的皮背心敞着,肚子里的黄油都流出来了,还有那么多血。秀春从来没见过那么多的血,她的眼睛好像就是为了看着亲人的血如何流尽而生的。不到两年以后,她又亲历亲见妈妈由于失血过多而亡故。

猎人们说,下山的时候外祖父走在前头,突然听到一声枪响,他们急忙往前赶,一到下面就看见外祖父已经倒在地上。赶紧把猎到的山鸡破了膛,糊到外祖父的伤口上,可是不管事。离家又远,山路又陡……抬到半路外祖父就咽气了。

有个猎人后来想起,外祖父下山的时候,是拖着猎枪往下走的,枪口正对着他的后腰。这在一个猎人是万万不可的,他又不是不知道,没想到猎枪果然走了火。

明知是禁忌,又绝对没有自暴自弃倾向的外祖父,为什么还要那样做?不是鬼使神差又是什么?

外祖母伤心是伤心,可她又说,外祖父最爱打猎,他是死在自己最爱的事情上了。这么一想,也就不那么伤心了。

外祖父的丧事很铺排,家里大发送,闺女、姑爷都回去了,放了"七七",喇叭奏乐,老道诵经,院子里整天都是敲木鱼的声音。

秀春原是跟着妈妈走娘家,没想到变成了给外祖父出殡。

小小的年纪,就跟着妈妈上了席面。外祖父的丧宴,于她是最为豪华奢侈的一次经历,以后再没有见过这样的排场——不论是跟着顾秋水还是跟着当了作家的吴为。

吊唁的人来人往,灵堂里灯火辉煌,四周挂满白色的幔帐。右边跪着女眷,左边跪着男眷。

烧纸烧香,杀猪宰羊,灵堂里哭灵,灵堂外谈笑。

各种声响充填、响彻在那一片山谷的上空。

又在烧炕的烟筒旁撒上细灰,等着外祖父回来"望乡"。

人们在烟筒旁守了几天,也没守到外祖父回来"望乡",只好歇的歇、干事的干事去了。

偏偏秀春在炕上玩"抓子儿"的那一会儿工夫,细灰上就有了牛脚印子。

不是耗子的脚印,也不是兔子的脚印,就是牛脚印子。外祖父的属相可不就是牛!

于是家里人就怪怪地看着秀春,说:"哎呀,墨荷呀,你这个闺女可是有点儿怪。你说那枪子儿……"

妈妈就说:"咱家跟前不是有个庙吗?准是那庙里的仙姑把枪子儿送回来了。再不就是狐仙送的信儿。"

"是这么回事吗?可那'望乡'的脚印子怎么说?"

"赶巧了吧。"妈妈嘴里这样分辩着,眼睛却不知是得意、是好奇、是忧虑、是神秘地看着秀春。

九

叶志清很快又说了媳妇。

这和移情别恋无关。谁也不应该指责他那么快就忘记了墨荷,那样的指责既不人道,也很矫情,总不能要求一个对"性"相当务实的男人,去效仿"抱柱"那一类矢志不移,类似《天方夜谭》的神话。贾宝玉和林黛玉也不过是个故事,闲时读着解闷倒是好的;对情窦初开的人,不失为一个层次较高的范本;一些酸盐假醋的文人,尤其可以照葫芦画瓢,来一段东施效颦。

没有人告诉秀春,但是一看小姑姑和奶奶扫房、起猪圈,满院子抓鸡,抓得掀房揭瓦过年似的,她就知道要有继母了。

"家里有地,城里有钱庄买卖……"叔叔像是清点自家的钱柜。

"这亲事才叫门当户对。"奶奶说,好像叶家突然发了财。说罢又朝秀春看了看,秀春就自惭形秽地缩了缩脖子,好像她已经不配做叶家的人。

"也在旗。"

"您老说'也'在旗是什么意思?好像咱家在旗似的。"小姑姑没有好气地顶撞着奶奶。

"那是。"奶奶说。

"那是什么!咱家不是从山东逃荒过来的吗?我大哥真会吹,不知怎么骗上手的。"

"你别这么说,你大哥现在是张大帅队伍上的人啦。"

"您还有脸说这个!"小姑姑把拔了一半毛的鸡往热水盆里一摔,混着鸡毛和鸡屎臭的水溅了满锅台,"他要不是因为嫖窑子拿了人家柜上的钱,让人家告到衙门,才不会跑去当兵呢。哼,这个穷日子还不是他造的,他把我们大伙儿的家当全折进去了,我凭什么给他媳妇拔鸡毛,我不,我偏不!"

一直对小姑姐怀恨在心的婶婶,发现她们之间竟还有同一种仇恨,便对她有了好感,使人想起"共同的仇恨比共同的利益更容易使人结成牢固同盟"之类的名言。

小姑姐不拔鸡毛就不拔,再说她有病,而且还是治不好的病。婶婶捡起小姑姐扔在锅台上的鸡,几乎带着一些爱心,接下这个没干完的活计。

到了迎娶的时候,陪送的娘家人,套用了叶志清当年往秀春外祖父家送聘礼的老手法,每个人手里都捧了一个红包,吹吹打打非常热闹。

看热闹的人都说:"瞧瞧,老叶家又娶了个阔媳妇。"

所谓陪嫁,其实都是叶志清买的。他故态复萌,为这次婚娶又挪用了公款。但是作案手法已经大有长进,否则他也不可能在这里体体面面地做新郎。

马车上、地面上,铺着清一色的红毡子,说是新娘子的脚不能沾地。新娘子一下车,就像从马车上落下一片红光,非常晃眼。

在这一片红光里,秀春知道一个和妈妈截然不同、可以降住父亲的女人来了。

有人说:"瞧瞧,腰上还挂了个照妖镜呢,那是冲着秀春她妈来的。"

秀春往她腰上一看,果然挂着一个铜盆那么大的照妖镜。

她往前一迈步,就看出比叶志清高出半个脑袋,要不是罗锅,就得高过一个脑袋。

她的罗锅实在厉害，在腰眼那里生生地窝了一个拐脖。

场面闹得挺大，有人在门槛上放了一个马鞍子，鞍子上放着铜钱，新娘子从上面跨了过去，说是讨个吉利。

秀春不知道，叶家迎娶自己母亲的时候是否也这样的热闹？希望不是。

可是一揭盖头，人人吓了一跳，大家实在明白不过，这样的女人还能嫁出去，真是她的运气。

一张脸不但像马脸那样长，还长着一口马牙。眼睛极大，两个黑眼珠却各有半个藏在鼻梁里不肯出来。

这张脸上扑着极厚的粉，乍一看，还以为是一匹马刚从面缸里钻了出来。真是惊天动地。

这样的阵势，一下就把新郎淹没得没了踪影，等人们见到他的时候，总以为他是出其不意地从那匹马的胳肢窝或是马屁股后头钻出来的。

到了继母盘腿往挂着红幔帐的炕上一坐，开始坐帐，离吃子孙饺子还有一两个时辰的时候，秀春就看出了问题，就知道这两个人吃不成子孙饺子。

吃子孙饺子的时候，饺子果然掉在了地上。

虽然秀春知道他们吃不成子孙饺子，一旦成真，反倒让她惊诧得不能相信。她望着掉在地上的饺子，对自己这种预知事物的能力着实感到惊愕。

周围的人群和喧哗的人声似乎立刻隐去，只有她独自一人，呆呆地站在地当间儿，不知如何是好，更不知是凶是吉。

正像秀春预见的那样，继母一个孩子也没有生育。

新娘子像是没有在意，从容梳洗，换下礼服，穿上娘家陪送的旗人大褂，梳上燕尾大头，下地给客人点烟、倒茶，在老爷们儿的荦话玩笑面前,倒有一份遇事不惊的笃定安详。

婶婶撇撇嘴对小姑姐说:"她是旗人?我可不信,别看她梳了个燕尾大头。"

小姑姑说:"你想我大哥什么时候说过实在的话?"

家里人很快就知道,新进门的媳妇和叶志清,是一副配伍应用得相当得体的方子。

第二天父亲起得挺早,身穿东北军军装,披一件灰色斗篷,戴一顶大檐帽,很神气、很威风地在自家的院子里走来走去。

父亲这次回家办喜事,很有点衣锦还乡的意思。他又带了钱,还清了爷爷替他顶的债。

秀春不明白,他怎么又成了好人?其实人一有了钱势,大半就会被人当作好人。小姑姑和婶婶为这个斗篷争论了很久。

婶婶说:"是他的。"

小姑姑说:"借的。"

婶婶说:"这么好的东西,谁肯往外借?再不就是租的,你看他老穿着,怕赔本儿似的。"

正在给鸡切食的秀春一抬头,叶志清看到了她脑门儿上的皱纹,像个小老太太。

他原该有个健壮的孩子来证明家里的富足,他担心秀春会在新媳妇面前丢叶家的脸,就吩咐道:"去,到那边干活儿去。"

因为蹲的时间太长,秀春一站起来就两眼发黑,她扶靠着墙,摇摇晃晃向父亲指定的地点走去。补过很多补丁的棉袄和棉裤上,沾满墙上和地上的尘土,像一只极听话的在土窝里打过滚的小脏狗。

偏偏这时候继母从屋里走了出来。父亲说:"快叫妈。"

她觉得继母的那张脸和妈妈的脸差得太远,怎么也重合不到一起。

迎娶时继母挂在腰上的照妖镜早已取下,感觉上却是妈妈的脸和继母的脸,同时在那镜子里漂浮着,像在河里游泳似的,而自己也好像跟着一起晃来晃去。她揉揉眼睛,想把就要被她叫作妈的那张脸看看清楚。

"快叫啊!"父亲催促着。

她不是不叫,她得先把脚跟站稳。她像是站在河里,河水流得又很急,几乎把她冲倒。

"人家不爱叫,你干吗非让人家叫?我还当不起这个妈呢!"

真是的,怎么一上来就让她当妈?昨天以前她自己还是个黄花闺女呢。而且她觉得这个孩子阴郁、委琐得谁看了都觉得自己亏心有错,不招人欢喜。一旦下了这样的结论,就马上把她从脑子里打发出去,"我得给老太太请安去。"

父亲扭头瞅了瞅太阳,都快晌午了,"今天就免了吧,我跟老太太说了,你身上不舒服。"

她想起自己确实不舒服。夜里炕烧得不好,冷一阵热一阵的。饭食更不好,清汤寡水的,不但让嘴里得不着什么,连肚子里也得不着什么。

说得天花乱坠,嫁过来一看根本不是那么回事。

小姑姐、妯娌、叔叔、婆婆全像合计好了,一致对她千好万好,反倒让她觉得藏着什么阴谋。

院子里东一堆粪、西一堆柴火,也寡薄得不成阵势。这草房呢,还漏顶,以后势必下雨漏雨,刮风漏风,指不定还得从房梁上往下掉老鼠、长虫。

这时候她看见了小姑姐,就势往丈夫身上一斜,"哎哟哟——"

"怎么了?"

叶志清赶紧搂着她的腰。

"胃不舒服,咱们还是进屋去吧。"

叶志清把她扶进屋,搂上炕,她便娇娇滴滴伸出一双大脚。叶志清一把抓住一只,她尖声地颤笑起来,"哎哟,痒死啦……"

眼前的女人丑是丑的,但叶志清很满足。秀春她妈从来就不这样笑,连笑也很少。

他的手不由得顺着脚往上挪,又伸进了裤腿,再往上就游走不动了。他把手退了出来,从裤腰上往下摸。"大白天的……"女人说。

他不理,没听见似的,闭着眼睛喘粗气。

十

秀春的眼睛到底"毒"还是不"毒",如果到此尚存疑问,那么从另一件事也许可以了悟。

两年之后,村里伤寒大流行。乡下人,又穷,哪里懂得找大夫吃药?即便有钱找大夫,伤寒在那个时代也是难以治愈的病症。

人们一个接一个地死了,早上还在抬人的人,下午就让人给抬走了。

有点钱的人家,请来跳大神的。可是跳大神的昨天还在给别人驱瘟,今天就横倒了。

继母马上回了娘家,她当然不会带上秀春,连秀春自己的外祖母,也没说接秀春去躲一躲,怎能那样要求一个继母?

继母从来没有打过、骂过秀春。秀春饿也好、冷也好、挨打也好，都是她自己叔叔婶子叶家人干的，和她有什么关系？

这样一个继母，应该说是很好的继母了。

秀春势必染上伤寒。一个先是喝着高粱米醭子，然后又是喝着稀汤往大里长的孩子，不染上伤寒才叫怪。

开始，奶奶每天还用小勺喂她点凉开水——所幸还有凉开水。

奶奶一边给她喂凉开水，一面对她，也是对自己说："别怪奶奶不给你找大夫，奶奶哪儿有钱呢？撞吧，撞大运吧，秀春，全靠你自己了，撞吧……"

奶奶心里也暗存侥幸，姐妹兄弟中唯独秀春活了下来，不是她的命大又是什么？或许命大的秀春也能闯过这一关。

秀春躺在炕上，凉水喝了一碗又一碗。十几天过去，还是昏昏沉沉，高烧不退。

到了最后一天，也像墨荷那样昏迷过去，奶奶怎么叫也叫不醒了。当然，也不可能指望奶奶叫她像她在墨荷昏迷时那样叫墨荷。

叔叔摸了摸她的脉，说："看样子她是熬不过去了。"

奶奶摇摇头，叹着气说："是啊，她命再大也闯不过去这一关了。我早就看出来，墨荷留不下孩子。也好，不如让这孩子找她妈去吧。"

婶婶说："到时候了，找件囫囵衣服给她换上吧。"然后也就把她忘了。

她什么时候有过囫囵的衣服？

奶奶把秀春的破棉裤、破棉袄翻出来，拆洗干净，给她准备装裹了。

墨荷过世后，头一次有人给秀春拆洗棉裤和棉袄。

就在秀春昏迷的时候,空蒙中有人对她说:"回来吧。"

上哪儿? 她没问就摇摇头,说:"不。"

就好像不用问,她也知道"回来吧"是什么意思。

那声音又说道:"这样的日子有什么意思?"

什么日子?

她忽然看见浮沉于九霄之下的自己,不过是一挂形销骨立、血气失尽的皮肉,踽踽独行在愁云惨雾之中。

她从不知自己是如此的绝望惨淡,便为自己那一挂皮肉哭了起来。

"这就让你痛哭流涕了? 你还没有苦到头儿呢。下面这些话,你可要一字一句听仔细了:再往前走,更是水深火热、枪林弹雨、战乱流离、贫困失所、寄人篱下、惨遭遗弃……"

当她还愣怔地想象着凡此种种的惨烈时,有人拉起她就往前走。所到之处,无不一片明亮。最后来到一条河边,河水似乎蒸腾着烫人的热气,但那人还是拉着她继续往河里走。

这时,秀春听到了乐声。不是她在村里听惯的那些乐声,而是来自老赵家那话匣子的乐声。从她第一次听到那话匣子里的乐声起,就觉得那乐声填补了她无望的生活,好像一个渺茫的依托。

相比之下,这些只具修辞意义、不具物质形态的警戒,可不就太费一个孩子的心思?

不,她不能随着那人下到那条河里去。她得留在岸上,岸上还有一个她舍不下的依托——虽然渺茫,虽然无名。

于是她蹲在地上死挣活挣,再不肯向前走一步。

那抓在她衣领上的手,还是用力拽着她向前。她听见哗啦一声,她的小袄就从头顶上褪了出去,那小袄随着抓在衣领上的手继续往前,往前,她却留在了岸上。

对于她那固执于"生"的愿望,这本是一个难得的警告,也是一个幡然悔悟的机会,她本该像她那些兄弟姐妹们一样就此去了,可她就是不肯回头,不肯觉悟。

秀春失去了这个最后的机会。

然后她转身往回跑,直到跌了一跤,醒了过来。

这回真是醒来了。

偶尔,她也会模模糊糊地想起这些事,总觉得那不过是病中的幻觉。

人们说她果然命大,村里凡是染上伤寒的人都死了,只有她是唯一的例外。

靠的什么,一碗又一碗的凉开水?

不!

秀春也以为自己果真命大,却不知从此以后,她得一步一步,将那一字一句都得听仔细的话,一字一句、一个不落地实现。

从炕上起来后,秀春连路都不会走了。

她那亮丽的头发,掉得一根也不剩,后来虽又长出一些,但已不能和过去相比。

奶奶把她放到南墙根,"晒晒太阳,暖和暖和吧。"

她就晒着太阳,晒得昏昏沉沉,睡了一觉又一觉。

人说"不死掉层皮",在太阳底下睡醒以后,她就敞开小棉袄揭自己身上的皮,一揭一大张,一揭一大张。旧皮又黑又皱,新皮干干净净,白白嫩嫩。她觉得那些旧皮,就是拽着她的衣服领子,要她跟着下河的人从她头顶褪去的小袄。

奶奶还给她做了一碗酸菜白面疙瘩汤。除了在外祖父的丧宴上,那是她自出生以来也没吃过的美食。她甚至想,就为这碗面疙瘩汤,宁愿再出生入死地病一场。

十一

现在就可以明白,叶莲子后来一次又一次地错过那些可能改变她命运的机遇,可以说是对她那"生"的固执的惩罚。

二十世纪已然翻过,女人的生存花样不断翻新,遗憾的是本质依旧。所谓流行时尚,不过是周而复始地抖搂箱子底。二十世纪初的女人与现时女人相比,这一个天地未必更窄,那一个天地未必更宽。

秀春虽不能像有些女人那样幸运,参加选美、上大学、办女报等等,尽数时代风流;也不能做秘书、招待、工人、演员、二奶、作家等等,自谋生路;更没有可能尝试跳舞、唱歌、骑马、游泳、演讲、玩票等等,书写一段上层仕女人生享乐图。但机会总是有的。

秀春听了奶奶的劝告,跟着父亲和继母到了锦州。

临走前,她到小山冈上去了。

站在山冈上,看着山脚下的家,不能相信装着她许多委屈的茅草房,转眼就要看不见了。

她和小鸟说了话,也跟枫树说了话,它们无一不用耐心的倾听抚慰过她。也跟蘑菇、野菜、山梨、山里红、野葡萄们说了话,它们无一不支撑过她饥饿难熬的日子。

又来到猪圈鸡圈,对她的伙伴猪和鸡们说:"我走了,谁给你们割猪草,谁来喂你们、放你们呢?……"

她也舍不得爷爷,过年时节,爷爷从没忘记过她那半块与别人同等待遇的豆腐乳。

还有那片庄稼地和村东村北的小河。每当庄稼收割后,她都在那地里捡过庄稼和毛豆……这么小的一个人,一捡就是一大担,供爷爷奶奶、叔叔婶婶、堂兄弟们吃了不少日子,叔叔也因此少打她好几顿……她还在村东村北的小河里抓过小鱼和青蛙,用火烧了吃,夏天和村里的姑娘媳妇们在河里洗过澡,冬天在冰冻的河面上打过冰出溜……

最后来到西河沿,跪在妈妈的小坟头前,烧了纸又烧了香:"妈,我走了,以后,谁还能来给你烧把纸,上炷香呢?"

…………

什么事到了她这里,都变得不太容易。

到锦州以后,她上了小学,并在一个女同学的启发下,开始到教堂做礼拜。那不也是逃避嫌弃的好去处?

她十指交叉跪在主的面前,管风琴的声音,为她制造了许多记忆里并没有多少储存的母爱。那爱如和暖的风,从教堂的拱顶吹拂下来,于是她有了皈依宗教、发愿当修女的打算。如果她能如愿以偿,那真是她这一生最好的出路。

就在她和那位闺中好友商定,第二天去教堂发愿当修女的时候,发生了九一八事变,她们甚至没有来得及重新计议,叶莲子就不得不跟着在张大帅队伍当差的父亲,与五十万东北军一起,在蒋介石不得抵抗的命令下退驻关内,汇入中国人历时十多年的大逃亡苦旅。

从二十世纪三十年代日本侵华战争开始,多少中国人被拖出可能拥有的、一份安分守己的人生,被逐上往塞来连的人生苦旅?这种祸害,可能比日本人烧杀掳掠的罪行还要深重得多。

在日后诸多日本侵华战争的回忆录中,人们大多记录了日本在中国烧杀掳掠的罪行,却不曾有人清算他们在这方面的罪恶,怕是深重到罄竹难书的地步?

离开锦州时,叶莲子曾回首眺望教堂那一处鹤立鸡群的高地。教堂的尖顶上有一抹黑云断续飘移,如一缕不祥的黑纱,又像在天空中画下的一串尚未了结的删节号。

从锦州逃到北平后,叶莲子继续读着小学,上学的路上,曾被一名"星探"看中。叶志清可以嫖窑子,但是绝对不能容忍女儿当戏子。

从那以后,她知道了自己还有"美丽"这么一笔财富。

当顾秋水将她和吴为置于无以为生的境地之后,她满可以用这笔财富,为她和吴为换取一个足以温饱的生活,但是她的价值观念过于落后,从未加以开发利用。

所以她们陷落无以为生的境地,不能完全归罪于顾秋水的不仁不义。

以后,叶莲子还将多次面临与机遇失之交臂的局面。

第 五 章

一

如果仅仅是叶莲子自己固执于"生"的愿望倒也罢了,她的命运或好或坏和吴为并无干系,可她偏偏又固执地生下吴为。

根本忘记了在那场伤寒症里,那番一字一句都得听仔细的话,又是新婚燕尔,彻底放松了警惕,更没有想到那一番话的渗透力和辐射力。

其实叶莲子在聆听那番警戒的时候,还未形成一丝气蕴的吴为就同时在场,不但心领神会地接受了那番警戒,也被那番警戒吓得魂飞魄散。这可能就是她后来胆小如鼠的渊源?

所以当吴为作为一团橙黄色的——善于用颜色来解释人性某些方面的人,不知道能否回答为什么是橙黄而不是其他颜色——光晕,被驱向人间的时候,实非所愿。可是她被一条隧道紧紧地裹挟着、推挤着,把她向那不管她愿意不愿意,不管她准备好或是没准备好,她都得没有退路地往那艰险、奸诈、想死也死不了、偏偏让她熬够该受的一切,才饶她一死的地界赶去。

为此她把嗓子都喊破了,"不,不,我不愿意到那个世界上去!我不愿意到那个世界上去——"

所以吴为的嗓音生下来就很沙哑——虽则人们现在说这种嗓

音很性感。

她的十个指甲,死死抠住那隧道之壁,生怕再往前去,就会一脚踏进深渊。

她的担忧并非无中生有,出生以后,果然常有濒临悬崖之感。

所以叶莲子后来动辄血流如注并始终医治不好,没人知道这是怎么回事,连医生也说不清楚。在她们流落零霉村的日子里,叶莲子几乎为此丧命。

她的心中,充满被胁迫的悲愤和疑惑。

这一条黑暗的隧道,就是过去通向未来的唯一渠道?

过去从哪里开始?未来又从哪里算起?……

何为未来?何又为过去?……

她为什么非要从这里穿过?……

…………

她那时就悟到,人生的每一阶段、每一转折,不过就是面对抽签无法回避的踌躇和选择,而所谓人生,也不过就是按着签上的谶语,一步一步地走下去。

她第一把偏偏就抽上这样一签,生命伊始,就被这种不可解的问题牢牢套住。

…………

吴为在"往生"之路上的胡思乱想,早早显示了她那不安分的天性。

随着天崩地裂的轰鸣,那隧道越来越加窄小,将她凝聚、挤压、钳制、干缩得再也没有一毫多余,再也无缝可钻、可逃、可迁回……逼得她狠狠地想,一旦冲出这条隧道,她就得裂变、反抗、奔突,管他三七二十一地说干就干,就得浑不吝,就永无反悔,或想反悔也反悔不得,或无从反悔……她害怕,她害怕呀!

……叶莲子还是血淋淋地把她生了下来。

所以她的第一声啼哭里,全是不得不到世上来走一遭的无奈和穷于应付。

和后来的禅月截然不同。禅月有生以来的第一嗓子就很有主意,理直气壮,就像对世界的宣告:谁也别想拿捏我!

吴为的亮相也极其不雅、不吉,脑顶很尖,颅骨锥长,脸色乌青,很像某出京剧里的那个"无常"。后来又渐渐看出,还有一双见棱见角的大招风耳,一双愣怔的小对眼。这双愣怔不已的小对眼,出生伊始就对这繁杂的世界显出无力招架的败势。只有饱满的天庭,显出些许的飘逸、明慧。

不过可以肯定的是,叶莲子日后将为固执地生下吴为付出的何止是操劳、操心,简直是丢人现眼,任人指着脊梁唾骂……如果她能预料结果竟是如此,还会那么固执己见吗?

吴为在"往生"之路上的折腾,让叶莲子再次为她那"生"的固执,尝到了天罚的滋味。和吴为的搏斗之苦,也让她想起了因生育辞世的墨荷,她当时就下定决心,再不生育。

如果她能预知这样孤注一掷地把全部母爱押在吴为一个人身上,将给她和吴为带来什么样的影响,也许就不会如此轻率。

尔后,吴为也把她全部的爱押在了叶莲子身上,比叶莲子更甚的是,若不如此就是罪孽深重。

这就使她们无法精通、掌握那爱的分寸——既不过分沉重成为压力,又能给人一份恰如其分的需要。

特别在叶莲子晚年,已经不必为"活"费尽心力,她对这份爱的依赖就更为炽烈。

要是她们的爱,能有更多的分流渠道,对她和吴为无疑都是幸事。

吴为和叶莲子的那场较量与搏斗,整整进行了一天一夜,几乎使她们同归于尽。

如果那时她们同归于尽,不论对她或是对叶莲子,肯定都是最佳选择。吴为非常非常后悔没有坚持到底,关键时刻心一软改变了主意,让那一场胜利在望的折腾前功尽弃。

在那场较量和搏斗中,有那么一会儿,顾秋水跪在叶莲子身边,把着她的手,流着眼泪对她说:"你要是有个三长两短,我就再也不娶了。"

虽然一年之后,顾秋水便在延安与一位革命女青年投入了一场因上级领导干涉而不得不告终的恋爱,但也不应怀疑此时此刻他这几滴眼泪的真实性。

对于男人的信誓,叶家上两代女人的态度很不成熟,时而门户大开,时而戒备森严,总在两极之间摆动。其实在相当多的时候,男人的誓言真实可信,只是承诺的百分点不很理想——又何止是男人,吴为把胡秉宸视为神明的崇拜又持续了多久?

那时的以及后来的顾秋水,一直是个容易落泪的男人,不像胡秉宸,那才是个"男儿有泪不轻弹"的典范,吴为从来没有看到过他的眼泪。即便是鳄鱼,也还有"鳄鱼的眼泪"一说,而胡秉宸连哪怕是"鳄鱼的眼泪"也不会有,更不要说不是"鳄鱼的眼泪"。虽然他在给吴为的情书里多次说到他的眼泪,可那不是情书吗?

眼泪展现、拉开了顾秋水和胡秉宸不仅在文明的教化以及家庭背景方面的距离,让人很难在这个没有文化的木匠儿子和这个世家子弟之间做个定夺。

顾秋水和胡秉宸行为处事的分野,绝不止于眼泪。

一九三二年,一一二师从河北霸县开赴下花园之前,上尉顾秋水有个朋友在师部当军需,因为赌博欠了军饷。顾秋水认为,不管朋友犯了什么案,解救朋友于危难是义不容辞的责任。

为朋友两肋插刀这种很江湖的毛病,日后不折不扣地传给了吴为。

有这种毛病的人,如果有幸遇到一个更江湖的人,算是三生有幸。那更江湖的人,就得替不那么江湖的人担待什么。

约上另一位朋友,于月黑风高之夜贸然潜入县城。这两个等级不算很低的军官,事前未作稍许调查,以至于寻遍县城的深宅大户,一时竟决定不了从何入手。

顾秋水的军用蓝色帆布雨衣下,还罩着一件深蓝格子的薄呢夹大衣,认为这样有利于掩蔽,这个说辞相当可疑,还不如说是对北平上海那些盛极一时、半生不熟文明戏的一场模仿秀。其实顾秋水也就是文明戏水准,叶莲子是错把杭州作汴州了。

犹豫再三,他们进了一家中药铺,打算向老板"借"点钱。

掌柜的一眼看出,这两个"借"钱的人和土匪打劫不大相同,面孔白皙又不够凶狠,枪倒是瞄着的,就是不给钱也未必行凶杀人,决定采取苦肉计,一味倒苦水:"长官,您二位当我们赚钱哪?您就看到我们卖一棵参多少多少钱了,您知道为这一棵参我们得访多少年?深山老林,冰天雪地,吃没吃、住没住的,有人一辈子也不见其访得一棵,更有人掉在山涧里把命都赔上了。这访来的参,您算算得值多少钱?我们这点儿转手钱又有多少可赚?……您再看看这些药,哪味是咱们这个地界产的?还不都得从外头往这儿贩?您算算这路费、运费、店费……要是路上碰见个土匪什么的……"掌柜的说到"土匪"二字停了下来。

顾秋水脸上就有些热,觉得那家药店铺面的确不够大。

看着顾秋水握着的枪口渐渐下垂,掌柜的更加诚恳,"眼下小店只有现款九十多块……"

"别的钱放哪儿了？"

掌柜的两手一摊，"再没有了。"

这两个手里拿着枪，不管打胜还是打败，到底算是打过仗的军官，面对那几个手无寸铁的掌柜和店员，却感到分身无术，无法到柜上搜检。

偏偏这时顾秋水一脚踩进地板缝，他一拔脚——脚是拔出来了，那双和夹大衣交相辉映的靴子却卡在了地板缝里。他想糟了，这一趟不但"借"不上钱，还可能脱不了身。不过他并没有像很多人那样，一到这种境地，不是后悔就是对朋友心生嫌弃，只是筹划如何脱离险境。

顾秋水到底算个男人，临危不惧地对店里人说："看什么看，转过脸去，都给我转过脸去，对着墙！"一面不着形迹地扭动靴子，一面和掌柜的继续谈判，直到把靴子从地板缝里拔出来，"照你这么说，是一钱不赚了。一钱不赚你还做这个买卖干什么？"

掌柜的说："不赚是假话。赚，赚。可……不过是凑合着把一家老小养活了。"接着豁出去了，"这样吧，我这里还备有几个给父亲买棺材的钱，老人嘛，上了年纪，没几年活头儿了，备个棺材，是晚辈最后孝敬老人的一个机会。您二位要是不嫌少，就请先拿去用？"晦气不晦气，自己掂量吧。仗义不仗义，就看道行了。

在老江湖的光辉照耀下，顾秋水就成了小江湖，果然觉得不论从哪方面来说，这笔钱都实在"借"不得。便向同伴使了个眼色，说："我们也是实在没法子才找你借钱，既然如此，也不能让你为难。我们就先带上这九十块，日后一定归还。咱们后会有期。"

掌柜的点头哈腰送朋友似的把他们送出门，他们的身影刚刚隐没在夜色里，便三脚两脚跑回楼上，又惊、又怕、又奸诈地笑着，想:这两个笨蛋,八成儿是头一回干这个买卖!

　　他料定这两个人是东北军的,又知道东北军纪律很严,抢劫、强奸非枪毙不可,便差人连夜赶到师部报案。幸亏部队已经开拔,不然他们很可能被枪毙。

　　循规蹈矩的叶莲子,不知是什么心理,对这一打劫事件不但没有微词,反倒常常向吴为提起。

　　比起胡秉宸参加革命,顾秋水投身行伍,只能是一个小子无路可走,只好投奔梁山的老套子。

　　读初中时因为学校离家较远,顾秋水就在学校住宿。有个星期天早上,他坐在炕上修脚,准备修完脚就回家。

　　他要是不修脚,也就没有了后来的事。

　　两个同学打了起来,一个姓顾,家里在街上开小铺,一个姓崔,是个人高马大的乡下人。

　　那形势,绝对是姓崔的打姓顾的。

　　事后他一再回想他们打架的原因,因为这与他毫不相干的一架,对他的影响实在太大,可以说是"一架定乾坤"。可是他想不起来,想不起来也就算了,好比他自己也常常打架,一个年轻轻的男人,特别是东北汉子,打架并不需要特别的理由。

　　那两个人先从屋子东头打到屋子西头,又从屋子西头打到屋子东头。顾秋水哼着小曲,井水不犯河水地修他的脚。可是偶一抬头,看到姓顾的招架不住了,突然犯了男人打架不兴劝的规矩,说:"别打了,别打了。"

　　姓崔的说:"你也姓顾,就向着他是不是?"

　　他说:"这叫什么话?甭管我姓什么,你不能打人。"

　　姓崔的抡起右手就给了顾秋水一个耳光,又抡起左手打算左右开弓。这一巴掌还没抢下来，就让顾秋水一把逮住，他右手还拿着修脚的刀子，随手就在姓崔的左手上来了两刀，不知道那两刀拉在了什么地方，血就居然呼呼往外冒。照理说手上挨两刀真没什么大不了，况且是修脚刀，而不是宰牲口的刀。

姓崔的如果拿点牙粉抹抹也就没事了，可是乡下人对血有一种特别的恐怖，骁勇善战的崔某鬼哭狼嚎地叫了起来，那一声声惨叫，惊动了老师。

第二天姓崔的全家都来了，非要看看"凶手"。他们把身穿学生制服、腰上扎条皮带、头上戴顶小帽的顾秋水从座位上叫了起来，倒像很赏识他的样子，说："这小子还挺神气。"又问姓崔的学生，"要不要把这小子送到警察局？"

姓崔的学生还不错，说："不用。"

同学们也纷纷为顾秋水说情，责任不在顾秋水。

顾秋水的爹，赔偿了他们几块钱医药费。

当事人都以为事情已经了结，学校却把他开除了。

被开除的那一天，顾姓同学刚好接到哥哥一封来信，哥哥在东北军教导队当排长，信中还附有照片一张。二十世纪初照相是个时尚的消费，顾秋水拿着那张照片左看右看，对那个穿军装的人兴趣不大，却被那套军装镇住。那套穿在别人身上威风凛凛的军装，好像替他出了一口窝囊气，马上决定到教导队当兵去。

顾秋水既然为姓顾的同学开除了学籍，姓顾的同学也不能负义，两人一合计，偷偷雇了辆小驴车，一大早先把行李从校墙上扔出去，然后只身走出了校门。

走了两天才到沈阳，同学的哥哥给了他们一点钱，找了个小店让他们住下。

可是第二天早上起来，姓顾的同学突然改变了主意，说："我们家不能两个儿子都当兵。再说凭我的功课,报考第二工科学校不成问题,我不想去教导队了,你去吧,我哥哥一定会关照你的。"

顾秋水只好叫了辆马车,把行李拉上去了北大营,也没经过考试,就入教导队当了学员兵,学员兵只要个头够高就行。

那一年他十六岁。

一个躁动的十六岁青年,在二十世纪初个人主义尚未受到限制批判时,本有多种选择的可能,可是他那个老实巴交的木匠父亲和那个"窝里横"的母亲,哪一个具备为他指点前程的远大目光?他只好在十六岁就把脑袋别在裤腰上,为军阀混战卖命,而不是为三民主义或共产主义奋斗终生。

刚刚入伍,就赶上平叛郭松龄一战。准星还对不准目标,一到打靶科目顶多擦个五环边的顾秋水,那一战中险些丧命。

一九二五年十一月,第三军团副军团长郭松龄倒戈反奉,张学良虽从秦皇岛得以脱身返回沈阳,但东北军最精锐的十万官兵,几乎全集中在郭部。他只好临阵收集队伍,讲武堂教导队自然是他的首选,选上的学员兵编成三个营,每营四个连,顾秋水在第一连充当上等兵。队伍拉到拒流河,堵截郭松龄。

由于日本势力的参与以及举事者各怀心机,致使郭松龄功败垂成,败走拒流河。

顾秋水跟在溃不成军的郭松龄部后面猛追,跑着跑着,脑袋突然一凉——就像哪里飞来一片横刀,齐刷刷沿着他的发际片去了他的天灵盖。伸手一摸,原来是一颗子弹打飞了帽子。

他站在雪地里,再也跑不动了,后面跑来一个老兵,弯腰从一个死去的士兵头上摘了一顶帽子给他。他说:"我不要。"

老兵说:"要是没有那顶帽子,你的小命儿早就没啦!"

他不是害怕那死去的士兵,他是害怕从死人头上摘下的那顶帽子。

拒流河一战，让顾秋水第一次尝到了寒心的滋味。虽然他也说不清寒心什么。

作为一名士兵，血雨腥风算不了什么，可是距离不到十米，枪毙一名他曾经尊敬或是相熟的人，到底意绪难平。

这是他第一次看到枪毙人，与倒在战斗血泊中的死亡截然不同。

何况郭松龄是讲武堂人见人敬的教官，而旅参谋长刚才还在发号施令。

军队平叛胜利，从热河撤回沈阳，队伍里开始有人抢劫。当时还是旅长的包天剑，在旅部看到一双气度不凡的军靴，这双流落于乱兵之手的军靴，不肯流俗地矜持着昔日的光彩，让人不得不另眼看待。他问道："这是谁的军靴？"

有人回答说："是……是旅参谋长的。"

他用马鞭敲敲那双靴子，说："旅参谋长不会有这种靴子，去把旅参谋长给我请来。"

东北军一旦编为正式军队而不再是"胡子"后，就设立了宪兵队监督军纪。每天有一班人在城里巡逻，枪上上着刺刀，手里拿着令旗和一头黑一头红的"红黑军棍"，遇到军人违反纪律就抓起来，小错当街打一顿，如是强奸、抢劫，马上就地枪决，和国民党、日本人专门用来抓共产党的宪兵队不一样。

当时的东北军，实在想建成一支好军队。

底下人看出情况不妙，劝说道："旅参谋长跟随老师长多年，打一顿军棍算了。"老师长就是包天剑的父亲包老太爷。

包天剑说："跟随老师长多年也不行。"

先让战士把旅参谋长拉出去打了五十军棍，最后还是没能免去那一颗要命的枪子儿。

参谋长到底是绿林出身的汉子，二话不说站在挖好的坑前，一枪过去，黑影一闪，人就没了。刚才还在军棍底下，死去活来、皮开肉绽、乱弹乱颤的屁股，马上松弛地摊展开来，静享着一份有靴子也好、没靴子也好的宁静。

与上将军张作霖及其他东北军的元老不同，对参加过拒流河一战的士兵来说，最为震惊的不是郭松龄倒戈或张家军平叛胜利，而是郭松龄夫妇被就地枪决。

喜欢读书的顾秋水，虽因无人指点读得非常杂乱，但基本上还能分辨是非。他景仰这位参加过同盟会和五四运动，投身辛亥革命又为振兴东北军出过大力，倡办讲武堂以提高东北军素质的郭松龄；不胜惋惜郭松龄反对张作霖军阀专政，主张消灭军阀混战，寻找民主政治途径的一场梦就这样破灭了。他依靠张家旧军队来实现这个梦想的路子，不是玩笑又是什么？

早就怀有篡权野心的总参谋长杨宇霆，一直把郭松龄视为篡权阻力，在郭松龄夫妇被捕后生怕情况有变，不等将他们夫妇押送沈阳听候张学良处置，立即下令就地枪决。

不管郭松龄夫妇信奉什么政治主张，与所有为理想献身的人一样，死得很是英勇。他们没有高呼什么口号，那无声的从容，是一个军人最为倾心的视死如归。

行刑时，顾秋水与他们相距不过十米，他看见拿过燕京大学毕业文凭的郭夫人，中弹后拼却最后一点力气，爬到郭松龄身旁牵住他的手，咽下最后一口气，趴在地上一动不动了。

他也以为，这一平叛事件，随着郭夫人咽下的最后这口气落下了帷幕。

没想到郭夫人在流尽最后一滴血，人人以为她的生命已然了结之后，突然又翻过身来，将面孔朝向天空。

在军阀队伍里当兵的顾秋水，难免不沾上兵痞的习性，面对此情此景，头一次思考一个兵痞不大会思考的问题：是什么力量使一个生命已然了结的女人，又翻过身来将面孔朝向天空？

顾秋水还得知，在平叛的庆功宴上，张学良和所有赴宴的老将们一一碰杯，对他们在这一场兵戎相见的叛乱中对张家军的支持表示安抚和感谢，却越过在这次平叛中立了大功、正向他举杯的杨宇霆，既没有给杨宇霆敬酒，也没有喝杨宇霆的敬酒。

郭松龄迫走滦州、起兵倒戈，不能不说事出有因。这个得宠于张作霖，实行军阀专政、吞蚀军饷、贻误战机、图谋不轨、腐败军风的杨宇霆，可能是个关键。

杨宇霆的那杯酒，无颜回旋地停滞在半空。沉醉在平叛功绩中的杨宇霆，却没有嗅到那杯里的酒香顷刻之间发出了血腥。

对叛将郭松龄，张学良一直难于以仇相向，反倒因失去这一员与他共创新式军队的爱将耿耿于怀。他保住了起兵倒戈的所余将士，正是这些人，在东北军进关后以及在西安事变中，成为他依靠的骨干。

这小小的一杯酒，预示了差不多四年后，即一九二九年一月十一日，杨宇霆将被张学良处决的前景。处决这个上将军张作霖的重臣，文章做在"篡权"，此外没有透露更为详细的缘由。只有张学良看似不经意的一句话"也可以说他是死在郭松龄的手中"，让人们想起四年前，郭松龄被"就地枪决"的往事。

同样，这小小的一杯酒，性格即命运地预示了张学良在一九三六年西安事变中的悲剧结局。

郭松龄夫妇被就地枪决后，顾秋水独自来到冰天雪地的拒流河旁,举头向天,号啕一场,虽然他也说不清他号啕的是什么。

…………

健忘是人类一个令人伤感的弱点,到二十世纪,更发展到不堪言说的地步。而顾秋水直到晚年,还清晰记得这个生命已然了结的女人,突然翻过身来,将面孔朝向天空的情景。

回想起一生见识过的三教九流,这个女人的死才真正让他钦佩。难怪戎马倥偬的他,对没经过流血洗礼、没见过人头落地的胡秉宸嗤之以鼻。

他和胡秉宸曾有一面之缘。

那一次会面很不投契。胡秉宸几乎没有平视一个男人或与人成为知心的记录,这并不完全与他长年的地下生涯有关。与历史关系久如胥德章者,二人之间也不过是"见面只说三分话,未可轻抛一片心"。

不像吴为,因为轻信,无数次被人欺骗,但也正是如此,反倒落下几个无心不可交的朋友。

不过这并不妨碍他们在短短一天里,兜着圈子,回首他们在二十世纪的一些经历。毕竟他们都老了,人一老,就难逃怀旧的情结。

即使二十世纪的同龄人,又有多少能像他们那样,记得,并参与过那个世纪的一些大事?

特别胡秉宸,还有一部巨著正在撰写,他需要丰富,核对,验证。

他们发现,在一些重要的历史关头和地点,他们差不多总是擦肩而过。比如在抗战初期的武汉,一九三八年至一九三九年的延安,四十年代的重庆、天津等地,如两条交叉线,而不是平行线。

只是在谈到东北军的覆灭和张学良将军的时候,才算有了一个契合点——

"……西安事变时,我们在西安押着蒋介石的一百多架飞机,南京的政府大员也都在西安,如果蒋介石扣押张学良,就可以用这些为条件进行谈判,不放张学良就杀掉这些人质。南京方面即使来轰炸也无法下手,它的政府等于全在西安……可是王以哲这些人却主张放了蒋介石。"

"王以哲的主张也许和我们党当时的政策有关……不是我们不想杀蒋介石,可他那时还有那时的用处,至少可以镇住各方军阀,如果把他杀了就会天下大乱,对抗战、对我们党反而不利,那时我们只剩下三万多人……"胡秉宸如是说。

"不过当时东北军里有一个流传很广的说法:有人在国民党西安党部地下室的保险箱里发现了一个文件,从文件上看,国民党似乎用六十万块钱,收买了王以哲、何柱国,所以他们出卖了东北军,力主释放蒋介石,释放扣押在西安的南京政府要员,还有那一百多架飞机。反对释放蒋介石的应得田、孙铭九这才会杀王以哲。后来又说那个文件是国民党做的一个扣儿,假的,应得田和孙铭九上了当。有个叫刘多权的,是王以哲的人,王以哲被杀以后,他带兵进西安城抓应得田和孙铭九,他们两个人得知这个消息,跑了。只抓到他们手下的一个连长,被刘多权在王以哲墓前开了膛,祭奠王以哲。不过东北军当时五六个军自相残杀,那个文件也可能是有人造出来作为内讧的借口,可是共产党不相信应得田也是真的。他后来的下场也很惨……抗战胜利和解放以后,我和他都有过接触……"

胡秉宸似乎事不关己地说:"你说的情况我不清楚,不过在一个动荡、多头政治势力争夺天下的局面下,什么事都会有人拿来做文章。再说相信不相信,现在看来又有什么大不了的?"

他想起在延安时,有个四方面军的干部和他关系不错,冬季长夜,又没有什么可以消遣,两人常常围着火盆聊天,那个四方面军的干部不止一次对他说:"长征的时候,以一方面军为主的部队走的是右路,沿途有老百姓……以四方面军为主的部队走的是左路,那才真是艰苦呢。过草地的时候,我们走的也是草地中间,那是最不好走的地区……与右路军会师之前,我们每个人还织了一件毛衣送给他们,表示我们的欢迎,可是后来,四方面军太惨了……"

据胡秉宸所知,即使毛泽东不吃掉张国焘,张国焘也要吃掉毛泽东。毛泽东的一方面军到达延安与四方面军会师时只剩下八千多人,而张国焘的四方面军有两万多,他的确看不起穿得破破烂烂的一方面军,总在打听一方面军到底有多少人。

毛泽东呢? 就像老百姓说的,即便老虎打盹儿,也还睁着一只眼。

那么张学良被各种政治势力"各取所需",不是很正常吗?

好比日后已经澄清,九一八事变那天晚上,张学良没有和电影明星胡蝶跳舞,且有诸多当事人的证明资料见诸文字,可直到现在不是还有人这样说? 在这种区区小事上,还要用张学良来开开心,更不要说到别的。有多少人会对事实较真并为他人的名誉负责?

顾秋水说:"张学良真不如他爹,他干的这些事他爹绝不会干。一定不会放蒋介石而是把他杀了,就是不杀也不会送他回南京,更不会听蒋介石那一套,'九一八'让他不抵抗他就不抵抗,白白丢了东北的地盘,落下个'不抵抗将军'的恶名……张作霖不过土匪出身,也没什么文化,可是很有手段,东北那么多土匪全让他搞过来了,其中三股土匪比他势力还强。

"日本人在东北那么整他,他也没有屈服。是啊,你说得对,他是和日本人订了好多条约，修铁路什么的，但都是口头上的事，实际上什么也不做。在北平自封安国军大元帅，被孙传芳打败以后想回东北，可是日本人不让他回，让他在北平撑着，宁肯给他钱，给他军队和武器，必要时候还答应出兵。他看出日本人想让他在北平搞南北分裂，因为南方是美国人支持的蒋介石……哪个军阀没有国际势力做后台？他不干，日本人拿他没办法，才把他暗杀了。"

胡秉宸说："美国也不是不想把蒋介石搞下去，另外扶植一支符合美国利益的政治势力，可又找不到合适的人，四大家族里也没有。"

"李济深也有替代蒋介石的野心，他当时很有实力，和东北军的关系相当密切，反正大家都反蒋介石嘛。一九四三年我们都在桂林，他曾委派我到北平、天津，联络北方的军阀势力。通过封锁线的时候，真是危险极了……还想拉拢阎锡山反蒋，可是阎锡山很狡猾，是个两面派，西安事变前他表示支持张学良，事到临头就变了。"

"这些王八蛋没有一个好东西！"胡秉宸突然不着边际地骂了一句。

"想想真好笑。一九四四年，我跟随邹可仁从重庆辗转潜入北平、天津敌伪区活动，把吴为和她母亲也扔在了宝鸡……"

胡秉宸剜了顾秋水一眼，几乎把他的骨头剜了出来。

顾秋水怎能感觉不到这一剜之痛？他也不明白为什么要在一个胜利者面前历数自己的失败。不管现在他们之间是什么关系，胡秉宸只能是一个志得意满的胜利者。

许许多多的往事，没有一件堪以自慰。

要是知道几个月后日本就投降，何必离开宝鸡，何必折腾，又何必把叶莲子母女扔在陕西？他们这个家也许就会保留下来。

虽然二十多年后他在农村接受劳动改造时,叶莲子给他写过一封信,说她早已原谅了他。但想起过往的一切,还是不能无动于衷,要是叶莲子日后荣华富贵倒也罢了。

她怎么就不能再嫁一个富有的人?

想到这里他又有点恨她,她这不是成心让他把十字架背到底吗?

叶莲子不但原谅了他,还让吴为以独生子女为由,把劳改后留在外省的顾秋水弄回条件较好的北京,被吴为一句恶毒的"让他在那里慢慢受用吧!"顶撞回来。

奇怪的是,当吴为把顾秋水用过的一个茶杯放在叶莲子骨灰盒前的时候,那杯子却无缘无故自己从桌子上跌了下来,喀嚓一声,在地上摔得粉碎。

不能说邹可仁抗日爱国之说全是空话。九一八事变后,如他这种家世的人,确为抗日献出了极大的人力、财力,甚至为此冒过极大的风险,但这并不是全部。他们最后的目的,则是恢复在东北的家族势力。潜入内地,开展抗日地下活动云云,亦然如是。有点像是东北人常说的"舍不下孩子套不住狼"。

不过这也不值得胡秉宸那样犀利地剜顾秋水一眼。试看当时天下各派政治势力举出的旗帜,哪一面不是光辉灿烂?而那么多光辉灿烂的旗帜下,又有多少不便写在旗帜上的目的……正在撰写一部大书的胡秉宸,对此本应了然于心。

政治市场本就不易把握,与股票市场似有触类旁通之处。又加动荡时代的激活,景况更是扑朔迷离。连伟大长征都难免带有偶然的意味,更不要说这样一批旧式人物,如何能针对时局,制定出一套雄谋大略?

"骑驴看唱本儿",于他们是最贴切不过的说法。

所以他们自重庆出发后,走一路也没详细研究过未来的目的和所谓开展抗日活动的计划。对于顾秋水的妻室,邹可仁说到了宝鸡之后是否可以安排还不知道,如果安排不了,只好跟着去天津。

离开宝鸡之前,邹可仁为顾秋水引见了陆先生。

陆先生是"工合"创始人之一,东北同乡,和张学良的关系也不错,陆家兄弟在西安事变中还起过一些作用,算是"同志"了吧。他答应帮忙,说是找到工作更好,找不到工作也会有叶莲子和吴为的一口饭吃。

其实陆先生还不如说他负不了这个责任,还是请叶莲子跟着丈夫走人。

陆先生答应帮忙,也不过是口头上的一句话,靠得住吗?后来证明,这个应承是靠不住的。

就是靠不住,顾秋水也不往深里想了,不往深里想就等于不存在。自欺欺人地安慰着自己的良心——陆先生答应帮忙,已经是最好的结果了。

他不自欺欺人又能怎样?即便他留在宝鸡不走,他们的生活也没有保障,他现在是既没本事又没工作。谁让他放弃了炮兵连长的前程,当了包天剑的清客,最后又遭包天剑的遗弃?

这种被遗弃的创痛与女人被遗弃的创痛,根本无法相提并论,也深刻得多。

他就要扔下家室跟着邹可仁走了,邹可仁却连句人话也没说,比如:"我把你带走了,给你家留些钱吧。"邹可仁觉得他的朋友陆先生答应帮忙,已经很对得住顾秋水一家了。

而他又不能对邹可仁说:"你不给我家留钱,我不去了。"

　　邹可仁完全可以一脚踢开他,说:"你不走拉倒。"或是客气一点,"你不去华北算了,就留在宝鸡吧,你需要钱我也帮不上忙。"他就更没办法了。

　　同样,一九三七年包天剑把他从北平带走的时候,对他的妻室也没有个安排,他同样不能提出什么要求。如果当时他说"你得给我家留三两年或至少一年的安家费,否则我不去了",那么包天剑也会说"你不去就不去,留在北平吧,我走了"。

　　西安事变后,东北大学成了"孤儿",在邹可仁的支持下,才又坚持了一年。七七事变后,东北大学被蒋介石接收,顾秋水不可能留在那里继续当教官,不但一个月九十块钱的薪水没了,包天剑一走,连他每个月给顾秋水的五十块钱津贴也没了。

　　一九四四年的宝鸡之别和一九三七年的北平之别一样,顾秋水没有给叶莲子留几个钱。不但没留钱,比起三七年的别离,连知情知意的话也没有了。

　　叶莲子明白,事已至此,顾秋水是非走不可了。

　　日本人还占领着北平、天津,此时顾秋水又算是个抗日名人,经常在报刊上发表文章,皖南事变还写过文章表示支持共产党……顾秋水的生死安危真让她揪心,而她也将被彻底抛弃。这一点她知道得清清亮亮,但她忍着不说。顾秋水何尝不是那苦命之人?那一夜除了哭泣,她什么也不说了。宝鸡之别的前夜,真像那首老歌里唱的——

　　　　红烛将残,
　　　　瓶酒已干,
　　　　相对无言无言……
　　　　风波何惧,
　　　　昂首阔步走向前。

> 与君一夕话，
> 明日各天涯，
> 纵然惜别终须别……
> 关山隔，
> 梦魂牵，
> 无翅难翔、难翔，
> 遥望云天思念故人泪沾衫。
> 愿君多勉力，
> 愿君常欢颜，
> 只要心心永铭记，
> 相隔两地又何妨？
> …………

不过最后两句，与他们的情况并不十分吻合。

顾秋水忽然发现房间里没了声音，抬头一看，时间已经不早，他该告辞了，对于这次交流，最后只能戚然地说："现在想想，这样跑来跑去、打来打去有什么意思？还不是为军阀混战卖命——你们当然比我们强，你们是为理想而奋斗。"

"嘿——嘿——"胡秉宸阴阳怪气地笑着。他想，自己这辈子将生死置之度外地跑来跑去，一点不比顾秋水跑得少，难道不也用得着顾秋水这个"现在想想"？

他也好，这个老兵痞也好，究竟跑出了什么结果？不要说他们两个人，中国人两千多年来不也是这样跑来跑去、死来死去，也没有看到跑出或死出一个什么了不起的结果。

胡家那个开辟湘鄂西根据地的元勋，当年被根据地中央代表夏曦下令乱棍打死的烈士，谁还记得？

他们这两条交叉线，到了现在，是不是也可以说是"殊途同归"了？

如今尘埃落定，当时不便说明的，左右那些历史事件的因由也大多露出水面。可是从他们如今的回顾总结看，即便张学良当时把何去何从的决定权交给顾秋水或是胡秉宸，照样不会有一个顾及全面的方案。

张学良是错生了时代。

而邹可仁等一干人，所谓营救张学良将军的计划，也禁不起更多的推敲。

如果张将军再度出山，说好听点是一面旗帜，说不好听点，是一枚棋子。

所以说，张将军能够安于囹圄，修身养性，不再出山，应该说是到了大彻大悟、一览众山小的境界。一句"不，我这个人一辈子光明磊落，死也要死得正大光明"，多么漂亮！

可顾秋水直到现在还遗恨深深，"其实共产党有好几次机会可以营救张学良，一次是全国解放前夕，解放军南渡长江、解放南京之前，国共两党谈判了多少次？但都没能解决张学良的问题；二是在重庆成立旧政协的时候；三是利用国际舆论……我们倒是通过一些关系找过罗斯福，还买通了飞机驾驶员，加上看守张学良的卫队……看守他的人除了副官是个特务，那一连人都可以做工作，我们还真和张学良联系上了，但是他说：'不，我这个人一辈子光明磊落，死也要死得正大光明。'"

胡秉宸说："想想他也有道理，救出来怎么办？送红区？不送红区往哪儿送？到了红区又怎么安排？他是除蒋介石之外的陆海空军副司令，到了共产党这边，至少该在毛一人之下，万人之上，无论如何,总得给他一个平起平坐的位置。就算共产党好好利用你说的那些营救机会,可是蒋介石能放吗?他对张学良可谓深仇大恨——共产党要钱给钱,要物资给物资,要武器给武器。张学良第一次到延安,看到那里很穷,后来亲自驾飞机到延安,偷偷给延安送来两万光洋,林祖含接过那两万光洋的时候都掉泪了。最后,张学良还以西安事变逼蒋抗日。所以说蒋介石关他几十年,没有杀他算是客气,当然他也不好杀……他出来又能有什么前途呢?他是注定要为这个国家牺牲了。可能,不出来继续在里面关着,是张学良最好的出路——蒋介石欠他的,共产党也觉得欠他的,老百姓、国际舆论也都说他是英雄,永远的英雄。"

顾秋水不能不佩服胡秉宸的全面深刻,高瞻远瞩,"是啊,如果他出来,在战争中被打死了也说不定,军人的生死谁能把握?就是打不死,也得让日后一个接一个的政治运动整死吧……张学良被押后,东北军又起内讧,蒋介石趁势把东北军分散或放在前线消耗掉了。抗战结束时,顶多残余两个师,解放沈阳时,这两个师又被派去固守沈阳和长春,被人民解放军全部歼灭。一代东北男儿就这样完啦!真是:'白山黑水几英雄,张郎已去霸图空。五十万人齐解甲,竟无一人是男儿。江左斯人难是解,辽东有鸟呼不丁。'我是说江左的蒋介石,对付日本人哪有谢安的才干?东晋偏安江左,北方五胡乱华,苻坚率兵百万南下攻晋。东晋只有三万多兵力,情况相当危急。苻坚甚至说,我等拥兵百万,投鞭入江可断长江之流。前朝宰相谢安,其时因受朝廷排斥,退隐东山,东晋于危难之时只好又请他出山,谢安令侄儿谢玄领兵三万,于淝水背水一战,打得苻坚望风而逃,溃不成军,风声鹤唳,草木皆兵。"

旧学底子很深的胡秉宸笑了。说到谢安,还用得着顾秋水指点?不过,是啊,东北军一垮,他们这些人还有什么个人前途可言?

　　"'辽东有鸟呼不丁'一句,说的是辽东有个丁令威,出家学道,学成后化为白鹤回到辽东,停落在墙头,有些小孩儿拿弹弓打他。他说:'丁令威,丁令威,一去千年化鹤归,江山依旧人民非。莫弹我,弹我复何为?'即便张学良回来,也会像丁令威化鹤归来那样。"顾秋水伤感地说。

　　"'两字凭人呼不肖,一生误我是聪明……'张学良这两句诗,对他倒也贴切。"胡秉宸绝对没有褒贬的意思,不过随口而出。顾秋水平时倒也不见得不这么想,可是轮到他人这样说到张学良,他就觉得很不受用。

　　谈到这里,他们算是崩了,刚才那一番心算是白交了,重新回复到见面初始的冷眼相对。

　　顾秋水不逊地打量着胡秉宸那张与自己年龄不相上下、早早失去血色的脸,想:这种人也算参加过战争? 他会杀、会剐、会骑马、会射箭吗?

　　顾秋水对政治的延续——战争的理解,是太浅薄了。

　　胡秉宸对革命的贡献,不但顾秋水,就是革命营垒内部,又有谁能了解并记得一二?

　　仅就胡秉宸在一九四〇年十月前后,国民党二次反共高潮前夕,把国民党"军统"机关在重庆电台的位置、技术装备摸了个一清二楚这一件事,他的贡献就无法估量……何谈为林彪找父亲,为毛泽东找儿子那等传奇的贡献和经历?

　　对顾秋水这个老兵痞,胡秉宸自然也是以牙还牙。不过他的以牙还牙,是不动声色的。他的不必动以声色,显示了他和顾秋水方方面面的距离。

　　胡秉宸在以牙还牙的同时,更有作为一个执政党人,对那走投无路、不得不臣服脚下的人施舍残羹剩饭的快意。

其实胡秉宸是相当开明的,就在决定和吴为离婚前,还物尽其用地让吴为将他那部巨著在电脑上打字成文。

正像在开篇中说到的,出于对历史的爱好,胡秉宸常常把纵横上下几十年的经历,作为一个宏阔的题目来温习,尤其指出实行政治改革对社会进步非同小可的意义。书中对所有参与推进二十世纪进程的政治力量,都给予了充分的肯定。

可是面对一个有血有肉而不是文字上的"各民主党派",却不能与他巨著中的立论合二而一。

对于胡秉宸的这部巨著,吴为不是很以为然。在她看来,那些文字不过是许多研究者已然发表的论文汇集,并无新意。

自他投入这部巨著以来,家里堆满了剪报和各种书刊,胡秉宸整日在那些纸堆里,废寝忘食地寻觅。

胡秉宸一边掐着表,一边盯着她打字的速度,"你能不能再快一点儿?"说着,他往电脑显示屏上看了一眼,突然大动肝火——

"你怎么能把设立的文件名叫做'胡秉宸'?不行,你得立刻把这个文件名给我改掉,绝对不能让人知道这部书是我写的。"

吴为觉得,他把这些算不了什么事的文字太当回事了,"是你写的又有什么关系?我不认为这里面有什么值得特别注意的东西。这些论点,早就散见于各处报刊、书籍,不信傍晚出去走走,地摊儿上有的是这种书卖……即便追究也追究不到你的头上。"她把下巴颏儿向书房里横七竖八堆放着的报刊、书籍摆了一摆。

他昔日的睿智、才华哪里去了?

也许他真的老了,空有一番雄心,却旧景难再。

尤其到了二十世纪末,世界已然变得如此开放、还势必变得更加开放的时候,再把这些他人研究过的问题放在嘴里嚼来嚼去,究竟还能嚼出多少滋味？

吴为如此看待胡秉宸的著作，的确没有历史的眼光。

也许现在看来，这些文字都是别人嚼剩的东西，可是，胡秉宸起初在心中反复研磨、追索它们的时候，相信那时没有几个人能具备他这样的远见卓识。

回顾胡秉宸的革命生涯，可以说是付出一切，在所不惜，不达目的，绝不息止。如果不是这样，当年也不可能得到以严律著称的周恩来的赏识。

也许还有一点对功名的渴求？

不要以为还在妈妈怀里抱着的他，没有听懂马倌对妈妈说的那句话："小少爷至少是二品顶戴花翎的前程。"他也没有白白站在那个老四合院的中式客厅里，对着那幅"太上立德，次为立功，再次立言"的中堂出神；也没有白翻那本装在紫檀木盒子里，用素绢裱得精致讲究，彪炳胡家千古的家谱——在从少年到青年，那最影响人生走向的年龄段。

不能说胡秉宸要求更改文件名就是胆怯、委琐。他一生谨慎，正是因为这谨慎，许多看起来毫无希望的事，最终还是被他一一解决。

也许他早该着手。不过除了谨慎还要等待时机，只可惜这个时机来得太晚，而且他还不能肯定自己果真没有错误估计形势。即便现在他还得留意，不要在这人生最后一搏中折进去。他一直没有忘记四十年代他那个关于"南北朝"的发言。

反过来说，抢先爆炸很可能引来杀身之祸，结果还是不能成事。就像那个反对经院哲学的布鲁诺，还不是被宗教裁判所烧死了事，谁又能为他证明对错？

综观天下,能掌握恰当其时这个火候的有几位?大部分是杀头的下场。

只是,有过多少这样的先例,谨慎的结果是错失良机,是时过境迁,最后只落得痛惜几十年或一生心血白白流失。

而胡秉宸自己也需要一个"过程"。

胡秉宸在经历过一生的惊涛骇浪之后,晚年却感到了极度的迷茫。

特别在和不受那些历史成见束缚的吴为纠缠在一起之后。

那个不曾被土地、资产、破产、新旧官职以及那些历史偏见束缚的吴为,思维方式随意而飘忽。不经意中,或有石破天惊之语,击中他那多年的疑惑。她的思维方式,裹挟着她的爱情,台风一样冲击着他的过去,冲击着他的犹豫、彷徨和计较……难怪他的老战友们说,他受了吴为修正主义、资产阶级思想的影响、毒害,从政治到思想感情全面堕落,没有保持住晚节。

但也不必为胡秉宸惋惜和叹息,堕落与脱胎换骨有本质上的区别,除女人失节(特别是他们那个阶层外的女人)绝对不可饶恕外,对其他一时难免的堕落,只要知过而改,老战友们的态度,还是相当放达的。

此外,他决心成书的时间,也不是不值得研究。

也许是"无巧不成书",这时间恰恰是在一场因他技艺稍嫌稚嫩,以及为坚持一定操守而不得不遭人暗算之后。包括他和吴为的关系,从调情转向爱情,也发生在此之后。

一般说来,大彻大悟,常常发生在彻底的失落之后,可以看作一种物极必反的现象。

也许还有另一个求证的途径。比如他在得知朋友于一九四三年被"抢救运动"的一粒枪子儿送上黄泉之路以后,随即对跟随他多年的一个地下工作人员说:"虽然我很了解你,但如果组织上说你是特务,我也会马上枪毙你,绝不手软!"——当然,这也不妨看作是对一种理想的忠诚。

吴为竟然这样评价他的书!特别是她把下巴往那些报刊书籍上的轻浮一摆,摆出了多少不屑?

这不屑怎样地侮辱了他!不仅侮辱了他,还侮辱了他几辈子攒下来的自信、自尊、自傲,还有他的德操。

他是那种贪生怕死的人吗?!

有时还算善解人意的吴为,怎么就不能懂得他这一番掂量?

他研磨、追索了多年也折磨了他多年的心事,就被吴为这样不负责任地做了了断,这和否定他的一生有什么区别?

她下手怎么下得这么狠?

此时此刻,胡秉宸无限怀恋地想起白帆对他无条件的崇拜,可是白帆的崇拜又崇拜不出什么名堂,也就等于没有崇拜。吴为倒是能崇拜出名堂,他却越来越难让她发出一声赞叹。甚至几年前最后一次报告的立论,也被她毫不留情地推翻,还是由她捉刀,才换来最后一声喝彩。面对听众热烈的喝彩,难免不兴奋地颔首、挥手、微笑……可是他突然僵在那里,这喝彩是属于他的吗?不,那是吴为的。他头一次不自信地想,他是谁?他的位置在哪儿?他想起那个娶了穆桂英的杨宗保。

不过吴为的话又不无道理……难道就此罢手?

他不甘,他真的不甘。

他恨吴为不再像从前那样为他"时刻准备着",急他所急,难他所难。只要他一声令下,巴不得为他赴汤蹈火。

瞧她那无关痛痒的样子!

而过去，哪怕他的一声咳嗽也会让她坐卧不安，吃条鱼也得把鱼刺替他一根根先挑出来；临睡之前把急救药剥好放在床头柜上，生怕他的心脏不适，措手不及……更不要说这等至关重要的大事。

难道这就是那个像叭儿狗一样，总是用一双巴巴的、望着主人的目光望着他的女人吗？

哪怕她来个情变，也不会让他这般心痛入骨。这个看上去毫无心计的女人，原来还这样没有人心！

胡秉宸实在不该这样痛恨吴为。他的问题是到现在还不想接受这样一个现实——一个人不可能永远处在巅峰状态，总有不能那么遂心、不能那么所向披靡的一天。对波澜壮阔了一生的他来说，这真是一个很难处置的转折，很难将息的时刻。

"不行，你非得给我改过来不可。"他坚持道。

既然胡秉宸这样多虑，对她也肯定戒备有加，她又何必多事地替他承担这份重任？便推托道："明天我就要上飞机了，行李还没收拾呢。"

"我就是要赶在你走之前把它打好，带到国外。用你那个洋女婿的名义——千万不要用你女儿的名义，不然有关部门一查还会查到我的头上——想办法把这部书出版，再让他发回国内。那样，谁也不会想到这部书是我写的了。"

吴为惊悚地停下打字，这个算盘打得实在太精，也太无情无义了。

即便禅月已经不是中国国籍，即便胡秉宸认定这部书肩负着重大的历史使命，他也不能这样坑害她的家人。她心中暗暗对女婿说：亲爱的，亲爱的，你万万不会想到，在遥远的中国，有一个你永远不可能一见的男人，已经这样地打上了你的主意。

也不能说胡秉宸是坑害她的家人，她难道不是他亲爱的妻吗？她的家人不也就是他的家人？她的女婿不也是他的女婿？他们共同的家人、女婿，怎么就不该为岳父肩负的重大历史使命贡献自己呢？

正在她忧心忡忡，不知如何为女婿逃过这个暗算的时候，她想起了茹风的谆谆教导：无论胡秉宸怎样打磨、修理她，在飞机起飞、远走他乡之前，都必须隐忍，否则就无法逃出他蓄意制造的离婚谋略。

胡秉宸早就在紧锣密鼓地准备和白帆"梅开二度"。小保姆说她常常听见胡秉宸和白帆在电话里讨论如何另外申请一套房子，准备搬家。

吴为不信，说："你怎么知道他是给白帆打电话？"

小保姆说："她的电话号码里肯定有三个挨着的'1'，那三个'1'拨起来声音很短，我一听就听出来了，不信你查查她的电话号码。"

她一查，果然有三个挨着的"1"。

胡秉宸常常对吴为说："我这一生有过多少千钧一发、独入虎穴的时刻，可都没有被国民党抓住，原因是严谨。"

她对小保姆的智商大为惊讶，又暗笑胡秉宸这个资深的"老克格勃"，却让一个小保姆轻而易举地破译。

如果不是小保姆的智商让人惊讶，就是胡秉宸对吴为已经到了不必隐晦、正大光明地拿她不当事的地步了。

就是这样，很长时间内吴为也没有开窍，还高兴地说："可能他们为芙蓉申请房子，准备她结婚用吧。"

芙蓉一直在等一个有妇之夫，虽然从二十岁等到四十多岁，如果有情人终成眷属也还是可喜可贺。

小保姆的判断是正确的,胡秉宸和白帆不愿住在胡秉宸和吴为住过的房子里,新人、旧人地换来换去,难免不招致左邻右舍的议论。

吴为的不肯入彀、不肯提供方便,让急于离婚又不肯承担责任的胡秉宸恼恨在心又不便直说,只好加紧制造离婚口实。他相信,逼到吴为受不了的时候,自然就会先张开嘴。所以他在制造离婚口实时,难免掺杂着泄恨、报复的残忍。但也不能因此指责他对吴为心太狠,哪个急于离婚的人受得了无穷无尽的等待?想当初,胡秉宸不也为了吴为,这样对待过白帆?这叫一报还一报,吴为有什么可说的?

到了后来,吴为总算明白他们这一场婚姻到了头,可她还是说:"你和白帆爱怎么样就怎么样,就是搬到一起住,我也是一个没看见,但是离婚,没门儿!"

吴为不同意离婚,并非完全出于对胡秉宸的爱恋,而是明白,一旦同意离婚,她就会因为比胡秉宸年轻、有钱,因为那道德败坏的"前科",掉入一个已经设计好的陷阱。只有她掉入那个陷阱,胡秉宸和白帆才可以从容地面对社会舆论。

当然,她最后还是让一生中桩桩件件都能如愿以偿的胡秉宸,如愿以偿地和她离了婚。

根据已往的经验,如果不听从胡秉宸的旨意修改文件名,他准会生发出一个让她明天不能按时启程的主意。好比那年去国外领取一个文学奖,他就假装生病发烧,使她几乎不能成行。

吴为对胡秉宸的坑害只好佯作不解,继续推托,"我实在太忙了,能不能让芙蓉替你打?她那里还有一台电脑。"

"不,这对芙蓉太危险了。"胡秉宸不容分说地拒绝了她的请求。

多少次她都想冲口而出:"难道对我就没有危险?"可她必须隐忍。再说,她怎么好意思和自己的丈夫"刺刀见红"?

何况这还谈不上危险。要是真有危险,不要说在她和芙蓉之间做个抉择,就是在她和他之间做个抉择,恐怕也得先把她推出去卖了。

做了多年"宰相门中的媳妇和二品侍郎夫人"的吴为,仍然是俗人一个,这种时刻,更是不能免俗地算计起来——当年为使胡秉宸免于对手的倾轧,为他担待了多少罪名,遭受了多少迫害?难道这就是他的回报?

她直挺挺地坐在电脑前,却眼睁睁地看着另有一个吴为,捂着心口在地板上疼痛难忍地翻滚。

"时间不多了,你赶快把文件名换了,继续打。"

吴为只得拾起掉在地上的心,把它塞进破了膛的胸口,又把裂开的胸口往一起拽了拽,掖了掖,撑起脊梁,换一个文件名,继续往下打。

胡秉宸一看新换的文件名,又不高兴了,"你怎么把文件名换成了'西门庆'? 这也太不郑重了。"

"'西门庆'有什么不好,是一种非常安全的颜色对不对?"她隐忍着心痛、惊悚,悄声分辩道。

直到深夜,那份工作才告结束,当她把一个备份软盘递给胡秉宸的时候,他却不急着接手,说:"等一等。"

她不懂,十万火急的他,怎么又不急了? 原来他去找来一双手套,把那手套戴上后,才来接她手里的软盘。

原来他是怕软盘上留下他的指纹!

吴为不可遏制、歇斯底里地大笑起来，"你真是没有白干多年的地下工作！"

胡秉宸申斥说："别笑了，别笑了。现在夜深人静，人家听见会奇怪的。"

她看看自己赤裸的双手，越发不怕别人听见地高声说道："你怎么没想到让我戴上一双手套？你怎么没想到让我戴上一双手套……"

当夜，胡秉宸还不失时机地和吴为做了一次爱。

这是他们几十年关系中，具有非常意义，更应载入史册的最后一次做爱。

虽然他们各自心怀鬼胎。

彼时，胡秉宸和白帆已如愿以偿地把他和吴为住过的这套房子换了一套新房子，已经非常具体地在和白帆酝酿如何开始他们的新生活。芙蓉也正在为他何时、以什么借口，向吴为发动离婚献计献策。

而他却无法挥去对吴为的一丝留恋。说一丝也许不够，还应该说不少。他对和吴为的离婚也不是没有犹豫，虽然在芙蓉奚落、鄙夷他的犹豫时，从不肯承认这一点。

他还想到，当吴为回来的时候情况就会大变，他们再不会有肌肤相亲、睡在一张床上的可能了。胡秉宸难免心生惜别之情，而且这也算是和吴为的一种告别。

这次做爱，更是他这一生和女人关系的彻底了结。他思忖着，和白帆重修旧好以后，他们的关系结构不可能像和吴为这样松散，他是再不可能有机会亲近别的女人了。

过河卒子吴为，终于在"舍车马保将帅"的战略高度上，明白了她与芙蓉的地位,也明白了她在这个家庭中的地位;又在体味了明目张胆、无需遮拦,故而连"自私"这个词汇都不足以说明其残酷程度的"手套"事件后,深知在紧接下来的这个做爱项目中,她将要付出多大的努力和坚忍。

到了现在,她对胡秉宸的所谓"爱",是不是应该很清楚了?

不过她还有一个借口,可以作为推辞的理由:"医院不是说我患有输卵管结核吗? 我担心会把结核传染给你。"

既然胡秉宸如此看重这最后一次做爱,凡事又那样胸有成竹,这种理由怎能拦得住他? ——"我戴避孕套就是了。"

吴为再次挣扎了一下,"可能戴避孕套也不行。"

"那我就戴两层。"

这个远离口腹传染渠道的输卵管结核,不但使胡秉宸吃饭时要与她分用碗筷,就连分用的碗筷,使用后也要煮上几十分钟消毒。

记得她住传染病医院期间,他到医院看望,挓挲着两只手站在病房地当间儿,哪儿也不敢沾,生怕传染上结核,更不要说在她的病床前坐一会儿。那样挓挲着手站着,对一个生活舒适的人,真是很累、很累,也难怪他只站了十多分钟就匆匆离去。

但她还是相当满意,想想当初,在那漫长、空守一腔情爱等待他的日子里,多少次生病住院,他还不能到医院来探望她呢。

同病房的人怀疑地问:"这是你丈夫吗?"

"是呀。"

"他吓成这个样子,还怎么照顾你啊?"

"有小保姆呢。"

但是为了做爱,胡秉宸却不怕牺牲。

当然他也不会贸然从事。他怀疑吴为的汗液也可能带有结核

190

菌,便与她身体尽量减少接触,再加上双层避孕套的防护,可谓万无一失。

所以在吴为得了输卵管结核之后,他们做爱,就像在科学实验室进行严格的科学实验,或在手术室进行外科手术。

吴为和胡秉宸结婚伊始,就停留在一部歌剧的序曲而无法进入正剧的做爱状态,到了这时,就彻底失去了进入正剧的希望。

看到胡秉宸低着头捣鼓着他的避孕套,吴为放了心,猜想自己可能躲过这一关。

果然,还没等他戴上第二个避孕套,形势即刻大颓。

但是每一接触吴为的身体,胡秉宸还是禁不住发出一声久旱逢甘霖的喟叹,但也不失时机地闪过一些盘算。

随着和白帆以及旧日生活的修复,与吴为热恋时被他粪土过的一切,也被他一一拾回。与吴为的结合,到了此时,已被他重新定位为对自己几十年修炼以及他那个阶层的背叛。难道他不应该尽兴品味一下这具胴体,并使这个品味发挥到极致,否则岂不辜负了那个不惜血本的背叛?

而吴为又何尝没有背叛胡秉宸,背叛自己的诺言?

婚后,胡秉宸从未得到过他期待于她的缠绵,她的举案齐眉只能说是一种优质服务。她以为自己的绝对忠诚就能够等同或顶替女人对男人的情爱、性爱,就足以说明她是个信守婚姻合同的人(她甚至因此而自豪),就有资格让胡秉宸万无一失地候在一旁?

很像是一种报复。

胡秉宸不明白他壮烈牺牲、费尽周折弄到手的,却是白帆老年时代一个相似的拷贝——至少青年时代的白帆还是知情知趣,淋漓尽欢的。

吴为在床上的表现也越来越显得居心叵测,虽然尽职尽责得无可挑剔,却难以让胡秉宸尽性尽欢。她阴冷地眯着眼睛,像一部X光机,无师自通地观察着、透视着、剖析着忙于行动的胡秉宸,反反复复回放着与胡秉宸那部关系长达二十多年的影带,并得出那样令人毛骨悚然的结论:只有在这个时候,胡秉宸才是属于她的、专心的(而不是忠诚的)、痴迷的、没有间隙的、可知的……

不知可否推及所有的男人——只有在这个时刻,他们才属于和他们做爱的那个女人?

等这个过程了结之后,胡秉宸马上就会变得拒人千里、无法沟通、无法把握,重新成为一个面具,一个属于任何女人而偏偏不是属于她的男人。隐约中她冷酷地、不光明地想到,在与胡秉宸的关系中,她也有胜利的时刻,比如此时,至少她能揭下他的一层面具,明白他的盘算,永久地占有了别人不可知的、这种类似他“初夜”的时刻。因为,没有哪个女人在与他做爱的时候,会成为这样一部X光机。

这样恐怖的做爱气氛,除非在三级恐怖片里,恐怕举世难寻。而吴为就像那片中的女鬼。

胡秉宸果然是男中豪杰,除他,试问天下男人,谁敢和这样的女人做爱?

说到面具,吴为自己就不戴吗?她和胡秉宸的差别,不过是多少、优劣之分,并没有原则上的分野。

每当胡秉宸的老战友议论吴为嫁给他是为了钱时,胡秉宸却从不向他们解释,他根本没有将他的工资交给过吴为,他们的生活开销也大部分靠她的稿费和工资。可吴为又不愿开诚布公地和胡秉宸谈一谈她对这种虚伪、算计的轻蔑和不甘,生怕一谈钱就毁了她的清高,又担心这样赤裸地谈钱就等于打了胡秉宸的脸,他们的婚姻就不仅是风雨飘摇,而是龙卷风横扫……她像夹在钳子里的一枚胡桃,在面具和切实利益的选择中挣扎得很苦。在这个挣扎中,她不但显得十分恶俗,而且琐碎、低劣、小家子气。不像有些人,即便算计,也算计得黄钟大吕,如此,她有什么资格对胡秉宸的面具说三道四?

面对诡谲多端的各类群体,面具又该是何等的必须,她又有什么理由对胡秉宸的面具说三道四?

何况有一次胡秉宸还是很给她面子,当着芙蓉的面,看也不看,顺手把他的工资往她面前一推。冥冥中好像有人指点,她当时的反应可说是发挥超常,居然置老战友们的议论于不顾,毅然接了过来。那真是再好不过的一个道具,让她可以在芙蓉面前证明或是扮演她还是这个家庭的女主人。虽然芙蓉走后,她又不着形迹地把工资还给了胡秉宸,但还是非常感谢他给她的这个机会,甚至有个镜头在想象中活灵活现地出现:身后靠着一张桌子,右脚在左小腿前绕过,脚尖点地,微微仰着头,悠悠地吸着一支烟,另一只手闲散地撑在后面的桌子上,而不是抱在胸前。抱在胸前身体就会前倾,那种形态通常用于琢磨而不是优越——而且是一种不过分的优越。

一上飞机,她就把胡秉宸让她带出的软盘掰碎,扔进了飞机上供呕吐用的纸袋。

她甚至不曾为她浪费的时间感到些许惋惜。

几十年的青春都白白消耗了,这一点时间又算得了什么?

再说,胡秉宸那里不是还存有一个备份软盘?他只是无法借她女婿之手,在国外替他出版那本书了。

虽然胡秉宸那里还存着一个备份软盘,吴为还是下手太狠。

她掰碎的何止是那个软盘？她掰碎的是胡秉宸几十年思想结晶啊。

听着软盘"嘎巴、嘎巴"的脆裂声，吴为高兴得真想跳起来在机舱里尖叫，真想拥抱机舱里的每一个乘客……可她极力控制着自己，双肘紧抱，双腿上蜷，将身体缩成一团，反反复复对自己说："我不能那样做，我不能那样做，否则别人就会以为我是疯子。可是我不是疯子，我很正常，很正常。"同时心里又卑琐地想：胡秉宸，胡秉宸，你就接着慢慢抄录那些报刊、书籍吧。

她笑了起来，这难道不是对坑害他人的人一个最好的回答？现在，胡秉宸是鞭长莫及，再也不能强制她干这档子事，也不能让她不能按时启程了。

她解放了。

解放了。

解放了——

她不停地笑着，左右邻座奇怪地打量着她，可她还是止不住地笑。

她扭过身去，把脑袋攮进舷窗和靠椅间的那个死犄角，更加畅快地笑着。好久好久她都没有这样笑了。她笑啊笑啊，不知笑了多久，突然脑袋往座椅的靠背上一仰，立刻睡着了，在到达目的地之前一直没有醒来。

二

叶莲子的眼底，永久性地拷贝下顾秋水那个双膝跪地的形象，特别是他眼睛里的一泡泪水，也保留着乍听这句话时那蚀骨销魂的感觉。这感觉支撑着她日后望穿秋水的日子,也使她在回首往事时,不断确认婚后那两年多,是一生中最为幸福的日子。

当她晚年不止一次说到这段幸福生活时,让吴为非常气馁。

吴为一辈子都以为,唯有她和叶莲子,才是这个险象环生的世界中相依为命、须臾不可分离的至爱。她虽然没和叶莲子正式讨论过这样的问题,但她认为叶莲子肯定也是这样想的。

这一生吴为经历过多少"最后只剩下自己"的时刻,只因为有叶莲子的相伴才闯了过来,没想到在她们今生情缘将尽的时候,叶莲子却这样说。

每每听到这些,吴为就像是被最后抛弃,并被这抛弃击垮似的,显出一蹶不振的样子。

三

将吴为出生伊始,就睁着一双黑黝黝的小眼睛,对叶莲子许下的那个愿——"妈,我是为你才到这个世界上来走一遭的",完全说成是义无反顾,也不尽然。

谁能说她的义无反顾不是对既成事实的铤而走险?

谁知道她是否盘算过,她将为对叶莲子许下的这个愿付出什么?……

从她生下一个多月就来了一次几乎致命的无名高烧,就可以看出她的不甘。直到成年以后,她总是无端生病,无名高烧,像她那些没有成活的舅舅或姨妈那样,总在伺机而动,时刻准备回到来处,让身陷困境的叶莲子更是难熬。

不论吴为是义无反顾还是铤而走险,叶莲子都没能解读——

这个刚刚出生的婴儿,为什么大喊一嗓子之后,就不再像别的婴儿那样只管一味闭着眼睛啼哭,而是一住嘴就睁开眼睛,并且定定地望着她,好像一出生就认出她们本是旧时相识。

四

然而吴为出生的那个早晨,却有一种透明的质地。

那时候,他们住在北平东四七条后面的一条胡同里,三间朝北的房子。吴为就是在尽里头那间房子里出生的。不论如何,尽西边靠里的那间屋子,在这个不该被如此简化处理的生产过程中,可能会给首当其冲的人一点安全之感。

顾秋水没有把叶莲子送到医院去分娩,而是把助产士请到家里接生。这倒让吴为在几十年后旧地重游时,更多一番欷歔。

半个多世纪过去,胡同早已易名,而胡同里的房舍也像住在这胡同里的人一样,老了、死了、搬走了,更有新人不断出生。

偏偏她出生在那儿的一溜房子,旧貌换新颜地翻盖成机制瓦房。院子里那棵槐树也还在。

世事变化再大,那块地界下,也一定渗着叶莲子的血。院子里的槐树也好,杂草也好,难道不会因此更加繁茂?

五

顾秋水很快捧了一捧紫藤回来,插在一个玻璃瓶子而不是花瓶里。那时候他们还没有花瓶。贫穷而又不甘简陋的人,差不多都有因陋就简营造气氛的能力。

紫藤是从一墙之隔的包天剑师长家折来的。

包家的院子像北平有钱人家的院子一样，自然少不了花厅、金鱼缸、假山石、藤萝……却没有书香门第或传家已久的大户人家的气派——比如说胡家的格局和韵致——比较地脱离不了暴发的一览无余。

自公元一一五三年（贞元元年），金代海陵王迁都燕京，使这个城市成为一代王朝之都以来，历经元、明、清，几百年帝王之都的修炼，一个出身于外省"胡子"的人，很难在这里展开手脚，更难以融入这个城市拿腔拿调、大气悠闲、欲擒故纵、有根有基、有恃无恐、伸缩自如、荣辱不惊、旁若无人、没有目的或不必有所目的的内底。

不论在大街上或是小胡同里，碰见一个走路轻飘、眼神洒脱、哼两口京剧、提溜一个鸟笼子的人，恐怕都比这位包将军有来历，有学问，有讲究，见过场面。见过场面倒也算不了什么，难的是不论什么场面，都能应对得让人挑不出礼儿来。

更别看他一身落魄，没有正当职业的样子，家里喂鸡的食槽可能都是缺了盖的、大内宫女们冬天焐手的手炉子。一根绿豆芽也得掐头去尾，只吃中段……

这样一个历尽沧桑、自尊自贵的城市，已经刀枪不入。不论外省人如何奋发、进取，恐怕还要经过几代"换血"的努力，才能融入这个城市。

顾秋水和叶莲子住的那个院子没有紫藤，只有一棵北平哪怕最简陋的四合院里都可能有的槐树。

夏天的傍晚，他们像所有的北平住家户那样，在槐树下喝过小米绿豆粥、乘过凉、摇过蒲扇或羽扇，和以卖小线为生的房东杨大哥杨大嫂聊过天……在叶莲子怀孕的初期，还在那棵槐树下喝过从沿街叫卖的挑子上打回来的豆汁儿。

　　女人在妊娠期间的口味奇特而无由。叶莲子这个东北女人，却喜欢上这道典型的北平风味小吃。

　　顾秋水得空也陪她到隆福寺去逛逛，或在小摊上喝碗豆汁儿。顾秋水不喝豆汁儿这种东西，宁可买些下酒的小菜带回家，他有东北男儿的大刀阔斧。

　　把叶莲子安排在豆汁儿摊前的小凳子上坐好，就到别处转转，让叶莲子慢慢享用。他不烦不躁，得意地感受着一个男人能给女人制造欢喜的自信。

　　在如何对待、宠爱女人的问题上，胡秉宸和顾秋水都是惜墨如金。他们深知，迷恋中的女人多有一两拨千斤的能力，并天生具有文学创作的潜质，自己就会往下编撰更多的情节。

　　可不是，想着丈夫就守在不远的地方，沉静如叶莲子者也不可遏制地张扬起来。

　　被硬毛刷子刷得饧着白茬的矮桌，赏心悦目。豆汁儿上冒着又酸又甜的热气，就着新烙的壳脆里热的芝麻烧饼，咬一口就露出像是摞着一二十层绵纸那么松软的饼心。烧饼里夹着酥脆的、一咬就成粉末的焦圈，还有小酱瓜、凉拌芹菜等佐食小菜……她最喜欢的是切得粉丝那么细、滴着几滴小磨香油的腌苤蓝丝，真比山珍海味还让她中意。

　　在顾秋水的陪伴下，叶莲子隆福寺喝豆汁儿这一节，多少是出自喜好，多少是别有一番滋味在心头的描写？

　　后来吴为到南城专营北京风味小吃的饭馆喝豆汁儿，想要继承母亲念念不忘的这一嗜好，也不知是没有了彼时的手艺，还是她的口味异于叶莲子，根本无从体会豆汁儿的妙趣。

吴为没有出生之前,他们也常去北海公园,走累了就在双虹榭、濠濮涧那些茶座吃吃茶,所费不多,又很时尚。

不大的方桌上铺着雪白的桌布,摆四碟干果。

叶莲子悄悄掀起桌布,下面不过是一张藤制的桌子,可是铺上一块白布,立刻就不同凡响。从此她认定了桌布,哪怕到了山穷水尽的地步,比如说在零霭村,她也会在破桌子上铺块白布。白布虽破,却洗得干干净净,熨得平平整整,那是一种品位。品位不那么势利,有钱可以讲,没钱也可以讲。

"您二位品点儿什么茶?"

"香片儿吧。"顾秋水说。自然是香片。龙井什么的是胡秉宸那种人家喝的。

也就是在北海的茶座上,他们才偶尔喝点茶。平时家里来了客人,叶莲子就到茶叶铺那曲尺柜台前腼腆地一站,买一两"高末儿"。店伙计也不因为买的是"高末儿"就有什么不悦,"您用点儿什么?"或是"没合适的? 没合适的您就先随便瞧瞧!"照旧前后迎送。那一两"高末儿"买回来之后,能用很久。

"高末儿"像是叶家的"看家菜",日后吴为独自抚养禅月的日子里,也是一两"高末儿"接待来客。直到她有了稿费收入,才把"高末儿"改为茶叶。

伙计把沏好的茶端上,顺手把包茶叶的、上面印有绿色商标的小纸,叠了个三角,往壶嘴上一套,"您二位来点儿什么点心?"

顾秋水问叶莲子:"你喜欢什么?"

叶莲子羞涩地笑了,从小习惯的是他人的白眼而不是他人的殷勤。那日子虽已远去但尚有余悸在心,而且她不在意吃什么,只要跟顾秋水一起,在风景如画的北海公园坐坐就是完美。

她说:"随便。"

顾秋水点了仿膳的栗子面小窝头、肉末马蹄烧饼和漪澜堂的鸡丝汤面。

禅月小的时候,叶莲子如果带她上公园,必定是北海公园,最后还要在茶座上坐一坐,才算尽兴。即便到颐和园,也忘不了茶座那个节目。

不论吴为或是禅月,都不能理解叶莲子对北海公园、对公园茶座这份非同寻常的眷恋。

他们吃着、喝着,或是听蝉,或是观景,就是没有话说。

逆来顺受的童年,扼杀了叶莲子表述的能力,年深日久之后,她甚至中了逆来顺受的毒,把表述等同了花言巧语。

不善言笑——更不要说调笑,早早就为她的失宠埋下了伏笔。

只读过小学的叶莲子怎么也不明白,曾说过她要是有个三长两短便矢志不再娶的顾秋水,有一天竟会那样说:"你是漂亮,可我就是不爱你这个瓷美人儿。"

其实顾秋水日后的女人,哪个和他也没有共同语言。叶莲子只是没有表述能力而已,而他后来的女人,简直就是肚子里没货。

所以顾秋水,或是说男人,果真需要一个有共同语言的女人做妻子吗?从胡秉宸后来的实践也很难得出这样的结论。可能正是因为他和吴为之间有太多的共同语言,反倒让他不好受用。除了做爱的时刻人们希望身上的遮盖越少越好,而在其他时间,最好还是有所包装。

不过顾秋水在三四十年代,就能使用这样一个相当领先、超前的理由与一个女人分手,胡秉宸则是到了七八十年代,才以此作为与白帆分手的缘由。

秋天傍晚,估摸着顾秋水快下班的时候,叶莲子就到干果店去,像那个时代的女学生一样规矩地站在店门口,瞅着店伙计挥舞着平铲在大铁锅里翻炒栗子。铁铲和栗子在粗沙里刷刷地响着,直炒到一个个栗子通体红紫发亮。等伙计过了筛,她就称上半斤刚出锅、热乎乎的栗子捧回家,掖在被窝里焐着,静等顾秋水回来一起享用。

或是到附近隆福寺庙会上买点通县张记铁蚕豆。老张家的铁蚕豆又香又酥,那驮货的小驴毛色黑亮,脑门儿上还坠着一朵绸子扎的大红花。

小毛驴通人性似的,见到她就摇头晃脑地喷几个响鼻儿。

已经从东北军退役的顾秋水,又在东北大学兼起一份军训主任教官的职务。这样一个职务落到他的头上,是因为蒋介石派往各大学的军训主任多半是特务,张学良当时是东北大学的名誉校长,有权从东北军指派军官担任东北大学的军训教官,以抵制蒋介石的控制。

东北大学那里有九十块钱薪水,每个月包天剑还给他五十块钱津贴,日子过得比上不足比下有余。

下班回家路过东安市场,有时会花一块钱买四个卤鸡翅膀,回到家里和叶莲子一起下小酒。那时候钱还不毛,一块钱能换四百个铜板,买一盒大婴孩香烟才二十个铜板,也就是五分钱。面粉四五块钱一袋,一桌说得过去的酒席也不过六块钱,档次再高一点的八块或十二块。

那么这一块钱四个的鸡翅膀,该算是精品了。

到家之后,先到包天剑师长家里打个照面,看看有什么事情要办。

常常是没事可干。

包师长不是到二十九军宋哲元军长家里打麻将,就是和东北军骑兵军王副军长到东单舞场跳舞去了。那时他们谁也不知道,这个舞步极佳、风流倜傥、后来牺牲在重庆渣滓洞里的王副军长是共产党。谁知那夜夜笙歌、钗光鬓影、满场飞舞不是个伏笔?反正包天剑在解甲归田脱离东北军后,又于一九三七年带着顾秋水奔赴延安,王副军长功不可没。

既然包天剑那里没事,又住得离东四牌楼很近,晚上更是常到那里吃个小馆,逛逛商店。

脱下了军服的顾秋水,急需几件长衫和棉袍。

叶莲子也说:"结婚时候做的衣服都太漂亮了,平时不好穿,不如做几件一般的布衣服。"

他们就在东四牌楼的东升祥绸布店,买些素花布或印度绸,就手在商号里加工,也不必另找裁缝。头天订货,第二天就能交活儿。

旧历年到来之前,顾秋水还给叶莲子做了一件驼色的厚呢大衣。

叶莲子常对吴为提起那件大衣:"我在北平的时候,你爸爸给我做过一件大衣……骆驼毛的。"有时又说成是安哥拉毛的。不论骆驼毛或安哥拉毛,都很不确切。

这件大衣后来丢失在香港。

丢失的过程,顾秋水和叶莲子的说法不一。

叶莲子穿着这件大衣,和顾秋水一起度过了他们最后一个旧历年,也可以说是叶莲子一生中最后一个旧历年。以后的几十个旧历年,除白帆的儿子杨白泉打上门的那一年为她略添气氛之外,其余皆穷苦孤零,乏趣可陈。

那是大年初一的早晨,鸡鸭鱼肉,叶莲子一样不落地置办齐全——虽然她们谁也没有那样大的胃口——而且还买了蜡烛。能张罗这样一个像样的年节,甚为难得。几十年啦,好不容易熬到吴为当了作家,有了稿费,可以置办年货的日子,从前她就是想张罗也没钱哪。她杀了鸡鸭,洗净,用塑料口袋装好,吊在厨房窗外冻了起来。鱼剖了,水控干,煎了出来。饺子馅也剁了出来,忙活得像是人丁兴旺,一大家子人在等着似的。又蒸了一笼屉豆包,用剪刀在豆包上剪出毛刺,还用两颗红小豆按在捏出的尖嘴上方,活脱一个小刺猬,接着又做了小耗子、小兔子……

"姥姥,您做得真像。"

"你说吧,你还想要个什么?"

"乒!——乓!——"又一个二踢脚在她们的窗前炸开了。禅月捂住耳朵,"哎呀,吓死人啦!"

叶莲子往窗外看看,一院子小孩在放炮,"别出去啊,净放炮仗,看崩你的眼睛。"

走廊里是迎来送往的嘈杂声,"给您拜年了,嘿,过年好!"

"好,好,大家好!"

…………

有人敲门,叶莲子觉得奇怪,谁能给她们拜年?

开门一看,门外站着一个年轻、孔武、面色烈戾的男人。她颤颤地问道:"请问,您找谁?"

杨白泉把她往旁边一扒拉,对着闪开的大门问道:"吴为在不在家?"

吴为一听找她,赶紧迎了出来。一看是张没有见过而又不善的脸,就先害了怕。因为不自量力地参与了为胡秉宸讨说法一案,早就听说有人要来砸她的家,先就矮了几截,忙问:"请问您是哪个单位的?"

他没有回答吴为的问话,只是站在门外厉声说道:"找的就是你。我警告你,你要是闹得我家破人亡,我就让你们家吃不了兜着走!"他拿眼睛扫了扫吴为和叶莲子,还有在吴为身后探头探脑的禅月,算是向她们老少三代女人一一分发了告示。

不论吴为,还是叶莲子,还是禅月,即刻明白了来人的身份。

公寓楼梯上川流不息,来往拜年走亲戚的人等也停下了脚步,等着给那年节再添一份热闹,何况吴为本就是个声名狼藉的女人。

叶莲子一看围观的人越来越多,就明白了这是杨白泉精心设计的时间和地点,赶忙在吓得失去血色的脸上推出一个微笑,劝让着:"请进,请进。"

可是杨白泉横立门口,睨了她一眼,完全没有挪动的意思,两只眼睛如两把刚刚磨好的快刀,剁肉似的剁着吴为。

叶莲子希望尽快躲开这个毫无隐私可言的门户大敞之地,就去搀扶杨白泉的胳膊,"有话请进来说。"

杨白泉把胳膊横里一抡,就把叶莲子抡了个趔趄。她那老迈的身躯哪儿禁得住这种胳膊,身子由不得向右侧一倾,斜倒在右侧的墙上。幸亏有墙接着,不然非被这一胳膊抡倒在地不可。

禅月赶紧走出大门,搀扶起叶莲子。

杨白泉好像沾了一手脏土,拍了拍手,从容穿过围观人群,扬长而去。

叶莲子一关上大门,眼泪就下来了。

禅月说:"他这是欺负咱们家没人,我要是个男孩子,非给他一嘴巴子不可……胡秉宸要是个男人,就该站出来承担责任。他既不出来承担责任又拖着你不放,是什么意思?这种男人就是跪在脚底下求我,我也会把他一脚踢开。他应该找自己父亲算账,问问他父亲:'你为什么在对吴为进行一番道德教育之后,又去追求她?'对他父亲说:'你要是重新把人家老少三代推进火坑,毁了人家一家三代的前程,我就把你那虚伪的面具公布于众!'凭什么找咱们闹腾!"

叶莲子觉得一下子又跌回社会的底层,扑通一声跪在地上,老泪纵横地央告吴为:"吴为,吴为,你愿意爱谁,妈从不管。可这一次妈求你了,看在禅月的分儿上,别再和胡秉宸来往。为你过去的错儿咱们受了多少年歧视,现在好不容易才成了受人尊敬的作家……这个身翻得多么不易。现在又一个跟头栽在胡秉宸身上……禅月是个好孩子,她不该再跟着你受世人的白眼儿。妈给你跪下了,磕头了,行不行?"

她花白的头颅,在水泥地上磕得噔噔响。

禅月忙去拉她,"姥姥!姥姥!"可是此时此刻叶莲子力大无穷,像要疯了的样子,一急之下,两眼立刻蒙上一层白雾。白雾盖住了她的黑白眼球,那双眼睛立刻变成了两个灰色的没有生命的空洞。她又一把拖禅月跪下,"来,跟姥姥一起给你妈磕头,让她为你想想。"

吴为也赶紧扑通一声跪下,禅月抱住叶莲子,"姥姥!姥姥!"她们三个人就这样跪在地上,哭成一团。

"妈,我不是不听您的话,他现在的处境太难太难,真是四面楚歌。白帆虽是为了整我,可她联合的都是与胡秉宸政见不同的,还有那些因为各种矛盾和他纠缠不清的人,动用的是当今最有杀伤力的关系……想从我这里打开缺口,目标冲着胡秉宸。他又病成这个样子,命都难保,怎么反手?……这种情况下,不要说把他交出去解脱自己,就是离开他,良心上也说不过去……"

即便这种时刻,吴为还丧尽天良地想:杨白泉的背影,多么像胡秉宸啊！为此她真想再看那个杨白泉一眼。

叶莲子一听白帆的后台那样伟大，更害怕了，"听妈的话，放手吧，他都顶不住那些压力，你一个平头老百姓就能顶住？你也不想想，要是你有个三长两短，妈妈年老体衰，禅月还没成人，丢下我们一老一小，谁又能来管我们呢？"

吴为无言以对。

她何尝不晓得利害。面前是一台巨大的天平，一头是一家老小的前途，另一头是胡秉宸，她必得决定取舍，必得毁去一头，没有调和可言。若选择胡秉宸，禅月和母亲又得重新落入任人轻蔑的低贱生活。

对她是活该，因为她爱胡秉宸。可是年迈的母亲和刚绽开两瓣芽苞的禅月为什么要为他受苦？

要是弃他而去……他总是说："你不能跳出去，你要是跳出去，我就要死了。"

禅月一跺脚，把她们两人来来回回看了一会儿，说："姥姥，妈妈，瞧瞧你们爱的都是什么人！哼，咱们家的这个咒，到我这儿非翻过来不可！"

她说到做到，叶家两代女人的命运，后来正是从她而始才彻底翻个儿。

叶莲子说："既然他们的目标不是你，你为什么要替他做这个挡箭牌呢？"

"要是顾秋水遇到这样的麻烦，您肯定也会奋不顾身的。"

"不是妈妈见死不救，当初你要是听妈妈的话，何至陷得这么深……我说话你别不高兴，到头来吃亏的还是你，不信就走着瞧。"

吴为并不知道叶莲子有一双很"毒"的眼睛。吴为和胡秉宸的爱恋伊始，叶莲子就看出吴为大难将至，但是吴为走火入魔，根本听不进她的规劝。

吴为问:"您为什么反对?您倒是说出个道理。"

"说不清……不光是道德不道德的问题。总之是不行,不行。你要是不了断和他的关系,这辈子就要毁了。"

直到叶莲子故世、胡秉宸和她离婚之后,吴为才悟到叶莲子果然眼力非凡,才悟出叶莲子为什么不顾一切让她了断与胡秉宸的关系。

可是当初,有多少次她们母女为胡秉宸吵得天翻地覆、反目成仇,逼得叶莲子几乎离家出走。

吴为明知她无处可去,却狠心地说:"走就走,别拿这个威胁我!"

为了那个胡秉宸,吴为把含辛茹苦将她拉巴大的叶莲子逼入了绝境,也把自己逼入了绝境。对胡秉宸的爱和对叶莲子的爱,如五马分尸,将她的心、她的身首,撕成了碎片。

眼见吴为濒临灭亡的深渊,作为母亲,叶莲子怎能不拼力阻拦?她不得已转求胡秉宸。

她不敢求见胡秉宸,只能给他打个电话。

"求求您,可怜可怜我们一家老小,放过我的女儿吧,这件事不会有好下场。您是老干部了,知道什么事该做、什么事不该做,我求求您啦……"

应该说胡秉宸是个心地善良、从来谈不上歹毒的人,只是他做惯了大家的少爷,做惯了人上人。没到解放区之前是上等人,到了解放区以后是上层人,可以说是一辈子居高临下、唯我独尊。如今一个退休的小学教师也来对他说三道四,实在让他哽噎难咽。要不看她是吴为的母亲,胡秉宸当时就让她好看。

可是恃才傲物的胡秉宸,又该藏着多少鄙薄他人、刻薄他人的技艺？

加上党内几十年对偶、对仗、对局、对应的经验，只需点滴小技，就将一生忍气吞声、笨嘴拙舌的叶莲子，捉弄于股掌之上。

不要说退休的小学教师叶莲子，就是他那个比叶莲子有身价的老丈人——白帆的父亲，他又何曾放在眼里？

有一次他非常不屑地对吴为说："白帆的父亲是个旧法院的书记官，又是'中统'，也就是特务，北平大学国文系的毕业生，年轻时还是赌棍。分家时候给了他一栋房子，大概值二百块光洋，他一个晚上就输掉了一百七十块，一栋房子没了。后来只好住在一个大户人家后园的一间小屋里，还在床底下挖了个坑养鸡，他睡床上，鸡睡床下。我第一次去看他的时候，因为穿着西装很神气，他一慌，养的鸡就从窗户里飞了出去，他就跑出去撵鸡……我当天晚上就乘火车走了。解放以后我去看他，给他留钱他不要，一定要我寄给他，因为汇款单上可以看到寄款人姓名和寄款地址：某某部、某某人，他可以拿去给人看，对人家说：'看看，我女婿是个部长，每个月还寄我一百块钱，我女儿没有白嫁一个部长。'"

他虽不会长久记着他人的冒犯，可也不会忘记叶莲子的不识抬举，竟然拒绝了他这个赏赐，让从未遭遇过拒绝的他，遭到了平生第一个回绝。

特别是把吴为娶到手之后，叶莲子与他的对垒更以一败涂地而告终。

这难道不是吴为对在苦难中挣扎一生，与她相依为命的叶莲子的彻底背叛？

胡秉宸得意之时，却忽略了或是说根本不可能了解，叶莲子在他那里受到多少委屈，吴为和他就有多少不能消解的死结。

虽然叶莲子从未对吴为说过胡秉宸对她的鄙薄、刻薄,但不论是叶莲子或是胡秉宸都不知道,吴为有一种感知叶莲子的天分,否则她就不会在十个月大的时候,哪怕自己又馋又饿,董家大哥给她一个馒头也要先让叶莲子吃。

十个月!

平心而论,胡秉宸没有盼着叶莲子死或是高兴她死,但她一死,他却禁不住想,今后吴为将完全归他所有。可是他错了,叶莲子一死,他反倒彻底失去了吴为。

叶莲子,和他曾经给予叶莲子的鄙薄、刻薄,永远地站在了他和吴为的中间。

特别是叶莲子"七七"没过,他就急着和吴为做爱。

刚刚丧母的吴为,强忍悲痛,积极配合,希望为他补上多日不曾尽欢的一课。她一面恳求叶莲子的在天之灵原宥,一面不停地淌着眼泪。吴为的眼泪顺着面颊流下,打湿了胡秉宸垫在吴为颈下的胳膊,可他佯作不知,继续奋斗。

不能怪他求欢心切,以他对性爱的理解,世上哪有禁得住性爱诱惑的人?他以为通过他的努力,总会使在悲伤中不能自拔的吴为高兴起来。没想到他越是努力吴为哭得越是厉害,原本不出声的淌泪,变成了可闻的抽泣,他不能继续佯装不知,只好悻悻作罢,跳下床去,吼道:"我作为一个男人的一生,全让你毁啦!"然后抱起被子,到芙蓉房间睡去了。

如果一个承欢男人的受体,在男人畅享床笫之乐的当儿,竟是这种竞技状态,对那进入"状态"的男人,无疑是当头一记恶棒,所以就不应对胡秉宸的愤懑表示非议。

此后不久,吴为患了输卵管结核,他们的做爱,就变成了科学实验室里严谨的科学实验,或是外科手术室里的手术。

　　到了他们婚姻的后期,除了逃离胡秉宸的前夜,吴为不得不苟且地与他有过一次不成功的做爱之外,他们根本就不曾做爱。

　　胡秉宸不是没有机会弥补叶莲子去世后在做爱这个问题上给予吴为的伤害,可是这个机会,却让一个也许是偶然的失误,彻底毁灭。

　　吴为已经非常不习惯当着胡秉宸裸体,那一天她在卧室换衣服的时候,要求胡秉宸出去,胡秉宸不肯。她想想,也对,一个女人怎么能对自己丈夫提出这样的要求?

　　她背着脸换她的衣服,并不知道胡秉宸用怎样嫌弃、鄙夷的目光打量着她的躯体。事情至此也就罢了,可是胡秉宸突然说道:"想不到你身上的肌肤,已经松弛下垂得这样厉害。"

　　也许这只是一种心情的流露,完全没有侮辱她的意思——她和他之间因为年龄造成的各个方面的差距,现在已经拉近,或不过是他企盼已经拉近。随着这些差距的拉近,他的心理障碍也一步步消解。虽然吴为从不在意这些差距,可是胡秉宸一直心存暗鬼。

　　在吴为听来,却是满怀轻狂的恶意。

　　也许谈不上恶意,胡秉宸只是看不得比他少了二十多个年轮那个躯体上的肌肤还紧绷着,还闪现着健康的光泽,还富有弹性,让他又是妒嫉又是渴望。

　　是啊,她身上的肌肤,至少还有二十多年才会沦落到他现在的状况。

　　所以他从不放过摧毁这个差距的机会。

　　这摧毁是这样地行之有效,特别是这一次,简直可以和一九四五年美国人扔在广岛上的那颗著名的炸弹相提并论,让负隅顽抗的日本人终于抠掉了那面膏药旗上的膏药心。从十九世纪末就硬贴在环太平洋区域上的那颗毒太阳,终于沉没太平洋底。

胡秉宸可能不知道,这种不能算是不美好的愿望,不只摧毁着他和吴为之间的差距,也摧毁了吴为对性别的兴趣,那才真是彻底摧毁了吴为作为女人的一生,同时也就连带着摧毁了他们之间的性爱。

也就难怪胡秉宸和她离婚后,有朋友看她像个孤鬼似的飘来荡去,好言相劝道:"不谈爱情,哪怕找个伴儿来陪陪你也好。"

她怪怪地看着那位好心的朋友,阴阴地说:"你觉着两挂老肉,力不从心地在床上纠缠不已,有什么观赏价值吗?"让不明就里的朋友,心里一堵。

吴为本就不愿在胡秉宸面前裸露,更想不到被一个男人这样地打量、评判,简直像评判一头牲口——哪块肉可以用来烤牛排,哪块肉可以用来红烧,哪块肉可以用来熬汤……不,即便是自己的丈夫也不行。她刷地转过身来,什么也没说,只是非常不对劲地看着胡秉宸。

多年前,他们结婚的时候,胡秉宸全身的肌肤就已松垂。那松垂的肌肤,严重到使他看上去简直不像个男人而像个女人,而且是非常老迈的女人。可是她从不在意,他的躯体对她并不重要,她要的是他这个人和他的爱。

想不到他倒先嫌弃起她来。

她那不对劲的神态后面,汹涌着千头万绪、千言万语,哪怕说出一宗,也会让胡秉宸难以自容。可是她不说,一个字也不肯说。

也许她还爱他。不要说对一个还在爱着的人,哪怕对一个不相干的真有必要做一番自省的人,她也不能说一句:"请看一看你自己。"

　　因为他真的上了年纪。对于一个上了年纪的男人,一旦提醒他说,他自己才是应该得到这种评判的人,他该多么伤心。

　　年龄的差距,尤其在性爱问题上,结婚初始就决定了他们地位的尊卑。她始终把他那上了年纪的男性自尊,看得比她这个女性的自尊更为重要。不论胡秉宸怎样伤害她,她也不愿在这种可能要一个老男人命的问题上,对他以牙还牙。

　　如果他比她年轻,或哪怕仅仅比她大几岁,她才不会有如此的雅量。

　　所以胡秉宸也就根本不能懂得,吴为这个不对劲的神态,决断了他们之间的什么。

　　当他再想和她做爱的时候,她就想方设法,左推右挡。这使胡秉宸非常恼恨,多少次无情地说:"白帆从来不敢对我这个样子。"

　　"那你为什么跟她离婚?"

　　"因为她不让我操了。"

　　吴为不介意这个"操"字,毕竟他是延安出来的,何况她自己就常常出言不逊;即便胡秉宸常常使用这一类的字眼,可是一穿上外衣走出家门,特别是见到知识女性,还是一个英国绅士。

　　她介意的是她在胡秉宸心目中的地位。如此说来,她的地位又比白帆好到哪儿去?"你——你——那就是说,你不过是想找个可以操的女人,对不对?"

　　可他明明爱过她,并且爱得死去活来呀!

　　胡秉宸没有回答。他说的虽然是气话,但也不能算错。认真说起来,当初他和白帆结合,不就是要找一个挨操的女人吗?不然以他的风流倜傥,怎么会轮到白帆?

　　一九三五年和一九三六年那两个旧历年,作为经典,在叶莲子心中永存。

从腊月二十三他们就开始筹办年货。顾秋水还给叶莲子买了一些杂拌儿、干果。要是个一小在北平城里长大的男人,过年想到给老婆买点杂拌儿干果也不为奇,可顾秋水是条东北汉子。当男人还待见一个女人的时候,在宠爱女人的问题上,真有无穷无尽的想象力,可以创造出多少让女人永志难忘的效果啊!

他们在东四牌楼的每一个席棚里浏览,卖年画的一边翻着大摞年画,一边唱着年画里的故事。按照顾秋水的意思,他们选了比较素雅的《西湖十景》,没有选那些戏出儿或是胖娃娃,或是花鸟鱼虫。

叶莲子按老家的习惯,包了酸菜猪肉馅饺子,配着豆腐乳、韭菜花的作料。酸菜是她自己腌的,还煮了一锅五花白肉酸菜粉丝汤,给顾秋水弄了四小碟酒菜。

刚拿起筷子,大门外头就喊上了:"送财神爷来啦!"

对屋的杨大哥和杨大嫂就喜喜兴兴地出去接财神爷,少不了多给那些送财神的穷孩子几个钱。杨嫂对他们说:"大过年的,大家讨个吉利吧。您二位吃年夜饭哪?"

叶莲子说:"正要吃呢。"

吃完年夜饭,叶莲子穿上那件驼色大衣,和顾秋水到街上看放花。又空又深的大街胡同瞎了眼似的,只有店铺外面的灯,在雪地里冰花似的眨巴着。猛然蹿出一枝花,像谁冷丁甩出一条带闪的鞭子,往黑夜上抽了一下。

没有亲朋他们也守岁到了五更,吃完黍米年糕,叶莲子说:"怪冷清的。"顾秋水拍拍叶莲子的肚子,说:"还有他和咱们一块儿守岁呢!"

没等睡下,爆竹就响起来了。当第一声迎新的爆竹,紧咬着辞旧的最后那声爆竹响起来的时候,叶莲子感到吴为在肚子里踢了一脚。

她愣了一下,但没有对顾秋水说。吴为这一脚有什么意思?也许有,也许没有。

这样的日子,其实也很平常,但在叔叔婶婶那个底版的衬托下,以及后来几十年孤灯夜雨、长夜难眠的日子里,就显得格外绚丽,让叶莲子受宠若惊,难以忘怀。

除了禅月,叶家上两代女人,一直生活在水深火热之中。生活在水深火热之中的人,对温度的感觉通常不大正常。

吴为实在不该为叶莲子"一生中最幸福的日子"之说气馁。她对叶莲子的爱,不过是下一代对上一代的爱,这就注定这种爱,不可能像上一代对下一代那样,在所有细节上绵密周到、竭尽全力,更何谈顶替男女欢爱的甜蜜?

正如后来定居美国的黎巴嫩作家纪伯伦所说:"你是一具弓,你的子女好比生命的箭,借你而射向前方。"

吴为不过是借叶莲子而射向前方的箭。箭与弓怎能同日而语?箭是无法回头看那把借以向前的弓的,而弓却永远盯视着那凭借它而射向前方的箭。

像十月革命阿芙乐尔巡洋舰上的那声炮响似的,这日子终于在一九三六年底,被西安事变的一声枪响打碎。

那天早晨,顾秋水看到张学良将军被扣南京的报道后,没等去上军训课就赶到包天剑家里,痛哭流涕地拍着手里的报纸说:"完了,全完了! 我们再也回不了东北啦!"

他完什么完? 回得了回不了东北和他又有什么关系? 顾秋水在东北既没有一两银子也没有一寸地。到了这时,他在东北军中更无一官半职。

可他也不是瞎起劲。

他的寄托虽然遥远,总还算是有所寄托——

有张学良,就有东北军的前程;有东北军的前程,就有包天剑的前程。而他这个脑袋一热,辞去军中职务沦为清客的人,也就有了前程。

打回东北去,是五十万白山黑水男儿的千秋家园梦。

至于没离开东北、进关以前是怎么回事?忘了。

打回去以后又能怎么样?那是以后的事。

六

顾秋水同样该有此一劫。

一九三三年保卫热河一战,被彼时的公子哥儿将军张学良,视为自一九三一年九一八事变后的翻身仗,以报国恨家仇,一洗"不抵抗将军"的恶名。

其时,他身为军事委员会北平分会代理委员长,不但可以全权指挥东北军,还可以蒋介石名义,指挥华北以及冯玉祥、阎锡山各部。

刚才还与奉军兵戎相见,对委员长蒋介石尚且离心离德的各系军阀,怎能听从一个代理委员长张学良的指挥?

在战前各有关将领讨论兵力部署、各部任务、协调作战的计划会议上,空头代理委员长张学良,饱尝所谓由他全权指挥的各有关将领不受军命,当场顶撞、驳回的耻辱。

不说作为一个指挥官,就是作为一个男人,何尝不是奇耻大辱！但他忍辱负重,委曲求全,只求一胜,守住热河。

热河一战,是张学良明知不可为而为之,"自戕"以明志的悲壮之举。

勉强拼凑的两个集团军尚未出兵,就因第二集团军汤玉麟军团属下一个旅的投敌,几处城关陷落。汤司令调转指挥刀,不曾迎战日军便向京、津撤退。负责第二集团军的总司令,竟然找不到军团指挥汤玉麟受命;而阎锡山应派的两个骑兵旅一骑未发;孙殿英军团也在赤峰观望不前,只剩下集团军光杆总司令坐守承德。

这个号称两个军团、二十万兵力的战役,投入的实际上只有东北军一支孤旅。

日军仅以一百二十八骑便占领了承德,热河相继失守。张学良满怀雪耻希望的一战,不但没有为他洗去"不抵抗将军"的耻辱,反倒使蒋介石如愿以偿,并以此为口实,逼他下野。

下野后出行欧洲回来的张学良,洗心革面、脱胎换骨之变,这里不再赘述。

第二集团军包天剑旅,正是在没有左右翼协同、毫无准备的情况下,受命向古北口挺进。

二营中尉顾秋水,在包天剑指挥下参加了古北口毫无胜利希望的一战。

败兵如决堤之水四处漫流,团长和顾秋水以及团里的一个营长,不得不左拦右截。顾秋水举着枪横在大路上喊道:"给我往前冲,往前冲！不许退,不许退！谁再退我就打死谁！"

日机的飞行高度很低,简直就在机枪的射程之内。顾秋水恨恨地甩着手里的枪,痛惜它不是一挺机枪,让他坐失战机。继而左顾右盼,好像庄稼地里即刻能长出一挺机枪。

日机嚣张地擦着人们头顶来回飞旋,不要说瞄准,就是闭着眼睛瞎打也能命中。

炸弹落下的瞬间,四野突然变得无声无息,只见肢体和军装的碎片在弹雨中飞扬,如无声电影中的画面。

怎能妄议新兵在战场上的价值远不如他们带来的麻烦?即便骁勇善战、久经沙场的军队、老兵,一旦沦为败兵,即刻就迷失往日的冷静和经验。

败兵们在暴雨般密集、猛烈的轰炸扫射下,没头没脑,忽而向东、忽而向西地逃窜。越是害怕越是挤成一团,忘记了疏散隐蔽的要点,像特地为一颗颗炸弹摆设的木偶玩具,一个炸弹下来,死伤就是一堆。

从古至今,仗,其实就是这么打的,以后还可能如此杂乱无章、如此偶然地打下去。

不管军事家们写了多少兵法,不管发明了多少新式武器,自有人类以来,战争就是这么一个古老的公式,在进攻与反攻之间,跑来跑去。

顾秋水又能高明到哪里去?他只好指挥士兵,滚入路旁的壕沟隐蔽。

这时,包天剑旅长也退到山坡底下,和那些败兵一样,直愣愣地站在公路上,不知何去何从。包天剑旅长会杀人、放枪,但是不会打仗,而且也不妨碍他日后当个不会打仗的师长。

顾秋水不愧学过炮兵,能准确辨知炸弹飞来的方向。作为一个下级军官,他唯一的选择就是在炸弹过来的时候,扑在包天剑旅长的身上。

几年军粮吃下来,顾秋水知道脑袋不过是子弹暂时托他保管的一个物件,他终于不怕死了。尤其当死亡只是一个瞬间,挺一挺就可以过去的时候。

但是他怕苦,因为不躲不闪、硬挺着把苦一点点地吃下去,需要具备一种非凡的品格。

他扑向包天剑,又搂着包天剑就势一滚,跌落在公路旁的壕沟里。炸弹在紧挨着他们的路面上挖出一个大坑,边缘正好切过他和包天剑隐身的壕沟。

除了耳朵有一阵失听,他们没有别的损失。

这是个战场上的老故事,不管过去或是后来,战场上有太多这样的故事。

虽然是个老故事,包天剑还是感念顾秋水的救命之恩。是厚道主子对忠心仆人的那种感念。

这一枚没有投中的炸弹,成就了包天剑和顾秋水的一段缘分。

包天剑旅长从壕沟站起后对顾秋水说:"到石匣,赶紧到石匣去,截住逃兵,收集溃军。"

顾秋水双脚啪地一并,举手敬了军礼,冒着日军飞机的轰炸扫射冲了出去,速度之快就像包天剑扣了一下扳机,把他从枪膛里射了出去。

这些动作的一招一式,没有因滚落壕沟而些许走样,顾秋水原本真能做个好军人。

没有死在炸弹下的顾秋水,很快就享受到这一颗没有命中的炸弹带给他的效益。

两天之后,中尉顾秋水被调至旅部,在包天剑身边做一名上尉副官。

可是包天剑只赏了顾秋水一张门票,里面的暗道机关,还须他独闯三关,一一破解。

包天剑的卫队和随行人员,人人骑有一匹好马。

顾秋水离开二营的时候,把他的老马交还了二营营部。到旅部报到后,旅部就给他另配了一匹。

那真是一匹好马,烈马,曾是热河总督的坐骑,总督退役后一直虚骑以待,奔跑起来身影不见,只觉得一股黑色疾风骤然刮过。

马像人一样有自己的性子,性子不烈的马,可能也就成不了一匹好马。就像《红楼梦》里的晴雯,要是不撕扇子也就不成其为晴雯了。

顾秋水一骑才知道,那马不但烈、不但好,更不知道谁使的坏,在马蹄上钉了个钉子。一匹烈马,蹄子上再钉个钉子,就和疯马差不多了。

这是一个货真价实的下马威。

那些在绿林里几经生死才混到这个地步的人,怎么能信服这个初出茅庐的小子?有人说了:"不就是在地沟里打了个滚儿嘛!"

不像那些人,顾秋水没有老关系,只不过包天剑对他不错而已。

在兵营里,长官的赏识并不一定能让人有个立锥之地。就算你当了老大,说不定也有人在后头开黑枪,马蹄上钉个钉子算是客气。

也不能说人们欺负他,对一个新来乍到的人,这是兵营的洗礼。他宽慰自己,天下哪一处不是营盘?可能还不如兵营的直截了当。

有人劝他换一匹,新来乍到谁能给他换?也不能找回二营那匹老马,人家跟着已然当了师长的包天剑一走一溜风,他总不能跟在后面紧追。

要想在师里站住脚,就非驯服这匹马不可!

可是连骑都很难骑上它,更不要说驾驭它。只要看见他一捋缰绳,它一挓蹶子就跑远了,怎么弄也弄不回来。偶尔骑了上去,它也是前蹦后跳,非把顾秋水摔下来压在身子底下才算罢休。

人们都没守在一旁看那匹马如何整治顾秋水,人人也都没有漏过一个顾秋水驯马的细节。

他一边绕着那马匹兜圈子,一边酸楚地想:是男人都喜欢拍胸脯说自己"男子汉大丈夫",就是你自己不拍别人也要逼着你拍,可"男子汉大丈夫"那么容易成就?

一九二八年在山西龙泉打阎锡山,顾秋水当时在炮兵连当排长。

城墙很高,不好攻,战士们刚爬到一半就被打下来了。所以那一仗从头年十月直打到来年春天,部队在山上的猫耳洞里待了将近半年。那时他刚满二十岁,老兵们本来就看不起他,又日夜在一起混了半年,连最后那点官兵界限也没有了。

他们老是问他:"你打过仗吗?"

拒流河平叛郭松龄那一仗,他根本没赶上最较劲的时候,只好支支吾吾。

好在山上有三个排、六门炮,他那两门炮在防界线后的工事里藏着。还有几门直弹道、打坦克用的平射炮和几门山炮。平射炮用不着,山炮有时还打几下。

他对那两门炮充满了兄弟情谊,如果没有那两门炮,就成就不了后来的顾秋水。

每次开炮以后,顾秋水都要站在山头上,查看一下打中没有。

对面阎锡山的部队看见了,就朝这边打机关枪。他让兵们赶快进猫耳洞隐蔽,自己殿后。子弹在他腿缝里嗖嗖地钻,跟用剃刀紧贴着腮帮刮胡子似的,几乎剃了他的蛋。一个连长就是那样打死的,子弹打在了膀胱上。他身上还有九十多块钱,让随从兵拿走了,顾秋水硬是逼着那个随从兵交出来,还给了连长的家属。

他的腿缝,夹着那些子弹,硬撑着自己不要在士兵面前张皇失措,乱了阵脚。

就是这样,他拿命换得了老兵的认可,一步一步走向“男子汉大丈夫”。

阎锡山一定没想到,他那几颗差点儿剃了顾秋水蛋的枪子儿,竟还有成就“男子汉大丈夫”的贡献。

那一天又出去驯马,营房的窗户后面,立刻闪烁起点点阴火,夜晚走坟地似的。

顾秋水左手松松地吊着缰绳,不但不捋还耷拉着,和马儿脸对脸地往后退着走。退着退着,不知退了多久,马儿脑袋一仰一仰的,对着他的脸噗噗喷气。他还是耐着性子退着退着,直把马儿退得腻烦了,看准马镫子,冷不防右手一拽缰绳就骗腿儿骑了上去。这一回,他就像钉子钉在了它的身上,任它怎么蹦跶他也立志跟它同归于尽了,这才制伏了那匹马,人们也才服了他。

后来他又让兽医给它拔去了马蹄上的钉子。

那马跑得真是快啊,把那些讪笑过他的人远远甩在了后头。它哪儿是人的坐骑,它是造就英雄好汉的一匹神驹啊! 顾秋水骑在那匹马上的英姿,又让那些草莽英雄生出多少艳羡和不甘哪。

因为它跑得太快,后来还是出了一回事。

部队从霸县移防,因到中药铺为朋友“借”钱耽搁了出发的时间,回来后急着追赶队伍策马猛飞,没看见前方有四个桩子。马儿跑得太快,等顾秋水看见那四个桩子时已来不及躲闪,他的右膝撞在一个桩子上,膝盖肿得不能打弯,很久很久才好利索。那时日日还要行军,幸亏他的左腿还能上马,这也算是为朋友两肋插刀一个小小的后果。

从南京报考蒋介石炮兵学校回来，马死了，人们说它得了肺病，他为这匹马心情不畅了好几天。

而后几件看似无关宏旨的小事，又为包天剑和顾秋水这段缘分结了几个死扣。

一九三四年三月间，蒋介石召集西北、东北军将领赴江南参观，顾秋水随包天剑一同前往，他们在南昌住下，然后乘汽车去南丰县参观。那时南丰县刚从共产党手里夺回，南丰县临时修建的机场上，停放着很多轰炸机和准备用来轰炸红区的五百磅炸弹。南丰城外的碉堡更是密如丛林，那是蒋介石的高级谋士杨永泰"碉堡计划"的一个部分。

顾秋水对包天剑说："这个威风哪儿是摆给共产党看的，明明是摆给咱们看的呀！"让懵里懵懂的包天剑顿时开了窍。

同年六七月间，蒋介石又在庐山成立军官训练团，调东北军和西北军校官以上军官前往受训。将官一级先行，顾秋水又随包天剑到了庐山，虽说随从人员住在另处，享受的待遇却已经很不一般。训练结束后，蒋介石还送了每个将领两千块钱。

顾秋水并不领情，说："这两千块钱就能把欠东北军的债一笔勾销？又老把西北、东北军一块儿拽着，是什么意思？"

顾秋水从来就有乱指点江山的毛病，很难说这些话是否到位，但对彼时的包天剑，如同汉刘备遇见了诸葛孔明。

所以说包天剑能够听取顾秋水的建议，脱离东北军，不能算是贸然从事。

一九三五年十月，一一二师包天剑受命于"西北剿匪总司令部"副总司令张学良，出击耀县红军。顾秋水极力劝阻："东北军自到西北后从没得到休整,什么'副总司令'！说是代行蒋介石总司令职权,管带兵力号称三十万。胡宗南的军队什么时候和红军交过手？还不是把我们东北军推到摩擦前沿,一箭双雕消灭双方的力量。东北军和红军在西北的几次交手什么时候得手过？十一月,装备最精良、作战最精锐的六十七军王以哲部出击陕甘红军,在甘泉受到重创,一一○师师长牺牲了。骑兵军军长何柱国率领的骑三师、六师于吴起再受重创,辎重武器丢失殆尽。还有五十七军的黑水之战,一○九师全师覆灭……正是在东北军这三次败仗后,毛泽东的势力才得到巩固,在此之前,光苏区就有好几个,哪个苏区的势力都比江西苏区强大,不论张国焘,还是萧克、贺龙,包括陕北的高岗……而东北军在作战中的损耗,也从没得到过补充……我们为什么要去耀县送死？"

包天剑立刻让顾秋水替他写了个辞呈,借口父亲有病,送到西安东门里金家巷张学良的办公处。

顾秋水拿着辞呈到了金家巷,没见到张学良本人,却见到了张学良的政治部少将主任应得田。

当时这两个人,头发还都乌黑锃亮,军服紧紧贴在身上,像两头矫健的豹子,没有一点多余的赘肉。虽然他们多次见面,可仍像第一次见面那样很赏识地互相打量。一一二师里,也就是这个顾秋水让应得田有些注意,不过印象里他有些夸夸其谈。

而顾秋水听说,应得田是大学学历,参加东北军以前在北平一所中学当校长,后来又被张学良送到美国留学,让顾秋水仰慕不已。

一个"胡子"拉起来的队伍,如今也有了如此资历、敏于思而慎于言的军人,真是东北军的希望,难怪张学良对他言听计从。

人说张学良有一文一武两大军师,这应得田就是那文军师。

每遇抉择时刻,张学良总是亲自驾驶那辆吴为在札记里写到的,后来被长江部西北军大金仲华同志签字接收的"老福特",二人到西安远郊去研讨对策,以避人耳目。

顾秋水想,不见张学良本人也好,就把辞呈交给了应得田。

应得田善解人意地一笑,想,这样一个师长去也就去了。能指望这个一天到晚骑着马、挎着刀,跑来跑去,从没打过胜仗又没有多少文化的师长,有什么建树或高瞻远瞩?

一一二师也算是蒋介石统领下的军队,士兵们倒是穿着国民军军服,这个师长却自行其是、不伦不类地穿着一身美式军服。听说还很时髦地打着网球,到王府井隆福洋行去买衣服,可还是一个十足的老土。

应得田亲自给顾秋水写了一个回执,以示对包天剑的尊重。那个回执写得一笔一画、一丝不苟,非常工整。

当顾秋水转身离去的时候,根本没有想到他们后来还会相见。

也不会想到,整整十年后,吴为和叶莲子也会走进这个院子,正是在金家巷求得张学良姐姐张冠英老夫人的帮助,苟且一段时日,才免于沦落沿街乞讨的窘迫。

对于金家巷,叶莲子和吴为可能比当年的顾秋水还熟悉得多。

他们没等张学良同意或是不同意,就离开西安回到了北平。

顾秋水和叶莲子在北平只住了几天小旅馆,就在离包家很近的一根电线杆子上看到"吉房出租,愿租者须带家眷;有小孩、无铺保者免问"的广告。

怕是房东嫌弃无家眷的单身房客酗酒闹事,或带不三不四的女人回来有伤风化;又担心带家眷的房客有歪毛淘气、上房揭瓦、鸡飞狗跳、打架斗殴的孩子……他们那时虽还没有吴为,确是一户有夫有妻、让任何一个房主都待见的正经人家,所以很容易就在包家隔壁租到了三间朝北的房子,房主连押金也没有向他们要。

如果不是从小而高的后窗上射进一点阳光的话,那三间坐南朝北的房子可以说是终年不见阳光。房前也没有过道和廊子,不过是四合着几面碎砖头砌的薄墙,外面有多冷屋子里就有多冷,外面有多热屋子里就有多热。叶莲子和吴为不久就会在这房子里备尝冬日无钱取暖的严寒。

但院子北边与包天剑师长的宅子只有一墙之隔,只要包师长需要,顾秋水可以随叫随到。

当包天剑和顾秋水自动脱离东北军的时候,并不知道一个震惊中外并将载入史册的事件,正在张学良将军的官邸酝酿。一年以后,应得田作为西安事变的主要策划者之一,参与了活捉蒋介石的一幕。

西安事变后国共两党很快达成协议,并建立起第二次合作关系,形成抗日联合阵线,可是发动这一事件的主角张学良却成了阶下囚。正是这个应得田,为营救张学良四处奔走,不知与东北军将领开了多少会,说服这个,说服那个……而他本人,说起来也算是为西安事变尽过大力的人,却进退无门。

蒋介石既然杀不了张学良,就一定要抓住应得田和在临潼华清池山坡上活捉他的孙铭九,格杀勿论。

应、孙二人与东北军一个团长,带着一团队伍打算去陕北投奔共产党。

周恩来当时就在西安,担心影响刚刚建成的统一战线,左右为难,踌躇再三,最后还是以抗日大局为重,不便收容这两棵招风的树。

不知道留过洋的应得田，为什么就没有想到再度出洋那条路？

可能没有了经济来源。

应得田跑回北平隐蔽下来，有时到国立图书馆看看书，以排遣无着无落的时日，可是没多久，经济来源就有了问题，不是一般的有问题，而是连吃饭都成了问题。

他和孙铭九不得不去投奔在汪伪政权任军政部长的东北军老关系鲍文岳。孙铭九得到汪伪政权下一个地区专员的职务，应得田得到某省民政厅长的职务。这口饭也太大了，可是这个官至张学良前政治部少将主任的人如何安排是好？中国人对官职的敬意古已有之，既然工龄都能累计，就不要说是官龄了。

没想到两三个月后日本就投降了，鲍文岳也没得好死，他们二人自然以汉奸论处。

应得田后来非常后悔，他老是想：要是再坚持两三个月……

在美国的留洋生涯，并没有让应得田彻底改变东北军的习气，贫困也使他失去了昔日的远大目光，他在投奔鲍文岳的时候，只想靠东北军的江湖义气，找口饭吃。

不过西安事变那一段昂扬的日子，在后来惨淡的日子里，一直是他的安慰。他老是想：一个人一辈子能有这样一番经历，值了。

一九五二年，顾秋水和应得田在北京街头相遇，他怎么也想不到，这个沦落到穿件老头乐（现在叫作 T 恤衫）和一条中式缅裆大裤衩的人，就是当年那个文质彬彬的应得田。这让他好一阵感叹世态炎凉、时过境迁。

应得田虽在西安事变中有过那样一份贡献，可是为了一口饭，又在汪伪政权下当过某省民政厅长。西安事变后对共产党主张释放蒋介石大有意见，手下人还杀了主张释放蒋介石的东北军军长王以哲，这样一个经历复杂、大反大正的人，哪个单位敢安排他的工作?

很长一段时间,顾秋水在经济上给他一些帮助,不过也只限于混口饭吃。

后来听说他找了几趟周恩来,才得到一个闲职。对于这个闲职,他看得很重,也很认真,准时上下班,每个星期天都留在办公室里学习《毛选》,总是对顾秋水说:"东北军搞了多少年也没搞成功的事,在共产党的领导下却搞成功啦。"

那时离全民挥舞红宝书的日子还有几年,可见他是真的拥护共产党。顾秋水想起多年前应得田写给包天剑的那张回执,对包天剑那种人也能一笔一画写回执的人,是不会装假的。

顾秋水虽然没有应得田看得那么远大,但也有同感,"旧社会很多人没饭吃,包括我在内。谁也解决不了吃饭问题,可是共产党解决了,所以我拥护共产党,这叫吃谁向谁,没共产党我什么也不是。要是不解放,什么前途都没有,解放前夕我闹到靠赌博为生,反正也不贪大,总能控制住自己,小赢,够吃饭就行了。让我出苦力、做小买卖,又吃不了苦,不论干什么,一吃苦就撒手了。所以天生是个当奴才的料子,明知跟着包天剑是当奴才,还是跟下去。"

共产党却似乎不太在意他们的拥护,他们的拥护就有了点单相思的意思。

应得田本来说话就慎重,后来话更少,只是在一九六四年上演大歌舞《东方红》,"我的家在东北松花江上……"那首歌重又流行起来的时候,他的话才多了一点。一听见那首歌,应得田就会对人提起张学良的一些旧事。

"文化大革命",顾秋水被驱出北京之前,到应得田家里告别,才知道他已病入膏肓,孤零零地睡在过道里的一张小铁床上,可还不知道是什么病,当然,那时根本谈不到去医院诊治。后来结婚的老婆早已和他划清界限,而顾秋水也被限时限晌离开北京,至于医院,也未必接受他这样一个病人。

他病得几乎不能动,却挣扎着爬起来和顾秋水握了握手。

顾秋水也不能多说什么,他们只能相对无言,黯然神伤。

倒是应得田豁达,"算了,我这个病不看也罢,时候到了,也该走了……到了现在……有那么两句话你还记得吧——'宠辱不惊,闲看庭前花开花落;去留无意,漫随天外云卷云舒……'你这一走,可能不会再见了,谢谢你多年关照的一番情意。风云无定,多多保重吧……"

七

顾秋水不是没有脱离包天剑的机会。一九三四年,一一二师驻武汉南湖,包天剑派顾秋水到南京报考蒋介石炮兵学校。从汉口上船到南京正好下小雨,那场小雨竟然把一个军人淋得患了感冒,高烧不退,一到南京就住进了蒋介石的中央医院。医院环境舒适,服务设备优良,所以南京之行留给他的印象是中央军得天独厚,到底和杂牌军不同。

报考炮兵学校的计划自然告吹。

如果他不感冒,以顾秋水的实战经验和在讲武堂学过的理论,考上那个炮兵学校不成问题。那他就会离开包天剑,成为蒋介石的一名优秀炮兵指挥官,更可能混上一个什么资格,而不会有以后的下场,但也就此成为国民党反动派。

一九四九年以后,国民党反动派是什么下场?

但是他病了。

一切都是机遇，机遇是可遇而不可求的。

包天剑得知他病倒南京后，立刻给他寄了一百块钱。

那一百块钱对包天剑来说算不了什么，即便对顾秋水也不算很大一笔款项。但在病倒他乡的时候，区区一百块钱，就此把他和包天剑更紧地拴在了一起。

病好之后，顾秋水甚至没有在那繁华之地久留，只逛了一回夫子庙，就赶回武汉。

那一天，他沿秦淮河款款而行，六朝金粉繁丽靡烂的气息仍然浓郁得使人窒息，而三步一酒肆五步一茶楼的浮华，使他想起许多婉约的词句……

和胡秉宸不同，顾秋水对月牙形的泮月池、文德桥等没有兴趣，也欣赏不了小桥流水的婉约以及女人才有兴味的地方小食，诸如莲子羹、老卤干等等，只在夫子庙的关键部位大成殿里流连忘返——那时候，大成殿还没有毁于日本人的一把贼火。

在大成殿里表达了一个木匠儿子对文化的仰慕——只是仰慕而已。又到乌衣巷凭吊、寻觅江左人物王导、谢安两族旧迹。那些与六朝历史共存亡的名字，他早就默诵于心，私下里做着好高骛远的攀比……

到了九月，没有考成炮兵学校的顾秋水又得到包天剑的提升。他虽欣赏王羲之的"素无廊庙志"，可也不妨碍对加官晋爵的兴趣。不过他也就此满足，没有太大的野心。

穷人家的孩子是感恩知报的。

感念也是人之常情，可是有谁像他那样，竟然为此将自己的前程做了回报？

他的文化价值观念就是这样——江湖义气，忠臣不事二主。便很轻率地、义无反顾地丢弃了他在东北军里的前程。

特别是东北军的炮兵和空军,可以说是全国各系军阀势力之冠。三十年代初,东北军的奉天兵工厂就年产大炮一百五十余门、步枪六万枝、机关枪千挺以上,迫击炮更强。至九一八事变时,东北军空军拥有飞机百余架,是当时中国力量最雄厚的一支新式空军,恐怕连蒋介石的空军也望尘莫及。可惜让蒋介石一个不抵抗命令,在日军轰炸下全部覆灭。

可以想见,顾秋水这个炮兵连长(尤其擅长指挥迫击炮)如果不离开军队,即便东北军全军覆灭,作为一个技术兵种也会有前途的。

和他一起在奉天炮兵传习班学习的班长,一九四九年解放后就任职于中国人民解放军炮兵司令部,后来又转到军事研究院。顾秋水要是在炮兵连待下去,至少会和这位班长一样。

当然也不排除另一种可能,也许会像在临潼华清池山坡上活捉蒋介石的应得田或孙铭九那样,上不上、下不下地成为一个烫手的土豆?

或许成为精通麻将、酗酒、烟枪、窑子、戏子,却不精通打仗的军官?

二十世纪上半叶,是没有出路的时期。从以后的发展历史来看,即便没有一九三一年的九一八事变,东北军难道就有出路吗?

何谈顾秋水这个小小的军官!

说起来,包天剑又给了他多少恩惠?

顾秋水为他的道德、信念付出的代价实在太大了,不但付出了他的一生,也付出了叶莲子以及吴为的一生。不过那时候,他还不知道是上了大当。

跟着包天剑离开东北军,是他一生的转折,也是他一生的失败之始,这一步走错了,就错了一辈子。人的一生祸福,实在不过一念之差。

正像叶莲子的父亲不让叶莲子嫁给顾秋水,而她非嫁不可。

正像吴为不是在二十六岁那年有了一个私生子,也会有另一种人生。

每个人的一生都有一个结,能超越它,也许就是另一种人生;不能超越它,这辈子就从那里开始走下坡路。

可吴为不像别人,人家一生有一个结就够了,就能记取那个结的教训。她那大起大落、充满戏剧性的一生,不是咎由自取又怎么解释?

情况很快有了变化。

这变化可以说非常之小,连顾秋水自己也不曾察觉,就在不知不觉中完成了。

他发现自己学会了乖巧。

开始他也没有察觉到这乖巧有什么不妥,以为不过是一种皆大欢喜的应景之举,更不知道和乖巧一起付出去的是什么。

以顾秋水这样一个人,竟学会了乖巧!

从此他们家开始了为奴的历史,顾秋水是他们家的第一个奴才,不久之后叶莲子也当了奴才。

吴为不得不是两个奴才的女儿,这和使用奴才人家的儿子胡秉宸有天渊之别。

第 六 章

一

　　吴为总以为，仅凭她和胡秉宸先后到过零霏村这一点，便和胡秉宸是几世情缘。虽然胡秉宸到达零霏村时她不过两岁多，并且还要等六七年之后才能到这里赴约，但她把这看成是胡秉宸先行订下的一个约会。

　　根据这一点，她更想入非非地认定，在她和胡秉宸相识之前，他们肯定还在很多地方有过交叉。

　　胡秉宸此行的目的，是寻找一个在零霏村附近的火车站上做着一份管理工作的同学。利用这个关系，在零霏村落脚，在此根据红白两区不同的社会环境重新包装，争取同学的资助转道重庆。

　　并且从此再也没有回过延安。

　　和他同时派往重庆，分头而去的还有他在 J 大学的同学，一同奔赴革命的胥德章。

　　不知胥德章一路是否顺利？他们能不能在指定的地点会合？

　　想到胥德章，他不知不觉皱了一下眉。他那顾盼生情、距革命党人的目色尚有一定距离的眼睛里，还显出了一丝精怪。

　　胡秉宸到延安不过六个月就入了党，当他从零霏村转赴重庆时,已是连级干部。胥德章不大服气地说:"我在大学的时候比你进步,还是地下学联的代表,你那时候什么也不参加,算是落后青年,怎么反倒比我先入党?"

对胥德章的疑惑,胡秉宸未置一词。

在学校时胥德章确实比胡秉宸进步,可是和地下党并无直接关系。而且胡秉宸估计这与胥德章初到延安、填写那许多不得不填写的表格时,下笔千言、离题万里有关。他不仅填写自己担任地下学联代表之前参加过复兴社,也将父亲的履历无一遗漏地列举,先是国民党的一个什么部长,后来又当了汪精卫的一个什么部长。幸亏表格上的栏目太小,不然连父亲几岁断奶、几岁遗精都得一一填写上。

那时候,他们谁也不懂得不必要的话少说或不说在日后的意义,以为事情一旦说清楚,也就完结。

正像吴为与胡秉宸热恋时,也曾把"犯有男女关系错误"的历史对他说个明白一样,以为一旦说清楚,胡秉宸在"可忍"或"孰不可忍"之间有个选择后,事情也就完结。

胡秉宸选择的是"可忍"。

她不是没有这方面的教训。在鬼都不知、完全可以蒙混过关的情况下,为了良心的安宁,她把私生子的隐秘向前夫韩木林做了交待。韩木林选择的也是"可忍",结果却是"孰不可忍"。

但韩木林怎能和英国绅士风度的胡秉宸相提并论?

根本不明白,当男人不再宠爱一个女人的时候,她们已往的风流账,便永远是他们的撒手锏。

婚后不久的一次口角里,胡秉宸就出其不意地说:"你知道人家说你什么?说你是个烂女人,都说我和你这种拆烂污的女人结婚是上了你的当。可我怎么就鬼迷心窍地和你结了婚?"不费吹灰之力,一枪就把欢蹦乱跳的吴为毙呆了。

　　这一枪与韩木林二十多年前对她的制裁相比,韩木林可就算得光明磊落。

　　即使在六十年代的美国,舆论对私生子也是不能宽宥的,何况在中国?

　　进入迷茫之前,她并没有忘记将婚前婚后的胡秉宸放在戥子上称一称,也没有忘记把她和胡秉宸在这场恋爱中的表现放在戥子上称一称,"我过去的事从没隐瞒过你……既然如此,为什么还以自杀做要挟,逼我和你结婚呢?"

　　吴为对形势的认识太不足了,到了这一步还不明白,胡秉宸能出这样的恶声,就是已经把她"下了岗"——虽说她上岗没几天。不要说上岗没几天,就是上岗一天让人炒鱿鱼的事也屡见不鲜。一个女人一旦被男人下了岗,就不要再提当初那气壮山河、不计前嫌的许诺,那是万千宠爱在一身的待遇。如今还揪着那种待遇不放,就不仅是对形势的认识不足,还是对自己现时身价的错误估算。

　　而且她这一戥子,称得上是太狠、太分毫不让了。

　　既然她把"言必信,行必果"视为做人的一个原则,难道就不懂得像胡秉宸这样一个优秀的男人,更会执着于这个起码的做人原则?

　　万万不能以此断定,胡秉宸这样说就是露出什么"嘴脸",实在是事出有因。

　　自胡秉宸和吴为迈出婚姻登记所那扇门的第一秒钟起,他的良心就开始不安,虽然比吴为稍稍晚了一点。吴为则是从叶莲子手里接过那个登记结婚不得不用的户口本就开始了。这样的婚姻,前景如何看好?

　　这是他迈进婚姻登记所那个门槛之前万万没有料到的。变化就在一瞬间,真是太奇妙了。

尽管胡秉宸对吴为多次控诉白帆对他的残酷折磨,一旦和吴为结了婚,白帆就成了一个战败者,国人历来有"哀兵必胜"之说。何况胡秉宸若不在暴怒状态下,基本善良或说是很善良。

轮到胡秉宸和吴为离婚的时候,根据他提出的那些离婚理由,吴为不免猜想,当初他对白帆的指控到底有多少含金量? 难怪他会良心不安。

其实离婚何需理由? 一个合则留不合则去,就是对所有不解或好事者的回答。如果当事人或旁观者都能接受这个规则,人们可能就不会为了达到离婚目的或不离婚的目的那样糟蹋自己。

而且与白帆办理离婚手续时,他们曾"约法三章",不得与吴为结婚,正是白帆同意离婚的前提。尽管"约法三章"的目的是违约,一旦违约成为现实,不得不对白帆和老战友们承担骗取离婚的责任时,胡秉宸却不敢直面脱去外衣的自己了。

良心上的不安,深深地折磨着他。胡秉宸又是个喜欢迁怒于人的人,在迁怒他人的时刻,自然把吴为当作始作俑者来仇恨,并且用这个仇恨不断熬煎她。

他们自己也没料到,这个历尽艰险来之不易的婚姻,到如今却变成了商场里优惠顾客的一张折扣券——买又没有什么值得买的,放弃又不想放弃。

这样的婚姻,前景如何看好?

吴为又怎能理解胡秉宸出言不逊的苦衷?

自他和吴为结婚后,老战友们十有八九不再和他来往,最忠实于他的一个秘书,也再没有登过他的门,他们耻于和吴为这样的女人为伍。作为一个被人前呼后拥多年的人,胡秉宸为这个婚姻,失去了多少他最看重的、他人的恭敬? 只是在和吴为离婚、和白帆复婚后,他才从这种被老战友、老下级们画地为牢的孤立中解放出来。他的秘书和老战友们,才重新恢复和他的关系。

那次口角很可能不是平地风雷。

芙蓉走后,胡秉宸突然兴师问罪:"昨天晚上芙蓉来,你为什么跑到隔壁去看电视,不好好陪陪她? 你利用完了人家,就不理人家了是不是?"

"她哪次来我没有热情招待? 以致朋友们说我'极尽奉承'。而且我不是已经陪她坐了半小时? 我后来走开也是好意,也许她希望和你单独谈谈,我老坐在那里不走,是不是很不礼貌? 说到她的帮助,我当然感激不尽。你可能都不知道,胥德章让她诬陷我的时候,她非常不满,回说'这不是诬陷嘛!'他继续诱导说,'是诬陷,可在中国我们不是第一个,也不是最后一个。'她还是不肯……当初你常常让她替你送花给我;替你传递消息给我,她都一一为你尽心做到。甚至劝说自己母亲同意你离婚的要求,她是太爱、太爱你了,看不得你为离婚受白帆的折磨,这样的事有几个人能够做到? 特别你病重期间,常常向我通报你的病情,让我安心,还有很多、很多……所有这些,我都一一记在心里。但你不能不看到,我终究抢替了她母亲的位置,不论怎样,我也不可能得到她的宽恕和善待。"

吴为也完全没有估计到,婚姻登记所的那个门槛,不仅仅是她和胡秉宸无法跨越的门槛。

一股抵触的暗流,突然在芙蓉那里泛起,然后一环环漾开,又在胡秉宸那里荡起涟漪,汇成更大的波澜……绝非预谋,可彼此间又那样心有灵犀。

吴为不甘地自问:她和芙蓉之间的友好善待哪里去了?

可吴为又怎能如此过分地要求芙蓉,居然希冀芙蓉从容对待一个从她母亲手里夺走她父亲的女人？她以为她是谁？

她自然也不知道，那一天早晨芙蓉来访，他们却还没有起床，仓皇中抓了件晨袍穿起招待芙蓉。当吴为弯腰为芙蓉倒咖啡时，芙蓉从她略略敞开的晨袍领子里，看到了她胸部滑腻的肌肤，弧度、线条依然优美的乳沟，却没有注意到她脸上的泪痕。芙蓉自然也就不会想一想，新婚燕尔的吴为，为什么一脸泪痕？

想到父亲昨夜就陷身在这一处沟渠时，芙蓉好像变成了白帆，恨意平地而起。

如果芙蓉注意到吴为脸上的泪痕，并且能够想一想的话，聪慧的她就会料到吴为日后的下场，她和吴为彼此可能还会像从前那样友好善待。

胡秉宸马上感应到芙蓉的敌意，他一生多次背叛白帆，但从未像现在这样忐忑异常。也许那些背叛不过都是逢场作戏，而这一次却伤筋动骨，于是他觉得他抛弃的似乎不是白帆，而是芙蓉了。

为了对胡秉宸的爱，吴为刚刚在水里洗三次，在火里烧三次，在血里煮三次，不曾稍事喘息，紧接着又进入另一种未有穷期的考验。

吴为常常感到太难太难，连这种不知陪芙蓉坐多久为好的小事，也得察言观色，赔尽小心。

她巴结、奉承芙蓉，并不是因为她怕芙蓉，或是怕胡秉宸。

芙蓉对她恩重如山。哪怕仅就拒绝与胥德章携手诬陷她那一小节而言，更不要说到其他。

她只是用她的隐忍、巴结、奉承，来回报芙蓉的恩情，感激她曾经给予她父亲，当然也就是给予她的帮助。

她还担心，哪一句话或是哪一点事让芙蓉不高兴，胡秉宸立刻就会大闹一场。

就连芙蓉的朋友,她也一一奉承。

芙蓉有几个美国朋友,看到过吴为在美国翻译出版的几本书,很想与她一见。

胡秉宸让吴为到京城上等点心店去选购了茶点。回来的路上,她问胡秉宸可不可以在一位朋友家门口停车几分钟,因为第二天早上有家出版社要来取一篇文章,她手里已经没有,朋友家里倒是存着一份。

胡秉宸说:"不行,耽误了芙蓉的茶会怎么办!"

她看了看表说:"现在才两点多,茶会是下午四点,我在里面绝不停留,拿了文章就出来。"

"不行。"胡秉宸斩钉截铁地拒绝了她的请求。

她只好回家等着接待芙蓉的朋友。

然后是招呼他们父女二人的晚餐。他们一面聊天,一面就着烤鸡喝酒。一旦就着烤鸡喝起酒来,吃喝的过程就变得非常缓慢。

眼看已经九点,她还得到朋友那里去取那篇本可下午顺便取来的文章。她是又急又不敢催促,算计着等他们喝完酒再刷碗,时间就更晚了。

所以每见他们父女在餐桌上丢下一块鸡骨头,就禁不住分秒必争地收拾一块。

胡秉宸起先还耐着性子,可是当芙蓉对着胡秉宸而不是对吴为沉沉地看了一眼之后,他就立刻说道:"你这样搞法,还让不让我们吃顿安生饭?"

"我……我还等着刷碗,然后到朋友家去取文章呢。"

胡秉宸挥挥手说:"算了,算了,你走吧,碗我们刷。"

她看了看芙蓉,不知这样一走,会不会得罪她。不过芙蓉一直置若罔闻地低头吃鸡,吴为赶快骑着车子走了。

那时的北京夜晚,既没有卡拉OK也没有酒吧,即便有几盏霓虹灯,也像饥荒的六十年代点缀在烧饼上的那几粒芝麻。

她却恨不得把自行车一扔,躺倒在大街上,对着只有几粒"芝麻"的大街,放开喉咙大喊大叫:大街啊,大街啊,我谢谢你,谢谢你给我的这份人情啦!——

可是她没有,她还没到发疯的地步,她只能在那几粒"芝麻"的包裹中,放心又松心地尽情哭泣。

可是这样的大闹,还是一而再、再而三地发生。

也尝试过和胡秉宸沟通,可是已经有了"想法"的胡秉宸,拒绝沟通。

一个把写作视为生命而不是游戏的人,最怕心里不得安宁。一想到她不得不因此失去写作所必需的身心投入,就恐惧得无法自持。

她就这么憋着、忍着,憋着、忍着,忍到极限,就开始歇斯底里,而且发作得越来越频繁,很快发展到了不能控制的地步。

如果单独面对胡秉宸还好说,一旦同时面对他们父女二人,她更是恐惧得无所措手足。

至她"逃离"前夕,一想到要与他们父女同时相对,就浑身颤抖,禁不住呕吐。

如果没有叶莲子那一处排遣的渠道,她大概早就疯了。她对叶莲子的依赖,那时已近病态。

行前,她还是不死心地和胡秉宸作了一次长谈,让胡秉宸不无伤感地回忆起他们恋爱的时光。可是芙蓉那无声的逼视,如千钧之力压在他心上,还有他对白帆的许诺……胡秉宸只好回答说:"晚了,晚了,没有时间弥补了,这真是千古之恨。"

他火急火燎地建议到卧佛寺去一趟。在他们的恋爱处于非常危险的"地下"时期,人迹稀少的卧佛寺,是他们可能温存一会儿的去处。他说:"明天就去,放过一天就失去一天的时间。"

她不懂"晚了,没有时间弥补了"或"放过一天就失去一天的时间"是什么意思,以为不过又是他常常念叨的"年龄不饶人"。

在那些比从前长大许多的松树下,他说:"记得我在这里吻你,因为低头低得太猛,被树枝剐破了额头,回到家里白帆说那是因为我对你图谋不轨,被你抓破的……我们那时见一次面真不容易,而在那些见不到你的日子里,我什么也干不下去,不论开会、办公,都在想象中用各种方法亲吻你。"

那时,他生命的一部分好像就存在吴为那里,他的生活好像变成一个又一个点,那些点就是和她的会见,而点和点之间的日子,不过是一些虚线。有多少次他对她说:"世界那么浩瀚,可对我只是一个小点,那个点就是爱你的感觉,你就是我整个的世界。"

胡秉宸实在没想到在生命快要结束的时候,又遇见了吴为,才开始尝到一个女人给予一个男人的苦、辣、酸、甜……

从少年时代就期待着一场轰轰烈烈的爱的梦想,终于实现了。如果没有吴为,没有这场恋爱,他的一生就缺了一大块。

记得一个秋天的深夜,下着不大不小的雨,雨滴在阶前的弹跃声声入耳,单调而又丰满,周遭反倒更显静寂。吴为轻轻地说着,她的声音融入了雨声。说她的幼年,她的欢乐和带有稚气的悲哀,胡秉宸静静地听着,时而问上一句,像在挖掘一个与他生命攸关的宝藏,顽强地想要挖掘出每个细节。他们就那样说着,说着,好像日子快要完了,非得赶快把一切说完,直说得眼睛都睁不开了,还挣扎地说着,听着。好像他就在她当初的生活中,一起欢欣、着急、叹气和伤心。也许他们真是那样生活过来的,也许记忆把一切都弄错了……他们是在编织,把各自过去的生活编织在一起,那些单调的、不同的色彩经过编织,掩盖了灰暗的部分,互相映衬得更加丰富,更加明亮。最后吴为又说起未来,胡秉宸在黑暗中微笑着,更加爱怜地把她抱紧,说:"对不起,未来的日子不多了,请原谅这个蒲宁式的结尾。"

她说:"你是不是不喜欢蒲宁?"

"我不知道你为什么喜欢蒲宁。我觉得他充满毫无前途的流亡情绪,哈代才是真正的大师,我在一九五八年才注意到哈代,当时的评语是惊心动魄,当然是在肚子里评的。真可怕,一个作家使你惊心动魄。还有德莱塞,什么阶层的人他都了解。"

"不过我喜欢蒲宁的那种流亡情绪,真美,凋逝的美。"她叹了一口气,那叹息却落进了雨里。

"还有你说的那个《暴风雨》,我还是不喜欢。因为我不喜欢爱伦堡,他哪一国人也不是。我倒喜欢《两姐妹》,虽然电影不行,把苏维埃政权美化了。"

"为什么?你是不是觉得爱伦堡对法国的感情太深?再好好看看嘛,尤其他对巴黎的叙述和对巴黎的爱恋。你虽到过巴黎,可惜没有机会在拉丁区的小巷子里游荡游荡。哦,电影《两姐妹》里的那些演员可真漂亮……漂亮也是一种文化,取决于人的内涵,好比你。哎,哎,别胳肢我,其实你心里挺受用是不是?说到苏维埃政权,不管怎么专政集权,到底保护了俄罗斯的文化,不像我们的'文革',彻底消灭,有人好像特别仇恨知识分子和文化,嘻,不知要经过多少代人的努力才能重建。"

"据说老毛在北大当图书管理员的时候,每月只有七块半的薪水。有一次他给几位大学教授写信,谈他对国家大事、国家前途的看法,教授们没有回复……"

"这么说还是有点儿渊源,不过可信吗?"

"姑妄听之吧。"

…………

结果怎么样? 谁也别想把吴为从叶莲子那里夺走。她只属于那个叶莲子。

既然如此,她就不该嫁人!

和吴为结婚以后,胡秉宸从没有过"家"的感觉,特别在他被老战友、老下级们画地为牢地孤立之后,常常做各式各样回不了家的梦。

就在前几天,他还梦见天色将晚,乘一列火车到一个叫作"十六铺"的地方去,因为吴为在那里。虽然有人同行,但那人在前一站下了车。火车在一个很高的路基上继续行驶,所以能看清沿途一个小而老的县城的全貌。车上有个人问:"市区为什么不设在这里?"他回答说:"因为这里平地太少,只这样一点儿大,所以新市区设在前面有空地的地方。"

不一会儿到站了,他下了车。车站很小,没什么人。好容易看见一个人蹲在地上,他问那人:"到'十六铺'怎么走?"

那人回答说:"顺着这条路往前走,还有几里。"

这时天已漆黑,他向前走去,什么路也看不见,一回头,车站也不见了。"十六铺"在哪儿呢? 他能走到吴为那里去吗? 就在茫然不知所措的心情下,他醒了。

胡秉宸一生都很清楚自己应该做什么,不论他的决心是对还是错,但在梦中第一次茫然不知所措,不知道能否到达将要去的地方,也不知道能否找到吴为。

还有一次梦见回家,他们的家在一个正方形的六层楼上,中间有个方形的天井,天井周围是走廊,每层都住了几户人家。但是他找不到他们的房间了,正在五层徘徊,有个人问他:"你是哪里的?"随着那人的高声提问,各个楼层都有许多人出来观看。

他回答说:"我住在六层。"

那些人不信,他又说不出到底住在六层哪一个门,非常为难,那时他真希望吴为能从房间里出来,在六层沿天井的走廊上招呼他一声。但没有,六层楼的各个门都寂然无声,他只好继续停留在窘迫中。

再不就梦见各式各样的家,或在海边,或是老式的楼房,可是推门一看,总是空空如也,里面什么都没有。

或是半夜翻转身来,搂着吴为叫白帆的事情也时有发生。

他为什么老做这样的梦?后来终于明白,他需要有个家,但是他没有。"鸟倦飞而知还",但只有空巢没有家。和吴为结婚以后,他们从来没有真正建立起一个家。

他总是游移在或是吴为或是白帆为女主人的两个家中间,哪个家都是他的家,哪个家又都不是他全部的家。

…………

看着吴为兴致勃勃的样子,胡秉宸想,一晃十几年过去,虽是人物俱在,他们到底不是当初的那个人了。

二

胡秉宸在学校的时候就觉得胥德章不顺眼。

胥德章常常穿一件黑大氅,蹬一双黑色短筒靴,让胡秉宸觉得十分张扬。还有胥德章那到处可见、不断举起的胳膊,大张的、总是在喊着什么口号的嘴,更让他想起胥德章的那位父亲,先是国民党一个什么部长,后来又当了汪精卫一个什么部长的投机分子。

他认为胥德章政治上左右极端的行为与他父亲一脉相承,而不认为那是一个狂热并热衷于追赶潮流的青年,在一个动荡、各种主义百出的时期,对众多羊头幌子下那一块块看上去没有什么明显区别的肉,缺乏分辨和打假的能力。

到延安后,胡秉宸似乎更找到了坚实的依据,越想越觉得胥德章的言行与参加过复兴社有关。

样样都要独占鳌头的胡秉宸,对过于风头(招摇?)的胥德章,不知道是不是另有一种戒备?

抗日战争胜利后,胥德章的父亲穷困潦倒,蒋介石从陪都回到南京后把他抓了起来,直到一九四九年也没释放,最终可能老死监狱。

胥德章接受了当年初到延安的经验,再也不提他还有个父亲因汉奸罪关押在监的旧事。

这是后话。

胡秉宸对胥德章的这个"不顺眼",从他们青春年少,一直延续到他们的耄耋之年。而他和胥德章,或是说胥德章和他,比之一些与他们有着血缘关系的人,甚至更天长地久地厮守在一起。

反过来说,胥德章对胡秉宸也可以说是了如指掌。这一点让胡秉宸什么时候想起来,什么时候心里就不那么痛快。

如果两个知根知底的人,毕生都得纠缠在一起,不知幸还是不幸?但他们又是隔心隔肚的莫逆之交,不然胡秉宸在几乎走上"亡命桥"头那一年,何以把胥德章作为"托孤"的人选?

可正是因为胥德章的这样一个父亲，以及胡秉宸的那个家族，他们才被派往重庆，任务就是利用家族的社会关系，开展情报工作。

这个工作如何开展？上面没有具体指示，他们心里也都没底。

当胡秉宸经历很多以后，一旦看到后人将从前的事情解释得那样一笔一画，就免不了冷笑。

三

饥肠辘辘的胡秉宸下了火车以后，没有马上去找那个同学，而是在肯定没人跟踪的情况下，走进了零霩村火车站附近的一个小食店。

这正是吴为到零霩村后，常常经过并在她的札记里提到的小食店，兼卖卤肉、茶叶蛋、掺绿豆面黄豆芽的素丸子，还有烧饼。

那个小火车站以及站外的小街，居然让胡秉宸顿生豁然、繁华之感。他是不是已经很延安了？

又觉得车站附近堆了许多铁路器材的储料场也很大，猜想着同学可能有着一份不错的职业，筹措一笔路费的计划也许不会落空。

他买了一碗大酸大辣、大红大绿的臊子面。

一九三九年那个夏天，他还不甚习惯如此激烈，并因它的激烈精髓与革命也与许多革命者似乎有了某种天然联系的食物。他在后来才渐渐习惯这种食物，特别在到达四川以后。

可是他久已不见腥荤又加饥肠辘辘，只好硬着头皮把那碗臊子面吃下去。

　　他一面用眼睛的余光警惕地扫视着周围的环境,一面吸食着臊子面条,被碗里那陕西有名的辣子,辣得涕泪交流。

　　他在淋漓尽致、声色俱厉、忘乎所以的吸食中,突然停住——他听见了自己吸食面条的动静,并被这动静吓了一跳。

　　在延安的时候,他必定也是这样吸食面条的,他惊讶于自己久已没有意识。任何人,不论来自哪里,不论脾性,不论男女,不论出身……只要到了延安,肯定就会这样吸食面条。

　　于是他的耳边,生动地再现出大食堂里众人一浪浪“横扫千军如卷席”的吸食面条的动静。

　　他对自己感到了陌生。

四

　　在这一瞬间的茫然中,胡秉宸想起了老四合院里那碗信远斋的酸梅汤。

　　他不觉地暗恋着北平那韵味十足的老日子,也许因为他在那个院子里出生。

　　胡同深处那个好几进的四合院,从前清时候起就是胡家的房产。

　　依稀记得,幼年时家里还养着马匹。不知谁把一匹黄骠马拉进了院子,马在院子里扬起前蹄,嘶鸣起来,吓得他紧紧搂住妈妈的脖子。

　　马倌却解释说,这是因为马见了贵人,小少爷至少是二品顶戴花翎的前程呢。

胡秉宸出生时早已民国，哪里还有顶戴花翎一说？可是妈妈听了马倌的胡诌，还是禁不住笑逐颜开。

吴为对这一情节毫无所知，却好几次梦见胡秉宸和马在一起，特别是这一景象。除了地点不是那条胡同里的四合院，别无不同。

后来多次到欧洲旅行，看到那些几乎无处不在、半神半马的雕塑时，她猜想，那些梦是否与胡秉宸的某些信息有关？

胡同里各色人等，谁不知道他是胡家的少爷？

一出学校门，丁字路口水果摊上的掌柜总是讨好地招呼着："少爷放学啦！"

台阶式的货架上罩着蓝布，蓝是洋染料染不出的蓝。鲜货衬着蓝布一层层码上去，或码出一个水粉的桃心，或码出一个灿灿的金字，要看季节而定。掌柜的也穿着同样的蓝布褂，一边抄着掸子，不着边际地掸着架上的鲜货，一边朝他努着满脸的笑。

他就似睬非睬地想，没话找话！

他不愿意人叫他少爷，可也不愿意人不知道他是大户人家的少爷。

除了家里看大门的老萧，他不和这些人以及其他佣人搭话。"唯女子与小人为难养也。近之则不逊，远之则怨"，是自小的庭训。

自行车接着一拐进了家。

看大门的老萧同样没话找话："少爷回来啦！"

就是对用得着的老萧，他也不过点点头。

刚放下书包，小丫头就端来了酸梅汤。酸梅汤是佣人从离家不远琉璃厂西口路南的信远斋买来的。

他端起祖上传下来的青瓷小碗,随即就从青瓷小碗上嗅到消散已久的、胡家的那股旧味儿。

碗里那点不多的、琥珀色的、一直在冰块上镇着的酸梅汤,与冒着胡家旧味儿的青瓷小碗,似乎同化为一团爽软的玉,流溢在他的手中,就像拥着一个玉样温润、精致的女人。

端着那个青瓷小碗的胡秉宸,怎么也不会想到,有一天自己会在零霖村抱着一碗臊子面,狼吞虎咽。

直到很久以后,这种感觉才会重现,在拥吻吴为的时候,还有白帆为他生下一个小女儿的时候。

他在那个小人儿身边整整坐了一夜,那一夜他其实什么也没想,想的只是盛在祖上传下的青瓷小碗里的酸梅汤以及当时那满手的爽软。于是给女儿起了"芙蓉"那个名字,明白了什么叫作"捧在手里怕掉了,含在嘴里怕化了"那种爱到极致的困顿。

也许有必要把顾秋水和叶莲子对吴为的描绘做个对比。

顾秋水对叶莲子说:"你看她的眼睛,又黑又亮,活像两颗小黑豆。"

叶莲子说:"像黑宝石。"这个通俗的比喻,肯定来自流行的白话小说,还不如木匠儿子那个"黑豆"的比喻,像迎面砸来一大块肥沃的黑土地上的泥巴。

这样一比,就看出胡秉宸的阳春白雪,顾秋水和叶莲子的下里巴人。

胡秉宸的心因这温润如玉的女儿的到来变得善良而宽容。他不再纠缠白帆生的那个儿子是不是他的种,想起白帆那可怜的、底气不足的辩白,他甚至有些怜悯。当然,他也万万没想到可怜的白帆,在他日后提出离婚时,稳操他急迫求离的心理,与当年判若两人地说:"经过回忆和扳着指头细算,你还得承认他是你的儿子吧。再说我才睡过几个男人,吴为睡过的男人又有多少?"

在男人眼里,女人大致分作三类:母亲是神圣的,几乎与他们心中的"女"字无关;妻子和情人总是有缺陷的(不是缺点),即便占尽天下女人,也不能弥补男人对女人全方位的需求;唯有女儿才是男人心目中比妻子、情人都完美的,无可挑剔、绝无缺陷的女人,是世界上最让他们引以为自豪的女人。而血缘的承袭又无时不在提醒他们,这个再优秀不过的女人,只能是他们的女儿。

但女儿到底还是女人。在远古时期,在人类还没有接受文明的教化之前,女儿和女人的界限是没有的,界限只是在人类不断进化后才渐渐形成并被人们所遵循。

虽然时间和空间的跨度那样宏阔,但谁能说清,从远古时期传递下来的某种信息已全然泯灭?

女儿是男人潜意识里的第一情人。

到了后来,一旦女朋友们就婚姻大事征询吴为的意见,她最关心的就是男方结没结过婚,有没有孩子,男孩还是女孩。如果是女孩,不由分说,她马上跳起来反对:"不行,不行,赶快打住,将来的日子一定好过不了。"

至于儿子,不过是男人的历史情结,肩负着延续家族历史的使命,对待儿子就像对待历史教科书。历史教科书是绝对不可或缺的,然而,可曾有人为一本历史教科书神魂颠倒?

胡秉宸一生爱过不少女人,就是把吴为算上,也从来没有超越过他对芙蓉的爱。就像吴为一生爱过不少男人,可是从来不能超越她对叶莲子的爱一样。尽管这是两种不能类比的爱。

如果他和吴为热恋时由芙蓉出来阻止，白帆根本用不着那样大动干戈。

他们结婚后，芙蓉似乎接过了白帆的接力棒，在胡秉宸那些战友中走家串户，把当初反对胡秉宸离婚而后已然瓦解、罢休的队伍，重又黏合起来。

吴为知道这个结结在了哪儿。

那一年远在国外访问，一位陪她购物的华裔作家对她说："……真是可怜天下女人心，你如此费心为你先生的千金购买礼物图的是什么？又能得到什么回报？我有幸会见过你先生的千金，对我们这些毫不相干、初次会面的人，她都不遗余力地编派你，在她眼里你实在连……连娼妓都不如……"她看看吴为手里的大包小包，接着说，"这日子该是相当艰难的吧？"

她连忙打断那位女士的话，打肿脸充胖子地说："她其实对我不错，我们还是朋友呢。"心里却凉凉地想，和胡秉宸共同生活的艰难，果然是无望改变了。

她当然知道，和文学毫无关系的芙蓉，是通过什么渠道与这些人会见的，不由得心里对芙蓉那位情人讨饶："这真是天大的冤枉，那天保姆回去撞见你们在床上，真是和我一点儿关系也没有啊！"

那时胡秉宸和吴为结婚不久，借住的是朋友的两间房子，所以还没有条件为芙蓉准备一个房间。吴为陪胡秉宸住院的时候，胡秉宸把钥匙交给了芙蓉和她的情人，也没有向她打个招呼。如果告诉她房子由芙蓉和她情人暂住几日，她无论如何也不会让保姆回去给胡秉宸熬鸡汤，而是让保姆到叶莲子那里去熬。

从那以后，芙蓉对她就势不两立了。她不得不担起这个天大的仇恨，可她也不能向芙蓉解释，越解释就越糟。

难怪胡秉宸出院后他们回到家里，只见她的照片被芙蓉一张张倒扣着。

葡萄酒瓶也摔碎在地板上。暗红色的葡萄酒液,像陈旧干结的血迹满地铺开。散撒在地板中央的酒瓶碎片,像一只只冷眼,分毫不会放过地窥视着她。那一摊酒瓶碎片,还有那陈旧干结、暗血似的葡萄酒,像预示着她将在一所老宅子中如那瓶酒一样躺倒、断碎,她的血也将这样在地面上暗结,吴为禁不住惊骇地战栗起来。

芙蓉和情人用过的避孕套,也一个个散放在厕所的台子上。床单上、躺椅的罩单上,都印着一摊摊爱的印渍……让吴为想起契诃夫的一则创作手记:一位军官太太洗澡,让军官的勤务兵给她搓背。这绝对谈不上诱惑,而是她根本没把那个勤务兵当人,更没有当男人。那轻蔑该是何等深刻。

同样,这些用过的、公然摆放在台子上的避孕套,也绝对不能说是芙蓉的不检点,那是芙蓉有意掴在她脸上的耳光。芙蓉当然是有资格在她脸上这样掴耳光的。

二十多年来,芙蓉只对那个有妇之夫从一而终,可能还要这样过一辈子。而吴为呢?不但离婚、结婚地折腾来折腾去,还有一个私生子。按照白帆和她那个集团军八十年代初在某次省级干部会议上散发的、揭发吴为丑行的材料所指,吴为先后和八个男人上过床。

保姆还摞了耙子,对吴为说:"阿姨,我可不伺候这个。"

她不得不一一捡起芙蓉和情人用过的避孕套,并卷起那床单和罩单扔掉。

与胡秉宸有情人终成眷属的第一个早晨,吴为还没有从第一件措手不及的事情中回过神来,胡秉宸又没头没脑地对吴为说:"你得好好报答芙蓉。"

好像他们的婚姻是他赏给她的,不但是他赏给她的,还是他和芙蓉一起赏给她的。

他是不是把芙蓉当年的帮助变成了一笔高利贷? 这笔高利贷,早就让他一分不饶地索回。不但索回,还做了一笔她永远不能还清的假账。

尔后,她一生都得背着这笔无法还清的高利贷,并且被它逼进欠债的死角,这笔假账对她,可不就是一个不着痕迹的冷面杀手?

吴为结结巴巴地说:"我从没忘记过一个帮助我的人。"

她感到了自己的卑微,既不能像胡秉宸这样理直气壮地说"你得好好报答禅月!"又不能无私、高尚到不这样思想。

对禅月那种信奉"永远不向任何人屈服,永远昂着高贵的头颅"的人来说,自己的母亲为一个出卖过她的男人,这样自轻自贱、忍辱苟求,实在太让她丢脸了。她虽怒其不醒、哀其不幸,但还是忠心耿耿为这个她所轻蔑的爱情奔波。

在长达几年的时间里,为防备白帆和胡秉宸那些对手的暗算,禅月一直为逃避在外的胡秉宸传递着他给吴为的几百封信件。风里雨里,只要收到,便从不过夜地骑车从学校赶回家。有一次甚至出了车祸——因雪地上刹车不灵让另一辆自行车剐上,拖出十几米远,好在后面没有汽车。

按照胡秉宸索取回报的原则,比之芙蓉的帮助,根本反对这场爱情的禅月,是不是更应该得到他的报答?

吴为一直留着禅月十六岁上写给她的那封信——

妈妈:

……世界上就没有什么真正伟大的爱,那是"天方夜谭",是幻想,人活着多半是互相利用。"有人要享乐就需要别人痛苦,什么道德、良心、诚实、谦虚都是假的,是互相争夺的手段。"这是存在主义,可是不无道理。

　　没有什么是永恒的,一切事情都会终止,妈妈,我恳求您这件事不要继续下去了,事情结束得越早越好,这样也许还会给双方留下一些美好的回忆,如果事情到了非结束不可的时候再结束,那么大家的痛苦还不知会增加多少倍。妈妈,您是太善良了,不愿伤害一个人——即使是伤害过您的人。正是因为这样,妈妈呀,您才受了这样多的苦难……

　　记得吗,蒲宁引用过的一句《圣经》上的话——你必须忘记你的痛楚,就是想起,也如流过去的水一样……

　　"即使是伤害过您的人",当然是指胡秉宸为了保全自己,和白帆联手写给吴为那封信。

　　禅月老说:"妈,那封信怎么写的您都忘了吧,我倒替您背下来了——'吴为同志:我们(我和老胡)认真并关切地研究了你的信,作为年长的共产党人,我们愿以坦率的态度指出,这种感情不仅是不正常的,而且是没有结果的,热切希望你正视现实。白帆。'信纸上方还有这位胡某人的眉批:'正面教育,又有节制,给她自己下台阶,不要出意外,女同志容易出意外。'他是关心您吗?他是怕您出事儿,追根儿追到他的头上。听着,下面还有他的附笔——'吴为同志:你自己塑造了一个虚无缥缈的意境,又自己在里面扮演了一个多愁善感的角色,沉溺在里面出不来了。这是资产阶级的感情游戏,不是无产阶级思想,你甚至没有想到这是多么危险。我要给你泼出一大盆冷水,就近来谈一次,不要再写信了。胡秉宸附笔。'他这个始乱终弃者,比受害者白帆还来劲。"

　　吴为替胡秉宸辩解道:"这也可以理解,我犯过那么严重的男女关系错误,他怎么敢轻易爱上我?"

　　"您从没想过,当您还是他手下小职员的时候和您当了作家之后,他对您的态度有什么不同吗?"

"我还没当作家以前,他还不了解我,不知道我的价值,不知道我值不值得爱。"

"难道一个人的价值,只有在得到社会承认以后才存在吗?!妈,您怎么像个奴才一样? 他和您的关系不平等,您没觉出来吗?"

茹风对此更是激愤:"胡秉宸的感情和你的感情有本质的不同,爱情对你是一种奉献,是至上的一件事,如此你的良心才会安宁。于他则是享乐的源泉,所以他总是留一手……能想到对女人责任的男人不多,地位越高的男人越是这样。老百姓的男人还好一些,至少能想到养老婆、养家。"

吴为道:"他后来还是动了真情。"

茹风"咻——"了一声,说:"那是一定条件下的真情,带有'逼上梁山'的性质。你别自欺欺人了,这二十多年他是怎么折腾的,我也算是亲历亲见。不在这个时代,他绝走不出这一步。你在那种时候说到'爱',可以说是呐喊出了一个时代的声音,得到了强烈的呼应,是当时文化、思想解放的一个潮流,价值很高。他作为一个政治人物,对这一点是非常敏感的,他想做风口浪尖上的那个浪尖,做'天下第一风流才子',可他没有这个素质,也不想有,这个潮流他不应该赶,他根本不是这种人。他要求的只是婚外的满足,多元满足,多对象,才是他生理上的正常要求。他不过跟你玩儿玩儿而已,开始并不认真,你一成名,他那个'还配'的感觉就出来了,浪漫一番何乐而不为? 可没想到碰到你这样的对手——不肯随便玩儿玩儿。当然他对你还是有感情的,不然也不会有离婚的动力。他说和白帆没有爱,不但没有爱,白帆还有那些问题,所以破坏那个家庭就没有罪恶感,人们在另想别弹的时候都这么说。白帆干的那些事当然不都是假的,但可能没那么严重。所以一旦离了婚,他的良心就不平衡了,不得不用很多行动来弥补,而且这种弥补是以伤害你为代价的,好像对你的伤害越厉害,越能赎回他良心上的歉疚。你爱他都爱疯了,你母亲和禅月为你操尽了心,她们太惯着你了。当初你不和胡秉宸结婚,他就用自杀威胁你,要是她们那时候也来个自杀,你就不得不考虑她们的意见了。你最对不起的两个人,就是你母亲和禅月。可能你小的时候太缺乏关爱,所以不论谁给你们一点帮助,你们就特别领情,特别知足。你倒说给我听听,他给你的爱在什么地方?如果他爱你,就应该对你母亲好一点儿……朋友们为什么对你好?因为人人都知道,你们家成就出来不容易,欺负你们太没良心了……"

问题也没有这么简单。

胡秉宸倒不一定像茹风说的那样情薄如水。吴为"乱搞男女关系"的记录,哪个男人听了不心生戒备?对这样的女人,怎么能相逢就抛一片心?

也许胡秉宸把和她的关系看得过于深沉,不是简单的"搞"女人——如果"搞"女人很容易,用不着等这么多年,几个月、几天就可以上床。

当他们确立爱情关系之后,胡秉宸对吴为说:"我们相识十几年,中间的过程是很复杂的……我不认为有一见钟情的事,如果有,很可能是一种欲望,一种浮在表面上的诱惑。爱情应该是对人格、思想深度、人的尊严、才能的了解崇敬,人生态度的一致,为共同理想的奋斗,当然也包括正常情欲在内种种因素的综合结果。它是逐步产生的,产生之后就成为强大的力量,比如说,为此可能要做出巨大的牺牲或克服很多挫折。我说的爱,是建立在高度人类文化和精神文明基础上的爱,不能要求每个人都这样做,但应该让人们懂得有这样一种爱。我有我做人的基本原则,请相信我,你碰到的是一个好人,这个人一旦明确了爱你,他就放弃一切去取得法律上的合法地位,丝毫没有动摇,虽然用尽各种策略,但态度一直鲜明,一直向前,负责到死,永不相负,难道你从我的法律行为中还看不出吗?"

理论是何等美好啊!

这应该算是坠入爱河的胡秉宸,对以往种种难以理解行为的诚挚说明,也可以说是反省。人们也不难看出热恋中的胡秉宸何等坚贞。与这样的男人恋爱,难道不值得在水里洗三次,在火里烧三次,在血里煮三次吗?

而那"新纪元"的第一个早晨,让吴为措手不及的第一件事又是什么?——白帆的电话。

当时吴为还没有从昨夜的"情迷"中清醒过来。

胡秉宸就像一个农村的好把势,在非常熟悉的土地上耕作,一寸寸开垦着手下的那块荒地,又一寸寸地精耕细作,深思熟虑地支配着每一份精力。那每一份经过深思熟虑才付出的精力,被成倍放大,极大地弥补了体力的不足。

吴为不是没有和男人上床的经验,可是只有在这样一个好把势的耕作下,才知道她这块土地的潜质并没有得到充分的开发。在这之前,她枉做了女人,而且还是个声名狼藉的女人。

她突然解开了对男欢女爱的羞涩,好像天地间只剩下了他们两个人,他们并不是躺在黑暗的屋子里,而是悬浮在杳无人迹的太空。胡秉宸正领着她向那极远极远、灿烂而不晃人的太阳漂浮。她不慌不忙地跟随着他,这个识途老马样的男人,一定会领着她准时准点地到达。

她像那些幸福而知足的人,在入睡前常常舒心地发出一声叹息那样,舒心地叹了一口气。

而胡秉宸也重温了瞬间融化的神迷……

但是,当这农人的犁头正要进入土地的深层,她也几乎就要进入说明白却又不甚明晰的地域时,情况惨变,那耕作的农人猝然倒地,额上沁出力不胜任的汗水,灰白的头发里也沾上了田里的泥土和草棵……

吴为不忍与胡秉宸对视,只管埋着头,一味拂着他的胸膛,似乎这就可以拂去他的尴尬,并且心疼地想:上帝这样对待一个上了年纪的男人,实在太残忍了。

然而胡秉宸却没有丝毫的歉疚,就像一个老练的杂耍艺人突然失了手,很知道如何对观众交待一个自圆其说的理由,并且会毫不气馁地继续可能还会失手的下一轮演出。

他喘吁吁地说:"你看到了吗? 就在眼前,伸手就可以摸到了。"

"是,我看到了。"仓促中来不及细想,但吴为对自己说,她一定要这样回答胡秉宸。

此时此刻,一个老男人的余生,就靠她这些话来判决。如果她应对得好,他也许还能支撑下去;如果她应对得不好,可能就会"噗"的一下截断一个男人的命根。

"你伸手摸摸,摸到了吗?"

"是,我摸到了。"

"真的?"

"真的。"

她必须努力为他制造一个他所期待并赖以支撑的神话:"亲爱的,很好,我的感觉很好。真的很好。"

吴为的谎言终于使胡秉宸重整旗鼓,他的眼睛里不但渐渐有了生气,还有了类似年富力强男人的阳刚之气。

难道他看不出来,那不过都是她说来安慰他的谎话?难道男人就是由女人的这些谎言造就的?

跟着,有人兴致勃勃打来一个早电话。吴为懒懒接过电话,问道:"请问哪一位?"

"我是白帆,叫老胡听电话。"

"请等一等。"她就把电话听筒递给了胡秉宸。

白帆的声音很响,与胡秉宸同床共枕的吴为想不听也不可能。

她问道:"昨天晚上怎么样?身体还行吗?"

听起来好像在问:你新纳的那个小妾见没见红?

胡秉宸好像早知道会有这样一个电话,早就准备下他的汇报,"天寒地冻,善自珍摄……"至于说到"昨天晚上",则请她放心云云。

别的话怎么说都合情合理,毕竟他们是多年的夫妻,只是他们关于"昨天晚上"的交流,让吴为好生难堪,好歹她是他的妻子了,他怎么能和另一个女人谈论他们的"昨天晚上",而且在那样的"险情"之后?

五

等到院子里有了砰砰的声响,就是兄弟们打排球的时间到了,小姑姑肯定也会出来打排球的。

他赶快放下青瓷小碗,脸上也难得地有了笑意。

小姑姑有一张典型的鹅蛋脸,端庄又清秀,虽说已经许了人家,可是还没过门。他猜小姑姑对他也颇有好感,但是他们既然生长在这样的家庭，就很识大体，知道什么可为、什么不可为。

球打在石榴树上或是藤萝架上，石榴花和藤萝花就纷纷落下，把他们的眼睛染得一片火红又一片紫蓝；一会儿又掉到金鱼缸里，飞起的水花溅了他们一身一脸，他这才有一绽笑颜的机会，也有了顺便、不显突兀地向小姑姑望一望的机会。他觉得小姑姑也看了他一眼，心里就有了得到交流后的模糊而不明确的快感。

有时他们也在一起玩玩"升官图"，从大家坚持按清朝官制玩耍，不难看出他们难以抑制的、对胡家鼎盛时期的留恋。

对已往的荣耀，胡秉宸虽也留恋，但他的留恋是在心底，何况时代已经大变，他更愿意适应社会新潮，总是坚持按民国官制玩耍。胡秉宸自少年时代，就显出对风口浪尖的兴趣。

不论在学校还是在兄弟中间，大家都不由得听从他的意见，好像天生如此，没有什么道理。

小姑姑不玩"升官图"，只在一旁观战。他对"升官图"的兴趣也不大，可这也是一个接触小姑姑的机会。

胡秉宸是性情中人，对于他的行为是否冒天下之大不韪，不很在意。

虽然是游戏，但在捻捻转儿转着的时候，心底也盼着那个捻捻转儿停在可以连进三步的"德"上。到了他"荣归"大总统的时候，还是有一份得意在心。于是大家纷纷抢食糖果、干果之类的零食，他这个赢家倒什么也不吃，只是笑眯眯地看着兄弟们大啖他的胜利果实。

他的笑很迷人，薄薄的、线条清晰的嘴唇抿着，似笑非笑的；一双比常人大出许多也黑出许多的瞳仁，忽白忽黑地闪烁在眼睑后面，因了明了又不明了的含意，让人颇费猜测。

　　晚上温习功课晚了,他宁愿到街头的馄饨挑子上吃碗馄饨,也不愿意让底下人给他做碗消夜。

　　他喜欢那点京华风情。

　　馄饨挑子上挂一盏马灯,马灯里燃一豆灯火,那一豆灯影在他生动的脸上轻巧地跳跃着,很人间的。

　　火门一开,锅里的汤就翻滚起来,卖馄饨的抄起小抽屉里的皮儿、馅儿,当场裹好馄饨下到锅里,再点上各种作料,一碗热乎乎的馄饨就煮好了。

　　这一碗馄饨,看着比吃着还有趣。

　　吃完馄饨,有时会拐到门房老萧那里,翻起他的褥子,搜出褥子底下藏着的春宫画,细细揣摩。

　　画片上的女人,个个都是迷迷的脸、蒙蒙的眼,一副其乐无穷的样子,从彼开始,他对女人有了一种大爱。

　　到了大学,男生里更是私下传递着女性器官的照片,且都是科学性的特写。比之扑克牌大的春宫画,有大块吃肉、大口喝酒的豪致。连同勇于开拓者的实践,丰厚遗产似的由毕业班一班一班往下传。

　　进入革命队伍后,由于革命的女人与革命的男人数量上的差距,肆无忌惮、以虚代实、画饼充饥畅谈男女欢爱,便成了那些出身红色,因而享有诸多豁免权者的“永恒主题”。

　　胡秉宸静静地坐在一隅,倾听着那来自地母,原始、赤裸、具体、形象、恣意、放浪形骸的故事,似乎比身临其境更有一番滋味,说故事的人也从来没有注意过坐在角落里,以不苟言笑、清心寡欲著称的胡秉宸。

　　这样丰富多彩的生理训练,是后来的几十年无法比拟的。

　　一九四九年以后,为培养具有共产主义道德的接班人,连正当的生理卫生课也一律免了，以致吴为上初中的时候，班上有个男同学，竟以为不论男女，人人都长了一个鸡巴。

这种时候，他绝不会想到小姑姑。

也不会想到五岁时，在老宅花园里遇到的那个婶子。

心里清清楚楚地知道，那是对小姑姑，也是对美丽得让他心跳加快的婶婶的亵渎。

记得那天还下着雨，小小的他，独自一人来到院子里。院子里有许多芭蕉，其中一棵只有他那么高。他站在芭蕉叶下，灰蒙蒙的天立刻就绿了。雨点一滴滴打在芭蕉叶子上，声音空寂而清丽。芭蕉叶子让雨水洗得绿茵茵的，圆圆的雨珠子，顺着芭蕉叶子不断滚下，如天上滴下一颗颗晶莹的玉粒。

婶子就在那时把他抱了起来，他不知道婶子从哪儿来的，好像是从绿盈盈的雨雾中幻化出来的。

五岁的他不能说出婶子有多么美丽，只感到她的美丽震动了他，以致他的心跳都加快起来。

以后他就认定，芭蕉在下雨时最美；也明白了为什么很多中国画常常画个美人站在芭蕉旁边。但芭蕉不能太高，应该比人矮些，也不能太密，不然就会喧宾夺主，本末倒置。

但是每当觉得和小姑姑有了一种模糊的交流之后，他就更想去老萧那里看春宫画。

也会抛下兄弟们（他们常常一起骑着自行车，车匪一样呼啸着从胡同里蹿出，到东安市场东北角的杂耍场去看杂耍），像独行侠那样形只影单，飞骑到那大俗之地的前门。

在前门那个地界，他最喜欢看拉洋片。

"往里面瞧嘞往里面看，粉色儿的幔帐挂两边，俏丫头扶来了娇小姐，掀开了幔帐就往里钻。一钻钻进了洗澡盆，这大姑娘洗澡呀,您瞧啦……"

　　他把眼睛紧紧贴在那个小洞上,透过小洞上的玻璃往里瞧。大姑娘是有的,却很粗俗,硕而肥的奶子垂着,因为下半身全淹在澡盆里,盆里又都是肥皂泡,关键部位根本看不见。

　　可那兽般的粗俗、不能欲穷千里目的遗憾,让他晚上回家就做梦。在梦里,他和一个不明性状的东西,似交欢又不似交欢地遗下他那宝贵的少年精华。

　　有时那交欢的对象又似是而非,好像三岁时在老宅子看到过的那个女人。

　　老宅子前后各有两个大院子,院子到底大到什么程度？记得从后院蹦出来的蛤蟆,都有一只海碗那么大。

　　光后院就有两栋楼,上下八间房,两栋楼之间有天井,天井上有顶棚。

　　楼后有个偏厦,偏厦很长。他站在楼上的后窗那儿,远远看见偏厦里闪烁着暗红的烛影,烛影跳着、跳着,就闪烁出一个洗澡的女人,可能是佣人,不然怎么会在偏厦里洗澡？

　　不过她看上去非常遥远,像在天上,也许因为他还是个孩子,小孩子看什么都是远的。可是他叫了一声,有一种窒息的感觉压在胸上。奶奶过来说:"这孩子该睡觉了。"

　　有很长一段时间,他的睡眠都和这个暗红的烛光剥离不清。

　　雅一点的唱词也有,不多。就是唱《红娘》,也是唱红娘怎么给张生和崔莺莺拉合的一场:"有情人他把门儿一关,奴家我在外面好难堪,踮着脚儿往里面瞧哇……唉,他颠鸾倒凤来销魂……"

　　这样的唱词他到老了还记得,在和吴为做爱的时候,还能对她重述得一字不差。

262

或是去合意轩、如意轩听坤书。他喜欢京韵大鼓，也许因为那些花枝招展、描眉画眼、油头粉面、搔首弄姿，半边头发盖着一只眼睛的女艺人，让他又是轻蔑又是渴望。旗袍紧裹在身上，开衩大得几乎看见底裤，让男人看了不得不直奔主题。那些女艺人的嗓音多半沙哑、苍凉、风尘而性感，更加撩拨一个情窦初开的少年人。和他们家的女人真是天地悬殊，可也别有一番风味，就像老萧常说的："家花哪有野花香？"

不过他从没在那些"提活的"彩扇上点过一个曲目或是艺人。他不能想象，要是那些"提活的"也这么一喊"有题目，胡秉宸先生点……"，他非得钻到桌子底下去不可。家里人，特别是小姑姑，虽然绝不会到这种地方来，可他觉得她们一定都能听见"提活的"这一声吆喝。

…………

由于来自女人的信息是这样芜杂，也就难怪不论什么品位的女人，都能应付裕如。

多年以后，他能写出那支让吴为自愧不如又脸红的小曲儿，功夫可能来自这些底层文化的熏陶。

那支小曲儿吴为只看了第一句，就像潇湘馆中的林妹妹那样转过身去，并把那信纸掩在了胸前。

回到家里，等到夜深人静才敢拿出来细读——

疼

俏冤家，你直把我疼煞。见到你时疼得我煞，见不到你时更疼得我煞，日日夜夜梦魂里也撇不下。

你生气时谁能够耐着性儿、涎着脸儿任着你性儿骂？你高兴时谁能够凑个趣儿、逗个乐儿、哄着你笑哈哈？有点儿委屈时节又是谁跟你并着肩儿、拉着手儿说说温存的知心话？

　　闷时节谁陪着你闲拉呱？忙时节到那更深人静谁给你送热茶？天寒地冻有没有人想着给我那知情识趣、玲珑剔透的人儿把衣加？伏天六月又怕那蚊儿咬着、蝇儿扰着我的小冤家。

　　似这般牵肠挂肚、挂肚牵肠，有一天直把我疼煞。那时节到了奈河桥上也，我也要回头强挣扎，为的是魂儿、灵儿、心儿、肝儿一齐都往你那边儿挂，那疼你的情儿也，更是千倍万倍地大。

怎么分析，这支小曲儿也没有黄色的成分，但却极具挑逗性。只可惜它离吴为向往的《天鹅湖》里的王子，或骑士的决斗、击剑、披风、使腿儿愈显修长的紧身裤等等太远了。

如果胡秉宸对吴为的追求，不是从这种情话开始："你的美只有音乐才能解释，而且还得是大手笔"，而是从这样的小曲儿开始，吴为很可能不会爱他。

可是到了胡秉宸给她写这种小曲儿的时候，她对他的爱已经病入膏肓，不论什么，只能照单全收了。

写出这样高水平小曲儿的胡秉宸，结婚以后却翻脸不认账。当吴为要求他不只是在床上，能不能在"床下"也给她一些温情的时候，他却说："我不懂得怎么对待女人。"

这么说来，她只能在床上得到任何一个女人都能从任何一个发情的男人那里得到的所谓爱怜。也就是说，胡秉宸对她和任何一个男人对任何一个女人的心态、模式，别无二致。

偏偏没有什么是特别为着她的。

她原以为他们的爱情有什么不同！

吴为问道："那么你从哪里抄来的那些玩意儿？"

他怪吴为有眼不识泰山，"完全是我的创作。"

吴为说："你既然能写出这样的文字，还说不懂得如何对待女人？我也不是贪心要求十分地实现,哪怕一分也就心满意足。"

新婚之夜胡秉宸的那个问题,也显露出这段姻缘"没有什么不同"的蛛丝马迹——

"记不记得你在干校开车床的时候,我站在你车床前说的那句话?"

"哪句话?"

"我说'你是个拿水枪的女车工'。"

"不记得。"

"你知道那是什么意思吗?"

"不知道。"

"那就是说,为了冷却加工件,你不断从油壶喷嘴往套管里挤射进去的冷却油,好有一比……"

"你真坏。"她翻过身去。偏偏倒不过来那个"时差"——就在胡秉宸站在她车床前对男人某种创造性的活动进行如此具象描述后的两年,就接到了胡秉宸和白帆于一九七三年联手写给她的那封信。

"男人要是不坏,女人就不爱了。"

"可我当时并没有听懂你说的是什么意思。"

按理说,一个偷过人、养过私生子的女人,应该很解风月。在他没有正儿八经与她谈情说爱之前,这正是让他鄙夷之处,可又忍不住猜想,吴为的床上功夫该是何等了得,和她做爱又该是何等酣畅。

也理解了父亲为什么会讨个妓女做二房。

直到和吴为上了床,胡秉宸才知道她根本不解风月,甚至还得他来调教。这真让他不能理解,甚至让他有些失望。一个偷人、养私生子的女人,算得上是沧海桑田,怎么能不解风月!

爱恋是个技术活儿。胡秉宸的风月之说,指的就是技术上的等级。而吴为认定技术都是细枝末节,她崇尚的爱,是把命都能豁上的爱,是可以为之下地狱的爱,何谈献身!

她对技术的疏忽,导致了一个致命的弱点——不会调情。岂不知最能拴住男人心的,是调情的技术,而不是那种搭上命的爱。

她有过多次恋爱的记录,频频换场的原因倒不是见异思迁,相反,她对爱情非常专一,专一到置身某场恋爱时,绝对不会注视场外任何一个男人。

这种恋爱观导致的严重缺陷是对待她的所爱,也像对待那把就餐的叉子。

正像本书第一章第二节中写到的那样——

　　她刷得很仔细,连叉齿中间的缝,也用洗洁布拉锯般地擦了很久。

　　到了二十世纪末,除了英国的皇家御厨,或是已然寥若晨星却仍固守旧日品位的高档饭店,或是某个冥顽不化的贵族之家,还有多少人在擦洗餐具的时候,擦洗叉齿中间的缝隙呢?

哪个男人经受得起这样的擦洗? 又有哪个男人愿意置身这样一把叉子的地位?

她就只好一次次换场了。

叉子也好,技术活儿也好,两者之间到底有什么不同? 最后还不都是以上床作为讨论的终结?

说起来真像她非常讨厌的、绕来绕去的哲学。

他有时也到东安市场旧书摊上逛逛,翻翻旧书,一个上午就过去了,随便扔一个子儿,也许就能买到一本很好的书。好比那本《浮生六记》,就是在丹桂商场的旧书摊子上买的。

也就是在那里,他看到了小说《呼啸山庄》,并被那爱情的强烈所惊吓。在他和吴为正儿八经恋爱之前,怎么也不能相信,世界上竟会有那样强烈的爱。

那时他就怀上了一个梦想,这辈子一定要轰轰烈烈地爱一场。可在上海始于百乐门的那场情爱,却因时间、条件、地点的差错,未能如愿以偿。日后回忆起那一场因白帆的举报、领导的干预而告终的情爱时,胡秉宸不过那么一笑,奇怪自己竟甘愿为那场恋爱受到上级警告。

他一生都在不甘地等待着一场恋爱,直到吴为出现,才算圆了那个梦。可是等到晚年,回想起和吴为的情爱,也不过那么一笑,奇怪自己曾为此梦魂牵绕。

书看累了,就到东来顺饭摊上吃一份肉饼和一碗红豆小米粥。那时候的东来顺,除了雅座,楼下大棚里还经营物美价廉的饭摊,除非家长带他们到江苏风味的森隆饭店回味一下南方口味,他喜欢大棚里那不拘形式的随意。

…………

像胡秉宸这样一个俊朗又不失英雄气概,懂得品位而又不失纨绔,大雅大俗、有形有款、永远的新潮又永远的怀旧,要什么情调有什么情调,一点、一味、一丝、一毫地品味生活的全方位男人,实在世上少有,恐怕也是"五百年才能出一个"。

这样的男人恐怕也再不会有了。他是那种家庭和社会环境缺一不可地造就出来的"全才"。比之他的生长环境,后来的男人总像因为偏食患有某种营养缺乏症。

就像吴为说的:"现在猿为什么不能进化成人了?因为没有了

那种生存环境。"

更有他的革命经历。虽然没有为革命而献身,但也曾时刻准备着,只是没有得到实践的机会;如果遇到那样的机会,胡秉宸绝对不会犹豫。

方方面面都很匮乏、贫瘠,并且崇尚革命,特别崇尚浪漫的革命献身精神的吴为,怎能不为这样一个既出生入死地革命,又精通中西古今爱情典籍的男人所迷醉?

这就是吴为为什么对他说:"只有我才了解你的价值。好比一件出土文物,上面沉积着万年的泥土,一般人觉得不过是个土疙瘩,也许顺手就扔了,碰巧有人知道它是文物,也能鉴别它的颜色、造型、年代……但只有我才能鉴别出他人鉴别不出的、使它得以精美绝伦的奥秘。"

可她忽略了胡秉宸日后几十年布尔乔亚的锤炼,在那种锤炼下,不但英国是脆弱的,精美更是脆弱的。

胡秉宸觉得遇到了千载难逢的知音。

过了很久很久,即便吴为对他有了更多的了解之后,也还认为:"不论怎么说,你在你那个阶层当中,还是最优秀的一个。"

胡秉宸倨傲地"哧"了一声,说:"何止我这个阶层!"

六

在一瞬的迷茫中,胡秉宸几乎带着爱意想起他的父亲,那个日本早稻田大学的留学生,爱女人,也被女人所爱的俊美潇洒的男人。

这反倒是和父亲朝夕相处时不曾想到的。

胡秉宸没有见过父亲的女人,只见过他的如夫人,据说是妓女从良,可是并不漂亮。那时他对男女之间的事理解还很肤浅,所以并不漂亮的如夫人,让他一时颇为费解。

父亲的一生过得舒舒服服,在家族的银行里做着一份经理的工作,如他们这种出身的男人那样,没有什么创造性的工作,也用不着。人生于他们不过是一场惬意的消遣。

父亲既会下围棋也会打桥牌,何况麻将,且样样玩得精通。每周定期去英国人开办的网球俱乐部打两次网球,就像女人定期到美容店去做美容一样。还喜欢算命,兼收并蓄地享受着东西方文化的行乐精粹。

与儿子们并不多话,几个兄弟中最偏爱的可能是胡秉宸,觉得他最像自己,最有前途,最可托付。所以他临死前给如夫人留下的最后一句话是:"有困难去找秉宸吧。"

在 B 大学读书的长子胡秉寰,虽然才学过人,可是沉迷佛经。三儿子身体不好,不像是长命的样子。

在一般人眼里,长子胡秉寰是个怪人,家境虽然富裕却总是剃个光头,着一袭棉布长衫。他的温文尔雅、安详沉稳,与胡秉宸的虚浮冷傲以及那刻意做出来的英国派头,迥然不同。

胡秉寰读书多而随意,精通历史、诗词歌赋,连父亲有时还得听他三分。每个星期回到家里,胡秉宸总是绕其左右,问东问西,他的历史知识、旧学底子,大都是从胡秉寰那里来的。

可是胡秉寰总是神思邈远的样子。

也从来没有听说他和女人有什么瓜葛。

实在不像胡家的男人。

临到毕业考试之前,胡秉寰突然决定回老家。可是老家的佣人没有在码头上接到他，上船去寻，只在舱中寻到他的行李，他从此就神秘地失踪了。

大学里还派人找过胡秉宸，向他打探胡秉寰可能的去向。

家里也找了很多年，最后猜想他可能在轮船上跳海自杀了。除此，他还能到哪里去？

一个不期而至的想法，间或也会掠过胡秉宸的脑际——也许他断绝尘缘，潜入深山老林修炼去了？

不了解胡秉寰的人，猜测他可能死于精神忧郁。但胡秉宸觉得，即便大哥自杀，也是由于他的不肯苟且，他是太孤独了。

有时他觉得，如果大哥不自杀，可能是他们这一代人里最有建树的人。

胡秉宸和父亲毕竟不同，也许更多实际，更多雄心，更多务实精神。

在他看来，一味消遣人生的父亲或是叔伯们，难道不是在衰退他们那个曾经显赫的家族？

还在念中学的时候，他就常常站在那所四合院的中式客厅里，对着刘墉那副对子，还有不知哪位先人所录那幅中堂"太上立德，次为立功，再次立言"出神。

他依稀记得小时练字的情景，可惜因为没有耐心，没能练出一手好字。

除了他，兄弟中以及堂兄弟姐妹中，还有谁会相看两不厌、闲来不闲地翻翻那本装在紫檀盒里，用素绢裱糊得精致讲究，彪炳胡家千古的家谱？

几十年后，这些彪炳胡家千古的记录，在"文化大革命"中被行事相当实际的白帆泡在洗衣盆里，用搓衣板一点点地搓碎了。每每想起已经化为纸浆的家族"荣耀",胡秉宸就痛心不已。他不能责怪白帆,在那个非常时期——真不好意思,比之家族"荣耀",还是保命第一。

　　胡家的昌盛,始自端溪砚的开采,后来又从雕砚琢砚,发展为收藏而发财致富。祖父就是从这样的玩家,最后成为一名古砚鉴赏专家。

　　最后家中还藏有一方端砚"绿豆眼",据父亲说是非常名贵的品种。砚身一脉暗紫,潜向幽深,又点点诡绿闪避其上,迎光更见一抹莹绿流溢其中。还有一方"龙尾"歙砚,据说也很名贵,与那方"绿豆眼"可以齐名。

　　那方"绿豆眼"也怪,不过随形略凿,并无纹饰,看得出是天生写意而非工匠之才。砚背序跋铭文诗赋全无,只一个"茫"字了事,但却透出一份通灵,有一份待人善解的神秘期待。若说制者、藏家、姓名、年份全无倒也无妨,反正是胡家的东西。对于石质、刻工上下,到了胡秉宸这里早说不出所以,可这一个"茫"字……头绪多端,该作如何解释?

　　这方砚究竟来自他那采砚的先祖,还是后人所藏?

　　采自南唐,还是宋、元、明、清?

　　究竟是第几代先祖雕凿?此人行状如何?

　　砚背的这个"茫"字,成了他心里一个悬案。

　　看来胡家也不都是条理清晰的人,比如大哥,B大学国文系的高才生,无缘无故就突然自杀了。他的自杀与刻下这个"茫"字的先祖有没有关系?

　　一九四二年后,胡秉宸回到故里,父亲已经过世,如夫人没有遵照父亲的遗愿而是改嫁他人,家里多少代人保存的名贵家具,也随之做了他人家的财产。

在破败的院子里,尚有几只花盆置于角落。明知那院子收拾也无可收拾,却不禁伸手去搬动那几只边缘缺损的花盆,突然看到一只花盆下压着那方"绿豆眼"。

谁压在这里? 当然不会是如夫人。难道是父亲?

他百感交集地捡起那方砚,不由得迎光摇去——曾经流光溢彩的"绿豆眼"瞎了,回身为前世一方顽石。

不过那的确是"绿豆眼"呀。

七

胡家没有一个人知道,胡秉寰在离去的前夜,对着那方"绿豆眼",对着那一个"茫"字想过什么。

是不是这一个"茫"字决定了他的去向? 还是"绿豆眼"在胡秉寰离去后走了魂?

八

到了老年,胡秉宸迷恋起家谱,为这一方砚的来历费了很多心思,却终究不得其解。

由这方砚,他想到,应该,也值得把吴为列入胡家那不凡的家谱。但吴为说:"你最好还是把白帆列入胡家的家谱吧,毕竟你的子息都是她生养的,我不能再抢夺她这份荣誉。"

272

此话言之有理。但他又实在舍不下吴为这样一个"人物",说:"那就把你们两个都写进去。"

"你觉得这样做合适吗?"

胡秉宸说:"这有什么不合适的?"

"可我觉得很不合适。"

和吴为的离婚,终于使他为这个难以裁决的进球,吹出了决定性的一哨。

许多让胡秉宸悬而不决的问题,在和吴为离婚后终于得到了妥善的解决。

胡家的昌盛早已不是原来意义上的昌盛,难道再不会出个青史留名、重振家声而不一定是重振家业的人?

可是谁也没想到他参加了革命。

时局败落,生命更如风中草芥。何止胡家,家家都在随风飘零。

向父亲告别时,父亲沉默起来,大自鸣钟滴答、滴答的声音,颤颤悠悠消隐在客厅深处。在他们相对无言的沉寂中,自鸣钟消隐而去的行走,似乎提醒着一切将不可避免地流逝。他们抬起眼睛,相对而视,不约而同却又不很贴近地想到了"前景"这个词。

父亲似是而非地叹息了一声,只说道:"这样也好。"似乎肯定了他的选择,并掩遮着些许的愧怍。

外部世界风雨飘摇,各路英雄风云际会。家族分裂也现端倪,前景如何,实难卜料。

二房一支,民国初年就开了矿山。奶奶买了很多新矿山的股票,可是二房的人又说要赔,把奶奶手里的股票全买走了——刚买走,股票就涨了。

九

以后,胡秉宸还会在革命的道路上,与二房一名"败类"狭路相逢。

十

胡秉宸参加革命不如说是偶然。其实很多看似非常重大的事情,大部分出于偶然。

彼时学校里已常见传单,各路政治小组也很多,他却没有参加一个。就连孙中山先生的那个党,他也不太信服,总觉得辛亥革命时孙先生并不在中国,所以也不能算完全是他领导的,和后来的长征一样,相当偶然。

偶尔参加一下要求抗日的游行,在国民党市政府门口坐一夜,迷迷糊糊打会儿瞌睡,也没见市政府说出个所以,不过国民党从来没敢开枪。

闹了一阵,各大学就派代表去南京请愿。

胡秉宸没有去。正像胥德章说的,他在学校根本不是活跃分子,可能因为对那些忽然站起来喊个什么口号的行为,抱有非常不敬的想法。

南京请愿没有结果,一九三六年又出来个西安事变。

时局紧迫,何去何从,摆在了每个大学的面前。校方广泛召开座谈会,征求各方意见。

品学兼优、全校闻名的胡秉宸,自然在列。就像抗战胜利后,林伯渠老在毛、蒋二人谈判裁军问题前,就此在周公馆召集会议,统一认识,征求意见也召集胡秉宸一样。在历史的关键时刻,胡秉宸总是那风口浪尖上的人物,他似乎就是为风口浪尖而生的。

在校方召开的会议上,他同样慷慨陈词,认为应该迁校内地。

可是在校方召开的另一次会议上,他未在邀请之列,不知出于什么心态,在会议室外窃听。

这一次窃听,既展现了他日后领导地下工作的卓越潜质,也显示出他不甚平实的倾向。

于是,他抢先在布告栏里张贴了一个声明,说是校方不准备迁往内地,对此他表示坚决反对,并像欧洲那些大学的学生一样,在声明上写上了自己的学号。

到底是隔墙之耳,胡秉宸难免听错,事实是校方决定迁校。

校方对此未置一词,胡秉宸倒给自己制造了一个非此即彼的选择:回避错对问题一走了之;或承认自己听错,跟着学校迁往内地,继续完成余下的学业。

其时,他还有半年即可毕业。

考虑再三,他决定当兵。倒不一定是面子问题,当时东北、华北、华东已经沦陷,很快也要打进国都南京,中国如果再不奋起抗战,很快就要亡国。他的工业救国梦也不可能实现,不打走日本人什么也说不上。

所有正直青年都不再观望,却没有当兵救国的概念,一说打仗,就好像是农民抓壮丁,根本不是他们的事。特别在J大学这种比较保守的学校,学生们大多出身于富裕家庭,和国外也有着千丝万缕的联系。

参加抗日的出路不外两条,或参加蒋介石的军队,或参加共产党的军队。胡秉宸选择了共产党。

当胡秉宸在学校里宣布投笔从戎的消息时,就像他那张揭露校方不想迁往内地的布告,再次震动了全校。

因为没有一个学生不珍惜 J 大学的学位。他们在这个大学得到的学分,美国麻省理工学院一律承认,毕业后再到麻省理工学院读八个月,就能拿到博士学位。毕业后的经济效益也很诱人,其他大学毕业生每月工资只有四十元,J 大学的毕业生每月可以拿六十元,并且没有失业一说。

父亲是个喜怒不形诸颜色的人,既然他不告诉父亲到哪里去,父亲也就没问,不过猜想他是要到延安去。沦陷时期,父亲通过银行的老人转过一封信给他,告诉他日本人抓共产党抓得很厉害,让他千万别回来。据他所知,日本人还多次让他那个留学日本的公子哥儿父亲出面参政,父亲却坚决不肯出山。

一别经年,后来他都不知道父亲于哪年去世。

十一

他也想起大学三年级那个寒假的晚上,难得与父亲同时坐在起居室里。也许是起居室的暖意,让那个冬日的夜晚显得很有家居的温馨,父亲突然让他到书房拿来纸笔。一向和儿子们很少交谈的父亲,这个举动让胡秉宸有点受宠若惊。不过他也像父亲一样,不大形之于色。

父亲跷着裤线笔直的二郎腿,脚上着一双优质英国皮鞋,身上自然也是一袭来自英国的吸烟袍。几乎是沉着脸,在手边那张线条简约的明代小茶几上,按照自己独创的一套方式,推算起胡秉宸的生辰八字。

那时父亲只从英国购进服饰，三十年代中国上层人物的服饰，还是英国人的一统天下；意大利服饰还要等上五十年，才能在世界上称雄称霸。

对于时尚，胡秉宸有一种自学成才的天赋，这有一点像女人。比如父亲从没带胡秉宸去过网球俱乐部，他的网球技艺却是打遍全校无敌手。

当然也不能说胡秉宸在衣着方面的品位、苛求与父亲毫无关联，包括他爱女人也被无数女人所爱的这一点。

哪怕在用水极其困难、无法洗濯的情况下，哪怕与一个兴趣不大、完全谈不上恋爱，只是调调情的女人相会，胡秉宸至少也要保持一个雪白的袖口、领口，以及认真刮过的面颊。

可想而知胡秉宸对"情调"的敏感，参加革命后，他更是失去了这方面的实践机会，想起来就让他觉得白白糟蹋了自小就耳濡目染种下的慧根。后来胡秉宸正是从吴为竖起的衬衣领子上，引发出对自己那遥远的、卓尔不群的魅力的怀念。

他暗暗瞟着吴为竖起在细长脖颈后面的衬衣领子，似乎无意地说："我最好的年华已经逝去……在最忙碌的年月，只能很随便地穿着军衣。但即便是一件军衣，穿着都很潇洒……三十多岁，每天自己开个吉普车，进进出出。"他忽然停下，含意不明地笑笑，"……却和白帆几乎没有关系，我一辈子都没和她挽过手，一辈子都没有认真过……"说到这里，他又停下笑了一笑，眼神很邈远的，"……我不知道是否有人喜欢我……至少没有人敢喜欢我，我看上去有些可怕。刚解放的时候，我在肃反办公室当着一个处长……哦，想起来了，有个演电影的，同男人搞关系被人抓住了，送到我这里来，由我处理。过几天她忽然浓妆艳抹地到我的另一个办公室来,同我说上海话:'阿拉还是满喜欢侬格。'真滑稽……"却略过了他当时是怎样垂着眼睑,默认了那个他认为很漂亮又很淫荡的女演员的表白,然后换了话题,"……我喜欢你那件软缎衬衣、那条裙子,还有最重要的,那种知道自己是漂亮的神气。"

直到和胡秉宸离婚后,吴为还保存着一张胡秉宸大学时代的照片。那是一张全系学生的合影,几十人中,唯有胡秉宸一人将大衣领子竖了起来,礼帽低低地斜压在眉骨之上,使眉眼鼻子若隐若现于帽子阴影下,只突出坚毅的下巴和性感的嘴。那张嘴,与多年后美国当红影星保罗·纽曼(Paul Newman)的嘴,无论形状还是内容,都无比类同。而其他同学虽也西其服革其履,不过怎么看都还是戴瓜皮帽的小地主。唯恐不展地把大衣领子抚了又抚,帽子端了又端,前帽檐后翘,露出呆呆的脑门儿,唯恐他日、他人认不出照片上的自己。

试想,一顶西式礼帽这样戴,还能戴出什么兴致来?

一九四九年以后,随着胡秉宸的擢升,方方面面条件具备之后,公余之暇竟也带着猎枪到郊外去打打猎,虽然从未猎到过什么。

待他有了宽敞的住房之后,也开辟了英国家庭必有的一间书房,并且在院子里种了花,虽然那些花从来开不好,或是越开越残。

总而言之,一旦有了条件,胡秉宸就会"从头收拾旧山河"。而他周围那些并不了解英国的延安们(包括白帆),以为这不过是一种习惯,一个私人爱好。

虽然胡秉宸多次对吴为表白"我不太喜欢英国人,因为他们傲慢,一副帝国主义派头,不论《简·爱》或是《蝴蝶梦》中的男主角,我都厌恶。都是游手好闲,一辈子不工作,靠财富过着奢侈的生活,好像没钱的姑娘非爱他不可的一副贵族阶级派头,而那些女人又都是可怜巴巴的样子",却又忍不住提醒吴为:记住,我是一个忠心的顽固派——英国式的顽固分子。

其实,胡秉宸打心眼儿里赞赏英国人的是:实事求是;勇敢——作为一个伟大的民族在第二次世界大战中的表现;承认现实,虽然不像法国人那样富有浪漫气质,但从不会吊儿郎当。

当然这里说的不是一个具体的英国人,而是一般概念上的英国人——他是马,然而不是白马。

胡秉宸对英国的酷爱,也可能和他从高小到初中整整六年都在英国教会学校读书有关。六年不是一个很短的时间,总有一些影响,不管好的还是不好的。

胡秉宸从他的英国教师那里究竟受到了哪些影响?

至少是英文,所以他的中文写得很坏。也许还有踢足球和认真的态度,以及那时常说的 sportsmanship(运动员风格)——虽然现在的英国运动员也一样地粗野和踢人了。

可能还有鲁迅先生提到过的"费厄泼赖",即公正、合理那一类名词,以及那一类名词的含意。

胡秉宸可能有很多缺陷,但不逃避危险和困难的行事态度,可能就是从这一类名词来的。

他不时对英国突发的恶意,其实没有多少道理。追究起来,不过是因为他的英国教师曾经使他不快。

教过他的英国教师很多,他大多记不得了,只记得一个由于他的迟到,经常打他手板的英国校长。

后来读到英国小说,特别看到书中那些打学生板子的教师、校长时,他自然就会想起那些冷漠而又非常严格的英国教师和校长——他们在打他手板的时候,丝毫不讲价钱,而且从来不会忘记;学校里甚至专门备有一间供教师打手板用的房间。

　　还有一位一条胳膊丢在第一次世界大战,只剩下一条胳膊的
Mr. Smith。他和胡秉宸那一班学生相处的时间较长,常常带学生去
野营。有一次到西山,班里仅带了几只水壶,又没有杯子,喝水时
大家只好轮流对着壶嘴喝。至归程时饮水已经很少,胡秉宸渴了
但他又很挑剔,嫌那样喝水很不卫生,便先从水壶中倒出一些冲洗
壶嘴,被 Mr. Smith 大批一顿。不过他可能没有理解,考究的英国人
还有相当务实的一面。

　　因此他对英国的恶意,难免装腔作势,并兼有鼠肚鸡肠的报复
之嫌。

　　可是一不留神,又会流露出对英国人的万般倾慕。他曾在给
吴为的一封情书中连篇累牍地说道:我昨天搞到一套《战争与回
忆》,是《战争风云》的续篇,如果你手头也有这套书,请读一下第四
册,一千五百二十一页——帕米拉已同一个英国空军中将邓肯订
了婚,邓肯在一次冒险飞行后受了重伤(一个典型的英国人从来不
拒绝这类冒险),这时候帕米拉决定解除婚约同帕格结婚。帕米拉
在描写与邓肯相处的最后一个晚上是怎样说的呢? 她说,事实上
就是我们一起待在斯通福(邓肯的宅邸,他在那里养病)的最后一
个晚上,他当然心情抑郁,不过像一贯那样,始终和蔼可亲——可
怜的好人儿。这就是英国人的绅士风度。

　　他又接着写道:

　　　　我在读《战争风云》的时候,就老在注意帕米拉和维克多·亨
　　利的结局,好像这会象征我们的什么。在经过复杂的局面和重重
　　困难之后,他们终于结婚了。婚后他们在华盛顿第一次出场的情
　　况,我也抄一些给你。第四册,第一千六百九十九页——

"现在哪儿去呢?"他问,"到你们大使馆里去参加那个会吗?"

"如果你有空的话,亲爱的。如果你高兴去的话。"

··············

"······大使馆里开的是什么会?"

"哦,不过是一个小小的招待会。参加的有我们记者团里的,英国采购委员会里的,还有其他这一类人。"

"可是,为什么举行这个会?"

"老实告诉你吧,这样我就可以把你炫耀一番,"她向他斜睨了一眼,"好吗? 我的朋友多数都去。哈利法克斯夫人很想见你。"

"好吧。"

··············

维克多·亨利这次来,显然是为了在会上让人们看一看。帕米拉手搭着他的胳膊,在大使馆花园里走来走去,把他介绍给大伙儿。到会的人寥寥无几,他们招呼他时都尽量装出英国人那种冷淡的神气,故意不去盯着他看,也不去向他问话,但是他仍旧觉出所有的目光都在打量他。三十年前,罗达(离婚的前妻)也曾把他这个海军学院橄榄球后卫拖去赴地斯威特布赖尔同班生的午餐会。有些情景并没有多大改变。帕米拉穿着一件印花上衣,戴了一顶车轮帽,看上去十分动人……

在驱车回公寓的途中,帕米拉说:"哈利法克斯夫人说你简直是一头羔羊。"

"这是一句好评语吗?"

"这是授给骑士的爵位。"

　　回到彼得斯的公寓里,帕格洗了一个淋浴,后来闻到了从卧室敞开的门外飘进来烤肉的香味。他穿了一条宽大的灰色旧运动裤,感到很满意,然后再穿上白色开领衬衫和褐红色套衫,跋着鹿皮鞋。这是和平日子里他下班后习惯的打扮。他听见杯子里的冰块发出丁当声。在起居室里,帕米拉穿着家常衣服,系着围裙,把一杯马提尼酒递给了他,"天哪,我不习惯看见你这副打扮,"她说,"看上去你只有三十岁。"

　　帕格哼了一声,"可已经不像三十岁那样顶用了。"他说时端着他那杯酒坐下了。这是有关床第之间的一句暗示。

　　他对此感到非常快乐,希望她也如此,但是就新婚夫妇之道而言,这也没什么特别的。她的答复是在嗓子眼里笑了一声,然后在他脖子上吻了一下。

　　…………

　　我能有这样的一天吗? 成为一个招待会的家属? 这一切多么凑巧,这是预示着什么吗? 我为什么一开始就注视着这两个人的命运? 是什么使我去注意他们?

　　这是一封只给你一个人看,并且看完就应烧了的信,因为里面净是孩子气的、只能在你靠在我肩膀上的时候才能说的话。

　　如果将来你知道我"不那样顶用了",你会讨厌我吗? 至于我,你对我是神圣的,完全是神圣的,我是你的奴隶。反对个人崇拜在我们之间不适用,我永远跪在你的脚下。如果你抛弃我,我一定心脏破裂而死,而且死无怨言。我会成为这样一个人,以前是不能想象的。别笑我这些傻话。

他们后来果真像帕格和帕米拉那样结了婚。结婚初期,胡秉宸不放过任何参加她那个圈子聚会的机会,一心想要照着《战争与回忆》的范本,一还读它的夙愿。然而没想到,真到聚会上,却进入不了角色。

吴为不知道问题出在什么地方。

很多人都想看看那场大逆不道、轰动全国的恋爱的男主人公，那个吴为为之出生入死的男人。

胡秉宸对大家的致意、寒暄，只是不着痕迹地点点头。就像还在他的部长办公室里回答下属的问候，还流露出些许的冷傲。也许他本意并非如此，那不过是一个过于自尊的人，对生疏的周边环境不由自主的戒备、自卫，或不过表示他并不输于那些社会名流。

吴为的几个朋友，担心他在完全不同的人群里感到冷落、不自在，没话找话地陪他闲聊："听说您也是 J 大学毕业的，咱们俩算是校友了。"

胡秉宸回答说："我从来没读过大学。"

又一位朋友问道："您都在哪个部门工作过？"

他等于没有回答地回答道："好几个部门。"

旁边坐着一位被打过右派，坐了十几年牢的作家，语出惊人地说："你们何苦喋喋不休地向胡先生问长问短，你们还看不出胡先生不屑回答吗？"作家红头涨脸地把玩着手里的酒杯，可能有点醉了，不肯罢休，自视甚高地接着说下去："作家是什么？都是人精，处理问题可能不如政治家老谋深算，但不等于看不出问题，不然还当什么作家！"

胡秉宸就不光是君临臣下，而是龙颜大怒了。

回到家里，吴为问他："你怎么对我的朋友一句真话也没有？"

他说："要像你那样什么都对人家说，我干地下党的时候，早就没命了。"

"可现在又不是地下党时期，人家问你的又不是什么机密，你怎么就不能对人家说点儿什么？"

"我为什么要和这些不相干的人说那么多?"

"人家不过一片好心,怕冷落了你。"

"什么好心! 你那个朋友是坏人,应该再让他劳改二十年。"

在期待已久的亮相中,胡秉宸失败了。

几番经历之后吴为就知道,关于"反对个人崇拜在我们之间不适用,我永远跪在你的脚下"等等,不过是胡秉宸的即兴之言。人在冲动的时候,什么美好的话说不出来?

只有女人才会崇拜一个男人,而男人只能把玩女人,却不会崇拜一个女人。

于是吴为想,胡秉宸关于"英国人"的理论,不过理论而已。

而所谓的英国绅士,其实也像凡人一样鼠肚鸡肠、斤斤计较。英国人的优越感,对事对人那种不着形迹的蔑视,难道不是品位最正宗的假道学?

十二

胡秉宸虽然把占卜、堪舆之类看作邪术,但父亲对很多人的推算都很准确。他说的也不多,只一两句,点拨出最重要的人生转折。

最后,父亲抬起眼睛看着他说:"五十多岁之时,你有一步官运。"

然后犹豫了一下,带着些时不再来的思虑,决断而又浅尝辄止地补充说:"也有一步桃花运。"他犹豫再三,终于没有说出胡秉宸有两次婚姻的前景。

胡家的男人，没有一个不是娶两房太太的，不是三个也不是四个，就是两个。至少在近两代都是这样，如果往上追溯，可能更是一番繁华景象。

父亲此时没有说出的话，在他与吴为热恋时由白帆点拨出来。在白帆的点拨之前，胡秉宸对胡家近几代男人的这一际遇，一直熟视无睹。

那一年，他大约二十七岁，健壮而又情欲旺盛，如果再不和女人睡觉，就会生病。

周围男性，几乎都是年龄相当的光棍，除了革命，人人还面临那个年龄段上迫切的生理需要。而他们的工作性质，又决定了他们只能封闭在一方窄小的天地，基层组织也没有考虑到这个天地"麻雀虽小，五脏俱全"，也存在着一个生态平衡的问题。

地下党里有个曾经留学德国的同志，可能受西方性观念的影响，谈论起性爱肆无忌惮，还自告奋勇地担当起协调的角色，不但向大家热诚宣讲手淫与健康身心的理论，还具体传授实践的方法："用肥皂水帮助摩擦效果更好，下面那些工作点还有人主张用油，乡下照明不是用桐油吗？晚上熄灯后，桐油灯就放在床边，灯盏里总有剩油，伸手就可以蘸着。"

大家听了笑不可遏，胡秉宸却鄙夷地调过脸去，他与众人不大谐调的毛病，一直也没有得到彻底的改造。

可这并不妨碍胡秉宸偶然消遣一番，既不用肥皂水也不用桐油润滑。想到肥皂水把裤裆弄得湿漉漉、黏糊糊的感觉，挑剔的他从不予以考虑。至于桐油，还会在衣服上留下斑斑油污，很难除掉，更不可取。

但他认为手淫的办法绝对不可久用，长此以往，对男人的性能力可能还会产生不良的影响。

对周围一些来去匆匆、游击式的性关系,他也觉得不能尽兴,不能酣畅。在两性关系上,他还是相信中国传统的"采阴补阳"的说法,对稳定和长期的性关系,有着一种延年益寿的向往和解释。

恰巧胡秉宸这时需要一个烫头发、涂口红的女人,配合、掩护他的地下工作,领导上向烫头发、涂口红的白帆征询,肯不肯充当这个角色,她答应了。

以过去的观念,除了和柳彤、王局长那两档子事,白帆一生都称得上是听党的话的好干部,模范党员。不过柳彤和王局长那两档子事,用现在的标准看,除了对胡秉宸有点意义之外,对党,对他人,真算不了什么。

没想到白帆在接受党的任务同时,还接受出这样一个意外——只看了胡秉宸一眼,就被这样一个男人震慑得不知东南西北。可她同时也遭上了她那一"劫"。

经过了延安的胡秉宸,对女人的概念已经相当具象,这和他到延安后就遭遇的一次恋爱有关——

因为拿的是周恩来的介绍信,所以一到延安,他就住进了陕甘宁边区政府的招待所,在那里等待分配工作。

这封介绍信不只让胡秉宸住进了陕甘宁边区政府的招待所,初次品尝到革命等级的滋味,使他起始就站在一条比较超前的起跑线上,也为他美好的革命前程做了铺垫。

招待所院子很小,一圈马厩似的平房,这种房子胡秉宸在家时是不屑一顾的。可是延安的等级,是革命的等级,很少人不迷恋革命的等级,正常状态下,那不也是衡量对革命贡献大小的尺度?

在那个小院里,他一头碰上一个平生从未见过,比小姑姑和老家的婶子更美的美人,一个从四川来投奔革命的女人。

他们一见钟情，马上就谈起了恋爱，但那场恋爱，与胡秉宸阅读《呼啸山庄》时所向往的却又不是一回事。加之胡秉宸刚到延安，还没有学会工农干部与女人相处那套单刀直入的路数……四川美人识字不多，除了一起唱唱歌，没有什么可以多说，不过美貌弥补了识字不多的遗憾，照样让他热血沸腾，晚上睡不着觉。辗转反侧之中，他有一种焦躁得像是被烘烤着的感觉，思绪就翻飞得非常具体，不像和小姑姑的交流那样不着边际。

在此之前，胡秉宸还真没有机会在女人身上多费心思。

理工科大学，女性同学本来就少，即便有个把女性也谈不到风情，漂亮的女人本不该去学习那种枯燥的事情。

多年后胡秉宸对吴为卖弄地说："当时有个女同学很爱我，可我那时候对女人没有一点儿兴趣，后来她去了英国，成了一个很好的电气专家，前些年回国我还见到了她。"

那时吴为已经走出胡秉宸的迷谷，回他说："那是因为她不漂亮。如果漂亮，你早就得手了。"

胡秉宸很不满意吴为的回答，他想：一个男人，一旦在一个女人面前脱去了衣裳，也就等于脱去了面具。

然而他们不能结婚。当时延安规定女人不限，男人结婚必得符合"二五八团"的规格，缺一不可。

胡秉宸是一门也不门。

不过早在读《空想社会主义》那本书的时候，他就批判、否定了绝对平均主义，认定等级在任何时候都应该存在，平均主义只能造就平庸和懒汉。

几天之后，四川美人就分配到抗大，等待分配工作能等多久？革命需要干部。

　　她到抗大后,很快就和抗大一个大队长,符合"二五八团"的长征干部结了婚。胡秉宸和她的那场恋爱也就非常短暂,如同快餐。

　　大队长常常向人夸耀:"我的老婆全党第一。"

　　在鉴别女人美丽不美丽这个方面,阶级出身没有什么决定性的影响或观念上的差异。世家出身的他,和工农出身的长征干部,可以说是"英雄所见略同"。

　　解放战争期间,胡秉宸还不死心地打听过她的下落,听说离了婚。那时她不但学会了识字也学会了写字,离婚前还给丈夫写了一封信,那封信也写得相当有水平,她说:"你是个好首长,但不是个好丈夫。"

　　可要是让胡秉宸回头再把她找回来,却未必还能找回旧时的情怀。

　　在说完这些情况后,那带来消息的人又风马牛不相及地说道:"有一次打完仗,我找了个妓女一夜干了她四次。"似乎是一种注解。

　　顾秋水就没有胡秉宸这样的思想境界,他在延安的恋爱被上级领导活活拆散后,怪话连篇:"没想到在这儿连男人的鸡巴也分等级。不管到了哪儿,男人在鸡巴上的待遇,应该是一律平等的。"这个从小当兵的人,深谙军队就是等级运作下的机器,如果上级军官毫无缘由地抽他一个嘴巴子,他绝不会有第二句话,但男人睡女人的权利却不该分等级。

　　顾秋水对共产党的不满,可能也始自他的鸡巴遭受了不平等的待遇。

　　这种理由实在不能登大雅之堂,但怎能要求一个在军阀队伍里混了多年的兵痞,像胡秉宸那样考虑空想社会主义和绝对平均主义,并指望他怀有美好的情操?

延安使胡秉宸成长。不论在家的时候已然把一个少爷当得如何头头是道,还是像父亲那样已然是个有形有款的公子哥儿或是上了大学,都算不得成长。

从此,他对两性关系不再坚持《呼啸山庄》那种形而上的观点,甚至劝说那些不安于夫妻生活的男人:为什么一定要看女人的上面?蒙上脸,哪个女人的下面都一样。

胡秉宸领导的那部分工作,除了白帆和常梅,再没有别的女人,在很长的时间里,他成为这两个女人角逐的对象。

白帆却对芙蓉一口咬定,当初胡秉宸死死地追求过她。

比之常梅,烫头发、涂口红的白帆,不但不丑,还可以说是漂亮,并且还是共产党员。她的缺陷,只是粗糙而已。

一个地下工作的负责人,怎么能和一个不是共产党员的女人长年累月地睡在一起?女人本来就不大可靠,常常不按规矩出牌,随时可能出现难以预料的举措。

后来他们这个系统出了大事——果不其然,就是因为一个女人!

共产党员白帆最终战胜了常梅,成为解决胡秉宸民生大计唯一适当的人选。

常梅被淘汰出局,日后嫁给了胥德章。

由于胡秉宸的这一选择,常梅几十年如一日地和白帆结为亲密战友,一生都在关注等待着,收拾白帆和胡秉宸尔后的日子。

无论如何,对于胡秉宸,白帆有点像他吃着的那碗有点饥不择食又难以胜任的臊子面。

可是白帆在床上的表现却很够劲,与性欲炽烈的他,可以说旗鼓相当。只是她在高潮来到时,那像指挥员鼓动战士冲锋陷阵、不断"顶住,顶住!"的喊叫,让他觉得和她做爱像是冲锋打仗,而且是一场敌我力量悬殊的硬仗,使兴味正浓的他略感败兴。

男人在与女人做爱过程中,大多愿意扮演指挥者、控制局面的强者,而白帆"顶住,顶住!"的喊叫,使他有一种受女人指挥的感觉。

胡秉宸又是一个喜欢冒险,有着浪漫气质的人,不但不会恐惧打仗,可能还盼望着有一天在战争中献身。可是做爱和打仗,应该是两回事。

难怪他和吴为进入状态的初期,会对吴为那样说:"我从不知道,一个女人的嘴唇是这样地柔软芬芳,和你接吻就好像喝上品龙井'狮峰',回味极佳。我和白帆几十年接的吻也不如和你一天多。有个海外的女作家说,如果你不知道要不要和那个女人结婚,就和她接个吻。和你接吻真是不得了,那真是一个温暖黑暗的无底深渊。我有两个野心,一个是娶你做老婆,一个是写三篇文章让人们争论二十年。结果是什么也写不出来,每天一睁开眼睛就是你,神魂颠倒,一天十几个小时,很快就过去了……"

当胡秉宸对吴为这样情话款款的时候,的确忘记了不久前他还对白帆那样的表白:"你也不想想,我能跟吴为那样烂的女人搞关系吗?连她写给我的信,我都如数交你存档了,你还不相信我?"

随着他和吴为的关系越陷越深,就在白帆开始反击吴为之前,胡秉宸又把这些信,从白帆那里偷了出来还给吴为,使白帆在她的"自卫反击战"中痛失一批重磅炸弹。

读者可能还记得,本书第二章第一节里的一句话:"除政权易手之外,一九四九年还将是很多事情的分界线。"

一九四九年以后,胡秉宸眼见周围不少人因忽视这条分界线,继续按照过去的习惯办事,影响了自己大有可为的前程。特别对待女人的习惯,这一条分界线的前后,更是非常不同。

一九四九年以后的胡秉宸已经相当成熟,懂得了"楷模"在各种台阶上的意义。他必须和白帆在大方向上保持一致,以便同心协力,致力于方方面面"楷模"的营造。

他们彼此不再旧事重提,而是和和气气地过起日子,比之刚进城就出了"陈世美"的那些家庭,他们可以说是模范夫妻,所以年年得到模范家庭的称号,那块光荣匾也高悬在客厅的门楣上。对于胡秉宸这种出身的人,那块高悬的匾,实在张扬。每当他独自坐在客厅里的时候,免不了会对着那块匾,胸有成竹地一笑。

如果胡秉宸后来不陷入吴为的情劫并终究不能自拔,他们这个模范家庭还会继续下去,他也不会赶那个"陈世美"的晚集,在如过江之鲫的"陈世美"之后,给社会一个重新讨伐"陈世美"的机会,好端端地败坏了一世的名声。

吴为真是害了他,也害了白帆,还有他们一家。

胡秉宸倒是不再"闹事"了,可能是生活的安定,倒让白帆生出事来。使她在任王局长秘书期间,与王局长"一晌贪欢",让人想起"饱暖思淫逸"或"积习难改"那样的老话。

在男性的一统天下,"秘书"对女性可能是个相当危险的职业。不过分析起来,她和王局长的关系不能算是对权力的无奈,也和现在某些"小秘"的种种心计不能同日而语。因为那时胡秉宸也官至局长,她也不缺少经济保障。

他们的私情,也像她和柳彤的私情一样,又栽在政治运动上。

有才有干的王局长,不幸于一九五七年的反右斗争中被打成右派。他本不必在他的检查中交待与白帆的那点私情，可是他担心，要是他不交待白帆却交待出来，岂不罪加一等？何况那时他已无法与白帆串联，或订立攻守同盟。

王局长在共产党内，也算有点资历的干部，和胡秉宸不相上下，就算他和白帆有订立攻守同盟的可能，根据他的经验，也是无济于事的。从来没有一个攻守同盟敌得过一个又一个政治运动的逼、供、信，仅就这点来说，比国民党厉害多了，国民党怎能不失败？

事后白帆质问王局长："谁也没有让你交待这种事，你为什么主动这样做？"

王局长回答说，"我要是不交待你却交待了呢？你又不是没有这样的先例，比如说对那位柳彤同志。"两人的话都很实际，比之他们曾经有过的那段私情，真是无情至极，可也不能说他们谁对谁不对。

白帆无以应对。

如果不是一九四九年后柳彤在"肃反审干"运动中成为审查对象，有人到白帆这里进行外调，白帆也不会沉不住气，外调的人刚说了一句："柳彤把什么都交待了……"她就竹筒倒豆子似的把柳彤不那么彻底的交待，完全彻底地交待出来。

白帆其实是个非常坚硬的女人。但女人终究是女人，常常在关键时刻难以把握大局。换了胡秉宸，无论如何不干这样的蠢事。

其实白帆自己也不十分肯定，她不屈不挠地掰着指头，对月经期以及往返于两个男人之间的日期进行细算，以确定孩子的归属，但让胡秉宸一声"你还有没有廉耻！"的咆哮，吓得无法研讨下去。

他不知道应该自豪还是应该尴尬。这可真是彻底的唯物主义了，连这种事情也能这样不动声色地拿到桌面上来，进行这样唯物主义的讨论。

胡秉宸不止一次地说："难怪你当初不让他姓我的姓,而是姓了个杨!杨柳,杨柳,杨后藏着'柳',再加上个'白',真是藏头诗式的好名字。"

比起白帆在得知他和其他女人关系后的不依不饶,他实在有权就此结束和白帆的关系。但是想到"楷模"的营造,他只能忍痛,对此忽略不计,与白帆相安无事地度过一个又一个他从前绝对不肯善罢甘休的关节。

其实到了现在,这个问题已经变得非常简单,到医院查一查血,做一个亲子鉴定,就能迎刃而解。可是出于同样的考虑,胡秉宸不想闹得满城风雨。不论到了什么时候,他们都应该是"模范家庭"。

不过名字的问题,实属偶然。

没姓胡秉宸的姓,当时只是出于地下工作的考虑。

幸亏组织上考虑到白帆是个年轻的老干部,又没有什么右派言论,不但对群众封锁了她和王局长的这段隐情,还从她和胡秉宸的家庭幸福考虑,对胡秉宸也封锁了这个消息。胡秉宸始终不知道白帆还有这么一个段子,不然这肯定又会成为他的一个撒手锏。

政治运动何止在政治上将人置于死地,也让很多人为这些算不了什么问题的问题,丢尽脸面。

即便如此,白帆对"运动"并不生恨,只是日后在吴为介入她和胡秉宸的关系时,她才想到,一场接一场的"运动",正是这样混淆了革命和不革命的高低贵贱,抹杀了这一等人和那一等人之间的区别,从而使吴为这种人有了和她分庭抗礼的可能。但这并不妨碍她拿着私生子的把柄修理吴为。

时势不但造英雄,也给白帆造出一个忠心耿耿的丈夫。

一九四九年后胡秉宸多次有机会去上海,也多次经过那个一夜销魂的饭店和百乐门和为他地下工作提供诸多方便、做过多次掩护的姨夫家,却是过门不入。

尽管里面住着他曾经为之情迷,几乎导致和白帆的分手以致闹到组织出面干预的表姐绿云……一天到晚画着双妹雪花膏之类的广告,并把广告上的女人个个画得像她那样丰满开放,也有些许俗艳的表姐啊!

那么对吴为呢?

也许从胡秉宸初始写给吴为的几封信,可以探出他的心迹。

自吴为成为作家后,胡秉宸就开始给她写信,比之从来不给她留下片纸只字的过去,可以说是零的突破。而一九七三年使他和吴为角色互换的那封信,只能算是与白帆的合作。

这些信既无抬头也不具名,内容更是含糊,好在"明眼人一看便知",二人自然心领神会。即便如此,对于把前程看得很重的胡秉宸来说,为这些信还是承担了极大的风险——

A.《人民日报》一篇十分动人,我怀疑火车站一篇能否比这篇更成功,因为境界到底不能比。也许你有什么鬼办法。

《人民日报》一篇好在"短",好比一座又端庄又妩媚的小山头,刚刚走完,觉得已经差不多了,一转过去,还有一座!而每座山头之间又没有什么冗长、平淡的路要走。使人读了余音袅袅。

读　者

B. 不要再打电话来,也不要再这样写信,不论你怎么"亲启"、"内详"都是一样。我每天收到若干封信,也有写"大人"亲收的,也是一样按公文程序处理。至于电话,参加听的人至少有一打，还不算那一头的，徒然增加许多麻烦。如果要我办什么事，可以写信到家里，还要对家中人问好。所以首先是不要这样打电话和写信。

你那个火车站的主题，我看有些像十九世纪的东西。什么"传宗接代"！都是十九世纪的事，离我们已经很远了。还有什么"统一论"！在许多地方已经无可挽回地一去不复返了。在我们这里，二三十年内也要成为历史陈迹。那些电影喽小说喽，只在人们怀旧时才去看看，读读。老太太们叹一口气，说声今不如昔。在实际生活中很快就要不存在了，这是没有办法的事，历史是无情的。

当然，无论如何，我们还处在变化的时代，各种胃口的人都有，所以祝你成功。

读　者

C. 你撤回稿子的决定使我大为震惊，我不过随便发表一个意见，没想到使你做那样的决定。我有许多意见并不为多数人所理解或赞同，所以在一定时期内并不是合适的。而且我并没有看见你的稿子，没有真正的发言权。再说，高尚的、优美的情操总是使人向往的，我想你的稿子可能在这方面是很成功的（虽然"统一"并不一定是一致的，也没有必要绝对的一致）。

我很担心由于一个随便的意见扼杀了一篇有价值的创作。

如果写信，仍请写到家中，每次都被人拆了，多出许多事来。

并请不要忘记向白帆同志问候。

读　者

D. 不知道为什么没有消息。我很希望你的那篇文章没有撤回来,老觉得随便发言好像扼杀了好文章。

读　者

E. 可否到我家来,与我和白帆同志一起喝杯茶?她会很高兴的。

读　者

F. 可以来看看我吗?我希望同你谈一次,下星期二(二十五日)晚六点三刻来看我,好吗?那时我有空,而且家里人都看电影去了。

读　者

G. 寄一点东西给你,它显得不三不四而且可笑,但还是寄给你,因为前三节是七一年想的,后一节是七九年想的,所以是个思想的窗口。

可能寄给你这些是生活中的错误,但是想到上一封信会使你不愉快,在节日前夕,想寄些使你高兴的东西。

很想看看你,哪怕是"后脑勺"也好,在我的年纪来说,实在是滑稽可笑的。我写了许许多多没有结果的信,这也是一种报应循环吧。

读　者

H. 为,这个称呼多好,多美好,只是我怕一共只写过三四次,这样的日子就过去了。

这些日子,一种不祥的感觉侵蚀着我。一种惶恐的感觉,一种不安,一种忧伤,那么深深地笼罩着我。我希望那仅仅是一种幻觉,一种由于渴望,由于担心带来的幻觉,但我怕不是。你上次的信是那么深深地伤害了我,我不能从这中间恢复过来,虽然后来好像是过去了,但那只是浅浅的,没有能从灵魂深处解脱我。

我知道,当一种思想打开了头,它就会悄悄地向前发展,不断充实自己,不可抗拒地终于成为一个明确的想法。就好像一张宣纸,不经意间有一头浸在水里,水就慢慢地,然而不断地浸润着它,不知不觉地,静悄悄地,不可抗拒地,终于成为一个灾祸。你再也不能使一张被浸渍过的纸张恢复原来的洁白和平整了。你的信是不是这样一个开端,还是可以完全忘记的?

我有一个幻觉,当我们终于说出多年不能说出的话以后,一切也就随之结束。好像是做了个总结,归入了档案。该不会吧?如果我这个说法太不公平,请别生气,我是那样地悲哀,不能不把我的灵魂对你打开。

当我读到你写的"这可真够凄惨的"那一段的时候,我深深地感动了。但现在我怕不只是凄惨,还要深刻得多。

你能够给我一句话,说,这一切都是胡思乱想,都是错觉吗?我怕就是这样也很难使我恢复过来。

我一生中,一切都是那么清楚、明确,哪怕在最困难的时刻,现在却变得这样软弱,这样无能为力,请不要笑话我和我的信吧。

读者于深夜

在收到今天的信以后

星期天我要试一试,在那条路上能不能看见你。

…………

到了他们的婚姻即将结束的时候,胡秉宸突然对她说:"我搞女人从来不主动。"

她听了不觉一惊,这是否就是一九四九年后,胡秉宸处理女人问题的关键所在？

　　是对他们这段婚姻的否定，还是就公老虎和母老虎间胜负难分的格局，再咬一个回合？还是一种炫耀？

　　"照你这样，又怎么能把女人搞上手呢？"

　　谢幕的时刻即将来临，胡秉宸终于可以亮出他的秘密武器："想办法让她们主动。"

　　回首他们二十多年的关系，可不就是按照这个模式运行的！

　　可是关于"宣纸"那封信写得多美啊，即便以作家为职业的吴为，也从未写出这样凄美的情书。她怎么也不愿意相信，那是一个爱情的阴谋。不，不是，无论如何胡秉宸后来还是爱上了她——相信这个世界上没有多少人能像她那样，享有这样的爱。

　　从胡秉宸这些信可以看出，他经历过何等艰苦的挣扎，最后还是一点点落入这个劫难。

　　他是如何从起始的深恶痛绝到坠入情网？实在是个谜。

十三

　　和吴为做爱简直是换了人间。那真是三月、烟雨、江南，让胡秉宸想起《忆江南》这样的词牌子，或是婉约派词人温庭筠。回肠荡气之间，还有一逞男人雄风的良好感觉。

　　他睡了几十年的白帆，何曾让他品味过这样的韵致？

　　白帆可不是白白把他糟蹋了几十年？

　　不过天长日久下来，江南烟雨总给他一种序曲的感觉，作为序曲，江南烟雨雅则雅矣，却只能是剧中情节的提示。即便莫扎特之后，序曲在歌剧中的地位大大提高，甚至可以作为音乐会的独立曲目演出，可它毕竟不能代替后面正剧的跌宕起伏。老听下去,还会腻烦。

他甚至有点怀念白帆年富力强时那种具有原始风情的粗犷、淋漓和她的"顶住"。

她那一触即发的兴奋点,在性爱过程中,真是男人的一处宝藏。可惜已是明日黄花,美人迟暮。

每当那时,白帆的身体绷得像一张拉满的弓,使他得以将两只脚蹬在她硬挺、平撑的脚面上。他给白帆那双脚的蹬力有多大,白帆回报他的反作用力就能有多大,两个人真有一种豁出命去、生死共存的酣畅。

加之他们两人高矮相当,各部件的位置也很相称,而他就无法与比他高出半个脑袋的吴为照此办理,否则就会有"小人国"攀上一头大象而无从控制的张皇。

有时他异想天开,如果把吴为的"序曲"和白帆的"顶住",还有吴为年轻的胴体和白帆那个兴奋点合二而一,岂不美哉?

但他从来没有自省过,为什么吴为总是停留在一部歌剧的序曲之中?

也从来没想过,他是否还是当年的好汉一条?

胡秉宸最后还是排除万难地和吴为结了婚,应验了胡家近几代男人两个老婆的命数。

虽然一夫一妻制让他在法律上不能同时拥有两个妻子,但在实际生活中,他却游刃于两个妻子中间。

有时吴为而不是胡秉宸不禁发出感慨:一九四九年以后取消了一夫多妻制,好,还是不好?如果不取消一夫多妻制,女人们可能就会安于她们各自的地位,像旧生活那样,大太太闭起眼睛、不闻不问吃斋念佛,小妾们安于自己的妾位,无所谓名分的正式、大小,更不会想入非非,闹出那许多流入市井成为茶余饭后谈资的离婚案。男人们也就满足了对女人总体的要求,更不必为平衡与诸多女人的关系绞尽脑汁,费尽心思,结果是大家都不满意。她甚至想,新中国在男女之间造成的最大误会,可能就是取消了一夫多妻制。

说到底,男人对女人的关系,实际上是个管理问题。

也就难怪胡秉宸老对吴为抱怨、不解地说:"一百多万人的一个大部我都管得好好的,怎么就管不好两个女人!"

十四

在落地灯的阴影下,父亲脸上的线条见棱见角,使他的话更具不可怀疑的权威性。

平时不大与他交谈的父亲,顷刻之间与他似乎有了一种默契和理解。

他不由得问父亲:"只这一步,以后还有没有?"他问的是一步好运,而不是桃花运。

父亲似乎有点惋惜也有点冷酷地说:"没了。"

他果然应验了父亲说的,不论是那步好运,还是桃花运。

十五

在臊子面的背景下,胡秉宸也同时想起他那个谱系复杂的家族。

如果在家里，或是在父亲面前，他肯定不会这样吸食面条，也不会在这样一碗臊子面前，尽失颜色。

孔子说"食不厌精"。他现在有什么条件侈谈"食不厌精"？

"食不厌精"既要有文化做基础，也要有经济做基础。

山东菜好，是因为年年有河工。所谓黄河大堤年年修，不过是发大水的时候在黄河上掘个口，水退下去的时候再堵上。老爷们说是在河工上检查，还不是天天想着法儿吃，反正是朝廷出钱。

又好比清江府的菜有名，那是因为漕工，漕运总督就驻清江府。

河南菜也是靠河工发起来的，广东等省靠洋务，扬州靠盐商。

这些都是肥得流油的缺，衙门里上上下下哪个不吃？

四川是天府之国，当官的关起门来吃，杜甫在四川写的诗，有多少写的是那些官员的吃喝！这个"饮"那个"饮"的。

说到淮扬名点，也是一边吃鸦片烟，一边躺在烟榻上琢磨，琢磨好了就找个顶尖的大师傅来做，总之是变着法儿吃。这些地方，哪个不是几百年地吃下来，菜就自然愈弄愈精。

至于他们祖上，可能是广收博采，集各种流派之大成，岂有他哉。

到了他这里就变得既可奢华，也可就简。

他的确改变了很多。

也或许说，他又回到了先祖那个境地。

这是一种进步还是回归？

不过从他那个家系的历史来说，那个拿着一把凿子开山的先祖，想必也是这样绘声绘色地吸食面条，更可能生嚼大葱大蒜——那种他革命一生也不能接受的挑战。

在用一方方未凿的石块交换什么的时候，锱铢必较得让人汗颜也未可知。

从什么时候起,他们这个家族开始禁止子女这样吸食面条或是汤水?

在很多时候,界限是很模糊的。只有在少数人那里,界限的分野分分秒秒才能读出,就像掐着赛跑的秒表。

延安的生活是浓缩的、高密度的、无隙可入的,只有离开延安之后,他的头脑才有些许空隙,才可能突然使他产生明晰这个变化的愿望。

他觉出了延安和他想象中的不同,但他并不在意这不同。

他从那一碗臊子面上生发的联想,不是为了一个今不如昔,也不是昔不如今的结论,而是对曾经和现在生活距离的一个测量。

何况胡秉宸从小就显示出叛逆精神,喜欢想来想去。正因为他好想一点什么,这一辈子也就"成也萧何,败也萧何"。

就像吴为,她的一生成也因为认真,败也因为认真一样。

在这一碗臊子面的大酸大辣中,胡秉宸感到他和延安已经密不可分。什么"绿豆眼""龙尾",都已断裂,如今只有这碗大酸大辣的臊子面,才是禁得起锤炼的,颠扑不破的。

总之,在吃完那碗臊子面后,胡秉宸至少觉得,他为那个理想献身的决定没有错。

十六

遗憾的是吴为并不知道。她认为与她在零霔村先行订下一个约会的胡秉宸,在吃完那碗臊子面、随意向周遭扫望过去的时候,对埋伏在零霔村四面的塬,根本不曾入眼。

第 七 章

一

那天早晨的雾很浓,朝阳也还没有翻过塬头,它从塬背后散放出来的光影也很懵懂。

半个多世纪前的雾不但很浓、很纯粹,连太阳也和现在很不相同,一副清纯的样子,不像现在这样勉为其难,愁眉苦脸,忧心忡忡。

那时的太阳、雾们、鸟儿们……天地间万物和吴为的关系也比现在深刻。不像现在,不知是她抛弃了它们还是它们抛弃了她,总之是两不相关。

没有充分燃烧的秫秸秆的湿气,从每个黢黑的窑洞口涩涩地冒出,与浓稠的雾气勾兑在一起,聚散在农家长满衰草的窑顶上;

聚散在每孔窑口差不多都长着的那棵因为缺水,几十年也长不大,因而就长得风姿绰约的松树上;

聚散在不明白为什么,老是长得委委屈屈的各种树梢上;

聚散在残挂枝头,却为寒素的山坳勾勒出点点彩头的红柿子上……

那时候的秋天也很冷,吴为的鼻头和指尖让寒气夹得紧疼。

庄稼茬儿上、树上、灌木上、茅草上,已经挂霜,霜气倒是很薄,毛乎乎的,哈口气就融了。

她一路走,一路惹是生非地对着路边那挂霜的茅草哈气。茅草上的霜气,又顺着她的嗓子涌进她的腔子,她的腔子里也就挂上一层爽冽的霜气。她仰起头,亮着满是霜气的嗓子,对着四周的塬一声声喊唱。她的喊唱穿云破雾,不知天高地厚地在天地间悠游,然后仰着脸儿,静待着塬返给她一个回响。

来了,来了;去了,去了……

四周的塬,却没有返给她一个清亮亮的回响,而是一叠更远一叠地把她的喊唱递向无际,一任它漾开,消散。

她停下脚步,辨析着这个越离越远的回答。

不要说她那个只有十年资历的脑子,就是一个圣明的脑子,恐怕也不能参悟塬的这个回答。

她正是揣着那个越走越远的回答,来到粗约六人抱的老槐树下,并在那棵老槐树下,生发出写一本书的痴愿。

然后一抬头,看到老槐树上贴着一张黄表纸,上面用清扬俊逸、凌锋力骨的柳体楷书写着:天皇皇,地皇皇,我家有个夜哭郎,过路君子念三遍,一觉睡到大天光。

在闭塞的关中,倒有的是好写家。自古以来那本就是藏龙卧虎的地方,传说黄帝的史官、汉文字的创造者仓颉,就累死在离零霾村十五公里的岐山县。可惜她那时还不知道岐山县有个仓颉庙,不曾到那里顶礼膜拜。

吴为的眼睛,像所有固执而又容易痴迷的人那样,一把抓住那些柳公权体,把那陌生的嘱托朗朗地念了三遍,相信那夜哭的孩子就此会有安静的睡眠。

　　以后的以后,就像那个早上一样,她确信自己的认真真能给他人一些什么,也相信随便哪一个人经过这里,都会像她这样认真地念上三遍。

　　这陌生的信赖,实实在在感动了她。一个不曾谋面、被困顿烦扰的陌生人,竟把这等解救的重任,委托给不相识的她以及其他不相识的人,并相信可以得到人们热诚的帮助。

　　此外,还有一点唯恐不能胜任的不安,因为这张黄表纸,如此轻易、因而就无比沉重地把信赖交给了如她这样一个不谙世事的少年。于是她的脸上便显出一副无遮无拦而又心事重重的样子,这种脸相就此留在她的脸上,风吹雨打也不曾蚀损。

　　这就是那天早上她经过老槐树的时候发生的两件事。

　　虽然她一生没有皈依过任何宗教,然而她离开那棵老槐树的时候,就像对什么许下了诺言,知道从此以后是不可背叛的了。但不可背叛什么,却不很清楚。

　　在她没有发疯之前,就常常似真似幻地悬浮在那棵华冠如盖的老槐树四周,特别是她深感困顿的时节。

　　她的记忆,取向确实有些特别。不像很多孩子的记忆,只包罗着儿时的童真,她却操劳地记住一些不该由她记住的事物。许多对于一个孩子来说当初看似无可领会意义的场景,偏偏抢占了她自两岁到十岁的那个年龄段,甚至以后的生命空间。

　　后来验证,那些场景,桩桩件件,很有轻重。

　　好比说天津河南地(如今那个地段早已埋葬在某栋高楼大厦的下面)那个窄长低洼的院子,她甚至能画出那个院子的形状和几间小屋的布局;

　　二太太家的楼梯;

　　夜半,水的呼啸,风的呜咽,乘风乘水断续而至的哭声;

叶莲子的血；

柳州的桥；

陷入弥天大火；

…………

一个两岁的孩子，怎么能懂得把对以后的人生最具本质意义的沉淀物，从生活的杂汤里捞出？

二

自吴为在一九四八年这个秋天的早晨写下那个句子后，发生了很多事。

也许她等的就是这些事情的发生。

那时候，吴为还不认识这个"霾"字，她把它念做"狸"。

可能她在一本不知该看还是不该看，更不知看懂了还是没看懂的书里看到了这个字，并且不知为什么被这个字所动，错以为那是一个和湿漉漉、冷飕飕、不清不楚的阴暗天气，或一种她暂时还不明白，但已能感知、深不能测的征兆有关。

那一年，她十岁，小学四年级。

十岁的孩子还在读四年级，应该算是超龄生。但不是因为留级，而是叶莲子交不起学费，有一阵子，吴为不得不陪着失业的叶莲子失学在家。

吴为后来果然成为一名作家，但她决定要写一部书的时候，根本不知道什么是作家，她只是想写一本书而已。

也不知道有一天她会成功,会从这个土坳坳走向世界的很多地方。

更不知道日后有一天她会陷在这个想法里不能自拔——上帝给我们的本是一个全新的人,我们还给他的却是一个残缺不全、破烂不堪的皮囊和灵魂。

而她这一生失去的何止是健康的体魄,结实的牙齿,乌黑的头发,没有一丝褶皱的青春,潭水般的明澄心境,没有启过封也没有揭下过保护膜的灵魂……最惨痛的是她不得不面对"竟是东风唤不回"的叶莲子。

人们总是说,你还得到了许多。

她着三不着两地回答:"什么是人生最大的痛苦?既不是失恋,也不是失业、失败、失学、穷困、饥饿、灾荒、病痛……而是眼睁睁地看着生命一点点离开你挚爱的人,而你束手无策,回天无力。"

有多少次她对着苍天发誓,她宁愿放弃一切所谓的成功,换回她失去的叶莲子以及当初这个朝阳冉冉升起的早晨。

可世间哪有那样便宜的事?

不过她写下的那个句子,确有很多可以探讨的关节。

她写的是:"在一个阴霾的早晨,那女人坐在窗前,向路上望着……"

那是一个女人。

为什么不是一个男人?

那是一个翘首以待的女人,而不是无牵无挂的闲适女人。

她企盼的是什么?

她能如愿以偿抑或是不?

她将如何面对那不论如何的结果?

……………

只有十岁的吴为,怎么就知道这样开篇?

她从小就是个没心没肺的孩子,浑然一片,随心所欲,心神恍惚,不求上进……并且一生没有长足的改进,直到住进精神病院之前,也还是这样的一个老人。

也许正因为如此,十岁的她才不知深浅地想要写一本书,并先行写出这个句子。

三

也许还有一件事,值得一提。

发生这两件事的前一天,辛老师在音乐课上教唱了一首关于母亲的歌。下课之前他叫起吴为,让她重唱一遍。

歌词是——

> 母亲的光辉,
> 好比灿烂的旭日,
> 永远地、永远地照着我的身。
>
> 母亲的慈爱,
> 好比和煦的阳光,
> 永远地、永远地温暖我的心。
>
> 谁关心你的饥寒?
> 谁督促你的学业?
> 只有你伟大慈祥的母亲。

她永不感到疲劳，
她始终打起精神，
殷勤地期望你上进，
为你尝尽了人世的苦辛。

她太疲劳了，
你不见她的额上，
已刻上一条条的皱纹？

世界上唯有有母亲者，
是最幸福的人，
可是你怎样报答母亲的深恩？

"唱得很好。"辛老师说。

吴为从小就显出唱歌的天分，在所有的课程中她只喜欢音乐课，也就难怪她后来曾嫁给一个会唱两句歌的人，并觉得自己是嫁给了音乐。

教音乐的辛老师因此很喜欢她。

可是唱着，唱着，她突然号啕大哭起来，怎么止也止不住，直哭到手脚冰凉，浑身抽搐。

同学们和辛老师都吓得不轻。大家以为是恶鬼附体，连香山慈幼院毕业的辛老师也无计可施。

对吴为这种没心没肺、喜欢曲谱的孩子来说，她那天在音乐课上的表现却很离谱。

下课以后，辛老师把吴为在音乐课上发生的事告诉了叶莲子。叶莲子并没有多想，那时人们对歇斯底里还没有什么认识，据说歇斯底里是后现代病。只是在吃晚饭的时候,叶莲子问吴为:"今天上音乐课的时候,你怎么了?"

吴为回答不出,她不知道她怎么了,但听了母亲的问话之后,又大哭起来。

能不能说她后来的发疯早有根基?

四

离开那棵粗约六人抱的老槐树后,她遇到了同班同学于田——那个距零霭村不远的火车站站长的儿子,发色棕黄的英俊少年。

很难揣度他为什么要对吴为说,"你准备好了吗?今天考地理。"

吴为说:"没有。我就怕地理……"她没有说下去,除了音乐,哪门功课她不怕?包括语文,作为一个未来的作家那必不可少的铺垫。

于田说:"别怕,我知道考试题。"

于田对吴为有没有一点朦胧的感情,也就是所谓的初恋?不得而知。即便他对吴为有所爱恋,也仅限于这一次对地理考试题的泄露。

"你知道考题?!"

"嘿嘿。赵老师对我爸爸说的,我爸爸又告诉了我。"英俊少年于田,就这样交待出了地理赵老师。

"哼!"刚刚念了三遍"天皇皇,地皇皇"的吴为,一身正气。尽管害怕地理考试,也没有向于田探问地理考题的细目。

除了一声不满意"哼!"吴为没有更多的想法。

问题出在考试前那课间休息十分钟。偏偏那个课间休息,她没有去跳绳,而是待在教室里临时抱佛脚地翻看地理教科书,翻着翻着,突然心血来潮地对同学说:"赵老师不公平,他把考题告诉了一个人。"她丝毫没有领导同学造反的远大志向,只不过对这件不公正的事发泄一下她的不满。

可是她的心血来潮,煽动了所有用功或是不用功的同学。

十岁的吴为,哪里是赵老师的对手?赵老师临场改了考题,吴为不可避免地因造谣惑众受到惩罚。

赵老师既不厉声斥责也不吹胡子瞪眼,只是让她伸出手来。

刚才还是义正词严的吴为,顿失气贯长虹的精气神儿,看着那三尺长、一寸半宽、半寸厚的板子,傻了,连赵老师说的"伸手"是什么意思都不明白了。

每历两害相夹,她总盘算不清孰轻孰重,无法取舍。对着那样一条板子,她的心智更加迷离,盘算不出伸手让赵老师打还是不伸手让赵老师打哪样更好,最后算计着躲过伸手就是上上。

怕归怕,却没有交待出于田,也许那时她就把"好汉做事好汉当"视为一种崇高的品德,联系到日后死活不肯出卖胡秉宸,总算一脉相承。

既然她不乖乖地伸出手,也就怪不得赵老师抢起板子,往她身上抽。

三尺长、一寸半宽、半寸厚的板子,一下下就抽在了吴为的身上。

而一个十岁女孩的身体又过于绵软柔弱,赵老师的板子抽上去只能引起微弱的反弹。照她对赵老师的冒犯,如此微弱的回响,太不饱满、太不热烈、太不足以消平心头之恨,于是赵老师把板子挥舞得越来越急。

风华正茂的赵老师,正当其时地把一个年富力强的男人使不完的力气,尽情倾泻在那个只不过长了十年的小身子骨儿上。

头几下板子抽下去的时候,吴为还能感到似一条条火焰蹿过肋骨的灼痛,但她没有喊疼也没有呼救,虽然她的母亲叶莲子,作为这个学校的教师就在隔壁教室里教课。起始她甚至听见叶莲子的声音:"打开你们的笔记本,照着我念的听写下面的句子……"

她不喊不叫,只是因为叶家女人不喊不叫的传统,并非因为勇敢。

而且她的胆子太小,几下狠抽就让她失去了神志,什么也看不见、听不见、感觉不到了。

干脆说,那一会儿她疯了,无知无觉了。

她越是疼痛,双臂越是违反常情地向上大张,让她的两肋更无遮拦地暴露在板子之下。随着板子的抽打,又如暴风雪中的雪花,无声无息地飘扬、旋转,看上去很像后来流行一时的相当轻浮的舞姿。

她的脑子是不是早有问题,这算不算后来发疯的序曲?

同学们被这从未见识过的抽打惊呆了,即便最淘气的男生也未曾领教过这样的抽打。教室里鸦雀无声,只有板子一下下落在吴为躯体上那肃穆的声响。

始作俑者于田更是坐立不安。没有想到他一句卖弄或是讨好的话,竟换来这样一个结果,可他一时又不知怎样才能阻止这缓慢的、与残杀差不多的过程。

最后,他不得不尖声喊了出来:"赵老师! 你,你,你不能再打啦!"

赵老师这才惊愕地罢手。

火车站站长是校长麻将桌上的牌友,也是至交。可怜赵老师堂堂须眉,为了每学期的那张聘书,不得不低三下四地泄题,又恼羞成怒地从一个只成长了十年的小身子骨儿上,找回自己的尊严,也算一种填平补齐。

千真万确,这是吴为平生第一次也是最后一次,从男性那里得到的呵护和关爱。

尔后每每想起这一点,吴为总觉得面子上很不好看,因为这呵护和关爱,不过来自一个没有长大成人的"准男人"。

她从小崇拜"骑士",认为"骑士"最优良的品格就是保护自己的女人。可是除了这个小男孩的呵护和关爱,她再未有过如此的幸运。

由于这种"骑士"情结,日后在与男人的关系中,她只好自己出面,反串"骑士"这个角色。

这就是她有时为什么会怀念那个叫作于田的男孩,特别在和她以血爱恋的胡秉宸结婚以后。

更猜想着,当于田长大成人、升格为男人之后,当他的女人受难时,还会不会挺身而出?

五

这场毒打的丑陋和早上在老槐树下的经历,天地悬殊。

不过那不也是吴为的"自找"?

"自找"这一类事不但没有从此杜绝,还会在吴为身上屡屡发生,就像胡秉宸后来常说的那样:"活该,你所有的麻烦都是自找的。"

的确如此。综观世上不断被麻烦缠身的人，哪个不是自找？就连把吴为分析得头头是道的胡秉宸，他和吴为的一段姻缘不也是一个自找的大麻烦？

可见赵老师的板子抽得还是不够狠毒，还不足以将吴为那"自找"的恶习彻底摧毁。

淘气的吴为，终于安静下来，难得一动不能动、双颊通红地躺在了床上。

如果不是这样，叶莲子平时很难找到她，她总是从学校后的高坡翻出墙外，不知一天到晚从不停歇地在山野里跑来跑去忙些什么。逢到考试叶莲子就发愁，为吴为的学习不好、考试不及格而哭泣。秦老师就劝慰道："她还小呢，大了就好了。"

从塬上婉转穿过的珍珠泉，正是从这一处高坡进入丹阳观，又从高坡下唯一的古柏足下绕过，再款款地流向荒观之外。它不经意的流向，与这荒观的正殿，还有观后那和吴为重逢后即遭雷殛的老歪槐，恰好在一条中轴线上。

丹阳观后这棵仅存的古柏，居然荫翳出一片树林的森然，更有巨蛇盘桓出没于树干之间。上下课敲打的铜钟，就悬挂在这棵古柏的一处枝丫上。

观内早就断绝了香火，如今已变做只配流难人用来苟且栖身的"野店"。当初定然不是这般这样，它阔达伟阔的气势还在，正殿、侧殿、山门，样样俱全，可它为什么被人抛弃？

从古柏足下绕过的泉水，断续吟唱着，似丹阳观鼎盛时期道士们随水而去的诵经声，如今又随这潺潺的泉水，一声声从遥远闪回。

叶莲子又在无数个不眠的长夜，将它们一句句默记于心。

及至冬天,西北风从那古柏的树梢中穿过,呼啸出沁人魂魄的、隐喻着、叙述着万世之劫的乐声。

从那时起,吴为就喜欢上了刮风的日子。那冬日的、从丹阳观古柏中穿过的西北风,把她还不会述说也永远述说不出的她和叶莲子的凄苦,替她们说了出来。那风,就是她们的语言,她们的哀歌,那风就是她。

每当那泉水、那风之乐响起来的时候,小小的吴为,就感到若有所思、若有所悟、若有所依、若有所归。她就在那泉声、风声中,慢慢长大……

逢到雨季,负载着万千意绪的大雨,一旦扑落塬上,都会被塬化作泥泞,那化解的过程可不就暗示着一种慷慨的抚慰……也就难怪吴为以为水声、雨声、风声,就是最美的乐声。

叶莲子把吴为肋骨上的板痕数了又数,就是数不清楚——它们黑紫、黑紫,一条摞一条地错叠在吴为细瘦的前胸后背,让她何从辨数?她也一遍又一遍于事无补地问道:“还疼不疼?”

此外,叶莲子还有什么可说?

再不就举着一双泪眼,向侧立一旁的泥塑神胎默默祈祷:保佑我们这对流浪天涯的母女,保佑、保佑吴为平安无事吧!

她们刚刚流落丹阳观并住进这间侧殿的时候,半夜里,常有劲风平地而起,长驱直入地推开插着门闩的两扇殿门,不是推开一条窄缝,而是向左右两边彻底摊平。

天光随之劈门而入,照亮一座座侧立一旁的泥塑神胎,点亮他们凶神恶煞的双目,一个个目光如炬地逼视着她和吴为,让她们逃也无处逃、呼也呼不出地定在那一处安身立命的侧殿里。

那插着门闩的殿门何以自动开启?让她们好生惊惧。门扇在风中发出哐哐的声响,似有许多人来来往往,出出入入。

更有塬的低啸长吟,阴幽幽地传送过来。

直到很久以后,他们才能两不相关地各行其是。等到他们可以两不相关、各行其是的时候,那平地而起的劲风也不再光顾,似与她们母女,已成莫逆。

…………

吴为很疼,可是她摇摇头,对守着自己的妈妈深情地笑了笑。

"不疼,就是喘气的时候里面不舒服。"她把眼睛垂下,瞟了瞟自己的小胸脯。

这个从小就营养不良的肋骨上,本就没有多少皮肉,就连那点不多的皮肉,似乎也让赵老师的板子抽飞了。似乎被板子刮得一干二净的肋骨,就没有一点遮挡、血糊拉拉地暴露在任人随意蹂躏的状态下。

她本就细瘦的身坯,自赵老师抽打之后也好像变得更窄更瘦,腔子里的每一个脏器,却好像变得很大、很大,挤得里面一点空隙不剩,只要轻轻一喘,肺部一个极轻微的收缩、起伏,就挤压、胀迫得两肋彻疼。

叶莲子脱去吴为身上的衣物,让她一丝不挂地躺在床上。现在,再轻、再薄的衣物也会让吴为感到压痛。

吴为觉得畅快多了,她小心翼翼,一小口、一小口地喘息着。

叶莲子说:"乖,你哭吧,哭吧,哭了就不疼了。"

虽则有"哭天天不应,哭地地不灵"那句老话,可是对一无所有、走投无路的人来说,哭泣还是他们唯一不需代价和老本儿就能得到的一点安慰。

可是幼年以及青少年时期的吴为不爱哭,不像后来,动不动就涕泪交流。

就是被人打成这个样子,她也不哭不闹,只是瞪着眼睛熬。就像每次得了重症,无医无药,靠的也是一个熬,从不像别的孩子那样又哭又闹,倒让叶莲子分外心疼。

她只是握住叶莲子放在她身旁的手,眼睛里满是与十岁年龄极不相称的悲凉和疑惑。

与父亲的眉眼相去很远的赵老师,让她想起远在香港和桂林的日子,还有父亲砸在她身上的烙铁——烙铁呼啸、裹挟着铁锈味的风,砸在她的小肚子上,小肚子立刻鼓起一个又紫又红的包,等到那些鼓包褪色的时候,就有一种仁慈的痒感。她伸出小手指,轻轻地挠着它,尤其坐在吹着风的树阴下,真是一种消消停停的享受。

——或是捉住她的两条腿,像抡起一只车轮,往地板上咚咚地摔去。摔得她眼冒金星,不知道头长在脚上,还是脚长在头上。

她不知道她做错了什么。在父亲面前,她绝对是个守规矩的模范儿童。不像她揭发赵老师泄题,总还有个挨打的理由。

父亲为什么那样恨她,打她?

如果说从父亲那里得到的有关男性暴力的体验,还只是一个男人的问题,那么赵老师的毒打,就可以使她对男性的暴力做一个总体的总结了。

叶莲子误以为吴为的悲凉和疑惑是创伤过重造成的痴呆。她自遣自责,怨恨自己没有能力保护自己的孩子,揪心地对吴为说:"妈对不起你,妈对不起你……"

吴为摇摇头,说:"妈——"她实在不明白,叶莲子的这个"对不起",和她出生十年来也许算不得离奇的遭际,有什么关系。

在这个十岁的悲凉和疑惑之后,她认定这个世界上,唯有叶莲子身后,于她才是一个绝对安全的去处,并躲进这个只会哭泣的叶莲子身后,从此再没有,也不肯从叶莲子的身后走出来了。

六

她们的困境,可从吴为六七岁时写给顾秋水的一封信中,略见一二。

吴为用来写信的那张纸,显然不是从小学生的笔记本上撕下来的,不是。她算是失学在家,从墨荷的父亲,那个地主兼业余猎人就传下来的对知识的热爱,到了叶莲子这里,是连一个小学生的学费也交不起了。吴为自然也就没有一个小学生必备的笔记本。

那是从叶莲子用来糊窗的纸上裁下来的一小块黄麻纸。

抗战胜利后的那个冬天就要来临,叶莲子不得不破费一点钱,把后墙上那漏风的窗户糊上。后墙外,曾是张学良将军卫队营十分荒阔的操场。

从“工合”遣散出来的叶莲子,又变成童年那个寄存在他人家里的包裹,因为转手又转手,谁也不记得那包裹的主人了。可是为了有一口饭吃,她只得拉下面皮,辗转于关系中的关系,最后来到西安,投靠张学良将军的姐姐张冠英老夫人。

建国巷里,张学良将军卫队营的几十间房子,自西安事变后已是人去楼空。

张老夫人想,空着也是空着。就把叶莲子母女安排在大院紧西北角的一间营房里。

除了张老夫人自己带着孩子住在大院套着的小院里，大院里还住着近二十家随张学良将军一同来到西安的东北军旧人。房租不收。

那一间不交租金的房子，是张老夫人对她们最大的援助。

起始，张老夫人还在大院中办有一个印染厂，毕业于立信会计学校的叶莲子，还在那个印染厂胜任过会计的职务。

可是生长在辽阔的黑土地上，并跟随家人过惯戎马倥偬生活的张老夫人，却无法在这方寸之地上辗转腾挪，印染厂只好关张。叶莲子在那个印染厂的工龄，以日而计。

一九四五年的张冠英老夫人，处境已经相当困难。

和叶莲子可以说是同病相怜——丈夫有了别的女人，把她和孩子们抛弃了。

她不愧是张作霖的女儿，抄起一杆枪就瞄准了她的丈夫，她孩子们的爹。

那个脑后挽了个髻儿，身穿一件没有腰身的直筒黑布旗袍，持着一杆长枪而不是手枪站在硬风地里的女人，真是顶天立地。

不过到底夫妻一场，还是给丈夫留了条后路，"我是一枪撂倒你还是你就此滚出家门，从此不再照面？"

丈夫决定从此不再照面。

幸亏娘家有钱，她把几个孩子拉巴出来了。

东北军自九一八事变进关后，不论职位高低，过的都是坐吃山空的典当日子。张学良将军被蒋介石软禁之后，连张冠英老夫人，也不得不靠变卖首饰度日。

当时西安泰丰烟草公司经理、西安大华纱厂厂长，没少低价收购她的翡翠、珍珠，最后她剩下的可能就是一个琥珀烟嘴。

二小姐、三小姐用粗呢子做两件大衣就算是好衣服了,整天吃的也是大酱拌茄子。

张冠英老夫人只能冬天是身黑布棉袍,夏天是件黑绸大褂。

吴为那时经常出入张老夫人家,为张老夫人的几个儿女唱歌跳舞,或跟着留声机一起唱《松花江上》《渔光曲》,特别是叶莲子最爱唱的《秋水伊人》,那歌词和顾秋水的名字、叶莲子的遭际不谋而合。有时,听着听着吴为咿咿呀呀、童声童气不着调的唱词,她会涩涩地哑然一笑,这首歌可不就是为她而写的? 难怪一开始就对它情有独钟。

吴为经常出入张家,还藏着一个对叶莲子也不肯承认的目的,如果碰上开饭的时候,他们会赏她一顿饭吃,一顿可以吃饱的饭。更特别地为着"演出"后,那几个姐妹兄弟奖励她的几个沙果或一个石榴。

好事的吴为,在张老夫人家还煽动了一次"革命"。

丫头翠环是河南逃难过来的难民,家里生活无着,她妈不得不给她插个草棍儿,打算把她卖了。

张老夫人虽则到了靠变卖首饰度日的地步,倒常让厨子蒸一大堆馒头,拿到大门外施舍逃难的人。翠环她妈在门外排队领馒头,一眼就看出张家的慈善,抽冷子钻进大门,进门就下跪,央告张老夫人把翠环买下。

翠环来到后,什么也不多、什么也不少地和大家一起吃着大酱拌茄子。

可是翠环的心很大。

几十年后,她用这个关系,让女儿上了大学,又在女儿大学毕业后,用这个关系分配在张学良纪念馆工作。可她根本不提"丫头"这段事。

三小姐走的时候甚至还给翠环找了婆家,聘姑娘一样把她聘了出去。

可是她太懒,二小姐只说了句让她以后干事勤快点,她就不乐意了。

然后就出了吴为鼓动她造反出逃的事。

翠环没有出逃,她往哪儿逃?哪儿有这里的日子好?她一决定不出逃,就把吴为鼓动她造反出逃的事禀报了张老夫人。张老夫人只问了吴为一句:"是你给翠环出的主意,让她逃跑呀?"

吴为从小就爱干这种"没有抓住偷牛的,倒抓住了拔橛的"事。

即便叶莲子再舍不得,顾秋水离开宝鸡时不便带走的皮鞋、西服等等,也只好一一进了当铺。

那一件件衣物,都是她的所爱,她的一个念想,好像押着顾秋水的这些衣物,就押着一份团聚的希望,押着一份顾秋水回心转意的可能。

当她不得不典当自己营造的这份前途、希望时,和自杀有什么两样?

她站在当铺高高的柜台下,自欺欺人地安慰自己:等有钱的时候再把它们赎回来。可是直到一九四九年解放,她也没能把顾秋水的衣物赎回一件。

不过三小姐在西京招待所(相当于西安彼时的五星级饭店)举行婚礼时,叶莲子还是参加了那个婚礼。参加婚礼的差不多都是东北军里的旧人,尽管顾秋水已经不认她这个妻子,她也不能给顾秋水丢人。她体面地要了一辆人力车,夹着一只里面除了那笔车费,一分钱也不多、一分钱也不少的手袋,特地换上那件留待求职或应付"场面"的、镶有深灰窄边的浅灰旗袍,大襟上还别了一条雪白的手帕,到婚礼上去了。

未来的女人吴为仰望着叶莲子,开始了如何做一个优雅女人的基础课。

离开顾秋水以后,吴为一直跟着叶莲子为一口饭而挣扎,从来没有机会看到一个正式的叶莲子。长大以后,她多次对叶莲子说:"我真不明白,您怎么会嫁给了老顾？真是一朵鲜花插在牛粪上。"

等到她们母女在那一间营房落下脚的时候,营房后的操场,已在日机轰炸下变成弹坑累累的荒地,零乱地注解着一个战乱的时代,与没膝的荒草,相辅相依成同是天涯沦落人的景象。

据说夜深人静的时刻,还有东北军人的游魂出没其间。

荒地四周,散漫地长着一片片杨树林。

杨树是一种模棱两可的树,是看人眼色行事的树,或是说善解人意的树。人们欢乐的时候,它就在风中欢唱,一片片树叶,拍着手儿似的哗哗响;人们忧伤的时候,它就在风中萧瑟地唱起"梧桐夜雨"。

特别是晚秋,满院秋虫唧唧的时节,除了萧瑟的"梧桐夜雨",杨树叶子还一阵阵唰唰落下,伴着吴为无忧无虑的鼾声,让叶莲子更难入睡。她又愁生活无着,又愁吴为还没有冬天御寒的棉衣,又愁没钱让吴为上学……一个人有那么多的事情可愁啊。

其实不论哪个时代,人人都有很多可愁的事,但身边至少还有几个或一个商讨主意的人。

她把吴为搂了又搂,把那床小薄被往吴为身上更紧地掖了掖。唉,吴为,吴为,你什么时候才能长大呢?

长大又怎么样?长大后的吴为带给叶莲子的灾难,比被顾秋水抛弃后的饥寒交迫、无依无靠,更加深重。

所以叶莲子在冬天到来之际，不得不破费一点钱，买些黄麻纸来糊后墙上那漏风的窗，吴为也才有可能从那糊窗纸上裁下一小块，开始她平生的第一篇创作。

七

不知道吴为给她父亲那封信，算不算她的第一篇创作？但那无疑是她课外作业之外的第一次作业。

她用一本书代替尺子比着，先用铅笔在那一小块不规格的黄麻纸上画出一条条横格，如果没有那些横格为依据，她不可能在一张无依无靠的纸上，写出一行行整齐的字。她希望她的爸爸觉得她字写得不错，信也写得不错，那么他也许会寄给她们一点钱，作为对她的奖励，也许她就可以用那笔钱交学费。

她读书很不用功，但是真到没书可读的时候，她就知道事情不妙——可能因为失学总是和没饭吃联系在一起的缘故。

就算如今中学的绘图课上，有了丁字尺的帮助，也不一定能把一条横线画得尽善尽美，何况一个只有几岁、心浮气躁的吴为？任凭她如何努力，也很难在一本书的比照下，将那些横格画得匀称。而吴为那时的几岁和现在孩子们的几岁无法相比，那是贫瘠、没有见识的几岁。

那些横格，大多一头宽、一头窄，还有一条横线，因为她的铅笔一滑，从她期望的走向上出溜出来，分出一个小岔儿。

不过她的确写得非常整齐。

她拿起毛笔，用幼稚的笔迹写着——

爸爸：

　　一年不见了，现在很是想念您，您现在好吗？现在西安很冷，我还没有棉衣穿，现在方阿姨给我一件衣服，妈妈现在正在给我改小。妈妈现在也找不到工作，我们现在没有钱，所以我还没有上学。您那里冷吗？您现在穿上棉衣了吗？请常常来信。现在您的身体好吗？请您写信言明。我很好，妈妈问您现在好。

女　儿

民国三十三年十一月十九日晚

　　她在信里无的放矢地用了很多个"现在"，从这封信里，实在看不出她有当作家的天分。

　　对于吴为这封精雕细刻的信，顾秋水的回信是——

亲爱的孩子：

　　你的信我收到了，邹伯伯又回重庆去了，叫你妈给他去信，让他给你们一点帮助。

爸　爸

十二月二十七日

　　不多不少，连日期、标点符号在内，一共五十一个字块。

　　吴为也没有得到她预想中的奖励。

　　这样比起来，胡秉宸和白帆的离婚，可以说是相当负责，相当有良心。对于白帆提出的任何要求，二话不讲，签字画押。

　　由白帆起草的第一号文件是——

　　一、现有住房在没有更妥善的安排办法之前，由白帆同志全部占有，胡秉宸同志只可用楼下朝北一个小间。子女原住室不变，客厅、饭厅为公用。待住房问题有了妥善的安排，经双方协商后另行解决。

二、家中所有用具,除子女已有的外,无论何时分用,均由白帆同志首先选择,所余部分由胡秉宸同志使用。

三、白帆同志的保姆费,由胡秉宸同志永久负担,并从他月工资收入中抽出百分之二十,补贴白帆同志的生活。在住房尚未妥善解决之前,房租水电等一应费用,也由胡秉宸同志负担。

以上所有费用,由胡秉宸同志的秘书代领,后交白帆同志安排使用。

此外附有信件一封——

亲爱的同志,我珍爱的丈夫:可能以后就该称呼"前"丈夫了?至少允许我现在,再从心底发出一次这样的呼叫吧。

> 往日的爱情,已经永远消逝,
> 幸福的回忆,
> 像梦一样留在我心头。
> 你的笑容和美丽的眼睛,
> 带给我幸福并照亮我青春的生命。
> 但是幸福不长久,
> 欢乐变忧愁,
> 那甜蜜的爱情从此就永远离开我,
> 在我心里只留下痛苦,
> 啊,我独自悲伤地叹息。

上面是一首小夜曲,也唱出了我的心情,录以献你。

我为什么失去了爱情,失去了你?那是一个复杂而又曲折的故事。

回忆过去四十年,解放前我们相处得不好,原因和责任双方都有,明人何须细说。当然你不曾虐待我,正如西方绅士还总是为妇女让座那样蛮有教养。

　　然而解放后，我们的感情却是好的。所以我仍然相信，既失去，又没有完全失去你。眼下近在咫尺，却如隔关山万重；日后谁又知道呢？也许万重关山从头越，一切从零又开始。

　　谁说时光不能倒转？不，冬去春来、周而复始本是规律，而决定的因素是：你不是那样忘情的、无情的人。而你，留给我那么多美好的回忆……

　　当然，也许这只是呓语，那就博你一粲。

白　帆

　　他们二人在处理离婚案的务实精神以及浪漫情怀的表述方面，那种一刀下去，既保持了切割面光洁度的高系数，又使务实和浪漫精神两相得彰的行为方式，不但在他们那一代人中间，即便在现代人中间也算思想超前。

　　退一万步说，即便没有这份文件，白帆还有妇女儿童权益保障委员会的保护，强制胡秉宸执行他应负的责任。

　　即便没有妇女儿童权益保障委员会，白帆自己还有老革命的资格，那资格也会使她有一份丰厚的生活保障。

　　顾秋水既没有胡秉宸的责任和良心，叶莲子也没有能力写这样一份旱涝保收的文件，更没有一个妇女权益保障委员会来保障叶莲子最基本的生存。

　　她只好两眼一抹黑地闯日子，直到一九四九年解放以后才算翻了身。

　　诚如白帆预言的那样，胡秉宸果然和她万重关山从头越，一切从零又开始。

　　到底是时光倒流，还是白帆对胡秉宸的了解终究比以研究人为职业的作家吴为深刻？不得而知。

他们是否知道，世界上从没有过一个重新开始的零，与原来的那个零分毫不差。

在处理这些问题上，比他们年轻二十多岁，对创作的细节无比重视、珍爱的吴为，却对生活中的一应细节，缺乏感觉。

她最终不得不同意离婚之后，在给胡秉宸的信中这样写道——

> 亲爱的秉宸：
>
> 你好，七月九号来信早已收到。事到如今，我同意你离婚的决定。
>
> 因种种原因，我近期不可能回国，所以你我离婚的一应手续、办理时间，劳你运作，如果需要我做什么，请来信。
>
> 我们之间不存在财产纠纷，已在你处的东西完全归你所有。千万，千万！我只希望得到几件有关我母亲的纪念品：
>
> 一、她过去经常躺在上面睡觉的长沙发（在我们的卧室里放着）；
>
> 二三十年前她亲手买的一个两层小书柜，咖啡色带玻璃拉门的，在保姆的房间里放着。还有保姆房间里那个放衣服的大柜和放在你书房里的白色矮方桌，是我和母亲生活困难时期的纪念。
>
> 至于我写的书，如果你愿意留就留下，如果不需要就给我。
>
> 我的照片和国外的评论资料请还给我。对别人没什么用，对我还有些用。
>
> 就是这些。
>
> 吴 为

尽管胡秉宸立过遗嘱，各存一份在秘书和吴为手中，吴为也永远不可能为一根鸡毛与他讨论如许——

　　我长期身为国家公务人员,每月工资作为日常生活费用,并无积蓄。量入为出,也无债务。过去家中一些家具杂物,在八五年离婚时,已全部留给前妻,只身出走,现时的所有家具等物,全都是我妻吴为用她的稿费买的。我死后,其全部所有权属于我妻,任何人不得异议。按制度应由配偶继续居住的房屋,也由我妻吴为继续居住。

胡秉宸

八

　　抗战胜利的那一天,叶莲子像万众一样欢腾,以为国家有了救,她也有了救。以抗日为己任的顾秋水,自然也就没有什么可抗了,他们夫妻终于可以团聚,便准备着到天津再次上演一出《千里寻夫》,就像那年贸然到香港,上演那出《千里寻夫》一样。

　　一般来说,男人比女人较多理智,也更善于总结经验,顾秋水从来没有忘记过叶莲子到香港上演的那一出《千里寻夫》。

　　宝鸡一别,音信全无的顾秋水,于抗战胜利不久抢先来了一封信,并在宝鸡之别后,第一次给叶莲子寄了五块钱。这区区五块钱,使顾秋水在叶莲子心中树立起更加美好的形象,寻夫热情也更加高涨。

　　低头接着再看顾秋水的信,满纸千难万苦——

莲子:

　　邹可仁已由北平来津,见面以后,对我非常冷淡,他说从未给你寄过钱,至于今后怎样办,是否会寄些钱给你,他也没有表示。总之,仰人鼻息,诚属没出息的事。

我们的"事"也非常的渺茫,更没有什么把握,看来也没有什么好办法,不过是往前瞎摸。我是随着人家干"事",人家要是不爱干,我也就完了。我现在很灰心,最后恐怕白扯一回。而且我爱干不干,人家又何必一定给咱们钱用呢?这完全是个人情愿的事,我们也没有向人家要钱的权利。

至于你失业在家,没钱吃饭的事,我也没有办法。我们到处要饭吃,到处丢人丢脸,我常觉得活着已是多余了。早先同你再三讲,你总不开窍,等到走上死路的时候,就晚了。

谁让你死心眼儿,死死地缠住我!把我缠死你也好不了。你不想另求活路,只好两人一齐死。咱们就泡吧,你也许解恨,我也不想好了!

你的思想太旧,太顽固不化,让你自逃生路你偏不干,现在我可顾不了你了,过几天看看不行,我只好同要饭花子一起要饭吃了。

为了养大孩子并给她以教育,你应当牺牲自己,就当我死了。托你那个姓方的女朋友或其他什么人,给你介绍个男人,最好是小有资产的商人结婚,不但你可以得救,孩子也会有个较好的环境。她刚刚到这个世界上来,该得到一份她应有的幸福,为什么叫她和我们一起受苦,和我们一样一辈子做个穷苦的人?

你不要再盼着我们还会相逢,我要远走高飞了,哪儿死哪儿埋。你赶快带着孩子找生路要紧,以后我不会再写信给你了。

永别了。

顾秋水

身陷洪荒才有的那种天地倒换的大倾斜、大裂变,陡然降临,不论望不到边的茅地,还是望不到边的森林,顷刻间就被这裂变吞没,再也看不到一丝生命的颜色。

迷乱中,叶莲子伸出手在腿上抓挠着,本能地想要抓住一些什么,可她想抓住的那些东西,反倒从她的指缝中间滑泻而去,她甚至感到它们在指间的流动。

那么吴为出生以来的不幸呢? 从顾秋水的信来看,也全是叶莲子不开窍,不肯再嫁一个"小有资产的商人"造成的。

随着生活的有着有落,叶莲子已经不再抓挠她的腿。可在玩笑的尴尬中,这种已经隐退得很深的毛病,还会不觉地重现。

禅月一看叶莲子开始抓挠腿,就说:"得,姥姥又没辙了。"却不知叶莲子这种毛病从何而来。

她难道没有自食其力、自谋生路吗? 顾秋水北平一别,一个大子儿也没留下,四年光阴是怎么过来的? 为了省钱,一个冬季她连白菜也没有吃过一棵——白菜呀,又不是鸡鸭鱼肉! 后来更是到包家当了女佣。

宝鸡一别,"工合"遣散。在不论怎样向顾秋水求救、呼吁,他都置之不理的日子里,吴为记得一次又一次跟着叶莲子到有钱有势的人家,乞讨一份工作的自轻自贱。

其中一次,更是此生难再——

当她们毫无防范地推开那扇诗书人家的大门时,连定神的瞬间也不曾舍给她们,一团毛茸茸的东西,塌了一堵墙似的,带着嗜血动物的腥气,扑压上来。

那只扬着前爪站立起来的狼狗,比叶莲子还高出半个头。叶莲子转身把吴为搂在怀里,用她的身体和手里那只棕色木提手、赭石色哔叽布料、没有肩带的手袋,杯水车薪、无济于事地左挡右拦。

那只为她们立过如此功劳的手袋,也就这样活灵活现、一丝不走样地,不只烙在吴为的眼睛上,也烙在了她的心上。

主人虽然喝退了那只狼狗,但叶莲子的脸还是被它的爪子抓破了,她那件深蓝夹紫红细条的棉布旗袍下摆,也被撕裂了。

爱哭的叶莲子,却没敢在主人眼前掉泪,嗓子吓得像是劈了岔,嘴里还不停地赞美着主人的狗:"真是——真是只好狗,好狗!"

等她们进了阔大的客厅,叶莲子侧身在椅子上坐下,吴为也依在叶莲子的膝头之后,她才发现,对主人的狗赞不绝口的叶莲子出了问题。她胸口里的气儿,像是卡在了什么地方。或好不容易冲了出来,"咕涌"一下顶在吴为的后背上;或憋在那里,犹犹豫豫析出一缕荡荡悠悠的烟魂,随风化去……总而言之,她呼出来的气像是拐了几道弯,才从吓得拧了个儿的气管里,颇费周折、颇为艰难地挣扎出来。

可是主人并没有因为叶莲子脸上的伤、撕裂的旗袍或是对狗的赞美,给她一份工作。

虽然被狗这样咬过,吴为却并不记恨狗们。

她长大之后,更觉得那不是狗的过错。

难道不正是人把一只只遗世独立、桀骜不驯、茹毛啮血的狼,驯化为依附于人的狗?

它们一旦被人驯化,就成为人们最忠实的奴仆,或像有些人说的"奴才"。也许在实际意义上,奴仆和奴才没有什么本质上的区别,但吴为宁愿说是奴仆,她不知道这是不是她的虚荣。

哪怕是一只毫无战斗能力的哈巴狗,在不速之客造访或闯入时,也要明知不可为而为之地一面汪汪不已,一面胆怯地后退着。可真到了生死攸关的时刻,它们会忠心耿耿地为主人献出它们的一切,乃至生命——正所谓"誓死捍卫"。

如若一时走了眼,错把主人的朋友当成居心不良的入侵者,还会受到主人的申斥,或更有甚之地被踢上一脚,根本不考虑它们的自尊,让它们在人前丢尽脸面。可它们并不记恨也不计较或是说没脸没皮,下次照旧恪尽职守。

可是狗们反倒不如做狼的时候那样受到人的敬畏了。

而它要求于人的,不过一杯残羹剩饭,一根让人剔尽精华的骨头……

对狗的恶意可能古已有之,她时常在国人的言谈话语中,听到对狗的攻诘,如"狗娘养的""狗杂种""狗咬吕洞宾,不识好心人""惶惶然如丧家之犬""狗仗人势""疯狗""夹尾巴狗""狼心狗肺""狗日的"等等,等等。

这是否因为它们已经沦为奴才的缘故?

吴为一生都对"奴才"特别敏感,也拒绝再做一个"奴才",可事实上,奴性已渗入她的骨髓——惨就惨在这里。

所幸狗是不懂人话的,如果懂得人话,它们该有多么伤心。

它们也许会想,还不如当初做条人见人怕的狼——这不过是她的,也就是自以为比狗高尚的人的猜想。狗们是不会生出这等阴暗心理的。

后来她甚至养过一只狗,从此知道只有狗才是她最忠实的朋友。

在她强颜欢笑不肯言说自己凄惨的孤独时况,一回头,那狗却在巴巴地望着她,潮湿的眼睛里含着一汪比人的眼泪更值得珍惜的狗泪。

只有它才能看出,她不过是勉力地让他人,更让自己相信,她的日子过得有滋有味。

她喜欢在晚间,在昏暗的街灯下游走,像一只无家可归的野狗,在这一棵树下嗅嗅,又在那一处墙角嗅嗅那样,没有必要,也没有目的地东遛遛，更没有必要，也更没有目的地西看看。那时谁也认不出她就是那名扬四海，或臭名昭著的吴为。

只有那只狗跟在她的后面，忧心地守护着她……

不过这时她还怕什么呢？根本不看十字路口的红绿灯，横冲直撞地走过去，巴不得一辆汽车把她轧死才好。

当她困难到了极点，知道事实上没有一个人可以帮助她的时候，只有它会走过来，对她摇摇尾巴，默默守着她坐下。那真是一份最不必说"谢谢"、最不用回报的慰藉。

她不再光辉灿烂，人们也都渐渐地忘记了她——这和世态炎凉无关，只不过因为她不再闪光并隐入黑暗，而过眼的事物又多得让人眼花缭乱，哪双眼睛还会在黑暗中流连？而她差不多吃光当尽……唯有一只狗，宁肯和她守着一钵清水也绝不改换门庭。她就是它的家，它也是她的家，对不对？

相信在她弥留之际，也只有一只狗才会守在她身旁，固执地以为或是盼望她还有活的希望。等到她化为灰烬而又没有人会保留她的骨灰时，它只好满世界跑着，去寻找她已无处可寻的气息，甚至穷尽它的余生。

只有一只狗才会觉得，失去了她也就失去了它的家。除它，还有谁会觉得因她化作飞灰，他们失去了丁点的什么？

她以生命爱过的胡秉宸，能为她掉一滴泪吗？

…………

九

叶莲子只能憋着一肚子委屈自责自谴，怨恨自己没有能力保护自己的孩子,揪心地对吴为说:"妈对不起你,妈对不起你!"也不敢找赵老师问一句:"你怎么能这样打一个小孩子?"

她不能,也不敢。

她本来就是这个学校的"黑人",就像现在那些没有户口的人。就连这个"黑人"的位置也朝不保夕。

教师名册上并没有她的名字,而是另一个已经远走高飞的教师的名字。

这份工作是廖瑞鸿帮她找的。

朱校长请她出示毕业文凭。

她根本就没念过中学,除了一张立信会计学校的毕业证书,哪儿来一张中学毕业文凭?

她的教学本领,全是从香港撤退到柳州以后逼出来的。连她那张立信会计学校的毕业证书也是逼出来的,为此她还得感谢那个香港女人阿苏和她的丈夫顾秋水。

老实本分的廖瑞鸿,却能为她说出一番滴水不漏的话:"这么多年的颠沛流离,中国人丢失的何止是一张毕业证书,就是金银细软还不是照样散失殆尽?"

叶莲子不笨,对这句话心领神会,但是要她撒谎说自己中学毕业,于她是太难、太难了。想到失业已久,不要说吴为的学费交不起,马上还要面临乞讨……她只好狠下心来,丢掉廉耻,硬着头皮对朱校长说:"我所有的东西,都在逃难中丢失了。"

说是南京大学经济系毕业的朱校长,他那个毕业证书也不过是花钱买的。

对于叶莲子的回答,朱校长自然心领神会,便说:"既然我们不能证明什么,也不能否认什么,那就只好委屈你顶替那位教师的名字,做一名代课教师。代课教师的工资嘛,按正式教师的一半儿付发。"

叶莲子在心里快速地盘算着：一袋面,两块钱；一百个鸡蛋,一块钱；一斤香油五毛钱……且不说鸡蛋和香油,十块钱可以买五袋面,有这五袋面,就不用发愁她们娘儿俩可能挨饿或是讨乞了。

至于另一半工资的下落,非朱校长不能回答。

作为一个"黑人",不但叶莲子不能享受其他教师应有的待遇,连吴为也变成了"黑孩子",不能像其他教师的孩子那样和父母一起吃教师的伙食,只能和学生一起,天天吃盐水青菜。

其实教师的伙食有什么好? 不过是豆腐或是黄豆芽。可是叶莲子那母亲的心,在豆腐和黄豆芽一上桌的时候,就开始碎了。她的胃不好,可能和老是就着眼泪,吃那不好消化的豆腐和黄豆芽有关。

经过西安的饥饿,吴为不觉得盐水青菜有什么不好,至少她可以吃饱饭了,而且想吃几碗就吃几碗,她实在太满足了。所以在从幼女向少女的转型时期,吴为吃了一个大肚子,她的身材从来没有苗条过,可能和那时的浑吃有关。

就是这样,李老师还在不断找叶莲子的岔子。

昨天她在常识课上对学生讲："土豆是茄科植物。"

却被李老师当作笑柄,在教师办公室对众人说："你们听听,叶老师对学生说土豆是茄科植物,哈——哈——哈哈——"

土豆难道不是茄科植物而是蔷薇科,或是据说可以令人忘忧解愁的萱草百合科植物?

李老师一哈哈,叶莲子就发毛,连非常肯定的土豆是茄科植物也变得不那么肯定了。李老师毕业于香山慈幼院,背景也很牢靠,不像她,既没有背景也没有一张中学毕业文凭。

　　而且她还没有接到下学期的聘书。

　　那间除了架在凳子上的一副木板什么也没有的小屋,本来就不热闹。

　　而那独一无二的木板上,再躺上一个如此年幼就能不声不响忍着一顿毒打之痛的吴为,一旁再坐着一个只会握着吴为的手,可怜巴巴空熬一份愁苦、焦虑的叶莲子,那屋子就安静得简直能听见叶莲子的心,被孤苦无助揪了一把又一把的声响。

　　这时有人敲门。叶莲子以为是秦老师,她现在多么需要一句即便什么实惠也带不来的同情话。但不是。

　　秦老师正行走在朱校长和赵老师之间。他对朱校长说:"你用谁不是用? 你要是解聘叶老师,她们母女就得上街讨饭去。"

　　对秦老师,朱校长总是惧着三分。

　　这可能因为秦老师有过一个空军士官生的资历。可是没等他从那个空军士官生成为一名正式空军,就因在一次篮球赛上折断腿而退役。

　　不过这个资历,在那个时代还是很受人仰慕。特别秦老师为人方正,在同仁中很有威望。

　　他又对赵老师说:"她们母女二人本来就那么可怜,我们虽然不能给她们什么帮助,可也不能残害她们。那孩子是淘气,不过也不能这么打。她才几岁,禁得起这样打吗? 有什么问题可以和她母亲说,不要这样打孩子。这个社会本来就不公平,我们作为一个男子汉,总不能做这个社会的帮凶吧?"

　　敲门的是校工马文忠,他来向叶莲子借钱。他常常向这个教师中最为穷困的叶莲子借钱,叶莲子也从不指望马文忠借去的钱能有回来的那一天。

就像吴为将"犯有男女关系的错误"自行坦白后,特别在"文化大革命"中,一位贫农出身的革命派,总是向没钱的吴为借钱而且从来不还的情况一样。真是"历史的经验值得注意"。

已近期末,叶莲子不得不倾尽一学期来从牙缝里抠下的钱,给校长的太太买了几瓶蝶霜,希望这几瓶蝶霜能让校长太太影响校长,给她一份下学期的聘书。蝶霜在化妆品中算是国产名牌,地位相当于现在的大宝。

更加一贫如洗的叶莲子,这次无论如何拿不出钱"借"给马文忠了。

可她知道,这个所谓的校工,是万万得罪不起的。不然她那几瓶蝶霜,也就等于白送。

马文忠肩负着校长的重任,每天下塬给学生和教师伙房采购,顺便为校长太太效劳。校长太太的菜金也好,油盐酱醋茶也好,顺理成章地就在在校师生的伙食费里开销。至于马文忠自己,也会从中得到不少实惠,使学生和教师的伙食坏上加坏。

她可以被解雇,马文忠却是不可以解雇的。马文忠是"二校长"。

她不得不把千思万缕的牵挂,从吴为的伤痛上拉出,挖空脑袋搜索,还有哪些东西可以拿出来顶替马文忠的这笔借款,让他满意而去。

想来想去,只有顾秋水在珍珠港事件后冒死潜回香港,替邹可仁取回丢失在香港的财物时,顺便从邹太太箱子里给她留下的一件大衣。顾秋水虽已离开旧军队多年,终究难改兵痞积习。顾秋水想,他不能白白给邹家卖命,这件大衣就算他们对他应有的回报。

那件大衣颜色深蓝,领子似荷叶浅曲,镶有同色细皮窄边,腰处收身,长及脚踝。虽然旧得深蓝里泛出了紫光,但风韵犹存,是她冬天唯一的御寒衣服。

她不好意思地揉搓着那件大衣,好像借钱的是她而不是马文忠,嗫嚅着说:"真对不起,一时拿不出钱……真是再也没有什么值钱的东西了,这件大衣还可以当点儿钱,等我以后有了钱肯定给你。"

马文忠提出借钱时还有点恶笑的脸,马上拉了下来,他觉得这个看起来老实的叶莲子生生不给他面子。可他也不能掀开她的箱子搜查,只好扯过那件大衣,说:"我要不是急着等钱用,也不会张这个口,好吧,大衣我先拿去,钱的事儿以后再说。"

这件大衣像马文忠向叶莲子"借"过的钱一样,从此销声匿迹。

这里不得不对 clarinet,也就是竖笛,也叫作单簧管或是黑管那个乐器,做一点赘述。

与其他木管乐器的发音完全不同,它能使八度上的泛音不只在八度上,而是在十二度上发生,是木管乐器中性能最高的乐器,即便比它音域广阔的乐器,也不能比它发出更好的效果,尤其在控制渐强或是渐弱的时候。

而降 B 调的移调单簧管——也许称它为"黑管"更符合以下行文的听觉效果——它的音域可以从低音谱表第三线的 D 音开始,吹奏三个半的音程。

特别是它的低音部分,音色消沉、悠远、辽阔而神秘,中部音色优美而洒脱,高音部分尖锐而狂野。所以在管弦乐器中,它的表现力最为自由丰富。

当叶莲子如萧萧落木在塬上飘零的时候,当零霜村的日子,于叶莲子不过是一阵又一阵黄风,掀起一层黄土掩盖另一层黄土的无穷反复,她就是这样一支在低音区徘徊不已的黑管。

像一支配置失衡的交响乐,这支循规蹈矩的黑管,在低音区实在叙述得太多、太久,为什么它就不能从各路乐器慢板沉滞的叙述、铺垫中,突兀而锥心地挣扎出来,给它们来一个 finalt,飞扬、飞升、萦绕,最后不是消散而是凝固在苍穹,只留下定音鼓,在那个 F‴ 下面,为她的坚忍一下下叩击出行文的重点?

有什么能像那个 F‴ 的不甘、吁求和尖啸那样,为不会呼救的叶莲子,喊出她的无助?!

这件穷叶莲子之所有的大衣,却使马文忠感到深受愚弄。而秦老师的义正词严,对赵老师如风过耳,对吴为的那顿毒打,仍然不足以消解他的心头之恨。这两个小男人,双管齐下到朱校长那里连告状都算不得,而是说了不少这个女人的"小话"。

自然是"寡妇门前是非多"的小话。

他们的小话,不能说事出无因。

顾秋水把叶莲子扔在宝鸡"工合"以后,陆先生的确给了叶莲子母女一口饭吃,可是生活上的很多琐碎,还得靠叶莲子自己解决,比如说挑水。东北女人似乎都没有受过肩挑的训练,还有劈柴,诸如此类。

住在隔壁单身宿舍的廖瑞鸿,身强力壮、为人和善,在吴为还没有足够的力量担负起这些任务之前,常常帮助叶莲子买粮、买柴、担水。

对于叶莲子,廖瑞鸿知道的并不很多,只听说她的丈夫把她们扔了。

"工合"的待遇本来就差,可以说是宝鸡所有机关中待遇最差的一个。他一个人生活就很难维持，一个女人带着个孩子就更难了。

她看上去总是郁郁不乐，永远穿着一件阴丹士林布的旗袍，虽衣着朴素，但庄重大方，容貌气度雍容不俗，看得出很有教养。多年以后，"工合"旧人也许忘记了叶莲子这个名字，却依稀记得那个穿着阴丹士林布旗袍的女人和她的音容笑貌。

"工合"的活动，叶莲子参加是参加的，看上去却很勉强。她也可以不去，可能又担心不去会让赏了她一口饭吃的陆先生不高兴。

偶尔可在阅览室见到她，翻翻书籍或杂志，廖瑞鸿瞟过她手里的读物，不过是《工合月刊》《工合通讯》，或是小说《安娜·卡列尼娜》。

有时开晚会、舞会，叶莲子也带着孩子在旁边站站或是坐坐，自己却从不唱不跳。

廖瑞鸿对这个不言不语的女人，充满莫名的同情，宝鸡又只有一条街，就是不想碰见，也会在街上常常碰见。

有次到西城关的饭铺下小馆，在那小馆的楼上，他看见叶莲子带着吴为"下馆子"。她们要了一碗羊肉泡馍，就摆在吴为的面前。

吴为吃得鼻涕交流，看得出那孩子久已不食肉味，可一旦在碗里看到一块肉，总是大呼小叫地说："妈妈，妈妈，肉，肉。你吃，你吃呀！"夹着那块肉就往叶莲子的嘴里塞。

叶莲子一边躲闪，一边静静地说："小心，别掉在地上……你吃吧，妈妈吃饱了。"

他站在她们背后看了很久，最后忍不住走过去说："我可以坐在这里吗？"

叶莲子这才看见他，温婉地笑着说："您请。"

她笑是笑着，可是她的笑里全是拒绝。

谁见了这拒绝也会明白,这个女人到了山穷水尽、难以活下去的地步。

她自己可能也知道人人都明白她的山穷水尽,又懂得不能向任何人求救,于是不管见了谁,就先硬硬地隔离起一道退避三舍的警戒和绝不求援的樊篱。

又因这山穷水尽,有一份自惭形秽的畏缩。由于自尊自爱,这份畏缩又被千辛万苦地包裹着。

廖瑞鸿要了一碗红烧肉和一盘雪里蕻炒肉丝,这对穷困的他也是不小的破费,对吴为说:"吃吧。"

叶莲子推谢着:"您自己用吧,她吃饱了。"

吴为却不懂事地分辩着:"我没吃饱。我能吃一点儿吗,妈妈?"

还没等叶莲子回答,廖瑞鸿就代她说道:"当然,妈妈同意你再吃一点儿。"

看着吴为狼吞虎咽的吃相,叶莲子调过脸去。

好在油灯很暗。

可是吴为偏偏还嚷着:"妈妈,你吃呀,你快吃,你怎么不吃呢?这肉可好吃了——哎哟,可好吃啦——"她一边说,一边在凳子上扭来扭去,不知怎样才能表达她的惊喜。

出生伊始,除了苦难,吴为几乎没有经历过如此的铺张:那窄小的、没有上过油漆的松木楼梯,那悬在一根梁木上的暗色油灯,那张小八仙桌,那碗羊肉泡馍,还有那碗红烧肉和点缀着几根鲜红辣椒丝的雪里蕻炒肉丝——特别是那几根鲜红、醒目的辣椒丝,如此旗帜鲜明地安慰着她饥饿的肚子和心灵。噢——还有那个小饭馆的气味……在她并不久远的生命之旅中,简直具有开篇的意义。

不过回到家里,她就开始胃疼,并拉起了肚子。

何况廖瑞鸿和她们还是邻居。日本飞机场就在不算很远的运城,说来就来,每当警报响起来的时候,他还常常陪着她们一起跑防空洞。

于是他的同情就有些变质。如果他在篮球场上投进一个球,而恰好叶莲子就站在球场边的话,他就会得意地朝叶莲子望望。

但她多半没有注意他的投球,她之所以站在球场边,不过是因为无着无落、心绪彷徨,又不知怎样才能消受那份恓惶,便试着寻找一个可以暂时分散的地方。

这个拿文明棍、穿西装,全副装备非常西化却土得不得了的廖瑞鸿,从未入过叶莲子的眼。就是他不土,她也不可能和他设计什么前程。

但不论叶莲子与他距离如何渺茫,他总会在她困顿时伸出援助的手。自"工合"相识起,从未停止,好比这个代课教师的位置。

叶莲子怎能不知道廖瑞鸿企盼着什么?

她在最艰难的日子也舍不得典当的顾秋水那个英国烟斗,最后给了秦老师,而不是廖瑞鸿。

她既不能还报廖瑞鸿,也就不能接受秦老师的爱慕,否则她就同时对不起两个男人。

除此——为秦老师缝缝补补之外,她就再不能多做些什么。

秦老师明白个中艰涩,只在看到她眼泪汪汪的时候才会问一句:"你怎么了? 想开点儿,什么难事都会过去,再说,还有大家呢。"他说的那个"大家",就是"我"。

叶莲子也不回答,只是含泪凄然一笑。

秦老师就想,唉,她又想起了以往的事。

零霖村于一九四九年五月二十七日解放,一夜之间,叶莲子从"黑人"变成了光荣的人民教师,从此不再流落天涯。

朱校长不知何处去了,校长一职由秦老师递补。

李老师也好,还是什么老师也好,再不敢欺压她。

叶莲子的脸上,终于有了那种真正可以叫作笑的玩意儿——既不是顾秋水赏给她的,也不是为求一口饭吃强做出来的,而是完完全全属于自己的私人财产。

她在那位女军代表身上,看到了如她一样无依无靠的穷人的希望,认定那宽大的灰军装就是她的护翼,以致每每看到那种宽大的灰军装,就想跑过去抓住它,放在脸上贴一贴。

特别是吴为得了风湿性心脏病,而且病情发展很快,军代表马上和医院联系,让吴为住进医院,病情很快得到了控制。直到治愈出院,叶莲子没有为一分钱操过心。她老是说:"要是不解放,吴为早就没命啦!"

叶莲子对共产党感恩戴德,也以叶家翻身的事实教育着吴为。在她退休前的几十年里,孜孜不懈地追求着进步,以成为共产党中的一员为至上的荣幸。

她拼却全力奔向那个目标,也确实接近了那个目标,但在最后的冲刺中被拦在界外,并且永远不知道她被罚"出局"的真相。

零霖村解放的第二天,马文忠就报名参加了中国人民解放军。

两年后回到学校,向全体师生作了题为《英雄平叛四川残匪》的报告。那时候叶莲子还没离开零霖村,回想当年马文忠"借"钱的往事,只能是一片迷茫。

二十多年后,还有一场叫作"文化大革命"的政治运动。据地理赵老师揭发,秦老师曾在国民党空军服役并计划劫机飞往台湾,秦老师因此被革命小将打断了腿。按说折断一条腿本不是大不了的大事,秦老师又不是没有这方面的经验?当他还是一名国民党空军士官生的时候,就在篮球场上断过一条腿。但在革命风暴中折断的这条腿,却未能得到及时的修复,于是伟岸的秦老师变成了一个侏儒。

"文化大革命"后期,一度被废黜的政治力量回归原位,地理赵老师从革命变成反革命,妻子与他离婚,又祸不单行地得了癌症。秦老师虽然拖着一条未能修复的断腿,照顾病床前亲情空缺的赵老师,却无法使他免去疼痛的折磨。赵老师离世前的那些日子,疼痛至极的惨厉哀号响彻整个病房,听者无不为之动容。

十

泄题事件之后,吴为害怕了人。

她那独来独往的行径便始于此。

就连乡里人忌讳和厌恶的乌鸦,也比人更让她感到可亲可近。

冬日的黄昏,她常常站在丹阳观下的寒风中,对着远处的水坑以及水坑那边越来越朦胧的景物发呆。只有乌鸦的黑翅在天空中掠过时,她的思绪才随之流动起来。一阵寒风把另一阵寒风逼进乌鸦的喉咙,又在它们的喉咙里化作一种叫作"寒"的气味飞出。吴为正是在零霖村冬日黄昏的乌鸦喉咙里,嗅到了那种叫作"寒"的滋味。除此,她再无从领略那种叫作"寒"的东西。

那时候的乌鸦也多,一阵阵乌鸦,黑压压地一片过来了,又黑压压地一片过去了,很成阵势。

特别在傍晚,乌鸦的聒噪给暮色添上多少凄迷,而不是乡里人所说的霉晦。

可她不明白,为什么一到傍晚它们就没有了主意,到处找而又老也找不到落脚的地方。它们在黄昏的暗影里彷徨着,黑潮般地刷——过来了,刷——又过去了。

它们一次又一次投向那些砖窑、树林、废塌的庙寺——其中必有一处是它们晚来可以栖息,类似家园的地方——却好像一次又一次发现自己的失误,便越来越失控、越来越心慌意乱地聒噪着,从那些砖窑、树林、塌废的庙寺上一再惊掠而起。

乌鸦们在寻觅的呼唤中嘶哑了喉咙。那嘶哑的声音,在向晚越来越紧的寒风里,是那样有苦无处诉地让她心有灵犀一点通……

乌鸦们肯定不知道,正是它们,在吴为的心里早早留下了对黄昏的依恋和伤情。

特别在漫天漫地雨水横流的日子,乌云和雨水挤迫着它们,重压着它们,刁难、戏弄着它们,逼着它们在茫茫的天际不停地飞,飞,飞……

它们不得不更加仓皇地扑闪着翅膀,以抖落雨水的重荷……不过一眨眼的工夫,就不得不再次扑闪着翅膀。而那翅膀的抖动,是越来越无力了。除了累死,还有什么希望?

她伤情地想,不知道自己能为人人讨厌的乌鸦做一点什么。

她也曾在风雨晦暝的天气,独自跑到渭河边上,偷吃农民种在河滩的花生。虽不是农家的孩子,却通熟农家孩子一切偷食庄稼的办法。

她在花生秧上跳跃着,把小身子的重量,一次又一次跺在花生秧上,不一会儿,衣着单薄的她,鼻子上就冒出了密密的汗珠。等到脚下的沙土渐渐松动,就拔起那花生秧。那时的土地比现在慷慨,花生秧下长着一串串丰满的花生。她顾不得抖净花生秧上的沙土,就坐在潮湿的河滩上,急不可待地把剥出的花生粒塞进嘴里。满口立时是新花生的鲜美微甘,还有沙土深层的湿润气味。这气味从口里直贯全身,她似乎也变做了沙土下的花生。

她嚼得是那样努力和激动。

忽然从地下传来一阵滚滚的闷响,这闷响带着沉稳的振动穿过她的全身,冲百会而出。她像是被定住,不知所措地停止了咀嚼,半张着嘴巴,带着满腮的沙土,大睁着眼睛向四处张望。

这才感到四野是如此荒蛮、空旷。

渭河两岸,那似乎比空旷更不能穷尽、比荒蛮更不能追溯的塬,威迫地逼视着下方,使她不得不悚然回头……除了眼前饱经沧海桑田、已然委顿的渭河,再没有什么值得塬如此这般地逼视。

渭水陡然黑森起来,在快速层叠起来的阴云下,翻滚着、绞拧着、汹涌着,徒劳地想要张扬出它们初始的阔大气象……

无奈,它们挣脱不了既是它们驰骋的天地,又是紧锁它们的镣铐的河道了。

南北两岸的塬和横贯东西的渭河,吸引而又抗拒、仇恨而又痴爱、期许而又绝望地互相挤压着,揉搓着,厮杀着……几乎搓碎偶然来到这里,并偶然看到这唯有上天才能知晓其隐秘的吴为。

在塬和渭河的对峙中,原本辽阔的天地被挤压得越来越窄,直至纠缠为一体,你中有我、我中有你地分不清哪儿是塬,哪儿是渭河,更不要说夹在当中,如一粒尘埃的小姑娘吴为。她像一枚化石那样,揳进了分不清是塬还是渭河之中。从此她独具一种感动,一种强烈到让她恐怖的感动。

夜晚,当叶莲子批改学生作业的时候,吴为就坐在丹阳观山门的门槛上,向着黑暗凝望。

夜气凝重而迟缓地在塬上游移着,如无伴奏合唱的尾声,将熬过一天安危终于安息下来的苍生,浸漫在它的温厚中。

在她的记忆中,星光和月色并不常常照耀在塬上。想起塬上的夜,总是分不出天地的一脉沉黑,间或在塬的断层上现出一点暗红,该是哪家窑洞里的油灯,尖锐地镶嵌在厚重而沉甸甸的黑暗之中,满怀无辜,羞涩地传递着浮躁的外部世界不可理喻的矜持,倒显出无以呼应的孤零。

十岁的她,不明不白地叹出一口气,又叹出一口气。

有什么能把这一脉荒原的哀伤抚平?

她从黄土的叠层或裸露的断层上,渐渐阅读出而不是塬对她叙述出的,无从装饰、无从营造、无垠无际,比史前更久远的苍凉以及那摄人魂魄的神秘和宿命。她老是想,沉默的塬,最终会和人类算一笔总账,不过她是看不到了。

但每一次阅读,又毫不留情地让她明白了何为永不可知,又因这永不可知而生出永不可及,因这永不可及而生出无望,在无望的沉落中,在沉落的钝痛中,一种大悲大悯向她袭来。

自那时起,她就对古老、不屑、威严的塬,有了神秘的认同。

没有退身之地的她,因这认同而了然,而苍然……终于认可了塬是她们最后的停泊地。

她的背景可不就是塬!

有这样的塬在下面托举着她们,难道不是最厚实的铺垫?

零霜村周际的塬,更是在吴为一个十几岁的黑夜和叶莲子融为一体。

这并不是说她不知天高地厚地拿叶莲子的苦难和塬作比,但说叶莲子是这塬下的一粒泥土、一个细部、一个道具,恐怕还是合适的。

那个深夜,她突然对零霜村周际的塬和叶莲子,想念得不能自已,便独自一人,半夜搭乘火车从西安返回零霜村。虽然她在零霜村的停留不过几个小时,还必须在第二天清晨上课之前返回西安。

夜色浓密、结实得可以实实在在把握在手里。

眼前什么也看不见,可是她的塬,带着她上坡、下坡,越过低洼,折过老树……使她无误地迈出左脚、右脚,右脚、左脚……

黑暗中,她的塬以一尘不染的纯净包裹着她、护卫着她,并从另一个世界招回许多远走的灵魂,陪伴、翻飞在她的周围,使她自小在光明世界中受到的惊吓消散得无踪无影。只剩下她对塬、对母亲的深刻依恋,这两件最为简约不过的情感。

如此,她怎能期待与那个对零霜村周际的塬根本不曾入眼的胡秉宸相知又相守?

十一

一切似乎恢复了原状。

在于田的恳求下,由于站长出面说项,还有秦老师的相助,叶莲子终于得到了下学期的聘书。赵老师继续教他的地理,吴为也继续上她的地理课,与过去稍微不同的只有一件事——每上一次赵老师的地理课,吴为就尿一次裤子。

平心而论,她这个毛病,不能全算在赵老师的账上。

离开顾秋水以后,吴为尿裤子尿床的毛病已渐好转,可是赵老师的一顿毒打,又把这个毛病打回来了。

如果人们在一九四四年的冬季,从宝鸡西城关走过,总能看到一个几岁的小女孩,蹲在宝鸡"工合"办事处的灰砖墙外,什么也不做,就是把冻得淌个不停的鼻涕吸回鼻腔里去。

集体宿舍的门锁着。叶莲子不能恳求大家:别锁门啦,天寒地冻,让小吴为有个避风的地方吧——一个几岁的小孩子,独自待在宿舍里,来了强盗小偷,出了事情算谁的?

她又没有钱送吴为进幼稚园,只能任吴为像只小野狗,在街上东游西荡。

吴为无处可去,只好蹲在"工合"墙外,和在门房里当差的妈妈,只隔一扇墙。离妈妈很近了是不是?

每天,每天,她就蹲在那里,苦等妈妈下班的时刻。那个时刻,因暂别严寒,晚饭可待,僵冷的四肢、身体和脸颊将在妈妈的揉搓下暖和过来,以及一个大概叫作家的地方可以归去而变得非常具体。那种苦等,才真该叫作渴望,非常具体的饥寒交迫中的渴望。长大以后她学会了一首歌,第一句歌词就是"起来,饥寒交迫的奴隶……"每当唱起这句歌词,这些景象和饥寒交迫之感就会重现,更不要说她从两岁起就当了奴才。于是她越发唱得投入,庄严神圣、满腔热血、耳根发热,可不知为什么总还是被人归入资产阶级。

大学毕业的品行鉴定中,她独享七个资产阶级头衔,什么资产阶级人生观、资产阶级恋爱观、资产阶级价值观、资产阶级人道主义、资产阶级人性论、资产阶级文艺观、资产阶级审美观,将所有资产阶级搜罗殆尽,可谓集资产阶级之大成,一条条从上到下铺排过来,整齐对仗,和谐华丽,壮观浩荡,一派汉魏之风。

想来不足为怪,不要忘记,吴为还有那样一位外祖母,血液的颜色可能会遗传。

四十年代初,宝鸡城里只有一条贯通东西的小街,几乎没有楼房。

可是爱好楼房的居民,总是在他们房子临街的前檐上,砌上几米高的砖块,伪装楼房,以求壮观。

西北的风很大,有一天大风刮倒了一扇伪楼,一个"工合"同仁的儿子,就被那扇伪楼砸死。

宝鸡城实际建在坡上,北城墙便依塬而建,是个墙塬一体的山城。出南城门就是下坡,往坡下走三百多米就是渭河。山上有狼,不仅晚上,也不仅城外闹狼,狼们有时还会进城,肆无忌惮地在大街上跑来跑去。

叶莲子亲眼见过被狼咬伤的难民孩子,耳部、腮部血肉模糊,他们一般住在城外无门、无窗、无遮挡的废窑洞里。

一九四四年日本人攻陷郑州、洛阳后,关中告急,日本飞机说来就来,随时都会开个不大不小的玩笑,在宝鸡城里扔个炸弹。

叶莲子无时不在担心,在街上东游西荡的吴为会不会遇见狼?西北的风又多,谁知道哪一扇伪楼会倒塌?她冷不冷?日本飞机会不会来空袭?……

小孩子既没有耐心也没有耐力,不过在街上冻了一会儿,吴为就感到冷得难熬,忍不住在墙外叫妈妈。

叶莲子听到吴为的喊叫,心就乱了,连忙跑出去,给蹲在墙角的吴为搓一搓冻得黢紫的脸蛋,擦擦她的鼻涕,暖暖她的小手,吴为就觉得她的等待变得非常美好。

住惯了英国的陆太太,"扬"着英国式的脸子(这种脸子,尤其在早年的英国黑白片里常常看到)说:"顾太太,你该知道,对你我们是没有义务的,如果你再在工作时间里做其他的事,我们恐怕就更无法忍受了。"

叶莲子无地自容。其实她大可不必如此,在英国住了很久的陆太太,除了对在英国生活过的人,谁也看不起。

陆太太进步归进步,抗战归抗战,就像宋美龄也抗战一样,这不等于她有共产意识或平民意识。

尽管陆太太很英国地表示了对叶莲子的不满、轻蔑,根本不知道英国为何物的吴为,还是看出了藏在英国教养后的冷酷。她不明白,她的玩伴陆虎、陆豹和陆燕的妈妈,怎么能这样对待自己的妈妈?

再看看妈妈的脸,知道妈妈受辱是因为自己,决定此后再不让妈妈受这样的侮辱,也从此不再到陆燕家去玩耍——虽则他们有时还会给她一块极其罕见的巧克力。

当陆先生对邹可仁和顾秋水承诺,找到工作更好,找不到工作也会有叶莲子和吴为一口饭吃的时候,并没有一个法律上的契约或是合同。

习惯于西方企业管理机制的陆太太,深恶痛绝叶莲子公私空间混杂,上班时间竟跑到外面照顾孩子,所以"工合"遭散时,叶莲子第一拨儿下了岗。

她的深恶痛绝无可厚非,这种大锅饭的弊病,日后果然是影响社会主义经济发展的一个大碍。

　　吴为再也没有见到她的伙伴,那个在欧洲出生,总是穿着一条英格兰呢裙,一边摇头晃脑、一边唱着《杜鹃花》的陆燕——

　　　　淡淡的三月天,
　　　　杜鹃花开在山坡上,
　　　　杜鹃花开在小溪旁,
　　　　多么美丽呀,像村家的小姑娘,
　　　　像村家的小姑娘。

　　　　去年村家小姑娘走到小溪旁,
　　　　和情郎唱支山歌,
　　　　折枝杜鹃花插在头发上。

　　　　今年村家小姑娘,
　　　　走到小溪旁,
　　　　杜鹃花谢了又开呀,
　　　　记起了战场上的情郎。

　　　　摘下一枝鲜红的杜鹃,
　　　　遥望那烽火的天边,
　　　　哥哥你打胜仗回来,
　　　　我把杜鹃花插在你的胸前,
　　　　不再插在自己的头发上。
　　　　…………

　　只听说"文化大革命"期间,陆燕一头栽倒在地上。不知她是否从父亲的遭遇上早就预见到自己的结局?反正是毫无留恋地断了气。当她终于逃脱"革命"对尊严的侮辱时,是否会像小时那样,淘气地跳着脚、拍着手,哈哈大笑?

在昔日的一张照片上,陆燕头顶一个与脑袋不相上下的大蝴蝶结,圆瞪着一双愕然的眼睛,不知在那一瞬看见了什么,让她惊诧不已。

不论上代人的过节儿还是后来的社会分类学,到底与她们何干?吴为反正是失去了那可爱的玩伴。

陆先生于一九四七年最后撤离"工合",转而在日内瓦联合国难民局任远东事务顾问。

那时候周恩来和陆先生还是朋友,问他道:你辞掉了联合国的职务吗?

他说:没辞。

周恩来说:别辞,我们还没有参加联合国,但上海还有联合国的驻华办事处,你不妨去那里工作,将国际难民输送出去,以减轻我们的负担。

一九四九年大陆解放前夕,陆先生本有机会去台湾。台湾方面也有电报、信件,往还于日内瓦之间。

但陆先生想来想去,还是决定返回大陆。

之后,联合国秘书长任命陆先生为联合国上海办事处主任。在此期间,他从天津运走两千多名国际难民(因国际船只不能进上海),工作告一段落后回到了北京。

一到北京,有关方面就派他到革命大学学习,以他的历练,一眼就明白是让他交待历史问题。

再想见见当年的朋友周恩来,难了。后来根本就见不到了。

不过他不该那样感叹:我不再是朋友了。

日理万机的周恩来,怎么可能会见每一个曾经帮助过共产党的朋友？不论那位朋友为中国革命的胜利做了多少工作。如果他继续会见每一个帮助过共产党的朋友，还如何处理比会见朋友更重要的国家大事？

不要以为什么党派也没参加过，一九二三年就入北京大学化学系，曾任北京大学学生干事、东北同乡会主席的陆先生，交待起历史问题就能轻易通过。

陆先生的复杂还在于一九二九年赴英国学习经济学，对英格兰、爱尔兰、丹麦的农民合作运动颇有研究，认为用"和平过渡"的办法解决农村问题才是最好的途径，与毛泽东用"暴力行动"解决农村问题唱了一个反调。

虽然一九四九年，共产党正是用"暴力行动"解决了农村问题，但陆先生还是不肯接受毛泽东的暴力革命。

他一再声明，九一八事变后，一九三二年，他放弃了在英国读博士的奖学金，毅然回国参加了他所谓的革命。可是在毛泽东《别了，司徒雷登》那个名篇里，主角司徒雷登——燕京大学的教务长，却留任陆先生为学生辅导委员会主任。

陆先生不但动员学生到农村去帮助农民，自己也脱去英国西服，换上对襟大袄，和学生们一同奔赴河北农村，与农民办起了棉花生产合作社。

如果翻阅燕京大学一九三二年的校刊，还可以在校刊上查到有关此行的报道。

至一九三七年，竟发展了二百四十多名大学生参加这一工作，联合了北大、清华、齐鲁、南开等著名大学，影响非常之大。可他一再说明的是，这是因为五四运动使知识分子认识到与工农结合是社会的大趋势，而不是别的理论使然！

十二

贴着地皮,顺街飕飕窜来的冷风,偏偏到了吴为这里还要狰狞地拧个旋儿,毫不留情地把她身上那一点点温暖拧走了。

雪花纷飞起来,她的头发和衣服也就湿了。她真渴望一点火。可是,她连《卖火柴的小女孩》那盒可以安慰自己的火柴也没有。

不,她不能叫妈妈,不能。陆太太瞪着妈妈的眼睛,比在地皮上狰狞地拧了一个又一个旋儿的冷风还冷酷。

她从墙角里站了起来,在街上遛了一遍,鞋子很快就湿了。她跳起来,跺一跺僵冷的脚,可是这样一跳她就更饿了。

往手上哈点热气吧——从嘴里哈出来的气也是冷的。

怎么没有人到街上来呢?要是街上多一点人,可能还不那么冷了。她盼哪,盼哪,半天也看不到一个人影。

五十多年前,中国不过"四万万同胞"。西北又是偏远的,而西北的一个小山城,地界更荒凉,人口更稀少。街上本就行人寥落,更不要说在冬季。吴为在街上半天没有看到一个人该是正常的,好比陆先生为兴办农村生产合作社,联合北大、清华、齐鲁、南开等著名大学,发动了二百四十多名大学生就成为壮举,可在二十世纪末,哪怕一个年级的大学生也不止二百四十多。

噢,有了,可有了,有个人打着伞过来了,吴为觍着脸凑上前去,希望那人能够瞄她一眼,要是再对她说句什么话就更好了。可是雨伞遮着那人的脸,他没有看见这个往前凑的小女孩。

还要等多久妈妈才下班呢?

吴为荡来荡去、荡来荡去,不过在街上流浪了几小时,却感到好漫长、好漫长。那街上的严寒,也就一同没了尽头。

冬季什么时候才能完?

每天早上,当她看到窗纸渐渐亮起来的时候,总想对着那个渐渐到来的白天大哭一场。可是她不能哭,她要是哭了,妈妈怎么办?妈妈不上班,她们就更没有饭吃了。

她越来越无法对付那日复一日、无尽无休而又不可抵挡的严寒了。她对严寒产生了一种与绝望相杂的恐惧,她垮了。

她那个尿裤子尿床的毛病,并没有好彻底,一旦面临崩溃或是极度的恐惧就会复发。

当一个比一个更严寒的日子来临的时候,她就只好尿裤子。

她的裤裆外面,常常结着一层细细的冰碴儿。

下班点一到,叶莲子就冲出"工合"大门。她总是先去摸吴为的裤子,一摸一手冰碴儿。爱哭的叶莲子,一面无济于事地揉着吴为冰凉的屁股,一面眨巴着眼睛里的泪问道:"告诉妈妈,冷不冷?"

不只吴为的裤子外面结了一层细细的冰碴儿,连她的嘴巴和意识也像结了一层冰碴儿。不论叶莲子说什么,吴为都是一副解不开冻的样子,不予回答。

叶莲子赶紧拉着吴为回到宿舍,为她换下尿湿的棉裤,再忙不迭地端着茶缸,到食堂买饭。

那只白色的搪瓷茶缸,称得上是非同寻常,不但不甘寒碜地在杯口为自己点缀了一圈亮蓝,还兼起饭锅、水壶、洗漱、饮水、盛具等重任。

每当叶莲子端着那一茶缸颜色不明的熬菜,冰凉的、掺杂着草棍儿细沙石的米饭,或一咬一嘴牙碜的杂面馒头回来时,总是等不及跨进门槛就对吴为说:"看看,饭来了。"那口气就像在说"法国大菜来了!"

然后她点起炭火炉子热饭,烘烤吴为尿湿的棉裤,屋子里就蒸腾起一股很怪的气味。

当炭火旺了起来,茶缸子又在炭火上放好之后,她们母女二人总是不约而同地对视一眼。多少说不尽的意味,就在她们母女二人那一眼对视之中沟通。一直孤军奋战的叶莲子,到了此时,该是不再孤寂的了。

吴为贴在那一眼炭火旁,几乎怀着一份敬仰的心情,注视着叶莲子如何战战兢兢地翻动着茶缸里的饭菜。

凡与吃饱肚子有关的事,不论对叶莲子或对吴为,都相当庄严而神圣。

尽管叶莲子小心翼翼,生怕哪一粒米掉在茶缸外面,可总有几粒米,还是丧尽天良地掉了出去。

没等叶莲子弯腰去捡那几粒米,吴为已经用她的小手指从炉底和地缝中抠了出来,并重新放进茶缸。

叶莲子一面搅动着那填一个肚子差不多而填两个肚子就差很多的菜饭,一面愧怍地想,吴为跟着她这样无能的妈妈,平白、无辜地多受了多少委屈!

除了尽量把饭省给吴为吃,她还能有什么办法?尤其是早饭,她从来没有吃过,她得让吴为吃得饱一点,吴为得在街上熬一天哪,在如此天寒地冻的时节!不要说对一个小小的孩子,就是对一个成年人怕也不好熬啊!

不过她们也有一线开心的时刻。每当星期六,同事们或去看电影,或去下小馆。叶莲子既没钱,又没心情,还是个不善言谈交往的孤苦之人,只能在宿舍里待着,那宿舍于是就成了她们的天下。吴为这时也像化了冻,深感满足地围着叶莲子转来转去,对妈妈说说在街上晃荡一天的所见所闻。

　　叶莲子给吴为洗干净手脸,又在炭火炉的热灰里埋上几个土豆,她们便拥坐在炭火炉旁,耐心地守候着那几个即将烤熟的土豆。

　　在炭火的烘烤下,吴为那营养不良的小脸,竟也泛出些许健康的红色——哪怕是昙花一现呢,也让叶莲子有那么一会儿喜从中来。

十三

　　幼年的吴为,既不尿裤子也不尿床,为什么长大以后,反倒尿起裤子、尿起床来?

　　即便对一个已经发疯、不懂得害臊为何物的人,议论她尿裤子或尿床的往事,也还是相当残忍的。可在本书的下一部,却不得不追溯她之所以尿裤子、尿床的缘由。

茅盾文学奖
获奖作品全集
典藏版

The Mao Dun Literature Prize

第二部

无字

张洁 著

人民文学出版社

献给我的母亲张珊枝

大音希声,大象无形。

——老子

第 一 章

一

结果和当初的设想是那样的不同。

二

当那个深秋的夜晚,吴为坐在零霨村丹阳观山门的门槛上,顺着嵌钉在重甸甸、黑沉沉的塬上,如逗号、句号、顿号、惊叹号、破折号的灯火,九曲十八弯地开始她对塬的阅读时,胡秉宸正在大别山的一处山坳里,向滂沱大雨中抛洒出一道在膀胱中潴留过久的秽水。

虽然他的后腰上顶着一杆美国造的卡宾枪,但他还是不失时机地赏鉴了这杆重量很轻,可以连发然而少见的枪。彼时,部队里最好的枪也就是日本造,不论谁缴获了都得上交首长,可以想见,这杆卡宾枪的主人不同寻常。

一九四七年秋季,在大别山的夜色中从膀胱中抛出这一道抛物线的胡秉宸,与十年前在零霨村小火车站上吃臊子面时相比,已经有了很多改变,仅从他的面相就可以搜寻到不少可供推敲的线索。

但胡秉宸到底是胡秉宸，此时此刻还有闲情逸致将他那道抛物线修饰得尽善尽美，力求使其显现出磅礴之势。

一绺颤颤悠悠、弱不禁风的灯光从胡秉宸背后射来，含含糊糊地照射在雨中那道抛物线上，他认为那道弧线果然不负所望。他的眼波，一次又一次拂过抛出那一道抛物线的管子，一副"醉里挑灯看剑"的情态，几乎对着那道管子赞道："好剑！好剑！"

遗憾的是那道着意经营的抛物线在暗夜中渐渐迷失了神智，六神无主，摸不着东南西北，无声无息地坠落在夜的深处，夜就展着自开天辟地以来谁也没能猜透、谁也没能玩透的老脸，坏笑起来。

忽去忽来的山风如交响乐中的变调，若即若离地撩拨着这两个在暗夜中较劲的男人。

隐约在夜雨后的山峦，更是阴沉地凝视着这两个企图在它的地界里一逞英豪的男人。

胡秉宸的抛物线终于走向强弩之末，他不大情愿地抖了抖自己那柄"好剑"，做了一个收势垂下。这把"好剑"本该收入国人叫作遮羞布的布兜里，但此时只能将它垂下，因为胡秉宸已被剥得赤条条丝缕不挂。

曾几何时，胡秉宸还在零霖村小火车站上为吸食面条的动静一阵尴尬，如今却赤条条在另一个男人的睽目下，从从容容将如此私密的事情办得如此堂皇！张口也能潇洒地来个"操他妈"或"妈了个×"，早已摆脱文明的羁绊，向直白的表达靠齐。

看起来胡秉宸已进入了革命的熔炉。可他端着那柄"好剑"的最后几抖，连自己也不觉地抖出了深藏的不屑。

　　胡秉宸对那道抛物线的唯美要求,与硬邦邦顶在后腰上的那杆卡宾枪不无关系。

　　战士赵大锤也早已不必这样硬硬地顶着胡秉宸,但有一种深潜的、说不清的恨意在作祟。

　　这恨意源于一起事故。

　　战士赵大锤前不久还在班长的岗位上,最近才削职为兵。

　　就在胡秉宸到来前不久,中央派来了一个情报交通,等待甄别期间由赵大锤看守。赵大锤凡事积极主动,看守之外另加一轮审问,二话不说,先将来人吊起打个半死。

　　老资格的情报交通一路智闯国民党围追堵截,关关化险为夷,却没想到在自家人的小河沟里翻了船。他无奈而又恼怒地对赵大锤说:"你这样对待中央派来的情报人员,将来是要负政治责任的!"

　　赵大锤是个重证据轻口供、从不意气用事的人,闲闲地问:"有证据吗?"

　　"当然有。"情报交通拆开衣袖边线,从折边里抽出小纸条一张。

　　赵大锤接过一看,不过是张白纸,自视甚高的赵大锤愤怒了,"你个杂种操的,敢拿一张白纸唬老子。"三下两下就把那条小纸撕了。

　　情报交通连声叫道:"不能撕,不能撕,在火上烤一烤就能看到字啦!"

　　赵大锤参加革命若干年,自觉学问已然了得,而"你这样对待中央派来的情报人员,将来是要负政治责任的"威胁,也激发了他比试一下的用心,他哂笑着说:"你以为老子不懂? 字都是写出来的,哪里听说烤出来的?"

　　什么叫作"秀才遇见兵,有理说不清"? 这就是最权威的解释。

这个妄想拿着一条小纸蒙混过关的家伙,不是特务又是什么? 班长赵大锤甚至站都没有站起来,坐在那里,反手一枪,老资格的情报交通员脑袋就开了花。

直到上级机关追问起来,优秀班长赵大锤才不得不削职为兵,那份机密等级为"三根鸡毛"的情报,也就这样无影无踪了。

削职为兵的赵大锤百思不得其解,那些拿着一指宽的小条子跑来跑去的人有什么了不起? 怎么就能吆五喝六? 怎么级别比他还大,让他敬神似的敬着?

从那时起,赵大锤心里就打了个结。

可以想见,如果日后战士赵大锤不是死于非命而是坐了江山,那么在日后一波又一波的政治运动中,将如何对待白脸书生。

胡秉宸犯了一个大多数城里人或知识分子常犯的错误,低估了赵大锤们的智商,把他们表面的木讷解释为鲁钝。

好比此时,战士赵大锤就分毫不差地体会到胡秉宸的挑衅。他站在胡秉宸身后,一直斜睨着胡秉宸引以为自豪的那柄"好剑",轻蔑地暗笑着,那也算男人的物件?! 这样一个长不过二寸、缩头缩脑的"武大郎",也敢拿到他这个"西门庆"面前来比试?

赵大锤没有读过纸介《金瓶梅》,但是早从戏曲,特别是地方戏曲中,熟知了男女间的基本操练——掌管哪出戏可以上演、哪出戏不可以上演的行当,还要等上二十多年才会出现。

说起来实不足道,赵大锤对胡秉宸的蔑视也好、敌意也好、不屑也好,不完全像理论上分析得那么深奥。

杵在胡秉宸后腰上的那杆枪,也就更加下劲了。

不要说彼时大别山上这两位革命队伍里的战友,相信同一时刻,世界各个角落都有不少准男人在较量这个抛物线的射程。当他们成长为一个男人之后,不分肤色、国籍、民族、职业、学养……更会互相攀比这一物件的孰优孰劣,用这种办法证明他们伟乎其大的男人品德。

尤其国人,还会以此认定今后的前程,诸如指点江山、横扫一切、征服女人的种种潜能,与它的 size,也就是尺码、型号,息息相关。并且认定,即便从全世界来较量,自己也是那个 number one。他们的盲目、自大,在他们对这段管子的自恋上表露无遗。

而团长对胡秉宸那点情不自禁的尊敬或逢迎,难免不让赵大锤对卸去的班长职务回味一番。

胡秉宸与赵大锤周围的知识分子不大相同。怎么不同,赵大锤也说不清楚,反正他觉得周围那些知识分子本质上和自己差异不大,而到了胡秉宸这里,就变成永远不可能尿到一个壶里的另类。别看现在"走到一起来了",可赵大锤的直觉告诉他,不过是暂时的。

赵大锤的智商绝对在胡秉宸之上,好比这样的觉悟,胡秉宸差不多到了此生尽头才略有了悟。

智商极高的赵大锤却不是标新立异的另类。

好比吴为功成名就之后,某次周游列国与一位财团老板相遇,他们就人类有没有一个共同的梦想争论起来,她觉得"共同"这个标准很难统一、确认。

财团老总却说:"总能有一个大致的认同吧? 比如说富有。"

她翻着眼睛给老板来了一句:"什么叫富有?"只是因为礼貌才没有说出后面的话——你以为像你那样有钱就是富有吗? 她克制住自己,换一个说法:"对我来说,一个中等生活就够了。如果让我选择,旅游宁肯住 room 或 zimmer(德语,房间之意),也不愿住五星饭店;居家宁愿住纽约第五大道的地下室,也不愿意住地下室上面的房子。有方便的公共交通何必非要拥有卡迪拉克?只要商店里有可心的衣饰,何必非得请couturier(专门服装设计师)?更不必日日三餐都去香榭丽舍否则宁可饿死……"

说完这番话,她也立马从一个让男人兴味盎然的女人,变成一个让男人唯恐避之不及的怪物。

这种转换她并非没有感觉,回到家里回味一下,发现这种情况并非偶然而是一再发生,但就是不明白这种转换的症结所在。

换了赵大锤就绝对不会像吴为那样,宁愿住纽约第五大道的地下室而放弃地下室上的豪宅。

吴为要不是装傻,就是矫情。

赵大锤像所有正常人一样想过一个好日子,至于怎样才能过上好日子,起始并没有多少奇思妙想,无非就是有很多的钱财,更要有很多的女人。

有关好日子的奇思妙想,是逐渐丰富起来的。

赵大锤一枪在握之后,首先体会到的是敬畏。其实让人敬畏的不是某个"人"——人跟人差不了多少。让人敬畏的是人手里的钱,或枪,或权,或能力……自己虽因枪杆子使用不当受了处分,却不能损害他对枪的顶礼膜拜。枪不但是他的图腾,也是很多大人物的图腾。在未来的岁月里,枪杆子肯定还会发挥越来越大的作用。

以实求实地说,他那个削职处分也与女人有关。

但女人的事不全是他的责任。那天晚上,他向房东借了个大盆洗澡,房东是一个四十多岁的寡妇,主动地对他说:"我给你搓搓背吧。"

搓背之后,还能有什么别的结果?

　　第二天部队转移到另一个村,赵大锤想起搓背的寡妇,有点意犹未尽,晚上便又摸了回去。大门已经顶上,又不好大张旗鼓敲门,只好翻墙进去。院子里黑咕隆咚,他两眼一抹黑进了媳妇的屋,只好将错就错把媳妇干了;再去找寡妇,又错进了姑娘的门……归队时被领导发现,加上枪杆子使用不当,只好卸去他班长的职务。

　　如果一定要问战士赵大锤对革命有什么不理解之处,那就是他始终不能理解,睡女人到底算什么原则问题? 这种事也能算做处分的理由?

　　从寡妇娘往下,媳妇、姑娘,问问那满门的女人,哪个挨了他的操不欢天喜地? 哪个不宝贝他那个所向披靡的物件!

三

　　胡秉宸转过身来,对战士赵大锤怪模怪样地笑了一下,这笑容绝对谈不上是敬仰。

　　很久以来,胡秉宸都没有得到如此合适的机会,来展现这样一个微笑了。然后又瞟了一眼刚才杵在他后腰上,现在则是对准他脑袋的那杆卡宾枪。

　　枪是一杆好枪,持枪人赵大锤更是出色,伟岸挺拔算不得什么,难得的是颧骨上没有蒙古人种特有的、极具质感的两团肉块。那两处骨感的削颊,不但为赵大锤添了一份飒爽,也显出决断的倾向。

　　不论胡秉宸还是赵大锤自己,都没有料到赵大锤近在两年后的结局。

　　"钟山风雨起苍黄,百万雄师过大江"那一伟大历史时刻,战士赵大锤那只渡船被国民党炮弹炸飞,船上战友全部牺牲。不会游泳的他却顺手捞到一块船板,连蹬带踹游过了长江并只身抢占了敌人一个火力点,为后继部队抢攻扫清了障碍,当之无愧地成为渡江战役中的一名战斗英雄。

　　如果赵大锤没有只身抢占敌人那个重要火力点,军事地图左路上的那个红箭头又会怎样走向?人们无法估量赵大锤为那个红箭头的径直走向做了多大贡献,但可以说他为那个红箭头的径直走向做出了一定保证。

　　直到战斗结束,赵大锤才发现他的屁股被炮弹削去一片肉,两个虎口豁得翻花,膝盖磨得白碴碴地露着骨头。

　　他没有居功自傲,只是在恢复班长职务时高兴了一阵。说来也怪,比之奖给他的那个军功章,他更欢喜的是班长职务恢复。

　　在日后许多影视片中,无数次重现过解放军战士只身抢占敌人火力点或端掉敌人碉堡的经典镜头。不知人们在欣赏那些影视片并为之感动的同时,会不会知道有个叫做赵大锤的战士,当年为着中国人民的解放也曾如此英勇战斗?

　　赵大锤没有牺牲在解放南京、上海艰苦卓绝的战役中,相反,他随着人民解放军进驻上海,并有幸得到中共华东局对参加解放上海战役全体指战员的那个奖励——每人一斤猪肉。而那些为解放上海、牺牲在上海大门口的七千多名指战员,就连这一斤猪肉也没能吃上。

　　进驻上海的赵大锤,平生第一次品味号称"东方小巴黎"的上海,还有那些千娇百媚的上海女人。

　　不要对战士赵大锤说三道四,即便胡秉宸这种水里煮过三次、火里烧过三次、血里洗过三次,无产阶级、资产阶级日子两不耽误的人,一旦回到上海依然心有所动。

　　当街头欢迎队伍里的一位小姐跑上前来,在赵大锤的枪口挂上一朵大红花的时候,他虽目不斜视继续前行,可还是感到了(而不是看到)她极短的旗袍袖下春光乍现的腋毛。旗袍又非常合身,凹凸有致地勾勒出一番乡下女人不可比拟的曲折,那是来自农村的赵大锤无从想象的风光。

　　旗袍改写了赵大锤与女人的篇章。

　　更不要说献花小姐由于兴奋和奔跑而来的喘息。

　　对女人的喘息赵大锤相当熟悉,他想起了在农村那如鱼得水的日子,还有那些被他弄得颠三倒四,对他只想不恨的女人。

　　到了此时,赵大锤才知道过去对革命的理解有些肤浅。如果没有革命,即便哪天能与上海相逢,却永远进入不了上海的五脏六腑。只有革命,不但使他成为渗透上海每一个脏器的血液,还使他成了那些脏器的主人。

　　赵大锤的豪情壮志,顺着那些刺向云端的高楼攀升。他毫不犹豫、毫不留恋地从自己生命史上抹去了生于斯、长于斯的土地,他是再也不要回农村去了。

　　几天后的一个雪夜,当女佣阿香看到栅栏门外赵大锤和他那班战士在纷飞大雪中席地而眠的时候,便力邀他们到廊下避一避。班长赵大锤没有拒绝,其实也不应该拒绝。有什么必要在雪地里淋个整夜甚至两夜?有什么必要拒绝阿香的盛情邀请呢?

　　阿香为赵大锤和他那班战士熬了姜汤。作为班长,赵大锤总得出面到厨房向阿香说几句感谢话。一切就绪之后,阿香知趣地回到佣人房间,赵大锤因为要为班里战士烧水、续水,不得不时时穿过客厅进入厨房。

地板上到处抛弃着逃亡主人未及带走的杂物，一不小心，就
"当——"地踢上一个金属器皿，或软绵绵地踩上一件衣裙。

留守女佣阿香为什么不收检一下？也许她就势解放了自己。

战士们入睡之后，赵大锤把大家用过的碗盏收进厨房，这时他
一脚踢上一个物件，低头一看，是一只躺在樱桃木地板上的锦缎
盒，盒里有棵裹在丝绸中的人参。

赵大锤对人参一知半解，也不知道一棵野参的真正标价，只对
它延年益寿的作用略有所闻。又想到这是被人丢弃、已然沦落到
与垃圾等同的东西，不论什么东西，一旦作为垃圾扔了出去谁都可
以捡起。而一棵能够延年益寿的人参被当作垃圾丢弃又是多么可
惜，简直可以说是暴殄天物。在长久顾不上吃喝、饥肠辘辘的情况
下，他很自然地捡起那棵人参，放在炉子上煮了煮，就着汤水一并
吃下。

他没想要独吞，当他煮好那棵人参的时候，还朝廊子底下的战
士们看了看，见他们个个睡得很沉就没有叫醒他们。这一仗打得
是太辛苦了。

可以看出，赵大锤对这棵人参的态度就像他和女人的关系一
样。从天性上来说，赵大锤是一个浪漫主义者，甚至他独闯三关抢
占敌人火力点时，都没有想得那么隆重、郑重、严重。这种人只合
当一个吊儿郎当的艺术家，可是历史这位导演偏偏派给他这样一
个严肃的角色，使他成为这个纪律严明队伍中的一员。

赵大锤很快就像是一只灌饱二氧化碳的气球。幸亏留守花园
洋房的女仆人阿香熬了一锅萝卜汤让他喝下，才将膨胀体内的气
体逐渐放出。这样一来，本在楼外廊下席地而卧的赵大锤，就睡到
了厨房的地板上。

　　当阿香俯身查看他是否已经复原时,她的乳房有意无意地从他胸上擦过。赵大锤的大胸肌触到了世上最具诱惑力的弹性,同时也嗅到了女人身上的肉香。

　　处分之后赵大锤久已没有接近女人,于是为下一个机会积蓄了趋于饱和的力量。这种蓄势待发的状态像洪汛之期万马奔腾的江河,一旦喜逢蚁洞,就会破堤而出,四处横流。

　　赵大锤伸手就把无依无靠的阿香揽在怀里……

　　他们在厨房地板上滚翻着、扑腾着,如两只对虾一般脸对脸地钳制着对方,如阿香从菜篮子拎出放到案板上的活鱼,原本僵僵地挺着,猛然就会来个爆发力极强的鱼跃。墙角的橱柜、炉子、切菜台子,被他们撞得摇来晃去,似乎比当事人更加兴奋异常,哗哗啦啦地震响着。

　　这两个于茫茫人海中四处寻找出路的劳苦人,此时此刻,既不用流血牺牲,也不靠他人解救,更不需要什么理论,谁也不妨碍地以自助形式开辟了自己的乐园。

　　他们的享乐,与警惕再三、谈虎色变的"资产阶级腐蚀"毫无关系。

　　阿香既不是资产阶级用以腐蚀共产党人化作美女的蛇,也不是国民党的潜伏特务。无产者阿香出于对革命的阶级感情,将自己贡献给了革命。

　　如果赵大锤不发生意外,也许日后会与阿香谈及婚嫁?也许不会。按照他那时的命运走向,前程该是远大的,就像军事地图上那个又红又粗的箭头,说不定将来某一天,带着一个文化艺术代表团到真正的巴黎访问也未可知。

　　可是他那个正在畅通无阻的红箭头突然拐了弯。几天之后,赵大锤和全班战士,惨死在接管的一家银行金库里。

赵大锤不知为什么选中金库那一处地方作为当夜安营扎寨之所,命令全班战士在金库宿营。

战士们关闭金库闸门的时候,并不知道从此再也走不出那个闸门,也不知道在战场上攻无不克、坚无不摧的他们,最后竟不能将这看似几斤重的闸门开启。

他们带着惊奇和满足,摩挲着金库光滑、平展的四壁,在经历了连续作战的疲劳和多年没有正常睡眠的生活后,这一处四壁光滑、晶亮如镜的大"房子",于他们是太过惬意的享受,于是他们心满意足地躺下,躺下就没再起来。

直到氧气一点点耗尽,才知道这个一眼到底、无掖无藏的"房子",充满不动声色的杀机。

没人知道那几个在渡江战役中冲锋陷阵、随解放大军胜利进入上海的战士,在没有硝烟、绝对安全的金库里,如何在光滑的四壁上绝望地抓挠,也无人听到他们求救的呼声。那呼声该是带着何等华美的恐怖,被铜墙铁壁成倍地反射回他们的耳鼓?

有人说他们是在缺氧情况下渐渐昏迷,并没有显出特别的痛苦;又有人说他们的军装在窒息中被自己撕扯为条絮,个个肤色黑紫,惨不忍睹……

不知责任在谁,反正在放下金库闸门之前,没有人对金库进行最后的清场,也没有人对当日进出金库的人员进行必须的清点。

占领了资产阶级金融阵地的战士们,没有看到贴在墙上的有关警告——即便看到,也未必懂得那警告意味着何等的危险。

而懂得这些警告的银行旧人,都被赶出了金库重地。

这个风光无限的城市,对它的新主人掀起了蒙在身上的一角苫布,稍稍显露了内中深不可测的景物。也没有人告诉这些新主人,需要学习的实在太多。

胡秉宸此时已是肃反委员会的一名处长，当他接到这个定性为反革命案件的报告时，并不知道大别山上用一杆枪杵着他后腰的赵大锤就在其中。

胡秉宸经历的荒诞不能算少，包括到太行山送情报一节。可他无论如何想不到，赵大锤一班人马死得如此荒诞不经，并认定果然是个反革命案件，为此抓了几个嫌疑人。胡秉宸绝对不是"左"倾机会主义者，只能说由于长期处于地下工作的严酷环境，对事对人过于戒备。在不久后的镇压反革命运动中，经胡秉宸逮捕的嫌疑分子就有二百多人。

不过他对待潘汉年一案的态度又说明了什么？

当胡秉宸从中华人民共和国第一次全国人民代表大会第二次会议上的工作报告中得知，"潘汉年、胡风两代表，因为已经发现他们有进行反革命活动的证据，常务委员会在第九次会议上和第十六次会议上根据最高人民检察院张鼎丞检察长的请求，依照《宪法》第三十七条的规定，已先后批准将他们逮捕审判"，作为同样长期从事党的地下工作，对潘汉年不是全无了解的胡秉宸，却对这一决定既无疑惑也无不安，对在共产党秘密工作中屡建奇功的这位首脑人物也无同情。

所谓奇功，就是在棘手、复杂、危难、紧急程度几为绝顶情况下力挽狂澜，化腐朽为神奇，化黑暗为光明，化绝望为可能……即便齐天大圣在如此逼仄的刀山剑岭之间周旋，怕也难免失误，何况凡胎肉身？不是说了"要奋斗就会有牺牲"，失误算不算牺牲的一种？

尽管胡秉宸听说逮捕潘汉年之前，他所崇敬的陈毅同志曾亲赴中南海，直接向毛泽东报告、呈递了潘汉年对有关疑点的说明，但胡秉宸更相信毛泽东在看了潘汉年的说明后，在说明上留下的御批：此人从此不可信用。

就在同一天，毛泽东又做出立即逮捕潘汉年的决定。

胡秉宸从这一决定之快速、决断，更判断出此案背景非同寻常。

此后，政治运动如炼狱之火，一茬又一茬燃遍中国大地。无数人的政治生命，甚至他们的肉体，被这炼狱之火无情吞噬，成为一轮又一轮政治运动的陪葬。

在一茬又一茬名目繁多的政治运动中，胡秉宸因了过人的机敏、睿智、严谨，也许还有幸运，从未伤及皮毛，唯独"文化大革命"未能幸免。

政治嗅觉如此灵敏的胡秉宸，看准了什么时机，从什么时候开始，才将纵横上下几十年的经历，作为一个宏阔的题目来温习？

这"温习"就像一部乐曲的主旋律，在每个乐章中反复出现。每一次出现，都像《命运交响曲》中那几声敲打命运之门的重击，反复叩问着一个世纪的疑惑。

或许因为他本人就是这疑惑中的一个部分，所以那温习也就始于疑惑，止于疑惑，终究不得其解，长期处在"剪不断，理还乱"的状态。

共产党内不乏英才、奇才，比胡秉宸更为杰出的人物如山如海，而能像他这样逃过多场政治厄运的却并不多。

从这点来说，也不能说胡秉宸的"温习"毫无成效。

虽然几十年后潘汉年一案终于得到平反，胡秉宸却仍然认为自己在镇压反革命运动中抓获二百多个嫌疑分子是正确的，颇不以为然地说："……当然潘汉年非常精干，本事不小，唉，像这样的冤案不知有多少，仅胡风一案就牵连了上万人……但无论如何，潘汉年还是右得厉害。镇反运动中我抓了二百多个嫌疑分子,当然里面有'反共救国军'、工潮中的'敌工人员',并不一定都是特务,但是他们拒不交待有过哪些活动,有些还继续活动,甚至拒绝交出枪支……结果这二百多人都让潘汉年放了,上海公安局归他管嘛。他太相信人、太讲感情,敌人给共产党做点儿事,为自己留个后路的情况是有的,但要正确对待。上海解放初期那些审讯特务的人,差不多都是他留用的特务,他觉得这样可以审讯到点子上,其实很多情况下这些人是在包庇那些被审讯的特务。这些人可以用,但绝不能放手把全权交给他们,对他们既要使用也要监视。"

即便后来到了二十世纪末,当胡秉宸准备把他多年的"温习"辑录成书的时候,也没有对这个传奇人物和他一生的遭遇稍作回顾……

四

比之赵大锤一枪撂倒的资深情报交通,胡秉宸可说是运气极佳。他在赵大锤那里遭遇的,不过是一杆杆在后腰上的卡宾枪。

处分并没有打击挫伤赵大锤对审讯工作的热情,他认真仔细地搜查了胡秉宸,包括从胡秉宸身上扒下来的衣物。除去一盒香烟、几块银元和一些金圆券之外,什么也没有查到。

一抹介乎冷嬉之间的笑意在赵大锤的脸上泛出,他转过头来,像画家欣赏自己一幅不太认真的戏作那样,端详着被他剥个一丝不挂的胡秉宸。

也不看看你在和谁玩儿! 胡秉宸哈哈笑道:"小赵,你检查完了吧? 你这家伙不中用啊。把我的香烟盒子拿来,让我告诉你。"

赵大锤拿来香烟盒子,胡秉宸慢条斯理地从烟盒里找出一支香烟,将那支香烟剥开,抖净烟丝,里面竟还套着一个细纸卷;再将细纸卷小心翼翼展开,上面是用极细的铅笔密密麻麻写着的情报。胡秉宸仰起头对赵大锤说:"看见了吧,上面的情报共有六十条,写的是国民党部队的驻地和番号。为了和别的烟有所区别,我在这支烟上扎了一个很小的洞。此外,更大、更重要的情况,都在我脑子里装着。"

赵大锤这才想到,"烤一烤就能烤出字来"的说法,可能有些根据。

"还有一样……你把刚才检查过的袜子拿过来。"胡秉宸放出一个具有表演性质的微笑,变魔术似的从袜子边上摸出一个金戒指。那双袜子赵大锤从上到下捋了几遍,偏偏就没摸到这个金戒指。

赵大锤觉得被胡秉宸耍了个六够,他哑然转过身去,随之又眼睛一闪……胡秉宸的鞋子还没有搜查!他更加认真地将那鞋子左看右看,似乎在鞋底上发现了重要线索:"你说你走了两三天的路,刚才又下了那么大的雨,怎么鞋底一点不湿?"

"这双鞋的底子是皮的,所以进屋一会儿就干了。"本可就此完了,但在赵大锤一而再地说不清是戏弄还是寻隙,没上没下、没大没小、没尊没长的激发下,深沉如胡秉宸者也难免轻狂起来,挖苦道:"你难道不知道皮子是不大吸水的吗?"

原本不时杵一杵胡秉宸的枪杆子,此后也就难舍难分、硬硬地杵在了胡秉宸的后腰上。

胡秉宸接着又说:"你还得拿张纸来,我得赶紧把脑子里的情报写下来。"这时,赵大锤就更觉得胡秉宸是在发号施令了。

胡秉宸把存放在脑子里的情报写到纸上以后,就肃下脸子对赵大锤说："这些军事情报时间性很强，过时就没意义了，你们得赶紧发送到上级机关去。"

按照过去，所有情报只须记在脑子里就行了，胡秉宸的记忆力是惊人的。

一九四三年他独自乘船送一支手枪到某个县去。那是一条非常危险的路线，全线都是国民党特务的地盘，没有一个自己的关系可以接应，除此又没有别的路线可走。

刚上船就有个农民装扮、手里提只闹钟的人坐在了他的对面，胡秉宸一眼瞟去就觉得在哪儿见过。

到底在哪儿？一时说不清。胡秉宸因为工作需要，出入过各色人等的聚会场所。

国民党要员、名流、金融世家、商贾、骗子、公开或地下的共产党中坚分子、进步人士……此时全往重庆聚集。不过像对面这个人又能在什么场合相遇呢……很可能是在茶馆。胡秉宸想起来了，是在茶馆——

茶馆是什么地方？五色杂陈之地。或自得其乐，或买卖生意，或说媒拉纤……茶馆是全体市民的起居室，当然也是地下工作收集大路情报的场所和接头地点。

胡秉宸在那里等着和一个不太重要的关系接头。他不时挪动一下竹椅，改变一下椅子的方向，以便观察不同方向的情况。

在龙门阵的嘈杂声中，一声"开水——孱起呃！"突兀地冲进耳膜。他从报纸上抬眼一溜，一个肩上搭着毛巾、腰间系着围裙，约摸三十多岁的茶馆，一边吆喝一边游蛇似的穿过擦鞋的、按摩的、掏耳朵的以及茶桌茶椅来到他的面前，高提着铜壶往他的茶杯里续水，可那一线开水却没有当当正正射进他的茶杯，还没等茶水在杯口上微微隆起就赶紧收住。

这个细节引起了他的注意。

不过胡秉宸身上没有带着文件,联系人也不知他的来龙去脉,除了单线与他联系的上级领导,没有人知道他的身份,所以并不十分担心自己的处境。

他索性放下手里的报纸,往竹椅背上一靠,拿起一粒牛肉干放进嘴里慢慢嚼着,定定地打量那茶倌。

看得出,那茶倌尚无明确目的,不过在那个地界撒大网而已。

胡秉宸当机立断离开了茶馆,临走时,那茶倌还在他身后殷勤喊道:"二天再来坐噻!"

——他断定对面的人就是那茶倌,相信茶倌也认出了他。这一次他们两个人都犯在了对方的手里,可这里是茶倌的地盘。

一下船那茶倌就跟上了他,胡秉宸脚下一滑钻进了玉米地,弯弯曲曲、拐来拐去,走了一段时间脚下又一滑钻出了玉米地,快速地将蓝外衣翻了一个个儿,再把衣领立起。因为外衣里子是白的,翻个儿之后远远看去就是另一件衣服、另一个人了。走出很远,回头一看,那茶倌还在东张西望地找那穿蓝外衣的人呢。

他从没怀疑过,冒那么大危险仅仅为的是运送一支手枪,要是七支八支倒也好说。那支手枪又何以重要如此?

在胡秉宸的地下工作生涯中,不知碰到过多少看起来如此不足道,可说不定就得为它掉脑袋的事情。

好比上海解放前夕,组织下达了一个十万火急的任务,打开那份密件一看,原来是印发毛泽东的《目前形势和我们的任务》和《将革命进行到底》。解放在即,有多少急迫的事情等着解决,这也是其中之一吗?

但他不能问一个为什么,地下工作的纪律就是这样,不让你知道的事你就不能知道,哪怕你为这个不知道的事情掉了脑袋,也还是一个不能知道。

到了暮年,不知完成多少艰险、包括诸如此类任务的胡秉宸,很少提起自己的丰功伟绩,即便吴为问起也是一笔带过,双目索然,满心怅然,"有什么可说的?当时很要紧的事回头一看,也就那么回事。没有,一样成立中华人民共和国。"

可是这一次送往大别山的情报之多、之重要,连胡秉宸这样的老交通也颇感责任重大,超乎寻常,担心只用脑子记忆会有差错。

除了细读强记那些情报之外,睿智如胡秉宸者,不过买了一包银行牌香烟,取出一支剥开,将卷烟纸摊平,用极细的铅笔将情报写在上面,再卷成极紧极紧的纸棍塞进另一支香烟,两头用烟丝填平补齐,然后在香烟上扎了一个小眼儿放回烟盒。万一遇到紧急情况,就把这支香烟点燃吸掉。

此外胡秉宸还带了一个金戒指,缝在棉线袜的边沿上,还有一些金圆券和几块"袁大头"。

不知智者胡秉宸想过没有,真遇到所谓"紧急情况",来不及吸掉这支香烟怎么办?用吸烟的办法把情报销毁岂非空谈?

在二十世纪的诸多战事中,这种极其原始的办法居然被各路特工屡试不爽。相信各路特工对这等老旧手法也了如指掌,可不知为什么不能彼此破获,一任对方将情报一一送达。又不知智商高于常人的特工为何不思进取,因循守旧于这套路数几十年如一日。

不谈西方一个叫作巴登·鲍威尔的人——那种过于学者化的倾向,一八九○年以昆虫学家的身份为掩护,在巴尔干半岛上获取敌方重要情报,并将情报绘制在对蝴蝶的素描上,以蝴蝶脉纹和脉纹上的色块,表示各种不同武器的配置、数量及位置等等;即便对以农业大国著称的中国农民的智慧也没有充分挖掘。比如请哪位老大妈绣双袜底,那五颜六色的花式和针脚就大有文章可做;或是在衣衫边缘地带,用针线隔三差五缝出数目不同的针脚;或内衣上补块补丁,补丁上做出不同的针法……

总之彼时彼地还停留在手工业时代,手工业时代是浪漫的时代,是产生故事的时代,没有手工业也就没有人情故事了。如果没有赵大锤对革命的"唯我独忠",没有他对"烤一烤就能烤出字来"的怀疑,哪里还有资深交通情报人员被一枪撂倒的滑稽,或胡秉宸被剥得精光的尴尬以及两次情报的报废?

对胡秉宸来说,大别山之行最主要的困难不是危险,而是没人知道情报送达的部队在何方,就连下达这一任务的上级机关也不知道。

即便知道,战争期间部队流动得也非常厉害,今天还在这里,等他到达时或许已经开拔。

每逢遇到难题,胡秉宸首先想到的是他那些四通八达的亲戚。

在他投身革命之后,那些亲戚也捎带着一同为他,也就是为革命,做起了大大小小的贡献,包括上海那位节外生枝、胡秉宸为之沉迷一时的表姐。

为配合这一次任务,泱泱胡家又为他准备了一个在铁路上工作的亲戚,因为工作关系,对各个地域的情况有些了解。胡秉宸果然从他那里得知,共产党部队大致活动在安徽、湖北、河南交界之处,"但是没有固定地区。"亲戚强调说。

胡秉宸将地图仔细研究,先从水路进入战区,下船之后将沿途所需证件全部销毁,只携带假身份证一个,取道当时的立煌县,直奔霍邱。

党内风云人物王明的老家就在立煌。过立煌时,辗转于漫漫险途,不知最后能否顺利完成任务的胡秉宸,还有闲想起刘邓大军初到这个地区时的情景。那时战事十分紧迫,邓小平还特意抽时间探望了王明的母亲,并给她老人家留下一些钱。党内围绕王明前前后后发生的事以及王明在延安时留给他的印象……这些念头一如水上涟漪,过而无痕,他还得往前赶路呢。直到二十多年后"大革文化命"的狂澜突起,邓小平在其中三落三起,胡秉宸才想起这逝水涟漪。

霍邱县城内有国民党驻军,胡秉宸只得从县城东面的东湖插过,直往南奔。

不巧淮河涨了大水,道路全被淹没,天地间灰茫茫的一片。胡秉宸穿一件长衫,走在水中时隐时现、羊肠般的田埂上,长衫下摆随风飘动,远远看过去,真像飘在水上的一缕孤魂。秋风在一片汪洋上推出一波又一波细浪,看久了,不但让人眼晕,脚下还会虚软。

眼晕腿虚的胡秉宸,最后不得不进入霍邱县南国民党战区。只有通过这个地区,才能到达解放军可能出没的叶家集。

胡秉宸心知肚明地钻进了国民党的火力网,成为天地间的唯一猎物,也得硬着头皮在火力网的笼罩下向南猛走。

果然碰上一个老百姓叫作"小炮队"的国民党民团,后面只跟着一个穿军装的吊儿郎当的军官,从叶家集方向北来。

可能一天没有什么收获,好不容易碰上胡秉宸,马上把他当解放军侦察员抓了起来,根据就是胡秉宸身上那件长衫。那时的侦察员差不多都穿长衫,就像胡秉宸用香烟携带情报那样,长衫,也是一个老旧不思改进的道具。

两百多民团将他团团围住,大呼小叫地问:"干什么的? 上哪儿去？"

胡秉宸掏出假证件，那些人也不认识字，这个拿去装模作样看一下，那个拿去装模作样看一下，因为他非常镇定，也就不知拿他怎么办。腰上别着一支手枪的军官看到前面队伍乱乱糟糟，走上前来喝道："干什么，干什么？好好走！"

散兵游勇们一听吆喝，就把证件还给胡秉宸，走了。军官优哉游哉地从胡秉宸身边晃荡过去，根本没有睬他，他就这样混了过去。

天将黑的时候，胡秉宸看见一个镇子。从立煌县出来到现在，他一口水也没喝过，一口东西也没吃过。本希望混进镇子找点果腹的东西，再打听打听附近的情况，可是镇口上有个两层楼高的碉堡，门口还站着国民党部队的岗哨。尽管口干舌燥、又饿又渴，他也不能进去——那些站岗的士兵一定会盘查他：你看亲戚？亲戚在哪儿？只好躲开大路拐进庄稼地，忍着饥渴闷着头，继续向南走，走，走。

天完全黑下来了。黑得东南西北什么都看不见，黑得天空低垂，胡秉宸似乎就上顶着天、下撑着地。但他并不喜欢这种感觉，低头思量出路，发现脚下有条深而窄的地沟，只好先趴到这条沟里，天亮之后再想办法。

深秋的夜晚已有初冬的寒冷，只穿一件长衫的胡秉宸冻得咳个不停，明知身上什么也没有，还是全身上下摸索了一遍。终于摸到一条手帕，就把手帕捆在嘴上，咳声似乎小了一些。

真是饥寒交迫啊！

连鬼都没有的旷野里不知从哪儿来了一只狗，在胡秉宸头上又嗅又叫。他不可能起身就逃，那它就会叫得更凶。如同人类某些生理甚至精神疾患的传染，一旦某只狗叫起来，附近的狗就都会跟着一起大叫。那样一来，非让国民党发现不可。或许医生们并不同意精神疾患的传染之说，但有无数病例可以证明精神疾患令人恐怖的传染性。

胡秉宸只好装死，那只狗倒不咬人，只是不停地叫，他和狗就这样对峙着。不论从哪方面来说，狗都是非常杰出的动物，可胡秉宸碰上的这只狗是个例外，不但比人还笨，坚持性也比不上人，叫了半个多小时，见他一直没有反应，以为是具死尸。作为一只狗，哪怕是一只不怎么杰出的狗，怎能向没有还手之力的死尸下手？只好败兴地跑开了。

刚消停一会儿，又听见有人说话。此时他的眼睛已完全适应了黑暗，扒着沟沿往外一看，有人抬着一口棺材朝他隐蔽的方向走来，而他隐蔽的这条沟横在一条小路当中，小路又是那些人的必经之途，他们会不会发现他呢？胡秉宸又不能起身就逃，那样一来他们就会发现他，并且喊叫起来惊动国民党，他只好听天由命，一动不动继续趴着。

幸好没有月亮，刚才怎么让他东南西北什么都看不见，现在也让这些抬棺材的人东南西北什么都看不见。他们没往沟下看就从他身上迈过去了，而他那时居然也一声不咳了⋯⋯

天亮之后，胡秉宸绕过镇子继续前行。傍晚时分迎面撞见一个人，穿件极旧的农民土蓝布长衫，两只手放在长衫前襟下，慌慌张张走了过来，一看就是解放军的侦察员。来人老远就向胡秉宸喊道："老乡，老乡，前面岗楼里有没有兵？"一口外乡口音。胡秉宸暗暗好笑，当兵的见人才会叫老乡，当地老百姓见人只会叫大哥。

他回答说："有啊，一直在站岗。"虽然他们二人一个往北、一个往南地擦肩而过，却觉得身旁多了一个伴儿。

三十多天后，胡秉宸竟然在迎面而来的行军队伍中看到了他。

他们都认出了对方，彼此笑着打了个招呼。

碰见侦察员后，胡秉宸知道自己的部队不远了。

终于到了叶家集。叶家集有东西两条街，还有两个当铺、一个洗澡堂，算是有点规模的县城。叶家集其实还有不少可以提及的地方、人家，之所以提到当铺和洗澡堂，是因为这两处地方曾有不同寻常的事情发生。

彼时叶家集处于"拉锯"状态下，两次被解放军拿下。最为壮观的不是攻占城池的战斗，而是打了两家当铺的"土豪"之后，一把把钞票被解放军战士从楼上飘飘撒下，老百姓在当铺楼下抢拾钞票的情景，整个儿一个"太平天国"盛世景观。也就难怪当地老百姓并不十分反感"拉锯"状态，如果不"拉锯"，又何谈一而再地打"土豪"？可是"土豪"们也渐渐总结了经验，即便那把锯又拉到国民党一方，也不肯再在叶家集下力投资经营。

至于澡堂子，更是一处是非之地。某次打下叶家集的间歇，区委书记带领区长前来洗澡，国民党部队却突然闯入叶家集，洗澡人全部牺牲在澡堂子里，满池洗澡水顷刻之间成了血水。

不久以后，当胡秉宸重返叶家集与其他人来此洗澡时，就带着一个警卫班在澡堂外警戒。

据说牺牲的区长喜欢洗澡也喜欢荤段子，有那么一个段子常常被他提起，而且是亲见亲历。说的是有次来此洗澡，突听隔壁女人巧笑，他就扒着只有半截高的隔墙一看，原来两个女人把毛巾拧成条状放在胯下拉锯，拉高兴了就乐……

胡秉宸当时有点冒失，又找不到老百姓探听情况，也许还因为过分饥饿，便从马路北的菜园子插进叶家集，上了街。

到了街上一看，全是国民党兵。队伍朝西，整装待发，也许时间还早,当官的还没出来。他特别注意到那些士兵吃得很饱,穿戴整齐。

胡秉宸又是一个不能跑!那一来,他们还不知道他是共产党?只好一慢再慢,沉住气再沉住气,如同夹行在刀丛之中,在两列荷枪实弹的士兵中间向东走去,只要有一个人对哪个细节发生怀疑,马上就是刀起头落。

幸亏路上都是士兵,而且就要出发,没人想在出发前给自己添乱。如果军官出来了,很可能对他这个穿着长衫,一大早就走在街上的人发生怀疑。

当胡秉宸终于走出东街以为可以松口气的时候,突然从后面跑来个当兵的。肯定是来追他的,他想,只好在路边找块石头坐下以示从容,否则当兵的一枪就会把他撂那儿。当兵的却向站在街口的一头牛奔去,见胡秉宸在路边沉着地坐着也就没有理会,站在路上向东张望一会儿,就骑上牛归队了。

当兵的为什么向东张望?可能是查看路上的情况,这样说来,他们要往东走?胡秉宸赶紧起身,躲开公路就走,一直走到中午。

头夜在地沟里根本不曾入睡,又两天没吃没喝,明明是自己的肚子,此刻却变成他的仇敌,极其残酷地折磨着他,并不因为是他身上的一块血肉而手下留情。

从立足之地到地平线之间的留白,叙述着无边无涯、无头无绪,他就是大喊一声,怕是回声也得不到的。什么时候才能找到部队?……他是一步也挪不动了。

路旁有个两人深的大坑,胡秉宸想,幸好这一带老百姓爱挖坑。抬头看看,太阳不错,而他极需恢复体力,于是将一切困难暂抛脑后,跳下坑去倒头就睡。坠入睡梦之前,他松了一口气,迷迷糊糊地想,幸亏亲自来了,否则谁能应付沿途一个接一个的意外?

醒来已是下午时分。

傍晚碰见一个三十多岁的老乡,提溜着一个油瓶朝南走。见那老乡穿得十分破旧,胡秉宸才喊道:"大哥,大哥,跟你商量个事,给你三十块金圆券,能不能带我找八路?"

老乡说:"钱我不要,你远点跟着就是了。"

胡秉宸就跟在三十多米之后,在山间小路上穿来穿去。来到一个岔路口,迎面就是山区,老乡说:"我要回家了。你从这条岔路再往东南走,走到有十几棵大树的地方就会看到一个镇子,那里就能找到八路。"

很容易就找到那个被大火烧了一半的镇子,有三个人守在镇口,一个坐着,一个在给另一个剃头。他们显然是部队派出的警戒,遇有情况这里一放枪,山里就知道了。

胡秉宸问他们:"这里有八路吗?"

他们指着往南的山路说:"刚走,往南。"

胡秉宸顺着山路紧追。追着追着突然下起大雨,他不敢懈怠,冒着大雨继续追,这才看到前面有两个背枪的人,其中一个正是赵大锤。

胡秉宸就"喂——喂——"大喊起来。

前面的人立刻回转身来,拿枪比着他说:"你上来,上来。"

两个背枪人虽然没有佩戴帽徽和番号,但一听那嘴山西口音,胡秉宸就知道是自己的部队,因为刘邓大军是六月份从北方南渡黄河过来的,而国民党驻守在这一带的大多是从广西来的白崇禧部队。

胡秉宸走过去,在相距十多米的地方站住。赵大锤问:"干什么的?"

胡秉宸回说:"我有急事,见了你们司令再说。"

赵大锤那时还不太明白，即便在革命队伍内，很多事情也得分着等级传达、汇报，继续追问道："什么事？"

胡秉宸还是说："见了你们的司令再说。"

他们只好押着胡秉宸往回走。不久来到一个百姓家，进屋就看到两个人在烤火，胡秉宸特别注意到烤火人的惬意，让饥饿至极、疲劳至极的他感到些许的刺目。

战士赵大锤说："报告团长，抓到一个身份不明的人。"

胡秉宸想，我是你们抓到的吗？随即也明白他撞上的至少是个团级单位，便自我介绍说："上级有情报，让我送达刘邓司令部，你们得赶快把我转送上去。不过得先给我弄点儿吃的，我已经两天多没吃饭了。"

团长马上让警卫员给胡秉宸煮了碗挂面，里面还卧了两个鸡蛋。

吃完面条，团长吩咐赵大锤带胡秉宸去休息，赵大锤把他带到了另一个房间。一进屋赵大锤就翻了脸，用枪杆子指着胡秉宸，说："脱！"

胡秉宸只得脱个精光。

五

赵大锤拿着胡秉宸写下的情报就要到团长那里去汇报。胡秉宸又叫住他，说："小赵，小赵，你得让我穿上衣服，不能让我老光着。"

他说："好，穿上。"

一会儿赵大锤就回来了，还是拿枪比着他，什么也不说，只管让胡秉宸睡觉。

胡秉宸累坏了,倒头就睡。

第二天胡秉宸才知道,这个所谓团级建制的部队根本没有电台!

因为没有电台,不但情报无法发送,也无法请示、汇报以及甄别胡秉宸的身份,既不敢相信也不敢枪毙他,他只好跟着部队时东时西地行军,赵大锤照例端枪在后面押着。

已是深秋,晚上没盖的,身上没穿的,吃饭也没人管,基本上没有碗和筷子,偶尔在老乡家找到一个碗,就撅两根树枝当筷子。

时间一天天过去,胡秉宸无时不焦心地想着,他带来的那些情报,每时每刻都在丧失着意义。可团里没人过问此事,更没有人考虑情报不能及时送达上级机关的后果。

不说他一路带送情报的艰难,单说地下工作同志历尽何等艰险,才得到一份如此重要的情报,他虽不详知也能想出大概,说不定有同志还为此牺牲了性命。

他很不愿意这样想又不得不这样想:这份重要的情报,说不定就得废在自己人的手里。

这一趟不知由多少人的心智甚至生命铺垫出来的大别山之行,岂不犹如儿戏!

六

大别山之行最终以情报作废收尾,但胡秉宸再次单枪匹马、不怕牺牲、出色完成任务的能力,让上级领导刮目相看,上海解放前夕又被委以重任,前去领导地下武装。

　　胡秉宸租住了一处融合了姑苏民宅风格的西式小楼。除洗澡间为水磨石地面，其余房间皆为硬木地板，连澡盆和马桶都是美国进口货。那栋到了二十世纪末被房产商称作"连体别墅"的小楼，在结构、档次上很适合胡秉宸银行高级职员的公开身份，也很符合安全的需要。

　　一般大门不开，只从后门进出。后院是个小天井，天井左手为厕所。

　　一楼只有大客厅一间，壁炉从客厅直通三楼。楼梯拐角下是一个很大的厨房兼餐厅，宴请几个客人还算气派。

　　二三楼的楼梯拐角各有亭子间一个，三楼紧挨亭子间的三角地带，是供佣人使用的小洗手间。三楼房子两间，大间可通阳台，阳台上有地下工作者经常用来通风报信的盆栽植物，那是与"香烟"、"长衫"一样经典的道具。如果情况突发、国民党特工前来抓人，如果时间来得及，那盆植物通常被推下阳台跌得粉碎或不翼而飞，前来联系工作的同志也就不会自投罗网，并可及时将情况汇报上级，或设法援救，或组织同志们隐蔽。

　　小间在二楼洗澡间的上方，约六至八米，有窗临后门的小街。

　　胡秉宸姨父的那栋花园洋房，距他这栋姑苏民宅风格的小楼不远，可他再也没有前去探望。是啊，什么都会过去，包括他曾经为之欲生欲死的情爱。

　　这算不上是胡秉宸负情负义，生活之涛正是如此无情地淘尽千古风流。

　　只是到了老年，本以为过去的一切却不期然地显现，在"过往"冷不丁的袭击下，胡秉宸竟有些许的怅惘，就让活动在文化艺术界的吴为替他寻访表姐绿云的下落。

　　吴为问："想不想再见见她？"

他却回答说："不,不想。"

打听来打听去,曾经在他生命中留下深刻痕迹的表姐却不知所终。

革命即将胜利,胡秉宸和白帆的关系却再次亮起红灯。

有时他半倚在二楼洗澡间那只美国造的浴盆里,盘点着他和白帆间的一笔笔旧账,推算着白帆在他和另一个男人之间的房事日期,以确定杨白泉到底是谁的儿子。这种盘点和推算绝非妒忌而是不甘——在表姐绿云那一回合上对白帆无条件投降的不甘;对卓尔不群的自己,居然被白帆这种极无品位的女人戴上一顶绿帽子的不甘……

一切虽已云消雨散,毕竟旧地重游,断梦残烛,难免发思念故人之幽情。盘点起这些旧账,更会念起为他地下工作提供诸多方便的姨夫和表姐,往往发出一声叹息,与白帆分手的打算也就再次泛起。

上海战役打响之前,中央却指示上海地下武装不搞起义,胡秉宸的思路与之不谋而合。应该说胡秉宸不是一个"左"倾机会主义者,他认为武装起义的条件并不成熟,蒋介石是时坐镇上海,上海市及其外围共有国民党兵力几十万,而由他指挥的枪支不过几百,力量如此悬殊的武装起义难以取胜。然而他却没有预计到,这一纸命令将使他这个地下武装的领导人在一定时间内找不到自己的位置,几乎被搁置起来。

上海于一九四九年五月二十七日解放。

那天凌晨,上海市内已经听到炮声,地下党组织派胡秉宸去和解放军接头。

虽然解放军已经进入苏州河南,国民党军队却还占据着苏州河北,从上海大厦居高临下封锁着白渡桥。

当胡秉宸接受这个任务的时候,没有人向他交代如何渡过几十挺机枪封锁的苏州河,到了河那边找谁,以及有没有可以帮助他的人……

就是在这种情况下,胡秉宸只身渡过苏州河,并与解放军接上了头。

"你是怎么找到解放军负责人的?"除了吴为,几十年来从未有人问过胡秉宸,他是如何完成这个任务的。

胡秉宸回答说:"那还不容易,哪儿有电话线哪儿就有级别比较高的领导人。我顺着电话线走,一找就找到那个团的团长……"这让吴为更加敬仰不已。

只有她那样的脑袋,才会问出如此幼稚的问题。她怎么不问问胡秉宸,在与死亡的多年周旋中,他是否感到过艰难,感到过孤独,感到过孤掌难鸣?是否有过被遗忘的伤感?……

而后胡秉宸来到地下市委指定地点,与其他地下工作同志会合,从此地下工作转到地上,地下党以及胡秉宸的地下工作岁月,至此成为历史。

胡秉宸也就带领手下人马,担当起保卫新上海的任务。

不久之后,应变任务渐渐减少,接收工作走向正轨,胡秉宸领导的地下武装也就完成了历史任务。他们摘下了臂上的袖标,交出了自己的枪支。

其时百废待兴,上级领导不分昼夜地异常繁忙。说起来让人难以置信,他们像是忘记了这样一位得力干部和他手下的核心成员,任他们撂在那里,不说安排任务,就连一个前进方向也不曾指引。

屡建奇功、艰苦卓绝、长期工作地下的胡秉宸及他领导的核心成员，此时却不知如何插进地上那支排得密密实实、浩浩荡荡、滚滚向前的队伍了。

前不久还是"天将降大任于斯"的胡秉宸，满腔的革命热情和满身的革命能力也就不知如何发挥，只好上不着天、下不着地地悬挂在了半空。

好在胡秉宸既是顽强的也是机动灵活的，自力更生地把自己和手下人放在了某个岗位上。

从胡秉宸的安排就知道，他对"形式"的意义了解颇深。

好比行头，从来不是细枝末节。地下时期越隐蔽越好，顶好比老百姓还老百姓；如今转向地上，就得让人一眼看出是共产党，而且是颇有来头的共产党。

但是被革命搁置一旁的胡秉宸无处去领解放军军装，只好弄来一堆国民党军装，撕下领章、肩章，要大家（包括他自己）各找一套合身的穿上，——尽管那套不伦不类的军装使他们看上去很像国民党俘虏或起义部队。当胡秉宸将国民党军装这样改头换面的时候，真有点虎落平阳的悲凉。

即便穿着那套改头换面的"军装"，胡秉宸仍然显得英姿勃勃，就像他常说的那样，"不论处于何等艰难境地，自己不能先垮。只要自己不垮，最后总能找到解决问题的办法"，然后就领着这支奇装异服的队伍，向一家大饭店奔去。

他不知从哪里听说，上级领导正在那里召集接管干部会议。他们是不是接管干部？没人明确。可是他想，不管是不是，反正去定了，如果他们再不记着自己，怕是没有人会记着了。

大饭店在旧日的上海非常著名，曾几何时，那里正是胡秉宸与表姐绿云一夜销魂之地。唉，想想也不过是几年前的事。

七

表姐绿云,本是胡秉宸最看不起的、二房那位胡秉安的未婚妻。胡秉宸从没想要挖胡秉安的墙脚,更何况胡秉安对他还有救命之恩。

一切都是命运的安排。

几年前,胡秉宸奉上级之命前往上海,动员一位与胡氏家族有着密切关系,又在社会上举足轻重的人物支持革命,上海之行自然落脚在姨父家里。

约会那天,胡秉宸请表姐绿云陪同前往。

虽然女人常常被社会和男人视为祸水,就连开明如胡秉宸者,与吴为婚后一旦发起威来,也会对吴为发出这样的千古指责。可是女人往往又是革命活动的最佳掩体,好比很多革命者都会有个假太太,有时还会弄假成真,从革命同志变为革命伴侣。

进入那栋花园洋房之前,胡秉宸再次留意了周围的情况。进入花园洋房之后,除了玄关那里坐着一个黑头黑脸的男人,没有其他异常,但他还是警惕有加。好在约会之前早已来此观察多次,知道二楼阳台下就是花园后门,后门又通向四通八达的小街。

刚坐下不久,突然外面有个女人喊:"冲茶!"黑头黑脸的男人立刻闯了进来,按着腰上的大板带,一言不发地看着他们,胡秉宸也噌的一下站了起来。

绿云表姐就像训练有素的地下工作者,马上靠在胡秉宸肩上,莺声燕语道:"四爹爹哎,我们下个月八号就要订婚了,你一定要来参加我的订婚式哦!"

事后回想起来,连胡秉宸都怀疑,画画的表姐果真只是个画家吗?

四爹爹一脸茫然,绿云的未婚夫明明是胡秉安,转眼之间怎么就变成了胡秉宸?不过到底是场面上的人,忙说:"恭喜,恭喜。一定要去的,一定要去的。"又转过脸去对那黑头黑脸的人说,"这里没你什么事,下去吧,没人唤你不要上来。"看上去像是四爹爹的保镖。

回家路上,表姐偏着头斜睨着胡秉宸说:"说吧,怎么谢我?"偏偏不是一柄在握、满眼阴气,两片眼皮刀片似的夹着他,从此就得如履薄冰,天天想辙。

表姐的话让他不无眷恋地想起多年弃而不归的旧时家园,以及胡家女人可人又可意的大家风范。换了白帆,绝对不是这句台词。胡秉宸立刻知道,对于他的上海之行,不必费尽心机地再想托词,只需按照表姐这个调子继续周旋就是。

他垂下头,从表姐敞得很开的西式领口处,瞥见一道纵深走向的凹处。他的思绪随着那道纵深走向的凹处继续深入,一时竟没有应答。

表姐绿云轻推他一下,这才偃旗息鼓停止他的追击。对着谈不上沉鱼落雁,一颦一笑间却风情流溢的表姐,他不禁将假就假地对她耳语道:"此情此意,怎一个谢字了得?"

这句话,要说说得妙,也是真妙;要说说得不妙,也是真不妙。两个人突然就有点尴尬。

尴尬只是一瞬间的事。尤其那个时代,就连党内,指手画脚他人私生活的也不多见,何况是在一个上上下下、前后左右鞭长莫及的地方。

胡秉宸不知不觉就循着老路,找回自小就熟悉却又久违的关于女人的感觉,重新进入他们那个阶层的情爱程序,略为不同的是他陷入了真爱。

　　真是情人眼里出西施。表姐看上去很像四十年代著名化妆品"蝶霜"的那位形象大使,后来嫁给梁实秋的广告明星韩菁清女士,说她们是孪生姐妹也有人信。

　　那一次,胡秉宸在上海的停留并不很久,就在那不多的日子里,他似乎补足了几年的亏空,重又恢复为至情至性的胡秉宸,却又不是从前的简单拷贝,就像一棵经过多次四季轮回的树,树倒还是那棵树,到底已经不同。应该说,他已经是个更加成熟的情爱消费者。

　　他们常常出入不论当时还是二十世纪末都得归入时尚消费的咖啡馆,尤其到了二十世纪末的中国,不但时尚,甚至隆重得像是洋化洗礼。胡秉宸回避了位于北四川路和窦乐安路交叉处的"公啡咖啡馆",那里是地下党的一个活动点,连后来被称作文化革命旗手的鲁迅先生也常在那里抛头露面,很招人眼,于公于私都不方便。他选择的,大都是文化人和进步人士不常光顾的咖啡馆。

　　或在夜幕下紧紧偎依着,漫步在人们至今引以为荣,以为有了它就能和巴黎一脉相通的梧桐树下;或到霞飞路国泰电影院,观看首轮好莱坞的煽情电影……

　　谁也想不到,他的最爱是愚园路口百乐门舞厅,明知那是对美国方式因陋就简的模仿,但一进门厅就身不由己。一路蜿蜒曲折、交错而去的灯光,并不急于诱人坠入柔靡,暗金色的沉滞背景,无处不在地应允着对斑斓的调和。

　　当胡秉宸拥着表姐绿云丰腴的肢体,踏着"香槟酒,满场飞,钑光鬓影晃来回,你徘徊我也徘徊,害得我今晚不得安睡。他们跳我也会,跳得比他们更够味……"或"夜上海,夜上海,你是个不夜城;华灯起,车声响,歌舞升平;酒不醉人人自醉……"的节拍,在底部装有五彩射灯的玻璃地板上滑来荡去的时候,犹如两条多姿多彩、游浮在水晶宫里的热带鱼,那才是"酒不醉人人自醉"……但他并没有忘记革命,也没有忘记他此行的使命,他只是醉了。

沉醉是灵与肉的一种短时间自由自在的轻风飔,那一会儿什么也不必想,什么也不必承担,一切暂且远离……远离并不等于消失,就像是沉积在杯底的香茗,那杯茶的味道如何,还得由它决定。

舞过之后他们没有回家,而是来到一家大饭店,在号码412的房间一夜销魂。

胡秉宸一生见识过的女人不少,抛开初到延安一见钟情的四川美人,不论他的第一任妻子白帆还是第二任妻子吴为,都不能与表姐绿云同日而语。不同的女人就像不同品牌的咖啡,差别之微妙除非品尝无可言喻,绝不可仅以"咖啡"统而言之。好比与白帆,那是性力的拼搏、较量,直到最后在酣畅的高潮中同归于尽。而吴为在床上的表现则是阴阳怪气、云山雾罩、真真假假,让他不知所云。不论哪一个,只能满足他的一部分。

和表姐绿云,那是世界上的唯一一把钥匙对世界上的唯一一把锁,这把唯一的钥匙和唯一的锁,在欲火的冶炼中熔化,而后又凝成一坨铁锭,再也分不清哪儿是钥匙哪儿是锁。

离开上海时,看着表姐绿云越来越远的曼妙身影,胡秉宸决心结束与白帆那个仅仅是生理层面的组合。

即便重又回到时刻面对生死之择的重庆,胡秉宸也不能忘情和表姐绿云的那些夜晚,作为一个老谋深算的资深地下工作者,甚至随身携带表姐绿云一百多幅玉照,返回重庆那个多事之家。

直到那时,已经不老不少的革命者胡秉宸,还保留着一块自留地,仍然把男女之间那点子事与婚姻质量以及浪漫情怀扯在一起。

正像本书第一部中所说,吴为总是把男人的职业和他们本人混为一谈,把会唱两句歌、叫做歌唱家的那种人当作音乐,把写了那么几笔、出版了几本书叫作作家的那种人当作文学,把干过革命、到过革命根据地的那种人当作革命……

…………

吴为则既热爱革命,又热爱音乐,又热爱文学。综观她这一生所选择的男人,差不多都和这种爱屋及乌的情结有关。《尚书大传·大战篇》有"爱人者,兼其屋上之乌",于她则是"爱乌者,兼其屋下之人",或双相通用。

她的热爱要是再多,怎么是好?那么她这一生更是非常、非常地热闹而麻烦了。

恐怕胡秉宸也有同样倾向。与绿云表姐的情爱,是否掺杂着对往昔生活情趣、方式、品位的追念?对文化艺术心存过多的奢望和虚荣?如果表姐绿云不是略有名气的浪漫画家,仅仅是个性感的女人结果会怎样?

吴为和胡秉宸情爱的对象到底是什么?!

表姐绿云十分伤情地向渐行渐远的胡秉宸挥着手套,也一清二楚这段插曲已经进入尾声,当火车消失在远处的时候,也就同时收拾起她的伤情。

"望穿秋水"只能是传统女人的情爱状态,比如说叶莲子。

时而飒爽英姿出现在高尔夫球场,时而一身泳装出水芙蓉,时而高骑马上策鞭疾驰的时尚女人……很少会"望穿秋水"地等待一个哪怕是血写的允诺。

不是表姐绿云水性杨花,而是家族历史早就让她明白,人世本就是一张瞬息万变、风云突起的麻将牌桌,未来更是靠不住、押不得的,也无从押起。表姐绿云在三十年代就有了"不在乎天长地久,只要暂时拥有"的超前意识,那时就"酷"到现而今小男女们望尘莫及的地步。

何况未婚夫胡秉安自缅甸来电,近期就要回到上海,待他归来即刻筹办他们的婚礼?

但是表姐绿云的无名指上再也没有套上结婚戒指,那枚订婚钻戒孤独地闪烁了一段时间,就悄无声息地飞落首饰盒。

是否胡秉安得知了她和胡秉宸的私情?无人能言其详,只知道胡秉安不辞而别去了香港,此后再也没有回到上海。

表姐绿云照旧打她的高尔夫球,照旧出水芙蓉,照旧策鞭疾驰,照旧出席上层社会的 party,前呼后拥着众多的仰慕者。后来又学会开车,驾一辆彼时名车雪佛莱,载一路欢声笑语……

多少次几乎为革命舍弃头颅的胡秉宸,却无法舍弃与表姐的情爱。

白帆和胡秉宸的同居关系本就没有法律保障,比起表姐绿云,白帆的女人手段也非常贫乏,但有个"中统"父亲以及国民党后勤少将姨夫的白帆,毕竟比世家出身的胡秉宸更具政治亲和力,或者说是政治上的一种"阶级烙印"。

她搬出领导进行干预。领导并没有使出组织处分那个有力的撒手锏,而是晓以神圣的革命大义,还有地下工作严酷的组织纪律。

对于革命者胡秉宸,只有亮出这样的大义才能扑灭他那一腔恋火,才能让他像杀死自己那样杀死他和表姐绿云的情爱。真是血糊拉拉、生拉硬拽地把他对表姐的情爱从心中割舍。不像几十年后与吴为的情爱,有那么多个人利害让胡秉宸难以权衡。

吴为后来能够尽心尽力地为胡秉宸寻找表姐绿云,完全是为他这种几近自杀的牺牲所感动。

应该说,与表姐绿云的情爱,才是胡秉宸一生中灵肉结合得最为完美的情爱;又因为没有完成,使保鲜技术无能为力的爱情保鲜,终于得到了解决。

八

当胡秉宸和他那一干人马来到饭店时,偌大饭店竟空空如也。电梯停止运行,连一个服务人员也看不到,像一个壮汉突然倒地死亡,让他们猝不及防。

胡秉宸只好带着那些人,沿着曲曲折折、光线昏暗的楼梯向上猛跑,当他经过 412 那间客房时,甚至没有在那个号码上留下一瞥。

他们跑了一层又一层,找了一间又一间,一直跑到楼顶,也没有找到那个接管干部会议的会场。不知胡秉宸记错了地方还是大会已经开毕,总之,他们像孤儿一样,不知所措地站在楼顶的大堂里。

不知是胡秉宸耳旁还是他的心里,突然轻轻响起两个字:"跟上,跟上!"让他一个激灵,猛醒过来。

自参加革命以来,胡秉宸从来没有计较过、从来没有想过、从来没有打算记住过、从来没有在意过自己为这个革命做过什么奉献过什么,只知道一门心思付出,而且桩桩任务力求做得尽善尽美,万无一失。

但在这一瞬间,"履历"却突现出它的意义。

"履历"是一种记载,记载是为了说明。说明是为了什么?胡秉宸还不甚清晰,但至少应该证明他是这伟大革命队伍中的一员,尤其在革命大告成功的时刻。

他突然开始想,他为新中国的到来做了什么。如果连你自己都没记住自己做了什么,更不要指望他人为你记住。胡秉宸没有站在那里懊丧不已,转身带领他的人马去见更高层的领导。

在一栋巨型建筑最为宽敞的一个房间里,他们找到了那位高层领导。虽然门口设有专岗,岗哨却没有十分在意这一群奇装异服的人。

大白天的,办公室里还亮着电灯,隔壁房间不时响起电话接线员的呼叫声和打字机的哒哒声。领导背着手站在巨型写字台后,看上去很像苏联早期电影里的革命人物,很"地下"地苍白着、瘦削着,嘴唇薄而无色,胡子、头发毫不修饰地蓬乱着,说明着已久没有良好的睡眠和饮食。他表情严酷、目光犀利、拒人千里,少语、精明、警觉地打量着他们,在白日里有些病态的灯光辉映下,如一块可惧而不可亲的坚石。

巨型写字台上,满是纸张、铅笔、报纸、文件,还有一个地球仪和一个插满长长短短烟蒂的烟灰缸。胡秉宸一干人就站在那张写字台前,领导没有请他们坐下的意思,而是一副分秒必争、速战速决的模样。

冷傲的胡秉宸到了这时也只能照单全收。而眼前这间办公室的气魄和威慑力,只有多年后,当胡秉宸坐在部长办公室的巨型写字台后才找到感觉。

胡秉宸说:"我们是来转组织关系的。"顺便说到委派他来上海工作的上级姓名,报告了他来上海的任务,汇报了任务完成情况,有关日后的工作安排却一字未提。他十分明白,组织关系就是含金量最高的履历,组织关系转到哪里,工作自然就安排在哪里。

幸亏胡秉宸在解放大军入城之际,立刻与委派他来上海工作的上级取得了联系。革命胜利之初,一切尚未就绪之前,"上级",

就是一张有效的通行证。

领导看了看胡秉宸。以胡秉宸的身份和职务来说，到这里转组织关系应该说是合乎级别待遇的，也就不再多说什么。因为食指和中指夹着香烟，就用拇指和无名指从一堆乱纸里抽出一张纸条，草草写了几个字后交给胡秉宸，然后就着一脸郑重地思考，一脸郑重地继续吸烟。

出了大楼，胡秉宸展纸一看，与他送到大别山的那条卷烟纸差不多大小，上有胡秉宸等人的名字及行书一行："均为中共正式党员，现转至你处。"

凭着这条小纸，胡秉宸以及他手下的几个人也就有了新的革命岗位。没人审查，也没人怀疑。

共和国进入经济建设时期，其中一位在填写履历表时请教胡秉宸，这一段历史怎样填写为好。他竟对那位同志说："就填参谋。"该人从未得到这样一个职务，可也从未有人置疑过这个头衔的合法性。

多少年后，在胡秉宸与吴为那场惊天动地的恋爱事件中，这位"真假参谋"才在白帆对吴为的自卫反击战中成为名副其实的参谋，还为挽救胡秉宸、白帆的婚姻，组织老战友成立了一个"白胡婚姻保卫团"。直到政府某年重新核算工龄以确定老干部的离休待遇时，这位"真假参谋"才忽然对胡秉宸声称，因对白帆有个私生子的隐情和他们的婚姻危机不甚了解，才错误地站在白帆一方，今后不但不反对胡秉宸逃离与白帆的婚姻苦海，还要协调"白胡婚姻保卫团"其他同志，劝说白帆同意离婚等等。

为此，胡秉宸平生第一次为自己的私事，违心地为"真假参谋"写下一具证明。胡秉宸苦笑着对吴为说："……昨天来了十几位'保卫团'中的一位，因为他有事求我，我签个字他就变成一九三八年参加革命,我不签字他就变成一九五〇年参加工作,每年差几百块钱的离休费哪——不过几百块钱而已。"

如果不是胡秉宸当机立断,他和他领导的那些人十多年出生入死、呕心沥血的革命历史,很可能就在那个不知所从的瞬间抹得精光,连他本人也可能湮没在历史车轮的尘埃里。

组织关系落实后,胡秉宸等人很快被派去接管某个单位。被接管的单位其实很近,步行不过二十分钟,但是胡秉宸坚持要上级给他们派一辆吉普车。

一九四九年后直到二十世纪末私人汽车重新出现之前,汽车始终是一种政治地位、行政级别的证明。而当时所有被接管单位,都会举行盛大欢迎式,汽车,尤其是吉普车,在那种场合,不失为展现政治级别、革命威风的绝好道具。

等了很久的吉普车终于来到,却并不是派给胡秉宸的专车,车上还有其他人。那些人胸前佩戴着"中国人民解放军"的符号,臂上戴着鲜红的"上海军管会"袖标,让身着奇装异服、没有这等装备的胡秉宸,好一阵说不清苦辣酸甜。

浸泡在苦辣酸甜中的胡秉宸,不知为什么突然对一起等了许久的手下人说:"你们几个就不要去了。"

在瞬息万变的新形势下,这句"你们几个就不要去了",不知对跟随他多年的那些人,将发生怎样的影响。

九

直到与史崤重逢,才把胡秉宸从赵大锤的枪杆子下解放出来。

　　早在重庆时期,史屿就看出胡秉宸与胡秉寰的不同,胡秉宸能有今日一番作为,可以说是意料之中。只是看到胡秉宸,史屿就会有点黯然神伤地想起过往的一切。

　　同样,与史屿的相逢也让胡秉宸发出时光荏苒的感叹。

　　那一年,有人在街上见到出狱后的史屿,大家为此紧张、躲避过一阵,过了很久什么事情也没有发生,才放下心来。后来又听说他在重庆略一露面就到香港去了。

　　史屿到香港后找到党组织,接受上级机关的审查后,又根据党组织的意见来到前线继续革命,实际上是明升暗降。职务对史屿没有什么意义,明明白白的是组织上再也不信任他了。除了长吁一口气继续埋头革命,像史屿这种人还能做什么?

　　胡秉宸在史屿领导下工作多年,也很赞赏史屿的为人,却并不同情史屿的结局。

　　身处地下状态,随时随地在生死中穿行,怎么能讲人情?你的人情很可能就是同志牺牲、工作受损的缘由。

　　李琳之所以得知那个重要的地下联络点,正是史屿的错误。

　　地下党人的工作生活极其艰难。当胥德章和常梅结婚时,史屿提出至少在他的住地为他们举办一个简单的婚礼,大家也可趁此机会聚会一下,却遭到胡秉宸的强烈反对:"这样集中起来相当危险,也不符合地下工作的纪律,按规定我们只能单线联系。"

　　按照秘密工作的原则,史屿的住地必须绝对保密,如与下面同志联系,只能在约定时间、到指定地点碰头。事实证明,这一套工作原则在李琳叛变后,确保了他们那个系统的安全。

　　所以胡秉宸总是对吴为说:"我是在十多年严格的地下工作中成长起来的,不习惯于事先马虎放纵,事后懊悔着急。一辈子有过多少千钧一发、独入虎穴的时刻,国民党却从来没有抓住我,原因就是严格。"

"秘密工作是严格的概率论关系，要严格按照规律办事，只在非常必要时才冒险，不做不必要的冒险，这就是为什么我到现在还活着。有次周恩来找我谈工作，我掏口袋时顺手掏出一个电码本，那虽是明码而不是密码本，周恩来还是严厉地批评了我：'为什么身上还带着文件？'到秘密机关接头是绝不许可携带文件的，我从此再也不带。"

"地下工作又是艰苦、平凡、日常、绝对细致严密、万万不能失误的组织工作。这个工作需要的是具有特殊潜质的优秀干部，不管隐蔽多少年都能坚持下来，不论有什么苦闷也能待得住，只待有朝一日也许用得着也许用不着的'需要'而穷年累月积累着力量。说不定哪天走在街上，从对面走来一个人与你擦肩而过，突然塞给你一张纸条，任务就来了……"

有一次说到这里，胡秉宸停了一停，他想起那个成了叛徒而又不知所终的李琳，如果李琳不是接错了头……

可谁又能说她的确接错了头？……

风雨苍黄啊，风雨苍黄，如此不清不楚的细枝末节，除了忘却还有什么可说的呢？

"……根本不像一般文艺作品表现的那样只有惊险和传奇，可能有一些，但不是主要的。我们那条线上没有出过什么问题，曾有四个人被捕，除了一个叛变之外其他表现都很好。有个联络点上的同志被特务活埋了，却始终没有泄露地下党的机密。"虽然胡秉宸事后花了不少钱，通过关系将那位同志的尸体收回，买了一口不错的棺材将他安葬，但没有对吴为详谈其形其状，这样残酷的事说都难以说出口，只好埋葬了吧。

史崦算是听取了胡秉宸的意见，但也只是将婚礼改到他们那个地下联络点,大家还是聚了一次餐。

　　果不其然,这次聚餐为李琳的背叛做了铺垫。胡秉宸什么时候回想起来,什么时候都痛心自己没有把意见坚持到底。

　　如果不是史崤坚持为胥德章和常梅举办婚礼,胡秉宸根本不可能见到李琳。即便在那个聚会上,胡秉宸的行动也很诡秘,以致事后人们回想起来,都觉得他似乎没有参加那个婚礼。

　　像李琳那种大而化之的人,更不可能注意胡秉宸是否在场。倒是胡秉宸有点惊讶:地下组织里还有这样一个女人!——一个让他禁不住有点欣赏同时也感到极不安定的女人。

　　仅这一面,在暗处观察的胡秉宸就发现了李琳的不妥。

　　李琳的恋爱有点突如其来。

　　其实在胡秉宸指示常梅与李琳谈话之前,常梅对李琳的"异常表现"就有所察觉,比如李琳的恍惚。

　　常梅没有约李琳到新华书店或公园那一类进步青年常常聚会的地方见面,而是约她去听川戏。在尖峭的川戏唱腔中,与李琳谈柔软的爱情和坚硬的革命。

　　由此可以看出常梅的缜密,难怪日后她对白帆做的那个手脚,也就无人可以看透。

　　常梅约李琳谈话时,李琳和唐敏之不但同居已久,而且已然有了身孕。

　　有关唐敏之的情况和背景,李琳却是一问三不知。常梅说:"你不了解他,怎么能和他恋爱?而且这样大的事情也不向组织汇报!"

　　到了这种时候,李琳还振振有词:"我也不知道你的情况和背景是不是?而且不是组织派我去和他接头的吗?再说这难道不是一件非常个人的事？"

常梅没有回答李琳那个谁派她去接头的问题，只说："既然我们已经投身革命，一切行为就要对党负责。"

"我没有为党的工作负责吗？"

"我们这样的人，是不能随便和组织外面的人建立这种关系的……周围不是有很多好同志吗？"

这还用说？能在如此黑暗看不到光明的时期献身革命的人，肯定都是好同志。李琳想起常梅的婚礼，到场的可能就是全体同志，而那些男人，个个都可共事，却偏偏没有一个能让她愿意托付终身。

李琳能与代表组织的常梅大唱反调，实在是时间的错误，也是地点的错误，哪怕在革命根据地延安，不听从组织安排婚姻大事的女人也不多见。不论胡秉宸在延安的女朋友还是顾秋水在延安的女朋友，都是由于组织的干预无法与他们缔结良缘。

不知道还有多少人记得一九四一年六月五日那一天日本对重庆的大空袭？时隔六十多年，即便有些老人记得，留在心里的恐怕也只是仇恨和恐惧，谁能料想李琳在那一天经历了什么？

按照组织的安排，李琳应在傍晚某时某分到约定地点与某人接头。她走着、走着，突然就看见制高点的旗杆上，挂起了三角形的绿灯笼，知道此时空袭的敌机已经起飞，但还不太紧张，只是加快了步伐。

不一会儿警报开始拉响，旗杆上三角形的绿灯笼换成一个红灯笼，到了该进防空洞的时候。李琳途中不是没有经过防空洞，但首先得完成任务，还是勇往直前，向接头地点赶。

等她到了接头地点，汽笛同时响彻全城，制高点的旗杆上已是两个红灯笼,敌机迫近!可是接头人还没有出现。她看了看表,距离接头时间还有三分钟,她必需再坚持三分钟。

接头人按时出现,已是三个大红灯笼高高挂,汽笛忽起忽落,路上车马行人突然就了无踪迹。紧接着,三个大红灯笼鬼里鬼气悄然落下,汽笛也立时哑然无声,飞机马达轰鸣。即便如此紧迫,李琳也没有忘记按照组织事先交代的特征,将来人从头到脚一一核对,没有发现异常。又按照事先约定的暗号接对,刚接好暗号,炸弹就在很近的地方落下,随后敌机开始俯冲扫射,因接头地点距市中心十八梯附近那个防空大隧道很近,匆忙之中他们跑进大隧道躲避。想不到几小时后,大隧道就因炸弹命中,致使一万多人窒息,轰动全国。

但如果人们冷静一些,就会发现大隧道虽被炸塌却无大碍,既没有炸死也没有炸伤哪一位。

可当炸弹就在头顶开花时,谁还能保持冷静?人们像网中之鱼,拼个鱼死网破地奔向隧道出口,并在出口挤成肉团,以致隧道大门无法开启。许多人死在不断拥来的人群挤压践踏之下,据随后的新闻报道,死伤共有一万多人。

李琳他们因为最后进入,地处隧道出口,空气比较充分,又被人群挤在门角之后,那一处"台风眼"反倒使他们免受挤压。更还有唐敏之,用后背和双臂奋力撑挡着汹涌而来的人群,否则像李琳那样一个袖珍女人,恐怕再也不可能从门角后走出。

事后李琳问及唐敏之为什么在那危情时刻奋力救她,他也说不出道不清其中缘由。

如果那一天没有日本人的空袭,按照地下党的工作原则,他们本可以在交接之后各走东西,不再相逢,也不会知道彼此姓甚名谁。

日本人的空袭把他们挤在了一起，更有唐敏之的英雄救美，他们只好有了联系。

唐敏之没有什么特别引人之处，不过是那个时代读书人的样子：小分头，白衬衣，西服裤，当然，胳肢窝底下常常夹本书。唐敏之夹的那本书与进步青年常常夹的《土敏土》《母亲》《铁流》什么的无关，大部分是些可读可不读的闲书，不知这是一种更为安全的保护色，还是他胸无大志。

也许李琳觉得地下党的环境太过拘谨，不希望每天二十四小时都处在监督之下，哪怕那是善意的，哪怕那是出于革命的需要。她愿意投身革命，却不打算在革命中失去自己，特别是失去自己的私人空间。

像她这样一个穿着白色连衣裙，骑一辆英国凤头女式自行车，在南方郁郁葱葱的树阴下如一只白蝴蝶般飞来飞去的女子，对革命和个人的位置根本不可能有一个合理的摆放。如果让她经历一下一九四二年的延安整风或一九四九年以后的政治生活，肯定再不会强调什么私人空间。

他们的爱情模式也没有什么特别之处，只是比起白帆和胡秉宸的同居或常梅与胥德章的婚姻，多了那么一点情调。比方相对小酌一杯，或手牵手到公园花前月下一番，或唱和几句诗赋，非常的布尔乔亚——李琳这样的女人就喜欢小情小调，不喜欢大风大浪。

问题的严重性以后才得到暴露。常梅有一天突然对李琳说，唐敏之可能不是她该接头的那个人。

李琳想：这到底是谁的错？更不解的是，即便唐敏之在轰炸中的匆忙回答被她错当暗号，为什么接头暗号以及一切细节都与组织的事先交代无异？还有，是不是应该由她来考虑、负责唐敏之根本不是来接头的人，而是紧急警报情况下，一个向大隧道寻求避难的行者？

…………

常梅切断了与李琳的单线联系，并将情况汇报胡秉宸。胡秉宸立刻做了相应部署，一旦有情况发生，不会造成更大损失。

像一切患有爱情病且病入膏肓的女人一样，直到被捕，李琳才想到唐敏之的可疑，因为除了他们两个人，没有一个人知道他们的住所。

难道他早就盯上了她，只是在紧急警报时才得到接触的机会？

可谁能肯定是唐敏之把他们的地址告诉了国民党特工？

她想起常梅在川戏馆的谈话，自己果真错了，她不太喜欢的常梅却是对的。你不喜欢一个人不等于她不正确，这就是李琳靠在牢房墙上想到的，可是已经来不及了。

直到那时，李琳都相信自己不会当叛徒。

然后就是审讯，前两次审讯李琳都挺了过来，到了第三次，特务们开始踢她的肚子。

当那幼小的生命因忍受不住摧残，在她体内翻腾起来的时候，她听到了他或她的哭号。

李琳受不了了，她可以忍受酷刑，但她征得那尚未出生的生命——他或她的同意了吗？她有什么权利代替他或她做出决定，像她那样参与某种事业，为某个主义献身？她没有。

李琳只好交待。

到了这个时候，她更觉得唐敏之的可疑。除了他，谁能知道她怀孕的事？

可是又有什么证据说唐敏之是个眼线？

十

李琳终于成了叛徒。

这时党的秘密工作原则起了作用。幸亏胡秉宸从未与她有过直接联系；地下党也从未交给她重要任务，她也就无从知道重要线索；更不可能知道胡秉宸所建立的地下交通网。

不过她参加过胥德章和常梅的婚礼，猜也能猜到举行婚礼的地方是地下党的一个联络点。

那个不起眼儿的小饭馆，的确是史峤领导下的一个极为重要的秘密交通站。在胡秉宸胆大心细的操持下，从未引起国民党特工的注意。现在，胡秉宸经营多年的这个联络点就毁在李琳——实际上是史峤的手里。

正在此时，联络点通知有个交通来了，并且带来重要情报。

即便情况危急，史峤也不能放过这个重要情报。每个时代有每个时代的领导特征，那个时代的领导就是身先士卒。结果是不但史峤被捕，联络点上的同志也同时被捕，最后被特务活埋，却始终没有泄露地下党的机密。

联络点被毁，说明特务目标十分明确，胡秉宸马上想到是李琳被捕叛变！

史峤怎么样？不管胡秉宸平日对史峤多么崇尚、信赖，他也不抱任何侥幸的幻想。不要说史峤，即便死心塌地爱着他的白帆或他的亲娘老子被捕，也别想让他放弃警惕和设防。

胡秉宸意识到，整个地下情报交通系统处在严重的危急之中，立即通知所有同志并组织紧急撤退。他首先考虑的是电台,迅速将电台工作人员撤至延安。

大体安排就绪,只是还有两件事没有落实——

一个负责电台收发的牧师坚决不肯撤离,一再傻头傻脑地坚持着:"真正的共产党员是不会出卖我的。"

这位顽固坚持"真正的共产党员是不会出卖我的"牧师,让胡秉宸伤透了脑筋。既不能强行撤离又不能放任自流,万一牧师被捕谁敢担保他不出问题?! 即使不叛变,这样的傻头傻脑怎能应付奸险狡诈的审讯? 于是只好委派牧师一个无足轻重的任务,让他远离重庆,傻头傻脑的牧师才揣着那个任务高高兴兴上路了。

事后证明,牧师对"真正的共产党员"估计不错。

李琳叛变,能出卖的只是那个联络点。国民党特工捕获史峤,应该说是机会使然,如果没有那个突如其来的交通带来重要情报,史峤是不会被捕的。

掌握整个情报交通系统的史峤,显然并没出卖任何机密、任何人。因为自他被捕后,再也没有同志被捕,地下工作也没有遭到任何破坏。国民党特工掌握的线索,只好在他那里中断。

后来上级机关花钱找门路,终于将史峤具结保释。

此外就是胥德章前去执行任务尚未返回,胡秉宸担心胥德章不能及时得到紧急撤退的通知,难免不出意外。眼下情况危急,他决定亲自出马前去拦截。

他神速来到另一个地下联络点,一个"鸡鸣早看天"的小旅店,有点像《沙家浜》里阿庆嫂的那个茶馆,老板也是寡妇,能力上与开茶馆的阿庆嫂不相上下。

晚上,胡秉宸刚和几个住店人在同一只巨大的木盆里洗过脚,就发现气氛紧张起来,说不出什么明显征候,只觉得老板娘看他的眼色有些特别。以他多年的经验来说,"危险"这两个字绝对是一种物质,一种可以嗅得出气味的物质,而不是一个苍白无力的形容词。

还发现有人在旅店门口转来转去,甚至听见用枪托砸地的声音……

胡秉宸反复回想自己的一举一动,最后认定自己没有暴露身份的可能,沿途也肯定没有人跟踪,当地更不可能有人发现他,于是他断定有人认错了人。这种五色杂陈的地方认错人的事经常发生,这种情况下最好装作什么都不知道,免得把与己无关的事扯上身来。于是他上了那张公用大木床,钻进一条又硬又厚木板样的公用棉被,倒头就睡。不一会儿,两个年轻汉子就睡在了他的两侧,把他紧紧地夹在了中间。

这种"鸡鸣早看天"的小店,就是这么个住法。好几个人在同一只大木盆里洗脚,在同一张大木床上睡觉,同盖一床被……不论世家出身的胡秉宸多么不习惯这种睡法,他也不能拒绝。

两个汉子有意这里挤他一下,那里挤他一下,显然想摸一摸他身上有没有枪。

第二天早晨起床后,在旅店门口转来转去的人和身边两个壮汉却不知去向,好像与晨雾一起消散了。

按照原来计划,胥德章应该在这天早晨到达这个联络点,但他没有如期到达。加上昨夜的情况,胡秉宸紧张起来。

他决定到县城探探虚实。迎面撞上一个翻译官或叫做汉奸的那种人。就像后来在电影上常见的那样,推一辆自行车,上身一件黑色对襟短袄,里衬一件白色对襟内衣,下身是打着绑腿的黑色缅裆裤,腰里别把盒子枪。

那人一眼看到胡秉宸这张陌生的脸，马上将他拦住，盘问有无"良民证"。

胡秉宸说："有。"

就在胡秉宸慢慢吞吞往外掏"良民证"的时候，突然看到胥德章沿着县城那条街，从对面晃晃悠悠走来。

原来胥德章返回时途经一座历史名城，想着任务已经完成不妨凭吊一番，所以没有按时到达联络点，当然也没想到胡秉宸会前来拦截。

胡秉宸反应异常之快地摸着自己的衣襟，高声说道："不好了，不好了，我的金砖丢了，那可是我跑生意的本钱！"希望就此引起胥德章的注意，抓紧机会赶快离开。

胥德章听到了胡秉宸的吵闹，一看形势，立刻明白胡秉宸为什么高腔大嗓，但怎么也想不出胡秉宸到这里干什么，又怎么被汉奸抓住。面对此情此景，胥德章判断眼下没有可行的营救办法，痛心自己什么也不能做，只能装作不相干的样子绕道而去。

胡秉宸回转身去朝来路张望，一副寻找失物的模样，又拔腿向来路跑去，将汉奸的注意力引向自己。见胡秉宸要跑，汉奸喊道："站住，不然我要开枪啦！"

原本可能是例行公事的盘查，不一定要采取什么行动，但胡秉宸这通不知真假的金砖丢失案以及逃跑企图，让汉奸非常恼怒，果然没有发现背后的胥德章，对胡秉宸吼道："跟我走一趟！"

当胡秉宸被关进牢房时，他想得最多的是胥德章是否安全到达联络点并离开了此地，相信他的情况胥德章会迅速通知组织……然后开始考虑对策，门却砰的一声开了。

先进来一伙密侦队的汉奸特务，劈头盖脸给他一顿乱揍，然后就是搜身。他身上那些蒋管区新发行的，一元等于法币二十元的保值钞票"关金券",着实让汉奸特务们欢喜了一阵。

随后来了个日本军曹,开始对胡秉宸进行审讯。

日本军曹并不坐在桌子后面,而是一边审讯一边绕着他转,出其不意就掀起胡秉宸的长袍下摆,妄图从他的立姿上寻出军人的蛛丝马迹,幸亏他的两腿自由散漫地叉着而不像军人那样绷得笔直;或骤然掀掉他的礼帽,查看他的额头有无戴过军帽的痕迹;或喝令他伸出手来,查看他的手指、手掌,有否使用武器或劳动过的迹象……凡此种种,白脸书生胡秉宸一概全无,始终咬定自己是商人。日本军曹一无所获,便叫人把他押到牢房关了起来。

一直隐蔽在后的寡妇此时只好出面。这女人非但谈不上俊俏,甚至可以说是非常丑陋,按照二十世纪末的说法还非常骨感,可在那时骨感还未走进时尚,所以没有任何女人的武器可以凭仗。她居然在封锁线上开店、跑生意,而且干得不比男人差,该是何等功夫!说到营救胡秉宸,花钱就是,上上下下打点一番于她该是驾轻就熟。特务汉奸们在日本人面前给胡秉宸来了个形式上的过堂,就"取保释放,随传随到"了。

她亲自来接胡秉宸。胡秉宸刚跨过牢门她便就地烧了一堆纸,又让胡秉宸从火堆上跨过,一直前行不准回头,说是这样才不冲犯狱神,不会再坐牢。胡秉宸一一照办,没有敷衍,诚心诚意。

胥德章还在"鸡鸣早看天"等他,他们一同回到重庆,一同隐蔽下来。

胥德章从未对胡秉宸说过因凭吊历史名城,不能按时到达联络点惹下的祸。

幸亏胡秉宸被营救出来,如果救不出来呢?想想都后怕。越是后怕,他越不敢对胡秉宸说出实情。

很长一段时间内,胥德章对这位老同学充满感激、感动和敬仰,甚至胡秉宸迟迟未能发展他入党,他也没有心生芥蒂。

死亡、艰难险阻算得了什么? 难的是每分每秒都得提着一口气的日子。这种日子一过就是十几年,什么时候才能松口气? 谁也无法回答。

那时连胥德章的梦都是黑的。

楚霸王只不过遭遇一次"四面楚歌"就拔剑自刎,而他们则是长年累月的"四面楚歌",长年累月地住在无墙的牢房里,且没有一毫屏障可以间隔,一不小心就会赔进他人或自己的生命,或党的事业! 这个分量不好掂量啊。

那时候革命前景并不十分看好,也没有必然成功的保证,为革命做出的任何牺牲都不具有"投资"性质,绝对没有打下江山,"股份升值"的指望。

"党员"两个字是高度浓缩、高度凝结的崇高誓言。除了更多的负担、更危险的工作、更无条件的服从……什么也不意味。

胡秉宸不发展胥德章入党,只能说他胥德章付出的还不够,除了继续奋斗、努力争取,没有什么可说的。

直到一九四九年后,"党员"这个称号才渐渐"增容",它不仅仅是高度浓缩、高度凝结的崇高誓言,更是信任的基石,由信任而任用,由任用而地位、而待遇、而级别……实非他们当初的想象。那么入不入党、党龄长短,也就凸现出特别的意义。

胡秉宸为什么压了多年不批准胥德章入党? 胥德章有什么突出的缺陷吗?

按照胡秉宸的说法,一九四二年后中央有个暂停发展党员的政策。

可是这粒不经意掉下、被他们暂时忽略不计的种子,却在当初无法想象的情况下发了芽。不过也不值得大惊小怪,冰冻几千年、毫无生命迹象的种子，在适当培育下都能发芽，何况这样一粒种子？

胡秉宸险些为胥德章丢了性命的往事，自然也就随风而去。

胥德章不但没有心生芥蒂，还一厢情愿地以胡秉宸为知己。哪怕当时常梅的兴趣在胡秉宸身上，胥德章也没有嫉恨于心。

直到胡秉宸选定白帆，并在同居当天晚上，从他们房间传出那一声巨响之后，胥德章才作为胡秉宸的递补，被常梅接受。

胥德章甚至感谢那声巨响，为他炸开了常梅紧闭的门。

而那一声巨响，却把常梅的心不是炸开一条日后可以弥补的裂缝，而是炸为再也不能补缀的碎片，就像无法修复的粉碎性骨折。

那天晚上，常梅一直在等着一个她也说不清楚的验证。她不死心地站在院子里，等待着，辨听着，可没想到等来的是这样一声巨响。常梅恨恨地想：白帆，你是不是太过分了？你怎么能把床都折腾塌了？你在向谁显摆你的得意、你被操的快活？

无人可以想象，胡秉宸和白帆将床板折腾塌了的后果；无人能够知晓，那声巨响对常梅的伤害。只能从几十年后，有关白帆的一次政治审查中猜到一些什么。

"审干"运动中，白帆当年的台湾之行无人证明。由于地下工作单线联系，派遣白帆前去台湾执行任务的领导人又在解放战争中牺牲，这个问题只好"说不清楚"。彼时担任会计工作的常梅，完全可以从领取差旅费这一线索帮助白帆说清楚。可是已经牺牲的领导人既然不能证明他曾派遣白帆去台湾执行任务，也就不能证明他让常梅支付过白帆的差旅费，是真正的死无对证。

这个问题只好"挂"了起来。因为这个"说不清楚"，出生入死的革命老干部白帆，直到离休前才得到一个区区行政十四级的"照顾"。比起这个副局级待遇,白帆更心疼的是她政治上的清白,可是死无对证的她只好继续"挂"着。

不能说常梅的牺牲不大,她为心里那个一藏几十年的爱情牺牲了她的良知。她为此哭泣过,痛苦过,犹豫过……特别像她这样一个不论与谁共事,都会赢得"你办事我放心"这种评价的人,她那一颗颗眼泪,是无法用正常的戥子来称量的。

她只能这样振作自己:"挂"起来算不得什么处分,与叛徒、奸细之类的敌我矛盾毫不沾边,顶多影响使用、提级。"挂"起来有点像在银行挂失,一旦存款折子失而复得,本息照付——所不同的是,白帆的存款折子永远找不到了。

白帆更不知道,如果几十年前的那个晚上她和胡秉宸不那么折腾,以致把床都折腾塌了,并在砸向地面时发出那声巨响,也不会落下一个"挂"的结果。

爱,是不能忘记的。

国民党特工很快释放了李琳。

人们有理由猜想,国民党特工这样快就释放李琳,最大的可能是希望她再次混入革命队伍,继续为他们提供情报。

如果这样设计,未免太愚蠢了——他们也不想想,李琳还能再次混进革命队伍吗?但有一点毫无疑问,国民党特工无时不在监视着释放后的李琳。

地下组织也在寻找机会,准备除掉这个叛徒。在严酷的革命时期,为保证革命工作的顺利进行以及同志们的生命安全,他们不得不以这样的形式书写一份革命教科书,以惩戒那些叛变的人,警戒那些可能叛变的人。

在国民党特工部门和地下组织的双重监视下,出狱不久的李琳像从地球上蒸发了,不但国民党特工部门找不到她,连想要灭掉她的地下组织也找不到她了。

她为什么蒸发?是不愿再与国民党遭遇,还是知道地下组织准备除掉她?或是她看透了什么?或是她觉得已没脸见人?……

这个自由散漫、其笨无比的李琳,又怎样在双重监视下消失得无影无踪?

她生没生下那个孩子?如果她还活在世上,又怎样逃脱一九四九年以后箍虮子一样的户口制度和一场又一场政治运动?也许她没有活到那个时候就因病或因天灾而亡?

她毕竟为共产党工作过,接受过应该如何面对敌人酷刑的革命教育,她在余生会不会不断反思:如果没有肚子里的孩子,她会不会坚挺到底?如她这样一只白蝴蝶,未必敢下那个保证。

她当然不知道后来有人写了一本小说叫作《红岩》,也不知道里面有个原版原型叫作江竹筠的革命者江姐,那江姐一定如斯大林所说是由特殊材料制造的。像她这样一个仅仅有着正常生理极限的人,是不可能忍受那种酷刑的。

她可能非常感谢肚子里的孩子,为她的叛变提供了一个比较人道的理由……

她何必参加革命?即便在家里当小姐,也比当叛徒对革命的损害少。

在几十年后的"文化大革命"中,叛徒李琳无处可寻,而那个相信"真正的共产党员是不会出卖我的"牧师,却成为那一叛变事件的主角李琳的替身,惨死在革命小将红卫兵的手中。毕竟牧师过去从事的地下工作与电有关,也算让他专业对口,革命小将们耐心地在他身上一圈圈缠满电线,看起来很像一个人形变电线圈。整个缠绕过程中,牧师一直不停地说:"真正的共产党是不会迫害无辜的!"不知道在接通电源那一霎,牧师是否意识到自己犯了经验主义的错误。

自从李琳被捕后,唐敏之也无踪无影。

或许他担心李琳出卖?

按照当时地下党单线联系的工作原则,他会不会是另一条线上的人物?就连国民党特工还有"中统"、"军统"之分,何况比国民党特工不知高明多少的共产党?

他到底是谁?

对于和李琳那段短暂的爱情,他怎么想?

也许当国民党特工冲上楼的时候,李琳和唐敏之从那脚步声就听出非同寻常,知道大难临头。他们也许打开窗子,窗下就是低矮的屋脊,认为那是一条逃生之路。当他们决定从那里出逃时,李琳却突然将唐敏之推出窗外,随即锁闭了窗户。自由主义者李琳突然决定留下自己作为路障,当她周旋于国民党特工的时候,唐敏之就可能有充分的时间脱身。

要不要责怪唐敏之为什么不回转身来与李琳有难同当?任何人在那种情况下都知道不能作无谓的牺牲,或许他也想着,只有他逃脱才有可能营救李琳。

也许他们后来互相找到?谁知道李琳将唐敏之推出窗外之时,是否与他约定有朝一日到什么地点会合?那么李琳的叛变不仅仅是为了肚子里的生命,还有对唐敏之的爱情,而后他们逃离了中国?在一九四九年以前,这一点不难做到。

至于释放李琳,究竟是国民党特工的一个阴谋,还是唐敏之通过什么手段所做的营救?

或许一切都是动荡年代才会发生的错节？

也许唐敏之跳出窗户逃走的假说根本不能成立……

也许……

随着他们的消失，所有的"也许"都成了永久的秘密。

十一

自史峤离开重庆后，这是他和胡秉宸的第一次重逢。

如果军分区没有派史峤到这个团来检查工作，胡秉宸送来的那份情报还不知会撂到什么时候。

史峤说："我们那里有电台，可以发送你带来的情报，然后再把你送到大军区。"

于是胡秉宸就跟着史峤到军分区去，不再受制于劳力者赵大锤，生活上也舒服多了，不但有了筷子也有了碗，还吃了两次鸡。

一同吃饭的还有一位随同史峤前来检查工作的政治委员，山西人，延安时期中央党校的总务科长，一路上不停地向胡秉宸吹嘘他在中央党校的岁月，学员们如何认真读革命的书……胡秉宸任他胡吹一气，懒得向他说明自己就是从延安出来的优秀分子。

那盆鸡就放在小桌中间，吃完饭警卫员收走碗筷，鸡骨头就无遮无拦地暴露在桌面上，整只鸡的骨头似乎都集中在前中央党校总务科长、现政治委员的面前。

胡秉宸不客气地说："你看，鸡全被你一个人吃光了。"

面对鸡骨战场，前中央党校总务科长、现政治委员什么也不好说。

第二只鸡的情况有些不同,前中央党校总务科长、现政治委员改变了战术,饭后,桌面上一块鸡骨头也没有。待警卫员擦完小饭桌又将小饭桌搬走后才发现,原来鸡骨头都堆在了前中央党校总务科长、现政治委员的脚下。

胡秉宸又说:"看看,地道战也隐蔽不了。"

史峤就看了胡秉宸一眼,觉得胡秉宸比从前话多了。

在路上又转了一个星期,那份情报前前后后就耽误了二十多天,胡秉宸说:"什么情报都过时啦!"

史峤显然比重庆时期老练许多,只是苦笑一下,什么都没有说。

转来转去,胡秉宸再次跟着史峤转到了叶家集。他们到叶家集的澡堂子洗了澡,区委书记和区长牺牲在澡堂子里的事,就是史峤告诉他的;至于区长所讲的荤段子,则由前中央党校总务科长、现政委转述。

到达军分区的前一天,他们必须穿过一条大路。侦察员报告说,国民党至少有一个师开了过来,而史峤所带兵力顶多一个连。

幸亏他们还没通过大路,就在附近的山丘后埋伏下来。国民党那支队伍不知怎么走得那么慢,直到天黑才走完,他们这才赶快通过大路。

过了大路就是一个河谷,越过河谷才能到山里,虽然天很黑了,参谋还是说,"快走,不能在这里住下,敌人离得太近,也许后面还有。"

可是史峤说:"你们走吧,我不能走。我要等我的一个侦察员,他是我最好的侦察员。刚才过了一个师的国民党,而且说不定后面还有,我特别不放心。"

看来一个人的脾性是很难改变的——即便经过常梅和胥德章

的婚礼、李琳的叛变和史峤本人的被捕。

参谋命令一些战士留下，史峤不同意。他说："这里听我的，走吧，你们快走吧。"

有必要这样做吗？

不是胡秉宸残酷，不讲同志情谊、不关心下级，史峤的任务是掌握大局，怎能这样事必躬亲?!

战争期间没有什么理由多说，再说胡秉宸不过是个外来人，既然史峤有命令，他也不便再说什么。

只见史峤将腰上的手枪取下，握在手里，就势在河谷伏下身来，再也没有回过头。

作为一个资深地下工作者，胡秉宸在调头前行的最后一瞥中，不仅将四周环境一一刻进脑海，还看到史峤那支手枪玲珑得像个弱不禁风的女人。这让胡秉宸生出莫名其妙的联想。

没想到就此一别，他们还要等上三十年才能再次相逢。

胡秉宸一路顺利到达军分区，明知已经没有意义，还是将情报尽快发送出去。春节也就随之来临，政治部主任还把他找去吃了顿饺子。

之后他被送到大军区。早在胡秉宸出发时军区就已接到电报，没想到几个月后才见到这个送情报的人。至于他从军分区发送来的情报，也因为时过境迁，没有什么意义了。

他将一路情况做了汇报，对几次惊险只字未提，只将没有电台的尴尬和被当作特务全身扒光的情况说了一说，大家哈哈一笑。这就是胡秉宸在大别山区前前后后走了大约半年的结果。

不过胡秉宸总算没有虚此一行，离开大军区时，他将部队南下时从陕甘宁带出的特殊物品携至上海售出。售后所得，不但为抗日活动解决了部分补给、经费,又为没有冬衣的部队筹办了部分棉布和棉花。

十二

单枪匹马的史崤不但没有牺牲,而且等到了他那个最好的侦察员。

第 二 章

一

　　二十世纪三十年代的中国女人，大多没有走上社会第一线，一旦家庭那根支柱撤离或是折毁，她们不得不被推上第一线、面对社会大战场的时候，大部分显得措手不及、招架无力，以致呈现出千奇百怪的遭际。

　　包天剑的妻妾毕竟是幸运的，在他投奔共产党前夕都被送往天津，安置在包老太爷的护翼之下，离别前夕，又一一对她们做了具体的安排。

　　他最先来到三太太那一处小公馆。

　　看得出，他并没有多留一会儿的打算。好不容易见到父亲的孩子们，绕在他的膝下，揪着他的衣服，叫着"爸爸，爸爸"，他也没有在那张红木太师椅上坐下。在这吉凶难卜、不知何时才能重逢的时刻，也没有显出对孩子或三太太更多的留恋。

　　三十年代初就有了初中学历的三太太，实在明白她不过是包家的生产机器，就连她生下的几个孩子，也不过是包家必不可少的家伙什。既然如此，她也就公事公办，对着每房太太名下都有、不偏不倚的三千块钱生活费说道："这三千块钱是供我一人开销，还是几个孩子的开销都包括在内？"

三太太的公事公办让包天剑心中非常不顺。这一次远行,从各方面来说都是孤注一掷,倾囊而尽。带着那么多人,还要辗转于不同军事占领区,沿途不知会遭遇什么困难,他不过带着一万块钱。

三太太的盘算合情合理——一个人吃饱全家不饿的大太太和二太太名下也是三千块,这公平吗?战乱什么时候才能结束,这点钱能把一家老小的日子支撑到那一天吗?

即便用来调解妻妾之间的矛盾,看似公正的平均主义也显得捉襟见肘。

轮到二太太,她却对着那三千块钱说:"你出门在外,处处都要用钱,就别给我留了,我在家里怎么都好说。"

直到说这些话的时候,她还不知道与她山盟海誓的包天剑,就在近在咫尺的地方,不但有了另一个女人,还有了他的骨肉。这是包家上上下下包括佣人在内无人不知,唯独对她守着的秘密。

如果二太太知道情况是这样,还会不会这样对待这笔日后安身立命的钱?恐怕难说。

什么事都怕参照,参照既然能对比优劣、决定取舍,同时也就制造出矛盾的由头。包天剑想,二太太、三太太与他的情分如此不同!一把将二太太抱坐膝上,说:"那我就把这三千块钱带上了,现在真是需要钱的时候。不过你要是有困难,就去找姐姐她们周转一下。母亲去世后,她的首饰和钱都在姐姐手里。"

不久之后二太太也是这么一参照,就在包家搅和出翻江倒海的风浪。

从本书第一部吴为的札记可以看到,二太太被安置在那栋由德国设计师设计的小楼里,三太太则被安置在大明公园附近的一处小院里。日后,叶莲子将多次以请教女红为借口到三太太那里去,希望探得一点顾秋水的消息而又不得而归的时候,就会拐进大明公园这个其实算不得公园的地方,一泄她的哀伤与无奈。

这些安排,着实让包天剑费了一些脑筋。

不要以为包天剑有三房太太,就是一个登徒子。

大太太由父母包办,与他本人没有多少责任和关系。

三太太由他人牵线代办,为的是包家后继有人。

二太太不能生养也是事实。即便他自己不太看重这一点,包老太爷那里也交代不了。对包家在继承人方面的要求,三太太不仅达标,而且超标地完成了这项任务,男男女女,品种齐全,但二太太还是包天剑的至爱。

包天剑该算有情义的男人。二三十年代,一个男人娶几房太太正大光明,根本用不着躲躲藏藏,但他不愿伤二太太的心。

二太太得到包天剑如此厚爱,既不因为她是金枝玉叶、名门闺秀,也不因为她有一副花容月貌,反倒是个相貌平平、出身青楼的女子。

当初包天剑一心一意要娶二太太的时候,并没有升任师长的迹象,当然也就没有经济能力为二太太赎身。

二太太不曾在意包天剑日后会不会有出息,慷慨解囊,自己赎身,说:"你要是拿钱买我我还不干呢,只为了咱们之间的感情我才嫁给你。今后只求你真心待我,将来能养活我妈、供我弟弟上学就行了。"

…………

这不过是个狎客和青楼女子间的老故事,在中国历史上曾经并正在上演着许多这样的故事,因此二太太的义举也就没有多少新意。

至于说到感情,包天剑懂得多少"感情"?

"感情"像艺术一样,是有钱还得有闲阶层才能练就出来的技能。而包天剑自小就骑在马上,一阵风来又一阵风去地征战,崇尚的是"枪杆子里面出政权"。

说什么"书中自有颜如玉,书中自有黄金屋"?

错!

对视风花雪月、闲情逸致如粪土的包天剑,不如说"枪杆子里自有颜如玉,枪杆子里自有黄金屋"。

只是比之常来常往的狎客,包天剑可能多了那么一点呼唤女人母性的迂劲儿,多了那么一点让女人误以为是"汉子"的悍劲儿,还有让青楼女子动心的、那点不光是"一夜风流"的投入,在千百万狎客和青楼女子的逢场作戏中造就了那么一点难得的情义。

其实,青楼女子只需心黑手辣做她的皮肉生意就是,绝对不能谈爱情。试问天下男人,有哪个打算与青楼女子建立他的"千秋大业"? 给你一个"小",也就政策到顶。

综观古今中外,哪个谈爱情的青楼女子有过好下场? 不论《茶花女》中的玛格丽特,还是嫁了冒辟疆的江南名妓董小宛,或是《桃花扇》里的李香君,还有一个什么陈圆圆……

如果一定要说他们的事情有什么特别之处,那就是包天剑将军从来没用青楼上的往事拿捏过二太太。

他倒不像那些风流才子或只有点墨在胸的男人,既识得青楼女子把玩上的价值,又打心眼儿里看不起她们,哪天玩得不开心,免不了当头一喝"你这个臭婊子!"继而揭她们的老底,将她们羞辱得入地无门。

所以胡秉宸和吴为结婚之后,不时对吴为当头一喝"你这个烂女人!"应该说是传统文化使然,实不足怪。

像包天剑这种"胡子"出身的人,不是最该这样糟践女人吗?怪就怪在反倒没有。

二

顾秋水和叶莲子是太年轻了,在这场生离死别中,他们的表现不知该说严肃还是轻率。

离开北平前几天,顾秋水甚至还在他们那个小四合院的南墙外,教叶莲子打过一次枪。

从东北军退役后,顾秋水还留着几支上品手枪,那天拿出一支秀美的、装饰多于实用的勃朗宁手枪对叶莲子说:"这支小手枪留给你,以备万一。"而后领着叶莲子来到屋子后墙外,那里有一截半途而废的房基。

顾秋水说:"这支枪可以连发五发子弹,你只要知道怎么扣扳机就行,往哪儿打关系不大;要是遇见坏人,只要把枪扣响就能把他吓跑。现在你往那截房基上打一枪试试。"

听起来相当容易,叶莲子却不敢扣扳机,顾秋水只好把着叶莲子的手,让她一试。叶莲子扭着脖子,闭着眼睛,靠在顾秋水胸前,朝那截半途而废的房基扣了一下扳机。

"砰——"的一声枪响之后,顾秋水的心也随之放下,好像叶莲子就此可以兵来将挡、水来土掩,可应万难、可应万变。

顾秋水也就用这一发无的放矢的子弹,把叶莲子交代给了一个天下大乱的时代。

无论如何,顾秋水留下的这支手枪和他对叶莲子的临场训练,总算是行前为叶莲子办的唯一实事。

五十多年后,吴为居然找到了这一截半途而废的房基。叶莲子早已不在,奉天军阀时代结束了,日本人来了又走了,蒋介石来了又走了,共产党又来了……这截半途而废的房基,居然还半途而废地立在原地。

三

至于这一支手枪的下落,叶莲子从来没有对任何人说过。

四

如果不是史𪤚留在河谷里等候他的侦察员,这支勃朗宁手枪绝对不会当众显现。

它又怎样来到史𪤚手中?

也许在一个月黑风高的晚上,他被敌人追得没了退路又受了伤,恰好叶莲子的家就在附近,他只好潜入这个谁也不会注意的院子,叶莲子把顾秋水留给她的枪转送给了史𪤚,是希望这支枪在危急时刻对他有所帮助?

也许他旧情难忘,忍不住去看望了叶莲子。对这个本可成为她丈夫的人,叶莲子只有用这支手枪才能表达她对他的安危的极度关注吗?

也许这正是史𪤚的希望,收下一些与叶莲子有关的什么东西,让它们永远伴随着他?

　　…………

五

顾秋水离开北平的那个早上,叶莲子虽然泣不成声,却多少有些"少年不识愁滋味",除了离情别绪的单纯哀伤,还不知道生活无着的厉害即将让她叫天不应,呼地不灵。

离别的话早已说尽,他们却仍然觉得还有很多话没有说完。

顾秋水怀抱着他们的小女儿吴为,那一堆对别离在即浑然不觉、熟睡在他怀里软乎乎的小肉团。他还能看见他这块亲骨肉吗?她还不会叫爸爸呢。

一九三七年,叶莲子才二十六岁,顾秋水也不过二十九岁。这相拥相抱哀哀哭着的一家,可不就是两个大孩子抱着一个小孩子?

不论他们如何难舍难分,临了顾秋水还得动身。更有那一声声似有似无、间隔而至、催征似的炮声,不但催促着顾秋水尽快出发,也提醒着叶莲子危险正一步步逼近,每颗炮弹好像都会落在顾秋水身上而不是她或吴为的身上,让叶莲子的心猛地一缩又一沉。

最后的时刻终于来到,顾秋水几次张了张嘴,他有话要说,可又没有勇气说出口,那就是"钱"!

叶莲子和吴为的生计到现在还没有落实也无法落实,于是这个别离更显得千头万绪无从别起。他一个钱也不留撒手就走,让一无所能、举目无亲、无可托靠的叶莲子母女,在这兵荒马乱的时期如何生活下去?

包天剑只知道他的妻妾需要安排,却一次没有问过风雨飘摇中死心塌地跟着他继续闯荡的顾秋水:"你的家眷怎么安排?"

顾秋水理解,包天剑不仅仅需要招兵买马,那也是一份丰厚的投奔共产党的见面礼。不过包天剑还是可以分一杯羹给自己的妻女。

　　他想到"此一时彼一时"对人的捉弄，无限怀念起那年投考蒋介石炮兵学校不巧病倒南京，包天剑寄给他那锦上添花的一百块钱。如果现在能有那一百块钱，勤俭的叶莲子至少可以对付一年的日子。顾秋水义无反顾地放弃前程，死心塌地追随包天剑，说起来并没有太大的动力，大部分与那一百块钱制造的感动效应有关。现在想来，他把自己的前程卖得实在太便宜了。

　　早在当初他就应该和包天剑说清楚："你让我跟你离开东北军，算是你的秘书，还是别的什么？我的生活来源又怎么解决？"

　　可是他不好意思。虽然面对不敌之众单枪匹马的顾秋水也敢拔枪豁命一拼，但那是一时之勇，一旦面对情面他就常常退却。吴为长大以后，全盘继承了顾秋水这点"美德"，不好意思和人谈钱，而且还派生出一个不好意思说"不"的毛病。这点"美德"，不容置疑地证明着她和顾秋水的血脉关系，不论她怎样看不起顾秋水并拒绝这样一个父亲，也是白搭。

　　如果当初就把这些问题捋清楚，至少不会这样被动。现在他已沦落为包天剑的清客，一个清客，还有什么谈判的本钱？即便沦落为没有独立人格的清客，也还不到完全丢掉自尊，张嘴要钱的时刻。

　　而且包天剑会怎么想？现在国难当头，很多人为抗日什么都豁出去了，顾秋水居然还能在这种时候讨价还价？

　　不跟包天剑走又怎么办？回东北军是不行了；像房东杨大哥那样，推个小车走街串巷卖针头线脑？也拉不下那个脸；或到街上卖苦力？又吃不起那个苦；或是心一横留在北平当亡国奴？他的血还没冷下来……

　　为了情面，为了面子……总之都是脸上那点事，顾秋水不但放弃了他的前程,也放弃了对妻女的责任。从这点来说,他对妻女的责任感是否还不如叛徒李琳?

叶莲子从来没有问过顾秋水:"你一走,我和孩子怎么办?"

她知道,但凡包天剑能给顾秋水一点钱,顾秋水都会留下,到了这个时候顾秋水还不提这回事,可见包天剑一分钱也没给他。

临行前,顾秋水换上了东北军的旧军装,看上去真是英姿飒爽,可是每个口袋都是空的。只看他怎样搜罗军装上的每一个口袋,就知道他怎样为钱作了难。

联想到顾秋水那张了又张却说不出话的嘴,叶莲子的眼泪就更加汹涌起来。

此时她才想到自己与别家女人的不同。比如说包家的太太们,虽然丈夫走了,跟前还有三亲六故、男帮女佣、金银财宝……别家的女人即便没有这些,也总能占着其中的一样。而顾秋水一走,除了怀里的吴为,她就一样也不样了。

顾秋水明白,叶莲子越是不提钱,就越是知道他的尴尬,她的这份体谅,他将一辈子感激不尽,铭记在心。平心而论,此时此刻顾秋水的感激也好,铭记在心的誓言也好,都没有掺假。至于"后来",就是"后来","当时"并不是"后来"的保证,不论多么惊天地、泣鬼神的"当时",都不能保证"后来"万无一失。

他也设想过带上叶莲子一路同行,可是吴为只有三个月大小,路上将有怎样的艰难险阻?那是部队行军,带着一个女人还算勉强,再带着一个嗷嗷待哺的婴儿可就太不现实。

如果没有吴为,叶莲子的历史可能就是另一种写法。可谁让叶莲子固执地生下吴为,并且极不逢时地把她生在一个风雨飘摇、民族存亡的危急关头?此后她将不得不进入从里到外、全面受创的境地。

最后顾秋水只好说："实在太难的时候，就上天津英租界包老太爷家去躲一躲，我想包家总会照顾你的……现在也只有依靠他们了。情况好一些我就回来接你们，或是再等几个月，比如说秋后孩子大一点，你来找我也行……"

那时顾秋水很相信朋友，以为朋友都是靠得住的，就像他那样，凡是答应朋友的事绝对不会食言。包括后来在宝鸡经邹可仁把叶莲子母女托付给陆先生，从口头上来说，一环接一环可不都有交代？所差的不过是落实。

这两个从乡下出来，没有根也没有关系的苦孩子，从来不能，也没有掌握过自己的前途。他们的前途不是掌握在他人手中，就是任由这个动乱的社会拨弄，好也罢、歹也罢，全靠撞大运。

这句话让叶莲子立时有了实实在在的希望。从这一天起到秋后还有多长时间？不过三四个月，顶多一年半载，不会更多，她就能见到顾秋水了。

希望是什么？是一半可能、一半不可能，却让人轻易放手眼前。可叶莲子眼下是不得不放手。

或许他们只好这样欺骗着自己。

说完这些没有任何实际意义的话，顾秋水只得动身了。在迈出门槛的时候，他带着一个鼓励的微笑，回头看了她们母女一眼。

后来又后来，叶莲子不知多少次对吴为叙述过她生命中的这个转折点："他迈过门槛的时候，还回头看了我和你一眼。"

叶莲子抱着吴为站在房子当间儿，一动不动。她不是不想送顾秋水一程，可是不等顾秋水反对，自己先打消了这个念头。

顾秋水要到六国饭店与包天剑会合，那种地方，即便顾秋水也得借着包家的光辉才能出入。为此，她只得丢失和丈夫哪怕再聚一小会儿的时光。

等顾秋水出了大门,叶莲子才抱着吴为撵了出去,泪水涟涟地朝着早就没有人影的胡同,伸着脖子,踮着脚张望……

顾秋水自走出家门,再也没有回过头。虽然征衣上的眼泪还没干,一旦走出那个胡同,也就立刻把叶莲子母女从脑子里抹掉了,抹得干干净净。干净到四年后他们再度重逢前,这两个影子从没有在他的脑海里出现过。好像他从没有过这段婚姻,从没生过一个女儿。

六

认真说起来,叶莲子对顾秋水的爱很可能经不起推敲。

顾秋水并不是叶莲子的第一选择,她曾有过一个最好的可能。

叶志清在北平驻防时,叶莲子窝在深山老林里的外祖父家,突然和她接上了关系。

母亲墨荷被奶奶一把火烧了的时候,与三舅一起来和奶奶理论的还有一个老姨。老姨的儿子这时来到北平,并且考取了 B 大学。叶志清虽然已是前姨夫,并且参与了火烧墨荷的恐怖行动,但是流亡到北平的东北人,唱起"我的家在东北松花江上",都是两眼泪汪汪,也就前嫌不计,何况比老乡还近着一层。

第一次亲善访问之后,表哥就时时带着一个身材高大的叫作史峤的同学,前来看望表妹叶莲子。

也许第一次的亲善访问,表哥就对叶莲子的处境有了了解。

叶家招待得很热情,让久已没有吃到血肠的表哥大快朵颐。

不过在大家就座之前,当着第一次访问的表哥,叶志清就瞪着眼珠子对叶莲子说:"你看,你看,筷子都摆不齐,养你干什么使?连勤务兵都不如。"

叶莲子头也不敢抬,回身钻进厨房,仰着头使劲眨巴眼睛,紧着把里面的眼泪往回捯,手下还一刻不敢停地张罗着。

父亲越嚷嚷叶莲子越哆嗦,上汤的时候又把汤洒了一桌子。继母从饭桌旁边跳了起来,一边掸她的旗袍一边说:"哎哟,我的新旗袍呀,这可是在'新世界'做的哟!"

叶莲子赶紧拿块抹布跪下就擦。继母说:"我说你,你怎么用抹布擦?这旗袍是丝绸的呀!"

叶莲子拿着抹布跪在地上一时不知如何是好,父亲又叫道:"还不赶快把桌子擦干净,看一会儿流到地上踩一脚。"

叶莲子便又跳起来擦桌子,一面擦一面想,幸亏这一汪汤水还在桌子上待着,没有继续给她招灾惹祸。

桌子上的汤水收拾干净后,叶莲子才喘着气儿,小心翼翼在饭桌前坐下。

其实,从乡下刚刚来到父亲家里的时候,叶莲子总是在厨房吃饭,那时候吃饭对她还是很松弛的一件事。可是继母不同意,她对父亲说:"这像什么话?咱们家的孩子怎么能像佣人那样不和咱们坐在一张桌子上吃饭?"然后白了父亲一眼,"你也不替我想想,让我这个后妈怎么当?"

后来父亲就让叶莲子和他们一起坐上了饭桌。从此她就开始出错,夹菜掉菜,盛汤汤洒。她干脆就不夹菜,不盛汤。

叶莲子抬起眼睛看看表哥,表哥对她笑笑,那一笑让她有一会儿愣神。从母亲家族来的表哥,让她想起两个应该最亲又都离她而去的女人——她的母亲和外祖母。

表哥说了一声:"吃饭吧。"她才回过神来,赶紧对每个人挤出一脸微笑。

继母就说:"莲子,你倒是吃菜呀!"

她本不想夹菜,白米饭已经很好吃了,用不着就菜。可是继母显然希望她做出各种待遇都与正式家庭成员无异的表现,她应该很好地配合。

就赶紧伸出筷子夹菜。一边伸筷子一边判断,哪些菜继母和父亲爱吃或不爱吃,之后才能决定把筷子往哪里伸。

可是她的判断就像她在父亲和继母眼皮下所做的一切,没有一次不错。

好比她要是把筷子伸向一碗熬白菜,父亲也许不经意的一句"好久没吃白菜熬粉条了",就会让她不自禁地缩回筷子,而那不多的碗盏也就变得混杂起来。稳稳神,一眼逮住一小碟酱菜,得了救星似的赶紧去夹,可是等到她再夹第二筷子的时候,便听见父亲轻轻一咳,这一咳让她想起继母爱吃这种酱菜……

夹点什么呢? 她的筷子像是停在红绿灯控制失灵的十字路口,因为不能不夹点什么而哆哆嗦嗦、犹犹豫豫。

这时表哥给她夹了两块血肠,"吃吧。"表哥低声地说。

没想到这低低一声"吃吧"的冲击力那样大,让她心潮起伏又不敢抬头对表哥说声谢谢。她埋着头,就着那两块血肠,三口两口把碗里的饭扒进嘴里,然后就离开了饭桌。

父亲问道:"你吃完了?"

她回答说:"是。"

父亲说:"那你就该说,请父亲母亲表哥慢用,我吃饱了。"

她就说:"请父亲母亲表哥慢用,我吃饱了。"

继母回答道:"吃饱了就下去吧。"

她坐在厨房里,听着饭桌上的动静,一等有挪动椅子的声音,就赶快去收拾碗盏。可是直到表哥告辞,她的眼泪也没有停止的意思。还是表哥特地到厨房来对她说:"莲子,我走了,我会常来看你的。"她依旧垂着头,一下又一下用力地点着。

表哥没有食言,在父亲换防河北定县之前,果然常常带着史崤来看她。

B大学永远意识新锐,耳濡目染的表哥自然而然想要帮助叶莲子改变处境。但是革新意识很强的表哥,除了想给叶莲子找个好丈夫,似乎也想不出更好的办法。

穿长袍西裤、脖子上绕一条长围巾的"五四"青年史崤,据说是东北同乡。真是东北同乡吗?她追问过表哥,表哥也不十分清楚,反正"九一八"以后的北平,有很多东北流亡学生。等到史崤不辞而别,她才想起表哥对他这位好友其实什么也不清楚。

看得出,史崤很喜欢稳重端庄的叶莲子。

叶莲子是需要一点耐心才能看出所以的女人。也许他人觉得叶莲子的目光有些呆板、迟滞,可是细心的史崤却看出那是小心翼翼、瞻前顾后,好像不知道该往哪儿落脚,老怕一不小心踩了谁。她的谨小慎微、无所适从的样子,让史崤滋生出许多心情。而天下男人大多都有救美情结,他们的关系可以说是顺理成章地向前而不是向后发展。

"你在哪个中学读书?"史崤问道。那个时期有点文化的青年男女交往,大部分从这个话题开始。叶莲子红着脸无以应对,心虚地想,自己怎么能配得上史崤?

起初叶莲子没有认清形势,以为小学毕业后可以继续读书。

父亲也没说不让她继续读书,只回答说:"咱们村里也就是赵家的老爷们儿上过小学,还跟中了秀才似的。"

继母说:"那莲子可不就是咱村的女秀才了!"

接着,家里的"掌柜"继母就说是没有钱了。一个上尉军需官,怎么连孩子上学这点钱也没有? 可是继母说没钱了,那就是没钱了。

自出生后,叶莲子一直处在一分钱的自主权也没有的景况中。懂得自尊的她,更懂得如何节省他人的每一分钱。即便上小学的时候,她也没有买过练习本——把父亲用过的纸敛起来,翻个个儿,用粗线钉一下,就是她的练习本。可惜课本自己无法钉,不然她也会给自己钉出一个课本来。

现在已经无法得知,三十年代初期,读中学是不是很靡费的一桩事。尤其对于一个早晚要成为"泼出去的水"的女孩子。但不论靡费或不靡费,对寄生在叶家的叶莲子来说,肯定都是非分之想。而且在旧时代,凡有继母的家庭,都恰如其分地缺个女佣。

何况连女秀才都是了的叶莲子,还用得着上中学?

"我……没有上中学。"叶莲子羞惭地说。但她也不能对史峤说家里不让她继续读中学,只能含混地把不求上进的责任揽在自己头上。

"求知也不一定非得在学校不可。如果你愿意,我倒是可以帮助你……不知道你爱看些什么书?"

叶莲子说不出她爱看什么书。她的生活是封闭的,除了买菜,做饭,做家务,只能窝在房间里发呆。

史峤便带了进步青年无人不看的《新青年》《语丝》之类的杂志或小说给叶莲子。

但凡有点文化的中国男人,大多有教导女人识字读书之好,"红袖添香"更是闺中一项高雅的乐趣,想必史峤在这一点上也不例外。

就连没有多少文化的顾秋水,与叶莲子结婚初期也把这样一项作为理想家庭不可或缺的内容。他教叶莲子读过《千家诗》《唐诗三百首》，甚至写诗填词。

包括胡秉宸，也不是没有向往过这样一个理想家庭。可是具备高中文化、书法相当老到的白帆，不但不需要他的教导，更对"红袖添香"这等细腻缺乏体会，这可能就是胡秉宸一个"糙"字便将白帆交待的原因。而吴为不但破坏了这幅"红袖添香"的千古风流图，反过来还要对胡秉宸的指教研讨一番、质疑一番、指手画脚一番，这些毛病在他们的恋爱高峰期不是没有显露，但都被胡秉宸作为女人的娇媚享用，岂不知同样一件事，婚前婚后的解释天差地别。

比来比去，只有叶莲子这样的女人最合男人的需要，在与男人的关系上她本该万无一失。意外的是没过多久，她也被男人淘汰出局。

那本是一幕又一幕进步青年恋爱的经典模式，并引导不少女青年从此投向革命，好比小说《青春之歌》里的男女主角卢嘉川和林道静。

史峤也是如此如此、这般这般地对叶莲子宣讲他带来的那些书籍。她似懂非懂地看着，似懂非懂地听着……可惜叶莲子还没来得及接受那些理论而后走向革命，史峤就不知去向了。

其实早在乡下，叶莲子就跟着爷爷读过《弟子规》《三字经》《论语》，包括后来顾秋水教她的《千家诗》《唐诗三百首》，旧体诗文、平仄声韵，滚瓜烂熟、倒背如流，可是面对史峤的《新青年》《语丝》，却毫无体会。

她更喜欢的是《秋海棠》《啼笑因缘》那一类通俗小说，巴不得自己就是其中的一个人物，上演其中的一段。

结局太悲惨？青春是不考虑结局的。

噢,还有电影明星胡蝶主演的电影,瞧她那对酒窝!

…………

有多少胡同里走出的女孩会喜欢《新青年》或是《语丝》? 会关注社会和世界的走向? 太深奥了,太重大了……那都是为不凡的人铸就不凡一生准备的材料。

史峤也就理解地笑笑。

逢到表哥和史峤来访,他们坐在房间里循规蹈矩地谈话时,继母总是显得很忙,好像所有的事情都在那一天凑上门来,一次又一次进来、出去,拿东、拿西,反倒开导了叶莲子的少女情怀。

史峤十分合乎叶莲子的心意,特别他的泰然从容,让她感到他的长衫下有个如母鸡孵小鸡那种温度的怀抱。自小在陌生人中流落、讨生活的日子,似乎就此可以结束了……连叶志清也很中意史峤。

可不知道为什么,他们的关系进展得很慢,尤其在那个战乱时代。战乱时代就像信息时代一样瞬息万变,如不抓紧机遇,马上就是另一番天地。

他们循规蹈矩、慢慢腾腾,终于走到具有决策意义的那一天。史峤带着叶莲子到东单青年会参加了一个什么聚会,会后带她到了东安市场,问:"喜欢不喜欢吃涮羊肉?"叶莲子随着就点点头。

史峤在东来顺楼上要了个雅座。点菜之后叶莲子就端坐那里,看着史峤卷起袖口,微微弓着身子,拿着小勺在二十多个作料碗中挑来挑去,给她配涮肉的调料。

铜涮锅上来了,小火星子噼噗地爆着,真有点过年的气氛。

史峤也不说话,只管把一片片羊肉放进涮锅,又把涮好的羊肉一片片夹在叶莲子的调料碗里。叶莲子说:"你怎么不吃? 尽给我夹了。"

他这才放下筷子沉思了一会儿,最后对叶莲子说:"莲子,有件事情早想对你说——当然,我应该先征得你父母的同意,可是……你的情况不太一样,我想先知道你的意思,然后再和他们谈……你觉得和我在一起高兴吗?如果不高兴也不要勉强。如果……"他握住叶莲子的手,"如果你害羞也可以不回答。"

懦弱的叶莲子在关键时刻并不懦弱,在以后亡命天涯的漫道上,将有无数机会证明她在这方面的爆发力。她声音很低却很果断地回答道:"高兴……"

见叶莲子通红了脸,史峤马上拦住她的话,说:"那好,我们吃饭吧。"他吃了很多,还让跑堂儿添了一次酒。

吃完饭天就黑了,史峤拉着叶莲子的手送她回家。他的手大而厚,像一片暖云覆盖着叶莲子。

之后,叶莲子就耐心地等待史峤来和父母谈话。可是史峤忽然就没了消息,问表哥,表哥也说不出所以然。

很长一段时间,叶莲子都以为那天晚上她有什么地方举止失措,令史峤不满意,所以他才不辞而别,一走了之。但她实在回忆不起自己到底什么地方不得体。

她突然一惊,也许他得了什么不治之症,表哥在瞒着她……便鼓起勇气到 B 大学去找史峤。

史峤的莫逆胡秉寰,不得不代替史峤面对这个温婉的女子,除了心中埋怨史峤办事不妥之外,又能怎样?

史峤同样对他不辞而别,他也许比不上眼前这个小女子伤心……可他和史峤毕竟是莫逆,如果莫逆都能这样,还有什么是可信的？

燕去楼空啊……

他不相信史崤是利用他。但胡秉寰作为一个澹泊致学、深藏若虚却又悲天悯人的人物，他的宿舍被史崤们时以谈论佛经、历史或诗社活动的名义，作为聚会场所，恐怕也是在所难免。他们不仅与他谈天论地、索引寻踪佛学方面的心得，有时对他也不甚回避，仿佛他既是他们当中的一员，又不是他们当中的一员。却不知为什么，从来不曾有人尝试动员他参与其中。

对早已将人世看透且无边寂寞的胡秉寰来说，史崤的离别让他再一次感到人生无常，身不由己。

他当然能够想象史崤去向何方，所以更为史崤忧心，如史崤这样一个被动的人，根本不适合政治，不像他的二弟胡秉宸。

二弟胡秉宸如很多人一样，对生活有种主动出击的精神，所以是个大路货。可史崤不是，史崤是被动的，不论什么时候，不论什么事情，都是如此。如果不是这样，他和叶莲子的关系可能早有定论。

即便像二弟那种主动出击的人，难道就能改变命运的轨迹？

二房的一位堂兄，被二弟胡秉宸叫作败类胡秉安的大哥，是黄埔一期的学生，共产党员，参加南昌起义后被派往洪湖苏区，历任要职。

一九三一年，王明当权，下令成立湘鄂西中央分局，毛泽东同乡夏曦任中央代表。三月，夏曦到洪湖苏区之后，以肃反为名，大量杀害红军指战员。他的保卫局局长江奇，指鹿为马，指谁是特务，中央代表夏曦便调查都不调查，即刻便杀。南昌起义后刚刚加入共产党的贺龙，根本没有发言权。

这位时任红三军参谋长的黄埔一期堂兄，被诬为"改组派"，与万涛、潘家辰、柳直荀等三十多人被赶至广场,江奇一声令下,三十多名打手各提硬木棒一根,举棒便打。乱棍之下,鲜血四溅,脑浆迸裂,骨肉横飞,惨叫之声撕心裂肺。

等到后来查清江奇为国民党内奸时,开辟根据地的骨干几乎已被杀光。

荒唐啊,荒唐!

黄埔一期堂兄的墓,据说就在湖北荆州。

二房的人对此讳莫如深。但胡家人人知道,特别是二弟胡秉宸。

他的遭遇并不让胡秉寰感到十分痛绝,在胡秉寰看来,信仰不过是一种疾病,就像爱情。爱情是什么?是每个人一生中必不可免要出的那场麻疹。

胡秉寰只知其一不知其二,几十年后,与黄埔一期那位堂兄一起被江奇乱棍打死的柳直荀,荣幸地进入毛泽东的诗词《蝶恋花》,词中有句"我失骄杨君失柳……"

不明就里的读者,以为柳直荀烈士与毛泽东第一任妻子杨开慧烈士一样,是被国民党杀害的。

而"杨柳轻飏直上重霄九"一句的灵感,不知是否来自柳直荀等烈士临死前的冤叫、惨叫?

这是后话。

史崝难道就抽不出一点时间辞别? 即便重任在身,也可以把事情做得更为圆满,何况是对这样一个本就柔弱不幸的女孩子?

也许这样结束更好? 早晚会是这个结果,史崝反正已经身不由己。

"进来坐一会儿吧?"胡秉寰对低头站在宿舍门前的叶莲子说。

虽然冒昧到了极点,可叶莲子顾不得了,她非常想要知道史崤的下落,就侧身进了门。

房间很暗,一抹清寂聚聚散散,如几缕沉香缭绕室内,散淡着一种风息浪止的安谧。叶莲子突然有一种靠近史崤的感觉,可她仍然不知如何说起,"我来看看史先生,他……很久没有他的消息,我有点儿担心。"她抬起眼睛,那是久无依赖又逢绝望的眼神。

胡秉宸的心重重往下一沉。

…………

谁也不知道胡秉宸对叶莲子说了些什么。但与胡秉宸会面后,叶莲子的伤痛里多了一些沉思,并且不再企盼与史崤的重逢。

几天之后胡秉宸回了家。

上到母亲房间,叫了声"娘",就站在一边看母亲弈棋,从她手腕上那只颤悠悠的玉镯看出,她对举在手里的那枚棋子犹豫不决。

他看了看棋盘说:"黑子输了。"

母亲随意放下刚才还在犹豫不决的那枚棋子,盯着棋盘说:"自己跟自己下棋,输赢都是自己。说是知己知彼,百战百胜……可我自己怎么胜得了自己,又怎么算是胜了?"

"你怎么回来了?"她抬起头来,看着一袭灰布长衫、身材颀长的大儿子,浅笑了一下。可不,他站在那里,端的就是一个"朴"字。可又不是"朴素"那个"朴",如果非要用"朴素"来形容他,就会缺斤短两。是"古朴"的"朴"吗?也不是。是"朴拙"的"朴"吗?也不是……

整个儿就是一个"简约"。"简约"是美中极品,因为没有半点装饰,只能真刀真枪,来不得半点假。

"看看。"胡秉宸答道,他不知母亲怎么又转而微笑了。

"吃过晚饭了吗？让底下人给你做点儿什么，大概还有隆福寺白魁老号的烧羊肉。"

"不必，我已经吃过了。"

"姑婆来过了，说是请你给金家小姐题个扇面。"

"娘题不是更好？"

"同样是写字，我就是消遣，你就是学养。还是给人家小姐题一个吧。"

消遣！唉，母亲当然有许多消遣之道……这可能就是胡秉寰在决定"回老家看看"之前一定要向母亲禀报一声的原因。父亲在家更好，但是父亲经常不在，他也不必为此特地等候父亲的归来。

母亲不像别的女人，丈夫一旦有了外室，就以吃斋念佛超脱自己的烦恼。她说那是对佛的不敬，她要是念佛就诚心诚意地念，而不是因为走投无路。大概这也是她常常自己弈棋的原因。

"知道了。"胡秉寰没说题也没说不题，"娘，我想回老家看看。"

"不是就要毕业考试了吗？"

他静静地站着，没有回答。

母亲也不再问，但仔细看了看胡秉寰——有点过于仔细了，"走前要不要到疗养院看看你三弟？"老三也是鬼精灵一个，所以得了肺结核而且老不见好。想想几个秉性各异的儿子，哪个都不像是她生的。

胡秉寰想了想，说："时间不长，回来再去看他吧。"

母亲事后回想起来，越发觉得老大的妥帖沉稳，事情到了眼前也不让她觉得他不会回来了。所以听到胡秉寰失踪的消息，母亲没有过分悲伤，无论胡秉寰选择什么，她都觉得有他的道理，既然如此也就不该有什么遗憾，不过她始终不相信胡秉寰自杀之说。

之后，胡秉寰放下手里摩挲的一枚棋子，说："娘，您下棋吧，我回房去了。"

"去吧,扇面就在书案上。"

"知道了。"

看着他走向书房的背影,母亲莫名地叹了一口气。

胡秉寰没有拿书案上的扇面,而是把"绿豆眼"带回了房间。

对着那方铭文序跋一概全无,单只刻了一个"茫"字的砚台,他一夜没睡。

他是在审视自己的心吗? 他对佛的信仰,会不会如二弟或那些大读书人,不过是对各种时尚的亦步亦趋,抑或自己天性如此?

人生于他不过是流水长东,对兴致勃勃的二弟临了不外乎如梦、如梦,对在肺结核中挣扎的三弟可能是随水而去,他又何必固执于人生是什么?

但求顿悟吧。可是悟什么? 悟所谓"是非曲直、生死苦乐"之可信或不可信吗?

他要抛弃的又是什么?

胡秉寰对金家小姐不是没有想法,相敬如宾,举案齐眉,花前月下,琴棋书画……哪个人不向往这样的人间景色? 可世道应允了这种可能吗? 如果他不能给金家小姐一个保证,就不该把她领进一个不能兑现的希望——好比史峤的身不由己以及他对叶莲子的不辞而别。

父母当初想必也是相敬如宾的,结果母亲还不是这样打发日子? 他想起母亲手腕上颤颤的玉镯。

众生皆苦啊,他看不见救赎之道……

胡秉寰又何止心如止水、波澜不惊? 莫逆史峤简直让他心如死灰了。

也许不能这么说,李清照有句:"只恐双溪舴艋舟,载不动,许多愁。"胡秉寰这只小船突然下沉,差的其实就是那么一点无法称量、难度轻重的愁绪。

不过谁又能说这就是下沉呢?

他失踪以后,不但家里,连学校也没找到他的片纸只字,可能他临行前把自己所有的文字都付之一炬了。

多年后胡秉宸重归故里,徜徉在人去楼空、败破荒芜的院子里,旧时皇皇家园,只落得角落里的几只花盆。他禁不住去抚摩那几只缺损疵裂的花盆,想不到一只花盆下竟压着这方"绿豆眼"。

谁将"绿豆眼"压在了花盆下? 当然不会是将家财席卷一空、嫁作他人妇的如夫人。

又为什么把"绿豆眼"压在花盆下?

花盆下压的岂止是"绿豆眼"啊!

他百感交集地捡起这方砚,不由得迎光摇去,那曾经流光四溢的砚台瞎了,重新回身为一方顽石⋯⋯

对着那方瞎了眼的"绿豆眼",自以为百炼成钢的胡秉宸,竟被陈年往事那把生了锈的钝刀,狠狠地锉了一下。

不知道胡秉寰与"绿豆眼"在多年前那个通宵的神交中,他们决定了什么,又做了些什么。

七

当吴为还是胡秉宸第二任妻子的时候,有个夜晚,她在梦中急切地呼唤着:"请等一等,请等一等⋯⋯"听上去不像呼唤一个不相干的人,而是一个久别重逢、失而复得并且不想再失去的人。这让胡秉宸非常不受用,他推醒了她,说:"你是不是做噩梦了?"

她怔怔地说:"不,我梦见一个人,好像是你……"又非常肯定地摇摇头说,"不,不是,虽然相貌与你几乎没有差别——不,这样说不准确,其实差别很大……穿一袭道袍,飘然一杖,行走在层叠的山雾中……"

…………

胡秉宸就想起了大哥胡秉寰。可是他没有追问吴为的梦,也没有与她一起猜测这个与他极其相似的人可能是谁。

大哥失踪后,人人都说他自杀于精神忧郁症。但胡秉宸觉得,即便大哥自杀,也是由于不肯苟同,他是太孤独了。

当时他就别有想法——神思邈远的大哥,是不是断绝尘缘,潜入深山老林修炼去了?

吴为的梦,像是时间突然又回过头来,给他补上的一个验证。

可是吴为跟大哥有什么关系?他都没有梦见过自己的大哥,她又怎能梦见他呢?

他突然觉得有点毛骨悚然。

吴为并没有完全说出她的梦。从未对胡秉宸隐瞒过什么的吴为,从此似乎有了重要的隐情。不过真问起她隐瞒了什么,又似乎什么也没有隐瞒,只是常常流露出一副怅怅然神魂不知何处的模样。

八

顾秋水是二道河子木匠的儿子,叶莲子是赤贫人家的女儿,只是机缘使他们离开了土地。要是顾秋水还在二道河子当农民,也许就会娶个乡下大姑娘繁衍生息。不论怎样,总是个当门立户的男人,而不致误入歧途地混一辈子,不是这个人的奴才就是那个人的奴才。

要是叶莲子还在乡下放猪,没准儿会嫁个像二姑父那样的好男人,同样也会脱离那一堆恶亲戚,过上一个能吃饱饭的日子,也就心满意足。

离开土地以后,千不该、万不该,他们又读了一些书。

顾秋水从小就喜欢读书,别人家孩子过年得了压岁钱都买炮仗,他得了压岁钱买书。

当然他读得很杂,不但读过《精忠报国》《七侠五义》,离开土地以后又读了很多小说,最喜欢的作家是旧俄时代的托尔斯泰,读过他的《安娜·卡列尼娜》《战争与和平》,还读过法国小仲马的《茶花女》……不仅满脑子"忠义"之类的江湖义气,还很仰慕"骑士"。

顾秋水是个骑马的好手,但是会骑马且骑得好不等于就是"骑士",就像有张大学毕业文凭并不等于有文化。

除了胡秉宸能读原文的《大卫·科波菲尔》之外,木匠儿子顾秋水和世家子弟胡秉宸对"骑士"的理解,并没有什么原则上的区别。

可"骑士"是西方土地上的庄稼,在中国这块土地上长不出"骑士"那样的庄稼。

所以顾秋水和胡秉宸只能以对"骑士"的半吊子理解,当个半吊子"骑士",去迷惑那些对"骑士"只有半吊子理解的女人。

顾秋水总是要结婚的。有多少人能豁达到终身不论婚嫁的地步?即便对那些有头脑的人来说,婚姻也是个吸引人的、不可不猜的谜。

读过《茶花女》或是《安娜·卡列尼娜》的顾秋水,还能娶于连长的老婆,绰号叫作"黑牡丹"的那种女人做老婆吗?那样的女人只合用作偷情,娶妻却要娶个只有在他的启蒙教育后,才能开花结果的女人。由此想来,"黄花闺女"这个词,恐怕也是暗藏祸心。

就像多年后胡秉宸对吴为甚为鄙夷但更为向往地说:"……你们单位有个姓赵的女人,男人远远就能嗅到从她身上散发出来的一股味儿,一股不管什么地方,赶紧躺下、就地解决的味儿,真是又浪又贱到了极致。和那种女人能谈情说爱吗?更不要说到婚姻,睡一觉过过瘾是可以的。"

这说明胡秉宸早在美国得克萨斯州立大学心理学教授西恩之前,就发现了女人的体味是她们性感与否的一个重要来源。

吴为就想,自己单位有这么一个姓赵的女人吗?

同样,读过《啼笑因缘》《秋海棠》的叶莲子,还能嫁给那些除了打仗,就是抽大烟、赌博、嫖窑子的军人吗?

小说的危害远远没有被人们所认识。如果观察一下周围的人,就会发现那些不爱看小说的人,日子大部分过得平平稳稳,到头来也会寿终正寝。

日后吴为也犯了她父母同样的毛病,不明白"小说是小说,日子是日子",这个极为简单的道理。

不要忘记,胡秉宸也是爱读小说的。

一九三四年,东北军一一二师换防至河北省定县。

这年早春的一天,一一二师小军官顾秋水,骑着自行车从营地出来,准备到定县城里去。

经过司令部的时候,正巧一个年轻的女人坐着人力车从司令部出来。

顾秋水去县城做什么并不重要,也许就是买点烟草之类的东西。那是一个既没有仗可打也没有什么可以祸害,更没有女人可以调笑的假日。对一个二十五岁、放荡不羁的年轻军官来说,这样的日子是相当难熬的,于是他格外注意人力车上坐着的那个女人。

在他的印象里,那女人虽然坐着,也可以看出身材高挑。那时的女人,很少有那样高挑的身材,让他想到"玉树临风"那一类飘逸脱俗的句子。

可惜城门那里有个下坡,他的自行车闸也不灵,只好随着自行车一溜风地远去。不过这难不住一个对某个女人已经有了兴趣的男人,更难不住像顾秋水这样的男人。

这女人既然是从一一二师的司令部里出来,就肯定是一一二师某个军官的家眷。

顾秋水一直说,那就是第一次看见叶莲子的情形。

可是他错了,他绝对错把另一个女人当作了叶莲子。

那个年轻漂亮的女人,一定是司令部里哪位长官的亲眷,而不是叶莲子。

因为叶莲子根本不可能坐人力车,更不可能到一一二师司令部去。

叶莲子随着父亲和继母进入城市之后,饭是吃饱了,人也长高、长胖了,可却过着另一种一言难尽的日子……

无论如何,人是需要一点花费的。好比已届"花期"的女孩子,每月都需要的那点纸张,可是叶莲子仍然没有一分钱的自主权。

她对金钱的需要既简单又复杂。除了那点最必需的纸张外,比如,还想为继母做点什么;比如,还想自食其力地继续上学。

很难想象她那样迷恋上学是为了什么。远大的理想？她能有什么远大的理想？

也许与史垆的相遇更加强了这个愿望，尽管史垆已经不知何处去。

所幸定县出膏药。

家家摊膏药是定县一景，房东的闺女摊，叶莲子也就跟着摊，摊完了送去领工钱。

第一次领到工钱的时候，手心儿里的热气，竟把那几个无情无义的铜板焐出了些许的温暖。回家路上，叶莲子一面浏览着街旁的摊子，一面想着怎样孝敬一下继母。

快到家的时候看见一个烧饼摊子，想起继母爱吃芝麻烧饼，就买了四个。

卖烧饼的伙计用长长的铁钳子将烧饼从烤炉里钳出，一个个烧饼胀鼓鼓、热乎乎、喜滋滋的。叶莲子担心路上烧饼凉了，就把烧饼揣在怀里，随之胸口也热了起来，以为继母一定也会给她一个如芝麻烧饼这样可亲的笑脸。

她急煎煎地往家走，急煎煎地拍着大门上的门环。里面影影绰绰不知在嚷些什么，没人听见她在敲门。

侧耳听了听，就听见继母在说："什么十八岁的大闺女？早就二十了，再不把她嫁出去行吗？"

"你让我把她嫁给谁呀？"父亲说。

"王连长呀，不是刚死了太太吗？"

"他净嫖窑子……"

继母大有深意地笑着说："哎哟，哪个男人不嫖窑子？"

叶莲子虽然不知道这个王连长是谁，但肯定镶着大金牙，梳着大背头，张嘴就是"妈拉个巴子"；对女人也只有两手，不是打她们的嘴巴子就是摸她们的屁股。就听从家里牌桌底下不时蹿上来的那声不知真假的尖叫,倚在一旁的太太或非太太的屁股,肯定被狠狠捏了一把。

叶莲子心里一急,就更用力地敲起门来。

继母嫌嫌地问道:"谁呀?"

"我。"她小声小气地答道。

"噢,莲子呀!"声音却是极慈祥的。

叶莲子带着急于献宝的浮躁,一刻不可多待地扒着门缝往里张望,只见继母那总是躲在鼻梁里不肯出来的两个黑眼珠,现在却齐刷刷地向两扇大门掷来。大门外面的她,立刻感到置身于它们的杀伤力下。

怀里揣着的热烧饼,一下就凉透了她的心窝。

一脚迈进门后,却忘了自己急煎煎地敲门是为了什么,一时怔怔地站在那里。

"回来了?"继母问。

这才想起揣在怀里的烧饼,"妈,这是给您买的。"她有点担心继母会拒绝,想想,那双具有极大穿透力的眼睛,是怎样穿透门板又落实到她身上的吧。

可是继母亲亲热热地拍打着那四个烧饼,说:"哟,还热着哪。"转过脸来就刺了叶志清一眼——叶莲子哪儿来的钱?还不是叶志清背着她给的。

叶莲子也就知趣地退了出去。

如果没有过被打入另册,或无权无势,或寄人篱下之类的经验,是不大可能了解"知趣"这种状态的。对于有着这些经验又想保持最后一点体面的人来说,"知趣",真是一块再好不过的遮羞布。

而后就是一个铜板一个铜板为攒学费而奋斗。为了攒学费，叶莲子一次又一次咽下对女学生装的追求。上不了中学，穿一穿那套女学生装也好。她多少次在想象中穿上那件月白色短褂、那条黑布裙、那双白棉纱袜子和那双黑色带襻鞋，或是那件月白色竹布大褂、那双白鞋白袜——别叫旗袍，一叫旗袍就上了档次，就更不能说明叶莲子那点虚荣的渺小。

这套女学生装其实花费不大，可她始终没能穿上，直到出嫁后还让顾秋水给她做了一套，可是那张面孔已经不同。

如今继母将婚嫁提上叶莲子的日程，她的中学之梦只好彻底破灭。

不管坐在人力车上的女人是不是叶莲子，顾秋水正是由于这个误会得以认识了叶莲子。

在浓香四溢的花草堆里，寡淡的叶莲子真像浑吃海喝后那杯解渴的清茶。可是别忘了，清茶不过是清茶，解渴之后，浑吃海喝还是大部分人的最爱。

有人对他说："……那是师里叶军需官的小姐，和孙连长住一个院子。"

他就骑着自行车来到那个有枣树、柿树，还有碌碡的小院，不把自行车支在孙家窗下，而是支在叶家窗下。在请君入瓮的办法上（不说追求女人），顾秋水和胡秉宸有着同样的天分。

从此，叶莲子的窗下就多了一道风景。这道风景一旦进入一个待嫁女子的视野，就别有深意。

军人会骑马倒没什么稀奇，尤其在"胡子"起家的东北军里；相反，会骑自行车，就非常地时尚。

叶志清既希望叶莲子有一份好日子，也巴不得遵照老婆的意见,抓住机会把女儿打发出去,但却看不惯这个招摇的师里有名的花花公子。据他所知,顾秋水就在托人向他提亲的当儿,还在和项连长的太太偷情。于是叶志清说:"我们家姑娘还小,不急着找婆家。"

顾秋水也看不起叶志清那个小矬胖子——总是眦着一双滴溜圆的眼睛,不但用滴溜圆来证明自己所言所行的金科玉律,还用它为自己的狗屁不通壮胆。

如果叶莲子不是因为还有一难,也许不会孤注一掷。

父母还在壮年,不论夜晚或白天,她都得多加小心,否则就会一头撞见令人尴尬的事情。她不明白,并不穷困的父亲为什么不肯多租一间房子,或许还摆脱不了全家一张炕的老家习俗?

她能躲到哪儿去?怎样才能有一方自己的空间?

父亲和继母绝不会把自己永远留在家里,倒不是她这个负担的斤两问题,那个时代,哪儿有女儿不出嫁的道理?

可是嫁谁呢?她着急,她实在着急啊。

与史峤的那场梦,美则美矣,却是"昨日之日不可留"。

也许等到老大不小,父亲会把她嫁给哪个吃喝嫖赌五毒俱全的军人当填房,好比死了太太的王连长。史峤之后,她怎能甘心那样一个出路?

反正是无路可走,只好碰见谁就是谁。比比那些军人,顾秋水也算是出众……机不可失,时不再来。

盘算来盘算去,叶莲子只好硬起心肠放下史峤。逃亡意识更使她知道应该怎么办,而且一办到底不能拐弯,就写了一张纸条塞进父亲的口袋,很简单的三个字:"我愿意。"

叶志清看到这张纸条,想到了女大不可留的老话,是啊,不嫁顾秋水又嫁谁呢？看看周围的军官，比顾秋水更不像样的很多，又不能回乡下给她找一个丈夫，最后只好同意了这桩婚事。

叶莲子那张"狗急跳墙"的条子，被传说得沸沸扬扬，谁也想不到，少言寡语的叶莲子能如此惊世骇俗。

他们很快订了婚。订婚不久，顾秋水就随包天剑到湖北"剿匪"去了。

在鄂豫皖剿匪总司令张学良的指挥下，东北军一一二师沿平汉铁路布防，意在消灭羊崃洞一带共产党徐海东部。但徐海东部全部转入地下隐蔽，保存实力，暗中发展，根本不与他们接触。

给叶莲子写信就成为顾秋水枯燥军营生活的唯一乐事。他最大的业余爱好，就是把小说名著或是唐诗宋词里的句子改头换面，然后寄给叶莲子或与朋友吟唱。这种偷梁换柱的手艺，顾秋水不但比当时的，甚至比以后从事这个买卖的贩子高明许多。

由于驻在武汉南湖，顾秋水还写过这样一首诗——

> 憔悴扶病一登楼，放眼天南地北头。
>
> 鹦鹉洲边芳草绿，江山无处可埋愁。

非常的张恨水，非常的文明戏。

如果再仔细搜寻一番，说不定就能在哪首唐代七律或五言中找到他们的孪生兄弟。

那时，他可是风华正茂啊。他有什么愁？他有什么病？不过附庸风雅而已。

换了史峤，绝对不做这样的贩子。

所以说，比之与史峤的邂逅，叶莲子对这场婚姻带有明显的目的性。有一个细节也许能说明点什么——不论婚前婚后，她从未对顾秋水说过"我爱你"这种热情澎湃的字眼。只是后来才把这个偶然碰上的婚姻,渐渐当作一个女人原来的梦,并很实际地将史玙收藏在哪个午夜梦回之中。

相信叶莲子这种嫁鸡随鸡、嫁狗随狗的女人,最终也会习惯地爱上顾秋水,制作出一份相应的情爱。

在吴为看来,叶莲子竟然能为这个相当功利的婚姻自造一份情爱,并为这个自造的情爱痴迷一生是太不值得了。不像她对胡秉宸的爱,不论结局如何狼狈,如何使她难以自圆其说,至少她得到一个求证:如果不和胡秉宸结婚,他将永远是非人间的一颗星。

其实吴为对胡秉宸的爱,不也是一份自造?在一定程度上,连胡秉宸都是她自己造出来的。

不久,叶莲子随父亲调防至汉口与蒲圻之间的咸宁,顾秋水则跟随着包天剑转往蒲圻驻防。这也是为什么婚礼的前一天晚上,叶莲子要随继母先期到达蒲圻,并下榻在蒲圻城隍街马永和客栈的缘由。

一向苛刻的叶志清为叶莲子的婚礼拿出不少钱,并特地让继室带着叶莲子到汉口采办嫁妆。

顾秋水没有与她们一同前往,也没有下榻于同一家旅馆,而是先到武昌住下,与她们约好在汉口会齐。因为他的左脚长了鸡眼,疼得不能沾地,走路一瘸一拐,他不愿在叶莲子面前出丑。到武昌当晚,就到旅馆附近一家澡堂,让修脚师傅将左脚上的鸡眼挖掉,第二天才和她们见面。

这位修脚师傅的手艺非常之好,顾秋水脚上的这个鸡眼,自一九三五年早春挖去从未再犯。有关此行的深刻记忆,与其说是因为婚娶,不如说是因为这个修脚师傅的高超手艺。如果叶莲子非要自作多情，别人又有什么办法？

叶莲子和继母在繁华的、开满小旅馆的民权路找了一家旅馆住下。

第二天一大早，他们就在国父孙中山先生铜像周围，即那简明扼要地概括了国父政治主张和革命精髓的民族、民权、民生三条路上往返来回，购买了毯子、帐子、被子、两只樟木箱子等结婚用品。这是她第一次和一个男人共计未来。她是那样急切，毫不犹豫，纵身就跳了进去。

绸布庄里有现量现做的裁缝。她拉起一块又一块衣料，在身上比来比去，对裁缝说，这里瘦一点，那里长一点……在那里做了三件旗袍（现在可以不必说"大褂"而可以说"旗袍"了）：一件浅粉镶深红边的缎旗袍；一件浅灰上有紫灰小花叶，镶浅灰边的绸旗袍；一件浅黄上有灰色小碎花，镶浅黄边的绸旗袍。按照时兴的样子，身长三尺八，领子上横有三个直盘扣，大襟和侧身则为花盘扣。手艺之好，让二十世纪末的女人缅怀追思，望洋兴叹：如今再也找不到这样的好手艺啦！据说二十世纪末有一部香港影片《花样年华》，一度再现这种手艺的辉煌，但也只能作为博物馆的收藏，再不能"飞入寻常百姓家"了。很多事物只属于一段时间，甚至一个瞬间，那个时间、瞬间去了，它们也就随之而去，想挽留也挽留不住。

其中两件绸旗袍，叶莲子选的都是小碎花图案，颜色的过渡也很讲究。

从未有过一分钱自主权的叶莲子，如何培养了自己的审美趣味？只能说源自她的母亲，也就是墨荷的遗传基因。

不管女人的服饰如何变来变去，叶莲子认定小碎花图案不变。

喜欢小碎花图案的女人是柔弱的、内敛的、忍辱负重的、欲言又止的、文雅的、优雅的……可惜，优雅常常只能用来欣赏而不能用来享用。它们没有大红大绿的宣泄、大酸大辣的痛快淋漓、重彩浓墨的立竿见影、大哭大闹的寻死上吊、挥快刀斩乱麻的利索果敢……优雅的女人也就十分脆弱,多半还自作多情。她们会倍加感应人生的种种尴尬和难堪,这样的女人天生是被蹂躏的对象。

　　顾秋水没花什么钱,只给叶莲子买了一只金手镯和一块手表。

　　这只手镯和手表,不久之后就发挥了非同小可的作用。

　　叶莲子和顾秋水的婚礼基本上是叶志清操办的,这倒符合顾秋水的原则:"我和女人玩儿从来不花钱,让我花钱的女人,爱的肯定不是我。"

　　似乎也有一定的道理。

　　叶莲子在继母陪同下,于婚礼前一天从咸宁来到顾秋水的驻地蒲圻,在城隍街蒲圻镇唯一一家客栈住下。

　　蒲圻盛产栀子花,据说顺风时香可以飘到咸宁。别人是否嗅到不得而知,想必叶莲子是嗅到过蒲圻的栀子花香的。

　　婚礼在马耀华转运公司举行。

　　也许是为了显示自己的派头,顾秋水有意晚到了一会儿。主婚人急得出来进去地转悠,不停地问:"新郎怎么还不到?"

　　事先他们并没有就婚礼的着装进行过商讨,完全是凑巧,顾秋水穿了一套灰色西服,叶莲子穿着那件浅粉带有三道深红绲边的缎子旗袍,脚上是一双粉红绣花缎鞋。

　　灰色是无私的。它的生命似乎就是为了烘托其他的色彩,为了将其他色彩中那段平庸的光谱化为华美而存在。

　　原本有些通俗的浅粉旗袍,就因了灰色的烘托,显出意想不到的风雅。

人们交口称赞道:"真是才子佳人,郎才女貌!"

三天以后,叶莲子又穿着这件浅粉色的缎子旗袍,和顾秋水在蒲圻镇"相真"照相馆拍了一张婚照,顾秋水却换了一套深色西服,竖着两只大招风耳站在她的身后。

除了这对招风耳,吴为认为她从顾秋水那里什么也没有得到。

如果真像她想得这么简单,仅仅从顾秋水那里继承了这对招风耳倒也好了。

顾秋水官衔不高,但在师长面前是说得上话的红人,所以贺客盈门。后来房子里容纳不下,仪式改在马耀华转运公司门前一个不大的广场上举行。

不久之后,也就是一九三六年,张学良将军就在这个转运公司对面——老陆水桥旁的木材厂,声泪俱下地发表了抗日救国的演讲。

婚礼按文明结婚那套形式进行,顾秋水还即席发表了一段演说:"国难期间,鄙人虽然结婚不忘救国,决不消沉意志在个人小天地中。也希望叶莲子画直眉毛,涂黑嘴唇,投身到抗日收复失地的战场上来。"尽管狗屁不通,却深得来宾赞扬,不但感动了在场的太太小姐,也感动了背井离乡的军人。

因为驻地在"剿共"前线,一切从简,婚礼没有大办,但也相当风光,当地名菜熏鱼、熏肉、熏鸡、豆皮、苕品、莲藕炖排骨……摆了五六桌。

因为顾秋水迟到,人们罚了他不少酒,不过他有很好的酒量。

婚礼结束后,叶莲子换上了上有紫灰小花叶的浅灰色旗袍,坐着两人抬的小花轿回新房去。

花轿沿着蒲圻镇狭窄的石板小路,一颠一悠地走着。新房不远，就在西城门内尽靠城墙一座砖木结构的二层小楼上。

从小楼后窗，可以看到西城门外的西门湖和内湖，像陆水生下的两个小女儿，偎依在西城门的两侧。卧室里有一张老式带框架顶盖的红木大床，还有一张八仙桌，两张太师椅。顾秋水的一张单人铁床也搬到了这里，另占一间房子，有时他们像西方人那样分房而居。另一间是书房，房间布置得很雅致。

…………

即便新婚燕尔，叶莲子那双很"毒"的眼睛也没闲着。

她那双眼睛，在墨荷还没咽气之前，就看出墨荷已经"走形"，离另一个世界只是一步之遥；而为外祖父报丧的那枚枪子儿，也是冲着她来的。

婚礼之后，叶莲子突然指着那对樟木箱子说："这对箱子没有选好，那两只鸟好像在斗架，你看它们是不是有点儿'犯相'？"

顾秋水扭头看了看那对樟木箱子，箱子上画着一些树，一棵树上落着一对鸟，实在看不出什么问题，便挑起叶莲子粉嫩的下巴说："你脑袋里怎么这么多封建迷信？"

婚礼前后发生的怪事可不仅这一件。在人们送来的喜幛里，叶莲子发现一幅幛子上写着《滕王阁序》中的句子："落霞与孤鹜齐飞，秋水共长天一色"，以及"秋水先生落霞女士新婚志喜……"

她问顾秋水："谁是落霞？"

顾秋水说："可能他们不知道你的名字。不过也许是个玩笑，自以为得意地套上了'秋水'和'落霞'。"

送幛子的人很可能根据顾秋水的名字，想当然地觉得叶莲子的名字就是"落霞"。可他们不明白，"落霞"与"孤鹜"该是多么苍凉凄绝！

　　而请来为新人铺新床的人，本应是个儿女双全、贤良富贵的女人，可那女人却是个"打八刀"的，也就是和别人毁了婚的女人。

　　谁把这样一个女人请来了？

　　婚礼之前，他们实在没有可能将所有细节一一检点，以防患于未然。

　　为此叶莲子心里发堵好几天——这是不是暗示着她的婚姻不能到头？不过她很快就忘了这件事。

　　还有她爱唱的那支歌呢？叶莲子不但爱看小说，还爱唱电影歌曲。在她还没认识顾秋水之前，就学会了《秋水伊人》那支歌，没想到果真嫁了一个叫作"秋水"的丈夫。

　　婚后一天，她不觉又唱起这支歌：

　　　　望穿秋水，

　　　　不见伊人的倩影，

　　　　更残漏尽，

　　　　孤雁两三声；

　　　　往日的温情，

　　　　只换得眼前的凄清，

　　　　梦魂无所寄，

　　　　空有泪满襟……

　　　　几时归来呀，

　　　　伊人哟！

　　　　几时你会穿过那边的丛林？

　　　　那亭亭的塔影，

　　　　点点的鸦阵，

　　　　依旧是当年的情景。

　　　　只有你的女儿哟，

已长得活泼天真；

只有你留下的女儿哟，

来安慰我这破碎的心！

…………

　　她不很经心地唱着，唱着唱着，突然回味起歌词，再咂摸一下，就觉得歌词不太吉利，想起从前最爱这支歌就觉得有点怪，刚结婚怎么就望穿秋水了……从此不再唱它。

　　连顾秋水也想了一想，叶莲子怎么老唱这支歌？好像预兆着什么。

　　尽管叶莲子忌讳这支歌，可命中注定，她得把这支歌继续唱下去。

　　他们的生活说得上是欣欣向荣。

　　小连长顾秋水还养着不少闲人。有个季大爷，原是一一二师前身十二师的一个连长，因为没有文化被整编下来，调到顾秋水的迫击炮连。顾秋水就让他管理枪支弹药，也不把他当兵看待，还叫他季大爷。顾秋水说，人家本来就不是兵。

　　季大爷退役后，顾秋水看他可怜，就让他顶了一个军士，每个月还有七块钱军饷，让季大爷住在自己家里，每顿饭再给他两盅酒喝，捎带也给他们小家做做饭，帮点忙。

　　顾秋水对女人很小气，对男人却不，开了饷都放在抽屉里，季大爷买菜买米，用钱自己从抽屉里随便拿取，顾秋水和叶莲子从来没有和他算过账，他们一直相处得很好。

　　还养了个把兄弟老九，人很聪明，爱打麻将，一天到晚吃喝赌，倒是不嫖。不管媳妇和孩子，赢了钱也不往家拿。老婆拿他没办法，大家让顾秋水出面管管，顾秋水就让叶莲子把老九的媳妇和孩子接到他们小家来住。

顾秋水那时年轻,拿钱不当回事,认为前途远大,有朋友就行。好在他是连长,每月二百多块军饷,很顶用。

落魄后的顾秋水常常回忆起这段日子,悄悄对自己说一声:那有多好啊!

新婚燕尔的顾秋水,常常带叶莲子出蒲圻镇南迎薰门,去游览四方景色,或过陆水、登长山(又曰北赤壁山),凭吊三国遗迹。

长山下有丁鞋塘,相传为周瑜一脚踏成。西侧四百米处有周郎嘴,嘴下有周郎桥,由此可以进入赤壁古战场。

山上有晒骨台,传说东吴阵亡将士遗骨于此晒干,便于回运。

北岸为曹操屯粮之地乌林,即周瑜焚烧曹操的连锁战船之处。赤壁一战,曹操大败,落荒而逃,至谷口,所随官兵只剩得二十七骑……

可惜诸葛亮借东风的七星坛已无迹可寻,后人只落得遐想不已……

意气风发的顾秋水,站在长山山顶,摇首顿足地吟哦苏轼的《念奴娇·赤壁怀古》:大江东去,浪淘尽,千古风流人物。故垒西边,人道是,三国周郎赤壁……

张学良将军的前摄影师是顾秋水的朋友,闲时为他们拍过不少照片。顾秋水特别喜欢荷塘边的一张,他们双双坐在长椅上,他的左臂紧搂着叶莲子的肩,那时叶莲子还是剪发,多年轻啊!这张照片顾秋水一直留着,随着他走南闯北,"文化大革命"一来,只好把照片和值点钱的东西托付给一个工人朋友,"文化大革命"之后打算再取回这些东西,件件都不知了去向。还能说什么呢?

就连叶莲子婚后做的衣服,也都是顾秋水设计的。

有次他带叶莲子乘火车。那天她身穿件米色西装,内衬雪青色衬衣,还结了一个黑领结,下面是条短裙,头戴一顶米色鸭舌帽。这身打扮在那个时代,在一窝子当兵的中间,真算得上奇装异服。

包天剑还以为是哪里来的演员,忙让内差到普通车厢打听,这才知道是顾秋水的媳妇。从那以后,师里太太们穿衣服都找顾秋水设计。倒不是他偏心,哪位太太也穿不出叶莲子的风韵。

有一次顾秋水从师部回来,远远看见叶莲子站在城门那里等他,旗袍外面套着他的西服背心,高高地站在那里……想,谁教她这么穿的?

偶尔想起婚前的日子,叶莲子觉得她不过是个等着捡剩落儿的人,直到现在,她才有了一个正儿八经的位置,做了一个人的妻子,有了一定的说话权利。而这一切都是顾秋水给她的,她能不爱顾秋水吗?这样的日子,怎能不是叶莲子一生回味无穷的日子?以后,再好的日子也似乎好不过这时。

叶莲子也从未因顾秋水日后对她的酷虐,否认她曾经的幸福。

在这一点上,吴为就没有叶莲子的大气——到底叶莲子与她母亲墨荷那个家族的血缘关系,比吴为更为密切。

一个过于专一的人,久而久之就会向反面转化。人们不再感念专一是种优秀品质,优秀反倒成了一种压迫。

果不其然,顾秋水渐渐看出与叶莲子生活的不能随意。

好比那天他们去郊游,在有山有水的地方待一会儿,又沿着山路向上回旋。暮春天气,空气里有种又热又甜又暧昧的气味,起伏在山冈上的杜鹃花,袒胸露怀地盛开着。裹在宝蓝色薄绒旗袍里的叶莲子,穿行在林的暗影里。

啁啾鸟鸣变得像是暗语,有一声没一声地让人禁不住想想这个又想想那个。顾秋水挨近叶莲子,伸出手臂搂住她的腰,叶莲子的眼睛立刻瞪成两个大问号。

顾秋水凑近她的耳朵,笑嘻嘻地轻声问道:"昨天晚上好吗?"

叶莲子认真想了想,然后"嗯"了一声。但并不是人们通常表示肯定的第四声,而是一个驴唇不对马嘴的第一声。可以理解为一个问号,也可以理解为对床很宽大、被褥很软和、床单很干净、枕头高矮很合适的肯定……总而言之,与顾秋水想要听到的肯定不是一回事。

男欢女爱是需要激发、激活和刺激的。可不论顾秋水说什么,叶莲子就是一个"好"字。要是因为她幼年就被推出生活并被人遗忘,而且一忘二十多年地活到现在,没有看过男欢女爱这本书倒也不甚奇怪,奇怪的是她自己从来没有打开这本书的欲望。一个没有欲望、没有要求的女人,实在太乏味,太不能为男人制造一些点缀了——当然,要求太多太高也不行。

每次回到家里,迎接他的永远是千篇一律的"回来啦?"这样的话等于没说,或比没说更让人觉得没劲。

要是带她出去吃馆子、看戏,酒喝得正好,戏唱得正热闹,她突然就会问:"几点了?"

"九点了。"

"哎哟,都九点了。"好像她有什么要紧事,非得在九点之前办妥不可,否则就耽误了。

过不了一会儿又问:"几点了?"

"九点二十。"

"哎哟,都九点二十了。"一副对时间痛惜得不得了的样子。

"有什么事吗?"开始顾秋水还问一问。

"没,没有。"

果真没有就别再问钟点了吧。《苏三起解》刚唱到"三堂会审"

她又问了："几点了?"

弄得他酒也喝不痛快,戏也看不安生,只好回家了事。

回家干什么? 对着干坐。

如果说起过去,刚被胡作非为、寻欢作乐的往事激发起来,她会突然来一句:"季大爷说明天要买鸡。"或是"今天的鱼咸不咸?"

和她调情呢,也接不上茬儿。好比顾秋水说:"上哪儿串门儿去了? 你也不惦记我,我还等你吃饭呢。要不是看你漂亮就打你一顿了,可我舍不得打你。"

叶莲子听了也就是笑笑而已。虽说女人有张好脸就行,其他方面可有可无,可也不能"无"到这种地步!

给她介绍一些同僚的太太,让她出去打打麻将,去了一两次就不再去。

她们不是没有训练过叶莲子,今日教了"对对和",她就只管碰下去,三个"一万"、三个"红中"、三个"白板"……明日教她一个"一条龙",她就忘了"对对和",只会一、二、三,六、七、八,二、三、四地吃下去……

打完牌总会去小吃,豪爽的于连长太太付了账,叶莲子就非要还回自己的那份儿不可。

叶莲子从不惹是生非,但常常让人感到不自在。她让人感到不自在,并不是因为她做了什么,而是用她的不做什么去打搅别人做的什么。好比这一碗汤圆、一块米糕,值几个铜板? 吃的就是随意和太太们的小亲小热。

要么你来做东,要么受之坦然,偏偏叶莲子要还她那几个铜板,把小亲小热的气氛弄得像锅夹生饭。

于太太万事如意,如意惯了,就见不得让她觉得不自在的东西。这东西不管是物或是人,她就要调教调教。于是于太太忍不住要对不但败了她的兴,也败了大家兴的叶莲子来点什么:"这几个小钱儿也值得这么推来推去?非得还钱才叫还账?你回头再请我一次不就得了。好吧,好吧,我收下了,可别为这俩小钱儿闹得你几宿睡不着觉。"

一时间大家停止了说笑,闷头不响地吃了起来。

叶莲子既不管自己是不是犯了太太俱乐部的规则,也不在意于太太说了些什么。她看了看牌价,还是如数把那几个铜板放在了桌上。

第 三 章

一

五十年代初,顾秋水终于结束了自一九三五年底而始的清客生涯,有了一份正式工作。以为上无片瓦下无寸地、一穷二白的自己,如翻身解放的贫农(连下中农都划不上),理所当然是新社会的一名主人。说到他们那个党在抗日、解放战争中的贡献,无论如何也算有功之臣,他作为其中坚,新社会自然有他一份;又以为自己总算到过延安,就有了一点模模糊糊的政治资本……岂不知"曾经"是靠不住的,同路人的位置有待进一步认识,有关贫农之说也驴唇马嘴对不上茬儿,更忘记他在延安时就入了另册,面对非黑即白,又如何解释他那五色斑斓的历史?……

所以没有被打成右派之前,顾秋水不但精神昂扬、衣着光鲜,完全没有夹着尾巴做人的政治觉悟,甚至还不识时务地扩散着一股以当时标准来看很浓也很腐败的膻气,整个儿一个"旧社会"——

好比脚上那双三接头、棕白双色的镂花皮鞋;

还有那与"老区"习俗背道而驰的臭讲究,将衬衣下摆束在裤内,而不是散在裤外;

一身"美帝"军服或一身英式休闲装,都是从拍卖行或地摊上廉价买来的。彼时北京隆福寺满是拍卖这种货色的摊位,昔日富贵人家开始靠搜罗家底,变卖各种百无一用或价值连城的用品度日。后来国门开放,才知道那就是国外说的"跳蚤市场";

头上抹着发蜡,且抹得很厚。正像"老区"乍到"新区"人所调侃的:"就是苍蝇拄着拐棍儿上去也得打滑!"非常的贴切、形象;

或挎着女人的膀子(五十年代初,北京还残留着没有得到彻底改造、让男人挎着膀子的女人),摇头晃脑地招摇过市——其实顾秋水并不摇头晃脑,却总给人以摇头晃脑的印象;

以他当年在延安受到很多女人向往的资历,甚至不自量力地追求过一位貌美体丰、从解放区来的年轻"老干部"。他忘记了一九三九年的延安,不但是"团结一切可以团结的力量",甚至相当委曲求全。而一九四九年以后又是什么年代?! 结果可想而知,没有把他打成坏分子就算他运气……

那么远在一一二师供职时,就让张学良的少将政治部主任应得田看不惯的那种夸夸其谈、乱指点江山的毛病呢? 也没有得到丝毫的改观。

在一九五七年的反右运动中,几十万没说什么的人都被打成了右派,像他这种夸夸其谈、乱指点江山的人被打成右派,不是该着又是什么!

顾秋水从不具备胡秉宸那样的远大目光和即便一个针眼儿那么大的窟窿也不会忘记填堵的缜密作风。

他是白白去了一趟延安,而且费尽周折。姑且不谈这段不凡经历的实际效益,至少可以总结出一番安身立命的经验教训,在尔后变幻莫测、跌宕起伏的生涯中,那将是多大一笔无可估量的精神财富,说是政治财富也无不可。

总而言之,他把本该留在一九四九年那个门槛之外的东西,一一带过了门槛。

这在当时饱涨的革命氛围中，非常地异己、腐败。而且，试想，一个如此散发着"旧社会"膻气的人，在周遭的革命气氛并以效仿革命气氛为荣的人群中，更是多么的丑陋、荒唐、滑稽、可笑。

顾秋水自己却不以为然，不但感觉不到这种"腐败"，尤其是"异己"，于他是多么危险，反倒自以为"鹤立鸡群"，感觉良好。

差不多五十年后，也就是二十世纪末，顾秋水浑身散发着的这种很浓也很腐败的膻味，才在中国重新发扬光大。不论"美帝"旧式新式军服或休闲装或西服革履，还是发蜡或三接头或描眉画眼等等，又成为时尚男女的必修课；男女们不但可以在公众场合勾肩搭背，甚至可以耻骨抵耻骨地"桑巴"……对"旧味儿"的临摹如能达到以假乱真的地步，更是"段数"极高的时尚。

而世家出身、一直以"英国品位"修理自己的胡秉宸却跟不上形势了。他的"英国品位"如流水经年拍击的岸，渐渐模糊了早年清晰的边缘，与他所有的失落汇总为惨痛而又远非惨痛的恨意。这也许就是他晚年每每看到凭空乍富的新贵总是嗤之以鼻的原因吧？

至于五十年代相当"腐败""异己"，散发着"旧社会"的膻气，让人很不受用的顾秋水，到了二十世纪末，看上去已经像是一个经营不善的乡镇企业家了。

顾秋水不解：世道怎么转了一个圈儿又回来了？最后悟出，人这一生差的其实就是那么一个"点儿"——赶在那个"点儿"上，就是顺风顺水；赶不在那个"点儿"上，就是船毁人亡。

东单西北角的拐弯处曾有一个跳舞场，三十年代是北平有产阶级一个消闲的去处，一九四九年以后改为青年电影院。二十世纪末，一个财大气粗的港商又在那里掘地三丈，一座"蔬菜大棚"更是在昔日东单跳舞场的旧址上腾空而起。那块划着多少红男绿女心痕的地界，也就被埋葬在"蔬菜大棚"之下。

五十年代初期还很光鲜的顾秋水，时而经过青年电影院，也就是当年的东单跳舞场，常会驻足而思。这里正是他和包天剑奔赴革命圣地延安的始点，也会想起那个风流倜傥、与包天剑经常出入此地，后来又牺牲在渣滓洞的王副军长，还有解放初期死于贫病交加的包天剑。然后发一通"光阴啊，光阴"的感慨，依依不舍地离去。同时不自量地思忖着自己与包天剑的不同，以为天下从此太平，他也就此过着不错的日子。好像共产党的天下也是他的天下，至少在如此阔大的地面上，无论如何会有一小块地方，足以放下他那两只尺寸不大的脚。

像很多人一样，他高兴得太早了。那不过是个"间歇"，就像一个乐句后面的休止符、地头上的那顿晌午饭、老虎打的那个盹。

一九三五年包天剑自东北军退隐后，虽把时光消磨在了麻将桌或跳舞场上，但并不等于他没有企盼过一条出路。

当然他也不会像进取之人或绝对没有出路的人那样，去积极地寻找出路。包家在东北的不动产虽然丧失殆尽，但至少在一段时间内，还能像荣国府那样"饿死的骆驼比马大"。

不要指望一个有饭吃，哪怕暂时还有饭吃而又没有进取理想的人，像一个有进取理想或绝对没有饭吃的人那样，对这个世界的不公正，对"平分秋色"，对一个合理的未来有那么多期待。

马克思主义之所以能在二十世纪初一呼百应、所向披靡，正是因为二十世纪初没饭吃的人太多，有饭吃的人太少。如果等到下一个世纪，当资产阶级终于懂得了那个道理——大家都得有口饭吃,而且还得是不错的一口饭,自己才有更多赚头的时候,马克思主义也许只须作为一个学派,在大学的哲学或经济学课堂上被学者们探讨、争论一番。这可能就是共运从来不把希望寄托、扎根在那些有饭吃的人身上的缘故。

包天剑出生在一个戎马倥偬的家庭,从小看的就是打仗、杀人、流血……甚至从小耍的玩具都是长长短短的枪,即便亲朋之间,哪句话不对付也能马上拔枪相向,自出生起,只好别无选择,终生从事打仗这个职业,除此他还会干什么? 既然什么也不会干,从东北军退隐下来只好打麻将、跳舞或是打网球了,虽然哪样也没玩到家。也不必到家,到家总是辛苦的,浅尝辄止最好。

一年多来,王副军长没有白白陪着包天剑于国难当头之际,夜夜笙歌、纸醉金迷地泡在东单跳舞场或麻将牌桌上。

温良敦厚的王副军长只是在等待时机。

世界上什么东西最有耐心? 狩猎中的猫或猫科动物。

猫科动物的生理特征是不受黑夜限制的双眼辨别力,惊人的速度,充满警觉、敌意以及对家庭的忠诚。

除此,恐怕只有二十世纪初的革命党人,在完成上级交付的任务时才能与之相比。

但时机总是不太成熟。

一九三七年“入伏”前的北平却比“惊蛰”还有看头,不但龙又抬了一次头,大虫小虫也随着又“咕容”了一次。

前线吃紧,上档次的饭馆生意反倒兴旺起来。在局外人看来,那些饭局子似乎全都乱了章法,人员组合十三不靠,内里却是锦绣文章。

那天,久已无人问津的包天剑,突然收到一个饭局的帖子。自九一八事变后这样的帖子越来越少,至七七事变前几乎绝迹,所以他接到那个帖子时有点激动。

但这次出行,却让包天剑非常败兴。

饭局上,意外见到那位被宋哲元将军免职、久未露面的亲日人物,更没想到此公"人气"飙升到炙手可热的地步,随后席上有人风言风语此公可能重新出山。包天剑心里一惊——还没正式交手,北平就已落入日本人的掌握之中!

随后又发现,那几尺饭桌,简直就是一九三七年春夏之交的华北战场。

他一面猜想是不是有人写错了帖子,怎么请他出席这样一个饭局,一面不声不响地看着那些各怀心思、忙不迭地重新排队、急于向准新贵争取"印象分"的人们。

还不无酸楚地想到,眼下各路"豪杰",论势力、财富、地盘、武器、强弱,哪个是东北军的对手?可自东北军失去自己的地盘后,这些虾兵蟹将就只拿眼角来夹他们了。

这些从不入眼的虾兵蟹将,如今好歹还待在自己的地盘上,还有个关起门来掖掖藏藏不受他人监视的暗处。他呢?

没人向他劝酒,也没人向他敬酒,他自斟自酌地坐在那里喝了一会儿闷酒,忽然想何苦在此受人冷落?遂带着旋风呼地站了起来,没和谁打招呼就离席了。

没人发现他的离开,即便有人发现可能还会这样想:走了就走了,难道还让人像从前那样供着不成,早不是过去的日子啦!

出得门来,司机董贵忙跑过来,说:"哟,这么会儿工夫就吃完了?"

他说:"回家。"

虽是坐在自家的汽车上,可他老是觉得像只丧家犬在当街跑来跑去。

北平还没沦陷呢,他就先成了"亡国奴"。

日本人很快到了卢沟桥,包天剑也到了必须做出抉择的时刻。

他不可能留在北平当亡国奴。他就是想当亡国奴,到了如今还有什么可以奉献给日本人作为交换的条件?不说买一个地位,就是买一个平安也难。

在一场"最后的探戈"之后,王副军长适时透露,时局虽然险恶,但也不是没有出路,共产党早就有意帮助东北军打回老家去,作为包天剑的莫逆,他愿为此竭尽全力。

九一八事变后,不论日本人怎样逼迫,东北军的"家长"之一——尊崇忠孝节义的包老太爷,也不肯出来当汉奸,只好率领着包氏家族过起家大业大坐吃山空的日子。

抗战胜利后他们的生活更是无法维持下去,几乎到了讨乞的地步。包老太爷最后宁肯自杀身亡,也不能看着号称"东北王"的包家沿街讨饭、丢人现眼,这是后话。

何况包氏家族是爱国的,东北军中那些优秀的男儿更是爱国的。

最跟着瞎起劲的是穷光蛋顾秋水。打回东北于他有什么好处?除了因人成事,只缘他比包天剑多接受了那么一点进步思想。

在东北大学任军训教官期间,顾秋水有了接触学生的机会,从学生那里开始了对革命的初级理解,也不过就是看了几本《铁流》《恰巴耶夫》之类的小说。时尚是大部分人的不懈追求,谁又能说革命不是一种时尚?那么走向革命的准备不必非常充分,一本进步小说足矣,甚至一句精彩的话。人类历来喜欢格言、警句、座右铭,也不断致力于格言、警句、座右铭的制造,以便挂着格言、警句、座右铭的拐棍,下定决心,不怕牺牲,在各种攀登上排除万难,争取胜利。如此说来,读过若干进步小说的顾秋水,应该算是准备充分,又因为喜欢夸夸其谈、现蒦现卖,很多人竟以为他是共产党了。

二

无论如何,包天剑和顾秋水在北平沦陷之前能够投奔共产党,应该算是有办法、有出路的人,而且还是个光明的去处。

那些既没钱逃离,又无缘结识可能引导他们走向光明的"王副军长"的平头百姓,只好留在敌占区当亡国奴,不但随时可能被日本人杀头,更想不到日后还要为在沦陷的北平有过一份餬口的职业,比如小学教师、小报记者、茶房等等,与那些确在日伪时期有过勾当的人,一锅煮地交代在日伪统治时期的"勾当"。

即便无由纠缠于"勾当"之说,也得归类在"留用人员"一栏,永远以待"控制使用"。"控制使用",裁决了他们最终的前程,不论日后他们如何努力,也不可能改变这种状况。

多少人发出过"吾生亦早"的悔恨。"生不逢时"使他们不得不生长于旧社会,不得不赶上抗日战争,不得不留在北平当亡国奴,不得不为餬口在敌伪统治下有过一份职业……

顾秋水的房东,卖小线的杨大哥,就不得不这样留在了北平,日后他追求进步的儿子为此多年没能入党。杨大哥的儿子问道:为什么那些大地主、大资本家出身的人都能成为党的领导,我爹只有几间房,我入个党都不行?

问谁呢?

　　包天剑一行很快到达太原，经地下党联络，会见了彼时在太原指导工作的周恩来。

　　周恩来对他们说："东北军和八路军血肉相连。西安事变后蒋介石把东北军整垮了，我们有义务帮助你们重新组建一支新型东北军打回老家去，新东北军将是共产党领导下的抗日军队。"

　　这番话，像一指头点在了东北军的命穴上，对失去家园、地盘的东北军，简直具有起死回生的作用，它所引起的爆发力是可以想象的。

　　但是包天剑也好，他最得力的清客顾秋水也好，完全忽略了周恩来说的是"新东北军"。

　　那个"新"字，不但不会为"东北王"和他们的家族收复失去的天堂，还将进一步摧毁他们的天堂。

　　"新东北军"将不再是哪个家族的旧军队，而是共产党领导下的"新式"军队，为劳苦大众解放而战斗的军队。

　　尔后他们遭际的一切，所谓共产党"出尔反尔，反复无常"，完全可以归结为他们对这个"新"字没有吃透。

　　难道日后牺牲在渣滓洞的王副军长，事先没有对他们宣讲过共产党的基本纲领？

　　即便王副军长对他们宣讲过共产党的基本纲领，对一只"丧家犬"来说，恐怕也只有往这条路上遛遛再说。

　　一只"丧家犬"在哪儿不是遛？有谁见过一条有谋有算、有目的的"丧家犬"？如果还能有目的地谋划什么，还叫什么"丧家犬"？有人能够收留就是机会难得，还能得寸进尺地谈什么"条件"？

　　直到几十年后，顾秋水在与胡秉宸那次唯一的交谈中还说："当初我们之所以投奔共产党，本想是依靠共产党的力量，恢复、保持一支独立的东北军……"

胡秉宸不耐烦地打断他:"根本不可能!除非你不把武器、钱财、弹药、人员交出去,只是在政治倾向上依靠共产党,并且还得待在他们鞭长莫及的地方,否则绝对会被共产党分化、瓦解、吃掉。如此凭空飞来的一块肉,掉在谁嘴里谁不把它吃掉?而且为什么不把它吃掉?"

胡秉宸一口一个"他们",好像他不是一个"老共";好像几十年前他在地下工作时期不曾同样如此分化、瓦解、使用、吃掉过其他方面的力量。

比较起来,毛泽东就显得坦荡不讳,对那些同路人先后宣布过"团结、利用、改造"的原则,随着时局变化进而为"限制、利用、改造"的政策,至于那些不曾或不肯吃透政策的人,勿谓言之不预。

随后他们向周恩来提出了几项要求:一、扩充兵源;二、与八路军同样着装、同样待遇,战士每月军饷一块;三、对收编部队进行培训并派指导员。各项要求都得到了周恩来的同意。从这几项要求来看,他们已经先把自己当作自己人了。

共产党与国民党彼时开始合作抗日,蒋介石将八路军升级为第十八集团军,朱德任总指挥,彭德怀任副总指挥,三个师建制,贺龙、刘伯承、林彪各率其一。

周恩来当即决定成立第十八集团军第一游击纵队,包天剑为司令,原东北军某师师长为副司令,顾秋水为十八集团军第一游击纵队参谋长。

他们士气高昂地从太原出发,开赴晋东南长治一带八路军前方总指挥部报到,并准备在前方总指挥部的帮助下,具体落实周恩来的几点批示。

但他们还没到达长治就接到前方总指挥部命令,让他们前去河北邢台附近水川一带,收编溃军万福麟部。于是他们画在军事地图上的那个直行箭头就此拐了一个弯儿。这个弯儿对今后有什么影响，要在以后方见分晓。

日后包天剑回忆起这档子事，总是说："共产党究竟好意还是恶意，都很难说。"

在水川一带，他们收编了热河督办万福麟部武装齐备的七个连、千余溃军，而后将他们带至辽县刘伯承驻地进行整顿训练。刘伯承给他们发放了棉衣，包天剑个人又拿出三千余元，给他们发了军饷。

第一游击纵队虽然还是一个理论上的概念，包天剑却把那个理论上的第一游击纵队司令很当回事。

他认为第一游击纵队扩编不能完全靠在八路军身上，还应积极发挥主动精神。在他看来，搞好一支军队无非就是人员、银两和武器。从北平出发时不过带了一万块钱，收编万福麟部花费三千多，加上出发不久舍给某省溃军几千遣散费，一万块钱也折腾得差不多了。于是军事地图上的那个箭头，心血来潮继续偏移，留下纵队副司令，他带着顾秋水，到武汉筹集人员、银两和武器。

他一面在武汉招揽抗日干部，一面收罗东北军旧部，包括王副军长的营底，加上东北军一〇五师的帮助，还有他自己的全部营底，计有步枪三百支、轻重机枪十余挺、迫击炮四门、路易士机关枪六挺、几十万发步枪子弹、各式手枪四木箱（如六轮、八音）、一百多支马拐子（也就是二十响，枪管二尺多长的马枪），另有一百支二十发的捷克式自动步枪是包老太爷旧日从捷克购来的，连发手枪一百支乃包天剑手枪连所用……此外还得到东北救亡总会三千块钱和十多匹军马的资助。

正打算将这些人马、军械、银两运往晋东南前方总指挥部时，第一游击纵队副司令突然来到,告知蒋介石的四川军和他们收编的万福麟部火并起来,收编部队已被川军击溃,但具体情况不详。

第一游击纵队遭到的第一个犹大应该是这位副司令,其实蒋介石的四川军和收编部队在他离队后方才开火。

那本是乱世英雄称霸天下的时代,各路草莽大多来自农村,即便没有读过文学作品《水浒》,可宋江本就是他们当中走出的佼佼者,宋江被招安的"正果",更是草莽们的理想模式,一旦有了些许资本就要向当朝淘换个位置,这位副司令也不过如此。所谓狡兔三窟,左右逢源。

包天剑当即派顾秋水去前方了解情况,相机收容溃军,设法再将军队整编起来,并与刘伯承研究如何善后。

收编后的万福麟部本来就不巩固,此番更是乘机拉人上山当了土匪,本来就是溃军,什么干不出来?!

剩下的残兵败将和包天剑带去的一部分干部,被刘伯承收编归了八路军。

可是顾秋水刚到侯马就遇上前方大撤退,阎锡山一直退到黄河,那是华北全部抗日力量的大撤退。他长叹一声:华北完啦!

他只好折回汉口,包天剑经请示后取道西安,由西安八路军办事处林伯渠先生安排转赴延安。

这一笔势在必行,可又有那么点随意。

三

当顾秋水走出武汉八路军办事处时,与走进武汉八路军办事处的胡秉宸擦肩而过。

顾秋水怎能料到,半个多世纪后,他的女儿吴为,会与这个擦肩而过的人上演一场大戏,并在此人手里结束一生的求索。

胡秉宸到八路军办事处是有紧急情况汇报。

胡秉宸在校宣布投笔从戎之后,当即就有几个同学,包括胥德章,前来与他联络,希望大家结伴,一同奔赴抗日前线。

上海周边已为日军占领,他们扮作难民,搭乘尚未与日本宣战的英国船只先到南通,而后再到南京。

南京已是陷落前夕,党政机关都在撤退,只有一支广西军队与撤退人流方向相反,开往城内。那是一支非常奇怪的队伍,长而沉默、一身单衣短裤的士兵,没有一个背着枪。这些既要抗日而又没有一支枪的士兵,无视一旁背道而驰的撤退,相信蒋介石委员长马上就会发给他们一支士兵该有的枪和可以御寒的军装,并不知道蒋委员长早已逃离南京,他们将要赤手空拳保卫南京。

在溃散的人流中,胡秉宸一行碰到一位服务于国民党空军的同学,同学说恰好有列火车开往武汉,如果想走赶快跟上。

武汉当时是全国政治文化中心,抗日救亡运动轰轰烈烈。红军改编为八路军之后,中共在武汉成立了“八路军武汉办事处”,地点就在武汉日租界大石洋房四层楼内。

几个年轻人跟上就走,更有一位,激动之下当即追随空军同学参加了国民党空军。抗日战争结束时,国民党空军发生过一起轰动全国的事件,一架 B24 飞机起义到了延安,这位激动之下当即参加国民党空军的同学,便在那架 B24 上。可到延安几天他就变了卦,非要离开延安不可。那时的历史舞台才是百花齐放,无论多么离奇的脚本或角色间不可言喻的转换、背反,都有大显身手的机会。

一下火车,胡秉宸和胥德章说是要上厕所,请同行的田放在某根电线杆下等候。谁知那个古今中外百约不爽之地突然失灵,当胡秉宸和胥德章走出厕所时,电线杆下却没有了田放,不知道是他们记错了电线杆还是田放移位,总之找了很久也没有找到。

当然他们也没有过于焦急,反正大家已经到了武汉,相信总能相遇。

随后他们就提着简单的行囊来到一处广场。正值《大公报》一位著名记者在广场上演讲,胡秉宸和胥德章都拜读过这记者热情澎湃的文章,不待演讲完毕,一向不易冲动的胡秉宸却冲上前去,向他倾诉抗日决心并希望得到他的帮助。记者当即为他们写了一封介绍信给周恩来。

他们拿着这封信到了武汉八路军办事处。接待他们的人是一位年轻、高大、英俊、地位很高的军人,答应尽快为他们安排去延安的事情。

等待去延安的日子里,有人告诉胡秉宸,田放目前在武汉一个无线电训练班当教员。真是"众里寻他千百度,那人却在灯火阑珊处"。

胡秉宸立刻去无线电训练班看望田放。

有了薪水的田放,请胡秉宸在武汉大智门附近的菜根香餐馆午餐。

田放不明白他们为什么会离散:"……我在那根电线杆下怎么等也等不来你们,又不敢离开,一直等到天黑,连我也内急起来,只好到厕所去方便。明知你们早就离开了厕所,还是在厕所里找了又找……只好先找小店住下,第二天又到火车站找你们,还是找不到。在报纸上看到这个为抗战培养报务人员的无线电训练班,心想只要抗日就行,不如先来应聘,一边干着一边继续寻找你们。"

胡秉宸问:"你具体的工作是什么呢?"

田放说:"为他们调试电台。"然后附在他耳边悄悄说道,"别听报纸上吹的那一套,这里名义上是无线电训练班,实际是个特务机关,复兴社的背景,头子是魏大铭。它的前身就是早先设在上海戈登路的那个野鸡学校⋯⋯前不久训练主任还打算奸污一个女学生,她不干,上吊死了。不少人开始外逃,有四个人逃了出去,又被魏大铭抓回来枪毙了,其中有两个可能你还认识,是咱们学校上两届的。我因为是技术上的主力,暂时是逃不出去了,不过我不会放弃寻找逃跑的机会。"

胡秉宸听了一惊,好险。

饭后,他们各自回到下榻的地方。可是胡秉宸没有闲着,而是马上赶到八路军办事处,把田放反映的情况汇报给负责接待他们的那位军人。

那位领导人说:"再去找找你那个同学,让他弄部电台给我们。"

依了胡秉宸的托付,田放果真给他弄了一部小电台。

田放和胡秉宸都是大学足球队的队员,田放是中卫,胡秉宸是前锋,二人在球场上一直配合默契。这部小电台,无疑又是田放给胡秉宸的一记妙传。

这对优秀组合并未到此结束。

当胡秉宸辗转到重庆从事地下工作时,在武汉一不小心掉进虎口狼穴的田放也调至重庆,成为国民党"军统"特务机关电讯系统的一名高级工程师,因为复兴社本就是"军统"的前身。

一九四〇年国民党第二次反共高潮前夕,十月前后,上级领导要求胡秉宸查清国民党"军统"机关设在重庆的电台位置、技术装备情况。

这项任务非常棘手,不深入"军统"去摸,根本不可能知道。

他只好去找田放。此时已是"军统"电讯系统高级工程师的田放,深受"军统"重用,对胡秉宸的背景也十分了然,他若产生卖友求荣的邪念……可这也是完成任务的唯一途径。

胡秉宸打探到田放的住处,又摸清了他的出入规律,趁他在家时闯了进去。

见到胡秉宸,田放欣喜而热情,看不出什么不祥的征兆。因为家里还有其他人在场不好多谈,胡秉宸说:"好久不见,咱们是不是找个地方好好叙叙?"

田放毫不犹豫地答应了。

那个晚上,胡秉宸还原旧时装,在镜子前踱来踱去,一一审视着自己的衬衣、领带、背心、西服、袜子、皮鞋,不禁发出一声墨痕断处的轻叹。是惋惜?是赞赏?是告别?是重逢?是"人面不知何处去,桃花依旧笑春风"?真是无以名状。

没想到,在大三元酒家与堂兄胡秉安狭路相逢。两个人毫不躲闪地注视着对方,可又并不趋前相认,并且谁也不为他们敌意的对视和沉默感到些许不安,就像一对剑客只能倒在剑下却不能躲避。

胡秉安仅仅扫了一眼,就扫出胡秉宸的狼狈。在他人看来,胡秉宸那套穿着可能中规中矩,可什么能逃过胡家人的眼睛?光线暗,看不出西服的领口袖口是否磨损,但显然已经泛色,而且式样过时;至于领带更是不伦不类。还有那些最能暴露穷酸的细节,好比那双皱皱巴巴裹在脚上的袜子……啊呀呀,真是惨不忍睹。不知胡秉宸从哪里凑来这套衣服装点门面,真是难为他了。已经调过头的胡秉安忍不住又回头看了看胡秉宸,无论如何还算仪表堂堂……这套软塌塌的旧西服居然能戳起来,还不是因为衣服里的那个人。这哪里是胡秉宸穿衣服?这是衣服穿胡秉宸啊!怪的是胡秉宸竟然把这些破烂穿得有滋有味,真是辱没胡家门庭。胡秉安不禁暗叹一声:唉,花架子,整个儿一个花架子!胡秉宸,不论你多么争胜好强,如今你不过是个地摊上的二手货了。

与胡秉安遭遇让胡秉宸想到了于工作的不利,他现在只好铤而走险,不论是公是私都不能走开。

二房的胡秉安可以说是胡家的败类。

开银行,假倒闭,将储户的钱全部黑吃,胡秉宸奶奶的钱还不是这样被他骗去?

沿海港口被日本人先后占领,与外商贸只剩下中缅公路这条通道,胡秉安又在中缅公路上大发国难财,从仰光将内地奇缺的通讯器械、西药、化妆品、高级衣料、玻璃丝袜等等,经昆明、贵阳运到重庆,一本万利脱手转卖。沿途私搭"黄鱼",兼带贩卖烟土……因为与龙云的秘书长勾结,还可以弄到官价外汇和贷款,加上军队押车,更是万无一失。

说不定今晚吃到的海鲜,就是胡秉安的公司从印度飞越驼峰运来的。

胡秉安那张脸是越来越俗了,瞧瞧,即便在晚餐桌上也舍不得褪下他那身猎装……

胡秉宸越发相信,一个人的面相、气度,绝对会随着不义之财的积累、蝇营狗苟的行为而变异。胡秉安,你就是在成色九十九的金水里打几个滚儿,也还是一个二道贩子啊!

当胡秉宸这样洁身自好地打量着胡秉安的时候,根本想不到几十年后,他会唆使芙蓉与胡秉安的儿子攀亲;让到香港访问的吴为,为他打探胡秉安儿女的下落,希望他们能邀请他到香港一游;

最后竟与胡秉安的后人在内地联手经营起房地产。

日本投降后胡秉安去了香港,靠开赛马场并在赛马上做手脚发了起来,成为香港黑社会的一个头子,逢年过节,香港的舞女、影星都来磕头。

女人要多少有多少,哪个都比表姐绿云出色,更不要说在美女排行榜上独占鳌头的老婆。胡秉安从来没有把胡秉宸对绿云的"入侵"当回事,也没有遗憾过与绿云的分手。女人嘛,好比与燕尾服一同配置的那副手套,虽说不可或缺,还不是说脱就脱,说戴上就戴上!

说到胡秉安的死,可以说是得其所哉。在最后那个生日宴会上,胡家在港所有成员前来祝贺,场面之大之盛,可说香港之最。他放开左拥的美女右拥的老婆,拿起刀子切开了生日蛋糕,放下切蛋糕的刀子就中风倒去,并且是舒舒服服地倒在沙发上,而不是仓促不堪地倒在地板上,姿态安详,衣衫平整,四肢松弛,口眼正位。

弥留之际,胡秉安既没有忏悔一生的罪过,也没有什么不舍和遗憾。

也许在那一瞬间,他想过胡家的历史,想过胡家上上下下的许多人,但不知想没想过他永远的对手——那个身体力行,将纵横上下几十年中国当代史思考了一辈子的胡秉宸。这个胡秉宸到了晚年不颐养天年,行腔照板曼唱"夕阳无限好",反倒孜孜以求著书立说,妄图对中国当代史作一番反思和总结,又因种种原因半途而废,故郁郁寡欢……

即便想到胡秉宸,恐怕也是作为最后一次较量,岂有他哉!在与胡秉宸的最后较量中,胡秉安认为自己至少打了个平手。只见他收剑的时候说:"这辈子享尽荣华富贵,真没白活。"

这是后话。

　　酒过三巡,胡秉宸抓住叙旧时机,暗示了田放在武汉送给共产党的那部小电台,多少有点似是而非的胁迫。

　　放下酒杯,田放无言地沉思起来。

　　方才还如早上八九点钟的向日葵,朝气蓬勃挺着脖子,即刻就如傍晚六至八点的向日葵,心灰意懒地耷拉了脑袋。

　　胡秉宸想:坏了!

　　沉默了好一会儿,田放才说:"小老弟,咱们自大学时代就兄弟般相处,在校足球队里我是中卫,你是前锋——一个少见的、几乎能把每一记妙传入球的主力锋线。因为你具备一个优秀前锋的素质:精神集中,严谨不苟,不言放弃,判断准确,临门冷静……同样,这种素质也适用你现在干的这个买卖。我是你球艺的忠实崇拜者,热爱你流畅简洁的盘带、鬼斧神工的过人、神来之笔的爆发、挟雷携电似的射门……可你刚才这么说话,是不是有点儿小瞧我了?

　　"几年不见你怎么变成这个样子? 如果不是因为你一下火车就上厕所而后咱们走散,你可能就和我一起进了这个魔窟,我也可能和你一起听了那位记者的演讲而后去了延安,这真是谁也掌握不了的命运……用不着这样和我说话,也用不着提武汉的事,就是武汉那档子事,当时我也可以不做,对不对?

　　"如果把武汉那回事比做一场足球赛,我不过又当了一次中卫,小电台就是为你中传的一个球。不必多说了,你我角色早已注定,我会再给你一记妙传,但不是因为你的威胁,而是共产党的确比国民党好,也是我这个中场对这场球赛的最后贡献,因为我很快就会逃离这个魔窟……"

　　胡秉宸什么话也说不出来,并非因为认识了自己的轻薄,而是无言以对。他想起田放不知多少次的妙传和他平实的球风,如果说文如其人,那么一个人在足球场上的表现也可以说是艺如其人了。

田放将"军统"电讯系统的情况毫无保留地告诉了胡秉宸,详细解释了"军统"侦测共产党的三个定向台:一个设在重庆,一个设在桂林,一个设在兰州,从这三个定向台的交叉点,可以测知中共指挥机关的活动地点和电讯联络情况,因为电讯系统的专业人员,只要一听无线电的发报手法就能区别敌我。

这的确是一记绝版妙传,田放提供的情况无人可以做到,任何人提供的只能是残缺不全的局部。

一九四〇年田放给胡秉宸的这记妙传以及他们这对优秀组合,对当时抗日战争以至后来解放战争的胜利究竟起了多大作用,那就无人可以知晓了。

不久之后田放果然逃往美国,又于一九五二年极其不易地冲破美国移民局的阻挠,重返解放后的新中国,在胡秉宸麾下当了一名电讯专家,并在一九五七年被划为右派。

划为右派的田放,想起对他深有了解的胡秉宸,以为胡秉宸总可以对那些不实之词做个否定的证明。可是当他走到胡秉宸的家门前,正要举手敲门的时候,不知怎么想起了他们当年在大三元酒家的这场谈话。他放下了举着的手,转身离去。

作为田放的直接领导,胡秉宸自然审批过本单位的右派名单,在田放的名字上也曾有过瞬间的犹豫,但他终于什么也没有做,放过了那张名单。

不能说胡秉宸恩将仇报不肯营救田放,作为一个"老共",胡秉宸考虑到,即便田放逃过右派这一劫,还有"军统"那段历史呢?即便他胡秉宸能为他说清楚,他人又怎能放过并认为他说得足够清楚?再者,谁让他们是老同学,老朋友!如果他们不是老同学、老朋友可能还好说一些。谁让田放命中注定是他的中传？这场足球赛又什么时候才能结束？

二十年后田放右派平反，当他们再见的时候，胡秉宸实实在在尝到了什么叫做"不屑一顾"的滋味。他们不但终止了优秀组合的关系，也从此断绝了一切尘缘。

根据田放提供的情况，胡秉宸又打通了几个有关的社会关系，便以胡宗南部工程师的身份为掩护，以购买同样机型看货为由，用了几个月时间，将"军统"设置在重庆的所有电台亲自跑了一遍。

这样危险的工作胡秉宸自然不能交给他人去办，而且这个艰巨的任务也只有他才能胜任。

正像恋爱初期他常对吴为说的那样："……和你一样，我也喜欢'献身'这个字眼儿，这是人类最可贵的精神之一。民意党人、十二月党人包括跟他们一起到西伯利亚去的妻子，还有那些辛亥革命的先驱，都应该说是献身的人。列宁把十二月党人说成是反动的、不科学的，很不公正。

"我有很多缺点，但决不逃避危险和困难，在过去那个历史条件下，我只能成为一个共产党员而不可能成为别的什么。如果在别的——比如现在这个历史条件下，我会成为一个什么样的人就不得而知了。"

当然也不排除胡秉宸对冒险的偏爱。冒险似乎是他的一种天性，在冒险中他感到其乐无穷。

当年他和吴为无处可以幽会，不得不在小胡同里窜来窜去，不管天气多热，还得像地下党时期那样，用一顶帽子半遮着面孔，以免被人认出。可也会出其不意，把吴为猛然拖进一栋正在修建的大楼，在一根根水泥柱子的中间，抱住吴为狂吻一通。特别在美术馆两扇没有观众的画屏中间以及楼梯拐角处来个突然袭击,速战速决地印上一吻。他觉得这比正常状态下的接吻更让女人迷醉。可是吴为却说:"不要以为你干得很好,人们会从画屏底下紧挨着的四条腿,立刻明白你在干什么。"

她总是这样大煞风景。

这些令他十分得意的小冒险,却让吴为委屈不已。难道他们只能在竖着一根根水泥柱子,满地是横七竖八的铁管子、碎砖头的工地上,偷偷摸摸谈情说爱吗?

胡秉宸甚至查看了"军统"设在嘉陵江南岸,与蒋介石的黄山别墅相距不远的一个重要侦测台。

陪同前去的小工程师战战兢兢地说:"那个地方非常机密,至今连美国人也没有进去过。"

胡秉宸说:"你看,我们买主当然要先看看样货才能购进是不是?再说胡宗南部也不是外人……"

侦测台里装备着八十台美制收报机,日收报能力为六千份,可是那些报务人员消极怠工,每天只收三千份也就算了,收到后即送往市内"军统"总部破译。

在那次卷毯似的调查中,胡秉宸还发现,上清寺去化龙桥方向沿嘉陵江左岸的岩石上,有一块极少被人光顾的平地,"军统"正是在那里设置了一个与敌伪挂钩的电台。为维护蒋介石"抗战领袖"的形象,即便在"军统"内部,那也是极少数人才知道的机密。任何与敌伪勾结的蛛丝马迹也不愿留给世人的蒋介石,无论如何也想不到,有个叫作胡秉宸的人,在一个叫作田放的"军统"帮助下,破获了这个绝顶机密。

其实胡秉宸早已超额完成组织交给的任务,完全可以心安理得地打道回府,可他还是决定一闯这个虎穴。

　　对胡秉宸来说,除共产党员的责任之外,输赢难卜的悬念也是魅力所在。

　　综观人间所有事物,都是冥冥中不知谁在操纵的游戏,结局往往出人意料,胜败由不得自己,也许该输的却赢了,该赢的却输了。

　　当他完成任务并怀着庆幸心理走出那个电台时,却迎头碰上胡秉安和"军统"一个主管电讯工作的高级官员。因为电台的某一机件运行出了故障,卖主胡秉安自然得承担售后服务的责任。

　　那一瞬间,胡秉宸想,他输了这场游戏。

　　只有一件遗憾,就是他获得的这份情报就这样白白丢失了,连他本人怎样从地球上消失的地下党也未必知道,除此他连想也没有想过还有什么值得留恋的人或物,比如说白帆。

　　在这万古不灭的瞬间对峙中,胡秉宸的眼仁儿从黑色变为黄绿,又从黄绿变为铁灰,在这些颜色快速转换的同时,冷厉和狠断也同时注入他的双眼,他的灵魂也在此时缓缓升腾,最后凝炼为人之精华。

　　不论对女人或是对革命事业来说,一个崭新的、魅力无边、光芒四射的胡秉宸,就在这一瞬创造出来,那正是信仰之魂造就出的人中精品。

　　此后,积胡秉宸一生的修炼、一生的功力,也没能超过这一刻的幻化。

　　如果说过去的胡秉宸只能用一个"俊美"了结,那么这个与死亡面对面的遭遇战,就为他进补了凛然、毅然、决然,他的面貌甚至精神,也在这一刻从俊美蜕变为英俊、坚卓。

　　这正是后来有个叫作吴为的女人迷恋的根本。

没想到,永远的对手胡秉安,却让给他一步活棋。他走过来对胡秉宸说:"看过设备了? 希望没有什么大问题,现在我得先陪买主到现场看看,回头再听你的意见。"又转过身向"军统"那位主管电讯工作的官员介绍说:"这位是我的堂弟,电讯方面的专家,我把他请来看看,是想听听他的意见⋯⋯他看过之后我心里就有底了。"

胡秉宸就举起手来向"军统"敬了一个军礼。"军统"看了看简直像双胞胎那样难分彼此的胡秉安和胡秉宸,将信将疑,胡秉安怎么能把堂弟请到这样一个非同小可之地? 他知道胡秉安不过是个商人,商人并不知道这一处电台的真正用途,再说他也不能不相信与他有长期合作关系并给过他许多"好处"的胡秉安。最后想到,除了胡秉安,外人哪儿知道这一处诡秘之地? 胡秉宸不是胡秉安招来的又能是谁? 只好对胡秉宸来此察看设备的理由不再怀疑。

陪同胡秉宸前来的小工程师更是摸不着头脑,明知有误也明哲保身不肯多说,恨不得尽快了结这悬系一线的局面。

当他们走近并互相拍打着彼此膀子的时候,胡秉宸发现自己竟比不上胡秉安的那份从容。他不得不佩服胡秉安的应变能力,当然也就是不得不佩服胡家男儿的能力。可以说他们二人的表现都无愧于胡家男儿,除了胡家男儿,谁能将这个场面应对得如此大放异彩?

对这个逆转,胡秉宸并没有多少感激之情,更多的感觉是侥幸。

他怀着一份不愿、不得不、又不甘心接受胡秉安这份施舍的心情,离开了那个凶险之地。当他走出一道道封锁之后,心脏才异常剧烈地抽搐起来。

　　胡秉安为什么这样做？也许良心发现，想起了诈骗奶奶的那笔昧心钱，也许他们的血缘起了作用。

　　胡秉宸当然也想到了他们之间的骨血关系，可也就是想想而已，并不妨碍他日后坚挺、长驱直入胡秉安的未婚妻——表姐绿云那块未开垦的处女地。

　　说到义薄云天，胡秉宸莞尔一笑，他早就不是与胡家大院合辙合韵的那个胡秉宸了。

　　正如几十年后，当他的对手旨在直捣他的老巢，拿他的情人吴为开斩祭旗的时候，他不也是和一个叫作杜亚莉的女人在后方寻欢作乐，从没感到将吴为一人丢在前方有何不妥吗？并且一直珍藏着杜亚莉的情书以及非杜亚莉的那些情书，还时不时拿出来检点一番，就像一个将军检阅他的战绩。

　　吴为没有白帆侦察方面的训练和本领，如果她早就能够截获胡秉宸这些"赃物"，还会有那样的高风亮节，无怨无悔地在前方为他流血牺牲吗？

　　如果杜亚莉的成就高于吴为，胡秉宸最后的取舍究竟是谁？都很难说。

　　当胡秉宸动身西去的时候，武汉八路军办事处负责人也为胡秉宸写了一封举荐信。

　　胡秉宸带着著名记者和武汉八路军办事处负责人的举荐信，一路顺风地到达西安，并将两封信转呈周恩来。

　　人还没到延安，就为急需通讯设备的共产党贡献了一部小电台的胡秉宸，显然得到周恩来的另眼看待。当然，周恩来也顺便看到了胡秉宸身旁的胥德章，却没有留下更多的印象。

　　为此，胡秉宸奔赴延安前夕，周恩来又亲自为他写了一封介绍信。

这一封信，为胡秉宸日后的发展奠定了磐石般的基础。

不能不说胡秉宸一生吉星高照，天时、地利、人和，似乎都为他准备妥帖，为他做好铺垫而存在，而出现。让人不得不感叹上苍给他的那份厚爱。

有这几封信护航，胡秉宸本应有个繁花似锦的前程，可事情并不那么简单。

四

一九三九年以前去延安比较容易，到西安八路军办事处搭上一辆便车就可顺利到达；一九三九年之后，情况才有了变化。

当毛泽东跋涉二万五千里，终于在一九三五年到达延安并在那里安营扎寨时，绝对没有人会预见到那块丁点大的地方，在改写中国当代历史上的特殊意义，就连毛泽东自己当时也未必明了。

到达陕北的毛泽东只剩下八千多人，西路军主力也不过两万多，曾向山西运动寻求发展，被阎锡山击退；又令四方面军西征，去那无水无粮的宁夏建立根据地。指挥过四渡赤水的毛泽东命令西路军一会儿打到西一会儿打到东，一九三六年，徐向前终于西征失败，几被马家军全歼。

关于西路军的失败，多少年后徐向前说道：在西路军被打垮之前，我所收到的电报、命令，都是从中央毛泽东那里来的，从没收到过张国焘的命令。

蒋介石怎么也想不到，在这种情况下，毛泽东还能绝处逢生。

困守后方卧薪尝胆的毛泽东却因祸得福。

不论从背后袭击日本人或袭击国民党,都袭击得有声有色,并且在这种声东击西、神出鬼没的运动中,神出鬼没地发展壮大。

共产党与国民党合作抗日后,抗大学生几个星期就毕业一批,毕业一批送到前方一批,数量非常之多,势力扩充极快,有些做军队工作,有些做地方工作,敌后几乎都成了共产党的势力。此番更是不费一枪一弹就到了山西,阎锡山此时只好照单全收。

到了这时,国民党才看出些眉目。

一九三九年后,国民党就开始拦路扣人,再到延安就不那么容易了。

在国共两党联手对日的双打中,毛泽东提出游击战,避免和日本人硬拼,有人将此理解为心怀叵测是非常错误的。当时共产党只有几万人马,前方不过三个师,又没有多少武器装备,怎么打?一打就打光了。

八路军副总司令彭德怀,热血沸腾之际带着打了百团大战,为此挨了毛泽东的批,批他的百团大战暴露了共产党的实力。其实说是"百团",也未必就真是整整一百个团,但影响确实不小。

那么一九五九年彭大将军在庐山上的遭际也就不足为奇。可以说,命运早在此时就暗示了它的轨迹。

百团大战后,八路军再没有和日本人大规模交手,也没打过什么像样的战役,大部分是在敌后活动。在那些地区,军队给养、粮草、弹药和医药都很困难,作战是极其艰苦的,当然不能进行大规模的阵地战,只能伺机袭击,取得局部胜利,集小胜为大胜。以致几十年后,影视界刮起拍摄抗日大型战役题材之风时,却无从下手。

这虽让热爱战争题材的影视界人士无从着手,却为共产党日后夺取天下积蓄发展了力量。

也就难怪二十多年后,毛泽东他老人家在一九六四年七月十四日那一天对日本社会党领袖佐佐木更三说:若无日军大举侵华、八年抗战后的疲敝,中共便无法夺得政权。

该算是毛泽东式的幽默!

无独有偶,胡秉宸也曾说过蒋介石"攘外必先安内"这一方针也还是一盘棋,可是这盘棋没有下到底,没有安好内又去攘外了,结果败在共产党的手下——可以看作是胡秉宸对毛泽东老人家那份幽默的心领神会。

最终落荒而逃、苟安一隅的蒋介石,更残漏尽之夜,难免不追悔许多可能挽救党国命运的大政方针没有坚持到底。

很多时候,两强相遇拼的不尽是真理,恐怕还有谁敢把命"玩儿"到底的心理素质。

奔向延安的道路,是如此直白地揭示着人们常常挂在嘴上,实际上又不十分考虑的一种东西。汽车几乎没有停止过颠簸,乘人不备突然将人抛向车顶,脑袋理所当然地就撞在车篷上。幸亏有那个连接上下身的"轴承",也就是叫作腰的东西缓冲,当臀部落回原位时,不过被坚硬的车座猛挫一下,跟着全套内脏也就猛地往上一颠。可是热情高涨的人们一路连笑带唱,就连五音不全的胥德章也张着大嘴在唱,唱了《胜利进行曲》又唱《兄妹开荒》,唱完《兄妹开荒》又唱《延水谣》……歌声跟着臀部和全套内脏的上下挫动而挫动,却是阳光灿烂。

人们不知道看没看见清凉山或宝塔山就喊了起来:"看哪,看哪,那就是宝塔山! 山上还有宝塔嘛,那边肯定就是清凉山啦!"

胥德章用胳膊肘捅了捅胡秉宸，风华正茂的胡秉宸的确也想跟着热情热情，可他就是喊不出来。

熟悉历史的胡秉宸，只是沉默地观察着这个小城，像个点心盒子似的让人送来送去，一九三六年还是东北军驻地，后来说送就送给了毛泽东。

为什么有史以来它就是陕北的一个重镇？相传北汉降宋名将杨继业杨老令公就曾驻守于此，以抵抗北方契丹的进攻和威胁。

至于"座襟三山，一带延河"的宝塔。传说为一女子而建，《太平广记》有云："昔延州有妇女，白皙颇有姿貌，年可二十四五，孤行城市。年少之子，悉与之游，狎昵荐枕，一无所却。数年而殁，州人莫不悲惜，共醵丧具为之葬焉。"

按照《太平广记》的说法，这该是一个放荡纵淫的女人。可黄土高原却将她包容在自己博大的怀里，塬上的人又共同捐凑"丧具"安葬了她——不但安葬了她，还为她建起这座塔，祈愿她来世有所皈依。

到延安不久，胡秉宸就独自到延河对岸的宝塔山上走了一遭，塔内黑黝黝、空洞洞，连一行诡谲的文字也没有找到。

跟着他看见了一个口号："集中是目的，民主是手段"。

这个口号实在不值得大惊小怪，比这个口号更能说明一个政党性质的口号千千万万。可对胡秉宸来说，却是惊鸿一瞥，他突然觉得以前对共产党的了解都算不得了解，只有从这个口号开始，他才真正踏上了中国的共运之旅。

等到黄炎培先生访问延安时，听到毛泽东与黄炎培的那番对话，胡秉宸就更加迷惑不解。

黄炎培先生说：我生六十年，耳闻的不说，就亲眼所见，一人、一家、一团体、一地方及至一国,都不能跳出"其兴也勃焉,其亡也忽焉"这个周期率的支配。大凡初时聚精会神,没有一事不用心,没有一人不卖力。也许那时艰难困苦,只有万死中觅取一生。继而环境好转,精神也就渐渐放下,有的因历时长久惰性自然发作,并由少数演变为多数,到风气养成,虽下大力也无法扭转,且无法补救。也有的因区域一步步扩大,有些扩大是自然发展,有些则为功业欲驱使强求发展,到干部人才渐见竭蹶、难于应付,环境越加复杂起来之后,控制力不觉趋于单薄。一部历史,"政怠宦成"的有,"人亡政息"的有,"求荣取辱"的有,总之,没有能够跳出这个周期率的。中共诸君从过去到现在我是略略了解的了,就是要找出一条新路,跳出这个周期率。

毛泽东则回答说:我们已经找到了新路,就是民主。只有让人民来监督政府,政府才不敢松懈。只有人人起来负责,才不会人亡政息。

那么,民主到底是手段还是目的呢?

就像吴为入学那天,一进大学校门就看到"做党的驯服工具"那个口号一样,连身体都像块铁似的硬了起来,怎么也不能接受、说服自己是个"工具",怎么也不能将"人"的现实虚拟处理。

像胡秉宸和吴为这种执拗的人,某种思绪一旦开了头就会继续下去。

也就难怪,几十年后在"大革文化命"的那场运动中,谈起"睡在身边的赫鲁晓夫",两人一拍即合。

因为带着周恩来的介绍信,胡秉宸一到延安就品尝了革命的等级,住进了陕甘宁边区政府招待所,在那里等待分配工作。当时延安还很匮乏,除了伙食、勤务兵、婚嫁各方面的供应或限制,没有更多的、用以区别等级的标志,住进边区政府招待所,确是等级不低的待遇。

不但包天剑和顾秋水到延安后的际遇与他无法相提并论,就是胥德章以及那些投奔革命的青年到延安后的际遇,也很少能与胡秉宸相提并论。

在招待所,他迎头碰上一个平生从未见过的美人,一个来自四川的革命女青年。

他们一见钟情。也许无所事事,也许那女青年果然美若天仙,胡秉宸几乎在那场欲火里化为灰烬。

尽管日后回想起来,那场恋爱除了无法遏制的床上欲念,并没有给胡秉宸留下多少值得回味的地方。但想起不得不将爱人拱手相让的往事,还是耿耿于怀。

其实,他一直要求于女人的无非就是床上的游戏。那么对胡秉宸时而强调女人品位或情调的要求,不妨看作是主菜前面用以开胃的头菜。

再说事情一旦成为过去,当初清清楚楚的动机忽然就朦胧起来,这就是那些陈年旧事歧义越来越多的原因。

然而他们不能结婚。当时延安规定女人不限,男人结婚必得遵守"二五八团"的规格,缺一不可。

胡秉宸是一门也不门。

四川美人很快就和一个符合"二五八团"的长征干部结了婚。

等到延安成立女子大学和自然科学院时,胡秉宸就对新成立的女子大学极为不恭地说道:"这一来'二五八团'们可就有了挑老婆的好去处。"

据说这位四川美人的长征干部从前方回来时给了毛泽东一张名片:少将旅长某某某。被毛泽东骂了一顿:到我这里说什么旅长！

胡秉宸听了一乐："二五八团"倒是"二五八团"了，就是脑子不够使唤！

延安所有活动都在组织的"组织"之下，可有一阵居然冒出一些民间活动，如马列学院办了一个可以自由撰稿，叫作《评论员》的墙报。还有一份青联出版的《延河轻骑》，对延安生活的弊端多有尖锐的评论。享誉几十年也受难几十年的《三八节有感》，就发表在《延河轻骑》上。

也许已然处于等级的享用中，胡秉宸对那些民办刊物兴趣不大，他感兴趣的只是那些报刊对"延安婚姻"的批评。大批知识女青年的到来，先是引爆了离婚地雷战，一些老干部的婚姻就像蹚上了地雷阵，东炸一声西炸一声，纷纷与陕北老婆或红军老婆离婚，之后又立即展开迎娶女学生的闪击战。那些女学生也如胡秉宸的四川情人一样，纷纷抛弃没有地位、权力的男朋友，嫁给了有权有地位的高级干部。

于是有人对胡秉宸说："要是知道延安也有这样的事，我根本就不来了。"

胡秉宸听后却没向上汇报。

还有那个很有学识、留学德国的朋友，因在上海地下党工作时曾被"中统"逮捕，如《四郎探母》那出戏里的杨延辉一样，用了一个假名，假降，方才出狱。

当然他也可以像后来的小说或电影里写的、演的那样，等待党的营救，再不就通过狱中内线，将消息传送出去，静候党的指示等等。可是党并不知道他被逮捕，他也不知道谁是狱中的内线……

到了延安之后自然受到批判。又因性格过于耿直得罪不少人,始终不甚得意。

如果你的朋友不甚得意,总应该去看望一下,这也是古已有之的规矩。胡秉宸那时还不懂得一旦什么人不再得意,即便亲爹也要脱钩,最好是落井下石。这次看望,让胡秉宸挨了好长一段时间"整"。古已有之的规矩从那时起,就已成为作不了数的老皇历。

引子却是他用老曲子开了个玩笑,他嘻嘻哈哈地唱道:"黄河之滨,冻死了一群中华民族倒霉的子孙……马马虎虎、吊儿郎当是我们的作风……"被人汇了报。

这和原版的歌词"黄河之滨,集合着一群中华民族优秀的子孙……团结、紧张、严肃、活泼,我们的作风……"不但相距遥远,简直就是背道而驰。

背道而驰是什么?是反动。

胡秉宸不服地遍查延安文字,觉得很多都是有章可查的旧瓶新酒。怎么到了他这里连玩笑都不行?

他惊讶区区小事,也能做出这样大的文章,然后开了窍。"汇报"实在是需要学习的重要科目。但他并不懊悔不曾早日得到高人的指点,这种事只能靠自学成才,不能指望他人传授。

胡秉宸又总结出,挨"整"一般都是从这种不起眼儿的小事开始。你以为不过如此的时候,枪子儿可能已经为你准备好了。

如同顾秋水和包天剑将军到了延安,最先遭遇、最不能忍受的就是"汇报"一样。"连咳嗽一声都有人汇报!"顾秋水如是说。后来他们又从延安返回花花世界,不能说与此毫无干系。

　…………

等等等等,如此如此。到了后来,即便胡秉宸有周恩来那封介绍信护航,头上的光环也渐渐失色。理工科的学生胡秉宸自然明白,世上没有永动机。

到达延安后,胡秉宸和胥德章很快就进入了第一期陕北公学高级班,班上只有十几个学员,大多是大学生,还有留学生。

让胡秉宸感到又一个不适的是没有换洗的衣服,更谈不上洗澡,上课时看看周围那些记笔记的手,又黑又皱又脏,厚厚的泥垢结在手上,就像鱼鳞。他那双有点女相的手,更是惨不忍睹。

讲课的教员多半到苏联留过学,教员凯丰就是其中之一,又是"二十八个半"中的一员干将,回到延安仍然高举坚决维护王明反对毛泽东的旗帜。有次胡秉宸和同学在窑洞前议论凯丰课讲得不好,正巧被他听见。

教员们上课骑马而来,夹着五六本摞在一起半尺多厚的精装硬壳书,张嘴就是列宁怎么说——"请大家翻到《列宁全集》第×页",接着又是马克思怎么说——"请大家翻到《马克思选集》第×页"……

胡秉宸听得不耐就提问:"如果电车算先进事物可是群众非要砸,共产党员应该采取什么态度?"

教员反问胡秉宸:"你说应该采取什么态度?"

他回答说:"我认为应支持群众。"全班同学大笑,很多人认为这个问题非常幼稚。

不知他这个回答是不是受了恩格斯的影响?恩格斯本不同意"巴黎公社"起义,因为各方条件并不成熟,但当工人行动起来后,也就积极参与并支持了他们的行动。

吴玉章当时正在给学生讲群众运动,可是他也没有对胡秉宸的问题做出回答,只是笑笑而已。

然而胡秉宸的工作极其认真负责。如日本飞机空袭，他总是跑到山上打钟报警；没人干的事不分技术还是苦力，都是他的活儿；除了白天干活，晚上还常常装配军用电台，或校验机器，或查哨，或给新战士上课到深夜。

但这并不能说明什么。胡秉宸即便不到延安参加革命，不论干什么，都会是一个出类拔萃的人物，即便让他去跳芭蕾舞，相信也不会逊色于顶尖的芭蕾皇帝布拉施尼可夫。

所以他到延安不到六个月就入了党。与胡秉宸同时到达延安的胥德章就没有这样幸运。他不大服气地对胡秉宸说："我在大学的时候比你进步，还是地下学联代表；你那时候什么也不参加，算是落后青年，怎么反倒比我先入党？"

对胥德章的疑惑，胡秉宸未置一词。

在学校时胥德章确实比胡秉宸进步，可是和地下党并无直接关系。而且胡秉宸估计这与胥德章初到延安、在填写那许多不得不填写的表格时，下笔千言、离题万里有关。他不仅填写了自己担任地下学联代表之前参加过复兴社，也将父亲的头衔无一遗漏地举列，先是国民党的一个什么部长，后来又当了汪精卫的一个什么部长。幸亏表格上的栏目太小，不然连父亲几岁断奶、几岁遗精都得一一填写上去。

那时候他们谁也不懂得不必要的话少说或不说在日后的意义，以为事情一旦说清楚，也就完结。

该着胡秉宸不能平庸，他的再一次机遇来自通讯系统一个姓朱的副局长，这个副局长在老婆探望之后突然逃跑。胡秉宸震惊于一位堪称革命楷模的老八路怎么会叛离革命，他甚至能设想自己逃跑，也不能设想朱局长逃跑。胡秉宸还感到异常愤怒，因为整个八路军内部通讯情况都在这个副局长的肚子里装着,他的出逃造成的损失可想而知。胡秉宸当即给上级领导写了一份报告,高瞻远瞩地提出需要培养自己的技术力量。

胡秉宸的建议得到了领导的重视,并让他从此担负起通讯系统的一个重要职务。

延安的工农干部极多,难免有人对知识分子"看不惯""不放心"。胥德章恰巧碰上这么一位,这个领导总是意味深长地对他说:"你应该到外面锻炼锻炼。"

于是懂技术的名牌大学的大学生胥德章,却不能留在人才匮乏的延安,最后跟着胡秉宸到了重庆。

不过谁又能说这不是胥德章的幸运?他要是留在延安,能熬得过一九四二年吗?

五

包天剑一行在东北军刘多荃军长帮助下,以东北军的名义向铁路部门申要了三节车皮,将全部军械从武汉运往西安。

人员及轻型武器留在西安,装有大型武器的三节车皮,开往东北军骑兵军军长何柱国的咸阳留守处,进入火车岔道,作为何柱国的军需物资封存车上,派有卫兵看守。

何柱国曾任张学良将军侍从官,张学良将军待他不薄,后来蒋介石许了他一个省长也就成了蒋介石的人。可是包天剑没有别的办法,非指望他不可,因为携带这些武器前往延安肯定会被国民党扣压,只能日后通过何柱国想方设法运到延安。

在西安八路军办事处得知,包天剑一行离开汉口次日,策动他们投奔共产党的王副军长即被蒋介石逮捕，后来牺牲在渣滓洞。

　　他们带着四箱手枪奔赴延安，行至距延安七八十公里的甘泉，由于路面翻浆，汽车不能行驶，只好徒步。四箱手枪存放甘泉八路军某连连部，留下顾秋水一人看守。半个月后路面情况有所好转，顾秋水才将这四箱手枪运至延安。

　　顾秋水到达延安时，包天剑和随行人员已入延安中国人民抗日军政大学学习。

　　那些用铁片窝的圆盘子，还有盘子里盛的干豆角、黄豆芽、炒辣椒，倒也难不住包天剑他们。

　　毕竟城里还有个小馆，小馆里卖有肉片烧豆角、鸡蛋炒饭，西红柿炒鸡蛋更是不错。

　　除了包天剑顾秋水一行，小馆很少有人问津，彼时大家都没钱，所以顾秋水常被抗大女同学拉去"打土豪"。兜里还有几个钱，又是第一游击纵队参谋长，看上去比土八路有些滋味的顾秋水，简直成了护花使者。女人们对他也都兴趣有加，不知是否因为少见或根本没有见过贵族，都把顾秋水叫贵族，怎知道这个贵族却是个假冒伪劣。但是除了浪漫成性的刘采云，没有哪个女人对他认真，假戏真做不过为了蹭个下小馆的机会而已，谈及婚嫁，自然还是"嫁汉要嫁司令员，轻裘、白马、勤务员"。

　　说起来实在令人汗颜，与那些真正为生计所迫不得不对男人巧笑倩兮的女人相比，一个肉片炒豆角或西红柿炒鸡蛋，就能让一些革命女青年对顾秋水这个军阀的乏走狗、老走狗不但秋波频送，甚至为嘴伤身。可这并不妨碍她们日后道貌岸然地斥责成了"包二奶"的女人或建立在金钱基础上的两性关系。

　　让包天剑沮丧的是不断发生在自己人中的灰色事件。

有个团长,抗大毕业后派往前线,只因为没有马骑,忍受不了徒步行军之苦,没到前线半路上就跑了。

与顾秋水同在抗大学习的一个团长,受不了三五九旅南泥湾式的开荒劳动,走了。随后两个营长也跟着溜了。

说是受不了筋骨之苦,其实是看不到前途。所谓前途,就是共产党将来能给他一个什么官职。猜不透,更等不及。

最让他们不能适应的是"连咳嗽一声都有人汇报"。如果包天剑和顾秋水想说点什么,就得趁到城里下小馆的路上解决。就连对小馆里的堂倌都不能掉以轻心,谁知道是不是共产党的探子?

…………

一期期学员转眼就从抗大毕业,学员们从抗大毕业后就要上前线,上前线就得带武器——取回存放在咸阳的大型武器,便提到日程上来。

派谁去?其他人没有那些可以利用的社会关系,学生出身的又干不了,只好派顾秋水。

于是顾秋水不得不到偏关,请求驻守那里的何柱国,以向偏关运送物资为名,从咸阳派出汽车,将包天剑留在咸阳的大型武器运往延安。因为向偏关运送物资必得经过延安,那些武器在延安卸下该是顺理成章。

出发时顾秋水根本不知道偏关在哪儿,什么手续也没有,只带了一个八路军臂章,就跟着做买卖的驴驮子,见村进村,见店住店,出延安往北奔榆林。驴驮子连地图都没有,也不知道路线,只能按大致方向前行,所幸顾秋水当过军人,尤其在夜晚,可以依靠星象不时校正前进的方向。

过榆林后顾秋水离开了驴驮子,独自一人在沙漠里走了两天,每天急行军一百八十里,伴随他的只有自己时现时隐的影子。

正是暑天,特别是太阳当空,连影子也缩进脚掌的时候,只剩下没完没了的干渴。放眼四顾,黄沙漫漫,哪里有水?他渴疯了,明知无望,却禁不住挖井那样在沙地上刨了起来。没刨多久就没了力气,十个手指也磨破了皮,体内最后那点水分似乎也在疯狂的刨挖中蒸发净尽……就在干渴得头顶冒烟的时候,他刨的那个坑里居然慢慢渗出些水来!顾秋水扑身在地,像一只饮水的牲口那样,一头扎进那个不大的沙坑,怀着对干渴的仇恨,舔吮着沙坑里的水。

不知道是真是幻,那掺着沙子的水,竟如琼浆玉液。

从理论上来说,坑里渗出的水应该清凉才是千真万确。不过他的幻觉也不为怪,那从沙漠深处渗出的水,能说不是沙漠弥足珍贵的精血?

顾秋水不但被干渴折磨得头上冒烟,也从此仇恨上干渴,并添出毫无节制饮水的不良习惯。但对他的沙漠孤行,却无怨无尤。

行至绥远一带,顾秋水看见了长城,或不如说是看见了长城隐约在沙漠中的残骸。

顾秋水有时相当多愁善感,不知读者是否还记得当年他爱恋叶莲子的时候,写给叶莲子的那首酸盐假醋的诗——憔悴扶病一登楼,放眼天南地北头。鹦鹉洲边芳草绿,江山无处可埋愁。

这样一个顾秋水,面对长城的残骸怎不兴叹?

自出世那天起,它可不就束手待毙,被这无定、无由、无来、无度、无骨的沙漠旷日持久地随意揉搓、折来折去……它的血肉早已被岁月和沙土吞食,剩下的不过是伟乎其大的脊梁。

谁能见到它死亡(又是如此窝囊)的过程?世人看到的只是那个被他们叫作"悲壮"的结局。

顾秋水突然对沙漠顶礼膜拜起来——有什么武器,能体现这样一种于无声处将不论多么伟大的生命蚀灭的阴鸷之力?

零落在沙漠中的墙砖如长城散落的遗骨,拂去墙砖上的封沙,砖上既没有烧铸窑匠的姓名,也没有契明来历、身份的文字。它们和那条隐约在沙漠中的脊梁骨一样,既没有得到过文人骚客的吟唱,更没有得到过显扬,连一茎细草的点缀也没有,就这样默默地,无怨无悔、枕戈待旦地守卫在遥远的边关,永远等待着一声再也等待不到的军令。

狂风骤起,沙漠的褶皱如波涛般地汹涌起来。失水的沙漠竟如暴雨,如海涛般地轰鸣着,呼天抢地地倾诉着对水的思恋,诅咒着水的悭吝。

暴躁的狂风终于息怒了,汹涌的沙漠之涛重又凝固起来,暴雨、海浪之声也渐渐消沉下去,本该奏出号角之声的沙漠,反倒十分不合衬地呜咽起来……

当比长城还伟大的太阳,最后也不得不坠入荒漠时,狼们开始了夜的咏叹。

它们就像听到了口令,嗥声四起,顾秋水陷入了狼群的包围。作为一个军人,他连一件贴身的武器都没带。延安的子弹是金贵的,每颗子弹都必须拿到前方去,他只好赤手空拳面对不知多少只隐在暗处的狼。他甚至无法确定将自己的后背朝向哪一方,哪一方似乎都是它们的眼睛,在暗夜中冥火似的流闪。但是包天剑的那些武器合该贡献给共产党,身负重任的顾秋水,才免于将自己的血肉之躯贡献给狼。

在一个没有星光的夜晚,顾秋水迷了路,荒原上甚至没有一盏灯火,何谈人家?

　　当地人都住在叫作"下沉窑"的窑洞里——在平地上挖个凹陷的方形大坑,再向四壁横掘出窑洞。窑洞冬暖夏凉,窑门上下有碗口大的风洞,四季敞开,空气对流。

　　进入那个大坑要经甬道,沿很长的槽形坡道下行,待豁然开朗之后才到达类似南方民居天井的院子当中。那片开阔之地做晒场轧碾之用,略有倾斜以利排水。塬上干旱少雨,如遇暴雨,雨水将顺着微微倾斜的地面和沟线,流入十几或是二十几米的渗水井中,积蓄起来,用以备旱,饮用水井另辟在门侧的窑洞中。

　　如此,夜行的顾秋水当然看不到灯火,找不到人家。直到他一脚踩空掉进沟里,摔到柴垛上,才听见狗叫,才找到人家。在窑洞里过了一夜,吃饱喝足之后,按照老百姓的指点才走到神木。

　　何柱国在神木有个后方办事处,这才打探到何柱国驻在那个叫作"左云右玉"的地方。"左云右玉"听起来何其美妙,这种本该留在天堂的地方,怎么会落入这荒凉所在!

　　听说顾秋水一天可以行军百多里,那个后方办事处又让他带了不少文件给何柱国。

　　顾秋水在何柱国那里住了一宿,当夜两人吃了一顿饭,喝了一瓶白兰地,指点了一番江山,回忆了东北军的当年……之后何柱国慨然应允将包天剑留在咸阳的大型武器运到延安,临行时何柱国又给了顾秋水五十块钱,说:"延安很困难,这点儿钱可以下下小馆儿。"

　　回到延安后,这笔钱很快就被人——特别是女人,"打土豪"吃光了。

　　他带着何柱国签发的如结婚证书那样大的一本护照,上面写有什么部、什么官衔、什么任务、往何处去……走上回程。在那个各种杂牌军的混杂地带,何柱国签发的这个护照非常有用。

回程容易多了,第二天顾秋水就到了八路军的一个联络站,这时又掏出八路军的臂章,对八路军联络站说自己是抗大学员,来此公干。联络站一个小伙子为他找来一头驴作为交通工具。顾秋水是马上高手却不会骑驴,刚骑上去就从驴背上出溜下来。牵驴的小伙子吓了一跳,不知摔了什么大官。

他骑着这头驴到了黄河,一过黄河就碰见某军团的汽车,打听到是回西安,就决定搭那辆车回去。不一会儿有个小军官上了汽车,一上车就把他往车下轰,问他:"你上哪儿去?"

他说:"西安。"

又问:"谁让你去的?"

顾秋水说:"军长。"小军官一听是军长,也就不再问长问短。他就这样连蒙带唬乘汽车回到了延安。紧赶慢赶,连抗大的毕业典礼也没赶上。已经毕业的学员,正翘首以待顾秋水弄回的武器上前线呢。

在延安女友刘采云眼中,顾秋水简直就是孤胆英雄。来回行程千余里,费时二十多天,经清涧、绥德、神木、渡黄河,过偏关,走长城,途经沙漠,时值炎暑,千难万苦找到何柱国,并得何柱国慨然应允,将武器从咸阳运到了延安。

可对顾秋水来说,这一行谈不上什么英雄意识,也没有把握一定干好,更不是为了向共产党表忠心。来延安几个月,顾秋水已然觉出共产党没把他当自己人,他也就没把共产党当自己人。

他干什么都是听天由命,尽力而为,也不曾忘记自己一辈子都是他人的走狗——既然是走狗,就得让主人觉得有用,否则主人就会把你一脚踢开。

不久包天剑就把顾秋水带到小馆,对他说:"……我们的人越来越分散,大家好不容易在哪个大型活动见了面,泪汪汪什么也不能说……"

顾秋水比包天剑清醒冷静,说:"你想抱着咱们那团人搞独立王国,是根本不可能的。"

使他丧失理智的事发生在第一游击纵队即将开赴前线的时候,顾秋水向队领导提出带上他的女友刘采云。

当时,延安的规矩,每个大队都有一名文体干事。顾秋水那个大队的文体干事不好好干,顾秋水只好代他参加文体工作会议。开完会后,负责文体工作的刘采云追上已经走远的顾秋水,要和他研究研究文体工作。顾秋水说:"我不是文体干事,只是替他来参加这个会。"

刘采云歪着头,秋波漾了又漾,说:"你就是担负起这个工作,又能给你添多少麻烦呢?"

从此他们就开始了往来。

刘采云虽是共产党员却是富家子女,某大学英国文学系学生,完全有机会、有可能到经典伦敦度过一生,但她突然被日本人当街打了一记耳光。这样的反差对一个富家子女极难忍受,于是这记耳光就成了她的人生转折点,一气之下奔赴延安。

北平的学生到延安并不难,日本人虽然占领着北平,但离城不远就是八路军的天下,门头沟就有游击队,而国民党也有一股势力活动在北平地下。

奔赴延安的路上,刘采云的男朋友又不幸被她最要好的女朋友挖走。她伤心欲绝地来到延安,没想到在延安却常常可以遇到北平那些 party 上的旧人,真像是各路子弟又聚合到延安开 party 来了。

152

因为有文化又会演戏，便负责起文体工作，与人接触的机会也多，且都是各个单位很"文艺"的那些人，轮空的刘采云到了女性匮乏的延安，竟成了恋爱专家。

顾秋水把和大学生刘采云的关系看得很正经，也很当回事，所以他和刘采云没有发生过性关系，尽管当时很多人因"二五八团"的限制或其他什么规矩的限制，不得不到野地里去解决这类问题，而顾秋水却没有这样做。

他之所以要求带刘采云上前线，是生死与共的意思。

领导问："你们是什么关系？"

他说："我们是恋爱关系。"

领导想都没想，一口回绝道："不行，你不可以带她上前线。"

顾秋水又问："为什么别人可以带女人上前线？"

领导没有回答，只是眼神怪异地看了看他。

这副眼神当即让顾秋水冒了火，反唇相讥道："既然不同意我带她上前线，何必还问我们什么关系？过瘾还是怎么的？……不管到了哪儿，男人在鸡巴上的待遇应该是一律平等的……"

之后他又找了各级领导，可是没有一个支持他和刘采云的恋爱，更谈不到批准他把刘采云带到前线去。

于是他就到处说怪话，到处骂娘："我从小就当兵，懂得军队里的规矩，要是上级军官毫无道理抽我一个嘴巴子，我也不会有二话。可是男人睡女人的权利却不该分等级，就算我是一个老军阀，我的鸡巴可不是老军阀，它凭什么不该享受操女人的平等待遇？"

可能因为他是老东北军，所以才没有整治他。

刘采云也是一哭二闹三上吊。恋爱状态中的女人一般处在逆反心理的巅峰，这种情况下，越是正面劝阻越是适得其反，反对那个爱情的最佳办法是为那把爱情煽风点火。

可是领导没有闲心跟她玩这把游戏,简单明了地拿出撒手锏——刘采云是共产党员,如果不听党的劝告,前程就会断送在和顾秋水的恋爱之中。但对刘采云这种浪漫的人来说,这一手似乎不太管用。只好把她送到某地去受训,行动快速诡秘到谁也说不清她的下落。为此顾秋水甚至不怀好意地到处张贴寻人启事,可是直到离开延安,他也没有联系到刘采云。

他痛苦地以为刘采云已经不在人世,以为刘采云的爱无比忠诚,只因共产党不拿他当自己人,于是他的爱、他的鸡巴也都入了另册。

他们演出的这场《梁山伯与祝英台》轰动了整个延安,特别是顾秋水的那些怪话、那些寻人启事,连胡秉宸都有所风闻。胡秉宸甚至借故来到刘采云的单位,一睹当代"祝英台"刘采云的风采,之后大失所望地对人说:"不过尔尔。"

胡秉宸怎能想到,几十年后这位"梁山伯"竟然成了他的岳父,并与他有一席长谈。

其实刘采云比顾秋水这个登徒子还要快地走出了这个爱的迷魂阵。

新年就要来到,负责抓文艺的上级领导需要了解由刘采云策划、为迎接新年而准备的大型晚会情况,而负责抓文艺的领导出乎意料地潇洒倜傥。

刘采云最后与主管文艺的领导人结了婚,头生儿子取名狄更斯,后生女儿取名勃朗特,总之是不能忘情英伦,可能与当年读英国文学系有关,却再也想不起自己曾为之"一哭二闹三上吊"的顾秋水。

若干年后他们还有一次重逢，但是他们已经不能认出彼此，更忘记了曾为他们的爱情舍生忘死。

不过说了归齐，顾秋水也早就忘记了叶莲子。也难怪，他与叶莲子的婚姻多少带有因陋就简的性质，人往高处走，水往低处流，叶莲子只好成为"过去"。

临出发前，周恩来给他们讲了一次话，讲到八路军和东北军的关系，讲到革命团结的友谊，鼓励他们杀敌抗日，打回东北老家去。

在延安养病的抗大校长林彪也写了书面讲话。

顾秋水带着一颗愤愤不平的心离开了延安，来到边区司令部的驻地。

第一游击纵队党代表即刻与有关方面研究了扩充东北军的问题，得到了有关方面的同意，可是仍然没有人负责落实。

包天剑想，当初周恩来先生在太原说得好好的，答应扶持东北军，时隔一年多，第一游击纵队仍然是一个理论上的概念。

原来他们跑来跑去都是蒙着来的！一笔笔糊涂账究竟是谁的责任？连包天剑自己也说不清楚了。

不知为什么他就不能直接与有关方面商谈，非得通过纵队的政委？如果他能直接与有关方面商谈，是不是会好一些呢？

这都是马后炮了，包天剑反正是没有直接参与这个与东北军的生存息息相关的商谈。

于是包天剑打算返回后方延安，希望在周恩来先生和毛泽东主席那里得到求证和明确。

包天剑要求顾秋水随他一同返回延安，但顾秋水厌倦了，再也不想追随包天剑没头苍蝇似的东撞西闯、蒙来蒙去，只想借此机会，借包天剑那点尚未贬值的影响离开延安，至于去哪儿他也不知道。

　　然而禁不住包天剑苦求,顾秋水只好随行。这一次江湖义气的结果,日后险些为他自掘坟墓,他和包天剑的缘分也就到了头。

　　离开边区前,顾秋水很有组织纪律地找政委谈了一次话。政委说:"估计包天剑回延安也解决不了什么问题,并且可能不回来了。如果那样,希望你做做包天剑的工作,一是不要当汉奸,二是不要投靠蒋介石。"

　　对这个任务虽然把握不大,但顾秋水说:"一定凭良心,尽力办。"

　　离开边区时,包天剑只带了一个卫队排,即他带到延安的四十名军事干部,每人携带一支自动步枪、一支连发手枪。顾秋水只携带了一支八音手枪,其余的武器、人员、马匹,全部留在了边区。

　　途经山西赵承绶防区,赵承绶极力劝说包天剑不要回延安,加之随行的四十人中有个王团长,此人极富煽动性,不但其他人的情绪说煽就煽起来,连包天剑也难逃他的影响。王团长认为,即便回到延安,扩充东北军的问题也不一定得到圆满解决。

　　趁赵承绶请他们到驻地吃饭之机,包天剑借用赵承绶的电话,与绥远的何柱国取得了联系,何柱国请包天剑速到他的后方办事处神木面谈。

　　于是包天剑修正了回延安找周恩来、毛泽东求证的路线,向神木而去。

　　由于当时通讯不便,他们改变路线的决定,前线也好、延安也好,很难掌握得一清二楚。即便掌握得一清二楚,这四十个人又值得花费多少心思?有多少比这四十个人还重要的事情亟待解决?

　　到了神木,见到何柱国,所谓面谈也没有谈出什么惊人之语,无非是游说包天剑到重庆去。

其实何柱国在接到包天剑的电话之后,马上就打电报给蒋介石的军政部长何应钦,何应钦表示欢迎包天剑去重庆,并且保证其人身安全绝对不会出问题。

随行的王团长此时终于彻底暴露出反共面目,极力煽动包天剑到重庆去。

不论顾秋水对共产党有什么意见,但他认为包天剑这样干非常不妥,为此找包天剑长谈了一次。顾秋水说:"第一,何柱国煽惑这件事是为了向蒋介石邀功请赏,好像是他把你从共产党那里拉回来的。西安事变时候他就背叛少帅投靠了蒋介石,现在又用你来请功。第二,蒋介石最不讲信用,何应钦的担保更靠不住。第三,你去重庆即便没危险可也没前途,现在你是一个本钱也不趁的人了,蒋介石怎么能重用你? 所以我的意见是:一、我们还是去延安,周恩来满口答应我们建立一支新式的、革命的东北军,不能说话不算,一些细节也不难解决。如有困难解决不了也不要提什么分外要求,可以提出送你到苏联学习两三年,理由是政治思想水平太低,先学习学习本事,提高提高政治水平和思想觉悟,干革命的日子还长着呢。二、如果还不行,那时再走。统一战线政策允许来去自由,他们不会太难为你。来去要光明正大,这样中途不辞而别实在对不起周恩来先生,也对不起东北救亡总会的一些老朋友,大家对我们的帮助很大,期望也很高。反正无论如何不能去重庆,不要对蒋介石抱什么幻想。最后实在没办法,可以到香港或到欧洲游历,这一点你在经济上也不难办到。"

包天剑听后没说什么。顾秋水想,他本是一个不善辞令也没有主见的人,容他想想再说吧。其实包天剑去重庆的决心已下。

他把从边区带出的那点人马枪支留给了何柱国,心想何柱国到底还是东北军骑兵军军长,还抗日。哪里知道何柱国很快就完

蛋,包天剑留下的枪支想卖也卖不出去,最后落到谁的手里也就无
从得知了。

交出那些人和武器后,在东北军里混了多年、武器从未离身的
包天剑,至此成了名副其实的光杆司令。

轰轰烈烈奔赴延安的一行人,此时就剩下了包天剑和顾秋水。

顾秋水最后还让各人将自己的枪支擦亮,当人们将擦过的枪
支放到枪架上后,一排排枪就像参加葬礼那样庄重。

他独自在那些武器面前站了很久,这哪里是枪,分明是长歌当
哭的男儿啊。他忍不住从枪架上取下一支自动步枪,抚摩着乌亮
的枪身说道:“这种自动步枪,全国都没有啊!”

以后他就是退出戎马生涯,也还会在梦中听到这些枪支的哭
泣。醒来之后,看看睡在身边一茬又一茬的女人,深感连一个可以
说说枪支是如何哭泣的人也没有,只能对着黑暗悄声自语:“你知
道枪支如何哭泣吗?你又知道什么是真正的男儿汉吗?”而在没有
女人共枕的时候,他可能会情不自禁地号啕:“我的儿子,我的儿
子啊——”

他原本期望过一个儿子,像这些自动步枪一样禁得起风雨,禁
得起拳打脚踢,与他同舟共济,使他如虎添翼的儿子,可是叶莲子
偏偏给他生了一个女儿。

顾秋水错了,他无从了解,也不愿了解,吴为虽然身为女儿,可
她的一生就像这些自动步枪一样,不但禁得起风雨,更禁得起比拳
打脚踢还残酷的日子。

包天剑带着顾秋水,乘何柱国的汽车,与何柱国一起从神木到
了西安。

到西安后,共产党没找他们,国民党没找他们,胡宗南也没找

他们,不论哪一方政治势力都把他们忘了。

留在神木的人很快四分五裂,王团长并没有跟随何柱国,而是投奔了南京伪政权的鲍文岳。鲍文岳给他在山东章丘县弄了一个县长的位置,当了一两年县长,弄了几个钱回到北平,花十条金子买了一所四合院。一九四九年解放后企图偷越国境,被解放军抓获后又释放,在北京一个电子管厂当了工人。工人成分不但使这个反共老手免除了各种政治灾难,"文化大革命"时期甚至成了专政知识分子的工人宣传队队员。

有一个下场很惨,到地方土匪武装那里胡吹,说自己在南京有关系,能弄来多少多少武器,结果被土匪活埋。

还有个营长,岳父大人是阎锡山的高级顾问,通过岳父在阎锡山那里弄了个小官,抽上了大烟,再也不讲抗日,也不再讲反共。

…………

何柱国到西安后先期飞往重庆,不久包天剑接到何应钦电报,也就与顾秋水搭机飞往重庆。

到重庆后与东北军的一些旧人重逢,包天剑又支上了麻将桌。

何应钦将包天剑到达重庆的消息报告了蒋介石,蒋介石不计前嫌召见了包天剑,按规定只谈五分钟,实际上却不止五分钟。召见回来,他对顾秋水说:"就是蒋介石一个人在说。"却没有告诉顾秋水蒋介石都说了些什么。

顾秋水想,可能挨了骂。

蒋介石果然把包天剑说了一顿:"共产党是很会骗人的……我在苏联的时候比你还相信共产党,比你接受共产理论还早。你是上当受骗了……看在你父亲的面子上我原谅你……"

包天剑这才算是过了关。

过了一个多月,蒋介石又请包天剑出席了一次宴会。经人疏通,蒋介石最后给了包天剑一个军委少将高参的闲职。包天剑原是中将,这下等于降了一级,使他大为丧气。

顾秋水劝解道:"你不想想,你这样倒来倒去,搁在谁那儿谁不杀你? 说来说去蒋介石还算大度,没有杀你就是好的了,还计较什么升降? 也许他有意留个后路,老太爷不是还在天津日伪区? 说不定将来就有什么用处。"

不久包天剑听说特务头子戴笠要找他,吓得失魂落魄。借此机会,顾秋水又向他进言:"重庆是待不下去了,不会有好结果的。还是设法去香港吧,要走赶快走,晚了恐怕就走不成了。"

包天剑马上弄来两张飞机票,和顾秋水一起飞到了香港。

蒋介石后来也没过问这位军委少将高参哪里去了,显然根本没有把他当回事。

在顾秋水和胡秉宸那次会面中,胡秉宸却这样解释戴笠的事:"戴笠找包天剑是为了拉拢他,分化东北军。"

顾秋水也好,包天剑也好,他们的延安之行本无悬念。但是他们自己给自己制作了一个悬念,自己给自己设置了一个误解,不管结局怎样,都应该由他们自己负责。

第 四 章

一

他们谁也没有料到,一九三七年八月底,平绥、平汉、津浦铁路就被日本人占领,南北交通很快就断了。

叶莲子这才尝到了什么叫作出其不意,对埋伏在今天和明天进出口的不测,严重估计不足。也就难怪吴为在进入梦境前,总会怀着某种期待,对"明天"探头探脑地窥测,从未设想过伴随明天而来的也许是当头一棒。家风如此。

她对交通的理解也很具体,所以有个疑问老也不能释怀。那条铁做的路,上面还能跑那铿锵作响、威风凛凛、说轧死人就轧死人的火车,怎么说断就断了?

现在顾秋水是欲归不得,她是欲往不能了。这条不能"交通"的路,轻而易举就把她和顾秋水天南地北地隔在了两处。

顾秋水一去音信全无。

善于理解的叶莲子对自己说,"那边"不好寄信过来。可是那点左藏右掖的钱,却不善于理解地越来越少。如果说骤然离开顾秋水时她更多的困难来自精神,那么现在她就非常物质地感到人海茫茫,四不着边,没抓没挠。

夜晚那张床更像一叶孤舟,即便紧贴着墙也是靠不了岸的。不要说亲戚朋友,连那些不肯善待她的人也没了,和现在一比,乡下的日子可不就是小风小雨?她检讨起来,不见世面是不可能知道自己有多么不知足的。

墙根的蟋蟀开始叫了,出其不意、舒缓有致地,一张一弛、拉弦似的,然后是突然的沉默,暗藏着小小的较量。什么地方不好待?偏偏喜欢墙根这种地方!毕竟还有蟋蟀在鸣叫,特别在夜间,就连不常想到春华秋实、风花雪月的人,也不得不因这一张一弛拉弦似的鸣叫浮想联翩。而一天天的时间,也就在它们的紧拉慢提中过去了。

老槐树上的树叶子也渐渐掉光,只剩下插在树杈上的鸟窝。白天鸟儿们飞出飞进,倒也热闹;等到夜深下来,鸟窝里也就没了动静。可总有一只鸟儿蹲在窝外,似睡非睡,一旦有个风吹草动,就拍着翅膀起来巡视一番,那是雄鸟,守护着窝里的雌鸟和它的鸟孩子呢。是啊,有个男人守着,家里人睡觉都安生。

转眼到了冬天。

冬天的夜晚是为谛听准备的。叶莲子搂着吴为,缩在硬冷的被窝里,接收一墙之外来自各种频道的夜声。

仓促、隐秘、试探、漂浮、犹豫、践踏……的脚步好像不是过行墙外,而是悬行在她们的头顶。冷不丁的一声枪响、不清不楚瘆人的喊叫,穿凿过冬夜的冷峭,如背后来的冷枪,让她无从估计又无从防备,意料之中又突如其来地袭击着她。

叶莲子就想,幸亏顾秋水走了,她的日子再难也有所值。

偶尔也有轻佻男女的笑声,醉酒人踉跄的脚步、含糊的酒话、惊天动地的饱嗝……又让她觉得这个冬天的日子,并没有因为顾秋水的离去或日本人的到来有所不同。

"硬面——饽饽!"的叫卖声,被寒峭的北风撕扯得断断续续,找不到归宿似的擦着胡同两边的山墙,东扑一下、西落一下,最后只好在一处墙角旮旯蜷缩下来。

在北平众多随季变换、包罗万象的叫卖声中,叶莲子单单留住了似乎只在冬季夜晚出现的"硬面——饽饽!"而略去了那些具有歌唱性质的吆喝:滋养健身的"萝卜赛甜梨——"据说吃了那萝卜再喝杯热茶,医院就得关张;夏日正午,在荡悠着"吊死鬼儿"的老槐树阴凉下,听着都爽人的那嗓子"凉粉儿——";年节前后扛着条板凳的"磨剪子,磨刀嘞——""锔盆锔碗锔大缸嘞——"……

房东杨大嫂说,有个街坊半夜三更打完小牌,饿了,到街上买个硬面饽饽,饽饽拿到手,一抬头,发现卖饽饽的没有下巴,"遇见鬼了不是?"杨大嫂说。

"硬面——饽饽!"的叫卖声,也这样进入了吴为只有七八个月的生命。尽管以后她再也没有听到过这种叫卖声,可是逢到冬天的夜晚,尤其在最为寒冷的某个冬夜,这个叫卖声就会不期而至——从她的第一个冬天一直响到她最后一个冬天。

叶莲子多次讲到的这个没有下巴、叫卖硬面饽饽的人,都不如这个找不到归宿、风中之絮般扑来荡去的叫卖声,说紧不紧、说松不松,说忘记却又记着、说记着却又忘记地牵着吴为的心。如果她一辈子快活不起来,如果她一辈子把自己的日子和他人的日子搅和得一塌糊涂,真不能一味怨天尤人。

有多少次,吴为想对她的至爱胡秉宸说一说这个至关重要的叫卖声,可一涉及这类话题,也算伶牙俐齿的她就显得期期艾艾。也许作为作家的她对此也无能为力,也许胡秉宸嘴角上那一丝不以为然的笑意让她却步,欲言又止。不要说胡秉宸,哪个人听了吴为的胡言乱语不觉得她是在装神弄鬼?

等到清早起来,叶莲子就对着一天天见少的银两发愁。

她早就退租了其他两间房子,只留下一间,仔细收好和顾秋水的琐琐碎碎。在收拾那些东西的时候,她没有显出太多的伤感,坚信它们早晚会重现旧貌。尤其顾秋水从旧货店买来的一块桌布,白色,四边镂绣着葡萄和葡萄藤叶的纹饰,让她摩挲再三。

即便后来飘零天涯,叶莲子也没舍得把这块来历不甚合意的桌布扔掉,不论身归何处,一旦能有几日盘桓,便旧梦重温地把它铺在或木质粗糙,或摇摇欲坠,或腿脚不全的桌子上,哪怕最后流落在黄土高原的破窑里的时候。

她实在不明白,那块破旧的桌布,为那本就破败的窑洞,又在那块来历不明的没落上增添了多少破落!

离开土地之后,木匠的儿子顾秋水,很快就掌握了城市生活的小情小调——

也不破费,不过一块桌布;

一个从旧货店买来的小摆设,几件一旦成为二手货就便宜得像是白捡的贵重衣物,尽管那些东西的出处,让墨荷的女儿叶莲子有些莫名的尴尬;

几枝就近从包家院里采来而不是买来的鲜花……

物美价廉地使他们的日子同样物美价廉起来。

所以吴为出生的那天早上,顾秋水从包家院子里采来一把紫藤,并不意外。

叶莲子是个计划性很强的人,读者可能还记得,她从小就知道怎样运筹自己那点口粮,知道怎样才能使那点口粮的效益发挥到极致。好比如何对待正月十五以后从供桌撤下、分配到她名下的那个白面馒头。

所有用不着的破烂都被叶莲子收起，一捆捆分门别类用绳子捆好，必要时拿去换盒火柴也是好的。炉子只在做饭的时候点燃，叶莲子不怕冷。穿着指甲盖大小的棉花疙瘩絮成的棉袄，也能扛过东北老家冬天的叶莲子，还有什么样的寒冷能难倒她！

吴为却不识时务地哇哇大哭。

叶莲子只好把顾秋水的时尚画报杂志《良友》《万象》之类用来溜了窗户缝，又把被子、棉衣，凡能用来御寒的东西都裹在吴为的身上。一到刮北风下大雪的日子，她就抱着吴为坐在床上，一动不动，生怕把自己身上那点热气动散，她还要靠着那点热气暖和吴为呢。有太阳的时候，就赶紧抱着吴为到南墙根晒太阳，一边摇着吴为，一边瞧着那半截墙基发愣——顾秋水把着她的手，朝那半截墙基打了一枪的情景历历在目。

见她孤单，街坊邻居没话找话地和她聊聊，她也只能羞涩地笑笑。

明知包家人都到了天津只留下门房，有时忍不住还是去隔壁瞧瞧，毕竟包家院子多多少少装着与顾秋水——自然也是与她有关的日子。

还没等她张嘴门房就说了："您猜怎么着……到现在他们连我上个月的饷还没发呢，压根儿就没见他们老包家来过人。"她要听的是这个吗？！

…………

她更算计着每一个铜板。喜欢干净的她，连衣服也不能常洗常换了，一挑水就是两枚铜板，能省就省，就是吴为的尿布没法儿省着不洗。

整整一个冬天，就连北平穷人家都离不了的大白菜，她也没敢买一棵。有一天她实在馋不过,好像不吃那棵白菜简直就要她的命,起身就往菜铺子走去,一边走一边想,今天就是典房子典地也要吃上这棵白菜。可是到了菜铺子门口,她的决心一下又没了。她在菜铺子门口转悠了半天,看着菜铺子门口扔的白菜帮子,心想:何必买呢? 不如捡些白菜帮子。多少次她都要蹲下去了,可她的自尊心在她脚腕子后面直愣愣地戳着,让她的腿打不了弯儿。

她只得横下一条心去打问白菜的价钱。

一说,不过几个大子儿。那她也觉着贵,问:"还有便宜点儿的吗?"心下寄希望于扔在店铺门口的白菜帮子,总可以作为一个底线吧。

有资产的掌柜却无法和无资产的叶莲子沟通。一块银元能换四百六十个铜子儿,如果这女人连几个大子儿都嫌贵,怕是一个银元也不趁了。他就说:"总共几个大子儿您还嫌贵! 您要是嫌贵,不如把那几个大子儿留着自个儿花。"他又太有职业道德,压根儿想不到将扔在门口的白菜帮子卖给她,掰下扔了的白菜帮子能算白菜吗?

让掌柜的这么一说,叶莲子马上不馋了。好像刚才那一会儿她不过着了魔,现在又清醒过来了。

她就那么喝了一个冬天的棒子面粥,在粥里撒点盐面,连根儿下饭的咸菜都没有。

二

换了吴为,就会毫不犹豫地蹲下去捡那些白菜帮子。

在叶莲子祖孙三代人中,吴为是对自尊最为忽略的一个。她的很多错误,放在叶莲子或禅月身上都不会发生。

不知能否从墨荷嫁叶志清、叶莲子嫁顾秋水这两桩婚事中找到蛛丝马迹?对墨荷那个家族的血脉来说,这两桩婚事就像反复往里兑水,到了吴为这里稀薄寡淡得已经能照出人形了,而且是一个佝偻的人形。这种猜测不是毫无根据,用不着攀附就能在顾秋水那里摸到吴为的劣根。

比如那顿嗟来之食,什么时候想起,什么时候都让吴为觉得自己一派大将风度。

那本是一顿极平常的家常饭,一菜、一汤。菜是大头菜炒青豆、肉丁、豆腐干,汤是西红柿鸡蛋汤。

面对那一菜一汤,吴为的意志就像面对爱情一样薄弱。

夹菜的手颤个不停,老也夹不住那些被切成小丁的大头菜、肉丁、豆腐干,更不必说青豆。

可又不能显出情急的样子,让主人看出连这样的饭菜她久已没有吃到。

她提醒自己不要老盯着桌上的饭菜不放,也不能直愣愣地盯着主人的脸,一言不发只顾咀嚼。还要从这些很费心力的自控中分出一些心思,想想她是不是已经谈过了新上演的电影,如果谈过,现在就应该改谈某个人的葬礼……面面俱到,无一遗漏,换了谁都得顾此失彼。

这顿饭吃得好累啊,她的额上,渗出一颗颗稀汤寡水然而颗粒饱满的汗珠。

吃着、吃着,吴为突然发现,不但女主人早已放下筷子,就连男主人,连他们气壮山河的儿子也放下了筷子。她只好放下饭碗,佯称已经吃饱并做出饱得不得了的样子,在如此勉为其难的局面中,还能为自己的贪馋铺垫出过硬的缘由:"我最爱吃这种家常菜,几乎有两个多月没有吃到家里做的菜了。这次出差时间太久,老在食堂吃饭,食堂能做出这种味道吗?饭店也做不出来……"

她看出女主人脸上掩饰得不甚高明的怀疑,想表示又不便表示的怜悯,还有,富裕人家对打肿脸充胖子的穷朋友情不自禁的傲岸……

爱好和饥不择食显然是两回事。

帮女主人清理厨房及清洗餐具的时候,眼睛又禁不住在这与食物关系最为密切的地方睃着,果然发现厨房窗台上放着一大盒风干的煮黄豆,颗颗豆子风干得比未曾煮过的还要坚实。

"这些豆子是怎么回事?"吴为的心思又抑制不住地活动起来,像是无意地打问着。

"原来打算煮五香豆,结果发现豆子的品种不好,吃起来有些苦味儿。"

"扔了怪可惜的,还不如让我带回去喂鸟。我住的那个招待所鸟很多,每天早上窗台上都有几只鸟在唱。"她没有忘记为自己贪馋设置的理由被女主人一一拦截的窘迫,可她能让久违荤腥的口腹无动于衷吗?

不论从哪方面来看,吴为都是坠入滚滚红尘的大俗一个,能指望大俗们拒绝哪怕芝麻大的诱惑吗?更不要说到其他的诱惑,比如说爱情。既然不能,只好破釜沉舟。

"好呀,我也觉得扔了可惜,所以就摆在这里,正不知拿它怎么办呢。"好乖巧的女主人!

每当室内无人,吴为就紧闭房门,用上下两行臼齿研磨那些坚实的黄豆,将两腮的咬合肌累得酸疼。每每吃完一把豆子,舌头就像被磨掉一层皮。

豆子的品种果然有问题,味道又苦又涩,但她硬是坚忍不拔地把那盒豆子渐渐消灭,一面咀嚼一面鼓励自己:"我这是在吃蛋白质呢。"

真是屋漏偏遭连阴雨。

吴为一直认为那个小偷是个有良心的读书人,换了别人一定会把她藏在书里的钱一网打尽,因此对那小偷除怨恨之外还有一点感激。

她的被窃,应该说是缘于对小偷的误会和不敬,以为小偷大都好吃懒做、不劳而获,这样的人哪里会翻书?把钱藏在书里该是万无一失的高招。

这个算式也很简单:

出差三个月共带生活费九十元,平均每月三十元,每天一元。

被人偷去一半,每日生活费只剩下五角。米饭或馒头二分钱一两,每天至少七两。二七一十四,还剩三角六分钱。妇女卫生用品、卫生纸、牙膏、肥皂这些开支无法省略。

除了吃饭,人是需要吃一点菜的,就像人是需要一点精神的。

问题是这个菜怎么吃?如果在家还好办,再接再厉喝棒骨汤就是。可是出差在外,只能没有退路地吃食堂,除了早餐那二分钱一小碟的咸菜,哪家食堂还有五分钱一份的菜?!

她也不能向叶莲子呼救。为了出差,她已经带走全家月生活费的三分之一,如果告诉叶莲子,叶莲子就会从她和禅月的份额中挤钱给她,那么每到吃饭的时候,她们也得像她这样面临算账的难题。

常年的贫困,本就没有填平补齐六十年代初期全国大饥荒落下的营养匮乏症,不过一个多月的酱油拌饭,就把吴为拌得两眼发黑,两腿发软,晕倒在地。当人们把她平放在长椅上的时候,她觉得身子薄得和长椅贴在了一起,揭都揭不开了。

医生检查之后说:"没什么,是严重贫血引起的晕厥,多吃些有营养的东西就好了。"

多吃些有营养的东西!

这九个字怎样一清二楚地钻进她的耳朵,就怎样一清二楚地钻进围在她身边那些人的耳朵,她只好继续闭着眼睛,拒绝从晕厥中清醒。除此,还有什么更好的办法回避那尴尬?

人们终于窥见了吴为尽力掩盖着的、没有指望的生活。

吴为从来不在机关食堂买饭吃,"太贵了。"她想。

从家里带,糙米饭,还有咸菜炒肉末。咸菜里寥若晨星的肉末,肩负着一家三口的营养重任。

夏天凉着吃,冬天就把饭盒放在办公室的暖气片上。饭盒底部总能得到一些温热,至于饭盒上部的温度,只有到了胃里才会有所感觉。她从不把饭盒拿到食堂,请食堂大师傅蒸馒头的时候放在笼屉里捎带热热。她有自知之明,一个身份低贱、臭名昭著的人,顶好不要再自取其辱,别人赏给你的还嫌不够吗?

心情好的时候,她会抚摩着自己的胃,对胃的体谅与合作充满感恩之情,长年累月的冷饭吃下来,不过不大舒服,并无大害,大害要在她上了年纪以后才能找上门来。

除了游行、集会那些无法回避的场合,吴为吃饭总是背着人,就像当年叶莲子一到吃饭的时候就插门一样——谁也不知道那个看上去很体面的叶莲子,背着人喝了一个冬天的棒子面粥,连根儿下粥的咸菜也没有。

起始,游行、集会,吴为只带一个馒头、一块咸菜,到了现场发现无隅可向,不论转到哪个方向,哪个方向都是眼睛。闹得平时和她说话都觉得玷污了自己的纯洁、贞节、道德的人,也来关心她的营养和健康。那年头怎么那么多游行和集会啊!

以后再有游行或集会,只好买个维他命面包。那种面包很松、很软,色素多得使它看上去不像面包而像毛泽东转送给革命群众的芒果。她把这个道具,在那些关心她的营养和健康的人们眼前晃了又晃,然后带回家去给禅月。

"里面有维他命 B_6。"吴为怀着对维他命的神圣敬意对禅月说。

与韩木林离婚时,吴为也不问问叶莲子和禅月的意见,就断然决定放弃抚养费。不但不要抚养费,连韩木林给禅月那七十块钱象征性的补偿也退还给他了。在她做出这一自尊自爱的清高决定时想过没有,她和叶莲子两个人加起来不到一百块钱的月收入,怎样维持三口之家?她只想为自己的自尊自爱负责,怎么不想想为叶莲子和禅月的生存负责?!她好不自私啊!

吴为其实是个非常自私的人,为了自己那点面皮,连对母亲和女儿的责任都可以置之脑后。不仅如此,叶莲子、禅月,还有她的私生子枫丹,都为她更大的自私受尽世人的凌辱。

如果没有叶莲子于穷困中练就的本事,这种穷日子可怎么对付啊!从发挥余热这方面来说,晚年的叶莲子并不失落,不像有些离休干部,一旦从岗位上退下来,就得精神忧郁症。叶莲子只是有时转不过今夕是何夕的弯儿,愣怔之中竟以为又回到了几十年前。

禅月在他乡落叶生根之后,某个冬天的晚上,坐在壁炉旁再斟上一杯葡萄酒的时候,偶尔会想起她的小姥姥叶莲子,没有别的,差不多都是在无尽的穷困中,如何变无为有、变少为多的奋斗。

禅月把叶莲子叫小姥姥。

没上学以前,禅月常常跟着小姥姥去买菜。

就是寒冬腊月,她们也会几小时、几小时地站在肉案子前头,耐心地等着卖肉师傅把猪骨头剔下来。她们买不起肉，她们买得起猪骨头。

菜场里的穿堂风又腥又硬，地上满是湿漉漉的黑泥汤。

在肉案子前排队等买猪骨头的，差不多全是衣衫褴褛的老太太。可是叶莲子不，即便穿着补了八块补丁的衣服，她也用烙铁熨得平平整整，也把吴为和禅月的补丁熨得平平整整。

卖肉的师傅一看她身上那八块平平整整的补丁，就客气地说："您再来点儿猪皮吧，猪皮也是七分钱一斤。"人人见了叶莲子都很客气，见了吴为却不一定。这可能就是人们常说的"人人心里有杆秤"吧。

叶莲子就感激得红了脸，连声说："谢谢，谢谢！"

那是多么美好的时代啊，猪棒骨七分钱一斤，两毛多钱就能熬一锅又浓又香的汤。

"下点儿白菜，连汤带菜全有了，够咱们吃上一个礼拜。"

这样的汤，她们喝了一锅又一锅，可是并不长胖。

从菜市场回家后，叶莲子就蹲在地上，用一把破斧头将一根根猪棒骨敲碎，那才真叫敲骨吸髓。

那把斧子锈迹斑斑，刃上豁着大大小小的口子，砍不了几下，斧头就会从斧把上飞甩出去。好在叶莲子的力气不大，斧头甩得不远。她一面砸猪骨头，一面叮嘱等在身后的禅月："站远一点儿，看砸了你的脑袋。"

被叶莲子砸酥的猪棒骨，露出了白色的骨髓。

"骨髓对小孩子的发育有好处。"叶莲子一根根捏过禅月豆芽一样细弱而弯曲的手指。禅月不只手指是弯的，胳膊也是弯的，从胳膊肘那儿向外撇。

棒骨在煤火上慢炖几个小时后，再经叶莲子用筷子从一根根棒骨里将骨髓坚决彻底地捅出,才算物尽其用。叶莲子那双手的每一条纹路里,常常嵌着猪骨油,用碱水洗了又洗,还是洗不干净,好在没有人吻她的手。手上也净是毛刺,用来给禅月挠背倒是很舒服的。

她挑着一块块骨髓对禅月说:"喏,吃吧。香吗?"

"香。"禅月啃完骨髓,对着已然被叶莲子掏空的棒骨,再进行最后一次清理,将那棒骨嘬得再也嘬不出一点油水为止。

听着禅月把骨头嘬得吱吱乱响,叶莲子深为满足,忘记了吴为小的时候她对主人的剩菜倾注过同样的热情——在那些剩菜倒入阴沟之前,如何眼疾手快地拣出其中的骨头,要是上面再残留着一些肉,就算得上收获颇丰。每每吴为沉醉地半合着眼睑,下斜的眼睫毛上滴滴答答着小兽般的贪婪,满腮油光地啃着那些骨头的时候,叶莲子就会想起《一江春水向东流》那部影片。男主角张忠良抛弃了妻儿老母,三代人走投无路,女主角李素芬沦落到当女佣的地步,她觉得李素芬就是她的拷贝,替她说尽无法言说的苦情。尤其影片中的那个经典镜头,让她揪心揪肺地疼——奶奶捡出主人剩饭中的骨头,喜滋滋地拿给小孙孙。将骨头啃得津津有味的哪里是小孙孙?分明是吴为。

但是给禅月敲骨吸髓的时候,叶莲子已经告别了《一江春水向东流》式的眼泪,轮到吴为来诠释这个旧得不能再旧的主题了。

偶尔叶莲子也会对卖肉的师傅说:"买两毛钱肉,肥瘦。"说完就像许给禅月一个愿,笑眯眯地看着她。

禅月从叶莲子的笑意中看出,小姥姥平生无大志,一生最大的理想就是没钱也得把她们拉扯大。从前是拉扯妈,现在是拉扯她,所以顾秋水就把姥姥甩了,说:"和这种胸无大志的女人怎么谈话？"

两毛钱,还要有肥又有瘦。

叶莲子把刀在瓦缸沿上钢了又钢,刀越快肉丝切得就越细,肉丝越细菜盘子里就能处处见肉。

瓦缸里有她自制的腌雪里蕻——先把从地里割下的雪里蕻在秋风里吹两天,再用粗盐轻轻揉一揉,然后放进瓦缸。一层雪里蕻,一层盐,一层花椒;再一层雪里蕻,一层盐,一层花椒……

雪里蕻炒肉丝是叶莲子的看家菜,两毛钱肉丝,根根肉丝上有肥又有瘦,根根让叶莲子炒得灿烂辉煌,肥的部分晶莹剔透,瘦的部分红紫干香。

这样细的肉丝,叶莲子还能一一拣出,放在禅月的饭尖上。

后来她们有了钱,禅月带叶莲子去吃馆子,叶莲子就点雪里蕻炒肉丝。

跑堂儿的说:"没这个菜啦,您哪。"

叶莲子说:"从前有。"

跑堂儿的说:"您老,现在都什么年月了,您还点雪里蕻炒肉丝。这种菜上得了台面吗？咱们这是中外合资企业。"

"您再重新点个菜吧,点您爱吃的。"禅月说。

叶莲子摇摇头,她不会,她就知道雪里蕻炒肉丝是最好的菜肴。再让她发挥一下,顶多说出一个东来顺的涮羊肉,那是半个多世纪前史㛤带她去过的地方。

等到吴为起个大早去东来顺站队,禅月陪着叶莲子大老远赶到东来顺的时候,叶莲子却对着满桌子的调料和羊肉片说:"这可不是当年的东来顺啦!"

是啊,早就不是当年她和史㛤的东来顺了。

有时候,冬天,禅月从异国他乡打电话来:"姥姥,您还腌雪里蕻吗?"

叶莲子说:"不腌了,腌不动啦!"

禅月盼着西瓜上市,老农赶着马车往城里运西瓜的日子。

天还没亮,她在梦中就听到马儿迈着不慌不忙的步子,走在残留着夜爽的晨曦中。

叶莲子一大早就带着禅月守候在卸西瓜的马车下,一直守到太阳老高、老毒,老农们吃足饭、吸足烟、歇够脚的时候。

卸瓜人站在马车上,传球似的把西瓜一个个往下扔,她们的眼睛,就随着飞来飞去的西瓜转得脑仁儿发涨。汗水在禅月的小脸和叶莲子的老脸上恣意纵横,简直就和卸瓜人一样劳苦。

"噗——"车下的人没有接住,西瓜掉在地上,裂了。裂了的西瓜先尽卸车人吃,可卸车人总有吃不了的时候,吃够了就卖给她们,两毛钱一个。

摔裂的西瓜得赶快吃,放不得;放得住的西瓜她们买不起。

禅月就喜欢听那声"噗"。

常常也有碰见高手的时候,一车西瓜卸下来,一声不"噗"。这时,就像有什么重物压在了叶莲子的脑门儿上,脑门儿上那些地盘还算宽敞的褶子,就挤得无处可去了。

可她很快就会重新打起精神,说:"明天咱们再来。"

明天再来还捡不到这种便宜的时候,她就会到商店买一个西瓜。

禅月这时就扯住叶莲子的手,说:"姥姥,我不想吃西瓜,我要吃冰棍儿。"

冰棍不过五分钱一根,还有三分钱一根的呢。

叶莲子和平时不同,这时她就不肯迁就禅月,不过付钱的时候,总要反反复复数上几遍。

叶莲子重操旧业,制豆腐乳,晒黄酱,腌韭菜花,发豆芽,蒸各种包子,做各种衣服、棉鞋、单鞋……应有尽有,丰富多彩到还有什么不能自制的呢?

吴为和禅月对豆腐乳的期待,从叶莲子蒸豆腐的时候就开始了。

蒸好的豆腐一点热气不能走地包在小棉被里发酵,等它们长出长长的白毛后就放进小瓦罐,浇上一点劣等白酒、一点花椒,再放上很多盐后密密实实封起来,过一段日子就能吃了。

难怪后来吴为一看见那些瓦坛子、瓦罐子就会驻足。

叶莲子过世后,吴为以为照着这些方子也能自制点什么,却根本制作不出那杰出的味道。

叶莲子背着吴为卖过血,还像建立千秋大业那样豪迈地微笑着。护士们就想,好体面的老太太,为什么出来卖血呢?

无论如何得给吴为买件大衣。北风峭利得能剐人肉,吴为上班连件棉大衣都没有,只穿件小棉袄,缩着肩膀,斜着身子,在北风里小跑,冻得像只夹尾巴狗。

每个月还应该给禅月存五块钱,一年就是六十二块,到她长大就能有五六百了,那不是很大的一笔钱吗?禅月可以用在想用的地方,算姥姥送给她的成年礼。

为了保证禅月每天有个水果,叶莲子走遍小摊寻访处理的水果。哪怕那苹果只有鸭蛋大,哪怕那苹果有些地方腐烂了,但便宜多多。腐烂的地方可以挖去,不能说它烂了一点或小得像鸭蛋就说它不是苹果。

这样的苹果买回家里,再进行一次筛选,大一点的给禅月吃或让禅月带到学校,免得同学笑话她寒碜,小得不能再小的留给自己和吴为。

为了省电,她们只用瓦数很小的灯泡,那些苹果在瓦数很小的灯光下就更加青涩,青涩得发黑。连对那些苹果确信不疑,不能说它们烂了一点或小得像鸭蛋就说它们不是苹果的叶莲子,有时也觉得那不是苹果,而是影片《地雷战》里的土地雷。

即便如此,叶莲子还是声音很低也很郑重地对吴为说:"你吃。"

吴为说:"妈,您吃。"声音也很低,很郑重,好像在进行圣典,不敢随便造次。她从很小的时候起,就知道吃是很神圣的事。倒是后来有了一点钱,反倒吃得很随意,失去了对吃的虔敬。

那些苹果既不酸也不甜,它们的滋味要么还没长出来,要么就永远长不出来了。但是她们带着少有的奢侈和虔敬的心情,将那苹果慢慢吃下,并满足地想她们是在吃维他命C。

…………

遗憾的是叶莲子太老了,医院不要她的血。

逢到禅月生日那天,叶莲子就让吴为到最讲究的点心店,给禅月买一次蛋糕。叶莲子不去,她觉得自己寒酸,见不得那样的场面。她选出吴为最好的衣服,烫得平平整整,让吴为换上。出入那家点心店的都是有钱人家,吴为不但不能显出寒酸,还得显出是进出那种地方的常客。

吴为买不起一个生日大蛋糕,只能买几块小蛋糕,但谁能说那不是蛋糕呢?

当服务员用夹子,而不像其他商店服务员那样用又黄又脏的手指捏点心的时候,看上去是多么高不可攀啊。当几块蛋糕装进白净纸盒的那一会儿,吴为随之会有一种干干净净、向上浮升的感觉,甚至暂时忘记了贫穷。

禅月非要与她们一同分享,至少每人尝一口:"妈,您吃!""姥姥,您吃!"

她们犟不过禅月,只好用嘴唇抿一抿。可是禅月用力把蛋糕塞进她们紧咬着的牙缝,蛋糕渣儿扑簌簌地掉下来,掉得她们心疼。她们把手掌放在下巴底下,接下那些蛋糕渣儿,再小心翼翼舔进嘴里。那些看起来不少,到了嘴里就像一根羽毛那样只有感觉、少有实体的蛋糕渣儿,却被她们咂摸出无穷的滋味。

禅月舍不得快嚼,生怕那几块小蛋糕一会儿就嚼完了。

当吴为和叶莲子眼睛一眨不眨地看着禅月一小口、一小口嚼着那几小块蛋糕的时候,吴为就暗暗发誓,总有一天,她要让禅月和叶莲子尽情地嚼,肆无忌惮地嚼,想嚼多少就嚼多少,想嚼多快就嚼多快。

有次叶莲子和禅月经过一个小饭馆,看到饭馆在处理剩菜,就说:"等等,让姥姥瞧瞧。"

禅月说:"不,不瞧。"

"多好、多大一碗菜呀!"叶莲子说。可是她拧不过禅月。而眼瞅着那些蛋白质或脂肪不能为禅月和吴为贡献力量,是多么可惜。

回到家里,叶莲子一转身又出去了,那些剩菜勾着她的心。她买了两碗,回到家里一看,里面还有不少肉块儿呢,真是物超所值!否则,什么时候才能下这样的狠心给禅月做顿红烧肉?不是说她们买不起,只是不能丁年吃了卯年粮。不顾后果猛吃,到了月底揭不开锅怎么办?

说什么墨荷家的血脉?穷到这步田地,什么血脉也顶不住劲了。尽管她不断地说服自己——这是花钱买的而不是从人家泔水缸里掏来的,心里却清清明明是怎么回事。

这时禅月走进厨房,一看叶莲子兴奋的眼神心就凉了,说:"姥姥,您还是买那剩菜去了!"气得小脸煞白,好像叶莲子做了什么丢人现眼的事。可她又不能责怪叶莲子,只好说:"姥姥,我不吃,要吃您自己吃。"说完连饭也没吃就上学去了,叶莲子的努力又有什么意思?

面对那一锅热好的剩菜,叶莲子想,难道她愿意这样吗?禅月还小啊,要是她长大了,有了儿女,又没有钱,眼看着儿女受苦,还会这样清高吗?

有了这样的生活根基,也就难怪禅月从不张嘴向家里要求什么。

不是没有人用"嫁汉嫁汉,穿衣吃饭"的理论劝说过吴为,为吴为寻找过出路。其中不乏级别相当,也就等同于有了社会保障的干部,还有一位妻子病故、没有子女,新婚姻绝不会受历史婚姻威胁的物理学专家。谁都可以为她们祖孙三代提供一个不再受穷受窘的生存条件,但是吴为不能。为了胡秉宸一场即兴的爱情小品,她不但把自己,也把自己对叶莲子和禅月这一老一小的责任搭了进去。

其实也用不着后悔,说不定他们也会像胡秉宸那样,哪天不高兴了,难免不对吴为大吼一声:"你这个臭婊子!"

伴随穷日子的,只有她对胡秉宸那份无着无落的爱。

后来的后来,她看到美国三四十年代的两部电影,一部由茨威格的小说《一封没有寄出的信》改编,一部叫作《后门》……就像当年叶莲子看《一江春水向东流》那样,在电影院里哭得死去活来。

实在苦得难熬,就像《一封没有寄出的信》,写一封得不到回信的信:"……这儿有个人走路的样子真像你,不过他没有你的神韵……"

后来的后来,胡秉宸说:"你有困难为什么不告诉我?如果告诉我,我无论如何都会想办法帮助你。"

她听了之后不但心满意足,也再忆不起那些日子的艰辛。或恍惚中觉得,那样的日子即便有过,也是靠在胡秉宸的肩头一步一步走过来的,更忘记了胡秉宸为洗清自己当众给她的侮辱。

禅月说:"这还用得着您告诉他吗?想都应该想得出来。"

三

凡天底下能省钱的办法,叶莲子都想起来了。直到吴为当了作家,不必再为钱发愁之后,她也不能从这种状态里走出。她是穷怕了。

她无时不在思考着日后的出路,连乞丐的讨乞声也渐渐入了心:"行行好吧,太太——小姐——有那剩饭剩菜赏我点儿吧——"有天早晨出去倒垃圾,胡同口就横着一个"倒卧",不知哪位好心人还给那"倒卧"盖上了半截破席,只露着一双没穿鞋袜、冻得疤疤癞癞的脚丫子,脚上糊的泥厚成了泥壳……叶莲子手里的簸箕就咣当一声落在地下——没准儿有一天她们也会沦落到这步田地。

也听说过舍粥的事,一大早抱上吴为赶到后海广化寺的舍粥棚,不无艳羡地看着那些打粥的人。粥很稠,比她喝的粥可是稠多了。一个小叫花子打完粥,当即捧着破海碗,呼噜呼噜喝个精光。叶莲子心疼地想:哎哟,那么稠的粥回家对点儿水能对付一天呢,他就这么不吝惜地全喝了……

舍粥棚让她感到些许安慰,盘算着到了一钱不剩的时候,不妨到这里来打粥。其实,她和赤贫又有什么不同?不得温饱,没有收入。这时,她听见有人在唱顺口溜:"火车一拉鼻儿,粥棚就开门儿。小孩儿给一点儿,老头儿、老太太给粥皮儿,搽胭脂抹粉的给一盆儿。"看来,打粥的计划怕是还得仔细考虑考虑。

有天包家的司机董贵突然来了。叶莲子忙着端凳子、生炉子,说:"这么冷的天还劳您来看我,真过意不去……等我给您烧口热水喝。"

看看这个家徒四壁、没了男人可靠、无比荒凉的家,连撮"高末儿"怕也不会有了,难怪她不说沏茶,只说给他烧口热水喝。怕她难堪,董贵只好找句废话来说:"顾太太,您还好吧?"

叶莲子说:"谢谢您了,我们娘儿俩还挺好。"声音清清平平,眼里却是群山层叠。跟着两只手划拉了一下,好像泛指身边拥挤不堪,其实除了一张床和一张桌子什么也没有了的家当。

叶莲子是——二师最贤惠的太太,到了这个地步还好强地撑着,不求人也不诉苦,就连对他也不,他和顾秋水不是哥们儿吗?

董贵说:"顾太太,包家的人都到天津去了,顾连长又是跟包家人走的,您的日子难得过不去,他们总该有个照应。我家马上也要搬到天津去,以后北平就没有——二师的人了。顾连长走的时候也托付过我,不知道您愿不愿意跟我们到天津去……总比您一个人孤单单在这里强。"

她用湿漉漉的眼睛望着董贵,说:"真不知怎么谢您。"

董贵就把叶莲子和自己的家眷一起带到天津去了。

叶莲子也在天津河南中国地那个院子里租住了一间房子,和董贵家门对门。每天一开门就能看见董家的人,心里踏实了许多,钱虽然还是没有,可不那么害怕了。

　　吴为一开始记事就记住了天津河南这个贫民窟,那低洼、潮湿而窄长的院子,与董贵家面对面的那间房子,还有炸蚂蚱的香味。半个多世纪后吴为还能画出那院子的方位、地形。顾秋水说:"一点儿不差。包师长家在租界地,租界地不让进武器,他就把武器卸在天津河南的中国地,一个叫西洼或是东洼的院子里。院子低洼,很窄,我到那里找过人,所以有印象。"

　　再伟大的天才也不可能记住他一岁时经历的事情,混沌如吴为者却记住了,且记住了一个个要点。如果分析那些要点,就会发现与吴为本人关系并不大,而像冥冥中的什么人,在她那里为叶莲子设置了一个笔记本。自那时起,叶莲子的每一笔苦难,都记在了那个本子上。那厚厚的本子让吴为永生不得安宁,好像不是顾秋水或这个世界欠了叶莲子什么,而是她欠了叶莲子什么。

四

　　有董贵一家的照应,叶莲子安心多了,可也有了另一个难处。

　　因为和老董家门对门地住着,董家嫂子随时可以过来串串。

　　她最怕吃饭的时候让董嫂撞见。

　　"吃了吗? 吃的什么?"董嫂常常关心地问。

　　于是每到吃饭时就插上门,以防董嫂看见她顿顿空口喝棒子面粥,面临揭不开锅的局面。

　　董家虽然也不富裕,不能像天津人那样喜好美食,不是烙饼熬小鱼就是红烧肉,或是包饺子……可粗茶淡饭还是有的。

渐渐地,董嫂还是看出了破绽,有时蒸了白面、玉米面的两面馒头,就让孩子送过来两个。

叶莲子总是推说不要,董家人也不说什么,放下馒头就走。

董家人走后,叶莲子就把馒头举在吴为鼻尖前,让她吸吸馒头的甜香,再好好啃上几口。她们已经好久好久没有吃过馒头了。

只有十个月的吴为就知道抱住馒头往叶莲子嘴里送,嘴里还含混不清地说着:"妈,妈——"

叶莲子一把搂住吴为,把头埋进她的怀里,将一串串无声的眼泪擦在她柔软的小肚子上。一个十个月的孩子,怎么就知道这是家里久已没有吃过的美味?怎么就知道让妈妈先吃?

直到弥留之际,叶莲子还认为她一生中最为幸福的日子,是婚后头两年与顾秋水一起度过的日子。其实在她一生中,最爱她的人是吴为。

再看到董家吃饭,叶莲子门一锁就躲了出去。

她抱着吴为在街上遛呀、遛呀,走过一条条小街,遛过一个个门脸,窥测着那些个小门小户里实实在在的日子——

哪家的小媳妇出来在货郎担子上买了针头线脑;

那一前一后的一男一女,大概是走亲戚的小两口;

谁家的狗?也不看着,踩着她的脚后跟凶叫,吓得吴为哇哇哭;

有个男人急煎煎地走在路上,是往家赶吧?家里的人等他吃饭呢,爹妈、老婆孩子什么的。都走过一程了,叶莲子又回过头去望望,看那男人是不是进了哪门哪户……

…………

过来一个货挑,她有心给吴为买个梨、买个水萝卜或别的什

么,自打吴为长牙会吃东西以来,什么也没给她买过——想想就要
揭不开锅的日子,又硬着心肠走过去了。

也不知道怎么回事,这个地界那么多货挑,过去一个又来一
个,好像她非得给吴为买点什么不可了。

叶莲子叫住一个货挑,那是个能说会道、走街串巷、遍数社会
筋脉的小老头儿,一眼就打量出叶莲子的里里外外。

"买点儿什么给孩子,您哪?"

叶莲子含蓄地笑笑,她能买什么给吴为呢?

看看货挑这头的点心,太贵了;又转过头去看那头的鲜货,太
贵了。样样都那么贵,不论买点什么,都赶上买棵白菜了。

小老头儿说:"来点儿饼干吧,这么大孩子正是长牙的时候,吃
饼干最合适了。再不就买个水萝卜,您娘儿俩吃。刚长牙的孩子
啃啃萝卜也好……"

他越说,叶莲子就越不好意思,她指不定买不买呢,不值得这
么费劲地招揽。

他越说,叶莲子就越不知该买点什么,越不知该买点什么就越
感到窘迫。

小老头儿不再多说。这肯定是好人家的女人,却落到比他还
不如的寒碜。货挑上的东西本就不值几个钱,她还这么不能决断。

谁说无言的等待不是一种压迫?叶莲子非得买点什么不可
了,看准最便宜的棒棒糖说:"就买块棒棒糖吧。"

小老头儿收了她的钱,却从货挑里拿了两块棒棒糖给她。

她说:"不,我买一块。"

小老头儿说:"那块算我送给孩子的。"

叶莲子红了脸,小老头儿这是周济她哪!

平白无故怎能接受他人的施舍? 若回说不要又驳了人家的面

子,负了人家的一片心意,只好再给小老头儿一个大子儿,说声"谢谢您的好意!"抱着吴为赶紧走了。

吴为用两只手抱着棒棒糖,自己吸吸溜溜嘬一口,再往叶莲子嘴里送一口。叶莲子不嘬,她就拧来拧去地叫道:"妈妈——"

现在,只剩下这十个月大,靠大人照料的孩子反过来照料自己、体贴自己了。

叶莲子拧不过吴为,只好嘬一口。她和吴为就这样在大街小巷里转来转去,抱着棒棒糖,你嘬一口、我嘬一口,然后再抹一下眼泪,算计着董家吃完饭才往家走。

日子越过越艰难了,转眼到了一九三八年春末,偏偏吴为又出了麻疹,叶莲子没有经验,还以为她患了感冒。

董嫂过来一看,说:"哎呀,这孩子出麻疹呢。你看看,连眼睛里都是疹子了,赶快给她捂上,不能受风,受了风就不好办了。"

叶莲子懂得太晚了,吴为可能还是受了风,发着烫人的高烧却不哭不闹。吴为从来不是个听话的孩子,可是一旦生病或是遭遇大事,反倒比什么时候都安静。过不了几年,人们更会在另一场大难中,见识五岁左右的吴为那令人难以置信的镇定。

叶莲子只好变卖结婚时顾秋水送给她的那只手表,不到绝路的时候,她是不会卖这只表的。

到了当铺才知道,那只表不过是个样子货。样子货是给人看的,真到卖钱的时候却值不了多少钱。十足的顾秋水作风。

拿着那点钱,她才能带着吴为求医。

听说法租界有个好大夫,叶莲子终于懂得出麻疹不能受风,用小被子裹着吴为,从河南中国地到法租界去。她雇不起洋车,也得节省每一个大子儿,谁知道给吴为看病需要多少钱?

　　开始没觉得吴为有多沉,只顾急着往前赶。越走越沉,原来裹得紧紧的小被子也越走越松,差不多拖到了地上。被子绊了她的脚,差点让她摔一跤。她惊出一身冷汗——可别再摔了孩子!

　　到了这种时候,就看出从小没吃过一碗干饭,如今又喝了一年棒子面粥的厉害了。

　　越到后来她越得时时停下,蹲在地上重新裹紧吴为身上的小被,用牙齿叼着被子的一头,两手匆忙地裹紧被子的另一头,还暗暗提醒着自己:“可别受风,可别受风!”

　　她走一步就念叨一句,还有多远,还有多远呢? 实在抱不动也走不动了,真是一根电线杆、一根电线杆地往前挪啊。

　　将近三十岁的叶莲子,即便有病也没有看过医生,以为只要钱花了,又有法国租界的大夫诊治,吃了法国租界大夫的药,吴为很快就会好起来。

　　可吴为就是高烧不退,呼哧呼哧喘息着,隔着被子都能感到她冷不丁的一个抽搐。叶莲子把手伸进被窝摸一摸再摸一摸,吴为身上的肉是越来越少了,到了后来,连裆都瘦抽抽了,连最不容易见瘦的屁股都瘦没了,连眼睛都不睁了。只有鼻子两翼,展飞似的一夺一鼓、一夺一鼓,十分卖力。

　　看着吴为扇动不已的鼻翼,生过四个孩子,也照料过四个孩子出麻疹的董嫂说:“可不得了啦,这是‘扇脉’呢。不行了,这孩子不行啦!”

　　叶莲子那原本秀美的脸,立刻被老天爷这一拳头砸变了形。她向董嫂转过脸去,嘴里喃喃地说了些什么,可是董嫂和董贵都没听懂她说的是什么。

　　她那歪歪扭扭的下巴,着实让董贵心酸,就说:“别着急,我知道近前有个老中医,听说很灵。我去找找他,事到如今,死马当活马医吧。"

算是吴为孽缘未尽,吃了老中医的药,慢慢缓过来了。

后来吴为常想,当时叶莲子干吗非要拉着她,不让她走呢?要是让她走了,不但她好了,叶莲子也好了。

吴为这一病之后,叶莲子再也沉不住气了,她不再躲在屋子里,时不时就抱着吴为到董家串串。把吴为往董家炕上一放,吴为就乖乖地在炕上爬来爬去,自己跟自己玩,从来没有尿过董家的炕。

那时的吴为根本不尿床,尿床是以后的事。

叶莲子不声不响地等着,看准董嫂不再忙活的时候才开口说道:"您说,我们南南她爸什么时候才能回来呢?"

董嫂知道什么,又能回答一个什么?也不懂得去包家问问,一问也许就能问出所以然。

叶莲子也不一定期待一个回答,她只是受不了独自心焦。

说罢又有点后悔,这不是腻烦他人吗?便做出一个笑脸,不好意思地说:"瞧,我净拿这些事难为您。"

为了表明不会再腻烦董嫂,她摇着怀里的吴为唱道:"云儿飘,星儿耀耀。海,早息了风潮……爱奏乐的虫,爱唱歌的鸟,爱说话的人,都一齐睡着了……"可是唱着唱着,又哭了。

董嫂嘴里虽然劝慰叶莲子"人活一世哪有不着急的",晚上却对董贵说:"放在谁身上谁不急呢?没钱过日子呀,就是省着花也不行啊!你没看见吗,她连窝头都吃不上。我看她们娘儿俩是没法儿过了。"

董贵说:"是啊,她还以为打仗是一两天的事,只要挺过这一阵子,顾连长说话就能回来呢。"

董嫂说:"包师长把人家男人带走了,包家问也不问他家里的,顾太太是老实人,又不懂得去找包家。这样下去哪儿是头?你得和他们老爷子说说,不能眼瞅着她们娘儿俩饿死吧?"

董贵就去见包老太爷。说:"顾连长跟着包师长走了,他的家眷没钱过日子呀,您老看怎么办呢?"

包老太爷在东北军里是出名的仗义之人,很痛快地答应着:"当然应该管,等我进去对大奶奶说一声。"

吃斋念佛的大奶奶回说:"一一二师的人多了去了,您管得过来吗?"

包老太爷从大奶奶房里一出来,口气就变了。

董贵想,这就不对了,一一二师的人都有官有职,人家找包家干什么?顾秋水不同,是包师长把他带离了军队,说秘书不是秘书,说听差不是听差,前前后后三年多,现在又把他带走了,人家太太孩子饭都吃不上了,怎么能不管呢?

一看没了希望,董贵又去前院找二太太。

董贵从小跟着包家,知道上上下下人的品行,比来比去,还是觉着二太太对人有些同情心,也是在包师长面前说了算的人。

包老太爷为几个儿子各盖了一所宅第,儿子们的宅第相通又不相通,各有独立小院,各个小院又都通向老太爷的大院。

出身"胡子"的包老太爷,造的房子却很西化,连地下室佣人的厕所也是抽水马桶。

五十多年后吴为旧地重游,这些房子还很结实地活着,只是被人糟蹋得面目全非。住客换了一代又一代,却没有一户与包家有关。她看着这一张张陌生的脸,凄然地想,住客啊,你们为什么与这栋小楼毫无关系?

人们冷而不善地注视着吴为,有人问道:"你是来收回产权

188

的吧？"

吴为说："我哪里有房产？我是这里佣人的孩子。"

二太太这才想起顾太太近几个月给她写的信，字写得不错，信上写着每月的开支，房租、米、面、油、盐什么的，婉转说明了自己的困境。于是她说："既然我丈夫把人家男人带走了，咱们不管不像话。让她们娘儿俩过来吧，起码吃住不用开销了。"想了想又说，"不必对她多说什么，就让她住佣人的地下室吧，饭也跟着她们一块儿吃。"

董贵想，这不成了包家的佣人了？人家正经还是连长太太呢。又想，不管是不是佣人，总比揭不开锅强多了，现在只能这样。

叶莲子就这样来到二太太家。

刚到来时二太太还算客气，高兴的时候，还能给吴为一块点心。吴为哪里吃过点心？为这个，一岁多点的吴为，就知道眨巴着小眼睛，讨好地看着二太太。

二太太喜欢孩子，特别吴为刚学走路，摇摇晃晃像个小鸭子。每天吃过晚饭，二太太就在院子的沙堆旁逗着吴为学走路。

她蹲在一头，让吴为站在另一头，招着手对吴为说："过来，过来呀。"

没想到下面的佣人比上房的主人还像主人，温妈先就给叶莲子来了个下马威，指着叶莲子带来的两个皮箱说："哎哟哟，这哪儿是来服侍人的，瞧瞧您的大皮箱，我还以为是哪家少奶奶来串亲戚哪！"

刘妈就说："温妈，别那样儿，谁没有个为难的时候，人家要是不难能走这一步？谁知道谁将来怎么样，给自己留个后路吧。"她还常常劝解叶莲子："往开了想，天无绝人之路，别在乎那些人，你吃的又不是她们的饭!"

为这几句话,叶莲子挂念刘妈一辈子,老对吴为说:"绝望的时候,哪怕几句安慰话呢,也让你觉得有了活头儿。"

二太太的日子也渐渐不如从前。到了后来,二太太辞去了打杂女佣,打杂女佣的活儿就由叶莲子接替了。

从此温妈更为嚣张,她看出叶莲子和她一样,也是个有了名分的女佣。

都说叶莲子的男人是包师长的秘书,跟着包师长干大事去了。秘书是什么?看样子和马弁差不多,要不二太太能那样对待他的家人?佣人不像佣人,朋友不像朋友的。既然二太太待她佣人不像佣人、朋友不像朋友,温妈还有什么顾忌?

温妈看不上叶莲子。

除了刘妈,叶莲子很少和人过话,明明是个佣人,看上去却和真正的佣人不同。

一到晚上,几房佣人聚在一起打麻将的时候,瞧那个叶莲子,像个太太似的不卑不亢地瞪着灯,要不就对着墙想心事。她的不言不语,倒让哪儿、哪儿都去得,哪儿、哪儿都说得上话的温妈,觉得自己更像个佣人,或本就是个佣人。

偶尔吴为在梦中发出一两声哭泣,温妈就会恶声恶气地对叶莲子说:"为什么不看好你的孩子?吵得我们不能睡觉!"

叶莲子不敢说什么,只能把吴为搂得更紧一些,小声对她说:"好乖,别哭了,别哭了。你听人家说咱们了。"

…………

温妈的话,句句像在抽打一条落在水里的狗。不是所有的狗都会游泳,有的会游有的不会游,偏偏温妈爱打的是那不会游泳的狗,可从来没有人听到过那只狗的哭声,不知道一只狗其实也会哭的。

在众人面前,叶莲子反倒是微笑着的,她的微笑是裹在寒碜外面的尊严,就像没落世家的人,不论潦倒到什么地步,出门也要换件长衫以维持昔日的体面。那件长衫也许千纳百缀,但不能说它不是长衫。既然保持着长衫的身份,也就可以和其他长衫相提并论。

与其说叶莲子的微笑是那件维持体面的长衫,倒不如说那微笑是别样的乞求和告饶,求人别往长衫底下看,别看出或揣摩出长衫底下辛辛苦苦掩盖着的寒碜和窘迫。

当她已经不在人世之后,吴为每每想起叶莲子,浮现的常常是这副笑脸,而不是遭灾受难的模样。遭灾受难的模样,与她们种种不能与人言说的窘迫,似乎被叶莲子尽力掩藏起来,连吴为都不尽知晓。

干完活,叶莲子就神色迷离地缩进一角,如窗帘后的一个影子。偶尔有人从她面前经过,多半也不会把她当个活物那样给她一瞥;即或有人给她一瞥,很可能也是因为她那落寞孤清中渗出的寒气,让人感到冷冷一袭。

对有些人来说,纯粹属于个人行为的哭泣,也不能如己所愿、自由自在地发挥。那么除了两汪眼泪什么都没有的人,那眼泪还能说是属于他的吗?真正的一无所有啊!

从那时起,吴为就是想哭,就是想笑,就是哪儿疼,就是想撒尿,就是饿,就是哪儿痒痒想挠一挠……也要先看看他人的脸子,才能决定她能不能哭,能不能笑,能不能撒尿,能不能说饿,能不能挠痒痒……要是他人不高兴,门缝夹了手指头也不能哭,憋得快尿

裤子也不能尿,肚子饿得咕咕叫也不能说饿,痒痒得难熬也不能
挠……不然妈妈就要因此受煎熬。

到了这种地步,还能想出什么法子不让人挤对?

法子还是有的。

那就是不等人家挤对,自己先把自己挤对了,而且一挤对就挤
对到山穷水尽,一丝一毫挤对的余地也不留给他人。

于是退让、忍让、讨好他人,成了她们最根本的处世态度。实
实在在以牺牲自己最迫切的一份需要,来满足他人并不十分必须,
甚至多占一份的需要。以致她们后来在与人相处时,不管有求或
无求于人,甚至对有求于她们的人,还都像寄人篱下时那样委屈、
"克扣"着自己。

这也造就了她们过度的敏感。在她们将自己挤对得一点余地
不留之后,谁若不给她们一点面子,仍然继续挤对她们的话,她们
就会为之拼出孱弱的小命,如运载火箭"……五、四、三、二、一"地
将日积月累在心的羞辱,在最后的"一"后发射出来。

这就是为什么与胡秉宸结婚以后,吴为还总像个小妾那样讨
好他周围的人。

即便对胡秉宸的秘书也是如此,看着她对秘书那副逢迎的样
子,胡秉宸讪笑着说:"'唯女子小人难养'这个道理你懂不懂? 怎
么一点儿架子也不会拿? 你越这样他们越是蹬着鼻子上脸,越不
尊重你。"

更不要说对他的女儿芙蓉。茹风说她"简直到了阿谀奉承的
地步","你是不是对他的爱受宠若惊? 否则你的很多行为不好理
解",还老是心意绵长地提醒她:"有一个人你得尊重一下,她就是
吴为。在这个世界上,除了你还有谁能想到她呢?"哪里知道这种
待人处事的态度来自她们的幼年,吴为自两岁左右到包家开始,叶

莲子则始自五岁丧母之后。时间未免早了一点。

吴为刚会咿咿呀呀说话,就能像模像样地跪在地上,和叶莲子一起为楼梯和地板打蜡了。

她的小脸儿还没长开呢;她的小鼻子、小眼儿、小嘴巴不过是一个又一个圆,还套在婴儿的混沌里没有定型呢;她的小脊梁骨也还没长硬、长直呢……

她的小身子匍匐在地上,活像个小刺猬。她的筋骨是初生的筋骨,禁得起一再的折腾,既不腰酸腿疼也不呼哧带喘,前途远大着呢。

继叶莲子之后,吴为能拳打脚踢地撑起孤苦无告的叶家家门,正是因为有这样的"童子功"垫底,不论干什么都能全力以赴,包括对情爱有去无回的豪赌。

干着,干着,吴为仰起汗津津的小脸儿对妈妈说:"妈妈,妈妈,温妈妈是大老虎。"

叶莲子笑了:"她打呼噜呢。"

吴为又说:"还吹糖人儿呢,噗——噗——"

她有时还说:"妈妈,妈妈,太太给我糖吃了。"谁都不能把二太太叫"二太太",只能叫"太太",连吴为都知道。

叶莲子说:"你说谢谢了吗?"

"谢——谢——"

"好吃不好吃?"

"好——吃——"

…………

可惜除了深感安慰,叶莲子并不十分明白,吴为才是她生命之旅中最为忠诚的伙伴。

　　有饭吃的日子过了差不多一年,一九三九年夏天,海河决口。

　　大管家通知佣人们自寻活路。

　　上上下下的佣人呼啦一下没了踪影。他们都是有家可归的乡下人,回到乡下别管能否躲过水灾,一家人就是死也死在一起了。

　　只有刘妈,临走时爱莫能助地看了叶莲子娘儿俩一眼,张张嘴又闭上,有点不安地低头走了。叶莲子想,到了这个节骨眼儿上,刘妈又有什么法子? 能想着看她们娘儿俩一眼就很不错了。

　　先是从阴沟嗞嗞往外冒黑水,到下午三点左右,大水就漫淹了天津,死尸漂浮,马路行舟。晚上大水就涨到三楼,再向窗外望去,就是"一片汪洋都不见,知向谁边"了。

　　人们被水撵着,从二楼跑到三楼。

　　包老太爷租来几条大船,吩咐各门各户带上细软避到北平去。

　　人们在叶莲子母女面前跑来跑去,全像没看见似的,虽然叶莲子抱着吴为就直杵杵地站在众人眼前。

　　平时见面也能笑着说句"顾太太,吃了吗?"的人,这时候也像不认识了,紧闭着他们的嘴。

　　经常给二太太开心解闷的小可怜吴为,更像个被人玩腻、丢弃一旁的玩偶。两岁多点的吴为,虽然不懂大水涨到三楼的厉害,却被人们非同小可的状态吓住,知道此时此刻哭不得也笑不得,更不能奶声奶气地叫一声"太太!"尽管二太太最喜欢吴为这样叫她,尽管把二太太哄高兴的时候,二太太还会给她一块点心或是两块糖。现在她只能怯怯地偎在叶莲子怀里,用眼睛巴巴地看着那些翻脸不认人的人。

　　末了,人们终于打点好行装,登上那几条船。

　　到了此时,叶莲子还不能明白,还用眼睛拽着人们的背影,以为谁能回头看她们一眼,也许就会有人发发善心,说:"哟,还有顾太太她们娘儿俩呢,带上她们吧。"

怎么能有人回头!

那就大喊一声:"求求你们带上我们娘儿俩吧,别丢下我们孤儿寡母不管哪!"

她又张不开嘴。自墨荷去世后她就被安置到这种位置上:遇到灾难、不幸、死亡……的机会,她肯定是第一个;逢到快乐、幸运、活下去……的机会,她肯定是最后一个。连她自己也习惯了,一旦到了这种抉择关头,像自幼年而始那样,只能别无选择地逆来顺受。

再不,像别的佣人那样一走了之,找个地方躲起来。她上哪儿躲? 哪里是她的家?

或是也租条船躲水去。她有钱吗? 这时候租条船就像买条命,命有多值钱,船就有多值钱。

…………

应该说叶莲子并未遭遇坏人,她遭遇的只是一个只能顾自己,顾不了他人的天下大乱的时代。

人们坐着船走了,生生把她们母女扔在了孤楼里。

前前后后大院套小院的几栋房子,刚才还是人来人往,百十口子,人声鼎沸,一下子就浸透了死气。

黑水带着玩世不恭的嘲笑,不紧不慢地一寸寸恣意上漫。水里漂浮着茅草屋顶、家具、木头,甚至还有猫狗和耗子,它们攀附在漂浮着的屋顶或家具上,在黑水的一个小酒窝或一个小褶皱或一个小牙缝里,徒然地折腾,束手无策地哀鸣……

天渐渐黑下来了。

叶莲子抱着吴为僵立在冥茫之中,爹着头皮,静听死亡蹚着黑水到处搜索。

吴为小心翼翼地哭了起来，在抽泣中断续说道："妈妈，妈妈，肚肚饿，饿……"

叶莲子这才猛醒。开走廊的灯，不亮。再开楼梯上的灯，不亮。又到主人的房间试试，还是不亮——啊！没电了……

旋即又是一惊，厨房在楼下，楼上哪儿有吃的呢？

她把吴为放在地板上，让她坐下，说："好乖，听话，不许动，一动就找不到妈妈了，妈妈给你找吃的去。"

摸到楼梯口，扶着扶手一脚一深地向楼下走去。还没到二楼，一伸脚，一只脚顿时被凉水拔住，趁着天光往下一看——

与她们无数次亲密接触、被她们无数次抚过的每个台阶、每寸地板、每方空间，此时却变作黑黝黝的一张大嘴，这张大嘴可以毫不动情、连骨头渣都不剩地将她们一口吞没。

赶快回转身来，还好，吴为一动没动在原地坐着，叶莲子只好硬起心肠哄她说："别哭，你是妈妈的乖孩子。等天亮了妈妈就给你找吃的，现在什么都看不见哪，是不是？"

吴为懂。

夜更深了，水的呼啸，风的呜咽，乘风乘水断续而至的哭声……汇成索命的阴号，横扫过天又横扫过地，让人毛骨悚然，不寒而栗。就连吴为也害怕得紧紧搂着叶莲子，再不敢做声。

长大以后，一旦大难临头，吴为耳边立刻就会响起这种阴号，真切得可以将她淹没，再一丝不苟地将她窒息。对于"灭顶之灾"，恐怕再没有人像她这样有着常人不能体验的感同身受。那丝丝悠悠、汩汩上涨的水声，更会在所有的声响中突现出来，尤其让她感到恐怖。

此时有什么东西向窗边游来，叶莲子激动地想，难道有人来救她们？

她紧贴窗口，直勾勾地看着那东西慢慢游浮……渐渐游到窗口，果真是个人，现在看清楚了，是个白糟糟的尸体，不知在水里浸了多久，比正常人体胀出许多。最可怕的是他脸上的神态……突然，那白糟糟的尸体嗖的一下在水中立了起来，肿胀的脸紧贴着窗上的玻璃，如果没有玻璃挡着，怕是要从窗户跨进来了。

那白糟糟的尸体上上下下浮沉在小楼的四周……叶莲子在原地连连左转右转，又无助地向大门望去，门房的轮廓在泛光的黑水中浮沉，看大院的老更倌还在吧？可是，就算她能呼天抢地，就算老更倌能听见她的呼救又有什么用？他们当中隔着几丈深的黑水……她是求救求不得，想逃逃不得，想躲躲不掉啊！

比四面楚歌还让人绝望的四面尸体啊！她调转身来将脊背紧顶墙壁，先变四面尸体为三面尸体。那从背后袭来、恐惧中最为恐惧的恐惧，似乎被拦腰阻断，然后紧靠墙壁出溜到地上，佝偻着身子，用她的身体遮挡着吴为，再一头向下扎去，闭上眼睛听天由命了。

如此，她的心口就紧紧贴住了吴为的小身子。她感到了吴为那颗虽然还小却跳动清晰有力的心脏。有个活物在陪伴着她呢！

许久不见动静，叶莲子才慢慢抬头向窗外望去——那脸竟消失了。

天刚蒙蒙亮，叶莲子就到处找吃的。

开始她还很有信心，想着无论如何总能在三楼哪个房间找到饼干、点心之类的东西，可是怪了，偏偏没有。

随着一个又一个空筒子、空罐子以及各种器皿相继亮相，不过一天时间，叶莲子嘴里烂得一点皮都不剩了。此后，只要着急上火，她就满嘴烂得掉皮，直到去世前两年才不治而愈——也许知道生命一日一日远去,灾难再也没有机会与她较劲了。

上哪儿能给吴为找口吃的? 要是大水十天半个月不退,她们母女还不饿死在这楼上?

所以当她找到一饼干筒面粉,又找到一个煤油炉子的时候,不禁喜极而泣。

赶紧取些面粉,对些水(幸亏德国人建的小楼每层都有自来水),勾了面糊在煤油炉上烧烧喂吴为。

叶莲子常常怀着感恩的心情,想起这一饼干筒面粉,如果没有它,她们早就死在那场水灾里了。

…………

此情此景,吴为就是到了老境,一旦想起也会老泪不止,意绪难平地踱来踱去,自言自语叨叨着:"太让人伤心了,实在太让人伤心啦……"

二十多天后,大水退下,主人们回来了,佣人们也回来了。

没有一个人问问轻瘦如烟的叶莲子和吴为:你们娘儿俩怎么过来的? 害怕了吗,有吃的吗? ……

这场大水灾,似乎只是叶莲子和吴为的大水灾……

日子又如常地过下去——

楼上四间卧室、楼下客厅、餐厅每天都要打扫。叶莲子是好强的人,她不能让人从她打扫过的房间或桌子、椅子、床头、窗台上再摸出灰尘来;

每天照例换下的大大小小六床被单、罩单、枕头、衣服,需要洗涤;

自然也要熨烫这些洗过的衣服和被褥,到一九四〇年离开包家的时候,她在包家洗涤、熨烫过的衣服、被褥,怕也高过一座山了。就是到了老年,吴为熨烫衣服的手艺也赶不上她,一板一眼得像是刚从商店买回;

间或还要给楼梯和地板打蜡。

二太太又想出做鞋的主意,限时限晌要她做完,好像有人真等着穿。

鞋底厚得真难纳啊。叶莲子把锥子在硬处钢了又钢,在蜡烛头上抹了又抹……每往鞋底上攘一针,身子和脑袋就一并使劲地俯向鞋底;攘进去还不算完,更困难的是把攘进鞋底的针再拔出来,她用牙齿咬着刚从鞋底冒出来的针尖,来回甩着她的脑袋往外狠拔……叶莲子赶呀赶呀,胳膊都累肿了……

逢到有点空闲,叶莲子就抱着吴为到附近的大明公园去。

说是公园,其实也没什么景点。不过是个空阔的场子,中间是足球场,周围是跑道,跑道四周是看台,看台后面是些高大的树。偶尔有几个外国人远远地在场子当中踢足球……这样一来,叶莲子就觉得大明公园是她们娘儿俩的公园。

人活在世总得给自己找到一个立脚之处,她们的立脚之处就是大明公园。

叶莲子在没有观众的看台上坐下,吴为这时不哭也不闹,静静地坐在那里接受足球文化的熏陶,而国人还要等几十年后才能为足球疯狂。

坐着、坐着,叶莲子就无声地哭了起来。

在她们的大明公园,她想哭多久就哭多久,想哭多痛快就哭多痛快,没人会看见她的眼泪,她可不是到家了!

她的眼泪伴着她愁苦的叹息,一滴滴掉进吴为的脖子里,暖暖的、痒痒的,顺着吴为的脖子往下爬行,然后渐渐变凉。吴为一动不动,也不对叶莲子说起这些。

这些走投无路、无依无靠的"苦雨",点点滴滴灌溉着吴为。在这样的雨露滋润下,能指望吴为成长为一棵出色植物吗? 休想!

她们就这样坐在看台上,在柳树春风、夏雨白云、缤纷落叶、雪花翻飞的轮回中,苦撑着她们的日子,转眼吴为到了三岁。

如果跪在楼梯上打蜡的时候,碰巧二太太从楼上下来,吴为就会仰起小脸,对二太太讨好地笑笑。

小小的她就很明白,二太太高兴的时候,就能给她几颗糖或一块点心,就能对妈妈好颜好色地说几句话……吴为能够看出什么颜色是好颜色。

二太太要是不高兴,她就会躲在一旁翻来覆去看自己的小手,好像小手上有什么值得研究的东西;又赶紧低着头往叶莲子身边紧靠,把已经够小的身子缩得更小,小眼睛眨巴眨巴地斜着二太太的脚,以便给那双脚让出更宽的通道。

不论吴为怎样拒绝做一个奴才,从两岁开始,她的脊梁骨就弯了,从此再没有直过。从两岁开始,人人也都成了她的主子。她不但是奴才的女儿,分明也是了一个小奴才。不论谁给她一点点关爱,也许是无意,也许根本不是关爱,她都觉得那是赏给她的而不是她应得的。而且等不及来世,恨不得今世就"变做犬马当报还",全部、马上、匆忙地献出自己,让施舍的人觉得她好一个"贱"。

即便诀别了那个楼梯,她还是不自觉地缩小再缩小着自己在空间的位置,以便给他人让出更宽敞的通道。

同时还有那么点不能免俗的、对赏赐的巴望,并贵有自知之明地、很"贱"地把巴望定位、局限在守望他人淘汰的一根骨头、一点破烂上。

其实她所有的胡作非为，一些小事上的声色俱厉，包括她的张扬，不过是色厉内荏的小技，以掩盖她对弱肉强食法则的恐惧，以抵抗自己的奴性、抵抗她对奴性的嫌恶与恐惧，企图向自己证明，它们从来没有在人格上、精神上对她构成过威胁……

如果问是什么造就了吴为，这楼梯无疑是造就她的第一下凿子。正是它，决定了吴为的生命基调和走向，她的人生其实从两岁时就开始破损。

这真是没齿难忘的楼梯。

正是顾秋水，在她两岁多的时候，就把她扔到了这个楼梯上。

所以她对顾秋水的仇恨，是他人——包括叶莲子，都不能理解的。

胡秉宸就曾问过她："你对你父亲是不是太狠了？你还算个作家，怎么就不能理解男人喜新厌旧的毛病？"

她说："我不狠。喜新厌旧有什么？那本是人之常情，管什么男人或女人。我恨的是他为什么不负一点儿经济上的责任？他又不是没有钱，他买套英国西装就是七十块，而我和母亲六块钱就能过一个月……哪怕他每个月给我们十块钱，十块，只要十块，我的人生也不至于从两岁就开始往下栽，也不至于这样奴颜婢膝，一辈子在与他人，特别在与男人的关系中犯'贱'。更不要说还有他的暴力做参照，哪个人给我个笑脸都让我觉得遇见了救世主……你说说，难道我的一生，连一套英国西装也不如吗？……"

这样说来，吴为和胡秉宸的关系多半也得由她自己负责，追本溯源，得由顾秋水负责。如果她不是一开始就把自己定位于低三下四的小妾，而像白帆那样具有平等，甚或高人一等的意识，即便最后被胡秉宸抛弃，即便胡秉宸为制造离婚口实对她极尽折磨，也不会对她造成那样大的伤害。

五

　　穷其一生,吴为都在想方设法报复把她推向这个楼梯的顾秋水,又始终为找不到有如手刃他的快感而耿耿于怀。

　　叶莲子一开门,先看到的是一双脚。这双脚没什么特别,穿一双中国男人穿了几十年也没有改变过的"三接头"……裤脚却各色地翻起一道卷边。那时,人们节俭得早就省略了可能省略的一切,包括男人裤脚上的这道卷边,改革开放之后另当别论。

　　时隔几十年,叶莲子还是一下将目光拉到这道裤边主人的脸上——果然是顾秋水。

　　现在叶莲子也可以用顾秋水当年对她说的那句话来回报他了:"你怎么来了?"可她自甘放弃了这个绝佳的机会。

　　顾秋水说:"传达室说吴为出国了。我说,我来看看她的母亲。"甚至没等叶莲子说"请进",就仍然像这个家庭的主人那样进了叶莲子和吴为的家门。环顾着这个与他风格完全不同,也没有了他位置的家,那一点故作的佻巧,不由得就转化为一点由衷的酸妒。

　　叶莲子平和地坐在他的对面,那是几十年凄风苦雨熬煎出来的平和。顾秋水感到了它的重量,只好收起他的不实,从实招来:"我想看看吴为和我的外孙女。"

　　到了下巴和脖子已然与感恩节那只火鸡相差无几的时候,顾秋水忽然想起世上还有自己的一些骨肉。

这只感恩节的火鸡虽让叶莲子顿感流年似水，一切也都随之而去，然而毕竟还有被流光遗落在岸旁的丝丝缕缕……

等到吴为出访归来，叶莲子说起顾秋水的来访："……我赶快把他打发走了。"

"为什么？"

"无话可说。"

"无话可说？您从没对他说过您为他受的那些苦，现在还不该和他好好谈谈吗？他老是说和您没有共同语言，对他说，这就是你们的共同语言。"

"婚都离了几十年，还说那些干什么？"

"他不该好好反省反省吗？怎么可以那样对待咱们孤儿寡母？就是对待一个路人也不能见死不救啊！"

"他知道你现在很顺利。"

"哼，知道就好。"吴为想象着顾秋水坐在她们家里的样子，忽然明白，她之所以能够从社会底层挣扎出来，向老顾复仇，应该说是一个重要的动力。

她断然拒绝了顾秋水的请求。

一九五二年的一天，已升任为校长的秦老师，深感棘手地把叶莲子请到办公室，拐弯抹角地说着："叶老师，学校、教师、学生对你的教学都很满意，吴为也上了中学，听说你们没有申请助学金……你还是那么要强。"

一九四九年后他们反倒生分起来，因为都是从旧社会过来，难免有人说是串联，只能各自镇定平和，兢兢业业地做着一份工作。

"现在生活安定了，物价也很稳定，不给吴为申请助学金我的工资也够用了。"

"可能还是清苦一些吧。"

"比从前好多了,你记得四九年以前……"

"当然。"秦老师怎能不记得！叶莲子那时真的不具备一名教师的资格,他是亲历亲见叶莲子如何靠查《辞海》的办法,一步一步成就为一名优秀教师的。

因为穷得连盏油灯也点不起,叶莲子每晚都留在办公室里查《辞海》,把吴为一个人丢在山门洞里。小小的吴为,默坐在山门洞里不知想些什么,一坐就是一个晚上,或早早就独自睡下,不知星光能否给山门旁她们那间小屋一些光亮……却从未奢求过大人的呵护,像不像只狗崽子那么禁活、禁折腾？

有时候《辞海》也查不明白,就只好向他人讨教,为此没少被他人奚落。每当被人奚落的时候,叶莲子就固执地沉默着,不哭也不反唇相讥……

现在她们母女生活刚刚平稳,叶莲子刚刚喘了口气,就来了这封信。

真像有点残酷。顾秋水通过公安部门费了不少周折找到叶莲子,不过是为了与她办理一个正式的离婚手续。一九四九年以后,不羁如顾秋水者也明白了必须照章办事,再不能像从前那样随心所欲——即便对叶莲子这种可以随便踹一脚的女人。

"你的身体也比从前好多了吧？"

"是的。"

"吴为上学还好？"

"唉,还是那么淘气,不好好念书。"

秦老师笑了,"女孩子,长大就好了。现在还有什么困难吗？"

她认真地想了想,"不,没有。"

不过一瞬间,叶莲子就把她的生活想完了。如今她的生活就是工作,有工作就有工资,有工资她们母女就有饭吃,吴为还上了学……

唉,她看上去没有一点儿准备的样子,"这儿有一封信……"叶莲子抬起眼睛,额上的横纹深了起来,"顾秋水同志来的。"秦老师继续说道。

叶莲子从来挺得笔直的身体一下倾斜过来,像出土文物那样少有生动的脸,让人难以置信地突然千变万化、风雷激荡起来,这倒促使秦老师尽快将真相说明,"他希望和你办理一个正式的离婚手续。"

她像是没有听懂,用她的脸和肢体而不是语言,请求再次确认。于是秦老师又把话重复了一次,这一次他觉得容易多了。

叶莲子的脸上又是一阵疾风骤雨,之后便麻木下来,像病入膏肓的人,经过一番回光返照终于接受了死亡,"唔,我……"她原想说我同意,想想又说,"我能不能和他当面谈谈?"

是啊,难道顾秋水就想用这一张薄纸,把叶莲子打发了吗?秦老师说:"也好。很快就放寒假了,你不妨到北京去一趟。"

大年三十,叶莲子带着吴为上了火车。车厢里几乎没有什么人,人们早就回家团聚去了。

吴为一上车就横躺在车座上睡着了,睡得很沉,见不见这个父亲对她毫无所谓。

叶莲子的心绪很乱,一会儿觉得也许可以捡回从前的日子,一会儿又想起过去种种以失败告终的努力。

临上火车前,她在小镇理发店烫了头发,对着镜子不断审视自己,觉得自己那张脸还有希望。接着又想起顾秋水常说的:"你不过是个漂亮的瓷美人儿,虽然漂亮,却不招男人待见。"

怎样才能招男人待见？

她想起阿苏。

远离了过去的日子，在求生奋斗中又渐渐开阔了眼界，叶莲子不再生恨于阿苏，而是研究起阿苏的成功。

是啊，阿苏并不要求一个婚姻，也不在乎一个名分，也就是说，不会成为哪个男人的负担。没有了道义、责任、良心、经济约束的寻欢作乐，是多么纯粹的寻欢作乐，这种只收进不付出的交换，哪个男人不喜欢？

…………

举着一张一路风尘、仍然不让男人待见的脸，叶莲子到了北京前门火车站。仍旧没有人接，与当年千里寻夫的香港之行，何其相似乃尔。

可是这一次容易多了。吴为又高又大，根本不像十一二岁的孩子，扛起她们的行李就走，噔、噔、噔，问东问西、闯来闯去，事事不用她操心。

然后就到了电车站，吴为一手扶着肩上的行李，一手拉着叶莲子上了车，还给叶莲子找了个座位。

"是这趟车吗？"叶莲子犹犹豫豫。

"是。"

"该下车了吧？"

"您就坐着吧，一共七站路呢。"

只要电车一停站，叶莲子还是禁不住问："该下车了吧？"

吴为就说："七站哪，妈。"

"行李，看着行李，别丢了。"塬上的日子，已然把叶莲子改造成一个完完全全的乡下女人。

"我踩着行李上的提手呢。"

206

过一会儿又问:"行李呢?"

…………

下了电车换汽车,吴为领着叶莲子拐来拐去,好像知道该往哪儿走。

吴为自己也奇怪,北京不过是她的出生地,就是在梦里她也没有回到过北京,现在怎么就知道应该往哪儿走?莫非在离开北京的十多年中,她的魂儿仍在这里生活、成长?

现在是吴为领着她了。那年去香港找顾秋水,在徐州上火车因为一手抱着吴为、一手提着箱子,几乎上不了车厢的台阶。日本人嫌她行动慢,照她后背就是一枪托,她跌倒在车厢的台阶上,吴为的头磕破了,鲜血直流,她也跌破了膝盖……不知不觉间她们就换了位置。

叶莲子有点气喘,吴为问:"妈,您累吗?"

"不。"她不是累,她是心慌。

走在那些似曾相识的胡同里,看着那些熟悉又不熟悉的灰墙、小四合院、迎门的影壁……那时,她不过是个什么都不懂、坐守空房、一心一意等着丈夫回来圆梦的小媳妇,现在虽然已是小学教师,可还是带着他们亭亭玉立的骨血,来圆一个夫妻梦。

很久才找到顾秋水供事的机关。想起那年去香港,叶莲子又有些怕了,顾秋水当头一句"你怎么来了?"把她呵斥得体无完肤,到现在那伤口也没长好。她就对吴为说:"你先进去吧。"

"你就是南南?"顾秋水着三不着两地说着毫无意义的话。

不是我是谁?吴为肆无忌惮地打量着、研究着顾秋水,活像颗定时炸弹,不知什么时候或什么地方就会给他来个爆炸。

这就是她的父亲吗?瞧他那个样子,整个儿一个旧社会。

在黄土高原上成长起来的吴为,却清清楚楚知道顾秋水的

"旧"和书香门第无关,而是各种半吊子凑合起来的"旧"。因为是半吊子,便有不到位的鄙俗。她感到了羞耻,这样一个鄙俗、与新生活格格不入的侏儒,居然是她的父亲。比较起来,吴为宁肯喜欢那些解放干部的粗布衣袜和土头土脑的清新。

她的面孔被冷风吹得通红,低头瞧瞧脚上那双叶莲子为她千里寻父,亲手缝制的新上脚的棉鞋,牛气冲冲地一把摘下头上的棉帽子,顶着一头的汗气说:"我妈还在外头等着呢!"

吴为要是不摘帽子,真像个男孩,和留在他手里那张五岁时的照片很不同了。

有人在耍空竹,嗡嗡的,忽强忽弱。也有乒乓的炮仗在响,旧历年节的声响应时应晌一一来到。叶莲子想起了还没有吴为的时候,只是她和顾秋水两个人的春节。

这次顾秋水倒没有说"你怎么来了",似乎一九四九年把一切都晃荡了一下,都重新捏咕了一回。

他们彼此生分地客气着:"来啦,路上顺利吧?"

"挺顺利,就换了一次车。"顾秋水看看叶莲子满头如绵羊尾巴紧紧卷着不放的小发卷,怜悯地皱了一下眉,领着她们就往屋里走。

吴为大刀阔斧,横冲直撞地走在前面,两条胳膊甩得很快、幅度很大,像个挑夫。顾秋水当然不知道,吴为从十岁起就替他担负起家中的体力活,比如,将重量四十斤的一袋面粉从塬下扛到塬上。如果她不担负起男人的体力活,难道让体弱多病、一走三晃荡的叶莲子担当吗?

顾秋水不知怎么就有了相逢下马威的感觉。当吴为用一双杏眼无言地望着他的时候,少年的眼神里居然有种居高临下的怜悯、讥讽和审判。顾秋水不觉一惊,忽然就觉得遇到了对手,而且是个不能小瞧的对手。

顾秋水带着她们下馆子,逛东安市场、隆福寺。当他们坐车经过东四一条胡同的时候,叶莲子直瞪着眼睛对吴为说:"你就出生在那条胡同里。"

吴为回过头去,对那条一闪而过的胡同看了一眼。那条胡同和北京所有的胡同一样,并没有引起她更多的注意,还要等上几十年,她才懂得珍惜那条一闪而过的胡同。

对于这次会面,吴为认为最重要的任务就是寻找机会报复顾秋水,以回答他送给她的那份如何将她造就为一个奴才的培训。

旧货摊上摆着美国兵橄榄绿的棉猴、美制窗帘、旧家具、衣料、旗袍……这些东西的主人或已远走高飞、归无来期,留守的佣人便想发个小财;或是没了生计,只好变卖这些东西维持日子。

顾秋水在一个地摊前站住,给叶莲子买了一双高跟旧皮靴,其中一只靴底已近磨穿,顾秋水说:"掌个掌儿,还能穿一阵儿。"

吴为想:他是没钱还是对付母亲,还是欣赏那烂靴子的式样?吴为到底有墨荷那个家族的血统,想逃离那个家族的趣味、传统都不行。

叶莲子却高兴得不得了。她不是高兴得到一双烂靴子,而是觉得顾秋水这一买,又买回了他们之间的旧关系。

那双烂靴子显然让叶莲子爱不释手,可就是不穿。不论多么穷,她也穿不得这种来自旧货摊上的烂靴子,但有一点可以肯定,她那一圆夫妻梦的企图是越来越强了。

如果顾秋水知道这双旧靴子竟带来这样的结果,肯定不买了。

叶莲子把缝在棉袄里的钱都掏了出来,对吴为说:"你爸上班去了,你带妈妈到东安市场去一趟好吗?"

叶莲子在东安市场买了案板、菜刀、漏勺、擀面杖、锅、碗、瓢、盆……一共花了二十多块钱，几乎倾尽所有，但她毫不心疼。她拿着钢精锅左看右看，对吴为说："瞧，这样的锅做出来的饭怕也白出许多。"

她们从没用过这么漂亮的锅，她们用的是又黑又重的生铁锅。

吴为看着那些炊具，想，她们那个破家，配使这些玩意儿吗？

她们那个家好破啊！坑坑洼洼的土地，不论床脚或桌脚，都要用砖块垫来垫去才能找平；两条板凳搭上几块木板的破床；顾秋水当年丢下的那个旧皮箱就放置在一条长凳上；两把旧凳子；两张旧课桌，一张用来给叶莲子备课改作业，一张用以摆放油、盐、酱、醋、案板、碗盏……不过妈妈难得高兴、难得花钱，而且一花这么多。

吴为抱着那堆东西，眼睛却瞟着一家家商店的橱窗，在一家橱窗里，她看见了一把提琴，标价二十五元。吴为并不想学琴，但是她要让顾秋水给她买这把琴。

十一二岁的吴为，她的报复、破坏是那样幼稚，那样低级。就为这个，她也盼望自己快快长大，相信对老顾的报复届时也会随着成熟起来。

回到住处，叶莲子就把那些东西往顾秋水的屋子里一放。吴为这才知道，一切是为了顾秋水。她声色俱厉地大吼一声："妈！"

叶莲子什么也不说，只用一双大眼睛期待地看着顾秋水。

事到如今，非摊牌不可了。顾秋水给叶莲子沏了杯茶，端到她面前，说："坐吧。"

她说："我不能喝茶，一喝茶就睡不着了。"

他看了看叶莲子那双大眼睛，的确是双喝了茶就睡不着的大眼睛。一旦叶莲子又要吊在他脖子上，连她那双漂亮的眼睛，顾秋水都恨得不能再恨。

顾秋水自己也非常奇怪，为什么叶莲子那又黏又沉的爱，只能激起他嗜血的渴望而不是爱的回响？他真想像从前那样踢她、踹她几脚，骂她个狗血喷头，把她往死里揍，可他刚张嘴说到"有些话我不得不说……"就变成了歇斯底里的号啕大哭，倒好像吃了很多苦的是他而不是叶莲子，今天终于有了一吐苦水的机会。

哭着哭着，顾秋水也不知道自己是为什么而哭了。是想把一辈子的委屈在这一刻哭尽，还是哭他没有值得回忆的过去？反正是越哭越痛。

叶莲子从未见过顾秋水哭得这样肝胆欲裂，以为患难夫妻，劫后重逢，难免想起过去种种不尽如人意之处，反倒劝慰起他来："算了算了，都过去了，只要今后……"

哭归哭，叶莲子这个"只要今后"立刻让顾秋水从对前半生的挽歌中惊醒，"我要说的是我对不起你们，我有罪，可是我再不能和你破镜重圆了。求你饶了我，原谅我，和我离婚吧。你是个最好、最好的女人，可不是个让男人爱的女人，要是咱们再生活在一起，我还会恨你、揍你的。"

见顾秋水哭得这样惨烈，叶莲子心疼得张口结舌，话都不会说了。比起顾秋水肝胆欲裂的哭泣，自己受的那些苦算得了什么！要是与她破镜重圆竟使顾秋水痛苦如此，也就免了吧。

叶莲子干脆没有了主意，没有了自己，也忘记了自己到北京来干什么，手忙脚乱地说："你要怎样就怎样吧。"

接着她就在顾秋水早已拟好的离婚协议书上签了字，并且力求工整，因为签字的手颤抖不已，她生怕签出来的字歪歪扭扭，影响离婚协议书的效用。

签完字便觉大势已去，叶莲子提出："我想明天就走，顺便回老家看看。"

"多住几天吧，还有好多地方没去玩儿呢。"顾秋水此时的挽留诚心诚意。

就在叶莲子签字前的一秒钟,顾秋水还觉得她是个死缠男人不放的贱女人,而一旦不再是他的妻子,便立刻觉得她是令人无比尊敬的、再不是让他想踹几脚的伟大女性。

"不,不去了。"叶莲子恍恍惚惚,自己是不是说了话,说的什么,她都不清楚了。

第二天一上火车,她才突然醒了过来。这次真是一去不复返了,不是火车一去不复返,而是几十年的旧梦,真正一干二净没了牵挂。她觉着心里很空。她爱过、守过的这个男人,从此与她毫无干系了,哪怕是他的酷虐、他的侮辱、他的狠毒,也与她毫无干系了。她痛哭起来。

吴为转过脸去,既同情也气恨叶莲子没有出息,她实在看不出这个猥琐的男人有什么值得爱的。她并不知道,几十年后,自己也会对着胡秉宸拷贝眼下这一套。她又扭头看了看行李架上的那把小提琴,心想,这远远不是她的报复。

应该说顾秋水比胡秉宸行为方正。自他们离婚后,他再也没有招惹过叶莲子,而是让叶莲子彻底死了心,安安静静走完她的后半生。

胡秉宸与吴为离婚后,却不止一次郑重其事地对吴为说:"凡是我曾经拥有的一切,任何男人都不能碰。"然后贼兮兮地笑着补充道:"特别那个关键部位,更是重中之重。"

吴为回说:"你以为我还是四十年前那只向你摇尾巴的狗?"

胡秉宸从未领教过吴为这副无赖嘴脸,担心她果然会将自己忘记,便想方设法将吴为从一个"下岗妻子"向情人的角色转化。

闹得白帆又要打上吴为的门。胡秉宸居然甚为得意地告诉吴为:"现在我连上厕所白帆都要在外面守着,到机关看文件她也要跟着,不管我在机关里待多久,她都坐在汽车里等着……生怕我到你这里来。"

对于这场几乎跨越半个世纪的"马拉松恋爱",吴为终于打扫得"落了片白茫茫大地真干净",无情无义地对胡秉宸说:"我再也不会为你担当任何责任了,你应该把实情告诉白帆,不论几十年前,还是这次你对她的叛变,哪次都不是我的责任。如果你还是没有勇气说出真相,她再打上我的门胡闹,我就要打电话报警。"

对吴为雷厉风行的作风,胡秉宸深有体会,马上用莫要"自取其辱"的古训说服了白帆。

可胡秉宸还是三天两头来找吴为。为了让他结束这种害人害己的胡闹,吴为只好对他说:"请不要再来找我,我有男朋友了。"

"什么?!你真是个无情无义的女人,这么快就有男朋友了!"

"别客气,没有你快,跟我离婚不到一个月你就和白帆复婚了。"吴为为自己反应之机敏而欢欣鼓舞。人一旦走出迷途,真是要风风来,要雨雨去,这才是从必然王国到了自由王国。

"不行,我非去看你不可。"

"对不起,不方便。"

"为什么?"

"他随时都会来看我。我不喜欢像你那样,从来脚踩 N 只船。"

"哪儿来的浑蛋?小心他骗你的钱。"

吴为放声惨笑,本想说,胡秉宸;比钱更值钱的东西都被你骗得一干二净了,我还有什么丢不起的呢?话到嘴边又咽下去了,直到现在她还是不忍把他剥得体无完肤,只轻描淡写道:"我还有什么值得骗的呢?"想想不甘,为了让胡秉宸更不受用,又刻意描写一番:"再说他比我有钱多了,我也从来没有受到过男人这样的呵护,真没想到一生快要完了的时候还会遇到这样一个男人……"

可谁能说与吴为离婚后的胡秉宸,对吴为没有一点恋恋不舍的真情?而吴为的无情无义,不是由大爱而生的大恨?

当顾秋水的最后一任妻子,又通过叶莲子替顾秋水求情,让吴为带着禅月去看望他的时候,吴为又是一个"不!"

"他病了,也许……"

"不!"吴为的声音更高了。她生气,生叶莲子的气。顾秋水想怎样叶莲子就怎样,是他老婆的时候为他活着,不是他老婆的时候还得为他活着。叶莲子自己不恨那个狗男人倒也罢了,还不让她恨。

她却不想想,自己比叶莲子还不如——至少叶莲子在当了顾秋水的老婆之后才开始为顾秋水活着,她呢,还没有当胡秉宸老婆之前就为胡秉宸活着了。

她怎么不先生生自己的气!

在吴为与顾秋水的有数交往中,他们甚至可以说是做了朋友,可她始终没有忘记报复他。在她找不着机会报复他的时候,他们就是朋友;一旦有了报复他的机会,绝不留情。

想着顾秋水躺在床上如何企盼不到她和禅月的情景,吴为竟也有了嗜血的快意,从这一点来说,她不愧是顾秋水的女儿。

可是在她发疯前的绝望中,以为凭借他们身上流着同一的血脉,总可以在顾秋水那里找到一点牵住她的力量,甚至为此到顾秋水居住的小城去了一趟。

在二太太那个楼梯上就立志报复顾秋水的吴为,现在却要到她的敌人那里寻求一免疯狂的救赎之道,可以想见这条救赎之道于她是多么残酷!可以想见濒临发疯的吴为,她的绝望是怎样的绝望!

但是他们仍像仇敌那样不能对话,并且在他们最后的会面中,吴为终于找到报复顾秋水的、与手刃无异的办法。

也可以说他们在最后一次会面中,同归于尽了。

不能完全说是顾秋水绝了她的退路,而是这个仇恨她从未释怀,它们只好跟着她一起发疯,一起灭亡了。

第 五 章

一

　　上上下下都感到这天的气氛有些怪异，中午都过了，还没有人吩咐开饭。

　　二太太房子里静悄悄的，就是她平时起来晚，也该招呼刘妈准备梳洗了。只有自鸣钟的声音间或报告着时间的意义，它颤抖而悠长的尾音，响得也有点蹊跷。

　　温妈后来说："那天一早我就觉着乌鸦叫得个怪，连朝着它啐了三口唾沫，也没破了这个邪……"

　　厨子老魏等得很急，他做的那道香酥鸡再不上桌子可要过火候了。他出来进去往楼上看着，嘟嘟囔囔地说："我这个厨子真不好当，菜上早了不行，上晚了也不行。您倒是正点吃饭呀，我们也好有个准头儿，回头还得说我做得不行。"

　　正说着，温妈从小学接了包立回家，包立进门就嚷嚷："我饿了，我饿了。怎么还不开饭？"

　　见没人答应，径自进了厨房，见到香酥鸡上去就掰了一只鸡腿，老魏拦也不是不拦也不是，央告他说："我的大少爷，你妈还没吃呢。"转过脸来又对温妈说，"劳您驾上去瞧瞧，这是怎么回事，要是不在家吃饭也说一声，我们佣人也好行事。"

温妈拿糖地说:"现在求着我了,昨儿晚上打完牌,让你给我们姐儿几个下碗馄饨你都不干!"说归说,她还是上楼去了。

温妈先是站在二太太卧室门外,说:"太太,我们回来了,小少爷嚷嚷饿了,您看要不要吩咐大师傅开饭?"

没回声。温妈提高嗓门儿又问了一遍。

屋里还是没人答应。温妈先是探开一窄条门缝,接着两只手并排推了个大开,一脚迈进二太太的卧室——

只见床上被褥乱作一团,大柜小柜门都敞开,里面的衣服或掉在地上或搭在柜门上,皮鞋、绣花鞋东一只西一只,不成双不成对地散了一地。她就床前床后、岔声岔气地喊起来:"太太,太太……"

然后她冲到门外,对着楼下的佣人们喊:"可了不得啦,太太没了,太太没了……"虽然她心里已经明白二太太卷逃了,可她不敢那么说。

楼下的人一听以为二太太过世了,忙忙跑到楼上,一看屋里的情形也就明白。刘妈就说:"赶快禀报老太爷吧。"

包家闹得翻江倒海也没找到二太太,又不便登报寻人,只好花钱雇了私家侦探,很快就知道二太太跟小叔子包天心一起走了。

直到包天心在报纸上登了一份与家里断绝一切关系的声明,这场风波才不了了之。

温妈一边说一边咬着水萝卜,吭哧、吭哧,好像给她那些话伴奏,"我早就看出来有事,你们瞧她这一年净做大红缎子旗袍,净买大红缎子绣花鞋。四十多岁的人了,干吗?"

又说:"有次我到上房送点心,就瞅见小叔子躺在嫂子怀里,打那儿以后二太太对我就特别好,打碎那个花瓶也没说我,只让我以后当心点儿。"

一会儿一个水萝卜就咬完了,然后就打带有萝卜味儿的嗝儿,"吃了萝卜喝热茶,气得大夫满街爬。"温妈说。她不缺热茶也不缺水萝卜,茶叶都是从上房偷来的,水萝卜是跟厨房大师傅要的。

二太太的热闹过去了,人就越来越散。包立回到了亲娘三太太那里,老魏也辞掉了,没了主人,大师傅还给谁做饭?

温妈能说会道,伺候包老太爷去了。其他人纷纷离散,就剩下刘妈和叶莲子看房子。叶莲子心里明白,看房子用得着两个佣人吗?

叶莲子能在包家讨生活是二太太做的主,又在二太太手下干了两年多,好像就是二太太的人了。就说她不是二太太的人,就说看在包天剑把她丈夫带走的分儿上,包老太爷或大太太、三太太也不能为了安排她就把干得好好的佣人辞了……

叶莲子更卖劲地打理着这栋没了主人的房子,心想也许她的忠心能感动包老太爷,留给她,也就是留给她们娘儿俩一口饭吃。

二

二太太脱离包家后,自以为靠着在社会上闯荡多年的经验和不算愚笨的头脑,还有手里那些说多不多说少不少的钱,总能找到独立生活的办法。

到上海之后先是顶下一处房子,当起了二房东。因为没经验,顶房子付的钱又没有要收据,出租时也不懂得写下疏而不漏的契约,遇上不三不四的房客,房租根本不能悉数收回。物价狠得下心飞涨,她却狠不下心涨房租,试着涨了几次房租都遭到房客的抵制,那些房客全都久经房业沙场,她这个房业新手怎能纠缠得过?她所谓在社会上闯荡多年的经验,不过就是青楼里练就的那些本事,那种本事在尔虞我诈的商海里就显得捉襟见肘。二房东干不下去只好退房,因为没有收据,顶房子的钱也就白瞎了。

有个房客介绍她往返于上海、嘉兴间,跑香烟、布料生意,赚个地方差价,从包家的二太太到二房东,再从二房东到跑单帮,她是一落再落了。

现在谁也认不出这个满身风尘,手提肩扛几个包袱,见了稽查就躲的女人是包家的二太太了,躲不过就得被稽查全部没收。对一个曾经生活在德式小洋楼里的女人来说,这种生活是太辛苦了。

又听信他人的话,将最后一些钱在嘉兴买了一百八十亩地转租。

今天刚从乡下一无所获地回来。原因是那些佃农比她还穷苦,她又没有"黄世仁"的心黑手辣,只好"颗粒无收"。看来只好把地卖掉,她是连当地主的本领也没有的。

钱也就这样折腾光了。

除了卖身她又有什么别的本领?就是卖身,现在也是人老珠黄不值钱。

哪里是出路?此时此刻,她连出家的心都有了。

屋外的年节气氛更让她觉得孤身女人闯荡江湖的不易,但她并不哭泣,也不一个劲儿地吸烟,只是阴沉着脸子躺在床上想心事。

如今连向人倾诉一番也是不能的了。包天心在香港读书,即便他们有时通信,她也从未对他说过这些。何况有些事可以对人言,有些事不可以对人言。不能对人言并非因为关系远近而是无济于事,那些注定由你消受的事必得由你亲自消受。

即便如此,日暮途穷的二太太每月照旧给包天心寄些钱,不多,也就是十块左右,足够支付他在香港的食宿,包天心因此一直以为二太太的日子还混得下去。

包天心在二太太心目中虽不是大丈夫却是个好人,为表示清高,离开家时连手上的白金戒指也摘了下来,还在报纸上登了一份脱离家庭关系的声明。

初到上海时,她在银行租了个保险柜,存放她的首饰和现金,用的时候就请包天心去取,从来没有发生过意外,他要是拆白党,早把她的保险箱拿走了。

可他是少爷的命,比她还没有社会经验,更没有什么社会关系,他的社会关系都是包家的社会关系,一旦脱离与家里的关系,那些关系也都跟着脱离了。

人一不痛快就会想起很多事,而且是不幸的事。

先是没赶上好父母,父亲是个非常窝囊的人,母亲看不上他的窝囊,三天两头和他打架。父亲在男人中也算少有,竟让母亲打跑了,从此音信全无,再也没有回过家。

之后母亲又找了一个男人,这是一个高瞻远瞩的男人,在他的策划下母亲逼她当了妓女,成了他们的一棵摇钱树。那一年,她才十六岁。

有个在盐务局当差的男人要娶她,母亲却借这个机会狠狠敲了那好心的男人一把,也不管这样一来是否会使她从良的机会告吹。母亲振振有词地说:“不是我心狠,我还指望女儿过日子呢,她走了谁还能养活我?”

跟着丈夫到了南方,才知道家里还有一位大太太。大太太对她还不错,那是知书达理的人家,知道应该怎样行事。谁想到丈夫得了痨病,死了。

大太太自己也失去了生活的依靠,还怎么善待她?她心想出嫁时母亲捞的那笔钱肯定还没花完,只好拿着大太太给的最后那点盘缠回老家找母亲。

回到老家时,母亲却说那笔钱早就花完,她还得出去当妓女。

就这样又碰上包天剑,不过那时候包天剑还不是师长,家里虽然有钱,自己手上却没多少。

包天剑一定要娶她,她说:"你要是拿钱买我,我还不干呢。咱们是你有情我有意,只要你真心待我,能养活我妈、供我弟弟上学就行了。"

包天剑明媒正娶地把二太太迎进了门。她倒是豁达,说:"我就是当二的命,谁让我和你有这个缘分呢。"

包天剑很尊重也很信任二太太,不但全部家当交她掌管,家里家外的事也交她大拿。

可她不能生育的事让包天剑为了难。包老太爷又一再提醒他不能后继无人,虽然包家上上下下百十口子人,可他总得有自己的亲骨肉,就这样娶了三太太。他觉得对不起二太太,也就没敢往家里安排,在外面给三太太置了个小公馆。

要不是包家奶奶过世,二太太在挽幛的子孙排名榜里看到一个陌生的名字包立,还一直蒙在鼓里。

包立是谁?问起家里人,家里人都支支吾吾。

可家里百十口子人,人多嘴杂,二太太要是有心打听是包不住的。

这才知道包天剑在外面有了三太太还有了孩子,她闹了起来,包天剑只好承认。

二太太要求把三太太打发走,包天剑说:"孩子都有了,怎么打发呢!我不是对你负心……"他不敢说后继无人的事,怕伤了二太太不能生养的痛处。

二太太也知道这是她最站不住脚的地方，"是，我明白，谁让我养不出儿子？当初你我指天指地发誓又有什么用？说什么你情我意，到头来还不是母随子贵？算了，不说了……这样吧，把这个包立抱来过继给我，送三太太走人。"

包天剑哼哼哈哈地应着。

包立从小公馆抱过来后，二太太非常宠爱。因为只有几个月大，必得雇奶妈照看，没文化的奶妈二太太还不相信，从医院请来个特别护士。小衣服一买二十多件，小孩子家正是猛长的时候，有些衣服穿都没有穿就小得不能穿了。在这种养育下，包立不论将来上学或是做人，只能落入"劣"等。

叶莲子来到包家时，包立已经七八岁了。

他常常一把抢下吴为的小饭碗，说："你凭嘛吃我们家的大米子儿？"

吴为就瘪着嘴垂头而立。

包立要的是吴为的啼哭，吴为不哭他就气得跳着脚说："小要饭的，小要饭的！"

包家的剩饭一桶一桶往阴沟里倒，怎么就容不下吴为这一小口饭？

一到吃饭的时候叶莲子心里就念叨：包立千万别到下房来，让吴为吃顿囫囵饭吧。可是包立上蹿下跳、东跑西颠，谁能防得了他？

不知道什么时候，包立就拿着水枪站在了身后，非让吴为陪着他玩。吴为要是不陪他玩，他就拿水枪往吴为脸上滋，滋得吴为睁不开眼。

眼巴巴在一旁守着的叶莲子就赔着笑脸拦阻："小少爷，小少爷,太太叫你呢,太太叫你呢!"

这样一来,吴为就更不陪包立玩了。越是不陪他玩他就越气,气不过了伸手就打。

包立往吴为脸上滋水叶莲子还能忍,要是大打出手她就无法忍了,一把将吴为护在怀里,包立的拳头就只好落在她的身上。她是佣人,能对主人的孩子说什么? 只能用两只眼睛恨恨地盯着包立。

温妈就说:"让小少爷打几下怕什么?"

叶莲子说:"谁家的孩子不是孩子,干吗让人家打着玩儿?"

温妈不温不火地说:"谁让你是佣人呢。"

她说:"我是佣人,我孩子不是佣人。"

"是佣人就不该带孩子,主家让你带孩子就不错了,你还不让人家小少爷打几下? 瞧你的眼睛,瞪得像个老爷,你要是有老爷的命也行,偏偏地没有呀!"

刘妈就说:"说的! 要是你的孩子,你乐意让人打吗?"

叶莲子过世后,吴为也去找过三太太,巧遇包立从台湾回大陆探亲,看上去很是遭遇过的样子,往昔的嚣张、跋扈,似乎也被拦腰横砍,谨慎而又阴沉地坐在灯光照不到的暗影里。

一九四九年政权易手前夕,包天剑不是不想远走高飞,可是他们已经穷困得凑不上盘缠。这个行伍出身不善思索的人,竟像预言家那样看到了自己的大限,惶惶然对三太太说:"要是不走,下场就太惨啦!"

三太太冷飕飕地笑笑:"你到底明白过来了!"

此时只好让包立先走,说是他们的盘缠慢慢再想办法。其实心里再明白不过,所谓"慢慢再想办法",不过是人们坠入深渊前那绝望而又不甘的最后一瞥。

包立上路时只能带几箱衣物，其他什么也没有了。到台湾后先在舅舅家落脚，而后进了中学。人到没钱的时候，除了爹娘老子，很少有人再顾念你这个社会关系，舅舅待他自然一天不如一天。他只好搬出去，靠变卖那几箱子衣物念完高中，又考上了航空学校，后在空军服役。靠着空军往来便利做了些生意，才有了稳定的生活。

回到一别几十年的北京真是百感交集，对着三太太又是涕泪交流，又是磕头下跪……他不是不知道，一九四九年后生母三太太在毛衣厂织毛衣，兄弟姐妹或在菜站卖菜，或在工厂当小工……一家人生活十分拮据，可他就是一分钱也不往外拿——也许不能怪他不讲骨肉之情，他是穷怕了。

总而言之，他过去怎样折磨吴为，现在生活也就怎样折磨着他。

包天剑走后，二太太生活并不很宽裕，但她从没找过包老太爷，只靠变卖首饰度日。首饰本是玩物，怎能以此为生？而且上当铺的心情好受吗？让人知道包家太太上当铺，算怎么回事！

她也一直以为包天剑把三太太送走了，没想到三太太没走。

不久三太太就对包老太爷说包天剑留下的三千块钱花光了。也不知道真假，包老太爷惦记自己的孙儿孙女，决定每月再贴补三太太一百块钱生活费。但是没人敢去送这个钱，怕二太太知道，她的脾气太大了。

只好把这个活儿派给包天心。他倒没有什么顾虑，反正可以趁上下学时把钱给三太太送去。

那是包天心第一次看到三太太。觉得她人很年轻也很清秀，却不知她那么精明。与外部世界相比，三太太的段数也许不能算高，但在直来直去、一根筋到底的包家人中，她的精明就显得一枝独秀，万事顺遂。早在包天剑意气风发投奔共产党之始她就说过："瞎折腾什么？包家的气势自打'九一八'就完了，咱们走着瞧，没什么好结果。"

尽管三太太给包家生儿育女，可她根本看不起包家，嫁给包天剑更非所愿。

这也许就是她一有机会就划拉钱的原因？

包老太爷过世后，包家大院自是飞鸟各投林。

院中那几栋由德国工程师设计的小楼，几经易手，最后都变做本书第一部中所描述的情形。

包天剑一房搬回他们北平那所宅子，因为没有谋生手段，三太太只好买一辆卡车让董贵跑运输。解放前夕，时局不定，商家格外谨慎，家家紧缩银根，卡车也就少有大宗托运，自然也就没有挣到什么钱，为此三太太十分迁怒于董贵。

一九四九年后包家只得将佣人遣散。董贵从小跟随包天剑，本该对他有个妥善的安置，可是三太太不管。包天心对她说："人家跟了你们一辈子啊！"

她说："谁不愿意做个菩萨，可我这一家子人吃不上饭谁管？"

包天剑刚一咽气，三太太就高瞻远瞩地卖房子，当初四十多根条子买下的房子，如今只能卖到十几根。就是这样买家还说："太太，您也看看时局，我都不敢担保这是不是一步臭棋，说不定这十几根条子全折了。"

三太太说："不敢和那些王府比，这样的房子在北平可说是一等一，您花十几根条子就享用这样的房子还说什么呢？"房子真是好房子，便宜也是真便宜，可买主没有估计到，他最后赶的这趟车，日后将在他的阶级成分上发挥何等的作用。

　　按照法律,这笔钱三太太应该和大太太平分秋色,即或三太太孩子多,按人头分也行。可是包天剑还没入殓,三太太就把娘家人叫来,说是包天剑生病时借了娘家两根金条。其实包天剑生病用钱,都是母亲故去后存放在几位姐妹那里的钱。

　　三太太又请包天剑的朋友帮忙,说是包天剑什么钱也没留下,抛下她一个人带那么多孩子今后怎么活? 看在可怜见的孩子分上,请对包家人说包天剑在世时借过你几根条子未还。

　　就这样,三太太先从卖房钱里提了几根金条,余下的钱又按人头分配,大太太最后只分到几两黄金,她又没有一点生计,只好改嫁。

　　大家闺秀三太太运筹帷幄的能力,显然比闯荡过江湖的二太太高明多了。

　　而后包家人只能靠卖金子或卖东西过日子,一套带大理石的红木椅子和茶几才卖十五块,买家还不愿意要。三太太的条子没多久也花光了,只好到毛衣厂织毛衣。一九六六年"文化大革命"伊始,三太太被红卫兵小将打得皮开肉绽,在街道监督下劳动改造。天津的包家大院被造反派没收,包家人全被赶进了叶莲子住过的地下室……

　　当皮开肉绽的三太太一笤帚一笤帚打扫着胡同的时候,也一笤帚一笤帚打扫着往事的尘埃,等到打扫干净,事情的本质就无比清楚地凸现出来。三太太终于明白,她不过是一个陪葬品,在包家开始走向衰落、灭亡的时刻来到包家,既没有享受过情爱也没有享受过荣华富贵,比起二太太,她才是两手空空一样没落着。她更常常想起那个从来没让她称过心,从来没干过一件正经事的包天剑在一九四九年解放前夕说的话:"要是不走,下场就太惨啦!"那大概是他唯一正确的选择，但却未能实现。

包家是个大家庭，人多嘴杂，事情总有包不住的一天。

二太太得知三太太不但没有被送走，比之她的生活还多出诸多特殊照顾，心里很不平衡，就追问包天心。包天心说："人家有儿有女，不管怎么行？你住在包家大院，有了问题自会有人照管，这样比起来，她的困难是不是比你大？"

二太太又追问三太太的地址，包天心没有告诉她。她说："我不是要和她吵架，而是要把她接到家里来，那不是可以节省一些开支？"

包天心说："你脾气那么不好，要是出了王熙凤和尤二姐那样的事怎么办？"

二太太虽是青楼出身，却不大在乎钱。不大在乎钱的人，多半会在其他方面不依不饶，比如说感情，这很可能与她从小没有得到多少关爱有关。

很少得到关爱的人，大都属于情感反应不太正常的"高危人群"，一旦得到哪怕如一滴眼药水的关爱，都能在那滴眼药水里翻江倒海，兴风作浪。反过来说，一旦感情上沦为赤贫，也有"穷极生风"的可能，特别在男人背叛之际，总会追悔自己曾经的投入，完全没有了当初的自我牺牲，从而走向另一个极端。

在这一点上，应该说二太太和吴为非常相近。

几天之后她对包天心说："你二哥失信于我，我和他的感情看来是到头了。既然事已如此，我要走了。"

包天心和二太太一起出走，原因是多方面的。

可以说是受了新思潮的启发，也可以说是追随富家子弟出走的时尚,还可以说他一心只想离开那个勾心斗角、没有文化的大家庭。姐妹们都没上过学,家庭又封建,这让有了点文化的包天心深感郁闷,而同学的家庭大多是职员,虽说经济条件中等,但是非常温馨,每每到同学家探访都让他心生渴望。

母亲虽然爱他可是已经离世,不论需用什么钱都得向姐姐们讨要。她们又捏得很紧,花一块,要一块,给一块,这更让他感到没有母亲的悲凉。

厨子做了什么好吃的,二太太总会对包立说:"去,叫你小叔叔来吃点儿。"都不是什么山珍海味,但他觉得二太太比姐姐们还关心他。

他也受不了包老太爷的大葱蘸酱。一家子人围在大桌上吃大葱蘸酱,无非是走走天伦之乐的过场,下了饭桌各自再到外面下饭馆。

也许还因为和二太太有些投契。不过男女间的投契与男女间的私情,区别从来就不明确,不然走就走,还在报纸上登什么与家庭脱离关系的声明?

有一次乘火车从北平回天津,车上日本人很多,包立因为坐在车门旁,小手扶着门缝,有个日本人关车门时夹了包立的手,把手夹流血了。二太太站起来,一把揪住那日本人的领子不依不饶。当时日本人还算讲理,让车上的卫生员把包立的手包扎上了。

另一次乘火车包立睡着了,车上有人大声说笑,包天剑发了火,冲着人家嚷:"你们这样吵,把我孩子吓着啦!"

二太太当时就说:"你孩子有什么了不起? 这是公众场合,你有什么权利干涉人家说笑?"

都是青年学生感兴趣的场景。

其实包天心没有必须离家出走的原因,只是他赶上了一个离家出走的时代。他既没有包天剑收复东北王国的雄心,又没有胡秉宸的伟大理想,只能跟着那些不清不楚跑往内地或香港的同学赶一回时髦,离开这个他也说不清楚到底哪儿不合心意的家庭。

当他向姐姐索要路费不得的时候,二太太说:"你要是真想走,我帮你。"

于是他们一起到了上海,而后他又转道香港,读书去了。

二太太突然中断了对包天心的经济援助,给她写的信也被邮局退回,信封上盖着"查无此人"的邮戳。这一来包天心的流浪生活便无以为继,只好写信给姐姐。包天剑这时已然回到天津,包天心能不能回家要看他的态度。包天心和二太太是不是私奔、情奔不好说,但他们确是一起出走的。

包天剑能说不让包天心回家吗?他在外头混不下去,做哥哥的不让他回家,于情于理都说不过去。

以浪子回头定位的包天心,似乎并没有充分吸取教训、改邪归正,仍然是大少爷一个,整天骑一辆"三枪"跑车,车把上挂个镜子,飞轮上缠着五彩毛线圈,花里胡哨,招摇过市……

一九四九年北平解放前夕,包天剑让包天心尽快逃亡。经过上海、香港之旅的包天心,再不向往流浪的时尚。经过延安之旅的包天剑就语重心长地提醒他:"你要是不走,思想上就要有所准备,运动可是一个接着一个。"

骑着花里胡哨"三枪"自行车的包天心说:"我没干过共产党忌讳的事,不在乎什么政治运动,反正是干活儿吃饭,有什么了不起的?"

不就是吃苦干活吗?他又不是没有吃过苦,比如在外流浪的日子。可没想到的是不能说真话了,这比吃苦还让他受不了。

　　一九五八年"大跃进"时厂长说产量可以翻一番,计划科长包天心说:"从我们的设备来看根本完不成。"

　　厂长很不高兴。包天心想,你不高兴顶多不让我在这儿干,我还可以到别处干去。以为江湖上的规矩"此处不留爷,自有留爷处"的生命之树长青,最后只好落得看大门的下场。

　　二太太想到出走前给母亲买的那一处房子,该是天不绝人?她回到了北平,在那处房子落下脚,有时经过隆福寺,偶尔也会想一想,包天剑那所宅子就在附近。

　　母亲死后,二太太又把小四合院卖了,在白塔寺附近买了两间铺面房,开个小铺卖牛奶,日子勉强维持。

　　一九四九年后改卖鸡蛋为生,买了二百多只鸡养在两间房子里,到处都是鸡和鸡屎。可是鸡蛋卖不出去,过着吃了上顿没下顿的日子。又来了场鸡瘟,鸡都死了,东西也都当光卖尽,最后沦落到以糊纸盒为生。又因为从没干过这些事所以干得不好,街道上的干部、胡同里的居民也看不起她,还有人叫她"小老婆""老妓女"。生性高傲的她也就孤身进出,与谁也不来往,正应了"心比天高,命比纸薄"那句话。

　　日后重新落户北京的叶莲子,常常想起给过她一线生机的二太太,希望再次聚首以报答一二。有时提着水桶到西单为禅月买活鱼的叶莲子经过白塔寺,就是不知道这个咫尺天涯的地方住着她念念不忘的二太太。

　　包天心参加工作后月工资约七十块,在北京这个不算大的圈子里,很快就得知二太太的情况,从此每月周济二太太三十块钱。

　　只有这样他良心上才说得过去,因为他在外面那两年全靠二太太供养。

包天心的太太柴米油盐全不管,从不过问他的收入。她结婚时什么陪嫁也没有,只从娘家带来一架破钢琴,便两耳不闻窗外事,一心只弹破钢琴,不论谁到包天心家串门,都是只听琴声不见人。都说包天心的这位太太有点傻,也许她心里暗笑,还不知道谁傻!

只有包天心常去看望二太太,他们沽一壶散酒,摆一碟煮花生,什么也不说,只是低头喝闷酒,可也从不喝醉。包天心或留下一些钱,或留下一些物,便无言而去。

三

伴着叶莲子新新旧旧、一个个不知何时才能了结的忧愁,秋天又一天天近了。

那天打开箱子给吴为找冬衣,一挪箱子,从箱子后面掉下一个白纸包,打开一看,里面有二十四块钱和一封信。信封上写着:叶莲子亲启。

拆开信封先看落款,才知道是二太太写给她的信。

信上写着——

"……我很伤心,包师长负了我,这个家我待不下去了。我走之后这儿的人就更欺负你了,找顾秋水去吧,别傻等了,他在香港呢……

"钱是留给你的,不多。我这一走,不知是吉是凶,所以不能给你多留……"

叶莲子这才知道顾秋水到了香港!

二太太怎知顾秋水到了香港?当然是包天剑来了信。包天剑能给家里来信,顾秋水怎么就不能给她来封信?让她在这儿死心塌地地傻等,还老担心顾秋水不知她到了包家,回到北平找不着她。

可她马上责怪自己不该这么想,兵荒马乱的年头,顾秋水在外面出生入死,不来信一定有他的难处。

他走的时候不是说过"等我回来"?既然让她等,她就等,现在回不来,天下太平了一定会回来。

这个相当模糊的信息,却让叶莲子马上觉得有了奔头,不再觉得包家这口随时都会丢失的饭像从前那样危及她们的生活了。

她赶快告诉了董贵。

董贵私下对他老婆说:"这是怎么回事?怎么到现在顾连长也不给他家里来封信?也不说把她们接去,就这样把她们娘儿俩甩给包家了?难怪包家对她们娘儿俩越来越不像话,简直比对下人还不如。"

董贵老婆说:"男人老在外面待着又不给家里写信,算怎么回事?你有难不怕,得给家里捎封信,兵荒马乱的,你是死了还是活着,总得让家里人知道是不是?"

不过这些话他们不当着叶莲子说。

他们商议了好久,犹豫了好久。

包家这口饭显然维持不了多久,到了该想条后路的时候了。

真要说走,叶莲子也非常害怕。她从没独自出过远门,就是来天津也由董贵带着,更不要说去香港那样远的地方。

董贵思量着说:"这二十四块钱,也不够到香港去的盘缠呀⋯⋯"

叶莲子说:"我倒还有只金镯子。"

董贵说:"那也差得远⋯⋯要不先到顾连长老家住住?你是他家的媳妇,他们家总不能不管,同时也给顾连长写封信,看他回信怎么说。"

叶莲子马上给顾秋水和顾秋水的老家写了信。

一九四○年夏天,顾秋水的二弟到天津来接她们娘儿俩。叶莲子拿着二太太留下的二十四块钱,一鼓作气、没头没脑地投奔了二道河子婆婆家。

见到婆婆,叶莲子就像终于见到亲人,甚至觉得和远方的顾秋水都靠得更近了,进门就跪下磕头,叫了声:"妈!"

婆婆淡淡地说:"噢,来了。"好像她们不是第一次见面,而是十分不和谐地一起生活了多年。然后婆婆看看吴为,问道:"几岁了?"

叶莲子说:"告诉奶奶,几岁了。"

吴为说:"三岁半。"

婆婆说了句"个子可不小",就没话了。

婆婆整天坐在炕上盘着腿吞云吐雾,小老太太精瘦,方脑袋,不爱说话却爱骂。炕上有猪又有鸡,来来去去。她口沫飞溅地骂了猪之后骂鸡,骂了鸡之后骂天气,骂了天气之后骂庄稼,骂了庄稼之后骂在远方的儿子:"你这没有良心的东西,净顾自己在外头过好日子,不顾家,不顾爹娘,不顾妻儿……"

骂完远方的儿子又骂儿媳:"嫌鸡上炕?鸡不上炕上哪儿?自打一有鸡,鸡就上炕。小丫头长虱子怪谁?怪鸡?怪猪?猪不进屋进哪儿?这么冷的天,你当就你们知道冷猪就不知道冷?我和它们睡了一辈子也没长虱子,看把你们娇气的,有本事找你男人去。"

骂完媳妇骂孙女:"你给我住手,拔鸡毛干什么?啊?看把鸡拔得嘎嘎叫。鸡蛋呢?鸡蛋哪儿去了,啊?你这个小挨刀的,打了？啊？我揍死你，看你还淘不淘？"

她绷着薄薄的嘴唇，使劲拧吴为的耳朵。

鸡也不会还嘴，猪也不会还嘴，天气也不会还嘴，庄稼也不会还嘴，远在外地的儿子也不会还嘴，儿媳妇也不会还嘴——只有吴为大叫大跳，又轰鸡又轰猪，还跟着她说："你个小挨刀的……"

婆婆说："你给我揍她，往死揍！"

婆婆说："有你这么护孩子的吗？这孩子长大还不上房揭瓦祸害人！"

吴为也说："……祸害人。"

"你看，你看，话还不会说就会顶嘴了。"

不知道婆婆哪儿来的一肚子气。猪也没气着她，鸡也没气着她；公公一天也不说一句话，和猪、和鸡差不多；叶莲子也没话——只有吴为说着天上地下的孩子话。

婆婆说："这孩子真像她爹，将来也是个惹是生非的家伙。十六岁上就跑了，一去不回头，连信也不打一封，不问问他娘他爹死啦还是活着，你倒是说说自己是死了还是活着也行啊！我还当他死了呢，也忘了我还生过这么一个儿子……不承想就塞给我个媳妇和孙女……"

说着婆婆的眼睛向叶莲子一刺，那目光一定非常锐利，要不锐利就没法穿过糊在眼睛上的那堆眵目糊。

然后把三尺长的烟袋往炕沿上敲了敲，就像兵营里吹了熄灯就寝号，敲完烟袋一眨巴眼，两道锐利的目光就被她关进了眼皮，立刻就睡着了。

她一睡着就不能骂人了，院子里安静下来，甚至有点寂寞了。连猪连鸡都不叫了，好像全想趁她不骂人的时候赶紧歇口气。叶莲子这时候就驾轻就熟地熬猪食、剁鸡食，这套技能她从小就熟悉。

她一面用柴火棍搅和着大铁锅里的猪食,一面怔怔地想,她真的去过那么远的地方吗?

进过城,看见过汽车、火车、洋房、自来水?

生过孩子,结过婚?

只有虱子才能把她从愣怔中咬醒。原来她走了那么多路,不过是绕了一个大圈,又回到原来的地方。

婆婆醒了。婆婆睡觉就和鸡婆一样,鸡婆一蹲就睡着了,一眯瞪就是一觉。婆婆也是一会儿一眯瞪,一眯瞪就是一觉,醒来就嚷嚷:"人呢,人都哪儿去了?"

"我见您睡着了,就去熬猪食了。"

"谁说我睡着了? 谁说我睡着了?"

吴为说:"奶奶睡着了。"她嘟起嘴学奶奶打呼噜。

"胡说八道,你们别以为我睡着了,你们干的什么事全在我眼皮子里装着呢!"

吴为想,奶奶的眼皮一定很大、很大,可以装下很多东西。

跟着院子里就热闹起来,猪们又开始到处乱窜,鸡又开始斗架或者下蛋。

公公说:"别往心里去,她要不骂人干什么呢? 这也是她的活计。"

怎能不往心里去? 儿子们全都散了出去,家里又没地,全靠公公给人打木器过日子。乡下人谁老打木器? 城里人打木器也犯不着寻访这个穷乡僻壤的乡下木匠。

他们也穷啊,就是他们有收留她的那份心,也没有那份力。

晚上,每当叶莲子挨着鸡婆们睡下,听着鸡婆们在梦中咕咕、嗅着鸡婆们的秽气,就会想她和吴为连鸡婆都不如……鸡婆还能给婆婆下蛋呢,她们不但不能下蛋还得吃婆婆家的口粮。

可是等她带着吴为决定离开婆家时,老太太的脸却抽巴了,小发髻在她的脑袋上一摇一颤地抖着,"兔崽子,只管撒种不管养……六亲不认哪!"

当吴为说"奶奶再见"的时候,婆婆脸朝炕里歪着,也没转过脸来看她们一眼。

她们就这样地离开了二道河子。

公公送她们上火车站。穿过高粱地时公公说:"你大伯就是在这块高粱地里让日本人活埋的……老二呢,却给日本人干活儿,就是一家人长短也不齐。"高粱还是那个高粱,看不出埋过活人的样子,没多长个穗儿也没少长个穗儿,"你男人呢,说是干着反对日本人的事……"神情之淡就像说着别人的事而不是自己儿子的事。

叶莲子说:"爹,您回去吧。"

"路上不安静,我得把你们送到火车站。来,让爷爷背一会儿。"

他背起吴为,往上颠了颠,吴为两只厚厚的手就热烘烘地勒着他的脖子,他有了贴着自己血脉的一种感动。

可是她们这就往火车站去呢,火车一会儿就要把她们拉走了,儿子在的那个地方和天边一样,孙女一走也和去了天边一样。一个山屯里的老人,觉得凡是屯外的地方都和天边一样了。

他又想,儿子也好孙女也好,一旦到了外边就和自己没关系了,自己就像没有过这么一个儿子和这么一个孙女。

人生在世,虚虚实实,一晃就过、一晃就过地倒腾着多少人和多少事。

可他也没对叶莲子说,要是在外头混不下去就回来吧。

直到火车开了,冒着一串白烟越走越远,他才往家返。又走过那高粱地,他才想起刚才还背着孙女呢,一转眼就成了过去。

叶莲子回到天津后,董贵说,还是到香港找顾秋水才是正经。

是啊,包家是回不去了,就是能回去也不能回去了,一个女人怎么不靠自己丈夫老靠他人过日子?要是她不知道丈夫的下落还好说。

又没钱,再不去找顾秋水,只有上街讨饭了。

董贵担心得不行,柔弱的叶莲子怎么上路呢?出了事他怎么向顾秋水交待?

叶莲子却铁了心,说:"我行。"事到如今,不行也得行了。

董贵老婆说:"唉,换第二个人都不敢去,就是男人也不敢。"

而且他们一直没有收到顾秋水的回信。

董贵左想右想:"还是一步步来比较稳当,先到江苏淮安落脚,那是——二师驻地,你父亲还在那里,看看情况再做到香港去的打算。就是去你父亲那里一路也很危险,一个孤身年轻女人带着个三岁多的孩子,又没个伴儿,还要经过日本敌占区、汪精卫的敌伪区……"

叶莲子头也不抬,还是那句话:"我行。"

董贵先去打听南下路线,然后前前后后对叶莲子交代了几遍,在哪儿下车,在哪儿换车,换什么车,到什么地方找什么人联络,最后联络人会送她到——二师的驻地……叶莲子一遍又一遍默记在心。

又帮叶莲子卖掉仅存的镯子。这只金镯子自顾秋水走后叶莲子就没有戴过,只在夜深人静吴为睡着之后,才拿出来套在手腕上细细端详,这一端详就像和顾秋水相会了一番……为了千里寻夫,现在只好把它卖了。

卖了镯子,董贵又带她到银行兑换了通行于各个占区的货币,买了火车票,送她们上了去徐州的火车。

董贵是一千个、一万个对得起顾秋水的嘱托了。

叶莲子从来没忘记过董贵对她的关照,常常对吴为念叨董贵一家的情谊,可是他们从此一别再没见过面,虽然二十年后也就是七十年代,他们都住在北京西直门附近。

本以为解放以后是穷人的天下,可是他们又有了别的烦恼,在几十年的风风雨雨中,他们不得不丢掉人和人之间那份温馨,去奔他们的日子。

直到叶莲子去世后吴为才找到他们,董贵和他的妻子都还健在。

吴为一进门,他们就老泪纵横地说:"你妈太不易、太不易啦,你能长大也是太不易、太不易啦……"

他们相对无言,只能不停地流下浓缩着他们一生辛酸的泪。

回家之后,吴为激动地对胡秉宸说到与董贵的会面,胡秉宸只待答不理地点了点头。

到徐州后没有当即转往淮安的汽车,叶莲子母女非得在徐州过夜不可。

虽然北平和天津也是日本人的天下,可还不像这里,如此赤裸地对人诉说着亡国的惨状。每栋烧焦的房子都像一颗死去的头颅,黑洞洞的窗户像大张着的嘴,凝固着临死前的呼救和死不瞑目的控诉。侥幸留下的半堵墙壁,像一本被枪弹翻阅过的书,每一个弹孔、每一处焚烧的地方都是劫难的字符。最让人恐惧的是被日本人强暴后又杀死的女人,她们阴户里插着木棒或是铁具。

日本人的的确确是有创造力的民族,凡是人类无法想象的残暴的生命杂耍,都被日本人发掘得淋漓尽致,也许连希特勒都不如日本人那样,能把杀人变成一项精雕细刻的手艺。

叶莲子像是等过鬼门关,抱着吴为,提着一个小箱子,排在出站队伍中一步步往前挪。

眼见一个独行青年男子被拉出队伍——那时,独自进入敌占区的男人或女人都会被日本人怀疑为奸细。随着一声枪响,鲜红的血美如诗画飞溅开来,洒落在四周束手待毙的人群中。

叶莲子一把将吴为的脑袋按进怀里,又闭上了自己的眼睛。吴为不哭,小小的身子却猛烈抖动着。

日本兵声色俱厉地对她说:"快点,快点!"她努力想要迈出沉重无比的脚,可没等她迈出自己的脚,日本兵的枪托就重重地打在她的背上,手里的箱子也就掉在地上,里面的东西撒了一地。她放下吴为,手脚并用,忙把散落在地的东西扒拉到站口外,然后再往箱子里捡,要是丢了这些必要的衣物,她们就真是饥寒交迫了。

吴为也蹲了下来,一边胆怯地用小眼睛瞄着日本兵,一边帮叶莲子往箱子里捡东西。

幸亏有吴为,日本人才不致怀疑叶莲子是奸细,只对摊在地上的箱子看了看就放行了。

叶莲子惊魂未定地走出车站,明知应该赶快逃离这个虎口,可不知何去何从,哪里好像都是魔窟。往东走几步退了回来,往西走几步又退了回来……除了从车站陆陆续续走出的人和不时在街上游荡的饿狗,满街没有一个活物。

望望从站里出来的旅客,个个都像死里逃生的灰狗,夹着尾巴,贴着墙根嗖嗖地、溜溜地疾走,想找个人打听一下都不好张嘴。好不容易看到一个没把脑袋扎进胸口的旅客,便赶快上前打探住店的事。

那人把她带到附近一家小店，还帮她提着箱子，只是一路无话。

她千谢万谢，那人还是无言地苦着脸，走了。

嘴上总是叼着香烟的汪伪军军官在小店里走来走去，一面喷烟吐雾，一面吆五喝六地使唤着他们的马弁或是店小二，好像这里不是小店而是兵营。店后的灶膛里炕着湿柴火，店面里的烟气更加混浊，大白天也看不清人们的嘴脸，又在人们脸上添上如许的狰狞。

叶莲子的目光小心翼翼在烟中搜索，希望看到一个女人。可是除她和吴为，即便有个把女人往来，也是卖春的女人。

向店老板租房时，旁边一个伪警官说道："听说话，你是东北的口音。"

她不敢说是也不敢说不是，只是歪着头求助地看着店东。那伪警官挺有人情味儿，说："咱们是老乡，老乡见老乡，两眼泪汪汪呀。"不过再调转头来脸色就酷了起来，"你一个人能大老远的跑到这里，也真不简单……"

已经站在老虎嘴下的时候就是害怕也没有用了，叶莲子只有听天由命垂头而立。还好，他没有再刁难就走回自己房间去了。恰巧在叶莲子隔壁！

到了晚上，小店更是热闹而不是更加安静，她那间小房前后左右住的都是汪伪军官，各房之间只隔一墙薄板，四周的酗酒声、麻将声、狎弄声，声声入耳。其中倒是有许多东北口音。

偏偏有人对着墙板怪声地咳，叶莲子甚至看见一只眼睛，在宽阔的墙板缝里闪烁又闪烁。

看遍窄小的房子,再低头看看自己的手掌,苦于想不出办法挡住外面的世界,只能用椅子把房门毫无意义地顶了又顶。这就是她面对一个凶险世界所能想出的保护自己的办法。这办法以后就成了她的常规武器,用来对付无数可怕的夜晚。

唯恐有人进来闹事,叶莲子一夜没敢合眼,连吴为都敛声屏气,睁着惊恐的眼睛,倾听着四周的动静。

也许正是一点乡情,那些当兵的才没来刁难。

第二天登上去淮安的汽车,同座的正是那个自称老乡的伪警官。他说:"你到淮安去对不对?"

叶莲子只好点头承认。

"干吗去?"

"找我父亲。"

"你父亲在那边干什么?"

"经商。"

"东北人这时候到淮安经什么商!"

说到这里,他似乎没有再逼问下去的意思,而是往椅子背上一靠,开始闭目养神。叶莲子的心跳得又快又响,她真担心一旁的伪警官听见,可又无处逃遁,只有假作镇定,直挺挺地坐着。

伪警官很快下车了,临下车前低声对叶莲子说:"我知道你去淮安找什么人。你说你父亲在那里经商,不对,淮安以北驻的都是抗日东北军。你可要多加小心,前面还有好长的路呢!"

对着那个远去的背影,她默默地说了声谢谢。

一下汽车就到了东北军的地盘淮安。可是距董贵告诉她的那个联络点还有十几里,只好雇辆人力车,按董贵说的路线,向淮安附近一个小镇而去。

　　拉车的是个身强力壮、脸色阴沉的小伙儿，没穿上衣，肌肉强健的后背在阳光下闪着生机勃勃的光泽。

　　即将收割的秋庄稼已经高过腰际，行走在庄稼围屏的土路上，就像被埋葬在庄稼地里。叶莲子左看右看，希望碰见一个行人，可是没有，一个也没有，太阳底下只有他们三个人，四周静得都能听见庄稼成熟的声音。吴为也在她的怀里睡着了，经过一路折腾，现在就是在她耳边打雷，她也醒不了了。

　　路也好像越走越背，越走越像是往回而不是前行，她也不敢问，问又有什么用？天这么高，地这么远，哪儿能够得着、抓得着一缕安全？

　　走到一个僻静之处，拉车的不声不响将车停下，并回头朝她望着。叶莲子心都提到嗓子眼了，她垂下眼睛看看脚下的皮箱，期望这只皮箱能在关键时候起点作用。

　　拉车的说："歇歇脚，那边地里有口井，我去喝口水。"说罢，就丢下她们走了。

　　她缩头缩脑坐在车上。庄稼地里一片此起彼伏的虫鸣，似暗藏杀机，又似暗藏着激战前的骚动不安。

　　很长时间也不见拉车人回来，叶莲子更加焦急，似乎时间拉得越长阴谋酝酿得越大。

　　终于听到背后渐走渐近的脚步，她绝望地想，来了，来了，可又不敢回头张望。她的两眼在太阳底下发了花，一阵阵黑雾也随之在眼前浮升滚腾。

　　拉车人转到她的面前，看出她的恐惧，冷冷笑着把手里一个甜瓜递给她，说："想必你们连饭也没吃、水也没喝吧？这个甜瓜你拿着。"

叶莲子不敢接也不敢不接，尽量往靠背上缩着身子。

拉车人也不强让，顺手把甜瓜放在叶莲子脚下的踏板上，拉起车又往前走了。

当越来越多的树、越来越多的房子出现时，叶莲子才知道她多虑了。

付钱时拉车人冷冷地接下钱，没说个什么就走了，把叶莲子尴尬地丢在那里。

她们终于找到了联络员的家。

结婚时叶莲子曾想，她是再也不会回这个家了，可是才过五六年，她就回来了，而且落魄成这个样子。

结婚时的风光已成旧事，师里人无不称赞的"郎才女貌"，这样快就残败凋零，天各一方。叶莲子一眼就认出，继母穿的居然还是参加她婚礼时做的一件旗袍，而自己的风采不但早已消散，嫁衣也早就进了当铺。

"回来啦。"继母说。对着这样落魄的人真就没法儿客气，然后看看吴为，"这就是南南？"

"叫姥姥。"吴为吓得紧往后捎。

"认生呢。"叶莲子忙说。继母并不在意，叶莲子本不是她的女儿。

"路上还好走吧？"父亲比她没出嫁之前客气许多。

"好——好走。"

在父亲的眼里，叶莲子再不是那个瘦弱的乡下小姑娘而是个成年妇女了。可幼年时就铸在她身上的畏葸不但没有消逝，反倒在那懵懂之上又增添了一种颇为明确、自觉、沧桑的畏葸，让叶志清一阵悲从中来——不论怎样，父亲还是父亲。

"老顾家真行,自己家的媳妇却一推六二五。"继母从髻子上抽下簪子,一边挖着耳朵眼儿一边评论着。

"是我自己要走的。"

"想必也是待不下去吧。"继母一针见血地说。

叶莲子求救地望望父亲。父亲说:"把行李放下,先去洗把脸,再煮点儿东西吃吧。"

吴为就贴着叶莲子的腿出去了。

她们的脚后跟刚擦过门槛,就听见继母对父亲说:"你打算怎么办?"

父亲说:"给她男人写封信吧。"

"莲子不是说到婆家之前就给他写了信,怎么老不回信? 你指望那个拆白党能来接她们? 我早就看出他不是个东西,没和莲子结婚前就跳郭连长家的墙,一边打牌一边和李营长的太太吊膀子。"

父亲的目光频频向外扫去,他怕叶莲子听见,她这会儿是山穷水尽哪。

"你当初为什么不说?"

"你们家莲子闺女做得不耐烦了嘛。"

叶志清有点不悦,"莲子不是那样的人。"

"忘了她塞在你口袋里的字条了?"

父亲没的说了,无形中就有些埋怨叶莲子,若是听他的安排,就不会落到这个局面。什么局面? 他也不清楚,叶莲子也没跟他说,不过看还看不出来吗?

继母就说:"说话得公平,她是不是有点儿自找? 不过呢,既然是自己家闺女也不能不管,还是想个办法吧。唉——"这一声长叹真是苦不堪言,苦如叶莲子还叹不出这样一声叹息呢。

一一二师里有顾秋水的许多朋友,叶莲子一到,顾秋水最好的把兄弟、排行老七的于高祥就抱起吴为问大家:"你们看这孩子像谁? 顾秋水! 不用说,一看就是他的闺女。"

顾秋水从没给叶莲子写过信,倒是接长不短地给于高祥写信,所以到了一一二师,叶莲子立刻就得到了顾秋水的确切地址。

吴为吃得很多,叶莲子忧愁地看着她吃下一碗米饭又吃下一个鸡蛋,想着以后她要是天天这样吃起来怎么得了。

吴为很久没见过鸡蛋和米饭了,所以吃得很慢,好像在延长享受一个转眼就会消失并且再不会有的梦境。

叶莲子一再朝上房望去,生怕继母这时到厨房里来,吴为还没吃够呢。

小孩子真不懂事,吃个半饱就可以了,她却非要吃个肚儿圆。可叶莲子又巴不得吴为多吃一些,对穷人来说,吃饭真是世上最费思量的一件事。

吴为吃完一个鸡蛋又说:"妈妈,我还要。"

叶莲子拍拍她鼓起来的小肚子说:"你饱了。"

"妈妈,我还要。"

"不能再吃了。"

"再吃一个,"她伸出小手指,又像恳求又像保证地说,"妈妈,一个!"

"不行。"叶莲子斩钉截铁地说,"你吃饱了。"

吴为尖声哭了起来,而且哭得很响,叶莲子马上捂住她的嘴。婆婆虽然爱骂人,只是骂骂而已,没有什么实际意义。老包家深宅大院,上房听不见下房的动静。这儿虽然没人骂吴为或她,可老觉得有个无形的钳子夹着她,这钳子其实夹得不重,既不痛也不痒,就是老窝着她,让她不能伸直。

吴为哭得额上冒汗,青筋暴起,声嘶力竭……为什么? 不过为了一个小小的鸡蛋,又不是天上的星星和月亮,又不是大海里的珍珠、石头里的金子。

这样一想,叶莲子似乎有了勇气,又从柜橱里拿了一个鸡蛋给吴为。

吴为不哭了,安静地等着叶莲子为她剥去蛋壳。

她接过叶莲子剥好的鸡蛋,一小口、一小口安静地咬着,睫毛上挂着泪珠的眼睛紧盯着手里的鸡蛋,眨都不眨。

看得叶莲子心里一酸,可她不能掉泪,吴为哭起来的时候有她呢,她哭起来有谁?

掉下一块蛋黄,吴为伸出小手指头去捏,却捏碎了。那块蛋黄变成更小、更小的碎渣,小得都品不出鸡蛋味了,可吴为还是一点一点捏进了嘴里。

紧跟着就是继母整天说不是丢了这个,就是丢了那个。偏偏人家一说丢了什么叶莲子就禁不住脸红,连后脖颈都红得无法见人,好像是她偷了那些东西。

她痛觉自己的无能、窝囊,既不能一跺脚离开,又不能不脸红。

一个多月过去,顾秋水还是没有回信。继母猜到他可能在外头有了别的女人。男人都是这样,你紧盯着他,他还出事呢,不要说这样大撒手地一别三年多。得赶快把这娘儿俩送走,顾秋水要是真在外边有了别的女人,把妻儿往他们这里一撂,可就没头了。

可她并不说出自己的猜测,只对叶志清说:"不如把莲子送她丈夫那儿去,让他们小两口儿团圆吧。现在兵荒马乱,她还年轻,出了什么事咱们不好向女婿交待。"

父亲说:"这可要一大笔路费。"

继母说:"她说手里还有些卖镯子的钱,剩下的你当爹的还不应该给添上?"她算过账,就是添上这笔路费,也比没年没月把这母女二人留下合算。

"去信也不见回信,搬家了?人死了?莲子这样冒蒙着去了,要是找不着人怎么办?连回来的路费都没有……她还带着孩子呢,那可让她如何是好?"

"于高祥说的地址能有错吗?"

继母又对叶莲子说:"他到现在还不回信……我看你顶好带着孩子找他去。我是说,你们守在一起总是好些。"

继母说得对,不能再傻等顾秋水的回信了,她这就去找他。自生下来也没清楚过的叶莲子,一下清楚起来。

她不管顾秋水回不回信,是不是搬了家,死了还是活着,就是死了她也要看一看他的坟头,更不想万一找不着连回来的路费都没有。

已是满眼萧瑟的十月末,不但叶子开始发黄,江水开始发黄,连秋风也日渐地黄了。

叶莲子匆匆忙忙抱着吴为登上小轮船的时候,父亲突然流下了老泪——这一路有太多的风险,叶莲子毕竟是自己的骨肉啊!

"到了镇江别误了去上海的火车。到上海后就按着我给你的地址去找赵营长的哥哥,他在日本军营里做事,可是,是这边儿的人。他会给你买张到香港的船票,也会给你办好去香港的手续。"

他们父女间的感情,到了此时才略见分晓。可他们又不能不远远地分离着,就是她不去找顾秋水也是嫁出去的人了,就是不嫁出去他们也不可能长相守着。

看着渐渐老去的父亲,叶莲子想,这一去,不知何日才能相见了。

十八九年后叶志清一家迁往他乡,途经叶莲子工作的小城,下车看望离别多年的女儿。

正是三年饥荒时期,叶莲子不知怎么弄到一小碗肉,恭敬地放在父亲面前。叶志清还像从前一样,不知道为了什么小事吹胡子瞪眼。

吴为忍不住说:"姥爷,我妈从小就没少受呵斥,如今她也是五十岁的人了,也该歇歇了是不是?"

吴为刚从大学毕业,分配到母亲工作的小城,算是组织上对她这个独生女儿的照顾。

其实北京各单位需要的大学毕业生名额很多,只不过她无法说服自己,去和班上的党支部书记进行一个交换。

大学自解放区搬迁而来,每个班级确保共产党支部和党支部书记制度,书记由调干同学担任,领导班上同学的学习、生活、思想,握有毕业分配去向的"生杀大权"。

如果吴为同意这种交换,就能留在北京,但她振振有词地说:"为了爱情上床是风流,为了交换上床是下流。"

那么她后来为了调回北京,嫁给根本不爱的韩木林,难道不是交换?

不是掌自己的嘴巴又是什么?

不是下流又是什么?

只不过那是一个有法律保证的交换,听起来堂皇一些。

如果她当初同意这个交换,后来也就不会有私生女枫丹;那么也就不会因为她更大的自私,让枫丹、禅月和叶莲子跟着深受其害。

上床一睡，毕竟比有一个私生子简单多了。

…………

叶志清用他很大的眼珠子看了看吴为，什么也没说，从此结束了他吹胡子瞪眼的历史；又看了看"也该歇歇"的叶莲子，奇怪这十几年不见，女儿怎么就苍老得和自己差不多了。

叶莲子轻轻地斥责吴为："怎么跟姥爷说话呢！"可吴为的话分明让叶莲子想起过往的一切，既庆幸自己已从里面走出又惋惜它们已然过去，对父亲反倒有了青春年少时所没有的依恋。

到了现在，他们才觉得彼此像是父女了。可惜叶莲子和父亲这一面之见竟是永诀。

他们是白做了一世父女，等到他们开始珍惜这份亲情的时候，却什么也没来得及说，什么也没来得及表示，就永别了。

一路上仍是满目疮痍、满目萧条，不要说没有了树、没有了房子、没有了人，连鸡鸭猫狗都没有，如同到了世界末日……

岸边，离小轮船不远的地方，一个日本兵正在把一个不会游泳的人，一次又一次推下河去。可是那人并不呼叫，只是在水里无声地挣扎着，好不容易爬上岸，又被日本兵推下河去……日本兵终于玩腻了，一刀把那人的脑袋削进水里，又把尸体推进河里才结束游戏。

好在幼年的吴为不像后来那样让人厌恶，虽谈不上美丽，却让人一看就发出欢喜的微笑。她们能够顺利到达上海，可能与此有关。

到了上海，满眼还是日本人。都说日本是个小国，可哪儿来这么多日本人？从天津到徐州到上海，一路都是，好像全体日本人都搬迁到了中国。

出了上海北站,叶莲子给吴为买了个烧饼。正在低头付钱,就听得吴为一声惊叫,回头一看,吴为手里的烧饼被人抢走了。

当叶莲子为那个被抢的烧饼痛心疾首之时,胡秉宸正和表姐绿云从四爹爹家出来,漫步在霞飞路上。

如果胡秉宸和吴为不是几世情缘,又为什么总是前前后后在许多地方擦肩而过?

叶莲子既无仇恨也无报复之念,只是目不转睛地盯着那个抢烧饼的人——拐着八字脚,穿一身蓝布短衣,一头短发像比叶莲子和吴为受到更大惊吓地竖在头上,一边跑一边大口咬着烧饼。她想:你就是抢也不挑个人,我要是有钱,能只买一个烧饼吗?

继而又想,不抢她抢谁? 谁都比她不容易抢。一看就是个该挨抢的人,一看就是个举目无亲的外地人,一看就是个不会还手的人……

她咽下自己的饥饿,又在心里埋怨道:你就是抢了烧饼也要好好享受一下它的美味,不能这样狼吞虎咽糟蹋那个来之不易的烧饼啊。

她只好再给吴为买个烧饼,把钱往怀里揣了又揣,然后把吴为更紧地抱在怀里,以防烧饼再次被人抢去。

叶莲子一路行来,一路打听。满眼都是没有生计、衣衫褴褛的穷人,游荡在街头巷尾,好像街头巷尾里藏着解救他们的机会。

不难,很快就找到了赵营长的哥哥。赵先生也没有多问,看过叶志清的信,干练地为叶莲子和吴为办好了去香港的一应手续。

离开上海那天是个晴朗的日子,让叶莲子心中充满憧憬。

他们坐着人力车,经过沿黄浦江而建的百老汇路。马路另一侧多为西式建筑,其中有许多店面、钱庄、饭店和旅馆……

不论街上的热狗、美容、咖啡店,还是文明婚礼的照片,租界地上的手摇电话亭,印度巡捕,坐洋车的西洋男人,中英文并茂的先施、永安百货公司,或是贴有"先施牙膏"各种广告的双层、单层有轨电车……叶莲子不曾留下一丝艳羡,她的目标在正前方。

倒是黄浦江上的涛声、沙船上吱吱扭扭的摇橹声、轮船的汽笛声、人力车的铜铃声以及外滩上的钟声,让吴为心中似有所动。

过外白渡桥往北,就到了杨树埔的公和祥码头。

叶莲子不明白,为什么不坐更便宜的有轨电车?可也不便多问,只能跟着赵先生走。

该乘什么车赵先生有数。他当然不能带着她们坐有轨电车——谁知道日本军营会不会派人跟踪?为省几个车钱让他们怀疑他来自平民的身份?

分手时叶莲子笨拙地说:"真不知道怎么谢您才好,才好……"

赵先生皱着眉头眯着眼睛,瞟着舱里舱外往来人等,好像太阳晃得睁不开眼睛。他又看不出嘴唇嚅动地低声叮咛道:"没开船之前一定要谨慎小心,就坐在船舱里不要出去。罗斯福号虽然是美国轮船,可……谁知道会不会有意外?有人问什么不必多说……"他说这些话的时候,并不对着叶莲子,只一味不舍似的抚摩着吴为的小脸,好像对这个从见面起看也不曾看过一眼的孩子,突然地有了感情。

然后他就头也不回地下船走了。舷梯上和他擦身而过的人,一看他那身日式军装,无不像是遭了瘟疫,唯恐躲之不及。

第 六 章

一

直到开了船,叶莲子才算有了安全感,日本人是再不能到这艘船上来杀人了。

吴为欢蹦乱跳地在甲板上跑来跑去,备感放肆的可贵,自她解事以来,第一次不必看人脸色行事。她的笑声全心全意,不管不顾,忘乎所以。这笑声让人先是会心,而后又有些担心。担心什么?说不清楚。

头等舱里有位浓眉大眼的夫人,穿一套白色长裙、白色镂空高跟皮鞋,戴一顶巴拿马草帽;第二天又换了花绸旗袍……常常戴着太阳镜坐在甲板上,闲适地看书、看报或是看海。

吴为从她面前跑了过去……

夫人向这个让人不能不回头的孩子招了招手,吴为面无羞色地走了过去,取下摊在夫人手掌里的糖果,又顽皮地伸出小手拍拍夫人的手臂,给她一个天真无邪的甜笑,还说:"谢谢。"

吴为自小对女人就有到位的鉴赏,她喜欢女人,特别是有品位、有气质、有风度的女人,如果顺其自然,她很可能是个同性恋而不是异性恋者。好比对待这位夫人的态度,特别是用小手拍拍她手臂的举动,很难说不包含着一种天成的招逗。可是上帝在捏咕她的时候,手指头不知怎么哆嗦了一下,她就此被扒拉上异性恋的苦旅。

"小朋友,几岁啦?"

吴为伸出四个短而粗的手指,又加上一个胖巴掌,"四岁半。"那双还没长成的小手,看起来也很男相。

"你叫什么名字啊?"她问吴为。

"难难。"

"什么,有叫这种名字的吗?"夫人环顾四周,像在找人问个所以。吴为还说不清楚四声,难怪让人不解。

跟在一旁的叶莲子解释道:"是东南西北的南。"

"她是在南方出生的?"

"不,在北平。"叶莲子客气地微笑着,但那微笑是距离的、维持的,掩盖着受过惊吓伤害的畏缩和戒备。她的脸同时就被罩在了微笑的后面。

"噢,北平,我去过。"夫人这才开始打量叶莲子。

这时的叶莲子,已是杂陈百味腌制过的叶莲子,这种腌制既毁坏了许多,也为她早年那一览无余的美丽,增添了难言的风韵。

"我的一个亲戚就住在东绒线胡同,离故宫不远……你们住在什么地方?"她却有明显的南方口音。

"东城,东四牌楼附近。"

"只有你们母女二人到香港去?"

"是的。"

"你先生呢?"

"我……我们正是去找他的。"叶莲子的心事就忽隐忽现在脸上,眉心显出苍凉的皱纹,一抹深色的暗影浮过她的双眼,连眼白都跟着一起暗了下来。可她马上闭紧了嘴,点点头,调过身去追赶吴为。

那夫人就想,这女人定有大难。

风浪说起来就起来了,看上去庞大无比的罗斯福号,被海浪拨弄得六神无主,立刻如玩具那样,不堪实践的检验。

叶莲子感到天旋地转,禁不住呕吐起来。到了船上,她才知道餐点已包括在船票里,她像所有乘客一样,有吃饱的权利。可是如此美味的免费餐点,全让她吐出来了。最后吐得没有什么可吐,只好吐苦水。她不无惋惜地苦着脸想,吐得可是真干净!

风息浪止后,就快到九龙了。这时叶莲子才觉得自己的确冒昧,她甚至没有写信告诉顾秋水,就敢揣着从于高祥那里得到的地址——也不想想这个地址是否可靠——不知天高地厚地闯来了。到香港后能不能找到顾秋水?找不到怎么办?本来就没有多少钱,买了船票以后更是所剩无几,既不会说,也听不懂广东话,打工都是问题⋯⋯

叶莲子的不留后路,是否别有动机?

似乎冥冥中有人暗示,如果写信告知顾秋水她的到来,那她就根本不能成行。

但她又心生忐忑,这样揣度顾秋水好像是背叛了他⋯⋯过不了多久她就会知道,这种暗示不是无中生有。

船靠码头之前,叶莲子匆忙地换上了二太太赏的那件镶黑缎边的黑旗袍。

叶莲子拉着吴为跟着人群急急下了船,一脚踏上那繁华之地,随之也就领教了繁华的凌轹。

繁华是什么?繁华是吞噬,是无从落脚,是险恶的阻隔。从那一刻起,吴为抵触了繁华。

除了脚下那只不但不能给叶莲子什么帮助,还需要她手提肩扛的箱子,比照满耳聒噪的大呼小叫,她和吴为是太冷清了。

倒是请人看过手里的地址,人们抑扬顿挫地对她哇啦哇啦指点一番,她却没有听懂,仍旧万事不知地混沌着。太阳很毒地晒在码头上,她却冷汗直流。

人们渐渐离去,拥挤的码头疏朗起来,叶莲子还是不知道往哪儿迈脚。

这时,船上相遇的夫人在亲朋的簇拥中走了过来,问道:"你丈夫没来接你吗?"

叶莲子摇摇头,模样恓惶得让人心里一堵,说:"他不知道我们来。"

夫人想,这就是了,难怪叶莲子让人一看就觉得发沉。她笑笑说:"这是九龙,还没到香港呢。别发愁,我家有汽车来接,可以把你们带过去。不过你有你丈夫的地址吗?"

"这倒有的。"

夫人看过地址,知根知底地说:"噢——风云杂志社,很进步的一家杂志,很多知名人士常在上面发表抗日救国的文章呢。你丈夫在杂志社里做什么工作?"

叶莲子感到难堪了,"不知道。"

夫人又想,这就是了。她不无关切地问:"可你知道他一定还在那里吗?"

叶莲子不置可否地点头,又摇头。

"先去再说吧。"她伸出一个手指给吴为,吴为就紧紧地握着,然后她领着她们母女向汽车走去。

风云杂志社很快就到了。叶莲子下车打探,夫人吩咐司机等着。

门房说是有顾秋水这么个人,让她等着,待他前去通报。

叶莲子红着脸,丢掉矜持,三脚两脚跑回街上,隔着车窗对夫人说:"找到了,太谢谢您了,要是没有您,真不知怎样才能找到我丈夫。"

很快就有一个男人从门道的暗影中走来。夫人朝那走动在暗影中的男人瞥了一眼,意味深长地对叶莲子说:"找到就好,多保重!"然后就吩咐司机开车走了。

叶莲子望着远去的汽车,不无遗憾地想:要是夫人等到顾秋水对她说声谢谢再走,该多好!

坐在汽车里的夫人想:那男人显然就是她的丈夫,酸气十足。不是穷酸,很多人也穷,可并不一定都有这种酸气,好比船上碰到的这个女人。这女人千里迢迢、勇气十足来到这个危险四伏的花花世界,原来为的就是这样一个男人!

刚才她还担心这女人找不到丈夫,现在却并不为她找到丈夫而庆幸。

在叶莲子的香港之行中,这个忽悠出现又忽悠消失、着实帮了她一个大忙的人,什么痕迹也没有留下。

从此无影无踪的这位夫人,却不时地在吴为的记忆中出现,尤其相逢胡秉宸后,更是不断自作多情地猜想:这位夫人会不会是胡秉宸的亲戚?

吴为希望是。她总是一厢情愿地希望,所有的幸运都与胡秉宸,乃至胡秉宸的那个家族有关。

有关这次旅行,吴为记住的只有这位夫人和叶莲子用一条水绿色手帕为她叠制的小老鼠。当她让小老鼠在挠动的手指上爬行时,一不小心掉进了大海,眼睁睁着就被绿色的海浪所吞没。

直到四十多岁再次与海重逢之前，她一直以为海是绿的，而不是诗人们常说的那样"啊，蔚蓝色的大海啊！"结果看到的既不是绿也不是蓝，而是沉溺的黑。

想不到在这重逢时刻，让叶莲子最为激动的却是顾秋水的脚步声。

这个让她"望穿秋水"，含辛茹苦等了四年的脚步声，此时此刻实实在在、可依可靠、一步一步终于朝她走了过来。

她低头对吴为说："看，爸爸来了，爸爸来了！"

吴为却带着对夫人和绿色小老鼠的怀念，坐在地上，靠着箱子睡了。对她来说，这个让叶莲子激动不已的男人，已在一九三七年七月的一个早晨走出了她的生活。除了血缘，他们可以说是毫无关系了。即便日后与顾秋水有过一段段短暂相处的日子，不管顾秋水怎么想，对吴为来说，他们顶多是同一公寓里的房客，不能再多。

当顾秋水来到身边时，叶莲子还是流出了眼泪。等到抬眼与顾秋水相望时，又破涕为笑了。

不论她的眼泪还是微笑，都不得不在瞬间收起。她虽来不及解读那一瞬间在顾秋水脸上滚动过几层信息，但显而易见，绝对没有重逢的喜悦。

面对这样一个油盐不进的顾秋水，叶莲子张皇失措。而顾秋水劈头一句就是："你怎么来了？"

这让叶莲子更不知怎样回答，就忙着把吴为弄醒，"叫爸爸，叫爸爸！"

吴为就是不肯叫。

她多大了？四岁半了吧。很有主见呢！

顾秋水皱着眉头笑了笑,潦草地逗了逗吴为的下巴,说:"这个孩子,怎么是这个样子!"

平时吴为是个很容易被说服的孩子,现在却不听招呼了。叶莲子继续催促着:"叫爸爸,快叫爸爸呀!"

顾秋水讪讪地说:"算啦。"他早忘记当年离开北平时,曾为怀里那个软和和的小肉团泪流满面的事了。

然后他们就都没了话。一没了话,只好再次抬眼互相打量,他们发现,四年里,彼此都有了很大的变化。

叶莲子柔软的眼波里,有了一种不论抓住什么就咬死不放的固执,也有了一些凌厉——却不是磨刀石上磨出的,而是一千五百多个日夜中,为追寻顾秋水的踪迹,无数次穿越关山、云天、江湖河海磨砺出来的。红颜褪尽,一脸萧索,像一部显而易见的彩色片突然还原为韵味模糊的黑白片。

顾秋水本来还算恰如其分的江湖义气,现在不但发挥到极致,而且"过了唛"、发了酵,像真理跨过一步就会变成谬误那样成了痞气,小有得意之中,难掩着翘首翘尾的骚动。

总之,他们再不是四年前"过家家"式的小夫妻了。

二

这可能是顾秋水一生最为得意的日子。

跟随着包天剑从北平到延安,从延安到重庆,从重庆到香港转了一圈之后,不论情况多么令人沮丧,顾秋水初衷不改,乃至到了香港,还几次三番地与包天剑研讨日后的行动方向——是回东北老家搞地下活动,还是出国游历?

他不厌其烦的敦促，让包天剑深感狼狈。

延安出逃后，包天剑厌倦了一切。不论抗日还是重建东北军，还是打回老家去；不论红粉知己二太太跟着三弟走出家门再无踪影，哪怕人们说他们私奔；不论他的钱财还是人马；不论他的抱负还是他的痴心……对于过往的一切，他连回想都不再回想，连心疼都不再心疼，黄粱一梦还是南柯一梦，任人评说。轰轰烈烈一个声色犬马的人，忽然变做入定高僧。

流亡香港的东北军旧人不少，可是他连见都不见，更不要说大家一起叙旧。即便后来沦落到连填饱肚子都难以维持的地步，他也不向东北军的旧人讨生活。

所有旧关系都干净利索地处理完毕，所以他的困境无人知晓，连顾秋水都不大清楚。

顾秋水本以为，即便包天剑的家当都贡献给了延安，至少包老太爷那里还可一靠。可是包老太爷自"九一八"流亡关内，养着一大家子只能挥霍却毫无创造能力的人，坐吃山空，难以为继，也就难怪每月寄给包天剑的生活费仅够维持生计。天津还沦陷在日本人手里，包天剑又不便回去，只能一天天在香港熬日子。

到了这个地步，包天剑只好不再顾念顾秋水当初义无反顾丢弃军中职务，为他卖命十多年的情分，甚至为了摆脱顾秋水，把他送到姑表弟邹可仁创办的风云杂志社的员工宿舍，为顾秋水安排了一个铺位，自己则另觅一个新的住处。头一个月包天剑还替顾秋水付了十五块钱的食宿费，而后就连人也找不到了。

幸亏有位参加西安事变的东北军少将，也落魄在风云杂志社的员工宿舍，顾秋水从他那里得知了包天剑的新地址，就去找包天剑讨生活。包天剑不给，说："这样下去不是长久之计，你再想想是不是还有别的活路吧。"

顾秋水说:"我要回内地抗日。"

包天剑却不愿出面为顾秋水写封信,请东北军新首脑给顾秋水一个机会——如果他为顾秋水写这封信,就得为一穷二白的顾秋水负担回程路费。当初不是他把顾秋水带出东北军吗? 有始就得有终。

顾秋水只好向邹可仁借钱,邹可仁哪能白白借给他钱?

既不会说广东话更不会说英语的顾秋水,在香港找工作比登天还难。

他愤怒的不只是被人丢弃,包天剑简直毁灭了他对朋友,对"忠""诚"这些观念的信仰。顾秋水越想越悔,越想越恨,买了把斧子直奔包天剑的住处,准备与包天剑同归于尽。

当他怀揣一把斧子来到包天剑的住处时,却找不到包天剑了,原来包天剑已经潜回天津。这两个曾经同患难、共生死的人,连个结尾也没有,就这样地结束了他们多年的主仆关系。

转了一圈回到家里,包天剑兜里只剩下十八块大洋。

此后包天剑多了一个嗜好,就是对着中国地图发愣,或在地图上画下他的足迹,始终不明白地图上的这个小圈是怎样将他套牢的。地图很快旧了、破了,再买一张新的。破旧的、五颜六色的地图,一张张堆放在房间里,看上去与摇小鼓收破烂儿的仓库几无差异。

回天津后不久,包老太爷就自杀了。

包老太爷不是没有锦衣玉食的机会,日本人找过他好几次,企图就此笼络东北势力。可是日本人怎么逼,包老太爷也不肯出来当汉奸。

最后一大家子人穷得连饭都开不出来,包老太爷宁死也不肯丢人现眼,让他人知道家里败落。以他断事的能力,早已料到包家日后的下场,眼不见为净,自尊地结束了自己的生命。

曾经歌舞升平、人欢马叫的包家大院败破了。包天剑自己那栋小楼更是物是人非,让他不堪回首,便带着三太太和孩子们回到北平,靠变卖家当过着每况愈下的日子。

北平那处房产,多数房子被汉奸霸占,他们只能住在后院几间小屋里,靠打小牌消磨日子。

抗战胜利后这栋房产虽然收了回来,可还是坐吃山空。到了后来,三太太不得不三天两头到董贵家要馒头吃,甚至打牌输了钱也向董贵举借,还一直拖欠着,等到钱不值钱的时候才还。

董贵还不好意思接下。包天剑就说:"拿着吧,再不拿着就更不值钱啦。"

一九四九年后,包天剑很快因病亡故,房子也卖了,当初四十多根条子到手的房子,只卖了十多根条子。

显赫东北几十年的包家王朝,就这样销声匿迹了。

幸好杂志社烧饭女佣阿苏看顾秋水可怜,每日将剩下的饭菜留给他一些,才使他不致流落到讨饭的地步。他像发迹前的韩信那样,只能乞食于漂母。

自然就落入"公子落难,小姐赠金"那样的套子。

阿苏是到香港谋生的乡下女人,这样的女人在香港一般就是当下女,没有更多的盘算,不过在干完每天的工作,杂志社的同仁各回各家后,在空空洞洞的宿舍里与同样寂寞的顾秋水上床而已。他们甚至没有一起逛过街、看过电影,顾秋水在阿苏身上得到的只是享受、呵护而不承担任何责任。阿苏也从没要求过这些,就是没有正式"名分",这样说妾不是妾、说女佣又不是女佣地跟着顾秋水过一辈子也安心安意了。阿苏明白自己的地位,没文化的乡下女人有什么好命? 她对顾秋水说:"我就是跟着你当一辈子下女也行。"

对大多数男人来说,这是最为理想的一种两性关系。

而且阿苏并不知顾秋水的底细,还以为他是家大业大的人,他的困难不过是暂时的,将来总有发迹的一天。

悲愤之下,顾秋水将他落魄的经历写了一篇叫做《门客》的小说,居然得到发表,他才发现这也是一个挣钱吃饭的办法。真是挣扎活命中的一线曙光,哪里有二十世纪末小说家的潇洒——"玩儿"一把文学,或挣盒烟钱,再不像吴为那样把文学当个事儿。

从此他便开始写些小说或杂文,登在刊尾或报屁股上。特别是他写的《流亡十年记》,记录了追随包天剑,从九一八事变到香港前后十年的思想历程,深得著名进步人士金奉如的赏识,便向风云杂志社社长邹可仁推荐。

杂志社也的确需要人手。邹可仁见顾秋水能写点东西,又去过延安、上过延安的抗大,这点资历足以使他成为一个合适的卒子。何况顾秋水七七事变前在东北大学当军训教官的时候,邹可仁同时为代理校长,还算是旧时相识。

邹可仁接过东北王们未竟的事业,又以"民主"为旗帜,组织政党,招兵买马,以收复在东北的势力、财产,重新称王东北。他创建发行的《风云》杂志已是一块相当重要的舆论阵地,又很会拉拢人,形势十分看好。退一步说,即便不能再称王东北,如果组党成功,也算一党一派,不管将来国民党还是共产党执政,都是讨价还价的资本。

这个政客也有他的老练之处,在反右之风始于青萍之末就看出事情不妙,堂而皇之地在一次政治协商会议上机灵地向周恩来总理递了个条子请假,提出要到香港料理家务。因为香港还是英国属地,去香港要通过外交途径办理手续。他的家的确在香港,这个理由很充分,周恩来总理不得不同意,当即在会上宣读了邹可仁写的条子,然后冷峻地巡视着会场,问道:"在座的还有哪位要走?我们可以一起办理手续,还可以派人相送。"偌大会场噤若寒蝉,鸦雀无声。只有邹可仁梗着脖子,决不收回自己的请求,并终于在反右斗争如火如荼开展之前,逃离开去。

顾秋水就没有这样的高瞻远瞩和幸运,以极右派的下场告终。

八十年代邹可仁回内地访问,再没有人对他说"在座的还有哪位要走,我们可以一起办理手续,还可以派人相送"了,而是住北京饭店贵宾楼,享受着贵宾的待遇。

最受株连的却是金奉如,他那个"政委"怎么当的,居然出现了这样的政治失误?本该有所升迁的金奉如,从此终老在这个"政委"的位置上。

顾秋水于是进入风云杂志社,成了邹可仁口袋里的人物。

当邹可仁把这份恩惠赏给顾秋水的时候,并没有忘记对他说:"这是我们对你的特殊照顾,换了别人,谁也难以得到这个职位。"

进入风云杂志社后,顾秋水不但解决了饭辙,更有了自己也不曾料到的发展。

一九四〇年后,内地许多进步人士、文化名流,由重庆、上海等地相继来到香港,形成一股要求民主、抗战救国的热流,风云杂志社便成为他们的一个文化阵地,正像罗斯福号船上那位夫人所说,风云杂志社在当时可以说是民主、抗日、救亡主张的一个喉舌。

一九四一年皖南事变,该杂志还特地出版了一期《人权》专号,反对蒋介石假抗战、真反共的阴谋和卖国勾当,并由顾秋水主笔,撰写了一篇《人权斗争论》。

顾秋水这篇水平不低的《人权斗争论》,与进步人士金奉如的启发密不可分。

直到二十世纪九十年代,这位自其民主党派创立初期就担任重要职务的金奉如先生去世时,他的真实身份才得以公开,顾秋水才知道他是共产党。尽管几十年来人们有所猜测,但猜测归猜测,不能代替事实。一旦这个猜测被证实,顾秋水还是有种上当受骗的感觉——为什么金奉如几十年来从不公开自己的身份?即便公开又能怎样呢?

继而又设身处地地想,也许当初就隐瞒着,到了后来反倒不好说了?而当初又为什么要隐瞒这个身份呢……真是高瞻远瞩啊!

顾秋水怎么想,怎么也不能明白这种隐瞒身份的意图。想着、想着,一惊——类似的事情想必不止金奉如这一档子吧?

对着报纸上的金奉如遗像,顾秋水看了又看,怎么看也是"不像了,不像了"的感觉,不禁回忆起其党创建初期的日子。

当时,邹可仁以"东北同志会"为资本,以北方实力派身份参加了新成立的这个民主党派。"东北同志会"是张学良将军于西安事变前亲自领导组建,成员几乎囊括东北军少壮派的组织。不久以后,邹可仁就被推举为该党领导人之一。

香港的东北抗日人士,为此举行了盛大的庆祝活动。顾秋水花七十块钱买的那套英国西服,正是为了这个庆典。

他也考虑过是不是买套日本西服,每套比英国西服便宜二十多块钱,转而又想,何必在二十块钱上算不过账?香港是一个处处要人明白它是一个比英国更英国的地方。如果此后想在上层人士中活跃一番,打开局面,怎么能不英国起来呢?再说他的月工资已有二百多元,市井中五毛钱就能吃顿饱饭,三十个饺子或一碗面,这笔花销应该不算过分的靡费。当然他后来也买了套日本西装,留待平时穿用。

顾秋水是庆典活动的组织者,那一天很出风头,英国造西服尤其为他增辉。

跟随包天剑多年,顾秋水已积累了很多这样的临场经验,对主子又非常忠贞,这一类行政事务,邹可仁既放手又放心。

可是顾秋水已经不是追随包天剑时的顾秋水了,虽然尽忠尽力,却不像当年望着包天剑那样多情地望着邹可仁了。

他那逢迎的眼神后面隐藏着轻蔑,暗暗地说:邹可仁,尽管你穿着名牌,留学美国,就凭你那个四棱脑袋,那截又短又粗的红脖子,怎么看怎么像个东北农村的大车店老板。这样一个人,怎么就能成为中国政坛上的风云人物?

顾秋水觉得,不论邹可仁还是包天剑,都是酒囊饭袋,要能耐没能耐,要胆子没胆子,离了他什么也干不成。

此时恰值罗斯福总统派往中国的特使拉摩尔迪途经香港,滞留香港的东北抗日人士起草了一份《上拉摩尔迪书》,希望通过美国对蒋介石的压力,营救张学良将军。

签名人士有邹可仁、顾秋水……而且顾秋水的签名还很靠前。自一九四〇年八月进入风云杂志社占个铺位,到上书拉摩尔迪,顾秋水真是"柳暗花明又一村",也从一个忠臣不事二主的马弁,成为有可能登上政治舞台的一颗新星了。

但顾秋水始终对金奉如怀有戒心,每每与金奉如共事,都让他想起在延安的日子。他总觉得金奉如身上有一种他既不喜欢又很熟悉的东西,有天忽然明白,那就是一种"延安味儿"。

也许金奉如感到了顾秋水的怀疑、戒备,也许没有。在各个政党之间,共产党一向提倡诚心诚意,开诚布公。不知后来金奉如的秘书介入顾秋水的家庭生活,是否与顾秋水对金奉如,也就是对共产党的隔阂、戒备有关。

顾秋水正要大展鸿图之时,叶莲子来到。

叶莲子的到来,使他想起为人父、为人夫的责任。在此之前,顾秋水几乎已经忘记了自己还有妻女,特别近来,过的简直就是自由自在的单身贵族的日子。

好比在某个机会赏给他的某个英式早餐桌上,他也有了叼着烟斗看报纸的习惯——抽不抽是另外一回事——并且有了好几个真正的英国烟斗,有的是在旧货店里买的,有的是邹可仁淘汰下来的。他也备着 morning glory 烟丝,在某些人面前,该用的时候用上一回。

邹可仁一家偶尔带着他吃顿西餐,他不但懂得了给邹太太拉椅子,还懂得了给邹太太选什么样的面包。侍者送上 baguette(法国棍子面包)的时候,他会隔着餐巾用手背在面包上靠一靠,试一试温度,再让侍者把装面包的小篮子递给邹太太。

对于如何吃面包,顾秋水已经说得头头是道:"刚出烤炉的面包一定要放冷再吃,因为里面还充满发酵的气体,等面包冷下来,里面的发酵气体散尽之后,面包的醇香才能全部发挥出来。当然也不能太冷,以刚刚冷下最好。外皮要薄要脆,内里则须松软有弹性……"

他也会披着灰色开襟毛衣,在邹家跑马地大洋房的花园里摘几朵花送给邹太太,当然不能是玫瑰——邹可仁是留学美国的人,知道男人送女人玫瑰不同寻常的意思。邹太太便似笑非笑地说声"谢谢!"

邹太太是很西化的女人,常常组织跳舞、野餐、party 什么的,和男人的交往伸缩自如,总不会弄到西化的邹可仁颇有微词的地步。

陪邹太太一起上街买东西的时候,顾秋水会恰到好处地给她拿着大衣,提着大包小包购来的物品,开汽车门、商店门、家门……

顾秋水有足够的聪明,如何做个上流社会的人本就是他的兴趣所在,而且样样做得不着痕迹。尤其"马屁术"已修炼得炉火纯青,秘诀之一就是用无伤大雅的不恭,调剂拍者和被拍者的难堪,既不让自己太过尴尬,也不让被拍者非常肉麻。

马屁如果拍得一览无余,不但让旁观者嗤之以鼻,被拍的屁股也会感到不适,反倒成事不足败事有余,甚至会被马尥上一蹶子……好比对邹可仁那些附庸风雅的诗作,顾秋水从来不是拿来就肯定,而是沉吟良久,反复吟诵,然后指出三分不足七分成绩。他真是没有枉赴一趟延安,至少对这个日后无限发扬光大的"三七开"心领神会。于是邹可仁就觉得那七分成绩真是成绩,以为自己果然满腹诗才,至少在考虑留不留用顾秋水的时候,又为他增加一个百分点。

顾秋水实为刚烈之人,不似有些人天性如此。所以他的马弁做得有点悲壮,马屁也拍得有点悲壮,表现在做马弁和拍马屁这种毫无尊严可言的卑微里,能尽力为自己营造出一点廉耻之心,以抚慰自己的刚烈。

三

叶莲子和吴为的到来,等于宣布了顾秋水单身贵族的破产。

情人变心,还不算十分可怕,因为身上没有责任,不必为推卸责任撕破面具,说走就走,轻装而去,说不定还会"留下美好的回忆";丈夫变了心,那才真叫可怕,如果身上那个责任又赖皮赖脸不肯放手的话,为了卸去身上那个责任,可以无所不用其极。不要说兵痞顾秋水,就是绅士胡秉宸在与白帆或吴为离婚时,同样心黑手辣,只不过上等人、上层人胡秉宸,比兵痞顾秋水多了一些文明的教化。

所以他才会情不自禁地对万水千山而来的叶莲子兜头一问:"你怎么来了?"

眼睛很"毒"的叶莲子,事情临到自己头上却变成了"睁眼瞎",竟然以为顾秋水会为她千里寻夫的壮举大张手臂、欢呼雀跃,没想到却是一句"你怎么来了?"于是她的千言万语、千辛万苦,一下噎在嗓子眼里出不来了,并且从此卡在嗓子眼里,再也没有出来过。

顾秋水无奈地对叶莲子笑笑,表示出对他这份不得已的责任宽宏大量的默认,说:"走吧,先找个地方住下。"然后领着他的这份责任离开杂志社,叶莲子抱着吴为紧紧跟上。

顾秋水提着箱子低着头在前面紧走,也没回头看一看抱着吴为的叶莲子能否跟上他的步伐。

叶莲子这时才好在顾秋水身后,放眼打量思念了四个年头的丈夫。

顾秋水越发地潇洒了,脚上穿着棕白两色的镂空皮鞋,极薄的开身毛背心里是熨烫得一个褶子也没有的衬衣。以叶莲子在包家练就的洗烫全活把势,一眼看出那衬衣熨得非常专业,却没有做那大多数女人在这种时候顺理成章的猜想:谁给他熨的?衬衣束在裤线笔直的裤子里,连皮带也"香港"起来,不像从前扎的皮带,是从武装带上拆下来的,总离不了当兵的味道。头发倒还像从前那样梳得溜光,从中间分开,墨黑墨黑的。

如果说四年前不论顾秋水怎样修饰，看上去也不过是包天剑的马弁，现在却看得出是个风华正茂、独立自主的男人了。就看他的步伐吧，虽然还似长期军旅生涯中练就的机械、分明、快慢有致，却多了点任性无序、趾高气扬。

吴为的小眼睛滴滴溜溜地转着，指着街边的食品小摊，咿咿呀呀地说着："妈妈，妈妈。"

顾秋水像是没有听见，一直朝前走着。要是顾秋水不停下来给吴为买点什么，叶莲子也不敢提出给吴为买点什么。她只好一边亲着吴为的脸蛋，一边看着顾秋水的背影说："小孩子没别的事，老想吃。"以为这样一说，顾秋水怎么也得停下来给吴为买点吃的。顾秋水倒是回头看了一眼，但还是没有停下的意思。

叶莲子一面这样说着，一面又为这样解释吴为的要求心里充满歉疚。

孩子可不是饿了！从下船到现在，吴为不要说一口饭没吃过，就是一口水也没喝着。小孩子不像大人，肚子太小，本就储存不了多少东西让时间消耗。

叶莲子左右为难着，一为难，脸上就显出恍惚、尴尬的呆笑。顾秋水就想，怎么从前没发现她这样呆笨！

他们过了大街又穿小巷，然后向山上走去，繁华的香港就在她面前渐渐掀开荒凉的一角。

到了山上，顾秋水又领着她们左拐右拐，最后进了一栋摇摇欲坠的小楼，想必就是他的住处了。不过叶莲子并不在意，什么样的苦日子她没有经过？她只是惊讶繁华的香港，居然还有这样的危楼。

她抱着吴为，跟着顾秋水往楼上走去，一直走到平台。放眼一望，香港尽收眼底。眼底一栋栋密密麻麻的小楼，每栋楼顶都有后加的与棚子差不多的房子,或悬空延伸,或摞了一层又一层,像是孩子的手越搭越高而又岌岌可危的积木。

顾秋水就在这个平台上给她们租了一间"积木",说棚子也无不可。

不知叶莲子是真没有觉悟还是"鸵鸟政策",对眼前的微妙形势硬是一个没有感觉,甚至问道:"这地方怎么会叫香港?"

顾秋水看不上眼地说:"叫香港就得香吗?"

"呃?"

叶莲子拧着眉毛,瞪着一双顾秋水当初觉得秋水盈盈如今却觉得大而无当的眼睛,显然还是不明白香港为什么不香的道理。

"你叫叶莲子,就能当莲子吃吗?"

"嗯。"好像明白了,再四下里望望,又不解地摇摇头,说,"香港!"

顾秋水就觉得刚才的话白说,这样的脑袋能装进什么? 想想和她度过的日子,早该明白她可不就是个想上什么就一门心思、不管对错地想下去,任什么也不可改变的人吗?

把她们撂下之后,顾秋水说:"你们就住这儿吧,我还得住在社里,因为这里离社里太远,我的工作又常常在晚上,还是住在社里方便。"

叶莲子想,真是太远,走了好久、好久呢。她就点着头说:"是呀,太远。"

顾秋水又说:"你们先歇几天,有话过些天再说。"

叶莲子说:"快忙你的,别耽搁了公家的事。"看到顾秋水一副重任在身的样子,心里着实为他自豪。

顾秋水也没有问叶莲子一句,这些年是怎么过来的,有没有困难,一路上可是辛苦或安全,手里有没有钱……撂下她们母女扭头就走了，干净利索，一点也不拖泥带水。

就像离开北平那天一样，又是一个大子儿不留，有关她们母女日后怎么活下去的话也一句不提，而叶莲子也像那天一样，什么也没问，什么也没说。

她并不明白，顾秋水如今的不闻不问，与那时的不闻不问，性质已完全不同。只想：对，他忙。而且他不是说了"有话过些天再说"？只有一点遗憾，顾秋水总该回头看她们一眼……却没有。

顾秋水想想也觉得奇怪，这个四年前让他难舍难分的女人，为什么现在对他一点吸引力也没有了？尽管杂志社的同仁都说，想不到他还有这么一位漂亮的太太……

坐在地上的吴为不安静起来。

叶莲子这才想起顾秋水也没亲亲、抱抱吴为，也没跟吴为说句话……她为吴为感到了委屈，忙哄着她说："噢，对，对，我们要吃饭了，要吃饭了。"

顾不上安置行李，她先带吴为下了楼，在小街的大排档上指指点点买了两碗盖浇饭。买饭这件小事给了她一点信心，她想，虽然不会说广东话，饭也买来了。

晚上睡下之后，从隔壁传来放屁的声音，一声接着一声，也许什么人有肠胃病。这才发现与隔壁人家只隔了半截墙，如果高一点的个子，伸头就能看到她们的一切日常细节，简直就像住在同一间房子里，好在香港男人个子都不算高。

顾秋水的"有话过些天再说"，一过就是十多天。

叶莲子虽然在人生地不熟的香港找不到风云杂志社，却在这十多天里找到了活路。她到商店里指指点点，用剩下的路费买回米面、菜蔬，又过起省吃俭用的日子。

有一天顾秋水终于来了，不像第一次见面那样皱着眉头，脸上甚至还有了些许的笑意。

叶莲子生怕惹他不快，小心翼翼地依着他的眼色行事。

这又让顾秋水发烦，奇怪她怎么变得这样贼头贼脑、小家子气。看看邹太太，什么时候这样对待过邹可仁？就是几个朋友的太太，也不这样贼头贼脑对待丈夫。

叶莲子手忙脚乱地张罗着，看看柜子里什么吃的也没有，就说："我去买点儿什么。"

顾秋水说："不必，煮点儿白饭青菜就行。"

叶莲子还是难以决断，不知真就煮点白饭青菜，还是出去买点什么。

顾秋水瞅着叶莲子那无可挑剔的脸，这张脸原该配一副有文化的好脑子，现在，只能漂亮得让他生出厌烦。

叶莲子一边切菜一边胆怯地说："我看见有人在街上卖饭，生意还挺好……反正我在家待着没事，不如出去卖饭，也是一项收入。"那菜刀也就跟着她的胆怯没了板眼，重一响、轻一响地落在案板上，让顾秋水更加生厌，说："你还打算在这儿长住啊？"

叶莲子没明白他的意思，自然地应着："嗯哪。"

一看她那副死心塌地、安营扎寨的样子，顾秋水就想，不如就此跟她说清楚，否则拖的时间越长，这个寨子可就扎得越牢实了，"你刚到的那天，看你一路辛苦没好和你谈。你也知道我是为什么离开北平到延安去的，当然在延安没能如愿以偿，到香港后也吃了很多苦……不说了，说也没用。现在我们的事情比离开北平时倒有了发展，你们到来前，也就是九一八纪念日的那天，我刚刚向邹可仁打了保票，一心抗日反蒋，别无他求。结果你们就来了，让我很尴尬……我的意思是，你不如还是回到你父亲那里去，你带着孩子回去吧。"——冠冕堂皇。

从到香港那天起,叶莲子就一直在等,等顾秋水什么时候闲下来跟她说说话,他们两口子到现在还没正经说过话呢。她以为顾秋水会有千言万语、千情万意对她说,没想到等来的是"你带着孩子回去吧"。

叶莲子刚把炒锅从火眼上端下来,一下子又把手伸到火眼上去,马上就嗅到皮肤烧焦的气味。她满脸飞红,赶快倒些酱油,背朝着顾秋水,只管低着头往转眼间就隆起燎泡的手指上抹。自母亲去世后,对这个薄情的世界,除了背过脸去,她还有什么办法保护自己?

比起褥子底下的钱一天天见少,没依没靠,眼瞅着就要讨乞;

比起天津发大水、眼看着大水往上涨,撵得她们母女没吃、没钱、没处逃;

比起在包家受尽寄人篱下之辱;

比起天津到徐州、徐州到淮安,穿过日伪封锁线的危险;

两年多后,一九四三年,顾秋水为执行任务,按着同样路线走了一趟,对吴为谈起一生的作为,他感叹道:"通过那条封锁线非常危险,脑袋说掉就掉啊!"不知那时他对叶莲子千里寻夫的艰险是否有了点滴了解?不知那时可曾为叶莲子感慨一回;

…………

自顾秋水走后,桩桩件件、大难小难全部加起来,也没有此时此刻这句"你带着孩子回去吧"让叶莲子感到难以克服。

那时,不论多难,她觉着前头还有盼头。现在顾秋水一句话,就把她那以为苦尽甘来的盼头毁了。

他们的恩情,她所有的苦难,让顾秋水一句话就化作了飞沫。

对此,几十年后顾秋水和吴为有过多次交锋——

顾秋水说:"要是我到香港以后情况挺好,早就把你和你妈接来了,不会有后面的事。你们一来,我就得找人家增加工资,我这个人就是不愿意向人家开口……"

诚然,"不好意思向人家开口"是不少东北男人要命的传统,但仔细一想,就知道不是那么回事。不是顾秋水自己说的,五毛钱就能吃顿饱饭,三十个饺子或一碗面?叶莲子连三十个饺子也不会奢望,她有一碗饭再加一块咸菜就够了,也许连咸菜都不必;更何况顾秋水那时每月工资已有二百之多。

就是和二太太一起出走,后来又到香港读书的包天心,每月食宿在内也不过八块大洋。

"要紧的是,你妈一句也没对我说我走后她受过什么苦。如果她把受过的苦对我说说,我也会有点儿良心,反省反省。她的自尊心太强,从不'上赶着'。可是人生的机遇一闪即逝,不想办法抓住,机遇就过去了……我要是知道你们在包家的遭遇,非找他们算账不可。唉,现在我就是想算账、想报仇,都找不着人啦!"

吴为说:"你给我妈说话的机会了吗?即便她不说,你难道想象不到?你一个大子儿不留,走了,一个女人带着个孩子,无亲无故又无一技之长,她的日子该有多难?你想找谁算账,找谁报仇?你不该先找自己算账报仇吗?"

"如果包家对你们好些,你妈也不至于到香港来找我,就会一直待在天津,最后我总会去找你们。"他又说。

"凭什么抱怨包家?你作为丈夫都不管自己的妻儿,还想把妻儿在包家一撂一个八年抗战,人家有什么义务替你负这个责任?你会回来找我们?!你忘了,抗战胜利后多少年不管我们死活的你,所做的第一件事就是写信给我妈,说你养活不了我们,让我妈和你离婚,赶快自寻活路……"

　　就在这一瞬间,叶莲子那冥顽不化的品质被挖掘出来,或说是一通百通起来。

　　桩桩苦难,炼丹一般把她炼了一千五百多天,早不成果、晚不成果,让她赤手空拳、手无寸铁为了多少难? 没想到这时却出炉、成就出来。

　　回去?!

　　回去怎么向父亲交待? 以父亲那样一个下级军官,为她拿出赴香港的这笔路费,容易吗?

　　回去靠谁? 嫁出去的姑娘泼出去的水,父亲有什么义务替顾秋水承担养活她和吴为的责任? 更不要说回去以后怎样面对继母——来时在父亲家住了几天,继母还老担心她一直住下去不走哪。她是上哪儿哪儿都嫌,哪儿哪儿都不要哇! 她这是怎么了? 人见人烦。活到这个地步,还有什么出路?

　　这样不近情理的话,顾秋水怎么说得出来?

　　而且她的勇气、力量、精神都使光了,她再没有能力对付那样的困境了。

　　叶莲子低着头,也不看顾秋水,不温不火,声音很低也很简捷地说:"我不。"

　　简简单单两个字,听起来却似铜墙铁壁,没有一点通融的可能。越是简单的东西有时反倒以一当十,成为最难破的法宝,以不变应万变可能就是这个意思。而以不变应万变的对手,也就成了不好对付的对手。

　　也就难怪顾秋水有了那样的冲动——真想拿个铁锤把叶莲子的脑袋砸开,让她那不开窍的脑袋开开窍。

　　何况叶莲子将手烫伤,更让顾秋水怒火三丈,觉得她是有意把手烫来给他看,用苦肉计的办法胁迫他的怜悯。

吴为看看叶莲子又看看顾秋水,四岁多的她还不会对眼前发生的事情做出判断,但她确知,突然在生活中出现、让她叫作爸爸的这个人,就是她饥饿的时候妈妈不敢给她买饭吃的人,就是他一说什么妈妈就比遭了天津大水还胆战心惊的人⋯⋯

想不到逆来顺受的叶莲子还有这样的本事。顾秋水说:"好吧,那你就得为这个'我不'付出代价。"说完扭头就走了。

叶莲子没有哀求。

按照她的人生经验,谁也不会因了她的哀求就会对她稍加慈悲。她抱起吴为,站在异乡的平台上,恓惶地看着顾秋水越走越远的身影。这才明白,此情此景,与顾秋水四年多前的北平之别,何其相似,又何其不同。

顾秋水说到做到。没有饭吃?没有衣穿?没有钱花?他一概不闻不问。

不是顾秋水心狠手辣,也不是他小气,他只是想用这个办法把叶莲子逼走。一旦过问这些,叶莲子又会生出幻想,以为他回心转意,愿意留下她们母女。

剩下的路费没有几个了,叶莲子又不能去找顾秋水,那他就会采取更为极端的办法赶走她们母女。

她到小店买了一些粗瓷碗,又买了一袋大米。以她一米五五的身高,不到一百磅的体重,豪迈地将那袋米扛上平台。

居住的小区没有自来水,就拎着水桶到远处有自来水的地方提,一手拖着吴为,一手拎着水桶。不能快走,快走吴为跟不上,只好走一步、等一等,水的重量就加倍重在了手上。

　　学着当地人的样子,叶莲子煮了米饭盛在碗里,上面再浇点青菜。不会说广东话,把价钱写在一块纸板上,有人问价,就指指纸板,人家也就以为她是哑巴,不再问了,只管吃了付钱就是。

　　好在这里是贫民区,出苦力的工人很多,这碗实实在在、可以饱肚的盖浇饭很受欢迎。何况她心地善良,又比别人装得更满,所以销路很好。

　　这使她觉得自己还有点能力,就像蜡烛,白天显不出光亮,到了晚上,就显出来了。

　　转眼就是冬天,如果没有钱,香港的冬天就很阴冷。不像在东北老家,可以上山捡点落叶、柴火,生个火炕;也不像在天津包家,房子里有暖气。当然更不能带着吴为出去卖饭,街上更冷。风从海上刮过来,深入、全面地刺进骨头,还带着一点咸腥的味道,有一番腌在咸菜缸里湿答答的咸冷。

　　叶莲子只好把吴为锁在屋子里,让她坐在床上,再用棉被把她围在当中,地上放个便盆。再三叮嘱她:"南南不哭、不怕,妈妈很快就回来,等妈妈回来给你买糖糖、买果果,啊!"

　　叶莲子说的糖,就是广东盛产的土红糖,价钱便宜,据说还能补血。

　　吴为仰着小脸,包打天下地应着:"我不哭——我不哭——我不哭——"从来没有像别的孩子那样须臾不离母亲地吵闹,也不曾阻拦过叶莲子外出卖饭。

　　吴为的确不怕。直至长大以后,面对十分阴险的事物也不懂得怕。傻大胆再加莽撞,反倒帮助她渡过一个个难关。

　　叶莲子一步一回头地看着自顾自在床上翻叠手帕的吴为,每次都难以迈出那个窄小的房门。可她不走怎么办?眼瞅着娘儿俩又要没饭吃了。

吴为却不眷恋叶莲子,很有兴味地翻叠着妈妈的一方小手帕。她爱妈妈的小手帕,小手帕一张,可以叠出各种不同的花样,样样都是她自己做出来的。

她一面叠弄着小手帕,一面唱儿歌般地重复着:"我不哭,我不怕。我不哭,我不怕……"这可不是她的儿歌又是什么?

玩腻了就下地,到小柜上去拿杯子,喝一点妈妈给她泡在杯子里的红糖水,多么好喝啊!红糖水是她除了妈妈之外的最爱。

所以她就有了很多尿,一会儿再爬下床撒尿,还会小心对准便盆,不让尿洒在地板上,不然妈妈又要像在二太太家那样,趴在地上擦地板了。

吴为差不多忘记了包家的日子,可永远忘不了叶莲子趴在楼梯上擦地板的情景。

每每叶莲子从街上卖饭回来,见到便盆里很多的尿却没有洒在地上的痕迹,再看看还围在棉被里的吴为,除了没有自己给她围得那么严实,似乎什么变化也没有。

她照例问问吴为:"冷不冷啊?"

"不冷。"

"饿不饿啊?"

"不饿。"

都是让叶莲子安心的回答。可是等到叶莲子做好饭,吴为也不怕烫,拼命往嘴里扒。一面扒,一面紧盯着面前那一盘豆腐炒菠菜。

吃着、吃着,她会抬起头来,对妈妈一笑,说:"妈妈,好吃。"有点不好意思,好像只顾吃忘了妈妈。

卖饭挣的钱,不但挣出了她们两个人的房租、吃喝,还能给吴为买点香蕉——拣那些不太新鲜、皮上开始长黑斑的,价钱便宜得多。

所以吴为就是有了钱之后,买香蕉也挑那种长了黑斑的。直到她写的书在欧洲很多国家出版,应出版社之邀到欧洲那些国家推销她的书,出版社的人见她好端端的新鲜香蕉不吃,总要放到皮上长了黑斑的时候才吃,都非常奇怪。最后她终于知道,新鲜的香蕉有多么香甜,不该等到长了黑斑才吃。

杂志社里的一些好事之徒对顾秋水说:"孩子刚来,怎么也不给她买些点心?"

顾秋水皱皱眉头,算是回答。

在杂志社服务部卖书的阿棠,很喜欢小孩,买了些广式点心请顾秋水带给吴为,不知道顾秋水是很少上山去看她们母女的。虽然吴为没有吃到阿棠给她买的点心,但她在香港得到的甜蜜,却是她所不认识的阿棠给的。

有人从山上来,说到叶莲子在摆地摊卖饭。顾秋水不但不怜悯反倒心生恨意,认为叶莲子有意给他丢人,心想,谁让你来的?活该,受着去吧!暗中还盼着顶好没有人买她的饭,让她生计无着,熬不下去,也好早日打道回府。

直到一九四一年底珍珠港事件,她们母女二人过的就是这种日子。

好端端的一天,日本飞机说到就到了头顶,而叶莲子还在街上卖饭。她抬起头,傻傻地看着天上的飞机,不知道那意味着什么。不要说她没有想到,就在不久之前,连美国人也没想到,连太平洋舰队也没想到,这些飞机偷袭了夏威夷群岛中的美国海军基地珍珠港,把美国太平洋舰队炸了个灰飞烟灭,紧接着又来轰炸威克岛、关岛、马尼拉、新加坡、香港等地的英、美军。

直到炸弹落下，鲜血喷涌，血肉横飞，满街繁华瞬间化为断壁残垣，歌舞升平变做鬼哭狼嚎，叶莲子才丢下饭摊，冒着炸弹就往家跑。多少次被防空人员拦住，让她到防空洞里躲一躲，她只管叫道："南南，我的南南！"

万幸的是她们那栋小楼，在变做一片瓦砾的楼群中，竟还像从前那样摇摇欲坠地站立着！

正当她庆幸那栋小楼一息尚存的时候，一声声从未听到过的、天塌地陷的巨响，再次冲进她的耳膜，无形而又挤满空间的气浪猛然把她掀倒在地。她看到，一颗炸弹当当正正落在紧挨她们那栋小楼的十字路口。她的眼睛一阵灼烫、灼痛，好像炸弹不是落在地上，而是落进了她的眼里。

她绝望地想，完啦！那个为了生计不得不反锁在家里的南南，这回是完啦！

她再也看不见这个从生下来连一块好糖、一顿好饭也没吃过，一件玩具也没有过，总是穿着用她旧衣改制的衣裙、鞋子，除妈妈的笑脸以外一个好脸色也没见过，从不诉苦、从不索求，只在世上辛苦活了四年多却又不懂得是在受苦，因而以为世界就是这样无情的小女儿了。

南南的小脸浮现在她的眼前，不是眼下这一张，而是两岁多的那一张，对二太太讨好地笑着……

硝烟过去，她简直不能相信，她们那栋摇摇欲坠的小楼，竟还在周围的烈火中飘摇着。

叶莲子跑上平台，踹门进去，屋子里的瓶瓶罐罐全被震掉地上，所有的东西都挪了窝，乱作一团。吴为也被气浪从床上掀到地下，见到叶莲子不哭也不闹，只是圆睁着一双不明就里的眼睛，翻转身去把屁股给叶莲子看,说:"妈妈,屁股疼。"

叶莲子扑上前去,抱起吴为,却又一下子瘫坐在地上,号啕起来……

这也是吴为唯一一次听到过的,叶莲子的号啕。

她伸出小手,抹着叶莲子脸上汹涌的泪说:"妈妈不哭,妈妈不哭。"

叶莲子把脸颊往吴为厚厚、温暖的小手掌上更紧地贴过去,可这并不能止住她的伤痛。

每份痛苦都像一份病痛,都有一份治疗它的特别药方,除了那个药方,再好的药也没有用啊。

天黑了下来,炮火熄灭了这个城市,灯红酒绿、活蹦乱跳的香港瞎了。只有当炸弹再次爆炸时,香港才会在闪烁的火光中做瞬间的跳跃,如垂死前的挣扎。

每一声呼啸的炸弹,都像瞄着她们这栋小楼,而小楼似乎比整个香港都泰然地在炸弹不断的爆炸中等待着一个结局的到来。

叶莲子终于承认,她是无助的了。其实自顾秋水北平一别之后,她面临的就是这种境地。她根本不明白,一再将她们救出困境的其实是她自己。遗憾的是直到离开人世,她都以为自己是个弱者。

这一颗几乎将她们母女分离的炸弹,使叶莲子再不敢丢下吴为出去卖饭,而且一天之内,所有米店也都关张,说是要等人们更饥饿的时候米店商人才会抛出米来。

香港陷入了饥饿,人人都在为买不到吃的发愁。只有这个时候,穷人和富人才有了共同的忧虑。

到了此时,香港就像落入凡尘的一件名牌内衣,既不能御风寒又不能解饥渴,并且让人随手扔在地上,任由万脚践踏。

　　幸好叶莲子有为卖饭备下的米,她们才不致饿肚子。可是吃着吃着她就会想,顾秋水有没有饭吃? 这时,饭就哽在喉里,咽不下去了。

第 七 章

一

　　不管顾秋水如何设计阿苏、叶莲子和他的生活前景,时局却迫使他不得不放弃将叶莲子撺回内地的打算。

　　谁也没有料到,一九四一年这个十二月,离开香港竟成为一个难题,就像若干年后返回香港竟成为难题一样。

　　珍珠港事件当晚,多少国民党军政要员也没有登上国民政府派来的最后那趟接应班机。接应名单中不乏蒋介石的钦定人物,管你是开国元勋还是一代功臣,还不是连狗都不如被踢下飞机?广为流传的是前广东省主席陈济棠好不容易挤进机舱,却让孔祥熙二小姐的狗撺下了飞机。人到此时,称霸一时的"南天王"也只好被犬欺,更不要说像邹可仁这些与张学良将军有着千丝万缕的关系、与蒋介石分庭抗礼的"滞港东北流亡人士",这是一群蒋介石有机会就决不饶过、日本人逮着也决不会饶过的"两不靠"的政治力量。

　　当炮声猛烈响起时,顾秋水不能不想到叶莲子母女的安危。不管他对叶莲子厌恶到了什么地步,第二天只好上山。

　　叶莲子拥着吴为呆坐阁楼,倾听着连天炮火在周遭轰鸣,像不意间被风雨隔阻在荒郊野外中的旅人,心神邈远而又一心一意倾听着风雨在天地间的扫荡。

果然不出顾秋水所料,见他来到,叶莲子又把他的人道精神错当夫妻情爱。在这生命攸关的时刻,谁能想到她们母女的安危?还不是自己至亲至爱的丈夫!

如果一个已被男人厌倦的女人,仍然对这个男人想入非非的话,那男人除了腻烦、起鸡皮疙瘩,还能有什么别的感觉?

顾秋水刚一迈进门槛,吴为就把眼睛藏到叶莲子的腋窝里去了。

顾秋水也没有显出更多的亲情,瞥了吴为一眼就掉过头去——他要等到老年,才会感到他曾是、还是一个人的父亲——对叶莲子简捷地说道:"收拾一下,我送你们到安全的地方去。"

叶莲子有什么可收拾?一到香港她就一身青色棉布大褂站在街头卖了饭。

她那身青色棉布大褂,绝对不能混淆于旗袍,虽然看上去仅仅是质地、做工、款式的区别。这好比同属鸟类的各种飞禽,各自身价千差万别,而这种差别并没有明确的界限,只能心领神会。那么叶莲子的青色棉布大褂在这一服装大系中,其地位可能仅相当于鸟类中的麻雀。

从天津带来的那只皮箱里,倒是珍藏着几件与顾秋水共同生活时的衣衫,到香港后从未派上用场,那箱子也就不必整理,提起就走,剩下的就是为每日卖饭备下的、突然变做无价之米的大米。

也不敢询问去向,抱着吴为跟上就走。这一路行走与刚到香港那天的行走,真是人情多变,风景无常。

原来顾秋水把她们送到了跑马地邹可仁家,邹家有自用的相当于防空洞的地下室。

顾秋水对邹太太介绍说:"这是我太太。"

邹太太手指上刚刚涂过蔻丹,不时翘起手指瞟上一眼,留意非留意中就知道该给叶莲子多少笑脸,一分不多、一分不少。她又看了看吴为,对顾秋水说:"这孩子真像你。"

吴为噘起了嘴,说:"我像妈妈。"

邹太太笑了:"你像妈妈? 不,你像爸爸。"

吴为固执地重复着:"像妈妈。"

邹太太说:"她还挺会挑。"又对顾秋水或是叶莲子说,"放心吧,我们这里很安全。"然后转身离去,高跟鞋在地板上敲出不轻不重的声响,顺路吩咐着佣人:"周妈,晚上多添两个人的饭,再把驼绒毯子给我拿到地下室去。"

周妈脆生地应了一声。一听就是当家多年的老用人,声音里有种与主人在年深日久的配合中调制出来的默契。

叶莲子立刻像是回到包家,回到佣人住的地下室。那儿无论如何还能体味到二太太的一些乡情,这儿却在尽力使人忘记他们的来处,忘记他们爱吃的大葱蘸酱、高粱米水饭、冬天的火炕……别看邹太太戴了一身钻石,却难以指望像二太太那样,在她箱子后面留点钱,让她别再傻等,赶快到香港找顾秋水。

顾秋水受领了邹家的收容,不过他的受领之情包裹在漫不经意之中,看上去反倒像是纳下邹家一份无端的好意,而邹家又明明白白知道他的领恩之情,真是难为顾秋水了。他转身吩咐叶莲子:"你和孩子就留在这儿,邹家会很好照顾你们的。我还得回社里去,现在是非常时期,社里要人照应。"话是对叶莲子说的,眼角的余光却向邹可仁瞟了一下。邹可仁果然显出满意的样子。

一看又要被顾秋水丢下,叶莲子忙说:"不,你到哪儿我们就到哪儿。"一厢情愿地要和顾秋水生死相随。不管邹家防空洞多么安全,她也不想单独留下,谁知道战争怎样打,打到什么程度。如果他们就此一别又是四年怎么办? 她万万不想再落入寄人篱下的境地。

顾秋水什么也没说,只横了她一眼,就像大刀片嗖地一砍,她的痴心妄想就拦腰而断,只好"搂"起再次被丢弃的恐惧,无奈地看着顾秋水走了。

就是有一只鸟飞过,人还会掠上一眼呢! 然而却没人答理叶莲子和吴为。她们就像乡下穷亲戚送来的,扔又不好扔(亲戚还没走)、吃又吃不得,搁在一旁碍手又碍脚的大倭瓜。

叶莲子拿不定主意,不知是否应该和主人或哪个佣人应酬几句,不过人家愿不愿答理? 或是帮帮佣人们的忙? 新来乍到,摸不着边际,不但插不上手反倒可能添乱……

最后只好在一个角落的椅子上坐下,再次落入多余者无以自处的境地。

好在可以一味低头照顾吴为,对面前走来走去那些看不见她们的人,也只好是一个看不见。可又并非坚决彻底,忽而就突兀地抬起头来,努出一个微笑或张张嘴巴,好像很多合体的应酬话要说却始终没有说出来,而彼时并没有人从她面前经过。

天上虽有飞机扫射轰炸,外面虽有炮火震天,邹家的日子却不可省略。地下室里按时按响送来咖啡、下午茶、点心等等,吴为却不能像叶莲子那样低头回避,而是盯着佣人们端着食物,一趟趟在她面前来回穿梭。

叶莲子就说:"南南,看,看墙上的那个挂钟,等一会儿就有小鸟出来叫呢。"

吴为说:"哪儿呢? 妈妈,小鸟在哪儿呢?"

286

可是小鸟一个小时才出来叫一次,吴为哪能等那么久? 就是等来小鸟,不过叫几声就又回去了。

她又说:"听着,妈妈给你讲故事。从前,有个老道啊……"

吴为说:"我不听,我不听,我要吃那个——"她指着佣人端过去的蛋糕说,"那个。"

防空洞的天地那么窄小,邹家人在那头吃点什么,喝点什么,对吴为都是难以抵制的诱惑。可是没人想到这个尚未学会抑制欲望的孩子旁观他人享用美食的痛苦。顾秋水是谁? 他的孩子又是谁?

叶莲子是辛苦的。邹家人从早吃到晚,早餐、午餐、下午茶、晚餐、消夜,还有水果、点心穿插其间。她讲的故事也好,报时的小鸟也好,怎抵得一波又一波的轮番诱惑?

吴为哭了起来,叶莲子越是着急,她哭得越响。邹可仁虽不说什么,却皱着眉头不停地翻眼睛。

邹可仁是美国哈佛大学留学生,又遍游欧洲,因此不似父亲以及东北很多老财主那样刨个坑把钱埋在地下,而是买了美国股票。

邹家本是乡下小门小户的人家,有位亲戚却是一股"胡子"的老大,沾黑道的光,花钱买了税务局的一个小官。这个肥缺让邹老太爷很快捞足了钱,之后又买通省里,当了被服厂厂长。

二十世纪初,中国人像世界人一样,好像对打仗有着特殊的嗜好。回想一下二十世纪初中国军阀混战的局面,真像回到两千五百多年前的春秋战国,狼烟四起,遍地开花,战事一茬接一茬。和八国联军打、和俄国人打、和日本人打、"胡子"和"胡子"打、这个军阀和那个军阀打、这些人和那些人打……打仗需要兵,当兵的人也真多,是个男人差不多就是个兵。战争兴隆,被服厂自然兴隆,生意兴隆就意味着邹老太爷财源茂盛。

　　经营过被服厂的邹老太爷接受了资本的教育,把邹家的钱财以及为邹家钱上生钱的重任,托靠给有了美国学位的邹可仁。

　　哈佛大学工商管理硕士邹可仁有一天突发异想,抛出美国股票,吃进马来西亚几个金矿的股票,这一招臭棋使邹家财产几乎赔光。工商管理硕士本不会犯如此低级的错误,怪就怪二次世界大战,如果没有二次世界大战,情况不会这样反常。马来西亚金矿不久在二次世界大战中被日本人炸得精光,只剩一座,股票掌握在邹太太手中,可以想见日后邹可仁与邹太太离婚后这些股票的下落。

　　太平洋战争已成不可避免之势,这位工商管理硕士偏偏将财产向太平洋转移,这样的脑袋还想折腾出什么有声有色的事情?这样的头脑还想以"民主"为旗帜,组织政党,招兵买马,收复在东北的势力、财产,再度称王东北?或组党成功,也算一党一派,不管将来国民党还是共产党执政,都是讨价还价的资本?……不是"天方夜谭"又是什么?

　　邹可仁是空有野心而无能力啊。而共产党里会聚了多少优秀人才!共产党注定要成为执政党了。

　　一九四九年后邹太太无论如何不肯回内地定居,她忍受不了滑向简陋,宁可放任邹可仁独守北京,自己长住香港。

　　邹可仁以为凭借他那一党一派的力量,总会有个与共产党平分秋色的地位,没想到只得到政府某部门一个虚职,几十年的美梦不过一枕黄粱。

　　但他并没有死心,直到一九五七年反右之前,还留在北京静观局势,期待奇迹的发生。

　　好在还有一些亲朋没有撤离大陆,常到他那个种一溜无花果和夹竹桃的小院,一同吟唱"故国不堪回首月明中"。

　　他的老厨子还在,市场上还能买到与逝去不久的时日不差分毫的作料,做出他一日不可离的佳肴。邹可仁储存的好酒也还有,即便喝光了,也可乘往返香港之机带进一些,好在那时进出还算自由。

旧日关系中,有位远亲的女儿,一九四九年之前,家庭状况是玉器多得用簸箕撮。一九四九年后父母双双亡故,无法像其他亲戚那样或走香港,或去美国,偏偏又在一九四九年后升了大学,校中再也没有类似美国大学富家子弟"同学会"式的 party,不要说组织家庭舞会,连经济来源也成了问题,哪里还有寻找门当户对乘龙快婿的机会?所幸眼前还有这个可以让她恢复旧日享受的男人,而且不算很老,自己父亲比四姨太还年长三十多岁呢。

老区来的女干部,彻底摧毁了邹可仁打算换换口味的企图。那些本就毫无起伏的腰杆,再扎上根粗皮带,活像横锢了一道箍子的大酱缸;帽子底下冒出的短发,参差如地里的麦茬,外加多日不曾洗濯的脑油子味儿;说话直喷唾沫星子,对着他人的脸大放惊天动地的饱嗝儿或喷嚏;翻书之前先伸出老长的舌头,以手指于舌上取水……这都让邹可仁立时脑袋大如斗,忘记了自己没留洋之前,也是说话直喷唾沫星子的,也是对着他人的脸大放惊天动地的饱嗝儿或喷嚏的,也是翻书之前先伸出老长的舌头以手指于舌上取水的,脑袋上也是冒着多日不曾洗濯的脑油子味儿的。本以为太太不能影形相随,毕竟天涯何处无芳草,没想到一下掉进盐碱地、荒草滩,不要说芳草,连根草毛都找不到。

国事、家事,就这样改变了他们旧有的关系结构。

起始邹可仁未必当真,可是这位远亲的女儿竟为他生出一个儿子,这是邹太太一直不能满足他的。

一九五七年反右前夕,邹可仁带着女大学生和儿子到了香港,原想维持一大一小的局面,但是有大学文化的女人怎能像阿苏那样,心安理得地接受一大一小的局面,于是有了离婚。

邹太太离婚后先与东北某一望族的后人同居,而后移居美国,在洛杉矶唐人街开一家饭店,本指望用来养老的马来西亚金矿股票却被望族的后人骗走,最后寂寞老死在美国一家养老院。

毕业于东北贵族女子学校的邹太太,与胡秉宸的绿云表姐一样,跳舞、游泳、开车、打网球、交际、家政,样样在行,又是领导潮流的人物,上过国内首家航空公司首批乘客名榜……可就是认为地面上的一切响动飞机上都能听到——

她挑起用美国蜜丝佛陀(max factor)牌眉笔画得很弯的眉毛,对叶莲子说:"顾太太,请你哄哄她。她哭得这么响,日本飞机在上面听见了,还不往这儿扔炸弹?"

邹太太的话让叶莲子无地自容。她想都没想,拉起吴为就走,倒让邹太太感到自己过分了,就说:"你哄哄她不就得了,外面又打枪又打炮的,太危险了。"

叶莲子执拗地说:"这孩子难哄,万一日本飞机听见了,对大家都不好。谢谢你们的好意,我还是带她回家去。"

叶莲子是不是太过分?战乱时期还不肯将就凑合,把毫无实际意义的自尊看得比人身安全还重。

子弹在头顶嗖嗖地飞着,颗颗像是擦着叶莲子的头皮而过。她把吴为横抱于怀,佝偻下身子遮挡着吴为,如疾风下的衰草,低头紧行在香港的大街小巷。

天地间除了枪子儿、炮弹和抱着吴为的叶莲子,什么都没有,真是海阔凭鱼跃,天高任鸟飞。

除了怕伤着吴为,顶着枪子儿的叶莲子反倒自在起来。此时她谁也不必依附,只须依靠自己就行。

半夜十二点左右她们走到广西银行,像是欢迎叶莲子凯旋,一颗炮弹击中银行大门。一粒玻璃碎屑飞溅到叶莲子脸上,在她脸上留下一道整齐的划痕。一粒粒血珠从划痕上渗出,像是京剧艺人贴在脸上的一条亮片,又像化了一个钻石妆。

叶莲子终于找到空无一人的风云杂志社,推开一扇又一扇门,哪扇门里也没有顾秋水,难道顾秋水遇到了危险?一时间她甚至忘记了吴为的安全,在黑暗的街头,东奔西突,左寻右找,任凭身旁头顶的枪子儿、炮弹四下横飞。

那该是怎样的一幅景象?一个脸上贴着一条红色亮片的女人,抱一个孩子,独自奔突在不断倒塌的瓦砾黑暗之中。

既然找不到顾秋水,留在此地也无用,只好先回山上那个窝再说。

精疲力竭地爬上了楼……

她什么都担心过了,就是没有担心过赤身裸体的顾秋水会和另一个赤身裸体的女人,在响彻香港上空的日本枪炮伴奏下,于床上演出一场具有佛拉明戈风的性欲之舞。

整个过程之从容不迫,之循序渐进,之狂烈酣畅,似乎只能用法国作曲家拉维尔(Ravel Maurice)一九二八年完成的管弦舞曲波莱尔(Bolero)来表述。难怪后世许多花样滑冰运动员在表演双人滑时,都不明不白地采用这支乐曲伴奏。

叶莲子僵在了门槛上。波莱尔舞曲一个节奏一个节奏,从容不迫、循序渐进地向她的五脏六腑渐次深入。随着力度越来越强的节奏,她的五脏六腑也就像是滚动在绞肉机内并在最后那个狂烈酣畅、戛然而止的音符上化作碎末。

其实,人是具有强烈自欺性的动物。如果不是亲眼所见,即便知道自己配偶有了另外的组合,也不会如此受伤。这就是视觉形象的冲击力,亲见亲历的杀伤力。

　　当然拉维尔也永远不会知道,有个叫作叶莲子的小女子,在波莱尔舞曲最后那个休止符之后,又接上了那支在管弦乐中表现力最为自由丰富、有着三个半音程的降 B 调移调单簧管(也可以称为黑管),从低音谱表第三线的 D 音开始了她的吹奏练习。从消沉、悠远、辽阔、神秘的低音部,到优美、洒脱的中音部,再到尖锐、狂野的高音部,一路试探过去。

　　日后,当叶莲子如萧萧落木在黄土高原上飘零的时候,零霡村的日子,于她不过是一阵又一阵黄风,掀起一层黄土掩盖另一层黄土的无穷反复,她的技艺已臻炉火纯青,最后连自己也化作了一支黑管。

　　但这支循规蹈矩的黑管,却徘徊、沉湎于低音区的吹奏,将一部完整的交响乐破坏殆尽,再不能从各路乐器慢板沉滞的叙述、铺垫中挣扎出来向高音区奔突。更不能来它一个 finalt,飞扬、飞升、萦绕,最后不是消散而是凝固在苍穹,只留下定音鼓,在 F‴ 下面,为她的坚忍一下下叩击出行文的重点。可有什么能像那个 F‴ 的不甘、吁求和尖啸那样,为不会呼救的她,喊出她的无助!

　　想来日本人对自身并不十分了解,如果他们非常了解自己,也就不会以美国太平洋舰队的覆灭为蓝本,对中国人照方抓药。

　　作为一个东方人,他们实在太不懂得东方人与西方人的区别。

　　如果日本人知道,彼时香港上空肆无忌惮横飞着、爆炸着的日本枪炮,竟成为一个中国女人维护自尊和一对中国男女在床上狂欢的伴奏,更不要说还有无数中国人因为什么伟大或不那么伟大的原因,照旧在 made in Japan 的枪炮伴奏下干着什么,他们对赢得这场战争的胜利还有把握吗?

　　即便肖斯塔科维奇为表现二次大战苏军保卫列宁格勒所谱写

的英雄主义篇章《第七交响乐》，也不如叶莲子、顾秋水和阿苏在这支 made in Japan 枪炮交响乐伴奏下的演出，所蕴涵、所昭示的那样神乎其神。

日本人是败定了！

叶莲子现在大大地明白了，顾秋水为什么不容分说逼她回到父亲那里去的原因。

阿苏没有慌张，既然她的男人不慌张，她也就没有什么可慌张的。有男人在，要女人出头干什么？她从容穿好衣服，下床坐到一旁，倒让名正言顺的女主人叶莲子张口结舌，不知所措。

让叶莲子撞见也好，这样藏着掖着和阿苏的关系，顾秋水实在很累。

很累为了谁？还不是为了不伤叶莲子的心。现在已经到了把这份厚道、情义，对叶莲子说清楚的时候了。

他一面将西装裤上的吊带一一捋顺，一面对惊得浑身乱颤的叶莲子说："把话说清楚也好，我落难香港的时候，没有阿苏照料，早就饿死街头了……怎么说呢？她比你对我有恩。如今你来了，我不能翻脸不认人。我就是娶了她，也没什么不可以的。现在的情况就是这样，你要是能容她，我也就能容你们娘儿俩；你要是不能容她，我就和阿苏自讨生活，你们娘儿俩过你们娘儿俩的。其实这话早就想跟你说明白，只是怕你伤心、想不通，才拖到今天。"

顾秋水的话很重。叶莲子明白，要是她有半点疑义，她和吴为就得被扔在这人生地不熟，就是呼救别人也听不懂的地方。

再看看周围，多少男人不是同时拥有几个女人且合法合理？她本应逆来顺受，只是她的身心却不听从她的理智。

吴为在叶莲子腿上越靠越紧。她的身高此时已超过叶莲子的膝盖,当她靠在叶莲子膝旁的时候,就像在叶莲子膝旁支上了一条腿。有了三条腿的叶莲子,总算支撑住摇摇欲坠的身心。

顾秋水并不需要叶莲子的回答,她能说什么? 她反正是吊死在他的脖子上了,给她什么她都得全盘接受。真不知道谁那样多事,把他在香港的地址转给了她,现在只好这样混下去了。

他找来一块木板,顺窗又支了一张床,指着新搭的床,按先来后到、大小有序、通情达理地对发妻叶莲子说:"我和阿苏睡这张床,你带着南南睡那张床。兵荒马乱的年月,只好这样了。"

兵荒马乱的年月,仗是不能不打的,什么事情都能发生的,什么困难都得克服的,爱是不能不做的,于是"只好这样了"。

于是,叶莲子、吴为就这样和顾秋水、阿苏"三同"起来——同在一张桌子上吃饭,同为生存挣扎,同在一间棚子里不过几尺之遥的两张床上睡觉。

一旦面对叶莲子和吴为,顾秋水就无缘无故地发怒。

本来可以为吴为塌瘪的小肚子填充一点食物的就餐时刻,因顾秋水的在座变成了苦役。吴为尽量缩在叶莲子身后,可是顾秋水眼睛里的两团邪火像雷达那样咬住吴为不放。她那营养不良、本应在吃饭时变得稍有颜色的小脸,也就更加苍白了。

顾秋水反倒对她呵斥起来:"你瞪着我干什么? 我还没揍你呢!"

叶莲子就轻轻哀求道:"让孩子吃口消停饭吧!"

"谁没让她吃饭了?!"顾秋水筷子一摔,扭头又对吴为说,"你再瞪,再瞪我就摔死你!"

这时叶莲子就带着吴为离开饭桌,到楼顶阳台上去躲一躲。顾秋水对着她们的背影继续追杀,"到阳台上去算什么本事? 有脸就滚出这个家!"然后和阿苏继续吃他们的饭。

再不就责问叶莲子:"怎么天天、顿顿都是空心菜？你不会换换样儿吗？"

叶莲子不敢回答说钱不在她的手里,但天天吃空心菜的错却是她的。

如果叶莲子在洗衣,顾秋水又恰巧站在她的背后,她能不说点什么来淡化那无言的僵持吗？到底他们还是一家人哪。

"这是海水吧？"她撩了一下洗衣盆里的水,毫无兴致地问。

"不,是淡水。"

"哦？"她拧着眉毛,瞪着一双大而无当的眼睛,怔怔地看着盆里的水。

这时吴为来找妈妈,她要上厕所,可是解不开裤带。顾秋水脚后跟往地上一踹,说:"滚,别在我眼前晃悠,我讨厌看你那副德行!"吴为就憋着尿,提着裤子赶快逃走。

看着吴为穿一双不合脚的旧鞋,一颠一跛落荒而逃的背影,叶莲子接着又是一句:"这是海水吧？"

顾秋水就觉得叶莲子在用她的愚昧、冥顽折磨他的耐性,即便再光溜的脾气也得被这种愚昧、冥顽磨起毛刺,就一把夺过她手里正在洗的衣服,甩到她脸上去。

只有面对阿苏,顾秋水的兴致才高涨起来。

这倒没有什么不妥,毕竟阿苏是他的新宠,问题是当着吴为,他们就肆无忌惮地调笑,而且色情等级相当高。

顾秋水从前不是这样的,是香港这个花花世界改变了他——事到如今,叶莲子还这样体谅地想,不明白这其实就是顾秋水。从前只是没有一张合适的床,或像顾秋水对她说的那样:"我和你是话不投机半句多。"这样说来,他和阿苏自然就是酒逢知己、将遇良才了。

叶莲子可以天天面壁,吴为却不能,她既没有玩具汽车也没有洋娃娃,只好依在叶莲子肩头,日复一日观察室内的景象。

顾秋水就对叶莲子吼道:"滚,把她带到外面去!"

外面是连天战火。即便在炮火短暂停息期间,街上也有烂仔乱抢乱杀。可叶莲子又不能违抗顾秋水的命令,只好带着吴为到楼顶阳台上去。

海上来风一旦爬上楼顶,似乎就随着飙升,变得又"削"又硬。本打算对付着挨过香港的冬天,一旦站在八面来风的阳台上,就显出难以对付的情况。

从内地带到香港的那只箱子,至今还留在邹家的地下室。箱子里装着她和吴为的全部"细软",还有结婚初期顾秋水给她做的那件骆驼毛大衣,在吴为出生前的那个大年三十,叶莲子穿着它和顾秋水在北平东四的一条胡同里看过放花。

街头卖饭的收入,仅够她们母女二人餬口、付房租,哪有闲钱添置衣物?

叶莲子还能忍,她从幼年起就饿惯了,也冻惯了,可吴为受不了。但她不敢要求顾秋水:"给南南做件暖和的衣服吧。"不对他提什么要求,还让她们滚回去呢,再提什么要求,更得让她们滚回去了。滚回去怎么办?靠谁?顾秋水毕竟是她的丈夫,到了炮火连天、生命攸关的时刻,不是还惦记着她们的安全,把她们送到邹家的地下室?

叶莲子脱下自己的外衣裹在吴为身上,紧搂着她相互取暖,但吴为还是冻得瑟瑟发抖。她们就这样在阳台上坚持着,估计顾秋水和阿苏的事情已经办好,才回到屋子里去。

特别在晚上,顾秋水和阿苏在窗下那张床上操练得天昏地暗,从那里传来的动静也让人惊恐万分。叶莲子和吴为栖身的那栋小楼,虽然没有被 made in Japan 的炸弹炸垮,却几乎被顾秋水和阿苏制造的动静震垮。

顾秋水和阿苏皆属粗俗之人,他们肆无忌惮、呼天抢地、死去活来地表达着享受的快感。那时,天下就是他们二人的天下,或者不如说,天底下就剩下了他或她那两个性器官。

不但顾秋水和阿苏变成了畜生,他们也要把叶莲子和吴为变成畜生。

叶莲子紧紧捂着自己的耳朵,两个手指深深插进耳道,可仍然挡不住从那张床上传来的响动。

从人性的角度说,顾秋水和阿苏的享乐完全正当,对叶莲子可就惨无人道。虽然顾秋水那时还没有对叶莲子大开打戒,却率先用这个办法抽打了她的感情、神经、尊严……且不是一般的抽打,而是把她的神经一根根从血肉的包裹中剥离出来,让它们没有一点掩护地暴露在鞭子底下,再细细品味那一根根神经在抽打中如何痉挛、伸缩。

从古到今,男人肆虐女人的办法无所不包、洋洋大观,但像顾秋水如此充满想象力的发挥,可谓登峰造极。

醒着的时候,叶莲子还能忍住她的屈辱、哭泣和哀叹,这并不很难。可是睡着之后,连她自己也不知道就开始有了梦魇,这个毛病自此跟了她一生一世。

在梦魇中,她的屈辱、她的哭泣、她的叹息无拘无束地伸展、摊放开来,顾秋水这时才大开打戒。此时的顾秋水又还原为兵痞。他赤身裸体,从床上一跃而起,一把拉起睡梦中的叶莲子,劈头盖脸就打。他睡帽上的小绒球;他两胯间那个刚才还昂扬挺立现在却因暴怒而疲软,说红不红、说紫不紫的鸡巴,也随着他的跳来跳去、拳打脚踢,滴里当啷,荡来荡去。

尽管叶莲子受尽精神上的欺凌、折磨、摧残,可还没有实实在在挨过顾秋水的拳脚,所以当第一个拳头夯下来的时候,还以为是梦魇的继续,等到明白过来不是梦也没觉出更大的不幸——与别的遭遇比较起来,顾秋水的拳脚又能惨到哪里?

叶莲子血管里那本就不多的、褪色的、苍红的血,或顺她的脸,或顺她的嘴角,或顺她的额头,纵横蜿蜒而下。她的脸却像一张死面那样惨淡,纹丝不动。

不这样苦熬又能怎样?哭喊吗?哭喊就能让顾秋水停止他的拳脚?而且那只能让她在阿苏面前更加丢脸。虽然她已惨败,但不能再自己败坏自己。

可这并不能让顾秋水心生怜惜。他一面继续拳脚相加,一面拽着她的头发,把她藏在臂弯里的脸扭向自己,对着她的脸说:"对了,你是漂亮,可我就是不爱你。她不漂亮,有麻子,可我就是爱她。你受不了啦,受不了滚呀,怎么不滚?!"

吴为被惊醒了,她那还没长大的心疼痛起来。这并非因为懂得这个简单的场景后面所隐藏的更为深刻、更为复杂的内涵,她只是被叶莲子那张鬼惨惨的脸吓傻了,所以吴为的疼痛是物质的。她不得不弯下腰来,用两只小手兜住自己那颗疼痛不已的心。即便吴为动辄被顾秋水没头没脑地用烙铁砸、用脚踹、用巴掌扇的时候,也不曾感到如许的疼痛,因为她不可能站在局外,冷眼相看一个强壮的男人恃强凌弱自己的情状。现在吴为却清清楚楚看到一个强者对一个弱者的残暴,而这个被如此残害的人,正是饥饿时为她觅食,寒冷时为她御寒,孤苦时为她生出欢乐,病痛时为挽救她生命而奔波的、无所不能的母亲……然而这个无所不能的母亲,现在却一筹莫展地任凭顾秋水拳打脚踢。

吴为异常剧烈地哭闹起来。她的哭闹,超出了一个孩子的正常哭闹,为日后的歇斯底里显示了最初的迹象,并在她生命的结尾演进为彻底的疯狂,该说是顺理成章。

一心想做上等人却永远也不是上等人的顾秋水对叶莲子的暴力,不过是男女间微不足道、经典非常的一个小节,吴为却固执地保留下它毁灭性的颜色,不肯褪色,不肯放弃。她从来不曾忘记追问:为什么上帝在制作男人和女人的时候,先就制作了他们体力上的不等,从而让她们在暴力面前毫无抗衡、反手的余地,唯一能做的就是俯首帖耳地"苦挨",畏惧地束手待毙?

谁能改变这个天生由你一手制造的缺陷?回答我呀,上帝!

从此,吴为就将对手无寸铁、毫无反抗能力的弱者施暴,视为人性中卑鄙无耻的极端、极致,甚至是男人卑贱懦弱的极端、极致——当他们无法直面人生的时候。

更有顾秋水两胯之间,那个随他跳来跳去、拳打脚踢,滴里当啷、荡来荡去,说红不红、说紫不紫,丑陋无比的东西又是什么?

吴为实在猜不出来,最后把它归结为暴力——既然它随顾秋水的暴力而来,自然就是那暴力的一个部分。

也就难怪后来吴为把与男人的性爱看得那样隆重,必须先将这个铭刻在心、其丑无比的形象遮盖起来,而后才能与男人进入做爱的程序。

不知道世上还有多少女人有过这样的经历?不知道世上还有多少女人在与异性做爱之前,必须先克服这样一个巨大的障碍?

如果说吴为两岁上的那个楼梯决定了她的奴性、奠定了她人际关系的基调,那么顾秋水对叶莲子的暴力,则奠定了她对"暴力"的仇恨,也可以解释为对"暴力"的迷信和崇拜,从此将她造就为一个"暴力拜物教"。这个界限其实很难分清,仇恨与迷信崇拜往往像是一枚硬币的正反两面。她与男人的关系中,那无可救药的基调正是由此而来。

顾秋水正是如此洒脱地在吴为的灵魂深层播种、栽培下对男人的仇恨、敬畏和依赖,而这仇恨、敬畏和依赖,又在她屡屡失败的人生灌溉下茁壮成长起来。

从未读过《孙子兵法》的吴为,不知从哪里学得这个招数:并不以牙还牙,而是铁下心肠站在男人之上,剖析他们,审视他们,这难道不是比报复更为彻底的报复?难怪她和男人做爱的时候,冷静得像部 X 光机,从来不能全身心地投入。

并非她起始就如此歹毒。在很长一个人生阶段,她都没有放弃寻找一个男子汉的梦想,妄图依靠那个男子汉战胜她对男人的恐惧,结束她对男人的审判,推翻她对男人的成见——完全是一个旧式女人或正常女人的梦想,而非人们通常理解的恋父情结,却一次又一次陷入绝境,最后只好落入与男人势不两立、孤走天涯的下场。

…………

所以当吴为成长为少女的时候,生理与精神势不两立的局面也随之出现。她的身体开始渴望男人,她的精神却抵制、抗拒着男人。一个时期内,她对男性的生理渴求曾战胜她对男人的精神审判,直到遇见胡秉宸之前,都可以算做她生理渴求对精神审判的全胜时期。而在胡秉宸介入这一战事后,潜伏下来的精神审判又开始浮升,并带着更加老辣、成熟的眼光,俯视、审判着男人。

这种较量、决战从未停息,直到她的精神杀死她的生理。不过她胜利的同时也是她失败的结果,这可能是男人对她极度失望并弃她而去的一个重要原因。

失败的结局并未挽救吴为于执迷不悟,也没有引起她的反思或反省。当她心目中那男人的最高典范胡秉宸让她感到不过尔尔之后,她竟以此报废了所有的男人。试想,如果男人的最高典范不过尔尔,还有哪个男人值得"执子之手,与子偕老"?由此认为是胡秉宸彻底毁灭了她对男人的向往,这不但是对胡秉宸的冤枉,更是对自己的姑息。

吴为从来以为,再也没有像爱情那样容易再生的东西,连"野火烧不尽,春风吹又生"的野草,都不如爱情那样容易再生;而且像她那样容易陷入恋爱的人(哪怕哪个男人为她倒杯水、帮她提一件重物,都可能成为她点燃爱情的导火索),完全可以重新开始。但是,当胡秉宸结束了与她长达二十多年的纠葛之后,当她可以再次面对另一个男人的时候,她却失去了品味男人的能力,再也不能以一种异性的眼光看待男人了。每每看到男人就像看到一张桌子或一张椅子,即便那是一张明代的桌子或椅子,顶多赞叹一声"哦,好桌子!"可她再也不能陷入情爱。

干脆说,她被胡秉宸骗了。

当她意识到这一点的时候,她想到了"残酷"那两个极为通俗的字眼。事到如今,孤家寡人的她需要的其实不是情爱而是一种证明,可以向他人和自己证明,她和这个世界还有那么点牵挂,而不是皓月当空下一只奔走在荒原上的雪狼。

所以她最后的那个结论也非常错误——正是由胡秉宸引发的对男人的总体失望,才扼杀了她在男欢女爱、两情相悦上的物质能力。

她真正的敌人其实是顾秋水。

不是吗？

总结人这一生方方面面的关系，不过就是人际与异性这两条线索，而顾秋水在这两方面对吴为的贡献、铺垫，可不就颠覆了她的一生？

胡秉宸凭什么认为她对顾秋水的仇恨是由于顾秋水对叶莲子的情变？这个认识是何等的浅薄，何等的浅薄！吴为是白白地期望于胡秉宸，也白白地以他为知己了！

难道吴为自己没有千条万条理由，来仇恨这个自打她出生就把她毁灭了的顾秋水吗？

随着顾秋水每一下拳脚，吴为就尖厉地哭叫一声："妈妈！——"

她尖厉的哭叫妨碍着顾秋水的宣泄，使他怒上加怒，于是抓住吴为两只小脚，一把将她悬空提溜起来，两手一扬，吴为就被抢到门外的水泥地上，她顿时没了声息。

叶莲子扑到门外，抱起吴为，凄厉地叫着："南南！南南！"

吴为无声无息，双目紧闭，这时叶莲子才对顾秋水喊道："顾秋水，你还是人吗？你把孩子摔死啦！"

顾秋水倒也慌了起来，抱过吴为，探探她的鼻息，说："还有气儿呢，不过昏了过去。"

到了现在，叶莲子的情感、精神、肉体、生活，没有一样不苦的了。一般人占着一样就难得不行，她是样样都占全了，从里往外再搜罗搜罗，还能找到一处不苦的地方吗？再也找不到了，她是让苦浸透了，可还是紧闭着嘴——受。

叶莲子并不知道,她无言的忍受使顾秋水更加恼怒。其实她的忍受或不忍受,都可以成为顾秋水肆虐的理由。在顾秋水看来,她的无言不但不意味着心悦诚服,甚至是反抗的另外一种,于是就别出心裁地非要叶莲子开口,哪怕是拳脚下的呻吟、抵挡、流血也好——大白天的,竟让叶莲子看着他与阿苏做爱。

倒不是顾秋水厚颜无耻到这种地步,他对付叶莲子的策略像所有想要离婚而又不能马上如愿以偿的男人一样,为制造离婚的口实,不惜以残酷的手段折磨对方,以为这样一来,就能把死不改悔的对方,逼迫得自行解除与他们共舞的幻想。

阿苏顺从地脱了衣服,赤裸裸地坐在床上,静待顾秋水揪着叶莲子的头发,拧着、掰着叶莲子的脑袋往她这边瞧。

尽管顾秋水对阿苏宠爱有加,阿苏并没有在叶莲子面前逞强的心思,只觉得自己作为一个佣人,做梦也想不到与这样一个男人有缘。这个男人不必在太阳或是风雨里辛苦劳作,只需进进出出、写写说说,西其服,革其履,饰油头,叼烟斗,有时还能和邹可仁一起坐坐小卧车,且不忘她的救难之恩,又大明大摆收她进了屋,甚至把明媒正娶的太太扔在一边,这不是她前辈子修来的福又是什么? 自然是顾秋水怎么说她就怎么做,好像顾秋水说什么叶莲子也就做什么一样。

叶莲子的头在顾秋水如钳子般的手里拼力扭动着、挣扎着,死也不肯往阿苏那边瞧。她终于挣脱那把钳子,把脸甩了过来,一把头发自然就留在了顾秋水的手里,然后她照着顾秋水的手咬了一口。

于是顾秋水更有了拳脚叶莲子的理由,他打得格外疯狂,哪里要命就往哪里打。

随着他的每一下拳脚,吴为就紧紧挤一下眼睛,好像一拳一脚同样落在了她的身上。她用两只小手快速刨开叠好的被子,像鸵鸟那样把脑袋扎进被窝,不行,隔着被子仍然能看见拳脚落在妈妈身上的惨状,又溜下床去藏到门后,还是不行……她张着小小的泪眼四顾,哪里才是一个平安的地方?

此时,一股温热、柔软的水流,知情知意、知根知底、知疼知热地顺着她的小腿流向地面,她近乎崩溃的恐惧,似乎也随着这股温热、柔软的水流一起流走了。她感动得打了一个冷战,并且爱上了这股温热、柔软、知情知意、知根知底、知疼知热的水流。

这就是从小既不尿裤子也不尿床的吴为,长大之后,一旦面临精神崩溃或极度的恐惧,反倒尿裤子、尿床的缘由。

三岁左右于天津聆听过的那支《水神交响曲》,此时也在她的耳边响起。先是它的前奏,慢慢悠悠、汩汩上涨的水声,而后跟出风的呜咽、水的呼啸,和着似是而非、断断续续的哭声,汇成越来越强的索命厉号,真切得似要将她淹没。她重又感到窒息,重又感到灭顶前的宁静……

在这个背景音乐下,在顾秋水的拳脚一下下落在她那至亲至爱的受体上的音响中,吴为开始思考:爸爸是个什么东西?要是她听话,顾秋水就打她;要是她不听话,顾秋水也打她。如此打来打去,吴为从来也没有明白过顾秋水为什么打她。于是她断定那个叫作爸爸的东西,就是天天要打人的一种东西。打她,或是打妈妈。根本不知道这个叫作爸爸的东西曾经爱过她,当年离开北平的时候,还因为离她而去掉过眼泪。

顾秋水一拳打在叶莲子的眼睛上,叶莲子就地来了个趔趄;接着他抬起脚,一脚踹到她的腰上,叶莲子的骨头咔嚓一响,像是什么地方折断再不能直立那样跌撞到柜子上。柜子发出一声巨响，倒了，里面的东西倾了满地，叶莲子跟着也就贴伏在躺倒的柜子上，不知是不是脖子出了毛病，头也抬不起来了，脸也挫在柜子上，血泡从柜子和她嘴角的夹缝中噗噗外冒，慢炖锅似的。她用那啃着柜子的嘴说道："你们是畜生吗，当着孩子这样做？"

"就是畜生。"只见顾秋水两手一抓又一挥，话音还没落，叶莲子就被扔出了门外……

没想到打人还会这么累，顾秋水点上一支烟，停下歇口气。

趁顾秋水歇手的时候，支离破碎的叶莲子，把自己敛巴敛巴跑下了楼。

她不停地跑，跑，跑。

枪炮好像还在响着，但是她听不见了；

街上似乎有人在逃，但是她看不见了；

吴为还在家里丢着，但是她记不得了……

只有一个念头，找个能够安安静静死去的地方。她不要活了，她真的活够了。

她就这样遍体鳞伤地跑着、跑着，一直跑到她从未到过的海边。一眼看不到头的海滩上阒无人迹，往日那经海潮吮吸之后变得模糊而倦怠的欢声笑语，那五彩缤纷的泳衣、洋伞，还有泳衣、洋伞底下膨胀着的女人和男人都没有了，战争就这样消解了活命之外的所有附加物。

是上帝的指引吗？他大概是太怜悯、太同情叶莲子了，所以才带她来到这里。

海大，无干无系地辽阔着。面对这样的辽阔，叶莲子更觉得自己的走投无路。不大的碎浪飞溅着，拍打、细数着叶莲子不算太长的一生。

　　乡下的日子,与继母相处的日子,顾秋水别后的日子,在包家当保姆、遭大水淹的日子……格外清晰起来。

　　何处是她的灾难之始? 也许不全是顾秋水的责任,要是墨荷活着,她也就不会尝尽寄人篱下之苦,处处、事事委曲求全,可能就会成长为一个敢于反抗、敢于争夺的人,更不会匆匆抓住顾秋水,以图离开继母的家……

　　她徜徉在这个冬季的、失色的香港的失色的海边,直到香港又沉沦在黑夜中。

　　为什么不离开这个残忍、对她不公的世界呢? 她豁然地想。

　　她向暗海的深处走去。一波一波、冰凉刺骨的海浪,发出一阵又一阵细密沉闷的咒语,如蛇一般攀缘、缠绕在她的身上。她放弃挣扎,随着那攀缘、缠绕,亦东亦西、亦上亦下,翻飞悠游于没落的边缘,她想起了,明白了,后悔了……

　　难怪她那些兄弟姐妹对这个花花世界只匆匆瞥了一眼,就心甘情愿地放弃这个已经一脚踏入的世界,连忙转身离去;

　　难怪在童年的那场伤寒中,空蒙中有人对她说:"回来吧!"她却回答说:"不!"对不肯回头的她,那高人继续指点迷津:"……你还没有苦到头儿呢。下面这些话,你可要一字一句听仔细了:再往前走,更是水深火热、枪林弹雨、战乱流离、贫困失所、寄人篱下、惨遭遗弃……"还拉着她向一条河走去。她却挣脱了,留在了岸上……

　　突然,一声炮响解开了如蛇一般攀缘、缠绕在身的海的咒语,原来她还处身在这无情的世界里。

　　炮声提醒她,还有一个比她更无力、无助的生命被丢弃在这无情的世界上,特别是吴为被炸弹气浪从床上震落在地的景况,什么时候回想起来都让叶莲子心惊——不懂得呼救,不懂得逃亡,更不懂得再有一颗炸弹也许就不仅仅是从床上震落地下……

还有顾秋水提溜着吴为的小腿,两手一抢就把吴为摔没了气息的险情。自己在一旁守着顾秋水还这样对待孩子,如果她死了顾秋水又会怎样对待她呢?

她已经吃尽没有母亲的苦,不能再把吴为造就成另一个自己。

枪炮更激烈地响起来了,叶莲子又冒着炮火快步往家跑,远远就看见楼柱下有团小黑影,走近一看是吴为——像被人丢弃的一只小猫小狗,蜷缩在枪炮的呼啸和爆炸中,除了早上给她穿的那件小毛衣,身上再没有其他御寒的衣服了。

叶莲子把吴为搂进自己更为冰冷的怀抱,愧疚地想,以后再怎么苦也不能把吴为丢了,自己一死了之。

吴为在黑暗中已经坐了很久。对于四岁多的吴为,黑暗既不可怕也不可憎,黑暗于她反倒是一本打开的书。当黑暗将大地渐渐笼罩之时,她便兴味盎然地开始了对黑暗的阅读,不但极有耐力,还在黑暗中读出了光亮。

直到叶莲子将她一把搂进怀抱,吴为才潦草、不舍地转过神色恍惚执拗的脸,好像知道叶莲子会回来,默契地朝叶莲子轻轻一笑。这笑里有点未老先衰的怆然、豁然、逆来顺受。接着那轻笑又被歉疚打住,好像不是这个世界而是她对叶莲子不公正,她为这个不公正而负疚;然后发出一声有点凄然的轻叹,这声叹息使四岁多的吴为在某些方面有了成熟的意味。

对黑暗的阅读着实累着了她,叹息之后罢手似的,不再深究也深究不了地头一歪,睡着了。就像合上了一本未曾读完、暂时也不打算再读的书。

　　这个阅读要等若干年后才能在黄土高原上得到延续。应该说她对阅读塬的酷爱早在此时做了铺垫,也就难怪她对那阅读驾轻就熟。

　　一月底,顾秋水送走了邹可仁一家。

　　顾秋水并非不想离开这个战乱之地,可是除了两袋米,他没有足够的盘缠,而且他需要的是三张船票。他只能奋勇地说,社里需要留人照顾。

　　邹可仁给顾秋水留了一百块钱,临上船的时候,又把公私两方面的事托付一遍:"我想了想,你留下短期照顾一下也好,而且再没有比你更合适的人了。"

　　顾秋水大包大揽地说:"有我在,你尽管放心。"

　　邹太太说:"相处这么多年,这我们还不知道?再没有像你这样热诚可靠的人了。"

　　顾秋水心里冷冷地笑着,这样热诚可靠才给我留一百块钱?就不想想空前粮荒的香港,一斤米是什么价钱?

　　邹可仁又说:"无论时局怎样,最后大家在桂林会齐吧。中共方面营救被困香港的民主爱国人士、文化人士,差不多也都集中到了桂林,方方面面的力量既然都撤到广西,也就便于开展我们的工作了。"

　　没过多久,香港总督向日本人挂出了白旗,趾高气扬的日本人到处搜查抗日人士,在抵抗运动中小有名气的顾秋水处境危险,他必须离开香港,可是路费如何筹划?

　　他真是恨死了叶莲子,可又不能丢下她们母女不管,只能提高折磨、虐待、殴打叶莲子的档次以泄私恨。从海边回来后的叶莲子再也不去寻死,唯一让她锥心的是顾秋水这句话:"要不是你们到香港来拖累住我,我一个人早就走了。你记住,我要是死在日本人手里,就是你的罪过!"

在这一筹莫展的时刻,阿苏拿出两只金手镯、几个金戒指,说:"这是我多年在香港当女佣的积蓄,咱们还是买船票到内地去吧,这里不能待下去了。"

顾秋水绝对谈不上是美男子,又无权无势,可一生都有女人呵护,不是天生吃女人的命又是什么?

他握着那点金子,就像握着阿苏的心,自己的心也立时热得受不了了,自然又想起当初阿苏救他于落难的种种恩情。阿苏是他的守护神啊,一次次救他于危难之时。这次不但救了他的命,还救了他一家人的命。

相比之下,叶莲子对他有什么意义呢?不过一个女人而已,而且是个不令男人欢心的女人。女人有什么稀奇,到处都有。

他热泪盈眶地对阿苏说:"算我借你的,等我有了钱一定还你。"

然后他开诚布公地和叶莲子谈判:"香港是待不下去了,再待下去,说不定我哪天就被杀头,只好借钱、凑钱回内地去。我是无论如何要带上阿苏的,你想好了,你要是愿意,咱们就四个人一起走;你要是不愿意,你们母女就留在香港,我和阿苏走。"

叶莲子不用想。她要是有别的出路还可以想一想何去何从,她现在只有一条路,并且非走到黑不可了。

比起某些男人,顾秋水毕竟还有些文明度,事先还能与叶莲子进行谈判,勿谓言之不预地让叶莲子"想好了",换了另外一些男人,还可能扔下她们就走呢。

从另一方面来说,将来叶莲子的遭际是好是坏,都是她咎由自取。

顾秋水没有对叶莲子说到阿苏的慷慨解囊,他不好意思,堂堂一个东北男人,花女人的钱是太丢脸了。

这段内情叶莲子一概不知,还以为顾秋水对阿苏是万般宠爱在一身,越发觉得自己是猪狗不如的了。

沦陷后的香港水、电、粮奇缺,他们趁着日本人以赶走难民来解决香港水、电、粮荒的办法,于一九四二年二月初逃出了香港。

先坐小船到广州湾,在小旅馆里住了几天,因沿途常有强盗出没很不平安,逃难的人群总是凑多了再走,也能有个声势壮壮胆子。

人们徒步而行。那真是一条混浊的人流,与歌舞升平的香港是大不同了。

人们尽量掩盖起本来的面目,可从他们肌肤的色泽上、步履上、作派上,仍然可以看出他们在香港吃的是什么馆子,在哪家店里买的衣着鞋帽……

顾秋水就想,日本人是真看不出来,还是给他们一条生路?

走着,走着,就走不动了。吴为太小,老让叶莲子抱着,叶莲子本来身体就弱,又不敢让顾秋水代劳,只好抱着吴为一步一步奋力往前挨,看着就落在了众人的身后。

谁能等她!死亡这时候是用脚步量的,每快走一步,就早得一步安全。

不但叶莲子脚上全是血泡,连顾秋水这样行伍出身的人,脚上也磨起了血泡。好在阿苏生在广东,从小赤脚走路,有关脚的考验从来难不住她。

顾秋水只好雇个滑竿,让抱着吴为的叶莲子坐,他和阿苏步行。

走了几天,顾秋水也受不了了,不时和叶莲子换乘一下滑竿。阿苏和叶莲子就走在滑竿的两侧,就像她们在同一个屋顶下那样,尽量谁也不看谁,谁也不和谁说话。

顾秋水坐在滑竿上想,阿苏出路费,他和叶莲子却轮流坐滑竿,阿苏会怎么想呢?可他又不能不坐,他的脚太疼了,疼得他真想把两只脚扔了。

顾秋水和大多数男人一样,有份不多不少的良心,在妻子和情人之间常常感到难以两全:怎么才能让自己怀里拥着这个的时候,不觉得欠着那个?怎样才能让自己和那个睡的时候,不觉得欠着这个?……

他无法两全。既然不能两全心里就有些愧怍。因为是在路上,又没有一个机会、场合让他来安抚阿苏,这愧怍就更没有办法化解。

所以他迁怒于叶莲子和吴为就理所当然。要不是她们母女的拖累,哪怕他从头到尾坐滑竿,也不一定对阿苏有这份倍数翻番的歉疚。于是就不断找茬儿,骂叶莲子、打吴为,打得吴为一路不断号哭,同路逃难的人无不讨厌这个爱哭的小丫头,她使他们烦乱的心情更加烦乱了。

有几次顾秋水对阿苏说:"阿苏,你来坐一会儿吧。"

阿苏轻轻地摇摇头说:"你坐。"顾秋水也就不再让了。

简短的对话里是无比的默契,不用搂、不用抱,就足以分出亲疏。

叶莲子又是一阵心酸,顾秋水现在不但不再用这种声调和她说话,甚至连话都不跟她说了。叶莲子走在滑竿这边,咬牙切齿仇恨着自己不能扭头就走,远离这种屈辱。

　　阿苏在滑竿那边想,以她的地位来说,哪儿有让顾秋水走路自己坐滑竿的?她是什么人?不过是个下女,如今顾秋水能把她放在叶莲子之上,她已经满足了。叶莲子坐一会儿滑竿就坐一会儿吧,她抱着吴为呢,吴为到底是顾秋水的骨肉。阿苏喜欢孩子,可是她和顾秋水过了这么多日子,却生不出一个。要是能自己生个儿子,过一辈子不说十全十美,也差不许多了。

二

　　终于到了桂林。

　　到达桂林后,顾秋水一家终于可以分房而居。叶莲子也有了一方之地,可以像耗子躲猫那样躲着顾秋水,除了操持家务,整天躲在房间里不敢露面,一言一行全看顾秋水的脸色行事。顾秋水自然也再听不到她的梦魇,一时没有了寻衅的理由,反倒让他有些失落。

　　不过他总会找到新的理由,而且这理由来得很快。

　　比如工作开展不顺利,受到他人的轻视,经济没有了来源……

　　到达桂林之后,金奉如也比在香港多出许多烦恼,很简单的事情变得复杂起来。不知道是不是因为这个原因,他和顾秋水的关系反倒比在香港时和谐。

　　除当地一批文化人士,桂林还云集了从香港逃出以及从上海或重庆转移过来的进步文化人士,且色彩纷呈,各有各的小圈子。共产党的势力范围内混有国民党,国民党的势力范围内混有共产党,只有民主党派不往共产党的势力范围或国民党的势力范围里混。但民主党派的花色更为齐全,不但共产党对它有兴趣,国民党也对它兴趣有加。

桂林虽属桂系军阀李宗仁、白崇禧的势力范围,李济深当时也在桂林,但因与蒋介石有一定的矛盾,抗战的态度比较积极,政治空气比较宽松。

也许因为政治空气比较宽松,各派各系文化劲旅之间的鏖战,也就并不比前方的抗日战争逊色,互相指责对方"左"或"右",清谈革命形势前程,自诩文化盟主、革命领袖……难怪有人说文化人是贱种,宽松不得。

所谓进步文化人士,不过就是在桃园的七星岩茶馆、湖南饭店,或在美丽川菜馆那些地方空谈一番。大都穿一套白帆布西服,戴一顶法国便帽,拿一根手杖,连顾秋水也到寄卖店买了一套白帆布西装穿上。这套帆布西服叶莲子一直随身带着,哪怕失业挨饿也没有送入当铺,倒是一九四九年后,被吴为改制为一个书包,上面还用毛线头绣了几朵红花。

金奉如忽然多出不少顶头上司,谁都想指挥指挥他,他愤愤地想,不过因为他工作在民主党派。最让金奉如看不惯的是一位号称诗人的人,谁也说不出这位诗人到底写过什么诗。他忽而将大家召到一起,分析形势、权衡得失、商定对策,好像日本人、国民党、共产党的形势就在他口袋里装着;时而打探来了哪些新人,为什么不到他这里拜码头;甚而视自己为文化界生死存亡的关键人物,不但统领文化界的大事,连谁请谁吃饭,谁发烧拉肚子都必得向他报告。如果哪个饭局忘了他,他很可能亲自出马,到饭局上指手画脚一番;每日检查报纸杂志,如果头条不是他,那么那家报纸杂志不说永无宁日,至少也得有那么一段时间无有宁日。

另有一位文艺理论家,麾下麇集着几位被男人始乱终弃,并以

"身体写作",或以"革命加爱情"为题材写作的女艺术家。他们着重于政治手段的应用,不但可以捧红某个听"招呼"的人,也可以棒杀某个不听"招呼"的人,自然是以革命的名义。而对麇集在诗人麾下的文化人士,不是排斥就是封杀;时而指责某位是奸细,时而定性某位是国民党特务,闹得人心惶惶,互相猜忌,互不信任。

顾秋水以他到过延安的经验,准确无误地判断出那位文艺理论家似乎更有来头,也就未能免俗地紧跟。文艺理论家自然向一些报刊推荐顾秋水的文稿,他就在以坚持抗日、团结、进步为宗旨的《力报》上写些小文章,挣点稿费混饭吃——就像包天剑将他扔在香港,没有找到饭辙之前,靠赌博赢点小钱混饭吃的状况一样。

顾秋水一辈子也没有过正当的职业、正式的收入,也许有过当作家的愿望,可是他华而不实,吃不了苦,沉不下心。当时桂林物价奇高、物资奇缺,连邹可仁也是卖了父亲帽子上的一颗翡翠"帽正",得了二十万元,才渡过难关。

顾秋水一家生活更是困难,勉强有口饭吃。偶尔吃一顿小豆大米干饭,再有一个凉拌黄瓜,吴为就觉得好得不得了了,老对叶莲子说:"妈妈,我要吃豆干饭。"

更不要说顾秋水的处境如何狼狈。邹可仁对他该用的时候用一下,没用的时候根本就不理他,但他还是没脸没皮地跟着邹可仁。不没脸没皮又怎么办?他有不没脸没皮的本钱吗?尽管没有任何政治或物质资本,却还有个从政的小野心,只好忍气吞声、卧薪尝胆,鞍前马后、跑跑颠颠,只盼着有朝一日邹可仁得势,他也就能水涨船高,得惠一二。

两位霸主比拼的结果,以诗人出逃而告终。一位出身学生的桂系军阀姨太太,在一次文化活动中听到诗人朗诵,那首爱情诗让姨太太泪流满面,在她看来那首爱情诗已与高大魁梧、玩世不恭的诗人融为一体。他们的爱情就像桂林泛滥一时的流行小说,更似张恨水早就写过的《啼笑因缘》,闹得满城风雨,姨太太被军阀一枪毙了之后,诗人闻风而逃。

顾秋水对金奉如说:"我就不明白,他们不都是信仰共产主义的吗?为什么还这样互相控制、互相排斥、互不承认?"

金奉如没有回答,顾秋水的话不利于团结;可是金奉如也没有反对,不如说,顾秋水的话说出了他不便说出的想法。的确,不论诗人还是文艺理论家,金奉如都非常反感,可是他们谁都好像可以指挥他。一九四九年以后,诗人不知道又从哪里冒了出来,可就像是泄了元气,不断被文艺理论家用各种名义修理。文艺理论家却在文化界一直担任着重要职务,直到一九六六年那场"大革文化命"的政治运动中才轰然倒下,从此从文化领域退隐,并与诗人成为无所不谈的莫逆,人们常常可以在各种过气的文化活动中看到他们的身影。当然,人们也不再提起桂林的往事,好像忘记了,也好像与旧生活一起埋葬了。

于是金奉如时而到顾秋水家里坐坐,时而与顾秋水到哪个咖啡店喝杯咖啡,也就与叶莲子熟悉起来。

到了晚年,每每看到二十世纪末文化人的一出出闹剧,金奉如总是笑笑:过了几十年,怎么没有一点儿翻新的玩意儿?他们自己不腻烦,看的人可早就腻烦了。

邹可仁不是吴为,一碗小豆大米干饭就能交代。

穷则思变。他让顾秋水设法再回香港一趟,因为有一部分党的经费和他个人的财产还存在华比银行的保险库里,不论从组织的活动还是个人生活来说,都需要这些钱。

回香港意味着什么?不用说也能知道,否则人们为什么千方百计逃离香港!

顾秋水能拒绝吗?

那要首先问问:他有钱吗?有地吗?有一技之长吗?杀过人、放过火吗?……除了命,一样也没有,所以只好卖命。从一个小兵爬到现在,靠的就是替他人卖命。为人卖命可不就是他的职业?能活着就是白捡的便宜,当然不死最好。

卖命的职业,为他锻炼出足够的冒险经验——先回到不久前通过的广州湾,再搭船去澳门,通过一位"洪门"老先生找到走私贩子,与三十多名乘客黑夜里搭乘走私贩子的木船偷渡过海峡,在九龙后山一带登陆。刚登陆就被埋伏在那里的一批持枪烂仔拦劫,乘客们的财物全被搜掠一空,顾秋水只好步行经元朗、乘公共汽车到九龙街里,途中还通过了日本人的一个哨卡和一个防疫卡,注射防疫针后才被放行。

在九龙弥敦道一个东北同乡开设的饭店落下脚,又过海到香港。在朋友的空房子里住下后,顾秋水发了愁:千辛万苦到了香港,却不知能否替邹可仁取出存放在银行里的财物,因为邹可仁给他挂在脖子上的印章让烂仔抢走了。他到银行,交出邹可仁的英文签名信,没想到华比银行经理并不在乎印章,只认可邹可仁的英文签名,很快就把邹可仁存放在保险箱里的财物交给了顾秋水。金条、金元宝、金项链、金戒指、金锁、金片、钻石、宝石镶嵌的首饰以及现金若干,连同邹可仁夫妇的四箱子衣物,顾秋水把它们一起运回了桂林。

应该说顾秋水还算干过一些实事,比如说与朋友一起探望过住在建干路、被国民党软禁的叶挺将军,返回路上还游了桂王坟,吃了一顿野餐,边吃边讨论了抗日倒蒋的问题。

在桂林还遇到延安抗大的一个同学。顾秋水不便打探这个同学为何没有紧跟延安人马却辗转来到桂林,也许像他们一样"有道则现,无道则隐"?也许另有任务打入国民党或民主党派?经这同学介绍,他认识了蒋介石桂林某空军航空大队的几个驾驶员。小伙子们都很精神,很帅气,一律美式皮夹克,又是东北同乡,顾秋水就把他们介绍给了邹可仁,成为邹家的座上宾。于是邹可仁就有了策动他们驾机起义、营救张学良将军的想法。因为看守张学良将军的卫队,除副官一人是特务之外,那一连多人都可以做工作。他们还真的和张学良将军联系上了,但是张学良将军说:"不,我这个人一辈子光明磊落,死也要死得光明正大。"

人没救成,邹太太却爱上了其中一位飞行员。

一九四三年六月,作为李济深的特使,顾秋水还曾到北平、天津敌占区活动。中心工作是争取华北、东北的伪军,认清前途,脱离伪政权,不要投靠蒋介石,策动他们先搞地方独立,然后以李济深为盟主,联合各方实力,组织新的抗日集团,进一步组织抗日民主政府。因为当时李济深的实力很强,想取蒋而代,所以极力联络东北军,而邹可仁他们当时的策略也是"倒蒋拥李",可以说一拍即合。说起来大家都是反蒋,其实各有各的算盘,所以顾秋水出生入死的华北之行,什么问题也没解决。

而且邹可仁只给他带了很少的钱,连回程车票都买不起,只好让邹可仁再寄。他不得不在一个小城等了半个月,才收到回程旅费。

当顾秋水通过这条号称"死亡之旅"的封锁线时,只知道抱怨邹可仁将这样危险而徒劳的任务给了他,却没有为两年前叶莲子带着吴为穿过同一条封锁线到香港找他的危险艰难,闪回过一丝同情。

…………

此外，他们，也就是顾秋水在桂林的工作，乏善可陈。

三

叶莲子和阿苏既不过话也不吵架，也从未诉说过这种生活带给她的痛苦，即便常常作为顾秋水练拳练脚的靶子，照旧一个不出声音，整天半合着眼睛，似乎连睁开眼睛的力气都没有了，像是一心一意想着什么而又什么都没想的样子，很难得见眼珠灵活一转之间的闪光了。

只有吴为非常没出息，在顾秋水的拳脚下总要发出鬼哭狼嚎的曲调，使耐受力十分强的叶莲子也感到了承受的极限。

阿苏也时起烦恼，知道顾秋水现出这样的兽相是为了她，心里便渐渐有了负担，可又下不了决心一走了之，她舍不得顾秋水。再说她又孤注一掷地把一切押给了他，只好昧着良心混下去。

顾秋水有时也思量这三个人的日子，认为自己并没有安心坑害这两个女人，眼下的情况是环境造成的。说了归齐，他干了什么伤天害理的事吗？顶多是娶个小，或安两个家，或三个人一起过，如此而已。叶莲子为什么想不开？瞧她那个哭丧脸！也许这本来就是逢场作戏，都是临时的事，所谓"乱世男女，聚散如水"，将来给阿苏找个工作送她走就完了，时间一长，什么都会过去。

要是阿苏知道顾秋水这一番思量会怎么想？人财两空的她又怎么活下去？

吴为几乎一天来一次鬼哭狼嚎，这让叶莲子反省到，孩子没有义务为这个婚姻承受她不应承受的暴力。再说桂林终究不是香港,语言不再是她工作的障碍,便恳请金奉如帮她在柳州找了一份小学教员的工作,带着吴为出外谋生。

这不是叶莲子和吴为的第一次合作,还在香港时,她们就组成过一个比之革命党人的战斗性、吃苦耐劳性也不差的小分队。与和顾秋水一起生活的日子相比,叶莲子出走柳州的感觉无法评估,对吴为来说绝对是翻身得解放。

柳州有柳江,江上有桥横跨南北。因叶莲子就职的小学在桥南,她们也就租住在桥南河沿东侧一户人家的阁楼上,距学校不算太近。远近的问题只能从房租考虑。

阁楼上只住着叶莲子和吴为。到了夏天,柳州的阁楼就是一个烤箱,但凡有一点钱的人谁愿意把自己放进烤箱?

除了常常要跑警报,似乎没有什么可抱怨的。

防空洞却在柳江之北。日本飞机像一个忠实的、夜夜归家的丈夫,而不是那种"不回家的人"——越是晚上,空袭警报越多。架在柳江上的柳州桥,成了叶莲子和吴为往返跨越最多的一座桥。

其实警报第一次拉响她们就动身了,可日本飞机总是不等她们通过那座桥就飞临上空,有时她们甚至还在桥的这一方。

越是在不该闹的时候偏偏闹得鸡飞狗跳、人仰马翻,让叶莲子觉得没有指望的吴为,在该哭、该闹的非常情况下反倒安静起来,甚至比有些成年人还冷静,让叶莲子十分意外。这可能得益于她在"家乱"中的历练,那真是一种全方位的训练。比之顾秋水制造的"家乱",战乱又有什么可怕的?

飞机当空时,不用叶莲子说,吴为就会比叶莲子更迅速地扑倒在路边的草丛里,躺倒之前还不忘记拉叶莲子一把。她侧着头,静静注视着天上的飞机和探照灯交错的光柱,看着轰炸机排成整齐的队伍,三架一组,游戏似的忽上忽下、时远时近,而探照灯的光柱在夜空中忽聚忽散,交织成一组又一组网状图案。

有一次,她们正挤在桥上,"兴致勃勃"地向对岸奔跑,日本飞机就到了头上。一枚枚炸弹目的明确地向柳江桥扔了下来,叶莲子扛起吴为,在沉默的人流里,人贴人、人挤人地奔着。

落进江里的炸弹,冲击出巨大的水浪和一股股水的飞柱,桥身颠簸起伏得像是一条任人随意抛上抛下的链条,随时都有断裂的可能。冲向空中的水柱,断裂后又劈打下来,淋湿了她们全身。老桥早就被炸断了,供人们逃亡的这座桥是新架的简易桥,桥身很低,两边没有栏杆。有人掉进了柳江,所幸她们还在桥上没头没脑地跑着。跑,似乎成了她们的唯一目的,从未想过炸弹已然在头上开花还有什么可跑,对岸的防空洞还有什么意义。

不知什么东西燃烧起来,一桩桩火柱突然竖立在桥的四周,火焰和火星在桥旁、在江中,如暗红的菊花,一朵朵绚丽绽开。

就像家乡人说的那样,叶莲子真是命大,密密麻麻的炸弹,有些即便紧擦桥身而下,却竟没有一个扔在桥上。

如果不是那场火灾,她们可能就这样虽然担惊受怕,但可不再受制于顾秋水地过下去。

那天睡到半夜,"砰——"的一声巨响,接着就浓烟四起,空气里弥漫着各种物体燃烧的气味;接着就是木头,而且是不饱满的木头毕毕剥剥燃烧的欢叫。起初叶莲子以为又是日本人的空袭,炸弹命中了这栋小楼,便一把抓起吴为,往楼梯口跑去。这时细弱的火苗已钻过楼梯的每一条缝隙,一旦钻过缝隙,便多姿多彩地蓬勃起来——叶莲子这才知道是失火了。

同时也明白了，她们被困在阁楼里。可她没有呼救，此时此刻谁能听见阁楼上的呼救？即便听见谁又能来救她们？

尽管火苗从楼下而来，可她们只有冲到楼下这一条活路，这真有点像她在生活里的位置。没有办法，只有抱起吴为，迎着火苗往下冲。

下到最后一级楼梯，发现进出一楼与阁楼之间的门被房东锁死，她和吴为是无望从大门逃生，只好烧死在阁楼上了。

她倒不是十分悲伤，谁说这不是一种恩惠！可是吴为呢?!

又反身往阁楼上跑去，细弱的火苗瞬间就发展壮大为火焰，几乎贴着她们的脊背追撵着她们。

返回阁楼还是没有出路，下意识地冲上阳台，这才看见大火如一条巨龙，在整条街上斜里、横里，恣意地蜿蜒、窜动，所到之处立刻火焰腾起，这一处火焰与那一处火焰首尾相连，十分壮观。

再往楼下一看，天井像一口被包围在火焰中的"黑井"，可这也是她们逃离阁楼的唯一通道。

叶莲子不知哪儿来的爆发力，三把两把就把阳台上糟朽的栏杆拽下来，然后把吴为往下层屋顶上一扔。就像后来的武打片那样，吴为安稳地飞身落下，又在那屋顶上不惊不慌地飘然站定。

不知什么动力驱使，叶莲子回身冲进阁楼。进了阁楼才明白，她是要抢救那点可怜的家当，至少得把抽屉里那点钱抢出。在她一片混乱的脑子里，这个念头似乎比死亡的危险更固执地纠缠着她。连她自己也不知道，她之所以将生命置之度外去抢救所谓的钱财，不过是以此验证一下顾秋水。好像另一个理智得不像是她的脑子的脑子告诉她，在生命攸关的时刻，那个叫作丈夫的男人是不能靠的。这个理智得不像是她的脑子的脑子，只在非常条件下才会出来工作。

五岁左右的吴为没有死守在那屋顶上,而是随意走动起来,是寻求一条活路,还是好奇,还是对危险的不解?

柳州的房瓦像是又薄又脆的炸薯片。她那双小腿有多少力量?可她轻轻一踩,就把那些瓦片踩裂了。赤裸的小腿小脚陷进瓦碴儿,碎裂的瓦片却像刀子般锋利,毫不怜惜地将她的小皮小肉划破。血滴如一滴滴红色的泪珠从腿上渗出,汇成一条条细流,顺着小腿蜿蜒而下、纵横交错,真是一张白纸上好画最美丽的图画。

她向东而行,迎面碰上一堵吸盘似的火墙。对于这个操蛋的人生,她也许比死不改悔的叶莲子悟性更高,也许冥冥中有人指点——进入那火墙其实正是脱离苦海之道,所以不知后退,继续前行。可是一头扎进阁楼以生命来验证顾秋水的叶莲子,却还有一份神经如雷达般跟踪着吴为。她的血在吴为的血管里喊了起来:"站住!站住!赶快离开!"

吴为站住,折回来又往西走。西面的火坑如盛开的血色玫瑰,暗色的花蕊中央,应许了多少在她那不长的生命里不曾见识过的、暧昧的欢快。在这关键时刻,叶莲子又启动了那个制动闸。

不论东、西,都可以让吴为葬身无地。可她并没有尿裤子,不但不恐惧,还与火焰镇定地对视,眼睁睁地看着火焰热烈狂放,一路扫荡过来,所到之处是燃烧的热情和热情燃烧后的灰烬。或许她的灵性感知超过了肉体感知,就在这一刻,她接受了烈焰的教唆,日后她异常奔放的热情和直至化为灰烬方才善罢甘休的做派,可能与亲历这场弥天大火有关。

她的悲观主义也可能始自烈焰与灰烬的反差,烈焰断裂后的挣扎、惨淡、冷寂,如逆风中一支摇曳的烛,以生命之无定又让她心生恻恻……

这一番非同寻常的经历,似乎是为孤零人生进行的一次洗礼。经过这样的洗礼之后,吴为的人生是注定孤零了。

不过两三分钟时间,阁楼已是满室浓烟,什么也看不见了。火苗从地板四周和一条条地板缝里蹿了上来,每条地板缝里都是一溜火苗,每条地板都像是镶了一条火边。

平时穷得要什么没什么,可现在叶莲子却觉得富有得不得了。她只有两只手,不知取哪一样为好,哪一样都是她们母女生活的必需。

此时叶莲子心慌意乱的程度,并不亚于刚才往楼下逃命时碰到门上那把锁。

她却偏偏忘记了抽屉里的那点钱。她盲目地抱起一条被子就往外跑,跑出房门才想起抽屉里的那点钱,又连忙折回阁楼。她的前脚刚刚抬起,正要踏进阁楼,火焰伸出舌头轻轻一舔,整个楼面就被舔得无影无踪了。

当叶莲子一脚悬空,身体前倾,眼看就要掉入火海的时候,好像有人在背后拽了她一把。

就在此时,母亲墨荷突然在弥天大火中显现,双目圆睁,死死地望着叶莲子。叶莲子此时才读懂母亲目光中的警戒,才明白母亲被火化时腾的一下从火焰中坐起,正是为了此时此刻拉她一把。

她赶紧往阳台上撤。刚跑上阳台,阁楼的四墙和通向楼梯的走廊,就塌进了楼下的大火之中……

似乎有人当头大喝:"快回头!"于是吴为没有错过这一幕——

叶莲子像被烙贴在烈焰的底版上,与烈焰一起,自火的深渊中升腾,而后又被烈焰从底版上剥离并抛掷腾空。她瘦小的身躯佝偻着,她的头发和衣衫被烈焰肆无忌惮地戏弄着、掀动着、撕扯着,露出她那孱弱且因过分孱弱而不堪入目的、谈不上一点美感的胴体。

　　之后,她似乎在烈焰中翻滚起来,一条腿微蜷,一条腿向外撇着,根本不像吴为长大之后读到的那个词条"凤凰涅槃"。那不过是求生的挣扎,挣扎的丑陋;那无助而柔弱的生命在火焰中挣扎得那样任宰任割,没头没脑,无着无落……

　　叶莲子就这样镌刻在吴为的生命里,并站在了吴为和所有的男人之间。这样一个叶莲子,谁能取代得了?!

　　灾难一点缝隙也不留地把她们紧紧压缩在了一起,且坚固无比,什么力量插得进来? 不论是爱人、父亲、兄弟、朋友……

　　胡秉宸又怎能懂得谁也不能从叶莲子那里把吴为夺走的缘由!

　　有多少次,吴为试图对胡秉宸说一说她那不长也不短、无法与他光辉灿烂一生相比的一生,希望他能理解她不能把任何人放在叶莲子之上的缘由;希望有一个力量能把她从那个紧得不能再紧的胶合状态中拉出;除了对叶莲子的爱,她还需要其他的爱……

　　叶莲子过世后,当吴为对胡秉宸说起这件太过沉重,难以随便提及的往事时,胡秉宸却张着报纸坐在沙发上。吴为怎么不懂那典型的英式回绝? 但她不甘放弃地问:"亲爱的,你在听我说吗?"并侧了侧身体,希望绕过挡在胡秉宸脸前的报纸,看到一张略表同情的面孔。

　　回答她的是一阵掀动报纸的声音。她伤心地自言自语道:"看来是我自作多情啦!"

　　胡秉宸这时就从报纸后面闪出他的脸,放出英式社交场合上的典型一笑,悠悠说道:"怎么,难道让我也跟着你痛哭一场吗?"

想来胡秉宸也是用这副嘴脸对待叶莲子的。吴为还埋怨母亲不能与他相处,她是错怪母亲了。可是她已无法对叶莲子说一声"对不起"了。

从此吴为断了念,无论如何,她是找不到一个疼她,更不要说是拉她一把的人了。

最后的吴为并不想放任自流、坠入疯狂,她不是没有做过挣扎。在明白她的至爱胡秉宸不肯舍给她一只手后,甚至丢弃前嫌,去找过她的仇人顾秋水。

起始他们谈得还算投契。有个晚上顾秋水问吴为:"你现在常有孤独之感吗?"

她回答说:"不是孤独,而是孤零。以前没有,母亲去世后才有的,总觉得我在世上没有根儿了,没有了骨血相通的人。我倒不怕孤独,这该算是母亲留给我的一笔遗产,我们多年过着孤苦伶仃的日子,对生活本没有更高的期望,一旦这种局面出现,很能应对。"

顾秋水又问:"你是不是觉得人生得一知己足矣?"

吴为说:"……淡了,也淡了……朋友算是不少,可母亲去世后,我痛苦得无以自持,翻遍电话号码本,却没有一个可以打个电话诉诉衷肠的人。"

"你丈夫呢?"顾秋水瞥了一眼在厨房里忙碌的现任妻子。

吴为惨然一笑,无言以对。

顾秋水想起与胡秉宸的那次接触,吴为哪里是他的对手?心里便有些不忿,"我真不明白,你养着、供着一个高高在上的皇帝有什么意思?他爱你吗?尊重你吗?"

"他爱过我,我也爱过他。"

"你真不像我的女儿……男女间的事是最不值得认真的事,为这种事情受罪更是一个不值得。"

吴为的感觉开始不对。这是他一时激愤之言,还是从来如此?难道他对母亲也没有认真过?

顾秋水很快撇开无足轻重的男女话题,继续说道:"是啊,我现在也常常感到无依无靠,无根无由,无来无去,茫茫人海无以酬对。不论你高兴、你痛苦、你感伤,都无人可以言说。回想一生形影不离、舍生忘死的朋友,今天我去看他、明天他来看我,一天不见都不行,有什么好东西都想着他……可却没有一件可以铭心的回忆。"不为儿女情长所困扰的顾秋水,这时动了真情。

吴为幽幽问道:"你梦见过我妈吗?"

他说:"有时候梦见。是过去的日子,可又不是熟悉的旧时场景;在一个说是生活过的地方,可又不是。话也说不出,影影绰绰,似是而非,像是那么回事又不是那么回事。梦也是错落的,这个人连着那个人,有时候电影里的人物竟接上了梦里的人,电影里的人生也接上了自己的人生。醒来感叹,一生就这么过去了,有些事想弥补也弥补不了了,想干什么都干不成了。元稹写过很多悼亡诗,我都忘了,就记得一首——

谢公最小偏怜女,嫁与黔娄百事乖。

顾我无衣搜荩箧,泥他沽酒拔金钗。

野蔬充膳甘长藿,落叶添薪仰古槐。

今日俸钱过十万,与君营奠复营斋。

…………

"有什么用呢?人都不在了。

"我们这一辈子是白过了,说什么理想、追求,到头还不是两手空空？想起来真是荒唐。就是有钱也不知道怎么花。东北军里的那些人，不过就是打打麻将，还有什么？不像现在的年轻人，又是卡拉OK，又是出国，花样多了……不过你老在你妈生活过的地方跑来跑去，又能有什么收获？什么都找不见啦。"

吴为说："对我是个安慰，了我一个愿。其实是在找我妈。明明知道找不着她了，但能找到一种心境也好。佛家不是说'从来世事由心造'吗？就是这么回事。"

说着，说着，就说到吴为小时很怪，自然又说到她在柳州那场弥天大火中的表现。

顾秋水说："这些事我怎么都不知道？我那时候在哪儿？"

"你和阿苏在桂林啊。"到现在为止，吴为想到的还只是事实的叙述，丝毫没有挑衅的意思。

"没有，我没有跟阿苏在一起。"

"那我妈怎么会躲出来教书？"

顾秋水鄙夷地说："你妈还能教书？她不过小学毕业，就算当了老师也是混。"

顾秋水哪怕有一点反省，吴为也绝不会旧事重提。正像顾秋水是在枪子儿、炮火中长大的那样，吴为是和着叶莲子的苦难一起长大的，叶莲子的每一分苦难都嵌在了她的生命里。自尊自爱的叶莲子，却从来没对这些苦难的制造者顾秋水诉说过它们的功效。可现在，她要是不为叶莲子向它们的制造者顾秋水说一说它们的功效，她要是不在顾秋水这副无赖的嘴脸上来一拳，就太对不起叶莲子了。

"这还要感谢你，如果不是你的残酷蹂躏把她逼出家门，她还不能自学成才呢。解放以后她年年都被评选为模范教师……

"要说你在延安时候不给我们写信可以理解，因为我们在敌占区,通信不便。可是一九四〇年春节前后你就到了香港,无论如何算是居有定所了,为什么不给我们写封信?"

与刚才谈论"孤独"的时候比起来,顾秋水像是变了一个人:"我上哪儿找你们去!"

吴为冷冷地叼了他一眼:老顾,你装什么糊涂啊!"你不是把我们托付给了包家和包家的司机董贵了吗?给董贵写封信,准能知道我们的下落。再说我妈无依无靠、无亲无故,能上哪儿去?"

他又说:"我没钱哪,没钱怎么给你们写信?"

"你到底是因为不知道上哪儿找我们,还是因为没钱才不给我们写信?哪怕你来封信说你还活着,说你目前有困难,等情况好转再接我们去团聚也行啊,也会给我们一点儿希望,省得我妈望穿秋水。难道没钱的穷人都得把老婆孩子扔了?再说你也不是没有钱,怎么就能把我们甩给包家当保姆?能怪人家对我们不好吗?你都不管自己家人的死活,人家管得着吗?"

顾秋水跳起来,说:"敢情你是来替你妈讨账、报仇的!冤有头债有主,你就打死我吧!"然后像个泼妇那样往吴为身上撞。

吴为本想说:不,我不是来讨账的,我就要坠入深渊了,哪怕一根稻草现在对我也至关重要;而你我之间不止一根稻草,还有血液中那根比稻草结实一点儿的线呢,我就是来对接这根线的。

可是吴为打住了,她能指望眼前这个瘪三一样跳来跳去的男人拯救她吗?

不是吴为不肯饶恕、不能忘记顾秋水的罪恶,而是顾秋水自己不让她忘记。听听他刚才说的话,她怎么能和这样一个人握手言和?事到如今还不肯承认一点自己的罪过,母亲是白为这个狼心狗肺的人"受"了。还是丢掉幻想,准备斗争吧。

她下斜的目光扫视着这个在她身旁跳来跳去的小男人,淡淡地说:"一边儿待着去,少往我身上靠。别说我不是来讨账的,就是来讨账、来报仇,又有什么不可? 而且这个账算得过来,你又赔偿得起吗? 我告诉你,你毁了我的一生!"

那个赤身裸体,裆里悬着一根说红不红、说紫不紫的鸡巴,随着他的拳打脚踢荡来荡去的瘪三男人,重又出现在她的眼前,她甚至又有了尿裤子的感觉;还有那个两岁时的楼梯,也同时在眼前闪回……但她毕竟不是那个手无寸铁的小女孩了。

诉苦是原谅的前奏。对如何毁了她一生的这个狗男人,吴为绝对不想再费一句话,只想再刺他一匕首:"你蹂躏了我妈一辈子,可到现在还这个态度! 她是太善良了,从不记恨你,最后还让我想办法把你弄回北京,要不是她逼着我去为你张罗回北京的事,我才不去呢! 老实告诉你,禅月根本不让我认你这个父亲,她也不会认你这个姥爷!"

顾秋水转身跑进厨房,拿来一把菜刀上下左右挥舞着,说:"你杀了我吧,你杀了我吧!"

他的现任妻子上去阻拦,顾秋水发了疯似的把她推开,说:"有你什么事? 你再拦我我就打你啦!"

吴为扬着下巴说:"几十年过去了,想不到你还是个兵痞。你打她干什么? 你有什么本事? 这一辈子就会欺负女人。算你运气,居然有那么多女人甘愿为你贡献自己、牺牲自己。瞧这把锈迹斑斑的菜刀,亏你拿得出手,也不嫌寒碜,还算征战沙场的军人呢。我为什么要打你、杀你? 我看不起你就够你受着去了。你当我是我妈? 你当我还是那个任你提溜着两条小腿儿,扔到门外去的那个小女孩儿?!"

她背上自己的行囊,一分钟也不多留,一声"再见"也不说,头也不回地走了。她知道,到死,他们也不会再见了。

这两个在世上飘零着的人,注定不能对接他们血缘上的那根线了。

她很平静,知道这一走,自己的时间也快到了。

小城离车站很远,吴为行走在没有灯光也没有月光和星光的冬夜中,像行走在茫茫的荒原上。她边走边想,找不到了,找不到了,在这个世界上她是再也找不到一根可以拽住她的线了。

这本是一个让你死了心才能活下去的世界——你从没有过父母,没有过情人、丈夫,没有过兄弟姐妹,没有过子女,没有过朋友……可吴为就是死不了心,最后的吴为不疯又能怎样?

回到北京不久,吴为就接到顾秋水的来信。信上写着:你有什么资格对我说三道四?你不也是一嫁再嫁、乱搞男女关系,甚至还有个私生子!让胡秉宸的老婆告到中央,告向社会,告上法庭……

吴为放弃地一笑,作为一个父亲,顾秋水是永远不会知道他对自己女儿犯下了什么样的罪行,也永远不会懂得她对他的仇恨了。

进而她更是铁了心地想,禅月永远别回中国才好。

禅月读大学时,有个男同学追求未果,便写了封与顾秋水大同小异的信,"……你有什么了不起,你以为你是个公主?谁不知道你妈是个著名的破鞋、婊子,有其母必有其女,你又能好到哪儿去?"云云。

如果说韩木林这样辱骂吴为还有一定道理,毕竟她把一顶绿帽子戴在了他的头上,是吴为的受害者。那么胡秉宸呢,她过去的事情与他何干?而且早在他们还没进入情况之前,吴为就把声名狼藉的过去对他做了如实的交待,请他考虑,斟酌……可他一旦发起怒来,她的交待反倒成了他的炮弹,并用这些炮弹毫不留情地轰击她，羞辱她。

她怎么就想不起用胡秉宸的艳史对胡秉宸以牙还牙？

当她在自身条件如此恶劣的情况下，靠着比他人不知付出多少倍的努力和奋斗，终于成为一名作家的同时，也有了许多想象不到的收获——

谁能说胡秉宸在出席某些重大场合时，几次三番让他平时所不齿、所变着法儿折磨的吴为陪同前往，还说"我要向人们显摆显摆，我还有你这么个老婆！"仅仅是个玩笑？

谁能说那位和吴为生了一个私生子从不显山露水的情人，十多年后突然浮出水面，到处向人宣称"想当年我还睡过她呢！"与她的功成名就无关？就像阿Q见人就宣称"我还摸过她呢"，摸过静修庵中的小尼姑。

谁能说吴为的功成名就不是韩木林日后不再诅咒她，而是情意绵绵地向人声明"吴为是我的前妻，直到现在我还爱她"的缘由？……

如果吴为还是一个任人唾骂的"破鞋""婊子"，那么情人也好，前夫也好，胡秉宸也好，任何一个自称多情的男人也好，谁还愿意捡这只"破鞋"，并和这只"破鞋"相提并论？如此煽情的故事只能存在于小仲马的《茶花女》之中。

谁又能说她的功成名就不是那个男同学追求禅月的一个缘由，否则为什么根本没有得到禅月的应许，就在同学中广为吹嘘他是名作家吴为未来的女婿？

不能说这四个男人就代表了中国男人的整体，但至少代表了几个层面，也许这正是禅月不得不走出国门的原因。她不能忍受男人们拿着吴为的私生子问题对她们母女进行无穷无尽的讹诈勒索。她要是在中国谈婚论嫁,闹不好未来的夫婿恼羞成怒时还会用她母亲吴为的问题羞辱她,哪怕吴为进了棺材,也不能一笔勾销。

无独有偶,吴为非常钟爱的一位三十年代女作家,当她在世时,她的情感、青春、肉体、才情、钱财无一不被男人盘剥,却没有得到过一个男人真正的疼爱。而在她寂寞凋零又文名鹊起之后,这些男人却突然冒了出来,争相说是她的丈夫、情人、她的版权继承人,并为此打得头破血流。

死里逃生的叶莲子,来不及多想她的侥幸或不幸,忙去寻找吴为。只见一个小人儿,镇定自若地站在烈焰中央,那个孤零零站在烈焰中央的小女儿,好像不是她的女儿,而是烈焰生出的女儿——一个将要承受万般不幸的女儿。有那么一会儿,这景象竟让叶莲子恐惧得忘记了周围的一切,思量起吴为今后的一生。

难道她们家的女人,都是火命吗?

叶莲子快速跳下阳台,看了看楼下那口被火焰包围的天井,不论死活,现在只有这一条活路了。好在柳州的楼房都不算高,赶紧把被子扔下去,此时才觉得她没有抢救钱而是先抢救这条被子真是上苍的指引。然后她顺着房檐,将吴为滑到被子上去。这时火焰的包围圈越来越小,她反过身去趴下,撑住房檐,伸出两腿蹭着房檐滑了下去,居然平安着地,又赶紧用被子裹住吴为,冲出了那口"黑井"。

吴为的小脸被烈火烤得通红,那样一张小脸,居然冒出颗粒大得极不真实的汗珠;即便那样大的汗珠,也没等流下面颊,即刻就被热浪炙干。柔软的头发根根被即流即干的汗水粘在了额头,一只小小的拳头紧握着贴在胸口,不惊不诧地看着自己刚刚逃离的火海……

叶莲子木然地看着整整一条街渐渐化为灰烬。

怎么也想不明白,房东一家为什么要把通向阁楼和一楼的门锁上?是每天都锁还是今天锁的?如果天天都锁,为什么每天上下班还能从此门出入,难道冥冥中有人在那一刻将门锁住?

她不能不再次想起,幼年在老家得伤寒症时空冥中传来的谶言。

等到一切化为灰烬的时候,反倒不知从哪里冒出满地的人,还有满地水与泥土、灰烬搅和成的泥汤,浸淫着劫后余生精疲力竭的人们。

叶莲子抱着吴为坐在烂泥汤里,想起她们与顾秋水阿苏住在一个房间里的日子,这样一无所有地坐在地上,可以叫作幸福生活了吧?

人们惊魂未定地走来走去,或相拥在一起,守着已然化为灰烬的家。只有她没什么可守,之所以坐在这里,只是因为无家可归。

吴为睡着了,眼圈青青的,眼睫毛服服帖帖地粘在下眼睑上。除了那条裹着吴为的被子和身上单薄的睡衣,她们连鞋也没有,好在柳州的冬天并不很冷。叶莲子将被子对折起来裹着吴为,吴为的小脚就露在了被子的外面,上面全是瓦砾划出的血痕。那双又小又嫩的脚还没磨出腁子来呢,就这般赴汤蹈火,过早地经了风雨见了世面,过早地开始了如此血糊拉拉的旅程——它们实在应该得到一点关爱,真正一点就够了,从这样一条路上走过来的人很容易知足。

几十年后,每当胡秉宸阴阴地折磨着吴为的时候,这双小脚就会在叶莲子的眼前重现。她难免会想:胡秉宸哪,你是太吝啬了,怎么就不能给这双小脚一点点关爱呢？

叶莲子把被子往下拉了拉，盖上了吴为那满是伤痕的小脚。

吴为的脚倒是被叶莲子包裹住了，可是她脚上的伤痕就这样长在了上面，永远地长在上面了。

不时有记者采访。记者之所以对叶莲子兴趣有加，是因为她居然能从那个没有逃路的楼上跳下逃出，并且带着一个孩子。

"请问损失大吗？家人没有受到什么危险吧？你的丈夫在哪里？"

"请问太太，火怎么烧起来的？"

"您是坚强的女性，独自一人应付这样的灾难……"

叶莲子什么都不回答，只一味哀哀地哭。

起火的原因谁也说不清楚。有人说是房东在飞机场工作的儿子从机场带回的那桶汽油不慎起火。但房东拒不承认，反倒说是哪家厨房的余烬复燃。

柳州的房子差不多都是木质结构，没火还想找机会烧上一烧，有火就更是兴风作浪地烧了。

四

有人敲门，而且敲得理直气壮。

顾秋水就有些张皇，从阿苏身上翻下来的时候，双手没有撑在床上而是搓在了阿苏的膀子上，搓得她很疼。她不由得唤了一声疼，顾秋水却像没有听见。

连阿苏这种不敏感的女人这时也想到了，男人只有在床上的时候才疼爱女人，也就是说，他们是为了自己才疼爱女人，一旦下了床就翻脸不认人。

这真有点像是胡秉宸。

每每在吴为毫无情绪或防备的情况下,胡秉宸会突然从后面将她拦腰搂住,用他那个并不雄伟的物件,猛顶几下她的臀部,狠狠咬着牙说:"操你哟!"然后再猛然将她往前一推,干净利索,拂袖而去,好像什么事也没有发生过。

他的狎弄没什么特别,他的拂袖而去却很有讲究,似乎总在担心有人看见他的狎弄。其实他们已经是夫妻,即便狎弄一下吴为,虽则不雅,却也说得过去。

胡秉宸极其偏爱这种狎弄,比起和女人在床上正正当当的两性相悦,别有一番滋味,还有那么点温故而知新的味道,像是回到少年时代在天桥观看说坤书的艺人或是拉洋片,再不就是翻着老萧褥子底下压着的春宫画。正像某个伟人总结的那样,果然是"妻不如妾,妾不如婢,婢不如偷,偷得着不如偷不着"。

那一天胡秉宸情绪饱满拂袖而去的时候过于生猛,甚至将吴为推倒在水泥地板上,让她结结实实摔了一跤,疼得她躺在地上很久不能起身,胡秉宸却连扶都没有扶她一把。她躺在水泥地板上说:"你这是干什么,我是妓女吗?"

胡秉宸并不知道,吴为从他这种行为中得到是什么信息。她认为这种行为暴露了胡秉宸隐蔽得极深的自私——不论在有人或没人的情况下,时刻有备无患地将责任推卸得一干二净;即便吴为已是他的太太,也别打算享受优惠待遇;至于那个倒地的女人如何应对尴尬,则与他无关。

同时吴为也渐渐明白,某些正人君子,并不见得比有个私生子的她更不下流。

由此她思索起胡秉宸对待女人的总体态度。按照胡秉宸的表

白,吴为该是他的至爱,如果对他的至爱都像婊妓,那么他和其他
女人的关系也就不必那么计较了,是不是?

从另一方面来说,也许吴为想得太多。这很可能是长期地下
工作留给胡秉宸的烙印——任何情况下,尽量保全自己。

顾秋水匆匆穿好衣服,又拉过被子替赤条条的阿苏盖上,悻悻
地走去开门。

门外站着一个精瘦的汉子,粗衣粗裤,粗脸、粗胳膊、粗腿,顾
秋水问道:"找谁?"

"顾先生。"

"什么事?"

"顾太太遭了大火,她和孩子倒是逃了出来,现在已经到了学
校。校长先生让我送封信来……"

顾秋水接过校长的信说:"好吧,知道了。"

来人竟还不走,阴沉地站在门外,像一块堵在门口要下雨的
乌云。

"还有什么事?"

"我得等回信。"校工只看了顾秋水一眼,就知道叶莲子老师为
什么老待在学校了,也知道了叶莲子老师要是有一点办法也不会
出走柳州,险些丧命。

"你得等回信?"顾秋水不高兴了,"该怎么做我还不知道,还劳
你们校长指点?"砰的一声把门关上了。

当顾秋水赶到柳州,看到叶莲子母女整胳膊整腿地坐在学校
办公室里的时候,真是气不打一处来。

他生气,是因为一大早那个敲门声,说明他不尽责任到了他人

不得不出来说话的地步。而这个恶名,全是眼前这两个既不缺胳膊又不短腿的人闹腾出来的。

顾秋水沉着脸子,看着她们脚上的新鞋和一旁的被褥,想着校长先生给他的那封信。新鞋是学校一个教师送的,旧被褥是几个教师从家里带来的,它们似乎都在无言地谴责他这个丈夫的不仁不义。

虽然顾秋水看不起那些教员,一个个穷兮兮的小家子相,可又感到了这些小人物的沉默暗含着的谴责,便问叶莲子:"你对校长说了些什么?"

"什么也没说。"不是分辩,而是如实招来。

和别人一起编派自己的丈夫?不,叶莲子不能让人觉得顾秋水不好,更不能让人觉得丈夫对她不好。

同事们一再追问:"顾先生怎么还没来?"

她说:"路远。"

同事又说:"那也该到了。"

她说:"他有肺病,不知道这几天是不是好些了。"

"这两床被褥,只能暂时对付一下,等你丈夫来了再一一补齐吧。"

"是啊,他来了就好了。"

…………

"是你让校长派人去找我的?"顾秋水又问。

"没有,没有。"叶莲子甚至有些埋怨起校长来,这不是给她添罪吗?哪怕弥天大火将她和吴为困在屋顶时,她也没有呼唤过顾秋水,没有期望过他自天而降,神灵般显现,救她们出火海。但凡有一点办法、余力,叶莲子也不愿意再招惹顾秋水。

问完这些,顾秋水还是气哼哼地沉着脸。不过叶莲子总是觉得,对于她们母女的遭遇,顾秋水总会生出一点恻隐之心,即便不是出于爱怜。

她下意识地抚摩着吴为的腿,想着孩子真是个好孩子,每遇大难不哭也不叫,从不给她和顾秋水添乱,作为这样一个孩子的父母,难道他们不该好好疼爱一下吴为吗?

顾秋水当然看见了吴为伤痕累累的腿,但若没有吴为,他可能更容易和叶莲子分手——这念头使他面对吴为那伤痕累累的腿时也难以内疚。

他的确不曾有过这样残忍的念头:大火怎么没有把她们烧死?但也实实在在没有过这样的庆幸:幸亏她们没有被大火烧死。

"大老远的让你跑一趟,累了吧?"叶莲子问。

顾秋水白了她一眼,说:"走吧。"

走了两三条街,叶莲子就明白他不是带她们回桂林,而是找了一家小旅馆让她们住下。房间里有一张当中下凹的棕床,还有一个木制的脸盆架、一张木桌、一把木椅。被单潮湿而肮脏,像被许多爱出汗的胖女人或是胖男人睡过,散发着人体上的秽气。她把被子垫在床上,然后怯怯地对顾秋水说:"坐吧。"

顾秋水不肯坐,随时准备拔腿就走的样子。叶莲子一心想挽留却又不知怎样挽留,只会用手把被子掸了又掸,搂过吴为在椅子上坐下。顾秋水要是不说话,她也不敢再说什么,说错了怎么办?

"你还是再找间房子住下吧,"顾秋水从皮夹里拿出一些钱,想想,又添了一些,"一时找不到还得住几天旅馆。"他既没问问叶莲子一个人带着孩子是怎么逃出来的,也没问问你们饿不饿、渴不渴、冷不冷,更没对她们大白天身上还穿着一身睡觉的衣服感到奇怪。

吃苦受难并不可怕,可怕的是落空,这时才觉得那苦是双倍的了,不值得了。

不值得而受的苦是真苦。

校长先生是金奉如的朋友,正因为如此,金奉如才能为叶莲子找到这个教书的工作,校长难免不将叶莲子母女在这场灾难中的其情其状告知金奉如。以金奉如的身份,从来奉行的是不便插手的态度,何况叶莲子在香港的境遇他早有所闻,连他也觉得顾秋水这样对待叶莲子母女二人真是天理难容,但也只是感慨而已,还是不便插手。

插手的是金奉如从延安来的秘书。秘书曾和顾秋水互相掩护,以为某个卷烟厂到湖南采购烟叶的名义,做过一些地下工作,当然就和顾秋水有些熟络,有时常到顾家坐坐,对顾家的事自然也就有所了解。有一天他突然来到顾家,对顾秋水说:"老顾,再不让阿苏走,你的家可就要毁了。你看南南她妈多可怜……你别担心,我会给阿苏安排个事做。"

顾秋水说:"这事你别管,我和阿苏没什么,我们还得靠她干活儿。"

后来见阿苏还没走,秘书又来了,对顾秋水说:"别再留着阿苏了,你要是再这样对待南南她妈,我可就不客气了!"

顾秋水说:"不行,我不能让阿苏走。"

说话间,金奉如的秘书就从后腰掏出一把枪,一边瞅着顾秋水,一边往桌子上戳了戳,顾秋水就不敢再说什么了。这个在叶莲子身上施尽男人手段的男人,就在一把枪膛里指不定有没有子弹的手枪面前,丢尽了男人本色。

整个谈判阿苏都在场,顾秋水却没往阿苏那边看过一眼。

临走时，阿苏什么也没说，更没有要回她当年给顾秋水的钱，就那样默默地走了。

阿苏走出家门后，顾秋水就开始痛砸自己的脑袋，除此之外也就没有别的办法了。他一边砸自己的脑袋一边想，阿苏会怎么想？他还欠着她的钱哪，现在又让人拿枪把她逼走了……

秘书以为帮了叶莲子的忙，可自阿苏走后，顾秋水和叶莲子的关系更加冷淡了。顾秋水从此不再打骂叶莲子和吴为，但是他们之间连话都没有了。

五

解决顾家这种不死不活局面的还是战争。

一九四四年八月底，衡阳失守，桂林告急，所有文化精英以及桂林百姓，都急往贵阳撤退逃离。

汽车、火车的车厢内、车厢顶、车厢底，拥塞着不可计数的难民，尤以金城江车站为最。人们甚至钻到车厢底部，蜷缩在那连接两个车轮铁条的隔板上，离枕木只有少许距离。

几天之内，桂林、柳州相继失守，军队放弃了广西、贵州两省的防线……

顾秋水带着家人与邹可仁一家逃出桂林，向大后方重庆转移。

他们先乘火车。火车上长满"人刺"，一旦途经山洞，挂在火车上的"人刺"就会被山岩刮去一些，霎时间血肉飞溅，火车随之也就变得光溜一些。

后来改乘运货"黄牛"，卡车货堆上坐着逃亡的人们，吴为的小手紧抓着高围在卡车四周的铁条，眼看着多少人一个转弯没有抓牢就摔下山涧，马上粉身碎骨。山涧里，多少汽车残骸不得不接受那横尸山野的残酷。

从重庆转道陕西，顾秋水把叶莲子母女交给了宝鸡"工合"的陆先生，自己则随邹可仁到华北"地下抗日"去了。

临走前，顾秋水振振有词地说："别人都不带家眷，我也不能带。"

明知大事不好，叶莲子也不敢说一句什么。她何止是逆来顺受？连顺来也顺受了。以她的聪明才智，本可以成为一个人物，只是她把自己的生命完全寄托在了另一个生命上，误以为那个生命不知比自己高明多少，把自己的潜能生生地埋没了。

从宝鸡到西安还算顺利，找到杨虎城将军当年的秘书，通过他，请一位西北军军长为他们给原山西省督军阎锡山写了一封介绍信。只有通过阎锡山这个关系，才能穿过山西封锁线到华北。

十月间，邹可仁和顾秋水从西安乘骡车经韩城、宜川，在壶口过浮桥跨黄河，到达山西吉县。

华服美食又见识过哈佛的邹可仁，不像顾秋水那样从来是颠簸之路上的过客，乘骡车、路难行可以等闲，经壶口过浮桥、跨黄河时却等闲不得了。他们明明走在浮桥上，却像走在水急浪高、奔腾叫嚣的浊浪之中，藐小得连浪花上拍出的两粒水珠都不如。

什么叫话语霸权？什么叫可以说"不"？那就看看邹可仁和顾秋水此时此刻经过的壶口吧。那才是享有话语霸权，才是可以对世界说"不"的主儿。不但可以说"不"，什么时候一不高兴，说把世界提溜起来就提溜起来，说把世界拍碎就把世界拍碎。什么唐宗宋祖，什么成吉思汗，任什么风流人物也别梦想有一天"风流"会数到自己头上。邹可仁就想，幸亏他们的对手是日本人或蒋介石，如果是壶口,可如何是好?!

过了壶口就是阎锡山驻地——少将比驴多的"克难坡"。

这正是刚刚到达陕北的毛泽东向山西运动,寻求发展,被阎锡山击退的一个重要原因。有壶口这一天堑,阎锡山是稳坐钓鱼台了,国共合作抗日后,共产党才能不费一枪一弹,进入了抗日前方阎锡山的这块地盘。

见到这两位与东北军有着千丝万缕关系的人,西安事变前信誓旦旦支持张学良、事到临头就变卦的阎锡山,并没有一丝尴尬。何止是两面派?简直是多面派,据他们所知,他和抗战对象日本人也有千丝万缕的关系,把这种多元化的局面玩得滚瓜烂熟,如鱼得水。

安排他们在招待所住下,过了几天才和他们谈了一次话,没有什么实质性的话题。实质性的话题由他的谋士梁化之和外甥出面,不过是想联络利用他们的力量。顾秋水看出,打败日本后,阎锡山想独占华北,建立了一支"铁军",准备日后进军北平。所以邹可仁和顾秋水也没敢和对方深谈,双方只是放一放合作的气球。

其间请他们吃了一顿西餐,可能是知道邹可仁的哈佛背景。主菜是每人半只鸡,饭后甜点是一个大梨,对惜金如钻石的阎锡山来说,就算很不错了。

之后他们拿到了阎锡山的通行证,搭乘他向敌占区倒卖桐油的大卡车到孝义,又通过他的交通站弄到几张假良民证,才搭火车到北平,当晚没敢出站,就在站里等候转去天津的火车。

到天津天还没亮,满大街就他们两个人,找到朋友家就是叫不开门。不过拍了一户人家的大门,听上去可就像是拍在天津市家家户户的大门上。拍门声一传多远,这不明摆着告诉日本人此地非同寻常?他们真着急呀,拐了这么大弯,费了这么大劲,到了家门口再让日本人抓去，多不上算。

最后他们潜伏在一个医生家的地下室，佯称是戒大烟的人，这时已是一九四五年一月，离日本投降只有几个月。

可是那些所谓的"关系"根本联系不上，派人去叫也叫不来，谁也不敢理他们，工作根本无法开展。

包天剑这时也回到天津，他的抗日热情也好，收复东北势力的雄心也好，都消失得无影无踪，再也看不到那个哪怕穿着不伦不类的美式军服的青年军官了。他常常自言自语道："二太太没有了，财产也没有了，队伍也没有了，什么都没了……"看上去有点神经兮兮。

已经改换门庭的顾秋水，见到包天剑更是一副傲然，他仍然记恨包天剑将他丢弃香港不顾的那档子事。要不是他在战场上忠义救主，包天剑恐怕早就成了炮下鬼。

包天剑见到顾秋水，连那不投机的半句话也没有了，他们谁也不再记得当年的情义。情义算什么？就是青春结伴好前程的往事也不能让他们心有所动了，其实他们离心如止水还远着呢。

如果不是对包老太爷还有那么一点企图，即便都在天津，又住得很近，顾秋水也不会和包家来往了。

邹可仁和顾秋水多次向包老太爷宣讲未来的前途，请他出山，回东北号召一下，东北军的残余势力和大批土匪势力肯定响应，可包老太爷就是不动声色。邹可仁说："扶不起来啦！"其实是有包天剑的前车之鉴参照着呢。

反过来说，穷困潦倒的包家，如今就是向邹可仁借一分钱也借不出来。而当初邹可仁去美国留学，还是包老太爷出资两万赞助呢……到了现在，邹可仁还想利用包老太爷的余热去实现他那东北王的美梦吗？真是做梦去吧！

天津没有指望，顾秋水只好到北平去串联那些东北军旧人，响应者依然寥寥。

研究结果是设法通过伪满洲国总理张景惠等人，在日本投降前抢先抓到伪满"国军"的武装力量，把山海关夺在手里，堵截蒋介石的军队出关，并扩大力量，占据"南满"地盘。

他们研究了武装策反的可能性，还派遣特派员回东北了解反叛杂牌军的实力、真假抗日之心，以及隐藏在某处的武器到底有没有，有多少……

又与汪伪政权中几个东北军旧人，如九一八事变前原张学良将军的参谋长，如今是汪伪政权绥靖主任胡玉昆的军政部长鲍文岳等达成协议，准备武装策反。

可是日本一投降，绥靖主任汉奸胡玉昆就被蒋介石抓起枪毙，鲍文岳也没得好死，一切都没来得及办。

日本投降后，他们又同伪满驻天津领事王某接上关系，打算趁日本投降混乱之际，从中得利。还通过包老太爷的关系，拉拢伪满"劳动奉公队"，据说该队有八千多人，掌握在一个东北军老军官"于大头"的手中，可是蒋介石来得太快，一切计划都成泡影。

回东北了解情况的特派员也有野心，根本不调查、研究武装策反的可能性，而是大张旗鼓召开了各方力量的代表大会，会上成立了东北自治政府，还捎信给顾秋水："……我们已经召开大会，与会军官二三十人，大家都说不能再等，如果不赶快行动，杜聿铭就要吃掉这些杂牌军。于是在会上成立了东北自治政府，邹可仁为主席，加上十二个委员，共由十三人组成。"

顾秋水连忙回信："请尽快与共产党联系，否则我们没有后盾力量。"

几天后顾秋水从报纸上得知,特派员乘公共汽车前往哈尔滨寻找共产党的关系时,被国民党摩托车队追上捕获,并押往南京,于是与会者大多被捕被杀……甚至有人通知顾秋水尽快逃匿……

问题都出在后面那个"可是"上。

这些计划,像所有的想法在想法阶段上那样诱人,那样美妙,那样一厢情愿,那样停留在想法上,那样幽了一个英国式的默。除了一个让人慢了半拍的哈哈大笑,还能有什么?

…………

而叶莲子一直以为顾秋水是在进行一番伟大的事业,想到因伟大事业不得不被遗弃的自己,也算是间接做了贡献——愿她永远不要知道事情的真相。

顾秋水大手一撒,叶莲子和吴为就像两颗被他啃剩下的酸枣核,前不着村后不着店地撒在了层叠起伏、深博不可探知的黄土高原上。她们能不能在哪个崖畔上抓住一把黄土,生出她们的根来,就看她们求生的本事了。

她们的虚浮、对人世不着边际的向往,即刻就被埋葬在那凄荒古远、令人断魂的旷野中,埋葬在水塘边难以见到的几枝颤抖的芦苇中,埋葬在散发着苍老湿气的废窑中,埋葬在如哭泣如挽歌的连阴雨中,埋葬在黄土高原没脚的黄土中……

蓦然回首,不知何时,她们就靠在了那亘古至今支撑着天又支撑着地的塬上。她们惊心动魄地仰视着那矜持得近乎冷漠、苍凉得近乎死灭、拒人千里得近乎无情、线条随意得近乎粗陋却威仪凛然的黄土高原。

不,黄土高原对她们的厚爱,要在他们彼此有所了解之后才能凸现。

　　而吴为也不曾料到,她们在黄土高原以及在寺庙中度过的岁月,将赐予她多少悟性,多少享用不尽的财富。

　　从此,顾秋水留下的那个箱子,就陪伴着她们一起踏上漫漫的求生之路。不知吴为浪迹天涯的脾性是由此而来,还是从外祖母墨荷那个游牧民族的祖先而来?很可能是秉承了外祖母墨荷那游牧民族的祖先。她的很多脾性,看得出是越过了叶莲子而与外祖母墨荷的直接链接。

　　从此叶莲子将不断地"打起行李就出发",辗转于各个临时的栖身之所。

　　但吴为很快就会接替孱弱的叶莲子,渐渐为叶莲子撑起一个没有男人的家。

　　这对吴为并不很难。叶莲子本就怀疑吴为是否天生被赋予雌雄兼容的禀性,十二岁上就能将行李打得平平整整、方方正正,像是军营出品而非出自女性少年,且不让叶莲子插手。

　　即便几十年后,打行李这种手艺业已失势,吴为时不时还想向人们显露一手打行李的技艺,那难道不是她笑傲江湖的一个把势?

　　即便到了老年,不论走向何方,到了终于需要哪只手来帮一把的时候,她仍然独自一人连蹿带踹、手脚并用,用牙齿咬着绳子这一头,用手拽着绳子另一头,打出一个早被淘汰、再也没人欣赏的样板行李。只是事后会力不从心地叉着腿在地板上坐很久,才能颤颤悠悠地起立,不得不承认自己老了,不行了。可她就是不想独自经营她的行李,又有谁会为她搭把手呢?只有四顾茫然。

　　等到有了禅月,她就既是父亲又是母亲。即便有了历届丈夫,凡举登高爬梯、安装电器、负重养家……也都是她的差事。怪就怪在她像一个男人那样舍我其谁地认为,这都是她义不容辞的责任。

　　到底是谁把她造就成了一个男儿之身,却又给她一条女人的命?! 不知除了雌雄,生物界还有没有第三、第四种属性,如果有,说不定她也会兼顾起来,瞧她对男人的责任那份大包大揽的热爱!

　　她的两只手,跟着也就越来越发男相。

　　如果说吴为仅仅被赋予雌雄兼容的禀性还算不得奇异,到了她的两手越来越男相的时候,她那分野雌雄两性的中轴线也就越来越模糊,越来越往雄性偏斜靠拢。除了"同志",哪个男人愿意再找个男人共筑爱巢! 不过她也能在这种局面中找到安慰自己的成分,一旦男人对她摆了挑子,绝对难不住她独挑家门的日子。

　　吴为一生可圈可点之处不多,但却是一把出苦力的好手,包括她对爱情也像出苦力那样勇往直前,大干、快干、多干,像个独轮车把势,脑袋往下一扎,不看前后左右,只看脚下和车轱辘前方三尺之处,小车不倒只管推。而她不明白,爱情需要的不是苦力,而是锦上添花。

　　到了这个时候,叶莲子有点明白了,她的日子大概再也不能和顾秋水交叉了。想起往事似午夜梦回,有那么点怅惘,有那么点迷茫,有那么点伤痛,有那么点锥心,也有那么点依依,但已不再多想。

　　这时她才不得不放下顾秋水,有点惊讶还有点惋惜,为什么要从一而终?

　　可叶莲子是个严于律己的女人,既不懂得为自己着想,也不懂得为自己寻找欢乐。

　　不论谁,都是第一次也是最后一次做人,难免身不由己地做错什么,可却没有挽回错误的机会了。叶莲子和吴为所出的每一张臭牌,都只能等候叶家的智者禅月来翻牌了。

　　叶莲子渐渐从过往淡出。此后的叶莲子,对风吹雨打、花开花落、无情无常有了一份大度、通达和默认。正是在黄土高原上,叶莲子才到达了天人会心的境界,上帝与她讲了和,她的心也渐渐归于恬淡平和。

　　也许她最后还要出场。

　　而现在,该吴为上场了。

茅盾文学奖
获奖作品全集
典藏版

The Mao Dun Literature Prize

第三部

无字

张洁 著

人民文学出版社

献给我的母亲张珊枝

大音希声，大象无形。

——老子

第 一 章

一

当一副黄牙不可避免地将要成为吴为不得不日夜面对的景物时,她遇到了一个极限。

并非因为那时的吴为像一只刚从树上摘下的苹果,新鲜得让人无可挑剔。

即便她是一只满是虫眼的苹果,或后来穷途末路为一只烂苹果,相信黄牙或口臭这些鸡毛蒜皮,仍然会成为她的忍受极限。

她对嘴以及嘴里的东西实在过于敏感。

甚至她在丧失意识前干的最后一件事,就是与黄牙们的遭遇战——

当她走进洗澡间,对着镜子,将自己如孤狼一般歹毒的脸细细打量时,明白了在无有穷期的险恶中她已彻底荒废。没人可以救她,也无药可救,她只能孤军一人。

回眸之间,镜子里突然映出许多大而黄的牙齿。那些牙齿,胜利在握、不慌不忙地从她身后逼压过来,她的全身于是就咬在了那些大而黄的牙齿里。她感到了直穿内底之痛。

猛然回身,想从那些牙齿里挣扎出去,却一头撞在身后的墙上。

血从她的额角蜿蜒流下，在她久已无味的脸上，增添了一些婉约，甚至是略显风尘的动人之处。

在疼痛中她慢慢清醒，原来那不是牙，而是墙上的一块块瓷砖。但那些瓷砖怎么看怎么像一排排的牙齿，而且是侵华战争时期那些日本人才有的、大而黄的门牙。

经过半个多世纪的人种进化以及牙科医学的进步，现在的日本人肯定不会再有这样大而黄，并像蟋蟀那样向外龇着的大门牙了。但在侵华战争期间的日本人，却不得不尴尬地长着这样的大门牙。

而她洗澡间里的这些牙，不但黄而大，不但像蟋蟀的门牙那样向外龇着，每个牙缝之间还嵌着根深蒂固的黄色牙垢。

她不由得拿起凿子，信心十足地想要剔除那些牙垢。剔着剔着她忽然明白，这么多牙和这么多牙缝，她是无论如何也剔不干净了，于是就拿起凿子和榔头，连撬带敲，一块块敲碎了那些牙。

她干得很安静，很从容，一点也不疯狂。

过后她只是觉得有点累，便点了一支烟，对着那支烟低叫了一声"宝贝儿！"又对着空中高喊了一声"妈！——"

吸烟的感觉真好。现在，最让她放松的时刻、最让她感到亲切的事，就是吸上这样一支既不对她怀有怜悯，也不对她怀有恶意的烟了。

她坐在厕所门前的地板上，一面瞧着那些被她敲碎的大黄牙，一面冥想着世事的无定。可不，转眼之间，这些大黄牙就碎了，就像一个本来形影不离的人，突然之间躺进了棺材。

这时她一回头，一个头戴纱帽、身穿朝服的男人走了进来。那男人的脸上，眉毛、眼睛、鼻子、嘴巴全无，只光板一张。光板上纵横地刻满隶书，每笔每画阔深如一炷线香，且边缘翻卷。

　　这张刻满隶书的脸板,无声无息地跟踪着她,与她一起在房间里走来走去,她就转身俯向那张脸,问道:"让我看看,这上面写的什么字?"

　　可她怎么看也看不懂。

　　从此她逢人便问:"你能告诉我,那脸上写的什么字吗?"

　　于是人们把她送进了疯人院。

　　忽然之间,不是党委书记请她看电影,就是办公室主任的太太请她吃饺子。如果看电影,邻座肯定是黄牙;如果饺子刚出锅,黄牙肯定凑巧来做客,自然就坐下来与吴为共享那锅饺子。

　　起始吴为真以为巧合,后来就明白无巧不成书。黄牙决定着单位大小头目的升迁!

　　在大学里,吴为的野性已被改造不少。新生一入学,校长就在迎新大会上宣告:"我们这所大学,共产党员的比例比部队还高。"

　　这样的大学即便不是炼钢炉也是炼铁炉。

　　从这个大门走出来的吴为,对无处可逃的局面自然有一定的了解,不要说户口本、粮本……一个档案袋就能把人套牢。

　　于是她卑劣地想起了远在北京、当初被她拒之门外的韩木林。

　　拒绝的理由说出来真让人莫名其妙,与房子、钞票等重大题材无关,而是一个非常不足道的细节:韩木林有口臭之疾。

　　那时候,吴为不但像一只刚从树上摘下的苹果,也没有像后来那样嗜咖啡成癖,牙齿上沾满咖啡渍,不可避免地也是一嘴黄牙。口里更没有异味,即便吃了葱蒜,刷一次牙就能解决问题。

　　试想,当那个风花雪月的夜晚,这样一只新鲜的苹果,这样一副洁白无瑕的牙齿,这样一张没有异味的嘴,在北海公园面临与一个臭嘴接吻的进退两难时，对吴为这样一个吹毛求疵的人，即便韩木林身价百万，恐怕也难以摆平。

像面对哈姆雷特"活着还是死去，这真是个问题"那个千古之题，吴为不得不在一副黄牙和一个臭嘴之间进行抉择。

吴为迷恋北京，其理由也与政治、经济中心，机遇等重大题材无关。她的北京，是总有一天会演绎《战争与和平》中某个情节的北京——娜塔莎在某个舞会上与包尔康斯基公爵相遇——而对中国和世界都已进入二十世纪后半叶的现实毫无概念。

又以为生活就像在西方古典小说里读到的那样，无非恋爱和party，户口本、粮本、档案袋等等则于此时隐退……

又毕竟北京是文化之都。吴为一生迷信文化，哪怕是文化的影子，也足以让她热烈渴望。

如果想过文明一点的生活，比如说听听歌剧《茶花女》；在什刹海赏赏荷花；在老胡同的细沙路上遛遛，想一想路边老房子里住过什么样的人，如今这些人都上哪儿去了……

当生活如此像一首歌唱的那样"生活像泥河一样流……"地域在最后的权衡上起了作用。

韩木林占了地利的优势。

与韩木林的婚姻只能说是吴为的一个阴谋，不但以他替换了那嘴黄牙，还将他作为回到北京的跳板和一个生殖工具，后来更将一顶绿帽子戴在韩木林头上。那么韩木林对她所做的一切，都可以理解并无可谴责。

吴为又有什么资格对不论任何一种市场的交换行为嗤之以鼻！

二

　　新婚之夜,忽有巨片乌云掠过如洗的天空,像给月亮盖上了一件黑色披风。吴为冷不丁地想起了芭蕾舞剧《罗密欧与朱丽叶》在教堂里私订终身那段双人舞,朱丽叶穿的可不就是一件黑色披风?接着就猜想罗密欧和朱丽叶做爱的情景,他们不能老在教堂里跳下去是不是?却无论如何链接不上自己这段双人舞。不知道是不是朱丽叶那光洁宽阔的前额和身上那件肃穆的黑色披风阻挡着以后的情节……接着吴为就不清不楚、不明不白地叹了一口气。

　　"怎么了?"韩木林问道,顶温柔的。

　　他的气息吹送在吴为的后耳上,温热且有些混浊。她便不再看月亮,而朝实实在在成为她丈夫的人望去,强迫自己不考虑接吻时必得面对的口臭。

　　她虽然躲过了一嘴黄牙,却跳进了一个臭嘴,而且是她自己的选择——她又不是在洞房花烛夜才和韩木林接吻,才知道他有口臭。

　　一个女人既然和一个男人有点什么,就得和那个男人接吻,不接吻叫有点什么吗?

　　好在有点什么的结果是结婚,结了婚就不见得非接吻不可,因为有了档次更高的取代行为,一上床就不妨直接进入实质性阶段,万一接吻……只好屏住呼吸。

　　唉,既然和这个嘴结了婚,不管有无口臭,都是不能打退票的了。

　　结婚以后,吴为果然再也没有与韩木林接过吻,不知道韩木林对此有否察觉?

这一望让吴为吃了一惊。

韩木林的睫毛本来就长,月光的暗影把它们拉得更长,又摘了眼镜,于是那双眼睛媚得像个女人。

接着韩木林俯下脸来吻她,两颊居然也像女人那样多肉!

多肉,而不是胖。

他那颜色本来就略深而曲线分明的唇,在黑夜里,简直像一张涂了口红的女人唇。一霎间,吴为有一种可怖的幻觉:她该不是在和一个女人做爱吧?

这个夜晚之前,吴为始终没有仔细研究过韩木林的脸。她害羞,无法持续对一个也许会与之有点什么的男人的脸看上一分钟。

除了怕羞她还怕别的。很多事都耐不住推敲和研究,很多东西近看和远看的结果大不相同。万一从这个准备与之谈婚论嫁的男人脸上挖掘出一点什么,那该如何是好?既然已经决定嫁给他,还是不看为好。

就是这样,为了一个小怕,最后她只好接受一个大怕。

更没想到,一个男人的脸在做爱时和不做爱时是那样不同。

接着她进入了一座黑城,走在街道正中,听到、嗅到这城市的声色、气味,好比一棵树、一面墙、一个人、一只狗、一朵花、一杯酒……甚至嗅到那杯酒的颜色、酒杯的形状。而酒的味道好不诡奇!不禁伸手去取那杯酒,酒杯却遁入了黑暗,可还能感到近在咫尺。

她跟着往前走了一步,树、墙、人、狗、花、酒就往后退一步,与她近在咫尺地相持着,她着急地往前一扑,却跌在了地上……黑城立刻化作团团黑雾,隐向不可知的深处。

事情有些蹊跷。

韩木林翻下身去四仰八叉地躺在床上，一动不动，一声不响。

问题是结婚以前他无法得知吴为这方面的水准，十分后悔结婚前夜没有坚持到底——他找了个借口去敲吴为的门，她居然只开一条小缝，还用一条腿顶着门板，说："太晚了，有事明天再说吧。"

一点不肯通融。他们不是已经领了结婚证？

这种事到了现场再说，即便不合适，还能打退票吗？

和女人恋爱应该是水深火热，可与六十年代女大学生恋爱，却如隔岸观火。

有个星期日想找吴为去划船，事先也没约好，不知在哪儿才能找到她。大学里正在开春季运动会，高音喇叭在树杈上一声接一声鼓噪，校园里到处是穿运动衫、吃冰棍的学生。

韩木林信步走到操场，恰见吴为参赛女子八十米低栏，这才得以一见庐山真面目。两个小乳房，如距开放时期尚远的二月花蕾，毫无意趣地杵在运动衫后。两条腿大肌，像两条擀面杖，随着她的奔跑，擀动在皮肤之下，此外没有多余的肉。难怪她不费吹灰之力就跑了第一，没有负担啊！

韩木林宽厚地想，未经男人点化的女人大多如此。他期待着她结婚以后的变化。

可她始终硬邦邦地不肯软下来，硌得他不舒服。一个女人怎么可以成熟得这样慢？

韩木林喜欢胖女人，压在身子底下像躺在软硬适度的沙发上。他毫不忌讳地向吴为说起这方面的偏爱，说："……可你呢，你不是女人，是块木头。"

"那你为什么还操练不误?"她问。

一个女人怎么可以问丈夫这样的问题!

很凑巧,新婚之夜,这两个人同时想到了不能退票的问题。

与周围的女人相比,吴为相貌平平,只是她有股不同的劲儿,还挂着一种读了很多书的学问相。

后来韩木林总结,因为那时他还年轻,所以才有这些不切实际的想法。日子根本用不着学问,越是有学问的女人越过不好日子;不但过不好日子,还可能把好端端的日子搞得相当复杂。

这种不同的劲儿,多年后再见,已演变为一种气质。

韩木林一眼一眼看着吴为从身边走过,穿一条长及脚踝的裙子,使她本来就长的身条儿更长了。

她还是喜欢长裙子。

裙子的质地也不算好,她现在应该是有钱的了。

头发已经花白,比几十年前胖了许多,一门心思找座位。这种神情他很熟悉,即使和她做爱的时候也是如此,老好像在研究什么,不过到了什么也没研究明白。

身旁有个上了年纪的男人,想必就是她的现任丈夫。记不得在哪张小报上看到她再婚的消息,像这种名人,就是生了脚鸡眼媒体也会大炒特炒,现在这样的小报很多,他喜欢。

吴为让那老男人坐在靠中间的位置上,然后自己在他身旁坐下。

唉,如今坐在她身旁的已不是自己,而是另一个男人了。不过他发现,他们看上去只是亲密而不是亲爱。一旦和一个女人睡过,多半就能猜出她和另一个男人是怎么回事。

不过吴为又能和哪个男人亲爱得起来?做她的丈夫,恐怕还是徒有其名而已。难道在这许多年里，她没有一点进步吗？

说到女人的魅力，通常是指光艳四射，使人无不迷恋的力量。她没有，她仍然只适于站在远处，一旁观赏。

吴为向熟人点了点头，扬了扬手，像在外交部的使节招待会上，可又有老朋友间不拘俗礼的默契，这感觉也许来自她那位颇像外交官的丈夫。正像俗语所说，此人长着"登科一双眼，及第两道眉"。

韩木林曾立誓要在禅月十八岁生日那一天，将吴为的丑事对她从头到尾和盘托出。可现在，任何丑闻对这个女人来说都没有意义，也不能伤害她了。

要是他现在走上去对她的丈夫说三道四，简直就是自找没趣。

再说，女儿又在哪里呢？

怕现在的妻子误会，他曾委托老朋友去学校看望禅月。那禅月小小年纪，一副滴水不漏的本事，既不像吴为也不像他。

朋友说："告诉你母亲，让她到我们家来玩儿，过去的事就让它过去，别不好意思。"

禅月不动声色地反问："有什么不好意思的？"——不是不明白她母亲的过去，而是明白得一清二楚，倒叫朋友说不出话来。

显然，不等韩木林把吴为的丑事一一对禅月道出，她早就知道了一切。不但知道，而且自有一套对付这些事情的主意。

他是再不能对吴为为所欲为了。她们那个没头没脑的家，终于有了顶门立户之人。

后来听说禅月去了美国。就是不去美国，也同样没了他的份儿。韩木林惊讶地发现，他竟有些伤感。

难道是在追悔？韩木林懊恼地摇摇脑袋，好像不甘承认自己的追悔。

他有什么可追悔的！

试问天下男人，谁能平心静气听任自己老婆偷人养私生子？何况他并没有时刻揪着这件事不放，不过偶尔发作一下。

如今吴为已是别人的囊中之物……

不，他没有追悔，不过是残留的一点旧主人的感觉。相信所有的男人，看到曾经属于自己的女人已然易主，恐怕都会有这种感觉。

她对谁都不合适，哪个男人碰上她就算倒了大霉。她也不应该一而再地结婚，这要不是成心害人就是没有自知之明。

对一个家庭来说，最基本的要素不是郎才女貌、家财万贯，也不是惊天动地、轰轰烈烈的爱情，而是平和、简单、明了，像他现在的妻。

他侧过头去看看妻，平头正脸，富富态态。这样的头脑，绝不会给你生出花样，只会给你生孩子。那些孩子也一定安静、健康，绝不会一会儿发高烧，一会儿消化不良，一会儿长湿疹，弄得你三天两头、半夜三更地送他们上医院。

而吴为灵魂里总有一种不安分的东西在骚动，这种东西即使不给他戴顶绿帽子，也会措手不及地给他一个别的什么。

见他摇头，妻子接口说道："是，我也觉得女主角的演技太差。"

"嗯？噢，演技太差。"

与三十年前他们那个夜晚一样，舞台上的人物面临家庭的分崩离析。

在街道居委会办完离婚手续出来，大战告捷的韩木林眼睛里突然有了泪，情不自禁对吴为说："我不应该那样整你……其实我并不想整你。"

吴为相信。

到了现在,她也不认为韩木林是个心肠歹毒、工于心计的男人。可是……"别说了,说什么都晚了。"语气温婉,渐渐像个长大成人的女人了,不过实在姗姗来迟。

"要是你不反对,咱们再走一走?"韩木林说。

那是一个仲夏之夜,下着夏季才有的瓢泼大雨。整个城市、胡同、胡同两旁的院落、院落上的围墙、院内的房子、斜在胡同里的电线杆……像泥巴捏就的,在豪雨中不停地往下流着泥汤。

他们的脚掌,在泥泞里拍打出叽叽叭叭的声响,缭乱的雨丝好像无处可去,急骤地穿过街灯昏暗的光晕,落入一片麻木的泥泞。

吴为缩在又旧又小的雨衣里,大绺头发从过小的雨帽挤了出来,无处躲藏地让雨水淋成贴片,贴在了脑门儿上。

既然再没有什么可争吵、可诅咒,剩下的反倒是一点惜别之情。

但惜别不等于不别,何况……

韩木林此时的优柔只是因为星星点点的反省,这反省只能在他们之间没有了义务和权利时才能产生,一旦再度承担起彼此的权利和义务,谁都不会把对方对自己的伤害一笔勾销。

"平心而论,你不是个坏女人……"作为男人,韩木林实在明白好女人和坏女人的区别在哪里。

吴为畏缩了一下。什么是好女人,什么又是坏女人呢?

接着她茫然问道:"你为什么现在才告诉我?"

在人们的轻蔑和羞辱下,吴为也相信了自己是个坏女人,现在突然得到大赦,宣告无罪释放,她反倒有些茫然。

韩木林无法回答,好像以前明明知道是冤案,却有意不告诉她。

又好像家里散落的一些东西,不到大搬家、大清理的时候,是找不到的。

吴为缩在小雨帽下的瘦脸,凄迷又无助,韩木林和她打了几年架,也没在她脸上看到过这样的神情,好像这句话才真正触到令她伤心的痛处。

"你要不要和我换件雨衣?"他问。

"好吧。"

也许是因为分手在即,她变得特别通融。从他们相识到结婚、到离婚,这是吴为第三次接受他的馈赠。

第一次是结婚前,吴为生日,韩木林送给她一条手帕,手帕里包着四个苹果。

第二次是结婚以后怀了孕,冬衣瘦得穿不进,他把自己的羊皮大衣给了她。

最后就是这件雨衣了。也可以说,在他们关系的每个历史阶段,都有一个纪念物。

吴为就是不肯接受男人的馈赠,连自己丈夫也不行,这也是当初乃至现在都让他觉得可贵的地方。而他也像所有的男人一样,并不喜欢为女人花钱。

就连给禅月的抚养费她也不要,说:"我会把孩子养大。再说你还要结婚呢,结了婚还要生孩子,要是你每个月给我们抚养费,怎么负担你将来的那个家呢?"

当吴为不是作为一个男人的妻子的时候,真是一个再好不过的人了。

后来他们就无话可说地在雨中走了很久,专心致志地倾听他们的脚掌如何在泥泞里拍打出声响。

就是现在,只要回忆起那个仲夏的夜晚,韩木林的耳边也是脚掌拍打泥泞，还有雨滴敲在雨帽上的声响。

后来就送吴为回家，穿过那条他在那里把她杀得落花流水的胡同。

恰巧有个男人从院子里出来去公厕，见他们在雨地里告别，就阴怪地嗽着嗓子，那动静连韩木林都觉得猥亵得难以忍受，好像他和她是在雨地里野合，而不是和他的老婆——哪怕是前老婆告别，弄得韩木林礼义廉耻地不安起来。

吴为反倒一副久经锻炼的模样。

…………

从此一别，再未相见。

剧院这个晚上当然算不得再见。今生也不会再见了。想到这里，韩木林不得不逼着自己承认，他是在追悔，当初实在不该把吴为逼得上天无路，入地无门。

三

韩木林和吴为不像夫妻倒像同学，说到结婚，不过是一起搬进了同一间宿舍。当韩木林向人介绍"这是我爱人"时，人们的目光总是先绕几个圈子，发现周围没有其他女人，才会把目光落在吴为的身上。

没心没肺的吴为，碰见了同样没心没肺的韩木林，他们一拍即合，这大概就是他们结合的根本。

既不求上进也不自甘堕落，既不幸福也不烦恼，更不会过日子，像小孩子玩"过家家"，发了工资大家往抽屉里一放，谁也不管，几天就把一个月的工资花完，然后就变卖一切可以变卖的东西，包括旧书废报纸，最后连结婚戒指也卖了。

最荒唐的是他们变卖旧书报的时候，竟然把韩木林夹藏在旧书中的一张银行存单也卖掉了。那是韩木林的父亲一九四九年之前在美国银行一张几千美金的存单。这两个没心没肺的人，只一声"噢——"的惋惜就算了事。换了胡秉宸，就绝对不会发生这样的事，也绝对不会善罢甘休。

吴为一直穿着学生时代的衣服，看见女人们装扮得时新漂亮，只知欣赏，也不觉得没钱买一套有什么遗憾。

其实这样的日子相当不错，如纽约西区一些穷艺术家的生活，无牵无挂，很是潇洒。如果不是生了禅月，吴为还觉悟不到日子不能这样过。

可是他们相安无事，更难得的是非常平等。同学嘛，后来出了问题另说，那是吴为的责任，与韩木林无关。

吴为也不是一开始就明白应该怎么办。

如果不和盘托出，谁也不会知道那档子事。女人生孩子，比预产期不要说是早几天，就是早一个多月的情况也是有的，可她就得鬼鬼祟祟过日子。

如果只是鬼鬼祟祟过日子倒也罢了，最难耐的是得昧着良心，藏着这个见不得人的隐情，假装正人君子，一直到死——实在太长了，而她刚刚二十几岁。

她更没想到，为这段短暂的婚外情，会负上如此深重的罪恶感，没有一时不在考虑如何从这罪恶中逃出，而且明白必得采取一种决绝的办法，方能斩草除根。

可她也将随着她的坦诚下地狱，《红字》女主人公海斯特·白兰遭受的一切，她一分一毫都不会差地受下去，直到离开人世，而她刚刚二十几岁。

如果和盘托出,韩木林能容忍吗? 如果他就此提出离婚,她能不能得到禅月的抚养权?

好像早知此生必定找不到那个男人。

开天辟地以来,就为那个独一无二的男人准备的一腔情爱,也就无处抛撒。

非得在那个独一无二的男人点化后才能幻化的一身柔媚,也只好躁动在天地玄黄之中,看不到出头的日子。

所以早就立下志向,生个女儿继续找。

叶莲子又常说:"不如意事常八九,能与人言无二三。"

一个人必得如此孤绝地在世上走一遭吗? 好可怕啊!

生个女儿吧,既可为她继续圆梦,也可成为言无不尽的朋友和伴侣。

吴为果然如愿以偿。

待产室里待产的女人,比赛似的大呼小叫,似乎不是因为疼痛,而是在宣告自己的战绩。

吴为脸对墙,专心致志等待着禅月的到来,一声不哼地咬破了一团有紫丁香小碎花的手帕。后来禅月也喜欢紫色,那是她们家三代女人的颜色。

禅月就要来了,正在用尽全力迈出她的第一步,也许就要像吴为那样开始艰辛的人生之旅。她不能乱喊乱叫消耗气力,她得集中心力领着禅月迈过这吉凶难卜的门槛。

既然知道这个世界的险恶,当初也死活拒绝过到这世界上来,现在为了自己,不问一问禅月是否同意,就把禅月生到这个世界上来,吴为该说是很自私的了。

当生活越来越为艰险,吴为多次对禅月说过:"真抱歉,妈妈把你生到这个世界上来。"

和她们家上两代女人不同,禅月说:"为什么?到世界上来走一趟,尝尝各种滋味儿,我觉得挺好。"

吴为嘴上不说什么,心里却想,初生之犊啊,将来就知道厉害了。

护士把她们母女从产房送回病房那一刻,吴为迷糊了一会儿,觉得她和禅月不是躺在医院的手推车上,而是躺在一个无所依托的大摇篮里。这只摇篮,摇摇晃晃不知向何处去,心里一惊就清醒过来,可是右腿外侧那个暖烘烘的小布包,立刻让她踏实下来。小布包里包着她这一辈子最杰出的作品!这就是吴为熬成作家后,每每回答记者"你认为你最成功的作品是哪一部"那个问题时,总是说"我女儿"的缘故。

为此,她感念让她生出一个女儿的韩木林。如果没有韩木林,她能生出一个女儿来吗?半个也不行。

根本无法想象,几十年后,社会进步到女人可以买个精子做单身母亲!让她好不羡慕。

右腿外侧那个小布包这时淘气地拱了一拱,好像知道她想了些什么,用胳膊肘捣了捣她的腿,一定是这样。

当禅月还生活在她肚子里的时候,如果有两块硬硬的小东西撑起她的肚皮,接着那两块小东西又抖一抖的话,肯定是禅月在她肚子里伸懒腰呢,两个硬硬的小东西就是她举过头顶的小拳头。禅月出生后,每每伸懒腰时就是这个样子。

还有,吴为没有勇气开口。

吴为其实是个非常懦弱平庸的人,既不具备人杰的大德,也不具备宵小的大恶。

如果她的道德观如铁打的江山也好,不,她的道德观相当虚伪。如果没有私生子这个实物为证,就是和十个男人睡了,只要神不知鬼不觉,还不是一个正人君子?那她还会忏悔吗?她的忏悔是逃遁无术——是社会舆论所迫,还是良心所迫?

那么有种就将偷人养私生子的事情进行到底也行。可又马上懊悔不及,出卖了自己也出卖了一干人马,如果投身革命,肯定像胡秉宸领导下的那个李琳。她没有白帆那样的气魄,几十年来隐秘着私生子的问题,如果不是审查干部的政治运动,如果对方不交待出来,如果没有 DNA 技术的应用,白帆可能就一直隐瞒下去了。

就像禅月说的那样:"您总是这样!不管做什么,结果都是自己的错。即便没做错什么,也永远不会理直气壮。有人找您调查、找您了解情况了吗?没有!您总是自己主动跳出去说个清楚。好比这件事,为了您良心上那点儿安宁,您不但牺牲了姥姥和我,也牺牲了枫丹,还有您自己。坦诚没错,结果却未必如您所愿。"

当她这样想来想去的时候,唯独没有想到她的坦诚将给叶莲子、禅月和枫丹带来怎样的遭遇;或若缄口不言,她们另一种命运的可能。

直到枫丹的第一声啼哭宣告了她的存在之后,才逼得吴为刻不容缓做出抉择。

助产士抱着枫丹在她眼前晃了一晃。吴为对那张小脸匆匆瞥了一眼,只瞥了一眼,好像再瞥一眼或是稍有迟缓,就是对禅月更大的背叛。

那时吴为只知自己罪孽深重,不像后来经反复清算后那样清楚。而且她的思路很怪,觉得自己伤害最多的是禅月和禅月的将来。

于是躺在产床上,将这件神不知鬼不觉的事对韩木林交待出来:"枫丹不是你的孩子。"

韩木林问:"还有呢?"

她不说话了。

又何必说仅此一次!

难道一次就不是背叛?一次和若干次并没有本质上的区别。

又何必说得那样凑巧!

凑不凑巧反正是既成事实,有了私生子。

那一刻,吴为的良心真获得了安宁。

她安静地躺在病床上,等待着一个逆来顺受、没脸见人、苦行生活的开始,坚信在那种生活中,定会熬煎出一个纯净的她,并将赎回偷人养私生子的罪恶。

哪里懂得一个人为爱情,哪怕是自己虚拟出来的爱情犯下的过错,算什么错?!

不论怎样,韩木林是个大度的男人,只说事到如今,吴为当然没有了对禅月的抚养权,他不能把禅月交给这样一个母亲——他没有说"这样一个道德败坏的母亲"。

他还答应,如果吴为痛改前非,还可以和他们父女生活在一起,但必须在禅月和枫丹之间做个选择。

如果选择枫丹,他们只得离婚,禅月归他抚养;如果选择禅月,就必须抛弃枫丹,只有这样,才不会留给她的旧情一个纠缠不清的理由。

并非韩木林多虑,几十年后,吴为与前情人邂逅于某家电影院,对方竟写信要求她到公园一会。

——在经历过诉诸法律,遭遇过这个社会和公众所能给予一个下贱女人的最残酷、最不留情的践踏之后!

——在他们于法律面前狗咬狗之后!

也许男人可以如此?

既然吴为不得不在禅月和枫丹之间进行选择,也就是没有选择的选择。

为了禅月,她不能一错再错。

为了禅月,她只能再犯一次大错:她不可能选择枫丹。

吴为就这样可耻地逃避了一个母亲的天职。

韩木林拿出事先拟好的字据:吴为自愿将亲生女儿枫丹转送他人……

最让吴为没齿难忘的是,韩木林让她在字据下方,用最古老的办法按了手印——签名都不作数。

她就这样狠心地把枫丹扔进天连地、地连天的茫茫一片浊水,不见树木,不见房舍,不见河岸,从此孤零零的一个小人儿无头无绪地漂流起来。

吴为从未停止对自己的审问:

为什么对枫丹没有半点眷恋?

日后,当她成了作家,不论知道或不知道她过去的人,不但不再在她身后吐唾沫、扔石子或往她身上扔破鞋,甚至开始尊敬她,可是她对自己说,这笔账永远不会了结。

同样是自己的骨肉,为什么如此不同对待?

她必须回答。

因为枫丹是社会不承认的私生子。她对枫丹应有的母爱,被不得不面对社会和舆论的恐惧杀死了。

吴为不过是自私而懦弱的胆小鬼。

至于后来那套下三烂的生活勇气,不过是落水狗、癞皮狗被人打急眼时一种自欺欺人、虚张声势的哀吠,正像诗词所道"几声凄厉,几声抽泣"。

还要等上几十年,这几声哀吠,才能变为知耻而后勇的大气。

吴为很快又陷入了新的、更深的良心谴责。

她并没能以这样的代价,从韩木林那里换回家庭的苟安,韩木林还是将他们告上了法庭。法律行为使文学而不是爱情显示了它的不堪风雨。爱情的不堪风雨该是顺理成章,滑稽的是吴为所迷信的文学之不堪风雨。所幸吴为碰到了一个很人情的女法官,多少年来,她一直记得那位叫作杨柳的女法官。事情过去多年,她一直想要探访那位女法官,可是一直没有成行,或许往事不堪回首。

文学根本就不待见吴为,文学拒绝了她,所以给了吴为这样一个严重的警告。可是她并没有迷途知返,最后还是走上了文学之路,并再次受到文学毁灭性的打击——如果她不成为作家,还是胡秉宸麾下一个小职员的话,胡秉宸还会钓她这条鱼吗?

人们并没有因吴为的举手投降就饶过她们母女三人。叶莲子和禅月这无辜的一老一小,马上跟着她一起下了地狱,人们给她的惩罚有多重,给叶莲子给禅月的伤害就有多深。一辈子没让人戳过脊梁骨的叶莲子,为了吴为让人戳了脊梁骨。

叶莲子也无从知道,党小组已经全体通过,只等上级组织审批,眼看就要成为共产党员的她,突然被拒之门外的真正理由。

零霉村于一九四九年五月二十七日解放,叶莲子一夜之间,从顶替某个教师、只能领半工资、随时可能被解聘的"黑人",变成了光荣的人民教师,从此不再流落天涯。

将那另一半工资据为己有的朱校长,不知何处去了;李老师也再不敢将她对学生讲的"土豆是茄科植物"当作笑柄;"二校长"马文忠,不但不敢再找这个教师中最穷的叶莲子借钱不还,还于零霉村解放的第二天,报名参加了中国人民解放军。

两年后马文忠回到学校,向全体师生作了题为《英雄平叛四川残匪》的报告。那时候叶莲子还没离开零霉村,回想当年马文忠"借"钱的往事,只能是一片迷茫。

叶莲子的脸上,终于有了那种真正可以叫作笑的玩意儿。既不是顾秋水赏给她的,也不是为求一口饭吃强做出来的,而是完完全全属于自己的私人财产。

她在那位女军代表身上,看到了如她一样无依无靠的穷人的希望;认定那宽大的灰军装,就是她的护翼,以致每每看到那种宽大的灰军装,就想跑过去抓住它,放在脸上贴一贴。

特别是吴为得了风湿性心脏病,而且病情发展很快,军代表马上和医院联系,让吴为住进医院,病情很快得到了控制。直到治愈出院,叶莲子也没有为一分钱操过心。她老是说:"要是不解放,吴为早就没命啦!"

叶莲子对共产党感恩戴德,也以叶家翻身的事实教育着吴为。在她退休前的几十年里,孜孜不懈地追求着进步,以成为共产党中的一员为至上的荣幸。

她拼却全力奔向那个目标。二十世纪中期,一个具有共产主义理想的人想要加入共产党,必得经过脱胎换骨的改造、奋斗,说是脱几层皮也未尝不可。不像二十一世纪,就是有的拥有个人资产的人,只要符合条件,也可加入共产党。

在脱了几层皮的追求奋斗之后,叶莲子确实接近了她的目标,但在最后的冲刺中被拦在界外,并且永远不知道她被罚"出局"的真相。

将叶莲子几十年追求毁于一旦的人,正是她亲爱的女儿吴为。她那几层皮是白脱了!

那一夜大雨滂沱,因为幽会吴为很晚才回到家。小学校的大门紧闭,她进不了门、回不了家,本就做了见不得人的事,更不好麻烦吵醒校工开门,只能翻墙而过。

不知道是不是她疑心生暗鬼,那校工再见到她,眼神就暧昧起来。事发之后,法院到叶莲子供事的小学校外调,校工说了什么谁也不知道,但叶莲子加入共产党的事从此搁浅。

早知如此,不如大学毕业时就与班级党支部书记进行"等价交换",不就是上床?以后各奔东西,谁也见不到谁。那就可以留在北京,不必在黄牙或口臭之间非此即彼,让她左右不是,无以筹措,以后也就不会既然有了一个 A 就得有个 B。

吴为也不得不那样想,如果缄口不言,独自承受这份罪恶的折磨,虽然卑劣,却不能不说是另一种大勇。

比起她的坦诚带给母亲和女儿的苦难,缄口不言的卑劣、胆怯、自私又算得了什么?而且她承担的毕竟是她个人的、良心的审判,而不是三代人的全军覆灭。

可那时的吴为,还不具备这样的人格力量。

四

如果不是几个月后的那场"文化大革命"，即便经过了法律程序，他们的日子还是可以凑合下去。

如果许多事物不是在"文化大革命"中颠倒，像吴为与韩木林这样的人很难进入"主流社会"，顺便也挖掘出韩木林喜欢赶热闹的潜能。结果是韩木林莫名其妙地成为一个革命组织的小头目，"革命""进步"这样的字眼竟与他有了关联，真让他受宠若惊。这副重担激励着他，进步、进步、再进步。

拿什么作为与革命的见面礼？先砸了家里的磨砂玻璃花瓶再说。但磨砂玻璃花瓶怎能对得住革命的垂顾？看看周围的革命行动，只好背弃"原谅一切，既往不咎"的约定，到吴为单位贴了她的大字报，就像电影《英雄儿女》里的英雄王成那样"向我开炮"。

开炮之后，只好划清界限。

自此，他们开始分居。分居后，韩木林与吴为展开了争夺禅月的拉锯战。韩木林最后将禅月劫持到他的住处，并且不允许叶莲子和吴为看望。

冬天，很冷。叶莲子一言不发地坐在火炉边，自韩木林把禅月劫走之后，她就这么坐着，不腌咸菜，不收拾屋子，不买菜，不做鞋子，不缝衣……要不是怕吴为饿着，恐怕连饭也不做。蒸的馒头不是碱大就是碱小，碱放对了也揉不开，馒头上老是点散着一块块黄褐色的碱块，焖米饭自然也是夹生或是煳锅。

叶莲子的眼睛盯着炉子，屈伸着她那些纤细可是粗糙的手指，又在默数禅月被带走多少日子。

这时,她脸上什么东西都没有了——鼻子、眉毛、眼睛、嘴巴什么的,只剩下一脸的皱纹。

如果那时有人问吴为:母亲是什么？她一定回答说:母亲就是一脸的皱纹。

吴为试图在脑子里描绘叶莲子的脸,怎么画都是那一脸的皱纹,其他部位全都画不出来。有时顶多画出她那双细长的眉,也是被烦心事折成了几道弯,而不是风平浪静的样子。

吴为像是蛮有城府地说:"妈,咱们不能显出着急的样子,那样韩木林就更用这个法子整治咱们了。"

那时吴为成长了不少,以后她还将继续成长。在韩木林将禅月劫持之后,她立刻到托儿所,将禅月的户口迁至她的名下,并将户口本藏匿到抄家行家也无法抄出的地方,以为这就可以将禅月留住,岂不知法律不会让一个道德败坏的女人得逞。

"对,不应该显出着急的样子。"叶莲子伸直用来默数的手指,让它们平躺在膝头,却把计算放进了心里,到现在为止,禅月走了一个月零三天。

这时门嘭的一声开了。那个让她们想念得难以自处的小人儿,自己走了进来,那个死了的屋子眼看着就活了过来。

"韩木林送你回来的吗？"

"我自己。"禅月那个"我自己"还说得不大清楚,听起来是"我几几"。

"你怎么回来的?"

"走走。"禅月不会坐公共汽车,也没有钱,只能走。

围巾在脖子上围着,帽子在头上戴着,口罩、手套、大衣,一样不少、一样没落,全副武装地回来了。

大衣放在箱子上。很高,禅月够不着。可是有一只大衣袖子垂了下来,只要拉着这只袖子,大衣就会掉下来。

帽子、围巾在什么地方? 在床上。

口罩、手套在什么地方? 在大衣口袋里,禅月记得很清楚。

现在床上堆了很多大衣、帽子、围巾,她得从那堆衣物下把她的帽子围巾掏出来。禅月爬上床,把脑袋扎进那堆衣物。那些衣物很沉,拱起来非常吃力。她像只在雪地里刨食的小松鼠,吃力地刨着,累得呼哧呼哧鼻涕直流。总算抓住一块粉红色的东西,拉了一拉,是她的围巾,不是帽子,又继续往那堆衣物里拱。她得找到她的帽子,不论妈妈还是小姥姥,每次带她出门,这五件东西一样也不能少地给她穿戴整齐,怕她冻病。她一病,她们就急得天翻地覆,所以她不能病,她得找着她的帽子和围巾。

"你干什么呢?"韩木林问。

"玩儿藏猫猫呢。"禅月吓了一跳,赶快把脑袋从那堆衣物下缩回来,通红的小脸上全是细密的汗珠。

其实她不怕韩木林,小姥姥怕,妈妈也怕,她不怕。现在吓一跳,是怕韩木林发现她的秘密。

"方块儿七。"韩木林说。他没回头,忙着和一伙儿人打扑克,"好好玩儿,别淘气。"又说。

韩木林不骂她也不打她,也不逼她按时睡觉,随她玩到什么时候。有时她玩得连衣服、鞋子都不脱就睡下了。

要是她想吃花生,可以一直吃下去,连饭也不用吃;要是想吃蛋糕,也可以一直吃下去,连饭也不用吃。起床后、吃饭前,也不用洗手洗脸。

有好几次韩木林还给她酒喝,那些和他一起喝酒的人,个个拍手叫好。

26

要是她没让开水烫着,要是她没拉肚子,要是她没从楼梯上滚下来……只能说她运气好。

可她就是要回到妈妈和小姥姥那里去。

幸亏韩木林背对着她。禅月继续在那堆衣物下找,终于找到了她的帽子,又把帽子戴在头上,这没有什么特别,不会惊动那伙儿打扑克的人。

现在只剩下把大衣从箱子上拽下来了。禅月用力一拉,大衣就从箱子上滑了下来。她也就势蹲下,以为韩木林一定又得大吼一声:"禅月,你干什么呢?"可是韩木林没有吼,他们正在算得分。

她抱起大衣,打开房门之前又回头看了看打牌的人,他们还在算分,在那张小桌子上,四个男男女女的头差不多顶在了一起。

禅月轻轻打开房门,轻轻走了出去,又把门轻轻关上。她得把门关好,不能给韩木林留下一点异常的感觉。

然后她捯腾着小腿,迅速往楼下跑。跑到二楼楼梯拐角处,禅月才停下来围围巾,戴手套,戴口罩,穿大衣。

只有口罩戴不好,禅月扎不紧口罩的带子。她照小姥姥或妈妈的办法,扎了三次也不行,其他全如小姥姥或妈妈给她穿戴得那样服帖。

这时鄂百灵阿姨突然走上楼来。禅月又吓了一跳,以为鄂百灵阿姨一定会问她:"禅月,你上哪儿去?不要自己瞎跑,我要告诉你爸爸去。"

要是鄂百灵阿姨这样问,她就没办法了。可是鄂百灵阿姨什么也没说、什么也没问就过去了,就像没看见她。

这时禅月还站在那里一动不动,等鄂百灵阿姨转上楼梯,看不见她了,她才跑起来,一口气跑到大街上。

大街上的汽车、大街上的行人,比妈妈、小姥姥或韩木林带她上街时不但多了许多,也大了许多,而且好像全朝她开过来、走过来,这时她真有些害怕了。

她怕那些汽车,也怕那些人,想起了妈妈讲过的那个故事——

有个不听妈妈话的孩子,自己偷偷跑到街上去玩,被玩杂耍的人骗走,玩杂耍的人在孩子身上披了一层狗皮,孩子就变成了一只玩杂耍的狗。过了很多年,孩子跟着玩杂耍的人回到家乡,在围观的人群中看到了妈妈,孩子大声叫着"妈妈,妈妈!"可是妈妈认不出他了,因为他已经变做一只狗。禅月为这故事哭得非常伤心,就是听"白雪公主""小红帽"那样的故事,也没有这样哭过。

禅月回头看了看韩木林住的那栋楼,不远,只要一转身,就可以从这条可怕的大街上回到那个安全的地方。

禅月站在了她人生的第一个十字路口,那时候她四岁。

只有四岁就做出了她的选择,她要去找妈妈和小姥姥。

汽车一辆接一辆从她面前驶过,她不知道这些车到哪里去,韩木林和妈妈、小姥姥知道,她不知道。她也没有钱买汽车票,韩木林和妈妈、小姥姥有,她没有。

她只能走。

沿着右边的人行道,一直往南走。韩木林多次骑自行车带她走过这条路,她记得很清楚。

现在走过了那座学校。学校放学了,学生们叽叽喳喳从学校里走出来,有个男孩子在她的头上敲了一下,说:"嘿,小孩儿!"还青面獠牙地往她脸前一凑。

"你小孩儿!"禅月回嘴道。那男孩反倒一愣,不敢再捉弄她。

然后就到了十字路口,路口有拉粮、拉砖、拉木头的马车。禅月第一个认识的动物是猫,第二个就是在这个路口认识的马。她会说的第一句话是"妈妈",第二句话是"大马"。

刚走到十字路口中间,从西边来了一辆拉水泥的大马车。

"站住!——站住!——"她听见有人嚷嚷。让谁站住?她不知道,她得赶快走,天快黑了。

大马突然就站在了她的跟前。大马很高、很大,禅月抬起头,只能看见大马的胸脯,听见大马生气地喷着鼻子。

"吱——"的一声,从东边来的一辆大卡车又停在了禅月的身旁。她就这样被挤在了大马和大卡车的中间,赶大车的老爷爷和开卡车的叔叔都在嚷:"这是谁的孩子?这是谁的孩子?"说着,他们就要跳下车来。

禅月不哭。她不能哭,一哭他们一定嚷嚷得更厉害了,只能一直往前跑,不敢回头地往前跑。她听见他们还在后面嚷嚷:"这是谁的孩子?要是让车轧了怎么整?谁的孩子?怎么让孩子闯红灯?"他们不能撵她,他们还得关照他们的车呢。好在那时的行人车辆比后来稀少许多,那个路口也比后来的农村还荒凉。

禅月一直往前跑,跑得好累啊,累得脚丫子上都是汗。小朋友就是这样唱的:"那么好的天儿,下雪花儿,那么好的姑娘抠脚巴丫儿。"她真想把棉鞋脱了,晾晾她的脚巴丫儿。棉鞋是小姥姥做的,放了很多棉花,小姥姥一到冬天,就恨不得把她用棉花包起来,在妈妈没有成为作家之前,她们全都穿小姥姥做的鞋。等到禅月上小学,吴为才给她买了一双减价猪皮鞋,两只鞋还不是同一个号码,其中一只像是让热水烫抽巴了,鞋底往上拧着,幸好它们还是同一个颜色。妈妈虚荣地说:"不管怎么说,它是一双皮鞋。"妈妈最不甘心的是别的孩子都有的东西禅月却没有。无论如何她也得让禅月像别的孩子一样,好比那双猪皮鞋,好比这件棉大衣。

棉大衣是妈妈自己缝的,她们穿的衣服都是自己缝制,用手而不是用缝纫机,她们没有钱买缝纫机。

大衣又长又大,现在就更沉了。妈妈说:"做大点儿,可以多穿几年。"

然后禅月来到火车道口,她不明白为什么所有的人、所有的车都停了下来,天快黑了,其实差不多就是黑了。因为房子里的灯亮了,路上的灯亮了,车上的灯也亮了。

她只好跟着停了下来,夹在人们的腿和车轱辘中间,挺着圆圆的小肚子,叉着两条小腿,与那些形形色色的知道从哪里来,也知道到哪里去的大人们一样站着,担心又会有人嚷嚷"这是谁的孩子? 这是谁的孩子?"幸好这回没人嚷嚷。

不一会儿从东边开来一列火车,轰隆隆、轰隆隆,震得脚下地皮都颤颤的。一节节车厢,像会走路的小房子,车厢里的灯光明亮,看上去又舒服又干净,有些人在说话,说的一定都是很有趣的话。

火车开过去后,又跟着人们一起向前拥,有一条腿绊住了她,她侧歪了一下,撞在另一条腿上,可是她没有摔倒。

等到看见胡同口卖豆浆油条的小铺,禅月就觉得不那么累了,等到又在胡同里看见虎子,她觉得一点也不累了。

她就这么回到了家,看到了她想念的小姥姥和妈妈,那时禅月只觉得这一趟经历挺好玩,并不懂得这是她与小姥姥和妈妈的一份缘。

更不要说禅月渐渐长大、越来越懂得羞耻之后,知道自己有个多么不称职、多么丢人现眼的母亲。但她无怨无悔地伴着吴为,把自己的生命、尊严和吴为紧紧地贴在一起,不但用她的小手搀扶着吴为走过了最为艰难的荆棘之路,并勇敢地捍卫着她。

这样的女儿世上怕也难找。

如果没有叶莲子那副老肩膀和禅月的这副小肩膀保护着吴为,为吴为分担那些凌辱的伤害,吴为怕是走不过这条路了。

所以当韩木林委托朋友到学校看望禅月,对她说:"告诉你母亲,让她到我们家来玩儿,过去的事就让它过去,别不好意思。"

禅月才会不动声色地反问:"有什么不好意思的?"

她以此向那朋友,也等于向韩木林表示,她不是不明白吴为的过去,而是明白得一清二楚,因此,谁也别想再欺侮那个是人就能欺侮的吴为。

等到吴为成为作家之后,禅月反倒不再像从前吴为备受凌辱时那样,总是冲锋在前护卫着她,而是隐身在后。在大学读书时,有个同学问禅月:"听说作家吴为的女儿就在你们系读书?"

禅月脸上哪怕最敏感的肌肉,也不曾牵动丝毫,回答说:"不知道。"

直到大学毕业,也没几个同学知道,她是吴为的女儿。

知根知底的朋友有时就会说:"禅月是太心疼你了……要是枫丹也能谅解一点你的难处,不到处张扬是你的私生子就好了,她对这个人世的险恶也该有点了解啊!"

"只要能抵消一点儿我对枫丹的罪过,不论她怎样待我,我都心甘。"

怎么能这样要求枫丹?

社会给一个私生子的冷漠和歧视,恐怕得从枫丹出生一直纠缠到她这一生的结束了。吴为至少还有叶莲子和禅月的保护,枫丹呢?养父养母待枫丹不薄,但谁能顶替一脉血缘的牵系?

谁又能为枫丹修复无父无母、独自漂流闯荡的创伤?

枫丹又有什么义务继续承担这无由无根的尴尬?

她能如此对待吴为,已经是对吴为极大的恩典了。吴为难道不该对她感激涕零吗？

韩木林抄起一个方凳，一凳子把叶莲子砸昏在地。

叶莲子当然想不到在顾秋水之后，还有一个与她什么债权关系都说不上的男人，对她拳脚相加。

公寓里所有的门都紧闭着，门窗后，贴着公寓里所有的耳朵。

韩木林家里的架天天打，一打几年，持之以恒。

起先人们还拦一拦。一个女人被打成这个样子，总是可怜的。

后来人们就不拦了。人们先是从韩木林的咒骂里得知了吴为挨打的原因，而后又从街道居民大会上了解到全貌。

她们的家具不多，所以三人只能横睡在大床上。

禅月睡当中。

半夜里，禅月有时被叶莲子的哭声惊醒，有时被吴为的梦话惊醒。

开始禅月有些害怕，后来发现这对小姥姥和妈妈不但没有什么伤害，反倒和白日里窝窝囊囊的她们大不相同。好比叶莲子在梦中的哭叫，前半部透着由恐怖而生的绝望，后半部就变成了哭号和争辩，最后从绝望生出拼死一战的嘶号。而吴为在梦中却是胸有成竹，所向披靡。

慢慢地，禅月习惯了她们在梦中的生活，不声不响地躺在小姥姥和妈妈中间，静静听着，从不打搅。只是眼睛眨呀眨的，一心想着长大之后，怎么才能在梦里不哭不叫不争辩不说梦话，怎么才能让小姥姥和妈妈在梦中也不哭不叫不争辩不说梦话。

她又慢慢懂得，她们在梦里，才能有那么点随心所欲，那么点成功。

好不容易!

屋子里还有三个窗户。一个窗户朝南,一个窗户朝西,一个窗户朝北。听风楼似的。

大床横在北窗下,西窗下冬天放煤炉,又取暖又做饭。到了夏天,煤炉就搬到屋外的南窗下。叶莲子搬,或者是吴为搬,那时叶莲子还搬得动这种老式的铸铁炉子。

小碗橱靠东墙放置,三个方凳各据碗橱一方。吃饭的时候,禅月跪在中间的方凳上,几岁的小人,如果坐在凳子上筷子就不够长,够不着饭菜。吴为和叶莲子或朝南坐,或朝北坐。

韩木林抄起的方凳,就是这三个方凳中的一个。

昏倒在地的叶莲子好像缩了水,突然变得那么小,那么老。

她的白发披散下来,挡住了一只眼睛。血从额上流下,像皇上用朱笔在她脑门儿上批了一杠。

禅月不怕韩木林打架,她只怕温暖的小姥姥永远这么小、这么老,闭着眼睛躺在地上起不来了。

妈妈张着两条胳膊的样子很怪,像一只灰色的蛾子,翅膀歪斜地向小姥姥飞过去。

也许因为她的脸是歪斜的,从鼻子正中分开,一半脸看上去还是妈妈的脸,这个妈妈上班、下班,与小姥姥说着极其琐碎的事,抱着她亲亲热热……另一半脸随时抽搐着,抽着、抽着,就抽搐出各种令她恐怖的事。

比如抱着她钻了公共汽车的轱辘。

人们把她们从汽车底下拉出来的时候,好像不是为了救她们,而是为了揍她们一顿。

汽车司机吓得嗓子都岔了,"你不想活别人还想活呢!"他说。

　　妈妈迷怔着双眼,好像睡着了。她迷怔着眼睛的样子真可怕,禅月紧紧搂着妈妈的脖子叫着:"妈——妈——"可妈妈就是醒不过来。

　　有人掰开妈妈两只死死扣着的手,把她从妈妈的怀里抱了过去,然后使劲拽着、摇着妈妈的两条胳膊,像要把她一撕两半……

　　可是妈妈说:"没有,我没有睡着。"

　　没睡着那些事她为什么想不起来?

　　直到最近妈妈才对她说:"噢——想起来了,你用两条小胳膊勒着我的脖子,可有劲儿了。那时候你几岁? 两岁,对不对?"

　　现在禅月五岁。

　　而后妈妈又来了一次跳楼未遂。

　　禅月不能相信妈妈。

　　…………

　　没等妈妈扑到小姥姥身上,就被韩木林一个拳头摞到床上去了。他一迈腿又上了床,两条腿一叉就骑在了妈妈身上,两只手掐着妈妈的脖子问道:"回不回去? 回不回去?"

　　妈妈的嗓子眼里就出来一个长长的"不! ——"不是她说出来的,而是韩木林那两只手挤出来的。

　　"回去不回去?"

　　韩木林的两只手又从妈妈的嗓子眼里挤出一个短短的"不!"

　　妈妈那两条腿开始蹬跶得还挺有劲,渐渐就成了老挂钟的慢摆……

　　于是禅月在韩木林后背猛地一声尖叫:"韩木林,不回去,不回去,就是不回去!"

　　禅月不管韩木林叫爸爸,只叫韩木林。

　　等她再长大一些,即便对吴为的父亲也称之为"老顾"。

有一天吴为提起顾秋水的时候说:"我爸爸……"

禅月插嘴道:"您还管顾秋水叫爸爸?"她没说吴为该叫或者是不该叫,她只是问问。

韩木林放开了吴为,扭过头来奇怪地看着禅月,禅月一溜烟跑到了楼下。

外面下着很大很大的、灰色的雨,廊子被雨水溅得精湿。大门、台阶、瓦楞、楼墙散发着霉朽的腥气,然而雨水的喧哗却并不晦暗。

禅月看见韩木林靠在廊子里的自行车,想了想,先拔掉自行车上的气门芯,然后再把自行车推进院子里的水洼里。自行车躺在水洼中,像一堆死了的烂铁。

五

后来吴为常对禅月说:"其实,韩木林算不上恶人,他只是不能忍受这样的耻辱。想想看,哪个男人受得了这样的事?不,不,他没有要求街道居委会召开大会,没有。他只是向街道居委会解释一下他为什么打我。你想,那个时候,街道居委会那些人从来不愁事情太多,而是愁事情太少。又赶上'文化大革命',人们想革命想得不得了,所以居委会就召开了一次居民大会……"

吴为的声音和黑暗一样安静。

所以禅月觉得吴为的说法是公正的。而且,吴为这时的脸已经不歪了。

禅月没有远走他乡之前,常常喜欢晚上关了灯,和吴为躺在床上说话。

　　到了能和吴为躺在床上说话的时候,她们已经多了一张小床和一间给小姥姥的小屋。

　　很多亮着灯时不便说出的话,在黑暗中就不那么难以启齿了。就是黑着灯,说到这些的时候,她们也是眼睛看着天花板,而不是彼此相对。

　　"可韩木林当时不是说,他能原谅一切,还既往不咎吗?"

　　"不容易,设身处地想一想,真的非常不容易。"

　　"您爱那个人吗?"

　　"我爱文学。"

　　"这是一个理由吗?"禅月实在不能理解。

　　"就像邓肯想要嫁给爱因斯坦的那种心态吧? 当然我不是邓肯,对方更谈不上是爱因斯坦。好像现在的文学女青年,总是把写了几笔的人当作文豪,以为是为文学献身吧? 你妈妈是个糊涂的人,即便到了现在也没什么长进。"

　　又何必告诉禅月韩木林偷查她的晨尿? 对一个男人来说,这种鼠盗狗窃的事,真不够磊落。毕竟韩木林是禅月的父亲,还是为亲者讳吧。

　　…………

　　在这些谈话中,禅月长大了。

　　在那张床上,禅月也对吴为谈过她在理智上不能接受的一段初恋。

　　"我绝对不会像您那样去爱,妈。"可她还是哭了,"……不过说出来了就好过多了。"

　　吴为无言地抚摩着禅月,掌心里流淌出阵阵无名的愧怍。

　　就像是人总得出一次麻疹一样,从那以后,禅月再也没为爱情流过泪。那是第一次，也是最后一次。

有时吴为会向禅月求证："你觉得我和胡秉宸有前途吗？"

不知道是不是从叶莲子而来，叶家三代女人多少有些通灵异的能力。

"说不好，因为您离我太近了……好像有那么点儿意思，但我不能肯定。"

当胡秉宸终于抛弃吴为后，禅月才说："其实我早就看出没有好结果，可又不忍伤您的心……永远不能和有妇之夫有所纠缠。玩儿玩儿可以，但不能动真格的。不谈道德，从结局来说，拼死拼活得到的都是残缺破损的……我也不是没有遇到过这样的情况，但不论那个男人如何让我中意，一旦知道他是有妇之夫，马上收兵。何苦把大好青春葬送在这种得不偿失的事情上？"

吴为无言以对。

吴为是自觉的。即便他人暂停对她的敲打，她也不会忘记对自己的回审，而且刻意。找一个原因或拣一个特别的时辰，完完整整、从头想到尾，而不是轻易地、零打碎敲地想。

好像那是一个盛典——真不能说不是。

好像担心那些往事会被她的成功湮没。

好像一个已经得到超度的人，回过头去审看自己的皮相如何在地狱里历练，担心自己如何熬得过来，庆幸自己终于熬了过来，惊讶自己居然熬了过来……

所以这种回审也可以说是一种享受，一种自我欣赏，虽然每每又像是在地狱里重过一趟，弄得她大汗淋漓，如洗桑那浴。

最后，她带着一份感恩之情对着地狱合掌深拜，没有这一番历练，哪来的超度？

　　她在黑暗中大睁着眼睛，好像要把几乎被岁月和荣辱淹没的往事，看得更清楚一点。

　　韩木林一只脚站在大门外，一只脚踩在大门里，脸朝着胡同里的来往人等，喊道："革命的同志们，你们想想，她偷人养汉不说，还养了私生子……"期期艾艾，完全没有了平时的气势汹汹。

　　即使在这种时候，吴为也没有想过，她应该站起来以牙还牙说点什么。哪具凡胎上，没藏着掖着一些可圈可点的东西？一旦见了天日，都是可以引起轰动效应的热点。

　　吴为不，可能因为愚笨，应变能力差，也可能觉得那样做很不道德，不免落入以牙还牙以及揭人老底的下作。而且她也不想赖账，韩木林说的，句句都是她实实在在的罪行。

　　门口很快围上了几十个人，也许全胡同的居民都来了。那可是说打斗就打斗、说抄家就抄家，大闹革命的时候。

　　女人的脸上个个严肃起节烈的神情，男人的嗓子好像一起出了毛病，此起彼伏咳嗽得十分蹊跷，又用他们的眼珠斜斜地叼着吴为。

　　"这些，我不计较，毛主席说了'犯了错误，改了就好'……换了谁，谁能咽下这口气？现在她倒要跟我打离婚了……"

　　真的，那时韩木林还不想离婚，他在吴为的俯首帖耳和唯唯诺诺中得到了在同事中从来不曾得到的满足，他们大部分都不尊重他。

　　可是吴为倒要离婚了。韩木林没有像他们当初说定的那样——如果他不能容忍这件事，就痛痛快快离婚；如果他能容忍，就不要老翻老账。

　　天天这样翻老账，日子还怎么过下去？

更不巧的是吴为赶上了一个咬牙切齿的时代。人们不由得咬牙切齿地说:"打,这样的女人还不该打?打都轻啦!"围观的人狠狠地盯着吴为,恨不得替韩木林打她一顿才好。

居委会认为,根据吴为的罪行,划个坏分子让她劳动改造去算了,或至少应该按照对待"黑五类"的办法,对她实行群众专政。

这种时候,吴为偏偏逼着自己高昂着头,直视着韩木林的眼睛。她得对自己的所作所为负责到底,包括面对一切后果,还要看看自己到底有多大的承受力。

人们说:"瞧这个不要脸的女人,一点儿也不知道害臊,你骂她,她还对着你瞧。"

这时韩木林掏出了《毛主席语录》,翻开早就准备好的一段,对吴为说:"念吧,好好念念这一段儿。"

这下吴为不干了,她怎么能把毛主席语录拖进这种荒唐!

人们更愤怒了,"念,念!"他们站在冬天的冷风里,耐心等着。

不论人们怎么喊口号,或是辱骂,吴为就是不念,直到他们的手脚冻得发麻才渐渐散去。

露天批斗会后,只要吴为一出门,胡同里的人就在她身后啐唾沫,或扔石头子儿砸她。不但叫她"破鞋",更有甚者,还脱下鞋来甩她,真是比霍桑的《红字》更"红字"。

越是这样,吴为越是逼着自己放慢脚步,她要"好汉做事好汉当",不能在公众的审判面前临阵脱逃。

她一面挨着那些砸在背上的破鞋一面想:人们真还能找得出这许多破鞋,可能胡同里有人发动过一场找破鞋的运动,家家户户把能找到的、穿破的鞋都搜罗出来了……

事实上吴为对自己比谁都残酷。有多少次她含着眼泪,低声重复着"婊子""破鞋"这些字眼,甚至这样大声地称呼自己,一次又

一次体味着这些字眼砸在心上的声音和感觉,一次又一次算计着,
是不是能顶上一些她欠韩木林的债。

　　这还不算可怕,最可怕的是那些男人,紧跟在身前身后,说些
流里流气的话来狎弄她。那些话让她感到好像被人扒了个赤身裸
体,摁在当街行淫一样——还不是强奸,强奸至少带有邪恶强暴无
邪的性质,终归让人同情,而谁能同情她这样的女人,被人摁在当
街行淫呢?

　　她只能梗着脖子,贴着墙根而行,好像墙边有什么东西可以为
她藏起其实已经没有的面皮。

　　有时真想一逃了之,寄希望于一旦搬离这个胡同,可能就不会
有人这样对待她,并不知道那个红色的"A"字烙在她胸脯的同时,
也烙进了人们的,尤其是男人的心里,甚至她的至爱——对她始乱
终弃者胡秉宸的心里。

　　她又能逃到哪里去?就算她逃到另一个地方,韩木林还会在
那里发动这样一场群众运动。

　　每天每天,她都得经过那条胡同;每天每天,她都要穿过这样
一场枪林弹雨,才能回到有叶莲子和禅月的爱的家。

　　至于韩木林到吴为所在单位贴她的大字报,也算不得什么。
大字报是"文化大革命"时期的日常生活,好比日后人们一出门就
"打的"那样。

　　最喜欢当众调戏她、侮辱她、捉弄她的是食堂里的大师傅,他
们的侮辱确实像出苦力者干的那些活儿,一锤子下去,就砸出一个
坑……

　　直到多年后,一个男同事竟还轻薄地用手指撩她的下巴。而
吴为偏偏不像有些偷过人的女人那样,从此以后任人轻薄,哑巴吃

黄连地受着;或撕破了脸皮,从此大开偷戒,正中下怀地发扬光大。

她真不明白一起工作多年的同事怎么下得了这个手,质问道:"你这是干什么?"

"你跟别人睡都睡了,我摸一下都不行?"可却不敢直视她的眼睛。

她挺着腰板,追逐着他的眼睛,一追上就牢牢铆住,"你这样做就太不对了,'文化大革命'的时候,你被冤打成反革命,停发工资,被人专政,关在牢里,那时候谁也不理你,是我母亲照顾着你的老婆和孩子,有我们一口饭吃,就有你老婆和孩子的一口饭吃……后来就是放了出来也没人理你。到了干校,人人都能回北京探亲,你却没有权利享受探亲的机会,是我问你有没有什么东西带给你老婆和儿子,你交给我一个三十多斤的樟木大菜墩。千里迢迢,还要换两次火车,我除了背自己的行李,还得背着你那个三十多斤的大菜墩……那是为什么?因为我不相信你是反革命,因为我想给你和你老婆一点儿同情和安慰。你倒相信我是'破鞋',是个拆烂污的女人!"

说完她就转身离开,可是眼泪簌簌地掉了下来。

还有韩木林的那个同事鄂百灵也来找她。

当时吴为正坐在小板凳上洗衣服,忙忙地起来招呼:"请坐,请坐!"来不及找抹布,用自己的巴掌把凳子擦了又擦。

可是鄂百灵不坐,背着手在她屋子里走来走去,就像在一个不属于任何人的公厕那样,无所顾忌地平蹚过来又平蹚过去。

吴为只好讪讪坐下,仰头看着鄂百灵来回踱步。

鄂百灵脸上的皮肤又细又光,是命好的女人那种脸。这张脸让吴为觉得她的小板凳太矮,洗衣服的大铁盆太破,煤炉子不够暖和,屋子里灰尘太多……

"你也要闹离婚?"鄂百灵不看吴为,而是仰着头把屋子里几扇光秃秃的墙面看了又看,好像墙上挂满了镜子。

"我觉得这个关系再维持下去没什么意思。"

"那你为什么不痛痛快快办手续?"

"我要禅月的抚养权。"

"你要孩子的抚养权?!""孩子"两个字是从嗓子里旋出来的,每个字的尾音都高不可攀地向上回旋,"这就怪了,你既然那么舍不得孩子,干吗把那个私生子给人?"

吴为就明白了鄂百灵到这里来没有别的,只是为了对她说这句话。

女人干起女人来,可能比男人干女人下手更狠。

这可能是日后吴为总否认自己是女权主义者的一个原因?

那时候,谁都可以站下来,对着吴为的脸问这个问题。虽然他们和鄂百灵一起早就把这件事的前前后后,吐出来、咽进去地嚼成了渣儿。

直到那时,吴为还不后悔自己的坦诚。她还很清纯,还不够坏,只是觉得人生和她想象的有点不同。

后来才知道,很多人不但和她一样,甚至比她更应该受到惩罚,可是一个个都非常地圣洁着。

当吴为继续成长,有时难免不像白帆与胡秉宸核对杨白泉的"着陆点"那样,歹毒地想起枫丹的"着陆点"。

不知哪位高人给韩木林出的点子,有一阵儿韩木林从外地出差回来,总是先将她的晨尿偷去,在医院做过妊娠反应才与她交欢。

偷尿在技术上是个相当困难的事情,不知道毫无心计的韩木林是怎么完成的。

那时吴为还是一点渣滓也没有的人,放到哪里也是一个不张扬的节妇,根本不在意他的蚍蜉撼树之举,还乐得他被这种证明击得铩羽而归,一点也不觉得这是对女人的奇耻大辱,只说:"你再这么干,我就让你好瞧。"

"这叫什么话?"

"这叫'勿谓言之不预'。"

韩木林也没往心里去,他觉得吴为是个不成熟的女人,就喜欢装疯卖傻说些吓唬人的话。可反过来,吴为也觉得韩木林不是个成熟的男人。

的确,换了胡秉宸,肯定不会让吴为知道偷查她晨尿的事,这可能是吴为总觉得韩木林并不坏的原因。

等到吴为真的出了事,韩木林偏偏没有查出来。

多少次,韩木林费尽心机偷取吴为的晨尿,又不辞辛苦地提溜着一瓶子尿液,送到医院去化验,节骨眼儿上却偏偏来了个万一。要么是医院的化验有问题,要么枫丹根本就是他的孩子……

可是吴为一口咬定,枫丹不是韩木林的孩子,心里还坏坏地想:要真是韩木林的孩子,这份儿报应才叫痛快!

六

世界上的事有一还就有一报。

这就是吴为看完那封信之后,两眼呆望窗外那片混浊的天空时想到的。

吴为知道这封信早晚要来。

现在它终于来了,在她已经不太在乎人们知道她有一个私生子的时候。

也正是在她所预料的、差不多的时候。

枫丹,吴为念着这个陌生的、十几年毫不相干,实际上又紧贴着她的、形影不离、没有一日忘记过的名字。

枫丹还站在门廊的暗影里,吴为就觉得她非常像自己,比禅月还像——不过只是形式上的,也一眼看出底层社会给枫丹的烙印。为此,吴为的心又愧疚地一缩。

尽管在这一场人间悲剧中,本不应该有观众,吴为和枫丹还是把她们攒了多年,单等这个时刻一泻的眼泪流泻出来。那眼泪来得十分急骤,如狂风暴雨,但煞得也像来时一样急骤——

也许在社会的挤压中,她们已经历练出一副铁石心肠;

也许因为一旁坐着胡秉宸;

也许因为吴为不知道怎么办才好⋯⋯人生的根本经验在于恰如其分,而吴为恰恰在不该抑制的时候抑制,该抑制的时候又发泄得淋漓尽致。

胡秉宸可能是好意,怕吴为上当受骗。谁都可以骗吴为,在没了解清楚之前,他得在旁助她一臂之力。同时也不想放过这个了解吴为过去的机会,尽管在与胡秉宸热恋时,吴为对自己的过去已交代得一清二楚。

他不是不相信吴为,也不完全是为了刺探吴为过去的奸情,而是经验使然——无论什么,都以亲自掌握为好。

枫丹带来了自己的照片,也许想用这些照片来填补她们之间的空白。

　　有几张差不多是半裸的，或用换头术的办法，将自己的头像安在模特儿的照片上。

　　照片上的枫丹和眼前的很不一样。如果不仔细看，眼前的枫丹还是一个甜丝丝的小女孩，而看过照片，再回头看眼前的枫丹，就发现这个甜丝丝的小女孩，已是在社会上真真假假周旋过的成熟女人了。真是太早、太早了。

　　这自然也是自己的过错，还不是她亲手把枫丹扔了出去！

　　"私生子"这三个字，本就是一种宿命的暗示。

　　"私生子"意味着生命伊始就被扔进了没有一丝光亮的野地，只有一星鬼火在闪闪烁烁。"私生子"们非得跟着那一星闪闪烁烁的鬼火走到底不可，走进这个社会为私生子准备的那座地狱。

　　地狱大门上镌刻着这样一句话：你，私生子，是你们淫荡无耻的母亲，将你们送入了这个地狱，因此你们注定要遭受世人的唾弃，只有少数幸运者才可以逃出这个劫数。

　　…………

　　在她们终于把彼此几十年不着边际的空白接上之后，枫丹说："让我看看姐姐的照片好吗？"

　　这是一个比较，枫丹早就想要在这个比较中了解作为吴为的私生子和一直跟随在吴为身边享有母爱的另一个有什么不同。

　　社会给一个私生子的伤害枫丹早已熟知，现在她要探知的是吴为给她的另一种伤害。

　　这才是让枫丹伤心断肠的时刻。

　　照片上，吴为和禅月相依着，心有灵犀的样子。在罗马，在巴黎，在维也纳……在世界上的一切好地方。

　　她们的脸上，有种从苦海挣扎出来到达彼岸后的宁静。尽管这宁静像烧伤者刚刚长出的嫩皮，一时还遮不住皮下痉挛变形的肌肉。

这一切偏偏没有她的份儿——既没有分享这份宁静的份儿，也没有分享那痉挛之痛的份儿。

而那个可以称作姐姐的人，用不着刻意装扮，一眼就能看出是长期生活在西方，又必定是有学养的、上等人家出身。

养父养母待她虽然如同己出，把一个小户人家的小日子所能给她的满足，一分不剩地给了她，可是一看他们的举止，一听他们说话的腔调，就知道他们是大杂院里的人。

就是眼前这个可以叫妈又不能叫妈的女人，不顾一切地把她扔进了那个大杂院，让她费尽心机，怎么抠哧也抠哧不掉那个大杂院的烙印。

就是这个女人，把私生子那不名誉的身份给了她，使她从小就备受世人歧视，她所有的不遂心、不满意全是她的赠与。

正因为狠心扔了她，这女人才得以功成名就，她们如今的好日子，难道不是牺牲她来换取的？

…………

换了任何一个大杂院出来的女孩，都会毫不迟疑地把这些话，吐在吴为那作家的、文雅的、有教养的假面上。可枫丹不会，无论如何，她是吴为生的。

她是吴为生的。

有那么一会儿，枫丹又像回到五六岁，相信自己就是养母所生那样天真了一会儿。

有那么一刹那，枫丹真有了那么点依恋的感觉，可是很快就闪过去了。

那句话吴为说了好几遍："要是你有困难，我可以每个月给你一百块钱……"

听起来就好像给她一千、一万那样隆重,还是有条件的"要是你有困难",还是"我可以",而不是"我一定"。

吴为以为"要是你有困难,我可以每个月给你一百块钱",就能补偿她的罪过吗? 亏她说得出口! 对她那成千上万的稿费来说,一百块钱值得一提吗?

枫丹当然不知道,吴为的月工资不过三百多元,还要支持两个家。

吴为当然不知道,枫丹的收入已是中产阶级,如果她知道,还会说出这寒碜的一百块吗?

吴为也没有像枫丹想象的那样,作为一个行为不端的女人,将私生子抛弃多年又终于见到时,抽风,下跪,昏厥,悲痛欲绝,心脏停跳……而是稳稳坐在沙发上,流几行迟迟疑疑的泪——就连这几行泪,可能也是计划之外的。

她的老丈夫也坐在一旁,拐弯抹角地问这问那,以验证她是否冒牌。

她的家具也很寒碜,穿着也很普通……本以为如此辉煌的吴为,该是何等完美!

如果一直不见吴为,也许她还有点让人琢磨的地方,现在枫丹很有些失望。

送枫丹离开时,吴为问道:"你去找过你的生父吗?"

"没有。"

"你不打算去找找他吗?"

没回答。

"那么我能不能知道,你找我的原因?"

"有那么一点儿血缘上的原因,也因为你是一个名人。"

非常率真。

亏心的吴为有时也想关心一下枫丹的生活,试着给她换来换去的地址打个电话,先是一个男人的声音,说:"枫丹你的电话。"
然后听见枫丹问:"谁呀?"
那种声音让吴为觉得自己很不礼貌,好像窥测了不该窥测的他人生活。
得知叶莲子过世的消息,枫丹也曾写信给吴为——

吴为:

　　刚刚听到姥姥故去的消息,想你心情一定很怆然,又得知你得了很重的病,我便有些不知怎么办才好。极想去看看你,为你做点能做的事,但是想来想去,怕你仍然不希望见到我。所以还是决定写信,权且把它算做我的一份挂念吧。

　　有时候,我觉得活着真是无可奈何的,那么多无从意料的事情,说来就来,逃也逃不过。八八年,我曾经历了最绝望的事,就是我老母的死。我清楚地记得那天早晨,我被带到太平间,看着她从冷冻箱里推出来,我用从家里带来的温水最后擦了擦她的手和脸,送到八宝山火化,然后我们把她装进那个小盒子……在我想她的时候,常常出现这一幕。我想,无论我们在这个世上是一个什么样的人,做过什么样的事,奔奔波波,悲悲乐乐,最后,都会被烧成灰,放进一个小盒子里。小盒子放在一屋子同样的小盒子中间,你不知道你周围的人对你好不好,他是善良还是不善良。

　　我知道你想起姥姥会多难过,人这一生,谁能像母亲对我们那样好呢?但是你如果想她,别老想姥姥这一辈子受了多少苦,你不妨想想那些好过的日子,想一想姥姥看着你写出了一本又一本的书,姥姥看到了你的成就。我不知道怎么说,可是我真的希望你活得好好的，我不怀疑，人活到一定的境界，一定是能用较为超脱的心态面对世事了吧！

　　不觉要提起我去找你的那年，至今还有点后悔，那时仍是一个心智尚未健全的孩子，而想到你每次都能善待我，心里也温暖过一阵。我还记得你给我做过一条鱼，还有我爱吃的汤圆，你说是特地跑到东单去买的。我给你带去一大堆很烂的照片，想起来脸红。我也送过你两本小孩子才看的书，我想你一定特别看不上。

　　今年我已经二十七岁了，可以说，我是真的明白自己是怎么回事了。我一直工作着，很有责任感，人际关系也很好，同事间不是离得那么远。

　　我想告诉你，我们不是陌生人，即使你永远不想再见到我，我仍然是你的女儿，我心里怀揣着对你的爱，我不知道为什么，就是这样！

　　今年我去度假，中途路过一个寺庙，我在庙里烧了香，我想到了你，觉得应该替你许个愿，我不知道灵不灵，我祝你将来的生活里多好运。

　　写来写去，就让这句话作为这封信的结尾吧，真的，如果你什么都指不上，记住，你还有我。

枫　丹

看完枫丹的信，吴为凄绝地想，她不是不希望见到枫丹，她是没脸见枫丹。枫丹这份爱，她有什么资格坐享其成？

　　一个女人不管自身有多少缺陷，但作为母亲，应该是个十全十美、无所不能牺牲的人。

　　既然当初她没有对枫丹尽到母亲的责任，反倒把枫丹扔进不见树木、不见房舍、不见河岸，天连地、地连天的一片茫茫浊水，也就差不多是毁了枫丹的一生,现在,她又有什么资格当一个现成的母亲?!

…………

坐而论道,吴为和枫丹相亲相近,真要建立起骨肉之情,却是梦想。

她们之间隔着太多的创伤、距离和误解,以致她们无法走近对方。

于吴为是隔着对枫丹的罪过,且是无法补偿的罪过。

枫丹所有的不幸,说是应该由她负责,怎么负呢? 她再不能给枫丹一个白纸一张的人生,让她和枫丹都从头开始……所以吴为的负责不过是一句空话。

如果世上有什么惩罚,可以切实有效地抹去、改善枫丹因她而致的不幸,吴为愿意以身试之。之后再谈她们的亲情,相信那时她才可以心安理得做枫丹的母亲。

可是没有!

惨就惨在这里,没有!

吴为又如何能够心安理得地面对这个由她残害,而又没有了救赎之道的女儿呢?

于枫丹,对吴为的感情大部分是理论上的,特别是当她在生活中遭遇挫折而又无法诉之于人的时候。然而也正是这样的时候,对吴为的怨怼也油然而生。

她不能不想,作为母亲,吴为没有对她伸过一个指头,呵护过一分一毫。

如果吴为是个默默无闻的普通女人也就罢了,但她知道,吴为不仅在国内,就是在国际上也是有名声有地位的人了。

为什么这一切都有禅月的一份,却没有她这个女儿的一份?

她不是更应该得到吴为的补偿?!

得机会就宣扬自己是吴为的私生女,倒不一定是炫耀有这么一个著名的母亲,而是让许久没有什么话题可供人谈论的吴为尴尬一下。

在文坛这个多事、好事之地,除了对胡秉宸那份坚贞的爱情,多少年来让人没有话题可说的吴为,显得太正经了。

难道不就是这个现如今顺顺当当过着上等人日子的吴为,把她一下子扔进了大杂院? 又何止是扔进了大杂院啊! 难道吴为不该支付她为从大杂院里挣扎出来所付出的艰辛吗?

…………

枫丹看到的,只是吴为熬出苦海的情形。要是让枫丹像禅月那样,和吴为一起在拔不出腿的沼泽里挣扎,感同身受人们给她们的那些凌辱,枫丹受得了吗?

吴为、禅月、叶莲子,也没想到她们能挣扎出来。

要是那时让枫丹选择,是和吴为一起遭人歧视、欺凌,还是跟她的养父养母过宁静的小日子,枫丹会选择哪一种呢?

哪一种都让枫丹无所适从。

凡此种种,都是吴为一手制造的人间悲剧。

第 二 章

一

如果那天吴为不回头,是否就不会有后半生的那场大戏?那么她也就可能逃过那一劫,她的后半生就会是另一个样子。

可惜这样的"如果"是没有的,她那个句号必定由胡秉宸来画上。

二

直到来年秋天,胡秉宸才和吴为接轨。

无论何时,想起这一天,吴为仍然会联想起那个老掉牙的童话《小红帽》,虽然已是另类版本,后面还是万变不离其宗地跟着一只老灰狼。

如果吴为知道厄运已经踩上了她的脚后跟,她还能这样头碰头地顶着秋天的一个朝阳,背着手作逍遥游吗?还能这样心无旁骛,妄图一解既然秋天已经来临,山林里的来风为什么还残留着绿意?……

那是谁？自得其乐，仰面朝天，向山而行，好像在赶回自己的家，而不是去负重劳动。

步伐里有种不寻常的动感，而且走路的样子很像他，背着手，步履轻捷。哪有女人背着手走路的！哪有女人步履竟如男人似的轻捷！胡秉宸不觉加快了脚步，等到距离近些就发现，前面走着的女人，就是那个独自在雪中优哉游哉、声名狼藉的吴为。

到了此时，胡秉宸对吴为的所知已不算少，首先在记忆中涌现的却仍是那个雪日的经历。

在这之前，胡秉宸与吴为不是没有过接触。

当时他政治上还没有得到"解放"，每日在造反派的监督下劳动改造，又病得很厉害，一面咳着一面埋头扛着一根电线杆前行，极力稳住颤抖的脚步，万万不能让自己在"革命者"面前跌倒。举手擦汗的工夫，见吴为坐在路旁一块石头上，皱着眉头，阴沉地打量着他。当他的目光接触到她的目光时，她很快将眼神闪开，好像担心胡秉宸在她目光中读到什么，比如他看上去多么狼狈之类，而且知道他并不希望人们如此看待。

待到政治"解放"，又渐渐恢复了"文化大革命"中失去的一切，下面的干部就常到他这里汇报吴为。有关她放荡不羁的淫秽传闻遍及干校，人们总是用非常猥亵的言辞说到她，说到有个男人当街把她揍了一顿，只因她不愿同他恋爱，可是不久之后，又听说她和那个揍她的男人在蚊帐里干了什么勾当。

一个女人一旦到了谁都可以随便揍的地步，怕是连狗都不如了。

又有人说，偏偏农忙时吴为罢工，不肯为农机焊接铧片，原因是要求焊接铧片的人叫了她一声小吴。

"我说过多少次我的名字叫吴为，不叫小吴。谁要是叫我小吴,可别怪我不干活儿。"她说。

"叫小吴有什么关系?"人说。

"我明明三十了,为什么还要装嫩?"

吴为那个班的班长就住在胡秉宸隔壁,班组活动常常在班长宿舍进行。

每天早上或下午政治学习时,她就搬个小板凳坐在班长宿舍外,《毛泽东选集》摊在膝头,对着日出或远处的山峦发愣,并不认真阅读,即便寒冷的冬季也是如此,鼻子冻得通红。

她平时也是独来独往,不像别的女人总喜欢三个一群,五个一堆。难道她们真是那样相亲相爱?

可能她行为不端,人们不屑与她为伍,更可能是她不愿与人为伍。

见到她日日如此学习《毛选》,胡秉宸既没批评她也没告诉她的班长,也说不出自己为什么采取这种不闻不问的态度。

有时甚至毫无缘由地走出房间,好像有什么事要办,不过借故看看那个学习《毛选》的吴为。有天早上刚走出房间,食堂那只狗就跑来与他亲热。他弯下腰去拍拍狗头,坐在室外学习《毛选》的吴为冷冷提醒道:"小心,它刚吃过屎。"

他不由得想要幽他一默,并且知道吴为懂得他的幽默,回答说:"难怪它那么高兴。"她果然似笑非笑,很有保留地翘了翘嘴角。

他注意到她嘴角下的两个小酒窝。想,别人的酒窝都在面颊上,她的酒窝却在嘴角下。

天气晴暖的时候,他们班的活动就移到室外,大家坐在一堆原木上政治学习或是开班组会。吴为老是一言不发,坐在最高一根原木上。

有一次开鉴定会,班长挨个儿念了每人的鉴定,吴为的鉴定真是糟糕透了:"政治学习不认真,群众关系不好,生活特殊,劳动表现娇气,要求发放劳保护脚,因无护脚便停止电焊工作,今后仍需加强改造……"

那正是能否结束劳动改造、提前返回北京的关键时刻,这样一份鉴定,算是彻底毁灭了吴为返回北京的希望。

可是电焊条的熔化温度在一千度以上,电焊时掉下的焊渣即使没有一千度也有几百度,脚是肉长的,怎能禁得住那高温的焊渣?即便在工厂,也必须给这个工种的工人发放劳保护脚套。

难怪吴为脚背上老是贴着一块块纱布或橡皮膏,可能都是烫伤。

即便这女人放荡不羁偷人养私生子,但要求劳动保护用品没有错。

吴为什么也没解释,接过鉴定表,当着全班给她做鉴定的那些人,慢吞吞地把那张纸撕了。先撕成一条条,又把一条条撕成一块块,巴掌一扬,那些小纸片就随风散去。胡秉宸从窗里看得很清楚。

全班人马义愤填膺,班长气得脸红脖子粗,下面干部很快就把这个情况汇报给了胡秉宸,他又是什么也没表示,下面的同志也就不好有所动作。

吴为反正回不了北京,这还不够吗?

这女人现在就走在他的前面。

冷眼看去,吴为绝对谈不上蕴藉深远、仪态万方,不过是一种褪色的情调。时间长了,才会发现蕴藉深远那一类颜色或神思,浸润点染在她的底色上,笔深笔浅不肯通融,浓妆淡抹总不相宜。

她不论何时都是众矢之的,不论怎样伪装也必然不同。即便一身补了又补的蓝布衣衫,也难掩书卷之气和一身傲然,哪里像个改造对象!

此外这女人有一股中药味。

日后当他们有了肌肤相亲的机会,吴为的枕上果然总有一股中药味。

美国得克萨斯州立大学心理学教授德文达拉·西恩,差不多在二十世纪末才发现,男人在选择与哪些女人调情时有非常敏锐的嗅觉,只要闻一闻,就知道这女人是否处于生殖周期的最高峰,并认为这个时期的女人更具吸引力。

而胡秉宸要比西恩超前许多,他像《闻香识女人》那部电影中的男主角一样,何止闻出女人是否处于生殖周期的最高峰,还可以闻出各种女人的质地。

他认为每个女人都有一股独特的味道,不一定好闻,有的甚至很腥,可是性感,好比吴为那个班组里姓赵的女劳模,好像永远处于生殖周期的最高峰。

如果中国没有一场翻天覆地的变革,胡秉宸可能会像他的先祖那样,风流倜傥,坐拥女人之城,如明代唐寅的那幅仕女吹箫图(不是二十世纪末叶有个叫作陈逸飞的画的那一幅),而现在,他只能对一个发出中药味、一个有着褪色情调的女人发生兴趣喽。

但谁又能说,吴为狼藉的名声对胡秉宸不是更大的吸引?不要以为胡秉宸从里到外都是"宋明理学"。

好比此时,他心中就在暗暗叫道:吴为,吴为,你怎么不回过头来?

不但生活开除了吴为,"革命"也开除了她。"革命"派们互相打斗起来,你是反革命,他是叛徒,天下马上没了一个好人。吴为看不过去,说了一句:"坏人有那么多吗?干部也不能一律打倒。"

一个眼瞅就要被打成反动阶级孝子贤孙的男人,向她杀来一枪,"我们政策水平不高,可我是我妈怀胎十月名正言顺生下来的。"这当然是影射吴为有一个私生子。

不但吴为张口结舌,全场人也都静默下来。幸亏他将人们的注意力引向吴为,否则这个前国民党三青团员马上就面临"革命派"的绞杀。

吴为又怎能不自量力地对"革命"说三道四?这不是自取其辱又是什么!

不要以为人们给了她活下去的机会,就忘了她不能和他人平起平坐的身份。

此后她不再参与"革命",而是站在一旁看别人"革命"或"被革命",反倒逍遥起来。

只要不和人在一起,吴为就觉得自在,甚至变得聪明,所以在大队人马出发的时候,她总能找到落队的理由。革命领导不止一次批评过她,可她仍然没脸没皮,继续落队。

走着走着,就听见有人在后面叫她。

回头看看,一个人也没有,只有那个"解放"了的副部长胡秉宸走在后面。是他在叫她吗?当然不是,估计他也不会知道如她这样一个小职员的名字。

她调转头继续前行,遗憾着不能独自走在这条路上了。

可是吴为在劫难逃。

胡秉宸拿出去大别山送情报的行路速度,很快赶上了吴为,并对她点点头。

很礼贤下士,吴为想。也就点头作答,然后无言地继续前行。

此时的吴为,绝对想不到日后会和这个身材矮小,一副"宋明理学"面孔的男人有什么瓜葛。而且更不自在地想,现在不但不能独自走在这条路上,还得和这个男人并肩而行。

虽然吴为回头看了他一眼,也是非常不经意的一眼,但草帽下眯成一条缝的眼睛,继续无所谓地扫荡着四周。

这女人似乎不善与人共处。就算和人走在一起、说在一起、坐在一起、生活在一起,无非这样不经意地眯着眼睛,肯定也是这样不经意地活着。这种活法,自然会有种种的不合规矩。

如何与女人搭话是难不住胡秉宸的。

一看吴为那张谈不上沉鱼落雁的脸,料定不能从一般女人感兴趣的话题入手,便来个深入基层:"听同志们反映,是你首先发现了那个自杀的反革命?"

如果胡秉宸像当今某些男人那样,只能借鉴地摊上的调情速成读物并开始他的进攻,"请问你用的是什么牌子的香水?"一定会让吴为嗤之以鼻——"你知道多少种香水?你又知道哪一种香水用于哪一种场合?哪一种女人会选用哪一种香水?……"

所幸他问的是反革命自杀,于是这场谈话就不可能半途而废了。

吴为脖子一拧,阴阳怪气地说:"可能还不止反映我发现有人自杀吧……前不久他还是红五类,学'毛著'的标兵呢,怎么转眼之间就成了反革命?"

"……这就是'文化大革命'吧。"

她纠正道:"应该是'大革文化命'……"想了想又接着说,"毛主席不是说了吗,'要警惕睡在身边的赫鲁晓夫'!非常英明。问题是睡在谁的身边。像我们这种人，谁睡在身边都无所谓，要是毛主席身边睡了个'赫鲁晓夫'，麻烦就大了。"

千万不可把吴为这一通发泄看作是对政治的悟性，她只不过喜欢对"正经"事反其道而行之，对"正经"话反其意而用之，即便有点意思，也是歪打正着。

最后她还较真地反问："您真觉得他是反革命吗？"

胡秉宸吓了一跳。他原不过是找个话题，也以为她会像所有人那样，说一句"这是自绝于人民"也就完了，没想到是一副不肯善罢甘休的架势，而且惊世骇俗，暗藏杀机。这让刚刚获得政治自由的胡秉宸心惊，可又与他的许多想法不谋而合。

而且她说"您"。有多少年胡秉宸没有听过"您"了，革命队伍里不说"您"。

胡秉宸是压抑的，在机关里不能讲真话，在家里也不能随便说话，与白帆谈话就像是在党小组会议上的发言。

曾与白帆谈到庐山会议上的问题，她竟劝诫道："同志，我觉得你现在的思想很危险。也许解放后你工作有所成效，渐渐滋长了自满情绪？"脸上是一副六亲不认的周正。

何止解放后工作有所成效，难道解放前他的工作就没有成效？可是胡秉宸不能对白帆这样说。

这样的话只能让未来留给吴为。

多年后，吴为对他说："不论怎么说，你在你那个阶层里，还是最优秀的一个。"

胡秉宸终于可以随心所欲地从鼻子里"哧"出一个当仁不让，并且倨傲地说："何止我这个阶层？"可是他那时已然忘记，从与白帆的谨言慎行到与吴为畅所欲言之间的沧海桑田了。

等到白帆越来越"社论化"，越来越像他的党小组长后，即便睡到半夜，身体的某一部分不安分起来，伸手就摸到解决问题的白帆，也不再和白帆交流，只是闷声操练。多少次让白帆感到意犹未尽，声嘶力竭地让他"顶住，顶住！"他本可以像他们同居初期那样，两人豁出命去，求得生死与共的酣畅，可现在，白帆越让他"顶住"，他越是到点就放闸，似乎存心闪她一下，心中还暗暗对白帆笑道：哪个人敢调戏社论，又怎敢操社论呢？不是说"一句顶一万句"吗？你总能在那一万句里找到解决"顶住"的办法。

其实，只要白帆说一句自己的话而不是社论上的话，胡秉宸都可以把这件事干得有声有色。可是白帆偏不，一旦从他身下抽身而去，就翻脸不认人地对他说："抓紧时间休整一下，明天还要工作呢。"好像刚才忘形大呼，让他"顶住，顶住"的不是她，而是党小组长暂时脱了一下裤子。

而一旦下了床，胡秉宸自然也不再是白帆的丈夫，而是她的部长。

就是胡秉宸哪天情绪不错，和白帆开个玩笑，也会被她解释得面目全非。

如此，下了班还留在办公室工作，就不仅仅是"全心全意为人民服务"了。

胡秉宸官复原职后，时逢一九七五年东欧某国政府代表团访华，人民大会堂宴会厅举行招待宴会。胡秉宸就座于第三桌主位，同桌还有几个部级干部，其中有位江青的 boyfriend。对方是计划委员会主任，带领三位局级干部。

该国是毛泽东钦定的修正主义，又长期没有接触，彼此都不知说什么为好。虽是"文化大革命"后期，胡秉宸也不便说什么，很尴尬，只好没话找话。

对方有位女客指着桌上的花问:"这是什么花?"

胡秉宸说:"假花。"便乖巧地拿了几朵放在她的面前。在对付女人方面,再没有比胡秉宸更得体的男人了。

又有客人问江青的 boyfriend:"你们中国的义务教育是几年?"

boyfriend 回答说:"我们是一边练功一边学习。"

客人们愕然相对。

胡秉宸一看要惹祸,就对 boyfriend 说:"人家问的是我们的义务教育是几年,你要是知道就告诉他。"

其他几位部级干部想笑又不敢笑,只好含糊过去。

他后来对白帆说:"要是一个人哪儿都找不到一个讲真话的地方,非发疯不可。"

前不久白帆来干校探亲。看看已是"文化大革命"后期,胡秉宸早已幡然醒悟,想到全党全民命运系于一人之身,如果这个人身体或指导思想有问题,后果就太可怕了,还有那位旗手的问题,便对白帆说:"这个问题恐怕要等到毛之后才能解决了。"

白帆说:"你居然说出这种话,思想太有问题了!"然后沉默不语,想着是否应该把胡秉宸这些思想向组织汇报,以挽救胡秉宸于一旦。

白帆想些什么,胡秉宸一清二楚,不管工作关系还是夫妻关系,几十年他们没有白白日夜厮守。这个共同生活了几十年的女人,与他哪里有一点相似之处?

要不是胡秉宸连哄带骗,非惹出大祸不可。

其实胡秉宸把自己估计过高了,他和白帆不同的只是皮毛,越接近底线,他们之间的差距越小。在奠定他们人生观的关键时期,他们喝的是同一口水,吃的是同一种粮。不过完全推诿到同一口水、同一种粮似乎也不全面,还有个吸收问题,再说各人的吸收能力也未必相同。说到底,胡秉宸还是个"不忘朝市"之人,这一点也许和吸收的营养有关,也许天性如此。

不过眼下这个吴为又太肆无忌惮,怎么能随便对一个不知底细的人说这样的话?闹不好就可能掉脑袋。她果真轻浮得可以。

胡秉宸就收起自己的轻薄,小心谨慎以防被吴为抓到什么政治把柄,却忘记防范不要掉入另一种陷阱。

如果胡秉宸保持以往的冷静,就可能从这些细节上发现吴为不肯随便玩玩的脾性以及浑不吝的秉性,不如趁早收兵,那么他以后的日子也就会平安无事。

可是他小看了吴为的偏执,偏偏自己又余兴未尽。

去田里割稻子的路上,他们就一路天南地北地唱和下来。

三

由于一同到达劳动地点,自然就落到一块地里干活。

割秋天最后的稻子。

吴为长腿一叉,八行稻子就跨在了她的胯下。胡秉宸毕竟上了年纪,又没有多少体力劳动的经验,跨了六行就很勉强。

另一旁就是那个姓赵的女人,干校有名的女劳模,自然也是一跨八行,把他夹在了当中。

镰刀一开,刷,刷,刷,刷,吴为就把他胯下的六行搂过去一行,变成了五行。

女劳模也搂过去一行,他就剩下了四行。

虽然只剩下四行稻子,也得努力才行,瞟着吴为的脚跟紧往前赶。

吴为腰太细,脚踝也细,人又高,身高上就不占优势,至少比女劳模弯度大出许多,这样的体形只适合竞技项目。可她居然并不落后,暗中较着劲,好像存心要做些使他这位在各种会议上颁发嘉奖状的干校校长以及被他嘉奖的女劳模尴尬的事情。

女劳模确是各方楷模,被评选为名目繁多的优秀分子,常在各种大会上作活学活用报告,揭发批判各个时期的反革命。

胡秉宸在这方面很有些经验了,任何时候都能拔头筹的人,就难免让人想一想。不过他照常在各种大会上为这样的人鼓掌,念嘉奖这些人的讲话稿。

一条蚂蟥爬上了吴为的腿,又一条。蚂蟥不吃他,也不吃女劳模,偏偏吃吴为。很快,那两条蚂蟥就从饥馑的"贫下中农"变成滚瓜溜圆的"地主"。

难道吴为没有感到有蚂蟥在腿上吸血?可她就是不肯停下手来把蚂蟥从腿上打掉。她不能停手,她与女劳模的差距不过两三行,最后终于抢先半分钟到达地头。

她这才直起身来,拍打腿上的蚂蟥。轻轻一拍,蚂蟥们就懒懒地掉在地上,它们实在吃得太饱。鲜血从蚂蟥叮咬过的嘴眼流出,在吴为的泥腿上划出弯弯曲曲的红线。

工间休息时,女劳模就像可以淋到每个男人头上的雨,让那个男人给磨一下镰刀,往这个男人肩上轻捶一拳。那一推、一搡、一靠的巧劲儿,哪个男人不酥了骨头?谁能说那些先进榜与此不无关系?

女人真是得天独厚,就是延安时期,女人也比男人"少花钱多办事",不知她们还不知足地闹什么"女权主义"。倒是男人,该不该闹点"男权主义"?

人们对这种女人偏偏没有戒备,不但没有戒备,还会觉得安全保险。可是和吴为在屋子里谈个话试试,保证有人在窗外探头探脑。

突然女劳模高呼一声:"嘿,同志们唱个歌怎么样?"

"行啊,你带个头儿。"于是女劳模就起了个头,"起来,饥寒交迫的奴隶⋯⋯"

在这种场合下唱这种歌? 不过胡秉宸还是跟着大家唱了起来。吴为不唱,抬着头眯着眼睛看天,看云。

好端端的阳光灿烂,突然就密布阴云。

重又开始割稻时,吴为对胡秉宸说:"您的每个音符都不准,不是升了半个音,就是降了半个音。"

"这么说,还是对了一半儿,该给六十分?"一旦与吴为对话,胡秉宸就情不自禁地诙谐起来。

"不,只能是零分。您大概不知道您是音盲吧?"

回去的路上,胡秉宸清醒了,有意不与吴为同行。他犯不上为了那股中药味、那点政治上的宣泄以及那个"您",招致群众的"看法"。

割稻之后,吴为发现老与胡秉宸照面。

如果说她在室外阅读《毛选》时,隔壁的胡秉宸过来搭个茬儿还不为奇的话,那么他像影子似的,无时无刻、无声无息地跟在身后的情况,就着实让她有些恐惧。

最吓人的一次是晚上她独自徜徉在通往小镇的大路上,天光下,路面上一条好端端的木棍突然立了起来,原来是条蛇! 吓得她往后一跳。

虽然吓了一跳,还不至于惊叫起来。可这一跳正好跳在后面一个软软的物件上,这比那条蛇还可怕地让吴为惊叫起来。

回头一看是胡秉宸,原来她这一跳之后,撞到了胡秉宸身上。

胡秉宸说:"对不起。"

怎么会这么近!

他一直在跟踪她,还是偶然?

连胡秉宸也发觉他们碰面的机会是不是太多了。休息日,胡秉宸常常在山野里走来走去,觉得是一种很好的休息。上个休息日到一条很远的河去,远远听到有人哭得好不凄怆。会不会是干校的人?此人会不会寻短见?便循声而去,等到走近才发现是歌声,真是长歌当哭了。

于是在离河滩不远的梨树下站住,不知怎么就知道,躺在梨树下的那个歌者,定是吴为。

他不禁心头一悸,她有什么苦处吗?这样的女人居然会有痛苦?

河边,梨树,歌声,孤男,寡女……真不是个好场景,赶快反身回走。晚秋的太阳晒得他的背好暖好暖,吴为的歌声却又阴又冷,那是什么歌呢?当然不是语录歌,也不像中国歌曲。

那一天,胡秉宸的耳边不断响起那凄怆如泣的歌声。

这是个什么样的女人呢?平时见她走路,脸子都快仰到天上去了。难怪人们要整治她,若不整治还不知会怎样,可她却躲到那么远的河边去唱。

胡秉宸盼上了早上或下午的政治学习;盼上了那个坐在室外,拿着一本《毛选》对着远山发愣的吴为。

有时更拿了几行传抄的诗句去搭茬儿:"你觉得这是陈毅写的

诗吗？"

胡秉宸真是用了心，字体是他难得一见的工整。吴为反复琢磨胡秉宸抄在纸上的诗句——

　　二十年来是与非，一身系得几安危？
　　浩歌归去天连海，鸦噪夕阳任鼓吹。

　　南国风云二十年，一头须向国门悬。
　　后死诸君多努力，捷报飞来当纸钱。

胡秉宸却打量着低头读诗的吴为。她的头发很浓，中间那条发缝白得让他心跳。

吴为随即在"一头须向国门悬"下面画了一笔，显然是欣赏的意思；又在"一身系得几安危"的"一"字上画了一个圈，认真说道："用字重复……倒是像他的性格。可他会写诗吗？哪儿抄来的？"

胡秉宸没有继续求证是不是陈毅写的诗，却缓缓地说："有人问曹禺为什么不写东西了，曹禺说：'写什么呢？'……《王昭君》是失败的，奉命嘛，命题作文总是不好写的……他应该有勇气写点儿什么。抗战期间他写过一个很好的剧本，说的是国民党一个伤兵医院，自院长而下腐败透顶，有位女大夫是个正面人物，来了个马专员，大力整顿，把院长撤了职，医院才面目一新，在暴露国民党腐败这个问题上很受观众欢迎。这个戏解放战争期间还在上演，后来却被说成是'为国民党涂脂抹粉'，从曹禺的作品中消失了。如果不谈这些时代背景，只是就戏论戏，真是个好剧本，当时演出的剧团也是进步剧团，女主角由舒绣文扮演……我实在为曹禺可惜，他的才华没能全部发挥出来。他应该有勇气，为什么没有呢？只要不离谱儿就行了嘛！我老认为老舍《茶馆》里三个老人扔纸钱的结尾,是'曹禺式'的结尾,也许是曹禺给老舍出的主意,或者至少是受了曹禺的影响。真希望曹禺再给中国留下几个经典剧本。"

吴为说:"什么叫'不离谱儿'?不离谱儿还能写出您所谓的经典剧本吗?"

一副与胡秉宸没的可说的姿态。

一看话不投机,胡秉宸及时调整了话题:"小时候读冰心的文章,可能是《寄小读者》吧,老记着那个在海边骑着一匹白马的小姑娘,这个形象好像凝固在脑子里了。十几岁又读了意大利人写的《爱的教育》,一个孩子为从马车底下救出一个更小的孩子轧断了腿,他的同学又如何帮助他去学校……当时老想,什么时候我也能牺牲自己,去救一个更小的孩子……"

吴为这才不说怪话,开始认真听他说。

日后,随着他们关系的深入,胡秉宸将不断发现,吴为与他的一些趣味竟那样相似——不过相似而已。

胡秉宸不能停顿,一停顿就很难继续这个谈话,也很难保存这种谈话的质地。他不能一再重复这种走近她的机会,吴为不觉得奇怪才叫见鬼。

而且这是一个多么合适的场合。大庭广众之下,吴为的膝头还摊放着一本《毛选》,绝对不会有人另作他想,便不慌不忙侃侃而谈:"就说林黛玉,怎么不可以有个林黛玉?而且没有林黛玉就没有《红楼梦》,为什么要用大抹子把一切都抹平?连主席都肯定了《红楼梦》嘛!不要把每个作品都样板化,否则就不能丰富多彩。京剧还得有各个流派,大名旦四个,小名旦还有四个……

"Dickens的陈腐的阶级观点和大团圆结尾让人厌烦,但文字是美的。我大学一年级读的英文课本就是原文版的《大卫·科波菲尔》。"

刚才还打算认真听个仔细的吴为，说话就是东边日出西边雨，又开始一脸狐疑地看着胡秉宸。他说的都是什么？东一榔头西一棒子，像个杂货铺，不知专营什么买卖。是不是有点急于表现自己？又为什么要表现自己？

"您是不是觉得，狄更斯应该先学习学习马克思的阶级观点？"她拍拍摊在膝上的《毛选》说道。

吴为的刁钻此时已见端倪，如果胡秉宸早有所悟，将来也就不会悔青了肠子喝道："你这个刁钻的女人！"此时千不该万不该把吴为的刁钻当有趣，大人不见小人怪地接着说："……我想起牛津，古老风味儿十足，还有莎士比亚住过的那条小街也是如此。"然后转身回到隔壁的屋子里去，留下吴为继续对着远山发愣，百思不得其解：胡秉宸今天怎么一反平日的矜持，话多得出奇？

回到屋里，胡秉宸对自己大发其火。

吴为不是不明白胡秉宸这些姿态传递的是什么信息。像她这样一个自小就读《白雪公主》以及各类西方文学的人，怎么能不懂得男女间的那些密码？

她只是怕了男人，既怕与哪个男人坠入爱河，更怕和哪个男人谈婚论嫁。

不是没有男人对吴为感兴趣，但无法让她相信那是真爱。其实验证起来并不复杂，只要不让他们切入主题，马上拿她的前科说话。

那些男人不过耍她而已！

像她这样有过前科的女人，还奢望什么男人的真情实意！

可惜正大光明的"随便玩玩"一说，一九四九年后不但转入地下,而且至少七十年代之前,只能潜伏在某些老奸巨猾男人的内里,女人就更不可能搭乘这趟车。

如果条件像二十世纪末那样宽松,吴为何不可陪着他们玩上一把?

但她从来不是随便玩玩的人,那些随便玩玩的人,哪个会玩出一个私生子来!

别忘了吴为毕竟是顾秋水的女儿,别忘了顾秋水当年怎样轻易就将自己的一生交代给了包天剑!

恰恰相反,吴为不投入则已,一投入就是不知进退,有去无回。那真是将身家性命都押上去的豪赌,直到赔光输净才会回头,而不像有些女人,一旦发现没有赚头拨马便走。她那输光当尽的下场,实在怨不得他人。

而且爱好文学的吴为,早就显出创作的倾向,不但喜欢创作故事,也喜欢创作男人。

她总是把男人的职业与他们本人混为一谈,把会唱两句歌,叫作歌唱家的那种人,当作音乐;把写了那么几笔,甚至出版了几本书,叫作作家的那种人,当作文学。见到与文字沾点边的人,也就以为遭遇了文学,便热情澎湃地扑将上去,还以为自己是委身文学,"文学"也就何乐而不为地接受了她。过后再读契诃夫的《宝贝》,只好会心一笑。

因此她也把干过革命、到过革命根据地的那种人,当作革命……她后来对胡秉宸的迷恋,和胡秉宸的革命经历有很大关系。

岂不知大部分情况下,会唱两句歌和音乐根本不是一回事。

同样,会写两笔甚至出版了很多书的人,和文学也不是一回事。就像那个会写两笔又出版了几本书的吴为,谁又能肯定说她与文学有关?

…………

吴为既热爱革命，又热爱音乐，还热爱文学，综观她这一生所选择的男人，差不多都和这种爱屋及乌的情结有关。《尚书大传·大战篇》有"爱人者，兼其屋上之乌"，于她则是"爱乌者，兼其屋下之人"，或双相通用。

她的热爱要是再多，怎么是好？那么她这一生更是非常、非常的热闹而且麻烦了。

所幸她热爱绘画的时候，已近日暮途穷。

…………

不过这种无可救药的女人，哪个时代都有。

直到冒天下之大不韪，为文学生了一个私生子，并遭天谴人怒之后才知道，"相似号"不是"等号"，才知道不能轻许，才开始自我放逐。

而多年的羞辱也为吴为的敏感优柔穿上了坚而冷的盔甲，她能不如此脆弱又如此坚硬吗？

再说，这个博大精深、十足贯通宋明理学"无言笑"的男人，怎么可能对她有非分之想！

四

"文化大革命"如斗形龙卷风，裹挟许多生命，陀螺般地旋转而去。如果只留意它锥形的长尾，为人间留下的不过是个下流无耻的回味。

风过处，却是哀鸿遍野，万树凋零，这才是龙卷风的用意所在。

一盘残棋下到这里,就是不断有人调回北京,也陆续有人被分配出去。

吴为自然是被遗忘的角落。她早已习惯被遗忘,觉得这个地位不错。

干校里的人越来越少,也不赶着人们下地干活了。

于是吴为身背一把砍刀,型号和那个所谓反革命分子用于自杀的那把一样,独自爬上渺无人迹的深山。她时而陷身青云暗雾,时而倾听奇禽啼鸣于幽林深处。当地老乡说山中常有豺狼出没,她却从来没有遇到过,连蛇也没有看到过,也许蛇们只是绕在树上将她窥视,并不游下树来与她为难。她难免猜想,那夜在小镇路上遇到的蛇,是否有意帮胡秉宸一把?

漫山都是毛竹,吴为却非要爬到山顶,砍一根七八十斤重的巨竹背下山来。这样一来,不是可以消磨一个整天?

下得山来,将毛竹截锯为一米多的长段,用砍刀劈成细条,再用瓦片刮润,做了门帘送人。

或在成堆废弃不用的木头中,拣些硬木块到车间加工小玩意儿,台灯座或是小水桶,然后用水彩在上面随意乱画,再涂一层清漆。

哪一桩是女人玩的活儿!可是,车床、砍刀、锯子、锉子,她样样玩得得心应手。

除了机油味、破车床、东一堆西一堆成形不成形的加工件,车间里什么也没有,真让人不能相信这里曾是心术角斗的沸腾场地。

吴为游走在这些破东烂西中,不是开怀坏笑就是嗷嗷怪叫,偏偏不作哈姆雷特式的严肃思考,不知这是否为她日后成为作家的一个缘由?

那天,又是如此这般在车间里翻江倒海,然后又上车床车一个螺钉,一手摇着进刀的手柄,一手拿着油壶往加工件上喷射冷却油降温,冷不丁听见背后有人说:"带水枪的女工。"

就像那个晚上在路上看到那一条蛇,猛然往后一跳,踩上一个软软的物件那样,又是一个惊恐。

回头一看,又是胡秉宸。

调过头来继续干活,心里一慌,进刀猛了,眼看螺纹车坏了,可她还是装模作样继续车下去。等胡秉宸转身走开才停下床子,把那个废螺钉从夹具上取下,拿着那个废螺钉好一阵发呆。方才还能翻江倒海的吴为,转眼就变成一只瘪了的轮胎。

似乎有一只蚊子在很远处飞,越飞越近,到了近处才知道那不是蚊子振翅,而是一种不祥的声音。她伸出双手,妄图挡住那不祥之兆,可是它们比她的手臂有力,不容抗拒地向她渐渐逼近。

天色已暗,她拿起抹布擦了擦满是机油的手,出了车间。

有星星冷锋在她脸上交错相击,抬头一看,雪片如席。冬天已经过去,春天就要来临,可是这场春雪比冬雪还大,地上积雪足有一尺多厚。

树枝被积雪压得咔咔轻响,有些细枝还断裂下来。什么都听得清清楚楚,何止细枝的断裂声,连自己的呼吸也听得清清楚楚,心情也就好了起来。

积雪没过了吴为的脚踝,她一面数着自己的脚印一面前行,雪片边落边融,将她的头发湿贴在额上,凉丝丝地爽,毕竟是春雪了。

可是,绝非一人独处的感觉向她袭来,转身缓缓四顾,天色苍暗,漠漠飞雪,如烟如梦,是焉非焉的一个胡秉宸,靠着一棵树站在雪地里。

难道在等她吗?帽子和身上的积雪,说明他已在雪地站了不少时间。

吴为脸上那点本就不多的笑意变成了严酷。

胡秉宸的确在等吴为。刚才到车间巡视,还没进门之前就想,要是能看见吴为就好了,一旦看到她,胡秉宸兴奋得简直有点莫名其妙,否则怎么会说出"带水枪的女工"那样明目张胆的调笑之词。

胡秉宸对吴为的调笑绝对始于性,哪个男人听了有关一个女人的那样传言,不往性上靠?可不知什么时候起,渐渐变成对她气质、素养、清雅外形的倾慕。

多少次胡秉宸在车间外面窥视吴为,越来越发现她不像一个淫荡的女人,就连对"带水枪的女工"也浑然不觉。换了另一个女人,比如那位女劳模,就完全可以体味个中滋味。

这女人可真是个谜,她到底是聪明还是糊涂?是单纯还是放荡?……

胡秉宸毕竟是胡秉宸,男人也毕竟是男人,将来他对吴为的兴趣还会回归为性,不过现在正缓慢地进入认识的第二阶段。

胡秉宸那个站立的姿态,让吴为的心隐隐一动,就像接上了阴阳两个电极。

那不祥的声音又靠近了。

胡秉宸让她渐渐放松了对男人的戒备……原来她是怕自己对他好感有加。

望着吴为在雪中渐渐模糊的身影,胡秉宸相当失望。难道她没有看出他等在这里,只是为了再看她一眼,很有节制的一眼?只是为了再打个照面,说几句"多好的雪"之类不热不冷的话?

似乎并不因为她是女人。

仅仅想和她说几句不热不冷的话吗?

实在又因为她是女人。

这个与已然中止的旧日生活似乎有着千丝万缕关联的女人哪!

这让他想起旧时家园点着的一盏灯;

一幅有些破损却还挂在老地方的画;

一瓶被人忘记也就没有被喝掉,所以才会陈年的老酒;

一部不知遗忘在哪里,就再也找不到的书……

他笑了笑,渺然而无稽。

可吴为一句话没说就过去了,生怕他会和她怎样似的。

怎样?

就像中了邪,一个可怕的念头突然渗入胡秉宸的脑子,"早晚有一天,我非把这个女人搞到手不可!"

怎么搞?

哪一天?

"早晚有一天,我非把这个女人搞到手不可!"好像一种赌气,一个较量。与什么较量?他也说不清楚,也许就是和吴为的较量。只有在这个较量中,才能充分挖掘显示他鲜为人知的魅力。

他一直耿耿于怀的是,他那被革命生涯湮没的魅力,始终没有得见天日。与革命队伍里的女同志们是不需要这种较量的,如果他们觉得彼此需要,互相通知一下就行了。可是直觉告诉他,吴为,可能就是那个与他惺惺惜惺惺的人。

他放纵地想着……

放纵一下又何妨?调令已经下来,他很快就要回到北京去,官复原职。干校也要解散,一旦离开干校,离开吴为,他又会像上了笼头的牲口,中规中矩地拉车去了。

74

让吴为开始对胡秉宸动心的是那一次。

叶莲子来信说禅月高烧,不过现在好了。但是,万一,禅月再有个急病……

要是母亲这样说,那就是情况严重,她感到了孤独无助,希望吴为回去。

怪不得吴为梦见暴风雪、悬崖。不知怎么禅月就掉下了悬崖,她的两只小手紧紧抠着悬崖边上的石头,叫着:"妈妈!——妈妈!——"

吴为拼命往悬崖边上跑,两条腿却陷在深雪里,怎么拔也拔不出,急得声嘶力竭地大喊起来。一下子把自己从梦中喊醒,醒来很久睡不着,听老鼠们在天花板上赛马般地一阵又一阵隆隆跑过,想着母亲独自带着禅月在北京的艰辛日子。

可她怎能调回北京?想想她的那份鉴定,还有她对待鉴定的态度吧!

像她这样的人,即便是有回北京的名额,也不会分配给她。

每天每天,只能看着人们一个个兴高采烈乘车离去。

想到叶莲子的困难,真是忧心忡忡,从车间回宿舍的路上,迎面碰上胡秉宸,没头没脑地对她说了一句:"高兴起来,吴为同志。"

她没有回答也没有停下脚步,匆匆与他擦身而过。

山岚,暮鸦,破碎参差的田地,老树枝上挑着的残阳……一下混沌起来,一派天昏地暗的模样。难道眼睛里有了泪?

多少年了,她的人格早在羞辱的研磨下一厘厘研磨为佝偻,有谁对她说过一句这样的话?

她以为自己早已刀枪不入,却原来还是如此脆弱,却原来还是等着一个骑士向她走来并对她这样说,却原来还没死掉对一个骑士的企盼。

　　难道胡秉宸知道她的等待？他实在不年轻了，也不英俊高大。

　　当天晚上吴为做了一个梦，先是和胡秉宸打着伞在淅淅沥沥的雨中散步，接着又梦见胡秉宸参加一个什么晚宴回来，穿一身黑色细毛呢礼服，上衣纽扣敞开着，两只手插在裤袋里，走进她的房间，坐在她的床边。她对胡秉宸说："讨厌，为什么这么晚才回来？"像一对老夫老妻。

　　完全是吴为的自作多情。"高兴起来，吴为同志。"不过是胡秉宸没话找话。

五

　　叶莲子真觉得自己老了，她的疲劳竟变成疼痛，像是躺在荆棘上，那些尖刺缓缓地、深深地刺进身体内部，极细致地布遍了全身。

　　公共汽车在她还剩两步就赶到的时候，却关上车门开走了。

　　谁知道下一班车什么时候才能来？

　　由于体力不支，她的背越弯越厉害。可她不能放下禅月，禅月一直疼得紧，现在刚刚停止呕吐，刚刚在她背上睡去。

　　禅月被邻居的儿子踢伤了。那男孩本是与妹妹打架，站在楼梯上，飞起一脚就冲妹妹踢去。禅月忙张开胳膊去保护他妹妹。十四五岁、"血气方生"的一脚，全部落实在禅月的胃部。禅月当时就疼得从楼梯上滚下，躺在地上起不来了。

　　兄妹二人的父母，不但没有对禅月说一声谢谢，连过问一下禅月的伤势也没有，更不要说负担禅月的医药费，他们甚至对两兄妹说："谁让你们和禅月玩儿的？咱们是什么人家，她们是什么人家？

她们一家子都是下贱货,她妈还是破鞋。你们看看,这个院子里的孩子哪个和她玩儿?跟这种孩子在一起玩儿丢不丢人!"

医生说是软组织受了损伤,除了开些止疼药别无他法。禅月还是疼得不行,叶莲子只好带她到远郊一家中医院去做按摩。

叶莲子难得出门,对本市地理环境所知甚少,又上了年纪,腿脚不便,禅月胃部又受了损伤,挤乘公交车的远郊之行,对这一老一少无异于艰难的远征。

途中须多次换乘,路面不好,车身摇晃,禅月本就胃疼,不断的摇晃使受伤的胃以及胃里的食物极为愤怒,便开始造反逆行,禅月却咬着牙不让它们得逞。叶莲子见禅月憋得满头冷汗,不忍地说:"你想吐就吐吧。"

小小的禅月却说:"那样就会把汽车弄脏,多不好。"直到下车,直到找到一处隐蔽的地方,她才将胃里的食物一吐而尽。

中医按摩也不甚见效,禅月仍为剧痛所苦,白天夜晚无法入睡,叶莲子只好背着她在地上走溜儿。

那天吃了大剂量的止疼药才睡着,楼上人家的孩子偏偏在屋子里跳皮筋。叶莲子上楼恳求他们安静一会儿,央告他们:"求求你们了,我们家禅月胃疼得不行,几天几夜也睡不成觉,现在刚刚睡着,请你们别在楼上跳皮筋了好吗?"

那家孩子的父母,不但把叶莲子堵在门口,而且不等她把话说完,砰的一下就关上了门。接着叶莲子听到那孩子在门里编着歌谣边说边唱道:"就跳,就跳——张爸爸,李爸爸,不知谁是禅月她爸爸……"

这些话、这些事,叶莲子从不对吴为说,吴为为那个错误受到的惩罚还少吗?

禅月蠕动了一下,可能睡得不舒服。叶莲子背上有太多的骨头却没多少力气,所以禅月就渐渐下滑。叶莲子屈了屈腿,把禅月往上颠了颠。

她的眼睛往上翻着,透过披到额上的白发,注视着来往的车辆,专心致志等待着下一趟公共汽车。果然就等来一辆,只隔了十分钟的时间,也许二十分钟?到底等了多长时间叶莲子也不知道。

为了给禅月看病,叶莲子毫不犹豫地把跟了她十几年的手表卖了,那是她最后一点值钱的东西,也曾是对她那个"优秀小学教师"的奖励。她不十分看重那荣誉,她看重的是一个从靠查字典起家,以教书糊口的小学教师,变成称职的优秀教师所付出的努力。正像她后来并不十分看重吴为那个作家的头衔,而看重的是吴为从人下人,从人们的脚底下挣扎出来的努力一样。

那条旧俄国毯子也卖了。抗日战争时期,她用那条毯子包着吴为逃日本飞机,那时候也是这么穷,这么累。看来她这一生不会有另外一种生活了。都是命!

六

轮到吴为无奈地找她的顶头上司胡秉宸谈谈回北京的问题时,胡秉宸却公事公办,一点不肯帮忙。用不着考虑,为吴为这样一个女人说话,等待他的会是什么舆论!

谈话过程中,胡秉宸不但屡屡瞟着窗外,身子也尽量往屋角的阴影中缩,好像窗外有人监视,好像吴为不是和他谈公事而是和他偷情。这一来,他那副"宋明理学"上得殿试的面孔,就像了后街引车卖浆者流。

而且没等吴为把困难说完,他就打断说:"好吧,就谈到这儿吧。"生怕吴为求着他什么、影响他什么,又怕沾上点什么,好像她会散布病菌……

吴为这时本该看出胡秉宸的问题,可她大事不抓,不去探究胡秉宸那副"宋明理学"面孔为什么转眼就成了引车卖浆者流,而是任性地耍小脾气,一气之下起身就走,还为胡秉宸的自私、虚伪,不像她想象中的那样完美而感到悲哀和惋惜,甚至为自己找胡秉宸解决困难懊悔不已,以为胡秉宸这样对待她,是由于对她的误解。

难道她是想利用胡秉宸对她的那点好感吗?

与胡秉宸谈话之前,吴为曾再三审度,在得到肯定的否定之后,才肯去找领导胡秉宸反映问题。

不找眼下这个唯一的领导又能找谁?哪个人能做得了主!

胡秉宸就要回北京去了。

总该对吴为说一声"再见"吧,可他思量再三,无从下手。不是苦于没有借口,而是苦于如何将吴为吁请帮助时的胡秉宸,向道别的胡秉宸转换。

他每日守在窗前,每日看着吴为从门前小路走过,或从宿舍去车间,或从车间返回宿舍。如果没有这条吴为的必经之路,胡秉宸也许一走了之。谁让吴为每天必得经过他的眼前?许多大事有时正是由这样的小事促成的。

终有一天忍耐不住,见吴为走过,急忙奔出房门。好在阡陌交通,为了不让吴为看出他有意等待,绕了一个大圈,从对面迎着吴为走去。偶然遇到的样子,偶然提到的样子,说:"你好,吴为同志,过几天我就要走了。"

即便如此,胡秉宸还是不敢对吴为说一句:你有什么困难需要帮助吗?

吴为翻了他一眼,"您当然应该回去。"没有一点惜别的意思。

"上午收拾行李,还看到你留下的墨宝呢。"他又何苦留下把柄,对她说,他一直珍藏着她画了一笔、圈了一个圈的那张纸?冰雪聪明的吴为,应该领会这就是有意留着的意思吧。

"什么?"她显然忘记了胡秉宸当初与她纠缠的借口。

"你忘了你在陈毅诗句上画的那一笔和那个圈儿?"

吴为终于明白了胡秉宸的用意。可那时,她对胡秉宸忽而挑逗忽而委琐的虚伪还算清醒,什么也没说,冷然地咧咧嘴,头也不回地走了。

当她晚上出去散步时,在离宿舍不远的地方,又碰到了胡秉宸。

没有前缀,胡秉宸张口就说:"我也想散散步,再看看这个待了几年的地方。你不反对和我一起走走吧……我想我选错了职业,我应当作一个相声演员……假如有人能写出这样一个让别人都快乐的形象,也是不错的……"算是对自己那些出尔反尔行为的辩解。

见胡秉宸这样讨好,吴为毕竟不忍,说:"那就当您的相声演员吧。"便不再做声。

他们无言地走下去,走了很久,越走越是惊心,越走越是于无声处听惊雷。

等到他们分手的时候,已是夜半时分。胡秉宸送吴为到宿舍门前,忍了许久最后还是把持不住,迸出一句:"……郴江幸自绕郴山,为谁流下潇湘去?"

秦少游的这个句子和句子的背景也算生僻,胡秉宸只是不觉抒发,并没想得到吴为的回应。

一句秦少游,立刻缴了吴为的械。

想不到这个"老共"居然知道秦少游,知道这样不常为人提起的句子!不似"剪不断,理还乱""一种相思,两处闲愁""今宵酒醒何处?杨柳岸晓风残月""十年生死两茫茫,不思量,自难忘""红酥手,黄縢酒,满城春色宫墙柳"之类动辄被人传诵的名句。

如果说胡秉宸以前对她妄谈曹禺、冰心、《红楼梦》、林黛玉以附庸风雅,更还有对 Dickens 阶级观点的批判以装腔作势,那么说到诗词,说到秦少游,可就得有点真本事了。

作为胡秉宸的下属,吴为未必不知道他的才能,未必不知道他可能成为多种行业高手的潜质,但也不过敬佩而已。比如人造卫星可是了得,与她又有何干?敬佩与滋生感情的仰慕、崇拜等等,有着明显的差别。

只有到了秦少游这里,才让她真正刮目相看。从此这个矮小的男人,让她觉得像了教授,而不再像副部长,也就是说,像了自己的同类,从此对胡秉宸有了一种原则上的认同。

也就是说,吴为又重新陷入"爱屋及乌"或"爱乌及屋"的泥潭。

好感也罢、爱情也罢,产生得就是这样没有道理,没有逻辑。但那时,吴为也还能对胡秉宸的把戏保持警觉,伶牙俐齿地回道:"客自长安来,还归长安去。"

没想到吴为回他这么一句,也叫胡秉宸不得不另眼相看。啊呀呀,这个女人哪——不寻常!

又一想,是暗喻他的虚浮吗?

不求利禄,功名何妨!

想来吴为也理解了他何以引用这个句子,所以才回了这么一句。

下面的句子就看怎么理解了,闹不好可就意蕴深长。她是有心还是无心?胡秉宸追问道:"下面呢?"

吴为不过想说，既然回去当京官，何谈不得已？没想到马失前蹄——

下面的句子该是："狂风吹我心，西挂咸阳树。此情不可道，此别何时遇？望望不见君，连山起烟雾。"

李白这首诗，与男女之情完全无关，要不是胡秉宸步步紧逼、层层设套，接下去倒也无妨。可现在，很容易为移花接木制造可乘之机，她怎么能接这样的句子？只好说："忘了。"

胡秉宸接着说道："该是'不道风吹絮，但挂咸阳树……'"

果不其然！还是被胡秉宸移花接木了。

明知胡秉宸篡改，但那样明显地暗示了他的心思，吴为只好故作不知。

胡秉宸一向喜欢将古人的诗词改头换面，想当年他对表姐绿云说的那句"怎一个谢字了得？"还不是从李清照的《声声慢》"怎一个愁字了得"来的？

多年以后，当他又与吴为离婚与白帆复婚之后，还会不断地给吴为寄些改头换面的诗词——既表明对吴为专情，也表明了对白帆最后的忘恩负义；既表明拈花惹草本性难移，也暴露了"得拈且拈"的痞气，晚年的胡秉宸是越来越不堪了。

我自岿然不动的吴为，直等到胡秉宸的行程越来越近，才突然慌乱起来，想不到一句秦少游惹来这样的大祸。拉过一张纸，坐下写了："梨花就要开了，您却要走了。"没有抬头也没有落款，用两个手指捏着那个条子，奔赴刑场似的走出门去。

一出门，就碰见胡秉宸背着手，在田埂上如笼中之兽焦灼地踱来踱去。

他在等她！

吴为觉得脑袋空了，心涨得就要爆炸，脸色惨白地捏着那张条子向胡秉宸走去，一句话也没有，把条子递给了他。

胡秉宸好像等的就是这张条子，一把抢了过去，塞进兜里，然后各自转身走开。

他们就这样分别了。

七

胡秉宸走后，吴为天天到很远的小河那儿去，依在梨树下，坐看对岸的梨花。

漫山梨花让她想起宋代严蕊的词："道是梨花不是，道是杏花不是，白白与红红，别是东风情味。曾记，曾记，人在武陵微醉。"

又记得严蕊因不明不白的牵累，押进牢房。真是文化人，传说在牢里还填了一阕词："不是爱风尘，似被前缘误，花落花开自有时，总赖东君主。去也终须去，住也如何住？若得山花插满头，莫问奴归处。"

大半人在遇到不能为世人了解的冤屈时，就会向往超脱尘世的生活。

有时下河游泳，只要到了水里，马上就有一种古怪的感觉：她本不是这个世纪的人，二百年前的一场潮水把她带上了岸，潮水退去时却把她忘在了岸上……

那么胡秉宸呢，该是二百年后的人吧。

看着梨花盛开，又看着梨花谢了，直看到河边的芦苇茂密起来，这时干校就撤销了。她也跟着回到北京，又过起了上班下班的小公务员日子。

偶尔想起在干校与胡秉宸的相处,就如想起小时叶莲子逼她背过的那些唐诗宋词。

有天正在低头审看那些审不完的表册,听见办公室门嗵的一声开了,觉得那门开得有些异样,但还是没有抬起头来。接着有人站在她的面前,接着又听见那人说:"你好,吴为同志。"

她机械地握了握一只伸过来的手,又机械地看着那只手的主人快步走向办公室外。

办公室的门又关上了,这才明白刚才那个人是胡秉宸,这才感到她的五个手指那样疼,一个个像被捏在一起,分也分不开了。不知道胡秉宸用了多大力气,也实在看不出矮瘦的胡秉宸居然有这样大的力气。

从此没有了消停的日子,天天都有一种陷落、坠落的感觉,无缘无由,无法遏制。

胡秉宸当然知道吴为跟着干校一起撤回了北京,虽然他们每天由同一个大门进出,却也和天边一样的了。

就算在大门口碰见她,他也没有理由在众目睽睽之下,从专车里跳出来,只是为和她打个照面,说一句:"吴为同志,好久不见了。"

不好,好像他老在计算多久没有见到她。

那和她说什么好?

胡秉宸觉得自己好没意思。

他根本不会跳下车。既然不会跳下车,又何必费心琢磨见到她说什么?

每每在秘书送来的文件中,看到与吴为所在部门有关的文件,心里总是一惊,思绪便会从眼前一大堆庞杂的事务中游移开去,想起那些下雪的日子、雪地里扔雪球的那个女人和等在雪地里的自己……

怎么总是下雪的日子？

深思远虑的胡秉宸突然没了分寸，开始为找个理由与吴为见面而心烦。

万事难不倒的胡秉宸，却在这个问题前面徘徊不已。

这栋办公楼有几百个房间，不过搜索范围还是有办法缩小。

他在秘书办公桌的玻璃板下，看到一张下属各局所在楼层表，很容易在四楼找到吴为所在那个局的位置，但也有二十多间，她在哪一间呢？就没法知道了，又不便向秘书打探得那样具体，秘书就会想，一个副部长，为什么隔了若干级别打听一个普通下属？就算他能想出一个什么理由，也得由她所在那个局的局长来汇报，处长都靠不上。

最后忍不住跑到四楼，把吴为所在那个局的办公室二十多个房门依次推开，和每一个工作人员握了一次手，和每一个工作人员说了一句："知道大家从干校回来了，来看看同志们，看看同志们。"

这理由倒也说得过去，却还是让那个局的所有职工觉得莫名其妙。

跑了几个办公室也没见到吴为，胡秉宸有点按捺不住，几乎把秘书叫来给他好好查查，又想，这样的事怎好让秘书去查？只好耐着性子一间一间办公室往下跑，终于看见她埋头坐在一大堆表册后面。和一般女人一样的齐耳短发，一件碎花的中式对襟小袄，一样的一个女人，一阵大喜过望，随之心也安静下来。

只得迂回前进，先和其他职工一一握手，不知第几遍地重复着："听说同志们都从干校回来了，来看看大家。"

人们脸上漾起欣赏的微笑，胡秉宸倒是没有一阔脸就变。

　　吴为却没有听见，愁眉苦脸地对付着那些表册。胡秉宸便觉得这个与他应对"客自长安来，还归长安去"的女人，与那些表册纠缠在一起，果然荒谬。

　　等到握住吴为的手，情不自禁地加了力，胡秉宸当然要让她永远记住这一次握手。

　　他的手里，长久地留有握着吴为手指的感觉，既有如愿以偿的满足，又平添了更多的企望。本以为不过是想看看她，实在是担心她会忘记自己。

　　瞧她那一副愁眉苦脸的样子，难道不高兴与他再见？

　　为了这个"再见"，他费了多少心思？握了多少并不想握的手？

　　他的手就那么容易握到！

　　胡秉宸快步走出吴为的办公室，恍惚地站在走廊里，心里有做错事的茫然和唐突，自责起自己的浮躁。

　　好像要惩罚自己，脸上便现出比往日更加严厉的神情。

　　要是现在碰到吴为，相信胡秉宸看都不会看她一眼。

　　每时每刻，吴为都想发出求救的呼声，可是没有人能够救她。就连走在马路上，她也不自禁地捏紧拳头，咬紧牙齿，一副准备抵抗到底的架势。可她的抵抗是徒劳的，就像在沙漠或沼泽地上垒筑的堤坝。

　　胡秉宸也想不到那样难以自持，又恢复了他在干校的作业，随时都在寻找与吴为"偶然"相遇的机会。

　　那天吴为站在印刷机房外，校对刚从铅版机上取下的文件，虽然低着头，却感到一阵不安的骚动从身上流过，从头到脚，像水淋又像火烤，冰凉而灼热。现在不用看就知道，胡秉宸来了。她万般无奈地从文件上抬起头，胡秉宸正坐在车里向她凝望，嘴唇不停地嚅动着,像在对她说些什么。在说什么?

他的样子看上去很可怕,难道他也像她一样为什么所苦?

吴为像被焊在地上,立刻不能动了。但还能明白胡秉宸下了车,向办公楼里走去,并隐没在门廊的暗影里。

直到喘息渐渐平息,吴为才继续校对那份文件。她怕出错,反反复复校对了许多遍,直到自认找不出差错才上机印刷。可是等到工人把印好的文件送到办公室后,处长把她叫了去,指出这份由她起草的文件,有几处非常明显的错误。

完全毁了!

可胡秉宸对她说过什么吗?没有。应允过什么吗?没有。

为了一个明确的答案,她提起笔来,给胡秉宸写了一封信。

又为了那个回音等得山穷水尽,走投无路,无所终日。

回到家里话也懒得说,靠着暖气面对墙壁,从傍晚坐到天黑,又从天黑坐到天亮,也许明天会带给她什么希望。

然后又到了下雪的日子。一到下雪的日子就想起那些下雪的日子,更加千头万绪。

叶莲子说:"你是不是病了?"

她摇头。

叶莲子忧心的目光,让吴为感到骚扰,便迟迟不想回家,在街上踽踽独行。不知怎么就敲响了胡家的门,也许因为那个晚上又下着他们两个人的雪。

实在太意外了!

吴为的脸在风地里吹得潮红,眼睛也亮得很不正常,一看那双眼睛,就是非出事不可的眼睛。不要说胡秉宸,哪个不想惹祸的男人见了这双眼睛都得往后缩。

现在玩笑闹大了,可不是飞两个眼儿、调两句情的问题。

全是在干校太闲闹出的事。

一个又一个对策飞快地掠过胡秉宸的脑际，他选择了其中之一，然后就像武装到牙齿，有备无患地让吴为进了门，客气得让人觉得他正在盼望这个机会。

可以说胡秉宸正盼望着这个机会。

吴为那封信来到时，他幸好在家，但还是出了一点汗。要是他不在家，肯定会被白帆拆阅，那样一来，家无宁日问题倒不大，闹到机关可就非同小可。虽说他的同僚不乏这方面的记录，可他不允许这样的闹剧发生在自己身上。

胡秉宸很为一生清白而自得，不但不愿玷污它，连溅上一点泥点也不行。就像那出家修行之人，马上就要修成正果，怎能让吴为这样的女人坏了金身？这样的女人只能随便玩玩，不能当真。

他绝不允许将来人们在他的追悼会上，带着嘲讽的微笑听主持人念他的悼词，像他常常在别人追悼会上做的那样。那些悼词，千篇一律地"伟大光明"，所以他的伟大光明一定要足斤足两。

而且他的地位来之不易，他是凭自己的聪明才智奋斗到这个位置上的，就是现在，多少有山头的人都在觊觎着这个位置，不谨慎从事岂不等于自戕？

与吴为的那些调笑，不过都是暗示，只可意会，了无痕迹。而对这样冰雪聪明、心有灵犀的女人，又足以说明心意。

综观胡秉宸对吴为前前后后的态度，实实在在是身体力行"想办法让她们主动"的八字方针。

难怪多年后他在对吴为的一次政策交底中说道："我搞女人，从来不主动。"

吴为听了不觉一惊，"照你这样，又怎么能把女人搞到手呢？"

他嫌吴为少见多怪，"想办法让她们主动啊。"

确信滴水不漏之后，胡秉宸把吴为的来信交给了白帆。客观地说，他倒不是想出卖吴为，而是担心吴为再有来信落在白帆手里，就好像早有前科。

看完信后，白帆把信往茶几上一丢，提出一个实质性的问题："你打算怎么办？"

原来不是把信一交就能了事！他与白帆真是棋逢对手，将遇良才。

这就是一个革过命和没有革过命的女人的不同。白帆不需要他的表白，表白有什么用？

"这不是和你研究，征求你的意见嘛。"

"和我研究？征求我的意见？"白帆摘下花镜，往沙发上一靠，"同志，这主要看你的态度。"

"这样一件小事？"

"恐怕你还是要有所表示才行。"白帆想起胡秉宸的那些旧账，以为这么容易就能向她交差？"这女人的文字不错嘛……"

"不，不。"

一不小心就站在了女人的陷阱旁，胡秉宸有了被两个女人左右夹攻的感觉，可得小心从事。

或者这仅仅是她的疑心？除了和表姐绿云的那段情，即便后来和女秘书有过一段不紧不密的关系，和保姆有过一段很物质的关系，但都不似这次吞吞吐吐、闪闪烁烁、飘飘忽忽，和他一贯的果决甚至冷酷不大相同。

她为什么怀疑胡秉宸？

也许是他语气里那点不自觉的郑重，与他以前谈到女人的讯诮很不相同,就连跟她谈话也难免如此。

也许他的眼神有些怪,一瞟一瞟的,好像在窥测她的反应……

也许她的猜测不对,胡秉宸从来这么看人,趁人不备,极冷又极快地一掠,像一梭子冷枪。

也许是庸人自扰,一九四九年后,他们的关系稳如共产党领导下的社会主义江山……

但不管怎样,提高警惕没有坏处。

白帆这一瞬间想了什么,胡秉宸清清楚楚,也知道白帆不会轻易说出什么,做出什么,要求什么,可一旦发动起来就不得了,像一艘航空母舰,威力无边。

胡秉宸不是怕白帆,而是不希望出丑。谁说女人才嗜好贞节牌坊!

抬头看了看高悬在客厅门楣上"模范家庭"那块匾,烫了眼睛似的调转头去。那块毫无价值的匾,既让他轻蔑,也让他在意。

对"楷模"在各种台阶上的意义,胡秉宸早已了然于心。一九四九年后,他不是与白帆达成了默契?彼此既往不咎,大方向上保持一致,以致力于方方面面"楷模"的营造。

想到这里,就像吃了镇静剂,胡秉宸恢复了昔日的风头,一切也就随之正常起来。

于是对白帆详尽地说起人们对吴为的议论……胡秉宸本就会刻薄人,在他刻薄的叙述中,吴为越发五彩缤纷。

最后胡秉宸说道:"你想,我怎能和这种偷人养私生子的女人如何如何?即便和女人鬼混,也轮不到这种女人!"

白帆的心放下了十之八九,还有十之一二须得胡秉宸继续努力。

"那好,对这种女人也用不着客气,咱们就联名给她回封信,你起个草……"

唉，既然有了这样的开篇，就不得不顺着这个路子走下去。就像那些叛徒，只要突破一个缺口，就得如数交代清楚。

怎么会想到叛徒？革命几十年，被敌人抓到若干次并几乎丧命，胡秉宸从没出卖过什么，可是这一会儿，他真有点叛徒的感觉，"还是有劳夫人吧，夫人请——"

白帆那还剩下十之一二的不放心，至此全部放下。

现在，总不至于后院起火了。所以胡秉宸追加一句，"注意政策界限，不要让她恼羞过度，自寻短见。"

其实六根不净的凡身肉胎，都具有可能成为叛徒的因子，只要从他的欲念入手，诱之以利、晓之以害，怕是没有多少人能挺得过去。

好比革命英雄胡秉宸，虐杀他的生命或他的女人，恐怕都是找错了穴位。他不是李琳！

来信危机还没过去，回信也还没有寄出，吴为又登上门来。

一旦危及自己的前程，胡秉宸对吴为那点好感立刻云消雾散。也就在那一瞬决定，非给她些厉害不可。

吴为一进门，白帆起身就往客厅外走。

胡秉宸一把拉住白帆的胳膊，按着她在自己身旁坐下，并且靠得极紧。

同居几十年，除了在床上，床下他们从来没有贴得这样紧。"好，吴为同志，你来得正好，我本来就想找你谈谈……"胡秉宸一脸严肃。

一看眼前的局面，迟钝如吴为者也立刻明白了胡秉宸想干什么，还要什么明确的答案！又怎能当面受辱？她拿起大衣就往外走。

可是胡秉宸一个跨步抢到门前，拦住了吴为的去路，不行，他不能放过这个机会，尤其当着白帆，他得表个态，让吴为和白帆都彻底死心。

胡秉宸着力靠着门板，吴为用力拉着门柄，含糊地说："请……不要……请……"

在这不短的相持中，胡秉宸忽然瞥见吴为眼里的泪光，心一软，吴为夺门而去。

又是雪片大如席！

但这雪片不是那雪片。哪里还有天色苍暗，漠漠飞雪，如烟如梦，是焉非焉的一个胡秉宸靠着一棵树站在雪地里？

那是早春的雪片，雪片边落边融，将头发湿贴在了额上，凉丝丝地爽……

这雪片落在脸上却像火星子那样灼人。

往右走，右面是一片火海；往左走，左面是一片火海，像是重又遭遇童年在柳州的那场火灾。她的棉大衣、棉袄、内衣、内裤，全烧着了……直烧到皮肤，只剩下一副骨头，赤裸裸地暴露在光天化日之下。不要说一件衣服，连一层遮挡的皮也没有给她留下。

腿也软弱得不能行走，只好靠在胡家门外一棵树上，像胡秉宸当年靠在她车间外的一棵树上。

街上的树一棵接一棵，为什么偏偏找了距胡家最近的一棵？吴为是要直面这个羞耻，与自己而不是与胡秉宸结算一笔账。

当他们有情人终成眷属之后，胡秉宸却对吴为说："那天晚上我追了你好久，因为放心不下你啊……"

他不明白为什么吴为听了之后，不但不感动反倒奇怪地看着他。因为吴为靠着他家门外那棵树站了很久,最有资格知道此话的真假。

多久了?

只见家家窗口上的灯,一盏接一盏地熄了。

她总得回家。

一进家门,禅月一看她的脸,就把她搂在了怀里,"妈!妈——"

她说了什么吗?没有。

她哭了吗?没有。

进家门之前,她早就停止了抽泣,恢复了常态。

禅月的胳膊很细,可是很有力,就在那一刻,吴为觉得自己和禅月换了位置。她把没有皮的脸贴在禅月热烘烘的小脸上,就像痛哭之后敷上的一条热毛巾,烫伤之后涂上的一层獾子油。

于是把脸深深埋进禅月的肩窝,眼泪这时才痛快流下。

"噢,妈——妈——"禅月用小手拍着她的背,可是什么也没问,什么也没说。

很快吴为就接到了胡秉宸夫妇联手写的那封信——

吴为同志:

我们(我和老胡)认真并关切地研究了你的信,作为年长的共产党人,我们愿以坦率的态度指出,这种感情不仅是不正常的,而且是没有结果的,热切希望你正视现实。

白　帆

吴为同志:

你自己塑造了一个虚无缥缈的意境,又自己在里面扮演了一个多愁善感的角色,沉溺在里面出不来了。这是资产阶级的感情游戏,不是无产阶级思想,你甚至没有想到这是多么危险。我要给你泼出一大盆冷水,就近来谈一次,不要再写信了。

胡秉宸附笔

信纸上方还有胡秉宸一个左右逢源的眉批:

正面教育,又有节制,给她自己下台阶,不要出意外,女同志容易出意外。

真是万无一失!

即便吴为上吊抹脖子,那也是白帆捅的娄子,与他是无关的啊。

从这封信来看,受害者白帆,要比始作俑者胡秉宸还温婉许多,宽厚许多。相比之下,胡秉宸不但手下无情,杀个片甲不留,更是诿过于人了。

八

有一年时间,吴为睁眼闭眼都是这封信,老也弄不明白,在干校的那个胡秉宸和写这封信的胡秉宸是不是同一个人。

除了女儿和母亲,一切都恍恍惚惚,连自己也恍惚地活着。

等到从这封信的打击中回过气来,忽然就明白非得改变自己的地位不可,非得从千万只脚下挣扎出来不可。忽然就明白禅月和母亲的一切努力,都是力图从她那声名狼藉的阴影下挣脱出来。

她是太对不起禅月和母亲了。

可是要依靠没依靠,要资本没资本,要关系没关系……从这个社会底层爬出去的必备条件一样没有，真是赤手空拳啊。

凭这赤手空拳，与踩在身上的千万只脚搏斗一番，谈何容易？

很长时间里，吴为都觉得自己痴心妄想，可是一想起胡秉宸夫妇那封信，不行也得行；

一想起人们的嘴脸，不行也得行；

一想起母亲这辈子没有过一天舒心日子，不行也得行；

一想起无辜的母亲和女儿因她的过错，不得不承受的凌辱，不行也得行……

禅月自小就不得不独来独往，虽然后来爱上了这种生存状态，当初可是不得已用来保持尊严的下下策。

几乎与大院里的孩子没有交往，也许只有蚂蚁是禅月的玩伴。她常常蹲在院子一角，半天半天地看着那些蚂蚁打仗、搬家、工作……可是，说不定什么时候，无缘无故的一只脚，就会残暴地将禅月为蚂蚁垒筑的城堡踏平、踢散，那些脚有些比禅月的大，有些比禅月的还小。

对这些欺凌，禅月往往采取隐忍的态度，不言不语，一走了之，也从不对吴为诉说这些苦情，好像深知吴为尴尬、狼狈的处境，不愿使吴为难堪之上再加难堪。其时禅月年龄还小，怎么就懂得吴为的难处？不像后来与吴为无所不谈，成为对吴为的一切无所不知、无所不晓的朋友。

只有一次，禅月被大院里的孩子挤在墙角，羞辱、逼问她为什么没有爸爸。她急了眼，捆了一个男孩一记耳光，才能夺路而逃。这无异于贱奴造反，围剿禅月的孩子全体攒到吴为家，气势汹汹地命令她严惩禅月。那时，不要说成年人，连大院里的孩子都可以对吴为吆五喝六。

吴为呢,不要说是对大人,就是对大院里的孩子也是畏首畏尾,更不要说在他们声势滔滔的责怪下为女儿讨个青红皂白,理论对错。

作为禅月的母亲、禅月此时唯一的依靠,吴为本该把禅月搂在怀里,英勇地为禅月抵挡这本是由她而生的摧残、污辱,可她不但不安慰禅月,不为禅月主持公道,反倒当着那些欺凌禅月的孩子,违心地敷衍着:"好,回头我一定打她。"以为这不过是敷衍,却不为禅月设想,这种敷衍对禅月的伤害有多大。

她怕,怕那些孩子也像他们的爹娘那样,不留情面,当场骂出让她难堪的话。

她既然干了那"伤风败俗"的事,却没有勇气承担世俗的侮辱,反倒把女儿禅月推到前面,为她抵挡可能射来的乱箭。

无论被欺负过多少次,无论被欺负到什么地步也不曾落泪的禅月,此时,眼泪却奔涌而出。

吴为从不敢忘记这件事。多年后,吴为还一再向禅月提起,禅月却说不记得了。

真的忘了吗,禅月?

这份深爱,吴为就是到了九泉之下也不会放下。

问题是禅月对她的这份深爱,仅仅是永志不忘就回报得了的吗?

那些欺凌对禅月造成的伤害,吴为无法估量,幸亏禅月是一个坚强的孩子,最终稳住了大局。

是叶莲子代替懦弱的吴为,承担起家庭卫士的职责。每当禅月被欺负到忍无可忍的地步,总是叶莲子勇敢地站出去据理力争,拦住领头欺负禅月的孩子,说:"你还是学校里的优秀少先队员哪,在家却是这个表现！你再欺负人，我就到学校找你们的老师去！"

在叶家，叶莲子和禅月才是真正的勇士，而给她们带来耻辱的吴为却是卑怯的懦夫。

勇敢无畏，对有些人来说是与生俱来的，而对另一些人却要经过艰苦的磨炼才能获得。

吴为最终获得了这种品格，可是，她怎能抹掉践踏在叶莲子和禅月血肉制成的心上的那些脚印？她怎能抹掉那些如鞭子一样的污言秽语，抽在叶莲子和禅月那自尊自爱的脸上的鞭痕？

更多的时候，是叶莲子带着禅月整天整天躲进附近一处公园，免得禅月在大院里受欺负。

为此，叶莲子坚决不让禅月和大院里的孩子就读同一所小学。她担心大院里的孩子把从爹妈那里得到的吴为的"丑闻"扩散到学校，那样，禅月就再也没有一处可以舒展那颗小心儿的角落了，所以毅然决然地把禅月送到了郊区的一所小学。

通向那所小学的道路非常荒凉，路面也很窄，只能通过一辆卡车，那些卡车像是没上笼头的牲口，无拘无束，对一年级小学生禅月来说，真是危机四伏。

一早一晚，无论冬夏，叶莲子那老迈的身影，紧贴着路旁的树干，蹒跚在那条枯藤老树昏鸦的路上，接送着、守护着她的外孙女。

熟读"三李"诗词歌赋的叶莲子，走在这条路上，不会不想点什么。比如树干下，那窄小得仅供一人行走的安全地界，给予叶莲子的慷慨难道不比世人多得多？

那时，吴为一见下雨下雪就为路滑而发愁。

这样的日子，年复一年。

不经意间，叶莲子就改变了她们在人们心目中的地位。

在一个什么场合，叶莲子突然觉得脚下一绊，低头一看，脚尖

上套了一块牌子不错的手表,当即交到附近派出所,然后就回家
了。几天后,派出所向居委会反映了这件事,大院里的人才知道,
原来她们那个家还有拾金不昧的品德。

如果说叶莲子是叶家改变社会地位的第一位战斗英雄,禅月
就是第二位。

她不但读书非常争气,学习成绩年年第一,就是在"文化大革
命"的非常时期,以吴为那样一个母亲和非"红五类"出身,居然靠
自己优秀的品德和别人无法超越的学习成绩,被一所著名的重点
学校录取,并屡屡在那个家学渊源、高校子弟如林的地区,于各科
门类竞赛中获得第一,后来更是考得美国著名大学的奖学金,且深
得教授们的赏识。他们写信给吴为,盛赞禅月的仁爱、聪慧、能干
和努力……

上帝其实待吴为不薄,不但给了她一位好母亲,又给了她一个
好女儿。

可吴为怎能就此把顶梁柱的职责,永远地放在这样一副老肩
和这样一副小肩上!

她难道不该励精图治,为改变她们的境遇而豁出命吗?

可是路在哪儿?

分明记得那是一个中午,也分明记得没有午睡,所以一定不
是梦。

一张纸和一支笔飘然落在吴为的面前,有人对她说:写吧,这
就是你的出路。

急急去分辨那声音,反倒听不清楚了,连那张纸和那支笔也不
见了。

那一刻,吴为觉得重又置身于她的塬上。

那如生身父母一样的塬!

从未嫌弃过她的塬!

她的塬,再度以一尘不染的纯净包裹着她、护卫着她,使她自小在光明世界中受到的惊吓,消散得无踪无影。

星光和月亮也不敢造次、不敢随意照耀的塬,挟带着分不出天地的一脉沉黑重又向她靠拢。她顺着嵌钉在重甸甸、黑沉沉的塬上,如逗号、句号、顿号、惊叹号、破折号的灯火,九曲十八弯地重又开始对塬的阅读。

那如无伴奏合唱的尾声,凝重而迟缓地游移在塬上的夜气,一如她少年时的沉郁,不但将熬过一天安危终于安息下来的苍生,也把受尽磨难的她浸漫在它的温厚之中。

四十岁的她一如十岁的她,不明不白地对着她的塬叹出一口气,又叹出一口气。

又似乎仰面朝天躺在黄土高原上,风吹三山,白云苍狗。

翻过身去,重新细数周遭的塬那裸露无尽的断层,似乎明白了塬的不曾叙述,只待有心的阅读。它无从装饰,无从营造,无垠无际,比史前更久远的苍凉及摄人魂魄的神秘和宿命,只留待一个千载难逢的机缘来解读。能否得到这个机缘,只能看她的造化。

唉,再次明白何为永不可知,又因这永不可知生出永不可即,因这永不可即而生无望。在无望的沉落中,在沉落的钝痛中……自幼就熟悉的大悲大悯再次向她袭来。

有什么能把一脉荒原的哀伤抚平?

那是谁,于无望中赏给她一份古老、不屑、威严的塬的神秘认同?而少年时竟以为是自己对塬的认同,该有多么无稽!

既无退身之地也无进身之地的吴为,因塬的认同而了然,而苍然……现在更是明白,塬何止是她和叶莲子的停泊地!

她的背景可不就是塬!

有这样的塬在下面托举着她,难道不是最厚实的铺垫?

事后吴为不断追忆,生怕是幻觉。

不过她还是在自己面前铺开一张纸———一张从办公室纸篓里捡来的废纸。那时她穷得连稿纸也舍不得买啊,所幸办公室里有许多废纸。

等到母亲和禅月睡下,就把案板放在厨房洗碗池上,把纸铺在案板上,站在洗碗池前,一笔一画开始写作。

站累了,就坐到马桶上,把案板放在膝上。

不论厨房或厕所,灯光都很暗,吴为却傻傻地想不起换一个大烛光的灯泡,觉得有个厨房或厕所,不必影响母亲和女儿的睡眠,已是非常满足。

可是任你风雷激荡,到了吴为笔下都变做无波无澜,死水一潭,落笔不但无言,连字怎么写也不会了。

多少次吴为都把笔扔了,而后坐在阴湿的厕所里,听永远漏水的水管,更漏般地滴答漏响。或直挺挺站在厨房当中,对着厨房的景物发愣:溅满油污以及被煤烟熏得黄黑的墙壁,掉了柄的锅,缺一条腿不得不用砖头垫起的桌子,围在桌子四周的破旧布帘,藏在布帘后的腌菜缸,橱柜上扣在碗里缺油少盐的剩菜,代替筷子筒的旧玻璃瓶子以及里面几双掉了漆的筷子……

这就是她能提供给母亲和禅月的生活。以实求实来说,这些东西还不是她的功绩,而是叶莲子用以支撑了几十年的旧物。

她们不但因她的过错承担羞辱,还要跟着她过如此贫困的生活……

吴为再次钻到橱柜底下,在破罐烂碗的缝隙中,找回扔掉的那支圆珠笔,一角二分钱一支,竹杆儿,再没有比它价格更为低廉的笔了。

她也再次写下小说的题目,虽然直到东方开始泛白,仍然没有写出几个可以叫作小说的文字。

小说发表后,吴为想到的只是母亲和禅月,那两个与她一起浴血奋战、至亲至爱的人。

看着变成铅字的字,总觉得不是真的,区区一百元稿费,竟让她觉得像百万富翁那样富有,简直不知道怎么花。

自己挣的,自己挣的!

叶莲子更是激动,她比吴为更明白这件事对改变她们社会地位的意义。这辈子她是苦尽甘来了,受人欺凌的日子终于熬出来了。

就连和顾秋水结婚的时候,叶莲子也没这样明白清楚地笑过,那是让苦难炼出火眼金睛后才能有的明白和清楚。

成功鼓舞了吴为,不但使她的眼睛从过去转向未来,也让她睁开了眼睛。

最初的惊喜过后,吴为感觉这才把胡秉宸真正放下。在这之前不过都是强迫,强迫自己接受一次又一次的手术,把胡秉宸从自己身上割下去,而且是没有麻醉剂的生吞活剥。

吴为终于在那个院子里成为作家,或者不如说,她正是在那个院子里爬起来,站起来,挺直了腰杆的。

那个大院里有她们的大耻大辱、大喜大恨,有她们含着血泪苦斗的回忆……

九

自与白帆联手战吴为之后,胡秉宸以为再也不会与吴为有什么瓜葛了。

可是当他在报纸上看到那个名字,就知道是他的吴为,而不是别人的吴为。

为什么总是在有关文化艺术界的消息里逡巡不已?好像他早知道早晚有一天会在里面看到她的信息。

即使找不到她的信息,时不时也有一种感应,好像吴为知道他会注意这个栏目,便有了与她一起看报的感觉。

是啊,怎么可以那样对待她?就像他和白帆两个人各自站在吴为的左右,他从右边抽了她一个嘴巴子,白帆又从左边抽了她一个嘴巴子,即使这样他们还不肯罢休,还联手写了那封信。这无异于把她的脸打得又红又肿不算,还剥去了她脸上的皮。如今这个被他们剥了脸皮的女人,没有回手就报复了他们。

他想起那个晚上,当着吴为的面,如何故作亲昵地拉着白帆的手,紧拥着白帆坐在吴为对面的沙发上,以及如何把吴为堵在门口,当着白帆的面洗清自己。幸亏他心一软,放走了吴为,否则今天他会更加无地自容。

从看到那一则消息起,那个晚上因吴为造访而生的嫌恶,也在瞬间了无痕迹。

吴为在他心中的价值似乎也不断升值,就连她偷人养私生子的事也淡薄得不值一提了,就是提起,也肯定有她未曾向人申诉的根由了。

胡秉宸慌乱起来,突然想到把吴为"轰"走的这些年里,她是不是又结了婚,或是有了男朋友?要是有了男朋友,那男人此后更会下死力气追求,非把她弄到手不可了。

时间在他耳边突然咔咔响了起来,每响一下就提醒着随时可能发生的事变。可他又自信地想,吴为对哪个男人也不会动心,除了他,他敢说没有一个男人配得上她。可是他得赶快做点什么,赶快,否则就晚了。

他在办公室里急急踱步,散漫的思绪渐渐收拢,终于设计好一个周密的计划,拿起电话对总机说:给我接某局长。

幸亏某局长在。

"怎么样,听说咱们干校出了一个人才……"

某局长没等他说完,便接着说:"对呀,我们局的吴为同志写了一篇小说,还得了一个什么大奖……"

某局长说到吴为的时候,口气和在干校时没什么两样,哪怕吴为像董存瑞那样,抱个炸药包,舍身炸了敌人的碉堡,人们也不会改变对她的看法。她的写小说、获奖,就跟她偷人养私生子一样让人瞧不起,同仁们议论起这件事的时候,多半也是如此。觉得出版社也好,评奖委员会也好,不是中了邪就是和吴为一般乌烟瘴气的狗男女,怎么让这样的女人出了头!那些人越是让吴为出头,他们就越是使劲踩住压在吴为身上的脚,否则她还不得和他们平起平坐?说不定坐得比他们还高。

"你可不可以告诉她,我想看看她得奖的那篇小说。"胡秉宸当然可以让秘书去找,可这不正是一个与她见面的正当理由?

"哦?好,好,我马上通知她。"某局长觉得这位胡副部长真有点大惊小怪,不过写了篇小说,有什么了不起?又不是被选上人大代表或优秀党员代表。

发现那张条子是在快下班的时候，"优秀作家同志：胡副部长要了解你的创作情况。请你将你的作品送交一份至胡副部长办公室，胡副部长家里的电话是……"

那张条子只看了一半，吴为就感到自己完蛋了，好不了了。这才知道，她的小说，她的奋斗，她的苦难，人们给予她无辜的母亲和女儿的凌辱等等，加起来也挡不住胡秉宸这个小条子。她们辛辛苦苦营筑起来的那道安身立命的围墙，一下子就被这张小条子打得落花流水。

一头扑进家里，母亲说："你怎么了，火烧屁股似的。"

她一面瞭着屋子里的各个角落，一面回答母亲："没什么。"心里却有些落寞，好像有谁答应在这屋子里等她，却没有如约来到。

潦草吃完饭，便到附近的公园去，公园门口有部公用电话。

下起了早春第一场雨，夹带着上个冬天残留的那点细雪，春风杏花，飞雪飞雨，与当年大如席的雪片是无法相提并论了。

灯影在地面的水洼里神经质地抖动着，像隐忍着难以隐忍的哭泣、期待和失望。

守电话的工作人员注意地看了看她。

她的样子也足够奇怪，好像刚从河里爬出来，该不是跳河寻短见的吧？

按照字条上留下的电话号码开始拨号。她的脑子突然坏得不行，每拨一个号码，都要查看一下写着电话号码的字条，若在平时，这几个号码根本不够她记忆。

拨完号码，就紧握着电话筒，像握着期待了一生的机会。

当电话接通的时候，吴为想起从当年坐在干校的原木上第一次看到胡秉宸，到现在这个电话，差不多十年过去了。她突然感到荒唐,怎么就能把这个根本算不上认识的男人苦苦地等了许久?

难道在那样的耻辱之后,她还没有把他忘记或怀恨在心?

她为男人受过的地狱之苦,还不能让她猛醒?还不足以让她止步?

转过身来,将背靠着放电话机的窗台,目光落进公园的树丛,树丛里有两豆荧绿的光,让她心头一悸。人的还是兽的?

这时她听见一声石破天惊的轻响,有人拿起了电话筒,接着是一声贴得非常近的问话:"请问是哪一位?"

她一惊,将话筒移开,向那话筒望着,好像说话人就在电话筒里或在她的身体里。她等这个声音等了这么多年,现在它来了,把她的身体嗞啦一声撕成两半,好疼!

"是我。"

"我在报纸上看到那个消息,我想是你,一定是的。"

"谢谢。"

"你可以来看看我吗?"

"当然。"

当然,她无时不在等待着他的一声召唤。她甚至看见自己,摇着尾巴,像一只忠心耿耿的狗,不论主人怎么踢它、踹它,只要一声亲昵的呼唤,或是一个亲切的眼神,都会奋不顾身地向主人奔去。

夜很黑,她在那一排排极其相似的小洋房前徘徊,敲错一家门之后才找到她要找的那个号码。她的手指,被乍暖还寒的春雨以及晚冬的残雪交相揉搓得冷硬冷硬,当它们在镶花木条的玻璃上敲出第一响时,简直不像人手敲出的声音,忽然吓得想要扭头就跑。可是,"你可以来看看我吗?"含着恳求,是恳求她的原谅,还是恳求她?

吴为就这样站在了胡秉宸的面前,像一只被淋湿的狗。

　　当了作家的吴为竟不如干校时挥洒自如,可见一个人的心里有了鬼,跟着也就失去了自由。

　　趁吴为喘息的瞬间,胡秉宸很快将她全身打量得一清二楚。

　　淋湿的棉袄上散发着湿毛皮的气味,从这气味可以想象得到,吴为没有条件每天洗澡、洗头,换她的内衣或外衣。

　　像个读中学的女学生那样含羞地望着他。两只脚藏在椅子底下,饱浸雨水的鞋,弄湿了地毯。那是一双手制的,又为了耐穿钉了胶掌的布鞋,在她的脚上寒碜朴拙得可怜。脚很小,不像她那样身高的女人的脚。深色的袜子紧绷在脚面上,肉乎乎的,比她身上哪个部位都性感。其实他早就看过她的脚,夏天,在干校,吴为穿着短衣短裤,赤脚在地里干活的情景,甚至和她肩并肩地割过稻子,那时他根本就没注意到她还有这么一双性感的脚。

　　胡秉宸站起身来,在地板上踱来踱去,这样可以比坐在对面更好地观察吴为,"妈妈好吗?"

　　"好,谢谢。"

　　"女儿好吗?"

　　"好,谢谢。"吴为始终低着头,盯着自己交叉在一起的那双手,这使胡秉宸可以从容打量她。她的双颊泛红,鼻尖有汗,时不时用手指擦擦眼睛,好像眼睛里有什么东西影响她看清楚眼前的一切。没有手绢吗? 还是手绢不干净?

　　他们谁都没有提起她的那篇小说,其实那篇小说很幼稚,像眼前的她一样,女学生似的,问一句,答一句。如果不是他来引导这场谈话,局面可能就很尴尬,她怎么不抬头看看他呢,傻女人?

　　"我不知道你平时看哪些书,其实民间文学也有很丰富的内容。"吴为还是低着头。"我这里有一本民间小曲,"他很容易在书架上找到了那本书,让人不得不怀疑那本书早就蓄谋已久地放在那里。翻到他早就选出的一页,"你要不要看看呢?"没等吴为回答,就把翻开的书递给了她。

吴为接过那本书,心不在焉地浏览着。她现在哪里有心思看书?但既然胡秉宸要她看,也就只好翻看下去。一看就皱了眉头,都是情哥哥、蜜姐姐、好妹妹什么的,还有许多不堪入目的调情,实在黄得不得了。从小到大,吴为也没读过这样的书,便翻看一下封面,原来是一九四九年以前出版的旧书,然后就把书放在一旁的茶几上。

"你觉得怎么样?"胡秉宸问。

她不能说好也不能说不好,只好模棱两可地笑笑,像猛然到了异国他乡,又被当作上宾款待,品尝了一道显贵而又不习惯的菜肴。

怎么又像几年前,对她说"带水枪的女工"那样毫无反应?

显然不是淡漠,也不是故作姿态,是真正没有理解他的用意。

坐着,坐着,吴为突然没头没脑地问了一句:"您爱人呢?"

胡秉宸一愣,"哦,她出差了。"

两人同时有了些尴尬,而且他清清楚楚感到了她的尴尬,她也清清楚楚地感到了他的尴尬,也同时意识到从这句问话开始,他们的关系有了一个关键性的转折。他忙慌慌地高谈阔论,天上地下,滔滔不绝,生怕有个停顿,那又怕又期望、不甚明了又很明了的东西就会迅速蔓延开来,以致把他淹没。

"百乐门"之后,胡秉宸再也没有为女人失控过,始终像个老练的司机,驾驶着一辆得心应手的"老爷车",在险情丛生的路面上游刃有余地穿行着。即便现在,也是自信地驾驶着那辆"老爷车"。

"我想和你谈谈……"

"不,请您什么也别说。"

"我还是要说说。"

"您千万别说……"

"……将近十年,之所以这样,是因为我不愿意你为我牺牲什么,不愿意耽误你的青春,因为这是没有结果的事情……"

吴为的眉头皱了起来,显然从这句话里,又嗅到了胡秉宸对"责任"一推六二五的陋习。

难道她想要过一个结果吗?结果都是胡秉宸闹腾出来的。

"看过《你到底要什么》那本书吗?"

"看过。"

"当我看到那一段的时候,我想:千万不要让她看见这本书。"

"您是说,伊娅该不该爱上那个人……"

"记得在干校,有一次看电影,黑暗中不知怎么发现你就在我旁边。我坐了一会儿,不知道为什么很不好意思地走了……希望你有时间能给我打个电话。"

"我不会给您打电话的。您大概不知道,我爱惜您比爱惜我自己多得多。"

"朋友多吗?"

"……女儿是我唯一的朋友。"

"那么我呢?"

"…………"

是不是太快了?吴为不觉得自己是个慢节奏的人,但现在这个节奏却快得让她措手不及。

不但胡秉宸的快节奏让她吃惊,而后又很快发现自己突然身价倍增。

"看过《带叭儿狗的女人》吗?看过《带阁楼的房子》吗?看过《车队》那个电影吗?对女主角的印象怎么样?"

"没大注意,男主角倒是很有个性。"

"总是这样,男人注意女人,女人注意男人。那个女主角并不漂亮,却很有风度。知道吗,你给我最深刻的印象是勇气和真诚……好几次我从你家门口经过……以为能够看到你,结果没有看到……怎么办呢?听其自然吧,简直不知道会怎么样,一定会闹出笑话来的,大笑话!越陷越深了,而且,坏事,我要吃醋了。"

可是二十多分钟前,胡秉宸还在说:"……之所以这样,是因为我不愿意你为我牺牲什么,不愿意耽误你的青春,因为这是没有结果的事情……"

倒让吴为想起刚才谈到的那本书的书名《你到底要什么》。

尽管吴为很想坐在这间暖和的客厅里,听胡秉宸无休止地说下去——他说什么并不重要,她甚至不记得他说过什么,有声无声的春雨和他的谈话声混成了一片,她只想在这声浪里摇曳;但她牢记几年前的教训,还是从那舒适的摇曳中爬了出来,按原计划坐够一小时就起身告辞:"胡副部长,已经很晚了,我该走了。"

胡秉宸的谈话停在了半空……"现在你是作家了,将来免不了要给人签名什么的。"他尽量说得戏谑而轻松,"我有支签名笔,是出国时洋人送的,一直放在那里没有用,现在送给你算是物尽其用吧。你愿意跟我一起上楼去看看我的书房吗?"说罢自己就意识到这是在找借口,哪怕将她再多留几分钟。

领她上楼的时候,有一种虚幻的感觉,好像领着一个稀里糊涂的"孩子妻"。女人嘛,顶好是稀里糊涂的,她们的可爱之处也正是在这里,哪怕因为她们的稀里糊涂出了上千个足以让你跳脚的错,以证明男人的不稀里糊涂。对一个成熟的男人来说,男女间的乐趣之一就是领着一个稀里糊涂的女人过日子。白帆就是太清楚了,如果丈夫清楚,妻子也清楚,那日子就清楚得没了意思,当然也不能全是稀里糊涂,而是不十分清楚才好。

　　这只能说胡秉宸对吴为还不了解。糊涂的定义本就千差万别,吴为又与他这个公式满拧,他十分清楚的吴为十分不清楚,他不清楚的吴为又十分清楚。不像他和白帆,他十分清楚的白帆也十分清楚,他不清楚的白帆也十分不清楚。

　　吴为局促地站在书房门口,不知应该坐下还是继续站着,只好翻翻书架上的书。

　　更没有在他那张单人床上留下目光,或马上意会他和白帆并不同房,随之再意味深长地看他一眼,而是像梦游人那样,有种被意外弄得恍恍惚惚的傻相。

　　胡秉宸在抽屉里怎么找也找不到那支笔,原来笔就在手里捏着。

　　他同时想,除白帆之外,吴为是第一个走进这个纯属他个人空间的女人。

　　吴为没有说"谢谢",接过那支笔就揣进了口袋。她的手,在口袋里紧攥着那支笔,不管是洋人送的或不是洋人送的,不管它金贵或不金贵,哪怕是一支如她常用的一角二分钱的圆珠笔,她也会这样珍爱地捏着。毕竟这是从胡秉宸身边来的第一件可以摸得着的东西。

　　…………

　　"恐怕路上不安全,我还是送你回去吧。"胡秉宸连想也没想就领着她往前走。

　　他们在没有抽条发芽的树下走着,那时的夜还很清寂,行人车辆不多,好像整个城市就剩下他们两个。也许因为刚才说得太多,也许他又反省起来,直到分手再没有一句话。

　　望着吴为隐没在夜色里的背影,一个念头掠过胡秉宸的脑子:

好戏开始了。

吴为没有回头,她所有的感觉都在手心那支笔上。

女儿和母亲都睡了。吴为轻轻躺下,把那支笔放在枕旁。她不敢睡,眼睁睁地看着一个华贵的太阳,如何一步步走到她那由破被里改制的窗帘上。

是夜,胡秉宸一分钟也没合眼。第二天也是如此,吃了两次安眠药,可是很早又醒了……

十

日子又像以前一样平淡无奇地过下去了。那个下着雨和雪的夜晚,足够吴为回想一生。如果她还有什么奢望的话,就是要写得更好、更多,以回报胡秉宸给她的这个夜晚。

可是胡秉宸不让吴为安静地写,安静地活。

逢到召开全部职工大会,他就在一排挨一排的座位上,寻找她那张并不美丽、毫无特色的脸。大会休息时,他不在休息室里与部长们高谈阔论,而是跑到台下,在下属中穿来穿去,一旦瞥见她的身影就会停下与距她很近的某个职员寒暄几句,一旦从眼睛的余光看到她被雷电击中的样子并向他这边痴痴地望着的时候,便匆匆走开。

或在大庭广众之前,无伤大雅地拦住吴为,说几句关于她创作的话。即便部里职工看见他和吴为谈话,作为领导,关心一下她的创作也是应该的。

吴为远远地、暗暗地抗拒着胡秉宸设下的陷阱,也抗拒着自己。可是她怎么能抗得过胡秉宸?

　　有时写封短信给吴为,她闹不清要不要回信——如果不回信,他就会在家门外等她;如果回他一封信,说不定就会惹上一通教训,口气之冷与若干年前他们夫妻二人联手写给她的那封信大体相同,只不过是他一个人的签名。

　　吴为好不容易得到两张《茶馆》的戏票,打电话请他去看,却得到这样一封回信——

　　　　不要再打电话来,也不要再这样写信,不论你怎么"亲启""内详"都是一样。我每天收到若干封信,也有写"大人"亲收的,也是一样按公文程序处理。至于电话,参加听的人至少有一打,还不算那一头的,徒然增加许多麻烦。如果要我办什么事,可以写信到家里,还要对家中人问好。所以首先是不要这样打电话和写信。

　　　　你那个火车站的主题,我看有些像十九世纪的东西,什么"传宗接代"! 都是十九世纪的事,离我们已经很远了。还有什么"统一论"! 在许多地方已经无可挽回地一去不复返了。在我们这里,二三十年内也要成为历史陈迹。那些电影喽、小说喽,只在人们怀旧时才去看看,读读。老太太们叹一口气,说声今不如昔。在实际生活中很快就要不存在了,这是没有办法的事,历史是无情的。

　　　　当然,无论如何,我们还处在变革的时代,各种胃口的人都有,所以祝你成功。

　　她又没在电话里说什么,再说他们之间有过什么,又有什么可说! 这一通无名之火从何而来? 这一通"如果要我办什么事,可以写信到家里,还要对家中人问好"的维权运动,又让她想起"胡秉宸白帆联手战吴为"的那个雪夜……

　　吴为真正不懂了,胡秉宸想干什么? 好像一个游手好闲的人,在笼外吊着一块食物,撩逗着一只笼中的饿兽。

原来自己不过是只关在笼里,无法逃遁、供人消遣的兽。

原来又被胡秉宸玩儿了一把。她开始怀疑胡秉宸的人格,反抗在心里滋生。

哐当一声,把自己锁进黑暗的角落,敛起被胡秉宸撕得支离破碎的自尊和脸面,再一块块拼凑起来;又用这个实际上无法完好如初的自尊、脸面,把自己严严实实罩了起来。

没人能够知道,吴为是如何修补这个脸面、这个自尊的,就是胡秉宸也永远不会知道。

收拾好自己这堆破烂垃圾,又从这堆破烂垃圾中摇摇晃晃地站了起来,无论胡秉宸怎样花样翻新,也不再理睬他。

她回到只要努力就永远不会抛弃她的文学。她付出多少,文学就实实在在回应她多少,永远不会耍弄她。

这不也是对胡秉宸最好、最有力的报复?

胡秉宸非常失落,何曾有女人这样对待过他? 向来是要哪个女人,哪个女人还不像得到皇上宠幸那样受宠若惊?

罢,不就是个女人! 也就停止了与女人的游戏。

那天翻着翻着报纸,吴为的名字又闯进了眼睛,胡秉宸无望地扔下报纸,明明白白知道,事情变得糟糕起来。

站起身来,走到窗前,在窗前站了很久,已是青草铺满院落,玫瑰含苞待放的暮春时分,离那个春风杏花、飞雪飞雨的日子已经很远了。

突然听见白帆在他身后说:"噢,吴为,是那个吴为吗?"

胡秉宸没有回答,听着她把报纸翻得哗哗有声,有一种吴为被她捏在手里揉来揉去的感觉。

白帆只是随便一问，没有再往那个名字上看第二眼，"想想也不会是她，她那个名字是上得了报纸的名字吗？"

除了胡秉宸和组织部门，没有一个人能看出这个张口党的政策、闭口党的政策，连脸都长得像贞节牌坊那么方正的女人也曾风流过，用她说吴为的话是"浪过"。

吴为真是白帆一块再合适不过的垫脚石。

当胡秉宸这样愤愤想着的时候，完全忘记了"信件危机"时为了洗清自己，正是他对白帆这样说到吴为："那真是个浪娘儿们！"

真是"今夕何夕"！

正像他和吴为结婚后，亲戚向吴为反映她出国访问期间，胡秉宸并没有归还他们结婚初期借用的住房，而是与杜亚莉，或芙蓉与她的情人，在他们借住过的房间里同出同进，被居委会反映到房主亲戚那里，"……居民群众对这两对男女在你这套房子里进行的勾当义愤填膺！"胡秉宸也正是这样向吴为解释，他对杜亚莉并没有过什么壮举，"杜亚莉？那是个骚娘儿们，你想，我怎能和这种女人如何如何？即便和女人鬼混也轮不到这种女人头上。"

将报纸翻到第一版，白帆从头条看起，一字不落地看到最后一条，"老胡，你看，关于……的提法，这里有了变化……"

一抬头，胡秉宸已不在屋里。最近他有些怪，本来话就不多，现在更少，又总是很烦躁的样子。

借题发挥是胡秉宸的强项。晚餐桌上，当着一家子人，胡秉宸把一枚鸡蛋放在了月子期间的儿媳面前，显然窝藏祸心地说："同志，这是你的鸡蛋。"当唯独一枚鸡蛋，仅仅放在一个人面前时，这个鸡蛋的滋味是不是很特别？

白帆就想到鸡蛋后面的许多事情，心里一缩。杨白泉是不是胡秉宸的儿子不好说，可毕竟是她的儿子，就接着说："这个鸡蛋可不好咽。"

儿媳妇脸上掠过一个深刻的微笑。

睡前胡秉宸又在洗澡间大发脾气："我希望你们洗完澡之后，都顺便把洗澡盆擦洗干净，每次都是我擦，我又不是你们的保姆！"

"你老是这儿擦擦、那儿擦擦，简直像个小资产阶级。这样擦来擦去也没看见干净到哪儿去。"白帆没说像"臭老九"。"文化大革命"后不兴说"臭老九"了。

"你就是无产阶级了？"胡秉宸的声音尖了上去，这是他要发脾气的前奏，也是白帆正经到让他受不了的时候，提醒她并不那么正经的把戏。

白帆想起了她那位"中统"父亲，虽然这也是胡秉宸"文化大革命"中挨整的原因之一。

他讽刺谁，讽刺她吗？比起他那个官僚资产阶级家庭，她父亲的问题不过是小巫见大巫："我是不是无产阶级由党组织鉴定。"

胡秉宸脸上那讥讽的笑纹更深了。

胡秉宸和白帆互相仇恨起来的时候，既不吵也不嚷，而是讲"党话"，不像他后来与吴为的口角那样文化。"党话"是他们的三十六般武艺之一，彼此都很精通，你一招我一式，兵来将挡，水来土掩。

旁观人越发觉得这是一个革命家庭，一对革命老夫妻，不是五好家庭又上哪儿找去？

文化也好，"党话"也好，胡秉宸运用得都很自如。

也许吴为把胡秉宸看得太不堪了，虽然效果上是胡秉宸在捉弄她。

似乎有两个胡秉宸在撕扯着他。过去，即便想与吴为调笑，怀里也揣着足够的轻蔑甚至轻薄;而今却很少想起她的过去,有时想着她的时候竟如想着一个洁白无瑕的女人,那样专情,那样热烈。他觉得自己无可救药地堕落了。

起先胡秉宸还能控制自己,难道除了偷人养私生子的女人,他就找不到一个洁白无瑕的女人吗? 怪了。

只会和他研究党的政策,长着一张如贞节牌坊一样方正的脸的白帆,还有她那块牌坊下掩盖着的事,一想起来就让他觉得虚假十足。可吴为不也偷人养私生子吗?

难道从骨子里说,男人喜欢的还是那些淫荡的女人? 虽然他们作践、歧视那些女人,与她们寻欢作乐却不会娶她们为妻。这可能就是男人喜欢嫖娼的原因,即便礼义廉耻的道德先生,嫖起窑子也很正常,从不影响他们的形象。似乎约定俗成地通过了一项规则,明媒正娶那里不能尽兴的遗憾和不足,应由不正经的女人填补。

想到这里,胡秉宸有些心虚,是不是他对吴为的渴望,也掺杂着用她来填补正室白帆不能给予的满足? 可又觉得这样想不但辱没自己,也辱没了吴为。

或许是真中了"不爱江山爱美人"那句套话? 吴为又算得上什么美人? 那么吸引他的是什么? 说得清楚吗?

也许一般人视为至尊至贵的一切,她不大放在心上,于是就有了一种自由自在的浑然和洒脱。所以她可以在下雪的日子和狗打雪仗,而白帆只能和他研究党的政策。

和吴为在一起即便不谈风花雪月,谈谈厂甸的冰糖葫芦或老舍的《茶馆》也好。

她曾来电话约他去看《茶馆》,被他一口回绝。吴为大概不知道,电话要通过总机先接到秘书办公室,再经秘书转给他——这样

116

的兴师动众！

现在吴为是既不来信也不来电话了，有一次开个什么专业会，会后别人安排她随他的车子一同回部，她甚至把打开的车门一推，头也不回地去了，看都没看他一眼。胡秉宸让司机追了上去，还亲自打开车门，近乎恳求地说：“吴为同志，上来吧！”

吴为看了看司机，似乎当着司机不好驳他的面子，勉强上了车，可是什么也不和他说。当她给司机指路，要求在哪儿停车的时候，她的手指在他眼前晃动着，胡秉宸几乎情不自禁地一把抓住。

回到部里他就弄了两张内部电影票让白帆去看，又给吴为写了一封信，约她来家里谈谈。可是内部电影对白帆没有多少吸引力，“我不去，不就是一般人看不到的搂搂抱抱、亲嘴儿上床吗？所谓内部电影就是这个。”

于是胡秉宸赶忙又写一封信，巴巴地跑到吴为家里，从门缝塞了进去，通知她因故不能在家里等她。

吴为从地上捡起那封短信撕得粉碎，自言自语道：“我根本就没打算去。”可是她脸上那抹胜利的微笑其实很苦，只是她自己看不到罢了。

接着胡秉宸又写了一封短信，改邀她在附近公园谈谈，吴为还是没有来。

不论胡秉宸怎样逃避，有个事实他逃避不了——正是在知道吴为会写小说并中了一个文学大奖之后，他对吴为的感情有了变化。

谁会真爱一个淫荡的女人？床上的操作不全是爱，男人在完全不爱一个女人的情况下，也可以操作得惊天地，泣鬼神。

可一旦女人有了点聪明才情,哪怕是操皮肉生涯的妓女,也另当别论了,历史上这样的例子不少。那么男人爱的是有名有地位的女人,还是有名有地位的女人更可爱? 或是说名誉、地位、才情追加了她们的分量、本钱、分数?

既然金钱、地位、权力是女人追逐的男人标准,男人又为何不可如是? 人往高处走,水往低处流嘛。

胡秉宸是爱惜名誉和地位的,就连白帆解放初期一张某次妇女代表大会的出席证,胡秉宸也一直保留着。

不觉就像回到了地下工作时期,在吴为家附近绕来绕去,经多次跟踪,发现吴为常常在周日下午五点多钟送禅月返校。只要不是公事紧急,胡秉宸就守候在这条吴为的必经之路,躲在公园围墙后面,从围墙缝隙里看吴为带着女儿缓缓走过。

有时不知为何落空。猜测吴为是不是病了或有朋友约会。男朋友还是女朋友? 一想到她可能与某个男人约会,就急得坐立不安。

如果看到吴为准时领着禅月缓缓走过,就会把这个细节回忆上很久。可他并不能长久安于这个状况,时时想到她可能半路被人抢走。

为什么不? 她现在无牵无挂又有了名,他为之向往的一切,别的男人也会同样为之向往……

十一

吴为自己也不明白,她还是那个她,那个声名狼藉、偷过人、养过私生子的女人,一旦成为作家,男人的态度可就不同起来。

显然不是尊敬,而是玩儿一把女作家的意思,就像吃腻了东坡肉换个清蒸鲥鱼尝尝。

一个女人,又是一个道德败坏的女人,除了床上那点子事,还有些脑子,可不让人感到意外?

除了胡秉宸鱼雁频传,还有部党组的那个佟大雷,还有其他。只不过那些男人不像这二位觉得自己总算有些抗衡的资本,故而裹足不前。

如果说胡秉宸那张面孔是"宋明理学",佟大雷那张面孔可就是"安史之乱"了。

尽管吴为不会奉陪佟大雷玩儿一把,但对佟大雷的第一印象要比对胡秉宸的第一印象好,至少佟大雷是个敢作敢为的男人。又或许她毕竟是兵痞顾秋水的女儿,对"安史之乱"有着类似血缘上的认同。

听了有关佟大雷的传闻,吴为只是一笑,即便佟大雷被人捉奸又怎样?

国人对捉奸有着历史的传统和癖好。

他那个下属也实在无聊,因为没有得到提拔就出此下策,在门外憋了佟大雷一整夜。这个佟大雷还算得男人,将责任包揽下来,说:"我就是睡了她又怎样!"

换了胡秉宸会怎样处置?很难说。

事到如今,不论胡秉宸自以为多么珍惜吴为,可还是不了解她。也许他从未了解过吴为。

如果说吴为对他们这场生死之恋有什么懊悔之处,那就是自己误以胡秉宸为终生知己,而不是他的用情不专或对她的始乱终弃。

　　所以胡秉宸才认为眼下最有力的竞争者是佟大雷,以为他们那个行政级别肯定是女人最为眼热的条件。这倒不意之中说明,胡秉宸自己很把那个副部长当回事儿,岂不知对吴为来说,一个副部级算得了什么!

　　佟大雷似乎也抓得很紧,此人追起女人不择手段。其实佟大雷要能力有能力,要资格有资格,早就应该升至副部长甚至部长,可直到现在还是一个副部级而不是副部长。没有别的,就是女人搞得太厉害,太无所顾忌。“肃反”时竟和一个由他负责审查,历史有问题的女人搞关系,连调查提纲都丢在了那女人的家里,还和她在公园长椅上做爱,被当地公安部门抓了起来,部里只好派人去派出所把他保回来。他居然还大言不惭地说:“我就是爱女人,有什么办法!”

　　所以当胡秉宸在佟大雷的办公室里遇到吴为的时候,便分外热心地对她说:“应该多听听下面同志的意见,他们比我们更了解实际情况……”

　　果然被胡秉宸猜中,他很快得知,佟大雷要把吴为调至他的麾下。

　　佟大雷说:“我要成立一个调研组,需要一些写文章的秀才。”

　　成立这个调研组的必要性,又冠冕堂皇地在党组上提出来讨论,胡秉宸一眼就看出这个方案心术不正。

　　大家都说不出什么,成立或不成立一个调研组,这个调研组干事不干事,就像他们年年月月日日讨论的所有问题一样,来了,去了,讨论过了,也就算通过了。

　　他还注意到,有次与佟大雷同乘一车,途经吴为家门,他们不约而同从靠背上直起身子,向吴为家门口的方向张望,好像吴为随时会从那个大门走出。

显然佟大雷到吴为家里去过，不然怎么知道吴为住在这里？他倒是先下手为强了。而且佟大雷说干就干，绝不瞻前顾后。

吴为注意到胡秉宸退出佟大雷的办公室时，有一份不是原装而是仿造的不经意，心里便有些快意。要是每天都给胡秉宸这样一个刺激，让他知道她早已把他置诸脑外，该有多好。

"……我们这条战线有很多题目可做，所以我建议你到我这个调研组来工作，这样你的房子问题、组织问题，都可以得到及时的解决……不但可以了解基层的情况，就是上面的情况我也可以提供给你……我还有些老关系，毕竟干了几十年革命，十八岁就是区委书记了，所谓年纪不大资格老，就是中央一级领导的底细我也相当熟悉……"佟大雷说。

"房子问题、组织问题，都可以得到及时的解决……"这和妓女有什么两样？《国际歌》的作者鲍狄埃呀，你可知 Internationalism 什么时候才能实现？

道德败坏的吴为，因一生没有做过交换而自豪。交换，与爱一个人，或哪怕因爱屋及乌而上床，在她那里有着严格的界限。

可吴为又何必撇清自己！她和韩木林的婚姻不是交换又是什么？只不过是有法律手续的交换而已。她又比佟大雷高明多少？说不定比佟大雷虚伪也未可知。

佟大雷说到做到，上至中央文件，下至部长之间的勾心斗角，乃至他们个人生活中的绯闻，都一一影印了给吴为送来。他乘着部长级的轿车，招摇地驶进吴为那个破败得像是贫民窟、满住着部里职工的院子，而且一坐几个小时，谈天说地，怒斥同僚，还有他们的女人——不明白佟大雷为什么把同僚恨成这个样子——抱怨如今他升不到副部长的位置并非有什么问题，而是因为捉了某部长的奸，"除了会搞女人，他懂得个屁。不像我，搞女人归搞女人，工作归工作。问问国务院系统的头头脑脑，哪个不晓得我佟大雷的能力！"

吴为这才大开眼界，原来这些伟乎其大的人与她这样的小人物没有什么两样。唯一不同的是于她可能良心不得安宁，于他们则理所当然。

有一天佟大雷还拿来胡秉宸写给全体党组成员的一封公开信，说："这倒是我佩服的一个人，上面有人拉他整第一把手，还应许干成之后这个第一把手的位置就是他的。他却宁肯给部党组成员写公开信来表示对第一把手的意见，也不愿利用这个机会整人，给自己捞个一官半职。"佟大雷说得很诚恳。想不到"安史之乱"还能诚恳，倒让吴为有点意外。

"可是这招来打击报复，不得不休职在家。打倒'四人帮'后，怎么这样的干部反倒挨整，坏人仍然吃香……"佟大雷继续说道。

这时的佟大雷简直可以说得上是正直，也渐渐忘记了吴为是女人，忘记了对吴为的一肚子坏水，真像老朋友那样无话不谈。

如果佟大雷忘记了自己的目的也就不是佟大雷了，吴为终于接到他的情书——行书，洋洋洒洒，写在宣纸上。

遭到吴为的拒绝后，佟大雷既不尴尬也不停手，依旧"天方夜谭"个没完没了，依旧在宣纸上写情书，似乎知道自己的毛笔字很漂亮，还说："你等着我，我老婆可能得了乳腺癌，顶多还有一年就会死了。"

吴为说："我对你从无男女之意，而且你不想想，如果一个男人这样对待他的妻子，哪个女人还肯接受他呢？"

佟大雷自己也笑了。

"你在这方面和'老共'们真不一样，'老共'们从来不留片纸只字在他人手中。"吴为想到了胡秉宸战战兢兢写给她的那些藏头去尾的信。

佟大雷扬声大笑,"我的经验是哪怕有三十八个人出来证明你干了什么、说了什么,你都可以不认账。五九年反右倾,多少人出来证明我说了什么,做了什么,还拿出我写的什么文章,我死活就是不承认,就是不在结论上签字,最后甄别的时候不了了之。你得看准那一套,什么'坦白从宽,抗拒从严'?从来就是'坦白从严,抗拒从宽'……"

完全一套无赖哲学,但用这种无赖哲学对付更大的无赖,未尝不是好办法。吴为想起当年鬼都不知道的情况下,自己主动交代"男女关系错误"后的种种艰难……

但吴为无论如何不肯到他的调研组去。

不知佟大雷整天干不干工作,几乎每日一信,几乎每晚必来,越来越把吴为的家当作了自己的家,而且不管吴为在不在家。如果吴为不在,就对叶莲子独角戏似的说个不停,闹得吴为不胜其烦。她终于明白,对这种男人温良恭俭让不得,只好写了一封低能的信——

佟大雷同志:

鉴于您的一些信件与行为,我有必要作如下声明:

一、我们是工作关系,我更是将您作为一位"老同志"来尊敬的。

二、您曾对我表示爱慕,我也曾多次表示拒绝,本不该旧事重提,可是您最近的行为使我有必要重申,您是有妇之夫,一再对其他女同志表示爱慕是绝对错误的。

三、请不要再写信和送什么材料给我,更不要再到我家来。

请尊重我的请求。

吴　为

这一来,倒又给了佟大雷写信的理由——

我只是向你表示爱慕之情,并没有要求相爱或谈恋爱之意。相爱者,搂腰起舞,拥臂而行。但一个人表达爱慕之意,似乎也无须对方批准吧。过去我家有幅齐白石的画,上书:"宰相归田,箱底无钱,宁可为盗,不敢伤廉",我很爱它。

最近我同朋友说,每早我都要到我爱人那里去一次。美国大使馆外的橱窗里有一幅照片,四十左右的一个女人,穿一件紫绒绲边长衫,抱着一个周岁女孩,坐在花园里,静穆慈和,我非常喜欢。每早起来跑步就想到这张照片,跑了两公里,在窗前总要停下来看一看。都是一种爱。只要我不抢人的或者按照我的意思改变它的形象,何必要求别人的同意!

自认识你以来,知道没有同你谈情说爱的资格,不过片面地认为你是知己,单相思而已,实在讨了没趣,冥顽之性,依然不改,活该!

当然我也有过错,写信干扰了你,已经认识就改了。至于谈恋爱,更远了,"恋"之一字,表示语言一致,互相同心,是物质与灵魂相互统一的最高境界,古往今来,有几个能谈得上!低级一点的"恋"也是有的,我将来也许会试一试,自信还是有能力的人,读的书也不比一些人少,也有一定的政治头脑和才能,总不至于比写几篇指导敲敲边鼓的人差。

最后我要表明的是,即便你与我绝交,我也不是以牙眼相报的小人,你绝的不过是私人之交,我也早知无建交的可能,但在公谊上仍然会在你需要时给予帮助,受不受在你。你母老子幼,如有紧急之事,比如找个条件好的医院、医生(只是打个比方),只要你一个电话通知,一切照办,绝不推诿,前人云:"人以国士待我,我亦以国士报之。"

也希望你有朝一日找到一个条件好的人,有个归宿,因为你母老子幼,万一山长水短,你不是丁玲也不是冰心,还是在前进路上奔命奋斗的人。

吴为想起当年在干校,为年老体衰的叶莲子一人带着禅月的艰难,请求胡秉宸帮助的那次谈话,伤情地摇摇头。相比之下,这个佟大雷倒还慷慨大方……不过这也许是佟大雷的"创作",可佟大雷有什么必要"创作"?他又不是不知道没有希望?当然她也不必为此考验佟大雷是否为那"君子一言,驷马难追"之人。

说是再不干扰吴为,不过说说而已,佟大雷仍然穷追不舍。当他忍不住又到吴为家看望时,吴为把佟大雷堵在玄关那里,一句客气话也没有,更不留他坐一坐,冷情地瞪视着没脸没皮的佟大雷,等于马上下了逐客令。

可对这样一个死缠烂打的人,不如此决绝就后患无穷。

接着她哀伤地想,如果一个人不爱一个人,真是什么残酷的事都做得出来。想想当年被胡秉宸堵在他家门板上的"自卫"战,胡秉宸不是狠心到置她于死地又怎么解释?可她与胡秉宸不同,她从未诱惑过佟大雷。

十二

与史峤的重逢,使胡秉宸对吴为的感情起了质的转变。

在一位老领导的遗体告别式上,走在胡秉宸前几位的一个男人突然倒地,有轰然一声倒了一座山的感觉,也许那人比较高大,更因为瘸跛。工作人员急忙将他抬到休息室去了。

　　然后就听老战友们说晕倒的是史崤。

　　自史崤从腰间拔出一支袖珍手枪，扑倒在大别山一条沟壑中等待他那位优秀侦察员之后，胡秉宸再也没有见到过他。只听说"文化大革命"期间，史崤因被捕问题又受到不少冲击，之后听说安排在党的哪个监察部门工作，然后又没有了消息。

　　遗体告别后，胡秉宸到休息室探望，不论他对岁月沧桑有了多少认识，还是不能相信眼前这个人就是那个儒雅的史崤。像刚从岁月的尘埃中爬出，灰头灰脑，除灵魂之光在眼睛深处那条时光隧道的入口偶尔一现却又立刻隐入黑暗时，哪里还看得出是 B 大学的高才生？又哪里看得出曾"恰同学少年……粪土当年万户侯"？

　　因李琳叛变被捕经组织营救出狱，又经组织甄别审查后，史崤以为一切问题一清二楚，根本没想到谁又在他的档案中加了一个"犯有政治错误"的结论，一直怀疑他有变节行为，直到乱了章法的"文化大革命"，这个问题才曝光。

　　史崤何止是伤心！他是灰心，彻底地灰心了。

　　"文化大革命"中，所有从法西斯那里莛来的手艺都不能摧毁的史崤，却让灰心摧毁了。

　　那时他反倒常常想起胡秉宸的兄长胡秉寰，终于懂得胡秉寰当年对他说的那些话，才叫句句是真理。回首当年，为什么不与莫逆胡秉寰一同去研究佛学？像他这种人，怎能不自量力地闹革命？

　　不过他到底是个什么人？自己也说不清楚。

　　仅就他那一脸的苦相，与其说是一个共产党员，不如说是一个圣徒或苦行僧。即便还是党内相当级别的一名领导时，也是一副无可言说的样子。

　　曾有相当级别的史崤，也不知这个结论会随着时代变化升值，本来一两重的结论,可能会渐渐攀升到无法度量的地步。如果史崤知道是这么回事,一定会像签订一份合同那样,逐字逐句按照法律条文将当初组织上的那个结论,规范得无隙可乘。

可谁能看得到自己的档案?谁又能知道你的档案里塞了什么?

这个不为史崤所知的包袱一背三十多年,直到"文化大革命"后才落实政策,变节行为一风吹去,可是他已进入暮年,耳聋眼花,又在关押中得了风湿痛,膝关节变形,行动不便,如一架报废的机器,这个落实又有什么意义?

多少年来史崤都绕不过那个弯子:上级领导也好、同志也好,怎么不想想那个非常简单的推理?像他这样一个重量级的地下党被捕,他们那个系统的地下工作何曾受到些许损失?他的出狱难道不是组织营救的结果?竟怀疑他有变节行为,像对待叛徒那样对待了他几十年!

可就是没人想一想。

不再以变节论处!难道还让他像重见天日似的高唱"太阳出来了"?

几十年来风吹雨打,除见老一些,胡秉宸可以说是没有什么变化。史崤一眼就认出了他,握一握手,默默相对,连一般的应酬话也没有。真是相逢一笑间,往事成烟。

作为与他直线联系的下级,胡秉宸应该很清楚当时这件事,史崤也曾对调查他的人说,胡秉宸完全可以证实。胡秉宸也的确为他证实过,可那些人需要的不是事实,他们需要的是在蹂躏和作践中确认自我……

还有什么可说?如果说一说之后这台机器还能启动,那就不妨说说;现在这台机器废都废掉了,还谈什么启动!

胡秉宸只说了一句:"多多保重!"没有打探一句别后的情况,问一句是否需要帮助,或说一句"我能为你做点儿什么?"……总之说什么都不合适。

史嵧只说了句:"谢谢。"除此也是说什么都不合适。

胡秉宸步履迟疑地走出了休息室。与史嵧的重逢,给了多思的胡秉宸以极大的震撼。

回到家里,进门就见一个着中山装的老乡独自坐在厅里,那套中山装很隆重地"装"在身上,显然是为这次会面特备的。见胡秉宸进门就扑上来拉住他的手,紧紧握在自己的手里,熟络得不得了地说:"可见到你了喽,老领导啊,硬是不易!"

胡秉宸实在想不起何时领导过这位老乡,借放报纸的机会抽出自己的手,倒不是对老乡的无礼,而是绝对不喜欢与一只同性的手这样紧握。

白帆忙从里间出来解释:"说是你过去的一个地下老交通。"

老乡说:"胡领导啊,你怎么不记得我呢? 记得吗? 还是我调查得知,打银器的贫农咋个变成地主了嘛!"

什么银器! 什么贫农变成了地主! 云里雾里让胡秉宸摸不着头脑。

一九四九年后不少人到京城来认老同志,可那一浪早就过去几十年了,怎么到现在还有人来认? 会不会是个骗子?

老乡并不气馁,依旧热情提示,胡秉宸这才想起几十年前的旧事,人也随之热情起来。

皖南事变后,国民党又掀起反共高潮,在国统区大肆逮捕共产党员,地下党组织遭到很大破坏,一些党员脱离了党组织,有些支部已徒有其名。同时国民党加紧了对陕甘宁边区的包围，蓄意制造与八路军、新四军的摩擦。

为应付突发事变，建立地下秘密交通的工作被提到日程上来，胡秉宸受命建立一条地下通道，以备国共关系公开破裂时，将那些身份公开、无法隐蔽的党的重要骨干，疏散到安全地带。

胡秉宸背了个小包袱，用一个多月时间，将沿途情况一一做了了解。在此基础上，选定了几个联络站点。

第一站选的那个点距重庆不过一天路程，来往人等不必在此住店即可打道回府，途中尽量不作盘桓，以免节外生枝，有次胡秉宸出去执行任务，路上住店差点出事。而且此处位于华蓥山余脉之侧，两岸山峦起伏，是进入华蓥山腹地的路径之一，一旦有事，一天就可进山。

第二站附近有一大片竹林，林子里的南竹长得非常粗壮，便于隐没，胡秉宸看上的正是这一点。

第三站那个点虽然没有党的组织关系，但是人很可靠。有同志过去，找他掩护、解决食宿都没问题。

…………

可以看出，胡秉宸选的这些点是很有眼光的。

最后选的那个点出了点问题。

胡秉宸以朋友的朋友为名，在当地一个负点责任的党员家里落脚。晚上请胡秉宸吃饭的时候，那党员突然向家人说道："明天叫打银器的人来！"口气很大，家里有多少银子能随时叫银匠来打？

胡秉宸立时提高了警惕，暗中找一个普通党员调查，了解到打银器的这个党员本是贫农，挖地窖时挖到许多银子，当年红军长征曾经此地，可能是红军来到之前哪个地主老财埋藏的，银子被他吞为己有，就此发财成了地主。

"晓得个龟儿子咋个搞的哟,搞成了地主!"这个普通党员说。

胡秉宸也不明白,一个贫农怎么说变就变成了地主? 那时候,这种蜕变还不像几十年后"红五类"说变就变成巨贪、腐化堕落那样普遍,那样让人理解。

仅这一点,就让胡秉宸觉得此人很不可靠,立刻将他放弃,重新找了一个教员做内线,自己也没有暴露身份,尽快隐身而去,另换手下人出面,在那里租房开了家小酒馆——任何时候酒馆都是人来人往便于掩护的地方。那教员后来被捕,始终没有暴露任何与他有关的人,最后牺牲在国民党有名的特务机关白公馆。要是前"贫农"被捕,结果就很难说了。

那一行,胡秉宸建立了五个联络站点,整条线路布置安全良好,万一出事,很快就会把党的重要干部输送到安全之地。

回到重庆后,胡秉宸绘制了详细的路线图,将如何到达那些联络站点、那些站点的联系人,一一向领导作了详细报告。

像胡秉宸这样的全才,真是"五百年才能出一个",不论到大别山送情报,或领导地下工作,或侦破"军统"在重庆的通讯系统,或建立秘密通道……样样杰出。如果给他一个总统,相信干得不会比克林顿差,更不会出莱温斯基那样的事故。只可惜给他的天地太小,更可惜他耗去十多年青春、出生入死建立的勋业,并没有得到充分的运用,甚至没有得到运用。

这些联络站点上的同志,随时准备血溅轩辕,在那平凡的地方潜伏着,艰苦地坚持到抗战结束。可惜这些花费许多心血建立,又经许多人坚守多年的地下通道,像胡秉宸送到大别山的那份重要情报一样,根本没有用上。

为胡秉宸调查"贫农变地主"的那个普通党员,就是眼下坐在胡家厅里的这位老乡。

老乡同样无怨无悔地坚守着胡秉宸当年交付的任务,更没有以此兑换什么好处,问题是新政府不承认他的党龄和他为党坚守多年那份默默无闻的工作。

由于那条秘密通道由胡秉宸建立,谁也不知道胡秉宸在这条通道上埋伏下的力量,当时又都是单线联系,除了胡秉宸,谁也不能为这个老乡证明什么。自新中国成立后,老乡卖房子卖地,坚持不懈,四处上访,也四处寻找胡秉宸,几十年如一日。人人都说他疯了,但他知道自己没疯,而是忠诚于共产主义理想。他对那些说他疯子、不承认他党籍的人说:"老子为革命献脑壳,你们这些龟儿子就和那打银器的地主一样,反攻倒算我。"他越是这样说,基层组织越是不承认他的党籍。

"基层啥子水平?打银器噻。"他说。

所以当他找到胡秉宸的时候,怎能不抓住他的手不放?

胡秉宸又是兴奋又是伤感,说:"放心,我一定会给你写份证明。"

老乡激动得几乎落下泪来,再次抓住胡秉宸的手,就像实实在在抓住了烟波浩渺的历史,那些无形的东西一下子变得可以触摸。

那一夜,胡秉宸禁不住从记忆中翻出陈年旧事,想起一九四四年因同样目的,受命建立的另一条水上通道,与他完成的所有重大任务一样,也是一次都没派上用场。

这些事情,自己想想也觉得奇怪。不是一般的奇怪,而是非常奇怪。

于是耳边又响起了如《命运交响曲》中那几声敲打命运之门的重击,叩问着一个世纪的疑惑,从人类前途到久远的过去,一一重新评估。

回顾自己这一生,惊涛骇浪,十二年内战、十年动乱,花样年华就这样过去了。

值得吗?

国际共产主义也分崩离析,甚至互相开火,曾作为他全部生活的价值标准突然崩溃。胡秉宸感到了迷惘、混乱、怅惘,甚至对人类前途产生了悲观。

将来又是什么?

他找不到答案。

特别是与不受历史成见束缚的吴为纠缠在一起后,他想得更多了。

罢,罢,罢!

至少还有一个真诚的吴为。

到了这个阶段,吴为在胡秉宸的心目中才渐渐演变为正面形象,不久之后,他就会对吴为说:"你是我碰见的少有的有胆识、有勇气、有毅力的奇女子。我和你的关系,男女之情只是一个方面,根本的是思想上的一致,共同的语言、共同的感觉。

"你是可信任的、亲切的、坦率的人,与你在一起如沐春风,无拘无束无隔阂,宛如同一个可以推心置腹的好友,坐在松枝覆盖的长椅上漫说家常。你是我安全的港湾,是我随时可以归宿的地方。有个可以完全信赖的知己,多么难得!"

本就处在十字路口,且心中已然有了倾向,只是苦于没有向诸多理论交代的理由方在十字路口徘徊,一旦某个轻如鸿毛的借口杀出,很可能产生重如泰山的效应。

在检点一生的迷茫中,胡秉宸有了向安全港驶去,在松枝覆盖的长椅上漫说家常的理由。

十三

尽管很长一段时间胡秉宸与吴为音信不通,但佟大雷的作为,胡秉宸似乎全都了然于心。

哪怕一件价值不大的东西,一旦在拍卖行里进行喊价,进入两强竞争的峡谷,马上就会产生泡沫效应。

一看到胡秉宸,吴为知道非同小可的事情即将发生,便对禅月说:"今天妈妈有点儿累,咱们不散步了,你坐公共汽车回学校好吗?"

禅月喜欢和吴为一起散步,路上她们无话不谈。她正处在开始"懂"的年龄段,并且因为懂得母亲而分外得意。好比她已渐渐懂得吴为额上的皱纹并非都是因为气恼,更是因为走投无路、无处求援的绝望。

吴为不止一次对禅月说:"生你之前我就想,我要生一个朋友,一个永远不会抛弃我的朋友。"

除了刮风下雨的日子,她们每个周日从这条路上走过,送禅月回学校去。吴为站在校门外,看她一跑一跳进了学校大门才转身走回家,带着与禅月交谈后的愉悦,想着已渐长大并挚爱她的女儿,已经写出和准备写的小说……

"好吧。"禅月说。

"我就不等你上车了。"吴为说。

"哎,妈妈,您好好休息。"

吴为点点头,有些慌张地走了。

汽车老也不来,看着吴为渐渐走远的背影,禅月非常不放心,应该把妈妈送回家再走,就叫道:"妈——妈——等一等。"

吴为没有听见,急匆匆地走着,这时禅月看见一个上了年纪的男人,横路穿过,拦住了妈妈。禅月很快明白妈妈对她撒了谎。她不是累,她是要和这个男人见面。

然后他们折了回来,沿着附近的一条小河向田野走去。

这是禅月出生以来第一次遭遇的有主题、有意识的大伤心。在这之前,不论她啼哭过多少次,都称不上是伤心。

从离开韩木林后,禅月就生活在一个女人的世界里,不论是小姥姥的爱还是妈妈的爱,全部是为了她的,她的爱也同样全部回报给了她们。可是从未欺骗过她的妈妈现在对她撒了谎,而且为了这样一个面目不清的男人……

妈妈欺骗了她!

眼泪顺着禅月十六岁的、红润而丰盈的脸庞流下来。她觉得自己就在这一刻长大了,她的少年时代也在这一刻结束了。

晚上,禅月第一次失眠。

一个异物,突然搅入了她们这个浴血奋战、三位一体、相依为命、艰难度日的家。

这个三位一体的家,面临着她一时还说不清的、巨大的威胁。

禅月十分担忧,那一周简直没有心思上课,盼望周末,赶紧回家,好像谁会把妈妈偷走。

但是回到家里,见到妈妈,突然有了一种陌生感。一切都和过去一样,可又都不一样了。有一会儿,她都不知道怎么和妈妈说话。她看出妈妈又被烦恼锁住,那把锁就挂在两个眉头上,眉头间马上立起了一条竖纹。

不仅两个眉头间立起了一道竖纹,甚至两个嘴角旁也出现了两道竖纹,好像她正咬着牙,挺着什么熬煎。可是妈妈什么都不对她说,独自受着呢。

妈妈为什么瞒着她?怕她不懂吗?还是宁肯和那个男人守着一个共同的秘密,反倒把挚爱她的禅月当作外人似的排除在外?也就是说,那个男人对妈妈来说,比她更为亲密……

禅月忽然明白,自她懂事以后,妈妈的一切烦恼都是那个男人带来的。她十分明确地恨起那个男人来了。

禅月不说出自己的伤心和仇恨,妈妈应该看得出来。可是妈妈完全沉溺在自己的心事里了。

胡秉宸仍然什么也没有应允。

一拐上那条通往田野的沿河小路,胡秉宸就说:"你可以挽着我的手臂吗?"

面对胡秉宸的恳求,吴为只好把胡秉宸对她的伤害置之脑后,只好隔着一尺的距离,远远地挽起他的手臂。

胡秉宸说什么来着?说到在干校的时候就想念她,说到几件吴为反倒记不得的小事。

而吴为却为胡秉宸背诵她刚刚发表的一篇小说,特别是她得意的几个句子和段落。反正都是一些无关紧要的话……一点不珍惜这个机会,好像他们过去有过、将来也还会有很多这样见面的机会。

她甚至不望胡秉宸而是仰望满月,这种时候却还一脸洁净,如此十三不靠地背她的小说,真是出人意料。难道此时她不该投入他的怀抱?

背诵完小说,吴为转过脸来想听一声评价。可是胡秉宸无从评价,他根本就没有认真听她的小说,又不能敷衍。他不想亵渎这个饱满的月亮,还有他犹豫了差不多十年才有的这个约会……

吴为微微张着嘴,侧着脑袋等待着,胡秉宸从来没有这么迫近、这样清楚地看过她的嘴唇……她的嘴唇不薄也不厚,看上去很软,唇线也不清楚……他闭了一下眼睛,生怕自己吻上去,却身不由己猛然将吴为紧紧拥进怀里。

要不是河边树影下突然站起一个钓鱼人,问道:"同志,几点了?"胡秉宸肯定会吻上吴为的唇,现在只好赶快将她一把推开,疾步向前走去。

吴为实在不该忽略胡秉宸将她猛然一推,赶快甩手走开这个细节,正因为是下意识的动作,才更准确地反映了他某种根深蒂固的心态。在他们长达几十年的关系中,这样的情景还将不断重现。每一次出现,都无可挽救地将胡秉宸透于人的陋习描绘得更加清晰,只是吴为过于迷信胡秉宸,无法想象一个挚爱的人会对自己有所埋伏。

何况吴为从来不着调,这种景况下竟然会说:"你看,这不是一个很有趣的电影镜头吗?"

以胡秉宸的经验来说,吴为此时倒不是假正经,而是没有发动起来。难道她仅仅是柏拉图式的爱情主义?要是她没发动起来,他就只好压抑自己,否则她会把他看作一个只有"性趣"的男人。他只好顺着吴为的思路,说:"对了,顶好还让这两个人戴上眼镜,他们不是把眼镜碰碎就是碰掉地下,两个人趴在地上,满世界摸他们的眼镜。钓鱼人还可以帮助他们找,讲好价钱,找到一副眼镜付他多少钱……"

胡秉宸太大意了,吴为虽然不是假正经,但与从前已经有所不同。胡秉宸的恳求来得有些晚了,她不但穿上了成功的盔甲,心也冷硬多了。

　　…………

回到家里，胡秉宸关上电灯，坐在书房里回想这个夜晚的荒唐。他从没有这样不着边际地与女人周旋过，"百乐门"后是狂欢之夜，后来的女人们又太物质，吴为却是罗曼蒂克，是情调，不像一些女人把自己制造得可爱——制造的可爱只能是口味而不是情调。

没想到在生命将近尾声的时候，却碰上了这样一个浪漫的女人。他的脸上不禁浮上一个久违的、连白帆也很少见的微笑。

从隔壁房间传来了白帆的鼾声，如当头一棒使他猛醒，那少见的微笑忽悠一下就从脸上隐退。

以后怎么办呢？如果此后吴为要求天天见面如何是好？

现在他还有什么理由再与白帆联手写封信给吴为？还有什么理由在白帆起草的信上附笔"吴为同志：你自己塑造了一个虚无缥缈的意境，又自己在里面扮演了一个多愁善感的角色，沉溺在里面出不来了。这是资产阶级的感情游戏，不是无产阶级思想，你甚至没有想到这是多么危险，我要给你泼出一大盆冷水，就近来谈一次，不要再写信了"？

没等胡秉宸想出所以，吴为倒先来了一封信，说是想来想去这种关系没有好下场，不如及早刹车。

一旦离开胡秉宸，吴为的脑子就清楚了。

毫无例外，肯定又是一次捉弄，而受伤的只能是她。

好像在冰天雪地里，冻得昏昏沉沉就要睡死过去。她真不愿意醒来，就这样软软地睡下去多么惬意……可是写作说："起来，起来，不能睡，否则你就要死了，全家老小也会再度落入被世人鄙夷的境地。"吴为当然不愿意死，也不愿意母亲女儿再受二茬罪。

写作把她从极端危险的状态中拉了出来，"你得站起来，跟我走！"

幸好吴为现在有了一个比胡秉宸更权威的权威。

胡秉宸抓起电话就打，而吴为正在某个饭店开什么文艺方面的会议——"你等着，我马上就来。"

没等吴为回答就放下电话，咚咚咚跑下楼到司机班。司机说："胡部长，您怎么自己来了，没让秘书打电话招呼我？"胡秉宸这才意识到自己的不合常规。

"送我到饭店去。"他吩咐道，喘息着并神经质地弹着手指。

吴为想干什么？发生了什么事？胡秉宸惶恐得不得了，好像十年来都万无一失、牢牢地放在那儿、死死守着只是想象中的他的吴为，每一秒都会离去。他这才意识到她的耐性终有一天会失去，她的世界也会渐渐扩大，她将醒悟，他并不一定是唯一、可意的男人。

他不免酸酸地想：现在地位不同了，是不是？

这真不是他的刻薄，可惜胡秉宸不想重视，也不想深入挖掘。

胡秉宸没敲门就冲进了吴为的房间。吴为倚在沙发一角，好像那里是她的退路。他说："你不能这样做，你不能离开我，你要是离开我，我就要死了。"

吴为好像没有听懂，还是木木地望着他。胡秉宸不得不把这句话重复了三遍，这次她好像听懂了，从沙发角落里站起，摇摇晃晃朝他走来，他刚伸出手去接她，她就软软地倒在他的怀里。胡秉宸拖着她坐到沙发上，冲破长达十年的徘徊、犹豫、挣扎、禁锢，朝吴为低下头去——

这是他们的第一个吻。

138

其实,胡秉宸十年前就等着这个吻了,因为等得太苦,他觉得天旋地转,一切不复存在。这一瞬很长很长,地老天荒;这一瞬很短很短,灰飞烟灭……

名誉、地位、权力……他为之奋斗了一生的东西此时都化作了飞烟。只剩下她,这个偎依在他怀里的女人。

仅仅这个吻,就让身经百战、出生入死、钢铁一般的胡秉宸神魂颠倒,不知南北,恨不得死去才好。没想到在这个年龄,还能如此忘情地尝到一个女人可能给予一个男人的震撼以及这个震撼带来的快感。他重新体会到他还是一个男人,还是一个能让女人忘乎所以倒在怀里的男人。

直到离去,胡秉宸还一步三回头地对吴为说:"你要是离开我,我就要死了。"

此时此刻,胡秉宸的这句话,真不是用于恋爱的花言巧语。

回到办公室,胡秉宸什么也干不下去,有人来谈工作,听到的只是一片嗡嗡嘤嘤的声音,却不知他们说的什么。

他好像回到了初恋。他有过初恋吗?四川美人算不算呢?过去的女人从记忆里一一走过,不,与这一次相比,都有点逢场作戏的意味。

这其实是胡秉宸的错觉,他从每一个性爱对象那里都得到过新鲜的体验。但是作为一个男人,他不可能不忘记她们,自然也就忘记了她们的不同。

回到家里,他草草吃完晚饭就上了楼,将自己关在书房,又是关灯坐在黑暗里。但黑暗也干扰着他,搅扰着他,压迫着他,追逐着他,撕扯着他。

值得还是不值得?

以后又怎么办呢？

尽管吴为倒在胡秉宸怀里，她也不肯再进入那个怪圈。她能想到的最无能、也是最好的办法，就是离开，到山区去体验生活。

胡秉宸知道后，只写了一封无力的信，"可否到我家来，与我和白帆同志一起喝杯茶，她会很高兴的"云云。

看到"和白帆同志一起喝杯茶"，吴为笑笑，如同她身上的那套盔甲，不都是穿着用来抵挡什么？那就不要再惹是生非。

她没有去喝那杯茶，毅然不辞而别。

佟大雷听到吴为深入生活的事，于开车前赶到了火车站，抢过吴为一个手袋拿着，像是得了赏，紧紧抱在怀里，心里还想，向来这是秘书替他做的，而他现在却心甘情愿地替一个女人拿着。

抢到手里的手袋即刻成为佟大雷的动力，他又开始给吴为写起信来——

　　　鲁迅在福建写《两地书》，我没他那样的福分。瞿秋白在福建写《多余的话》，落得掘尸毁坟。在他动手写的时候，可能已经意识到是多余的了，意识到而不改，也是文人积习太深的缘故。话得说回来，一个人临死的时候，还不允许倾诉自己的一腔哀怨实在也太霸道了，我同情他，所以写两封多余的信吧。

继而吟诗作赋——

　　　春寒夜雨向阳楼，一别悠悠又过秋。
　　　咫尺天涯人不见，玉泉河畔月西流。

　　　望帘钩，小西楼，送君别意悠悠，论夭折，竟为愁，此景此情，梦里谁留！　　一篇文字堪羞，赢得中宵泪满流，人生百年尔，若个为侪,纵天荒地老,此意难休。

这些文字真是又蠢又俗又笨!

有些事并非凡人都能"染指",不论佟大雷多么自以为是,诗词这样的洁物,实则与佟大雷毫不着边。他最精彩的文字还是那些打油。

好比一日游灵隐,万头攒动,索然而返,灵隐壁上有斗大四字:咫尺西天。倒启发了他的灵感。为求吴为一笑,打油一首——

咫尺西天处,香烟腾云雾。

男女膜拜者,颇多大脚裤。

不论是填词作赋还是他本人,佟大雷只合打油。

想起胡秉宸当年正是一句秦少游缴了她的械,吴为心中更是不耐烦,怎么人人都玩起了模仿秀!

想不到佟大雷这样纠缠,她只好给部里几位领导包括佟大雷在内写了一封公开信,算是一个警告。

佟大雷回信道:

"作为朋友,即便写一封信给我,总不会引起我的神经发作。然而竟是如此惜墨如金,某某某、某某某并某某的一封官书,实在人情之外,就是一位公主也未免过分一点。"

从此"安史之乱"方才平复,吴为以为佟大雷的爱情攻势从此也就平息下来。

她对佟大雷过剩的精力,认识得太不足了。

如果"永动说"不能在物理学上成立,那些对"永动说"执迷不悟的科学狂人,最终可以在佟大雷这里得到极大的心理弥补。

胡秉宸那里也是每天一封信。吴为对着那些信说:"不,我不给你回信。"果然没有一字回复。

她在山坡上爬来爬去,天边的云就低了许多,也像从来没有胡秉宸那个人似的按时起床、睡觉、工作,写点什么……渐渐觉得日子和她都像云一样平滑了。有时也想到自己的自私,为了逃避这个爱,把母亲和女儿扔在北京,难道她们不想念她、不需要她的照顾吗?

可是胡秉宸突然来信,说肠子上长了什么东西,已经住进医院等等,那平滑的云或是山坡马上完蛋。

她连夜赶到县城,拿着手电筒在阡陌小路上疾步赶路,除了远处的狗吠,只有那束手电筒的光亮,在黑暗的包围中渺小无力地颤动着。

县邮电局的木板门,敲起来响彻整个寂静的山村小镇,可是工作人员像在石头里冬眠。她咬着牙、闷着头不停地敲,直至敲开一扇木板窗。一个头发直竖的脑袋从里面钻出,"什么事?"

"打电报。"

"这里没有电报业务。"头发直竖的脑袋又缩回石头里去。

此时吴为变得十分聪明,她想到了县委会。果然有灯光,有人值班,安静地过着一个山区的夜晚。她拿出工作证,信口雌黄地使用着"文化大革命"那一套招摇撞骗的伎俩:"我有急事,急事! 必须马上请示……"

中年人对她的证件肃然起敬,那么容易地就相信了她,"没问题,没问题。"甚至高兴有机会帮助她,同时也有能够使用权力的慷慨。

吴为好一阵惭愧,欺骗这样一个对中央部门怀着如此敬意的人实在可耻。

她真想对他说"我其实……我不过急着要用电话",却变成了

"我可以付电话费"。

"都是为了工作嘛。我这就让接线员给你接电话。"

他走到院子里，大声吆喝着："小王，小王！"这一吆喝肯定把全院子的人都得吵醒，可只有一间屋子的灯亮了，也许人们已经习惯了这样的夜半吆喝。

叫作小王的，摇着一个二十世纪初的电话机，把她要的电话号码传递给遥远的一部电话机，她要靠着这样复杂艰难的链接、运载，把她的焦虑从这个小小的山区，传达到胡秉宸那里。

这古老的山镇、古老的电话机和古老的生活，让她突然有了瞬间的反省，比之它，万物的虚浮不过是很不清晰的一个闪念。

电话终于接通，有山有水的距离在线路中声声漫漫，忽断忽续，"喂……"当她听见胡秉宸的声音时，似乎又要昏倒下去，瞥了一眼一旁的小王和中年干部，挣扎着说道："我接到了您的信。"并不是为了隐瞒，而是不愿亵渎小王和中年干部协助她的真诚，"我想请示一下，我是否……是否留在这里继续工作，还是立刻返回？"

胡秉宸的声音听上去很虚弱，确有重病缠身的样子。

听出吴为的焦虑，胡秉宸更加利用起来，他当然要她立即返回。

他没有说医生已经确诊，肠子上那块东西不过是块息肉。吴为也没有问是不是癌——既然她没有问，不说也不为过，只用更为虚弱的声音说了一个"喂"。

要是他用更虚弱的声音说一个"喂"，也没有什么不对。夜间，他正睡得迷迷糊糊，脑子不够清醒或是嗓子发干等等，"我觉得你的工作不一定非得在那里完成，这里毕竟是变革的中心……我想你不如回来，不要失去感受这样一种氛围的机会。"他在电话里只能说这样的官话，好在这样的官话说起来得心应手。她在电话里也是吞吞吐吐，显然一旁有人。

吴为却理解为他的情况不妙，说："好，我马上回来。"

马不停蹄赶回北京，放下行李就到公用电话亭去打电话。胡秉宸上来就是一句："亲亲，你可回来了。"

吴为赶快转过身去，用背对着守电话的人。能把吴为千里迢迢扯回来的，是胡秉宸到底有没有生命危险，而不是这声"亲亲，你可回来了"。

"喂，你怎么不说话？喂——喂——"他以为她生了气或是电话线断了。

"等一会儿——"她像刚刚跑完一个全程马拉松，声带干得要裂了。

到了现在胡秉宸还不肯告诉吴为，实际上他什么病也没有。

"我……可以去看看你吗？"

"不行。"

"为什么？"

"我怎么和别人说？"

对，他怎么和别人说？他们的关系是见不得天日的。她有什么资格关心他有没有生命危险？

可是他们之间到底有过什么关系？除了那一个短暂的、来不及体味就瘫软过去的接吻？

难道他一封信接一封信地催她回来，就是为了对她说一声"亲亲，你可回来了"？而她居然为这个见鬼的理由，千山万水地跑了回来！

胡秉宸却享受着这种日子。日子过得颠三倒四，早上一睁开眼睛，满眼都是吴为；晚上一闭上眼睛，满眼也是吴为。连湖面上随水流动的落叶,在他的眼睛里也变做画笔渐次的排列,显出像情绪化的吴为那样难以捉摸的色带。

吴为也不得不陪他陷入这样的日子。

为避人耳目,他们到远郊去。因为总是坐着轿车出出进进,胡秉宸没有大衣,他那件薄旧的小棉衣,在初冬深秋旷野的冷风里单薄得像是没有穿衣;头上也没有帽子,两只耳轮被冷风吹得又红又紫。

吴为伸出手去替他焐着,"噢,噢,你的耳朵怎么冻得这么红?冷不冷?冷不冷?"

"冷。"他说。

"唉,你长了多么硬的一对耳朵。长这种耳朵的人,多半儿不受他人的影响,而是固执己见。"

可他现在已经没有了己见,只有吴为。而在这之前,正像吴为说的那样,谁也别想影响他、左右他,谁也别想在他耳朵旁边吹风,软风硬风都不行。

吴为的手掌宽宽厚厚,手上流出的是朴拙的疼爱。眼神像一头鹿妈妈,驯顺,善良,关切,疼惜,就差那么一点让男人一下子燃烧起来的火星。

这样焐过他的耳朵,还不进入约定俗成的场景,而是说:"我们买一个口罩吧,这样可能暖和一些。"

他们进了一间小百货店。胡秉宸任吴为唠唠叨叨说些可以不用心去听的话,什么也不想,一味体味着被她牵着走来走去的感觉。

哪个女人可以让他这样心甘情愿地服从?有时听任白帆摆布,只是因为懒得与她多费口舌;而听任吴为摆布,却是赏心乐事。

然后她把口罩给胡秉宸戴上。先将口罩带子套在他的颈上,食指和拇指牵着带子两头绕过他的两耳,弄得胡秉宸其痒难熬,后来又在他下巴上打了个结,"怎么样? 紧不紧?"再拽拽带子,"松不松?"

"松。"

吴为又用力拽了拽带子,"到底是紧还是松?"

胡秉宸的心被一种不熟悉的力量轻轻攥住,幸福? 快乐? 喜悦? 甜蜜? 舒适? ……无以言说,便对吴为说:"白帆从来没有这样关心过我,更不要指望她为我焐一焐冻僵的耳朵。"

然后就是播放那个冗长的、早已拷贝过的老版本——

"我和白帆一九四一年同居,没有结婚手续。那时我刚从延安到蒋管区从事地下工作,时间不长,接触的女党员只有她一人,彼此对性格、经历事先也没有充分的了解。同居后不久,就发现很难相处,当时没有条件生活在一起,大约每周见面一次,即便如此,她也经常为一些琐碎的事动手打我。有一次用燃着的香烟按在我的臂上,还多次用杯中开水泼到我的脸上。我还年轻,对夫妻生活完全没有经验,我非常吃惊,很难想象一个年轻的女人会这样对待男人。但是限于地下环境又怕影响工作,不好声张……事后我才了解到这可能与遗传基因有关,她父亲就是这样一个性情暴戾的人,也是如此虐待她的母亲。

"解放初期,我们的关系已破裂到准备离婚的地步,但那时大家忙于工作,加之工作不在一个地区,也没有机会办理这件事。直到一九五五年审干,有人来调查白帆同另一个男人的关系,才知道她一九四六年就同那个人有了关系,所以一九四七年她生的那个儿子是不是我的儿子还是个疑问。我们多次争论过这个问题,她说按月份应该算是我的。她说的也许有道理,因为那个时期她和我们这两个男人花插着睡,我不能证明不是我的,也不能肯定是我的,争论下来总是没有结果。

"由于中国长期处于封建社会,社会对这类问题带有极大的偏见,几千年来不知多少妇女死于这样的偏见。我作为一个马克思主义者,应该对这个问题有一个合理的态度,特别它势必影响这个孩子的一生,以后还会影响他和妻子的关系,还有他孩子今后的生活,所以当时除她所属的组织和我之外,我从来没对别人提过这件事……"

吴为好羡慕白帆啊,比起韩木林对待绿帽子的态度,胡秉宸真可以说是高风亮节,白帆真是摊上了一个好丈夫!

她却不想一想,与她有过同样前科的白帆,不但不理亏还敢这样对待胡秉宸,是不是有点不合逻辑?

以胡秉宸这样一个男人,又为什么甘于忍受这样的虐待?

如果她能想一想,就会发现这个版本漏洞百出——胡秉宸如若不是有什么败行劣迹,白帆怎敢这样对待他!

什么样的败行劣迹,才能让一个挚爱丈夫的女人疯狂若此,并下得这样的毒手?

可惜吴为什么也没想,只是一味羡慕白帆的福气。

真是"众里寻他千百度,蓦然回首"——白马王子却在"灯火阑珊处"!

于是吴为赶忙把自己类同的历史,对胡秉宸说个明白。尽管她知道胡秉宸早就从人们的议论或人事部门得知她的前科,但毕竟与本人的坦诚交待有所不同,至少说明她信奉"童叟无欺"那一类信条,更是履行一个正式手续,让胡秉宸在"可忍"或"孰不可忍"之间有个选择。

胡秉宸选择的是"可忍"。

吴为不是没有这方面的教训,在鬼都不知、完全可以蒙混过关的情况下,为了良心的安宁,将私生子的隐情向前夫韩木林做了交待,韩木林选择的也是"可忍",结果是"孰不可忍"。

但韩木林怎能和白马王子相提并论?

吴为根本不明白,男人一旦不再宠爱一个女人的时候,她们已往的风流账,永远是他们的撒手锏。

可不,如此一个高风亮节的胡秉宸,在婚后不久的一次口角里就变了一副嘴脸:"你知道人家说你什么? 说你是个烂女人,都说我和你这种拆烂污的女人结婚是上了你的当。可我怎么就鬼迷心窍地和你结了婚?"——不费吹灰之力,一枪就把欢蹦乱跳的吴为毙呆了。

这一枪与韩木林二十多年前对她的制裁相比,韩木林可就算得光明磊落。

旧时代的男人根本不必为自己的情变设计一个遁身之术。丢掉一个女人或是再讨一个女人回家,理所当然,就像当年顾秋水当着叶莲子的面和阿苏做爱。

顾秋水行伍出身,难免沾染兵痞之习,为所欲为,不在乎舆论。胡秉宸却不然,他横竖要人说好,且喜水过无痕。当然就要设计一个"理由",既可安慰自己,又可昭告他人。

大部分女人也会相信男人这种理由,作家吴为也不例外。或者不如说她们并不想探求真伪,因为,这理由不也可以用来交代她们自己的良心、道义以及社会的舆论?

也没想到他们有情人终成眷属后,当同样关爱的场景再现,却招来胡秉宸一顿又一顿呵斥。想来白帆不是从来没有关心过胡秉宸,也不是没有为胡秉宸焐过冻僵的耳朵,而是如她一样,时过境迁。

回到家里,胡秉宸禁不住到白帆房间,希望把自焐耳朵而始并一直持续到晚上的骚动平息下去。

可是白帆却说:"去,别打搅我睡觉。"

他们有几年没干这个事了,被她一推更觉尴尬。

把胡秉宸赶下床之后,白帆继续睡觉,蒙眬中突然觉得胡秉宸最近有些怪异——经常不回家吃晚饭,打电话到办公室也没人接,问司机他晚上是否常常有会,司机也说不出所以;而且每天把头发梳得溜光,还抹很多发蜡,穿着也讲究起来,今天晚上还让她给他买一件大衣。

"你坐小车上下班,又不必站在冷风里等公共汽车,买大衣干什么?"

"有时候到院子里走走,就觉得冷。"

"不行。"她斩钉截铁地说。

忽而要起零花钱,"给我增加点儿零花钱吧。"

"为什么?"

"我吸的烟质量太差,弄得咳嗽越来越厉害。"

"那就少吸几包,采取少而精的方针。"

胡秉宸不说话了。而后白帆发现他上交的钱与工资不符,"还有几十块钱哪里去了?"她把工资数了又数。

"买书了。"

"书呢?"

"在……办公室。"或者"记不得忘在哪个会场上了。"

想到这里,白帆的睡意顿时全无,几十年前胡秉宸无端迷恋上跳舞的往事也突然显现。他该不是旧病复发又有了女人?有个女人老给他打电话,声音听上去很年轻,转而又觉得不太可能。

可是老给他打电话的那个声音有点熟悉——谁呢? 想不

起来。

从这个夜晚胡秉宸开始明白,他可能已经渴望上吴为的肉体。在此之前,他从未有过这样的冲动,很多年了,和白帆做都是机械化运作,现在却多了一些别的。而且这一次骚动比哪一次都丰富、强烈,似乎不亚于青春年少。

他一惊,从什么时候起声名狼藉的吴为,在他心目中变成了风情万种?

那个冗长的、既可安慰自己又可昭告他人的"老版本",并不能让横竖要人说好且喜水过无痕的胡秉宸心安理得。

这种时候,胡秉宸根本顾不到吴为。

也就难怪胡秉宸有时突然变脸。牵着吴为的手,正谈得高高兴兴,突然中途停下,说:"不去了,我要回家。"缄默的薄唇,石头一样地冷峻,再不会发出多一个声音。

吴为不明白出了什么事,也知道逢到这时留也留不住,即使她哭、她恳求,也是白搭,胡秉宸那对硬耳朵是不会轻易听人支配的,只有无奈地看他离去。

不过想想进入"情况"的胡秉宸,是不能仅仅用"疯狂"那样的字眼来说明的。那不是疯狂,而是眼见着一炉钢铁,在炽热的火焰中渐进地熔化,与其说是柔情,不如说是英勇壮烈。能在这熔化中同为灰烬,该是死而无憾的了,吴为又有什么不知足的?

比起更重要的筹码,吴为就无足轻重了。

有消息说他前景不妙,仕途多蹇。胡秉宸不是钻营之辈,恋栈却是人之常情。与吴为的关系如果曝光,结果如何?无须多言。

家庭这个形式在仕途上的印象分不可低估,即便在西方社会,那些竞选总统的人,还得在选民面前扮演恩爱夫妻,实情如何另当别论。为此他和白帆早就达成协议,彼此既往不咎,面对新的形势,同心协力,一砖一瓦垒筑起这个家,虽然不尽如人意,也不能想象拆毁它的后果。

为了这个模范家庭,胡秉宸又做了多少忍耐、铺垫,拆毁它不等于前功尽弃?

只是碰到吴为之后,这个稳定的家庭才有了飘摇之感。

是不是?! 整日坐卧不安地等着一个女人的电话!

也不仅仅是中国作家的矫情,俄国小说家赫尔岑也有涉足、兼容哲学之好,早在小说《谁之罪》中作过如此归结:"一切违反人性自然的美德,勉强的自我牺牲,大半只是一种空想,实际上是不可能的。"

一旦回到家里,胡秉宸又觉得负了吴为。他心知肚明,如果他不去撩逗她,吴为如今不但过着平静的生活,并且可能忘了他,也可能从追求她的男人里挑选一个没有任何羁绊,全心全意爱她的男人……是他把她带上了这条人不人、鬼不鬼的路。

一旦回到家里,不但觉得不再欠着白帆和这个家,反倒觉得白帆和这个家欠了他。当一个人总觉得他人欠了自己什么,不知不觉便像个债权人那样肆无忌惮、颐指气使。可是白帆并不觉得自己欠了胡秉宸。

晚餐桌上,家乡来的一位客人说起农村的变化,白帆说:"这是不是资本主义复辟?"

胡秉宸接着问:"中国有资本主义吗?"

白帆居然拿着筷子在他头上一敲,"什么话!"

只是因为自爱,他才没有当场给她一点颜色。和一个四体不勤、五谷不分,除了报纸上的社论、党内文件,从不知世界上还有其他文字的人有什么可谈?

客人是县里的一位领导,回到家乡会怎么说?说她可以威风地拿筷子敲部长的脑袋?因此她比部长更了不起?这就是许多女人的通病——浅薄,无聊。

白帆也始终不明白,胡秉宸之所以不和她理论,并非因爱而生的迁就,而是毫无兴趣到了呵斥也无情绪的地步。

左也不是右也不是啊。

胡秉宸怎么也睡不着,只好第二次起来吃安眠药,很厉害的那一种,很快就腾云驾雾进入梦乡。他梦见带着吴为到了一个没有通路的孤岛上,《鲁滨孙漂流记》似的没有人烟,甚至没有野兽,只有礁石,海水,还有和海水连成一片、时灰时蓝、时浓时淡的雾。他也没问一问,既然没有通路,他们如何来到岛上?在梦里,人们从不问为什么,不究其竟,通情达理,对什么都不以为怪,都正常得可以理解,连价值观都不同了,连人们那种爱打听他人隐私的好奇心也不存在了。他和吴为住在一个云雾缭绕的屋子里,躺在云雾的床上,而吴为就像他怀里的一块彩云,他既能感到那云的柔软,又不能实实在在触摸到她。

白天紧紧纠缠着黑夜,黑夜紧紧接着白天。

忽然秘书出现在眼前,“胡副部长,我们整整找了您八天了,中央有一个紧急会议,一定要您出席。”心一惊就醒了过来。

对这种说风就是风,说雨就是雨的阴阳变幻,吴为一直心存疑惑。

很难相信这不是胡秉宸的如意算盘。

在众人面前,他仍是受人爱戴尊敬的部长;回到家里,仍是那个模范家庭的丈夫和父亲。

至于她,随时都得听候胡秉宸的调遣,不管她是否正在写作,或去参加女儿的家长会,或陪母亲看病……都得立刻放下,不顾一切地向他跑去。

然后跟着他穿行在一条又一条小胡同里。那些小胡同多半没有下水道,满是污水的臭气和污水搅和的泥泞。即便如此,每每经过那昏暗的路灯,胡秉宸仍然会把帽子拉得低得不能再低,走过那盏路灯再把帽檐翻上,让吴为又是鄙夷又是怜悯。

他们常常从傍晚走到凌晨,有时在雪里,有时在风里,有时在雨里……实在累得不行,才走进小胡同的一个馄饨铺或是小酒馆,要两碗馄饨。竹筷的缝隙里饱浸着不知多少张嘴留下的秽垢,馄饨如泡在泥汤里一点热气也没有,碗边上净是嘎巴儿,汤面上漂着一层半凝的灰色猪油。他们谁也不吃,只为有理由在那条板凳上坐一会儿。

或是要两盅二锅头,一盘煮花生,听扛大包或蹬三轮的工人聊聊他们的生活,然后再走进或风或雪或雨之中。

胡秉宸就这样和她走了几个月,他们淡漠地相跟相随着,淡漠得好像他们之间什么关系也没有,直到有一天胡秉宸忍不住把她拉进路旁一座尚未完工的建筑群里,在她嘴唇上匆匆一吻,与他们第一个吻隔着很多个日月。

"这个吻就像一个邮戳,在你唇上盖上我的印记,说明你是属于我的。"再一次确认吴为那个唇的归属权后,胡秉宸得意地说。

就这样低三下四地属于他?

这样鬼鬼祟祟,跑来跑去,左躲右闪怕人看见;

在一个下三烂的地方见上一两个小时,偷一个吻,说几句不负责任的情话;

每天为胡秉宸一封暗藏玄机的信猜来猜去,或绞尽脑汁编造一封地下党式的联络信;

永远过着一种大部分是鬼、小部分是人的生活……

——这个情人当得太廉价了是不是?

吴为说:"你就这样什么也不付出地垄断着我吗?"

她渐渐开始不无恶意地给胡秉宸打电话,时而往他办公室,时而往他家。有时她听见一个女人的声音,她知道那是白帆。

他们在电话里说着不光明的话,带着不明确的犯罪感。

胡秉宸越是害怕,吴为越是往无遮无拦的路上走。

吴为的不驯,使他们的关系不安静起来。

所以不只胡秉宸说变脸就变脸,吴为也是说变脸就变脸,"我们或是就此分手、一刀两断,或是你想办法解决问题,反正我不能给你当情妇。"

但是胡秉宸久而不决,既不肯与她一刀两断,也不肯与白帆离婚,只是继续苟且着和她的关系。

当年他们在干校,走在去割稻的路上,胡秉宸早就应该从他们的第一次交谈中领教吴为不肯随便玩玩,而是真刀真枪,甚至杀鸡都要用宰牛刀那样小题大做的脾性,也就不会等闲视之了她对合法名分的要求。

茹风一开始就不同意吴为关于"名分"的说法:"我真不懂,你为什么非要一个合法的名分? 当情人有什么不好? 如果只做情人,他会觉得欠了你,对不起你,宝贝着你。一旦有了名分,赏你名分的那个男人马上就会变脸,你也就跟着掉价儿,变成糟糠。别忘

154

了中国男人赏给妻子的那个典型称号'糟糠之妻',就是这个意思。后面还有'不下堂'三个字——'堂'最好是不下,但可以讨小老婆或搞情人。"

吴为哪里懂得如此深奥的辩证法!

胡秉宸老是说:"等等,等等,等一个合适的时机。等我调动工作以后,或是等我离休以后,我已经申请离休了。"

不要说胡秉宸,就是吴为这种无足轻重的小职员也身不由己,不是自己想去哪里就能去哪里,想溜就能溜的。胡秉宸的去留更得由组织部甚至国务院决定,就算他可以离开这个部,办理手续还要很久。

"等到那一天,恐怕我们都爱不动了。"吴为说。

"什么叫爱不动了?"胡秉宸坏笑着。

"我不想等,这种日子折磨得我什么也干不下去。"

"我何尝不是这样?"

"那你为什么不了结,老是这样拖着我?"

"我爱你。"

一旦胡秉宸说出这句话,吴为就哑口无言。

她常常悲愤地对胡秉宸说:"假如我们的爱情不得不是一个悲剧,被抛弃的一定是我而不是你。我本来可以逃避这个灾难,你却死拽着不放,难道你就这样忍心让我束手待毙吗?"

胡秉宸说:"也许有那么一天,一切很容易就解决了。"

"'也许'!你什么时候才能为这个'也许'做点儿什么?"

好不容易偷得的会面,也就常常不欢而散。

好比这天他们约好到颐和园去。吴为说自从大学毕业后再没有划过船,而他差不多从来就没有划过船。

吃早饭的时候电话铃响了。胡秉宸立刻觉得这个电话铃响得不对劲,他听见白帆穷追猛问:"你是谁?"那边好像不回答或是说了什么。

白帆又说:"我得知道你是谁,有什么事,然后才决定要不要告诉他。"

他赶紧走过去,从白帆手里拿过话筒,"喂,哪一位?"

"我。"声音听上去就怨天怨地。吴为不过想提醒他多加一件外衣,天气不那么好,怕他着凉。被白帆一审,自知理亏,张口结舌,联想到这种人不人鬼不鬼、偷偷摸摸、无天无日的鬼祟什么时候才是头,就不由自主地说,"对不起,我不想去了。"

"为什么?"

"突然没兴趣了。"

"反正我还在……"胡秉宸一着急差点说出"我还在那个地方等你",瞥见白帆警觉地侧着耳朵,便改口说,"反正我的意见还是按计划办事,好吧,就这样吧,按计划办事。"

"不。"吴为固执地说。可是胡秉宸没有回答就放下了电话。

为什么说没兴趣了? 当着白帆,胡秉宸又不好问。见面太不容易,每次都要想好一个借口,吴为还这样不懂得珍惜!

回到早餐桌上,拿起烧饼咬了一口,就扒拉起餐桌上的食物渣,一会儿堆成一个小堆儿,一会儿又把它们分开,一会儿又把它们排列成行……

白帆频频扫视着胡秉宸,他那口嚼了很久还不曾下咽的烧饼,那些忽而成堆、忽而成行的食物碎渣,那移动得很快的手指,都泄露了心里的烦躁和不安。她张口问道:"谁来的电话?"

"部里的人。"胡秉宸没好气地回答。

"星期天还来电话?"

正一肚子火没地方发泄,又不好指责白帆对电话的兴趣,鼻梁旁边有了几条浅浅的斜纹,脸上就有了介乎讥笑与微笑之间的皱褶,"我这一辈子差不多都是在办公室里度过的,从来没有星期日、工作日之分,你也从来没关心过我累不累,今天怎么突然关心起我来?"

"我为什么不能问?这个女人老来电话,我一听见她的声音就……"

胡秉宸想起被白帆推下床的情景,还有她的那声"去",便报复有加地说:"你不是让我'去'吗?我这就要'去'了。去找一个寡妇,满足我你所不能满足的要求。"

白帆胸有成竹地说:"看你有几个胆子!"与当年请求胡秉宸原谅她有个私生子时已大不相同。

白帆并不十分在乎胡秉宸找个寡妇之说。现在与刚进城的时候不同,干部们早已换完了太太,换过的太太与乡下老婆不同,个个能说会道,识文断字,有些还经过革命的训练。太太们的儿女也都长大成人,他们不但要维护自己母亲的利益,还要维护自己的利益,比之乡下那些同父异母的兄弟姐妹见多识广,由这样的家庭和社会组成的铜墙铁壁,谅胡秉宸插了翅膀也飞不出去。再说他目前的地位本就岌岌可危,他的对手们摩拳擦掌伺机而动,闹不好就自绝前程,这个约束比她的约束厉害多了,以她对他的了解,他就那样甘于寂寞?

"我要是想干,一个胆子就够了。"胡秉宸挑衅地直瞪着白帆的脸,又用一个可说哂笑也可说调笑的笑,作为本次交锋的结尾,不再和白帆纠缠下去,拿起外衣和便帽,按时按点到老地方等吴为。

老地方在公园一个鲜为人知的侧门,门旁还有两棵刚刚过人的松树,站在那两棵松树后面是很难被人发现的。他等了差不多两个小时,为每一个瘦长女人的身影心动不已,一面觉得是在扮演一个十分无聊的故事里的老角色，一面感到自己的心一寸一寸往下坠。他尝到了被一个女人抛弃或愚弄的滋味。

女人的力量不在于把男人弄得神魂颠倒。把男人弄得神魂颠倒算不了什么，随便和哪个女人，只要上了床，男人都会神魂颠倒。女人的力量在于把一个刚强的男人揉搓得失魂落魄。

吴为就这样随意处置一个男人，而那英雄一世的男人还要苦苦地等着她。

胡秉宸发觉自己的眼睛居然有点湿，实在荒谬之极。像他这样一个男人，居然眼睛有点湿！委屈？伤心？绝望？怕失去她？可他更多的是气愤。最后明白等不着吴为了，便昏昏沉沉信步往街上走去。经过一家邮局，进去买了一套廉价的信纸信封，在邮局那巴着一块块糨糊的绿漆台子上，给吴为写了一封信——

> 我在邮局，含着眼泪和异常悲愤的心情写这封信，这种心情对像我这样年纪的人来说，应该早不存在了。对于像我这样对任何事情都非常认真和忠实的人来说，这是一种伤害，对生命的伤害。这样伤害一个人是很不应该的，当然是他自己走上这条路的，但终究是可悲的。我觉得忽然老了许多，大约这就是同文艺界打交道的必然下场。请原谅我在悲愤情绪下写的一切。

回到家中，白帆问道："干什么去了？"

"和女人约会去了。"

她白了他一眼，"说什么鬼话！"

他说真话的时候，白帆反倒不相信了。胡秉宸心力交瘁地回到书房，一头扎在那张小床上，很快就昏沉睡去。

白帆很久听不到胡秉宸的声音，走进他的书房看了看，发现他脸上有一种萧瑟，忽然有些怅然，觉得他们多年来过着极为疏远的生活,真不像是夫妻。要说她不爱他、不关心他,真是冤枉——"文化大革命"中胡秉宸挨整,她曾发誓要为他的昭雪跑遍所有部门;他被关押的时候天天都去探监,不怕他人说她划不清界限;甚至为他怀疑起从不怀疑的"句句是真理",至少认为对丈夫的结论处分绝对错误。

有个地位很高的老同志警告她:"白帆,你是参加革命多年的老同志了。这可是个原则问题,希望你站稳立场。"

她说:"老胡是个好同志。"

对白帆来说,最宝贵的不是生命而是党籍,但是为了胡秉宸,她宁肯冒被开除党籍的危险。这样的爱,难道不比那些甜哥哥蜜姐姐之类的男女关系更崇高、更伟大吗?

他要找个寡妇! 也许是玩笑,可他最近怎么想起做爱来了?

过去就隐隐约约觉得胡秉宸思想不甚健康,几次出访回来,带些所谓艺术品、唱片也就罢了,竟还带了一个绿瓷的裸体女人回来,放在书房写字台上,抬眼就能看见,外人看了怎么得了? 她对胡秉宸说:"你不认为这些东西和我们这个家格格不入吗?"

"我们家是什么'格'? 我们在江西的时候,你不是还学过钢琴吗?"胡秉宸颇有意味地说。

在爱和良知的夹攻中,胡秉宸觉得自己就像乘着一艘坏了舵的船,在漆黑的夜里,只能不辨方向,随着那没有舵的船任意漂流;又像锅上烙着的一张饼,两面受煎烤。

他们越陷越深,也就越难舍难分,这个问题也就越来越尖锐。

非此即彼,这个问题非解决不可。

直到吴为看到一篇小说,有个与他们情况差不多的故事,正是通过三人开诚布公的谈判解决了问题,便照着小说上的办法给白帆打了一个电话,希望就三人目前的状况会谈一下。

"你是谁?"白帆问道。

跟着吴为也问了问自己:是啊,我是谁? 不好回答,只能含含糊糊地说:"我……我想和你谈谈。"

"你是谁?"白帆隐约感到来者不善,坚持追问下去。

"我是吴为。"

白帆一下子就明白了,胡秉宸和吴为的关系从来就没有中断。原来三天两头打电话的人就是吴为,难怪她觉得声音熟悉。

用不着细想,散落在胡秉宸周围的那些反常、互不关联的细节,很快聚合在一起,再清楚不过地成为他叛变的证明。

什么由她起草、由两人共同签名给吴为的信? 全是扯淡!

现在看来,她在那封信里是过于客气、过于温情、过于善良了! 她不是东郭先生又是谁? 她不是姑息了一条狼又是什么?

"吴为是谁?"白帆更有了把握。

是啊,吴为是谁?

如果自己不想办法解决这种"多头政治"的局面,能指望胡秉宸吗? 不能! 既然那个应该承担责任的男人躲在后头不敢出面,只好女人自己出面。无论以何种结局了结,对她和白帆无疑都是幸事。

"是……是胡秉宸的爱人。"反正到了破釜沉舟的时刻。

本以为吴为无言以对,没想到她这样厚颜无耻,气焰嚣张,竟敢自称是胡秉宸的爱人,还要和她谈谈! 难道要她把胡秉宸拱手相送吗? 真是反了天了。

白帆冷冷一笑,"你这样的婊子也配和我谈话? 你养私生子的丑事,还有在干校的下流故事,老胡早就对我说过,难道还要我亲自再对你说一遍吗? 你以为老胡真和你谈情说爱? 笑话! 让胡秉宸当面说说,他的爱人是谁,他要敢说是你,我马上把他让给你。"

吴为落花流水地愣在了电话这边。明明她也可以如此理直气壮地回答白帆:"你有什么资格对我说这些话?你又比我高明多少?你偷人养私生子的事胡秉宸也早就告诉了我。"

但她下不了手,她把那些一钱不值的、知识分子的教养看得太重要了,却不知如何走出尴尬。

在这难堪的时刻,她想到的却是她和白帆,让同一个男人的同一把枪、同一颗子弹,打中了。

到底是作家。吴为甚至想,如果此时有台摄像机同时瞄准她们二人拍摄,人们将会看到此时此刻的她和白帆,一定像双胞胎那样分毫不差。

这一梭子打得她好不凄凉啊!是啊,她和白帆谈什么?谈胡秉宸如何耍弄她吗?

而且白帆说的句句是真理——让胡秉宸当面说说,他的爱人是谁,他敢说是吴为吗?

可她随即原谅了胡秉宸的出卖。即便胡秉宸对白帆那样谈论她,肯定也是很早以前的事,而她又确实偷过人,养过私生子。既然如是,说她"婊子""下流",又有什么过分?

像每每被胡秉宸伤害之后那样,吴为又下了一个听起来轰轰烈烈,实则不堪一击的决心。

第 三 章

一

对于罗斯福总统开辟第二战场的时间、条件、地点,研究世界二次大战史的专家们各执一词。但美国对德、意、日宣战,毕竟是二次大战的一个关键转折。

二

官场如战场。

没想到稳操胜券的胡秉宸却在仕途大战中败下阵来。检点自己的战略战术,不知错在哪里。

何须细说,有个本属胡秉宸工作范围内的重要会议,却没有通知胡秉宸参加。

与其说政治像女人那样多变,不如说像男人那样多变更为确切。一位对胡秉宸赏识有加的领导,忽然之间调头而去,也许有了新欢,也许自身失势。不是无法求解,即便有了答案,也是过了这个村,没了这个店。

当年胡秉宸在干校对吴为借用秦少游的那个句子,可不就像谶语？到了这时才应该说是"郴江幸自绕郴山，为谁流下潇湘去"，以示他不愿离去的无奈。

胡秉宸虽然不像某些人那样将仕途看作万应灵丹，然而毕竟出身官宦世家，在那样的氛围中成长，再不济也得把仕途成败作为自身价值的一个标志。这也不算他的独出心裁，游戏规则如此。

对曾经的辉煌，离去是永远的痛。好在胡秉宸没闲置的时刻，从官场上下来后又搭上了恋爱这趟车，他的一生该说还是充沛的吧。

如果不从仕途大战败下阵来，胡秉宸与吴为的关系说什么也不会更上一层楼。最后让胡秉宸彻底改变对吴为方针政策的关键，正在于此。

胡秉宸这才准备"爱"吴为。

吴为清清楚楚知道自己何时走上不归之途，某时某辰准确到分秒不差，却至死闹不明白胡秉宸的转变。

不要忘记，本该一个铮铮男儿汉的吴为，虽然半途转为女儿身，"英雄救美"的基因并没有完全消失。

对准火坑往下跳的决心，来自胡秉宸的这次谈话——

"……迫在眉睫的问题是我的工作，并不是我非要工作，问题是这些王八蛋宗派主义分子把我打击得太厉害了，因为我捅了这些宗派分子的马蜂窝，而工作又是政治上的一种标志。但已经得到非正式消息，我的任命可能不会下了。

"鸣金收兵之声也连连不绝，副部级六十五岁以上和六十五岁以下身体不好的一律退下，我六十五岁已过，身体又不好，两项条件都够。前程分明是退下来，肯定退居二线了。

"而我的年龄也不适于重新打开一个局面，有一条年龄线管着，你能理解我吧？所以还是离休好。

"想想我这辈子,十二年战争,十年动乱,现在还有什么好说?

"上帝真是个没有良心的东西! 好在他无处不在又无处都在,我还有你呢。

"也好,去掉一个大包袱,可以放手进行法律程序,我唯一担心的是会不会影响你的创作生活。对我来说,什么顾虑都没有了。

"想到这儿还要向你表示我的感激之情,我年纪过大又失去了工作机会,没有地位没有钱,将来如果离婚,甚至没有住的地方,而你又为我放弃了一切机会……"

吴为说:"我爱的是你,不是你的地位。"想到这一来胡秉宸的仕途没有了指望,反倒高兴起来。许久以来,吴为都觉得胡秉宸出尔反尔的做法,正是来自于他对世俗的渴望。

…………

人生的追求屈指可数,迫不得已两袖清风,想来想去,不如学做范蠡。

男人的最佳人生模式是一手官场得意,一手醇酒美人。官场得意又可称为"齐家治国平天下",就像胡秉宸老家那幅"立言立功立德"的中堂,不仅仅是他们的"鸿鹄之志",也是社会衡量男人成功与否的标志。如若官场失意,消沉落魄,才不得不醇酒美人地潇洒起来。

…………

"真想离开这些复杂的关系……如今许多人思想境界太卑下、太现实、太唯物了,缺少理想,缺少对崇高境界的向往。还不如我年轻时候朋友间的关系,我甚至怀疑,如果碰见霍桑《红字》那样的场面,他们会怎样表示。

"政策已经定了,机关如何整编不清楚,一个部规定三四个副职,可是现在的部级、局级干部加起来,可以打十几桌麻将。

"如何安排？

"记得你说过让我不要当第一把手，真是聪明绝顶。这些伤脑筋的事，我完全可以不管了，让别人去争权夺利吧，只要有你。一心只想像范蠡那样，两袖清风地与你在富春江上泛游……太湖也可，不过，那你就会落俗套地成为西施。"

当然也就对吴为有了如下剖白："十多年前遇到你的时候，只觉得是个颇有才华的姑娘或大学生，经过一层层的深入了解，才真正（当然也是逐步）认识到你的识见和卓越的才能，还有作为一个真正严肃的人所具备的真诚和勇气，以及由此形成的巨大精神力量。我对你异常敬爱，远远超过你所看到的程度。"

就此胡秉宸放松了许多，与吴为会面的次数也日渐增多，逢到约会，"破帽遮颜过闹市"的情况也日渐减少，如果有二十世纪末或二十一世纪初那样宽松的条件，他们早就上床了。

政策开放的结果，是他们的关系渐渐被人所知。

传播像一条暗河，随之在地下涌动起来。

三

叶莲子早就发现吴为异常，心血来潮地去了山区，又心血来潮地回来，说是为了写小说，可是一行小说也没写出来。

不用猜就知道，吴为又要往陷阱里跳。

几年前胡秉宸与白帆联手写给吴为的信，吴为可以忘记，叶莲子却忘记不了。现在又是一封封情书、一个个电话，搅得吴为疯疯癫癫，不顾前程、不顾孩子、不顾家，不顾一切。

让这样一个男人招之即来，挥之即去！叶莲子既为吴为感到委屈,又恨她没有廉耻。

如果为另一个男人如此这般,叶莲子也能谅解一二,偏偏为这个百般侮辱过她的男人,把自己好不容易得到的一切押进去了。

难道她为男人吃的苦还不够吗?

叶莲子起始虽然担心,却不便对任性的女儿多说什么。对吴为是不能说"不"的,如果想要阻止她,顶好说"是"。可老实巴交的叶莲子,一辈子与"酷"不沾边。

自杨白泉大年初一打上门来,她看到了事态严重,不得不出面制止。

当事人吴为是看不到自己如何连蹦带踹、连滚带爬、手脚一齐划拉,才从过去的耻辱中走出来的。

她的挣扎是太丑陋了,除了血糊拉拉将她生下、从小给她把屎把尿的叶莲子,这种挣扎是任何人,包括爱人都不宜看的。

可吴为就是不肯回头。叶莲子甚至为此打过吴为的耳光,吴为不但不理解母亲的心,还恨恨地盯着她。那眼神的意思是,如果胡秉宸就在身旁,如果叶莲子还挡在他们中间不让她过去,她很可能会咬叶莲子一口。

再不能像吴为小时那样,把她搂进怀里就能躲过这一劫了。叶莲子只能求助于胡秉宸。

在吴为的电话本上翻找到胡秉宸的号码,给胡秉宸打一个电话,求他放吴为一马,却被胡秉宸戏弄得遍体鳞伤。

电话之后,这两个从未谋面的人,互相怀恨上了。

吴为从此对两个她爱的人,左右不能逢源。

何况吴为把小时的一件小裙给了胡秉宸。浅绿纱质,上有白色绣花、蕾丝和一个个补丁。小裙上的所有表现,都是一个个伏笔。

尽管胡秉宸说:"不知为什么,这小衣裳一看就给我极大的亲切感,我要把它留在身边,永远陪伴着我。我要细数上面那些小补丁和小花边,每一个可爱的小补丁和小花边,都给了我无穷的想象,我像同小衣裳的主人一起长大一般……"叶莲子却心疼得不得了,"吴为,那是我们剩下的唯一的'过去',胡秉宸懂吗?!"

直到老年,叶莲子的眼睛还是那么"毒",早就认定,是个女人就绝对不可托靠胡秉宸这个男人。

可惜不论白帆还是吴为,包括胡秉宸以前的女人,都没有这个悟性。

果然,胡秉宸如此煽情过的小裙,早不知被扔到何处。结婚之后,吴为问起裙子的下落,胡秉宸竟茫然地瞪着一双眼,完全没有印象的样子,也完全忘记了他还写过那样一封很青春的信。

让吴为好不心疼。那不但是墨荷那个家族的"过去",也是她和叶莲子的"过去",也是她自己的"过去"。从此吴为再也无处寻找、凭吊那个穿着浅绿纱裙,还没爱过任何一个男人的小女孩了。

离开韩木林时,吴为只带着她不多的几件衣物出了门,离婚时也没要抚养费,她的日子穷到什么地步可以想象。

叶莲子毫无怨言地接受了这种苦在其中,乐又何尝不在其中的日子,用她最后那点退休费,买了一张双人床、一个碗柜、三个凳子。不多不少,那点退休工资正好全部花完。

要是没有叶莲子那点退休工资怎么办?

自退休后,叶莲子就在吴为那"一脚踢不倒"的钱上做道场,掌握着实在不好掌握的财政大权。为节省吴为的每一分劳苦、减轻吴为的每一分负担,将省吃俭用的智慧发挥到极致。这是一个穷苦的妇人,经一生训练而臻完美的艺术。

要是没有叶莲子的苦心经营,如何是好?

屋子里似乎总弥漫着灰色的尘埃,这尘埃落在她们的衣服上、家具上、被单上、脸上、身上……所有的人和物,都像戴着一个厚厚的灰壳。

所以吴为那时最大的享受就是洗澡,洗得舒服了就开始唱,嗓音低回,如诉如泣。

夏天还好说,自己烧点热水,在家也可以凑合着洗一洗。屋里没有上下水道,只好用洗衣盆洗。洗衣盆不够大,洗了前胸后背洗不了大腿,洗了大腿又洗不了小腿……只好分批、分阶段逐步进行。

盆里的水,由清亮逐渐混浊,由混浊而至黏稠。

洗完这个澡后,她们往往搞不清,是没洗澡前更干净,还是洗完澡后更干净。

到了冬天,家里没有暖气,取暖做饭用的铸铁炉子根本烧不出足够洗澡的热水,只有不惜血本到澡堂子里去洗。于是去公共浴室洗澡,就成为生活中一个不小的盛典。

市场上已经开始销售两毛七分钱一两的洗头膏,但她们依然用公共浴室提供的、已然包括在洗澡费里的洗衣皂。

叶莲子洗过的头发紧贴在头皮上,眼睛被肥皂水蜇得通红,小心翼翼扶着淋浴喷头下的水管……任吴为仔细搓洗她每一寸皮肤。

积存在她们身上的那层厚厚的灰壳,在温水浸泡下渐渐变软、变黏,渐渐从皮肤上松离。

吴为的手掌又快又下力,稳、准、狠,面面俱到地从叶莲子和禅月的身上搓过去,以便将一个月里积累下来的污垢彻底清除,也恨不得将该在下次洗澡时搓掉的泥污这次一次到位地搓走；甚至搓得禅月毛细血管出血，皮肤上现出一片片青紫蓝黑，疼得禅月又缩脖子又跺脚，可还无比英勇地挺立在那里。

禅月早早就知道心疼钱，心疼了钱也就是心疼了妈妈。

所以她们每次洗完澡后，就像脱去一件又厚又紧的衣服，有减去几公斤体重之感。

在禅月和叶莲子身上这样运动一番之后，轮到揭自己身上那层泥壳时，吴为已精疲力竭，所以每次洗完澡后，心情总是不太好，有一种白扔了钱和计划没有完成的懊恼。

吴为多次想要修改洗澡计划，将一月一次改为一周一次，哪怕半月一次也行。叶莲子没有同意，斩钉截铁地说："不行，三个人洗一次澡就是一斤肉钱。咱们家的每一分钱都是一个萝卜一个坑儿。"

在吴为成为作家、有了几文稿费收入后，不要说叶莲子和禅月，就是左邻右舍也以为，这个穷得丁当乱响的三女之家，总算熬到了头。

岂不知吴为并没有将稿费用来贴补她们那个一穷二白、百业待兴的家。在长达多年的时间里，叶莲子仍然得为节省每一分钱而操劳，仍然领导着老老小小三个女人，度着困苦的日子。

有次春节，叶莲子竟然只买了三只虾，"这是因为你妈妈当了作家，要照以前，咱们连三只虾也买不起啊。"叶莲子如是说。

而且那样地物尽其用。

虾头和虾皮包括虾脚熬了汤，虾肉剁进了饺子馅，还对禅月说："只能剁成饺子馅，不然咱们三个人一人一口就没了。"

至于燕窝、鲍鱼、鱼翅那样的东西，从来不敢问津。

禅月在对待如何挖掘三只虾的最大效益上,没有叶莲子的热忱和单纯,只是深思熟虑地沉默着。

吴为的稿费呢?

胡秉宸那副露手掌的棉线手套怎么办?

只穿一件薄薄的小棉袄,在冬天呼啸的西北风里和吴为一起走街串巷。走着走着,千疮百孔的棉袄里子翻了下来,垂吊在棉袄后摆下,白色的棉花早已变为黑灰,一块块板结着,又用白线一片片穿缀起来,很像小孩子的屁帘儿或一只绵羊尾巴。胡秉宸自己也笑了,沾沾自喜地说:"我自己补的。"

"贫农也不过如此,实在应该扔了,要不送进阶级教育展览馆。"吴为一再敦促,"为什么不买件新大衣?"

胡秉宸不好说白帆不给报销,只推说出入有小车,用不着大衣。后来总算买了一件军大衣,没怎么穿用他就进了医院。

烟瘾很大、气管炎又实在严重的胡秉宸,只能吸两毛钱一包的香烟,让吴为好不心疼。

看着吴为摆在面前的上等香烟,胡秉宸说:"我每天的吸烟费是两毛整,吸这样的烟怎么交账?"

"那就放在办公室偷偷吸吧。"

为了赶赴与吴为的约会,刮脸刀急匆匆剐破了胡秉宸的腮帮,难道不该给他买个日产电动剃须刀?

…………

至于日后胡秉宸起诉与白帆离婚,吴为更是发疯一般,置禅月与叶莲子于不顾,将所有的稿费都拿去为他的离婚案疏通关系了。出版社很不理解吴为怎么穷到这个地步,刚一交稿就预支稿费,还号称是"一手交钱一手交货"。

就像男人娇宠心爱的女人,吴为为胡秉宸一时的安逸或他的所想所望,不能说一掷千金,但将所有稿费倾囊而尽的情况还是有的。二者间有什么原则上的差别?

不要说对所爱胡秉宸,即便在与他人的交往中,吴为也总像个男子汉那样,包打天下,义不容辞。

叶莲子和禅月虽然看出这场恋爱不会有好下场,但因为爱吴为,只好迁就她对自己和对家庭的苛待,也从未对号称家庭支柱的吴为诉说过她们的窘迫。年老的叶莲子和年幼的禅月,无言地担待了吴为忽略的家庭职责,一任她在外面大逞英豪。

叶莲子还好说,她是吴为的母亲,可连女儿禅月也迁就着吴为——她的妈妈。

一穷二白、水深火热的禅月和叶莲子,虽然不对吴为说什么,她们彼此也不议论这些,但是她们心里却不能不想点什么。

谁能说她们心里想点什么是不通情理呢?

至于禅月,就不仅仅是对吴为有所想法,简直对胡秉宸有了猜疑。

到了现在,难道还让叶莲子去卖血吗?!

禅月有数不清的理由不接受胡秉宸。

胡秉宸为什么现在才来?! 在吴为功成名就之后? 不是"摘桃"又怎么解释?

胡秉宸忘记他和白帆联手写的那封信了? 即便吴为忘记,禅月也不能忘记。

可是……既然妈妈对胡秉宸那样敬仰,爱得死去活来……嗐,只要她觉得好就行。

别看妈妈蹦来蹦去,换了一个男人又一个男人,实质上还是男人的奴隶。姥姥和妈妈都是男人的奴隶，那些男人，剥削着她们的精神、肉体、感情……难道她们看不出来？

这真是她们家的"咒"，这个"咒"到她这里非翻过来不可。

姥姥说："姥姥把你妈妈拉扯大多么不容易，现在姥姥再也没有力气了，再来个大灾大难，姥姥怕是没力气扛啦，剩下你妈妈一个人怎么办？……"

说到妈妈的事，姥姥似乎很明白，其实她自己到现在还对老顾执迷不悟。她们都患了迷恋男人的病，终生为男人吃苦不尽，而且不思改悔。禅月只能抚摩着吴为的手臂说："妈，您太可怜了。"

吴为苦笑，"我现在相信命了，从前一直不信，现在信了。"想了想又说，"人不能把世界上的好事全占了对不对？我有你，有姥姥，工作还算顺利……"她没有说出心里最隐秘的企盼。吴为其实还没死心，不是关于胡秉宸而是关于禅月，祈祷着自己不曾完善的一生，也许会由禅月补白，不是她的复制而是她的变调。

这样当女人可不行，禅月看够了。

后来她果然替吴为和叶莲子打了一个翻身仗。

而在吴为看来，禅月不仅替她们打了一个翻身仗，还替她和叶莲子好好恋爱了一场、结婚了一场，把她们应该享有却没有享有到的情爱、该嫁却没有嫁到的那个男人嫁到了。

禅月能有一个和谐的家，与叶家上两代人的经验大有关系。或许可以说，叶莲子和吴为，以她们一生从男人那里受到的苦难，为禅月铺垫了平坦之途；也或许是叶莲子和吴为，把禅月该受的苦都替她受了。

对于吴为和胡秉宸的关系，禅月不像叶莲子那样激烈反对，可是心中有数。

老练的地下党员胡秉宸，从禅月口中不论真话假话都套不出来，哪怕胡秉宸说破天，她也是轻挑两道娥眉，似乎什么也不明白地听着、看着。不像芙蓉，总还能对吴为表示一个轻蔑、敌对或侮辱。

想不到几个成年人加起来，都不如禅月的透亮。

这应该说是吴为的成就。她实在明白自己受苦的根由，吃尽感情泛滥之苦而又不能痛改前非，立志对禅月防患于未然。从禅月很小的时候起，就着意扫荡她那易感的雷区，斩断可能导致烦恼的羁绊，每当禅月感情泛滥时，吴为就用冷嘲热讽将它颠覆。

禅月果然不易为感情所累，绝对不会像吴为那样为爱情花费那许多力气，一半也不会。

别指望她会为一个迟到的男人等上许久，从来不等，因为从来不为男人花费更多的感情和心思，也就不会因付出太多而心生怨气。

有个追求她的男人居然迟到一次，走在一起还躲躲闪闪，禅月说："等你什么时候长大再交女朋友吧。"

分手后还是好朋友，一起吃饭，一起看电影，但依旧过时不候。

更别指望她为爱情寻死上吊。

你不爱我了？好，那就分手。

…………

禅月是一个语法正确、表述清晰、合乎逻辑的句子，吴为却是一个语法混乱的句子，就像她的小说。

说到将来，禅月竟说出如此让叶莲子和吴为担心后继无人的话："我生下来又不是为了嫁人的，将来嫁不嫁人都难说，生活如此丰富，把我的心装得那么满，留给爱情的位置怕是没有多少了。"

好不容易决定谈婚论嫁，戴上订婚戒指之前对未婚夫说："慢，慢，还有一件事情我要说在前面，希望你永远不要梦想你的盘子是热的。"作为家庭主妇,可不该让西餐盛主菜的盘子永远都是热的?

"在我决定向你求婚之前,早就放弃这个希望了。说说看,当年你对我的第一印象是什么?"

"像三个孩子的爹。你对我的第一印象又如何?"

"厉害得像一只小母狗。不论发生什么争执,只要你一闭上嘴,除非我先开口,你是再不会开口了。"

"算你说对了。"

未来的婆婆对儿子说:"亲爱的,以后可有人给你洗衣服了。"

禅月笑眯眯地说:"甜心,为这一句话,从此也别再指望我洗衣服。"

每每双双下班回来,两口子当时现想晚饭吃什么,常常是打电话给餐馆,叫他们送一份晚餐来。

即便禅月日后丢了结婚钻戒,可惜一阵,说声都是身外之物,保险公司将会照价赔偿,再告诉丈夫戒指丢了,丈夫回说"再买一只",也就放下。

这两个老不拿日子正经过的人,日子却过得和谐流畅。不像那些婚前信誓旦旦的男女,婚后却麻烦不断,好像他们把那些不曾实现的誓言,委托给这两个老不拿日子正经过的人来实现了。

换了吴为,就会为此戒指非彼戒指而耿耿于怀,虽谈不上刻骨,但想起就心痛不已。

对吴为的无能,禅月有一种自己也意识不到的批判,在深爱下面有着一丝连自己也觉察不到的轻蔑。

她不能同意吴为的放纵,以及放纵后又无法掌握局面的懦弱,总是一副焦头烂额、不可收拾的架势。一次尚可原谅,可吴为一生重复过多少次这样的错误? 即便初入人世的孩子也不会如此!

最后禅月只能选择远离而去。没有别的,她是太自尊了,好像是对吴为太不自尊的纠正,有些矫枉过正。

四

白帆在胡秉宸面前郑重坐下。

他知道,摊牌的时刻到了。

"这么说,你要找个寡妇解决问题的话不是玩笑了?"

"……"

白帆本不希望胡秉宸承认,甚至希望他能抵赖,哪怕是假,只要胡秉宸肯抵赖,事情还有希望。可是他不,他就那么平静地认了账。

她不能理解,胡秉宸怎么偏偏迷上那个曾让他鄙夷不屑、偷人养私生子的吴为。为什么他能容忍吴为偷人养私生子,却不能容忍自己偷人养私生子?

"就是那个破鞋吴为?"

"你怎么可以这样说别人?"

"不是你对我这样说的吗?"一针扎得见血,原意并不恶毒,只是让胡秉宸想起过往对吴为的鄙夷,以为有了这个提醒就能否定他现在的痴迷。

为胡秉宸的拈花惹草,白帆一生伤尽、操尽了心,但她还是力求自己有苦口婆心的雅量,"想一想这种事情闹出去,能有什么好结果?"

胡秉宸掠了白帆一眼,她真该说是苦口婆心,眼睛里果然强按着爆满的威胁。

也许白帆不甩出这张牌就好了:"别忘了,'那位'正找不到把柄让你下台呢,而你一把手的任命到现在也没下来。"

　　胡秉宸心里那点背叛的歉疚不但荡然无存还生恨起来。他的生恨倒不一定因为白帆的威胁,而是白帆戳了他的心病。

　　的确,有人正在利用机构改革之机进行权力再分配,何况他又捅了那些宗派分子的马蜂窝,而他们轻轻一反手,就把他打得落花流水。

　　虽然历史终会向前发展,但他明白,以他的年龄和健康来说,都不可能躬逢其盛了,他只能是一块历史的垫脚石。看到自己力单势薄,没有前景,他不得已提出离休申请,虽然还没有批下来,也不能存在太多幻想,不过是早晚的事。

　　"你不闹什么事也没有。"

　　"明明你乱搞男女关系,反倒说我闹。"

　　胡秉宸狠狠地给了白帆一个回马枪,"你呢?"

　　倒不是胡秉宸一定要偏袒吴为,他并不想说这等伤人的话,也不愿像小市民那样吵骂,毕竟他们是携手度过许多艰难时刻的"革命老同志"。但白帆这样侮辱吴为,让他也有了被辱骂的感觉。

　　男人要是变了心,下手可真狠。

　　为了吴为,胡秉宸竟不顾几十年共同生活的情面,揭她的老底!

　　白帆丢掉了老革命的拐棍,一声尖叫扑了上来,她再不想用老革命的拐棍支撑自己,宁肯像个村野女人那样,又喊又哭又撕又叫。

　　尖利的指甲,在胡秉宸脸上、脖子上挠出一条条伤痕,又去拧胡秉宸的胳膊,可是胡秉宸穿着毛衣拧不动,她便用嘴去咬。这时,胡秉宸觉得白帆一点没老,她的手指、她的牙,拧起、咬起、抓起他来,一如年轻时孔武有力。

接着白帆又扑向茶几,把他刚刚沏好的一杯热茶,往他脸上照直泼去……

一切都是历史的重演。

保姆在门外探头探脑,胡秉宸立刻把门关上。

"你还要脸,你还怕人知道!"白帆用力一把将门拉开,"咱们今天就找组织去……"

胡秉宸见势不妙,讨饶说:"别闹了……没有的事,算我说错了好不好?"

"说错了?那不行,谁能证明你是真是假!"

"我错了,我错了。"胡秉宸嬉皮笑脸起来,"你愿意怎么惩罚都行。"

"不行,非找组织不可。"说着白帆就往外走。

虽然仕途无望,申请离休还没有批下,不能存在太多幻想,但不等于没有一点幻想。

一看大事不好,胡秉宸连忙跪下,一声不知真假的凄厉叫喊"白帆!——"让白帆不得不回了头。

唉,女人哪!

"千万别气坏你自己,你打我吧,打我吧!"

能掌男人脸的女人,该是何等的女中豪杰!

如果没有深仇大恨,真下不得手。

气头上的白帆,果真扬起巴掌,在胡秉宸脸上左右开弓,掌了实实在在六个耳光,这才渐渐消下气来。

"你得给我下个保证,以后再也不和那婊子来往。"

"我保证。"

…………

接着胡秉宸就发生了心肌梗塞,进了医院的抢救室。

如果胡秉宸不是一倒不起,也许疏通疏通关系,即便年龄超标,还不至于干净利索到一"退"六二五的地步,最不济也能闹个顾问什么的。

胡秉宸这一倒,不但让对手大松一口气,也让有关部门在艰难的人事平衡上大松一口气。举棋不定的人事安排,似乎变得十分流畅、明了。

理由也很人性——勉强工作会加速恶化胡秉宸的病情;因为不能工作,顺理成章列在编外。

这枚瞬间即将落盘的小棋子,如百米赛跑的最后冲刺,"引无数英雄竞折腰"。

如果天假胡秉宸以健康,胡秉宸能善罢甘休吗?

如果白帆能想到这样一个后果,这六个耳光还下得了手吗?

如果天假胡秉宸以十年光阴,还能在"岗位"上拼搏一番的话,胡秉宸还会吊着吴为不放吗?

如果胡秉宸不是马上住进医院,即便想与"婊子"吴为继续来往也没了"革命的本钱",信誓旦旦"以后再不和那个婊子来往"的保证,肯定也是一纸空文。

有关胡秉宸几乎因这六个耳光丧命的事件,也有白、胡两个版本。

想来,"现在杨白泉对我特别厉害,从来没有见过这么厉害的人,还要和我断绝父子关系!断绝什么关系?他根本不是我的儿子",可能也是两个版本。

吴为当然相信的是"胡版"。

以致当时立志,如果胡秉宸有个三长两短,一定要把对他的迫害公之于众。

　　而随着对胡秉宸的了解，吴为开始怀疑"胡版"，是不是也应该听听"白版"？

　　可见吴为根本没有立场，像个职业道德低劣的律师，旨在寻找法律的空子，以打赢官司争取最大分红比例为准。

五

　　佟大雷是胡秉宸背走麦城之时，突然出现的一匹黑马。

　　如果没有佟大雷的积极参与，胡秉宸和吴为的关系会怎样发展？非常难说。

　　无事都要到吴为那里献一下殷勤的佟大雷，现在有了很好的借口，马上跑到吴为那里，大惊小怪地说："胡秉宸不行啦！"

　　毕竟在部级干部中，胡秉宸与他政见大体一致，工作配合还算协调，更何况"文化大革命"后佟大雷能够很快恢复工作，与胡秉宸力荐有关。

　　当时，他还不知道吴为和胡秉宸的关系，报道还算客观："医生说百分之七十的死亡率，往静脉里点滴药物，一分钟只能进四滴了，不得不割开静脉血管进药。"

　　"你说什么?!"对他从来不屑的吴为，突然兴趣大增。

　　"我说胡秉宸快死了。"到这时，佟大雷还没看出吴为神态大异。

　　冷风飕飕的十二月对吴为却像一只油锅，她的两只耳朵在这油锅里变得又硬又焦，又薄又脆，咔叭咔叭响着。"他住在哪个医院?"她扑向佟大雷,抓住他的手腕,厉声问道。

"干什么?"佟大雷掰开吴为抠在他手腕上的指甲,这才觉得吴为今天不同寻常。

"他现在一定需要我。"

"需要你?!"

"是的,他需要我,只有我才能救他的命。"

真是晴天霹雳!

但他老谋深算已成本能,说道:"你得跟我说清楚怎么回事,我才能告诉你他住在哪个医院。部里现在指定我为胡秉宸医疗方案的负责人,除家属之外,其他人探视必须经过我的同意。你不说清楚,贸然跑了去,我是要负责任的。"

佟大雷这时仅仅是好奇,还没有想到这一情况于他或于他人更高的利用价值,等吴为语无伦次、颠三倒四说完她和胡秉宸的纠葛,佟大雷还是又信又不信——

和胡秉宸相识怕有几十年了,为了爬上权力——说声誉也可的金字塔,胡秉宸的每一寸心思、每一分力气都用在了工作上,可以铁石心肠,六亲不认,将七情六欲一一割舍,以求正大光明、无懈可击。这套办法,对那些目标不大,只想入个党、当个劳模什么的平头百姓,也许可行,而若想在权力场中再上层楼,没有上面的关系,不搞、不靠山头是不行的。

某位高层人士不是不想利用胡秉宸搞掉"那位",并且暗示胡秉宸,只要搞掉"那位",位置就是他的。

可是胡秉宸不干,宁肯与对手直面交锋,也不肯在下面动作,很有点侠士之风。

不过,这套功夫后面,是否藏着别的什么?

佟大雷的结论是肯定藏着什么,至少这一来胡秉宸成了坚持原则、正大光明的典型。

胡秉宸就那样一清二白？在利诱面前不动心是不愿做儿皇帝，一心想靠自己的实力进入权力高层；是懂得"成也山头，败也山头"的厉害。

对手是何等人物？"谈笑间，樯橹灰飞烟灭"，就把胡秉宸咬进骨髓里去。

吴为又是什么？既不是老战友，也不是老战友之妻，连情人也不是，更谈不到一个节妇烈女。

即便对吴为手下留情，她也得拿点什么出来交换。吴为有什么？只有她的肉，可她竟如此珍贵她那堆肉，好像一个处女，要是别的女人佯装还说得过去，她有可装的吗？

小拇指一捻，就能把吴为捻得灰都找不到。

可是佟大雷这个小拇指还不大容易捻下去。也不能说不容易，而是火候未到。

胡秉宸怎么偏偏搞上了吴为？

佟大雷对吴为的感情是相当复杂的。

最初并没有留下什么特别的印象，第一次在会议上见到吴为时，佟大雷只是想，这是哪个单位的小姑娘，那样文雅瘦弱，一心一意地记录。后来知道是下属某局的工作人员，还是业余作家，更加许多彩色传闻。

佟大雷对文学家素来不大恭敬，何况还有那些重彩浓泼的传闻。

不过女作家到底不同于其他女人，玩一玩还是很新鲜的。

她是佟大雷的下属，接触机会不难找到。

渐渐地，佟大雷的看法有了改变。

乍看起来,吴为幽静娴雅、淡墨山水,接触多了,方知哪里是什么淡墨山水,分明是一幅苍郁的油画。他自以为有一定识人的能力,这回输了,吴为的个性其实很强。

虽是女人,但像男人,可惜这样的女人太少了。许多女人之所以糟糕透顶,是因为里里外外都是女人,而男人又缺乏女人特有的素质,实在难全。

佟大雷的朋友很多,男女都有,但思想、认识、知识以及风格合得来的很少,有过两位好友,甚至除夕夜都是三人一起度过的。如今一个死了,一个还在当副部长,见面还是一谈大半天,但都限于政治同盟。此外没有一个人能谈上半天,谈半个小时心里就烦了,看不上的人十分钟对话也不想勉强。佟大雷是倨傲的,胡秉宸也是倨傲的,但一个阴柔,一个阳霸,各自带有明显的"阶级烙印"。

以生活条件而言,佟大雷还能活上二三十年;以精神状况来说,实在支持不下去了,许多事都让他感到厌烦。不是怀"才"不遇,也不是多年的创伤没有平复,而是许多事看不惯,又理不出头绪。可以夸夸其谈两三个小时,真要他拿出一个方案又拿不出。他自己也奇怪,当年参加革命的那股傻劲,怎么跑得无影无踪!

也许看得多了。十亿人流,恒河沙数,何足道哉!

出身又很寒微,全靠自己努力,不像胡秉宸出身书香门第。

对"差异"格外敏感,因此得罪人不少,确有过于孟浪的,可也并不后悔,还能活几年?一切恩怨随他去。

没想到能与吴为对谈,一聊半天,即便不聊,也可以坐半天。

饥易为食,渴易为饮,因为很少有谈得来而且相处不厌的人,一旦遇到,自然有忘形之意。而吴为态度娴雅,不卑不亢。不像有的下级,见了领导,马上变成传说中只敢坐四分之一个屁股的吴三桂。

后来看到吴为的文字，竟有些喜欢，但字里行间都是迟暮之情。

为什么？想是与她那些有色新闻有关，想是人生总难如意。

吴为说是喜欢"三李"，将来还想写写李清照，是否像郭沫若的《蔡文姬》，为自己而写？

李清照晚年的作品更为精粹，但也过于悲凉，几乎每一阕词里都凝聚了忧家国、叹身世之感，令人不能卒读。而李商隐的诗，人多不解，以为是咏爱情。李长吉的诗又用典太多，非常晦涩，可能时代背景使然。中国旧诗很多都能一咏再咏，或一读三叹，如果读了几遍才懂，就不能算是上乘。

他便建议吴为，不如读读王安石的《明妃曲》。同许多写昭君的诗文不同，荆公的《明妃曲》可以说是绝唱，也把人生说透了。既没有把她写得丧魂失魄，凄凄惨惨，也没有将她戏说得像一位女政治家那样壮怀激烈。千古以来，写谈王昭君的诗文没有超过王安石的。

可吴为一副不以为然的样子，不想多说地说："两种人生两回事。"

后来真真假假关心起吴为来，倒真不是下鱼饵。

与胡秉宸形而上的方式不同，佟大雷的手法是形而下。

有一阵子政治形势严峻，文化界又将召开一个什么会议。

文化人集会不过是群众性的会，鱼龙混杂，如若吴为说话不慎重，很可能被歪曲，传播开来对她没有好处。而文化人历来以分功者多，但能居祸者少，所谓胜则争功，败则诿祸，像她那样有"大丈夫"气概的实不多见。吴为现在不过是棵幼苗，还不是劲草，为她鼓劲的自然有，伺机拆台的也未必没有，文坛之糟古已有之，几千年都没有干净过，吴为这方面的经验恐怕不多。有关法制民主的发言,更要慎重,不能只求痛快。固然说些什么,别人也不能奈何她,可要暗中说两句遵旨奉命的,恐怕就要对她另眼看待了。虽然百花齐放,总要东君做主,所以不能太天真。

有些话电话上不好说,巴巴地跑去通风报信,担心吴为可能不在家,还将要她注意的内容写在纸上,万一碰不上就将纸头留下。

听说吴为生病,知道没人与她商量料理,又派部里一位女同志前去照料,希望为她做个参谋或秘书,吴为敬谢不敏,退回。

在上海遇到当今一流金石家,与鲁迅同时的钱某,还托钱某为她治印一枚"奉天吴为藏书",也被吴为退了回来。佟大雷只得砸碎了之。

即便被吴为拒之门外,也不忘为吴为考虑,如母亲或本人生病,只要一个电话,随叫随到。

…………

总之他所有的努力以及他本人,都被吴为视为粪土。

相比之下,胡秉宸对吴为吃得更透,他从未如此物质地关怀过吴为,只消写写情书,水平之高,在吴为历届追求者中无人能出其右。

这就是"宋明理学"与"安史之乱"的差别。

又,怎么总败在那个病秧子胡秉宸的手下?

如果一个"地位"还不足以鉴定他和胡秉宸的上下优劣,那么女人,尤其是吴为这个女人的鉴定,就太不留情了。

严格说起来,佟大雷不把女人当回事,他介意的是吴为这个女人,或不如说是介意她那双慧眼,那双慧眼拉开的距离真叫距离。

吴为是有眼无珠还是幼稚?

几十年风里来雨里去,没有一定"本事",胡秉宸能升到这个位置吗?能升到这个位置的男人,本质上差不了多少。

从一个至情至性的知识分子爬到这个位置,何止是过五关斩六将、修韬晦、炼金睛……最难之处怕是还要多少次背叛自己的人格。

说起来他又比胡秉宸差多少?

…………

世事也不能这样不公平,让胡秉宸占尽风流!

佟大雷积极介入胡秉宸事件,可以说不完全出于嫉恨,也可以说完全出于嫉恨。

当然不是故事。

吴为此刻的神志不清,显然也不是演戏。

从吴为叙述的许多细节可以看出,那是胡秉宸的所作所为。

佟大雷一时无语,只能一支接一支点烟,却不吸,任一支支烟在指间化为一截又一截白灰。

这种事于他人、于佟大雷,都算不了什么,发生在胡秉宸身上却是八级地震。

胡秉宸不是有名的清廉、一尘不染、兢兢业业、拒腐蚀永不沾吗?

确切地说,佟大雷此时的兴奋,还仅限于一个望尘莫及、高不可攀的神化人物,突然从高不可攀的高度上坠下,并和自己站到了同一个水平线上,就像盗贼找到了同伙,佟大雷不再感到孤单。被人视为行为不良、品行不端的佟大雷找到了同类,而且是这样一个优秀的同类。胡秉宸现在变成了佟大雷十足的"理由"、十足的"借口"、十足的"依据"。

最后他捻灭了手里的烟,诚恳而动情地说:"感谢你这样信任我,我非常同情你们的境遇……"

　　想不到佟大雷没有趁火打劫,吴为不觉一改对佟大雷的轻慢,两只泪眼信赖而又尊敬地望着他。

　　那目光宛若一台起重机,佟大雷明显地觉得被这目光抬举得高大起来,身坯实实在在一寸寸地上升,"我一定想办法帮助你们。不过今天太晚了,他妻子儿女肯定都在病房守着,你是进不去的。"

　　此话合情合理。

　　既然佟大雷答应帮助他们,她就应该听从他的安排。可是佟大雷一走,吴为又慌乱起来。

　　想起胡秉宸不久前对她说过:"我有一个可以信托的朋友,万一出了什么事,你可以去找他。"

　　"什么事?!"

　　胡秉宸当时已感不支,万一自己有个山高水低,事实上并没有长大成人的吴为怎么了得?白帆在这方面可以应付自如,吴为却不行,她是一团气、一团雾,有点不食人间烟火。

　　"没什么。我是说万一我不在你身边,又有了什么大事需要帮助,可以去找他。"

　　吴为在胡秉宸给她的那些信里找到胥德章的地址,拿起就往外走,可是想到空口无凭,又转身拿了胡秉宸给她的两封信。

　　夜已深了,吴为在那些没有照明的楼道里摸来摸去,几次被台阶绊倒,跌跌撞撞爬上楼,终于找到那户人家。

　　敲了门。有很谨慎的盘问,然后被让进光线很暗的走廊,看见两张难以看清也就不容易记住的脸。可是他们没有拒绝陌生的她,足以看出他们对胡秉宸的感情。

　　胥德章和常梅显然不知道胡秉宸的近况,可是一看胡秉宸给吴为的那两封信,就惊慌而又意味深长地互相对视了一眼。在那一眼短暂异常的交流里,神速地交换了彼此的想法以及应对这一非同寻常局面的办法——不论发生什么情况,首先护住胡秉宸。

那正是胡秉宸的笔迹,不会是假。胡秉宸的字很特别,且相当潦草,任何人也模仿不了,只有特别熟悉的人才认得出他的字体。

所以对眼前的吴为不能有什么怀疑,他们的地址也肯定是胡秉宸给吴为的。可他们还是从吴为身上嗅到了不对劲的地方。

深夜造访,本就十分突兀,更何况还有这样的信。尽管胡秉宸对吴为说有什么急事、难事可以寻求他们的帮助,可要是换了他们,他们会等一等,想一想……

此外她像条一刀没有刺准、庞大、受伤、在水中挣扎得翻江倒海的鱼,身旁那些船,若不小心就会被她翻进水里。

必得谨慎从事。

"这件事你对别人说过吗?"

"对佟大雷说过,因为是他把老胡病危的消息告诉我的。"

胥德章和常梅紧张起来,彼此又对视一下。

如果吴为仅仅对他们说及此事,他们可能会研究一下如何帮助她,可是现在躲都躲不及了。佟大雷本就无风三尺浪,更不要说有风有雨。

他们从未接触过如此不老练、不慎重的人,这种事怎么可以随便对人说!更不理解社会上竟有这种不老练、不慎重的人,和这种人共事岂不害死人?

他们为胡秉宸忧心起来。

"你打算怎么办?"

"我想请你们和白帆谈谈,老胡人已经到了这个地步,请让我去照顾他,只有我可以救他的命……"

吴为的话让他们十分惊讶。

说是儿戏，可是吴为看上去也有三十多岁了，要么就是精神不正常。

这种事谈谈就可以解决吗？太幼稚了。

"容我们想一想。"

吴为觉得很失望，胡秉宸的老战友似乎还没有佟大雷那样慷慨，应允她一线希望。

当她离开那个昏暗的房间时，瞥见写字台上的一盆水仙，有很多即将开放的花蕊，那是计划着养的，将准时在春节盛开。

虽然看到胡秉宸亲笔写给吴为的信，胥德章和常梅还是无法相信那个严谨、严厉，从来滴水不漏的管子怎么漏了起来。

他们并非不知道胡秉宸对女人的兴趣，可绝未想到胡秉宸竟写出这样缠绵悱恻的信。干了一辈子地下党的他们，怎能失手将如此重要的物证留在他人手中？而且写给这样一个冒失的女人。

想来胡秉宸动了真情。

此时胥德章和常梅还不知道吴为的底细，只是她的冒失让他们退避三舍。当他们得知吴为的底细后，将会更加坚决地站到白帆一边。

他们马上到医院看望胡秉宸。

胡秉宸似乎在一场恶战、血战中打得很苦，什么都没剩下，只剩下两只眼睛。

看到从死亡线上挣扎回来的胡秉宸，常梅的心比白帆抽搐得还厉害，她曾为之暗藏几十年心事的男人，怎么变成了这个样子？

"我们很惦记你，可是监护期间医生不允许探望。"胥德章握着

188

胡秉宸的手,几乎流下泪来。

从胡秉宸的孱弱可以想见,他进行过何等殊死的搏斗,孤零零的一个人,他们以及老战友们都无能为力。

胡秉宸冥思苦想地看着眼前的两个人,好像不认识,好像在找回自己的记忆,"谢谢。"他的声音很空,宛若清风穿过一具骷髅,发出呜呜的空鸣。

"好了,现在好了。"胥德章说。

可是胡秉宸并未显出什么兴趣,就像他并不十分高兴自己又活了过来。

难道活比死更容易?

活是什么?就是想方设法把"里面"包装起来,又千方百计包得巧妙,巧妙到有一天想要找到它都难了。

那时,胡秉宸模模糊糊觉得还有一件大事没有完成,是什么呢?对,他还没有找到自己的"里面"。

他像是处于失重状态,手脚散漫,微微蜷曲,回头望去,一生的日子全挤在一条断断续续的栈道上。

栈道上是尘土、烽烟、血,数不清的非人非兽的面孔、身坯……或许相亲相爱,或许互相咬噬。

突然,呻吟、号声四起。

一缕青尘也慢慢升起,扩散,以至淹没了所有。

他看见自己,那整洁的、眼睛占去脸部二分之一的小男孩,站在芭蕉树下,芭蕉树下还站着一个美人——他一直在找却又找不到的。

是芭蕉树下的那个人吗?又是又不是。

可腕上没有灰玉手镯,也没绛红色的衣衫,而是一身绿衣。

明明是个雨天,明明偎在绛红色的衣上,温暖、柔软、陶醉。

怎么却多出一份将吴为拥在怀里的爱怜？

是吴为！憔悴、疲惫，两只手用力在空中不停地、毫无收获地抓挠着，裹挟在飞沙走石的劲风中，从他身边轰然掠过。

他听到吴为的喊叫，好像在叫他的名字。好远哪，让疾风吹得断断续续。他确信看见了吴为的嘴唇，像那个雪日一样，只是唇上有皲裂的皮。

随即明白，这是他们分道扬镳的时候。

如何是好？

焦急中向自己猛击一掌，然后直直地倒了下来。倒下后的他，面目全非，是他，又不是他。

"在里面，在里面，我在里面。"

里面是哪儿？自己又是在哪儿？

他把自己丢了，啊！他把自己丢了。

胡秉宸仰起头，呼出无奈而绝望的一声长啸，震得日月星辰纷纷坠落，迅疾地、伴有断裂的轰然巨响。

没等到找到自己，胡秉宸醒来了。

"想吃点儿什么吗？你知道常梅的手艺。"

胡秉宸这才明白眼前是最亲密的老战友。终于想起青年时代一起吃大锅饭的情景。那时他的胃口真好，老是饿、老是饿，老想吃、老想吃，却没有什么可吃。馋极了在街头小酒摊上，空口光喝一碗浊酒也是好的。现在有的吃了，牙口也不行了，胃口也不行了。

他们何止为革命出生入死？连他们的口腹之欲也不由分说地一起贡献给了革命。孔老夫子早对人生下了"食色性也"的定义，这么前后一看，他们何止在非常时期，连"后非常时期"也贡献给了革命。

白帆不会烧菜只会做革命同志,胡秉宸要想打牙祭,只有往胥德章家里跑,常梅能把一挂猪肠子、一条黄瓜烧得如山珍,如海味。

偶尔胡秉宸也下厨,烧个酸辣汤什么的。由于白帆不喜欢腐化生活,保姆也被领导得只能烧缺盐少油的革命饭菜,但对胡秉宸烧的酸辣汤白帆并不排斥,有时也提倡一下"文武之道,一张一弛",吩咐道:"老胡同志,给我们搞一个酸辣汤,改善改善生活怎么样?"

看着胡秉宸在厨房里切豆腐,煮鸡汤,打鸡蛋,洗黄花木耳,白帆就放下报纸或文件,靠在沙发上,满意地点点头,"多放些花椒哟!"是吩咐勤务员、警卫员"搞些辣椒哟"的气魄,让胡秉宸想起"后非常时期"电影上的毛泽东,那些相当人情味的细节。

那时胡秉宸的家,革命色彩浓郁,如果发生战争,随时可以建立一个野战班,一分钟内就可拉上前线。自从有了吴为,他有时会想,要是在厨房里做酸辣汤的不是他而是吴为,该多有滋味儿!吴为一定会为放多少醋或是胡椒与他争论不休,却不会为了几个菜钱像白帆那样抠保姆,把保姆抠得眼泪都流出来了……白帆领导下的日子,是不是有点像放错作料的菜?

"老胡,在你住监护室期间,有一个叫吴为的女同志去找过我们……"

胡秉宸马上握住胥德章的手,像那些要死的人,抓着什么就豁出命抓着那样不遗余力。胥德章手上,感到被一副骨头夹着的疼痛,心里一惊。

胡秉宸那双眼睛,也定定地望着胥德章的嘴,"你是说——吴为?"

胥德章明白了,一切都是真的。他点点头,在胡秉宸耳旁,将那夜奇遇——说来。

有些地方，胡秉宸还要求重复一遍。最后胡秉宸说："我需要你们的帮助。"

胥德章说："你放心，你放心。"

胡秉宸并不放心，也许因为太懂得他们的心，或不如说太懂得自己的心。

六

应该说佟大雷不是丧尽天良的人。

胡秉宸的地位本就岌岌可危，命又危在旦夕，医生说即便不死也是废人，恐怕只有躺在床上了此残生。

也就是说，再不能指望胡秉宸重整旗鼓、协同作战、共谋大业了，更不要说再保荐他落实到副部长那个位置上去。

从此后，佟大雷将是孤军一旅。

念及胡秉宸对他的种种好处以及胡秉宸的种种优点，他只能长叹一声。

出身寒微，少一点道貌、谈不上岸然的佟大雷，对形象的考虑不像胡秉宸那样"五步一回首，十步一徘徊"，必然如此这般地直截了当——用力很猛地将胡秉宸推出去，以变被动为主动；而且还得及早，若不及早，身价更是贬值。

毕竟在官场上混过多年，知道不便亲自出面，最好从白帆入手。对白帆的浑蛮，佟大雷了解的不比胡秉宸少。

那也就把吴为一起推出去了。

投鼠忌器呀。

佟大雷烦躁地拿起电话又放下。

就是和胡秉宸脱钩，也不能推得那么狠，那么残酷，那么负心负义啊！

已是夕阳西下时分，说什么"夕阳无限好"，还有那个"只是近黄昏"呢！

黄昏是什么，是突然一眨眼，黑暗就来临的永寂。

想起不久前对吴为的"开导"："所谓人性，谈了几十年。我这个经历战争、尝尽人间疾苦、看遍世上疮痍的人根本不相信。一九四三年河南大灾，水、旱、黄、汤，母子父女相食……什么人性？战场上讲什么人性？你不杀他，他就杀你。一九四二年我抓到一个日伪间谍，三十多岁，烫发，大夏大学毕业生，能言善语，风韵颇佳。因为战争，没有时间和她纠缠，黄昏时分，临撤出村子前把她砍了，我看她还一步一回头呢。有什么法子，生死搏斗嘛！"

果然是突然一眨眼黑暗就来临的永寂，黑暗中，一切都变得不可把握，刻不容缓地换了天地。一脸肃杀的佟大雷打开台灯，拨通了电话。

胡秉宸冷冷清清的离休，轰轰烈烈的恋爱，某种意义上却是一个停顿，意想不到的事情往往就在一个短暂的停顿中发生。已有传言，胥德章将取胡秉宸而代，没想到提名力荐的竟是胡秉宸的那个死对头。

这是一步险棋，也是一步高棋。

比之刚到延安的一览无余，胥德章早已面目全非了。不论遇到什么情况，仍然像个隐蔽极深的地下党，不惊不乍，沉稳干练，绝不留下任何蛛丝马迹。

如果让胥德章、胡秉宸回到当年，回到他们的大学时代，可能谁也认不出谁了。

想到这里,胥德章又有些感慨。

不能说胥德章无情无义,可也不能不让他想到苍天有眼。

毕竟与胡秉宸有着不相上下的革命历史,却始终没有得到一个相应的地位佐证,如今机会来了,又何必拒绝?

即便拱手把这位置还给胡秉宸,胡秉宸也无能为力了,何况自己并没有向"那位"暗送秋波,有什么必要良心不安呢?

以前,胥德章轻易不应佟大雷的招呼——特别这次宴请的还有"那位"客人——即便盛情难却,也会向胡秉宸打个招呼,现在却什么都不必想了。

名义是尝鲜。

"来来,尝尝鲜,老家带来的新腊肉……早就想请大家尝尝了,可是为老胡的治疗,忙得我什么都顾不上。唉,多好的同志,可惜啊,可惜!"

"好同志,有原则。""那位"的白净脸上泛着潮红,有些微醺的样子,"部里这些年工作上的进展,与胡副部长的推动、领导是分不开的。"不见得诸事顺遂的人都这样慷慨。好比曾几何时,春风得意的胡秉宸就从不练这套功夫,对人难得赏个笑脸,好像全世界的人,唯他正确。

"是的,是的。"众人一面应和,一面等着下文。

轻击桌子的五个手指,个个显出深不可测的样子,"其实呢,什么意见不可以交换?不过能提出来就好,不拘形式,谈完就完。只是胡副部长心重一些,结果……革命工作嘛,什么情况遇不到?还是五湖四海嘛……"

有人适时点了题:"心胸狭窄不但对革命工作不利,对身体也不利……"

一下点出，主菜不是腊肉。

"来，来，再喝，再喝。"

有人起身，把各位门前的酒杯斟满。

"来，你我也喝一杯，"说着"那位"举起酒杯，与佟大雷碰了一下，"你的工作我本来有所考虑，可是'文革'刚刚结束，百废待兴，倒是胡副部长先过问了，惭愧，惭愧……"

"哪里，哪里，我们共事多年，我这个人你还不了解？对名利毫无兴趣。与老胡嘛，不过工作关系，许多观念上还有分歧。"

接下去就是部里那些斗来斗去的陈年旧事，失势的胡秉宸自然成为垫底菜。

胥德章原本只在一旁随声附和，热烈赔笑，他不能，也不应该像佟大雷那样过分拍卖自己，可是话说到这个地步，胥德章感到了难以承受。

恢弘或委琐的界限怎能分得十分清晰？越是具备传统文化的优良品格，越是事事艰难。官场上胡秉宸可能有勇无谋，也可能因为难展身手而郁郁寡欢，但与这班人马绝对不可同日而语。

四十年前，胡秉宸为他安全转移，被特务逮捕几乎牺牲的往事，如此清晰地凸现在胥德章眼前。

可是……

毕竟胡秉宸一压多年没有发展他入党。

在革命前景并不十分看好，也没有必然成功保证的时候，"党员"两个字是高度浓缩、高度凝结的崇高誓言，除了更多的负担、更危险的工作、更无条件的服从……什么也不意味。

那时胡秉宸不发展他入党，只能说他付出的还不够，除了继续奋斗、努力争取，没有什么可说。

　　谁料一九四九年后,"党员"这个称号渐渐"增容",它不仅仅是高度浓缩、高度凝结的崇高誓言,更是信任的基石,由信任而任用,由任用而地位,而待遇,而级别……实非他们当初的想象,那么入不入党、党龄长短,也就凸现出特别的意义。

　　这粒不经意掉下、当时被他们忽略不计的种子,此时也就发了芽。这也不值得大惊小怪,那些冰冻了几千万年、毫无生命迹象的种子,在适当培育下都能发芽,何况这样一粒种子?

　　是啊,什么都会过去,岂止是爱情!

　　不是胥德章或胡秉宸堕落,时代如此旗帜鲜明地把"地位"作为计量单位,胥德章和胡秉宸们不努力将自己变成"地位",又能怎样呢?

　　电话铃响了。

　　"是,是我,噢?"餐厅里的嬉笑干扰太大,佟大雷将话筒换到左耳,以便听得更清楚些,"你说什么? 确有其事。好好,我一定尽力。"

　　"……那一阵文化界确实在某饭店召开过一个会,查了查老胡那个司机的行车记录,果然没有出入。还有……"白帆将新近掌握的情况一一道来。

　　由胡秉宸主持的"维持会",不说四平八稳,至少多年来彼此身份没有得到暴露。而随着胡秉宸突然病倒,这三个在三岔口上瞎摸的人终于亮相。革命老干部白帆,与猪脑子吴为没了区别,全都落水,也都抓住了佟大雷这棵救命草。

　　一到关键时刻,大部分女人的视力会出现问题,为什么说"鼠目寸光""头发长见识短"? 总有他的道理。

　　"你的意见怎么办好?"

"我个人没什么成熟的意见……这样吧,我向部党组反映反映,由部党组研究吧。"

好,行动起来了!这个浑蛮的女人一旦行动起来,就是九级风浪。

白帆的电话,早不来、晚不来,却拣众人在场时来了,来得真是时候!不然佟大雷还得为开盘时机而踌躇。

打扫净溢于言表的兴奋,佟大雷脚步平稳、速度如常地回到餐厅,落下座来,发出不轻不重、毫不夸张或哗众取宠的一声叹息:"唉,真可惜。"

"怎么回事?"

佟大雷用极为正常的语速、语气,不只将白帆的电话内容重复一遍,还对前因后果进行了完整的介绍。当然,白帆进入战备状态的缘由略过不谈。

佟大雷这么快就伸出了他的爪子!幸好他和常梅稳妥,没有应吴为的请求掺和什么,不然肯定被佟大雷扯进去了。眼前形势,何去何从,还不明白?但胥德章即刻给他和常梅定了位——在即将开始的围剿中,只能舍车马保将帅,痛打落水狗吴为。

"老胡同志重病在床,随时都有生命的危险,不能让他受刺激。要多做他爱人白帆同志的工作,以革命利益为重,不要闹个人义气。还要防止事态扩大,不要因此影响胡副部长的声誉。""那位"肃下脸来,郑重指示。

"是,是。"

"那个女人……你说叫什么名字?"

"吴为。"

"对,吴为。""那位"也郑重地重复了一遍,像用手指使劲按了按,将这名字按进了脑回,"肯定是女方的责任,恐怕还要和她那个单位的党组织打个招呼。"

"我这就让他们去办。您还有什么意见？"

"你一向认真细致，秉公办事，我再说就是画蛇添足了。总之，这件事由你挂帅。"可不能直接插手，特别是牵涉到同一级别的干部，闹不好有乘危之嫌，再说他们本来就不对付。

"怎么能这样说？还是集体领导嘛。"佟大雷嘴上极力推诿，内心却跃跃欲试。出身寒微的佟大雷，为人处世不大瞻前顾后，还有个伯父当年确为义和团中一个小头目，想来那是一个流氓无产者家族，铡刀上那个掌刀人的角色由他担纲可说是实至名归。而且在这场赛事中，佟大雷和白帆的目的是金牌，其他人则重在参与，能得个名次当然更好。

"好，好，集体领导，集体领导。不过情况还是你提供的嘛。"将发难者的帽子，往佟大雷头上又紧紧按了按，"总而言之，你比我们了解情况，帅旗责无旁贷由你来打。好啦，好啦，不是什么大事，生活问题嘛，小事一桩。"

下面是对前因后果等细节长时间的讨论。

…………

如此细嚼慢咽地消化这个话题，并非对黄色的偏爱。对具有政治眼光的人来说，一切材料可能都有用，单看你怎么用，用在什么时候、什么地方。

胡秉宸与吴为的男女之情以及他们是否上过床，不过是饮酒作乐的话题，要紧的是借此话题能做出多大文章。

胡秉宸太防范了，防范得让人找不到下手的地方，真是没有白干地下党。现在终于有了一把钥匙，可以打开胡秉宸那个无懈可击的堡垒了。

谢谢胡秉宸给了大家这样一个机会，毁灭一个人其实也很容易。

"是不是开个党组会？白帆同志要求组织帮助，她也是个老同志了，遇到这样的事自然还得依靠组织，我们总不能看着一个为革命工作多年的老同志，被人欺凌而无动于衷。"

"党组扩大会。"有人提议。

"不，党组会，尽量不要扩大事态。"

响鼓不用重捶，主题一掠而过。

然后进入男女话题。

这是一个驾轻就熟的题目。虽然方才的题目也很熟练，但再熟练也是走钢丝，而且没有安全保险，战战兢兢走在系于高楼大厦间的钢丝上，谁知道风和日丽好端端的天气，会不会狂风骤起？

那风是东风、西风、南风、北风，还是又东又西又南又北的乱风？

一踏上那条钢丝，就把生命交给了魔鬼，或入地狱或上天堂。

不过在那条钢丝上走的人，大都存在侥幸心理，万一能上天堂呢？

吴为不是祸水又是什么？一个人就将一潭死水搅成了浑汤。不论事端是否由她而起，从此"谈吴色变"，吴为成为避之不及的邪物。

七

各项工作紧锣密鼓地开展起来。

对于只有蓝图尚无设计图纸的胡秉宸来说，他们是过于急躁，揠苗助长了。

　　哼,死在她的怀里!

　　胡秉宸刚过病危期,白帆就对他说:"你总算醒过来了,很可惜没能死在吴为的怀里。不过实话跟你说,你还是死了这份儿心吧。我宁肯把你从这里抬出去,也不会让你死在她的怀里!"

　　白帆下了死决心,如果胡秉宸鬼迷心窍、执迷不悟,她就亲手把他的声誉、前途撕成碎片,就连这些碎片也要一把火烧了,连骨头渣也不会给吴为剩下。

　　即便胡秉宸死了,尸体也得属于她。在他的追悼会上,脚下家属献花的那个位置,放的是她和孩子们献的花圈;花圈缎带上,写的是她率杨白泉和芙蓉等人敬献的字样,而不是吴为。

　　胡秉宸一惊,原本光亮白洁的四壁,霎时间贴满了白帆的脸,密密麻麻,铜墙铁壁。

　　白帆怎么知道"死在你的怀里"云云?外面发生了什么事?吴为变节了?

　　心电图马上出现险情,护士大夫又是一阵抢救。

　　即便如此,白帆也不后悔,她本来就是要让胡秉宸"死心"。

　　胡秉宸的兵法也非常混乱,显然没有一个总体规划,打哪儿算哪儿。

　　到了这步田地,还对白帆这样说:"如果你闹开去,我就和你摊牌。"

　　如果不闹出去呢?

　　愤怒至极的白帆,不认真考虑这句话里极为丰富的层次,回答说:"即便我可以让步,成全你们,可还有党的纪律、社会的道德和法律上的责任呢!"

"你这样说,不是还不撒手吗?"

出得医院,马上与部里几个头脑商议,向吴为工作过的所有单位发函,调查她的档案。

查吴为个底儿掉!不论历史或男女关系上的污点,别想逃过她的火眼金睛。

在谋划这些事情上,白帆的专业水准可与安全部门比肩。至于在胡秉宸面前无以应对,则既是水平有限,更是爱之弥深。

吴为虽然没有变节,可也不能说没有动摇。

既然部里指定佟大雷为胡秉宸医疗方案的负责人,又担纲拯救吴为的重任,佟大雷有了理所当然接近吴为的充分理由。

或继续文字攻势——

> 某君陷于情,十年不能自拔,闻之怆然。有旧作堪可移赠,聊以慰之。

> 十年昏晓枉抛梭,掷却吴花似雪多。
> 作帛堪书骚万卷,临风不必叹湘罗。

> 胡吴近咫,渺若山河,东坡云:多情却被无情恼,信然。

> 你可以责骂天下男人都是混蛋,我觉得可能也有例外。男女好坏之争,古今中外,由来已久,成为专著的也很多,我敢担保你我都可能不在被骂之列。

或游说吴为——

"听了你和老胡的事,简直像个大爆炸。想了很久,觉得还是应该把老胡的问题告诉你,他是个伪君子……用一生心血追名逐利,爬向权力的金字塔,绝不会为爱情而牺牲地位和党票。就在三月份请老战友吃饭的时候,还和白帆两人来回夹菜敬酒……所以我劝你要实际些,也许他对你说过'即便死也要死在你怀里'这一类话,但以我对他几十年的了解,说说可以,不会真干。为了爬上权力或是声誉的金字塔,胡秉宸可以铁石心肠,六亲不认,将七情六欲一一割舍,以求正大光明、无懈可击……不要误会,不是说他官迷,综观古今中外天下伟男子,哪个不是通过权力来展现他们人格的伟大?这样的男人多半不会被女色所误,所以才能功成名就。老胡差不多已经到达那个塔尖了,更不可能为一个女人半途而废,不会,我太了解他了,几十年的战友了嘛。这些事如果不对你说清楚,等于害了你,但我也决不破坏你们。"

然后一针入穴地问:"如果老胡真爱你,为什么不了断与白帆的关系?"

"要解决这个问题,白帆肯定会闹得满城风雨,对手会用这个把柄整治他。"

"这都是胡扯,如果老胡有决心,谁也拦不住。你看不出他在欺骗你吗?我确信无疑他在耍弄你,白帆非常肯定地对我说过:'这一年老胡待在家里实在寂寞,不过在吴为那里找点儿刺激而已。'我的话你当然不信,但是我们等着瞧,事实会下结论。"

这些似有似无、真真假假的话,一则出于战略,二则若能同时腐蚀吴为对胡秉宸的爱,何乐不为?

吴为显然中计,双目像被灼伤,迷茫无助。

现在,她最介意的倒不是胡秉宸是否耍弄她,或胡秉宸的背信弃义,她是被"他是个伪君子……用一生心血追名逐利,爬向权力的金字塔"打蒙了。

难道她镂骨铭心爱着的,就是这样一个利禄之徒而不是条英雄好汉?

难道她所爱的男人，一律是自己心目中制造出来的？不但制造了一个又一个爱的对象，还制造了他们对自己爱得天翻地覆、轰轰烈烈？

"不——"她嗫嚅着。

"我和白帆谈了，如果老胡真要和吴为结婚，你就算了，孩子、年龄都那么大了，让他们去吧；如果老胡真搞两面派，自有组织处理两面派的办法。你要不要见见白帆？"

"不，不。"

佟大雷很满意。对付吴为太容易了，一旦离开她那个写作王国，智商马上下滑至零。

倒了杯茶放在吴为面前，"为这样一个老头子，不值得这样死去活来。"忘记自己也是一个老朽，"我始则不信胡秉宸会如此，现在觉得他十分可鄙……唉，放心，我会随时向你报告他的病情，一旦有机会，就想办法让你们见面。我们来研讨一下，下一步该怎么办……有没有什么信要我带给老胡？"

"当然，要是方便的话。"真想问问胡秉宸，这到底是怎么回事！

佟大雷急急拿出纸笔，希望吴为立刻将信写就交给他。可是他太急了，回手带倒了写字台上的墨水瓶，黑色的墨汁洒了一桌，滴滴答答流向地毯。他早就觉得这瓶墨汁非闯祸不可，每用一次墨汁，这感觉就出现一次，果然应在这个时候。

吴为十分歉疚，都是因为她，"真对不起。不用急，等我想一想。"这样的信，真得回去好好想想。

"啊——"佟大雷痛惜无法得到吴为亲笔写下的物证了。

吴为回去想了想，就像断了线的风筝，了无踪影。

吴为在哪儿呢？

漫无目的地在街上挤来挤去,任人推搡,巴望着他们当中有谁揍她一顿才好,觉得自己随时都会大叫一声,然后彻底地失去理智。现在她能专心干的就是这件事。

远远看见一个穿军大衣、戴鸭舌帽的人,走路样子十分像胡秉宸。当然不是胡秉宸,吴为在风地里站住,等那人走近、走过。风推着她继续向前走去。胡秉宸还会用那件军大衣裹着她吗?他说,本来买件二号大衣就行,但是买大了一号,为的是可以把吴为裹在里面。

公园侧门的两棵松树与胡秉宸身高等齐,他每每在那树下等她,那两棵树如今总让吴为一惊一乍,觉得胡秉宸还站在那儿等她。

桃树下的长椅还在,吴为在那水泥长椅上坐下,昔日的温情一一浮现,还有胡秉宸的甜言蜜语。她不禁侧过头去寻觅,然而胡秉宸不在了……有声音从她腔内游出,不是哭声,是肉体在过去与现实两块磨盘里碾碎、折断的响动。

公园里那个看大门的人,总是奇怪地看着她,一定在想:怎么就剩下了她独自个儿?

沿着他们的路游荡而去,胡秉宸曾在这路上说:"《世界文学》里有篇澳大利亚人写的小说,小说里有这样几句对话:'你记得吗,那时我们做爱到半夜?……''记得,累得我到现在还没恢复过来。''做爱'这个英文词翻译得很好。"

吴为哈哈大笑,然后向土坡上跑去,胡秉宸站在坡下,张开双臂,说:"来,来!"

她顺着土坡跑下,冲力很大地投入胡秉宸的怀抱。就在那时,他搂着吴为说:"要是哪天我觉得不行了,拼命也会告诉你:即便死,我也要死在你的怀里,在与你的亲吻中死去。"

204

走着走着，来到电车站。春天的一个晚上，他们坐电车回家，吴为头上包了一条头巾，胡秉宸说："你看上去像一枝郁金香。"

"你可真会说情话。"

"像我这样多情的男人，你再也找不到了。"是啊，太多情了。

一辆电车驶出总站，吴为不禁向车后窗望去。最后一次见面，胡秉宸正是乘这路电车离去，站在车厢尾部，穿着军大衣，向她不停地摇手。

…………

这样一个人，是"用一生心血追名逐利，爬向权力的金字塔"的人吗？

胡秉宸失去了行动能力，身旁又有白帆或杨白泉看守，只有佟大雷是唯一的消息渠道。他当然不能相信佟大雷，可又不能不为佟大雷的蛊惑激动。

那天护士送他去做心电图，趁护士交接工作的当儿，冒着再次发作心梗的危险跑了出去，向看守公用电话的老人说：我是某某床的病人，忘了带钱，一会儿让护士给您送来。

可是吴为不在家，只好怏怏回来，之后非常冒险地通过保姆寄给吴为一封信——

终于走出险区……真是一日不见如隔三秋。

现在身不由己，很想知道外面发生了什么，能设法告诉我吗？

总之我们在向不合理的习惯斗争，不管牺牲什么，包括生命，在历史上给这个半新不旧的中国创一个先例。我们要互相支持，绝对团结，不论遇到什么都要坚持下去，人们了解真情之后，将会尊重我们的忠贞。

很想叫你一声我的亲人、我的宝贝、我的乖乖，但我更愿意称你为基督。因为基督的一生是为了改变人，你也改变了我世界观的许多方面。我的思想能从各种桎梏中解放出来，虽然有其内在的历史原因，但你给我的影响之大，也是不能忽略的，而我们有机会谈话的时间又是那么短。这就是我为什么喜欢这个称号的缘故。

被胡秉宸投入这许多热情歌颂过的吴为，也不过是他主观制造出来的一个幻象。在幻象中，如此辉煌的女人，或是说作为男人同样期待着的那个"白雪公主"，并没有如期到来。

吴为并不具备他期待的那种人格、才能、识见、真诚、勇气、严肃、思想深度、人的尊严……一旦走近吴为，这些虚浮的梦想很快就会破灭。换而言之，走近哪个人，包括世界上最伟大的人，难道不是这样一个结果？

早有"君子之交淡如水"之说，这就是聪明人为什么拒绝走近的原因。

　　我已经可以下楼，像一个准备越狱的人一样，正在筹划与你的会面。也许在医院的花园为好，这样你可以不通过一切探视手续，等我创造好条件再告诉你。

白帆那部一天难得一响的电话，成了热线电话；冷清的胡家门前，也恢复了旧日车如流水马如龙的景象。

发向各制裁机构的对吴为的各种指控，也似乎唯白帆意见是瞻，定稿前一一送交白帆审定。

她字斟句酌，权衡再三，将一切可能不利于胡秉宸的言辞一一删除。至少在目前，当事态还没有发展到不可挽回，胡秉宸还是她的丈夫的时候，一定得维护他的声誉、利益，当然也就是维护了自己。

　　尽管白帆意在整治吴为,岂不知这样一来,同时也把胡秉宸卖了出去。

　　俗话说一个巴掌拍不响。也就是说吴为的恶行得有一个载体方能成立,没有第一者哪来第三者?

　　以白帆多年的政治经验,本该明白天下没有免费的午餐,可她一头栽在争夺丈夫的保卫战中,犯了一个女人通常会犯的低级错误——借刀杀吴为的同时,也杀了胡秉宸,更杀了她和胡秉宸的婚姻。

　　老练的白帆,也该从胡秉宸闪闪烁烁、暧暧昧昧的态度看出胡吴关系的破绽。

　　她也不知道,意大利比萨大学心理研究院在人的血液中发现了一种可以控制血清的特殊蛋白质,热恋中的人,能使这种蛋白质下降百分之四十,它的百分比,随恋情的深浅而变化。白帆只要测试一下这种蛋白质的含量,也就不会对胡秉宸的移情别恋那样大动干戈。

　　白帆太急于报复了,结果是搬起石头砸了自己的脚。

　　如果白帆放手胡秉宸,让胡秉宸与吴为有更多的接触,而不是在任何细节看不清楚的、黑咕隆咚的胡同里流窜,那么,不用白帆动一个手指,像吴为这样注重细节的人,仅是胡秉宸吸食汤水的动静、他的脚癣、他的花袜套、他的兰花指、他的斤斤计较……这些鸡毛蒜皮,就能让她却步。后来吴为庆幸,幸亏胡秉宸不哆嗦腿,不对着他人的脸惊天动地地打嗝儿、打喷嚏,不穿吊脚裤,不用指甲抠牙缝,兰花指上还没留女式长指甲……

　　而精神和智慧的光芒,却能在黑咕隆咚的胡同里大放异彩。

　　即便白帆不放手胡秉宸,环境宽松些也行。可是道德败坏的吴为运气更坏,没赶上未婚同居或未婚妈妈的时代,又接受了过去的教训,决不重蹈覆辙,不时对胡秉宸来个最后通牒:"我们或是一刀两断,或是你解决多头政治的局面,反正我不能当你的情妇。"像吴为这样的情人,实在让兴趣广泛的男人太不轻松。

如果赶上一个宽松的时代,让他们有更多的机会接触,吴为也将有机会纠正自己——

像这样一个俊朗又不失英雄气概,懂得品位而又不失纨绔,大俗大雅、有形有款,永远的新潮又永远的怀旧,一点、一味、一丝、一毫全方位品味生活,恐怕也是"五百年才出一个"的优秀男人,为什么不可以对一个打错电话的人,或晚上十点后来电话的朋友来个"操你妈"? 当朋友向吴为抗议"你们家老胡怎么可以这样对待我!"的时候,吴为劝说道:"别生气,他不知道是朋友,如果知道是朋友,一定是'谢谢''对不起',诸如此类。"朋友想想,也就释然。不是吴为袒护胡秉宸,这的确是一个匆忙中忘记戴上面具的失误。

又为什么不可以对岳母叶莲子发出恶声"去你妈的!"当叶莲子请求胡秉宸不要在吴为那杂乱却自有序的桌子上乱翻,以免将吴为写在纸头上的小说札记错位的时候,墨荷的后代叶莲子疑是顾秋水杀将回来,除了脚步踉跄后退,别无他法。

…………

"我一再提醒秘书注意这个原则,首先考虑保护老胡的声誉和家庭的安定团结,孤立打击的只是吴为那个道德败坏的女人。秘书到底水平不够,还是有忽略的地方,经你斟酌后,文字更缜密了。我们要多通气,有什么情况及时交流。"随后又适时造了一个小谣,"哦,忘了告诉你,昨天吴为闯医院,被我们的同志拦截……那两个值班看护老胡的同志,已经写了证明材料……"

白帆牙痛似的呻吟一下,"她又来了!"

"……我已经让秘书通知所有值班看护老胡的同志,绝不许吴为迈进病房一步……不过目前动用的仅仅是舆论,形成不了威慑。要想彻底解决问题,就不能投鼠忌器,恐怕还得从党的系统进行干预……"

白帆不是不懂得动用党的力量,不论什么力量在党的力量面前无不化为齑粉,但给中央某领导的申诉让她颇为踌躇。先不说上面将因此对胡秉宸有什么看法,像这样老眼昏花,万一一个字没看清楚,意思满拧。一个字批下来,吴为固然完蛋,胡秉宸也就跟着一起完蛋了。而一旦批下来,就像皇帝的御批,毫无更改的可能。

其实有关胡秉宸搞了一只"破鞋"的传闻已满天飞舞,一世功名早就论秤约了。什么不要扩大事态?扩散得越快、越大,越好。

见白帆如此优柔寡断,又说:"根据我们的了解,吴为还去找过常梅夫妇。"

"常梅夫妇!"谁把他们的地址告诉了吴为?显然是胡秉宸。否则吴为怎么可能去找他们?这可不就是"托孤"的意思?

胡秉宸怎么就没想到把我托付给谁?倒好像吴为是他的妻子,自己却形同路人。嫉恨立刻将白帆卷入它的旋涡里,"找他们干什么?"

"要他们劝劝你,与老胡好说好散,放他一马。以他目前的身体情况来说,不会活多久了,就让他……让他安安静静死在她的怀里吧。"说到"怀里"两个字的时候,声音不禁尖啸起来,于是那两个字就有了尖利而单薄的酸苦之味,"怎么,常梅他们没有对你说起吗?还有人反映,在香山、北海看到过他们,手挽手的……对这样的女人,是不能掉以轻心的,我们恐怕需要研究一下对策,不能老打被动仗,是不是?"

"是的。"

"那好,再找个时间,我们专门议议这个问题?"

"好吧,你们定下时间就通知我。"

"这样吧,佟大雷同志比较了解情况始末,这桩事自然也得由他具体负责,等他安排好了自会通知大家。他也是三几年的老同志啦,很有经验,很有能力。"

放下电话,白帆冷冷地笑了——"那位",你好厉害呀,不直接插手,只在幕后操纵,又是一箭双雕。

上上下下都知道佟大雷和胡秉宸关系不错,胡秉宸还有恩于他,没有老胡的推荐,佟大雷恐怕还窝在局长的位子上。

佟大雷要是下手狠,人们会说他丧尽天良,手下留情又是包庇,这不是让他们互相残杀又是什么? 但白帆更担心的是佟大雷下不了手,到底胡秉宸对他有恩。

继而又放下心来,幕后操纵不等于不操纵,即便佟大雷手软,"那位"也不会手软。

明知下的是重药,可白帆顾不上那许多了,否则胡秉宸和吴为刹不了车。

现在,她只能和胡秉宸的对手做同一个战壕的战友啦。好不惨然,好不凄然,好不无奈啊!

现实劈头盖脸砸下了它的重锤。

不论何时,不论对什么都量不出深浅的吴为,连应有的震惊、恐惧、痛楚都来不及准备,先是一脸愚钝,后是双目眦裂,但都不足以表达她的张皇。

吴为就这样踉踉跄跄地被推上战场,更不自量力地担任起保卫胡秉宸的职责。

对方是要将有将,要土有土——兵来将挡,水来土掩。

210

而吴为呢？

即便小米加步枪的时代，肩上还得斜挎一袋小米或一支步枪，何况现在已经进入核武器时代。吴为只有十个挓挲着的手指，每个手指的间距又很大，以这样的十个指头能挡住什么？

军师虽然精明，可又重病在床。

先是务虚不务实一场，后悔将情况告诉佟大雷，本以为他会为自己所爱做点什么，小说上不是有很多这样的故事？

至于如何应对，想了半天，身边除平头百姓的叶莲子和禅月，可利用的力量一概全无。说到手里那支笔，既不能做刀也不能做枪——虽然有支歌唱过"拿起笔做刀枪"什么的，那要看笔在谁的手里，好比拿在对方手里就能做刀枪，在她手里则是毫无指望。

既然胥德章已经给自己和常梅定了位，在这场围剿中舍车马保将帅，痛打落水狗吴为，那么现在只需按照既定方针办。

加上接待过吴为，有那么点站错队的意思。特别是胡秉宸的位置，并没有最后抹下并敲定由谁填补，现在是说上就上、说下就下的微妙时期。好比那个佟大雷，真对名利没有兴趣？共事几十年谁不知道谁？这种鬼话还能用来遮眼？真够落伍的，可是他这次那么卖力，行情似乎看涨……

难怪胥德章的积极性出现了井喷现象。

他人只是造造舆论，胥德章却是动手又动口，先是帮助白帆起草指控吴为的报告，不但送交各制裁机构，还送达吴为单位，要求该单位开除吴为党籍。为此，吴为那个单位的领导部门，连着开了三天会，讨论如何处理吴为的问题。

又亲自出面威胁文艺界领导，一定要占领、死守无产阶级的文化阵地，如此道德败坏的人，不但要清除出文艺队伍，还要对她的作品进行封杀。

文化人本就神经脆弱,禁不起这样的恐吓。一位文艺界领导急得跳脚,说:"吴为是有才华的作家,毁了实在可惜。什么事都压在她一个人身上,怎么承受得了? 她是不是可以做点儿让步? 谁能和她说得上话? 劝她放开些吧。"

大家劝吴为写份检查,交出胡秉宸给她的信,让他们斗去,关她什么事?

吴为说:"把他交待出去,他们也许能放过我,却不会放过胡秉宸,没有了他还有什么意义? 我连朋友都不会出卖,更不会出卖他。如果用投降保我的事业,我还算人吗? 我也不能检查,我一检查,他们正好拿到把柄,大可兴风作浪,两个人谁也跑不了。如果我来顶住,什么不说,顶多打倒我一个。"

于是没头苍蝇一样,到处找人解救。

只听说有位领导心慈面善,也不认识,没有人介绍,打听到地址,就冒昧地跑了去。人未遇,电梯又停运,只好从十四层楼上走下,像是走在仓库里,楼梯拐角是家家户户用不着可又舍不得扔的东西,气味和不停的转角,几乎使吴为眩晕过去。

第二天再去,一共坐了十分钟,领导接了三次电话,大约占去七分钟,只有三分钟可以用来诉说,可是领导又要去开会了。

只好上书答辩,反倒落了个"连部长也敢反驳,非狠整不可!"是啊,如同"连老太爷都敢说不是,拉到祠堂去打!"一样。

也没少受骗。有人说与某某领导谈过,估计事情就要向好的方面转化,病人很快就会彻底得救;这位领导也将会以极其鲜明的态度向有关部门指示,问题很快就可解决;目前吴为以软拖办法为上,少说话、少辩解,以防让人抓辫子,千万不能激动急躁,与任何人谈话都要多听,少说为妙。

过几天再打电话,事情办得如何?回说:以为没有问题,所以就没再过问。再向秘书打听,秘书说领导什么也没说。

胡秉宸知道后说:"所谓找关系,是找不出结果的,不过泛泛一句话,影响有限,起不了多大作用,不可把希望寄托在那个上面。

"你通过此人送来的人参也被他扣了一些,几次都说替你办事需要花费,要你出钱。其实是有个情妇需要供养,纯粹是白相人对女人的剥削,好像吃周璇那样,都来趁机敲诈一个女作家,这些人在我这里是占不到什么便宜的。千万不要再花冤枉钱,不要再说'这个费用由我来付',现在几千块钱已经不见了,再花一个铜板都是冤枉的。

"也不要答应他把你引见给某领导,总之不要把关系弄得太复杂。别像小孩子似的再去求人,不要相信这个人情、那个人情,最后不过含含糊糊一两句话,不了了之,都是不可靠的。以后和这些人打交道要小心,绝不能再上当……这些事你弄不清楚,你太单纯,心肠又好,看不出人际关系的实质。

"不要以为他们压你已经到底,稍一不慎,还会有更大的打击。

"希望你能看透彻这些,选择最好时机,沉着应战。"

看透比较容易,等到钱财散尽,谁还答理她?

说到沉着应战,怎么才能沉着?何为最好时机?又怎么进行选择?……这实在很抽象。

吴为只能接受非常具体的指挥,对政策性的指导总是领会不了,最后还是不得要领,继续像只没头苍蝇,嗡嗡乱撞。

无论怎么说,在这一点上,吴为还是比白帆幸运,毕竟她得到的指点是真心真意的指点。不像白帆,她最得力的帮手,正是吃她,也是吃她亲爱的丈夫最狠的人。

八

在这艰难时刻,茹风出现了。

那时候,"文学"还是一个正儿八经的事。

有关杂志将茹风那封"读者来信"转给了吴为,吴为被信中的语言感动得涕泪交流,"如果你遇到什么危险,请到我这里来吧,我们会保护你的。"

这封信来得真是恰逢其时,好像茹风知道她现在多么艰难。

如果不是非常时期,吴为很可能感动一下就过去了,现在她则紧紧抓住茹风这棵救命草,死活不肯撒手了。

茹风也不负所望,一下搅进了这桩大麻烦。

听罢吴为的哭诉,茹风二话没说,拉上吴为,骑上摩托,往医院疾驶而去,"那医院刚好有我的同学。"茹风说。

冲击力极强又冷酷异常的北风,把她们压得抬不起脑袋,也噎得她们喘不过气。

因为没有戴安全帽,北风恣意地撕扯她们的耳朵,起先耳朵还有疼痛之感,到了后来像被扯掉了,没有了感觉。时有雪粒,抽打着她们的脸庞,她们只好低着头在风地里往前猛钻。

先在护士站打听,得知看守胡秉宸的人换了杨白泉。

茹风只好换件护士服,在病房外等候。很久才看到杨白泉走出病房,向护士站走去。趁这个机会,茹风走进胡秉宸的病房,她边走边计算护士站到病房的距离,明白自己没有多少时间可用。

走到病房门口回头一看,果然杨白泉已经折回,距她不过四十多米。

只来得及对胡秉宸说了一句:"吴为让我来看你……"

以胡秉宸的训练有素、反应之快,本应懂得茹风的话,可他怎么能想到吴为和茹风也能来一套"地下党"?盯着茹风问道:"什么?"

茹风又重复了一遍。这一次胡秉宸听懂了,立刻翻转身来,两眼放光,猛地紧紧抓住茹风的手,连声说:"太感谢你了,谢谢,谢谢!"

她急促地说:"赶快躺好,什么都不能说了,你儿子要来了。"

茹风只争取到十五秒的时间。

这时杨白泉已经走进病房,她只好假装为胡秉宸量脉搏,该说的话一句也没有说出。

出了医院,想想胡秉宸的身体,茹风对吴为说:"你太傻,命太苦,费了这么多心血,即使得到也很短暂。"

"可我愿意。"

"你的牺牲也太大了。"

"爱是谈不到牺牲的。"

茹风盯着吴为看了看,说:"好吧,过两天我再找机会冲进去。"

胡秉宸和吴为可把茹风使唤苦了。

自茹风后,胡秉宸对吴为的处境虽有了了解,但在如何帮助吴为应对上却没有费过多少心思,对如何改善吴为的处境,也没有什么实质性的考虑和建议。他的心思都用来享受吴为的忠诚,以及发挥他未曾实现的文学才能上了,而情书又是最能发挥文学潜能的一种形式。

然而吴为不用战前动员,只需胡秉宸的一封情书,就继续勇往直前——

为，不知为什么我那么喜欢这个字，又规整又大方，又清秀又利索，一点不繁琐，好像专为一个人设计的，以致我在其他地方看见这个字心就激动起来。有个英文单词 tender 非常适合你，因为它包罗很多方面，容易触动的、柔弱的、顾惜的、怕伤害别人的、纤细的、敏感的，也是最女性化最精致的。你是不能仅仅用"伤感"这两个字来形容的作家。

你的信，像雨水滋润着土地，使我度过了许多困难时期，终于把死神赶走。一个医生对我说："一个人一辈子只能死一次，所以你再也不会死了。"我非常有礼貌地说谢谢。这是因为你我两个人的共同坚持。

也不能说胡秉宸对如何改善吴为的处境完全没有考虑，适时也会鼓励一番——

听说你不断被他们批判，一个人能有个"主义"也不错，比没有"主义"的人强得多，我向你祝贺。只有真诚勇敢的女人才能像你这样，历来敢于走在事物的前列，碰了那么多钉子爬起来再干，这就是你，相信今后还会如此……最近的消息使我安心了，说老实话，我老是胡思乱想，想入非非，有些不放心，现在完全放心了。你不是那种人，不会跑的，顶多发个小脾气，这是你的权利，谁让我爱上了你。

如果茹风知道自己半夜三更被从被窝里拉起，冒着冬夜的严寒，为胡秉宸和吴为奔忙的就是这样一封带色儿的情书时，她会怎样想呢？——

……思念之甚，甚于往日。人真怪，心挂在什么上就挂住了，结成个死疙瘩，几辈子都解不开，更不要说这辈子。而我同白帆一辈子也没挽过手，更没有对她认真过。

　　我要吻你,疯狂地。从你纤细的手指到一切——所有的一切,把你抱在怀里,让你的头靠在我的肩上,在你的耳边向你倾诉我的爱情……我们要融为一体,一体、一体,完全的一体。我们的时间可能不多,但永远新鲜而富有创造性。不知你是否注意到我的照片——看看我面部的沉着和自信,这样的男人是配得上你的,也是有吸引力的,不是吗?他多大胆,多强有力……也是一个永远有活力的人。只要活着,我还会利用各种机会、各种方式,为我认为正确的东西讲话。我将要写一本书,在那本书里,决心对党的领导方式提出我的看法,这是没人敢碰的题目……

　　现在是养着了,养完之后就够你受的,等着吧。

　　我说我要一个套一个的苏联木偶玩具,你没懂我的意思,那只是一种比喻,大的小的,我要成套的。傻姑娘!

　　山上那张照片最美,像一朵待放的黄玫瑰,绝不是其他俗艳的颜色。美而静穆,因为内心;沉静含蓄,因为深邃。对我来说,几乎是带着光环的圣洁,让我怎能不跪在你的脚下?

　　让我最动情的照片是依着书桌的那张——晚上,窗外黢黑,丰满而性感的嘴唇微张着,像在等待;笑着的眼睛直穿我的心底,微微向左凸出的臀部使我神魂颠倒。

　　我要亲你,别乱动,别管那钓鱼的老头儿。让他看去。

　　永远别轻视数字,事物都是从量变到质变的。如一百六十,你试试看,会使你魂飞魄散。你能清醒到十就不错。我只要你在一天的几个小时里是典雅的,而在其他时间里不是,是个真正的风流人儿。别怪我说了这些傻话,我不能自持……

见一面还不知道,见两三次茹风心里就有了底。

胡秉宸只对传递情书有兴趣,很少问及吴为的状况,更少说到未来。

她可不是胡秉宸和吴为的爱情交换站,更不是情书投递员。

如果吴为得了爱情盲目症,她的视力可是二点零。

如果吴为自己想不到说点什么,她得替那个傻瓜说点什么,否则她不会给吴为写那样一封信:"如果你遇到什么危险,请到我这里来吧,我们会保护你的。"

目前吴为就在危险之中。先别说外部那个包围圈,胡秉宸给她制造的危难还少吗?

"你不想了解一下吴为的现状吗?"

胡秉宸放下吴为的信,说:"吴为情况如何?"

"不太好,身体也顶不住了⋯⋯进了一次急诊室,无论精神或具体细节上,都没有一点儿支持的力量。"

幸亏有个茹风,也不幸而有茹风——

不然胡秉宸可以坦然、逍遥地享用吴为的忠诚和温情;

不然胡秉宸永远不会知道吴为报喜不报忧;

不然胡秉宸永远不会知道笨拙的吴为如何为保卫胡秉宸而战;

不然胡秉宸永远不会知道吴为如何屁滚尿流地在胡秉宸对手的一次次出击中挣扎;

⋯⋯⋯⋯⋯

胡秉宸说:"我在各方面都对不起她,耽误了她,我们已经相处十多年了⋯⋯"

茹风恨恨地想:你一句"我对不起她,耽误了她",就把吴为十多年的眼泪、痛苦、等待,还有眼下的艰难交代过去了?嘴里却说:"她对你至死不变。哪怕你只剩下一只胳膊、一条腿,她也是爱你的。"

胡秉宸只是笑,那种笑让茹风觉得非常不庄重。

他又说:"我们年龄相差这么大……"

茹风拦住他的话,连刚强的她好像也怕听到什么可怕的话,尽管她心底并不看好这个爱情,甚至希望吴为罢手。不,她是替吴为害怕,"好像你今天才知道你们的年龄差距……我要是这么对她说,她会伤心透了。"

他问:"那你要我怎么说呢?"

"这是你自己的事,我怎么能替你回答?"

从医院回来后,茹风很严肃地对吴为说:"你要准备接受打击,胡秉宸可能会用'我病得这么厉害,不能拖累吴为',来推卸自己的责任。如果他真这样做,我就会对他说:'从我对你的了解和别人对你的反映上,我早估计到你会用这个借口来推卸自己的责任。'"

恋爱中的女人本就状态不正常,放到吴为身上更是不正常加上不正常,什么时候发起疯来,深更半夜就骑着自行车到茹风那里,把她从被窝里拉起来,让她到医院去。何况还有许多意想不到的"险情"随时出现。

初始茹风不分日夜,随叫随到。

渐渐看出胡秉宸的所以之后,就有些烦,"如果不了解他,我非常愿意帮这个忙,在我对他有所了解之后再把你们往一起拉,就是害你,就是我的不仁不义。"

可她又见不得吴为那副样子。

常常一开门,吴为提溜着一网兜营养品站在门外,还没等茹风说什么,自己先巴结地笑了。

一看那一大网兜的东西,茹风就皱了眉头,"这些东西都是白送,上次我去看他,白帆把你送去的罐头一个个全打开了,对看护他的那些人说：'吃，不吃白不吃，反正吴为那婊子有的是稿费！'一旁的胡秉宸，居然什么表示都没有……何止是你那点儿血汗钱全打了水漂儿？"

吴为嗫嚅着："不是你说白帆送去的菜糟糕极了？白帆不好好照顾他，医院伙食又不好，他需要营养呢……白帆总不会全吃掉，他总能吃到一些吧？"

吴为脸上那笨拙、讨好、恳求的笑，可怜而又可恨。那张脸也变成一张令人嫌恶的死皮赖脸，又因执拗、卑微，变得奇丑无比。让茹风恨不得朝那张脸上啐一口，说些难听的话让吴为醒悟。

"我不认为你们这件事有什么希望，而且你在这里熬着有什么好？应该到外地去，静待事情的变化……"

"我担心他，怎么对付得了兵强马壮的对手。"

"他用得着你担心？你还是先担心担心自己吧。他要是想干自然有办法，一个搞了几十年政治和地下党的人，会没有办法对付这个局面，反倒要把你放在前头当靶子?!"

"现在和地下党的情况不同。"

"怎么不同？把那会儿的智谋拿出一点儿就够使了。问题不是智谋不智谋，而是有没有决心和传统道德决裂。他是要做当今人们所规范的好人，还是做五十年以后那个时代的先行者？对这种人是很难的，他们虚伪得太久了，以致把虚伪当作了真实、真理。他要是能从这种虚伪中走出来，那就真是了不起，可是……可是……你觉得他真爱你吗？"

吴为又不是傻瓜，她怎么不知道胡秉宸到底爱她有多深，有几分？

默场很久才放胆说出："当然。"

茹风笑出果然不出所料的笑，"他对你的爱也许是真，但他需要的是一个情妇,而不是娶你为妻,因为那样做的代价太大。他需要的很多、很多,名誉、地位、爱情……却只想付出很少、很少,归根结底是自私。所以我劝你,别投入得太厉害。我先把话放在这里,别让这些丑恶、血肉飞溅的残杀把你的感情腐蚀了。要是不听我的话,还这么奋不顾身地往里搅和,总有一天你会看不起他。"

这些话有如谶语,有种特别慑人的力量。那好像不是茹风在说,而是一个先知先觉的力量附在茹风身体里,以茹风的嘴说出的话。

一切声音全都隐去,空中只留下了最后那句话的回响——

"总有一天你会看不起他……"

最后还是以茹风的放弃告终。

望着茹风的背影吴为羡慕不已,羡慕她那双脚,可以在胡秉宸病房中那几平方米的地板上走来走去。

她多次站在医院对面的街上,遍数病房那层楼的窗,猜想哪个窗户是胡秉宸的,希望他能站在窗前看看,也许就会看见她。

她羡慕胡秉宸窗外的树,也许他的目光常在那上面停留。

或是在医院对面的小饭馆里找个靠窗的座位,点个什么菜,安营扎寨坐下去。看不到胡秉宸,看一看那所医院也好。

店小二在她就座的那张桌子上没完没了地揩拭,睃着她的脸,好像能从她的脸上搜索出什么。

尽管白帆和杨白泉不确切知道茹风是谁,也能猜出她是吴为的人。

茹风不忍心告诉吴为,有一次杨白泉甚至把她推出病房,差点让她跌一跤。而白帆的眼睛虽然一半被松垂的眼皮遮着,但也并不妨碍用剩下那一条眼缝,力量足够地夹她。

有什么能难倒茹风?和胡秉宸说英语就是。

出了医院门,发现有人跟踪,她像个老练的地下工作者,左躲右闪,总能把钉梢人甩掉,一面走还一面乐,没想到有一天能和老地下党一比高低。茹风一直为没有赶上地下党那种浪漫时代、浪漫经历而遗憾,现在却补上了这一课。

有时她就拐进图书馆,借上一本书,在那里一坐坐到闭馆,或进到一家电影院,买张票大睡一觉。

茹风永远不会知道,胡秉宸在给吴为的信中是怎样说到自己的——

    ……别听茹风的,她不知道一个真正的硬汉是什么样!

    你碰到的是一个真正的男子汉,如果你没有碰到这样的男子汉,至少在电影里看到过,譬如美国西部影片中。

    张学良陪蒋介石回南京去是上了当,但他是个真正的男子汉。我一贯钦佩赵四其人,此人可入历史。当年于凤至因病走开了,赵四自愿进去陪伴张学良,几十年如一日,否则张某可能活不了这样久,早就悒郁而死。

    ……听到你受压的情况,心里十分难受,但请记住,我永远同你在一起,你永远占有我,你所受的压力都在我的肩上。现在看得很清楚,整个机器开动起来,准备轧碎不老实听话的人。这个机器是庞大的,已经轧碎了千千万万,还要运行下去。鼓起勇气来!事物总是要变化的,历史总是要前进的。

    希望你好起来,胖而不失去小蛮腰。还有,别由于好起来而忘了我。世界真奇怪,生了你这样一个小媳妇,完全可以选择一个年轻、有才华、身体好、待人温柔的男人，偏偏死恋着一个比自己大二十多岁又病着的老人；又生了我这样一个准备为你丢掉一切的男人……

如果张学良不被监禁、孤绝几十年，而是有更多释放人性的机会，赵四还会被他爱到最后吗？

所有的成立，其实都是条件下的成立。

可是吴为并没有感到肩上的压力有所转移，可见林彪那个精神万能的理论，是绝对站不住脚的。

为吴为排忧解难的还是她那些朋友，茹风、茹风父母或茹风父母的关系。

茹风激愤地说："胡秉宸不能这样对待你，你受到的压力太大了，所有的压力都在你一个人身上，这样的话我不知说了多少遍，都不愿意再说了。这个人全是嘴上的活儿，你看不出来吗，他在要你！此事只好不了了之，再拖下去，非把你拖死不可。我再找他谈一次，让他明确地讲清楚，或是还要你等，或是就此了结，不能这样含含糊糊对待你。"

也不都是茹风的开导，让吴为开始醒悟的是这样一件事——

胡秉宸火急火燎让她到医院去，还附有路线图和说明："我一定要见你一面，有要事商谈……负责看守的同志已经撤离，我也可以下楼了。星期六早上九点一刻至十点，我在附图打叉的地方等你，如果十点不到就是医生缠住了，你就回去。如果你十点还不来就是有要事，我也不等了。医院有个正门，还有个旁门，随你的便，按图索骥即可。衣服普通些，别哭，别激动，否则我的病又会反复，这几天很好。"

　　吴为以为有什么重要的事,只好冒险到医院去。按照胡秉宸画下的联络图,在病房大楼外找到了他标出的台阶。

　　实际却没有什么重要的事商谈。吴为说:"我的处境非常危险,没什么重要的事,干吗叫我来呢?"

　　"想你。"

　　胡秉宸抚摩着她的头发说:"满头青丝如今也斑白了……怎么瘦成这个样子? 千万不能太瘦,太瘦我就不喜欢了——当然,将来也不许太胖,永远像我想象中的样子。"

　　其间保姆来送菜,转身离去不一会儿,白帆驾到。

　　如一盘大磨,稳稳压在他们中间。看看左边坐的胡秉宸,又看看右边坐的吴为,发问道:"谈什么呢?"

　　这个问题本应由胡秉宸应对,可是胡秉宸一言不发。

　　吴为也可以一言不发,这本不是她生出来的事,可她那不自量力、保护他人的毛病又上来了,回说:"谈些事。"

　　白帆骂道:"不要脸! 抢我的丈夫,还天天来这里约会。"

　　胡秉宸还是一言不发,不说明是他把吴为叫到医院来的,更不说明吴为并没有天天来看他。

　　她奇怪自己此时的冷静,竟注意到白帆染过的头发,还有染过的黑发下新冒出的白色发根。

　　接着吴为脸上有一灼热急骤刷过。

　　"你,你……你怎么可以这样打人呢?"

　　白帆逼近吴为的脸说:"打的就是你这个婊子! 怎么样,你敢到派出所验伤去吗?"

　　当然不敢。吴为既不敢还手也不敢还口,到了这个时候,还担心胡秉宸的心脏承受不了如此刺激,一味地说:"老胡,你心脏不好,不能用力不能生气,别拦她,她愿意上哪儿我陪她去就是了。"

白帆从台阶上站起,扭着拧着吴为,嚷嚷着又是上法院,又是上派出所,又是上机关党委……

吴为说:"别,别这样拉拉扯扯,你去叫人好了,我在这里等你,不会走的。有什么问题你可以到法院起诉,由法律解决,但是不要打人,这样不好。"

胡秉宸一见事情闹大了,才窝窝囊囊说道:"吴为,你走吧,快走吧!"不知当年应付国民党的高超智慧、应变能力都哪儿去了。

吴为并不愿意走,觉得这样一走,就不能向白帆兑现好汉做事好汉当的许诺,可是她得听从胡秉宸的安排。

白帆指着她的后背骂道:"等着吧,有你好瞧的,想轻轻松松走掉?没那么便宜!"这更让吴为有了临阵脱逃的意味,比刚才白帆骂她的那些话还让她觉得不好接受。

到了茹风那里,才发现手臂都被白帆打青了,照照镜子,脸上也是五条指印。

但她更担心的是胡秉宸的心脏如何受得了这一通打闹。他在信上不是说"别激动,否则我的病又会复发"吗?

茹风午饭也没吃,就往医院赶。

胡秉宸一点事没有,还对茹风说:"我没看见白帆打吴为,也没听见她骂吴为。"

"这太奇怪了,你当时昏迷了吗? 是啊,既然没看见也没听见,自然也就心安理得,是不是?"

"白帆还说,如果我不解决问题,吴为马上就和四个男人结婚。"

茹风笑笑:"如果有这么一条法律,对有些男人来说,恐怕再合适不过了。不过吴为再也不会到医院来了。"

胡秉宸听了,很难过的样子,想了想又问:"吴为的心情怎么样?"

茹风说:"很伤心,也很失望。"

"有那么严重吗?你没有劝劝她?"

"没有效果,她马上就要到外地去了,要在那儿待很久。"

"她应该原谅我,我是个病人。我要给她打电话。"

"好吧。"

"现在全家都在监视我,我的脉搏,一分钟又是八十次了……"

茹风带了胡秉宸的一个小条子回来——

> 看到你瘦成那个样子和额角明显的一撮白发,我的心都绞起来了。你走后慢慢好些,又是派出所,又是医院党委,又是病房,后来又说要到你们单位去,请你注意。我说:"人家来看看病人,为什么不可以?"希望你再到医院来一次。

竟连一句道歉的话也没有,更不要说一句疼她的话。哪怕一般关系,也会说句"对不起,是我邀你来的,让你为我受苦了!"

"人家来看看病人,为什么不可以!"到现在还避而不谈是他让吴为到医院去的。

这时吴为才想起,胡秉宸当时畏缩一旁,一句"是我让她来的"也不敢说。他还是个男人吗?

胡秉宸的畏缩后面,是不是藏着见不得人的东西?

在白帆加强防御工事后,胡秉宸仍然写信要求吴为到医院会面——

> 请再来看我一次,星期三上午九点一刻,那时秘书已走,保姆

226

还没来(现上午由保姆看守,下午白帆坐守病房门口)。不要早来,那会碰上秘书。到挂号厅东边化验室或急诊室那里谈半小时,如九点半我还未到,即有别的事。

据说下周起严格制度,非探亲时间一律不许进,所以茹风不要再冒险了。我每天上午八至八时半后总是在花园中,除非特殊情况,如医生查房,约在星期一。

我真的不放心,怕你变了,我想不如两个人一起喝敌敌畏,要不我现在一个人先喝。不过那是女人的办法,我要用手枪。这两天我根本不能睡觉,吃安眠药也不行,我怕犯病。

接着又拿出直到目前还屡试不爽的法宝——

茹风不让我给你打电话,再不打我就要不行了,你再不理我,就会要我的命。我一定要在出院前和你商议一下,否则许多事不好定。星期一八时我一定打电话给你,你可否等在公用电话旁?这样可以快些。如果接不上头,我会非常非常失望,千万别那么折磨我。

对把去医院的责任推到吴为头上的事,还是一句不提。

"请再来看我一次"!

难道想再坑她一次?

芙蓉也突然来到,送胡秉宸的一张条子给吴为,说:"请你无论如何打一个电话给我父亲。"

就像他们结婚后,芙蓉一进门当着吴为就说:"爸,我妈说你得陪她去趟医院!"绝对两相公正,待遇平等。

吴为铁石了心肠,不但不到医院去,也不在公用电话旁等胡秉宸的电话。

她不再羡慕美国电影《恨海香魂》里的男主角所说"我弹了两个星期的贝多芬才把她忘记",而是继往开来研究起菜谱,最后竟在菜谱里发现了看不起胡秉宸的苗头。

发现这一点的时候,自己也吓了一跳。

事情不妙。十分稳妥的吴为,可能不那么稳妥了。

胡秉宸只好求诸茹风。

通常茹风进了病房,不等坐下就将吴为的信交给他。现在茹风在椅子上一坐,一点动静也没有,也没带任何食品或营养品。

想来还是没有吴为的信,胡秉宸的情绪一落千丈。

胡秉宸能不能想想别的?

"我想你该知道,我的职业不是邮递员……你不觉得这样对待吴为不够……不够合适? 吴为可能没头没脑,但有清楚的旁观者。到底打算怎么办? 就这样不死不活地拖着吴为? 不如给她自由,让她去吧。"

"现在恐怕不行了。"

"你要是真想解决问题,必须积极想办法。不能既考虑你的面子、你的前程,又考虑白帆的面子,就是不考虑吴为。"

"我不知道怎么会留给你这样一个印象,那么自私,那么留恋世俗的一切。我想那是一种错觉,或是我给人的一种错误的印象,千万别这样想。"

"说这些有什么意思? 什么也比不上一个行动更有说服力,是不是?"

如果胡秉宸不付诸行动,吴为很可能就此了断。

尽管身在医院，最后胡秉宸还是慢慢知道，原来自己早已处在白帆、胥德章、佟大雷以及对手几方面力量的围剿之中。他们通过佟大雷，利用白帆的愚蠢，从各种渠道对他进行造谣迫害。虽然吴为首当其冲，但是"项庄舞剑，意在沛公"。

从青年时代起，一直作为领军人物的胡秉宸，哪里遭遇过这样的背叛？哪里允许过这样的忤逆？又哪里能适应这个位置？怒吼一声，揭竿而起。

胡秉宸骂道："这些大地主出身的、典型的官僚和职业官僚，到了晚年所有劣根性都生发出来了。"

其实用不了几年，被胡秉宸责骂的这些劣根性，也会在他自己身上生发。

不过胡秉宸还是放心的——他还有吴为那个马前卒呢，真是一夫当关，万夫莫开。

可是这个马前卒目前的精神状态，让胡秉宸感到非常沮丧，她怎么那样消沉？

一个孤身女人，为保卫他而迎战白帆身后那一大帮人……想起来真让他心烦意乱。

吴为后悔了吗？他应该继续拉着吴为吗？他能使吴为幸福吗？也许这是件人生难得的极好的事……

胡秉宸又担心、又期待、又抗拒的抉择时刻，终于到来。

再不能拖延。要么回到原来的壳子里去，要么和几十年的历史决裂。

没想到到了老年却燃烧起来，能燃烧多久？也许只是一闪。

难道为最后的一闪，把一生努力抛之不顾？他已经走了九十九步，差最后一步便能列入诸神之龛，让妻子儿女、同志、战友、下属、群众供奉不已。

　　这个底座怎样把他撑在高高的顶端,也会怎样轰然一声撤离,片瓦无存地将他摔在地上。

　　一张大网随之就会张开,这张网一旦罩下,就会像金山寺法海和尚的那个塔,让胡秉宸永世不得翻身。如果再假以时日,他可能还有出头之日,谁让他早生了十年!

　　胡秉宸左思右想,难以定夺。

　　偏偏有个大夫这时戳了胡秉宸的心,问他以后是否还能工作。

　　这个问题让他本人如何回答?

　　胡秉宸估计是佟大雷的主意,让不明就里的大夫前来摸底。这个老政客! 以前想投靠他当副部长,如今知道自己不会再有多少发言权,说话不起什么作用,态度当然有所不同……想来形势更加不妙,连佟大雷也来觊觎他这个位置。

　　真是英雄迟暮!

　　再骂一声大地主出身的官僚和职业官僚,就对茹风说:"帮我请个律师来!"

　　在此之前,胡秉宸和吴为谈婚论嫁的意识并不十分清楚。诚如茹风所说,胡秉宸未必甘心娶吴为为妻,别看胡秉宸的情书写得那样肉麻,把他对吴为的爱说得天花乱坠,如果不取消一夫多妻制,吴为这样的女人,只合做个妾,那将是他们最理想的结局。

　　正是白帆们把他们赶到了一起,把他们孤立得只有紧靠才有所依,把他们逼得没有退路,只能铤而走险。

　　与吴为分开,服从传统的意识是臭名昭著;不分开,不服从传统的意识也是臭名昭著。既然如此,何必屈服呢?

　　茹风信以为真,及时请来律师。可从胡秉宸前前后后的表现来看,如果茹风再迟两天请律师,情况又会怎样?

当胡秉宸和律师的谈话在医院的各种气味以及护士们进出量体温、数脉搏、送药丸的间隙中,一字一句送进茹风的耳朵时,她这才觉得吴为和胡秉宸这场时续时断、是那么回事又不是那么回事的恋爱,有了一点真实感,并进入了实质性阶段。

那一阵儿,胡秉宸变得非常豪迈,"我这一生前几十年对得起中国人民,更对得起白帆,最后办的这件事也非常值得,不把吴为搞到手死不瞑目……我是一个认真的人,一定要把这件事办成,实在不行就通过法院。我要跟白帆讲清道理,通过法院其实对她不利,她不懂。"

胡秉宸最终的孤注一掷,感动了吴为。

九

"胡秉宸真要和我离婚?……我?我是谁?一个为争取民族解放、人民自由和妇女解放奋斗了四十多年的老革命,竟被人休了,真是天大的屈辱和笑话,我能屈从吗?……"

马上给佟大雷打电话,"老胡起诉离婚了。"

"哦?再给吴为施加压力。社会主义社会,明目张胆夺人丈夫,真是目无党纪国法。她还是预备党员嘛,这就更好办了,她那个单位的党委书记,是'那位'延安时期的老战友……"既然已经下了水,索性游个痛快,现在佟大雷不再考虑投鼠忌器的问题,一心只想把事情闹大。

倒是白帆犹豫起来,她对女人,尤其有前科的女人,总是成见多多,"听说那位党委书记生活作风也有问题,连丈夫都是从最要好的同学手里抢来的。不但在延安时候生活作风有问题,进城之后的生活作风也很不检点,和某个部队上的领导也是闹得满城风雨。"

佟大雷一愣,有点扫兴,"人家现在是党委书记! 能当党委书记恐怕总有她的道理。退一步说,我们现在也只好依靠此人,不管她正经还是不正经。"他冷笑了一下,不无恶意地补充道,"总不能为这事,先给吴为那个单位更换一个生活作风正派的党委书记吧。"

白帆没有意会佟大雷的不悦,"好吧,那就这样办吧。"

又给司机班打了个电话,"给我叫胡部长的司机……小秦呀,我要用车。"

白帆坐着车子一连跑了十几家,拿着她写就的联合声明——

> ……我们认为胡秉宸同志在革命成功后,由于放松思想改造,致使资产阶级思想滋长,在道德败坏的吴为引诱下,产生了不正当的感情。为挽救我们的革命同志,保护一个革命的家庭,一切有良知的同志都应该站在白帆同志一边,反对破坏这个经历了几十年革命考验的革命家庭,并给破坏这个家庭的人以应有的惩罚……

"现在要看你们的态度和立场了。"白帆说。

老战友们毫不犹豫地签了名。这样的事和这样的女人,当然应该受到谴责和惩罚。

常梅两口子也签了名。他们在病床边对胡秉宸的许诺本就含糊,且感情用事——不能因为对胡秉宸的感情,眼看着他把一世清白毁于一旦。

联名信不但很快送到法院,还由一位地下党的领导遗孀亲自出马,送交胡秉宸一份,以示郑重。

232

革命遗孀将带来的水果、亲手做的小菜一一放在胡秉宸的床头柜上，"你看，我还记得你爱吃辣椒炒茭白。茭白不好买，让小阿姨跑了好几个菜市场才买到。"

胡秉宸微笑地回忆起这位老妇人按在发报键上短而粗的手指。那时，他从指法和按键频率上就能分辨出谁在发报。

她拉了一把椅子在病床前坐下，"怎么样？睡得好不好？"

"还可以。"

"什么是还可以？"又拿起胡秉宸枕旁的书，一面闲闲地翻着，一面亲昵地数落着他，"要睡好，不要胡思乱想。这是什么书？你的兴趣太广泛，从前就是这样，这种书有什么意思？"

胡秉宸容忍地笑笑，对过去一同出生入死的"老大姐"的教诲，不管同意不同意，都得这样笑。

"白帆说你老喜欢看乱七八糟的书，结果怎么样？发生了这样的事。"她合上那本满纸无谓、虚无、不着边际的文字的书，摇摇头。胡秉宸真是病入膏肓了？她摘下老花镜，忧心地望着胡秉宸。

胡秉宸甚至觉得她会在他脑袋上敲几下，或是在他的屁股上打几下，她的眼神里充满厚爱和责怪。可是胡秉宸不明白，她，也就是他们，既然如此厚爱他，为什么不能懂得他？也许始终没有懂得过。

她那灵活机敏地敲打过发报键的手指，也不肯在那本书的任何一行文字上稍作停留。

这是为什么，亲爱的共生死的战友？难道我们只能在那一个时期、在那一点上沟通？

"我也不会拐弯抹角，咱们之间也用不着，听说你和一个叫吴为的女人不清不楚，还要和白帆离婚？"

胡秉宸沉默着，是默认的沉默。

　　他的坦然是不是有点厚颜无耻？

　　像是眼瞅着胡秉宸把一件珍贵的物件生生打碎。要是他犹豫一点，忌讳一点，可能她只会伤心而不是激怒。胡秉宸怎么能这样堂而皇之、光明正大、毫不忌讳地承认了，而且还目光炯炯地看着她？就凭这种眼神，事情也没有了挽回的余地，"难道你真要和我们大家，和你革命的历史决裂吗？"

　　胡秉宸摇摇头，"不。"他又摇摇头。

　　她不明白胡秉宸那有点伤感的摇头意味着什么。他们真的不能互相明白了。而在那个时期，他们之间用的语言是那样明确：报告，某某地区，敌军某某师、某某团正在向某某地区聚集……某年某月某日，在某某处，与某某某接头，暗号……

　　像他们这种人，怎么能有这样伤感的眼神？他们是洪流，是波澜壮阔……可胡秉宸现在好像脱离了这洪流的挟带，头也不回、蜿蜒地、力单势薄地流去了，流向那起起伏伏、坎坎坷坷的不毛之地……可她的原则又被战友情所摇晃，激怒又被怜惜所软化。

　　"我希望得到你们的理解。"胡秉宸看了看摆在床头柜上的那十六个人声势浩大的联名信——由于几十年的同志之谊，每个名字都有千钧之力。

　　"回头吧，现在回头还来得及。白帆说了，只要你回头，她可以不计前嫌，我们也都期待着你。"

　　他又摇摇头。

　　"真是冥顽不化！这可是你要和我们决裂，而不是我们抛弃你。正因为我们是多年的老战友，所以我们绝不会迁就你的错误，我们会坚持……"她差一点就要说"我们会坚持和你斗争下去"，可她也不明白，平时说起来挺顺口的那句话，此时却说不下去了，"直到你改正这些错误的想法为止。你要知道，这可不是我一个人的意见?"

"知道。"

发完火,她又觉得对胡秉宸太过残忍,效果也不像她预期的那样,也许她白白地残忍了一回却没有征服他。她太了解胡秉宸了,一旦认准什么是不会回头的。她心里很乱,甚至有些痛苦,好像预感到他们的刀将会毫不犹豫地向这个不肯回头的人头上砍去。她想起他们当年爱唱的歌:"大刀,向鬼子们的头上砍去——"刀在他们手里拿着,可这刀似乎又不能为他们所完全控制,到头来,他们也许不得不亲手斩了这个和他们曾经亲如手足的人。她既为白帆不平,又为胡秉宸惋惜,痛心疾首地说:"老胡,你从来不是这样一个糊涂的人,我真想见见这个不要脸的下贱女人,看看她到底有什么本事,用什么手段把你迷惑成这个样子!你是聪明一世,糊涂一时,这种女人,还不是看上你的地位、你的钱,要不她年纪轻轻,怎么摽上你这个老头子!"

"别说了!"胡秉宸大吼一声,可又马上缄口住声,然后尽量压低声音说,"对一个你们根本不了解的人,不能这样议论……她在这件事情上一点儿责任也没有。"

说完这句话,胡秉宸轻松了。自这段私情以来,他始终有一种负罪感,不论对白帆还是对吴为。他的心一点也不安宁,即使把吴为拥在怀里的时候,即使他十分投入的时候,也感到那种腐蚀的隐痛。一直不清楚缘由何在,或是说,实在知道缘由何在,却不敢正视。现在这缠为一团的隐痛,突然被激发为可以显现的符号,而他也大声清楚地喊出了这个符号,于是对自己有了一种满意,一种为自己的勇敢而生的感动。也似乎越过了一个障碍、一个高度,因为他完成了男人对女人的责任,也就完善了作为一个男人的人格。

事已至此,她已无话可说,他们如同宣战后的两国元首,既客气又带着决一死战的决心分手了。

胡秉宸振作起精神,与她,以及由她代表的既是昔日战友又是今后的对手,告别。

"好自为之吧!"她满带感情地说。

"三十年后,人们会说我胡秉宸还是一条好汉。"

"这样做没有好结果。"

"没有好结果,比没有结果强。"

不到三十年,甚至不到二十年后,胡秉宸就回到了他们中间。那不能说是胡秉宸的投降、失败,确切地说,是归队。

"你可能因此粉身碎骨。"

意思不外乎身败名裂,发病而死。

"劝劝那个吴为,让她好好学习毛主席《在延安文艺座谈会上的讲话》,带上行李,到工农兵当中去接受改造。"

她丈夫莫名其妙地在监狱里关了六年,天天只读《毛选》以改造思想,先是成为无知无觉的植物人,最后不治而死。

"过时了。"胡秉宸悠悠地说。

她大跳其脚,说:"好,连毛泽东思想也过时了!"说完立即跑出病房,再不回头,好像要赶着去公安局告发反革命。

除白帆外,胡秉宸起诉离婚的消息,实在让白帆那个作战集团弹冠相庆。如果说胡秉宸事件以前只是星火,现在是可以燎原了!

佟大雷的战略,还是以物质形式为主,马上笼络胡秉宸周围的工作人员,答应给他们弄房子,许愿他们职务提升、孩子工作调动……最后连胡秉宸的秘书也投靠在佟大雷门下。

的确,清廉的胡秉宸从没为手下人捞过什么,跟随他有什么好处?

胡秉宸只能无奈地说："我那个秘书，过去马屁拍得啪啪响，恭维信写得天花乱坠，现在却给法院写证明，说我有第三者。就算我有第三者，他又能掌握什么证据！"

这就是"宋明理学"与"安史之乱"的差异。

吴为面临的形势更加严峻。

十几年前的旧景重现，不过这一次来势更猛，打击力度更具权威，远不是市井草民骂几句"破鞋"、扔几个石子、啐几口唾沫就可了结。

其实，胡秉宸的对手与吴为并无大恨大怨，顶多看不起她，却没想加害于她，可谁让她甘当炮灰，挡在胡秉宸前头？这部机器只好从她身上碾轧过去。只要她顶不住，往胡秉宸身上推赖一句，对手们就可以丢开她长驱直入。可这女人却又臭又硬，居然咬着牙根不松口，她不松口也就不好端胡秉宸的老窝。这样的女人居然还讲义气，宁死不屈，想必是真爱胡秉宸了。

现在只好通过关系动用法律力量，一旦吴为成为阶下囚，看她松不松口？

"那位"原以为白帆会反对——换了另一个女人，不论怎样仇恨自己的丈夫，一旦要在全社会搞臭他，还是下不了手。白帆不愧为女中丈夫，很有魄力，一副拿得起放得下的派头，他们几次去胡秉宸家研究对策，白帆不是悬腕练习书法就是推打太极，一副气闲神定的样子。她要是没错长一对乳房和一副女人的生殖器，很可能成大气候、做大事情，甚至比胡秉宸堪可造就。

不过连他这样风里来雨里去的人，也难免不为白帆的残忍心惊。

他人哪里能体会白帆的切肤之痛？

如果不斩草除根,将吴为这种女人置于死地,她还会去危害别的家庭。根据吴为屡教不改的前科,定个"坏分子",送去劳动教养毫无问题。

但吴为是名人,开庭时难保没有新闻媒体旁听。

大家在佟大雷家里讨论如何在法庭上与吴为对质时,佟大雷问道:"派出去的四个人调查结果怎样?"

"抓不到通奸的把柄。"

"其他方面呢?"

有人笑了笑说:"各方面工作居然都很热情。"

"情况可靠吗?"

"党委书记是老战友,'延安一枝花'嘛。"

有人说:"这都是空口无凭的事,万一吴为死不认账怎么办?"

胥德章说:"不要在具体问题上和她纠缠,骂她一句'无耻败类',掉头就走。"

无论从哪方面来说,吴为都是这个地平面上的洼地、下水道、阴沟,所有需要排泄的东西,理所当然往她这里倒。

"怎么就搞不到有用的材料?"

搞不到材料?那还不容易。白帆在电话机旁连接了一台录音机,然后给吴为打电话:"吴为同志,你我真到了应该好好谈谈的时候,现在老胡提出离婚,只要对老胡恢复健康有好处,我愿意成全你和他。"

和颜悦色,甚至称吴为"同志"而不是"婊子"。

这还是那个白帆吗?

"对不起,我没什么可说的。"

"那就在电话里谈谈。"

没想到笨蛋吴为竟回答说:"对不起,我没什么可说的。"

真是反常!

芙蓉也来找吴为。

对芙蓉,吴为的态度还是诚恳的,"你父亲随时都有生命危险,怎么办呢? 前途无非三个,最好的办法是保全你父母的关系,虽然我会痛苦,但为了你父亲的生命,我可以接受。再就是违心地对你父亲说,我不爱他了……"

芙蓉说:"那可不行,等于杀了他。"

"最后一个办法是你母亲解放你父亲。"

"婚是可以离的,但我妈一定会大闹一场,恐怕我父亲吃不消这一闹。我母亲不是家庭观念很重的人。"

"也许最后只能听由你父亲的选择,如果他不要我,我一定走开,决不纠缠。如果他要你母亲走开,如果她还有一点人道精神,也应该走开。"

"现在我只好先陪他去疗养,还要说服母亲不要陪父亲去。其他问题,只好将来再说。"

十

白帆可能哭了,但是没有泪,只有一种黏苦的稠液在嘴里涌动。

六个耳光把胡秉宸几乎送进阴司,不是爱到极致又是什么?

与胡秉宸的对手联袂,不是为爱做出的惨痛牺牲又是什么?

竟有人风言风语地说三道四! 连孩子也不赞成她的行为,阴沉地沉默着。

白帆决定抽出女王的宝剑,交给杨白泉,像女王那样对他说:去,为你的父王复仇。

开始她还能像宣讲党史那样平静,"你也知道,你父亲与那个下流女人、偷人养私生子的吴为的关系,你还为我到她家里警告过她。可是事情没完,你父亲已经提出离婚起诉……今天,我必须把多年前的事对你谈一谈。三十多年前,除了你父亲,我还有另一个爱人,我与他的关系胜过与你所谓的父亲。但是,你可能还是你父亲的儿子。"说到这里,她昂起了头,如同宣布王位继承人那样尊严、肃然,"可是你父亲把几十年前的这桩旧案翻了出来,作为离婚的借口。希望你能和我站在一起,为保全我们这个家庭、保卫你父亲的名誉,还有为保障我们的权益而斗争。"

杨白泉陡然变色,一副受到突然袭击、猝不及防的模样。

"……你父亲当时原谅了我,而我那样做也是为了报复他对我的三心二意,他从来没有对我忠实过……"说到这里,白帆才痛哭失声。

这是杨白泉记事以来母亲对他说过的最多的话,而且多半还是关于她自己的,于是觉得她近几日的亲善态度很值得怀疑。她还说:"以后就不必交房租了,你们夫妇两地分居,经济上的确有些困难。"

她的亲善为什么不早点来?哪怕晚点来也好。

母亲的谈话,拨开了杨白泉自懂事以来的一些疑团。他始终觉得自己在这个家里是被排斥的,而母亲对他也分外苛刻,宁肯看着他与妻子长年两地分居,也不肯帮忙,而她是有这个能力的。不帮忙就算了,还假模三道地说:"你应该在基层多锻炼几年,不要急于回北京,你们夫妻还年轻,来日方长。"

那她为什么背着父亲,利用父亲的关系,把舅舅安排到了大城市？父亲知道后好一场大闹。

又为什么把芙蓉从外地弄回北京？

这公平吗？

除了他，现在还有哪个部级干部的子女留在基层做一名小职员？与妻子寄居在父亲这栋部长楼里还要交房租，却拿出几千块钱让芙蓉到处旅游。

妻子生孩子的时候，居然只煮一个鸡蛋，在饭桌上，当着全家人的面，把那唯一的鸡蛋放在妻子面前，还说：某某同志请吃鸡蛋。这一枚鸡蛋真是赛过导弹哪。

这是他的父母，这是他的家吗？

北京对他有多少意义？唯一吸引他的是这里有他的妻儿。

原来母亲对他如此刻薄，是为了洗刷自己，是以此对父亲表示改悔。

而父亲在这样的年龄，又干出这样伤风败俗的事……

但她无论如何是自己的母亲，自己总该有一份孝敬的责任，不论她对自己如何……

看来，他也错怪了父亲对这个家庭的一贯冷漠——男人最大的耻辱就是老婆给自己"戴顶绿帽子"。想到这几个字，杨白泉脸红了。

这个家怎么能在这样的基础上维持凑合了几十年？还是个模范家庭，而他也是这个模范家庭的成员。可是他能戳穿这个骗局吗？不但不能，还得往这个摇摇欲坠、粉墙剥落的房子上继续添砖、添瓦、抹石灰。

"你父亲居然把我从前的这些事，告诉了那个下贱的女人，自然也说到你不是他的儿子……"

杨白泉皱了皱眉。这句刺耳的话她怎么一再重复，说来那样容易？好像在说保姆干活偷懒,应该换一个勤快的。

一贯稳健的父亲,又怎能家丑外扬？

如杨白泉这样行为端正的人,却偏偏摊上了让人说长道短的父母,哪怕说他们自私、暴戾,都比这些绯闻好。他实在太不幸了,有不肖子孙之说,怎么没有"不肖父母"之说？

可是他更恨那个叫作吴为的女人,如果不是她,这些事情还可以永远包着,即使那张纸很薄,也是包着的。母亲自己不会捅开,死要面子的父亲也不会捅开,如今这些秘密很快就会随父亲和吴为的丑闻大白于天下。他们不要脸没什么关系,让他把脸面往哪儿放？以后还怎么做人？

"你父亲这一躺倒,这个家就要靠你来撑了。佟大雷又来过了,说吴为随时会闯到医院看你父亲,让我们当心……你怎么对这样大的事好像无动于衷？……"

母亲要他怎样呢？难道让他举起拳头宣誓吗？她给了他这样难以消化的一块东西,没等他咽下去,就想让这块东西的卡路里马上见效。

在胡秉宸面前,白帆反倒收敛起来。不再提吴为,不再挑衅,嘘寒问暖,十分体贴,与过去的打闹完全变了一个人,一再表示:"只要你撤回起诉,和吴为保持什么关系我都不在乎。"

胡秉宸原来的要求并不多,不过是一个招之即来、挥之即去的情妇,白帆的政策既然放得如此宽松,又何必在乎那个形式？又何必以带病之身打什么官司？他摇摇欲坠的地位,也再禁不起哪怕一根头发的重量了。

想想与白帆多年夫妻,胡秉宸善良的心不安起来。

再说风云突变。

初始情况对胡秉宸非常有利。有关人士说:"我才不在乎上头说什么,当官的说不行就不行? 没那回事,现在是实事求是。部级干部离婚早有先例。蒋南翔那个离婚案,邓大姐和蔡畅都不让离,不是也离了吗? 何况还有第三者,那位女士等了他二十多年,头发都等白了。"

理论上的确如此。但谁让胡秉宸"捅了这些宗派分子的马蜂窝"? 结果只能是"这些王八蛋宗派主义分子把我打击得太厉害了"。

可后来得知白帆属于那样一个作战集团,集团又有那样一个强大的后盾,后盾又下了一个不知真假的"指示",有关人士的说法就变了:"办案人了解了一下,吴为亲口对人说她爱胡副部长,这就不好办了。"吴为是不是这样说了? 不需要核实。

虽然委托律师还常到医院求证一些不很清楚的事实,一丝不苟地记录着胡秉宸的申诉,没有记下来的地方,让胡秉宸重复说明,直到一字不差为止。可吴为知道,没有用,都没有用了,有关方面已经打了招呼,不批准胡秉宸离婚。

开始接手这件案子的时候,从胡白二人的婚姻史到目前存在的问题,大家都认为胡秉宸可以在任何时候,理所当然地结束这种名存实亡的婚姻。

可是案子处理进程中,"某办"来了电话,只是电话而已。

律师问:"有文件吗?"

"没有。"

既然"法律面前人人平等",既然中国又是一个法治国家,有关领导当然不会下达一个文件,干涉某人的离婚案。

听说还派出一个四人小组,"调查一下吴为是不是坏人!"听上去很像当年江青的气派。

不知对吴为的调查进行得怎么样了？

起诉人胡秉宸还在认真回忆着："那是一九四一年，不，七月，当时在一起工作的同志都知道这个情况，可以向胥德章和常梅同志了解……"接着胡秉宸又说出一位可以作证的副部长。

没用。

胡秉宸就是三头六臂，理由一万；白帆就是再偷人养私生子，再虐待胡秉宸，不要说六个耳光，就是六刀子，他也无处可以说理了。

胡秉宸输定了。

白帆送来的物证，不过是吴为给胡秉宸的两封信，虚无缥缈。若加上分析和想象，才能感到字里行间弥漫着一种气氛，似乎有个女人在阴沉的雨天，穿行在墓地里，寻找死去爱人的墓碑。

可这不能证明吴为是第三者，上面既没有"我爱你"，也没有"你爱我"，或是"我们某日某时在某处见面"。

法律需要的是证据确凿，确凿得让被告人无法反驳，而不是模糊的猜想。

还有些证据是没法证明的证据。

白帆反映说吴为给她打过电话，要求她放弃胡秉宸，证明人是杨白泉。

电话又没录音，杨白泉那天为什么待在家里不上班？而吴为来电话时，又恰好守在电话旁？

这些都是可疑之处。

连白帆的律师也认为这些证据算不上证据。

她不该同情什么或倾向什么，只应倾向真理。可她禁不住想，这个要求诉诸法律、以为法律可以解决问题的胡秉宸，还不知道上面早已做出裁决。作为一个副部长，胡秉宸是否也如此处理过到处申诉、要求公正的当事人？现在轮到他了。

可律师还是一板一眼地做下去,她的笔在纸上飞快地移动着,她要做个好律师。尽管她的辩护还没开始就已判定失败,可她还会在法庭上进行答辩——他们有权判决,却没有权力决定她用什么态度工作。

接着就是四面楚歌。

抛弃白帆的只是胡秉宸,抛弃胡秉宸的却是他赖以生存的那个世界。现在,他比白帆还要孤独了。

如果没有碰到吴为,无论公私,胡秉宸顶多心怀抑郁,但是不会掀起这样大的动静,落魄至此。

他害怕了！他不是害怕压力,他害怕的是被踢出那个世界。

胡秉宸应该庆幸,幸亏吴为没见过什么是真正的硬汉。

如果没有茹风一家的支持、无权无势、无依无靠的吴为怎样坚持下去？

为例行健康检查,茹风父亲住了几天医院,对茹风说:"正好有些领导同志也在这儿住院,我准备借此机会替吴为做做工作。她最近情况如何？要她坚强起来,没有什么大不了的。有机会也告诉胡秉宸同志,你让我为他办的事我全办了,也让他放个心。"

出院后,还为胡秉宸的律师安排了与某位有关人士的会面,"但律师去之前一定要和胡秉宸同志本人谈一次,胡秉宸同志自己也要向党组表个态,不然人家会说我:你怎么那么积极？他与党组取得联系后,让他给你打个电话。"

胡秉宸居然"宋明理学"地说:"这样做不好吧?"不但没向党组表态,更没有将此事告诉茹风。

"胡秉宸还知道什么是男子汉的责任吗？净让我们这些小孩

子出面瞎忙活,要不就把你推到前面,自己却不出头。按照他的社会地位,说句话,比你、比我们这些小孩子都管事,但他就是不动。他当了这么多年的官,难道不知道提出离婚就得不断地向领导、组织申诉,等是等不来的。我们家最担心的其实还是你,要是牺牲你的写作就太不值得了。你看,这是爸爸给我的一份青年民意测验,有一个问题是:国内你最喜欢的作家是谁? 你排在头一名……对胡秉宸的所作所为,你常说'这回我可想开了',我却觉得这正是没有想开的证明。既然生活需要我们扮演某种角色,又何不选择一种更为超脱的角色扮演一番? 我不愿看到你头发斑白而又琐事缠身,这样的奉献在统计学上没有意义……什么时候你能珍惜手中的笔还有那么多读者,那你就真正地想开了。"茹风说。

吴为不是不懂这个道理,可她只要一提出和胡秉宸分手,他就要死要活的。她怎么能忍心看着他要死要活而无动于衷呢?

胡秉宸像是患了疟疾,热得来热得蒸锅里坐,冷得来冷得冰凌上卧。

"白帆说,只要我撤回起诉,我和吴为保持什么关系她都不在乎。"

茹风哈哈大笑。

"笑什么?"

"我笑白帆爱你的是什么,你又爱吴为的是什么……那么你的意思呢?"

"我的意思是决不后退,只有前进,哪怕我和吴为结婚一年之后就死去,对她也是好的。我已经和白帆谈了,以后每个月收入的百分之四十给她……"

口气非常强硬。

…………

"唉——"如果不叹出这声底气很虚的气,茹风差点就要感动了。

"吴为的处境越来越恶劣,我该怎么办呢?"

"这个问题怎么能问我?难道你不知道应该怎么办吗?"

胡秉宸红着脸,憋了很久,终于冲口说出:"其实我根本没想办。"

"这就对了……我早就料到了这一点,不愿意干的事当然干不好……不过你当初为什么非要拉吴为上这条贼船?——对不起,告辞了。"

胡秉宸拿起硝酸甘油吃了一粒。

走到病房门口,茹风冷静下来,回过头说,"好吧,你撤诉吧。"

"什么意思?"

茹风站在那里想了想,说:"作为一个旁观者,很久以来,见吴为一直代人受过,她又是个功夫极差的书呆子,十八般武艺一门不门,面对前后左右的明枪暗箭,挖掇着两只手,捂了这里捂不了那里,只好遍体鳞伤……实在有一种非常冤苦的感觉。"

见胡秉宸又不说话了,茹风只好替他说道:"倒不是说你知难而退。这件事办到现在,对双方精神身体都有很大影响,真让人过意不去。如果撤诉,我不知道你是不是还回到你那个家?"

胡秉宸摇摇头,"不能回了。"

"我也不知道吴为会怎样,说实话,我真希望她赶快找个人!"茹风相信,吴为绝对能找到一个比胡秉宸更好的男人,"我也不知道如果就此算了,对你们两个人隐秘的,甚至到现在还没有充分意识到的精神作用有多大?是不是会因此解脱或因此枯萎?并且我还不知道,周围人怎么看待这件事。你尽管丢了许多家伙,还有许多人对你的联名控告,但也赢得了一些人,如果你半途而废,又会失去这些人。可你们受的苦他们无法代替,无人可以了解当事人的许多为难之处,现在都是为了争口气在坚持……"

胡秉宸一直听着,琢磨地看着茹风,说:"幸亏你来了,不然这些事只能憋在心里一个人闷想,跟你说说,就好得多了。"

嘻,她这个跟着痛苦的传递者,如果在这件大苦大难的事上能有这么一点用处也好。

他又说:"真麻烦你了。"

茹风说:"这是应该的。"

"这对于你完全是额外的负担。"

"对于那边来说,我不是额外的,我应该为吴为做,所以也为你……"

茹风走后,他想想她说的话,想想那些因自己的豪言壮语而赢得的人们,想想自己究竟更喜欢哪一种公众形象……直到批准他离休申请的那纸公文正式下达。

胡秉宸只好接受"一切都是身外之物"那个并不真想接受的理论,硬着头皮,切断了退路,也日渐适应了这种战争。

到了这时,胡秉宸才实心实意地爱上了吴为,只要吴为承认他就是一切。

一热就热得来蒸锅里坐,甚至对茹风这样说:"我在病中,吴为受尽艰辛,她一个人顶着那么大压力,到处奔走,到处求人,免不了受气,又得尽力写作,维持我办理离婚的一些花销……一切都是因我所起,让我十分难受。我真心向她致意,她是一个伟大的女性,中国人民会记着她。告诉她别泄气,想想居里夫人。居里死后,某个物理学家的妻子将居里夫人给她丈夫的信件公布,居里夫人受到很大的社会冲击,但这些生活上的挫折丝毫不能损伤居里夫人的伟大,包括学术上和人格上的,最后那些迫害她的人不是都不见了?而居里夫人长存。历史会解决这些问题,最通达、最明智的人,是用历史的眼光看问题的,庸人只看几个月。"

茹风说:"吴为没那么伟大,别这样说她,这样说她会受不了的,她不过是个非常真诚的人。"

他对吴为的思念也到了如痴如狂的地步,哪怕再和吴为散一次步也好啊。

他们坐过的那张椅子,漫步的那条河边,进出公园的铁门,公园里的小楼、院子、泉水、树荫、冻死人的夜晚……常常浮上心头,那真该说是一生中最美丽的日子。

也担心起吴为的身体、情绪,无限的怜惜,无限的心疼,以致牵挂到做噩梦的程度。梦见自己大庭广众之下大发脾气,痛骂一番,是从未有过的失态。醒来意识到,是因为吴为受到的种种迫害在他心中积愤已久,不得不在梦中爆发。

每天每天在报刊上搜索,只要发现有关吴为的消息或文字,都珍贵地保留起来,没人看守的时候反复阅读,像与吴为对面谈话般快乐。有天买到一本杂志,上有吴为一张照片,虽然模糊不清,但毕竟有了一张可以名正言顺日日看、时时看,又不能算是第三者证据的相片。照片选得很好,又端庄又大方,只是苍白多了,也单薄了……

这张要人命的照片害得他看哪、看哪,一直看到心都疼起来了。晚上六点半看起,八点半就去找医生,医生问有什么诱因,他又不好说是因为看吴为照片看的,医生给了点药吃下,直到半夜两点还未完全缓解,心里还默默地打油几句——

　　　　灯光里,细端详她千万遍,

　　　　恨不能和着水儿咽……

　　吴为刚给他买件背心,他当天就穿上身了。

　　多少年了,他没穿过那样软的衣服,柔软而温暖,像吴为一样。

　　又一个春天来了,病房前的大草坪开始变绿。从大楼脚下开始,向南逐步发展,几乎可以用尺子量出变绿的进程,大约每天两米左右。要不了一个星期,整个草坪就全绿了。

　　草坪中夹杂着一种小黄花,星星点点,如秋夜的天星;然后是迎春花;接下去是杜鹃、碧桃、西府海棠;最后是有点俗气的芍药和牡丹,大概品种不太好,看不出什么风韵。

　　倒是玫瑰园里有些好品种,其中七八十棵真是不错。每天清晨,胡秉宸都要走到玫瑰花坛那里一棵棵地看过去,选一选哪些值得摘下来送给他的小亲人。

　　如果用来插花,姿态要美、颜色要雅,还要加些欲开未开含苞待放的,这样想来,倒也不太容易选。有些太大,大而无当,像了牡丹,又没有花姿。有的看起来呆头呆脑,颜色也不正,土头土脑的红,或是轻薄的粉。

　　第一轮玫瑰开放的时候,每天可以选上六七朵非常美的、值得送给吴为的。转眼就是第二轮花期,花朵渐渐少了,有时只能选出两朵。

　　看着看着,春天就快过去了,不过到了秋天,玫瑰还有一季旺花。

　　玫瑰去了,随之而来的是夹竹桃,红红白白。石榴、广玉兰也慢慢开了出来,虽然还不太旺。楼前两棵玉兰树已经有八十多年了,有五六层楼高,全开旺了一定非常壮观。待放的还有八仙花和以香味出名的栀子花。至于路边上那些小小的石竹花,开开谢谢,也很好看。

每天去选送给吴为的花,但又不能摘、不能送,只能每天选出放在心里,一个多月下来,心里也存有一百多朵了。这算是一种花债吧,早晚要还的。

花债啊,感情上的债啊,还有各种大大小小的债,都要偿还吴为。

有时竟出现幻觉,花丛里先是一个模糊的团状物,渐渐变作一个女人的影子,背靠厚厚的椅垫坐在藤椅上,修长的腿,像个高栏运动员。头上是芭蕉叶,可惜叶子有点破了,旁边是小小的流水,流水中有一些石头,平平的,背景是朝南的和朝西的窗子,可以看见朝西的还有窗帘……他认为是一种特异功能,告诉了一个特异功能专家。专家想了想说不是特异功能,只是因为他的脑子里将这个图像想得太久,所以铭刻在脑子上去不掉了。

隔绝、等待、离婚的艰难,将唯物主义者胡秉宸折磨得变成了唯心主义。

那日想给吴为寄一份剪报,先将剪报折好而后寻找信封时,心中默默祈望着:如果信封能将剪报装下,那就意味着他的离婚案一切顺利;如果装不下需要重折,就意味着不顺利。结果信封恰恰将剪报装下,尽管离婚案毫无头绪,胡秉宸那一整天都很快乐。

第二天又不行了,病房有个病人,在电视室将电视频道换来换去,胡秉宸把人家大骂一顿,说:“你再敢动一动试试!”那人不理,继续换来换去,胡秉宸竟骂出“混蛋”这样的字眼。

门卫有眼无珠,对胡秉宸不够尊重。胡秉宸发了邪火,将口袋里所有的钱都掏出来,撒得到处飞舞,还说:"你知道我是谁? 老子有的是钱……"

…………

没能等到玫瑰的下一个旺季,胡秉宸出了院,并决定离开这个是非之地,到上海去做进一步的治疗。

办案人的指导思想本来是能拖就拖,一看胡秉宸要走,白帆的律师和书记员马上找胡秉宸谈话。

胡秉宸刚一出门,芙蓉就到吴为家来了,说:"我妈让我来问问你,因为我爸爸不知道上哪儿去了。"

吴为说:"如果你父亲一不在家,你母亲就到我们家来找,我们家还活不活?"

可是中国没有这条法律,能够阻止白帆想什么时候进入就什么时候进入吴为的家。

就在与胡秉宸见面之前,白帆的律师还说:"照我的意见,根本不给他判离。"

此时已无人不晓,某领导发了话——不得批准胡秉宸离婚,但形式还得走。

胡秉宸刚刚出院,身体还很不适,坐下之后好一阵喘息。身体不行,神态却是满不在乎的样子,行动能够自主,使他恢复了不少信心。

年轻的书记员说:"胡副部长,我们的意见是你顶好撤回离婚起诉,你再不撤回起诉,我们就要给中央写报告了,可能还要考虑给你党纪处分。如果你一定坚持起诉,我们准备给你开大庭,差不多会有五百多人参加旁听。"

胡秉宸洒脱一笑,"给我开五百人的大庭? 五百人太少了,再多几倍才好。正好我没有说话的机会,趁这个机会讲讲什么是无产阶级思想,什么是资产阶级思想,什么是封建主义。"

看看书记员顶不住,白帆的律师插嘴说:"群众的眼睛是雪亮的,不可能自己说没有第三者就是没有。"

"那还要法律干什么?十年'文革',群众喊了十年打倒刘少奇,但定案能靠群众吗?"胡秉宸质问道。

律师说:"你知道不知道吴为是个作风不正派的女人?"

胡秉宸发了脾气,"我离婚为什么老提吴为?《婚姻法》上有这一条吗?那些写在纸面上的东西,你们到底执行还是不执行?你怎么能这样逼我、训我?我是刑事犯罪分子还是什么?为什么老提吴为的作风问题?难道离婚就是坏人?那《婚姻法》为什么还有准许离婚这一条?二三十年后,这种情况再没什么稀奇。"

见胡秉宸发了脾气,律师态度反倒变了,说:"法院没这个意思说吴为是坏人。因为白帆老提吴为作风不正派,我们得把前因后果搞清楚。"

"白帆有什么脸皮说吴为作风不好?她还不是偷人养私生子?"

"那都是白帆同志过去的事。"

"吴为的事难道就不是过去的事?你们有没有一个公平的尺度?"

律师没的可说了,"白帆一九四六年的问题就不要计较了,我们是马列主义者嘛。"

胡秉宸说:"那你们为什么揪住我不放?"

见律师没了辙,书记员再次上阵,"你如果从上海回来再签字,我们就宣布诉讼终止。"

"你有什么权力终止?终止要讲出终止的道理。又没有发生意外情况,起诉人没有死亡也没有要求终止,你凭什么给我终止?"

书记员又接不上茬儿了。

律师问:"你在医院里和胥德章谈过什么?"

"什么也没谈。"

"当时有谁在场?"

"只有他……你们这是干什么,是在搞诱供! 什么叫诱供? 就是把张三说的话告诉李四,让李四承认。刚才这位书记员上来就对我胡说八道,又是上报中央又是什么的……我干这个买卖比你们早几十年,还想在我面前卖这个!"

律师说:"他不代表法院。"

胡秉宸烦了,"我身体不好,不能这样纠缠下去,我走了,请我的律师代理。"

律师说:"你不能走。钱财可以代理,这个问题不能代理——感情问题别人怎么可以替你说清楚?"

"我非走不可。如果你们十天内给我开庭,我就不走。"

"十天之内开不了庭,我们还没调查完。"

"那我就走。什么时候开庭请你们通知我,因为我还得买飞机票。"

书记员说:"法律面前人人平等。"

"希望你们早判,不管判不判离。我该采取什么办法再采取什么办法,不能像旧社会那样,把人拖死,要按法律办事。吴为的问题法律上没有那一条,你们的法律是不是过二十年再执行? 法律上写得清清楚楚,不能由你们自己随便解释。随便由人解释还叫什么法律?"

律师说:"我们没说二十年后再执行,但法律也没规定得那么具体,总要照顾影响。"

…………

律师只好对白帆说："胡秉宸不老实，不和法院合作，不说心里话，法院也拿他没办法。"

可见姜还是老的辣。按照胡秉宸的社会地位，真是说句话比吴为、比茹风那些"小孩子"管事。

刚一亮相，就杀得个落花流水。可惜胡秉宸不常做这样的示范，也没有传授吴为一技。

到了这个时候，过河卒子吴为的战斗力反倒明显减弱，像一只靠惯性运作的滑轮。

使吴为觉悟的不是这些压力，而是胡秉宸出尔反尔的那些表现。

茹风母亲认为吴为在那个单位不能待了，毕竟都是从延安出来的，对"延安一枝花"还是有所了解，"那是个江青式的人物，只要对自己有利，她会不择手段。"

于是就帮吴为调动工作。刚与新单位接触，新单位人事部门的头头就说：白帆告吴为的状子和吴为的黑材料已经跟着来了，"足有半尺多厚。"

好在调动渠道都已疏通，只剩人事处的最后一纸手续。

早上九点，吴为到人事处办理调离手续。人事处也把调动通知单给了她，让她去各有关科室盖章，"盖完章，我们就给你开转组织关系和人事关系的证明。"

没想到节外生枝，党委书记"延安一枝花"走了进来，她问吴为："你调动工作，是谁给你牵的线？"

"没谁，我想是我的作品为我牵的线。"

"新单位的领导是谁？"

又想通过后门整治她呢！"不认识……工作没调动的时候不好和你谈什么，现在我要走了，想和你谈谈。"

"谈也没用，我不会同情你的。"

"你以为我是想得到你的同情吗？错了，我没什么需要你同情的地方。作为一名普通党员，离开本单位的时候，我有权利要求与党委书记你——交换一下意见，你不能只听一面之词。"

可"延安一枝花"花头一扭就出去了。

十点，吴为从各科室盖完章回来，人事处的经办人正在接党委书记的电话，"是，好的，我马上到您那里去。"

经办人从党委书记那里回来后，情况有了变化，以《中央纪律检查委员会发展新党员工作》这一文件为由头，不给吴为转组织关系。

肯定是"延安一枝花"在九点到十点间，与白帆、胥德章、佟大雷等人研究了对策。

吴为说："既然如此，人事关系我也不转了。"

新单位人事处的工作人员对吴为说："你们原单位打来电话，要求我把你的档案材料退还他们，借口说'群众反映，吴为入党为什么那么快？所以我们要再审查审查'。那你们单位党委当时为什么批准、同意支部一致通过发展你入党的意见？我对他们说，要接受几十年来的教训，对人的问题一定要慎重，要全面地、历史地看问题。在你的档案里，凡是工作过的单位鉴定都很好，入党手续也是齐备的。"

过了两天，新单位又来电话：我们接到"某办"电话，说"吴为的问题很复杂，我们要处理这个问题，你们不要调她"。你看，调动问题只好放一放了。

想必又是"延安一枝花"的关系，这个后门的硬度可说全国

256

第一。

吴为问："我怎么办？还办不办手续？是不是由你们出面和这里谈一谈？"

"我们现在不好出面了，'某办'不是说要处理这个问题嘛……要不你把关系先转了，放在自己手里？"

她问："'某办'原话怎么说？"

"你何必一定要抠原话？"

吴为将这些情况告诉胡秉宸，胡秉宸听后说："上头不是有人向'延安一枝花'打招呼了吗，她怎么还整你？……我身体很不好，心律一分钟八十五次，打算快点儿到上海去。"

吴为能说什么？只能说："为了你的身体，赶快到上海去吧。"

"我真心疼你，把这副重担留给你一个人了。"

"我行。"

"你这几天奔波得一定很累。"

岂止是累！那是什么样的政治压力，胡秉宸怎么不说说这个？也没帮她想个应对目前形势的办法。

胡秉宸刚一走，白帆一封信就寄到上海某位负责人那里，"这是我们家里吵架，你们不要参与。你们要是接待老胡，就是破坏我的家庭。"

可是胡秉宸在上海活得好好的，不但活得很好，还时有杜亚莉去安抚他寂寞的心。

禅月也从此开始接替茹风的通讯任务。

在胡秉宸避走上海的几年里，禅月的信箱几乎成为胡秉宸的专用信箱，信件之频繁，以致同学们还以为禅月有个男朋友在上海。

　　在风雨无阻的送信生涯中,禅月渐渐成长为青春少女。也可以说,她是看着这场"阴谋与爱情"成长的,让她怎能信任胡秉宸?

第 四 章

一

无赖和痞子就是这样炼成的。

二

胡秉宸走后,噩讯频传——

又是法院传讯,又是开除党籍,又是反党反社会主义,还要把吴为作为坏分子关进去……

白帆发动了一个由三十八位夫人组成的"白胡婚姻保卫团",为捍卫白帆而战。

不知什么动机,有人透露一位有关领导的指示:"不管吴为有罪没罪,先关半个月再说,将来给她来个'事出有因,查无实据',即使把她放出去,她也臭了。"还打电话给吴为所在单位:"这样的坏人为什么还不清除出党?"

白帆每天一个电话,越过党委书记"延安一枝花",直接打给吴为的支部书记:"你们为什么不执行上级命令? 怎么还不把吴为开除出党?"

　　连非常服从命令听指挥的支部书记也忍不住说："你有什么权力命令我们支部开除一名党员？你是我们的上级组织吗？不是。即便你是，你也没有这个权力。按照党章规定，开除一个党员，应由那个党员所在支部讨论通过。对不对？"

　　匿名信，以革命的名义如雪片飞来，辱骂轰炸加恐吓，塞满了吴为的信箱。

　　有关吴为败行劣迹的材料以及对吴为的指控，很快就整理、编写、打印完毕，并根据不同发送对象，提出不同的申述或指控理由。发放妇女组织的，以保护妇女权益和女革命老干部的名义；上呈监察机构的，以严肃党纪国法的名义；在省市党委书记会议上发放的，则是从加强社会主义道德教育出发……总之，吴为将要遭受的是全面性、毁灭性的打击。

　　说到四面楚歌，胡秉宸能有多少体会！他那个四面楚歌说到底，还是以救亡运动的形式出现，再不济也能支应几招，总不致落得个片甲不留。

　　吴为面临的却是追杀穷寇。

　　胡秉宸又远离前线。通讯方面，这方有禅月为胡秉宸通邮效劳，吴为若想与胡秉宸通邮就比较困难。仅就胡秉宸刚一启程，白帆便一封战书寄往上海有关方面负责人——"这是我们家里吵架，你们不要参与，你们要是接待老胡，就是破坏我的家庭"——来看，能不设下四面埋伏？吴为怎能自授其柄？她不但不能向胡秉宸通报战况，连感情也不得交流。再说胡秉宸重病在身，如何承担得这样的打击？

　　为寻找一丝可能的救赎，白天黑夜，吴为奔波在这个突然变得其大无比的城市里。很长时间与叶莲子不能照面，她回家时叶莲子已经入睡，叶莲子起身时她已出门。

有次造访过早，被小保姆拦在门外，"这么早就来了！我家主人还没起床呢！"她只好坐在楼梯上等候主人起床。

面对这个形势，吴为反倒不失眠了，而是倒头就睡，睡得死沉死沉。

吴为不认识站在门外的女孩。可她已不惊不怪，眼下什么事都可能发生。

果然那女孩说："你不认识我，可你一定会欢迎我。"

她的短发顽皮地翘着，不请自便地进得门来，找了个舒服的角落坐下，反倒对吴为说："你坐呀，你怎么不坐？"并且上上下下地打量着吴为。

佟小雷觉得有点意外——她本以为这个让她父亲以及部里部外若干个正副部级大动干戈、调兵遣将的女人，一定是个三头六臂的白骨精；而眼前的吴为，不但说不上漂亮妖冶，且披头散发、委靡不振，一副落花流水的样子，眨巴着两只泛红的眼睛，戒备地望着她。

"我叫佟小雷，是佟大雷的女儿。"

吴为这才觉得很久没见到佟大雷了，接踵抢来的棒子已把她打得晕头转向，但一听到佟大雷这个名字，就像按下了 power 键，迅速启动起来。她那了无生气的脸顿时有了光彩，虽然这光彩与幸福欢乐毫无关联，而是紧张恐怖而致的异光，但它反正是活过来了。

来时的路上，甚至在这一瞬之前，佟小雷还在犹豫要不要把那些磁带放给吴为听。可现在的直觉告诉她，太应该这样做了。

佟小雷常常服从于这种突如其来的直觉，她的直觉也从来无误。虽然她不知道这样做对她有什么意义以及对她父亲佟大雷有害或有益,但她必须这样做。

"我带来一些东西,你也许会有兴趣。"她从手袋里掏出几盒磁带,把其中两盒单独放开,"你有收录机吗?"

"你要收录机干什么?"

佟小雷猜到吴为的戒备,"别担心,不是要录你的谈话,而是放几个磁带给你听。"

吴为早已被愁苦、思念、焦灼、恐惧、忧虑……撕得四分五裂,哪有心绪和这个闲散得似乎没有地方消遣的佟小雷捉迷藏? 可她不能拒绝,也许佟小雷会带来与胡秉宸有关的什么信息……只得打点起精神去找收录机。

佟小雷按下播放键,静待欣赏自己的创造。

随着第一句话语,吴为软塌塌斜在沙发上的背就离开了赖以支撑的沙发,像被抽了筋;荡来荡去的脖子也像撑上了一根钢筋;被各种烦恼耗空的眼窝里也渐渐有了东西……先凝聚为疑惑、震惊,而后是愤怒、恐惧、绝望、无助,最后结为两颗仇恨的硬球定在眼窝里,"这是真的?"

"是真的。"

这就是与胡秉宸厮守了几十年并生儿育女的白帆?

这就是胡秉宸"托孤"的生死之交胥德章?

这就是对她穷追不已的佟大雷?

这就是一般平头百姓敬若神明、德高望重,有着几十年革命历史的那几个"老共"?

…………

虽然目的各异,一张精心策划、疏密不漏的阴谋图,却渐次显现。

原来佟大雷早就出卖了她,每天都与白帆电话往来,商讨这一阴谋图的实施。

在这之前,吴为就像一个拿着一张破网捕鱼的渔人,不知那网原是破的,只以为自己考虑不周所以漏洞百出,走到哪里碰壁到哪里,碰得砰砰乱响。

原来自己陷于情的同时,无意中也卷入了一个政治战场。原来她是与这样一张大网在较量,难怪她的一举一动对方了如指掌。

而她正是这个战场上的第一次战役、第一个遭遇战的先头部队、先头兵。

而如此一张大网却如隐形人,隐在也许一棵风姿绰约的树,或一丘山、一茎草、一朵花蕾之后,总之随时可以放出一枪,哪怕她像只警惕性极高的兔子,四面八方转动着身体,雷达那样四方探出自己的耳朵……也无法提防,无处躲藏。

看来,不论是否吴为的本意,不论她有没有勇气、有没有信心,都得提起手中那把锈迹斑斑、豁了口子、卷了刃的破剑决斗下去。

听着佟小雷带来的录音带,如同站在他们身边,目睹这些人将她和胡秉宸放在肉案子上,一寸寸血淋淋地剁碎,再掀开他们已被肢解的、血肉翻飞的尸体,将红红绿绿黄黄黑黑的内脏掏出,扔在地下,抠去皮下那层黄豆粒般密密排着的脂肪,用手抓、用牙撕下内里精瘦的肌肉……那些不大容易咬断的蓝蓝红红的血管,白线似的神经,丝丝条条地悬挂、垂吊于他们的嘴角或衣襟。

但她和胡秉宸的头部还算完整,眼珠子还直瞪瞪地留在眼眶里,胡秉宸的嘴还大张着,似有无数声音还没喊出就被掐灭在喉咙里。

…………

"还有这个。"

佟小雷换上刚才拿开的另外两盘磁带,现在她看上去不像刚才那样与己无关了,脸上的线条也有些混乱。那些线条因扭结一起,让人无法看清她的心思。

吴为的脸渐渐红了起来,她动了一下,想要去按那个终止键,却被佟小雷拦住。

这是只有两个男女主角上演的《肉蒲团》,绘声绘色,尽致淋漓。

吴为听出佟大雷的声音,不过稍许嘶哑,像是很渴的样子。

吴为和男人的经验不算少,却从不知男人和女人做爱时会发出这许多声音,说出这许多下流淫荡的话。

发出这些声音、讲出这些淫猥之话,并不断指挥对手翻新花样的嘴,就是佟大雷那两片经常发出义正词严、针砭时弊的睿智见解的厚嘴吗?

那女人又是谁? 难道是佟小雷的母亲? 佟小雷为什么把父母这种隐私录下来并拿给他人听?

"你一定听出来了,这男人就是我父亲;而那女人,就是我家的小保姆。"

佟小雷很平静,平静里有一种久远的,对剧痛、巨恶已然的适应。

起先佟小雷还为有这样一个父亲感到羞耻,为母亲因父亲一次次背叛以致精神有了毛病而气愤。但佟小雷也不想报复父亲,报复行为只对一息廉耻尚存的人才起作用,父亲却是刀枪不入、软硬不吃,天塌地陷也要一意孤行的人,就是有颗定时炸弹悬在头上,也得把那桩淫乐的事干完才会去理会那颗炸弹。这一点与吴为的父亲顾秋水很是相类——可不是,佟大雷出身寒微,顾秋水出身贫苦,算是一个等级。

父亲简直像条种狗,特别和母亲大打出手的时候。当他那鼻子因打斗而兴高采烈,而通红发亮的时候,简直像个生殖器赫然长在脸上,而不是长在他的裤裆里。

随着年龄渐长,当父母为这些丑行打闹起来的时候,佟小雷非但不再像小时那样劝阻,反而嘲弄地给他们喝彩加油,奇怪自己小时候为什么会为这种下流、下作的关系流淌过珍珠般的眼泪。那珍珠般的泪值得为他们而流吗?

自佟小雷懂事以来,父亲就这样过日子,却从不想和母亲离婚,并且对别人离婚深恶痛绝。从这点来说,最终提出离婚的胡秉宸,绝对比父亲高明。而母亲也不提出离婚,就为这个三块豆腐干那么高的男人受着。

佟小雷瞧不起父亲,更瞧不起父母间的这种关系,觉得这种"媾和"同样下流。把这两个互相仇恨的人紧紧联在一起的东西是什么?

究竟是什么?

佟小雷寻找一切可疑的痕迹,包括放置录音机在家里,仍然不得而知。她觉得这个家里面一定藏着什么连她也不能知道的秘密。

有时佟小雷想,自己是不是也出了毛病?

由于她多次说服父母离婚,精神上有点说不清的母亲竟怀疑她不是亲生女儿。

"一定是医院的护士弄错了,一定,他们把别人的孩子和我的孩子拿错了。"

母亲起诉妇产医院的护士,逼佟小雷去医院验血,整天拿着自己的照片和她的照片比较,找出一个又一个所谓长得不像她,其实又像得不得了的地方。

佟小雷为什么要给吴为这些磁带？

主持正义？路见不平、拔刀相助的侠义精神？太浪漫了吧。

世上多少不公正的事，侠义得过来吗？

把磁带送给吴为不全然是戏弄父母，尤其是戏弄父亲的习惯使然。

佟小雷崇尚条件相当的决斗。

还有那个手无寸铁、躺在病床上等死的胡秉宸。她从小胡伯伯、胡伯伯地把他叫到老。

再说他们当中谁又比那个半死的人好多少？

佟小雷从小守着他们，在他们身边长大成人。父亲在背后数落过他们每个人见不得光明的隐私，想必他们也在背后这样议论过父亲，却随时可以从敌人变为友军，全然没有尴尬之感。就像他们身上还带着情妇床单上的气味，裤门上的扣子还没扣好，掌上还保留着抚摸情妇那些销魂荡魄部位的感觉……却能慷慨激昂地教训同样犯事的部下，丝毫不为自己刚从情妇的床上爬下而脸红。

佟小雷在一旁看着、听着他们研究部署如何对付胡秉宸的计划，觉得他们的鼻子都变成了生殖器，专门用来嗅女人的阴部和男女交媾的气味。东嗅西嗅，一嗅到这种气味就兴奋起来。他们的鼻子又像一个置满蛋白酶的凹槽，事物一旦经过这个凹槽就会分解……

戏弄戏弄这些人，是不是个很大的乐子？

"好好收着这些磁带，也许对你很有用。如果你需要什么帮助就告诉我，我还会再来。"

在这位天外来客的造访和帮助之后，吴为的战斗有板有眼起来。

想来想去,只能从佟大雷入手。

吴为找出佟大雷给她的信,足足一尺多厚:追求爱情,党内文件摘抄,部内各派斗争的根由,各部长的隐私、历史上的污点以及他们情妇的名单……按时间顺序理好,装在一个小箱子里,找出版社朋友帮忙复印多份,分散在几个可靠的朋友家中。

然后给佟大雷打电话,"我必须马上见你。"

很久以来,吴为不再打探胡秉宸的消息,现在突然来电话……难道吴为又有什么新的花样?还是先挡一驾,"啊呀,现在手头上的事情很多,还得带队到外地了解上半年贯彻执行中央精神的情况……"

"有新情况。"

有新情况佟大雷也不想听了。他对吴为和胡秉宸的爱情故事已经没有兴趣。他认为世界上顶没意思的事情之一就是听人家说"你爱我"或是"我爱你",虽然他对吴为说了不少,但那是渔夫放在鱼钩上的诱饵,更何况他反戈一击有功,已与胡秉宸的对手联合起来,地位也随之得到巩固,"这样吧,等我从外地回来我们再联系。"

这老无赖,觉得她已经没有使用价值,单等着时机一到收网了,"等你回来恐怕就来不及了。"

电话里,佟大雷看不见吴为那张七扭八歪的脸,却从这句话里听出异常意味,很不像她,"此话怎讲?"

"见面就知道了。"

听上去更是阴险,可佟大雷还在犹豫。

公用电话亭外等打电话的人已经不耐烦,掭脚、咧嘴、龇牙,可是吴为不急,也许现在轮到她来收网了,"对不起,请原谅,谢谢。"等打电话的人见她诚恳便谅解了她,再看她的年龄,也不像是没事在电话里臭贫。

"你可别后悔。"

吴为这样威胁,肯定大有原因,当务之急是先弄清情况再决定对策,"好吧,见面谈谈。"

"这就对了。"

"在什么地方?"

"我家。"

"不好。"佟大雷不能再去吴为家,如果有人看到,将如何向新主人交待? 不能顾了这头忘了那头,"是不是换个地方?"

"好吧,那就改在中山公园假山那儿。十二点。"

佟大雷很准时。戴了一顶草帽,压得很低,与胡秉宸如出一辙,还戴了一副颜色很深的墨镜。

他们在假山背后找了个地方坐下。佟大雷说:"你看,我忙得不得了,一直没顾得上照顾你,反正老胡也出院了,现在还好吧……"

"不谈他,好不好?"

"噢? 随你。"

真是在斗争中成长、在斗争中壮大,吴为什么也不说,只是阴阴地看着佟大雷,看得他发毛。

毕竟做了许多亏心事,凡亏心人都不由得话多,"你是个大孩子,还不知道自己正处在危险中,随时有被陷害的危险,要注意保护自己,免得成了别人的牺牲品。你就像我自己妹妹一样,我不关心你谁关心你? 所以我得把一些情况告诉你。那天我到部长铁皮保险柜里取中央文件,看到里面夹了一封白帆的起诉书,告你破坏婚姻家庭……"

"已经知道了。"

"法院要是找你,你就问他法律上有第三者这条罪吗? 让他拿出证据来。他们要敢拿这个给你定罪,你就扩散到新闻界去。你已经是有影响的作家,再通过国外朋友扩散到国际上去。"

吴为道貌岸然地回说:"我不能这么做,我是党员,扩散到国际上要犯错误的。"

"办案人到处扩散说:上头某某人说了,'吴为是个坏人''不许判胡秉宸离婚'——伪造领导人讲话可是性质相当严重的错误。白帆才是个乱七八糟的人呢,今天和胡秉宸睡,明天又和别人睡,都睡乱了,那个时代就是那么回事儿。告你的第二条罪状是老胡去政协开会,忘了带眼镜,白帆给他送眼镜去他不在,问他,说是和你出去了。所以白帆才打了老胡六个耳光。有这回事吗?"

"没有。"

"这份东西你想不想要?你想要的话,我可以偷偷给你复制一份,你思想上好有个准备。"

"不需要。"

"白帆提供的证人有老胡那帮对手,还有胥德章和常梅……胥德章这个人最坏,到处串通人诬陷你,找了老胡那帮对手还找了我,向法院作证说你让他劝白帆和老胡离婚,然后和你结婚,并且让我顶住,不能对法院说白帆和老胡长期以来感情就不好,只能说他们很好……你只要不向法院承认,别自我暴露就行。胥德章看过老胡给你的信怕什么?又没录音又没拷贝。你现在要保住自己,我跟你像一个人一样。我提出要你吃透老胡,好像我吃醋,真是咬了牙才说出来的。"

"我和胥德章无冤又无仇,他为什么这样做呢?"

"此人是官迷,老胡升常务副部长的时候,他还带了一瓶好酒前去贺喜。升个副部长就乐成这个样子?当年我们在上海工作的时候,他不过是个秘书,我们吩咐点儿什么,他拿个本子点头哈腰地记。他老婆不过是沏茶倒水、安排桌椅板凳的。另外这个人很势利,现在部里改革派不行了,老胡又病重退了下去,大势已去,而老胡那帮对手却很有实力,现在闹得也很厉害。此人又极怕老婆,想当年,他老婆追过老胡,被老胡拒绝,有些怀恨在心,所以表面上和白帆是好朋友、老同学、老战友,背地里却到处扩散白帆的政治历史上有严重问题,直到现在还没搞清楚,一直挂着。她不但嫉妒白帆,也嫉妒一切和老胡接近的女人。老胡的秘书也很坏,因为老胡离休前没给他安排什么职务,又看出老胡已经没用,而我还有上去的希望,就一天到晚到我这里磨磨蹭蹭,汇报老胡的情况,造老胡的谣,说老胡到上海去是和你秘密同居,因为你在那里搞调查。”

“这些人我见都没见过,他们为什么这样做?”

“说到底这是政治斗争,是权力之争,整你是为了从你这里打开缺口整老胡。谁让你执迷不悟为老胡背着,自愿卷入这个旋涡?所以参与的已经不是你们几个当事人,那是别有洞天哪!听部里人说,法院已经把老胡的案子立为老干部腐化堕落的典型,你当然就是拉老干部下水的坏人。并且要给老胡开大庭,一开庭老胡就完了。其实这都是上面的意思,咱们还不是法治社会。还说要开大庭审你,他们要是敢这样干,你一定要请个律师反诉他们,请你新闻界、文艺界的朋友都来旁听……”接着又不解地说,“不过纪律检查部门又派人到部里调查……调查打击你的事情,部里有人骂:‘他妈的,闹急了,老子什么事、什么人都抖搂出来!’是不是你到中纪委告的状?”

“不是。”

哪里是部里有人骂,分明是佟大雷在警告她。

“这是怎么回事?总之你要小心,部里这些人会和法院勾起来,你只身一人怎么对付?有什么困难及时打电话给我,我上面还是有些关系的。”

"好吧,佟大雷同志,时间不早,你也说得不少了,我还是打开窗户说亮话吧。其实在你刚才说到的那些事件中,你扮演了一个非常重要也是非常不光彩的角色。"

于是吴为开始历数佟大雷的勾当,一桩桩一件件,确确凿凿。

这个说过即便三十八个人证明他干了什么、说了什么也不会认账的老油条,在毫无章法乱放横枪的吴为面前,一时也没了主意。

奇怪!吴为对他以及他们的行动怎么掌握得一清二楚?是不是"那位"搞的鬼?归根结蒂他们并不信任他而是利用他,也很可能利用吴为来整他,就像利用他来整胡秉宸一样,让他们三人,也就是让他和胡秉宸同归于尽,难怪吴为如此胸有成竹。

"……我只对法院说过你要求到医院看护老胡,法院却写成你要求把白帆赶走。我马上把这些文字划掉了,还说'没有这回事!'"

"我没有说过去看护他,我只说是看望一下。"

"你可以对法院说我那天晚上喝醉了,没听清楚……你是不是上了什么人的当?我从来没有做过那些事,小心有人挑拨离间。"

"有没有这样的事,今天不和你争论。"吴为永远不想和佟大雷论争他干过什么或没干过什么,这老无赖正如他自己所说,是永远不会承认什么的,"我只要你办一件事——今后你要如实向我汇报你们的勾当。如果我一旦发现你说的情况有诈,你就得小心你的下场。"

口气好大!好有来头!

"你究竟干了些什么?"已经立过秋,佟大雷却大汗如雨,很快湿透了他的纺绸衬衣。

"没有,还没有。只是一切都安排好了而已。"吴为现在已经懂得,对谁也不能实话实说。尽管懂得太晚,还算是亡羊补牢,"这取决于你的态度。你忘了你写给我的那些信了? 我准备向外公布。大陆不可能发表,到底你还是个部级干部,不过港台没有问题。所以原件我已经托人带到香港,留在我这里的不过是几份复印件,即便有一天我被抄家,原件也是安全的。有家出版社马上就要付印出版,当然,要看我最后如何决定,而我最后的决定取决于你的态度……现在,即使你把我杀了也没有用,我已经和朋友打了招呼,一旦我有生命危险,必定是你们所为,香港那边立刻就会公布这一事件的始末,还会全部照登你给我的那些信。"

一生过五关斩六将,什么阵势没见过,没对付过? 而什么风浪都安然度过的佟大雷,居然败在这个没头没脑、没权没势、没依没靠且伤风败俗的吴为手里,简直是一生未遭遇过的奇耻大辱。

"你……你这个……"佟大雷很想脱口大骂。经历过无数勾心斗角之战的佟大雷,难免有输有赢,但即便输了,也没有生过这么大的气,"我多次让你销毁那些信,你怎么还留着?"

"你以为我对你那些俗不可耐的文字有什么兴趣吗?"吴为自己也没想到这些俗不可耐的文字有一天会派上这样的用场,真是天不绝人。

想不到这个从来不按规矩出牌,没头没脑的女人,竟干出这样的事,有了这样的长进!

正因为没头没脑才可能干出惊天动地的事,所谓"歪打正着"毁了他的前程。到了这时,佟大雷才知道吴为的厉害,所以不能盲动。像吃了一枚酸杏,唾液不停涌进佟大雷的口腔,他不停地咽着口水,想着对策。

吴为不动声色地听着佟大雷咽口水,咕咚一声又一声,佟大雷正在大量分泌他的肾上腺呢。对她来说,现在佟大雷咽口水的声

272

音简直胜过施特劳斯的圆舞曲。

作恶多端的佟大雷，你也有今天，你也有吓着的时候！伙计，我手里的炮弹还没全甩出来呢。

这太有意思了，居然和这样一个政治老流氓打了个平手，也许还胜他一筹。吴为尝到了痛揍一个老流氓的快感。

可她又希望佟大雷能挺起腰杆，对她说，"你爱怎么着就怎么着好了，老子奉陪到底啦！"可是佟大雷不，他吓得想要跪下，若不是在公园，一定会跪地求饶了。

咽了许多口水后，佟大雷终于俯首帖耳地说："我现在就可以告诉你……"

让吴为轻蔑得恨不能照着他那又红又紫、像根生殖器的鼻子上狠狠踹一脚，"别着急，截至今天，以前的事我都知道，用不着你再重复，我要的是你们以后的行动计划。还有，你不但要停止你那些阴谋诡计，还得帮胡秉宸一把。你肯定不知道，我手里不但有你给我的信，还有你许多见不得人的勾当的物证……我们认识的时间也不算短，你应该了解，我从不讹诈他人。"

这倒是真的。否则吴为也不会把她和胡秉宸的事向他以及常梅夫妇和盘托出，哪怕她会扯一点谎、有一点手腕，也不会落到如此被动的局面。

"也许你知道的情况不少，不过你肯定还有不知道的内情，我再告诉你一些……"

"现在还用不着。好了，你可以回去了。"

看着佟大雷远去的身影，吴为双脚一并，使劲往空中一蹿。想不到一脑袋糨糊的自己，居然降伏了"安史之乱"！

这种人要是被敌人抓了去，不当叛徒才怪！

他的一生，怎么就能叫"革命的一生"？

算了,吴为不再多想这个已经成为过去的人物,她还得面对将来。

看看表,已是下午两点半,来不及吃午饭了,她还得赶快到邮局发电报。吴为常常不知道自己吃没吃饭,瘦得衣服穿在身上像是挂在衣架上。她那两个并不厚实的肩,现在已如铁丝窝成的简易衣架。

出门前接到茹风的电话,说是朋友们磋商后给胡秉宸写了一封信,让他回来承担责任。到了现在,胡秉宸再不能躲在后面不站出来了。

胡秉宸说:"我马上回来,与吴为生死与共。"

知道朋友们是为她好。可是胡秉宸站出来干什么?承担责任?承认追求过她?承认他们相爱?

那不是自投罗网?

那不是要胡秉宸的命?

无论如何不能让胡秉宸回来。

到邮局发了一个"平安无事,万勿回京"的电报,才算松了一口气。

发完电报,又买个面包来啃。面包不很新鲜,干硬得难以下咽。

佟大雷左想右想,想不出对付吴为的办法,只好寄希望于他的暗杀对象胡秉宸。除了胡秉宸,吴为能听谁的调遣?

于是坐下给胡秉宸写了一封信——

秉宸同志:

想同你谈谈吴为。

信得写很长,慢慢看吧。

原来想等你病好后面谈,现在看来不可能了。希望你像看小说一样，不要激动，我们已经到了耳顺之年，何须激动？总以保重病体为本。

一、先说你病后的一段情况。你住入监护室后两天，医院给部里有关领导打电话，说是病情严重，而病人、家属与医院又不合作，部里要我到医院谈谈。正在此时，吴为来到部里到处找我，还要往党组会议室闯，像发神经病一样。陪同前来的一个女同志晚上给我打了电话，说吴为有急事需要与我面谈。我到约定地点后，她将与你的关系告诉了我，而且哭得很厉害，并说只有她才能救你，要我把白帆撵走，由她来护理你。

我听后真如晴天霹雳，在此之前做梦也想不到会有此事，但看她那样伤心，十分感动。我说，此事为什么不早说？但目前来说极不可能，第一，老胡的病情严重，医生说有百分之七十的危险，一闹就会激化；第二，白帆不会买账；第三，闹开了对男女双方都不好，你既爱老胡，就应该为他想想。

她一直在哭，像是要晕倒的样子。回来后想了很久，这个问题很复杂，我不想过问（原因下面再说），又想应该设法使事态冷下来。第二天她又打电话找我去，起初我推诿，她坚持要我去。下午三时我到了她家，并对她分析，认为她与你的关系不太可能，目的是让她冷静。最后我说：一不要影响老胡的病情；二希望她不要因此生病，此时她已像害了大病；三希望不要让任何人知道。总的来说，对你们的事我既不赞成也不反对。

大约一个多小时我就走了。

第三天，常梅打电话给我，问我有没有空，她要和胥德章来看我。

一见面常梅就告诉我，吴为见了她，并带去了你给她的两封信，希望得到常梅的帮助。

　　常梅和胥德章二人问我怎么办。我说，依我看，第一，对胡吴间的事不置可否；第二，对吴为反映的情况，你们二人可推说不知道，等了解清楚再说；第三，劝吴为冷静，不要扩大化。

　　最后我与他们二人约定，此事不能外传。

　　又过一两天，我有点不舒服在家休息，白帆打电话给我，要到吴为单位告她。我马上到你家劝阻白帆不能这样做。第一，对老胡的影响不好，对吴为无所损失；第二，据我所知，老胡的责任更大，这样告，结果可能适得其反。白帆被我劝住。

　　你儿子杨白泉也要找吴为算账，同样被我劝阻。

　　有天白帆来到我家，说，最好将此事了结一下，问我能否和你谈谈。我说谈谈可以，怎么谈？谈多深？对病情影响如何？你们考虑一下，然后告诉我再定。

　　第二天白帆打电话给我，认为不宜谈。

　　二、还要告诉你一件事。在吴为白帆闹得最凶的时候，我心里实在不安，如果不向组织汇报，出了事我在组织上要负责任的。可也不能向党组党委谈，只好同"那位"商议。他说他早就知道，但你脾气不好，难以接受意见，所以此事最好听其自然，适当防范。最后我们彼此约定不向外扩散。

　　一天，吴为不知从哪里听说"那位"当着许多人谈了这件事！

　　我赶快去问"那位"是否向什么人泄露，他坚决否认。我私下认为，或许同他老婆谈过，但他说"连老婆也没说"，不知吴为的消息何来？

　　三、说说我和吴为的关系。前年在部里召开的一个会议上认识，那时我正和某部打官司，桌上放了那封信，她要看看，我给了她一份，又不是什么秘密。第二天她告诉我她觉得我很冤，我深为感动，人生难得知己。后来也没通过我，就把我那封信在会上念了，我知道后自然很生气，也无可奈何。印象不坏也不好，谈不上什么，她到山区体验生活时我到车站送她，又写了一封表达感情的信，她只写了两句诗：此身已作沾泥絮，不随东风舞轻狂。现在知道她是一心向你的。

她从山区回来后来往不多，随后我到南方，仍给她写信，谈谈游历的感受而已，回来看到她给我的一封挂号信，把我大骂一顿，以后绝了往来。我有文人习气，去年九月又给她寄了一些诗，有时为了提高她的写作水平，借给她一些有关意识形态、一般动态方面的文件，我们之间的关系如此而已。这大半年来往更少，现在她要报复我，公布我给她的信。公布好了，还说我违反纪律，把文件给她看，此人真是心毒手辣！我请你有机会转告她，遇事不要过分、欺人太甚，我也不是好惹的，到那时我要自卫，人生六十怕什么，我既无名又无利，一品老百姓。最近我正在请求离休，她如果这样欺负我，我一定奉陪。

四、说说我和你的关系。政治上有"一些"共同语言，不完全一样，你的为人我一直认为正派，一九五二年我在狱中还给华东局写信保你无事。自然也有不愉快的地方——

其一，一九五九年后对我缺乏人情味，有点世态炎凉之感。

其二，"文化大革命"我最困难的时刻找过你三四次，那时你已工作，或不在家或不见，这也是本分。你"那位"对手，逢年过节还要看我一下，当然，那是办外交，我也并不感激，不过你似乎有些过分。

其三，后来与我谈及工作时，你转达"那位"意见，要我担任副主任，虽然你说要我到另一个单位去。我不是想做官，但这是对运动的结论。朋友事先就向我打招呼："不会让你做什么工作的，就是让你当办事员也干，让他出洋相。"此时你已是副书记，就你的地位身份,总可以和"那位"谈谈,何况我们朋友一场。但你顺从了,我非常不解!

其四,在工作思路上有同有不同,我觉得你肯用脑子,但形而上学的地方不少,尤其最近几年脾气很怪,连对同级如德章等人都没有好颜色,大家同事,哪能这种态度?符合原则和党员标准吗?我是不足道的,以前我的脾气之大,更无道理,运动中自然只有被打被骂的义务,更谈不上发脾气了,这也教育了我。最近听说许多同志还是怕我,可能我的群众观点还差得很远。但人们背后对你有意见,尤其司局长以上,非常之大。"居颐气,养颐体",是否如此,请予思之。

五、我为人卑之不足道,但自信还不是一个玩手腕使诡计的小人,当然气量也很窄。一九五二年华东局怀疑我是"大老虎",上头那位领导同志没有为我说句公道话,以后虽向我道歉,五三年他带领大批人到京,其中有我,但我拒绝了。后他多次带信邀我去他家,但直到他过世都未见面。还有"那位",五九年在处理我的问题上很草率,与事实有很大出入,直到今天有人约我去看他,我也没去,也不想去,还是他来看我。

六、最后关于你们的事,自然你是深思熟虑过的,不容置喙。如果有机会,你也愿意,自然可以谈谈,如你不屑一见,我也会自爱的。

此信拉拉杂杂,让吴、白看都无不可。

愿你早日恢复健康!

佟大雷

佟大雷首先在追求吴为的问题上,以及制造这一事件的责任上,开脱了自己。

也不能说他这样做是如何卑劣,当年吴为和她的情人被韩木林送上法庭时,这对清高的"士",不也极力为自己开脱,将过错推向对方?

正像佟大雷所说:"所谓人性,谈了几十年。我这个经历战争、尝尽人间疾苦、看遍世上疮痍的人根本不相信。一九四三年河南大灾,水、旱、黄、汤,母子父女相食……什么人性? 战场上讲什么人性? 你不杀他,他就杀你。一九四二年我抓到一个日伪间谍,三十多岁,烫发,大夏大学毕业生,能言善语,风韵颇佳。因为战争,没有时间和她纠缠,黄昏时分,临撤出村子前把她砍了,我看她还一步一回头呢。有什么法子? 生死搏斗嘛!"

且不说你死我活这种极端取舍,就是胡秉宸,对他的过河卒子吴为又怎样?

且不说吴为在前方献身,胡秉宸在后方与杜亚莉调情,就在胡秉宸仓皇出逃之前,对一脑袋糨糊的吴为,他又做过什么交代和安排? 好不容易"托孤"胥德章,出卖起来更是近水楼台!

佟大雷这封信的要点是机关暗藏、讨价还价。不过对"耳朵"极硬、有仇必报的胡秉宸,佟大雷的心机怕是不顶用的。

三

紧接着在第二个回合中,吴为又尽显无赖本色。

平时很谈得来的支部书记突然找她谈话,"吴为同志,请到我的办公室来一下。"

后面那个"同志",既郑重其事,也有些调侃。平时支部书记从不这样称呼她,总是直呼其名。

一进书记办公室,一台小录音机赫然在目。支部书记指了指录音机说:"今天要和你进行一次谈话。这是上面交代的任务,这样做是为了向上有个交待,你明白吗?"

"明白。"

"转来一批检举材料,说你是插足胡副部长家庭生活、道德败坏的第三者。你要仔细听好。"支部书记的话,既像警告又像提示。他按了录音机上的按键,开始发问。

"根据一位部长给咱们单位党委书记的来信,你和胡秉宸副部长有不正当的关系……"

他说的是给咱们"党委书记",而不是"党委";他说的是"某部长",而不是"某领导"。

接着又把那封措辞激烈的信推到吴为面前,吴为不得不与每一个横眉立目的字短兵相接。

内容不外乎是她走到哪儿都得背到哪儿的前科,以及要求所在单位大力协助,新账老账一起算等等。

横头有党委书记、号称"延安一枝花"十分女性的批示:"这不是一般的男女关系,是新生资产阶级对革命干部以及他们家庭的反攻倒算,也即对革命的反攻倒算,望其所在支部速将情况调查清楚,以便党委做出处理……"

"你觉得怎么样?"

"不怎么样。"

回答这个提问之后,吴为问自己:十多年前,那个因偷人养私生子而深受良心、道德谴责,恨不得想对全人类忏悔坦白的小女孩哪儿去了?

不知此时吴为离"百炼成痞"还有多大距离,但至少已经初具规模。如果正常状态下她的恶劣指数为一的话,一旦面临"正经",恶劣指数马上上蹿到十。眼下面临的正是恶劣指数上蹿为十的局面。

按照那个红极一时,龙生龙凤生凤、老鼠儿子会打洞的理论,吴为的恶劣指数也不尽然是后天锻炼出来的,她能不继承顾秋水那兵痞的劣根性吗?

某部长和"延安一枝花"的严打,反倒让吴为想起他们不那么光明的过去,想起这些道貌岸然的人在"文化大革命"中被抖搂得底朝天的并不久远的往事——虽然上纲上得邪乎,某些史料却不一定都不真实。

好比这位部长,革命前是资本家,"延安一枝花"更是有着与她同样的败行劣迹。怎么?他们享受够了剥削生活,当足了第三者,反倒有脸教训起她来?

过河卒子吴为不但战斗力明显减弱,又变做一只靠惯性运作的滑轮,而要不要当第三者,则越来越不能肯定。要是他们这样死乞白赖非让她当不可,她也许就当仁不让地当一把。否则就会像《红楼梦》里的晴雯,白落个虚名、臭名,岂不冤哉?

"你不打算说点儿什么吗?"

"不。要是一位部长和一个小人物所在单位的党委书记已经这样说了,这个小人物就什么都不必说了。"

"不打算解释点儿什么或是承认些什么?"

"不。"

也许,如果,在另一种气氛下,吴为不但会反省自己,也许还会刹车。

"你认为这些揭发材料属实吗?"

"不属实。"吴为恶意地扯着嘴角的肌肉。

"你认识胡副部长吗?"

"认识。"

"你们之间有来往吗?"

"有。"

"你们之间是什么关系?"

"同志关系。"

"今后能否不再和他来往?"

"不可能。"

"为什么?"

"等于承认我们之间的关系不正当。"

"你的意思是说,你们之间的关系很正当?"

"是的。"

"可是这些揭发材料另有一说。"

"那是他们的说法,有人证或是物证吗?"

"根据反映。"

"如果我向有关方面反映胥德章和常梅杀人,他们就真杀人了?"

"好。"支部书记说,然后关上录音机向她举了举,又拍了拍那盒磁带,好像对自己的工作很满意,做完这一切他突然问道:"你去医院看望过胡副部长吗?"

"有什么问题吗?"

支部书记不置可否地哼了一声,突然说:"也许这一仗他们打不赢,但很可能会从其他地方下手,据我所知,某领导人已经插手。"然后扬长而去。

对他们这次谈话,"延安一枝花"很不满意,支部书记受到了教育:"你的党性原则哪里去了? 阶级感情哪里去了? 同志,你要警惕呢,我们老同志受到了伤害,你不但无动于衷,在处理这个问题上还敷衍了事……好吧,什么时候开个支部大会,讨论讨论开除吴为党籍的事？"

"我也想赶快开个支部会，赶快处理完了省得有人老打电话给我下命令。"

"这是什么态度？这是一个人的政治生命。即使开除吴为，也应该尽到我们的责任，让她通过这个处分提高政治觉悟。开除不过是对同志进行教育帮助的手段之一，什么叫赶快开除完了就完了呢？"

女人一旦有点权，绝对比男人穷凶极恶。支部书记说："支部里的同志，不是出差就是蹲点搞调查，即便在京党员全部同意开除吴为也凑不够半数。党章上说……"他很流畅地背起了党章。

背得"延安一枝花"没辙，只好点头，"好吧，好吧，你先去吧。"支部书记刚转过身去，又被叫住，"我让你给吴为布置的工作，你布置了没有？"

"布置了。"

"汇报呢？"

"……吴为汇报上写着，早上八点早饭，八点到十二点写小说，十二点到下午两点休息，两点至六点看报读书，晚上看电视。"

"天天这样？"

"天天如此。"

"她到没到什么地方去过，比如说上海？"

"没有。"

"让她如实汇报。"

"这不像监外执刑的监管犯了吗？"

"犯人？犯人有判决书。她是党员，在这种非常时期，党组织有权要求她汇报行踪。同志，有刑事处分和没刑事处分是大不一样的，这个分寸我们掌握得还是很好的，你怎么能这样说？"

"吴为晚上做梦要不要汇报?"

"同志!"

四

白帆对她的律师非常不满,质问律师:"为什么现在还不接触吴为?"

律师只好接受白帆的领导,在没有提供足够的证据之前,通知吴为接受调解。

自胡秉宸病后从不装扮的吴为,从鞋子、袜子到围巾都精心挑选搭配一番,还换上一套出访时定制的衣衫。

到了现场,还拿出录音机准备录音。

白帆的律师说:"我们都不用录音机,你怎么能用?"

吴为说:"这是一件大事,我要记录下来,以备将来写回忆录……好吧,既然你们不用录音机也不让我用,我就用笔录。"

"你不能。"

"你们能记录我的谈话,为什么我不能记录你们的谈话?"然后吴为就开记。

律师问:"胡秉宸提出离婚,白帆说不是因为他们感情不好,而是你对他们家庭的介入,希望法院做好工作。"接着,出示了一大摞胡秉宸给白帆的信。

无数触目惊心的"亲爱的妻",闯入吴为的眼睛。

而吴为还以为她碰到的是几世情缘……

看来他们的关系并非像胡秉宸说的那样不堪,白帆也没有胡秉宸说的那样凶残。

怪不得白帆说:"我们感情很好,即便现在,我们的关系也有恢复的可能……都是吴为的破坏。"白帆说的有什么错?

然而胡秉宸把一切都毁了……

如果胡秉宸在吴为成名后不再找她,大家也就都没有这些麻烦和痛苦了,她也会平平静静写作、过日子,说不定不会拒绝那些也许比胡秉宸优秀的男人。

可谁知道呢? 等到没了距离,那些男人和胡秉宸也许没什么两样。

正像没了距离,吴为和她不待见的男人也没什么两样。

吴为的成功不但毁了爱好虚荣的胡秉宸,也害了自己,所以吴为总不愿承认自己是个成功者。什么叫成功? 同样是一顿不能免费的午餐。

面对这些信,吴为心中问道:胡秉宸,你让我现在怎么办? 撤退还是坚守?

难道是胡秉宸满口胡言? 她应该相信白帆,还是应该相信胡秉宸?——

    白帆这个人过于毒辣,那是个浑人,我知之甚深。她并不想同我恢复什么关系,只是一种"毁灭你们"的心理,近于疯狂的变态,只有江青可以比拟。

    她的一个弟弟解放前是脱党分子,对我一直隐瞒,直到一九五八年我才从侧面得悉。他们二人还利用我的名义,背着我将她弟弟一家户口由小镇转到城市,直到省委一位领导向我问起此事我才发现……常常毫无根据地不尊重,甚至鄙视我,一个人如果心甘情愿长期活在这种气氛下,一定是个没骨气的人……这些事影响着我和她的感情,所以我们的裂痕是几十年积累下的。至于十年动乱期间双方的态度,那是个政治路线问题,当时对不相识的同志都能互相帮助，与夫妻感情无关，不能混为一谈。

我已给律师写了一个声明，要求他在法庭上宣读，表明我的态度，称她为泼妇。将来有机会我会告诉你我们多年来感情破裂的详细过程。我们现在还处在"包公案"水平，最多在"马专员"水平，离现代化的法律还远呢。

她肯定会把矛头指向你，掀起新的波澜，也可能不顾一切整死我，对手们可以借此大做文章，这正是鲁迅所描写过的杀人的方法。希望你能坚决顶住，坚强地生活下去，准备应付最坏的局面。

她应该相信胡秉宸写给白帆这些信，还是应该相信胡秉宸写给她的信？

"亲爱的……"——也是"亲爱的"，一模一样，绝不走板！

……昨夜梦见你，半夜醒来浮想联翩。

这里虽然清静，吃饭医药照顾均好，但终日心情烦躁，老好像有放不下心的事。我想是因为听不见你的声音，得不到你消息的缘故。

这一阵子我的心每跳两下或几下就停一下，那一下一定是留在你那里了。如果办得到的话，真愿意把它们全部留在你身边。今天我的脉搏跳到了一百次，护士很关心，我又不能向她解释这是因为通宵思念你的缘故。前天，走廊对面远远走来一个人，穿着白大褂，身材、面影那么像你。我明知不是你，但仍然震惊得心都要跳出来了。我想下次见你的时候，一定要先吃硝酸甘油，以免心脏停跳。

出来近一个月，没有收到你一个字。急得我如热锅上的蚂蚁，怕你变心。说老实话，我老怕你变心，特别有那么多人在追求你。女人呀，女人，那么多人在设各种陷阱等着你们，真可怕。

在你们那个环境里,大都是朝秦暮楚的事,加上有几个人不断在那里挑拨,以达到个人目的,我真担心会出什么事。女人大都是软弱的,专门相信别人,不相信自己的男人,被人说说就变了。觉得这个也对那个也好。

请原谅我粗鲁的话,这是由于极度的不安引起的。只是因为怕失去你。你对于我太宝贵了,甚于生命。请原谅。

可否给我写一封信,几个字也好,比吃许多药要好得多。亲笔给我写几个字吧,哪怕混在别人的信里,认得是你的笔迹,我就放心了。

经过极为焦虑和不安的日子,终于收到你的一张小条子,每一个亲笔字都使我丧魂落魄,几乎泣下,向你致以十二万分的谢意。

如果没有你,我真会消沉而死。现在我才相信,世界上真有想亲人想死的。小时候看电影《呼啸山庄》,情节已经忘记,但男女主角间的强烈感情把我吓着了。世界上怎么会有那样的感情?今天才懂得。我现在真愿意死去,死在你的身边。

哪怕你的信是骂我,对我也是极大的安慰。

大赦令下,身体立刻好多了,前几天虽说不到奄奄一息的地步,但医生已给我点滴葡萄糖维持,这两天已基本饮食如常。什么病,医生也说不出,大约是一种单相思吧。我实在没有想到作用这样大,可以夺去一个人的生命。

偶然经过电视室看了两分钟,一个被打得遍体鳞伤的人,当妻子来看望他时,他对妻子说:现在对他来说妻子比医生更重要。真巧,怎么就听到了这一句?

情况我基本知道,你干了一些二十一世纪中国的事,但不论后果如何,我十二万分感激你的真诚,这些日子把你苦了,像你这样的女人,一百万个男人也碰不到一个。衷心感谢你给我的一切。

别生气,一切都在好起来。像我心跳的频率那样,每分钟吻你八十次,缺点是那样就不深了,还是每次五分钟更好。这样吧,每次五分钟,每天八十次。

多说一些你的事,对于我那是生命的源泉,否则我的生命就会枯竭,生活也失去了意义。

千万别赌气,我的小人儿。别把你我的许多牺牲不顾一切地毁掉。好不容易到了现在,别在最后时刻不能坚持下去,坚持就是胜利。

勇敢地,但冷静地对待一切困难,一切都会过去。我们不是经过了比这更为困难的时期? 一切都不可能逆转,不论法庭判不判决,我与白帆再也不会有共同的生活。

相信我,再没有比我更坚定的情人了。

作为一个情人,坚定一会儿不难,难的是坚定一辈子。胡秉宸虽然没能坚定一辈子,还是坚定了几年,无论如何该算是个优秀男人。

除了沉默,吴为还能说什么?

…………

"法院有责任把问题搞清楚,你应本着实事求是的态度,认真回答我们的提问。你到底对他们夫妻有没有干扰?"

"不把大背景弄清楚不好就事论事,现在谈具体问题条件还不成熟。据佟大雷同志反映,法院到处扩散某领导人说了什么……伪造领导人讲话是性质严重的错误,因此,希望法院首先了解一下大背景。"

"你可以有你的理解,但你得支持法院工作。有关人士提出你对他们夫妻感情有影响,这和政治背景也许有联系,但有质的区别,不要拿这个做借口。这句话你坚持三次了,你太过分了。你怎么能指示法院?你有义务按照我们的要求,实事求是回答法院的问题。因为这事和你有牵连,有关系。"

"你这种态度很不好,我和你是平等的人,你应该尊重我。"

"你为什么不劝解他们?"

"他们关系好不好跟我有什么关系? 我也没时间去劝解他人离婚不离婚。"

"你有没有给胡秉宸写过信?"

"写过。"

"什么内容?"

"很多年了,怎么能记得? 我又没有写信留底稿的习惯。"

"胡秉宸给你写过信吗? 你有没有他求爱的信?"

"给我写过信,但没有给我写过求爱的信。"

"你收没收到他们两口子写给你的信?"

这时,律师原文照读了胡秉宸和白帆联手写给吴为的那封信。

伤情,但一直还算镇静的吴为,这时乱了阵脚,"……没有,只收到过他个人写给我的信……我可以看看这封信吗?"

律师把他们夫妻二人联手写的那封信给了吴为。

吴为原以为当年胡秉宸寄给她的是唯一的,没想到竟是一式两份,还在白帆手里留了一份。而且还是钢笔写的,可见认真不苟,以图存之永久。

这肯定是胡秉宸的主意,白帆不一定有那样的"深谋远虑"。胡秉宸为自己留了一个后手,立此存照,万一将来出了什么问题有案可查,一切与他无关,责任全在吴为。

　　可怕的是他们的关系已然到了这个地步，胡秉宸还不肯告诉吴为，这封信他写了一式两份，让她腹背受敌，在法院面前被动得无法支应。

　　她只好捂着这个枪眼，对付来自最爱者的这个出卖。

　　吴为只知胡秉宸出卖了她，却不知胡秉宸对白帆的出卖更狠。

　　这封联手信只能说是一记冷枪，白帆手中原本握有"核弹"——二十多封吴为写给胡秉宸的信。

　　可是临上法庭却找不到那些信了。白帆以地下工作时期的全部经验，用来查找吴为给胡秉宸的这些信，居然就找不到。毫不浪漫的白帆可以解释为被外星人取走，却在很长时间内不曾怀疑过胡秉宸，因为吴为的每一封来信胡秉宸都给她看过，他们不但一起研究过对策，之后胡秉宸还悉数交给白帆保管，深谋远虑地说："有一天会用得着的。"

　　现在果然应了胡秉宸的话。

　　白帆哪里想到，胡秉宸又把这些信偷出来还给了吴为！

　　只因吴为对真真假假的胡秉宸充满怀疑，不想这些信落入白帆之手，让他们夫妇二人茶余饭后地奚落，说："我不愿意这些信有一天落在他人手里。"

　　为了抱得美人归，胡秉宸果然言听计从。

　　旧信上有许多烟灰烧出的小洞，在吴为的想象中，那是胡秉宸一面吸着香烟，一边读信留下的。她一面抚摩那些小洞，一面感慨，多少年、多少事从这些小洞中漏过去了……并不知那是白帆一面吸着香烟，一面研读信里信外的埋伏时留下的。

　　当一个作家有什么希望？吴为只能成长为痞子无赖，才能前途无量。

已与无赖痞子相差无几的吴为反应还算机敏,更没想到自己还有这样的演戏天才,回说:"请看,这封信是钢笔写的原件,而不是一式两份的复写件。如果寄给我,为什么原件还在白帆手里?至于他们两口子为什么要写这种信,只有问胡秉宸……怪不得最近社会上盛传他们两人合起来整我。"

吴为的谎言是站不住脚的,难道用钢笔就不能抄个一式两份?

不知道法院二位真相信了她的鬼话,还是明白了责任在胡秉宸而对她发了慈悲,略去不提?

他们不再纠缠吴为是不是收到白帆与胡秉宸联手写的这封信,问道:"你听谁说他们要联合起来整你?"

"忘了。"

"你和胡秉宸到底什么关系?"

"同志关系。没有任何违犯党纪国法的事情。"

这倒是真的。就算他们想要上床,到哪儿上去?不像二十一世纪初的人类,可以到旅馆开房间,或是再买一套房,金屋藏娇。

"那人家为什么往你身上怀疑?"

"我怎么知道?"

"你分析分析。"

"我不想做这种没意义的分析。"

"那胥德章为什么这样说?"

"我怎么知道?"

"常梅说,你告诉她你和胡的感情很深,还给他们夫妇看了胡秉宸给你的情书。"

"没有,胡秉宸根本没有给我写过情书。"

"胡秉宸送过你东西,或是你送过他东西吗?"

"没有。"

"你到医院去看过胡秉宸吗?"

"去过一次。是胡副部长写信给我,说有事和我谈,我去了。他在门诊部门口的绿椅子上晒太阳,我问他,您身体好啦? 寄信的地方挺远,您走得动吗? 他说是让保姆寄的,还说:'听说我离婚把你弄得很狼狈,我觉得很对不起你。'很快白帆就来了,大打大闹一场,我当时怀疑是不是他们两口子商量好了有意捉弄我。后来想想,根据多年对胡副部长的观察,他还不至于干这样的事。"

"有人揭发你还去过,又哭又说。"

"没有。可以向护士大夫了解。"

"为什么胡秉宸写信让你去你就去?"

"当然要去,这是正常交往,以后他再给我写信让我去,我还是要去。不过现在有了经验,要带上几个人或带上录音机。"

"你要总结经验,注意不要陷进去,而且拖了这么久。"

"对的。"

"胡秉宸出院后你们有没有联系?"

"没有。麻烦还不够吗?"

"胥德章说胡秉宸找过你,你们经常通电话,他的儿媳、保姆也有这个反映。"

"没有。"

"作为作家,希望你爱惜自己的名誉。"

"当然。总有一天我会告诉我的读者,我这一生做过什么,遇到过什么。"

"你和白帆、胥德章说的有出入。"

"就是这个情况。至于你们愿意相信谁,那是你们的权力。"

"那么你认为胥德章陷害你?"

"我没有这样说。但他说的那些事,我也没干过。据我所知,

他曾动员某人陷害我,那人说:'我不能撒谎。'胥德章说:'这就是
政治,在中国我们不是第一个,也不是最后一个。'"

"谁?"

"我不能告诉你,我得保护人家。否则胥德章还不打击报复?"
吴为看了看表说,"这次谈话本来说是一个小时,现在已经占用我
两个多小时了。"

法院的调解并没有伤害吴为,这是人家的工作。不管调查如
何带有倾向性,至少面上还算公允。

使吴为受到极大伤害的是胡秉宸几副面具同时摆在眼前,反
差之大,触目惊心。

与白帆联手写下那封撇清自己的信,居然,果然,一式两份!
一份寄给她,一份保留在白帆手中,成为打击她最有力的一发
炮弹。

吴为再也控制不住心上的那根水银柱滑向零下。

出得门来,有倾盆大雨忽至。吴为躲在一栋大楼的廊子下对
着雨幕发呆,搞不清自己是在躲雨,还是再也没有力气挪动。一支
日本歌曲,穿过雨幕断续飘来:"我死了,不会有人为我流泪,只有
屋后树上的蝉儿,为我失声悲鸣……"

蓦然听到骤雨中的笑声,青梅竹马的两个小人儿在雨中嬉戏。
男孩骑了一辆自行车在前面跑,女孩紧追其后,还巴巴地撑着一把
伞,身子拼力前倾,为男孩遮着雨——很像她和胡秉宸的翻版。她
突然悲从中来。

回到法院,白帆的律师对大家说:"吴为这个人很傲慢,找她谈
话她竟然说'我现在没时间,等我把手头这篇小说写完再说'。别
人一听法院传讯还不吓得心惊胆战,她却让我们等了一个多月。

接受调讯的时候居然还带着录音机,我们还没用录音机呢！最后
还说:'可以把你们的证据在报刊上发表一下,交给群众讨论讨论,
听听大家的意见,这样的东西能不能作为证据！'"

谁说吴为傲慢！

谁说吴为不怕！

如果像传说那样,真给她判上三个月刑,哪怕不执行,只要一
公布,她的创作生涯也就全完。

吴为没有对胡秉宸说到法院的调讯和亲眼见到他那些反差极
大的面具以及他那封杰作,但胡秉宸在电话里问:"你的声音听上
去怎么那么弱？你要是倒了,我就完了。"

是啊,她当然不能倒,她不但要承受胡秉宸那些面具和那封杰
作,还得为他遮风挡雨呢。

茹风气愤地说:"到现在你还不了解他?！你值得为这样一个
人做这些牺牲吗？"

与胡秉宸一样,吴为同样把骨气看得很重,同样是个万事不愿
求人的人。但是为了胡秉宸,她把自尊、人格放在了脚下,不知浪
费多少精力、财力,去讨好他人,与并不愿来往的人等来往,干并不
愿意干的事……而叶莲子带着她多年挨饿受冻也没这样做过,她
是破了叶莲子的家风了。

她有愧于叶莲子啊！

…………

吴为是肯于牺牲的,但她的牺牲并非不计回报。

这些义无反顾的牺牲,将来都会成为要求回报的砝码。牺牲
得太多,要求的回报也就更大。

吴为要求的回报说大也大,说小也小。

说它小，是因为吴为要求的回报，不过是胡秉宸的知情知意。

说它大，是因为胡秉宸从来是个坐享其成的受体。何况胡秉宸从未要求吴为做出牺牲，不但没有这样要求过，还口口声声对吴为说："听到你受压的情况，心里十分难受，但请记住，我永远同你在一起，你永远占有我，你所受的压力都在我的肩上。"

既然吴为所受的压力都在胡秉宸肩上，胡秉宸还有什么必要对自己知情知意？

甚至说："我已经打算好，如果你因此被迫到农村劳改，我就到劳改场附近租个小屋长住下来，好在现在自由市场可以买到粮食蔬菜，只要我的离休工资照发，这些都可以办到，再订些杂志买些书，住上几年也无所谓。"

不知如此慷慨多情的胡秉宸考虑过没有，要是闹到连离休工资也没有的时候怎么办？在劳改场附近租个小屋住上几年自也无妨，但对吴为来说，代人受过、劳改几年是什么滋味？

如此说来，吴为的牺牲都是自己送货上门，她还有什么权利要求那个受体知情知意？

又怎能要求一个坐享其成的受体知情知意？那等于颠覆他的人生。

胡秉宸承受得了"颠覆人生"如此沉重的回报吗？

反过来说，吴为其实也是大俗一个，正像那句老话所说"善欲人知，终非真善；恶恐人知，必为大恶"。

所以她的不惜牺牲之说，根本不堪一击。

那么胡秉宸对待"过路情人"杜亚莉的态度呢？也无非如此。当吴为大吃飞醋的时候，胡秉宸说："既然杜亚莉送货上门，何乐而不为？我能为这样的骚货说项吗？不是引火烧身又是什么？"

通常这样的交换，总能换得一些什么。可谁让杜亚莉遇到的是只进不出的胡秉宸呢？

穷其一生，吴为都在为偷人养私生子的行为忏悔不已，早年是因为她的道德观念，越到后来，就越趋向于对献身值得或不值得的研究。

而对她在胡秉宸的保卫战中，逐渐成长为一个痞子无赖的事实，反倒理直气壮、得意非凡，觉得自己这才像个不错的流氓了。

五

如果说佟小雷是吴为的一个保护神，那么茹风就是她的首席保护神。

得知这些背景后，茹风不屑地说："可算明白了，和人理论靠的不是真理，而是看谁的后台硬。咱们也动用关系网！"

说干就干，对吴为说："你也写申诉，照他们的方式，什么也不承认。"

"如果知道我说瞎话怎么办？"

"到了现在你还不开窍？跟他们比一比，你到底有什么罪？"

写这个申诉，必须请教政治老练的胡秉宸。

对于吴为写到他们在干校就开始接近的原因，胡秉宸极为反对，来信说——

　　……不要对别人说我们骂江青的事，事情一具体化就不好办了，查起来，就得说明江青的事是谁告诉我们的。只能说你在我这里透露过对江青的不满（从反对"三突出"、样板戏，谈到"文革"、康生，特别是康生对我的迫害），而当时我一言未发，只是叹气,但可看出我是同意你的,因为在我那个地位上不便明确表态,最后我只说了一句"在外边要少说",就心照不宣。申诉上还可以写写我保护了很多干部,把打人的造反派党内外职务全撤了。谁听说过"文革"中有人敢撤造反派的职?也别忘了写上我还让打人的连长当着全连检讨。"四人帮"粉碎后,我为很多老同志平了反,对方却只想安插自己的人,对老同志长期放着不管,老同志能很快安排工作,是我力争的结果……

绝对沉住气,尽量顶住第三者问题,要准备向一切陈腐观念做斗争。不外乎开除你的党籍,让你住两天监狱……没什么大不了的,我永远都会同你在一起。

我和白帆写的那封信,绝对没有伤害你的意思,有些问题处理不当是不自觉,而不是故意所为,如果给你造成什么伤害,请谅解我一片诚心。现在只有你对我的谅解,才是我生活的唯一支柱。

由于我的疏忽使你处于这样的困境,我十分沉痛,也增加了你的困难,但我们要斗下去。

你为什么不相信我的忠诚?一定是历史阴影造成的。你还没有碰见过一个真正的男子汉,这次你可碰到一个同生死、共患难的男人了。说同生死也不对,为保护你活着我可以死去。

我给你的信又在哪里?能保证没有流落在外吗?把我的信全部毁去,文化人太重感情,不重实际。

即便法院不判离婚我也坚决造成分居事实,官司打完以后管他娘,我们就公开来往。如果支部找我麻烦,我坚决与他们斗,最多不过如此。最近读罗素传,他第四次结婚八十岁,第三个老婆已同一个美国人生了一个女儿,离婚官司打了三年,不同的是这三年各过各的生活,互不干涉……

　　胡秉宸忘了这是在中国，他也不是罗素。

　　至于那封杰作的真实目的，避而不谈。当然要求胡秉宸说出真实目的也不现实，只好归于"疏忽"，而"处理不当是不自觉，不是故意所为"。

　　不过对胡秉宸提出的要点，吴为还是一一照办。茹风说："胡秉宸的意见是想扳倒对方，还是给自己评功摆好？"

　　然后茹风通过各种渠道，将吴为的申诉和佟大雷给她的信件拷贝外送。

　　得知佟大雷的所作所为，一位伯伯对茹风说："我根本没有说过吴为是好人坏人，即使她有点儿什么又有什么关系？我也从未说过不准判胡秉宸离婚，我怎么能说这种话？人家离不离我管不着。胡秉宸的离婚问题，由他自己好生安排就是。那次会议上还有人说某部现在是'谈吴色变'。"说罢伯伯还哈哈大笑，"过去对吴为同志有误会，听人说她是个很有骨气的人？她写的小说我也看了，写得不错嘛，有才之人，有才之人。"

　　茹风说："是呀，人很耿直。和佟大雷本是工作关系，后来佟大雷追求她遭到拒绝，他就打击报复人家。他写的情书我也看了，字写得不错信却恶劣，把很多不该泄露的机密文件也寄给吴为，而且对一些领导人说三道四，信上还说了您不少坏话。"

　　伯伯说："佟大雷这个人品质不好。"

　　茹风说："思想品质也很恶劣。"

　　"我本来准备提他当副部长，现在是绝对不能提了。怎么能说胡秉宸到上海是去和吴为同居？是我让胡秉宸到上海去治疗的，走之前我还和他谈过话，他说和吴为在干校就谈得来，主要是对'四人帮'不满。"

　　茹风趁势又说："您能不能把吴为给您的申诉转回她所在的那

个部门？”

她想，伯伯不会一句话不说就把吴为的申诉转下去的。

茹风又通过关系介绍吴为到纪律检查部门，反映调动工作原单位不给转组织手续的问题。

等着吴为把眼泪抹干，史峤说：“一个党员，哪个人说开除就能随便开除？今后你的斗争还很艰难，老哭怎么行？”随后莞尔一笑，“这不也是你的小说素材？”

说不上吴为哪里让他有点似曾相识的感觉。他忽然说道：“你应该结婚，这样也许好一些。”

说罢，不知怎么想起叶莲子。一别经年，天涯何处寻？

再听茹风介绍，原来事情牵涉到胡秉宸。吴为怎么和这个人纠缠在一起？这种人是为爱情抛头颅洒热血的人吗？吴为的麻烦可大发了。

自己还不是同样？当年要不是任务紧急、身不由己，能把即将成为新娘的叶莲子丢下，不辞而别吗？现在虽不是非常时期，情况却不一定比那时简单——知道你的敌人是谁，可你知道他在哪里？

可不是，一遇解决不了的难题，女人合着就该成为解决难题的最后一张牌。

再后来，不论吴为什么时候来到史峤这里，他都会放下手里工作，静静听她那个“祥林嫂”的故事，垂着头，眼睛盯着自己的鞋尖，看上去不仅是冷漠，简直是冷淡、厌烦。

其实是想起了久远以前，想起了他以及胡秉宸风华正茂的时光……

胡秉宸能像他这样为了叶莲子一生不肯迎娶吗？但胡秉宸是个难得的优秀干部也毋庸置疑，无论如何还有过去那一层关系，怎能见死不救？

　　牵涉到这个事件(已然变成了一个"事件")的人太多了。

　　这些人之间的关系又非常错综复杂，虽然在对付吴为的大方向上一致，具体问题上又有矛盾。在什么时候、什么问题上达成同盟？在什么时候、什么问题上又不能达成协议？

　　一旦从吴为一团乱麻的叙述中弄明白她正处于何等困难之境，一旦搞清那些人的目的背景，史峤总会尽自己所能，帮助她，也就是帮助胡秉宸脱离险境。

　　史峤现在地位虽低，但资格颇老，总有各式各样的上下级关系，适当时机，给有关方面打了一个电话，说："社会上流传的事不一定属实，情况我了解一些，何必掺和他们那个部里的人事纠纷？"

　　又对茹风说："告诉那个吴为，别怕人骂，人家还不是骂了我一辈子！"

　　同样，也是一个电话，了断了吴为阶下囚的可能。

　　"听说你们要让吴为蹲监狱？"

　　"没这回事。"

　　官场上的事点到就行，有没有这回事，没必要求证。

　　"没有就好，否则会闹大笑话。"

　　史峤很快将这一消息转告茹风："有关人士已经松动，表示不再参与这件事。只是有些人对胡秉宸那么大年纪还闹离婚有些看法，有关部门还要了解佟大雷如何在里面搞鬼。还有人说：'哪里是离婚，政治背景相当复杂。白帆的律师调查很有倾向性且偏袒一方，调查吴为只找倾向那一方的人，可见不是判案而是要整人。'"

白帆开始品尝人世的冷酷无情。

不久之后,"延安一枝花"对支部书记说:"纪律检查部门又来了个文件,说我们不给吴为转组织关系是不对的。上次让我们审查她组织问题的也是纪律检查部门,我们怎么办？肯定是吴为告了上去。你说她为人老实,我看她很不简单。"

不老实的是"延安一枝花"。据支部书记所知,上次不让给吴为转组织手续,根本没有文件,只不过有人打了个电话。电话里,谁都可以冒名说自己是某某,哪怕说自己是总理。反正不是可视电话,无法核对。那个话剧叫什么名字来着？啊,《西望长安》,说的不就是一个冒充领导的骗子？

支部书记说:"那怎么着？让她老老实实挨整,束手待毙？……只有一个纪律检查部门嘛,当然按后一个指示办。"

然后支部书记把吴为找来,说:"总算告一段落,党委书记让你写个检查,可以说,你和胡副部长没有违犯党纪国法的关系,但感情上有瓜葛,要保证今后不再参与胡的离婚案。"说完这些,又低下声音,"她到处胡说史峤同志和你睡了,所以偏袒你；又说纪律检查部门接待你的是个与我年纪相仿、四十多岁的男同志,因为受了你的诱惑,所以也偏袒你；而纪律检查部门有两派,所以才会做出两种决定等等。"

吴为说:"我有这样大的魅力吗？将来再发生什么战争干脆别打了,就让我一个人去吧,把他们全收拾了。什么飞机大炮、原子弹、导弹,全抵不过我上床一睡！"

"她还问我,他们告你状的事是不是我告诉了你。我说没有。她说:'吴为现在反过来把我们大家都告了,其实我们不过好心好意说了几句话。'"

不知真出差还是找了一个出差的借口，胥德章到了上海，对胡秉宸说："朋友们给你写信绝交，都是白帆的意思。我从来没到任何地方告过吴为，或写过她的什么材料……常梅过去对白帆的印象一直不好。"

胡秉宸问："那么你是不是到吴为的单位去过？'延安一枝花'说都是你的一手操作，可把吴为整得够呛。"

"没有，绝对没有，我和'延安一枝花'根本没有过接触。我估计是'那位'通过什么关系找了'延安一枝花'。"

反正胡秉宸永远不可能看到胥德章为法院提供的证词——"胡秉宸在医院时对我说：'我和吴为感情很深，我要和她结婚，我们观点一致，很谈得来，是难得的知己。'他不只是对我一个人这样说，也对其他人这样说过，说他和吴为感情很深要和她结婚，人们都吓了一跳。吴为这个人很坏，作风不正派，主动进攻我们，却说我们欺负她一个单身女人。你们法院应该赶快表态，给胡秉宸碰个大钉子才对。保姆和胡秉宸的儿媳妇也反映，他们联系非常密切，吴为也把胡秉宸给她的情书让我们看过……"

多年后，吴为无意中翻看这个时期的日记，重温了胡秉宸老战友们当年的业绩，还有她为胡秉宸受过的那些磨难——

真不明白自己是怎么受过来的；

不明白自己为什么直到现在还那样奴颜婢膝地讨好胡秉宸周围的人；

不明白和胡秉宸结婚后，那些人怎么还好意思那样行为处事……

结婚前夕，吴为与胥德章夫妇在某个饭局上偶遇，两口子不但与吴为碰杯，胥德章还对她说："从今天开始，咱们做个朋友。其实

302

什么事也没有,都是白帆从中挑拨的。解放前白帆就另外有人,还生了一个私生子;胡秉宸也另外有人。不过一九四九年后两人达成协议,彼此既往不咎了。"

既往不咎是因为"咎"不起了,反胡风运动后胡秉宸就明白情况变了,前院已经"咎"得够受,自己后院再起火就没法儿活了。

吴为感喟地说:"过去的事,不提了吧。"

不这样说又怎么说?往后闹不好还真得和这些人做朋友呢,他们不是胡秉宸的老战友吗?

…………

吴为拣出几段日记念给胡秉宸听。他沉默了一会儿,说:"过去你从来没有告诉过我。"

这是胡秉宸历来推卸责任的暗器:你又没有告诉我!

难道胡秉宸不该向过河卒子吴为了解一下,她在胡秉宸保卫战中独自作战多年的细节吗?

碰见喜欢将自己的贡献讲个一清二楚的人,这种暗器不大管用。谁让吴为的血管里还流有墨荷那个家族的血?那个不事张扬的家族可以血溅战场,却不屑于使用这样的暗器。这样的家族是不是太古老了?如果走向灭绝,怪得了谁?

"哎,你病成那个样子,只能快乐的事多说、不快乐的事少说……有个出版社想出版我的日记,本以为没有什么意思,现在看起来还有点儿意思。"

胡秉宸大怒,"你这样干,让我还怎么活下去?"

"这和你有什么关系?"

"当然有关系,你揭发胥德章,他也会揭发我。"

"你有什么怕他揭发的?"

"当然有了,认识几十年,总会抓着些只言片语。而且我那些对手,又会来看我的笑话。"

"他们有什么笑话可看？这些阴阴怪怪的事,本就是在他们参与下制造出来的。"

"你要这样干,我就自杀。"

这个撒手锏胡秉宸用得太多了,现在不但不管用,还让吴为轻蔑,"我并没有说马上就发表,不过在和你研讨。"

如果真把这些日记发表,胥德章们可能会揭发胡秉宸的什么？

胡秉宸有什么怕揭发的？

胡秉宸政治上该说是光明磊落,吴为最担心的是胡秉宸在和她的关系中的确扮演过两面派的角色,恐怕不仅与白帆联手写了一封信。

仅仅是和她的关系吗？

她突然一惊！怎么还没有长进,还把男女之间的关系看作生活和世界的核心？

她爱了胡秉宸几十年,可他到底是个什么样的人？

"白胡婚姻保卫团"团长也赶到上海,因为有事相求。胡秉宸签个字,他就是一九三八年参加革命;胡秉宸不签字,他就是一九五〇年参加工作,每月少收入几百块钱。团长还表示,动员最忠诚于胡秉宸的老下级胥德章去做白帆的工作,"这件事包在我身上!"——与当初对白帆拍胸脯保证"这件事包在我身上"同样慷慨激昂。

保卫团其他成员也分崩离析,他们看到,闹了半天也没闹出什么名堂,不如好离好散。

胡秉宸又弃家到了上海,听说从此再不回家,一副决心干到底的样子。既然如此,他们又何必瞎搅和呢？

更主要的是,上面并未对胡秉宸做出什么惩罚;不但没有什么惩罚,据说胡秉宸去上海治疗还是某领导的关照。胡秉宸虽然离休,俨然还是部长一个。而部长是不可以反对的,只能在上面整肃他的时候搭个顺风车。如果上面不反对胡秉宸,他们为什么要反对?他们拥护的是部长而不是部长太太,如果白帆自己是部长,则又另当别论。

另外,他们觉得事情越来越复杂,以前只是风闻白帆有个私生子,经过法律对离婚案各个细节、缘由不厌其烦的求证,变成了板上钉钉,再想想白帆那张贞节牌坊似的脸,一桩悲愤的事就变得非常好玩。

三十八位夫人也表示不再掺和胡白离婚案,从此没人再到白帆那里去了。

这些人虽然认为胡秉宸不可原谅,但也不再同情白帆。

佟小雷报道说:"白帆给我爸爸打电话,问他是不是给你写过情书。我爸爸说:'我不过和她开开玩笑,写了两句打油诗……我看她不一定要和老胡恋爱,是老胡非要追她;不过也不一定,也许老胡只是玩儿一玩儿。吴为现在出名了,追她的人很多。很多干部子女都是她的朋友,那些人的父母地位也都很高。所以你要静观,不要动作,让他们跳去。你是老干部,要有老干部的姿态,端庄文雅,有教养,看他们怎么办,然后再决定如何行动。'这是我爸不想管,想抽身的意思。"

"那位"的热情也一落千丈,既然胡秉宸仕途已断,又有别的领导发话,何必闹得过分,一不小心砸了自己的脚?好比等着提升副部长的佟大雷,只差上面发文正式任命,这一纸任命书突然搁了浅。有消息说,某领导认为此人政治品质恶劣,不宜提到领导岗位上来。佟大雷提不上去罪有应得,他还没借刀呢,就把佟大雷杀了。

最后尘埃落定胥德章。当初本来就是他的力荐,此人比佟大雷稳妥内敛、无声无色、真假难辨,只是佟大雷在胡秉宸事件上非常卖力,锋芒毕露、上蹿下跳,一时盖过了地下状态的胥德章。其实整个事件中,胥德章的作用比佟大雷大。说到胥德章的作用,最好像保存地下党的力量那样,不说也罢,反正提升到这个位置上,也是对胥德章综合能力的一种奖励。

…………

难道胡秉宸上面还有人?

谁呢?

想来想去,左探右探不得而知。

谁知道周围这些人里,有没有一个双料间谍?

看来不是空穴来风,一惊一乍,赶快收兵。他这个马达一不转动,机器上的各个部件自然随着停摆——

白帆的热线电话变成了冷线;

无日不访、同一个战壕里的战友,或是销声匿迹,或是调转枪口,从谴责胡秉宸离婚变为说服白帆离婚;

给佟大雷打电话,总是老婆接听,推说他到外地调研去了;

常梅说笑不笑地带来不少小菜,问及情况,总是推说:“等等看吧。”

“听说胥德章已经走马上任?”

“哪里,还在下面蹲点。”不肯透露半点口风。

到了现在白帆终于明白,在围剿胡秉宸的战斗中,每个人都有战利收获,就连“白胡婚姻保卫团”团长,一年还有几千块钱的进账,胥德章更是提升副部长,两口子合着搅和几年,居然还是胡秉宸的亲密战友……只有奔着“金牌”的她和佟大雷鸡飞蛋打。

胥德章的提升不能说鸠占鹊巢,可也不能说与胡秉宸惨败无关。

老战友们啊!

白帆也开始体验吴为为寻找一丝救赎可能而四处奔走的困境,明知对方不待见,也一再寻找会面的机会,"法院派人到上海调查的结果怎样?有没有新的线索?据我所知,吴为到上海会老胡去了。"

"那位"没听见一样,还是低头踱步。

白帆的情报大部分是道听途说,过去需要她这些小消息推波助澜,事情闹得越大、参与的人越多越好,道听途说就道听途说,现在却是一点价值也没有了。

他的不言不语有种很强的压力,压得白帆明白,再不能像过去那样说话不必剪裁,而应该慎重挑选字句。高高在上的白帆,叭嗒一声,也从什么地方掉了下来。她涨红了脸,几乎从沙发上一跃而起,可想想又忍了下去,她还得依靠对方的实力呢,只好抽出一支烟,在茶几上蹾了蹾,官气十足地吸了起来。

对方继续沉默。地板上的脚步,一板一板,拍得分外清晰。

法院派去的人很干练,目的也很明确,分别组织了上至医院院长,下至各级大夫护士的座谈会,专门搜集胡秉宸住院期间有无女人来访的材料。还带去吴为一张放大照片,请他们一一辨认,却都说没有见过这个女人。

据总机室几个电话接线员的反映,也没有什么值得特别注意的电话,护士也反映没有什么信件。总之没有突破性的进展,乘兴而去,败兴而归。

胡秉宸不是没有力约吴为到上海与他私会,只是有了已往的经验,吴为无论如何不肯到上海去。

　　胡秉宸也好,吴为也好,他们都可以坚持,因为他们有他们的追求;白帆也可以坚持,她有她的仇恨和目标。

　　把胡秉宸大卸八块,还是大卸十块? 如今已是八块在手,再来两刀就是十块,可为那两刀和这些有目的的人一起耗下去,很不上算。

　　白帆哼哼哈哈拖起官腔,"过几天我打算到上海去一趟,咱们是不是研究一下,下一步该怎么办?"

　　对方还是沉默。

　　能耐得住这种沉默、这种背叛,真需要功夫。现在,白帆不只为胡秉宸一个人所抛弃,也为他们那个世界所抛弃了,与吴为的遭遇一样令人扼腕叹息,"既然如此,我就告辞了。"

　　"好自为之吧。"有了分道扬镳的意味,又有些许教训的意味。

　　"怕是你需要注意吧!"白帆毫不客气,回马一枪。她又不是下级小职员的遗孀,找上门来恳求什么照顾,她是堂堂正正的部长夫人!

　　"那位"皱了皱眉,没有相送。随着"砰!"的关门声,这女人已走出他们的社会。

六

　　闹到这个地步,还有什么闹头? 如果失去社会的依托,单枪匹马什么也做不了。

　　白帆有了伤亡殆尽的感觉,只好让步。

　　又毕竟是女人,毕竟夫妻一场,白帆禁不住胡秉宸"我身体如此,活不了多久,请放我一马"的恳求。

　　其实胡秉宸对付女人的招数不多,只是善用哀兵之计。

　　将吴为从山区骗回京城如此,说服白帆同意离婚如此,多年后说服吴为同意与他离婚也是这个理由,甚至使用的文字都没有变化。而女人大多不愿充当将自己所爱——哪怕是曾经的爱——置于死地的凶手。

　　但不是没有交换条件的让步,除经济利益上的考虑,最重要的是翻案。

　　知道胡秉宸离婚心切,白帆提出,只要胡秉宸就私生子问题给她一个说法,并通过法律形式入档,就放胡秉宸一马。

　　胡秉宸是何等明白之人,马上写下契书一份——

　　　　……我的离婚起诉,是病中情绪激动情况下写就的,现对起诉书中某些夸大之词作如下声明:

　　　　关于杨白泉是否我亲生儿子一事,现经双方及有关同志对我们二人以及白帆与柳彤同居日期的回忆核实,我可以消除这个怀疑,此事伤害了白帆母子,在此深表歉意。

　　　　以上声明请法院结案时一并归档存查。

　　这些文字十分诡谲,可幻可化,扑朔迷离。

　　对照一下他给吴为的解释——

　　　　……我和白帆写的那封信,绝对没有伤害你的意思,有些问题处理不当是不自觉,而不是故意所为,如果给你造成什么伤害,请谅解我一片诚心。现在只有你对我的谅解,才是我生活的唯一支柱。

　　　　由于我的疏忽使你处于这样的困境,我十分沉痛,也增加了你的困难,但我们要斗下去。

　　　　你为什么不相信我的忠诚?一定是历史阴影造成的。你还没有碰见过一个真正的男子汉,这次你可碰到一个同生死、共患难的男人了。说同生死也不对,为保护你活着我可以死去……

同样十分诡谲，可幻可化，扑朔迷离。

相反，白帆那个私生子的传闻，一经神圣法律的确认，更是不可逆转地铁定下来。

正像胡秉宸说的那样，白帆的确"浑"而有余，说到心计，哪里是胡秉宸的对手！

有关私生子问题，在众人心中并没有得到实质性的否定。

可见每个人欠下的大小债务，也许早年赖了过去，而在离开这个世界前，上帝无论如何也得让他还清。

如今，白帆也得像吴为那样，在臭名、羞辱中修炼几十年，运气好的话，也许能遇上"凤凰涅槃"那一说，也许遇不上。

不知一路顺风的白帆，如何经受得了吴为经受过的炼狱？

在白帆欢庆"平反"的同时，更不知胡秉宸还有送交中央某领导的一纸诉状，让她永世不得翻身。

如果说胡秉宸真对白帆有过什么伤害的话，比之这一纸诉状，那些伤害真是九牛一毛。

随着时间的流逝和观念的改变，这一纸报告中列举的桩桩件件，都早已不成其影响，但认死理的白帆，还会感到非常痛苦，非常在意。虽然她已经没有什么前途可言，并早已从岗位上退了下来，至今仍然认为，中央某个领导人的某个态度，对她的命运还有举足轻重的作用，至少对她即将盖棺论定的一生，大有功亏一篑的负面影响。

她无法像吴为那样，对盖棺论定的神圣，采取那种没脸没皮、玩世不恭的态度。

所幸她对这一纸诉状全不知情，否则几年之后，她还会收留胡秉宸这匹吃回头草的劣种马吗？

某某同志：

几十年来，我为夫妻生活问题所苦。因此向您报告，希望您能从法制上有所指示。

我与白帆同志一九四一年经组织批准同居，因从事地下工作，周围只有她一个女党员，事先未经更多了解，所以基础很差。

同居不久就发现很难相处，当时没有条件生活在一起，大约每周见面一次，即便如此，她也经常为一些琐事动手打我，甚至用燃着的香烟按在我的臂上，用杯中开水泼我的脸。

我对夫妻生活完全没有经验，很难想象一个青年妇女能这样对待一个同志。但限于地下环境，怕影响工作，不好声张（事后才了解到可能是遗传，她父亲就是这样一个性情暴戾、如此对待她母亲的人）。至一九五五年，两人关系已经破裂，双方都有意离婚，但因许多工作关系纠缠在一起，拖了下来。

直到一九五五年审干，外地来人外调白帆与另一个人的关系，才知道一九四六年我在异地工作之时，白帆与该人短期同居，所以一九四七年白帆生下的男孩不是我的儿子。

中国长期处于封建社会，解放后虽说情况有变，但意识形态的转变是长期工作，社会对这类问题还存在着偏见，特别是妇女，几千年来为此不知死了多少人。作为一个马克思主义者，我应正确对待这个问题，这件事势必影响孩子的一生，以后还会影响他的婚姻和后代，所以除白帆所属组织和我本人，从未向他人提及此事。

但不能否认这件事加深了我们的矛盾，感情已近破裂，使我的病情不断恶化。在此期间，白帆同志仍经常为一些小事打闹。例如有次吃饭时，她为一件小事打我的头，我不得不用手臂护着头离开饭桌。我们的女儿在旁冷言冷语地说：爸爸抱头鼠窜而逃。几十年来她动手打我我从未还手，也从未声张。对妇女动手总是不好，对邻居和家属影响也不好。

在我心脏病日益加重的情况下，白帆同志六个耳光将我打成大面积的心肌梗塞。住院期间，仍多次到医院吵闹，我因病重经常昏睡，她说我不睁眼接待她，竟然动手来抠我的眼睛。

出院在家养病期间，白帆同志继续为一些无意义的小事无理取闹。有一天我因故外出，因房中有六中全会文件，需要锁上自己的房门，她借口要到我房中拿东西，大吵大闹，我只得不锁门而去。后发现重要文件丢失，心急如焚，她不但不把文件还我，还破口大骂，完全不顾可能造成我突然死亡的可能，凶暴、残忍的态度，使我十分寒心。

急性心肌梗塞病人出院，医院要求"家属应密切配合，避免引起患者情绪波动的各种因素，因情绪波动能引起冠状动脉痉挛，加重心肌供血不足，甚至使病人突然死亡"，这个情况她是知道的，但仍不顾我病情恶化的可能性，继续用恶劣的态度对待我。

作为一个共产党员，应以党的事业为重，家庭问题到底次要，但现在已严重影响身体，使我不能继续革命工作。经再三考虑，不如彻底解决，还可为革命工作几年，向法院提出申请离婚。

希望您能关心一下这件事，使其能按国家法律合理解决，我也能早日摆脱纠纷，再为党工作两三年。

敬礼！

胡秉宸

胡秉宸能到中央某领导那里去为白帆平反吗？

同样，吴为从白帆那里继承胡秉宸的同时，也全盘继承了胡秉宸为女人制造苦楚、折磨女人的技能。

从胡秉宸穿的那件毛衣来看就不是好兆头。

上海凯旋回来那一天,胡秉宸穿着吴为寄给他的新毛衣。他非常喜欢那件毛衣的颜色,所以才穿着它去医院看望过杜亚莉。

上海出差期间,杜亚莉突然得了阑尾炎,只好就地手术。胡秉宸正是穿着这件毛衣,到医院看望她的。杜亚莉拉开病服,对胡秉宸说:"看看,这道刀疤多长。"

胡秉宸伸出手,顺着那条刀疤摸下去。那条刀疤真长,一直通向耻骨。

看望杜亚莉回来,还不忘写封信,鼓励战斗在前方的过河卒子吴为。

可是那条通向耻骨的刀疤,一直晃悠在胡秉宸的眼前。

后来,后来的某一天,借给他们结婚用房的亲戚打电话向吴为抗议,吴为才知道,自己和胡秉宸有了房子后,胡秉宸并没有将借用的房间钥匙归还亲戚。在一年多时间里,那两间房子成了芙蓉和她情人的鸳梦之地,或胡秉宸与杜亚莉两情欢洽之所。被居委会反映到房主亲戚那里:"……居民群众对这两对男女在你这套房子里进行的勾当义愤填膺。"

七

这场历时多年、动员了非常手段和人物的围剿,如浓烈的酸液,一点一滴腐蚀着吴为对胡秉宸的爱。

到了现在,吴为就不仅像一只靠惯性运动的滑轮了。在一次次恶斗、一次次出卖的涤荡中,她对胡秉宸的爱渐渐褪了颜色。

又在一次次恶斗、一次次出卖中,不但成长为痞子无赖,也锻炼成为第二个亚瑟,流亡出走之前,在曾无上信仰的上帝塑像前,仰望许久,然后一锤子将它砸了。

…………

吴为无法对胡秉宸说,她差不多不爱他了。她对他的感情,极需一个恢复,甚至重建的过程。

而且早不开始、晚不开始,关键时候吴为却开始反省她那个总是把男人职业与他们本人混为一谈的、原则性的缺陷——

是啊,为什么?

为什么总把会唱两句歌叫作歌唱家的那种人,当作音乐?

把写了那么几笔,出版了几本书叫作作家的那种人,当作文学?

把干过革命,到过革命根据地的那种人,当作革命?……

岂不知大部分情况下,会唱歌和音乐根本不是一回事;同样,会写两笔,甚至出版了很多书的人,和文学也根本不是一回事。

…………

常胜将军胡秉宸无法想象,万无一失的东西有一天也会"有失"。

其实所有的东西都有一个使用期,顶好不要过期使用。

茹风就要离开中国,临行前与胡秉宸辞别。由于从未见过胡秉宸健康时的模样,现在见他笑声朗朗、步履矫健,大为惊讶。胡秉宸真是活过来了,康复了。

问及他与吴为的情况,胡秉宸掩饰一下就过去了。到了吃晚饭的时候,茹风说起禅月马上也要出国,胡秉宸停下筷子十分钟之久,开始茹风还以为他是高兴。

停了一会儿,胡秉宸说道:"十几年前禅月报考一所好学校,录取第二天吴为就告诉了我;现在,这么大的事,她居然不提了。"

茹风只好打圆场,"吴为实在经不起这么多年的折磨,尤其这些年,人都麻木了,除了心爱的创作,对什么也打不起精神了。"

与吴为说好某日某时来电话,从中午十一时起目不斜视、耳不旁听地守着电话,结果没有。

第二天从八点起又等了一上午,还是没有。是生病了、生气了,还是因为风大雪大不好出来? 如果是风大雪大不好出来,自然不要紧,会不会是生气了?

这才想起与吴为约定打电话时,她什么也没有回答,只在嘴角上牵出一丝诡谲的阴笑。

吴为本是大俗之人,回忆往昔日子,总会想到胡秉宸本应承担、却没有承担的责任。

如今进入和平时期,胡秉宸本应做些什么来挽回形象,事实却并非如此。

所以当胡秉宸对她说"星期一、星期四可以尽情给我打电话,白帆不在家,去学手风琴了,此外时间,不要给我打电话……"的时候,早已卸任的过河卒子吴为,还能服从命令听指挥吗?

胡秉宸也早已忘记,当年在医院,每天到医院的玫瑰园为吴为选花时许下的愿。因为当时那些花既不能摘也不能送,只能每天选好放在心里,心想,算是他欠吴为的一种花债,早晚要还。还有吴为为他付出的、大大小小的债……将来都要偿还吴为。

忘记倒也无妨,问题是胡秉宸反倒向吴为算起账来。

他们终于可以公开露面的那一天,胡秉宸在商店看中一款衣裙,对吴为说:"你得给芙蓉买下这件连衣裙,还要亲手送给她,以表示你对她的感谢。因为她多次帮我开导白帆同意离婚,现在婚离成了,毕竟是她自己的母亲,对我们的关系心理上非常难以接受。"

这足以说明,胡秉宸很知道人间烟火,然而在长达多年的离婚案中,他却将吴为和她的朋友们,使得那么狠。

在这之前,吴为并没有和胡秉宸算账的意识,胡秉宸这一算,倒让她觉得胡秉宸没有良心。

难道禅月没有帮助过胡秉宸吗? 他远在上海几年,担心白帆设下坐探偷窃他的信,不敢将信直接寄到吴为家中,只好寄给禅月,请禅月转交。有时一天一封,有时一天两封,禅月只要收到,马上从学校赶回送交吴为,风雨无阻,直到他从上海返回北京。

难道茹风没有帮助过他们? 茹风的帮助无人可以比拟。

还有茹风的父母和史崤。

可以说没有茹风,没有他们,也就没有胡秉宸和吴为的今天。

佟小雷呢,不是也背叛了自己父亲,将情报及时通告吴为,也就是通告他们,吴为才能在这场战争中变被动为主动?

胡秉宸对茹风及茹风的父母,对史崤,对佟小雷,对禅月,说过半句感谢话吗?

吴为说:"我给芙蓉买些什么不是为了交换,是因为对她的喜爱,也因为她是你的女儿,何必一定亲自交给她? 这样一来,是不是把我们的关系物质化了? 还是由你交给她吧。"

"她有这种心态理所当然。"

"那么你也同样存在这样的心态吧?"

"也是理所当然。"

"如此这般,我们为什么还要结婚呢?"

茹风则说:"相处一段再说吧,你这一生太苦了,我总希望你能有个好的归宿,若你自己不认为是好,又何必再去自讨苦吃,我父

316

亲和史峤伯伯都很为你担心。胡秉宸有他的苦闷，他那些个老战友在'鹬蚌相争，渔人得利'后，没有几个再和他交往，他哪儿能适应这个情况！"

可是茹风马上也要离开中国，吴为再也无法依赖这个为她包打天下的朋友了。

没想到取得自由后，吴为与胡秉宸的约会越来越少。

胡秉宸惊慌悲愤，吴为怎么能这样伤害如他这样一个真诚的人，特别在经过这一切之后?!

一生很少失去信心的胡秉宸，现在却对吴为说："多少年来你从不吝惜地支持我，现在好像变了。我们经历了九九八十一难，在如此巨大的磨难后，如果情况有变，只要是个人，再不可能正常生活下去。我有权说什么呢？告诉我，我有权。告诉我，你不会变。"

然而吴为对他们未来的生活充满恐惧，毫无把握，"不论多大的社会压力，大部分人都可以超越，都有勇气为此付出代价，却不一定能超越自己。对我们来说，外部阻力虽已消失，然而我们可能会面临更大的障碍——我们自身的障碍。"

精明的胡秉宸，不明白何为"自身的障碍"。

吴为说得不够清楚吗？

想想胡秉宸如何与她算账！略去账目上的花拳绣腿，要命的是账面后头，得以使其坚挺的黄金储备。

也以为障碍都在吴为那边。

可不是嘛，他能给吴为什么？他已经耽误了吴为最好的年华，他能否重新建立起富有生机的生活？

而吴为有着丰富活跃的前途，极有价值的创作生活和社会生活，他会不会成为一个包袱？虽然下意识里他一直不肯承认这一点。

…………

好不容易约在一个有月亮的夜晚,胡秉宸拣了棵树下的一张椅子坐下。真是好眼力,那棵树的暗影,将他们罩了个严严实实。

大而低垂的月亮没有一点光晕,直面突兀,如悬挂在树枝上的一张烤饼;或被腌制、烹煮过,且因烹煮时间过长,满锅不清不楚。

吴为那张脸,更是缺乏营养的一片惨白、灰白,想来叶莲子和禅月也该如是。

说起他们的婚期,胡秉宸说:"定个日子吧,别老拖着了。"

吴为说:"我们不结婚,同居行不行?"

一丝丝的思考空隙也不曾留,胡秉宸破口就骂:"难怪人家说你是个坏女人,你不是在耍弄我吗?把我搞到这种地步又不想干了!真是水性杨花……"

胡秉宸哪里知道,比水性杨花更可怕!

诚如茹风预言的那样,那个曾无比爱他的女人,已被插手胡秉宸事件的那些人,还有胡秉宸自己,杀死了。

而胡秉宸根本没有听懂她的话。

这才真让吴为悲哀。

看看胡秉宸那张气得变形的脸,奇怪那个总能把持自己,成熟、自信、有着钢铁意志的男人哪里去了。

"你是不是看我现在一无所有,没地位、没钱、没房子、没家具、没汽车,就不干了?原来你那些海枯石烂的誓言都是冲着那些东西去的!"

想来胡秉宸根本不了解吴为,尽管她喜欢陷入爱情,喜欢爱人也喜欢被人爱,甚至偷人养私生子,可对母亲、女儿、丈夫、朋友、情人,绝对忠诚,从来反对多头政治。不爱则已,一旦爱上,其他男人休想入眼。

这爱因而就具有亡命的性质,牺牲一切在所不辞,那是一息尚存奋斗不已的爱。

未来的世纪恐怕将不会再有这种爱了。吴为对待爱情的态度,可以说是二十世纪的绝唱,也是所有古典情结的一曲挽歌。

为退出舞台的二十世纪,吴为将把这个角色演到终结,她的任务非同小可。

当然,如果发现对方不是"那么回事",后果也很可怕,她会二话不说,绝情而去。更可怕的是,她的"那么回事"的基准非常苛刻,这也就让她非常容易发现对方不是"那么回事"。

对待男人就像对待那把就餐的叉子,将叉齿中间那些算不得污垢的污垢擦了又擦。到了二十世纪末,除了英国的皇家御厨,或已寥若晨星固守旧日品位的高档饭店,或某个冥顽不化的贵族之家,还有多少人在擦洗餐具时,擦洗叉齿中间的缝隙?

好比对韩木林偷查她晨尿的事,何至于那样大惊小怪,导致那样的恶果?真是害己又害人!

胡秉宸本已进入这个循环,可他沾了英雄迟暮的便宜。正所谓败也英雄迟暮,成也英雄迟暮。

吴为很想对他说:"如果你现在还是部长,还有房子,有钱,有汽车,有家具;如果你还年富力强;如果没有那些整你,到现在还不死心等着看你笑话的人,我会毫不犹豫地对你说:我不愿意嫁给你! 早就一走了之了。"

要是为了汽车、房子、家具、地位、钱,吴为何不选择某国那位贵胄?比胡秉宸不是拥有更多的身外之物?不更是一个原汁原味的绅士?

谁让吴为那时还没发现胡秉宸不是"那么回事"! 既然还没发

现胡秉宸不是"那么回事",也就哪个男人都不能入眼。

后来,他们离婚不到一个月,胡秉宸就与白帆复婚,有如迅雷不及掩耳。吴为知道他会这样做,却没想到这样快。

猜想在远处也许容易忘记,至少短期内不能留在这个伤心地。是自我放逐也是逃情,吴为接受了这位贵胄那个延续了十多年的邀请。他请吴为自己决定,愿意在城市那处宫殿还是在别处驻留。吴为最后同意到他的一处古堡住些日子。

当然知道多年来这男人一直还在留意她,善待她。如果没有胡秉宸,吴为会怎样回答他十多年前的那个请求?结果又会怎样?

谁知道呢。

怎样才能对他说明白,自己的一生已经过去?这样的人与胡秉宸不同,那样的自尊自爱,那样的不死缠烂打。

直到那次在一家老饭店晚餐,吴为知道再不能拖延。那样的去处和晚餐,通常是求婚的最好场景,吴为真怕一不小心有人掏出一枚求婚戒指跪在脚下,如果说"不",他的自尊(而不是爱情),怎么接受得了? 她又怎能伤害这个一直善待她的男人?

借着一杯酒壮行,吴为抢先说道:"亲爱的,有个男人真是不错……可是,可是我不行了。"

"噢……那真是,那真是太可惜了。"那样的人,甚至不能问出一个"我能知道为什么吗?"。

换作胡秉宸,就会把吴为逼向死角。

不如吴为自问自答:"我们是老朋友了,请原谅我的粗鲁……我实在不愿哪个男人看到我的松皮……当然,我也……我也不愿意看到哪个男人的松皮。"

这就是一个平民女子与一个贵胄的不同。但在某些情况下,非得平民出面才好将事情了断。

一到夜晚，古堡里便暗影憧憧，间或主人从远处某个房间打来一个电话，淡淡聊聊；如若主人远行，她就一个人守在偌大的古堡中。当然下面有佣人，有事可以呼叫，可她用不着。

晚饭前就让佣人将卧室的壁炉点燃。壁炉里的光影跳上四周的石壁，几百年前的潮气四处流窜。吴为常常靠近壁炉，将枝形烛台举放在壁炉前的小方台上，翻看胡秉宸旧日的情书，一时像是回到与胡秉宸热恋的日子。

还有哪个男人能像胡秉宸那样，把所有的爱情游戏演绎净尽？

不但随身带着胡秉宸热恋时写给她的几百封情书，还有他送给她的那些玫瑰，虽然已经干枯。

好像早有准备，当年她把胡秉宸送来的花，分期分批，分装在不同的信封里，每个信封上写着收到的日期和与花一同送来的情话。

也许胡秉宸是对的，分离如黑夜，覆盖了这个长达二十七年的爱情上的千疮百孔，只留下一份惨淡的凄美让人凭吊。

白日里便四处游荡，无处不是伤心的理由：天空太蓝，忽然而至的暴雨，从窗外流进屋里的云，喧哗的河水……那天梦见一只狗，引导着她在古堡里穿行，很熟悉的地形变成了迷宫。狗儿带她翻过一个又一个结构复杂的木制通道，最后一个通道实在太窄，她无论如何穿不过去，醒来之后不明白这意味着什么，哭得很是伤心。

想不到他们掉了个个儿，声名狼藉的她倒是不能忘记，而不苟言笑、"非礼勿视，非礼勿听"的胡秉宸说放下就放下，说丢手就丢手了。真是伟丈夫！

最爱是森林。小路从林中穿过，老树的根部狰狞地暴露在人所不知的暗色中。如果不是那条从森林中穿过的小路，吴为永远不会知道树木经历过什么，只知道对着它们的华冠发出一声酸味的"哦！——"这才是真正的男子汉，在公众面前，只展露绰约的丰姿，而把与风、与雪、与雨、与火搏斗的残酷，深藏在根里。

走着、走着，云雾就过来了，罩了一身一脸，再看不见前面的路。

走着、走着，也会想，复婚的胡秉宸在做什么？在他们欢庆破镜重圆的宴会上吧？这个话题，足够他们庆祝一阵子的了。

远处山脚下时而有小火车通过，铁轨很窄，通常只有两三节车厢，车厢里座位很硬，间隔很窄，像美国老西部电影里的道具。人们也像西部牛仔那样，吊在两节车厢外面。一旦经过这里，车头就会发出哀伤之鸣，山谷便发出惨烈的回响。

一早打开窗，飞云会从一个窗里滑进来，又从另一个窗里游出去，在窗玻璃上留下它们的湿痕，像一个人的吻。吴为冷不丁地想，该不是那些树吧？

湛蓝清澈的河，悬挂在另一面窗前，像要流进吴为的怀里，直直扑来，在河床的石头上，撞击出轰鸣，飞溅出万般姿态，再从古堡的脚下绕过，前流三四百米后，忽地平坦出一脉少女的温柔恬静。吴为站在窄窄的窗前，多少次想要跳下去与它合而为一，但是没有勇气。

她和胡秉宸的爱情，可不正是如此！

可是，吴为什么、什么都懒得说了。

希望这是因为她累了，而不是因为别的。真的，这些年她太累了，累得像是缩了水，背也驼了，眼也花了，她不该老得这么快。

只能一任胡秉宸十分流畅地骂去。

而且这样的辱骂并不能让她生气,只是让她恐怖。

胡秉宸的手指也突然拧上吴为的胳膊,非常之疼。

吴为没有躲闪那几个有力的手指,只是想,怎么胡秉宸和白帆都喜欢拧人?难道是胡家的传统?

而胡秉宸关于英国人的那些谈论呢?

"……英国人会像吉卜赛人那样用全部生命去爱,但如果对方不要他,他绝不会杀了她再去自杀(虽然我说过这样的话),而是为了爱她终身不娶。"

太近了,太近了,胡秉宸再不是远看时的样子。

太远了,太远了,原来他们的距离如此之大。

吴为觉得自己真是恶贯满盈。

…………

"你要是不和我结婚,我就自杀。"

若是一个文化人说"你要是不和我结婚我就自杀",很可能是一时激动,过了这个时刻,也就不了了之。而对胡秉宸这种斩钉截铁的人,不可能是威胁,更不是闹着玩儿。

换了别人,即便胡秉宸真来这一手,可能会难受一阵子,别扭几天,过去之后该怎么活还是怎么活。可对吴为这种较真儿的人不行,后半辈子别想有好日子过了。

虽然胡秉宸这一手很快就会在吴为面前失效,可惜到目前为止,还是屡试不爽的法宝。人生的转折其实就是那么一个小点。谁让这趟火车晚点?抉择在即,吴为只好错过。

吴为从不缺乏莽撞的勇气,没想到与胡秉宸结婚却让她恐惧成这个样子。

要是可以逃之夭夭该有多好!可惜那时没有《逃跑的新娘》做

参考,不然吴为早就跑了。

可惜吴为也不会说"不!"

回首她这辈子栽的最大的两个跟头,都是因为不会说"不"。

两岁上遭遇的那个楼梯,像哈姆雷特父亲的阴魂,一到关键时刻就显形。

至于后来常爱路见不平拔刀相助,不能说是无私,很大程度上是通过这个无可指责的形式,伸展一下自两岁那个楼梯上起就被压缩的自己。

与胡秉宸离婚之后,吴为学会了说"不",不但会说,而且说得穷凶极恶。

晚了,什么都晚了,她就是对一切"不! 不! 不!"也无法挽回在那两个大跟头中失去的元气了。

她也不能言而无信。何况胡秉宸还险些为此丧命!

既然对他人不能背信弃义,只好沉重地对不起自己。

没有别的选择,只得嫁给胡秉宸。

一再鼓励自己:即便不爱,还可以是个难得的朋友;如果不谈爱情,胡秉宸到底是个值得敬重的男人。

事实将会证明一只鸵鸟的下场。

如果吴为这时不是鼓励自己,而是冷静下来想想清楚,也许就能明白,与胡秉宸结婚不一定就是最负责的答案;如果吴为能坚持下去,承担起"水性杨花""言而无信"等道德法庭的指责,他们的结局肯定会好得多。

就像吴为处理私生子事件一样,仍然缺乏高瞻远瞩的大道德观。

结婚登记前,吴为向叶家掌门人叶莲子要来户口本。接过户口本的时候,吴为对叶莲子说:"妈,我要去结婚了。"然后就抱着叶莲子哭了。不是痛哭流涕,而是嘤嘤细哭。

叶莲子流着无奈的老泪,无言地摩挲着吴为的头顶。这一来,她与胡秉宸的较量终以失败落下帷幕,事到如今,还有什么好说?她既不愿吴为左右为难,也不愿眼看吴为一步迈上末路,真是两为其难啊!

除了逼着吴为尽快履行结婚手续,胡秉宸对这个婚事不要说重视,连最简单的准备也没有。她的女儿总不能这样嫁出去吧?叶莲子回身取出家里仅有的一个存折,递给吴为,"仪式之类的都说不上了,总得买些过日子用的锅碗瓢盆、被褥家具吧……"

为了胡秉宸的离婚案,叶家艰苦抗战多年,希望这个存折可以最后了结紧缩银根的日子。

其实吴为早把一个私房存折给了胡秉宸。眼睛很"毒"的叶莲子焉能不知?

为此吴为良心非常不安,叶家哪个人也不曾留过私房。

本为男儿汉半路上变做女儿身的吴为,总觉得是胡秉宸嫁给了自己,而不是自己嫁给了胡秉宸。

哪个男人不娇宠嫁给自己的女人?所以偷偷留下一些稿费,算是聘礼,于结婚那天晚上送给了胡秉宸。

胡秉宸像是被吴为催眠,也认为是自己嫁给了吴为,而不是吴为嫁给了他。

直到下了楼,吴为还一步一回头地向楼上回望。

叶莲子站在窗前,看着吴为一步一步走远。

回首往事,她带着吴为闯过多少难关,现在却闯不过这一关了。

　　看到了,看到了,叶莲子看到了不远的前景。但是好哭的叶莲子没有哭,她知道结局不远,该着手准备谢幕了。

　　回身拿了些零钱,走出家门,买了一个质地很好的笔记本。从这一日开始,她为马上就是焦头烂额的吴为,记录下她自己绝对顾不上也想不到的事。

第 五 章

一

这本就是一个起始于雪天雪地的故事,对一个美丽的银色世界,原不该抱有不能融化的奢望。

二

如果吴为不是半路变为女儿身,日后也就不会爱上英雄胡秉宸;即便变为女儿身,如果不走出她的塬,不过混沌一世,最后嫁个江洋大盗也未可知。

毕竟胡秉宸生长于小桥流水的细腻精致,吴为生长于塬的大象混沌,如此风马牛不相及的两个人怎么可能融会在一起?能在一个点上交叉已是几世缘分,又何必试图将这两条线合并为一条?

就像一部小说,如果开篇就勉为其难,以后的文字再努力也不会有根本的改观,读者翻了三页就不会再翻。胡秉宸和吴为的婚姻,正是读者翻了三页就不想再翻的小说。

敛声屏气、逆来顺受、与吴为相依为命一生,老来更加须臾不可离开对吴为依赖的叶莲子,此时却斩钉截铁地说:"我绝不和胡秉宸生活在一个屋顶下。"

如此不可迁就,如此孤注一掷。

吴为不能劝说母亲放弃,一句也不能,叶莲子有充分理由做这样的决定。

叶莲子与胡秉宸的对垒,至此以一败涂地告终。吴为彻底背叛了在苦难中挣扎一生、含辛茹苦把她拉巴大的叶莲子。

从叶莲子手里接过户口本,准备前去登记结婚那一瞬间,吴为就进入了这种心态。

日后胡秉宸到底还能以与吴为离婚、与白帆复婚而向芙蓉、白帆交待,叶莲子却没能看到这一天。尽管与胡秉宸办完离婚手续回来,吴为在叶莲子骨灰前洒了一杯酒,上了三炷香,仰头对着她的遗像说:"妈,我对不起您,没能让您看到这一天。但您现在可以放心了。"

想想自己真是自私,为使胡秉宸那个让她承担离婚责任的计谋不能得逞,死活不肯脱钩,叶莲子终究不知吴为的归来,吴为只能带着背叛她的心态一直到死了。

白帆也不肯搬出胡秉宸的房子。谁让吴为抢走了她的丈夫!对任何女人来说,这都是刻骨铭心、不是不报而是时候未到的仇恨。

他们只好借亲戚两间房,找个窝儿,凑合着。

胡秉宸以一只流行于六十年代的人造革包,装了几件中山装,来到借住的房子。

"所有的东西都留给白帆了。"

"东西并不重要。"

即便胡秉宸带些东西过来,像吴为这种神经质的人,还不肯使用他人使用过的东西呢。

不像胡秉宸,与吴为离婚后竟带走她购买的所有,并不在意与另一个女人共同享用吴为的供应。

只是想起胡秉宸当年的幽默有些怅然,"结婚时我要祝酒。第一杯,祝所有的女人幸福;第二杯,大家别再骂我三心二意、有负吴为;第三杯,给所有的男人,别再勾引我老婆……"

没有,当然什么也没有,不要说祝酒,更不要说吴为向往的婚纱。

吴为有很多遗憾,从未穿过婚纱也是其中之一。见到有些老年夫妇再着婚服、补拍婚照,她总摇头——即便是模是样,青春年少的心境是无论如何不可复制了。

…………

胡秉宸有过多少美好的、不曾兑现的许诺?

不过婚纱也好,祝酒也好,都不重要,重要的是两情相悦。

可是他们各自有了两个家。

当初吴为还不知道,在这两个家中,她将扮演什么样的角色;也不知道这样两个家,是如何不同于很多人所面对的两个家。

如果不结婚,吴为倒不一定觉得她和叶莲子的家有什么特别,"家"而已。现在却觉出来了,只有叶莲子的那个家,才是她真正的家。

这种局面,当然也有"非常"的道理,可是她从来没有和胡秉宸谈一谈这个"非常",总是欲言又止。

在他人眼里,吴为似乎胆大包天(在白帆们的眼里,更是厚颜无耻),无所不敢言、无所不敢为,事实上吴为常常处在欲言又止的状态中。

　　她是太胆小、太害羞了,胆小害羞到不得不用胆大包天——包括白帆们认为的厚颜无耻,来掩盖她的胆小、她的害羞。

　　那么当她被一条黑暗的隧道紧紧裹挟着、推挤着,不管她愿意不愿意,不管她准备好还是没有准备好,都得没有退路地赶往这艰险、奸诈、想死也死不了、偏偏让她熬够该受的一切才饶她一死的地界时,她赌过的那些咒、发过的那些誓,又怎么说呢?——不过是无能之辈,处身尴尬之境时一种自助式的鼓动。

　　对此,胡秉宸从不公开说出自己的怨怼,知道吴为是个具有深重原罪感的人,只需制作使吴为感到渎职的惭愧就是。比如从不让保姆张罗饭食,不论吴为从叶莲子那里回来多晚,胡秉宸也坐在客厅里,不吃不喝地等着。

　　一进家门,吴为总是负疚地问:“还没吃饭吧?”

　　这时胡秉宸淡淡地回说:“没有。”

　　不要说这样两句老台词,哪怕比它更精彩的台词,只要说上三遍,再耐心的观众也会腻烦,而这两位演员却乐此不疲。

　　男人一旦用起心来,简直比女人还细腻,还滴水不漏。

　　禅月早就说过:“对精精瘦瘦的小男人我比较戒备,总觉得他们心里可能也没有太大的空间容纳他人。一个男人应该有度量、宽容,还有点马马虎虎才好。”

　　这个家同样也不是胡秉宸的家。

　　这可能也是吴为无法鼓起勇气,与胡秉宸谈一谈“非常”的原因。

　　就算各自从各自那个家回到他们的家,有了可以面面相对的时光,他们也没有珍惜,或是用心设计一下如何过好这段属于他们两人的时光,反倒不知出现什么意料不到的险情似的,让吴为多少天都不能进入写作状态——那唯一的,既是养家糊口的手段,又是逃避各种危机的安全地带。

自吴为从情人变为妻子,胡秉宸再也不觉得与吴为谈话、交心像他说过的那样,"一睁开眼睛,满眼满脑子都是你,一天十几个小时就这样无所事事地过去了"。

他们彼此再不把对方放在天字第一号的地位。

胡秉宸虽然"从组织上"打败了叶莲子,得到了吴为,却没有从叶莲子那里夺来吴为的心。

同样,胡秉宸的老根儿也还在白帆那里,吴为也没有得到胡秉宸的心。

比起结婚初期,吴为觉得自己长进了很多,常常对胡秉宸说:"别忘了,你老婆是研究人的。"

胡秉宸就笑眯眯地反问:"你研究出来什么了?你们这些文化人就知道胡编乱造。"笑得很是岿然不动。

吴为便眼睁睁地转胜为败,生出无以支应的技穷之恨——何况胡秉宸的笑仍旧迷人,简直就是醉人。

上嘴唇从人中那里分为两弯不对称的弧线,其中一半,不屑地,也或许多情地向上微翘。当和女人谈话时,而那女人又恰巧富于想象的话,这片嘴唇就会引起女人的幻觉。

而他的笑声里还有一种难以察觉的、撩人的、不胜情浓的轻颤。

吴为可以理解白帆是胡秉宸的历史,可以理解胡秉宸对女人来者不拒的好胃口——只消看看他在进出各大商店、饭店旋转门时对那些即便一转而过的女人忘乎所以的一瞥——却理解不了嘴唇上有着这两弯不对称弧线的胡秉宸,对杜亚莉这样的女人,竟也大有"性"趣。如果杜亚莉比自己优越许多,吴为的心理也能得到一些平衡。

不是胡秉宸自己说的?当时吴为问他:"既然杜亚莉那么有能力,你们为什么不给她安排那个职务?"

胡秉宸说:"还不是因为她太骚了。"

真的假的?

也许胡秉宸对女人并不十分了解,或不想了解。当他周旋在女人中间的时候,很少想到女人是一种非常容易伤心的动物。

与吴为结婚后,不要说事实上过着拥有两个妻子的日子,毫不避讳,就是当着吴为与其他女人调情,也是常有的事。

每当吴为觉得面子上下不来,他就晒笑道:"这有什么好大惊小怪的,哪有男人不'吃豆腐'、不'吊膀子'的?"

与杜亚莉何止是"吊膀子""吃豆腐"?

"性冷淡都有哪些表现呢?"胡秉宸问道,眉毛专注地蹙着。

杜亚莉刚刚参加过一个性心理讨论会,国人最为隐讳的事,居然拿出来公开讨论了。

谈话就是深入到这个程度,胡秉宸的那双眉毛和眉毛下的双眼,也稳重得无懈可击,像深藏古刹里的一株千年老松,枝沉叶静。

胡秉宸何尝不知何为性冷淡,以至性冷淡的表现,以至其他!

整个晚上胡秉宸一直提问,却没有发表过一次个人的见解,好像他对这些问题一窍不通。杜亚莉暗暗叹道,胡秉宸果然无懈可击,果然老谋深算。

这谈话有些像荡秋千,起初不过轻摇轻荡,后来越荡越高,荡高之后心意就有些飘摇,飘摇之后就让人生出一种欲罢不能的欢愉。

既然能够从中得到如许欢愉,既然并不在乎人们如何看待她在这方面的知识渊博,既然还有求于胡秉宸,既然不会因此损失什么,那又何必计较、戳穿胡秉宸这点说不清、道不明的老谋深算呢?

说了许多,有点口干,便停下喝茶。

吴为说:"凉了吧,我来换点儿热的。"

杜亚莉斜斜瞥着手里那杯茶,说:"没关系,我不在乎。"

听她这样说,吴为也不勉强,又坐了下来。

胡秉宸反倒无须言语地夺过杜亚莉手里的茶杯,为她换了一杯热茶。

杜亚莉嫌烦又不嫌烦、得意又不值得得意地拧了拧脖子。

吴为接着扭了扭身子,好像在椅子上坐得不够舒服。

杜亚莉一面喝茶,一面浏览着吴为满墙的照片,巴黎、伦敦、日内瓦、纽约、罗马……简直是个"世界各地"。

横的、竖的,大的、小的,高高低低,错落有致,看得出花过一番工夫。不知道是吴为的工夫,还是胡秉宸的工夫?反正是展览着吴为如今的光辉,也展览着胡秉宸的某种财富。

别管吴为过去如何,到了这个份儿上也就身价百倍了。

所以杜亚莉觉得与胡秉宸的交往,还有别样的满足。这是一种超越,一种较量,一种证明,一种胜利,一种报复,一种发泄……

胡秉宸和吴为结婚不几天,就急不可待地带着吴为来看她。

杜亚莉一眼就看出胡秉宸的用意,既是来炫耀他的成功,也是委婉的补偿。毕竟他们说上下级不是上下级,说朋友不是朋友,始终差个火候地交往过一场。而他的成功,也是他魅力的证明。她曾经想要越过胡秉宸划下的界河,尝一尝与这个不苟言笑的男人寻欢作乐的滋味。可是胡秉宸是个太好的厨子了,稳稳地掌握着火候,就让它那么文文地炖着。

到目前为止,顶多顺着她肚子上的那个刀疤,摸向耻骨。

不过杜亚莉也不着急,相信胡秉宸总有一天会越过河界。好比这种谈话,就是热身运动。

既然他们的关系不会因胡秉宸与吴为的结婚而改变,杜亚莉的心,也就难得地热了一下。

很难说嫁了胡秉宸的吴为已经胜利在握。

吴为给她的印象是聪明不多,愚钝有余。就连胡秉宸拿着她那张十二英寸的大彩照左看右看、远看近看、不忍释手地发出"这是哪位老兄,这么漂亮!"的惊叹时,吴为还品不出里面的味道,居然傻头傻脑地指点胡秉宸,"这不是杜亚莉嘛!"

胡秉宸说:"是吗,我怎么没认出来呢?"声音里软软、暖暖地融着捉弄与撩逗吴为的爱意和笑意。

吴为自以为了然地继续指点胡秉宸,"这么大的照片你还看不出来!"

胡秉宸说:"老啦,眼睛不行啦。"然后才不舍地将照片放回书橱。

吴为信以为真地拍拍胡秉宸的手臂,那一脉温情全在这无言的一拍之中了。

那时吴为显得多么年轻,脸上是任何化妆品也造就不出来的好皮肤,不仅细腻,还有一种难见的、耀人的光泽。不过几年时间,那少见的光泽不但丧失殆尽,还添上一种气血枯竭的灰暗、痴呆、麻木,而胡秉宸却炫亮起来,特别他们二人并排坐在一起的时候,这种对比尤为醒目。

美国一位医学专家研究发现:妻子的容颜,与丈夫的性格和他对妻子的态度密切相关。

开朗健谈、不易发脾气的丈夫,多数都能迁就妻子,让妻子在内在外都有充分的个人自由,她们多会皮肤滑嫩,极少生暗疮,也常常显得容光焕发。

内向、寡言且心胸狭窄的丈夫,对妻子的事极少过问又不够体贴,她们大多郁郁寡欢,皮肤粗糙,易生暗疮。

粗暴、脾气坏、不体贴人、极易吃醋,动不动就责骂妻子的丈夫,他们妻子的皮肤就容易滋长黄褐斑,且暗无光泽,头发变白,容易衰老。

这位专家的研究,可真不是无的放矢。

看一看结婚后的吴为的脸,就会知道胡秉宸是怎样对待她的了——

不幸或幸福撑得太饱,消磨得未老先衰;

贪得无厌,或一无所求;

终于占有一切,或什么也没占有,也根本占有不了;

悔恨已将神智咬噬得稀烂,或被人打掉牙也闭紧嘴巴咽进肚子;

晶莹透明或是机关算尽;

无私奉献,或一丝一毫也没忘记这奉献;

罪有应得或掉进陷阱;

如愿以偿,了却前缘或悔恨当初⋯⋯

这些纹路交织、重叠、纠缠、撕扯在吴为那张不大的脸上,那张脸就实在拥挤得让人窒息,也不知道胡秉宸有没有察觉。

潇洒如杜亚莉,也不好对着这样一张脸无拘无束、为所欲为,两只流光溢彩的大眼睛也有些滞重起来,想说的话就留下了一些,即使要说的话也尽量说得干瘪一些:"关于性冷淡,我调查过一些妇女,一般来说她们在做爱的时候,不论男人怎样亲吻、抚摩她们的耳朵、乳房,甚至她们大腿内侧⋯⋯都不能引起她们性的冲动。"

胡秉宸低垂的眼睛这时正对着杜亚莉那双放在膝上的手。他注意到那双手的每一处关节上，都有一个撩人的小肉窝。

吴为转开她的眼睛，不知道自己为什么陡生羞涩，不好意思地瞧着正在交谈的两个人，又觉出自己的多余且有些心虚，好像她坐在这里，不过是为了监视他们的谈话，而不是为了接待客人，便起身离开客厅。

先到厕所，没有必要地坐上马桶，左思右想，到底在厕所里停留多长时间为好，既不显得冷落客人，也不显得有意留给他们一段空白？

只要吴为还想到自己是一个有文化、有知识的妇女时，她就喜欢做一个宽宏大度的妻子，尤其避免像胡秉宸的前妻白帆。

反复掂量之后，以为到了可以回客厅的时刻。

她的两腿因为在马桶上坐得过久有些发麻，扶着洗脸池站了一会儿，然后慢吞吞地洗了手，洗完手又照了一会儿镜子。

镜子里的她有些模糊，好像一张年代久远的照片，恐怕也是因为厕所光线较暗的缘故，脸庞就显得比平时姣好。但她还是对着这张有些模糊的脸，陶醉了一小会儿。

这张脸让她想起从前的等待。有时半夜醒来上厕所，偶尔往镜子里一瞧，便会看见一个睡眼惺忪、让瞌睡滋养得有些妩媚的自己。那时她总是自爱自怜地叹口气，什么时候胡秉宸才能看见自己这副模样？

胡秉宸始终没有看见。等到他们结婚时，吴为的两颊再也找不到一丝红润，就连她那总像闪着一抹阳光似的头发都开始白了。

即将迈进客厅时，吴为觉得胡秉宸在沙发上的坐姿有点怪，虽然他的背极力显出正常的样子，挺挺地靠在沙发上，左手却绕过双腿费力地遮挡着什么。那是什么呢，竟使他流露出一时恨短的急迫？吴为顺着他的左手下瞧,原来他想挡着的是藏在右腿底下,以极小的幅度、极快摇动着的右手。

于是背门而坐,并不知道吴为已经回到客厅的杜亚莉,就明白吴为已经站在她的身后,立即打住了一串佻㒓的浅笑和一句话的另一半。尽管只有半句,但是加上那一串佻㒓的浅笑,也就够了。

吴为就停止脚步,不再进入客厅,而是折身进了卧室。

仰卧床上,漫然地想着今天在医院里的检查和明天进一步的检查。

会长癌吗?

如果真生起病来,可就麻烦了。谁来照顾她呢,胡秉宸吗?

医生的怀疑,并不妨碍胡秉宸在吴为排除癌变之前且需要一点鼓励的时候如此忘乎所以,如此细致深入地和杜亚莉谈性,谈做爱的技巧,如此用他的左手挡着他的右手。

吴为甚至不在乎他们说了些什么——这只企图遮挡的左手,不比说了什么更背信弃义?

胡秉宸这时走进卧室,对她说:"你的电话。"看见吴为懒懒地躺着,有点惊讶地问:"怎么,你不舒服吗?"

他那由衷的、不是故作的惊讶,简直比故作惊讶还让吴为沮丧。

电话是一家出版社打来的,希望出版她的一本新书,"不,不行,我已经答应了别的出版社,不好中途变卦。"

出版社却不肯罢休,提出种种折中方案,电话拖得很长。

杜亚莉就觉得吴为左推右挡的答话,她的眉眼、微笑、手势,甚至她的头发丝,都流露出高屋建瓴的气势。仅这一个电话,就把她远远甩到后头去了,继续坐在这里衬托吴的高屋建瓴? 不是太蠢了吗?

不等吴为接完电话,杜亚莉一蹬脚就站了起来,"既然你这么

忙,我就不打搅了。"好像杜亚莉是吴为请来的客人,而她又有意怠
慢了她。

吴为赶紧捂着话筒说:"别走,别走,这就完了,这就完……"

胡秉宸远远张着两臂,似乎想要拦住杜亚莉而又不便下手,只
好一再说:"再坐一会儿,再坐一会儿,时间还早嘛!"

可是杜亚莉执意要走,胡秉宸只好一件件拿起杜亚莉的围巾、
大衣、手套,并一一地递了上去。

杜亚莉却头也不回,噔噔噔下楼去了。吴为立刻放下电话,
说:"等一等,等一等,让我送送你。"

吴为去拿自己大衣的时候,胡秉宸已经冲了出去。她只好放
下大衣去找手电,对着胡秉宸的背影叫道:"手电,拿上手电……"

楼道没灯,从上到下黑咕隆咚。以胡秉宸的年龄来说,摔一跤
可不得了,但是胡秉宸的脚步已经远去。吴为侧耳细听,楼梯上并
没有滚下重物的声响,才渐渐放下心。

放心之后不能老直直地立在客厅正中,便好没意思地回到卧
室铺床,一面铺床一面想,往常胡秉宸上下这个楼,不要说晚上,就
是白天也是谨谨慎慎,一步一个脚印。而刚才他的脚步,矫健利索
且不说,甚至还有急于分明营垒的决绝。

等吴为换好睡衣,躺进被窝的时候,胡秉宸还没有回来。就是
把杜亚莉送进家门,也不过二百米的距离。

她很累也很困,在医院的这一天不太好过,何况还要疑神疑鬼
自己是否得了癌。

风,把不知什么东西吹得发出精怪的唿哨,又在窗上拍出劈劈
啪啪的声响。她忧心起来,胡秉宸只穿了一件毛衣,没穿大衣,也
没戴口罩围巾就跑了出去,让风一灌,不病才怪! 平时捂着盖着还
要生病,更何况这样毫无防范地扎进无孔不入的风里,唯有盼着胡

秉宸能侥幸逃过这一次。

吴为一会儿看看表,一会儿看看表,又慢又快地熬着十一点、十二点、一点……随着时间过去,渐渐觉得自己好没意思。

好像屋子里有人在审视,生怕那人看出她不过和白帆一样通俗、狭隘……便勉力为自己制造出一份若无其事的心情。

吴为尝到了报应的滋味。

她是自作自受,活该,现世报。

吴为有什么资格对胡秉宸的背叛不满?她不是也该尝尝这个滋味?她能挖人家的丈夫,人家就不能挖她的丈夫?

一出门杜亚莉就腻腻地笑了,"不怕回去进不了家门?"

听见熟悉不过的笑声,胡秉宸松快了。连他自己也没觉察到为什么把杜亚莉的高兴或不高兴看得那么重要,不禁凑着趣说:"你看,你看,说到哪儿去了。"

杜亚莉白了他一眼,"不是你自己打电话告诉我,让我在吴为面前说话注意,免得引起不必要的误会吗?"

胡秉宸无话可说了,何况他们果然不清不楚。

杜亚莉懂得适可而止,不像吴为,什么事情都要弄个不欢而散。话锋一转,就说到胡秉宸的毛衣:"你穿上这件毛衣挺像艺术家,不像政府官员了。"

胡秉宸虽然革命一生,官居要位,可是从心底里并不希望人们把他和那些工农出身的干部混为一谈。

何况杜亚莉不完全是恭维。他从杜亚莉的语气里听出女人对男人的鉴赏。虽然吴为也这样鉴赏过他,可那像早已存入银行的定期存款,如果可以不断充实,多多益善又有什么不好?

杜亚莉与男人的关系不完全出于功利,有点像集邮爱好者收集邮票,是可以集功利和审美于一身的。

"我本来就是个普通的工作人员嘛。"

"说说就露馅儿了,这不是官话又是什么话? 普普通通的工作人员可不这么说话。"

杜亚莉没有回家的明确表示,胡秉宸谈得好像也很投入,不知不觉他们就沿着曲曲折折的小胡同荡了过来,又荡了过去。就像刚刚切入与吴为的关系时那样,谈的虽是工作,可是又能从那堂而皇之的话语中哑摸出模棱两可的滋味,不多,就那么一点点,像餐点中的调料,少了不行,多了又适得其反……

街灯很暗,风大,路面似乎也高低不平,他们的脚步就有些歪斜。

于是他们的身体有意无意地时时碰撞。胡秉宸就想,难怪几个老头子改变初衷,现在又要举荐杜亚莉了。即便没有他这一票,杜亚莉也能稳操胜券,他大可不必多此一举。

胡秉宸十分清楚,哪些女人吃得豆腐,哪些女人吃不得豆腐。像杜亚莉这样的女人你若不吃,她还要送给你,让你非吃不可呢,何况她也不是白让你吃。

就拿眼前来说,还不是为了利用他那点余威,荐她那个小小的职位?

直到两点多钟,胡秉宸才蹑手蹑脚回到家里。

知道吴为不会睡着,还是小心翼翼地钻进了被窝。只有小心翼翼,才是现时情况下的最佳表现。从前和吴为幽会回来,不也是这样表现给白帆?

窸窸窣窣躺好之后,果然听到吴为不均匀的呼吸。唉,女人!便把胳膊向吴为的脖子底下伸去,再把她拉进自己怀里。

吴为全身的肌肉僵硬着,于是胡秉宸就一如既往地开始摩挲

340

她的肩膀、手臂、腰身……

闹事的女人并不可怕,不论什么样的女人闹事,只要耐心摩挲她们,都可以化险为夷。特别对吴为这种情绪说来就来、说去就去,说敏感或说神经质的女人更是如此。

可是吴为全身的肌肉还是不肯妥协地僵硬着。

胡秉宸一面摩挲着吴为一面想:吴为啊吴为,尽管不为始料所及,你却是我一生中爱得最多、最深的女人了,你还有什么不知足的呢?

为了他和吴为这场惊世骇俗的婚恋,他的革命同志就以革命的名义对革命一生的他进行了裁决,被甩出曾在上面运作了几十年的轨道。且不说这轨道的性能机制是否良好,但那上面至少有他的大部分人生,然而这部分人生,让一个手指头说抹就抹没了。

胡秉宸不是把一生的功名都搭进去了?

谁能算得出功名的价值?但他还是献给了吴为。

又想起与白帆粗茶淡饭的日子。尽管白帆也偷人,但说到底与吴为不同,应该说还是个安分的女人——正因为安分过了头,男人反倒不爱了。

想当初,本以为和吴为吃吃豆腐,就像和杜亚莉吃吃豆腐一样,不过是纸上谈兵、逢场作戏,调剂调剂生活,说完就完,各自回家照旧过各自的日子,何曾想要丢掉糟糠之妻?万万没想到吴为这种不安分的女人却认了真,而自己也说不清楚,为什么越来越爱、越来越离不开吴为,闹得白帆只好拿出官太太的撒手锏,上告"陈世美",逼得他毫无退路,只好离婚。

可一旦与吴为真过起柴米油盐酱醋茶的日子,就显出了这个婚姻的缺陷。不论哪个男人,恐怕都很难和吴为这样的女人生活下去——不论什么事都有自己的意见,不但有自己的意见还要固执己见;要命的是这些意见不是心血来潮就是异想天开,不论你干什么,她都会把你的动机想得更好或是更坏,这要看她当时的心绪;而又极度琐碎敏感,包括衣服脱下来放在什么地方,几块抹布哪块用来干什么,都不能混为一谈⋯⋯

没结婚以前吴为可不是这个样子,始终像个好糊弄的、羞怯的小姑娘。现在呢,却像闹更年期的老处女。她为什么会变成这个样子?

只知道下死力、下拙劲爱,却不懂得男人更看重女人的"功夫",不太计较四两拨千斤那个交换是否等价。胡秉宸不得不提醒她:"你怎么就不能像别的女人那样,时不时地对我说句'给我洗洗脚嘛!'要不就是让我给你揉揉肚子?"

声音之媚婉,让吴为张大了嘴,睁大了眼。

"你以为女人仅仅在床上让男人操,就够了吗?"

难道胡秉宸没有看出吴为在床上做出过何等的努力?

不是胡秉宸说的吗,没有哪一个女人能有吴为的情调?⋯⋯

这是从同一个人嘴里说出来的话吗?

"情调"和"调情",哪里仅仅是两个字的颠倒? 绝对是性质迥然不同的两回事。

吴为也不明白,"情调"也好,"调情"也好,都是性爱大餐前面的开胃菜,上床才是后面的主菜。开胃菜再精致,如果主菜不够精彩,也意味着性爱大餐的彻底失败。

三

曾经有个孩子问契诃夫:海是什么样的?

契诃夫说:海大。

那时的吴为对自己说:那个孩子就是我。

也这样相信着,一直地。

现在问自己——

海是什么样的?

她懒懒地看着远处的海,说:海在树上。

就在这时,吴为的眼睛成了海,或海进入了她的眼睛,并显出墨黑而绝非蔚蓝的颜色。

这是一个没有风的、干热的、发着高烧、咳喘得难以呼吸、听凭疾病吞噬的下午。

不要说没有桃子、没有西瓜、没有汤面条、没有热茶,就是冷水也没有……总之是个什么都能有,却什么都没有的下午。

只有从胡秉宸大张着的嘴里噗出的鼾声,还有,满脚的脚癣。

这个从大张着的嘴里噗出鼾声、满脚脚癣的人是谁? 叫什么名字?

他的名字叫做契诃夫。

为什么海已不是她少年时契诃夫所说的那般、那样——海大?

而是在树上?

还有,为什么她不再天塌地陷也在所不辞地奔向它,虽然只有举步之遥?

而是坐在与它隔着千万棵树的某棵树阴下,满眼比一双瞽目还黑暗地在远处思量它。

她实在太浑蛋了。

经不住胡秉宸的大闹,只好将重病在身的叶莲子丢给保姆,陪胡秉宸到这个海滨胜地消夏。

在这个听凭疾病吞噬的下午,吴为希望有碗汤面条,可是胡秉宸从食堂拿来一个馒头,重重地墩在她面前,说:"请吃吧。"

吴为望了望他,起身到浴室,嘴对着水龙头,喝了一个够。

知道她有过什么样的日子?!这能难倒她吗?

她的沉默,不过是对往日诺言的一个非常不情愿的信守,而非五体投地的诚服。胡秉宸感到了吴为的反叛。

不能怪胡秉宸冷硬,吴为刚刚拒绝了一个服务。

源起芙蓉的情人。

多年来胡秉宸不能接受芙蓉的情人,为此和芙蓉的关系闹得很僵。

"这个人到底有什么地方值得你爱?!"

芙蓉说:"我爱他少年得志。"

"什么样的'志'!"

"不比你的'志'小。"

提起芙蓉的情人,胡秉宸总是鄙夷地说:"他是什么东西!不过江青写作班子里一个摇唇鼓舌的小丑,还不是靠着'文化大革命'那时候写批判柳宗元的《封建论》起家,才得了'四人帮'的赏识?居然也爬上了四届人大代表的席位。我就看不得他那副小人得志的模样!瞧他那张脸,简直就像个戏子。要不是'四人帮'垮台,说不定就是另一个刘××!打倒'四人帮'之后,各个喽啰都得说清楚,这个利禄之徒,摇身一变,倒成了无产阶级革命派,人们好像也忘了他和'四人帮'的关系,他还有个绝活儿,一有风吹草动就立功,最后还入了党,你说本事大不大?这么多年不办理离婚手续,一手搂着他老婆,一手睡我的女儿,我女儿岂不让他白睡了!吴为,发动一下你文坛那些朋友,揭露揭露这种人,治治他……"

吴为说:"那是芙蓉的选择,我们没有权利干涉她的选择。而且这样做会暴露芙蓉,她不就成了另一个我?"

不谈那位情人的政治品质到底怎么回事,吴为觉得他和自己在胡家的地位,有某种可比的卑微。

胡秉宸想想说:"是有些投鼠忌器的问题。"

直到有一天芙蓉说:"他现在是局长了。"胡秉宸才哑然住口,然后心事满腹地在房间里踱步。

很快,请芙蓉的情人到家里吃了一顿饭,作为门户大开的起点和对这个关系的认可。

逢到关键时刻,不论涉及政治气候,还是有关升迁、工作中的疑难,胡秉宸还会主动指点一番,不过只言片语,却是画龙点睛之笔。新旧"官经"互补短长,岂不如虎添翼?

吴为陪胡秉宸住院期间,还将家中钥匙交与芙蓉和她情人,为他们提供了一个绝对安全、不会曝光从而影响情人仕途的安乐窝。

不知是忘了还是有意回避,此事没和吴为打招呼,以致吴为懵懵懂懂让保姆回家给胡秉宸熬鸡汤,恰好撞见他们在床上,造成无法解释,也越解释越糟的误会。芙蓉便从此与吴为结下无望打开的死结。

马上跑到医院找茬儿,一时找不到特别锐利的刺针,只好掏出钱包对胡秉宸说:"这里有邻居还你们的四十块钱。"

胡秉宸说:"算了。"

"那不行,我得还你,省得你老说没钱。"转过脸来,恶声恶气地问吴为,"吴为,油瓶子里怎么没油了?"

"对不起,这些天都在医院陪你父亲,家里的事没有顾上……"

一旁的胡秉宸又是一言不发。就像当年白帆在医院对她大打出手时那般那样。

吴为坐在那里十分尴尬,又不能走开,担心胡秉宸说她不愿接待芙蓉,回头又为此和她吵闹不已。

芙蓉愤怒得花枝乱颤,将围巾掉在地上,那是吴为从国外给她带回的礼物。芙蓉看了看地上的围巾,不但没有捡起,离开时反倒踩了一脚,不是狠狠的一脚,就是一脚。然后看了胡秉宸一眼,便有了默契。

要不是那天情况特殊,芙蓉的挑剔一般不那么直白,而是带着训练有素的政治家庭子女的特征。

叫她"吴为"她也不在意,西方人对长辈也是直呼其名的。只是芙蓉让胡秉宸的孙子叫吴为阿姨,辈分上有点不伦不类。如果吴为是胡秉宸孙子的阿姨,吴为又是胡秉宸的什么人呢?吴为该叫胡秉宸叔叔还是伯伯?

保姆平时就对芙蓉不满,总觉得芙蓉没有权利对自己吆五喝六,吴为还没有对她吆五喝六呢!这一下有了把柄,得意起来,说是要向居委会反映。

吴为只好拿钱堵她的嘴,还不好对胡秉宸说,说了他会觉得吴为故意恶心芙蓉。

好比后来搬家,吴为将留有芙蓉情人精液的床单、毛巾被都扔了。不扔怎么办?保姆不肯洗,难道让吴为给他们洗吗?想必芙蓉的亲生母亲白帆也不会给他们洗这些东西。不料胡秉宸知道后勃然大怒,酸着脸对吴为说:"为什么扔了?好像你没有见过男人的精液!"

哪里是舍不得床单和毛巾被!

明知埋下了一个定时炸弹,也不敢马上让这保姆下岗。等了很久,吴为才找个借口将保姆辞了。保姆临走时还暗示事情没完,真是请佛容易送佛难。

应该说芙蓉对吴为相当宽大,和吴为还有过一段不咸不淡的关系。有些私事,对吴为的信任甚至超过白帆。

胡秉宸起诉离婚期间,白帆发现自己的女儿也是一个第三者。那时,对第三者的仇恨,使白帆不分内外地闹了起来。

芙蓉只好求助于同病相怜的吴为:"我妈可能会把我和他的事情闹大。"

已经有了实战经验的第三者吴为说:"一、立刻把你们之间的信件、日记、照片转移;二、死不认账;三、千方百计阻止你母亲闹到他的机关去。"

那时芙蓉非常同情自己,所以也就同情了吴为,"我妈天天和我爸吵架。法院也找了我三次,我妈那个律师还对我说:你不要以为吴为对你好就不说实话。又问我谁最知情,我说胥德章……我爸去上海治疗向我妈要钱,我妈不给,他只好说要是不给他钱,他就把家里给我存的那一千块拿走,我妈这才给他钱。我妈不论对谁都说,对保姆也说,我爸早就不和她睡觉了……"

当胥德章要求芙蓉出面证明吴为给白帆打电话、给胡秉宸写情书时,芙蓉说:"这些事都是我妈说的。我没看见吴为到我家来过,也不知道我爸是不是去会过吴为。我们总不能太撒谎,搞诬陷吧。"

胥德章说:"这就是政治。在中国我们不是第一个,也不是最后一个。"

芙蓉无论如何不肯做第 N 个。

以芙蓉的身份,这样做实在不易,她完全可以像杨白泉那样,证明吴为给白帆打过电话,或吴为到胡家去过……甚至像胥德章或佟大雷那样制造证据。

但芙蓉一清二白。

有时还为胡秉宸送鲜花或条子给吴为。

尤其在胡秉宸提出离婚起诉后,芙蓉对胡秉宸的帮助,可与茹风对吴为的帮助等量齐观。

芙蓉实在不忍心看到父亲被折磨得几次濒临死亡。

父母几年厮杀,损失惨重,也该知道疲倦了,连她都疲倦了。

如果不是看到家里发生这样的不幸,白帆和杨白泉的关系又不好,他们表面镇静,内心却非常苦恼、孤独、寂寞,芙蓉早就离开这个家了。

芙蓉与情人的关系,与胡秉宸、吴为所处的境地类似,当胡秉宸请芙蓉出面与白帆沟通时,她慷慨答应,并付诸行动。对他们最后达成离婚协议起了重要的作用。

所以芙蓉怎样对待吴为,都可以说是应该。

还是无官一身轻! 芙蓉的情人无论如何不能与胡秉宸类比。

一个"再说",接着一个"再说"。先对芙蓉说等入了党"再说",入党之后"再说"转正,转正之后"再说"提升副局长,提升副局长之后"再说"提升正局长,一直"再说"到芙蓉年近五十……

但芙蓉无怨无悔。她和吴为不一样,到底出身官宦之家,懂得这些"再说"的意义,似乎还在期待一个"再说"——提升副部长。

一旦与父亲结婚,吴为就变了。哪儿像没结婚之前对她那样肝脑涂地,那样忠诚,那样不敢对水?

现在呢? 尽管极尽阿谀奉承,可是一百个勉强、一百个不是打心眼儿里出来的。以为芙蓉看不出来?!

忘恩负义的东西!

如果不是她劝说父母双方让步,父亲能轻易离婚吗? 如今吴为能够拥有父亲,难道不该对她感恩戴德?

果然也是,吴为与芙蓉的关系,现在完全变成了一个难度很大的演出。为让这个唯一的观众满意，吴为笑得比从前更为灿烂，动作比从前更加夸张，不说不笑的时候也尽力安静、拘谨讨好，一招一式看芙蓉的眼色、脸色行事，尽量显出她们的关系和以前没有什么不同。她也不知道自己怕芙蓉的什么，然而就是怕。

就算父亲常常回家，吴为有什么理由妒忌？母亲不是已经把自己的丈夫拱手相让？谁的牺牲更大？

真是得寸进尺，吴为有什么道理不满意这个小妾的地位？

既然吴为的阿谀奉承不是打心里流出来的，芙蓉又为什么领情？听听她那个保姆说的："吴阿姨每天都留很多菜钱给我，说你回来时多给你做些好吃的。"这不是在她面前作秀，不是虚情假意，又是什么！

为什么偏偏她回来的时候才这样做？

这样说来，平时不这样做？父亲的日子能好过吗？

她那些稿费哪儿去了，用得着这样表白吗？

保姆说，每次芙蓉一进家门就开始数落吴为的不是，连她都不回避。因为保姆本对芙蓉不满，难免有挑拨之嫌，吴为听听也就罢了。

可是芙蓉并不避讳，"为什么不买地毯？"

"买了，你父亲不用，在储藏室里放着呢。"吴为带着芙蓉去储藏室，看了看那块很大的地毯。

"为什么不给我爸买空调？"

好像吴为把所有的钱都藏起来了。

吴为怎能对芙蓉说，自结婚后，胡秉宸从来没有拿出过一分钱。稿费标准又低，仅凭她那点稿费和工资，支撑这样生活水准的两个家，该有多么难。

以致等米下锅地预支稿费、催要稿费，成了人们的笑料或鄙夷的话题——"我就不信吴为缺这两个钱用!"

胡秉宸不是小气,而是没把这个家当作家——既然不是自己的家,一分钱投入都是多余。

他还常常对吴为说:"白帆一定觉得我是个厚道的人,房子她占了两年,工资我给她一半,家具财产全归她,最后又为她和杨白泉搞到房子,她会想我这个人不错。"

吴为回芙蓉说:"听说空调用电量很大,电费很高。"

"没有多少电费。"

"你父亲身体弱,对空调也不适应。"

芙蓉这才没得好说,但不等于心里满意。

当芙蓉通知吴为"我哥哥要来看我父亲"的时候,她甚至庆幸终于有机会补一补杨白泉"春节造访"的窟窿了。结果如何?不得而知,但杨白泉肯来做客,总比永不上门好。

当笑容还在吴为脸上灿烂着的时候,芙蓉说:"不过有一个条件,就是你不能在这个家里待着。"

灿烂的笑脸只好凝固起来,但还是说:"可以,只要你父亲高兴,我什么都可以为他做。不过时间是不是放在我去德国访问的时候,因为那样不会引起你父亲的怀疑。如果我在国内,又不在家里迎候你哥哥,你父亲是不是会不高兴?如果他知道真相,会不会对你哥哥提出的这个条件有意见?如果我不在国内,那么不在现场就是顺理成章的事……过不了几天我就走了。"

芙蓉听了之后,悠悠地放出"你又何必自作多情"的一笑。这笑容绝对不是白帆的 DNA,而是胡秉宸的。

吴为只能回到叶莲子那里哭诉委屈。叶莲子说:"这就是我当初为什么坚持不搬到一起住的原因,这样我们还能有个退路。如果我也跟你一起搬过去,他儿子来了,又提出这样的要求,我们到哪儿去呢？只能坐到公园里去。夏天还好说，冬天怎么办？只好坐在大街上喝西北风吧！"

后来吴为不知无意还是有意对胡秉宸说起这个插曲，他却"顾左右而言他"："这个情况我不知道。"

芙蓉有天居然和吴为开诚布公地说："你一天到晚出国、应酬、写小说，还要到你妈那里去上班儿，这个家管不管了？"

有谁嫁人之后还把母亲放在与丈夫的小家之上？吴为是不是带着她妈一起嫁过来了？

想来芙蓉从来也没设想过，无所事事的胡秉宸，整天看报、找茬儿、打发日子，为什么就不能将闲置的时间，用来照顾一下吴为？

胡秉宸也忘了自己追求吴为时，给她写过的那个千万宠爱在一身的小曲《疼》了。

禅月去国，叶莲子又上了年纪，吴为能把她丢在一边，只照顾胡秉宸不照顾她吗？

谁让叶莲子只生了吴为一个？当时又没有"只生一个好"的政策，早知会有这个矛盾，不如再生一个。

谁让叶莲子含辛茹苦把吴为拉扯大？没有叶莲子吴为不会有今天，更不会成为作家，成了作家就得写小说。

而胡秉宸不正因为吴为成了作家，才一改初衷，从鄙夷、把玩，到爱上吗？

为此吴为请过两个保姆。可是胡秉宸不干，因为那样一来，明显地又为他开销一笔，现在还可以说保姆这笔的开销是为了叶莲子，与他无关。

也不明说不干，而是想方设法将保姆挤走。这与日后不断制造冲突，步步紧逼吴为，让她一旦无法忍受就会先张嘴提出离婚，出的是同一手牌。

　　保姆也不是白痴,胡秉宸不爱吃咸,她偏使劲放盐;胡秉宸不吃酱油,她偏放酱油。

　　胡秉宸将她撵走,她到派出所说是迷路找不到家,还反映吴为不在家的时候,胡秉宸与其他女人不正经……派出所打电话给胡秉宸,让他到派出所接回迷途的羔羊。胡秉宸大发雷霆,"叫你们所长来听电话!"所长接完电话,只好派警察将保姆送回。

　　一般来说,胡秉宸不喜欢让人知道"我是谁",可也不喜欢人家一点也不知道"我是谁"。好比在老宅子的时候,不愿意人叫他少爷,可也不愿意人不知道他是少爷,有时还像某部电视剧里的康熙皇帝,偶尔来一下微服私访。

　　有次出差,飞机故障,不得不在某地停留一夜,机场要求滞留旅客登记,上有级别一栏。胡秉宸质问工作人员:"为什么在机场过夜还填写级别?"又穿了一件千人一面的中山装,对这个问题工作人员未予理睬。恃才傲物的胡秉宸一怒之下填写了个二十八级,工作人员更不答理他了,将别的乘客做了安排,向他翻翻眼珠,拜拜了。他只好把随身携带的机密文件包塞进裤腰,将带子往脖子上一套,上街看了一场电影,下了一个小馆,然后在候机室的长椅上睡了一夜。

　　保姆将胡秉宸整治她的事告诉了保姆学校的老校长,想来比事实夸张许多,闹得那位也是不可等闲视之的老太太,要来抽胡秉宸的耳光。

　　…………

　　真是鸡飞狗跳!

这哪儿还是家？简直是个被黄鼠狼偷袭的鸡窝。

说到出国，像吴为这样的俗人，怎能拒绝对方出资的免费旅行？所以对这个指责，吴为认为自己应该承担。她的缺席就不像照顾叶莲子和写作那样正当。

可是，"每天到你妈那里去上班"实在难听，如果仅仅指责她也罢了，怎么能够这样说到叶莲子！只好忘恩负义了，"你并不每天和我们生活在一起，怎么知道我老是回家照顾我母亲，不照顾你父亲？"

芙蓉想了想说："我自己想出来的。"

"怎么会凭空想出这些？"

胡秉宸在一旁插话道："是我告诉她的。"

"如果是你，事情就更复杂了。别人这样说还情有可原，你怎么能这样不讲事实？我是不是尽最大努力照顾了你，你没看到我累成什么样子吗？"

还不如那些常见的朋友，见她总是蓬头垢面的样子，很是心疼，"你的任务是做个好作家，而不是做个贤妻良母。贤妻良母有的是，很多人都能做，好作家却难找。再说你如此竭尽全力，未必能落一个好，何苦呢？"

见胡秉宸不好回答，芙蓉说："算我造谣吧。"

"你为什么要这样做呢？恐怕还是有人说了什么吧？"

胡秉宸抄起钵里的梨，一个个摔向墙角，梨汁溅了一墙一地。

他为什么不往地板上扔而是往墙角上扔？吴为的思维游离出线，思考起胡秉宸为什么把梨砸向墙角而不是砸向地板。

"芙蓉好不容易回来一趟，你就和她吵架！"

一声厉吼，把吴为拉回现场。

"这哪里是吵架！你明明知道不是这么回事又不出面澄清，我只好为自己说几句，你就闹成这个样子。你为什么恼羞成怒？难道我为自己解释几句都不行吗？"

这一夜禅月梦中还乡，姥姥在她耳旁絮絮地说着自己，也说着妈妈的一生。朦胧中，有一带翼的巨大黑影，盘旋在她的头顶，姥姥的话语渐渐变为含混的呓语，又像轮回不尽的诵经……禅月感到那翼的拂动，而后又慢慢覆盖在她的身上，柔软而温暖地窒息着她。她听见那翼的轻笑，便伸出右手到那两翼交叉的地方，那儿有一根极硬极硬的翎。

妈妈说过："你的手那么小，可是真有劲儿，这叫'通关手'。"

禅月就用她的"通关手"握住那翎，猛然一拔，翎子就被拔了下来。那翼也就猛然收缩而去，不再覆盖她，也不能再用它的柔软和温暖窒息她。

禅月的呼吸畅快起来。虽然那翼还在头顶盘旋，但已越缩越小，禅月觉得那正是它该有的模样。

回手将翎折成几段，那翎发出了痛苦的尖叫……在这叫声里，她听到一个亿万年前的回声，穿过苍茫岁月、潮涨潮落的起伏，以及荒漠上的风、碎裂的太阳……

她想起幼时那次生病高烧，明明觉得自己往深渊坠落，深渊下有巨大旋风吸吮着她，她的两条腿已经滑下，并在旋风中悠悠悬荡着，可她的两只手死死抠着渊上的峭壁，手指被锋利的岩石割破，疼得几乎支撑不住，身体也越来越重、越来越大，两条胳膊却越来越细、越抻越长，马上就要从中折断，吓得她大叫"姥姥！姥姥！——"可她最后还是爬了上来，觉得自己睡了一个长长的觉，在这一觉之后，烧退了。

小时的事不一定都记得很牢,可这来自深渊下的风、风的旋力、她不肯坠落的意志……都成为她的老本,正是从那以后,她有了特别的力量,知道自己从此以后可以做很多的事情。

多少次禅月想把吴为和叶莲子接去,可吴为说:"我还有个丈夫呢。"

"给他请个保姆,我出钱。"

"他需要的不只是保姆。"

"从他对你的态度,我看不出什么本质性的区别。你就是不为自己想,也该为姥姥想想。"

吴为默然。

当妈妈什么都说不出的时候,她头上的白发就替她说出无尽的苦楚和辛酸。在这样一个环境里,妈妈能不缩水吗?

噢,可怜的妈,您只好受着去了。只要您这种"俯首甘为男人牛"的原则不改,您的苦役就没个完。

是啊,保姆能和胡秉宸上床吗?所以此保姆非彼保姆。

中国男人很少直视女人,大部分是斜视、瞟视、窃视,尤其对他们想入非非的女人,更不直视,怪不得中国人发明了那么多关于"看"的词汇。禅月能指望也用这种眼神看女人的胡秉宸关爱母亲吗?看看她穿的那件黑T恤、那条黑布裙,上面的每一根线条、每一条皱褶,都宣告着廉价和粗制滥造,而她那股穷酸气又特别硬,特别横冲直撞。

都是她自己把男人惯成了这个样子,瞧她为胡秉宸下过多少次地狱!

当年杨白泉还不是看她们满门弱女子,没有撑门立户的男人,才敢平蹚她们的家?妈妈早该把胡秉宸写给她的那些情书,复印一套寄给胡家,也许一封就够了。

如果胡秉宸不为她说什么,她自己就不能对芙蓉说一句:"你跟我说得着吗?"

几十年来,为什么独自承担着所有的侮辱和欺凌?为什么不能对世人说"找那个男人说三道四去"?

…………

妈妈以为她是谁?包打天下,无所不能的上帝?

傻不傻!永远一个没头没脑的傻小子。

芙蓉更是不辞劳苦,走家串户,及时将吴为的败行劣迹通报昔日"白胡婚姻保卫团"。已然解散的"白胡婚姻保卫团"重又聚集起来。

于是这个被黄鼠狼偷袭的鸡窝,为岗位上下来的老战友,提供了发挥余热的可能。

吴为再次陷入孤军奋战的境地。在胡秉宸保卫战中,虽然也是一枚孤军奋战的过河卒子,后面毕竟还有胡秉宸的爱在支撑,现在却是背水一战,而且这些对象与佟大雷又不同。

国民党厉害不厉害?还是干不过共产党。

何况还是地下党,即便吴为有十个脑袋也不行。

连胡秉宸说起来也是谈虎色变,"胥德章这些人排斥一切不是这个圈子里的人,孤立搞臭叛逆者,比如我,所以特立独行的人很少。"

他最后的投降可以理解。

…………

吴为哪里是嫁给了胡秉宸?她是嫁给了胡秉宸那个城堡啊。

她日夜不安,诚惶诚恐,精神紧张,全部节奏混乱。

还要打肿脸充胖子,向人展示她终于得到了这份三生之缘,她很幸福,是被丈夫终日呵护备至的优雅女人,而不是蓬头垢面、全方位的奴才。

吴为在床上的表现不够完美、不能全然投入,与这种心境不无关系。

那一次胡秉宸与杜亚莉讨论性冷淡以及类似课题,让免不了骨子里还是一个旧式女人的吴为觉得,他们二人在拐弯抹角地嘲讽她的床上表现。

当吴为在一本杂志上看到一则探讨性冷淡的文章时,觉得找到了为自己开脱的理论,试着与胡秉宸谈谈"非常"之一:"你听,'……性冷淡的主要原因之一是生活节奏太快,体力精神极度疲劳的结果……'而不仅仅是你和杜亚莉说的那样。"

以为有了这样的科学根据,会得到胡秉宸的同情。可是胡秉宸一句话,就把不论是她,还是杂志上的科学理论,都挥斥得退遁无门:"什么生活节奏太快?什么体力精神极度疲劳?……都是你自找的麻烦!"

与胡秉宸恋爱结婚,可不就是她自找的最大麻烦!

再看到有关女人如何启发男人性兴奋的文章时,就解嘲地一笑,将那报刊扔下,想,太累了,无论如何她不能这样劳累自己。

尽管叶莲子得了不治之症,但也不一定那样早就弃世。

她是实在不忍心看着自己的女儿,被一点一滴地敲骨吸髓。

胡秉宸的战友、白帆、儿女,能这样肆无忌惮地对待吴为,根本问题在胡秉宸。如果胡秉宸能够站出来为吴为说几句话,他们怎敢这样对待她?包括他那个杜亚莉。

胡秉宸是太原始了,"我""我""我",连旧社会的阔少爷都不会如此。再看看那些猫儿,母猫生小猫时,公猫还急得围着母猫团团转,舔了这个舔那个,到底是个"大老爷们儿"啊!

客观上他们全体把吴为耍了。

看看吴为累成什么样子了——披头散发,面色晦暗,满腿是血,还笑嘻嘻地对叶莲子说:"那个警察真好,我以为他非骂我一顿不可。"

为的是到国际邮局为芙蓉邮寄一份国外某基金会的申请表,险些出了车祸。

芙蓉又和情人闹翻了,每与情人闹翻,就让吴为再给她找一个出国的机会,以为这样一激,情人就会有所悔悟。也不亲自填写表格,一律由禅月或胡秉宸代劳。需要芙蓉补充什么资料,她也不肯用心。不能说芙蓉使唤人太狠,只能说她的出国之说,不过是对情人的冷战。

情况一旦有了转机,也许情人一句甜言蜜语,芙蓉就会反悔,就像胡秉宸一句甜言蜜语就让吴为无数决心化为乌有一样。出身政治家庭的芙蓉,面对男人的无情,与一般女人一样,完全没有了自己。

到了现在,吴为已经知道永远不会得到芙蓉的善待,但她一直不清楚当年欠芙蓉的"债务"已偿还了多少。只要芙蓉开出账单,总能得到意想的偿还,还巴不得芙蓉给她这个偿还的机会。

吴为为芙蓉花费的精力,比对禅月多多了。禅月出国留学全凭自己努力,根本没让她走过一个关系。

这一次吴为比较为难,"过去为你联系过那么多次,最后你又不去了,朋友白帮了忙,关系也都用尽,现在再求人家,真是张不开嘴。"

这一次芙蓉千保证、万保证:"你再想想办法,这次我一定认真对待。"非常真诚。

自己也是过来人,完全能够体会芙蓉被情人耍弄的痛苦,见她那样急迫,想要逃离这个长达十多年的情劫,吴为答应再想办法。

美国、加拿大是不行了,只好转求欧洲的朋友。

所幸某基金会有了回音,吴为亲自到国际邮局为芙蓉邮寄申请表格。

为赶时间,吴为把自行车蹬得飞快,连闯红灯。她也知道,即便如此这般,也挤不出多少时间,不过几分钟而已。

但是对于胡家,吴为是太忠诚了。

很快就到国际邮局,吴为再闯红灯,一辆拐弯大卡车呼啸着向她冲来,眼看就要撞上,来不及躲避,只好拐了个硬弯,从车座拔得很高的二八车上结结实实摔下,摔在了那个十字路口。因为穿着短裤,立时满腿流血,疼得她不顾十字路口那个眼看她违规的警察,抱着脑袋捂着脸,坐在十字路口不能起身。没想到警察见她摔得可怜,不但没有罚她,还把滚得远远的草帽为她捡回,问了一句:"你没事儿吧?"

很久、很久以来,吴为都没有听到这样一句简简单单的话了。疼痛没有让她流泪,危险也没有让她流泪,这一句陌生人的关爱,却让她掉下泪来。

回到家里,胡秉宸只问了一句"寄出去了吗?"至于吴为腿上的伤,好像没有看见。

不能怪胡秉宸无情,他不但还在气头上,近日以来积攒在心里的怒气也没发泄出来。

原因是他去国际邮局邮寄芙蓉的申请表格时,对工作人员很不客气,又发生了口角,对方就说接收城市不明,无法投递。

由于芙蓉自己不肯填写申请表,只好由胡秉宸代劳。

一个副部长,哪里干过这样琐碎的文字工作?又不会用打字机,用一个手指在打字机的键盘上戳来戳去。打字机不像电脑,错就错了,没有修改余地,胡秉宸不得不一次一次重来,满地扔的都是废纸。

每当打错一次,胡秉宸就发出虎啸一般的长吼。

吴为怕怕地说:"我用电脑替你打好吗?"

他怒吼道:"你给我滚!"然后执拗地继续憋在屋子里,终于把那申请表打了出来。

怀着这样一颗暴怒的心,能对邮局的工作人员态度好吗?连对自己的妻子吴为都是一个"滚!"

只好由吴为去邮局协调。

有了结果,芙蓉又不去了。

不去倒也在意料之中,可是没料到芙蓉会这样质问她:"你什么意思,非要逼我出国?"好像胡秉宸有亿万家私怕芙蓉分得。

吴为简直不知如何回答是好,"不是你让我做的吗?"可吴为还是没脸没皮,这种情况下还不愿看着机会轻易流失,继续劝说道,"你看事情已经办成这个样子,还是去吧,就算是去旅游一次。"

"不去,就是不去。我没那个闲钱花在这趟旅游上。"

"我不是给你存着一笔钱吗?当初说,你出国留学就用它做路费,如果不出国就等你结婚用。"

"我为什么要用你的钱?!"

关于这笔钱,胡秉宸常常提起,老是说:"我们把那笔钱还给你吧。"

"好吧,既然你说芙蓉不需要,我就捐献给'希望工程'。"

"你要是捐献给'希望工程',我就都把它花了。"

"随你便。"这笔钱带来的麻烦实在太多了,可有关这笔钱的讨论,最后总是不了了之。

…………

吴为向胡秉宸转过头去,希望他能说句公道话。他不但当时在场,现在也在场,亲历亲见芙蓉吩咐吴为为她联系出国的是他,如今眼看着芙蓉指责吴为将她弄出国目的不纯的也是他,可他胡秉宸又是一言不发。

芙蓉走后,吴为才敢问一句:"你们父女二人怎么回事?不是你们让我去给她联系出国机会吗,怎么现在又变成我逼她出国?"

胡秉宸回答说:"哎,芙蓉还是个小孩子嘛,何必和一个小孩子计较呢!"

四十多岁的芙蓉,什么时候才算长大成人?吴为实在羡慕芙蓉,要是胡秉宸对自己也能这样宽大为怀就好了。

不是芙蓉刁钻。谁让芙蓉生长在那样一个家庭,如果她像一个平民女孩那样,守望的仅仅是一个爱情,而不是情人的"少年得志";如果情人对仕途没有那么多的奢望,芙蓉也不会在望不到头的守望中毁了她那少女如诗的情怀。

情人倒是行情看涨,可轭上的绳子随之也越拉越紧,就像当年还在岗位上的胡秉宸,在爱情与前程的取舍上别无选择,再也不提与妻子离婚与芙蓉结婚的事。而芙蓉也韶华渐逝,他们的前景越来越渺茫,让芙蓉怎么安恬得了?

从这番苦苦守望上来说,整个儿一个吴为当年景观的再现。

安排好叶莲子的饮食起居,吴为马不停蹄,又赶回胡秉宸那里去。

险些死在车轮底下的吴为,让叶莲子开始盘算什么。

吴为一出家门,叶莲子就让小保姆搀扶着她来到厨房,从米罐下掏出吴为结婚登记那天自己买的笔记本。拿着它回到卧室,擦去面上的麸粉,一页页从头翻起。

其实叶莲子久已不再记录吴为的痛苦,因为每一笔记录,都是她亲眼所见或吴为亲口所讲,都是刻在她心上的一刀……

　　×年×月×日

　　虽然反对他们结婚,但真结了婚,我还是一心一意往好里做,往好里处。

　　为了他们的第一个春节,第一个年夜饭,买了平时很少吃的菜,很贵。

　　等了很久,晚上九点多胡才来。原来他到白帆那里去了,说是去送机关里发的几条鱼。

　　吴问:"你什么时候去的?"

　　他含糊其辞:"白帆不在家的时候。"却不告诉具体时间。

　　难道直到他离开之前,白帆还没回家和孩子们一同过除夕吗?

　　我给他盛饭端饭,他就那么坐着,连一声谢谢都不说。当着外人,他不是一口一个"谢谢"的绅士吗?

　　×年×月×日

　　吴说起胡在上海养病期间,因不肯出卖他而受尽白帆与他对手迫害一事,胡答:"怎么,难道你还让我把白帆痛打一顿不成?"

　　吴说:"我哪里是那个意思,我只不过想要听你对我说一句'亲爱的,你真爱我!'想不到这点儿心思还要我亲口说出来。"

　　难道他不该问一问吴:"那些年你是怎么过的?"当时只要吴

交出他的一封信,那这个政治游戏还跟吴有什么关系?

好人全让他一个人当了。

×年×月×日

胡又住院了,吴去陪住。

吴说早上起来胡就开始骂她,已经骂了几天几夜了。

"我不喜欢酱油,你怎么偏往烧鸡里放酱油?你安的什么心?是不是成心不让我吃饱饭?"

"你对司机和保姆太民主。我告诉过你,不要和司机多说什么,否则他就会蹬鼻子上脸。唯女子与小人难养,近则不逊远则怨,你懂不懂?我用了这么多年的司机,没有你这么多花样。到底是小市民出身!"

"你把钥匙给芙蓉了没有?没有,怎么搞的?昨天到现在一天都过去了,你就抽不出一点儿时间把钥匙给芙蓉?……上次我住院,她在我们那里小住,家里竟然没有油,让她怎么生活?没有油你知道不知道?你这个家怎么当的?"

"前些天胥德章他们来,瞧瞧你那副受宠若惊的样子。你是我太太,还是一个作家,他们过去都是我的下级,怎么见了他们会那样没有身份、没有架子?!"

"芙蓉现在是硕士了,没有好衣服怎么办?"

"街上好看的衣服不少,我还给禅月买了几件呢。"

"芙蓉不会买。"

"好吧,我给她去买。"

"你在香港给她买的凉鞋,把她的脚都磨破了。"

"她对我说她穿三十八码的鞋,我买的就是三十八码呀。"

"你给芙蓉买的珍珠项链也缺了一颗。"

难道吴会摘下一颗吃了，卖了？

下午有电话打进病房，吴接听，对方问："你是谁？"

吴说："我是胡秉宸的爱人。请问你是谁？"

"我是白帆，你来拿鸡汤吧。"

"好，你和秉宸说吧，他如果需要，我马上去拿。"

胡接过电话说："这里每天都有人送吃的，不用了，谢谢啦。"

"有人"送吃的！"有人"！

过去胡对吴说，他生病的时候，白从来不关心他的死活，就连心肌梗塞，白也没有陪他住过医院，现在看来，白不是很关心他吗？

胡昨天才住进医院，白怎么马上就知道了医院的电话？

胡对吴说："是芙蓉把电话号码告诉了她，也可能不是。"又说，"你赶快回家交电话费吧，交完电话费就不用到医院来了，来回跑没必要。"

因为白要到医院看望胡。

×年×月×日

胡一位老战友的女儿来访。丈夫是美籍华人，突然病故，她通知其前妻在美、港的子女前来商讨安排后事，结果财产及银行保险箱钥匙全被他们拿走，她特来向胡讨教如何争夺遗产。

胡说："你根本就不该通知他的子女，先把一切抓到手再说。"

那些子女固然不对，但胡这个主意不一定就好。

要是吴为突然死了，他是不是也会这样对待我和禅月？

×年×月×日

胡要吴给他买一件驼色毛背心,吴在冷风里徒步从东四走到东单、王府井,每见商店就进,终于买到一件驼色、前有辫形花纹背心一件。辛辛苦苦回到家,胡不见了,原来和白帆共进午餐去了。回来之后不但不做一句解释,还嫌弃吴为买的背心花式太旧,说:"我告诉你要一件驼色毛背心,没说要这种辫子花式的,这种花式太旧了,你自己穿吧,我不穿这种东西。"

×年×月×日

让吴过香港时为他打听两个侄女的下落,"听说其中一个嫁了大亨,如果找到,让她们招待我去香港玩儿玩儿。"

吴说:"这个夏天我不在国内,你自己到北戴河去疗养一下吧。"

胡说:"你不在,我一个人去有什么意思? 一定要和你在一起,我才会去。"

晚上吴接到某部长的电话:"告诉老胡,我在老干部局看到我们在北戴河的楼号,老胡是三号楼,我是七号楼。让他找我打牌去。"

吴把老部长的电话转达后,胡停了一会儿说:"我多年没有和芙蓉一起到北戴河共享天伦之乐了,这次我要和她一起待一待。"

本是应该的事,胡为什么演戏?

×年×月×日

吴今日回国。因为我这里离机场较近,先到我这里看望,不敢多作停留,就赶到胡那里去了。一进门芙蓉就说:"你到哪里去了,现在才回家?"

"我先到母亲那里看了看，不知我不在这些天她的情况怎样。"

芙蓉听都不听，转脸到客厅里去了。吴讨好地将国外带回的礼物一一拿给他们。

她将吴从国外带回的酒杯一扔，酒杯碎了，对胡说："哟，对不起。这可是吴为从国外带回来的。"

×年×月×日

宴客。芙蓉与胡坐于主位，吴被挤在一角。

由芙蓉一一给客人布菜，一边布菜一边说："爸这个鸡腿你吃，伯父这个鸡翅膀你吃……"轮到吴，芙蓉看了看，夹了一个鸡屁股。吴不吃鸡屁股，只好继续摆在盘子里。

接着芙蓉对客人侃侃而谈："我妈那个人特别善良，还帮司机老婆找工作。司机对我说，他老觉得我妈那个家才是胡家。你们说怪不怪？"

客人们不便表态地哈哈着。"哈哈"是一种有进退、怎么解释都可以的回答。

吴也陪着哈哈，可胡偏偏不让她在这哈哈后面躲一躲，不给吴留一寸面子的机会，插话说："别做出那副受气的样子。"

这一来，大家就有了名正言顺地看看她一脸尴尬的机会。

×年×月×日

昨天胡来我这里大闹。因吴去修胡送她的那条"玛瑙"项链了。那不过是一条仿玛瑙的玻璃项链，因胡所送，吴一直很珍惜，这次出国更要随身带着。

路上塞车，吴回家晚了，胡就来我这里大闹，问我："吴为到底上哪里去了,不在这儿也不在我那儿,是不是和情人幽会去了?"

我不好说什么,也不敢说什么,怕影响他们的关系,只好像哄孩子那样哄这个比我小四岁的男人:"别生气,别生气,她不会无缘无故不回来。"就差没有说"好乖,好乖,听妈妈的话!"

胡把我的茶叶罐摔到地上,说:"这就是你们这些小市民、暴发户养出来的女儿!"

一见吴终于回来,胡闹得更厉害了。吴把他哄到自己卧室,跪在地上,一面摩挲他的胸口,一面求饶:"我去修你给我的项链了。"

可胡怎么也不相信吴的解释,直到我去请他吃饺子,吴还在地上跪着。

看到女儿给人这样下跪讨饶,真让我心疼不已。

胡一口饺子也不吃就走了。我和吴手足无措相对而立,不知还会有什么厄运在等待着吴,也不知怎样才能缓解她的焦虑。

果然一早就接到芙蓉电话,"昨天你们怎么搞的?让我爸发了一夜高烧,一早就去了医院。"吴吓了一跳。

昨天胡在这里大吵大闹时还劲头十足,怎么一下就发了高烧?

吴与我商量,如果胡病重,她一定取消这次出访,不管此行与她的事业以及转机去美国参加禅月的毕业典礼多么重要。

马上给法国航空公司打电话,"我丈夫突然生病,也许要取消计划,如果退票请问如何办理?"

"如果您在下午三点之前做出决定,可以打电话到法航办事处。三点半以后,请打电话到机场登记处。"

我看看表,到下午三点,吴还有七八个小时的时间。

交通拥挤,自行车又借给了邻居,吴无法马上赶到医院看望,又打电话给芙蓉,说她一时赶不到医院,胡的病情请她及时通知,以便决定自己的行程。

刚刚放下给芙蓉的电话,胡就笑眯眯地进来了,"我不过是前列腺炎复发。"

所谓发了一夜高烧,一早去了医院,是真还是假?

胡的安然无恙和笑脸,让吴感动得忘记了他昨天的行为。

也许胡良心发现,还带来一罐茶叶,对吴说:"我把你妈的茶叶打翻了,现在赔她一罐。"不说是有意摔的,而是打翻的。

尽管没说一句"对不起",也算道歉吧。我们被他欺负惯了,今天他能这样做,已大大出乎我的意料。

吴受宠若惊地与胡周旋着,无法在远行之前和母亲话别,那是她自小养成的习惯。可她不敢也不能抽出一分钟时间给我。

×年×月×日

吴远在他乡,只好请胡帮我办理出国手续。因上年纪无法乘坐公共汽车,胡还算不错,用他专车带我一程。车座很矮,手脚不便,无法从车座起身下车,也开不了车门,胡见后也不拉我一把,径直下了车,站在二十多米的远处随我自己挣扎。我很着急,可也不敢叫他,后来司机看不下去,给我开了车门,把我搀下车。

×年×月×日

保姆走了,吴也病了,胡说:"你这样病着,我也不能没人照顾,还是去找个保姆吧。"

吴想不如与胡乘他的专车同去保姆市场,找到保姆后可以直接带去他那里。

吴问:"你能不能和我一起去?"

"不能。"

吴只好爬起来,到保姆市场找保姆。下着雪,还很大,风刮得也烈。找到一个山东来的,教了保姆最基本的家务活儿和胡秉宸爱吃的菜,说是等身体好些,再多加指导。

冒着风雪将保姆送到胡处,然后才回到我这里,因为她病得不轻,需要我的照顾。

我老了,但还能尽心照顾女儿。当夜吴就发了高烧,胡知道后也没来看看。

总算没再找吴的岔子,吴也就满意了。

．．．．．．．．．．．

这哪里是笔记,这是一本"变天账"啊。

也可以看出,吴为对叶莲子无所不说。

这些事,当时不过一桩桩记下,现在统起来一看,简直就是顾秋水的阴魂再现。看得叶莲子好心疼,好心疼啊!一个如此叛逆的女儿,被折磨成了什么样子!

当她发现胡秉宸这把软刀子并不比顾秋水的硬刀子更为人道时,她知道吴为的大限到了。可怜的吴为,再也没有出头之日了。

自己的病又好不了,只能一天比一天坏,不过在床上等死,这种活法不但她觉得累,吴为更累啊。

活着还有什么意思?无非看着吴为在胡秉宸的折磨下一点点耗尽她的生命,而自己又无能为力。她老了,如果不老,还可以为吴为一拼。

既然不能解救吴为,又怎能忍心让水深火热的吴为继续背着自己?如果没有她,吴为肩上的担子,就会从双份变做一份,那不就是对吴为的解放?

没有她夹在他们中间,胡秉宸也许能对吴为好一点,吴为的日子就会容易一点。

死了好哇，死了什么也看不见，什么也不知道啦……

两天后，叶莲子让小保姆将她搀进厨房，点上火，靠在小保姆身上，将那"变天账"一页页撕下，一页页点燃，一页页化作灰烟。

如果小保姆读过《红楼梦》，就会知道大事不好。可是小保姆哪里读过？

…………

叶莲子找到了时机，住进医院抢救的一天，她拔掉了身上所有支持生命的管子。

叶莲子只想解脱吴为，却不懂得这个世界上她是吴为唯一的药物。她这撒手一走，谁还能给吴为一点点治疗？谁还能给吴为一点点关爱？

更不懂得，她这一走，不但不能解脱吴为，甚至把吴为推向绝路，吴为跟着死定了。她的肉体也许还在运行，可是从"活"的真实意义上说，吴为死了。

最后的吴为能不揪住叶莲子不放吗？

她冲上去摇撼着无知无觉的叶莲子："妈，您醒醒，您醒醒！"

叶莲子再也不能醒来了。

她该怎么办？

此后这个世界上，再也不会有人倾听她，知道她，支撑她了。

没有叶莲子的未来，将是怎样的恐怖？她将不得不单枪匹马面对胡秉宸们的折磨、欺凌而无处倾诉，那些苦水马上会把她淹没。

不，不能，妈您不能把我一个人丢下！您回来，您给我回来！

吴为冲上去,用拳头猛砸叶莲子的臀部,叶莲子还是不能醒来。

她又跳上去在叶莲子脸上打了一下,狂呼道:"妈,您醒醒,醒醒!"

叶莲子还是不能醒来。

只是,非常奇怪的是,此时从叶莲子左眼渗出一滴又浓又沉的泪,挂在了左眼睑下——那好像不是泪,而是从身体里渗出的最后一滴精气,让吴为心里一惊。

不知这滴泪,是不是对墨荷离世时那一滴独泪的呼应?

只是叶莲子这滴泪非常混浊,而墨荷的那滴泪清清亮亮。

叶莲子多年不流泪了,现在却流出一滴。尽管她已经没有呼吸,这滴泪还应该说是她一生中的最后一滴泪。叶莲子哭了一辈子,没想到离开这个世界的时候,还不能像那些寿终正寝的老人一样,安安静静地走。临走,临走,还得再流一次泪。

她这辈子所流的泪,几乎全来自她所爱的人的伤害,连最后这滴泪也不例外。

这滴泪,不也是声讨吴为不孝的檄文?

吴为趴在叶莲子的脸上,将那一滴混浊的泪,吮吸进自己的肺腑,希望将叶莲子的这滴泪,永存心田。

等吴为稍稍清醒过来,才发现叶莲子拔去了身上所有救生的管子!

原来叶莲子有意如此!

医院说是往家里打了电话,但是没有人接听。也许那时吴为刚刚受过胡秉宸的呵斥,正躲在公园里痛哭。

"妈,您就这样把我脚下最后的、唯一的,让我不致沉沦的那块木板抽走了。您为何如此狠心?如此决绝?"

世界如此之大,吴为从此却没有一处可以落脚的地方了。她有房子,但却没有了家。

这是一个永远不可能愈合的、长在吴为生命上的伤口,直至她生命的终结才可能结束,也许还会带到下一世也未可知。

叶莲子去了,她的苦难和她本人,再也不会站在吴为和所有男人中间了。可是吴为却走出了男人的迷宫,她对这个人世的希望以及有关男人的一切神话,也一闪而灭。

吴为也曾设想,要是重新给她一次生命,和胡秉宸的日子会不会过好?

不,不可能。这不是她自己能决定的事,她的命,是从叶莲子开始并延续下来的命。即便叶莲子已经不在了,也得由她来负责完成。

除非给叶莲子另外一次生命,另外一种命运。

一切都是前生欠下的。

世上的事,绝对有因有果。

失去叶莲子的哀痛,充盈着吴为剩下的人生空间,要是有人爱她一点、呵护她一点,也许她会走出忧郁,最后不致发疯。

可是没有。

她需要揪住一点东西,借助一些外力,可她现在两手空空,什么都没有了。

没有啦!

从此叶莲子变做吴为泪眼里的幻影,总是摇动着两臂,走在她的左左右右、前前后后;叶莲子那一拢只有吴为才能嗅得着的气息,也总是散漫在她的四周……

吴为心不在焉、慌慌张张、神不守舍,老觉得有个约会在等着她。后来明白,那是她和叶莲子的约会。只有赴了那个约,她的心才能定。

四

反过来说,胡秉宸不仅和吴为结了婚,同样也和吴为全家结了婚。

所不同的是,叶莲子在木已成舟后,便不希望那只船漏水、下沉,无论如何得航行下去;而胡秉宸周围的人,无一不希望这只船触礁下沉。

想当初,胡秉宸与吴为也希望过白头到老吧?可是周围有太多的因素把他们扯开。

所以很难说他们谁抛弃了谁。

那一天风平浪静无战事,吴为却无缘无故高唱起来,唱得像大学时代在大学生合唱团那样卖力:"啊,亲爱的安娜·格里戈里耶夫娜!啊,亲爱的安娜·格里戈里耶夫娜……"

胡秉宸说:"你喊什么呢?"

"我在唱。你没听过这首歌吗?苏联电影《心儿在歌唱》的插曲,'听……心儿在歌唱,歌唱我的爱情,歌唱我的幸福……歌唱亲爱的安娜·格里戈里耶夫娜……'"

恍惚觉得,就是这个安娜·格里戈里耶夫娜,不仅嫁给了年长她二十多岁的陀思妥耶夫斯基,也嫁给了陀思妥耶夫斯基那一大帮亲友。

而这个安娜·格里戈里耶夫娜毕竟有能力将陀思妥耶夫斯基

带出国门,远远逃离那些摧残,甚至可能毁灭她和陀思妥耶夫斯基那伤感、脆弱爱情的亲友,让他们的爱情足够长大、健壮,让她自己的精神也足够长大、健壮,各个方面都成熟得足以应对他们之后,再回来面对那帮亲友。

可是她既没有那样的经济基础,社会也没有提供她那样的可能。她不得不在自己的精神还没长大、健壮,技术上更是一穷二白的情况下,就被压在这巨大的岩石下,再也不可能冒出头来,只好变形、扭曲,为日后的发疯积攒条件。

她果然越来越怪兮兮的。

可以说胡秉宸带吴为去精神病医院是对她的关心,也可以说是受了白帆的影响,当年他每每发作心绞痛,白帆就说是装的。

从精神病医院回来,没等脱掉大衣、卸下身上的皮包,吴为就怯怯地对胡秉宸说:"我再也不到这种医院去了。"

"为什么?"他尖着嗓子问。

"那些医生只是好奇而已。我能对他们说什么呢?"她两眼望着空中,心想,她能把这个被黄鼠狼偷袭的鸡窝,对人一一道来吗?

"不行,你确有精神病,现在更要经常去看医生了。"

吴为哭了起来。

从前她不是这样的,这是胡秉宸们近二十年的成果。

"哭什么? 要你去医院又不是杀你!"

"不,我不去!"知道逃不脱胡秉宸的安排,又像每每被胡秉宸冤得、噎得上不来气那样,吴为恨不得将自己撕碎那样号啕起来。

越哭越觉得窒息,她得赶快离开这屋子,不然就憋死了。脑袋一撞就向街上奔去——胡秉宸反应非常之快,喀哒一下,锁上了门。

吴为又反身奔向窗户,不管楼高楼低,要紧的是逃出去。

胡秉宸一看情形不对,一把拽住吴为挎在身上的皮包带,并且下了暗力。

皮包带深深勒进吴为的脖子,她更觉喘不上气,发出了非常奇特的叫喊,脖子上也勒出一条血印——从这条血印的色泽,可以想见胡秉宸的手脚有多么厉害!

不过谁能说出什么? 只能说这是胡秉宸对吴为的关爱。

瞬间神志不清的吴为,根本感觉不到疼痛。

但是她奇特的叫喊惊动了邻居。听到隔壁邻居有了动静,胡秉宸放开了手。这才发现,皮包带和皮包体间已经开线。

那是禅月送她的一只荷兰名牌牛皮包,想来以它的坚实程度也经不起胡秉宸的手脚。

叶莲子什么也不用问,只消看看吴为的脸,看看她脖子上那道紫痕,就知道胡秉宸干了什么——他真是恨死了吴为。

事情过去,日子照旧,除了脖子上那条血印不肯轻易销声匿迹,吴为从未想到"家庭暴力"这样的问题。胡秉宸不会像兵痞顾秋水那样动辄以暴力代替语言,而对吴为下这样的暗劲儿,不过是爆发了一次埋伏已久的仇恨。

谁让吴为不肯离婚!

五

不能怪那个"干馒头"冷硬。

吴为拒绝了一个服务。

在这个没有风的、干热的、发着高烧、咳喘得难以呼吸、听凭疾病吞噬的下午,胡秉宸再一次说起芙蓉的情人:"他现在是局级干部了。"

若是以往,吴为还能耐着性儿听下去,可在这个疾病吞噬的下午,她需要安静,不得不提醒胡秉宸:"你早对我说过了。"

胡秉宸愕然地看着吴为,好像她说错了什么。

然后就是这个"干馒头"。

是这个原因吗? 即便吴为不说"你早对我说过了",胡秉宸就能体贴她一点吗?

痴心妄想。

他们的关系已是质的粉碎,而不是裂为几块,连补缀的希望都没有了。

"当初如果接受我的建议,不结婚,而是同居,该有多好。"吴为说。

胡秉宸怫然调头而去,时过境迁,现在还想算那笔旧账!

他越来越爱发脾气,甚至说不上是发脾气而是找茬儿。男人一旦到了动辄对女人找茬儿的地步,虚弱也就暴露无遗。

受尽欺凌的人每每恨世,每每冷酷,"我本以为我是这个世界最糟糕的人了,没想到有人比我还糟糕。你要是条汉子,就该有勇气承认自己的变异,而不必用找茬儿的办法制造离婚口实。有'种'的男人可以变心,但不会用找茬儿这种伎俩来迫使对方放弃这个婚姻。"吴为是彻底看不起胡秉宸了。一旦看不起那个男人,也就不再爱了。

吴为同样卑劣,不肯轻易说出离婚,是实在不愿毁灭一个做了几十年的老梦——她自己的老梦。与胡秉宸无关,也与爱情无关。

想想二十多年的付出,想想无赖和痞子是怎样炼成的,实在太冤！

她不明白，不赶快抽身，会输得更惨。

何止是制造离婚口实？胡秉宸是不愿承担再次离婚的责任，只好日以继夜地找茬儿。一旦吴为的忍受到了极限，自然就会先开口提出离婚。

而吴为已下定决心，绝不让他这个计谋得逞。反正她已经输光了，再也没有什么可输，不像胡秉宸，对未来还有打算。

哪怕胡秉宸急得上房揭瓦，吴为也不吵不闹，稳坐钓鱼台，最后像心中的安娜·格里戈里耶夫娜那样逃避国外。

胡秉宸鞭长莫及，离婚美梦难以尽快实现，只好将一个又一个离婚圈套，一封又一封花言巧语求离的信，源源不断寄向国外。

每每接到胡秉宸扔过来的套圈，吴为就偷着乐，也是了一个"我是流氓我怕谁"。

对峙几年，不但胡秉宸等不及，连他周边那些人也等不及了，只好再次承担起离婚的责任，虽然广为制造反咬一口的舆论，可是律师那里有记录。有了平复"安史之乱"的经验，无赖加痞子的吴为对"宋明理学"说："你再这样颠倒是非，我就公布你要求离婚的文字记录。"

胡秉宸这才闭了嘴。

使胡秉宸闭嘴的原因当然不是吴为的威胁，真正的原因很快就会暴露出来。

在他们长达二十多年的关系中，这是吴为唯一的胜利。

想想在胡秉宸离婚案中，为胡秉宸冲锋陷阵、遮风挡雨的艰难岁月，真是没有白练。练成一个无赖和痞子有什么不好？

如若没有这段婚姻,吴为又怎能接触胡秉宸的人生精髓?

得知杨白泉当选优秀党员,并得以进入中南海接受中央领导接见时,胡秉宸更是不无得意地对吴为说:"我儿子被选为优秀党员了,中央领导人还在中南海接见了他们。"

使吴为震惊的,不是胡秉宸说不清是不是自己儿子的杨白泉,一旦得到中央领导的接见突然又成了他的儿子;

也不是胡秉宸对芙蓉的情人忽而编派、忽而认可的无常;

她震惊的是如此区区小事,竟使她心目中那个处变不惊、总是站在时代潮流之巅的胡秉宸,忘乎所以!

视仕途如敝屣的胡秉宸,什么时候改弦更张了?

不但改弦更张,还不经意地流露出对权贵一份不薄的渴慕。

那时常挂在嘴上的宣言:"我永远是个最有活力的人,只要活着,就会利用各种机会、各种方式,为真理、为原则而奋斗。决心在我那本书中,对共产主义、对党的领导方式提出我的看法,这是没人敢碰的题目。"不过是大而空的回声。

就像冒辟疆那个不应试、不应召、不做官的宣言,怕也是葡萄酸吧?不然为何不能忍受子嗣不能入仕的痛苦,晚年不惜人格的堕落,为儿孙的入仕拄杖奔走,终究不能逃脱仕途的诱惑?

这还是她心目中的那个胡秉宸吗?

千不该万不该,不该把到过革命圣地、参加过革命的胡秉宸等同革命呀!

千不该万不该,不该因为胡秉宸对"那些王八蛋宗派主义分子,都是大地主出身的官僚和职业官僚"的一通臭骂,就把胡秉宸当作"大地主出身的官僚和职业官僚"里的另类!

如此说来,胡秉宸与"那些王八蛋宗派主义分子"的矛盾,到底是出于公心还是私人成见?

378

如此说来,他过去对白帆的编派,有多少是真多少是假?

…………

反过来说,胡秉宸又错在哪里?

先不说半途而废的李鸿章,就是改良先驱康有为、梁启超,归根结底不过一个洋务派。还有那些喝了几年洋墨水,荣归故里经营起指点江山大业的人们,本以为与当地土特产有什么原则上的区别,最终还不是假洋鬼子一个!

"李鸿章"不是早就启示人们:中国人只善改良,不善革命,即便动了真刀真枪,接下来还是改良。

改良又有什么不好?非得极端吗?

既然胡秉宸是这块土地上土生土长的知识分子,他的理想不过是老家那幅"立德立功立言"的中堂,他的痛苦、失落、绝望,也只能在这个层面上展开。

哪怕与吴为的关系,也无不带着这样的烙印。

胡秉宸是不甘沉寂的,说到底还是一个政治人,难免对潮流有着特别的癖好。退出政治舞台后,进入与吴为的情爱。这一爱情,不但对他那个阶层是"新生事物",由于他和吴为的背景,也成为当时社会一个小小的"新浪潮"。胡秉宸自然将这场恋爱上升到政治高度,将单纯的男欢女爱对进许多社会内涵,在不知日后还有机会做红色资本家的情况下,把它看作是"成就此生"的最后一招棋,多次表示要以此惊世骇俗,再度领导一次新潮流。

所以不能把吴为功成名就之后,胡秉宸才正儿八经追求她仅仅看作是虚荣,还有如此顺理成章的基础。

没想到这一壮举,几年后就失去轰动效应,陷入沉寂。

更没有估计到他已经下车而吴为还在车上,他跑不动了而吴为还在飞跑,吴为不正常而他很正常这个差距。

吴为的地位、声誉，把已然退出舞台中央的胡秉宸又逼到了墙角。辉煌一生而又不甘沉寂的胡秉宸，失去了奋起直追的机会，只得面对传统男女关系的颠覆。

真是情何以堪，心何以甘？

这样的生活岂止是不快活？

好比他们婚后不久，某国大使为吴为新婚特地举办了一个午宴。昔日的副部长胡秉宸却受不了"随从"的身份，更加目中无人，眼睛看着天花板，大使先生想与他攀谈一番也无法攀谈……

吴为说："既然如此，又何必去参加这个宴会呢，我们完全可以找个理由辞谢。"

"我得让那些洋人知道，他们尊敬的这个女人是我老婆！"

原来他是以货主身份出现，难怪一副奇货可居的样子。

如果胡秉宸知道吴为的示爱方式，与他想象的差距是如此阔大；

如果他知道吴为根本不可能对他交出整个儿的心，永远不可能爱他胜于叶莲子；

如果他知道吴为是如此喜欢标新立异，凡事都要有自己的看法，甚至在某些问题上比他还略高一筹，而不像白帆那样唯唯诺诺，唯他为是；

如果他知道吴为是如此神经质，把不必要的事情看得那么重要；

如果他知道和吴为在一起的生活，如此之累、如此不得放松，回到家里也要扮演绅士、英雄，二十四小时都得在岗位上，没有下班的时限；

如果他知道吴为并不重视那证明他价值的爵位；

如果他知道一旦进入吴为的领域,他就如鱼"失"水,没有人再把他看作一个至高无上的权威;

如果他知道吴为竟然可以用那样穿透的目光审视他(虽然不说什么)……

他还会冲破重重阻力,和吴为结婚吗?

其实以社会标准来说,不论在哪个社会,胡秉宸都是数一数二的优秀男人。

只是吴为太把胡秉宸当神,分配给他的责任太大了,并且把他固定在那个位置上,逼着他把那个角色永远扮演下去,不但对公众、对社会,甚至在家里都得维持那个高大、纯洁、辉煌、绅士的形象,这样的负担,世上没有一个男人担得起。

人格的面具是沉重的。胡秉宸也心里明白,他早已不能维持。他累了,这种不能将面具卸下哪怕一会儿的日子,太累了。

对公众、对社会扮演一个好角色不难,关键时刻只要一次挺住,守住真理,宽容的人们会永远记住这个形象。而在家庭和两性之间就不那么容易。两性间的表现是最赤裸的、一点也粉饰不了的。

好比第一次看到胡秉宸穿着一条裤衩砸核桃吃,让吴为着实吃了一惊。那么她想没想过,她躺着刷牙、用手抓吃的、嘬手指头、满嘴大蒜味,胡秉宸的感觉又该如何?

对男人,对婚姻,吴为是过于苛刻了。她若不打破"完美主义"的梦魇,不但自己无法生存,她的男人也无法生存。

在对二十世纪的最终裁判中,胡秉宸也好,吴为也好,根本谈不上什么先知先觉,不过都是大俗一个。

吴为实在不该为了一个夭折的英雄、一个夭折的爱情哭泣,而应该为他们并不具备的品格哭泣。

不知可否期望于未来的世纪——如果还有一个未来世纪的话，也许人类根本就不可能具备那样的品格。

也许人类的另一个名字就是"大俗"。这真让人悲哀，可也别无他法。

白昼渐渐熄灭了。

深夜，有了雨和风。

残留在窗上的玻璃碎片，在风中钝锉地切割着各种各样能与人言说或不能与人言说的心底，再将它们随意拼接出无法想象的新意。这难道不是最有意趣的游戏？

肮脏的窗帘在头颅上方，如不祥的黑鸟，在夜的黑暗中翻飞张扬。

在一次高烧和另一次高烧的间歇中，有孤独的口哨穿过空旷，在风雨中游走，飘忽。无爱无恨，无所回顾也无所期望，不怕鬼也不怕人，摇头晃脑、自满自足、自陶其乐地跳跃着……

像这样一个夜半三更吹着口哨，在雨地里穿行的人，还会不会问契诃夫或问自己：海是什么？

第二天一早，吴为对胡秉宸说："我病得越来越重了，必须回北京看医生。现在是旅游旺季，怕是买不到车票，你的司机能不能送我回去？"

"不能。"

发着高烧的吴为什么也没说，郑重地点了点头，装好她的行囊，挣扎着走到车站，买了一张站票，上车了。

所幸有位旅客见她烧得红头涨脸，让她挤坐身旁。

搭着半个屁股,在火车上晃荡了几个小时的吴为,回到北京后变了一个样。

对胡秉宸来说,吴为到底还是一只花瓶,只不过是一只上档次的花瓶。孤注一掷地娶了吴为,很大程度上是为了红罗帐里的销魂梦。

针对这个很实际的男人的考虑,吴为亮出了对付男人的、几近无赖的法宝,极其恶毒地不给胡秉宸上那道大菜了。

手段也极其恶劣,知道胡秉宸对大蒜的深恶痛绝,一到就寝之前就猛吃大蒜,让胡秉宸无法近身。

而且一上床就着。胡秉宸说:"你怎么像只猪一样,倒头就睡?"

"杂志上不是说了?'……性冷淡的主要原因之一是生活节奏太快,体力精神极度疲劳的结果……'我太累了。"

从来不做亏本买卖的胡秉宸,照旧操练不误。但在做爱过程中,吴为竟睡着了。

这和奸尸有什么两样!

还有哪个女人能像吴为这样冷酷?

到了此时,他们所有的矛盾,汇集为最本质的斗争:让操还是不让操。

六

胡秉宸毫不含糊地杀了一个相当厉害的回马枪。

毫无敌情观念的吴为,结婚以后马上解甲归田,以为到了终点,便倾囊而尽,不留后手,好像那些到了家的人,还留什么行军粮！而不了解面前的胡秉宸，是早已脱胎换骨后的胡秉宸。尽管不时扮演一下绅士，读读原版英文报纸，知道如何使用刀叉……岂不知就像一旦学会游泳或骑车，是一生不会丢弃的技术。

白帆却没有一天放弃过对胡秉宸的争夺战。毕竟同生共死几十年，要比半路之妻吴为更知道如何对症下药。胡秉宸早已脱胎换骨，再不是胡家少爷，而是一名"老共"。白帆才不屑用胡秉宸当年请君入瓮的手段，从狄更斯、哈代、老舍……一步步向吴为切入，而是治根治本、对症下药——在胡吴二人共同生活的十年里，白帆让胡秉宸喝下的这汤药怕也有几吨了。

要不要吃回头草的问题，顺理成章提到日程上来。

想想"好马不吃回头草"的格言，有两个问题让胡秉宸颇费思量：一、像他这样的好马能不能吃回头草？二、会不会再度闹出社会丑闻？

思量再三，觉得社会丑闻无论如何不会落到自己头上，毕竟沾了年龄的光，他与吴为的婚变，世人只能理解为一个年老体衰之人，被有不良"历史"、轻浮放荡的女人所抛弃。

将如此一匹心气高傲的好马逼得吃了回头草的恶行，真是罄竹难书！

再说白帆十年来，孜孜不倦地为他吃回头草创造条件，恨不得八抬大轿请他回头呢。

第 六 章

一

人在青春年少,难免不对所谓理想做惊心动魄的投入。

到了两鬓如霜、参悟透彻的时光,又往往不得不别是一番滋味在心头地对孱弱、痴情、如诗如画的青春年少,唱一曲无情最是伤别离的挽歌。

终于到了吴为唱挽歌的时候。

二

吴为的成长期结束了,可是她的创伤还在成长。

胡秉宸和吴为的关系不是没有挽回余地,可是他们没有一个想要把握那些可能挽回的机会,而是一任机会随意流去。

她果真惊天动地地爱过胡秉宸吗?

吴为为自己的无动于衷而哭泣,为那痴迷疯狂的爱的消失而哭泣。

怎么一点不剩,无影无踪?这简直比第三者的插入,比有一个新爱的更替,更让人伤情。

真是色极而空了！

胡秉宸也曾犹豫、不甘，他和吴为曾为此付出很大一部分生命，他们为什么不能得到应该得到的生活？为什么常常有隔阂，不能灵犀相通地谈话？

答案很简单，吴为和谁都不是同类人。

吴为终于同意离婚那一天，他们不吵了，和美得就像恋爱的时光。胡秉宸说："有一件事，想起来总是很难过。"

"什么事？"

"每次我们吃饭，你总是等我吃完才把我吃剩的菜拿来下饭，有时菜没了，就倒点开水在剩菜汤里，把饭搅和搅和吃下去。"

吴为双手环住胡秉宸，说："唉，还说这些干什么？你不找茬子和我吵架就好了。"

胡秉宸马上将她环在身上的手臂拉下，"我什么时候找茬子和你吵架了？"

那又何必"想起来总是很难过"呢？

从这一点，吴为断定，她比胡秉宸光明。

维护自我和付出自我，同样需要勇气，所谓知耻而勇。不是有那么一句话吗——羞耻感是有益的道德指南。不论她的忏悔导致了多少人的不幸，可她称得上勇敢，哪怕是小勇。

一个从不忏悔的人，必然是个胆小鬼。

胡秉宸，你再不是我心中的英雄。

到了最后，已经各走各的路了，吴为，你为什么还这样较真儿？为什么还要讨一个说法？

尽管胡秉宸在制造离婚口实时穷凶极恶，离婚时却充满温情，"别难过，你还年轻，重新建立生活吧，开始可能不太容易，时间会解决一切烦恼。"

怎么开始?!

一个六十岁的男人,还可以说是正在当年,而一个六十岁的女人,却毫无前途可言了。

吴为的一生是破损的,但她还是在破损的废墟中,翻检出所剩无几、尚未破损的残余,奉献给了胡秉宸,直至它们被胡秉宸最后、彻底地毁灭。

对于这些所剩无几、未曾破损的残余,胡秉宸也没有特意呵护,享用而已。而且嗑得太狠,等到从嘴里吐出的时候,真真只剩下了一口甘蔗渣。

六十岁的吴为,不过是胡秉宸吐在地上的甘蔗渣。

对这口甘蔗渣来说,还有什么开始?

对于离婚,胡秉宸又这样解释:"我不是牧羊犬,而是一匹烈马,乱踢乱蹦,不好驾驭,不好骑。怎么会照顾女人?更不会和你这样一个敏感的女人相处。结婚之前你就说过:'和一个敏感的人一起生活,你会怎样?'当时自视甚高、不自量力,不觉得有什么问题,结婚以后才知道这是个大问题。白帆则不同,她对我是信马由缰、唯我是从,如同战争时期的一个组合,我指挥她服从。"

应该说这是胡秉宸最诚恳的一次剖白。

什么是烈马?就是不能让人驾驭的马,它的生命不是为了负重,而是为了自由自在地驰骋。难怪古希腊神话中的男性形象大多非人非马,那是一匹匹在女人心智和肉体上驰骋的马。

吴为在肉体或生活上都可以顺从胡秉宸,精神却不能。

"是啊,咱们终于到了这一天……不过想到你能有一个其实从没离开,又非常适应、非常熟悉、不费力气、可以穿着破背心走来走去的轻松日子,我毕竟还是为你高兴的。"好话到了吴为嘴里,也会变得阴阳怪气。

胡秉宸又觉得受了侮辱,好好的脸色说变就变。

…………

说到与胡秉宸的这场生死之恋,吴为还是心存感激。如果没有这样一位导师,她也不会从对男人的幻想和迷信中醒来。

胡秉宸之后,吴为再不把男人当回事,他们也就再不能伤害她了。一旦哪个小白脸妄想对她略施小计,吴为则洞若观火,一个眼神就把那跃跃欲试的男人扒拉开了,心说:一边儿待着去吧!

你!

男人!

吴为也总算彻底认识了这个迷恋几十年的男人。

对一个女人来说,花开几日红?可能就那么几年,花费几十年时间去认识胡秉宸,就等于是花费了一生。

值得还是不值得? 谁能说清。

总算彻底认识了胡秉宸的吴为,办完离婚手续,走出那所办公楼时,却希望自己的步伐、后背看上去正常,很正常,不要显出伤感和惜别。

满脸是揩也揩不完的泪,却硬硬地不肯回头。

走向汽车站那短短的几十米路上,她的人生似乎又有了一个转折。一片空茫,像从叶莲子体内来到世界那天一样。

可她现在已是日薄西山。

她将独行。

她又必须从一无所有开始,重整旗鼓地活下去。

而后又是孤家寡人,无论什么心事也无人可以诉说。虽然从前也没有,但现在是连贴了标签的也没有了,连打肿脸充胖子也不可能了。

正如茹风所说："你的光正在熄灭。没有六，没有九，没有……"

这一生也许很值得，如此大起大落，大喜大悲，波澜壮阔。

那么胡秉宸呢？终不愧为一代伟男人，尤其作为一个官场上的男人，能够走出白帆的婚姻，与吴为婚恋一场，应该说是勇气非凡。

无论如何也算非常古典地谈了一场恋爱，到了下个世纪，还有哪个男人会如此这般地与女人恋爱？

男人和女人的关系，将变得更加简单明了。

知道他们离婚后，茹风来信说——

你对他的爱一直让我感动，你的韧性、持久性都说明你是忠贞不渝的、执着的人，而他要的只是性和虚荣，并不是爱。

许多事，不一定非要找什么理由，爱谁有理由，不爱谁当然也有理由，但从根本上讲，是说不尽的纷乱和情绪，并不存在于理性的层面，很难用"理由"去解释。归根结底，人们一生所要对付的是自己的心理。

也用不着后悔，你在这个过程中证明了自己，有什么不好呢？如果你们不结婚，他可能还存在于你的虚构之中，幸运的是这个历程终于完成了。

不要想历史，历史都是真实的，可情况会变化，这更说明：这个婚姻不合适。

社会发展相当缓慢，人们在数十年生命里无法真正改变世界。想找到一个支点撬动地球的人很多，也曾做出轰轰烈烈的伟大事业，但那支点是虚幻的，地球依然自主运行……

日过中天，我们也要步入黄昏了，草木零落，美人迟暮，不免伤感。但比起更不幸的人们，日子还是过得下去的，不要总是陷在烦恼之中。

女儿长大成人，自要展翅高翔，也不要指望与她相伴，最终仍是自己把日子过好。

其实人最大的罪恶是爱，所谓最后的解脱就是从爱中解脱出来：情爱、手足、亲情……

朱自清那篇散文《背影》，给了我们一个信息，人间不管多么深情的关系，本质是丧失，是一种低沉的、底色的孤独。

又，十多年来，友人星散，浮沉枯荣，各随其运，如有水阻山隔。且世事翻覆，情随境迁，少年心事，不复能言，况怆然如吾辈乎！

三

自胡秉宸与吴为结婚以后，白帆就在经营这个计划。以参加革命几十年的经验，以政治工作的多年经验，以地下工作的多年经验……无时不在研究吴为的不足，以便乘虚而入。

可以说，这些年来她只为这个计划而活。

又有哪个女人能像白帆那样，为了争口气，为了报复，肯冒如此的不合算，接受胡秉宸的"浪子回头金不换"？

蜜月期间可以说是喜气洋洋。

首先宴请了"白胡婚姻保卫团"的全体成员。

这是白帆多年来少有的畅快，尽管有关杨白泉的出身，胡秉宸写过那样一纸公文，但最后这份投降公报，将一切抹平了。

因种种利害斗得如乌眼鸡的老战友重又联合起来。

常梅说:"……那女人一看就不是好东西,根本上不得台面,那次老胡非要我们去吃饭,她呢,围在我们屁股后面团团转……一个部长夫人,怎么这样没有身份?"

胡秉宸赖赖地笑道:"伟大领袖也说过嘛:妻不如妾,妾不如婢,婢不如偷。能要求一个妾像一位夫人吗?"

他是真把吴为当妾、当婢、当妓了。好比胡秉宸时有对不起白帆的感觉,却从没有过对不起吴为的感觉。即便千方百计骗得吴为离婚,而后不到一个月就和白帆复婚,良心上也没有什么不安。

白帆娇嗔地白了胡秉宸一眼,说:"真是鬼迷心窍。有什么了不起?不就是写了两本小说嘛!我们是革命去了,要是给我们机会,照样可以当作家……想不到这种人在享受我们流血牺牲、献身革命的成果。"

"是呀,是呀,文化人哪有什么正经东西?现在把他们捧到天上去了。"

即便常梅已与胥德章携手一生,有了那么多孩子,还是不能忘记自己被淘汰落选的往事。尤其胡秉宸和白帆那声洞房花烛夜的巨响,直到现在,声犹在耳。

胡秉宸是善良的,虽不可能与常梅谈婚论嫁,但当年面对她那双久旱、期待雨露滋润的眼睛,也曾喷洒过不轻不重的调笑。可是这点善良,在他和白帆同居之后,却被常梅看作是对自己的一种不大不小的背叛。

常梅也未曾想到,帮白帆从吴为那里抢回胡秉宸,也就等于在不了解内情人的面前,帮白帆撇清了偷人养汉子的历史。

也许这样说不很准确,其实常梅是为自己从吴为那里抢回了胡秉宸,而不是为白帆。从五十多年前那个失败到现在,心上的伤痛并没有减轻一丝一毫,至今仍是鲜血淋淋。她不但嫉妒白帆,也嫉妒胡秉宸所有的女人。

所以常梅才会到处宣讲白帆是她的老同学、好朋友,也从未放弃将白帆政治历史上的"严重问题"奏上一本的时机。特别胡秉宸升任常务副部长、白帆成为常务副部长夫人以后,更让她感到那个位置本也可能是她的。可这并不耽搁她在胡秉宸得到令纸那一天,忙不迭地带着一瓶好酒,跟着胥德章去贺喜。

那一天,连口口声声不慕仕途的胡秉宸,也不禁想起不务正业、花花公子的父亲给他卜的那一卦:"五十多岁有一步官运。"

战友们未必不知道白帆的缺陷,但维护白帆,也就等于维护了他们的过去。

不但历史将他们忘记,这个时代也将他们忘记了。有多少人还记得他们为劳苦大众的解放,不但抛头颅、洒热血,甚至贡献了家族的资产?有些人却在他们打得的天下里积累资本,反过来剥削他们以及他们后代的剩余价值。这让他们如何消受得了?

吴为胆敢在他们头上动土,就是这种遗忘的一个证明。

无意中,吴为竟成了下一个时代的象征。不管这个象征多么低劣、多么下等,从断代上还是下一个时代的人物,而且撞到了他们这个隐秘的、嫉恨的穴位上。

历史真比爱情还要无情。

又谁让他们选择了政治?在历史长河中,政治只能是瞬间行为,既然选择了它就别指望长存于世,除非少数能够左右历史进程的政治家,也许会留在历史教科书里,可是等到合上书本,也许就忘记了。

　　而多少政治家可以载入史册？即便为革命献出生命的英雄，除了某个特殊的日子，还常有人提起吗？

　　很不幸，也不那么公正，胡秉宸和他的战友还不够这个档次或资格。他们也不明白，不仅仅爱情，所有的、所有的，都会随着时间而去，不论曾经多么辉煌或伟大。

　　但是他们不能，也不愿意忘记，于是越来越紧地抱成一个疙瘩，似乎这样就守住了他们的过去。

　　虽然毛泽东曾说"世界是你们的，也是我们的，但是归根结底是你们的……"但是真要到了"归根结底是你们的"时候，有些人真是失落……

　　其实一切都是阶段性的，一个阶段有一个阶段的人群，一个阶段有一个阶段的英雄，长江后浪推前浪，即便前浪不愿下去，后浪也得把它推下去，没有哪个人可以永世占据舞台中央。一个人可以做一个阶段的革命者，却不一定能做永恒的革命者，也是这个道理。

　　对于历史的书写来说，很多人都可以被称为"作家"。而如果没有了意向纷呈的手工业时代，也就没有了那么多的故事，比如革命。那么所有的悲欢、恩怨，人性的冲突，人生的际遇，也许就简单多了。而一旦故事千篇一律，就像从工业社会的生产线上下来的产品，"作家"们则将失去写作的天堂，当然也就不会下地狱了。

　　所以手工业时代的战友们，才会演出一场如此悲壮的、最后的探戈。

　　胡秉宸带着默许的微笑，听任战友们轻蔑吴为，一次又一次为"浪子回头"举杯，以证明他出尔反尔确有缘由；以证明他全心全意回到了白帆身边，彻底丢下了吴为，再也没有什么留恋牵挂……

可渐渐地,他的微笑有了重量。

那个永远长不大,从来都不是他们对手的大孩子,那个没心没肺,给她一句软话就能让她赴汤蹈火的吴为啊!

四

挂出了一幅存放许久、本打算与吴为一起欣赏、却一直没舍得挂出的巨大油画;

白帆还烫了一个扑克牌红桃老 Q 式的皇后发型;

让保姆擦洗所有的地方;

两人到处寻找哪里可以买到一架便宜的二手钢琴,以突破吴为的家居品位;

买了一组音响,播放古典音乐 CD……

白帆没有与吴为一比高低的明确意识,可她要营造一个不比吴为差的艺术氛围,胡秉宸喜欢这种作料点缀的日子。

吴为为什么能够取胜,很大程度上还不是因为那点艺术气质?如果吴为突然升了处长、局长,或是当了劳动模范、救火英雄,胡秉宸赏识是赏识的,但不会动心。

他们甚至开始做爱,不完全是为满足胡秉宸对性爱的需要,也的确包含着对鸳梦重温的美好意愿,足见他们对重建家园的认真和努力。

为了确保成功,胡秉宸还买了一个勃动器,以帮助他那个不太顶用的物件勃起;又买了一些润滑剂帮助白帆润滑。

当夜还为此做了一些准备,让保姆做了几个他们自青年时代就吃惯的小菜,喝了一点酒,白帆有很好的酒量。

到了床上，胡秉宸还适时做了有颜色的调笑，调笑带有明显的讨好之嫌。以他这样一个傲气、出色的男人，在他们几十年的关系中，何曾如此？不禁让他生出一点虎落平阳的悲凉。

对一切事务从来直奔主题的白帆也有所回应。但胡秉宸感到，白帆的配合有赏脸的意味，与几十年前他们的关系相比，的确有了微妙的不同。既然已落魄到了这个地步，还能在意这些？

胡秉宸久已不知女人的滋味，也太需要对吴为的拒绝进行报复，同时意识到白帆的积极配合，埋伏着与他同样的报复心理，用"同仇敌忾"这样一个词来说明他们的努力配合也不为过。

可想而知，他们如何想要做好这件事，特别是白帆，当年正是不能满足胡秉宸的需要，才让胡秉宸有了背叛的借口。她希望就此证明，她在床上给予胡秉宸的不会比吴为少。

孤孤单单的吴为并不知道，有那么两个人，正怀着这样的目的，在一张床上报复着她。

具体运作过程倒不太困难，胡秉宸闭着眼睛，假想身下压着的不是白帆，而是一个形态模糊的性感女人，并专心致志地想象着与这女人的一场欢爱将带来的欲死欲仙的欢乐。

当他身下不再是那个有时敏感、有时混沌，冷不丁又如女巫那样透彻骨髓的吴为时，胡秉宸感到了放松，又毕竟是老夫老妻，轻车熟路。

可是他们失败了。白帆虽有润滑剂的帮助，胡秉宸的运行仍很困难，毕竟白帆是一个老妇人了。

女人一老，那是真的老了。

而他那个靠勃动器启动的家伙，也无法与真正坚挺的效果相提并论。

即便胡秉宸不愿那样想，也得想起与其他女人的性爱，自然也包括与吴为的性爱,更加对比出眼下的勉为其难,也就更显得他们对吴为的报复,以及自己回归这个旧家的努力是那样寒碜。

…………

毕竟世事难以两全。

接着一激灵——一生在女人问题上的反复,不正是缘自不能两全的遗憾?

在以后的日子里,胡秉宸只能处在一面自助,一面想象与吴为做爱的一种新焉旧焉、难分难解的局面中。

五

蜜月刚过,什么都不对劲了。

与吴为离婚、与白帆复婚后,胡秉宸又陷于与白帆离婚、与吴为结婚后对两任妻子、两种生活比较的窠臼。这种比较,哪一天、哪一时、哪一事也没有停止过。并非有意如此,而是身不由己。

两种精神、两种趣味截然不同并且过于悬殊的生活,让胡秉宸彼时的哪一天也没有真正忘记过白帆,当然也让他此时的哪一天没有真正忘记过吴为。

刚与吴为离婚时,胡秉宸可以说是兴高采烈。刚办完离婚手续,以他的年龄,让人无法置信地、连蹦带跳地下了街道办事处的那栋楼。

胡秉宸渐渐品出,部长级房子固然是白帆的兴趣所在,而她更重要的目的旨在复仇。不仅是对吴为的报复,也是对他的报复。

更没有设想的天伦之乐。吴为不但退出了他的生活,也退出了他和芙蓉的话题,他和芙蓉竟无多少话可说了。孩子们过着各自的生活,尤其杨白泉,还不时流露出一种轻蔑——你现在想到我们了!

那些苦心营造的情趣也开始消退——

洗脸池、洗澡盆的边缘上,照旧是几十年前胡秉宸恨之入骨的一圈黑泥;

白帆的头发也不染了,颜色尚未褪尽的发根处,露着一截白茬;

墙上的油画也歪了;

…………

胡秉宸再次面临调频。

如同婚姻大战的第一个回合,胡秉宸手续上离开了白帆,旧日的生活习惯却无处不在地显现于和吴为的新生活里。

同样,胡秉宸也只是手续上离开了吴为,经十年培训建立起来的另一种生活习惯,也无处不在地显现于和白帆那说旧不旧、说新不新的生活里。

本以为会像吴为说的那样,"……想到你能有一个其实从没离开,又非常适应、非常熟悉、不费力气、可以穿着破背心走来走去的轻松日子,我毕竟还是为你高兴的。"

可是历经十年荒疏,竟不能得心应手了。

胡秉宸是左右不是了。

更还有交换后面的冷酷。

正如胡秉宸与白帆离婚时的"约法三章"没有得到落实一样,白帆与他复婚前的"约法三章",也没有得到落实。

当初,白帆难道没有设想过,一旦胡秉宸拿到与她的那纸离婚证书,他能遵守诺言、不和吴为结婚吗?胡秉宸离婚还不是为了这个!

同样,胡秉宸难道没有设想过,一旦白帆拿到与他复婚的那纸证书,她能遵守诺言、不算旧账吗?

用不了久而久之,蜜月刚过,"谁让你回来求我!"便成了白帆的口头禅,那意味着不论什么待遇,胡秉宸都得照单全收。

完全不是给他灌药时的模样。

真是人一阔脸就变,和煽动他与吴为闹离婚时大不一样了。

正是"量小非君子,无毒不丈夫"。

高尔基写过一篇文章,大约写的是人在独处时想些什么、干些什么。文章说到契诃夫独自在花园散步,看到地上一只蜥蜴,问它:"你快活吗?"然后自己摇了摇头,回答说:"不,我不快活。"

回归后的胡秉宸越来越不快活,吴为的"临别赠言"也不期然出现:"相信你有时想起对我的苛待,不见得不后悔,你怎能快活呢?"

是啊,当他们还是夫妻的时候,每逢白帆打电话给他,吴为总是好言相待,热情传呼,明知是白帆的电话,可从来不闻不问;

芙蓉每来看望,进门伊始,当着吴为第一句话总是"爸,我妈让你给她打个电话",或"爸,我妈有事找你"云云,对一旁候着招待的吴为视而不见,吴为也从未抛过半句闲言;

每逢回去看望白帆,吴为从未阻拦,还常常把机关发的东西让司机送到白帆那里,说是"物价这样飞涨,应该多照顾一下白帆,她仅靠工资收入肯定有窘迫之时,不像我还有稿费";

…………

不能想啊,一想这些,更觉得把一个浑浑噩噩的吴为害得不浅。

复婚后的生活,四平八稳则四平八稳矣,饭食翻新的频率高则高矣……而与此同时,胡秉宸又痛感精神生活的匮乏、单调,无从对话,以致他宁肯整天关在书房,也不肯和白帆多说什么。这倒不失为保持关系稳定的一个办法,因为越是交流,就越显出距离的难堪和尴尬。

他常常感叹,再也不能享受与吴为纵横捭阖、海阔天空的辩论或讨论,并随着那辩论或讨论,攀登精神之巅的愉悦,也再不能享受和吴为那有情有致的闺阁之趣了。只好宽慰自己,像吴为那种过于精致的人,只适宜恋爱却不适宜过日子。而日复一日的日子,如空气和水之于人,是须臾不可分离的。

胡秉宸又是知情知意的。每当白帆坐在厨房的炉前,眼盯着炉子上的药锅给他煎药时,他立刻(当然也是暂时)忘记了白帆给他这匹吃了回头草的马的待遇,转过头去发出另一种感叹:还是老夫老妻啊!

也立刻(当然也是暂时)想起了吴为的恶行劣迹。

换了吴为,肯定让保姆去煎。

即便在他病重时,吴为也只是吃不下、喝不下、睡不着、哭哭啼啼、口舌生疮……没头苍蝇似的乱飞乱撞,甚至陪着他一起生起病来。可这有什么实际意义?闹不好,他不但养不好病,还得被她闹得心烦意乱。他们的关系日渐恶化以后,她更是逃之夭夭,把他丢给了小保姆。

　　…………

胡秉宸是一个不能忍受重复的人,他的一生都在尝试花样翻新、图谋改变,小到家里一个摆设,大至革命生涯。

可是,谁能像吴为那样善待他,宽容他?谁能像吴为那样好对付,或是说像吴为那样便宜,几句软话就能让她放弃一分钟前还誓死坚持的原则？……

胡秉宸再度约会吴为。说到底，他们曾经是夫妻，在某些方面有过不能否认的、白帆永远无法得到无法体味的幸福时刻，但再不会有燃起大火的可能。

正像胡秉宸和吴为的婚姻，不能满足他于天伦之乐、至尊至贵的感觉，他不得不时常回去，与白帆共叙吴为没有的"过去"，或是回放一段老温存，感受一下对至尊至贵的敬畏……他们毕竟是老夫老妻。

他重又游刃于这两个女人之间，一个是他的老妻子，一个是他的老情人，用这一个补充、制约那一个，用那一个补充、制约这一个。

往好里揣度，他与吴为的爱情并没有完全消失。也许胡秉宸与她的离婚实在离奇，吴为也始终觉得胡秉宸还是她的丈夫。

虽没有他们第一场恋爱那番惊天动地，但这恋情亦真亦幻，神出鬼没，扑朔迷离。

总算彻底认识胡秉宸的吴为，竟再度被胡秉宸的苦诉征服。他与白帆复婚、重陷历史泥淖，以及进入耄耋之年，对此再不可能有所改变的哀叹，实在凄婉。

吴为忘记了听信六个耳光以及许多类似版本出入带给她的惨痛教训，再次发作了由怜生爱的老毛病。

当然细节上也有所不同。比如，在他们的第一场恋爱中，胡秉宸每周四上午给吴为打电话或与她约会，现在是每周三上午给她打电话或与她约会。因为在第一场恋爱中，白帆每周四上午到老干部活动中心学习手风琴，现在是每周三上午到青年会学钢琴。

幸亏胡秉宸需要经常上医院,可以借上医院看病的机会,到吴为那里小坐片刻。所以他在候诊时,往往心绪纷乱,老去查看医生诊病的进度,希望前面的病人能够早些看完,为他多留出一些与吴为相会的时间。

他还留心利用哪怕是点滴机会。好比有次陪白帆到人民医院看病,趁她不防,溜到医院门口公用电话亭去打电话,只是为了告诉吴为,星期三上午他要到她那里去。又担心时间过长被白帆发现,跑得气喘吁吁,说起话来上气不接下气,让吴为好一阵心疼。

不过比之从前,胡秉宸对白帆是不是更加关怀了? 过去,他什么时候陪白帆上过医院?

可对吴为,比之从前也更加多情。

离婚后的胡秉宸似乎良心发现,常常对吴为说些从来不说的话,比如:"我希望你多写些东西,你被我耽误得太多、太久了。"

辛辛苦苦匿下机关发放的工资外补贴,以备看望吴为时为她买些特别的礼物或食品,件件都是他和白帆极少有的高消费。比起他们还是夫妻时,吴为求一小碟咸菜而不得的景况,是太画蛇添足了。

甚至非要留钱给吴为。吴为深知胡秉宸节俭的习性,怎么也不肯收,"这是何必? 我又不缺钱花。"

他就捉迷藏地东放西放,恳求道:"你不知道,你要是能接受我一点儿东西,我有多高兴。"

见他如此真情,吴为只好说:"那就只留下买件毛衣的钱。"

他还是不肯,吴为也只好收下。她现在不缺钱了,自然把钱看得很淡。如果还是缺钱的日子,肯定不会这样通融。穷光蛋时的吴为,对钱是太敏感了,绝对不会让没钱的自己和他人的钱财纠缠在一起。

　　可是她不知道拿那些钱怎么办,只好留着。

　　她一直留着胡秉宸那装有一千元的信封,信封上写着"胡秉宸副部长补助"的字样。还有胡秉宸那些带颜色的情书,一直不能确定要不要寄给白帆。

　　可惜她比白帆死得早,如果她不疯、死得不比白帆早,这些文字是否有一天会出现在白帆面前? 很难说。

　　一旦卸下丈夫的责任,胡秉宸绝对是个迷人的男人。

　　胡秉宸有大多数男人的缺点,却还有大多数男人没有的优点。

　　且不说其他,又有哪一个男人,能让吴为愿意与之在烛光下,加之醇香咖啡,构成一道风景? ——当胡秉宸不那么呼噜有声地吸食面条或羹汤的时候。

　　尽管差强人意,可也没有什么人能像他那样懂得如何学做一个绅士了。

　　真像一个只为爱情而生的男人。

　　能让吴为倾心不已的男人,这一生也只碰见了胡秉宸这一个。

　　他常常偷出家门,给吴为打个长长的公用电话。

　　"……今天白帆又跟我大吵大闹,我去看朋友买了点儿香蕉,她说是我给你买的……"

　　"你让她给那个姓丁的朋友打个电话,核实一下不就行了?"

　　"那她也可以说我买了两份儿,给姓丁的那份儿不过是障眼法。"

　　或在电话里抱怨:"家里好几个朝阳的房间,却把我一个人撂在朝北的小屋里,半躺在那张竹躺椅上咳嗽吐痰……一个人!"却没有说他只不过白天待在那个小屋,晚上还是睡到白帆那个朝阳的大房间去,并在白帆那张床上重拾性爱。

电话那头的吴为,暗暗伤心垂泪,忘记了胡秉宸的无情无义……说些毫无把握的安慰话:"要是有什么困难,急需帮助就对我说,只要我能做到,一定尽力而为。"

怎么帮助他呢?现在他们真是一筹莫展了。不像二十多年前,至少他们还有健康的身体,能到外面约会,打得动官司,对付得了白帆的种种计谋……现在他们都不行了,只有白帆还行。在防范、整治他们的时候,白帆的生命力还是那么旺盛,一如当年。

吴为又能常常听到他那略微颤动的声音,那是只有与可心女人碰撞时才有的颤动,是绝对可以引起共振的颤动,"……我想你,我要是再年轻一些,肯定不会采取这个步骤,我不能忘记你对我的爱……不能忘记……我非常后悔做出这样的决定……"声音里满是委屈,满是知道再无可能挽回的绝望。像是真正的绝望,与刚刚复婚时充满生机的声音判若两人。

说是"我要是再年轻一些,肯定不会采取这个步骤",但如果上帝再假以十年,他绝对不会回归她们中的任何一个,而是开辟新的领域。女人们照旧对他兴趣有加,不会因一个吴为、一个白帆,甚至千万个吴为、千万个白帆的下场而裹足不前。

可惜胡秉宸没有这个时间了。除了这两个女人,再没有一个女人肯向这个曾经卓越的男人投上一瞥。多少更加光鲜的女人,熟视无睹地从胡秉宸身旁经过,让他痛感青春一去不返,让他只好因陋就简地接受这两个老女人。

吴为着急地说:"希望他们对你还好。"

"不过照顾照顾我的生活而已……我常常梦见你,那天梦见我们待在一个很大的四合院里,院子里有假山、水池,水池里面有鱼,还有很多鸟。北屋很大,但是我们不想进去,因为院子里的景致很

好。我们挽着手在院子里散步,看水池里的鱼。后来看见许多人
在水池里游泳,我问,这些人哪儿来的,是不是外人?你说不会,都
是熟人和朋友。我们后来看到两只鸟,一只猫头鹰,一只人面鸟
身……然后就醒了。"

该不是带着吴为回了胡家的老宅子吧?

胡秉宸没有撒谎,他真的常常梦见吴为,在梦中他们还没有
分开。

"真想和你一起,到二十多年前我们恋爱时候去过的地方再
走走。"

吴为答应着,可是她不敢了——要是胡秉宸一激动躺倒在那
些地方,白帆还不杀了她?

她还有勇气吗? 像当年那样,就是坐牢、杀头也在所不惜?
不,她没有那个力气了,她老了,就是有那个心也没那个力了。

有时什么话也没有,只是在电话里互相叫着彼此的名字,然后
是长时间的沉默。

天气不好的时候,胡秉宸就给吴为写信——

亲爱的:

欧阳修有一阕《浪淘沙》,两节共十句,我选了五句并成一节,
并且改了几个字,如下:

聚散苦匆匆,此恨无穷。垂杨紫陌洛城东,总是当时
携手处,夜夜梦中。

你是一个伟大的情人,也是一个充满魅力、十分美妙的女人。
这样的女人一千万个中也再找不到一个了。

我准备给你订一份"小参考"、一份《报刊文摘》、一份《南方
周末》,这样消息基本上都能知道了。都订到年底,请注意别订重

了。我订妥后会通知你起送的日期。

你永远的仆人

亲爱的：

你十分明显地憔悴了，比离婚前判若两人，使我吃惊。希望你好好安静地养些日子，恢复往日神采。头发白得多了，找好的美容师整理一下吧，人还是要精神起来。吃点补药，如参。

我们这番别离，请你看到另一面，过不了几年，我可能行动都不便了，那时你会懂得，及时分开，会使你减去许多麻烦事，包括处理后事的那些厌烦事，所以还是这样为好，希望你迅速把身体恢复起来。

永远爱你的

……夜里做了一个梦，梦中我们还没有分开，晚上睡在一个没有墙的棚子下的大床上。周围漆黑，什么都看不见，但仿佛意识到是在颐和园。夏日的风，凉而舒适。你静静靠在我的怀中，正在说些什么。有个人走了过来，对我们说："你们的房子在××街××号，找×××，他会给你们钥匙。"我意识到我们分居两处的问题可以解决了，对他说："今天太晚了，天亮再办吧。"那人就走了。之后又过来一个人，手拿一束花，在我头上举着，我伸手接下来，他又走开了。这时我发现我们处在"in"的状态中，而且十分欢畅。你说："以后我们每年夏天都要来这里住一阵儿。"我说："只是不太安全了，会有人来骚扰我们。"这时梦就醒了，但人仍然处在"in"的欢畅中，时间是凌晨三时二十分。

梦，常常暗示一个人（现在、过去，甚至幼年）渴望而不能得到的东西，你记得我过去给你写的那个小曲《疼》吗？

都是我们生活中美好的回忆,你的每一句话、每一个动作,都如在眼前。

永远爱你的秉宸

…………

好像他们从没有过那些庸俗不堪的争吵,好像他们重又回到二十多年前的恋爱时光。

不过,只是"好像"而已……

吴为明知这样对不起白帆,也曾拒绝胡秉宸的电话,一听是他的电话,什么不说就放下。

也曾拒绝过他的情书,对他说:"别再写信了,和白帆好好过下去吧,我们的感情之所以破裂,还不是因为你有太多的女人?现在她能给你这样一个回头的机会,你该珍惜,别再重蹈我们不幸的覆辙。"

可是胡秉宸的电话或信件就像大麻,明知不可为又不能拒绝,吴为甚至暗中企盼着这份像是"吸毒"的快感。靠着这个"吸毒",苟延残喘地过着被胡秉宸说不上是丢弃,而又不能不说是丢弃的日子。

他们或是什么也不说地偎依在沙发上,像冬日里的两只老鸟,偎依在残阳下的寒枝上。

说什么呢?几十年里,好话、不好的话,早已说尽,也没有时间让他们多说,什么话题是三言两语能够说清的?

胡秉宸更是闭着眼睛,享受着仅仅坐一坐的乐趣。他没想到,如今是一坐也难求了。

他们的会面,也常常是败兴的。

可也不能怪胡秉宸。

这里真不再是他的家——

所以电话铃声才会那样突兀,响得那样惊心动魄;

或是有人敲门;

最要命的是,还得时不时看一看时钟,必须抢在白帆回家之前,回到他和白帆那个家……

每每十一点钟敲响的时候,胡秉宸都不得不从沉迷中醒来,也每每重复着多次说过的话:

"与你相识近三十年,每次看见你还是神魂颠倒,实在没法儿忘记……你的素养,你的风度,你的气质……这是多年文化、文明陶冶的结果,没有一个女人能够与你匹敌。"

吴为相信胡秉宸此时此刻的真意。

可也注意到神魂颠倒的胡秉宸不时溜向时钟的贼眼。

于是吴为感到他越来越委琐。

她不明白,他怕什么? 他们之间又没有发生任何越轨的事情。

到老,吴为还是不懂做戏也能使人欢愉的道理。

"那你为什么和我离婚?"胡秉宸谈情说爱的时刻,是最不设防的时刻,她本以为借此可以探知这场情殇的秘密。

可是十一点的钟声已经敲响,胡秉宸已经清醒。清醒的胡秉宸,是任何人也无从了解、把握的胡秉宸。

"生活的具体、琐碎,会毁坏我们的情致,还是这样更好。"

胡秉宸的搪塞倒也说得过去。他们现在可不就是相敬如宾? 再不会因为一只茶杯放得不是地方而翻脸无情了,反倒成了自古以来,男女关系最佳模式的一个诠释。

"这不就是我说过的话吗? 我们不要结婚,做个情人可能更好,可是你不听。现在这样有什么好? 你不又得偷偷摸摸过日子?"

胡秉宸低头不语。

吴为一笑,她不再沉湎于讨论。可从前她并不明白,一个喜欢讨论的妻子,是不讨丈夫欢喜的妻子。

一切都已完结,她还多说什么?

偶尔,胡秉宸还会峥嵘一露:"要是你能把我们现在的恋情写成小说,那就太动人了。"

吴为说:"恋情? 可是你还爱我吗?"

胡秉宸不敢回答。

"如果白帆看到这本小说怎么办? 不是又得军阀重开战?"

胡秉宸说:"我就说,那都是作家胡编的。"

只有对吴为,胡秉宸才敢这样厚颜无耻。

"你就不敢说,你对我还有那么点儿感情上的依恋?"

什么依恋不依恋!

胡秉宸只是不甘于沉寂,不甘于连一点浪花也没有的默默无闻,想让傻×吴为为他再掀最后一次浪潮,做一个亮丽的结尾——一次最后的服务,包括性、声誉,全方位的免费服务。

真还买了一套勃动器放到吴为那里,以重修床笫之欢。

和白帆复婚后,胡秉宸把从前与吴为做爱用的勃动器扔了,重又买了一套新的,他总不能用同一个勃动器在前后两个女人中间穿梭。何况那套老式的质量太差,捏起来叽叽直响。有个晚上,他从楼上的叽叽之声就得知了楼上的情况,换而言之,楼下的人自然也能从他这里的叽叽之声得知他的情况,便扬手把那东西从窗户扔了出去。

新品牌比老式的质量好多了,与白帆的运作虽然不很成功,但不是勃动器的质量问题。

胡秉宸又是抱怨又是试探地对吴为说:"唉,白帆太不尽力了。"

吴为长叹一声,哪个女人能像自己那样,对只能靠勃动器的帮助才能成为男人的胡秉宸牺牲自己?

多少年来,不正是她为胡秉宸制造了这个神话?

直到现在,胡秉宸还以为他的生猛不减当年。

自他们结婚以来,这个年龄大得足以做她父亲,从无能力发动一次有力冲击,也从无能力让她在瞬间羽化登仙的男人,仍像从前那样热衷此道,仍然像从前那样没有多大效果地忙碌着。

彼时彼刻的胡秉宸,多像一个欲望单纯的婴儿;而他效果不甚明显的忙乱,更让吴为想起日落时分。

在这之前,那一抹尚能辉照的暖光,于刹那间跌入地平线的沉落,实在太惨淡了。

她对胡秉宸的爱,何须他人评说?更何须白帆评说?试问,天底下有哪个女人,能为一个男人,一个这方面已然没有多少能力的男人,做这样的事?又有哪一个女人,在如此阉割女人本性的演出中,肯当这样的配角?不是一朝一夕,而是心甘情愿,一做十年?

除了美国电影《当哈里遇到萨丽的时候》(When Harry Met Sally)中的女主角萨丽,在做爱时假装高潮来到,大呼小叫——但那是电影。

离婚后,她已经没有了这样的义务,这样的服务只能由白帆来接手。白帆工作得或好或坏,胡秉宸只能照单全收。

现在她只能在胡秉宸的拥抱中,扮演一个过场的角色,还要努力将这个过场角色演绎得销魂蚀骨。

这将会使热衷此道的他,满怀雄性虚荣的他,不可能从任何女人那里得到如此忘我服务的他……得到一个男人最后的满足。

哪怕是一会儿也好,哪怕是虚假的也好。除此,已经一无所有、所好的胡秉宸,还有什么可指望的?

就像那穷途末路之人,只剩下的那一口小酒。

吴为心中涌起满腔怜爱而不是情爱,怀着如母亲而不是情人般的心绪,抚摩着他的脸颊,叹道:"可怜的!"

胡秉宸那颗空寂而又不甘空寂的老心,是太需要一些欢爱了。

胡子果然是今天刮过的。她不得不承认,胡秉宸的确是个会制作情调的男人,哪个女人能抵挡来自这样一个男人的挑逗?

"唉,我只好自己解决。"胡秉宸好不凄凉地说。

"这对身体不好,还是和白帆再好好试一试。"

吴为居然能够这样闲淡地和他讨论如何与白帆做爱的问题!

她的心,再也不为胡秉宸和其他女人的关系而牵动分毫了。

一直定位于无论自己怎样,女人也会匍匐在地的胡秉宸看出,往日肯为他牺牲一切的吴为,尽管可以与他再度"恋爱",却不会再为他牺牲一丝一毫。换而言之,曾经为吴为大干一场的他,也再不会为吴为付出一丝一毫。他们的二度"恋情",再也不会重现前次爱情的华彩和辉煌,反倒不得不带有苟且的性质。

胡秉宸只好无奈地转向白帆,为白帆买了一些供女人使用,据说是更为有效的润滑剂,还是很不酣畅,但聊胜于无。

事后胡秉宸打电话给吴为,研讨如何将与白帆做爱的效果推进一步:"干是干了,感觉上还是差一些。"

"你不能要求太高。"吴为只得这样劝慰,希望他能自觉,明白症结所在——到了现在,她也不愿戳穿那个神话。

即便不算酣畅,也给胡秉宸和白帆的关系添加了一些温润。胡秉宸甚至陪着白帆,一同到商店去买热水瓶、洗衣机这样的杂物,对他而言,都是从前不可能有的行为。

对于已有定见的选择,白帆也会不断地征询胡秉宸的意见:"怎么样,你说好不好?你说好不好嘛!"言语动作之间,竟也有了些许的娇嗔。

当胡秉宸这样周旋于两个女人之间的时候,并不知道他这匹烈马,是一烈也不烈了。

又总以为白帆还是他在地下党时期领导的下级,却不明白"严师出高徒""道高一尺,魔高一丈"的训诫。今非昔比了,他若有一计,如今的白帆自有破那一计的高招。

这些小计谋能不被白帆发觉?她加紧了防范,哪怕胡秉宸到机关看保密文件,她也坐在胡秉宸的专车里候着,不管时间长短;有时放弃钢琴课,"陪"胡秉宸到医院看病,连胡秉宸上厕所的机会也不放过。

失去自由的胡秉宸,只好偷空在家里给吴为打电话,可是白帆随时出没身旁。只要看到白帆进来,或感到白帆在另一个电话机上窃听,便立刻在电话里没头没脑地指责起吴为,种种莫须有的不是和故事,让吴为不知所云。

在那些指责和故事里,吴为简直是十恶不赦的恶妇。

比如有次吴为问他:"到了现在,你应该对我说句实话,你和我离婚、和白帆复婚,到底是你的主意还是她的主意?这对我非常重要。"

这时白帆突然走进房间,好端端的胡秉宸说变就变了声调,看着白帆说:"是我的主意,我担心死了没人给我收尸。"

一个还爱恋着她的男人,能对着她的后背开枪吗?

上帝真是无所不在。多年后,胡秉宸在与白帆的一次恶吵中,死于心脏破裂。

上帝也应了他那句没有良心的诅咒。

按照有关规定,胡秉宸这种级别的干部,家属在火葬场等三个小时,就可以取到骨灰。可是白帆一家人将他送至火葬场后便扬长而去,不要说没有一个回头,连眼泪都没有掉下一滴。

过了几天,老干部局的工作人员提醒白帆:"是不是该到火葬场去取胡副部长的骨灰了?"

白帆一身轻松地说:"那都是唯心主义。我们是唯物主义者,保留骨灰有什么意义?"

就连胡秉宸最上心、最钟情,甚至为她将吴为牺牲的芙蓉,也没对此有个说法,只洒了几滴眼泪,连父亲一点纪念物也没有留下,更不要说领取他的骨灰。

也就是说,胡秉宸的骨灰与那些无人认领的骨灰一样,垃圾一样被人撮走了。这与暴尸街头有什么两样? 可不应了他那句"我担心死了没人给我收尸"的话?

不能责怪白帆无情,她为这个三心二意、无数次背叛她的男人,搭上了一辈子。最后最后,胡秉宸也没有改弦更张,与她复婚后,还时不时到吴为那里幽会。

胡秉宸的归属问题,终于盖棺论定。白帆取得了最后的胜利,胡秉宸至死也归在白帆名下,做鬼也是白帆的鬼。

不过谁能说白帆的胜利不悲壮?

可惜吴为已经不在了,要是她还活着,说不定会给胡秉宸买一块墓地,以安放他的骨灰;或将他的骨灰撒入他最中意的新安江;或是送回老宅子,埋在一棵沁着泥绿色幽香的腊梅树下,而绝不能让他暴尸街头……

可是吴为自己的骨灰都无人处置、考虑、收留,同样被当作垃圾一样处理了。

其实胡秉宸对于自己的骨灰看得太重了,最多下一代还有人为你掸掸骨灰盒上的尘埃,到了再下一代,谁还记得骨灰盒里装的是谁?

这也许就是吴为将她所有的照片,在她还能行动自如的时候早就付之一炬的原因?这也许就是吴为死后,人们翻遍她所有的遗物,不论婚生子和私生子都各有一个的吴为,却找不到一个联系人的缘故?

胡秉宸太自信了,以为什么都不必付出代价,以为可以无债一身轻地离去,以为他有过的女人都会念着、守着他。

胡秉宸终于为自己的轻薄付出了代价。白帆不但为胡秉宸对她一生的负情报仇雪恨,也为吴为报仇雪恨了。

不知吴为的在天之灵会不会感谢白帆?

于是吴为知道,凡是好端端的胡秉宸突然在电话中没头没脑地指责起她,强加给她种种莫须有的不是的时刻,就是白帆突然出现在他身边的时刻。

不知他们最后闹到什么地步,逼得胡秉宸又要与白帆离婚。

老地下党胡秉宸终于甩掉白帆那个尾巴,偷得一个时机,与吴为再议前程。

可吴为对他说:"你都多大年纪了,还像小孩儿那样任性,即便你还有那个兴致,我也不陪你玩儿了。"

不软不硬,却没有一点余地。

胡秉宸也从未像现在这样灰灰溜溜,更奇怪的是,他怎么穿了一件嫩黄色的女式夹克?为什么不穿她给他买的那件意大利风衣?又戴了一副女式花框眼镜。她给他买的眼镜呢?天哪,胡秉宸身上发生了什么?他的没落何以如此迅猛?

现在不要说与胡秉宸再议什么前程,就是与这样一件女式夹克喝杯咖啡,也是不能的了。

离去时,胡秉宸在门口站定,怎么也不明白,这个不再年轻貌美又病成这个样子的女人,竟还有那样大的魅力?

也许她的魅力不在青春貌美。她似乎也从来谈不上美貌,只是飞扬的神采使她有了与众不同的灵秀之气。

还在于她的一举一动,她房间的每处角落、每个物件给人的感觉,那种人们称之为潇洒的感觉——扔了一地的报纸,满处横七竖八的书籍,散乱在书架或是桌子上的杯盏……卧具零乱的睡床。

吴为是不主张叠被的,"晚上不是还得用?"她说,为此他们没少争吵。

现在他倒是睡回了白帆叠得整整齐齐的床上,可又感到了叠被的乏味。

曾几何时,他还是吴为床上的一道风景,面对这张无比熟悉,而今已是咫尺天涯的床,真有说不出的滋味,"过去这也是我的床。"他不无留恋地说。

"唉,这条鸡肋既然已经丢弃,就不要再后悔惋惜。"吴为淡淡地劝慰着。

吴为的劝慰不无敷衍,更没有了离婚初始的悲愤,让胡秉宸很是惆怅。

他惆怅什么?难道吴为永远为这个离婚伤情才好?

"你还是那样,并不特意布置,也没有值钱的东西……可有一种品位。现在我花很大力气才能保持一个简单。如果我不努力,连这个简单也很难保持,很快就会变成一个乱摊子。"

吴为躺在沙发上,看完报纸随意一丢的潇洒,谁能学来?连他看完报纸,学着把报纸随手一丢,都丢不出她那个韵味。

那是"天生丽质",不是后天可以学到的,永远也别指望白帆于丝毫了。

每每来到吴为这里,胡秉宸总是痛切感到,他离当代文明已经很远了。幸好回到他和白帆的家,还能从至尊至贵的感觉里找回一些平衡。

胡秉宸出类拔萃,指挥、命令、领导了一生。一生太长了,至尊至贵的感觉已经长在他的身上,比之文明的生活,于他更是难分难舍。

但是,还有谁能像这个看上去浑浑噩噩、总不清醒的女人那样,理解他的一招一式、一思一念呢?连几十年生死与共的老战友也不能,更不要说白帆。到了现在,"上层人"胡秉宸,不但忘记了他曾对叶莲子的恶声"你们这些小市民""去你妈的"等等,甚至觉得,吴为和他就是在胡家老宅子里一起长大的。

突然想起青少年时代读过的清代王韬为沈复《浮生六记》所作跋中的一些句子:"……从来理有不能知,事有不必然,情有不容已。夫妇准以一生,而或至或不至者,何哉?盖得美妇非数生修不能,而妇之有才有色者辄为造物所忌,非寡即夭。然才人与才妇旷古不一合,苟合矣即寡夭焉何憾,正唯其寡夭焉而情益深;不然,即百年相守,亦奚裨乎?呜呼……彼庸庸者即使百年相守,而不必百年已泯然尽矣。造物所以忌之,正造物所以成之哉?"

青少年时代,他读过的香词艳曲不算少,那是个不事查禁的时代。可《浮生六记》中沈三白和陈芸的闺阁之乐,最让他倾慕,老是想着,不要说六记,哪怕有这一记也好。

于是,禁不住拥着吴为,吻了一下。

与往常不同的是,吴为对胡秉宸这一吻起了疑心。

就在这个门槛上,吴为再次研究胡秉宸。时间很仓促,地点也不对,有点像濒临死亡的人在极其短促有限的时间里,飞速回首一生。

自他们离婚以后,她头一次想到胡秉宸已经不是她的丈夫。

一直没有认真思考过离婚之后胡秉宸对她的所作所为,现在,在这个门槛上,却固执地要想个究竟。

这个在藏满线装书院子里出生的男人,与她离婚后的所作所为,包括这一吻,如果不是狎妓心态,又该如何解释?

出生地是一个人的重要之地。

在那种院子里出生的男人,除了他们的母亲、女儿,心目中的理想女人,顶好又堪实用又堪把玩,类似陈圆圆、董小宛、苏小小那样的女人,连卓文君都不是,更不要说李清照。

但,即便是狎妓心态,也是对白帆的背叛。白帆为胡秉宸浪子回头所做的一切牺牲,白帆与胡秉宸复婚后种种想要超越吴为的苦心孤诣,都让他白费了。

这与吴为还是胡秉宸妻子的时候,不论她的多少努力,还不是让白帆一锅鸡汤、一个电话……或其他女人的一个媚笑、一个媚眼,白白废了一样?

分毫不差。

她对胡秉宸的怜爱又是怎样自作多情、无可救药。

她真是一个把自己赔光了才肯回头的女人。

可胡秉宸眼睛里那点潮湿的流火,确有"执手相看泪眼"的意味,吴为那已然干枯的心,又不免为之一动。

那点潮湿的流火,的确不完全是即兴之作。在他们长达几十年的爱情公式里,她从来爱得比他多,但现时站在这个门槛上对胡秉宸微笑的她,却杂糅了酬酢的成分。这酬酢的成分,与胡秉宸此时此刻眼睛里那点潮湿的流火相比,就有了负情的意思。

……不过是转念之间的事。最后,吴为还是把胡秉宸眼睛里那点潮湿的流火,恶毒地锁定于狎妓心态。

可是太晚了,她到底又让胡秉宸狎弄了一番,这是堪可告慰白帆的。

反过来说,白帆也做了胡秉宸几十年的性工具,直到现在胡秉宸还这样说,这也是堪可告慰吴为的。

吴为心说:白帆,你同样没有得到胡秉宸的心,胡秉宸永远不可能成为任何一个女人的个人网页,胡秉宸只能是一个 internet。

当年胡秉宸对吴为的整治由芙蓉不断传达给白帆时,白帆也是这样说道:"活该,吴为,你并没有真正得到胡秉宸,胡秉宸终于为我报了仇!"

当胡秉宸走向电梯时,吴为叫住了他,递给他一个提包,看上去很像一个包装讲究的点心盒。

"这是什么?"胡秉宸问。

"回去再看吧。"

那是胡秉宸妄图与她重修床笫之欢的勃动器。临近疯狂的吴为歹毒地想,当胡秉宸提溜着这个"点心盒子"走进家门时,如果被白帆一把拦截,该有多好。

她还是蠢,从她那里来的东西,胡秉宸能让白帆拦截吗?

六

不知道是不是巧合,恰恰在叶莲子忌日那天,胡秉宸又来了。他说了些什么?大部分是他和吴为之间那些没有意思而又折磨人的旧事。

渐渐地,顾秋水的影子浮现在吴为的眼前,她不禁脱口叫了一声:"爸爸!"

胡秉宸没听清楚,问:"你说什么?"

吴为说:"爸爸。"

说完这句话,吴为很平和、很从容地过渡到了什么都不会说、谁也不认识的状态。

童稚返回到她满是皱纹的脸上,她的脸变得简单明了,像在少年时代总在渴望而又难以得到的一个白面馒头。

吴为没有能够还上初生伊始就许下的那个愿——为叶莲子写一本书。

禅月曾想帮助吴为将书稿完成,最终只好放弃,因为她早已走出仅仅属于叶莲子和吴为的生活。

胡秉宸到精神病院看过吴为一次。

见到胡秉宸,吴为不再害怕、不再烦恼,可还是叫他"爸爸"。这让他很不痛快,让他想起他们之间并非是年龄的悬殊,也就不再去看望她——反正吴为谁也不认识了,看不看都一样。

他也不再研究共产主义或是党的领导,翻出从前为撰写那部大书积累的资料,还有吴为在电脑上为他拷贝的软盘。

真是物是人非事事休。

随手翻了翻曾经的文字,真像曾经的女人……

这是他写下的文字吗?这些文字到现在还有什么新意?就像当年吴为说的那样,"世界已然变得如此开放,势必变得更加开放,再把这些他人嚼过的东西放在嘴里嚼来嚼去,究竟还能嚼出多少滋味儿！"

他人嘴里嚼过的东西！

然后胡秉宸毫无留恋、毫无不舍地把这些东西烧的烧了,掰的掰了。

胡秉宸不但不再研究这些理论,还与胡秉安在香港的后代取得了联系。以他过去的地位、关系网和他多年对计划经济模式的了解做无形资产,与他最看不起的胡秉安的后人的财力结合,经营起房地产,再次展现了他多方面的才能,成为胡家最有发展、最有眼光、最有成就的红色资本家。古老的胡家,到了二十一世纪,到了胡秉宸这里,才算重振家威。

其实,胡秉宸最早的愿望是继承家业,而不是到延安去参加革命,都是抗战时期,偷听校方要不要迁校内地那次会议惹的祸。

芙蓉那场跨世纪的爱情还是没有着落,情人还在等待着副部长位置,与老婆离婚的事也不再提起……看来他们的婚事在二十一世纪也没有解决的希望。胡秉宸本想在胡秉安的后代中为芙蓉挑选一个金龟婿,可是芙蓉已在漫长的等待中老去,不要说那些老钱户,就是暴发户,也不会挑选这样一个新娘。

再说胡秉宸能拿出什么与他们门对门、户对户?他刚刚积累的资产还不够雄厚,他的权力网也如暮夏的蝉儿,不知还能鸣叫几天。

那天去开房地产公司的董事会,车过天安门,忽然停住。他让司机赶快前行,董事会眼看就要开始。司机说,前面堵车。

不知胡秉宸打了一个盹还是眼花,人民英雄纪念碑上突然走下许多牺牲的战友。他们走近他的小车,好像与他从未有过生离死别,问他:"出了什么事?"

他回答说:"塞车。"

然后脸上有了刺痛,就像白帆当年打在脸上的一个耳光。

胡秉宸从迷瞪中清醒,想起这是去开董事会,有关公司兼并和扩展决策的重要会议。

清醒后的胡秉宸忽然对自己说:历史的进程是不可改变的,谁试图改变它,它就会给你一个响亮的耳光。

转眼清理了刚才的梦也好、眼花也好的烦扰,继续前行。

不能对胡秉宸又当了一个出色的资本家说三道四。

尽管此时他也许很像胡家那个败类胡秉安,可是革命不分先后,资本也不必分先后,一样的道理。

胡秉宸一生拒绝平庸。

以成败论英雄的胡秉宸,自然对现而今以财富论英雄体会得格外到位。一生拒绝平庸的胡秉宸,不得不再用这个方式证明自己。

闲来无事,也会在阳台的摇椅上晒晒太阳、看看书,很少再去回想当年莫名其妙去了延安,又顺理成章成为一个非常赤诚的革命者的往事。

也不再探讨求证,是否正确、是否拯救世人于水火,并为此出生入死的理想。

当然,偶尔也会想起他和吴为以失败而告终的爱情实验,尚不混浊的眼睛也会随之一亮,如远处闪电的尾巴,随即灭入黑暗。

难免还要和白帆以及儿女们谈论一下国际国内大事,过问一下孙子们的功课,以表明他尚未过时。

再也没去过西餐厅。西餐厅和吴为都已成为过去的享受,他已品尝,也就够了。

自吴为发疯后,白帆不再计较他和吴为的事,把他那段行为看作一个梦魇。很多人睡觉时都发生过梦魇,再说,那可不就是他的一场梦魇?

有时他们也会发生争执,逢到那个时候,胡秉宸自己就先敛声屏气地巧笑起来——以前白帆要是惹得他发了脾气,他何尝善罢甘休? 可见他已知天命。

痴情的吴为如果还有意识,一定会惊叹胡秉宸那巧笑的魅力到了这个年纪还没有完全消失。也许会想起几十年前,初听胡秉宸巧笑时的心驰神荡。

尽管结婚时胡秉宸的肌肤已经松垂,随时准备用来接吻的两片薄唇已紧缩为两条深色的硬线,多余的赘肉左右横出,突兀在曾经窄小的两胯,他的小脸、他那双青钢色的、冷峻而又多情的桃花眼,也演变为规整的三角,脸上的风采也被家乡那个地区特有的、剽悍的颧骨压倒,双颊上似乎只剩下两个高颧……可是痴情的吴为,透过岁月之痕看到青春,看到他健美的肌肤,看到他总在准备亲吻的、轻颤着的两片薄唇,看到他青钢冷峻而又桃花一样多情的双眼,看到他窄小而性感的胯……

还有胡秉宸与她第一次亲吻时,从禁锢中苦挣出来那不可抑制的放纵;还有那于孤注一掷、奋不顾身的放纵之时,对自身销铄的迷失和迷茫。

胡秉宸不但没有因心脏病很快离世,而且比很多人还长寿。虽然和吴为生活时,胡秉宸老用他的心脏病吓唬、折磨吴为,说自己不定哪一刻就会死掉。吴为也就为此忍让着他,从他们结婚开始一直忍让到婚姻的结束,生怕万一惹恼了他,心脏病突发,死于不该死的时候。

很难说吴为的发疯,与这个常年的压抑无关。

顾秋水也还活着,和胡秉宸一样,在经历了差不多一个世纪的折腾后,如干旱的大地那般狰狞、粗粝,却还行动自如,不要人过多的照应。

就是老做梦,梦里分不清过去那个世纪,还是刚刚开始的世纪。猛然会对比他年轻却没他那样结实的妻子说:"我得劝劝张学良将军,谁也不能信。"

枫丹也到精神病院看过吴为一次,然后便不再去了。她有了很好的发展,既然能凭自己的能力从那个大杂院奋斗出来,当然就会有很好的前途。只是从来没有结婚,也没有孩子,总之没有常人所谓的幸福。冤有头债有主,这笔账还是得归结到吴为头上,而且是吴为对她的又一个伤害。

只要回国,茹风就会去看望吴为,看着而今无知无觉的吴为,她不知道自己是害了吴为,还是帮了吴为。

她应该后悔,还是不应该后悔?

禅月的家庭生活不仅是正常,而且少见的和谐。

过去禅月就老对吴为说,百分之百是个不祥的数字,人对任何事情都不能百分之百地投入,不能把一生孤注一掷地押在一件事情上。

按照禅月的这种说法,综观这部书里的一些人和事……也许有些道理。

禅月倒是生了不少孩子,可惜吴为发疯之前没能看到她的孩子。她从来没对禅月说过,她是多么希望看到她的孩子。

为什么?

早在零霾村、五丈塬的武侯祠外,吴为就知道有个偈语,等着禅月的第一个孩子去破。这个偈语只有吴为和叶莲子知道,所以不但吴为等着,冥冥中的叶莲子也在等着。自己等多久没多大关系,不能让叶莲子等得太久……

但是等到禅月有了第一个孩子时,吴为已经不能知道那孩子破没破那个偈语。

禅月定期到中国探望吴为,带很多吴为爱吃的食品、爱穿的衣服、爱用的用具……有时还带着孩子们。任凭禅月揪心疼痛,吴为依然什么反应都没有。不论对吴为说什么,吴为还是一句"妈妈"或是"爸爸"。

到现在禅月也不死心,看到报刊上有什么所谓新药、新的医疗办法,就不惜任何代价去找。没有她没尝试过的办法,可是谁也救不了吴为了。

其实禅月也不必伤心,要是替吴为着想,这个结局难道不是她最好的结局?她什么都不能感知了,这是她的大幸。

写到这里,这部书可以结束了,书里的大部分人已经或渐渐走向死亡。

充满无耻谎言、幻想冒险、挥霍无度、实验挣扎、骚动浮躁、彷徨不安、无所适从、无可救药、忧郁没落、蛊惑人心、自相矛盾、希望失望、信口雌黄的骗子、残酷血腥的杀戮、对自身生存环境毁灭性的破坏、支离破碎的学派(再没有任何一个世纪,像二十世纪充满那样多的理论、学派)……的二十世纪,终于过去了。

留给下个世纪的这盘残棋,真是一盘臭棋。

再没有什么可说的了。

但是故事并没有结束——可那已经不是吴为的事了。

七

某年某月某日,吴为死了。

此时此刻,许多人和她一样离开世界;此时此刻,也有很多孩子诞生。

这日子于他们一生,都是一个难忘故事的开头或结尾。

不过吴为死得很轻松。

不知是不是受了叶莲子的启发,当护士发现吴为死亡时,也发现她拔掉了赖以支持生命的所有管子。

…………

天高了,云淡了,夏天过去了。

树还绿着,吴为却要走了。

这就是死亡。

像潮水从海滩上退去,她的魂魄也正是这样从躯壳里退去。

像鱼儿游回大海,那生命的始地。

像提琴上的最后一个和弦,弱了,无声无息地消失了。

无论如何,吴为是幸运的,不谈此生幸与不幸,在选择死亡的方式上,她终于、至少保留了生命的尊严。

最后的吴为,并没有像濒临过死亡的人所描叙的那样——踏

424

上死亡之旅，穿过时光隧道，回放一生。

她的魂魄只在一处毫无意义的地方飘过——

当她还算年轻的那一年，为胡秉宸离婚案接受法院调解，事情结束之后，出得门来，发现下起了大雨。她躲在一栋大楼的廊子下，对着雨幕发呆，搞不清自己是躲雨还是不想挪动。一支日本歌曲穿过雨幕断续飘来：

> 我死了，不会有人为我流泪，
> 只有屋后树上的蝉儿，为我失声悲鸣……

小时在五丈塬武侯祠外占卜的一卦，也飘然而至。

确如卦上所说，吴为不是一个真实的人，不过在人世客串一把，体验一次"活"的滋味，所以她不能胜任任何正式的角色。比起那些到世上真活一世的人，她真说不上认真，总有逢场作戏的味道。她从来没有与这个世界真正和谐过，大部分人与她只是擦肩而过，从来没有真正进入她的心，尽管她从未蓄意拒绝。

胡秉宸并没有真正得到过她。就这个意义上来说，吴为欺骗了胡秉宸。

人们想要通知她的亲友，翻遍她所有的遗物，也没有找到一个亲友的电话或是地址，凡与文字有关的东西都没找到。这个与文字结缘几十年的人，死的时候和文字彻底决绝了。

倒是有禅月的来信，可是只有信纸没有信封。

人们无法不怀疑，是吴为自己，截断了联系人间的所有渠道。

这是什么时候完成的工作？是吴为发疯之前还是之后？

她到底疯了还是没疯？

这个不论婚生子或私生子一个都不少的女人，如此一干二净地离开了这个世界,断然拒绝了这个世界最后的垂怜或饶恕。

对这个世界,还有比这种仇恨更深的仇恨吗?

一九八九年——二〇〇一年九月二十八日

北京

MIDDLE TOWN

LANGENBRUICH

SLEEPY HOLLOW

北京

后　记

　　我不过是个朝圣的人，
　　来到圣殿，
　　献上圣香，
　　然后转身离去。
　　却不是从来时的路返回原处，
　　而是继续前行，
　　并且原谅了自己。

于 2001 年秋

母亲逝世十周年即将到来之时